王正强文论选

张炳玉 主编

【上卷】

敦煌文艺出版社

图书在版编目（CIP）数据

王正强文论选 ： 全2册 / 张炳玉主编. --兰州 ：
敦煌文艺出版社，2012.11
　ISBN 978-7-5468-0397-5

　Ⅰ．①王… Ⅱ．①张… Ⅲ．①文艺评论－中国－文集
Ⅳ.①I206-53

中国版本图书馆CIP数据核字（2012）第264988号

王正强文论选

张炳玉　主编
责任编辑：王忠民　董宏强
装帧设计：石璞

敦煌文艺出版社出版、发行

本社地址：（730030）兰州市城关区读者大道568号
本社邮箱：dunhuangwenyi1958@163.com
本社博客（新浪）：http://blog.sina.com.cn/lujiangsenlin
本社微博（新浪）：http://weibo.com/1614982974
0931-8773084（编辑部）　　　　0931-8773235（发行部）

精一印刷（深圳）有限公司
开本 880 毫米×1230 毫米　1/16　印张 55.5　插页 27　字数 980 千
2014 年 12 月第 1 版　2014 年 12 月第 1 次印刷
印数：1～1 000

ISBN　978-7-5468-0397-5
定价：480 .00 元

王正强　　戏曲、曲艺理论家，作曲家，高级编辑。甘肃省甘谷县人，1942 年生。曾任甘肃人民广播电台文艺部副主任、甘肃省戏剧家协会主席、甘肃省戏曲音乐学会会长等职，现为甘肃省中华文化促进会副主席、甘肃省振兴秦腔学会会长、甘肃省非物质文化遗产保护专家委员会委员等。1966 年西北师范大学毕业，长期从事广播文艺编辑。小学发表诗文，中学始发音乐作品，五十年来，发表声乐作品 300 余首，部分作品获奖，中国唱片社灌制唱片；1980 年始，涉足戏曲、曲艺音乐理论及戏曲史学研究，著作颇丰；另有各类论著、散文、随笔等二百余篇散见于全国报刊。2004 年文化部授于"特殊贡献个人成就奖"、中国民族民间文艺发展中心授于"个人成就一等奖"等。其学术业绩《人民日报》等省内外报刊常有评述，国内外二百多种辞书均有收载。

王正强书库

兰州鼓子研究
秦剧名家声腔选析
秦腔音乐概论
陇剧音乐研究
秦腔音乐欣赏漫谈
甘肃秦腔唱论
秦腔词典
秦腔大辞典（修订版）
寻回遥远的绝响
甘肃秦腔考源
问根秦腔（DVD 光盘）
问根秦腔
曲子研究
捕捉记忆（传记报告文学）
甘肃戏剧史（上、下编）
王正强文论选（上、下卷）
中国戏曲音乐集成·甘肃卷（上、下卷）
中国秦腔艺术百科全书（上、下卷）

王正强书房——竹韵斋

2005 年在兰州王正强与原中共甘肃省委书记李子奇同志在一起

2007 年 11 月王正强出席第八次全国文代会

全国第七次文代会部分代表在人民大会堂一起联欢
左起：孙中信、王正强、姚连学、郑怀波、翟万益

新疆克孜尔尕哈土塔前留念合影

1996年王正强与原文化部部长周巍峙在

2005年在北京与原文化部部长、原中国文联主席
周巍峙同志在一起

2007年在京西宾馆学习讨论国家领导人在第八次文代会上的重要讲话

王正强参加全省戏剧活动

2003 年接见兰州市豫剧团《杨门女将》剧组演员
左起：张炳玉、雷志华、王正强、马自祥

1999 年 3 月出席中国剧协第五次全国代表大会
左起：王正强、肖媄鹿、李迟、张明、程士荣、陈霖苍

西秦腔研究会会长向王正强(左一)和陈彦(左二,陕西剧协主席、剧作家)颁发顾问聘书

王正强(《中国戏曲音乐集成·甘肃卷》主编)向周巍峙部长及全国戏曲专家汇报编撰工作(2004年于北京)
左起:王正强、常静之(《总卷》副主编)、朱飞跃(《总卷》编辑)、
余从(《总卷》常务副主编)、周巍峙部长、海震(中国戏曲学院教授)、
张刚(总编辑部副主任)

左起：史光武、陈明山、王正强、贾忠国
研讨戏曲音乐创作（1982年于兰州）

2002年王正强出席甘肃省文联全委会

2004年在兰州与戏剧音乐理论家常静之在一起

2001 年在北京与戏曲理论家余从先生在一起

1996 年在兰州王正强主持召开《中国戏曲音乐集·甘肃卷》编辑部会议

2007 年在天水王正强被邀请担任全省戏曲演员大奖赛评委

左起：严森林、柳兰萍、陆淑琦、王正强

1999 年 3 月在北京与程士荣同志(戏剧家,原甘肃省文联主席)在中南海观看演出

1996 年 10 月与原甘肃省文联党组副书记、戏剧家陈光在一起

1983年在甘肃天水地区歌舞团辅导排练录制戏曲广播剧《田嫂》
左起：米新洪、王正强、张炎（导演），其他人为演员

2003年王正强接受甘肃电视台记者现场采访

王正强与老兄长张润民

2006 年 8 月在兰州中央电视台为王正强录制专题节目,图为拍摄现场

1996 年王正强与甘肃省广播电台文
艺部同仁共游仁寿山

1993 年 8 月王正强在戏剧理论研讨会上作学术发言

1978 年冬,王正强(右)在甘肃临夏回族自治州
歌舞团辅导排练录制花儿节目

1984 年 10 月王正强和剧作家、戏剧理论家金行健在一起

1976 年王正强在甘肃张掖地区秦剧团辅导排练录制碗碗腔《长青指路》

1982 年王正强（左）在甘肃庆阳地区陇剧团辅导排练录制陇剧《骄杨》

王正强于 2007 年甘肃文学艺术界春节大联欢上通过卫视向全省戏剧工作者拜年(2007 年 2 月宁卧庄礼堂)

2004 年 5 月在北京与《中国戏剧》主编安志强在一起

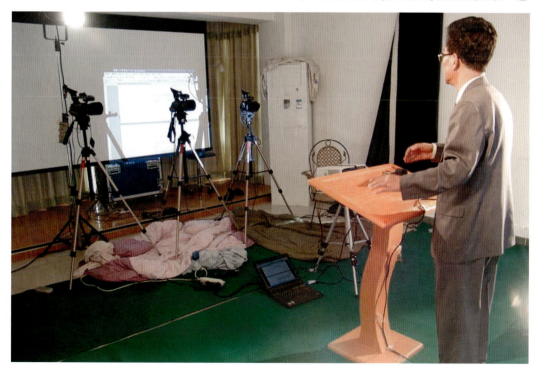

2009 年 8 月甘肃百通影视发展有限公司拍摄王正强主讲的戏曲知识讲座《问根秦腔》，图为拍摄现场

王正强学术著作总汇之一

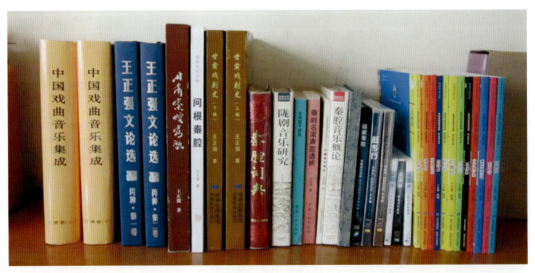

王正强学术著作总汇之二

目录

～论　著～

～杂 著～

评 著

戏曲发展需要理论人才（代序）

——兼评王正强的戏曲理论研究

张炳玉

当王正强同志第一次出现在我面前时，我真不敢相信，这位中等个头、一身现代气质的中年学者，竟是多年执着于古老戏曲艺术研究，并用他丰厚的学术成果让读者所仰慕的人。

前些年，不论我在平凉地委还是甘肃省委宣传部任职，都是分管文化工作。职业需要和个人兴趣，促使我每天特别留意各地报刊所载文艺动态和文艺评论，其中王正强的文章，以他特有的见地和抒情文笔，引起我的注意。后来又陆续看到他的几本著作和几篇论文，不仅使我从更高层面对中国传统戏曲艺术有了新的理性体认，也使我在想象中总以为这位功力甚深的作者，必然是个年近花甲的长者。我之所以产生这种想象，也许是戏曲本身对许多年轻人来说似乎成为一种很遥远的艺术，而王正强总能在占有大量资料的基础上，以循循善诱的方式，来缩短甚至消解人们心理上的这种"遥远"，让读者以平静的心态从中感受中国戏曲深奥的文化内涵，也从当前戏曲面临困惑的现实中，看到它未来的发展趋向和光明前景。1991年我调到甘肃省文化厅主持工作以后，才知晓王正强同志并不是戏曲研究的专职人员，却是全省历次重大文艺活动的积极支持者和参与者。一次偶然的机会，我见到了他，并约他到办公室一叙，言谈中我又发现他是个极为坦荡且又十分热情的人，既不隐讳观点，又很客观实在。最让我吃惊的是，他对全省的文化动态了如指掌，哪个基层剧团在排什么戏，哪个县剧团正在哪个乡演出，甚至随口还能说出各地剧团演员、琴师、鼓师的种种优长和不足。从此以后，我们频频交往，并冒昧地希望把他的著作能各赠我一册，谁知第二天他立马送来六七本，这些书，一度成为我工作之余经常翻阅的业务书籍之一。

王正强同志是个地道的甘肃人，他对甘肃民间文艺不只了解甚深，而且情真意笃。正是这股子难以割舍的乡土情结，使他成为纯正的甘肃学人。正强同志治学最为人称道的是不迷信权威、不人云亦云，不跟风、不畏辩……能够在学术上始终保持精神的独立自主，论学的铮铮铁骨方为大家之道。他丰厚的学术成果无形中成为甘肃地方文化构建理论体系，创建甘肃戏曲和说唱艺术学科基础研究的扛鼎之作。

"兰州鼓子"是甘肃最具代表性和学术研究价值的主要曲种之一。正强同志的《兰州鼓子研究》又是关于这一曲种有史以来的第一部理论专著。在这本书里，他从其历史渊源的探讨到音乐、语言的演进流变，从其发展极盛的历史背景到衰落式微的社会根源，从每一个曲本、曲牌的来龙去脉到发展变革的地方化形成等等，都在深入考证和调查研究基础上，给读者作出令人信服的解答，并提出自己的全新观点，这对该曲种今后的研究和探讨，无疑奠定了理论基础。这一本书的意义不仅仅在于兰州鼓子的研究，从整个甘肃文化史、乃至中国文艺理论史来看，都具有重要的价值和意义。这是甘肃第一部通过学术研究完成的曲种研究专著，既填补了中国民间传统音乐研究、中国曲艺史研究的空白，也是严格意义上甘肃曲艺学研究的第一部学术论著。这部论著在二十多年后还广为学人学习、引用。国家哲学社会科学重大项目、国家艺术科学重点项目《中国戏曲音乐集成·甘肃卷》也由王正强同志亲主其事，担当主编。当这部具有里程碑性质的甘肃文艺研究巨著出版之际，我早已离开了甘肃省文化厅厅长的位置。我心里有种说不出的感觉，其中多少也有些对老友的亏欠，总是感觉如果当时能给正强再多一点支持，让成果早一点出版就好了。这部集成正强同志用了二十年时间，其中几起几落，波波折折，甘苦辛酸难以尽述。正是这种无私的无怨无悔、尽职尽责，终于修得正果，结出善缘。从某种意义上讲，这部集成是正强从事中国戏曲史研究、戏曲音乐研究的集大成之作和毕生心血的结晶。仅仅凭此大著，王正强同志当留名青史，泽被后世了。

以"曲"治史，以"乐"论戏，是王正强同志研究中国戏曲史，特别是西北戏曲史的重要途径。当代研究中国戏曲史者，与古代截然不同。最大的不同和弊端在于缺乏研究戏曲史的通才，也就是讲，缺乏能够打通戏曲文学、戏曲音乐这两个任督二脉来综合治史的学者。正强同志不但精于曲学，长于戏文，而且旁通曲艺、民俗、史志，当为甘肃研究戏曲史的不二人选，不然怎会有百万余言的《甘肃戏剧史》即将付梓？从中足见其史学功力之厚，曲学造诣之高，杂学见识之广。再如《甘肃秦腔唱论》也是正强同志为甘肃秦腔的历史成因，首次树起的第一块理论丰碑。秦腔剧种的起源和地域归属，在陕、甘学术界争论较量已久，正强同志则通过对古代所佚甘肃"西秦腔"的探讨，在充分掌握大量文献资料和各种调查材料的基础上，有理有据地阐明自己的观点，使这一争论数百年的学术悬案方见端倪；他的

《秦剧名家声腔选析》一书，也是我国地方戏曲专门系统研究声腔艺术的第一部拓荒性著作。其中不只涉及到秦腔唱腔的美学问题，还涉及到秦腔的旋律创作、声乐技巧、形象塑造和演员表现心态、戏曲声腔发展规律等诸多领域。因此，评家撰文称颂这本书的学术价值"不仅对当前的戏曲改革具有不容忽视的指导意义"，"更在于是把这一学术课题往前推进了一步，在微观层面上填补了地方戏曲声腔研究的空白，在多学科的应用上，将戏曲声腔研究提升到系统性、规律性的阶段"（安裕群文，载《西部歌声》1989 年第 2 期）；尤其他还为秦腔首创《词典》，这在全国地方剧种中，也是绝无仅有的一个开拓性创意成果。正强同志站在民族文化的高度，融理论性、知识性、民俗性、普及性于其中，以此充分体现"民族精神本身"，从而为秦腔艺术"构筑了一项意义重大而深远的基础工程"。难怪有人撰文称，从正强同志的这一举措中，"可以想见，后世之人看《秦腔词典》，一定会像今天的学者重视《录鬼簿》《剧说》《曲海总目》《花部农谭》……其学术研究价值无论怎么估计也不显过分"（杨智文，载《兰州晚报》1996 年 3 月 31 日）。此外，他的《陇剧音乐研究》的出版，使甘肃这一新生地方剧种，在不足四十年的发展中，及时得到理论上的总结。正由于正强同志的这些著作都属于开山之作，自然也就显示出了非同寻常的学术价值和历史价值。

当然，任何理论都应是实践的总结与升华，尤其衡量一种学术观点正确与否，都要在实践中充分检验，如果理论脱离实际，那只能是一种空泛的议论，不仅经不起历史的考验，也不会被读者所认可，自然也就更无学术价值可言了。而正强同志的许多学术观点，可以说都是针对当前戏曲改革实际提出来的，而且他把艺术的个性寓于艺术的共性之中，使之具有普遍的指导意义。比如他在《秦腔音乐概论》这本书里，论及当前秦腔音乐改革中普遍存在的种种弊端时，这样写道：

> 秦腔音乐作为一个剧种所独有的音乐，其本身必然会有相对形态和绝对形态两种基因并存。相对形态就是它在历史的延续中，能够进行再创造、再发展的部分，诸如旋法、板式以及表现形式和表现手法等等……绝对形态则是作为剧种存在、延伸以及创造发展基础的一种特有文化品性，而且更大程度上则指从其音乐内核所显露出来的那种地域性风格而言。因此，当我们今天论及它的改革与发展时，无论是继承传统基础上的标新立异，还是突破传统程式基础上的创新发展，抑或横向借鉴基础上的多元吸收，都是在保持其绝对形态前提下而言的。因为，越是显示其自身特点的东西，就越具有顽强的生命力，反之，只能有害于斯，沉灭于斯，这一点，也早被历史所证实。

短短数言,切中当前戏曲音乐改革之要害,这些年来,各地方剧种之所以出现"非驴非马"、"京歌"、"秦歌"之弊端者,其根源不是昭然若揭了么? 正是正强同志持此科学态度,他对秦腔、陇剧音乐目前发展中存在的一些问题,也从理论联系实际的高度提出了令人折服的剖析。评家认为:"作者言近旨远的话,是包括作者在内的许多有识之士和实践者的经验之谈,对今后秦腔乃至整个中国戏曲的创作和革新,都具有现实的指导意义。"(姚昌民文,载《当代戏剧》1996年第3期)

艺术作为反映现实的精神创作,总有其永不竭止的升华潜力。对一个戏曲演员来说,不论其演技再高,也绝非完美无缺。借用当前时髦的一句广告词来说:艺术没有最好,只有更好,这才符合"艺无止境"常道。当今戏曲评论,滥施吹捧之风日盛,人情文章满天飞。这种不良学风,貌似"捧"而实则"杀",并无助于演员健康成长,也反映出评论者鉴赏能力还不到位,或者职业道德上的低级庸俗。正强同志则以马克思主义辩证唯物论和历史唯物论的观点,去分析每个演员的艺术实践活动。在《秦腔名家声腔选析》这本书里,他便以严谨的治学态度,既充分说透各个秦腔名家艺术创造上的过人之处,又中肯地指出他们各自在艺术上存在的不足或有待改进的地方,并给每一位演员的艺术成就均给予客观公正的评价。尤其对那些声望极高的秦腔名家,更是如此。如对秦腔名家袁克勤,他先从几个方面详尽分析了"袁派"唱腔在旋法、唱法上异乎他人的独特创造与风格所在,又直言不讳地指出他那"一道汤的哭腔",导致在创造角色形象方面"既缺少感情变化,又缺少个性的细微区分"而形成"戏窄、单一的短处";对甘肃名家王晓玲,同样以具体事实和科学的论据,除详尽剖析了其唱腔创造的精到之处和"善放高音,善拉高腔"的艺术优长而外,也不隐讳其缺陷,指出她的"这种'高腔'固然对她嗓音的施展、发挥无疑起了很大作用,同时,也因过于频繁地上挑下滑,使旋律的表情性有时不能不脱离于人物感情之外";对李正敏、苏育民、何振中、田德年、李可易等声望极高的秦腔大家,也都莫不依理直言。正因为这样,在他的笔下,秦腔名家一个个成为真实而全面的艺术楷模,而不再是让人难以捉摸的偶像躯壳。正强同志的这种严谨治学精神,"表现了一位学术研究者正直端方、立论公允的品格",同时也被评论界誉为"正确评价戏曲演员的范例"(范克峻、姚昌文,分载《甘肃戏苑》《当代戏剧》)。

值得一提的是,王正强同志在用词上准确而严谨,特别是那些定义性的词汇,真可谓达到无懈可击的程度。如对刘易平这位饮誉三秦的名家,他首先将其定位于"歌唱型须生演员"这一部位,然后在此前提下,指出"他深知自己身上的圆缺,从不去碰诸如武打、做工细腻的动弹戏,而像《取都城》《葫芦峪》《八义图》《辕门斩子》之类的唱工戏,却又演得手到神来,活灵活现。特别是一些戏一经他创演,就成为别人必遵的范本,像《辕门斩子》这出戏,目前无论谁家演来,均跳不出他的创造典范"。再如谈及"敏腔"特点时写道:

> 李正敏尤富革新精神,从词到曲可以说里外全新。他的唱腔不仅处处有新声,而且段段都有险绝。同样一个"二六板",他却能够化平为深、化俗为雅,用在不同的戏里,更是各呈异趣。

寥寥两笔,准确严谨地道出"敏腔"特点之精髓。像这类定义性的用词,被读者惊叹地赞曰:"除王正强外,谁人有此胆识。"尤其令我折服的是,正强同志能够牢牢把握读者的阅读心理和价值取向,并以散文式的抒情文笔,使最易流于枯燥乏味的理论引证、论证与陈述,借助于叙述、形容、比喻、对比等多种手法,写得十分精彩并引人入胜,由于给读者创造出一种循循善诱的阅读气氛,既耐看,又易记,还能留下许多回味与思考。如在论及李正敏与何振中二人的演唱特点时,他这样写道:

> 若要论及此二人在声腔艺术上的特点,如果借物比喻,"敏腔"恰似一杯甘冽的香茶,清醇雅正而沁人心脾;"何腔"则像一樽浓烈的陈酒,辛辣火爆而弥漫奇香。

然后再以二人对《玉堂春》苏三所唱"她将我拉拉扯扯到衙门"一句旋法、唱法的不同处理,形象地指出一个以精巧含蓄取胜,一个以火爆泼辣赢人的不同意趣及各自在塑造感情形象方面截然迥异的艺术思想。正是这个缘故,正强同志的著作,受到读者的广泛欢迎。陕西省一位七十多岁的著名秦腔老艺术家,竟能一字不差地背诵正强同志专著的许多大段原文,甚至还出现正强专著手抄本流传的情形。作为学术理论专著,能达到这种社会效果,其影响之大、感人之深,就可见一斑了。

正强同志的可贵之处还在于他始终有一个纯净、宽博的良好文化心态。他既不羡慕商海捞金的浮躁,也不为自己的荣辱名分计较。数十年来,他连续出版学术专著十多部,然而却很少有人知道这竟是他的业余成果。正是他的勤奋和默默奉献精神,使"秦腔理论建设已经大大走在其他剧种的前列"。有鉴于他突出的建树和工作需要,当年我曾两次想将他调至文化厅,并欲委以重任,但正强不为官位所动而婉言谢绝,甘愿固守清贫,由此看出他难能可贵的情操。也许这正是正强能在学术上取得成功的根源之一。目前,已有学者将他的学术专著列为一项戏曲理论系统工程而正着手进行研究探讨,西北戏曲圈内,也因此而便有了"秦腔的源头在陕西,而秦腔的理论却在甘肃"这一说词。正强同志以他的勤奋和建树,赢得了戏曲界、艺术界、评论界的广泛尊重。

岁月如流,平生何几?转瞬之间,正强同志也已年逾七十,然而,创作和研究兴头似乎更加旺盛,尤其最近两年,他不仅完成了近百万字的《甘肃戏剧史》撰著,还重新修订了他的《秦腔大辞典》。今年,他又独自完成已被列为"十二五"国家重点读书出版规划项目和国家出版基金项目的《中国秦腔艺术百科全书》。如此浩大的学术工程,向来都是由某一主管部门出面,先组织数十人甚至上百人的庞大写作班子,还要花上几年或成十年时间才能完成的事,正强同志却独自一人担纲而且仅仅用了一年时间完成了《全书》的撰稿,这在辞书编撰史上也是创了迪士尼世界记录的一大奇迹,就连国家出版总署的辞书老专家也深感惊讶和不可思议。该书分上、下两卷,总计240万字,由太白文艺出版社和国家编译出版社联合出版,将于2014年底向国内外发行。

我从岗位上退下来以后,时间多了,也想重操旧业写些东西。在我翻检过去的一些资料过程中,竟翻出手头存留着正强同志发表在各地报刊的许多文章,基于对王正强同志勤奋敬业精神的感动,将这些零零碎碎的文章整合在一起,没想到足足汇集了两大本,而且有些文章还很有学术价值,故建议他能够出版,以飨读者。后经他本人增删取舍,定名《王正强文论选》(上、下卷),付梓出版。

我们的时代不仅需要优秀的剧作家和表演艺术家,更需要优秀的评论家和戏曲理论家。理论来源于实践,反过来又指导实践,只有我们拥有这两支队伍,才能促使戏曲艺术革新和健康发展。从这个意义上讲,王正强同志的这种勤奋敬业精神以及所取得的成绩,是很值得提倡和学习的。

是为序!

(此文原载于《人民日报》1998年11月7日;今重改姑且作为本书之序)
2012年10月于兰州

有言在先

这两卷文论,虽系一堆累瓦结绳之窘句,却是我三十年零敲碎打之汇集。尽管信游视听,随心所欲,甚至常在坚白同异之间陈误闭讹,但总体上并未逾越三分守土,笔端只在艺术圈内左右乘除:戏曲、曲艺、文学、音乐、民歌、舞蹈、绘画、书法乃至电影、电视、广播等几乎都有涉猎。篇幅也是长短不一,短者一千两千,长者一万两万。文体更显舛杂:论著、杂著、随笔、考证、议事、追怀等等,五花八门,无定无法,如同活到七十多岁的没牙老太,说话语无伦次,见事总爱絮絮叨叨。可以想见,将这些文章整合在一起,着实有些信马由缰、游目骋怀的意味。为不给读者选读时造成太多艰难,按张炳玉老领导的建议,归为"论著"、"杂著"、"评著"三档。"论著"多系发表于各学术刊物的专业论文,每篇多在万字以上;"杂著"则系散见于报纸杂志的千字小文;至于"评著",专为评家对余之十多本学术著本"品头论足"而设。三"著"合一,分作上、下两卷。另外,编选之初,原本还设有"曲赋"一卷,遂将多年创作的诗词曲赋和歌曲作品亦择编成册刊帙。后来一想,这又会使上、下两卷扩之成上、中、下三卷,而词赋、歌曲又是非"评"非"论"之属,收之不仅与本书文体格格不入,反而使全卷更加杂上添杂。权衡再三,还是舍弃为好,容后另作专集出版。

收入两卷的文论,有些曾在学术界产生过一定反响,甚至还引发过热闹的争鸣,省内外媒体也跻身其间大敲边鼓呐喊助兴,相关报道随时刊布于世。时下,中国戏曲正面临着理论上的贫困感和危机感,浮躁的心绪不会有人对戏曲理论探研产生太大兴趣。然而,出乎意料的是,余之拙文竟能引发社会关注和热烈争论,甚至有些报刊还将其如同"小说连载"般地分章分段连续刊登有近大半年之久,这在我国报刊史上,恐怕也算是一次绝少的特别和"例外"了。由此恰恰说明,作为平民文化的戏曲艺术所具有的广阔生命空间,也即在盲目追风之人不屑扫视的一隅,还有庞大群体对戏曲文化真诚关注和鼎力守护的存在,但不管怎么说,毕竟是一件令人十分快慰的事情。这次成书时,也将报刊相关报道一并阑入"新闻链接"标题名下,附于所属文章之后,以备读者参阅。

即便如此,两卷收入的文章,亦非我之散作的全部,同样也是有选有择、有淘有汰的。"选"有两重含义:一是大浪淘沙,择而收;二是年久流失,不淘自汰。特别是即兴游笔的千字小文,大都发表于日报、晚报之上,当天看到的,及时剪裁,及时保存;当天未看到的,时过境迁,未能得手就已散佚。即令剪裁收藏的,收来藏去,反倒藏了个杳无踪迹。此类事发生过不止一次两次,而散佚者又多系观剧后即兴生情的有感而发,自然更具直抒己见、敢肆狂謦的真实本色。因此,记忆中不乏有针砭锐敏和令自己喜欢的文章,可惜皆随时间付诸东流。令我既意外又欣慰的是,甘肃省文化系统的老领导张炳玉同志在整理自己资料的过程中,翻检出我的一些文章,还专门开列出一长串文章目录清单,并建议我汇集出版。老实说,在此之前,我还从未想过此事,经老厅长的提醒,才在他整理的文章目录基础上,经过我二人多次商讨,多次增删,这才促成"散酒整装"整合打包的想法。因此,这两本《文论选》的出版问世,功劳全在张炳玉同志的力挺。炳玉同志原本是个官员,任过平凉地委副书记、中共甘肃省委宣传部副部长、甘肃省文化厅厅长、甘肃省文联党组书记及副主席等要职,退休后又组建甘肃省中华文化促进会,现在又任全国中华文化促进会副主席,尽管职务有别,却一直分管全省文化工作,而且多年来也是笔耕不辍、常有文章见诸报端和专著出版行世的作家艺术家,故被媒体誉为"学者型的官员"。正是共同的志向之所趋,抑或是他更着眼于中国戏曲艺术振兴之大业,早在三年前就已开始了该书的编选工作,这令我十分感动。老实讲,倘没有他的力挺和鼓励,就凭我个人的心力和胆量,恐怕只能是在望如朝露般的兴叹中难见天日。因此,在该书付梓之际,借以表达我对这位文化界老领导深深的敬意和由衷的感激之情!

《荀子·天论》有言:"不为而成,不求而得,夫是之谓天职。"意思是说,人的一生,各有职责,理应顺从天职而行事,不可随意违悖而自恣。老子将此称为"知人者智,自知者明"。有自知才能有自明。余自以为既有自知,也有自明。自知者对于偶然得来的一生,在天职的认同上有个总体把握,知道自己的有限性和可能性。因此,对于前景既未有过"独上层楼望断天涯路"的茫茫绝望,更不曾有过"天下事舍我其谁"不自量力的空洞抱负。我所拥有的便是排除一切非分之念,既不羡慕别人官场升迁突然得来的超常风光,也不眼红商海一夜暴富之后的纸醉金迷,只是本本分分耕耘在属于自己的三分地上,低头拉车,无视殊途,只重过程,不计后效,深信《吕氏春秋·用民》所言"夫种麦而得麦,种稷而得稷,人不怪也"蕴涵之哲理;自明者明在对自己有限生命主宰权的控扼和开发。不悲观,不焦虑,恪尽职守,安常处顺,不作无畏的冒险和强行攀缘。知道自己没有背景也无须什么背景,故而既不趋炎附势,更不谄上傲下,紧紧遵从与生俱来受苦受难这一禅宗教诲,始终持以平静心态对待自己也善待别人。这也是我从三千年中国封建文人往往被浮躁心仪所席卷沉没并最终依然狼狈回归本真的历史教训中得来的一点启迪。这种中国式的"知命"情感超越,显然与西方宗教性私德和社会性公德观有着本质的区别。

　　尽管如此,当我即将步入花甲之年,回首返顾自己身后留下的一串履印时,同样竟不知自己走过的大半生涯,究竟都干了些什么,甚至有时连自己的职业和本行都弄不大清楚了。按理,吃了大半辈子广播饭,而且还得来个头衔不小的"高级编辑"名分,却对自己正业与副业的界定常常模糊如烟。过去的年代,广播乃是我党天字第一号的"喉舌",从社会分类学的角度讲,"喉舌"当属新闻无疑,凭我的正业理应算得上当之无愧的新闻人吧!其实不然,正业之外的一应事宜,却在不知不觉中又深深陷入社会文艺的泥潭,而且大凡全省文艺界的活动,我都是参与者甚至还是组织者之一,这如同脚下踩着两只船,身躯横跨两船之间,新闻人将我当就了文艺人,文艺人又将我看作成新闻人。四十年来,实际是在新闻和文艺两界的夹缝中漂泊荡悠。有人说这是因为我在文艺上建树过大,副业压倒了正业,"墙里"红到了"墙外"。此话我不能苟同,姑且不论我从事这种"副业"的目的正是为了提升自己"正业"——广播文艺编辑的专业化水准,即便我三十多年在正业岗位上的建树难道就有逊于别人?倘若果真如此,组织凭何过早地授予我以"高级编辑"职称,我的编播经验又何故能在全国广播工作会议上推介交流?无数次的获奖不消说起,一分一秒辛勤抠录的十几万分钟绝版戏曲音响库存资料有谁与之堪比?由我录制、编辑、出版的上千盘秦腔盒带、唱片、光碟等又有谁能与之比肩?那么问题究竟出在何处?想来想去,恐怕还是与评家所言"只顾低头拉车,从不抬头看路"的"犟牛"脾气脱不了干系。这也难怪,不介入人际纠葛,不浪费一寸光阴,每天笔耕十七八个小时以上,四十年一如既往,坚持不懈的苦人儿,哪有闲情逸致时时察看周围眼色,又哪有工夫费舌于间闲短长?更何况不追逐官员屁股、不沾手麻将桌沿的劳心之人,世俗岂能容乎?尽管堂堂正正,却难正正堂堂。有句成语,叫做"远交近攻",原本是范雎建议秦王嬴政舍近交而弃远攻之事:"王不如远交而近攻,得寸则王之寸,得尺亦王之尺也。今舍此而远攻,不亦缪也!"事实也是如此,暗箭多发自对面,故易攻;朋友多来自远方,故易交,这方面似乎人人感同身受,体会多多。"枪打出头鸟"向来是东方哲学的一大特色命题,其实,倘从文化的角度细加玩味,也是一种颇有意思的人生游戏。所幸者我未能被它击倒,学术界对我自有公正评述:前文化部一位老领导就曾在公开场合叹曰:"全国研究戏曲的人确实不少,但像王正强十年内能拿出七八本专著的确也不多!"陕西省文化厅副厅长叶增宽亦在公众面前感言:"王正强不仅仅是甘肃的王正强,而是全西北的王正强,他的学术建树,他的社会声誉,简直成了秦腔界的一杆旗!"领导

600

们总善于褒扬中掺杂鼓励，而我却在这种鼓励下再无任何理由不知足了！

国人向有"无九"俗习，当你活到六十有八的分上，翻年一跃就跨入七十花甲的门槛。孔老夫子有句名言："六十而耳顺，七十而从心所欲，不逾矩。"按照李泽厚的解释，这两句话是说"六十岁自然地容受各种批评，七十岁心想做什么便做什么，却不违反礼制规矩。"焦氏循《论语补疏》则言："顺者，不违也。舍己从人，故言入于耳，隐其恶，扬其善，无所为也。"其实，人活六十以上，途经的坎坷波折早就复平了性格的棱角，自然能够平静地善待一切事理，即令有什么不好的言词入耳，也能付诸一笑了之，绝少再去争什么你高我低，自寻那份挠心的烦恼。至于"不逾矩"么，就是行事知礼、办事中正。朱熹云："严而泰，和而节，此理之自然，礼也。毫厘有差，则失其中正。"实际上，是要人们上效国家，下孝父母，中庸达观，通经致用。尤其在我们这个政教合一的国度，自古至今，都把伦理（父子）和政治（君臣）视为同一回事。用今天时髦的话说，便是忠诚于国家就是忠诚于人民，为人民服务就等于为国家服务。尤其在倡导"科学发展观"的今天，国家不但需要"为科学而科学"、"为艺术而艺术"的专门人才，也需要一批脱开政治，专攻行政的"官僚"科层，两种学科的谐调致用，我们的国家才能走向多元发展、繁荣昌盛的未来世界。

《正义·毛诗序》言："志者，心之所之也。"《经义说略》亦云："谓志，识同，即默而识之也。"我作为中华子民，理应以"而志而立"做好本分"正业"工作，出色服务于国家人民。同时，又牢牢把握自己的有限性和可能性，于"正业"之外辟设蹊径而"从心所欲"，达其心志，正副两业互补，内外交错相映。这当然要立志于劳心，开发于吃苦。从这个意义上讲，回首再看看自己的背影，反倒觉得今生无憾而更绝少怨尤了。

时下，我正处在"七十而从心所欲，不逾矩"的临界点上，却过早步入"从心所欲"般的超脱。至于"不逾矩"么，我也做到了只在规矩程式之内"言必虑而其所终，谨于言而慎于行"。当然，人活一世，难免也有谨毛失貌，甚至"尽小者大，积微者著"。但扪心自问，无愧于天地鬼神，我想，这便是阴律所谓之善了。正因此，心态平正而宽阔，正气荡荡而浩然，既不为半夜敲门而惶惶，也不为风送碎语而忧悠。

活到这把年纪，该为自己作出一个客观而真实的自我鉴定，正好搭乘这套《文论选》出版面世的便车，写下这篇《有言在先》，道出本不该道出的"心语"。至于别人怎么看我，那是别人的事，我管不着，也不想管，历史的误解还须历史去复平，任由它去处理吧！但仅就学术而言，有些著本当然还包括这部《文论选》中的一些文论，有可能还会成为后世评说的焦点。其实，思想超前的评论家已经预感到了什么，他们操笔撰文，隐隐约约传递着各自想象的信息:"王正强先生对甘肃西秦腔研究的高明见解,在于他整合了前二百年的争论,铺设了后二百年的思考,从这一点来讲,他的研究成果是有永恒的意义的。"(严森林)"王正强关于戏曲声腔的研究,是把这一学术课题往前推进了一步,在微观层面上填补了地方戏声腔研究的空白,在多学科的应用上,将戏曲声腔研究提升到系统性、规律性的阶段。他对未来声腔研究的价值和开拓性意义便在于此。"(安裕群)"可以想见,后世之人看王正强的《秦腔词典》,一定会像今天的学者重视《录鬼簿》《曲海总目》《剧说》《花部农谭》……那样,其学术研究价值,无论怎样估量和评说,也丝毫不显过分。"(杨智)……

　　余仅此而足矣!

王正强

2012 年 10 月 20 日

记于兰州竹韵斋

论著

王正强文论选

西秦腔考

西秦腔自明代万历年间在南戏传奇抄本《钵中莲》第十四出《补缸》作为顾老儿演唱的戏曲腔调首次"亮相"以来，不仅被许多学者视为秦腔剧种的异名和化育我国北方梆子声腔剧种的开山鼻祖，同时又在其地域归属、声腔体制乃至历史上是否真实存在等诸多方面生出不少学术纷争，甚至更多的人还将其与今天的秦腔等同起来，认为西秦腔就是秦腔，抑或西府秦腔云云。那么，西秦腔究竟是"西秦"之腔，还是"西府"之腔?二者在其腔调、体制上有何异同和内在联系? 是彻底消亡还是依然存在?其腔调音乐到底是个什么样子?让我们先从卷帙浩繁的史籍中捕捉一些与之相关的蛛丝马迹。

清人吴长元《燕兰小谱》卷五云：

> 蜀伶新出琴腔，即甘肃调，名西秦腔，其器不用笙笛，以胡琴为主，月琴副之，工尺咿唔如语，旦色之无歌喉者，每借以藏拙焉。

道光八年（1828 年）张际亮《金台残泪记》云：

> 今则梆子腔衰，且变为乱弹矣。乱弹即弋阳腔，南方又谓［下江调］，谓［甘肃调］曰［西皮调］。

清道咸谢章铤《赌棋山庄词话》云：

> 甘肃腔即秦腔，又名西秦腔，胡琴为主，月琴为调，工尺咿唔如语。

清人徐珂《清稗类抄》三十七册云：

> 北派之秦腔，起于甘肃，今所谓梆子者则指此。一名西秦腔，即琴腔。盖所

以上诸引，皆出于中晚清文人笔录，而且用语相同，呈述简浅，显系观剧后的有感而发。

另外，清康乾时人李绿园所撰《歧路灯》也曾几次提到"陇西梆子腔"在河南汴梁演出的情景；再有清乾隆三十五年(1770 年)由玩花主人编辑、钱德苍增辑的《缀白裘》，也刊有以西秦腔演出的剧目《搬场拐妻》，并在唱词前标明"贴唱场上先［浪调］"字样，其后附有西秦腔工尺谱两行。以上便是目前所能见到的西秦腔之早期文献。

当然，仅凭这些只言片语的文字记述，恐怕很难说清楚当时西秦腔的唱腔音乐究竟

是个什么样子。然而，却使我们看到这样两个不容否认的事实：一是甘肃西秦腔是历史的真实存在；二是吴长元等所言"工尺咿唔如语"，无疑是指西秦腔粗犷豪放的演唱风格和如诉如说的音乐旋律特点以及整体腔调的音响、音色等；三是"其器不用笙笛，以胡琴为主，月琴为副"等语，不是指西秦腔伴奏乐队的乐器配置又指什么呢？

而陕西秦腔，无论演唱、音律、配器乃至唱腔的板眼节奏、音乐风格等等，皆与甘肃西秦腔大相径庭，这在清代文人笔录中，同样有过不少详尽的记述。如清乾隆李调元之《剧话》云：

> 秦腔，始于陕西，以梆为板、月琴应之，亦有紧慢，俗呼"梆子腔"。

同时他又谈到：

> 又有吹腔与秦腔相等，亦无节奏，但不用梆，而以笛为异耳。

清康熙五十一年（1712年）绵州县宰陆箕永还曾以《竹枝词》形象描绘出当时川北山村演唱秦腔的情景：

> 山村杜戏赛神幢，
>
> 铁板檀槽柘作梆，
>
> 一派秦声浑不断，
>
> 有时低去说吹腔。

尤其清乾隆严长明《秦云撷英小谱·小惠》一书，对陕西秦腔的唱、伴、调、板、昆、梆等情形记述得更为详尽：

> 陕西人歌之为秦腔……声之中有音，喉、腭、舌、齿、唇是也。调之中有节，高、下、平、侧、缓、急、艳、曼、停腔过板是也。板之中有起、有腰、有底，眼之中有正、有侧，声平缓则三眼一板(惟高腔七眼一板)，声急侧则一眼一板，又无不同也。其中微有不同者，昆曲佐以竹，秦声间以丝。然乐器中有九调，自乙调、正宫、六字、凡字、小工、尺字、上字诸调，丝与竹皆同也。秦声所以去竹者，以秦多肉声，竹不入肉，故去笙笛，但用弦索也。昆曲止有绰板，秦声兼用竹木(俗称梆子。竹用篦筶、木用枣)。所以用竹木者，以秦多商声，商主断割，故用以象栝樖……栝樖以木为之，中空，以作节奏，其声桄桄然，如更梆子，秦人俗称秦腔为桄桄子，或即执此而言也。它省则通称曰梆子……绰板声沉细，仅堪用以定眼。

至于陕西秦腔总体艺术风格和音乐基调，清代戏剧家也曾有过不少专门记述。如清

康熙刘献廷《广元杂记》说它"其声甚散而哀",清光绪萝摩庵老人《怀芳记》一卷说它"激越哀怨盈耳",清末叶德辉《重刊"秦云撷英小谱"序》则说它"激越多为杀伐之声"等等。

再明显不过了,李调元、陆箕永、严长明等人所称"始于陕西"的这种秦腔(或曰梆子腔,或曰桃桃子),其主要特点在于"以梆为板"和秦昆合一 (包括 [吹腔],陕西学者杨君明等《同州梆子音乐》(油印本)将其称之为"昆乱同台")。虽然它在演唱发声方面有喉、腭、舌、齿、唇等部位之细别,音乐伴奏特别是过门伴奏(即"停腔过板")有高、下、平、侧、缓、急、艳、曼等不同,但在板眼节拍与结构上,却不外乎"亦有紧慢"和"亦无节奏"三种形式,并根据音乐进行的"平缓""急侧"抑或是否放唱"高腔"而分加归纳区别。倘若行进"平缓"者,皆属"三眼一板"的节拍结构(也即 [慢板]),倘进行"急侧"者,皆属"一眼一板"或"有板无眼"的节拍结构(即 [二六板] [紧二六板] 即 [剁板])。这正是李调元所说的"亦有紧慢"。而李调元所言"亦无节奏",实际上乃是指"无眼无板"的"散板"而言,即昆曲、吹腔中的散唱和秦腔中的 [尖板]、[带板]、[滚板] 之类。另外,严长明的"高腔七眼一板"之说,其中"高腔"是指以假嗓翻高八度唱出的"采腔","七眼一板"则是形容这种"采腔"中的冗长拖腔,或者专指"采腔"中的"八梆子"而言。这种"秦昆合一"的"陕西秦腔",当其演唱昆曲或吹腔时,非但不用梆子,还仅以竹笛伴奏;当其演唱秦腔时,不仅改换为弦乐伴奏,同时还加用竹木(梆子)来击节"定眼"。但当演员一经开口起唱,则又取掉笙笛而又以弦索包腔,待到过门("停腔过板")之处,笙笛弦索则又合而复起。这种"以梆为板"、"昆乱(乱弹)同台"的"陕西秦腔",实际上说的正是陕西的同州梆子。如上所言在其演唱、伴奏、板眼、音律、高腔、昆曲等诸多情景,不仅与我们今天所见到的同州梆子极相吻合,即令"激越哀怨""其声甚散而哀""多为杀伐之声"的总体艺术风格,也是颇相一致的。 同时,也与当时"胡琴为主、月琴为副"、"其器不用笙笛"且又"工尺咿唔如语"的甘肃西秦腔迥然相异并形成鲜明的区别。

如果我们再结合明万历、清乾隆年间以西秦腔演出的《钵中莲》《搬场拐妻》等剧目对其腔调具体运用情况进行说明,也许更有助于摸清西秦腔与陕西秦腔在声腔体制乃至音乐腔调结构等方面的差异。

《钵中莲》写定于明嘉靖元年(1522 年),全剧共十六出,唱腔系南腔北调杂陈,其中第十四出《补缸》顾老儿上场科白之后,即标明 [诰猖腔] (系北方小调《补缸》)演唱的唱词，顾老儿用［诰猖腔］演唱行将结束后，便是殷氏和顾老儿的一大段对唱，则直接标明演唱所用腔调为［西秦腔二犯］，全段共二十八句，皆为上下对偶七字句式(或起承转合七字四句体式)。全词如下：

殷　氏：（唱）雪上加霜见一斑，

　　　　　　　重圆镜碎料难难。

　　　　　　　顺风追赶无耽搁，

　　　　　　　不斩楼兰誓不还。(急下，净上)

顾老儿：（唱）

　　　　　　　生意今朝虽误过，

　　　　　　　贪风贪月有依攀。

　　　　　　　方才许我□鸾凤，

　　　　　　　未识何如筑将坛。

　　　　　　　欲火如焚难静候，

　　　　　　　回家五□要相烦。

　　　　　　　终须莫止望梅渴，

　　　　　　　一日如同过九滩。

殷　氏：（上）咦!快快赔我缸来。

顾老儿：乾娘!（唱）

　　　　　　　说定不赔承美意，

　　　　　　　一言既出重丘山。

　　　　　　　因何灰死重燃后，

　　　　　　　后悔徒然说沸翻?

殷　氏：胡说，谁说不要你赔?　快快赔我缸来，万事休论。

顾老儿：（唱）

　　　　　　　我是穷人无力量，

　　　　　　　任凭责罚不相干。

殷　氏：当真?

顾老儿：当真。

殷　氏：果然?

顾老儿：　　　　果然。

殷　氏：罢！（唱）

　　　　　　奴家手段神通大，

　　　　　　赌个掌儿试试看。

　　　　　　（白）变！（下）（场上作放烟火介，小旦扮殷氏僵尸上。）

　　　　　　你赔也不赔？

顾老儿：　　　阿呀不好了，鬼来了!（唱）

　　　　　　恶状狰狞真厉鬼，

　　　　　　将何驱逐保平安！

殷　氏：（接唱）

　　　　　　若然一气拴连定，

　　　　　　难免今朝□用蛮。

顾老儿：（接唱）

　　　　　　火烧眉图眼下。

　　　　　　（白）走吓！（接唱）

　　　　　　快些逃出鬼门关。（下）

殷　氏：　　　怕你逃到那里去！（唱）

　　　　　　势同骑虎重追往。

　　　　　　迅步如飞顷刻间。（下）

　　［诰猖腔］与［西秦腔］之间，还插有殷氏以"尾声"唱出的一句七字句腔词。

　　《搬场拐妻》系《缀白裘》第六集所刊，属昆弋腔。剧本直接标明为西秦腔剧本，所用唱调则含［水底鱼］、［西秦腔］、［小曲］、［乱弹］四个腔调。当然，［西秦腔］作为该剧主要腔调，地位较为突出，而且还在［西秦腔］名下特附有工尺谱两行。唱词长大，为长短句的体式，摘引一段如下：

　　　　　　这春光早又是阑珊，

　　　　　　阑珊归去也。

　　　　　　梨花剪剪，

　　　　　　柳絮飘飘，

　　　　　　何方歇？

去匆匆，

捱过了三春节。

春愁，

春愁向谁说？

叹离家，

背祖业，

心儿里，

忍饥渴，

听鸟儿，

巧弄舌。

道春归，

何苦的人离别？

　　词很长，仅择其一段，足以看出两个剧目之［西秦腔］配词关系上的差异。

　　《钵中莲》系规则方整的七字句式，两句一段，上下两句倍之唱出；《搬场拐妻》则是较为严谨的长短句式，即按曲牌体格填入的词牌体式。剧本词式的不同，说明唱腔曲体结构的不同，同时也隐现着腔调音乐旋律的不同。这种差异，倘若仅从其两剧剧本来看，又是［西秦腔］是否"二犯"才引发出来的差异。"犯"者，"犯调""犯声"也。宋姜夔《白石道人歌曲》四《凄凉犯》有注云：

　　　　凡曲言犯者，谓以宫犯商，以商犯宫之类。

这明显是指"异宫相犯"的"旋宫"和"转调"。但"犯调"的另一种解释便是南曲中的集曲，或北曲中的"借宫"。明徐渭《南词叙录》：

　　　　徽宗朝，周、柳诸子，以此贯彼，号曰"侧犯"、"二犯"、"三犯"、"四

　　犯"，转辗波荡，非复唐人之旧。

　　当知宋代词人周邦彦、柳永等人所作歌曲中，就已运用犯调的方法，突破唐代词的原有格式。后世戏曲音乐继承了这一艺术传统，对"犯调"有更为广泛的运用。于是，便有了诸如［西秦腔二犯］、［五更转犯］、［四犯黄莺儿］等曲牌名目。

　　倘再结合明万历抄本《补缸》之［西秦腔二犯］所唱上、下对偶七字句体剧词，而清乾隆《搬场拐妻》未标"二犯"之［西秦腔］所唱长短句体剧词这一事实，将此处"二犯"我们不妨姑且视为西秦腔唱腔音乐"突破传统一般结构规律"，并由曲牌体向板

腔体发展过渡的一种"创编手法"现象来看待，也不是没有这种可能。何况在"板式"或"板腔"这一戏曲音乐专用术语尚未出现的明万历时期，甘肃陇南影子腔，早就启用"两句腔"这一词汇，称其自己上、下句变化重复的唱腔了。从这一意义上讲，［两句腔］很有可能是［板式］或［板腔］的前称，也有可能专指"西秦腔"长短句曲牌唱腔通过"二犯"的"创编手法"来"突破一般传统结构规律"，并发展为更简洁的上、下句板式变化结构的"两句腔"唱腔了。

至于［西秦腔］何能以填入两种不同体制词格这一事实，我认为不能排除它受汉唐乐舞大曲或直接承袭其中唱调这一因素。因为西秦腔乃从甘肃本土而生，而甘肃历来又是胡夷、中原和本土音乐杂处之地，受宠于历代陈朝的《凉州》《伊州》《甘州》《渭州》等西凉乐舞大曲，虽然大演于长安宫廷，却又早发于甘肃河西四郡，并由河西节度使杨敬述首献玄宗帝而始得，这在《唐书·音乐志》中有着明白无误的记载。唐宋之后，随着诗衰词兴之大趋，便将其中可供歌唱和"倚声填词"的部分片断采摘出来，"取其词与和声相叠成音"①，由此便生出众多的曲牌唱调来。这些曲牌唱调，后来又以套数、散曲形式连同所采民间俗曲"小令"(叶儿)的南曲、北曲合流一起，这就是后世之人所称的南、北曲。南、北曲的出现，既为后来的南戏北剧声腔音乐奠定了基础，也为板、牌两兼的明代甘肃西秦腔声腔体制打下深深的契机。

进入戏剧的这些曲牌唱调，当初也不一定每首必有曲名，传播过程中，自然"有取古人诗词句中语而名者，有以地而名者，有以音节而名者，其他无所取义，或以时序、或以人物、或以花鸟、或以寄托、或偶触所见而名者，纷纷不可胜纪"②。比如，当时大凡从凉、伊、甘、渭等乐舞中摘出的唱曲，约定俗成，仍以地名谓之为曲名，具体者，如《八声甘州》《梁(凉)州令》《甘州歌》《伊州赚》等等。这种风气，在明末清初尤盛。当时由各地流入京都的唱调，大多以传来地名为其曲名，如《湖广调》、《扬州歌》《利津调》《关东腔》《凤阳歌》《西凉》《西京》《西调》等等，皆以传来地域命名所使然。其中有些则以拥有众多曲调而自成体系，如《西调》，当时便自成体系，独立门户，不仅《霓裳续谱》中收它不少，乾隆花部诸腔剧种，用它者也不下数十种，但人们将其统称之为"西调"。同样，西秦腔之所以能生出琴腔、甘肃调、甘肃腔、陇西梆子腔等诸多称谓，未尝不是由地名演绎为剧名或曲名的结果，当其这些来自甘肃的戏剧声腔或其中某一唱曲，阑入南戏北剧之后，统称为"西秦腔"者，也不是没有可能。

如果再从两个剧目对西秦腔的实际使用情况分析，［西秦腔］也并非一贯全剧始终，不过只是作为一个腔调或者一个曲牌与其他南曲北调联缀合而用之。《钵中莲》全剧共十八出戏，所用声腔、曲调多达上百只，但属北剧声腔者仅有［弦索］、［山东姑娘腔］和［西秦腔］三种，而［西秦腔］仅在第十四出《补缸》一场用过一次外，再未复现。《搬场拐妻》一剧，也将［西秦腔］同［水底鱼］、［小曲］、［乱弹］混杂一起演唱，［水底鱼］本属南曲越调，其唱词有着严格定数，词式为四、五、四、五、五，而该剧为其所配唱词是：

> 矮子矮人，
>
> 矮衫矮布裙，
>
> 矮脚矮手，
>
> 矮人三寸丁，
>
> 矮人三寸丁。

正好与该曲传统词牌字数定制相吻合。这也恰恰证明，该剧为［西秦腔］填配长短句式唱词，也绝非剧作家的疏忽，同样是"倚声填词"的结果。因此，《钵中莲》之［西秦腔］，与《搬场拐妻》之［西秦腔］，很可能分别取用了西秦腔声腔系统内其曲体、结构、旋律、调式完全相异的两个曲调或歌腔唱出。由此也能使我们看到，从中不仅隐现着西秦腔既拥有上、下七字句的板式变化结构，又拥有不同曲体的众多单曲而形成的板、牌联缀体制，同时也同李振声、严长明等人明确表明当时陕西的"昆梆"为"昆"（即曲牌）、"梆"（即"戏文为七字句或十字句"）的陕西秦腔在声腔体制上的似同与不同之所在。当然，二者的"似同"，就是有别有同，它不只暗含于戏文词格体制之中，而且还体现在唱腔音乐旋律之内，不妨将《搬场拐妻》一剧"贴唱场上先［浪调］"和［西秦腔］名下所附工尺谱转抄于后，并将其试译为简谱便知分晓：

［西秦腔］工尺谱：

上上、合四上四上尺六工上上上、合四上、上

［西秦腔］简谱试译：

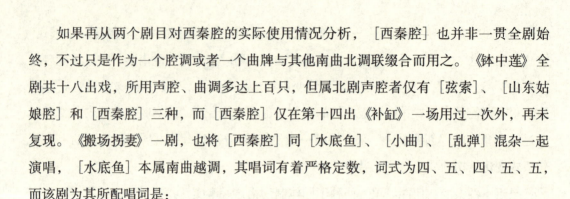

很明显，《搬场拐妻》所附之工尺谱，只记出旋律的大概，而且也未标出节奏和音高，自然简谱在节拍节奏上也就实难保证译得很准。但工尺谱所含音曲却已尽都包揽无余。从中看到，这是个五声宫调式音曲，它有可能是《搬场拐妻》所用〔西秦腔〕首句唱调的提示性旋律，但更有可能是〔西秦腔〕起唱前的前奏或板头旋律音曲，也即剧本所标〔浪调〕音曲。"浪调"在陕西秦腔和甘肃小曲戏及曲艺中，皆指板头过门弦乐引奏部分，有时也指角色上场台步表演时反复奏出的间奏过门。若将其与陕西秦腔板头过门比论，不仅调式与旋律骨架音不相吻合，其旋法特征也相去其远，但同今日甘肃传统曲艺兰州鼓子前奏过门〔老三板〕却较相接近。附谱如下：

$\frac{4}{4}$　1　5 6 1 1　1 6 6 1 1　｜　1 1 1 2 3 3 5 3　2 3 2 3 1 1　｜

2 2 3 3 5 6 5 3　2 3 5 5 3 5 3 2　｜　1 1 6 1 5 6　1 6 1 1 1 1 2　｜

3 5 6 5 3 5 2 3 1 1　3 3 2 1　｜6 6 1 1　5 5 6 1 5　∨3·　^rit　｜3 6·1 5 6 1 1 6 5 1 1‖

尽管〔西秦腔〕工尺谱所列音曲过于简单而兰州鼓子〔老三板〕因三弦加花伴奏显得华丽冗繁，但两调在音阶、调式以及旋律框架和骨干音曲上的相近之处还是明晰可辨的，起码比之于陕西秦腔各类板头音乐更易于寻觅出二者之间隐含的似同性。顺便一提的是，兰州鼓子也是在甘肃本土扎根极深且具代表性的古老牌子类曲艺，它所拥有的曲牌唱调，差不多皆与甘肃各地盛行的小曲戏所含曲调本无不同，只是拥有数量多寡和演出形式体制而异。这是题外话，不赘。

无论是甘肃西秦腔、兰州鼓子，还是广传于西北的秦腔、小曲戏、皮影戏等，也无论其腔调属于板腔体还是曲牌体，皆系凉州所一脉传存之"清商乐"化育滋养所始然。因此，全都建立在"清乐音阶"和"燕乐音阶"之上。"清商乐"本是承袭汉、魏诸曲和吸收当地民歌、民间音乐发展而成的俗乐，故为南、北杂曲的总称。《魏书·乐志》载："初，高祖讨淮，汉，宗祖定孝春，收其声伎——江右所传中原旧曲……及江南吴歌，荆、楚西声，总称清商。""吴歌"者，"并出江南"（《晋书·乐志》语），"荆楚西声"者，也即"西曲"，皆为《房中乐》之属。而两汉《房中乐》中，又有"楚调生侧调"一说。清商乐中最主要的三种调式，就是清调、平调、瑟调，此即是后世所称"相和三调"。"三调"中所言楚调，其实指的就是"三调"之五正声音阶基础上的各种曲调，因其音阶结构同而调式不同，才便有了清调、平调、瑟调"三调"之区别，但这是它的正调。而所言"三调"之侧调者，指的正是"三调"以促角为清角、促羽为闰的不完全七声。这便是《新唐书·乐志》所言的"楚调生侧调"。而凉州乐中所传"清调"与"平调"，同样也各有其侧调。《太平广记·卷二百四"宁献王"》条说："(《凉州》)斯曲也，宫离而少，徵、商乱而加暴。"指的就是徵、商为其调首(调式主音)的"清调"。其中以"徵"音为调首的"清调"五正声为：

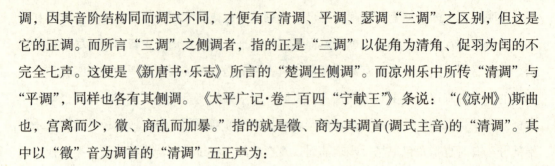

这个以"徵"音为调首(调式主音)的五正声，正是当年"西秦腔"和现今西北广传之秦腔以及小曲戏欢音唱腔徵调式五声音阶。

而凉州乐所传以徵为调首的"清调"之"侧调"，则是"清调"促"角"为"清角"，却"宫"为"变宫"而得的不完全七声：

5　6　7　1　2　3　♭4　5
徵　羽　变宫　宫　商　角　清角　徵

这个以"徵"音为调首(调式主音)的"清调"之侧调七声，同样是当年甘肃西秦腔和至今广传于西北的秦腔以及小曲、民歌、其他地方小戏唱腔中欢音腔(花音、硬音、甜音、上音)生成的基础——清乐音阶。故而也有人将它称之为"欢音徵调式七声音阶"。在秦腔诸腔的欢音唱腔实际演唱中，往往对"清角"避而不用，故又有不完全七声音阶的称谓。

另外，我们从《太平广记·宁王献》条所言"徵、商乱而加暴"一语所知，凉州所传"清调"之"侧调"中，还存在以"商"音为其调首(调式主音)的"侧调"，这就是唐代诗人王建所咏"侧商调里唱伊州"之"侧商调"的"清调"之"侧"。在当今传世的秦腔欢音类唱腔中，表面上看，虽不见有这种以"商"音为其调首的"侧商调"，但秦腔唱腔及其器乐曲牌中大量存在的欢、苦音对置现象，从调式的意义讲，苦音腔就是欢音腔的"清调"之"侧"的"侧商调"。而且在西北曲牌体的小曲戏中大量存在，由此也寓含着甘肃西秦腔曲牌唱腔中同时存在的可能性。因为，西秦腔本来就是从《西凉乐》中孕育出来的一种古老戏曲腔调，"侧商调"既然在《西凉乐》中存在，当《西凉乐》在唐宋盛极而衰之时，西秦腔必然将其阑入自己的歌腔之中。《西凉乐》故地至今

012

流传的古老曲种"凉州贤孝"中，就有已具板腔体雏形的商调式［长调］唱腔，甘肃小曲戏中所属［凤落雁］、［大石片］、［马坡］、［紧诉］、［叨叨令］、［柳青］、［沥津］、［刮地风］等曲牌唱腔，皆属凉州所传"清调"中之"侧商调"范围，因此，调性色彩多在欢、苦音对置中分别表现出欢快与忧伤之情。

凉州乐中所传"平调"，也系隋唐"燕乐二十八调"之属，且与原以"宫"音为调首的"平调"不同，也是以"平调"宫音下方四度之"徵"音为其调首(调式主音)的五正声：

$$\begin{array}{ccccc} \dot5 & \flat\dot7 & 1 & 2 & \flat4 \\ 徵 & 闰 & 宫 & 商 & 变 \end{array}$$

这个以"徵"音为其调首(调式主音)的五正声，正是当年西秦腔以及现今广传之秦腔、小曲戏苦音唱腔所用徵调式五声音阶。

而凉州所传以"徵"音为调首的"平调"之"侧调"，同样是"平调"却"变徵"为"角"，却"闰"为"羽"而得的不完全七声：

$$\begin{array}{cccccccc} \dot5 & \dot6 & \flat\dot7 & 1 & 2 & 3 & \flat4 & 5 \\ 徵 & 羽 & 闰 & 宫 & 商 & 角 & 变 & 徵 \end{array}$$

这个以"徵"音为调首(调式主音)的"平调"之"侧调"七声，同样是当年西秦腔和至今广传于西北的秦腔以及小曲、民歌、其他地方小戏唱腔中苦音(哭音、伤音、软音、下音)生成的基础——燕乐音阶。故而有人将它称之为苦音徵调式七声音阶。在秦腔诸腔苦音唱腔实际演唱中，偶尔对"角"或"羽"避而不用，故又有不完全徵调式七声音阶的称谓。

有趣的是，在古凉州辖地民勤迄今流传的古老小曲戏"镇番(民勤古称)曲子"、陇南影子腔等甘肃地方小戏中，也有表现悲伤情怀的"悲平调"类曲牌唱腔，同时在甘肃陇南影子腔里，却把欢音称为"上音"，又把"苦音"称之为"下音"，这是有一定道理的。因为，凉州"清商乐"中的"清乐音阶"和"燕乐音阶"，本是以"徵"音为调首，分别向上（阳极方向）、向下(阴极方向)五度相生而得的结果：

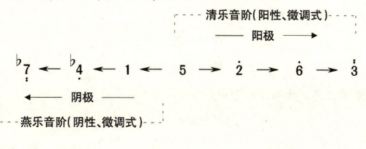

清乐音阶(阳性五声徵调式)向上而显阳刚之气，故能表现明朗、喜悦情调，燕乐音阶(阴性五声徵调式)向下而显阴柔之色，故能表现灰黯悲壮情怀，这也是有人将清乐音阶称阳性音阶，把燕乐音阶称阴性音阶的原因所在。《周礼·乐官》就有"燕乐，房中乐也，所谓阴声也"的记述。

清乐音阶与燕乐音阶促成的欢、苦音调性转换，实际上就是我国古代按弦乐器"秦筝"通过"促动弦柱"、"变调改曲"所奏出的"清"、"浊"两种不同音曲。"清"与"浊"在我国乐律学中，本系两个相对的音乐用词，表示音高或音低的变动。比如"清"，其含义是指高半音或者高八度，如以"宫"音作"1"，"清角"就是比"角"音"3"高半音的"4"；而"浊"的意义与"清"虽同，却又与"清"相对，即指低半音或者低八度，如以"宫"音作"1"，"浊姑洗"就是比"宫"音"1"低半音的"夹钟"律"变宫""7"。这就是《太平御览·卷576·乐部十四》蔡邕《月令》所言的"前其柱则清，却其柱则浊"。"前其柱"者，就是把琴柱向前推进，使弦的张力增大，琴音变高，变"角"为"清角"；"却其柱"者，就是把琴柱向后退拉，使弦的张力减小，琴音变低，变"宫"为"变宫"(闰)。秦筝的这一"促柱则清、却柱则浊"变调之法，又为后来南音潮乐发展成更为便捷的"轻、重三六"之术，"轻三、六"者，即是空弦散声"羽、角(6、3)"，"重三、六"者即重按羽、角二弦而得的清羽、清角("b↑7"、"b↑4)。由此看来，"促柱"、"重按"之说虽异，效用则同。此，也许正是南音乐家迄今仍在沿用"促柱"之说的原因[③]。由此也可看出《西凉乐》(或者说西秦腔)对潮州音乐、西秦戏等南方民乐、剧种也曾有过一定影响。也正因此，历朝诗人也都在咏筝和表现凉州乐的平调调性中，常常把"促柱"与"悲伤"联系在一起。如《乐府诗集·上声歌》咏道：

> 郎作上声曲，
>
> 促柱使弦哀，
>
> 譬如秋风急，
>
> 融遇伤侬怀。

《古诗十九首·燕赵多佳人》则说：

> 音响一何悲，
>
> 弦急如促柱。

唐代诗人柳中庸之《咏筝》写道：

> 抽弦促柱听秦筝，

无限秦人悲怨声。

北魏甘肃弹筝高手索丞，也最擅于在秦筝之上做出"悲歌能使喜者堕泪，改调易讴能使戚者起舞"欢、苦"改调易讴"的转换：

索丞，宗伯夷成，善鼓筝，悲歌能使喜者堕泪，改调易讴能使戚者起舞，时人号曰《雍门调》。④

索丞"改调易讴"，正是在秦筝之上的"变调改曲"，主要是以"急弦促柱"之法，变"清"高而"浊"低的音高变化为前提的。这种音高的变化，导致琴曲色彩的变化，实际上成了后世秦声系统戏曲唱腔板胡伴奏乐器通过"轻重三、六之术"改变空弦音高进行花、苦音转换的方法。这种同一曲调生出花、苦音不同调式色彩的方法，正是"秦声"的一大显着特色。还有《续高僧传》中也有这么几句话：

秦北雍冀，音词雄远，至于被咏歌所被，皆用浑高为胜……剑南陇右，其风体秦。

这里所言"秦北雍冀"、"剑南陇右"，指的正是甘肃的陇中和陇南一带。"咏歌所被者"，"音词雄远"，"浑高为胜"，以及李斯所说的"歌呼呜呜快耳者"等等，皆指秦声地域特点为说。

无论清乐音阶和燕乐音阶基础上的两种腔调，还是秦筝上的"促柱"和"却柱"，抑或《雍门调》的"改调易讴"而促成的两种调性色彩的转换，都成为《凉州乐》，"西秦腔"、秦腔，小曲戏以及西北地方戏曲与民歌腔调共有的一大显着特色，由此逐渐发展为一种独特的地方风格而成为秦声之一大派系。即令"操缦清商"⑤的琴曲，也有"秦声"与"楚声"的区别。《山堂律考》载：

唐李龟年人岐王宅闻琴声曰："此秦声"，良久又曰："此楚声"，主人入问，则前弹者，陇西沈妍，后弹者，扬州薛满。

凉州所传之"清商乐"，成为隋唐"清商乐"的重要组成部分，它不只发展成为《西凉乐》，也对甘肃西秦腔、小曲乃至后来的秦腔等，均具有直接孕育的作用。这便是今日秦腔、甘肃曲子戏，乃至甘肃陇东道情、陇南影子腔、兰州鼓子等均具有欢音(花音、硬音、甜音、上音)、苦音(哭音、伤音、软音、下音)两种腔调的真正根源。

至此，我们可以这样说：甘肃西秦腔和陕西秦腔，其音乐腔调都是《西凉乐》所传"清商乐"化育滋养的结果。只不过西秦腔是最早脱胎于"西凉乐舞"形式而成为板、牌联缀体戏曲雏形的；陕西秦腔则是在"西凉乐舞"经过"西秦腔"板、牌两句腔形式的中介成为昆（曲牌）、乱（乱弹、板腔体）的戏曲声腔剧种的。因此，这使我们看出，西秦腔较之于秦腔，还要古老得多。再从我国戏曲发展的整个历史程序来看，尽管大都经历了"从乐到诗"再到"采诗入乐"进而"倚声填词"三个阶段，却在出现"曼绰"与"弦索"两种流向以后，也即到了发展声腔体制的阶段时，西秦腔(当时可能不叫此名称)依旧因袭佛教"经变"和摘变"套曲"的形式而继续保持着曲牌联缀体制的模式向前发展，最终净化成"上、下两句倍之"的"两句腔"即"板腔"。而陕西秦腔则在当时秦地(包括当时甘肃东部大片地域)一方面受西秦腔"两句腔"之影响，一方面又受昆弋腔之渗透，形成"昆乱同台"的"昆梆"之板牌混合音乐体制。由此显现出甘肃西秦腔（琴腔）与陕西乱弹腔（昆梆）之间质的差别。当然，陕西昆梆在不断发展中，通过加工、净化、凝炼，并以"先完善中板，后两极分化"的手法，最终定格成以少盖多的板式变化体制，并从西秦腔的传统格局中分化了出来而自成一体，这便是今日广传于世的陕西秦腔(当时也可能不叫此名称)。也许这正是如上昆弋腔剧本《钵中莲》和《搬场拐妻》之所以能够容纳［西秦腔］与其他南北杂腔联缀，却不能容纳陕西秦腔板式唱调与之杂陈演唱的原因所在，尽管二者同时都保持着弦索伴奏甚至"以梆定眼"的特点，却在其他许多方面显示出明显的区别。比如在总体风格上，［西秦腔］"咿唔如语"而显清雅，陕西秦腔则"多为杀伐之声"而显激越，当然这只是相比较而言；再如在乐队建制上，［西秦腔］"以胡琴为主，月琴为副，其器不用笙笛"，而陕西秦腔则"以梆为板"、"昆乱合一"，"昆曲佐以竹，秦声间一丝"。

清乾隆的严长明还有一说：

> 至明万历后……弦索流于北部，安徽人歌之为枞阳腔（今名石牌腔，俗名吹腔），湖广人歌之为襄阳腔（今谓之湖广腔），陕西人歌之为秦腔。[6]

看来，"弦索"不只孕育出了枞阳腔、襄阳腔等诸多声腔剧种，而且秦腔也是"弦索流于北部"因"陕西人歌之"而形成。问题是，严长明所说的这个"弦索"究竟为何指？他没有直笔点透。按通常的解释，"弦索"是指月琴、胡琴、三弦、筝等之类带弦乐器伴奏的戏曲与曲艺，如金人董解元的诸宫调《西厢记》，也被称为《弦索西厢》，甘肃人也把当地用弦索伴奏演唱的"小曲子"和曲子戏，至今也称为"弦索"。特别是明、清以来的诸多戏曲论著，都把"弦索"一词作为北曲的代称。那么，作为"其器不用笙笛，伴奏以胡琴为主，月琴为辅"的西秦腔也应当属其列。更何况清人张际亮《金台残泪记》早就言明：

燕兰小谱记甘肃调即琴腔，又名西秦腔，胡琴为主，月琴副之，此腔工尺咿唔如语。当时乾隆末，始蜀伶，后徽伶，尽习之。⑦

既然甘肃西秦腔能够过早传入四川、安徽等地，并被各地伶人转相习之歌之，那么对于地缘紧毗相连的陕西境内进行渗透，也被"陕西人歌之"便成自然中的事了。

正因为"陕西人歌之"使用的是陕西语音腔调，促成其有了新的发展，同时又在西秦腔"上下两句倍之"的板腔体雏形基础上，逐渐遗弃原初所含昆腔之遗风，净化为纯种的"以梆为板"梆子声腔体制而更趋俚俗化和民俗化，继而凭藉洗炼简洁的音乐语言、以少盖多的板式结构和易记易唱、易于流传等诸多优点，树起我国戏曲声腔一代新风，很快向周边诸省渗透，最终以北方梆子"剧坛盟主"的声威领衔并独霸西北剧坛。

今日之秦腔，肌体虽在陕西熔铸而成，但血液则由甘、凉大乐所供，因此，它作为"甘、凉之雄"（清叶德辉语），必然满盈甘、凉之风，这种"西粮东养"的现象，正是导致后世秦腔在河陇全境广传流播的根源。尤其明末清初，甘肃河西一线演唱秦声蔚然成风，"古凉州民习秦声已久，甘州亦然"、"西陲最尚"⑧。甘、凉故地的子民们之所以对它如此厚爱热衷，当然不只是陕西秦腔承袭甘肃西秦腔的血脉，重要的还在于时代的发展促成人文乐风的进化，板腔体的陕西秦腔毕竟要比两句腔加曲牌的甘肃西秦腔更具时代新意，因此，人们对它的"喜新"必然导致对西秦腔的"厌旧"，感情上的厚此薄彼，最终逼使大古大乐的西秦腔不得不退居舞台一隅，最终落得骨血耗尽、踪迹全销的尴尬结局。

以武威、张掖、酒泉、敦煌为重镇的甘肃河西走廊自汉代始，就已成为域外文化和中土文化的交汇之地，各种文化的层层重叠，既在这里得到积淀和保存，也在这里得到融合和发展。这种以"丝路"两侧为中心的文化早发现象，不仅一度长期影响着我国整个文化发展的总趋势，同时还形成一条由西北趋向东南的文化流播线。波斯文化、印度文化、西域文化等等，都是伴随着商队驼铃通过山道、沙漠横穿河西走廊集结昌盛于古都长安而后进入中原的。然而，随着元朝蒙古的西征和东南海路的开通，导致河西一线政治、经济、文化重心的转移，千年商贾云集、歌舞升平的"丝绸之路"，门庭渐渐开始冷落，另一条文化流播热线悄然兴起，并沿东南海路向着中原、西北流进，这就促成一度繁荣昌盛的河西走廊惨遭冷遇的同时，相应又使陕西成为接受进步文化的"近水楼台"。尽管当中国戏曲真正问世之时，它已不再是宋、元、明、清的京畿之地，但在接受外来文化和进步文化以及新的思想观念意识方面，却较甘肃占据着天时地利条件。因

此，不只使它利用原有历代宫廷文化积累的殷实家底向着更新层次锐意进取，而且反转又向地处西陲的甘肃古老文化进行渗透，从而导致了甘肃人民审美意向的转变，也导致了新兴的陕西秦腔雄霸西北，古老的甘肃西秦腔遭致吞噬湮没的结局。这一悲剧性的文化失落现象，尽管令人伤神，却又无力回转。因为，它毕竟代表着文化发展中新陈代谢的必然潮流，更何况沉睡多年的古老甘肃文化，也需要发达进步，需要与时代脉搏保持同律跳动。

古老的甘肃西秦腔，虽然受到新兴陕西秦腔的胁迫和吞噬，其至曾以流失消亡的悲剧性传言不知使多少人为之感叹迷惘，同时又给我国戏曲史学研究带来多少混乱和疑惑。但我认为，它并没有从生育过它的甘肃沃土上消失殆尽，也没有从哺育它的先祖后裔记忆中悄然抹去，更没有被那同祖同宗的陕西秦腔蚕食吞没，而且我还敢说，它依然存在于属于自己的沃土中，活跃在自己家人的眼皮下，只不过它作为藉助于时间流动展现其风貌的一种艺术品类，封凝在肌体外部的千古尘埃已经使它面目皆非，只怕我们常有机会听到它的"音容"，却因不能辨其本来"面目"而又每每失之交臂罢了！

---

① 《蔡宽夫诗话》。
② 明·王骥德：《曲律·论调名》。
③ 参见牛龙菲：《敦煌壁画乐史资料总录与研究》。
④ 北魏·刘昞：《敦煌实录》。
⑤ 晋·稽康：《四言诗》。
⑥ 清·严长明：《秦云撷英小谱·小惠》。载《秦腔研究论著选》172 页，陕西人民出版社 1987 年版。
⑦ 清·道光八年张际亮《金台残泪记》卷三。中华民国 23 年（1934 年）双肇楼校刊。
⑧ 清·王曾翼撰：《甘州府志·风俗》卷四。

（原载上海戏剧学院学刊《戏剧艺术》1996 年第 3 期）

西秦腔再考

　　出现在明代中叶的甘肃西秦腔(又名琴腔、甘肃调、甘肃腔、西腔、西皮调、陇东调、咙咚调、陇南梆子、陇西梆子腔、甘肃梆子腔等)，本是宋元时期甘肃皮影腔调"兰州影"的一脉传承。它作为我国最早形成板腔体结构雏形的一种影戏和戏曲腔调，早在金元之交，就已传入北京，从此扎根京都，不仅直接孕育出后来的北京西城派皮影脉系，还直接导致以涿州为代表的河北西路皮影的问世①；明嘉靖前后（1522 年）甘肃"兰州影"又被称作"西秦腔"，凭藉皮影艺人步履，沿甘川商路青泥道传入川北之绵州、金堂、成都，后沿襄江而下直入鄂、皖、黔、滇，又渡江南下传入江、浙、粤、闽而流播全国。不仅被当时的江浙传奇戏曲作为曲牌联套演唱，也对初创时期的梆子腔、皮黄腔以及花部诸腔的形成与发展，产生过重要作用和影响。但由于清代诸多著本对其记述过于简约，加上缺少曲谱与音响佐证，其名称又同后来出现的秦腔（亦称秦声、昆梆、乱弹腔、梆子腔、同州梆子、陕西梆子、山陕梆子等）极相接近，尤其甘、陕之东、西地缘历来分合不定，从而导致西秦腔与秦腔的声腔界定、地缘归属、两者的关系等等，生出多种混乱并引发不少争议。比如有人认为"西秦腔即秦腔"②，有人则说"西秦腔不是秦腔，是吹腔"③，有人称"陕西秦腔就是西秦腔在陕西的发展，后因增加击梆为板，故俗名梆子腔的"④；还有学者在肯定西秦腔是甘肃早期的一种梆子腔的同时，又对它当时的声腔体制提出不同看法，如"[西秦腔] 和 [西秦腔二犯] 两只曲调流行于世，他们尚属曲牌的用法，长短句、整齐句均可采用，并未构成板腔体唱腔"⑤；也有人认为："西秦腔先被民间小戏采用，后又进入当时盛行的曲牌联套体的传奇戏曲，被作为曲牌使用，而且还在这个过程中，产生了 [西秦腔二犯] 这支上下句的曲牌，具备了发展板式变化的条件。"⑥当然，也有人还怀疑它历史的真实存在，称"西秦腔子无虚有"⑦……就这样，热心的戏曲史学家们，在促成各种观点胶着、纷争、并存的同时，古老且又淳朴的甘肃西秦腔，迄今依然是个尚无确切定论的学术悬案，这对我国戏曲史学研究造成重重迷障。特别是每当涉及梆子声腔剧种形成和发展问题时，甘肃西秦腔便成了既不可不论又不可深论的一大困扰，以致一直影响着对它历史价值的评判

和戏剧地位的认同。然而，一个不容否认的事实是，我们不仅能从卷帙浩繁的明清古装线本中找到有关它当年活跃于京师影戏、舞台以及流播于全国各地的诸多记述，而且在其故土甘肃，迄今依然繁衍生息着它的后裔，甚至还表现出少有的活力与激情。

西秦腔最早见于明万历时期的传奇抄本《钵中莲》，其中第十四出《补缸》⑧，便有标明用［西秦腔二犯］演唱的一段唱词，全段共二十八句，皆为七字句式，结合同用腔调［诰猖腔］看，可视其为对偶上下句体；清乾隆三十九年（1774年）又有苏州宝仁堂书坊主人钱德苍编辑的戏曲总集《缀白裘》行世，在其第六辑中，同样刊有由［水底鱼］、［字字双］、［西秦腔］、［小曲］等作为演唱腔调的《搬场拐妻》剧目，［西秦腔］名下还附有工尺谱两行，但所填唱词却为长短句的体式。从中不难看出，两调均同其他地方曲调混杂使用，显系以曲牌的形式出现；同时，两剧所用之［西秦腔］，结构截然迥异，却又同呼同名，区别仅在于是否"二犯"。说明两处之"西秦腔"，绝非两调之本名，只不过是当时京师或外地之人对来自甘肃影戏和戏曲腔调的一种泛称罢了。由此不难得出这样两个结论：一、当时的甘肃西秦腔，还未完全脱尽曲子（或者说曲牌）联缀演述故事的传统迹象，但作为上下句反复叠唱的［西秦腔二犯］，却明显具备了板式变化的基本形态；二、剧本对两调所填入的唱词结构不同，意味着唱调曲体结构的不同，同时也隐现着音乐旋律的不同。这种差异，又是［西秦腔］是否"二犯"引发出来的。所谓"犯"者，"犯调"、"犯声"也。南宋姜夔《白石道人歌曲》四《凄凉犯》注云："凡曲言犯者，谓以宫犯商，以商犯宫之类。"这显然是指"异宫相犯"的"旋宫"或"转调"，它并不涉及改变唱调的曲体结构。说明《补缸》之［西秦腔二犯］与《搬场拐妻》之［西秦腔］，本是旋律相异、曲体不同、各自并存的两个完全不同的唱调。

事实上，所谓［西秦腔二犯］之"二犯"，显指连"犯"二次之意，即以"去工（"3" mi）添凡（"4" fa）"作以"变徵（"4" fa）犯角（"3" mi）"，再以"去上（"1" do）添乙（"7" si）"成以"以闰（"7" si）犯宫（"1" do）"，此二犯，便可派生出下四度宫音系统或上四度宫音系统的"属调"或"下属调"亦即原属正调的"反调"来，由此还可形成"花音"（"上音"）、"苦音"（"下音"）两种腔调，分别具有花音欢快、苦音忧伤两种截然不同的感情表现专长。这种借助"犯调"改变旋律调性色彩并派生唱腔的手法，可谓是包括甘肃在内的西北地方曲艺、戏曲音乐甚至民间小调的一大显著特色。由此昭示出在当时的甘肃西秦腔戏曲腔调中，不仅已经有了花、苦音两大声腔体系

的存在，而且其所拥有的唱调也远不只此两支，只不过被众多的泛称和纷繁的别名湮没不彰罢了。

对此，我们还可通过以下史料和诸家论点分加证实。

清道光年间（1821—1850）进士周寿昌在《思益堂日札》中云：

即令乐部亦各有土调……甘肃有［兰州引］……［兰州引］则京师影戏演之⑨。

周寿昌所言京师所演影戏甘肃土调之［兰州引］，有两种可能：一是对已在京师流传三百年之久的甘肃皮影腔调［兰州影］的误称（有关［兰州影］的情事，笔者以《论皮影》一文作过专门详述，故不赘）；二是也有可能是指当时京师所传甘肃影戏中的另一种腔调。如果是后者，［兰州引］究竟为甘肃何种土调，它与［西秦腔］或［西秦腔二犯］是否为同体，尚不得而知。但也不能排除是在泛称之下专指甘肃西秦腔影戏腔调中另一个唱调的可能。因为，"引"在我国音乐学中，专指"起唱首曲"或起板所唱"散板曲"而言，如宋元南曲中的"引子"，北曲中的"楔子"，诸宫调中的"曲头"以及戏曲成套大段唱腔开首起唱的"散板"、"散唱"，甚至包括脚色出场时的"上场诗"、起唱前的器乐前奏曲等等，都被称其为"引"或"引子"。这种形式在甘肃古代乐舞、地方曲艺乃至戏曲中早被大量使用，早者如隋唐《凉州》大曲中的"散序"、敦煌曲子谱中的"引子"，晚者如牌子类说唱曲艺中的"曲头"、曲牌联套体曲子和曲子戏中的［八谱］、［越调头］，板腔体剧种秦腔中的［尖板头］以及板牌混合体陇南影子腔中的［叫板头］、［一句忙］等皆属此类。因此，如果周寿昌所言乃是当时京师影戏所演甘肃土调之［兰州引］，很可能指的正是当时京师所传甘肃西秦腔之皮影腔调中专供脚色起唱时类似于"曲头"的一种"散板"式腔调。

另外，周妙中在谈及当年河北涿州一带的皮影腔调时，也用了"兰州"二字：

甘肃是皮影兴起较早的省之一，河北西路影戏就是从甘肃传去并发展而成的，涿州一带的影戏，亦来自兰州"⑩。

此处所言"兰州"，其与"甘肃"无异，显系是在不失其准确表意原则下的行文措词之所然。但却十分清楚地表明，明代京师与河北西部的民间皮影小戏，当由甘肃影戏腔调化育滋养而生。

相比较而言，近人顾颉刚对清代京师所传影戏腔调说得较为具体：

旧有九腔十八调，九腔之名为［西门腔］（亦曰［西美腔］）、［小东腔］（亦曰［小宗腔］）、［凤凰腔］、［小银腔］、［琴腔］、［柔肠腔］、［梅花调〕、〔鹂字调〕（亦曰〔一字调〕）、〔纺车调〕。每腔以上下两句倍之，此为女角所唱，今多已失传，只存调名而已，尚全存者只〔琴腔〕一种"⑪。

顾颉刚先生所言〔琴腔〕，正指当时甘肃戏曲腔调中女角所唱之〔西秦腔〕。成书于清乾隆五十年（1785年）吴长元《燕兰小谱》载：

> 蜀伶新出琴腔，即甘肃调，名西秦腔。其器不用笙笛，胡琴为主，月琴副之，工尺咿唔如语。旦色之无歌喉者，每借以藏拙焉；

清道光谢章铤《赌棋山庄词话》亦载：

> 甘肃调即琴腔，又名西秦腔，胡琴为主，月琴为调，工尺咿唔如语，今所谓西皮调也；

清末徐珂也在其《清稗类抄》中云：

> 北派之秦腔，起于甘肃，今所谓梆子者则指此。一名西秦腔，即琴腔。盖所用乐器以胡琴为主，月琴为副，工尺咿唔如语。

三位前人异口同声，均言"西秦腔即琴腔"、"琴腔又名西秦腔"，当然是说曲名虽异而唱调则同无疑。就连现代专业辞书《中国戏曲曲艺辞典》对"甘肃调"同样作出"清代乾隆年间，〔甘肃调〕、〔琴腔〕、〔西秦腔〕三种名称通用"的释文。然而，却使我们看到，不只在同名之下的〔西秦腔〕曲调有所变异，即令在其泛称与别名之间，其唱腔结构也存在着很大的不同。如《缀白裘·搬场拐妻》之〔西秦腔〕就属可填入长短句词格的曲牌体唱腔，而《钵中莲·补缸》之〔西秦腔二犯〕及顾颉刚所言"九腔十八调"之〔琴腔〕，则又是能够"以上下两句倍之"的对偶齐言板腔体女角唱腔。在这种具有多重含义的矛盾表述之间，难道不正体味到泛称与别名之下隐匿着更多唱调的可能性存在么！

"九腔十八调"中的〔梅花调〕，也是来自甘肃的皮影腔调。尽管当时京人将八旗子弟中流行于北城"清口大鼓"也称为"梅花调"，但顾公在此所谈的是"清代京师所传影戏腔调"而非北京曲艺腔调。因此，我们只能从当时的京师影戏腔调中去找，更何况"清口大鼓"（亦称"北板大鼓"）是在清末民初北京南城艺人卢万昌等进行大量改革之后方称为"梅花调"的，及至新中国成立后，又经白凤岩、卢成科等京、津艺人再度创新，又称"新梅花调"。就是说，它较顾颉刚所言"琴腔"、"梅花调"等影戏腔调整整晚出了有近三百多年。事实上，〔梅花调〕在甘肃陇南影子腔里至今依然作为它最基本的板式唱腔类型还在衍用。1963年由薛文彦、张续亚等整理，天水专区秦剧团印行

的《陇南影子腔音乐》（油印本）"小引"中载：

> 影子腔大体上分为［梅花调］、［正调］和［老东调］三种不同类型的腔
> ……［梅花调］的调子变化较少，唱腔简单，看来比较原始；［老东调］的调
> 子变较多，而且有些调子不同程度地受些秦腔和迷胡的影响。

不难看出，［老东调］因善于吸收外剧种优长而显新颖华婉，［梅花调］则因固守原始遗风至今旷古依旧。但不论［老东调］还是［梅花调］，都是"以上下两句倍之"的板式变化体唱腔，说明当时京师所传甘肃西秦腔影戏腔调之［琴腔］、［西秦腔］和［梅花调］等，不仅拥有长短句式的曲牌体腔调，更拥有"以对称的上下句作为唱腔的基本单位，在此基础上，按一定的变化原则"⑫反复"倍之"而行腔的板式变化体结构唱腔，以此形成它那"板、牌合一"的影子腔声腔体制，这也是影子腔艺人迄今仍将板腔体唱腔统称其为［两句腔］，又将曲牌体唱腔统称其为［唱牌子］的原因所在。至于当时为何将这种原始的"老调"取名为［梅花调］，民间说法有四：一是祖祖辈辈就是这么个叫法；二是因为它属于影子腔里的"上音腔"（亦即"花音腔"）；三是因其演唱时须用梅花笛（曲笛）随腔伴奏；四则因为它的"曲式比较单一，变化较少，较多地保留了影子腔形成之初的一些风貌"⑬。但我认为，恐怕与古代影子腔艺人巧借梅花自然形态隐喻其板眼结构的丰富想象不无关系：梅花绽放多呈六瓣，以"六瓣"隐喻"六板"，可能正是取名［梅花调］的初衷。此外，还有其它别名与泛称，也是言有所出，各有其指。如取［琴腔］为名者，因其伴奏"以胡琴为主"；称［甘肃调］则在于它是"来自甘肃的影戏腔调"；称［陇东调］（其转音则称［咙咚调］）者，则道明该腔调原出自甘肃陇东南一带；称［陇西梆子腔］、［甘肃梆子腔］或［陇南梆子］者，正说明甘肃［西秦腔］，虽以弦索托腔，却以梆子击节，已经具有梆子声腔剧种的意义。因为，大凡甘肃戏曲剧种，无论曲联体的曲子戏，还是板腔体的影子腔，都有以梆子（或蚂蚱、水梆子）击节的传统；即至乾嘉之后，又有称它为［西皮调］者，同样暗含"西边来的皮影腔调"之用意。道光八年（1828年）张际亮《金台残泪记》云：

> 今则梆子腔衰，且变为乱弹矣。乱弹即弋阳腔，南方又谓［下江调］，谓
> ［甘肃调］曰［西皮调］。

前引《赌棋山庄词话》也将［西秦腔］称为［西皮调］。中华书局有限公司1941年版《辞海》之"西皮"词条，也言"甘肃腔曰西皮"。上海辞书出版社1981年版《中国戏曲曲艺辞典》"甘肃腔"词条之释文，亦称"清代乾隆年间，甘肃腔、琴腔、西秦腔

三种名称相互通用。周贻白先生也认为西皮的含义正指"西秦的唱"，今人王芷章撰文则称"西皮调的得名和起源，根据我的考证，它是由西秦腔变化而来的"，他还特别指出：

> 说到它的起源，说它是产生在襄阳一带，这是无异议的。说它是从梆子腔变化而来，也是人们所公认的。但究竟是哪一种梆子呢？一般人多认为是陕西的秦腔，而我却认为应当是西秦腔。唯一的理由是秦腔和其它梆子腔，都没有西皮调的称呼，而在襄阳新变化出来的这一种腔调，却承袭了西皮调的旧称[14]。

齐如山、欧阳予倩等都持这种解释。余从先生则与前引王芷章观点略有小异：

> 不是说新腔承袭了西皮调的旧称，而倒是以新称西皮调取代了西秦腔的旧称[15]。

此引发了后来皮黄腔之［西皮调］，也出自甘肃西秦腔一说。

长期以来，许多学者都把前引吴长元《燕兰小谱》所言"蜀伶新出琴腔"之"蜀伶"一词，视为专指四川金堂人魏长生而说，其实，这只能算作一种主观臆断的猜测而已。因为，吴氏并未言明蜀伶乃是指魏长生，后人如此牵强附会，未免有失根据。事实上，吴长元不只是指"蜀伶"魏长生，颇大程度上更指当时蜀中伶优群体传唱西秦腔甚至还将其唱到北京的情事。这是因为西秦腔的发源地甘肃陇南之西和、礼县，与毗连难分的川北之绵州、金堂、成都诸地借助青泥古道早就连为商路一线，成为两省经济交流和文化往来的主干道。明末，已成规模的甘肃文县玉垒花灯戏，便受四川酉阳跳灯影响发展而成；四川川剧的弹戏腔、云南滇剧的丝弦之"甜品"与"苦品"等声腔里，同样渗入过甘肃西秦腔的音乐血脉。尤其明清之交，甘肃商人入川经商，陇南艺人入蜀卖艺相当普遍。成书于清乾隆四十三年（1779年）的《秦云撷英小谱》，钱献之在介绍银花其人时云：

> 银花姓张氏，陇西人。家贫，父母早丧，年十二，咸阳张某鬻为假子，将往成都，挈以西南行，时乾隆三十六年也。银花性荡逸，工弦索，张亦习秦声[16]。

意思很清楚，假父张某虽学唱秦声（秦腔），但银花却专工弦索（曲子）。因其自幼生长在甘肃陇西（地连陇南、陇东诸县，也是皮影、曲子戏盛行之地），十二岁才卖与咸阳张某充为假子，当然不排除他在成都、西南各地演唱陇西曲子戏或陇南影戏腔调的可能；还有清道、咸陇南影子腔艺人杨鼎所传封题为《关节图》重抄乾嘉影戏抄本第二十页空白页面中，裱贴保存着一张记有"清咸丰十一年十一月二十四日杨鼎在汉中捐厘分局缴纳购川表四箱、色纸一刀厘金的照票"[17]，至今实物依然完好。及至19世纪中

叶，成都一线依然是陇上名伶献艺竞技的常往之地。清同治甘肃花门之变后，陇上伶界泰斗三元官就曾"客蜀十载，倾动锦城，顾曲者趋之若鹜……迨陇乱既平，始旋里，仍寓兰州，而亦垂垂老矣"。陇上清末名士牛芮青之《陇上优伶志》对此便有详述。

正由于甘肃西秦腔过早地传入四川，才便有了蜀伶不仅会唱琴腔，还将琴腔唱到北京的事。清人张际亮《金台残泪记》对吴氏所言便有专文解释：

燕兰小谱记甘肃调即琴腔，又名西秦腔，胡琴为主，月琴副之，此腔工尺咿唔如语。当时乾隆末，始蜀伶，后徽伶，尽习之。

戏剧家周贻白也在其《中国戏剧史长编》一书中作过同样记述：

又当时，有所谓［西秦腔］，一名［琴腔］，亦传入四川……梆子腔在当时似为一种流行的声调。

甘肃西秦腔（琴腔）在绵竹、金堂、成都一线盛传之时，陕西乱弹腔（昆梆）也沿商路流入该地，《绵竹县志》便收有清康熙五十一年（1712年）任绵竹县宰的陆箕永所作《竹子词》一首，诗中形象地描述了以梆击节的秦声和一种叫做"吹腔"的腔调在绵竹山村秋神赛会上演出的热闹景象；乾隆四十年（1775年），绵州人李调元之《剧话》，也有"俗传钱氏《缀白裘》外集有秦腔，始于陕西，以梆为板，月琴应之，亦有紧、慢，俗呼梆子腔，蜀谓之乱弹"的记载；同时他还记述道："又有吹腔与秦腔相等，亦无节奏，但不用梆，而以笛为异耳，此调蜀中甚行。"从中看出，除始于陕西的秦腔而外，还有一种与"秦腔相等"且被称做"吹腔"的腔调同时在蜀中盛传。所谓"吹腔"，实指以笛或唢呐等吹奏乐器为其伴奏进行演唱的一种腔调，它在当时的甘肃西秦腔和陕西乱弹腔中同时存在，却又各有区别。属于陕西乱弹腔范围的"吹腔"，其总体特点是"与秦腔相等，亦无节奏，但不用梆，而以笛为异耳"，实际上正是严长明在《秦云撷英小谱·小惠》一文中所言"昆曲佐以竹"的昆曲曲牌，更确切地讲，这种昆曲曲牌，很有可能还是一种缀于乱弹腔之首属于"亦无节奏"的散唱式昆曲头，尽管演唱时，不用梆子击节，仅用笛子伴奏，但总体风格因与秦腔"相等"，故能使其二者相融相合，这便是时人称陕西秦腔为"昆梆"的由来。类似的例证，我们还能从当时其他剧种中找出许多，如清乾隆时婺剧之［乱弹尖板］、山东柳子戏之［昆腔乱弹］等，都是属于同"乱弹"相等的散唱式昆曲头一类。朱家溍之《清代宫廷乱弹演出史料》一文，还列举乱弹老本《双合印》《二度梅》两剧中，同样用有以昆曲头引入梆子腔演唱一些唱段[18]的例证。吴长元《燕兰小谱》也记述了他在聆听蒲州旦角演员薛四儿所唱［勾腔］时，

同样发出"似昆曲而音宏亮"的感叹；即使在今天的山西蒲剧中，依然还有"昆曲头子接乱弹"的〔勾腔〕尚在衍用。

属于甘肃影戏范围的"吹腔"，则以叽呐为主奏乐器应声唱和。特别需要一提的是，甘肃的"吹腔"不仅用梆而且有"簧"，"簧"即"帮唱"，在甘肃陇东南皮影腔里则称"接音"或"麻簧"，属一领众和的无字拖腔一类，当地人迄今仍有称它为"皮儿"或"西秦皮儿"者。其实，将"簧"直接作为戏曲"帮唱"的专门用语，也是五百年以前的事了，明嘉靖年间（1522—1566）风靡一时的弋阳腔里，就已开始启用"新簧"二字，来专称带"帮唱"的新唱腔，故当时把弋阳腔亦称为吹腔。明刊本《时兴滚调玉谷新簧》中便有诸多例证可寻。而出自甘肃的这种带"簧"吹腔，作为陇东南皮影最具特色和最重要的声腔组成部分，不仅在明嘉靖、万历时期，就已流向川渝、江浙和京都各地，还促成诸多吹腔新腔的形成，如徽剧之"吹腔"，正是"明末清初徽调的早期声腔昆弋腔受了西秦腔的影响，在枞阳、石牌一带形成的一种新腔"[19]，这恐怕也是戏剧家潘仲甫所言"乾、嘉年间在北京盛行的秦腔、琴腔、梆子腔等声腔，不是陕西的秦腔，而是吹腔"之所指了。

这种号曰"接音"和"麻簧"的"吹腔"，不只作为各种板式唱腔的重要组成部分不可随意拆卸弃置，同时又作为发展其各种板式唱腔的重要手段极具灵活的裂变性，尤其在陇南影子腔、陇东道情等皮影腔里，可以说有怎样的"接音"和"麻簧"，便有怎样的板式和曲牌唱腔，由此发展出各自较为完整的一套唱腔体系。这一点，我们还能够从今天的陇南影子腔、陇东道情以及甘肃新生陇剧"以簧创腔"发展其板式唱腔的创作方法中，看到它依然具有的活力与激情。这也许正是流沙所称"西秦腔中的吹腔繁衍出多种板式，就产生了秦腔（梆子）和乱弹腔"之因由。至于前引李调元《剧话》所言"与秦腔相等"的陕西乱弹腔之"吹腔"，目前仅在陕南汉调桃桃木偶唱腔中少有遗存，却因年久不唱几近绝响外，而在秦腔声腔里业已消失殆尽。尽管如此，清康、乾时期，琴腔、秦腔、吹腔这三种声腔都经历过同时流播于四川的历史事实，却是毋庸置疑的。正因为三省有这样的历史文化契机，促成琴、秦二腔在异地的交合与碰撞，不仅对这两个戏曲声腔剧种的融合创造了条件，还构成一种极其独特的文化背景，其中最引人注目的，便是造就了唯一能够掌握甘肃西秦腔和陕西乱弹腔甚至包括"吹腔"三种声腔的魏长生等一批蜀中伶优。这方面的情形，笔者已有专文详述，在此无须赘述。但有一点是肯定的：魏长生曾在乾隆三十九年（1774年）、四十四年（1779年）晋京献艺，之所以

前次惨败而后次轰动者，也是他从失败中悟出甘肃［西秦腔］在京师舞台正值得宠折秀教训的必然。因为，在他晋京之前，［西秦腔］（即当时京师人所称［兰州影］者）早在京都风靡近三百余年，出自乾隆九年（1744年）张漱石之《梦中缘·序》，对此有所详尽记述。尤其清人丁立成，还以［王风］为词牌，《反黄腔》为词名，汇成《王风百首》[20]，作赋记述了当时西秦腔在京演出时的空前盛景。全词如下：

> 黄陂黄岗二黄调，
>
> 善反其腔更绝妙。
>
> 台上一唱百转音，
>
> 台下如雷万人叫。
>
> 都人好尚西秦腔，
>
> 膈膈膊膊敲手梆。
>
> 抗喉高歌颇哀历，
>
> 十三名旦世无双，
>
> 前歌后舞来曲江。

略析全词文义，不难得知该词写定于汉剧进京（1828年）之后的晚清时期，因此才便有了"黄陂黄岗二黄腔"之说。"善反其腔"则指该词题名"反黄腔"，亦即［二黄调］之反调［西皮调］，这种反黄腔，正是京都之人最为好尚的［西秦腔］。台下观众每当听到这种"抗喉高歌"的"哀历"之腔时，俱都为之动情，无不以手代梆击节而相和。由此可知，当时不仅［西皮调］和［西秦腔］两名通用，还形象地道出京剧之［西皮调］，与甘肃［西秦腔］之间的渊源关系。

正由于甘肃［西秦腔］先以皮影为载体，早在明代就已分路东、南两道，东道早在金元就已传入北京和河北诸地，结果促成北京、河北等影戏的问世；南道则借青泥商路经蓉、渝并沿襄江流域直入鄂、皖甚至黔、滇。正因此，甘肃西秦腔才便有了"始蜀伶，后徽伶，尽习之"一说。其实，徽伶尽习西秦腔之事，并非以徽班进京为初始，早在康熙九年（1670年）前后，就已在湖北襄河流域畅传并流入武汉，而且渗入当地徽调和汉调之中。徽剧之［高拨子］正是［西秦腔二犯］在当地发展的结果；同时，又在襄河流域逐衍成为"襄阳调"，这正是楚调（汉剧的旧称）"谓［甘肃调］曰［西皮调］"的原因所在。对此，马彦祥在谈及楚调（汉调的旧称）起源时说道："楚调的娘家是谁呢？还是秦腔即西秦腔。……西皮调是从西秦来的，这一点我觉得没有问题。"[21]；当

然，作为明清两朝国都的北京，"乃四方辐辏之区，凡玩艺适观者，皆于是乎聚，曲部其一也"[22]。〔西秦腔〕由甘肃传入京都、四川并由两地流向全国各地，对于以板式变化为体制的南北方梆子声腔剧种的形成和发展，产生重要影响。清初，〔西秦腔〕（当时中原人将其称为〔陇西梆子腔〕或〔甘肃梆子腔〕）传入河南开封，和当地土腔结合，促成该省民间剧种"梆锣卷"[23]和"汴梁腔戏"的问世："北派有汴梁腔戏，乃从甘肃梆子腔加以变通，以土腔出之，非昔之汴梁旧腔也"[24]。它又跨越长江，登陆于江西、湖南诸省，渗入当地剧种之中，江西赣剧中的〔二凡〕、〔西皮〕、〔老拨子〕等声腔，宜黄戏"二犯"中的〔正调〕、〔简板〕、〔平板〕等上、下句板式变化声腔体制，以及湖南湘剧中的北路西皮、祁剧弹腔中的起、垛、慢、流、丢、赶、摇等板式，常德汉剧、岳州巴陵戏、辰州辰河戏中的弹腔、北路西皮等声腔的形成，都曾受过〔西秦腔〕的影响和滋润。〔西秦腔〕还徙涉东南而一路畅传，直抵浙、闽、台、粤，为正处在初创阶段的当地戏曲剧种也奉献出自己的骨血。浙江绍兴乱弹中的〔尺调二凡〕，"即由〔西秦腔〕'二犯'演变而来，唱腔高亢激越，七声音阶，为上下对偶句，以散板和紧拉慢唱为特点"[25]的板式结构特征至今衍袭依旧；而浙江婺剧之〔龙宫调〕，也是〔西秦腔〕又一别名〔陇东调〕的转音之谓，其唱腔音乐，无论结构还是旋法，二者亲缘关系至今依然清晰熠人；同时，我们还可从广东粤剧梆子腔〔中板〕唱腔的板眼结构和旋律起伏中，体味到〔西秦腔〕"六板"〔两句腔〕的原始痕迹；而粤东、闽南、台北、香港甚至流播于东南亚各国的西秦戏，之所以取"西秦"为名者，同样也是得到过〔西秦腔〕催发与滋润的必然。当地戏剧家吕匹，在其所著《海陆丰戏见闻》一书中披露："明万历进士陇右刘天虞（甘肃天水人，与同代戏剧家汤显祖是挚友）经江西来广东赴任时，带来三个西秦腔戏班而入粤东、闽南、台北，后来在海陆丰（海丰、陆丰二县的合称）扎根，并与海陆丰民间艺术和语言结合，逐渐游离于西秦腔而自立门户，形成现在的西秦戏。"吕匹所谈这段轶事，汤显祖本人也有明确记述，如《汤显祖诗文集》卷四十六，就言及万历三十年（1602年）刘天虞重返原籍时，同样迂道千里往江西探望于他，挚友重逢，开怀畅谈达四日夜；他又在卷十八刊出二人相别时，汤还以《壬寅中秋后三夕，送刘天虞归秦延桥作别》律诗一首，诗云：

> 秦中弟子最聪明，
>
> 何用偏教陇上声；
>
> 半拍未成先断绝，

可怜白头为多情。

诗中所言"陇上声"者，正指甘肃的西秦腔。因此，吕匹在其书谈及西秦戏之渊源时，也称它"渊于秦腔，即西秦腔、甘肃腔"。

"伴奏以胡琴为主，月琴为副，工尺咿唔如语"的甘肃西秦腔，之所以在明末清初风靡全国，也是有其历史原因的。一是当时被明、清两朝标立为梨园"正音"的昆、弋两腔，一方面蜕变为宫廷麻痹人民思想的御用工具而逐渐脱离群众，一方面又被极少数文人所掌握，使其在曲词和声律方面过分地穷极巧工逐渐走上僵化而为人们所不喜，加上其所使用的曲牌又是古老宋元杂剧南北合套的一脉传承，不仅总数接近 2100 支（北曲 581 支，南曲 1513 支），而且每曲各有专名，曲文也各有定式，具体使用上又有诸多戒律必须严格遵循。如此浩瀚的曲牌组合，导致昆、弋二腔"盖吴音繁缛，其曲虽极谐于律，而听者使未睹本文，无不茫然不知所谓"[26]，甚至让人每"闻歌昆曲，辄哄然散去"[27]；二是明末清初颇为时尚的甘肃西秦腔，与数千支曲牌套曲为体制的昆、弋二腔相比就简单多了，因为它的主要腔调仅上、下两句反复"倍之"变化便可唱情唱事，并且"其词直质，虽妇孺亦能解；其音慷慨，血气为之动荡"[28]，故很得人们欣赏。

而陕西的乱弹腔，此时才作为"新谱"刚刚崭露头角。尤其这种新谱同样是在"西秦腔中的吹腔繁衍出多种板式，就产生了秦腔（梆子）和乱弹腔"。因此，有人提出陕西的秦腔"就是西秦腔在陕西的发展，后因增加击梆为板，故俗名'梆子腔'的"[29]。这说明，西秦腔与秦腔，或者说琴腔与秦腔在乾隆以前，还是不能同日而语的两个相并存个体性腔调。这也是清初之时诸多剧本将二者并列联套，文人笔录又将二者相提并论的原因所在。

但由于甘肃西秦腔与陕西秦腔名称上的似同，加之自汉以来，甘、陕之东、西地缘始终分合不定，尤其清嘉庆前后［西秦腔］旧称又被［西皮调］新称所代替等历史原因，以致后世往往将二者视为同体而混为一谈，特别是自民国以来，许多学者在其著本和论述中，大都取用"西秦腔即秦腔"、"秦腔即西秦腔"等含混迷离的字眼，一些专业辞书也是以水投水，人云亦云，不仅导致后世西皮调和诸多板腔体剧种认祖时错投宗门，还促成学术领域的混乱并引发出不少争议。尽管曾有学者为之著文正名，如清末甘肃学人牛芮青，便在其《陇上优伶志》中指出："陇上梆子，与陕西秦腔稍异，陕西秦腔以往称为南梆子或关中梆子，吾甘肃秦腔称为西秦腔或陇南梆子。据先外祖考证，西秦腔起源甚早，西秦时代即有记载。"音乐家杨荫浏先生《中国古代音乐史稿》也云：

"历史上在五胡十六国时期，鲜卑族所建王国疆域占今甘肃西南部，称为西秦（383—437）。可见'西秦腔'是甘肃人民所创造的，是符合历史真实的。"尤其牛文所言"西秦腔起源甚早，西秦时代即有记载"诸语，亦非空穴来风，同样言有所出。因为，"西秦"作为甘肃古曲名目，早在公元220年的魏晋就已存在。三国魏人嵇康（字叔夜，224—263）之《琴赋》对此便有记述："进南荆，发西秦，绍陵阳，度巴人。变用杂而并起，竦众听而骇神。"唐代吕向为之注云："南荆、西秦、陵阳、巴人，并曲名。"凡此都说明甘肃西秦腔厚重的历史文化根基，亦与陕西秦腔实非同体，而且前者在明中叶就已传入京都乃至江南诸地，并被江浙传奇作家阑入剧本广泛演唱。颜全毅所著《清代京剧文学史》一书有云："西秦腔由西北一带出现后，流行范围颇为广泛。《钵中莲》是江浙一带作者编剧，都加上了这种声腔。到了清初影响更大，除了在民间演出相当频繁外，连文人作剧，有时也赶时髦，把这种时尚声腔加于剧中。"③颜全毅所言《钵中莲》，正出自明代永嘉传奇作家之手，全剧总共十六出戏，除第十四出《补缸》直接标明用［西秦腔二犯］作演唱腔调外，不再见有秦腔、梆子腔、乱弹腔之踪迹。及至二百余年后的清乾隆玩花主人之戏曲总集《缀白裘》问世，才出现［西秦腔］、［秦腔］、［梆子腔］、［乱弹腔］、［西调］等混同联套演唱的情形。《缀白裘》所收剧目数百出，俱为花部诸腔杂陈，南腔北调并用，［西秦腔］为第六辑《搬场拐妻》所用，而［秦腔］则在第十一辑《闹店》《夺林》两剧中出现，说明二者分属两个不同个体的独立并存。还有晚清戏曲抄本《梅玉配》，也将［西皮］（即［西秦腔］）和［秦腔］并列标出。而［秦腔］与［梆子腔］、［乱弹腔］和［西调］等腔调的并存，旨在区分同一声腔体制中的不同地域剧种腔调。如同州梆子、山西梆子、上党梆子（古称西调）、莱芜梆子、河北梆子，西安乱弹、黄岩乱弹、绍兴乱弹、山东乱弹等等；此外，成书于嘉庆八年（1803年）小铁笛道人《日下看花记·自序》，在论及肇始于清代诸腔荟萃时，同样将甘肃的［琴腔］与梆子腔分列并提："有明肇始昆腔，洋洋盈耳。而弋腔、梆子、琴、柳各腔，南北繁会，笙磬同音，歌咏升平，伶工荟萃，莫盛于京华。"［琴腔］与昆、弋、梆、柳四大声腔相提并论，同样暗含着各自在音乐腔调乃至声腔体制上个性化的独立存在。及至清末，依然有人将甘、陕秦腔作为两个不同流派的剧种来看待，前人徐珂，便为当时的甘肃西秦腔冠以"北派之秦腔"，并称山陕调为"秦腔"，称甘肃调为"西腔"，以示二者间的区别。

清代文人之所以将［西秦腔］和［秦腔］、或者说［琴腔］和［梆子腔］分列并论，

并不等于说［西秦腔］不属于梆子腔的声腔体制，这一点，前人也有定论，清人徐珂《清稗类抄》有云："北派之秦腔，起于甘肃，今所谓梆子者则指此。一名西秦腔，即琴腔。"但在梆子声腔体制之下它又有其自己的分制，即"板、牌合套"。明代，［西秦腔］在秉赋前朝多首曲子联套以皮人演述故事的同时，又将其中曲体比较单一的曲牌唱调，逐渐发展成能够"以上下两句倍之"的［两句腔］，使其具有板式变化的特点。这种新兴板式腔调的形成，同样有它极深厚的历史根源。一是作为孵化板腔体唱腔的曲子唱调，虽以弦索伴奏，但又衍用梆板击节，这是甘肃曲子和曲子戏始终不变的传统；二是甘肃当时还流传着一种类似于皖南清阳腔"徒歌"、"滚调"和晋南［驻云飞］"滚唱"的腔调，叫做［苍龙哭海］。起腔的［散板］名曰"滚头"，落腔的［散板］名曰"滚尾"（全名"黄龙滚尾"），中间段落为"滚唱"，皆系六字对偶齐言上下句体，并以上下两个腔句反复变化唱出，颇具板式变化的结构特点。这是一种非常古老的腔调，而且曲体非常长大，20 世纪 70 年代，由硕果仅存的老艺人段树堂专门为笔者演唱《林冲夜奔》全段书词并得以记谱。从该段演唱看，完全以第一人称，演述了自己（林冲）因一时酒醉，腰挎锋剑，误入白虎节堂，从发配充军、野猪林遇险、鲁智深相救、柴进修书，一直到夜奔梁山整个悲惨人生经历，不仅很有梆子戏板腔体生角成套大段抒怀唱腔的特点，而且其腔调，无论散板式"滚头"、"滚尾"、中间上下句反复变化唱出的板腔体式"滚唱"，几与清阳腔"滚白"、［驻云飞］"滚唱"曲调无异，甚至还较其更为完整庞大。这的确是个耐人寻味的问题。当然，这里我并不想探讨谁源谁流，谁先谁后，但有一点应当指出：如果视皖南青阳腔徒歌、滚调或晋南清戏［驻云飞］"滚唱"为梆子腔源头一说可以成立的话，那么，甘肃极其古老的［苍龙哭海］，同样为［西秦腔］梆子腔声腔体制的成型提供借鉴。正因此，入清以后，［西秦腔二犯］凭借其板腔体之曲调简约、变化灵活等艺术优长，一时成为时尚而风靡全国，故被花部诸腔所"转相效法"。

明末，除李自成带入北京的"西调"外，再找不到有关陕西戏曲入京的任何记载，而且，这种"西调"，仅以阮、筝、琥珀伴奏，并与"吴歈"前后相出，显系小曲、小调清唱之类而非戏曲。事实上，这一时期的陕西境内民间戏曲，仍以弦索曲子、甚至弦索曲子与散曲曲牌合套构成唱腔音乐的曲子戏为主体。对此，我们可从康海（1475—1540）所作《王兰卿传》《中山狼院本》以及王九思（1468—1551）所作《沽酒游春》等传奇杂剧大量使用［折桂令］、［沉醉东风］、［清江引］、［水仙子］、［朝天子］、

[南驻马亭]、[新水令]等散曲曲牌的事例分加证实。康、王二公家居武功、户县，最起码自能说明陕西西府一带的情形是如此。入清以后，陕西才便有了[乱弹]这一"新声"，刘献廷（1648—1695）之《广元杂记》所载"秦优新声，有名乱弹者，其音甚散而哀"，便是对它的最早记述。而张鼎望写于康熙四十年（1701年）前后的《秦腔论》，不过是作者盛赞鲁桥八景而插入的观剧心得而已，是一篇极有价值的文论或追求情景交融的诗文，非秦腔声腔之专论。故而其友张潮康熙四十四年夏（1705）的复信中明确表达了"快读一过，如置身鲁桥八景中，听杨柳抗坠之妙，不觉眉飞色舞也"的印象。但对该书所言"秦腔"之声腔，则感茫然，全无印象，并发出"不识贵地秦腔，在元曲宫调之内乎？抑另成一种文字乎？其全本故事，抑零书杂剧乎"等一连串不知所然的疑惑和不解。至于为何称"秦腔"，原因大概有二：一是借移甘肃西秦腔之名；二是正如张潮复信所言其属"无谱无律之腔"所使然。此名一出，约定俗成，故在七十七年之后的乾隆四十三年（1779年）严长明之《秦云撷英小谱》真正论及秦腔唱腔音乐时，依然是"秦声"、"秦腔"混称。但它的梆子声腔体制却已基本成格。并"以其击木若柝形者节歌"的"梆子腔"剧种姿态传入北京。于此同时传入京师的还有一种叫做"乱弹腔"的陕西"新谱"。"梆子腔"与"乱弹腔"除同以秦声演唱外，最大的不同在于：前者"以梆为板"，后者则"昆也而梆"，这也是清乾隆三十一年（1767年）丙戌科三甲进士李振声将其称为"昆梆"的原因所在。其实，这种"亦昆亦梆"混合构成唱腔声腔体制的现象，同样是山陕梆子的一大老成典型，山西蒲剧至今还存在着"昆曲头子接乱弹"的[勾腔]，吴长元《燕兰小谱》也记述了他在聆听蒲州旦角演员薛四儿所唱[勾腔]时，也发出"似昆曲而音宏亮"的感叹；陕西同州梆子也是昆乱合一，直至20世纪初，依然还有延续。1985年，由《中国民族音乐集成》陕西省编辑办公室等单位编印的《同州梆子音乐》（油印本），便收录了李海运、赵东郎等艺人传谱，张醒民、杨君民等记录整理的同州梆子昆曲剧目《封相》《五子夺魁》《御祭》《封王》《渔家乐》五出，故严长明、徐珂称"秦腔与昆曲为同体"，陕西民间则称其为"昆乱同台"。当然，李振声所处的时代，既是甘肃[西秦腔]板腔体腔调在京师乃至全国风靡正旺之时，又是击木节歌的陕西"梆子腔"（新谱）和亦昆亦梆的"乱弹腔"（新声）初入京都闯荡造势之始。对此，李振声还以《百戏竹子词》抒发其对这种"梆子腔"和"乱弹腔"初入京都观后感慨的同时，还十分清楚地道明了这两种陕西"新声"、"新谱"的源起之地和音乐特色。比如当其咏诵秦腔（即梆子腔）时诗云：

> 耳热歌呼土语真,
>
> 那须叩缶说先秦。
>
> 乌乌若听函关曙,
>
> 认是鸡鸣抱柝人。

不难看出,这种以梆击节、土语演唱并令人"热耳"的梆子腔,其"源起之地,当在秦地之东函谷关一带,今河南灵宝县境";当其咏诵乱弹腔(即昆梆)时亦诗云:

> 渭城新谱说昆梆,
>
> 雅俗如何占号双。
>
> 缦调谁听筝笛耳,
>
> 任它击节乱弹腔。

诗中也不难得知,这种"昆也而梆"的"乱弹腔",除同样以秦声演唱外,也因它采用筝笛伴奏显得婉约而被作者喻之为"缦调",尤其还直接道明了它的源起之地正"出自'渭城'即旧咸阳,今长安西北"。其实,由于陇东南、秦西北之地缘毗连难分,而作为能够"以上下两句倍之"的甘肃西秦腔 [两句腔] 之板腔体腔调,不可能不在两省之间早有传递。因此,当这种腔调被陕西乱弹腔和梆子腔吸收以后,便给予它以更大的发展,其中最突出的发展便是"以梆为板"的击节伴奏方法。这种方法的深远意义,不只在于"击节",重要的还在于"定眼",也即通过鼓师敲击鼓板的板眼变化,派生出"一板三眼"、"一板一眼"、"有板无眼"、"无板无眼"等成套板式唱调来。这便是严长明于乾隆四十三年(1778 年)某日在小集田商山太守署聆听小惠演唱亦昆亦梆的秦声之后所言"板之中有起、有腰、有底,眼之中有正、有侧,声平缓则三眼一板,声急侧则一眼一板,又无不同也。其中微有不同者,昆曲佐以竹,秦声间一丝"㉛。需要特别一提的是,严长明在该文中还特意言明"商山久官陇右,耳熟秦声";叶德辉亦在其"序"中称"秦声以甘凉之雄,犹似劲敌",正昭示出这种"秦声"与"陇右"甘肃之间的不寻常关系。但当时陕西"昆也而梆"之"乱弹腔"这四种板眼结构的稳定成型,意味着秦腔剧种的横空出世。当然,与此同时出现的便是陕西境内"以梆为板"的 [梆子腔] 同"亦昆亦梆"的 [乱弹腔] 统一融合,来共同打造并进一步更加完善其秦腔剧种的板式变化梆子声腔体制,这无疑是戏曲声腔发展史上的一次重大飞跃。而此时的甘肃 [西秦腔],却依然恪守着板牌合一的传统格局,尽管在此前后,凭借其简约的板腔体唱腔形态,对诸多剧种的形成与发展奉献过自己的骨血,却随着戏曲声腔的飞速发展,及

至清嘉庆之后，［西秦腔］之名又被［西皮调］新称所代替，而经它孵化派生的多种板腔体戏曲剧种，羽翼已丰又各立门户，尤其清廷视"西秦腔为淫乱之音"在全国明令禁演。"燕兰小谱记甘肃调即琴腔，又名西秦腔，胡琴为主，月琴为副，此腔工尺咿唔如语，当时乾隆末，始蜀伶，后徽伶，尽习之，道光三年御史奏禁。"②从此，甘肃西秦腔除以"西皮"之名存在于京剧、汉剧和其它南北剧种中外，它作为一个独立剧种的年华已经不复存在。再加上它的骨血几近吸吮耗尽，而陕西秦腔羽翼已丰，甚至显露出雄霸西北剧坛的傲然不可一势之气，相形之下，使它多少呈露出几分色衰爱驰的难堪和惨绿愁红的苦悽而风光骤减，最终不得不退居舞台一隅，甚至依然带着民间皮影小戏"板牌合一"的初创姿容，悻悻回归于民间。

其实，以板式为主、曲牌为辅的声腔体制，可谓是甘肃梆子声腔剧种的一大显著特色。陇南影子腔如此，陇东道情、灯盏头剧也是如此，即使作为后世"大戏"的秦腔，在中华人民共和国成立前，同样是板式兼以曲牌、曲牌杂以佛曲的"板、牌混合"体制，而且还一直延续到 20 世纪 50 年代，并随老艺人相继故去而逐渐消迹。就 20 世纪 80 年代由老艺人演唱并录音的这类秦腔唱曲牌，多达百支以上，当地观众将其称为"两下锅"；还有早期甘肃秦腔的演出形式，也是以先演曲子戏为开场，然后再转入演秦腔，观众又将此称为"风搅雪"。这种独特的体制与独特的演出，可能也是古代甘肃［西秦腔］板牌合套艺术基因的一脉传承。

看来，甘肃西秦腔不只是历史的真实存在，而且对京师、河北影戏乃至诸多地方戏曲的形成发展，产生过重要作用和影响。这使我们不能不认真思考一个问题：广袤而贫瘠的河陇大地，何以能够成为古老戏曲文化的早发地区？它究竟凭附怎样一种人文背景，过早地影响着中国戏曲文化发展的势头呢？对此，我曾以专文作过阐述③，今天不妨再从甘肃厚重而独特的文化生态环境角度，来解开这团遗存数百年的历史迷惘。

一、丝绸之路的凿空，使甘肃成为中外文化交融的前沿。

早在两千多年以前，汉使张骞凿空长安通往西域各国的外交通道，由于他采取了开明亲善的政治策略，促使这条线路不仅成为中原与西域各国建立邦交的友谊桥梁，更变成激活中外商贸互动和促进华夷文化交流的一条国际主干道。这便是后来被德国地理学家李希霍芬所称颂的"丝绸之路"④。正是在这一背景下，作为大汉帝国北方门户的甘肃河西一线，自然成为首先得益的"近水楼台"。当时的武威、张掖、酒泉、敦煌等河西四郡，率先以开放的姿态面向世界，使其变成国内外最大的商业重镇。它们在最大量

地吞吐国际商贸交易的同时，又最大量地吸纳着不同民族的各种文化成分。尤其印度佛教的东渐，最早正是通过山道、沙漠并横穿甘肃全境而后传入中原的。从而促成横贯甘肃东西、绵延近两千公里的丝绸古道两侧（当时丝绸之路全线总长不过七千公里），布遍密密麻麻的寺庙石窟，由此而又形成数以千计的集贸市场。即使今天，在狭长的甘肃南、北丝路两道，依然衍袭着"十里一寺庙、二十里一集贸"这种经济文化合一的古老格局。佛教文化在甘肃的渗透，不仅使甘肃经济充满勃勃生机，赢得"富庶莫过于陇右"之誉，重要的是它用佛教绘画、佛教雕塑、佛教音乐等等，直接影响着甘肃文化艺术的发展，其最高成就便是敦煌石窟艺术的问世。这里蕴藏着数以万计的雕塑、壁画作品，对我国的绘画艺术产生深远影响；而对佛教义理多形式的讲唱宣演，又形成词文、故事赋、话本、变文、讲经文等多种文体，或以浅近的文言说白、或以韵辙分明的七言唱词甚至四六骈体等形式，在说说唱唱中演述佛经故事和民间传说故事，但在说说唱唱中，又不乏以表现故事和人物性格分角色的对话与对唱。敦煌遗书中的《破魔变文》，其中魔王同三女的对话对唱，竟与当今戏曲剧本无异，由此体现出叙事讲唱文学和戏曲说唱文学的双重文化品格。不仅为中国戏曲脚本提供了说说唱唱的基本格式借鉴，还直接孕育出以联套诸多曲调作为演唱形式的牌子类曲艺。此外，还有它讲唱经文时所用的铙、钹、镲、磬、钵、钟、鼓等法器，也被阑入后来的戏曲武场乐队中。凡此，都为包括甘肃戏曲在内的各种民间戏曲艺术，播下生成的潜在育种。

二、［西凉乐］衍变为诗、乐、舞相结合的多段歌舞［大曲］，继而逐衍为摘取片段可供倚声填词的［小令］，为甘肃民间大兴曲子演唱之风奠定了基础。

公元 386 年，苻坚部将吕光平西得胜，所获西域"奇伎异戏"甚丰。吕光于姑臧（今甘肃武威）自立后凉，便将从西域所获乐舞同凉州所传"秦声"拼凑一起，充作宫廷音乐来用，因其多有"秦声"、"秦姿"⑤，故又称［秦汉伎］。公元 439 年，魏武帝平灭北凉，该乐几经辗转传入中原，遂定名［西凉乐］。《隋书·音乐志》所云"太武帝平河西，得沮渠蒙逊之技，宾嘉大礼，皆杂用焉。此声所兴，因而改变，杂以秦声也"正是执此而言。

以"凉人所传中原旧乐，而杂以羌胡之声"（《隋书·音乐志》）的［西凉乐］自传入中原以后，"备受魏世共隋咸重之"（《旧唐书·音乐志》）。其深远意义，不只作为"国伎"连同"龟兹"、"疏勒"、"安国"、"康国"、"天竺"以及"高丽"、"百济"、"高昌"等国乐舞，为隋七部乐、九部乐、唐十部乐打下良好基础，更在于它在各民族

音乐文化长期积淀和融合的大背景下，为新兴民族乐种——燕乐的问世充当了先导。

西凉乐发展的继续，又派生出以多段大型歌舞音乐入词演唱的"大曲"作品。"大曲"最早也出自甘肃河西："乐府所传大曲，唯凉州最先出"⑱；"西凉州俗好音乐，所制新曲曰〔凉州〕，开元中献之"⑲。随着〔凉州大曲〕的出现，甘肃又派生更多大曲作品，"乐府所传大曲皆出于唐，而以州名者五：伊、凉、熙、石、渭也……其实皆从西凉府来也。凡此诸曲，唯伊、凉最著"⑳；"凉州、伊州、甘州等曲，西凉乐也"㉑。至宋，又出现摘取大曲片段制歌填词的情形，这便是人们所称的"小令"或"叶儿"。此风兴起，乐章歌词制作灿然，一时成为民间社会、私人宴享甚至宫廷禁苑最时髦的流行歌曲。不仅完成了由歌诗向歌词的过渡，还促成"倚声填词"的创作方法，即令当时的宋元杂剧，也吸收了不少西凉大曲中可入词演唱的时调"小令"为其唱腔曲牌，这也是元杂剧将其阑入的曲调称元曲，也将元曲称北曲、元杂剧称北剧、南杂剧称南戏，又将南北曲混合联套演唱的形式称南北合套，而甘肃民间则将其统称为曲子的原因所在。"古之四方皆有音，合歌曲但统归南北二音，如〔伊州〕、〔凉州〕、〔甘州〕、〔渭州〕，本是西音，今并为北曲"㉒。其实，何止北剧，南戏中也收它不少，如〔凉州新郎〕、〔凉州第七〕、〔菩萨梁（凉）州〕、〔凉州令〕、〔小梁（凉）州〕、〔上坟伊州〕、〔羹汤伊州〕、〔酒楼伊州〕、〔进奉伊州〕、〔闹夹棒六幺〕、〔铁指甲伊州〕、〔八声甘州〕、〔甘州子〕等等，迄今不正在昆剧、徽剧、川剧、湘剧、京剧甚至秦腔、评剧以及民间所传曲子戏等诸多南戏北剧中，作为唱腔或演奏曲牌仍在沿用么？这些南北曲，当其同民间俗曲合流一起，无形使甘肃戏曲的生成，放射出黎明前的曙光。

三、**曲子同民间皮影的结合，为甘肃西秦腔板、牌合一的声腔体制架设了顺利登台的阶梯。**

曲子，隋、唐称"曲子词"、"词曲"，明、清称"俗曲"、"小曲"，入戏后则称"曲牌"或"牌子"。它萌发于六朝民间，发展于中唐以后，至五代、宋而蔚为大观。敦煌遗书中保存着一些极其珍贵的唐代曲词和曲谱抄本，国内外研究者以曲词称"敦煌曲子"或"敦煌曲子词"，以曲谱称"敦煌曲谱"或"敦煌卷子谱"。敦煌曲子与民间小曲有所不同，是在寺院大兴讲唱、广纳民间俗乐之风背景下产生的，目前已知曲子词590首，涉及的曲调在80首以上，保存下来的曲谱只有25首，其记谱形式为燕乐减字谱，与日本正仓院保存的唐代天平琵琶谱多有相似。因缺乏相应的定调资料，解译方面众说不一。敦煌曲子词有七言、五言的整齐句式，也有长短句；有单段的，也有多段词共用

一个曲调的，还有若干段成套连续演唱的大曲；有的有帮唱，有的有引子，已有诗(词)、乐（唱调）、舞（表演）综合艺术的特点。从曲牌唱调情况来看，有［菩萨蛮］、［更漏子］、［破阵子］、［倾杯乐］、［伊州］、［水鼓子］等名称，有的乐谱无标题，如［急曲子］、［慢曲子］等。这些敦煌曲子，都曾作为宣演佛经故事的示法手段而广传民间，同时也作为演绎民间传说的娱乐形式滥流于市井俚巷。

皮影本是以兽皮人为借助灯光投影表演故事的一种民间戏曲形式，甘肃民间故称它为"影灯"或"灯影戏"。唐代就被佛教寺庙广泛用于宣演教义而风靡于世。敦煌遗书S1316卷《油粮支出账》中，便有"油二升半，充十五日夜点影灯用"的记述。正由于它过早以皮人表演故事，促成它过早具备说、唱、表相兼容的戏剧品格，这也是促成后来甘肃秦腔具有"板式兼以曲牌、曲牌杂以佛曲"双重音乐成分的原因所在。入明以来，南北俗曲滥流于河陇，一时竟成"不学而能之"的"俚巷之词曲"。明弘治、正德年间"前七子"之一的庆阳人李梦阳（字空同，1472—1530）所著《空同子集》载："如今俚巷之词曲，不学而能之。急徐高下之板眼，所谓之音也。及问其出某品某律，孰宫孰商，则不知也。"这正是曲子当时在河陇之地盛传的真实写照。这些俗曲，虽系元人小令的一支，却犹似当年弦索北曲之遗响，数量之多，不可悉记，既为皮影演唱提供了裕如择用的腔调素材，又为培育新兴甘肃皮影声腔创造了丰厚而肥沃的土壤。

谈到甘肃影戏腔调中的板腔体唱腔，我认为依然是在秉赋前朝曲子基础上变化发展而得的一种改良腔调，这种改良的动力，既来自于影戏表现人物和复杂情节的戏剧性要求，也来自于影戏唱腔开始向角色类型转化的分行当机制。单一而各自独立的曲子唱调在表现人物与情节方面的制约性是显而易见的，因此，它必然要求自己的唱腔音乐能够以更加洗练的基本音乐素材与灵活多变的发展形式来适应影戏戏剧要求，结果促成板腔体唱腔的脱颖而出。明中叶传入北京与河北等地的甘肃皮影腔调中，就已经包容了这种能够"上下两句倍之"的板腔体唱腔。当然，具有这种结构特点的唱调，不仅在甘肃曲子中大量存在，在当地民歌中也俯拾即是，这当然是皮影发展其板式唱腔的基础，但二者却有本质的区别，前者只是作为随意咏唱的民间歌曲而存在，后者则作为影戏声腔系统中的一种腔调来运用，而且以其音乐独有的可裂变性，派生形成明显而系统的唱腔行当分制。无论吴长元的"旦色之无歌喉者"，抑或顾颉刚的"此为女角所唱"等，都十分清楚地表明当时甘肃［西秦腔］板腔体戏曲唱腔行当分制的存在。

古代［西秦腔］是甘肃独特文化生态环境下的产物，也是西秦、西凉乐、大曲、北曲、俗曲和民间小调歌曲在甘肃发展的继续与升华。然而时至今日，当它凭附着遥远而厚重的人文背景向我们款款走来时，却被黄沙弥漫的苍凉遮住人们的眼罩而难求得认同，以致有人还怀疑它历史的真实存在。事实上，远在唐宋时期，甘肃就已有了以皮影人敷衍佛经故事的戏曲雏形，这不仅为后来戏曲艺术的形成播下生成的育种，更为"西秦腔"这一声腔体制的问世奠定了基础。尽管直至明代，〔西秦腔〕依然以皮影小戏作为腾飞的载体，但它所创造的"以上下两句倍之"板腔体唱腔，却集中体现着当时我国戏曲声腔体制又即将面临的一场重大变革。这场变革，既是历史发展之所趋，也是时代潮流之使然，非人们意志所能逆转。这也是它一经出世，就被传奇戏曲、河北影戏、花部诸腔纷纷"转相效法"的原因所在。因此，最后我要说的是，甘肃原本就是孕育中华古老戏剧文化的一座"金山富矿"，自然也就绝非戏曲艺术的空白之地。

① 周妙中：《清代戏曲史》第九章"地方戏"，郑州，中州古籍出版社，1982。

② 焦文彬：《秦腔史稿》280页，西安，陕西人民出版社，1986。

③ 潘仲甫：《清代乾嘉时期京师"秦腔"初探》，载《梆子声腔剧种学术讨论会文集》，太原，山西人民出版社，1984。

④ 流 沙：《西秦腔与秦腔考》。载《梆子声腔剧种学术讨论会文集》第27页，太原，山西人民出版社，1984。

⑤ 余 从：《戏曲声腔剧种研究》132页，北京，人民音乐出版社，1994。

⑥ 常静之：《论梆子腔》69页，北京，人民音乐出版社，1991。

⑦ 陈剑虹：《西秦腔并非子乌虚有》一文引文。载《甘肃艺苑》。

⑧ 《钵中莲》：玉霜簃藏明万历抄本，刊于民国二十二年南京戏剧学院北平分院《剧学月刊》。

⑨ 清·张寿昌：《思益堂日札》卷七，中华书局1987年版，许逸民点教本。

⑩ 周妙中：《清代戏曲史》第九章"地方戏"，郑州，中州古籍出版社，1982。

⑪ 顾颉刚：《中国影戏史及其现状》，中华书局《文史》第19辑112页，1981。

⑫ 王正强：《秦腔词典》18页"板式变化体"条，兰州，敦煌文艺出版社，1995。

⑬⑰ 赵建新：《陇东南影子戏初编》102、92页，台湾合郑民俗文化基金会，1995。

⑭ 王芷章：《论清代戏曲的两个主要腔调》，载1983年《戏曲艺术》。

⑮ 余从：《戏曲声腔剧种研究》154、148页，北京，人民音乐出版社，1994。

⑯ 《秦云撷英小谱》，钱献之："银花"。载《秦腔研究论著选》170页，西安，陕西人民出版社，1987。

⑱ 朱家溍：《清代宫中乱弹演出史料》。载《戏曲研究》第十三辑。

⑲ 《中国戏曲曲艺词典》173页"吹腔"条，上海辞书出版社，1981。

⑳ 胡继尘：《清季野史》，长沙，岳麓书社，1985。

㉑ 马彦祥：《京剧的源渊及流变》。

㉒ 清·王廷绍语。

㉓ "梆锣卷",河南梆子(豫剧)的古称。见于清康乾李绿园小说《歧路灯》第七十八回 757 页,中州书画社 1980 年栾星校注版。同页有栾星注云:"梆锣卷,河南地方戏种名,为现今流行于华北数省的河南梆子(豫剧)的前身。是陇西梆子腔(即西秦腔)清初流入河南后,与河南土生的剧种锣戏、卷戏汇流(先由同台演出,继而融汇),而产生的一种新剧种。"

㉔ 徐珂:《清稗类抄》,1917 年商务印书馆刊行。

㉕ 《中国戏曲剧种手册》400 页"绍剧"条,北京,中国戏剧出版社,1987。

㉖㉘ 清乾隆焦循《花部农谭》,载《中国古典戏曲论著集成》八册 225 页,北京,中国戏剧出版社,1982。

㉗ 清乾隆九年(1744 年)徐孝常《梦中缘·序》。

㉙ 流 沙:《西秦腔与秦腔考》,载《梆子声腔剧种学术讨论会文集》,太原,山西人民出版社,1987。

㉚ 颜全毅:《清代京剧文学史》第一章"清代京剧文学的起源、整合"。北京出版社,2005。

㉛ 严长明:《秦云撷英小谱·小惠》。载《秦腔研究论著选》172、173 页,西安,陕西人民出版社,1987。

㉜ 清道光八年张际亮《金台残泪记》卷三。中华民国 23 年双肇楼校刊。

㉝ 王正强:《西秦腔初考》,载《流动的艺术》111 页,兰州,甘肃文化出版社,1999。

㉞ 德·李希霍芬:《中国——我的旅行志研究》,1887。

㉟ 《资治通鉴·隋纪五》。

㊱㊳ 宋·王灼:《碧鸡漫志》。引自《中国古典戏曲论著集成》一,第 130、126 页。

㊲ 唐·郑启:《开天传信记》。

㊳ 《稗史汇编》114 页。

㊵ 胡 侍:《珍珠船》,转引自焦盾:《剧说》卷一。引自《中国古典戏曲论著集成》八册第 90 页。

魏长生晋京所唱何腔

公元 18 世纪后半叶，清廷王朝正处在中气旺盛的黄金阶段，外无太大战患，内少挟权异己，社会生活安定，农业、商贸经济繁荣，这对文化艺术的发展，无疑是个天与人归的良好机缘。尤其各地纷纷不断的民间戏曲，如同雨后春笋，蓬勃兴起，又随商路交通，流进周边诸省并扎根周边诸省，甚至源源涌入京都，与明代旧传昆腔、高腔（弋阳腔）、清戏（青阳腔）、四平腔、太平腔等合流一起，由此呈现出"南北繁会，笙磬同音，歌咏升平"的一派繁荣景象，无形使当时的北京，变成各种民间戏曲交汇、互鉴的集散中心地。正是在这一大背景下，魏长生也从蜀中出发，长涉晋京献艺。

魏长生，字婉卿，乾隆甲子九年（1744 年）生于四川金堂，排行老三，人称魏三。自幼在蜀中学艺，故常冠以"蜀伶"二字，时人吴长元评其为"幼习伶伦，困厄备至"。这是一位颇具传奇色彩的蜀中秦腔演员，曾在中国戏曲史上创造过一段撼人的辉煌，成为后世争相评说却又很难评说清楚的神秘焦点人物。

魏长生一生晋京三次，第一次是在他刚刚步入而立之年的乾隆三十九年（1774 年）夏月。去时心操胜算，寄怀高远，到头却是冷水一盆，落魄江湖。但他并未就此泄气折服，经过五年的厉精更始，乾隆四十四年（1779 年），又挚徒带班再闯京都，加入专事京腔的双庆班。这一次，可谓一炮走红，仅"以《滚楼》一出，奔走豪儿，士大夫亦为心醉。……使京腔旧本置之高阁，一时歌楼观者如堵，而六大班几无人过问，或至散去"①，由此酿成"六大班伶人失业，争附入秦班觅食，以免冻饿而死"②等空前盛景，在中国戏曲史上写下京都梨园"京秦不分"、同台并妍的辉煌一笔。第三次晋京，是在他已近耳顺残华的嘉庆五年（1800 年），尽管"声容如旧，风韵弥佳，演武技气力十倍朗玉"③（即刘朗玉，名庆瑞，北京人，三庆部演员，魏长生晚年得意门生），但毕竟已是草霜风烛，声色颓黯，故被当时观众喻之为"婆娑老妇"。以致嘉庆七年（1802 年）登台献演专以武功绝技取胜的《背娃进府》时，终因气力不支而当场昏厥于舞台，并于次岁即嘉庆八年（1803）春末，气绝身亡，撒手人寰。

魏长生三次晋京献技，除最后一次受制于年龄、气力与声色等因素外，第一、二次

之所以前次惨败而后次轰动者，也是有其原因的。首先，在他晋京之前的康、乾之交，陕西的〔乱弹腔〕和〔梆子腔〕虽已流入京都，却受到称雄于京都梨园的前朝所传昆山腔、弋阳腔（京腔）之胁迫，使它只能流于闯荡造势外围而难入京都梨园"正音"，甚至还被作为"侉调"、"弦索"北曲之类充作"小曲"用于演述民间生活故事。成书于乾隆三十五年（1770 年）的戏曲总集《缀白裘》，在其第六、第十一两集所收三十多个花部乱弹戏里，其中《张古董借妻》便用了〔乱弹腔〕，《戏凤》则用了〔梆子腔〕。但在具体使用上完全有别于昆、弋南北曲，反倒与小曲的用法颇相类似，也许这正是康熙刘廷玑《在园杂志》所言：

> 小曲者，别于昆、弋大曲者也。

其次，它又受到"伴奏以胡琴为主，月琴为副，工尺咿唔如语"的甘肃西秦腔之影响。西秦腔虽非梨园"正音"，却由前朝衍袭入清，而且明、清两季已在京师和江南各地广为流播，尤其它那"以上下两句倍之"④的板腔体结构体制，不仅早被包括影戏、小戏、传奇在内的诸多南北方民间剧种"转相效法"，而且又同以南北曲为腔调的昆、弋二腔形成鲜明对比而更见新意。加上又与陕西梆子腔（秦腔）、乱弹腔（昆梆）皆属同一秦声系统范围，自然较其更具深厚社会根基之优势。尽管如此，它同样被列入"弦索"北曲范畴难登大雅之堂，故在《缀白裘》第六集之《搬场拐妻》一戏中，偏偏选用长短句曲牌体之〔西秦腔〕唱调充作小曲来运用。这恰恰说明，无论作为"梆板击节"的梆子腔（秦腔），还是取用筝笛伴奏的乱弹腔（昆梆），抑或板牌合一的西秦腔（琴腔），当时都未完全脱尽由民歌小曲嬗变演进而来的原始迹象。也许这同样是刘廷玑《在园杂志》所言：

> 今且变弋阳腔为四平腔、京腔、卫腔，甚且等而下之，为梆子腔、乱弹
>
> 腔、巫娘腔、唢呐腔、罗罗腔矣。

如此看来，魏长生第一次晋京之所以受挫败北，其一在于他对当时京都梨园早有"正音"与"非正音"的等级分野缺乏充分了解；其二也对秦腔欲与昆、弋两腔抗衡争胜的艰难估计不足；其三又对同属秦声系统范围的甘肃西秦腔所具有的深厚社会根基多少有所忽视。但是，北京作为明、清两朝之国都，毕竟是封建统治王朝政治、经济、文化之中心，宫闱的诡秘传闻，民间的多渠道信息，市民的生活嗜好乃至观剧审美情趣波动等等，都会引发人们深沉的回味和思考，只不过持有不同心态和从事不同职业的人们捕捉信息、反思问题的角度以及从中获取的教益有所不同罢了。正因此，魏长生败于京

都并在京都闯荡的一年，反倒促成他能够站在中国戏曲峰巅冷静反思的一年。尤其当他看到不同地域、不同派别、不同体制的各种民间戏曲正在这里展开一场交汇、碰撞、激活、裂变的跃动与搏击时，使他敏锐地捕捉到中国戏曲即将面临的一场重大变革，这场变革其实早在魏长生晋京前三十年的乾隆九年（1744年），就已有人作过预言：

> 长安梨园复盛，远近不绝……而所好秦声、罗、弋，厌听吴骚，闻歌昆曲，辄哄然散去。⑤

对于这段话，需要注笔解释的有两处：一是所言长安非指今称之西安，实指明清两朝国都之北京。因当时北京有标志性建筑东、西长安两门，时人故执此为京都象征而常以"长安"呼之；二是所言"秦声"，在通常意义上被人们理解为陕西梆子腔之秦腔，其实乃指由明代传衍入清的甘肃西秦腔而说。因为，"秦声"原本属于狄（氏）族的音乐，狄（氏）族在秦汉前主要聚居于甘肃天水一带。汉代，甘肃之陇中陇南皆称秦州，《正义·括地志》就明确道出"秦州清水县本名秦，嬴姓邑"。公元357年，氏人苻坚（略阳临渭人——今天水张家川）之前秦，曾移狄族十五万户于河西（详参吕思勉《先秦史》），从此"秦声"也传入河西，并与河西各少数民族音乐舞蹈相融合，"秦声"由此成为甘肃乐舞的专用词，《隋书·音乐志》便有这样一条记载：

> 太武帝平河西，得沮渠蒙逊之伎，宾嘉大礼，皆杂用焉。此声所兴，因而改变，杂以秦声也。

故此，清乾隆二十一年（1756年）所修《凉州志》中，才便有了：

> 古凉州民习秦声已久，甘州亦然。

清乾隆四十四年（1779年）王曾翼所撰《甘州府志》卷四《风俗》编中，亦载：

> 乐操土风，即以占德拊缶弹筝，本秦声也，西陲最尚。

即令当时的陕西学人，评其陕西乱弹腔（昆梆）的音乐时，也无不明确指出这种"秦声"与甘肃之间不寻常的历史渊源关系。对此，可用乾隆四十三年（1778年）严长明《秦云撷英小谱·小惠》所言"商山久官陇右，耳熟秦声"，叶德辉之序"秦声以甘凉之雄，犹称劲敌"等史料作一证。更何况在陕西梆子腔（秦腔）和乱弹腔（昆梆）尚未传入京都的明末清初，西秦腔就已在京师和江南各地风靡有近二百年，尤其它那板腔体声腔体制，因被各地民间戏曲"转相效法"而成时尚。正是西秦腔的广泛传播，使人们业已产生好秦声、厌吴骚、排昆曲的潜在审美转移，使他从中顿然悟出，秦腔欲要占据京都舞台一隅，必先动摇昆、弋两腔梨园"正音"世袭地位，方能与之抗衡争胜。魏长生

从社会实践总结得来的这一启认，无疑成了他后来因时变事、革故鼎新的最重要动力源。

事实上，无论作为秦声范围的甘肃西秦腔（琴腔），还是被直接谓之为"秦声"的陕西乱弹腔（昆梆），甚至在此之外还有一种被称做"与秦腔相等"的"吹腔"，俱都在川北绵州、金堂、成都一线传衍旷久。这是后话，下面还要细说，但需先提一笔的是，正因为有了这种历史文化契机，才造就了真正掌握和熟悉这三种声腔的"蜀伶"魏长生。退一步讲，如果将他晋京所唱之声腔姑且视为"秦腔"的话，那么，他便是唯一能够对以上三种声腔，从伴奏、表演、化装乃至内在情趣、特技绝活等诸多领域与之互鉴，做出图变求新彻底改造后从失败走向成功的人。

一、声腔。无论昆腔抑或京腔，俱都取用以同一宫调的若干曲牌联缀构成套数来作场唱事，这种声腔体制，实际上正是古老宋元杂剧南北合套的一脉传承。单就其所拥有的曲牌而言，北曲有 581 支，南曲达 1513 支，总数超过 2100 支。每曲不仅各有专名，曲文也各有定式，具体使用上又有诸多戒律必须严格遵循。如此浩瀚繁缛的曲牌组合，莫要说演员掌握起来如坠雾海，就连当时的大戏剧家沈璟和汤显祖，也在其声律的守格与破格问题上打过一场极不愉快的笔墨官司。汤显祖是写戏的行家，虽精于声律却不囿于声律，主张"声依咏"，"发自天然"，并说："凡文以意趣神色为主，四者到时，或有丽词俊音可用，尔能一一顾及九宫四声否？"沈璟则恰恰相反，重声律而不太重视曲词文采，主张"宁协律而不工"，认为"读之不成句，而讴之始协，是为中之之巧"。据传，他还把汤显祖的《还魂记》，凡自认为不协律的地方一一作了改动，汤为此很不满意地说："余意所至，不妨拗折天下人嗓子。"⑥这两位前人在昆、弋曲文声腔方面所持的对立观点，正意味着昆、弋二腔常道中落的开始。康乾间又有兴起于渭城（即旧咸阳，今之长安西北）的乱弹腔，虽属梆子声腔系统，却同样包容着这种以南北曲套数为体制的昆腔成分，时人故称其为"昆梆"。由此形成与昆腔似异似同的"昆亦而梆"双重综合特征。而明末清初颇为时尚的甘肃西秦腔，与数千支曲牌套曲为体制的昆、弋二腔相比就简单多了，因为它的主要腔调仅上、下两句反复"倍之"变化便可唱情唱事，故很得人欣赏。再看它们的曲调和唱词，其风格更见悬殊：昆、弋二腔"盖吴音繁缛，其曲虽极谐于律，而听者使未睹本文，无不茫然不知所谓"。琴腔与秦腔的梆子腔则完全不同，"其词直质，虽妇孺亦能解；其音慷慨，血气为之动荡"⑦。究其原因，正在于：

秦中则人人出口皆音中黄钟，调入正宫。而所谓正宫者，又非大声疾呼满堂满室之说也。其擅场在直起直落，又复宛转关生，犯入别调，仍蹈宫音，经旋相为宫之义，非此不足以发明之⑧。

不难看出，昆腔自元明传至乾隆中叶，因词曲过分穷极巧工音节繁缛使人费解趋于僵化而不为人所喜，西秦腔和秦腔的梆子腔则因其词直质曲调雄迈音中黄钟妇孺可解而树一代新风。尤其它们更胜昆腔一招的是，既可借助"旋相为宫"之术派生欢、苦音两大腔系，分别表现喜悦、悲伤之情，又能通过"以上下两句倍之"之法随情随意变化歌之，并与昆腔拥有南北九宫不可悉记的数千支曲牌形成简繁对照故能以相抗阻。正是魏长生将琴、秦二腔与之互鉴，形成了更为便捷的秦腔新腔体，这也是乾嘉之后，陕西秦腔逐渐摈弃昆腔南北曲成分，衍为纯种板腔体梆子声腔剧种之起始。

二、伴奏。从康熙时人刘献廷（1648—1695）《广阳杂记》所言"秦优新声，有名乱弹者，其音甚散而哀"，到康熙五十一年（1712年）陆箕永所作《竹子词》"铁板檀槽柘作梆，有时低去说吹腔"，再到乾隆三十一年（1766年）清苑（保定）人李振声记述乱弹腔"秦声之缦调者，倚以丝竹，俗名昆梆"，又在其《百戏竹子词》里写下"缦调谁听筝笛耳，任他击节乱弹腔"诗句，甚至包括当时有关陕西乱弹腔（秦腔）的其他诸多著本中，都没有提及秦腔当时的主奏乐器究竟是何名目，尽管李振声明确言及"秦声之缦调者，倚以丝竹"，倘结合所作诗句来理解，其"丝"显指筝，而"竹"显指笛。即令论述甚为详细的严长明之《秦云撷英小谱》，也不像吴长元评述甘肃西秦腔"伴奏以胡琴为主，月琴为副"那样一笔点透，他只是道出"昆曲佐以竹，秦声间一丝。……秦声所以去竹者，以秦多肉声，竹不入肉，故去笙籦（箫），但用弦索也。昆曲止有绰板，秦声兼用竹木（俗称梆子，竹用笮筲，木用枣）……秦人俗称秦腔为桄桄子，或即执此而言也"。这使我们更加清楚地看到，当时陕西秦腔所用武场击奏乐器主要有梆子、檀板等，文场乐器昆曲佐以竹箫，秦声则去笙箫而仅兼一丝也即弦索。但此处所言弦索，实指月琴而非胡琴。我这样说的唯一根据正是来自于乾隆四十年（1775年）绵州人李调元的《剧话》：

有秦腔，始于陕西，以梆为板，月琴应之，亦有紧慢，俗呼梆子腔，蜀谓之乱弹⑨。

月琴弦张四根，弦制五度，板面设品（当时仅为十或十二品），以拨子弹奏而和声，故也属弦索一类。这恰恰说明，这种"以梆为板，月琴应之"始于陕西的秦腔（乱弹

腔），同"伴奏以胡琴为主，月琴为副"的甘肃琴腔（西秦腔）之间存在的重大差别。直至三十六年之后的嘉庆十五年（1810年），有留春阁小史所著《听春新咏》中，突然出现：

> 秦腔乐器，以胡琴为主，助以月琴，咿唔丁东，工尺莫定，歌声弦索往往
> 龃龉。

还说这种乐器的伴奏，演员可"寻声赴节"，"节奏铿锵，歌声清越，真堪沁人心脾"。秦腔文场伴奏乐器突然加进了胡琴，时间正好是魏长生以改革走红京都和扬州、苏州梨园的前前后后，其用词，又同吴长元《燕兰小谱》甘肃西秦腔"伴奏以胡琴为主，月琴为副，工尺咿唔如语。旦色之无歌喉者，每借以藏拙焉"几无差别。因此，据我的推断，要么魏长生晋京演唱的所谓"秦腔"，其实正是甘肃西秦腔，要么便是魏长生第二次晋京时将甘肃西秦腔和陕西秦腔与之互鉴而得的必然。

三、表演。当今的秦腔，无疑是最擅于表现正剧、悲剧一类重大历史故事题材的大型地方戏曲剧种，它在舞台上演绎这类颇为复杂且又十分惊险的戏剧情节时，往往贯穿着极其繁难的表演程式和以唱、念、做、打"四功"为核心的深功娴技。这也是观众对同一剧目能够从不同演员表演中获得不同审美快感的原因所在。但是，如果我们将秦腔由此向前推移二百五十年，也即让它重新闪回到魏长生晋京之前的乾隆初期或中期，便不难发现它只不过是一个专演生活琐事的民间小戏而已。《缀白裘》所收乱弹腔《借妻》和梆子腔《戏凤》即可一证。前者的主人公是小丑张古董，当然还有其妻小旦沈赛花和作为表弟的小生李成龙等。张因贪财使妻假充李妻冒领妆奁，结果人财两失。这样的脚色设置无疑是典型的"三小"之属；后者的人物情节则更简单，仅有花旦李凤姐、正生明武宗二角。演述武宗私访途中与卖酒女凤姐调情讨封之事，当属"二小"一类。这儿还需特别一提的是《缀白裘》直接标明以秦腔作为演唱腔调的《闹店》《夺林》两个剧本，除人物设置和情节编排同样具备上述"三小"特点外，〔秦腔〕则与〔梨花儿〕、〔四边静〕、〔吹调〕等曲牌体唱调混杂组合，再从两剧对〔秦腔〕腔调的实际使用情况来看，前后仅各出现一次，每次仅各演唱三句，前次为七七七的齐言三句体，后次则又变为五六七的长短三句体，不仅所占篇幅极小，显系属腔绝非主腔，而且也与今日所见秦腔之词格词体相去甚远，也许这正是促成总目中不像《搬场拐妻》一剧直接标明西秦腔剧种剧目，而是将其综合列入杂剧范畴分加对待的原因之一。由此既映衬出当时的秦腔人物设置及其表演正处在由民间小戏说唱向程式技巧转化的过渡阶段，又折射

出它作为新兴地方戏曲由明末清初的民间艺术衍变、发展而来的承递关系。而魏长生第二次晋京所创演的剧目，虽然也能让人感觉到"才子佳人、相公小姐"依稀可见的"三小"影子，却被他创造的繁难表演和特技绝活大大提升了剧种内涵的文化厚度和审美品味，以致将秦腔剧种笃然推向与京腔"正音"争雄夺冠的前沿，而魏长生本人也由此赢得"海外咸知有魏三，清名流播大江南"⑩的最高声誉。《滚楼》可谓是他的走红开山之作，然其情节并不离奇复杂，无非是村女黄赛花，在寻找父母仇人伍辛途中，反与伍滚楼婚配之事。很显然，这是一出极平常的生旦唱做戏，要筋却在爱恨两极的易位和对接。尤其主人公黄赛花由极不和谐的情感对立所引发的剧烈心理冲撞，如何外化为无声的形体语言，并借助"美"的动态过程让观众看得清清楚楚甚至心悦诚服，恐怕是该剧最闪光的"看点"所在。魏长生之所以能够"以《滚楼》一出，使京腔旧本置之高阁，六大班顿为减色"，也就不难想象他在这个"看点"上唱做技巧铺排的传神意味了。《背娃进府》一剧的主人公表大嫂，是个以彩旦应工的乡间女性，性情豁达，慷慨好施，艰难中收养贫生张元秀，后元秀偶捡温凉玉盏得封进宝状元，却不忘表大嫂夫妇养育之恩，接其背娃进府，共享富贵荣华。情节就是这样的简单，表演却能让四座皆惊，个中窍道，依然是瞅准"看点"，精工铺排，"熟戏新演"。他紧紧抓住表大嫂背娃进府喜跃忘形之态，特意设计了一大段踩跷碎步舞蹈表演，真可谓首开花旦跷功之先河。踩跷犹似今天的芭蕾，行、跑、跳、纵、闪、滑、奔、踢、翻、立、栽、蹉等等步式，全须脚尖为之。"故一登场，观众以为向未曾有，倾倒一时"⑪。此技之绝，一在"前无古人"，二在"风气一新"。时人观后，情不自禁，纷纷形诸笔墨，歌之颂之。日本青木正儿《中国近代戏曲史》云：

> 魏为旦角界辟一新纪元之天才，得写实之妙者。

吴长元《燕兰小谱》则说：

> 京旦之装小脚者，昔时不过数出，举止每多瑟缩。自有魏三擅名之后，无
> 不以小脚登场，足挑目动，在在关情。且闻其媚人之状，若晋侯之梦与楚子博
> 焉。

周贻白亦言：

> 魏长生为了当时的妇女以足部纤小为美观，使用踩跷的方法，使足部纤
> 小。因为装了跷的关系也显得腰肢袅娜，增加了形体的娇媚⑫。

一些文人骚客，还留下"踩出跷来更受看"（清杨米人《都门竹子词》句）等诗句

予以颂扬。看来，中国戏曲的妙造，不在于故事情节的离奇，倒在于表演技巧的图变求新。这便是清人戴璐《藤荫杂记》所言，魏长生"演戏能随事自出新意，不专用旧本"。遗憾的是，《背娃进府》最后竟然成为结束他艺术生涯的关门戏。

四、化装。乾隆时人焦循，在《哀魏三》祭文中，写下"善效妇女妆，名满于京师"的诗句，诗所颂扬的正是魏长生在秦旦发部化妆方面的别出心裁和革故鼎新。早期秦腔旦角，系由男性装扮，其发部化妆，仅包一黑色头帕，再在额前罩一玻璃管串成的"帘子"便可，故名"包头"。魏长生却把包头改作假发，即梳水发贴鬓，才使旦角扮相几"与妇人无异"。清人杨懋健《梦华琐簿》对此便有评说：

> 俗呼旦脚曰'包头'，盖昔年俱戴网子，故曰'包头'。今俱梳水头，与妇人无异，乃犹袭'包头'之名，觚不觚矣。闻老辈言，歌楼梳水头、踹高跷二事皆魏三作俑，前此无之。故一登场，观者叹为得未曾有，倾倒一时。

李调元也有诗云："假髻云雾贱，缠头金玉相。"小铁笛道人《日下看花记·序》也云："蹹跷竞胜，坠鬓争妍，风气一新。"并言"不矜饰首而坠髻如仙"，从而大大增强了秦腔旦角的造型美。周贻白对此有着更高的启认，认为"这一方法的创行，事实上是当时旦色化装的一种革命"[13]。从这个意义上讲，魏长生不愧为立志改革，开创一代新风的秦腔艺术大师。

五、情色。清人戴璐《藤荫杂记》卷二《梨园色艺条》在谈及魏长生的表演时，说他"演戏能随事自出新意，不专用旧本"。意思很清楚，即言魏长生演戏，不墨守旧俗，善于现场发挥，常随观众情绪起伏总会来一番别出新裁的创造。尤其他所扮演的角色，大都是以花旦应行的妙龄少女，其所表现的戏剧内容，也以男女相悦成情者居多，即令饰演正直泼辣的农村中年女性，往往又以彩旦应工，自然常常借助现场抓哏的情色技俩以博观众开心一笑。在类似的表演中，我们当然不能排除他有意做出夸张、卑俗甚至"淫声妖态"之举，来迎合市民低级趣味的可能。因为，这可能也是他第二次入京作为转败为胜的艺术主导动机之一。过去的梨园，向多俗习，衍为风气，见怪不怪，即便被清廷视为"梨园正音"的昆腔、京腔，也难脱男女相悦的蕃篱，昆腔《情探》即是一例。孔子论道，不也大讲"食色性"吗？那么，为什么当时对魏长生的表演，却要冠以"淫猥"、"鄙俚"、"诬捏"之词而屡遭奏禁呢？这也是有其历史原因的。首先，历朝统治者都把音乐视为权力的象征，孔子在《论语·阳货》中，便明确提出"恶郑声之乱雅乐"；隋唐，曲子大盛于国中，也被封建统治者视为"不祥之大"，并诏令天下要"奏正声"，以相抗阻；清廷王朝更是变本加厉，就连一向"不入乐府"的民间戏曲，也被分为花、雅两部，视昆腔为"正音"，稍后又把京腔阑入雅部大肆鼓吹，颁诏倡导，而把在此之外的所有民间戏曲统统贬为"花部"，频遭禁绝。尤其"花部"之属的秦腔，不仅因"士大夫亦为心醉"而世风日变，更使"京腔旧本置之高阁"而本末倒置。"京腔本以宜庆、萃庆、集庆为上，自四川魏长生以秦腔入京师，色艺盖于宜庆、萃庆、集庆之上，于是京腔效之，京秦不分"[14]。所谓"京秦不分"，就是"雅郑不分"，在封建统治者看来，就是"礼崩乐坏"、"淫声乱政"。乾隆五十年（1785年）皇帝下诏，将秦腔班交步军统领，五城贴出告示"令改昆、弋两班"，演员不遵者，"查拿惩治，递解回籍"。魏长生由此改唱京腔，却依然被逐出京城。无奈之下，只好渡江南下，朝廷仍穷追不舍，明令当地严加查禁。因此，"凡有其演乱弹等戏者，定将演戏之家及在班人等，均照违制律，一体治罪，断不宽贷"[15]，便成自然中的事了。其次，秦腔禁演的背后，隐匿着宫廷权力争斗的人际较量。魏长生二次晋京，"名动京师，凡王孙贵位以至词垣粉署，无不倾掷缠头数成百。一时不得交识魏三者，无以为人"（引自清礼亲王昭裢《啸亭杂录》）。魏三一夜红得发紫，宦门贵胄攀结如云，就连文华殿大学士和珅这样权倾朝纲的人，也与他"有断袖之宠"。结果使他在不知不觉之中陷入官场斗争的旋涡。果不其然，一御史因与和珅有隙，便移恨于魏长生，借魏之车骑豪华胜过官轿，经常出入和珅府第为由，将其拦路一顿暴打[16]，实际上是借故泄愤，给和珅以难堪，但工于心计的和珅当然不会为一个唱戏的优伶而乱了大谋。

宫廷的政治干预和残酷的宦门纠葛，逼使魏长生不得已离京渡江南下，辗转于昆腔故地扬州、苏州，从此，秦腔又在苏、扬两地开始畅传。并与昆腔展开生死搏击的艺术较量，结果，又扭转了两地素习昆腔之世风。

> 苏州、扬州，向习昆腔，近有喜新厌旧，以乱弹等腔为新奇可喜，转将素习昆腔抛弃，流风日下[17]。

沈桐威《谐铎·南部》亦云：

> 自西蜀韦三儿（即魏三长生）来吴，淫声妖态，阑入歌台，乱弹部靡然效之，而昆班子弟也有倍师而学者。

由此还促成扬州城内"谁家花月，不歌柳七之词；到处笙箫，尽唱魏三之句"[18]的一大时尚新潮。成为秦腔继北伐京腔之后，再南讨昆腔的又一次胜出。这就是人们经常所言的清乾隆时期，震撼神州剧坛的花、雅大战。当时的戏曲史籍、文人笔录都对这场

刀光剑影的艺术竞争有所详细描述。

话说到这份上，我们就不能不讨论一下当年这位斗倒南昆北弋的魏长生究竟是怎样一个秦腔演员了。这不仅是长期困扰人们心头的一大未解之谜，而且学术界也是一直争论不喋却又各执一端。各种见解虽然胶着纷呈，分歧却在同一个疑点上聚焦，那就是被众多前人冠以"蜀伶"的这位魏长生，究竟属于什么剧种的"伶中子都"？因为，我发现所有的学人，总是在几乎完全相同句式的介定词上发生了偏执。比如：

> 乾隆四十五年（1780年），（魏长生）二次入京，请求加入双庆班演秦腔[19]；
>
> 乾隆四十四年（1779年），魏长生带着西秦腔班二次进京[20]；
>
> 乾隆四十四年（1779年）……著名山陕梆子艺人魏长生再度入京[21]。

之外，还有说他带着同州梆子班甚至西调班二次入京的等等，各说派均有考证引文支持，让人听其言似觉无不各自成理，细一想却又缺乏如山铁证，结果反倒在迷茫中增强了人们急待解疑的浓烈兴趣。

魏长生究竟从事的是什么剧种，自幼他在何地学艺，艺技为何人传授，同辈师兄师弟又有何人？目前只有传闻却不见史籍，王绍猷所著《秦腔纪闻》载：

> 有魏长生者，四川金堂人，初为某菸叶铺徒，继在某曲部中学艺，后为秦中著名之花旦。

却对最为要筋的具体学艺地名，仅以"某"字代之含混而过，说明当时他也无据可征。尽管该文还为我们讲述了魏三（？）周旋始平白水县王二冤狱的一段轶事，并举"七个举，八个监，不如行三一支旦"民间歌谣，"但误行三为黄三也"，而且明确指出这段轶闻来源的前提为"余幼小时，闻先大伯言"[22]，并以括号将全段文字括之不入正文，意思很清楚：仅供读者参考。后又有学者则明确提出：

> 乾隆二十二年（1757），他（魏长生）十三岁时，随舅父来西安谋生，先
>
> 在西安西大街一家卷烟铺里当学徒，……乾隆二十三年（1758）……他离开西
>
> 安，漂流在关中一带，后来就在大荔学演秦腔，开始了他的戏剧生涯。从乾隆
>
> 二十五年（1760）到乾隆四十二年（1776）在大荔过了十七年的演出生活[23]。

但也有学者提出了异议，余从先生就明确指出：

> 考北京、扬州之梨园史料，没有任何一条记载过魏长生在西安学戏和唱同
>
> 州梆子的材料，应排除这种传闻[24]。

言之锵锵，语之锵锵，当足征信。我这样说不只因为余从先生是在详考北京、扬州梨园

史料后得出的结论，更在于众多前人共用"蜀伶"一词早就言明魏长生本是"蜀中伶优"而非"秦中伶优"。"蜀伶"与"蜀人"是有区别的，前者专指从艺属地，后者通指出生籍贯，尽管一字之差，表义截然不同，这是一般的常理，绝非古人的疏忽。所以，应该排除魏长生是陕西秦腔演员这一说法。

既然魏长生是蜀中伶优而非秦中伶优，为何当时各种梨园史料和南北文人笔录异口同声均言他以演唱秦腔斗倒南昆北弋的呢？由此引发了第二个弥漫人们心头的疑问：作为四川演员的魏长生，他当时究竟唱的是什么样的秦腔？这种秦腔他又从何地学得？其当时的声腔体制又同今日人们通常所言的秦腔体制是否还存在一定差异？如果存在，差别当在何处又如何消解？如果不存在，"蜀中伶优"又作何解？……下面我们不妨约略梳理一下这团纷杂如麻的历史疑存。

有一点是一致的，即各种史料除言魏长生生于四川金堂，少年时长在四川金堂之外，不再见有二说。金堂位于成都东北，沱江上游，地近绵州，因境内有金堂山而名。依历史相因，明、清两季仍属成都府辖。自明以来，金堂作为成都的北大门，业已成为东倚陕西、北连河陇东、北两条商路通往成渝的枢纽，自然也就成为缩毂陇上、秦中、巴蜀文化交合融汇的一大都会。正因此，在魏长生晋京的前前后后，这里就已经有了甘肃西秦腔和陕西乱弹腔盛传于该地的文字记述。故此，清人张际亮《金台残泪记》对甘肃西秦腔在四川的流播，便有"始蜀伶，后徽伶，尽习之"一说；戏剧家周贻白也在其《中国戏剧史长编》一书中言：

> 又当时，有所谓［西秦腔］，一名［琴腔］，亦传入四川……梆子腔在当时似为一种流行的声调。

琴腔与秦腔在该地区的交汇与碰撞，既对两个戏曲声腔的融合带来潜在影响，也对金堂人魏长生的演艺生涯埋下深深契机。

据记载，魏长生第二次晋京是在乾隆四十四年（1779年）夏月，这一时期，与他交谊笃深的众多朋友中，有两个人很值得一提：一个是地近金堂的绵州人李调元，一个便是籍属江苏仁和的吴长元。此二人都是旅居京都多年的著名戏剧家，而且都对乾隆中叶甘肃西秦腔（琴腔）和陕西乱弹腔（昆梆）在蜀中流传情况以及传入京都的历史足迹作过较为详尽的评述。成书于乾隆五十年（1785年）年的吴长元《燕兰小谱》，便载有：

> 蜀伶新出琴腔，即甘肃调，名西秦腔。其器不用笙笛，胡琴为主，月琴副之，工尺咿唔如语。旦色之无歌喉者，每借以藏拙焉。

从而真实地记述了甘肃西秦腔早在清乾隆以前就已传入四川和西南等地，并被当时蜀中伶优所广泛传唱甚至唱到北京的情景；李调元的《剧话》，写定于乾隆四十年（1778年），较《燕兰小谱》早出，同样载有：

> 俗传钱氏《缀白裘》外集有秦腔，始于陕西，以梆为板，月琴应之，亦有
> 紧、慢，俗呼梆子腔，蜀谓之乱弹。

又言：

> 又有吹腔与秦腔相等，亦无节奏，但不用梆，而以笛为异耳，此调蜀中甚行②。

从中看出，除始于陕西的秦腔而外，还有一种与秦腔"相等"且被称做"吹腔"的声腔同时盛传于蜀中。魏、李、吴三人年龄相差无几，当属同代，也都亲历过琴腔、秦腔、吹腔三种声腔同时流播于四川的情景。如果我们在这两个问题上业已达到了共识，那么，继续探讨下面的问题就方便多了。

现在我们根据吴长元、李调元的记述，并适当引用其他前人有关论点，不妨对蜀中同时所传琴腔（西秦腔）、秦腔（乱弹腔）、吹腔（与秦腔相等）三种声腔之间存在的异同，制成如下表格，作一简单的归纳、对比和分析：

声腔名	别 名	发源地	伴 奏 乐 器	音 乐 特 征
琴 腔	甘肃调、西秦腔、陇南梆子、甘肃梆子腔、陇西梆子腔等	甘肃陇东南	不用笙笛，胡琴为主，月琴为副	板腔为七字上下句体，曲牌为长短句体③；工尺呷唔如语，且色歌喉稍差者可借以藏拙
秦 腔	梆子腔、乱弹腔、昆梆、桃桃子	陕西渭城	以梆为板，月琴应之昆曲佐以竹，秦声兼一丝（月琴）	梆为板腔体，昆为南北曲；其音甚散而哀 激越哀怨盈耳、激越多为杀伐之声④
吹 腔	高腔 吹调	甘肃、陕西皆有	甘肃用叭呐（也称笛呐、小唢呐），水梆子击节；陕西不用梆而和以笛	甘肃吹腔有帮唱；陕西吹腔与秦腔相等，亦无节奏

比较中可知，蜀中同时所流行的甘、陕三种腔调，在声腔体制乃至音乐特征上的似异似同。其中所谓"吹腔"，实指以笛或唢呐等吹奏乐器为其伴奏进行演唱的一种腔调，它在当时的甘肃西秦腔和陕西乱弹腔中同时存在，且又各有区别。属于陕西乱弹腔范围

的"吹腔"，其总体特点是"与秦腔相等，亦无节奏，但不用梆，而以笛为异耳"，实际上正是严长明在《秦云撷英小谱·小惠》一文中所言"昆曲佐以竹"的昆曲曲牌，更确切地讲，这种昆曲曲牌，很有可能还是一种缀于乱弹腔之首的"亦无节奏"的散唱式昆曲头，尽管演唱时，因"无节奏"不用梆子击节，仅用笛子伴奏，但总体风格因与秦腔"相等"，故能使其二者相融相合，这便是时人称陕西秦腔为"昆梆"的由来。类似的例证，我们还能从当时其他剧种中找出许多，如清乾隆时婺剧之〔乱弹尖板〕、山东柳子戏之〔昆腔乱弹〕等，都是属于同"乱弹"相等的散唱式昆曲头一类。朱家溍之《清代宫廷乱弹演出史料》一文，还列举乱弹老本《双合印》《二度梅》两剧中，同样用有以昆曲头引入梆子腔演唱一些唱段㉘的例证。吴长元《燕兰小谱》也记述了他在聆听蒲州旦角演员薛四儿所唱〔勾腔〕时，同样发出"似昆曲而音宏亮"的感叹；即使在今天的山西蒲剧中，依然还有"昆曲头子接乱弹"的〔勾腔〕尚在衍用。

属于甘肃影戏范围的"吹腔"，则以叽呐为主奏乐器应声唱和。特别需要一提的是，甘肃的"吹腔"不仅用梆而且有"簧"，"簧"即"帮唱"，在甘肃陇东南皮影腔里则称"接音"或"麻簧"，属板眼分明的一领众和无字拖腔一类，当地人迄今仍有称它为"皮儿"或"西秦皮儿"者。其实，将"簧"直接作为戏曲"帮唱"的专门用语，也是五百年以前的事了，明嘉靖年间（1522—1566）风靡一时的弋阳腔里，就已开始启用"新簧"二字，来专称带"帮唱"的新唱腔，故当时把弋阳腔亦称为吹腔。明刊本《时兴滚调玉谷新簧》中便有诸多例证可寻。而出自甘肃的这种带"簧"吹腔，作为陇东南皮影最具特色和最重要的声腔组成部分，不仅在明嘉靖、万历时期，就已流向川渝、江浙和京都各地，还促成诸多吹腔新腔的形成，如徽剧之"吹腔"，正是：

> 明末清初徽调的早期声腔昆弋腔受了西秦腔的影响，在枞阳、石牌一带形成的一种新腔㉙。

这恐怕也是戏剧家潘仲甫所言之所指了。即：

> 乾、嘉年间在北京盛行的秦腔、琴腔、梆子腔等声腔，不是陕西的秦腔，而是吹腔。

甘肃戏曲腔调中的这种号称"接音"、"麻簧"和"吹腔"，不只作为各种板式唱腔的重要组成部分不可随意拆卸弃置，同时又作为发展其各种板式唱腔的重要素材和手段，极具灵活的裂变性，尤其在陇南影子腔、陇东道情等皮影腔里，可以说有怎样的"接音"和"麻簧"，便有怎样的板式和曲牌唱腔，由此发展出各自较为完整的一套唱腔

体系。这一点，我们还能够从那陇东道情皮影小戏发展而成的新生陇剧"以簧创腔"孵化其板式唱腔的创作方法中，看到它依然具有的活力与激情。这也是流沙所称"西秦腔中的吹腔繁衍出多种板式，就产生了秦腔（梆子）和乱弹腔"之因由。至于前引李调元《剧话》所言"与秦腔相等"的陕西乱弹腔之"吹腔"，目前仅在陕南汉调桃桃木偶唱腔中少有遗存，且因年久不唱几近绝响外，而在秦腔声腔里业已消失殆尽。尽管如此，清康、乾时期，琴腔、秦腔、吹腔这三种声腔都经历过同时流播于四川的历史事实，却是毋庸置疑的。正因为三省有这样的历史文化契机，促成琴、秦二腔在异地的交合与碰撞，不仅对这两个戏曲声腔剧种的融合创造了条件，还构成一种极其独特的文化背景。

让我们再来看看甘肃琴腔与陕西秦腔之间的异同：琴腔为板、牌联套。板为板腔，词为齐言上、下句体，腔则"上、下两句倍之"；牌为曲牌，词系长短句体，曲为小曲小调。伴奏不用笙笛，但以胡琴为主，月琴为副。其唱腔音乐旋律"咿唔如语"，意即平软略见娴雅，故而旦角演员凡歌喉稍逊者，往往借胡琴旋律音色而藏拙。秦腔则昆、乱合一，昆即昆腔，词有严格定制，曲为南北俗曲；梆即梆子，通过击节定眼派生出一套板式，各板式皆为上下两句反复变化歌之；伴奏仅以月琴应之，而且唱昆曲时必佐以竹（笙箫），唱秦声（梆子）时则去笙箫而兼一弦索（月琴），并用梆子（桃桃子）敲击"以作节奏"。其唱腔音乐则甚散而哀，激越哀怨，多为杀伐之声，但也盈耳中听。

如此看来，琴腔与秦腔分属甘、陕；吹腔则甘、陕皆备且有区别。这三种声腔虽然以各自名目形成独立并存之势，却又同属秦声系统范围和梆子声腔体制，尤其琴腔与秦腔，名称相近而发音相同，体制小处见异大处见同，其至可以说你中有我，我中有你。就是这样的两个民间剧种，在地域相对封闭、信息传递不灵、交通十分不便、文化生态环境极为落后的明末清初，从各自的发源地分别借道通川商路先后流入地缘毗邻的川北绵州、金堂、成都一线，并被广大"蜀中伶优"所接受、所传唱。尤其甘肃之琴腔，不仅被"蜀伶"在当地大肆演唱，清乾隆中叶，还出现"蜀伶"长途跋涉再度传入北京的盛举。这恰恰说明，甘肃西秦腔在川北一带所具有的深厚群众基础和源远流长的生态根基。

当"蜀伶新出琴腔"再度唱响北京时，无形使这株曾在京都攀根两百多年的古树又开新花，由此又一次引起人们的关注。然而，此时的西秦腔，却与曾被传奇戏曲称为［西秦腔二犯］的明万历时期毕竟有了区别，更与孕育北京、河北诸地皮影腔调的前朝末期之［琴腔］有所不同，因为，它那"以上下两句倍之"反复变化唱出的板腔体唱腔

结构，随着越来越多的民间戏曲"转相效法"，使它的影响更加广泛。颜全毅在其《清代京剧文学史》一书，以《钵中莲》剧中人王大娘所唱［西秦腔二犯］唱词为例时写道：

> 由西北一带出现后，流行范围颇为广泛。《钵中莲》是江浙一带作者编剧，都加上了这种声腔。到了清初影响更大，除了在民间演出相当频繁外，连文人作剧，有时也赶时髦，把这种时尚声腔加于剧中㉚。

这说明，此时的琴腔或西秦腔，已不再是一花独秀，而是群芳满园了。特别是近亲繁殖的孪生兄妹秦腔剧种，不仅同生于西部热土，又属同一秦声范围，体制相近，形貌似同，就连名字也达到难分难辨的地步：琴腔——秦腔，西秦腔——秦腔，莫说外地人耳闻难辨，当地人听来也颇为闹神，再加上它们曾在绵州、金堂等川北一线有过交汇、碰撞的经历，最终酿成后来文人评述魏长生二次晋京所唱腔调两名杂出的局面。

倘若史学界依然不能提供魏长生曾在西安或大荔学演过秦腔抑或同州梆子的明确史料佐证，我们只好姑且将他作为"蜀伶"而不能作为"秦伶"来看待了。如果真是这样，那么，魏长生便是在四川金堂唯一亲历并学演过琴腔、秦腔、吹腔三种声腔的人，同时，也就成为最有资格将这三种声腔与之互鉴，形成既与昆乱合一的陕西秦腔相区别，又与板牌联套的甘肃琴腔所不同的人。如果这个前提可以成立，我们就可以这样说，他第一次晋京败就败在因循守旧，而第二次晋京红又红在图变求新，这个"新"正来自于他对琴腔和秦腔两种声腔的优化组合，使之变为"你中有我，我中有你"的新腔体。也许这正是吴长元所言的"新出"，戴璐说他"随事自出新意"的真谛之所在。经过仅仅五年的励精图治，在他第二次晋京时，正是凭藉这种新兴的秦腔，很快斗倒北弋（京腔）之后，又取得南讨昆腔的全胜，从而使秦腔或西秦腔在神州剧坛扬眉吐气，一展雄风。

魏长生在对三种声腔进行糅化互鉴与革故鼎新的过程中，我们不能低估了甘肃琴腔（西秦腔）与吹腔的地位和作用，一是它的板腔体声腔体制，在此之前就已流播全国而且"已成时尚"；二是甘肃"吹腔"作为其声腔组成部分也随之传入巴蜀甚至全国。正因此，许多戏剧家针对有人把蜀伶魏长生来京演出的秦腔视为陕西秦腔一说提出了质疑。比如流沙提出陕西秦腔是在"西秦腔中的吹腔繁衍出多种板式，就产生了秦腔（梆子）和乱弹腔"㉛；戏剧家潘仲甫还通过史料分析和曲谱佐证，来"说明乾、嘉年间在北京盛行的秦腔、琴腔、梆子腔、梆子等声腔，不是陕西的秦腔，而是吹腔"㉜。我认

为魏长生仅仅凭藉"昆亦而梆"的陕西秦腔（乱弹腔）欲要斗倒与之相近的南昆北弋，无论从历史根基、艺术实力、流风所向乃至政治因素讲，都略显稚嫩并无法与之匹敌，何况翻遍当时所有史料笔录，也不见有秦昆同南昆对垒较量的只言片语。在当时的文化生态环境下，唯一能够与南北曲之昆、弋二腔抗衡争胜的，便是西秦腔所创造的"以上下两句倍之"的板腔体声腔体制。因为，这种腔调既简单，又便捷，既盈耳，又俚俗，也在"我所有而它所无"的独树一帜之中，更能突出自己的个性和特色，也是最能与昆、弋抗衡并体现时代之新风的唯一腔调，这对早已听惯其词穷极巧工，其曲谐律费解的以南北曲为套数的昆弋观众来说，无异于清风明月，别有洞天，开一代之风气，倍感奇新。此外，我们从当时文人的许多记述中，都可以感受到魏长生所唱腔调中西秦腔影子的存在。比如他的好友李振声在赠诗中有言："倚弦三五互咿唔"；铁桥山人等著《消寒新咏》谈及三庆徽部邱玉官所唱秦腔"急拍繁弦，咿唔杂鸣"；留春阁小史所作《听春新咏》载："秦腔乐器，以胡琴为主，助以月琴，咿唔丁冬，工尺莫定，歌声弦索往往龃龉。"对照吴长元之《燕兰小谱》，上引不指甘肃西秦腔又指什么呢？

也许正是琴腔与秦腔、秦腔与西秦腔名称上的过分相近，加上两个剧种又都来自于西北，而且皆属同一秦声系统范围，特别又经魏长生对两种声腔互鉴糅化，使之变成"你中有我，我中有你"的混合新腔体。以致当时诸多文人评述魏长生所唱腔调时，往往出现两名混用、多名杂出、张冠李戴，甚至只言秦腔、不提琴腔或西秦腔的偏执，从而导致后世学者把魏长生所唱"秦腔"视为今日陕西秦腔的同体，直接影响着人们对这段历史的客观启认。比如昭梿之《啸亭杂录》云："京中盛行弋腔，诸士大夫厌其嚣杂，殊乏声色之娱，长生因之变为秦腔。"而戴璐之《藤荫杂记》则称："京腔六大班，盛行已久。……而西秦腔适至，六大班伶人失业。"蕊珠旧史《辛壬癸甲录》又言魏长生所唱为"秦声"："乾隆间蜀伶魏长生在双庆部，其徒陈渼碧在宜庆部，相继作秦声以媚人，京腔以次销歇。"嘉庆三年（1798年）苏州老郎庙碑，镌刻的钦诏禁令云："嗣后除昆弋两腔仍旧照准其演唱，其外，乱弹、梆子、弦索、秦腔概不准再行演唱。"而成书于道光末年的张际亮《金台残泪记》则说清廷屡禁之秦腔，正是甘肃西秦腔："甘肃调即琴腔，名西秦腔，胡琴为主，月琴为副，此腔工尺咿唔如语，当时乾隆初，始蜀伶，后徽伶，尽习之，道光三年奏禁。"凡此混沌而难以化解的历史遗存，不只对今天的学术园地酿成诸说纷争的局面，就连时下颇为权威的专业辞书，对魏长生身份及其所唱腔调的界定，也是仁者见仁，智者见智。《中国戏曲曲艺辞典》"魏长生"条，释其为"秦腔（同州梆子）演员"；上海辞书出版社出版的《辞海》"魏长生"条目，则说其属"西秦腔演员"，又在"同州梆子"释文中更明确地指出："清乾隆年间魏长生在京演出西秦腔"；《辞海》艺术分册"西秦腔"条释文为："明末清初流行于陕西、甘肃一带，清乾隆年间一度在北京盛行。"接着回笔一转又言"有人认为西秦腔就是秦腔或秦腔支派同州梆子"；中国戏剧出版社出版的《中国戏曲剧种手册》"秦腔"剧种名下记曰："在由陕西附近地区和远赴全国各地进行长期演出的诸多秦腔班社中，最有影响的班社之一，是乾隆年间秦腔名艺人魏长生及其所率领的秦腔班。"让人读后不禁感到，魏长生又非四川"蜀伶"而是陕西"秦伶"，而且陕西附近和远赴全国各地进行长期演出的秦腔，皆系魏长生率领的秦腔班所传。……凡此相互矛盾、是非难辨的记述，正是促成许多戏曲著本人云亦云的致乱之源。

戏曲的腔调，本是只可意会、不可言传，并随着时间流程迅即消逝且又难以捕捉的一种无形时间艺术，如果没有曲谱和音响储存定格，仅凭文字描述，即令功力再高的人，也很难不爽毫厘地描绘出它当时的真实形貌。今天，我们却要站在时代的峰巅，回首返顾业已殆尽两百多年的那场花、雅之争，而且试图还要从中理清魏长生究竟凭附怎样一种腔调为我们创造了那段震撼神州的辉煌历史。愿望当然十分美好，却又很难遂人心愿，因为，这其中的复杂性，在我看来，倒不在于古人的含混其词，而在于今人的错位引导，以及人云亦云的随波盲从。退一步讲，即使蜀伶魏长生当年京都演唱的就是秦腔，也不是今天人们所听到的这种秦腔。换言之，尽管当时的一些（不是所有）文人所言蜀伶魏长生京都演唱的是秦腔，但在这个"秦腔"名下隐匿的多元含义，也难仅凭字面所能透析见底。这的确是古人为后人有意铺设的一张漫天迷网，但有一点是肯定的：即使这个"秦腔"就是通常人们所指的那个"秦腔"，二者之间同样存在着很大的区别。因为，一为"昆梆"，一不为"昆梆"。如果没有勇气承认这一点，那么，秦腔本身由低级向高级不断演进发展的历史价值还能存在吗？

话说到这里，我想已经够了！

---

① 清·吴长元：《燕兰小谱》卷三。《清代燕都梨园史料》，中华民国二十三（1934年）年双肇楼校刊。
② 清·戴璐：《藤荫杂记》。
③⑩ 清·小铁笛道人：《日下看花记》卷四15页，《清代燕都梨园史料》，中华民国二十三年（1934年）双肇楼校刊。
④ 顾颉刚：《中国影戏史及其现状》，北京，中华书局《文史》19辑112页。

⑤　清乾隆九年（1744）年徐孝常《梦中缘·序》。

⑥　以上三引均出自明王骥德《曲律》，载《中国古典戏曲论著集成》四册165页，北京中国戏剧出版社，1982。

⑦　以上二引均出自乾隆中叶焦循《花部农谭》，载《中国古典戏曲论著集成》八册225页，北京，中国戏剧出版社，1982。

⑧　清·严长明：《秦云撷英小谱·小惠》，载《秦腔研究论著选》173、174页，西安，陕西人民出版社，1983。

⑨　清·李调元：《剧话》卷上。载《中国古典戏曲论著集成》八册47页，北京，中国戏剧出版社，1982。

⑪　清·杨懋健《梦华琐簿》第10页，《清代燕都梨园史料》，中华民国二十三年（1934年）双肇楼校刊。

⑫⑬　周贻白：《中国戏剧史讲座》207页，北京，中国戏剧出版社，1981。

⑭　清·李斗：《扬州画舫录》第7页，《谢溶生序》，北京，中华书局，2004。

⑮　嘉庆三年（1798）苏州老郎庙碑语，转引自周贻白《中国戏剧史讲座》213页，北京，中国戏剧出版社，1981。

⑯　清·张际亮：《金台残泪记》卷三第5页："乾隆末，魏长生车骑若列卿，出入和珅府第，遇某御史杖之。"《清代燕都梨园史料》，中华民国二十三年（1934）双肇楼校刊。

⑰　《钦奉谕旨给示碑》碑文。

⑱　清·李斗：《扬州画舫录》第7页，《谢溶生序》，北京，中华书局，2004。

⑲㉓　焦文彬：《秦腔史稿》393页，西安，陕西人民出版社，1987。

⑳　王秉德、张中式：《甘肃西秦腔研究》，刊于《张掖文史资料》第三辑。

㉑　行乐贤、李恩泽：《蒲剧简史》13页，北京，中国戏剧出版社，1993。

㉒　上二引自王绍猷：《秦腔纪闻》，载《秦腔研究论著选》19页，西安，陕西人民出版社，1983。

㉔　余从：《戏曲声腔剧种研究》136页，北京，人民音乐出版社，1994。

㉕　上二引均出清李调元：《剧话》卷上。载《中国古典戏曲论著集成》八册47页，北京，中国戏剧出版社，1982。

㉖　板腔体七字上下句体以《钵中莲·补缸》为据，即以"上下两句倍之"而唱出；曲牌长短句体以《缀白裘·搬场拐妻》剧目为据。

㉗　分别引自清·刘献廷：《广元杂记》，叶德辉：《秦云撷英小谱·序》，萝摩庵老人：《怀芳记》卷一。

㉘　朱家溍：《清代宫廷乱弹演出史料》一文，刊于《戏曲研究》第十三辑。

㉙　《中国戏曲曲艺辞典》第173页"吹腔"条，上海辞书出版社，1981。

㉚　颜全毅：《清代京剧文学史》第43页。北京出版社，2005。

㉛　流沙：《西秦腔与秦腔考》，载《梆子声腔剧种学术讨论会文集》第27页，太原，山西人民出版社，1984。

㉜潘仲甫：《清代乾嘉时期京师'秦腔'初探》，载《梆子声腔剧种学术讨论会文集》第52页，太原，山西人民出版社，1984。

西秦腔源于甘肃

——王正强秦腔研究取得重要突破

王朝霞

【本报讯】（记者王朝霞）　历史上的甘肃西秦腔究竟是否存在?西秦腔与现在的秦腔是不是同一回事?　这个在学术界有着近 200 年争议的学术悬案，近日在我省戏剧专家王正强进行的《中国戏曲音乐集成·甘肃卷》编撰中，有了突破性进展。全国与会专家经研究认为，西秦腔在历史上客观存在，它与现在的秦腔不是一回事，并对现在的秦腔等地方戏曲及京剧、粤剧等剧种的形成产生重要影响。

有关西秦腔的学术争议，从清代乾隆年间开始，尤其在 20 世纪 80 年代争议十分激烈。有人认为西秦腔根本就不存在，还有人说西秦腔不过是两个曲调，构不成戏曲声腔，有人认为西秦腔就是现在流行于西北的陕西秦腔，等等。《中国戏曲音乐集成·甘肃卷》是国家重点艺术科研项目，我省戏剧理论家王正强在主编该书过程中，经深入考证和研究后发现，自明代万历抄本《钵中莲》传奇中用有〔西秦腔二犯〕和清代乾隆《搬场拐妻》一戏用有〔西秦腔〕曲调之后，在清乾隆、道光及清末等诸多著作中都有关于西秦腔的记述。记述表明西秦腔是一种源于甘肃的腔调，以胡琴、月琴伴奏，又称琴腔、甘肃调，也因西秦腔原出于甘肃皮影，又称为西皮调（即来自西面的皮影腔调）、甘肃腔等。西秦腔历史早于现在流行的陕西秦腔，在明末清初时作为皮影戏流行于秦、晋、华北平原，直接传入北京。而陕西秦腔是西秦腔基础上的衍化和发展。

研究还认为，西秦腔通过商路、庙会和皮影艺人步履一度畅传于大江南北，对当时的南戏北剧产生过重要影响，河北西路影戏、涿州及北京影戏等直接源于西秦腔。京剧的〔西皮〕、浙江绍剧的〔尺调二凡〕、广东粤剧的梆子腔及西秦戏等，都是明代甘肃西秦腔影响的结果。

在近日由文化部组织的专家组对《中国戏曲音乐集成·甘肃卷》的初审中，由中国文联主席周巍峙主持，中国艺术研究院研究员余从、潘仲甫，博士张刚，人民音乐出版社编审常静之等组成的专家组成员，对该卷中关于西秦腔的研究成果予以肯定，认为对西秦腔研究"精练而有见地"、"是学术上的一次重要突破，解决了近 200 年来对西秦腔的学术争议"。

（原载《甘肃日报》2003 年 1 月 6 日第 5 版）

百年学术悬案告解　引起全国戏曲界高度关注

——甘肃学者王正强破解西秦腔

吕茹悦

【编者按】耗时十余年、查阅无数史料典籍、潜心搜集钻研并进行实地考察，甘肃省戏剧家协会主席王正强终于将困扰我国戏曲界近两个世纪的学术悬案——西秦腔成功破解。当他所著的全面阐述西秦腔历史渊源与理论依据的论文《西秦腔再考》在我国戏曲权威刊物《戏曲研究》发表以后，立刻在全国各地戏曲研究部门以及专家学者中间引起巨大反响。昨日，记者有幸采访了这位在戏剧戏曲界享有较高声誉的戏剧专家，听他细述起源于甘肃的西秦腔。

西秦腔引发百年学术争议

在采访中记者了解到，由于清代诸多著本对西秦腔(又名琴腔、甘肃调、甘肃梆子腔等)的记述过于简约，加上缺少曲谱与音响佐证，其名称又同后来出现的秦腔(亦称秦声、乱弹腔、陕西梆子等)极相接近，尤其甘、陕之东、西地缘历来分合不定，从而导致西秦腔与秦腔的声腔界定、地缘归属、两者的关系等等生出多种混乱并引发不少争议，比如有人认为西秦腔就是陕西的秦腔，又有人认为它是陕西秦腔的一个分支或流派，是陕西秦腔的发展和继续，也有人认为西秦腔是我国戏曲板腔体声腔之滥觞，甚至还有人怀疑它在历史上的真实存在……就这样，热心的戏曲史学家们，在促成各种观点胶着、纷争、并存的同时，古老且又淳朴的甘肃西秦腔，截至《西秦腔再考》的发表一直是个尚无确切定论的学术悬案，给我国戏曲史学研究造成重重迷障。特别是每当涉及梆子声腔剧种形成和发展问题时，甘肃西秦腔便成了既不可不论又不可深论的一大困扰，以致一直影响着对它的历史价值的评判和戏剧地位的认同。

甘肃西秦腔曾风靡全国

出现在明代中叶的甘肃西秦腔，本是我国最早形成板腔体结构雏形的一种皮影和戏曲腔调，而且早在明万历(1573—1619)以前，就已传入故都北京和河北西部诸地，而后由此又流向全国。不仅被当时的传奇戏曲作为曲牌联套演唱，还促成京师和河北涿州等

地影戏的问世，也对初创时期的梆子腔、皮黄腔以及花部诸腔的形成与发展，产生过重要作用和影响。

那么，对于我国诸多戏曲剧种有过如此深远影响的西秦腔，是凭借怎样一种人文背景产生于甘肃这片广袤而贫瘠的土地上，又过早影响着中国戏曲文化发展的势头呢？就这一问题，全国多位戏曲专家在学术研究工作中对此都有涉及，他们所提出的观点也各不相同，从而使古老的西秦腔迄今难以定论，纷争不断。在众说纷纭的各种观点中，王正强提出，西秦腔产生于甘肃且曾流行于全国，除了要在卷帙浩繁的明清史典中寻找答案之外，最主要的是要结合甘肃厚重而独特的文化生态环境与历史底蕴来考证，而他历时十余年的潜心考证，终使西秦腔之谜得以破解。他通过大量的史料依据和实地考察对此进行全面的阐释，并总结道：其一，丝绸之路的形成，使甘肃成为中外文化交流的前沿，早在汉唐时期就成为中国文化的早发地区；其二，"西凉乐"衍变为诗、乐、舞相结合的多段歌舞"大曲"，再由"大曲"发展为摘取片段可供倚声填词的"小令"，为甘肃民间大兴曲子演唱之风奠定了基础；其三，曲子同民间皮影的结合，为甘肃西秦腔板、牌合一的声腔体制架设了顺利登台的阶梯。

全国戏曲史学界为之振奋

解决了困扰戏曲界近两百年的学术争议，毕生致力于戏剧戏曲理论研究工作的王正强，对我省创建特色文化大省和构建甘肃戏剧强省又作出了一大贡献，并且在全国戏曲学术界引起了巨大反响。

据悉，北京的戏曲史学家、戏曲专家们在对《西秦腔再考》经过两次论证后并没有提出异议，而陈光、金行健、李迟等我省的戏曲专家和学者更是为这一学术成果感到振奋。兰州文艺创作中心主任李智激动地说，在资料相当分散且缺乏的情况下，王正强耗费了十余年时间，对于中国戏曲史在近两百年来未解之谜西秦腔，尽了很大的努力去搜集和钻研，终于取得成果。在近15000字的论著中，资料比较丰富，分析和论证也很清晰，探究态度亦很严肃。对西秦腔的声腔界定及其载体流传，进行了深入的探讨，读后令人茅塞顿开。他说，王正强先生是中国戏曲音乐界的知名专家，对秦腔的声腔研究论著颇丰。他多年从事"西凉大曲"和陇东南等地皮影戏腔的考证研究，又在编撰《中国戏曲音乐集成·甘肃卷》过程中，收集掌握了不少当年西秦腔形成发展和至今它的后裔依然繁衍生息的第一手详实资料，以及从大量明清史典中找到西秦腔曾流传全国的记载。

虽然曾风靡全国、并对好多剧种产生过一定影响的西秦腔已沉没于浩瀚的历史中不复存在，但"金花王簪苍凤头，当楚咿呀和凉州"，昔日的辉煌景象却难消诸史册中。王正强所论著的《西秦腔再考》结尾说得好："甘肃原本就是孕育中华古老文化的一座'金山富矿'，自然也就绝非戏曲艺术的空白之地。"

（原载《鑫报》2006 年 2 月 22 日 A15 版）

戏剧专家王正强研究发现——

西秦腔起源于甘肃

肖 洁

【本报讯】（记者肖洁）盛行在明代京师的甘肃西秦腔，有人认为它就是陕西的秦腔，有人认为西秦腔是陕西秦腔的一个分支或流派，有人则认为秦腔是西秦腔在陕西的发展和继续；也有人认为甘肃西秦腔是我国戏曲板腔体声腔之滥觞；当然，还有人怀疑它在历史上的真实存在……对于这个争论了两个世纪的学术悬案，经我省戏剧专家、省戏剧家协会主席王正强多年的潜心研究，告诉我们一个不容否认的事实：西秦腔在甘肃的形成不仅源远流长，而且对于轫创时期的我国梆子腔、皮黄腔乃至花部诸腔的形成与发展，均产生过重要作用和影响。

争论的焦点

据王正强介绍，西秦腔虽然在明清两代文人笔录中多有记述，但由于文字大都过于简约，加上缺少曲谱和音响佐证，其名称又同后来出现的陕西秦腔极其相似，尤其陕、甘两省之东、西地缘，历来分合不定，从而导致甘肃西秦腔与陕西秦腔之间的声腔界定、地域归属、两者的关系等等，生出多种混乱并引发不少争议。那么，甘肃西秦腔应该属于一个剧种，还是一腔调?在当时的条件下，西秦腔又如何对初创中的梆子腔、皮黄腔、花部诸腔给予深远影响的呢？ 今天，我们能否从各备地剧种中找到他的后裔存在？ 如果存在，当地戏剧家是否承认这个事实？ 酿成这些疑问纷呈的根源，正在于西秦腔在历史舞台上过早的出现，又促成它在历史舞台上过早的匿迹。

不容否认的事实

王正强将多年的研究一一进行诠释：甘肃西秦腔是历史的真实存在，这是一个不容否认的客观事实，而且在梆子腔、皮黄腔、花部诸腔尚未出现的明万历以前，就以皮影演唱形式活跃于京师，当时我国只有海盐、余姚、弋阳、昆山四大腔调，就其所拥有的腔调，也不仅仅是大家所熟知的"西秦腔二犯"和"西秦腔"两个，之外还有兰州引、梅花调、琴腔、两句腔等与之并存。尤其值得注意的是"西秦腔二犯"之"二犯"，"犯"即"犯调"、"犯宫"，"二犯"显指连犯二次"宫音"之意，其结果不仅促成"正调"生出"反调"，还促成"花音"生出"苦音"。明末清初，西秦腔由北京流向全国，首先传入河南开封，与当地"土腔"结合，促成该省"梆锣卷"和"汴梁腔戏"的问世；后又登陆于鄂、皖、苏、赣，渗入当地徽调和楚调之中，徽剧之"高拔子"正是"西秦腔二犯"在当地发展的结果；它在湖北襄河流域畅传中，又演变成"襄阳调"，而在楚调中则"谓甘肃调曰西皮调"。"西皮调"的含义就是"西边来的皮影腔调"，为后来皮、黄腔的形成，埋下了深深的契机；它"还徙涉东南，直抵浙、闽、台、粤。婺剧中的"龙宫调"，也是西秦腔又一别名——陇东调转音之谓；我们还可以从广东粤剧梆子腔唱腔的板眼结构和旋律起伏中，体味到西秦腔"六板"的原始痕迹；而粤东、闽南、台北、香港甚至流播于东南亚各国的西秦戏，之所以取"西秦"为名者，也是西秦腔催发滋润的必然。此外，由于甘、陕、川地缘紧毗，文化交流始终不断，西秦腔流入两省的时间似乎更早，不仅在川剧弹戏腔里流淌着西秦腔的音乐血脉，更在于能使我们从"蜀伶新出琴腔，即甘肃调，名为西秦腔"的历史记载中，体味到远在清乾隆时期，蜀伶大唱其腔已蔚然成风的景况。这一切，都得自于各地戏剧家们的研究结论。

西秦腔为什么会在我省出现

对于我国诸多戏曲剧种有过如此深远影响的西秦腔，为什么能够产生在广袤而贫瘠的河陇大地？它究竟凭借怎样一种人文背景，过早地影响着中国戏曲文化发展的势头呢？王正强从甘肃厚重而独特的文化生态环境的角度这样诠释：其一，丝绸之路的凿空，使甘肃成为中外文化交融的前沿，以致自汉至唐甘肃无形成为中国文化的早发地区；其二，西凉乐衍变为诗、乐、舞三结合的多段歌舞大曲，继而衍为摘取片段和可供"倚声填词"的曲词小令，不仅为甘肃民间大兴曲子演唱之风奠定基础，重要的是在这种演唱中，就已经潜入戏曲品格的文化萌芽；其三，曲子与民间皮影的结合，为西秦腔板、牌合一的戏曲声腔体制，架设了顺利登台的阶梯。

解决学术争议

王正强是我省较有影响的戏剧理论家和戏剧史学家，十多年来，他以史料佐证与实地考察为依据，潜心于甘肃西秦腔的研究。值得一提的是，他把自己多年研究的学术成果，运用于《中国戏曲音乐集成·甘肃卷》的编撰中，尤其该卷对西秦腔的论述，有专家评论"是学术上的一次重要突破，解决了近200年来对西秦腔的学术争议"。但记者认为，它的意义还在于：为构建"甘肃戏剧大省"找到了历史的理论依据。

（原载《兰州日报》2005 年 8 月 31 日）

西秦腔 ≠ 西府秦腔

　　自打"西秦腔"于明万历（1573 年）年间在江浙文人所作传奇抄本《钵中莲》第十四出《补缸》一剧中首次亮相以来，因其有直接标明用［西秦腔二犯］曲调演唱的一段七字上下句反复叠唱的唱词，被人们视为中国板腔体声腔体制之先声而受到学术界高度重视。全国不少专家和学者为之纷纷撰文展开研讨，一些学者还以毕生心血专门从事有关西秦腔问题的探研。但也有一些学人，兴会淋漓，望文生义，将其视为陕西秦腔声腔剧种之滥觞，宣称"西秦腔即秦腔"、"西秦腔即西府秦腔"、"西秦腔就是陕西的秦腔"等等，甚至还把《钵中莲》这部以演唱南曲为主的南戏传奇抄本，也不分青红皂白地纳入到陕西秦腔麾下，作为陕西秦腔最早剧目的"历史性发现"。其实，这一切全都弄错了。因为，西秦腔不是陕西秦腔，或者说西秦腔不等于西府秦腔，《钵中莲》既不是甘肃西秦腔剧本，更不是陕西秦腔剧本，而是南戏传奇剧本，二者本属完全不同的两回事。

　　首先，西秦腔出生地不在陕西，而在甘肃。西秦腔产生于何地，清代诸多戏剧家早有明确记述。成书于清乾隆五十年（1785 年）吴长元《燕兰小谱》载："蜀伶新出琴腔，即甘肃调，名西秦腔。其器不用笙笛，胡琴为主，月琴副之，工尺咿唔如语。且色之无歌喉者，每借以藏拙焉。"清道光谢章铤《赌棋山庄词话》亦载："甘肃调即琴腔，又名西秦腔，胡琴为主，月琴为调，工尺咿唔如语，今所谓西皮调也。"清人徐珂也在其《清稗类抄》中云："北派之秦腔，起于甘肃，今所谓梆子者则指此。一名西秦腔，即琴腔。盖所用乐器以胡琴为主，月琴为副，工尺咿唔如语。"三位前人异口同声，均言这种"甘肃调"乃"起于甘肃"，却只字未言它出自陕西，而且这个"甘肃调"亦"名西秦腔即琴腔"、"琴腔又名西秦腔"，当然是说它曲名虽异而唱调则同无疑。就连现代专业辞书《中国戏曲曲艺辞典》，也对"甘肃调"同样作出"清代乾隆年间，［甘肃调］、［琴腔］、［西秦腔］三种名称通用"的释文。之所以取其别名或泛称者，也是言有所出，意有所指。如称"西秦腔"者，乃在于"历史上在五胡十六国时期，鲜卑族所建王国疆域占今甘肃西南部，称为西秦（383—437）。可见'西秦腔'是甘肃人民所

创造的，是符合历史真实的"（杨荫浏《中国古代音乐史稿》语）；取［琴腔］为名者，因其伴奏"以胡琴为主，月琴为副"；称［甘肃调］则在于它是"来自甘肃的戏曲腔调"（马彦祥《京剧的源渊及流变》语）；此外，还有［陇西梆子腔］、［甘肃梆子腔］二称，也非空穴来风。两名最早始见于清康乾李绿园小说《歧路灯》，其中第七七回有"那快头是得时衙役，也招来两班戏，一班山东弦子戏，一班陇西梆子戏"。第九五回又出现"……又数陇西梆子腔，山东过来弦子戏"等语。对此，该书 757 页注云："陇西梆子腔即西秦腔，清初流入河南后，与河南土生的剧种锣戏、卷戏汇流……"（中州书画社 1980 年栾星校注版）。清人徐珂亦云："北派有汴梁腔戏，乃从甘肃梆子腔加以变通，以土腔出之，非昔之汴梁旧腔也。"（《清稗类钞》11 册 502 页。中华书局 2003 年版）。还有谢章铤、张亨甫等人又称其为［西皮调］者，按戏曲研究大家周贻白先生的解释，其意正指它本是"来自西边的皮影腔调"，这恰恰又与元、明京都所传甘肃皮影腔调之［兰州影］、［华亭影］相印证。但无论"甘肃调"，"西秦腔"，抑或"陇西梆子腔"和"甘肃梆子腔"等，首先皆以"甘肃"、"西秦"、"陇西"之地名界定其"调"其"腔"其"梆子腔"所生所产所辖地域归属，尽管三名称谓有别，却都同指甘肃而非它属，这是一般的常识，其间实在看不出与陕西有什么瓜葛。何况历史上陕西秦腔也曾有过［秦声］、［昆梆］、［乱弹腔］、［梆子腔］、［同州梆子］、［陕西梆子］、［山陕梆子］等别名异称，但翻遍清代有关古装线本，唯独不见它曾有过［琴腔］、［甘肃调］、［西皮调］称谓一说。然而，依旧有人举一反三、生拉硬扯地说它纯属陕西"制造"，乃与甘肃无关，这可能吗？

其次，西秦腔不是剧种，而是腔调。有些学人始终把西秦腔视为一个剧种来看待，而且还著书立说，说它正是陕西的秦腔戏曲剧种，其实这是毫无史实根据的误解之谈。因为《钵中莲》抄本全剧共十六出戏，所用腔调近百只，其中南曲居多，北曲为少。仅就［西秦腔二犯］而言，只是在第十四出《补缸》后部用其演唱过二十八句唱词外，前部和中段主要用［诰猖腔］曲牌唱出。至于"秦腔"一名，在这个抄本中根本渺无踪迹，从未显身。直至二百多年后的清乾隆三十五年（1770 年），又有钱德苍编撰的戏曲总辑《缀白裘》行世，才出现［西秦腔］与［秦腔］、［梆子腔］、［乱弹腔］、［西调］等并列用于演唱的情形。《缀白裘》所收剧目二百余出，俱为花部诸腔杂陈，南腔北调并用。［西秦腔］为第六辑二卷《搬场拐妻》剧目所用，尽管在其书首总目录中直接标明"西秦腔《搬场拐妻》"字样，却在实际使用上，又与［水底鱼］、［字字双］、［西

秦腔〕、〔小曲〕等多个腔调前后相出。当然，〔西秦腔〕演唱则占了三分之二篇幅，故将该剧言为西秦腔剧本，也丝毫不为过分。但所填唱词却为长短句的体式。说明〔西秦腔〕在这里显系以曲牌或腔调的身份出现；而〔秦腔〕则在第十一辑《闹店》《夺林》两剧中也有显身，不过，《闹店》之旦和《夺林》之净之旦仅以〔秦腔〕分别各唱了三句唱词，而且旦唱者为七七七格齐言三句体，净唱者为五七七格长短三句体。其它唱词分被〔梨花儿〕、〔吹腔〕、〔四边静〕腔调所占用。由此看出，秦腔在两剧中不仅所占比重甚微，且所唱词格亦非"上、下两句倍之"板腔体之属。这的确是个耐人寻味的问题，故两剧同其它45出剧目一揽阑入杂剧之列。看来，《闹店》《夺林》二剧，亦非真正意义上的"秦腔剧本"。不过，这就够了，已经足以说明起码在清乾隆中叶以前，〔西秦腔〕和〔秦腔〕还是两个不同个体的独立并存。

根据〔西秦腔〕在《补缸》和《搬场拐妻》两剧分别以上下句板腔体形态和长短句曲联体形态出现的这一事实，我们不难得出这样两个结论：一、起码在这两出戏中，甘肃西秦腔还未完全脱尽曲子（或者说曲牌）联缀演述故事的传统迹象，但作为上下句反复叠唱的〔西秦腔二犯〕，却明显具备了板式变化的基本形态；二、剧本对〔西秦腔〕前后所填唱词词体结构的不同，意味着〔西秦腔〕这两个唱调曲体结构的不同，同时也隐现着曲调音乐旋律的不同。这种不同，又是〔西秦腔〕是否"二犯"引发出来的差异。所谓"犯"者，即是"犯调"、"犯声"也。宋姜夔《白石道人歌曲》四《凄凉犯》注云："凡曲言犯者，谓以宫犯商，以商犯宫之类。"这显然是指异宫或同宫相犯的"旋宫"或"转调"，它并不涉及改变唱调的曲体结构。说明《补缸》之〔西秦腔二犯〕与《搬场拐妻》之〔西秦腔〕，本是旋律相异、曲体不同、各自并存的两个完全不同的唱调。事实上，所谓〔西秦腔二犯〕之"二犯"，显指连"犯"二次之意，即以"去工添凡"作以"变徵犯角"，再以"去上添乙"成以"以闰犯宫"，此二犯，便可派生出下四度宫音系统或上四度宫音系统的"属调"或"下属调"，亦即原属正调的"反调"来。由此便可形成"花音"（"上音"）、"苦音"（"下音"）两种腔调，分别具有花音欢快、苦音忧伤两种截然不同的感情表现专长。这种借助"犯调"改变旋律调性色彩并派生唱腔的手法，可谓是包括甘肃在内的西北地方曲艺、戏曲音乐乃至民间小调小曲常有的一大显著特色。由此昭示出在当时的甘肃西秦腔戏曲腔调中，不仅已经有了花、苦音两大体系的存在，而且其所拥有的唱调也远不只此两只，只不过被众多泛称和纷繁的别名湮没不彰罢了。

那么，甘肃西秦腔当时究竟属于什么范畴的一种腔调呢？我认为它首先应该是影戏腔调，同时也是一种民间戏曲的腔调。说它为影戏腔调者，是因为它是元明两朝早已流播于故都北京的甘肃皮影腔调——［兰州影］（还有［华亭影］）的一脉传承。这不仅在《明史》中早有明确记载，而且《清车王府藏曲本丛刊》所收《老妈得志》牌子唱本中，也有老罗和老妈两个角色同以［兰州影］演唱的大段七字上下句体唱词。正因此，清道光（1821—1850）年间进士周寿昌所撰《思益堂日札》才便有了"……即令乐部亦各有土调……甘肃有［兰州引］……［兰州引］则京师影戏演之"一说。但周寿昌此处所言京师所演甘肃影戏之土调为［兰州引］而非［兰州影］，这又何故？在我看来，不外乎以下三种可能：一是系张氏［兰州影］之笔误，将［兰州影］误书为［兰州引］；二是鉴于当时的政治背景，有意将［兰州影］书之为［兰州引］。因为，清嘉庆十八年（1813年），"白莲教"纷纷举事，声言皮影人儿转化为天兵天将，助民反抗朝廷，杀尽贪官，致使宫廷上下大为恐惧，加上皮影演出多在夜晚，官府唯恐民众乘夜集结造反，故在全国贴出告示："国有大祸，民无天良，若再演唱，点火烧箱。"结果导致官府谈"皮影"而色变，闻"夜演"而丧胆，最终导致皮影艺术一场重大劫难，皮影戏班惨遭查抄，皮影艺人被列为"玄灯匪"肆遭戮杀，影人影箱付之一炬，影戏演出封杀禁绝。有鉴于此，周寿昌为不刺激皇室神经，故将［兰州影］有意书为［兰州引］，也不是没有可能；三是专指［西秦腔］腔调中的散板类"引子"、"板头曲"为［兰州引］，这种［兰州引］有可能也是当时京师所传甘肃影戏中存在的另一种腔调。此外，周妙中在谈及清代河北涿州一带的皮影腔调时也道："甘肃是皮影兴起较早的省之一，河北西路影戏就是从甘肃传去并发展而成的，涿州一带的影戏，亦来自兰州。"（《清代戏曲史》九章"地方戏"语。1982年中州古籍出版社版）由此不难看出，甘肃影戏腔调当时在北京、河北诸地盛行风靡的情景。

说它又是戏曲腔调者，则因为顾颉刚在论及京师戏曲腔调时，对甘肃［琴腔］即［西秦腔］也有具体提及："旧有九腔十八调，九腔之名为［西门腔］（亦曰［西美腔］）、［小东腔］（亦曰［小宗腔］）、［凤凰腔］、［小银腔］、［琴腔］、［柔肠腔］、［梅花调］、［鬶字调］（亦曰［一字调］）、［纺车调］。每腔以上下两句倍之，此为女角所唱，今多已失传，只存调名而已，尚全存者只［琴腔］一种。"（《中国影戏史及其现状》。中华书局《文史》19辑112页）顾颉刚所言［琴腔］，正指当时甘肃戏曲腔调中"旦色之无歌喉者，每借以藏拙焉"之旦色所唱之［西秦腔］。此外，这种"每腔以上下

两句倍之"的腔调，甘肃民间皮影戏至今依然称其为"两句腔"，它在甘肃所传民间曲子戏、秧歌戏以及小曲小调中俯拾皆是，屡见不鲜。

其三，甘肃西秦腔与陕西秦腔在唱腔体制、音乐风格、乐器伴奏等方面的差异甚远。先说唱腔体制。西秦腔为板、牌联套。板为板腔，词为齐言上、下句体。腔则"上、下两句倍之"；牌为曲牌，词系长短句体，曲系小曲佛曲之类，故基本属于板、牌合一的体制。陕西秦腔则"亦昆亦梆"，昆即昆腔，词有严格定制，曲为南北曲合套；梆即梆子，通过梆子来击节定眼并派生出一套板式，各板式皆为上下两句反复变化歌之，故清乾隆李振声称它为"昆梆"（《百戏竹子词》语），陕西民间则称其为"昆乱同台"（张醒民等《同州梆子音乐》语。1985年油印刊行）；再说音乐风格。甘肃西秦腔"工尺咿唔如语"（清乾隆吴长元语）。意思是说它的唱腔音乐旋律平软略见娴雅，演唱风格如诉如说，故旦角演员凡歌喉稍逊者，往往借唱腔旋律或胡琴音色而藏拙；陕西秦腔的总体音乐风格是"其音甚散而哀"（清刘献廷《广阳杂记》语），"激越哀怨盈耳"（清叶德辉《秦云撷英小谱·序》语），"激越多为杀伐之声"（清萝摩庵老人《怀芳记》卷一语）。意思是说它的唱腔音乐苍凉哀怨，悲壮激越，却又洋洋盈耳，中听感人；至于乐器伴奏，甘肃西秦腔"不用笙笛"，仅"以胡琴为主，月琴为副"（清乾隆吴长元语）。即说乐器配置中没有笙笛，但以胡琴为主奏，月琴为辅助。陕西秦腔则系"昆曲佐以竹，秦声兼一丝"（清严长明《秦云撷英小谱·小惠》语），"竹"指笛箫，"丝"非胡琴，而指仅以"月琴应之"（清李调元《剧话》语），之外还用"铁板檀槽柘作梆"（陆箕永《竹子词》句）。这就十分清楚地道出了陕西秦腔（昆梆）的乐队建制，除以铁板檀槽作梆（桃桃子）击节定眼"以作节奏"外，在唱昆曲时文场必以笛箫伴和，唱梆子腔（乱弹）时则去笛箫而仅用一把"月琴应之"。

这里需要特别注笔解释的是陕西秦腔的主奏乐器问题。在清嘉庆以前的诸多著本中，都没有提及陕西秦腔当时的主奏乐器究竟是何名目，尽管李振声明确言及"秦声之缦调者，倚以丝竹"，倘结合他所作诗句"缦调谁听筝笛耳"来理解，其"丝"显指筝而"竹"显指笛。即令论述甚详的严长明之《秦云撷英小谱》，也不像吴长元评述甘肃西秦腔"伴奏以胡琴为主，月琴副之"那样一笔点透。故此处所言弦索，实指月琴而非胡琴。我这样说的唯一根据正是来自清乾隆四十年（1775年）绵州人李调元的《剧话》："有秦腔，始于陕西，以梆为板，月琴应之，亦有紧慢，俗呼梆子腔，蜀谓之乱弹。"月琴弦张四根，弦制五度，板面设品，以拨子弹奏而和声，故也属弦索一类。这恰恰说明，这种"以梆为板，月琴应之"始于陕西的秦腔（乱弹），同"伴奏以胡琴为主，月琴为副"的琴腔（甘肃西秦腔）之间存在的重大差别。直至三十六年之后的嘉庆十五年（1810 年），有留春阁小史所著《听春新咏》中，突然出现"秦腔乐器，以胡琴为主，助以月琴，咿唔丁东，工尺莫定，歌声弦索往往龃龉"。还说这种乐器的伴奏，演员可"寻声赴节"，"节奏铿锵，歌声清越，真堪沁人心脾"等等。秦腔伴奏突然加进了胡琴，而且其表述选词用语，又同吴长元《燕兰小谱》所言甘肃西秦腔"伴奏以胡琴为主，月琴为副，工尺咿唔如语。且色之无歌喉者，每借以藏拙焉"几无差别。因此，据我的推断，要么此处所言"秦腔"，其实正指甘肃西秦腔，要么便是甘肃西秦腔和陕西秦腔与之互鉴而得的必然。通过以上比对，从中不难看出甘肃西秦腔与陕西秦腔之间的存在的明显差异。当然，这只是二百七十多年前的事情，不可与当今秦腔同日而语。

那么，甘肃西秦腔与陕西秦腔之间是否还存在着某种联系呢？回答是肯定的。这种联系不只因为二者同在西北这块热土上生成而皆属秦声范围，也因甘陕地缘毗连难分则不可能没有相互传递，即使在清代许多文人笔录中，也能看到它们之间曾有过的艺术碰撞、交流等情结，但这种更大规模的碰撞和交流，既不在甘肃，也不在陕西，而是在四川。因为，早在明清之交，四川川北的绵州、成都一线，业已成为东倚陕西，北连河陇之东、北两条商路通往成渝的枢纽，尤其蜀伶魏长生的家乡四川金堂，作为成都的北大门，自然也就成为绾毂陇上、秦中、巴蜀文化交合融汇的一大都会。正因此，这里也便有了甘肃西秦腔和陕西乱弹腔盛传于该地的文字记述。《绵竹县志》就收有清康熙五十一年（1712 年）时任绵竹县宰的陆箕永所作《竹子词》一首，诗中形象地描述了绵竹一带山村秋神赛会演出秦声（秦腔）的热闹景象：

> 山村社戏赛神幢，
>
> 铁板檀槽柘作梆；
>
> 一派秦声浑不断，
>
> 有时低去说吹腔。

很显然，诗中社戏所唱，正是被称为"昆梆"的陕西乱弹腔和一种叫做"吹腔"的腔调。而甘肃西秦腔（琴腔）传入该地区的时间似乎更早，原因在于西秦腔在明万历以前就已借甘川青泥商道传至江浙并阑入传奇戏曲演唱，还通过宫廷令诏庆典坛寺落成充当"供应"、肃王府所拥私家影班等多种渠道过早流入京都和河北诸地，并孕育出北京和河北西部影戏的问世。更重要的是西秦腔的发源地甘肃陇南之西和、礼县，与毗连难

分的川北之绵州、金堂、成都，早就连为商路一线，成为两省经济文化往来的主干道，古往今来，陇南影子腔艺人借此就近经常入川卖艺现有实物可证。故此，清人吴长元《燕兰小谱》、张际亮《金台残泪记》等著本对甘肃西秦腔在四川的流播，便有了"蜀伶新出琴腔"、西秦腔"始蜀伶，后徽伶，尽习之"之说；戏剧家周贻白在其《中国戏剧史长编》一书中亦言："又当时，有所谓［西秦腔］，一名［琴腔］，亦传入四川……梆子腔在当时似为一种流行的声调。"西秦腔（琴腔）与秦腔（昆梆、乱弹腔）在该地区的交汇与碰撞，既对两个戏曲声腔的融合带来潜在影响，也对金堂人蜀伶魏长生的演艺生涯埋下深深契机。

史学研究，不同于文艺创作，前者属逻辑思维，最讲求严谨的治学态度和据理而言的探赜精神，有了这种态度和精神，即便最后的结论有所偏失，当属正常，故不丢人。后者则属形象思维，最需要感情用事，大胆想象，这样才能创造出感人至深的艺术形象和脍炙人口的艺术作品。如果用逻辑思维的方式对待文艺创作，就如同要求一个演员舞台表演的一举一动必须要与真实生活不爽毫厘，原模原样。试想，那还叫演戏吗？还能有艺术美可言吗？它必然会让观众觉得满台尽是矫揉造作的弄假而大倒胃口。但若凭藉主观想象对待史学问题，甚至带着某种感情色彩，抑或"先入为主"的动机研究或看待某种历史文化遗存，抑或将现代秦腔艺术之成果附会于二百多年前的秦腔之古调，甚至作为正本清源的依凭，那将不仅有可能闹出差之毫厘，谬以千里的大笑话来，还会从根本上彻底否定秦腔本身从低级走向高级不断演进发展历史价值的存在。这绝不是我在信口雌黄，学术界这样的事例难道还少吗？

（原载《当代戏剧》2008 年第 1 期）

游牧习性和尚武精神是秦文化的核心

秦文化是中华文化的一支，它和楚文化、蜀文化、郑卫文化、吴越文化一样，都是春秋战国时期，在统一的华夏民族和华夏文化进一步碰撞融合基础上形成的一种新兴区域文化。这些区域文化，既把握着中华民族和中华文化的总体发展格局，又充分体现着不同群落之间习俗、意识和性情上的文明精神，同时又在相对应而存在、相平行而发展的进程中，构成族类与族类、群落与群落、地域与地域、甚至古代与现代五彩缤纷的多元文化世界，并将中华文化推向更高阶段。

那么，秦文化究竟是怎样一种文化呢？它的根在何处，流又去向何方？欲要谈清楚这个问题，必先瞅准它的要筋，秦文化的要筋不在别处，就在"秦"上。要破解"秦"之要义，必然涉及"秦"之族种、"秦"之先祖、"秦"之领地和"秦"之习性等。下面不妨对"秦文化"生成根脉试加解译。

一、从嬴秦到秦嬴

史学界对秦人的起源，向有"西戎说"和"东夷说"两种观点并存。"西戎说"力主秦人乃由西北"戎狄"转化而来，故其性格带有强烈的西戎成分；"东夷说"则认为秦人是远古时期生活在东方的部族，后来迁徙于西陲边地。按照《史记》的记载，秦人是一个非常古老的群种，其祖先与五帝之一的颛顼有很大关系。颛顼名高阳，系黄帝之孙，昌意之子。这是一个很有治国能力的人，《史记》在评述他的功德时，说他在帝位五十八年间，使华夏疆土扩及到：

> 北至于幽陵，南至于交址，西至于流沙，东至于蟠木。动静之物，小大之神，日月所照，莫不砥属。①

颛顼有孙女名女修，织布时，因误食黑色大鸟蛋，生下儿子大业，大业娶少典之女女华为妻，又生大费，大费亦称益，即《尚书》所称之伯翳。伯翳最大的功绩有二：一是"与禹平水土"，即协助大禹完成治水功业；舜帝不仅把姚姓的女儿嫁给他，还赐他白色旗旄以示嘉奖。二是"佐舜调驯鸟兽"，鸟兽即息马牧畜。伯翳因善通马性，能言鸟语，所养牲畜都很驯服。伯翳由此又得一功，舜帝便赐他一姓为嬴氏。这就是嬴秦之

起始。

嬴秦先祖伯翳因善通马性而以畜牧发家，在其后裔中也多有传承。他有个叫费昌的子孙，就为汤王喂马驾车，汤王正是坐着费昌驱驾的马车，在鸣条打败了桀；还有大廉的玄孙孟戏和仲衍，也因鸟身而能人语，专为帝太戊当驾车的御，并把自已的女儿嫁与仲衍。正由于嬴秦遂世畜马驾车有功，仲衍之后，"故嬴姓多显，遂为诸侯。"②即令商亡周兴之后，嬴秦后裔"造父以善御幸于周穆王，得骥、温骊、骅骝、马录耳之驷"③。

殷商末期，嬴秦后裔中又出蜚廉、恶来父子二人，此父子二人，一个善走，一个有力，却追随以武庚为首的商朝遗民助纣为虐反周叛乱，被周公一马平息之后，将其处死，并将嬴氏族种放逐到遥远且又荒僻的"西垂"边地，即今之甘肃、青海戎狄居地，沦为牧马的奴隶，加上同"戎狄"部族杂居并处，促使嬴秦族种染上戎狄游牧文化的深深印痕，而且如同一条无形的系结线，一直贯穿在嬴氏部族繁衍生息的整个传承谱系中。历史学家维斯至在其《中国古代社会文化论稿》④一书中，通过对秦始皇兵马俑的发式、骨骼、脸型及兵器进行综合观察和分析研究后，还得出秦人与西戎民族有很深的渊源关系这一结论。

二、从秦嬴到嬴政

公元前 897 至 888 年，居于犬丘的嬴氏族种首领非子，也因息马得功受到周孝王嘉奖。这便是《史记·秦本纪》所言"非子居犬丘，好马及畜，善养息之"之事。对于犬丘，古籍中的解释是：

犬丘，又名西犬丘，西垂。汉置西县。

《甘肃通志》的记述是：

西县故城在（秦）州西南 120 里。

这正好说的是甘肃礼县大堡子山一带。1919 年，在秦之宗庙天水西南乡（今称秦岭乡）庙山一带，挖掘出秦襄公时期的葬墓群，秦岭乡与礼县相接壤，山峦叠嶂，颇具中央气派。在大量的出土文物中，有一个秦公簋，上有铭文，直接铸记着"秦"字。

1993 年春，考古工作者又在礼县东境 12 公里处的大堡子山一带，挖掘出秦穆公时期的葬墓群——秦国西垂陵园。成为 20 世纪继敦煌藏经洞、秦兵马俑之后的又一重大发现。这些发现，充分证实从秦嬴非子封邑为附庸，到秦穆公立国兴兵为诸侯的二百多年间，甘肃秦州西县的犬丘之地，无疑成了秦的发家地和大本营。

周孝王请非子为周室养马，牧场选在汧河和渭河之间，从此，非子在此主畜，马匹

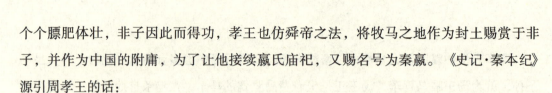

个个膘肥体壮，非子因此而得功，孝王也仿舜帝之法，将牧马之地作为封土赐赏于非子，并作为中国的附庸，为了让他接续嬴氏庙祀，又赐名号为秦嬴。《史记·秦本纪》源引周孝王的话：

> 昔伯翳为舜主畜，畜多息，故有土。今其后世亦为朕息马，朕其分土为附庸。

故而，周孝王分土于非子，"邑之秦，使复续嬴氏祀，号曰秦嬴"。这个封土，正是今之清水县东北角的秦亭。尽管封地并不太大，方圆不过五十华里，但是，正因为有了秦亭封地，不仅使嬴氏族种，从此解卸了奴隶身份，正式作为周室附庸⑤，也使秦人的祖先，从此有了自己的根据地，清水县亦由此得名为"秦"。《正义·括地志》有载：

> 秦州清水县本名秦，嬴姓邑。

秦亭位居清水关山，关山又名陇山、陇头、陇水、陇首、陇坂等，远古时代又称吴岳，本系后世五岳之名之始，又是我国先民祭祀圣地。我国历史上第一座庙宇即建于此。关山因地处丝绸之路咽喉要道而成为一座历史名山，秦人入陕、张骞凿空西域、玄奘西行取经、文成公主远嫁等许多重大历史事件及其战争均都发生在这里；同时它又是一座文化名山，历代不少诗家、画家曾以关山为题创作过许多伟大的作品。如汉代的张衡有诗云：

> 我所思兮在汉阳，
> 俗往从之陇坂长。

魏晋民歌所诵：

> 陇头流水，
> 流离山下。
> 念吾一身
> 飘然旷野。

《木兰辞》中的诗句：

> 关山度若飞，
> 万里赴戎机。

唐宋诗人岑参、李白、杜甫、王维、白居易以及柳永、陆游和后来的陈子龙、曹雪芹等，都有关山诗篇佳作留世。如李白诗：

> 肠断非关陇头水，

泪下不为雍门琴。

旌旗缤纷两河道，

战鼓惊山欲倾倒。

北宋著名画家许道宁还绘《关山密雪图》一幅。此外还有汉乐府之《关山月》是我国民族乐曲之瑰宝，《关山行旅图》则是我国山水画发展史上的里程碑。

清水县之秦亭，恰在汧（今称千河）、渭两河之间。这里地势开阔，依山傍水，丰地沃野，绿草如茵，实在是牧马及畜的最佳选择。即令今天，关山仍是一个天然牧场，甘肃五星牧场、关山牧场就设在这里。尤其关山数千年相衍成一种亘古不变的习俗，大凡道上车马相碰，车辆须向马匹让道，这种遗风，似乎更能说明秦地秦人与马之间永恒的情结。

从嬴秦到秦嬴，"息马牧畜"虽然是秦人族种屡得褒奖的祖传发迹秘笈，但与之同时历经夏、商、殷、周长达数千年的历史推演和数十代嬴氏谱系传承的，还有另一秘笈，那就是"西垂保边"。《汉书·地理志》载：

天水、陇西山多林木，民以板为室屋，及安定、北地、上郡、西河，皆迫近戎狄，修习战备，高上气力，以射猎为先。

上引明白无误地道出"秦俗尚武"的特点。

秦人尚武，志在保边。这从嬴秦到秦嬴的诸代后裔中，能找出很多例证。仅《史记》所载，就有"中潏，在西戎，保西垂"；"造父为穆王御，长驱归周以救乱"等。在此之后的秦嬴后裔，全都成了周室候王，依旧御马统兵，保边西垂。实际上这正是周王室"以夷治夷"策略之所在。以秦抵御西戎，要秦与西戎打仗。从《史记·秦本纪》周孝王与申侯的一段对话中能够看得很清楚：

昔我先郦山之女，为戎胥轩妻，生中潏，以亲故归周，保西垂，西垂以其和睦。今我复与大骆妻，生适子成。申骆重婚，西戎皆服，所以为王。王其图之。

周孝王正是听了申侯这番建言，不仅分土于非子，赐号为秦嬴，还封其子孙为侯王。如非子的儿子秦侯，便当了十三年侯王而终；秦侯的儿子公伯，承袭三年侯王而亡。公元前827年，周宣王即位，又把公伯的儿子秦仲任命为大夫，征讨西戎，结果反被西戎所杀。秦仲在位二十三年，死后他的儿子庄公继位，周宣王又封庄公为西陲大夫，给了他七千兵马，再伐西戎，这一次，庄公一举收复了大骆、犬丘失地，宣王便把

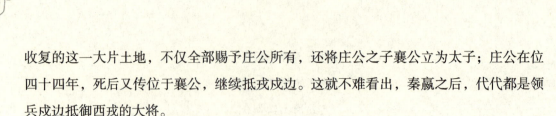

收复的这一大片土地，不仅全部赐予庄公所有，还将庄公之子襄公立为太子；庄公在位四十四年，死后又传位于襄公，继续抵戎戍边。这就不难看出，秦嬴之后，代代都是领兵戍边抵御西戎的大将。

随着封土的不断扩大，秦人开始向东移动。秦人向东发展的契机，正是西周政权的崩溃。公元前781年，周幽王即位，这是一个荒淫无道的西周末代国君。西戎乘机攻克镐京，并将周幽王杀死在骊山之下。要不是秦襄公从秦州出兵解救，周朝江山几乎灭亡。在这次镐京救周战役中，秦襄公的秦军战斗力最强，杀伤的西戎兵最多，襄公救周再立奇功，又得加封进爵。

但是，周幽王被西戎所杀，对西周政权产生很大威胁。公元前770年，周平王称帝以后，为了避开西戎侵扰，决定迁都洛邑（今之洛阳）。秦襄公又护驾周平王东徙，又立新功。周平王便封襄公为诸侯，又把岐山以西的土地，全部赐给了襄公。襄公得封诸侯，再得封地，便在秦州建国立都，国号为秦，而且与其他诸侯通使聘享平等之礼，这就是秦人建政之始。此后便是秦穆公时期，他在秦历史上贡献最大，有"开国十二，遂霸西戎"之誉。

2006年，考古学家在甘肃张家川回族自治县木河乡桃园村战国时期的古墓中，挖掘出十辆随葬车辆，尽管车辆木骨架已全部腐朽，但从清理出来的痕迹中，仍能看到它们的豪华外观，有的车轮镂空饰铜，有的车厢饰金、饰银，甚至装有玛瑙等珠光宝气。如此精美豪华的古代车辆，在全国也是十分罕见。初步认定，这是战国时期秦人统治下的西戎首领陪葬之物，既有秦文化的典型特征，又带有西戎文化的特点。从这里可以看出，当时秦国的经济实力，已经达到相当富庶的程度，也让人自然联想到秦始皇陵墓中铠甲整装、战车布阵的强大地下军团。从此以后，秦国势力越来越大，最终成为战国七雄之一，也为后来秦始皇的统一中国打下了基础。

秦人虽已成为诸侯，但游牧习性一直贯穿在秦人血统和精神生活中，即使在占据周人故土全境，开始大行商鞅"驱农归战"的变法时期，秦氏族种游猎习性依然保持不改，秦文公就曾用一年的时间"东猎"，故在战国之初，东部其他各诸侯大国，对秦仍"以戎、狄视之"，秦国君主也常为"诸侯卑秦，丑莫大焉"（《史记·秦本纪第五》语）而深感羞辱。这种"戎狄"习性，其实质正是秦文化的总体风格，诸侯视秦为戎、狄者，也是因为战国初期的秦文化依然带有浓厚的游牧特色之所致。

所谓戎、狄，是指西周时期甘肃古代少数民族为说，其中戎族主要活动于陇右，集

结于今之陇西、天水和平凉、庆阳诸地，故又有邽（今天水）冀（今天水县新阳镇）戎和义渠（今平凉、庆阳）戎之分。戎族原本有自己的社会文化，《左传》载有允姓戎族首领一段话道：

> 我诸戎饮食衣服不与华同，贽币不通，语言不达。

戎以农牧兼营，却以"上含淳德以遇其下，下怀忠信以事其上"的"不治所以治"经国之道，形成独立的文化品格，这种戎文化，既为秦襄公所效法，又随秦国对戎族的征服兼并，最终融汇于秦文化之中。

狄系商周鬼方民族后裔，因居北方，多称北狄，分白狄、赤狄、长狄三支。白狄原居陕西东北，后徙山西、河北之间，占地立国，国号中山，兵强将广，骁勇善战，与燕、韩、赵、魏"五国相王"。白狄也和秦国发生过军事拼争，桓公三年（公元前601年），曾与晋国联合对秦发起战争，使秦吃了败仗，一员秦将被俘；赤狄布居山西，并与晋国通婚，秦腔有出名戏叫《蜜蜂计》，演的正是晋献公宠妃狄女骊姬，欲害姜后之子重耳，重耳奔逃齐国搬兵报仇，又与狄女季隗结婚这一真实故事。后来赤狄被晋国所灭，土地也被晋国兼并；长狄分布在山西迤东和山东边境，后为齐国所败。狄族虽然保持着游牧文化特征，但其文字、器皿、墓葬均与华夏族相同，说明通过战争、杂居、通婚、迁徙，也被华夏文化逐渐同化。

从嬴秦到秦嬴再到嬴政，经过三十六代孙的畜马和剿杀，终于在公元前221年登上"千古一帝"的宝座，并以象征农业文明的斗大"秦"旌号麾天下。但是，"诸侯卑秦，丑莫大焉"的羞辱阴影和不甘于"戎狄"自处下的畸形重农经国制度，很快将这个大秦帝国赶下了历史舞台。秦王嬴政在位十二年，死后二世胡亥继位，不出三年便顷刻覆灭，成为中国历史上最短命的一个封建政权。这一沉重代价的根源，正来自于商鞅寡头"驱农归战"的军国主义政策。秦王朝一统天下后，无辜民众又变成始皇承袭先祖"息马驯兽"的发家秘笈实验品，皮鞭下的横征暴敛、苛刑下的轻贱人权，还有骨子里游牧尚武的好战本性，都是为强行打造一支没有思想、没有学术、没有自我只有听命走向战场的农民军事群体。这一切，最真实的写照莫过于兵马俑了，队列排场森严方整，铠马铁甲英武威风，然而，却是一支精神和表情千人一面的军事机器，最可悲的是，如此具有杀伤力的庞大军事武装集团，却随着秦始皇的死去竟都成了殉葬品，秦王朝同样和这支"以农归战"打造的军队一样，很快也埋葬在刘邦挖掘的深深墓穴中。

当然，秦王朝的覆灭，并不意味着秦文化的覆灭，当秦帝国大厦倾翻的滚滚尘烟穿

过三百多年时空在晋末落地成埃时，河陇氐、羌、鲜卑三个少数民族又高举"秦"之旗旌号麾天下了。

三、从关中三秦到晋时三秦

"三秦"一名，今人多以陕西关中为说，起因始于项羽破秦入关，将关中切割三分，封立三位秦之降将为王而得的名讳。即立章邯为雍王，都废丘（今兴平境），领咸阳以西地；司马欣为塞王，都栎阳（今临潼境），领咸阳以东至黄河地；董翳为翟王，都高奴（今延安境），领上郡即今陕北延安、榆林地。三王各守一土，鼎足三分关中。这就清晰地勾画出"三秦"所指之地缘：即以咸阳为中心，西不出陈仓（今宝鸡），南不达汉中，北仅抵于延安，东限于黄河之西。在此之外，均不属其辖。因为，陈仓以西为陇西地，西戎占；陕南汉中及巴、蜀分与汉王，刘邦占；延安以北为北地，狄戎占，黄河之东分与西魏王，王豹占。这就是"三秦"全部版图和所称"关中三秦"之历史因由。

关中"三秦"虽由此而名，却在历史长河中仅仅昙花一现，若要计时，前后不足一年。汉元正月（前206年），项羽挥兵西入咸阳，秦都既破，以为得了天下，自立西楚霸王，又大封分地而王之。项羽入城，烧杀掠抢，无不残破。屠烧咸阳阿房宫，"火三月不灭，收其宝货妇女而东"⑥（《史记·项羽本纪》语）。项羽屠城之后扭屁股又东归彭城，关中遂由雍、塞、翟三王扼守以抗阻刘邦。孰料同年八月，刘邦由古道回军关中，先于陈仓击败章邯，雍王属地皆归于汉。次年正月，又挥马东进，遂平降塞、翟二王，至此，关中"三秦"即废。

然而，中国的历史总是在不断重复中向前推进。三百年后，中原"八王之乱"，我国北方五胡乘机入侵中原，由此相继又出现一个新的"三秦"，那就是作为晋时十六国之一的前秦、后秦、西秦，历史上亦将其称之为"三秦"。 两个"三秦"虽然同举"秦"旗号麾天下，却在政治和文化内涵上判然两别。"关中三秦"为封地，仅指秦地关中，且一现即逝。"晋时三秦"为立国，则指在中国历史上占有非常重要地位的三个北方割据政权，而且从前秦建国的公元351年至西秦被夏所灭的431年，晋时三秦在中国政治舞台上整整演绎了80年之久。

最有兴味的是，晋时十六国之"三秦"，分由甘肃氐、羌、鲜卑三族上层酋豪所建，发家也由河陇为起始。随着率兵四方讨定，势力范围不断向外扩张，向西攻灭了前凉、代国，向东大败晋师，平灭燕国，夺取了益州，不仅控扼着中国北方大部地区，还与东

晋对峙相向。尤其前秦，一度平灭西域龟兹，又同车师、鄯善、高昌等国建立宗藩关系。西域来朝者十有余国，军事实力十分强大，经济发展非常迅猛，加上"三秦"具都倡导佛教，大兴儒学，推行文化立国之制，不仅为甘肃赢得"富庶莫过于陇右"之誉，也使关陇政治、军事、经济实力空前鼎盛。最值得一提的是，都于长安的前秦、后秦这两个政权，尽管控扼着古丝绸之路一线主要重镇，军事力量威慑整个西域各国，但其政治中心仍在长安，每年来朝贡奉者络绎如云，仅西域遣使称臣者多达三十余国，他们不仅带来了价值连城的珠光宝气、金银马匹，还送来异彩纷呈、各具民族和地域特色的音乐舞蹈与"奇技异戏"。各种民族文化的重重叠叠，从四面八方向长安汇集，对秦文化的建设特别是乐舞艺术的发展可谓举足轻重。

然而，让人遗憾的是，人们每每提及秦文化时，口口声声大谈关中"三秦"，却又不知其关中"三秦"真正的文化内涵，以致在空泛的喧嚣中反倒否定了秦文化的历史生成根脉。项羽封王所立雍、塞、翟"三秦"分土，在不足一年的时间迅即灰飞烟灭，而且又在正值楚汉狂热互战乱世的背景下，试问，它给秦文化的形成到底能增添多少成色？又给秦文化的建设到底能输入多少血氧？秦文化毕竟是在统一的华夏文化主导下所形成的一种区域文化，就如同楚文化、蜀文化、郑卫文化、吴越文化一样，只有同其他区域文化相对应而存在，相比较而发展，相渗透而丰富，相流通而完善，才能充分显现其斑斓的光彩和独有的特色。这是任何一种民族文化形成发展不可违悖的必然规律。

秦文化不是项羽封王分土的关中"三秦"文化，也不是戏曲界经常挂在嘴边的陕西文化，当然更不是因为五朝国都均立长安便随意被误解误读的关中文化。从历史唯物主义出发，首先，应当承认秦文化是一个大文化概念，它既有历史积淀的纵深面，又有多元融汇的横亘面，但无论从其纵深、横亘任何角度讲，远非三秦文化、陕西文化或关中文化所能盖涵。

秦文化当然由秦人所创造，正因此，秦人的戎、狄习性，秦人的游牧性格，秦人的"尚武"精神，是秦文化的典型特色和发展基础，这些充满开拓进取和崇尚武力高于一切、能够解决一切的文化魂魄，在"晋时三秦"中也得到完美的传承和体现。尤其它们的创建者苻健、姚苌、乞伏国仁，皆系世居甘肃的氐、羌、鲜卑三个少数民族乱世枭雄，其本身秉赋着与"戎狄"秦氏群种相同的游牧与尚武精神。所不同者，他们不仅英武好战、野心勃勃，而且十分重视文化，弘扬惮光，特别是前秦，一度东伐，平晋灭燕，又挥师征西，威慑西域，建都又在长安，无形促使中原、域外文化艺术缓缓向长安

汇集，这对秦文化的形成和发展，起了很大作用。如果我们对当时甘肃境内揭竿崛起的氐、羌、鲜卑三个少数民族酋豪及其所建前秦、后秦、西秦三个政权的文化作为稍加盘点归整，就不能不承认这一历史事实。

氐、羌两族本系一源，春秋战国多以氐羌并称。《诗经·商颂》便有"昔有成汤，自彼氐羌"，《竹书纪年》也有"成汤十九年，大旱，氐羌来宾"等记载。汉代，氐羌分化，各自成为独立族种。西汉初，氐族聚居于武都、陇西、广汉、蜀地，甚至与他族杂居。有自己独特的语言，但讲汉语，采用汉族姓氏，实行一夫一妻制和纳嫂制。以农业为主，兼营畜牧业，经济文化深受汉族影响，西晋时期，除武都、阴平（今甘肃文县、迭部）二郡有大量氐族部落外，在陇右略阳（今天水以北、秦安至清水一带）和天水二郡，又形成两个氐族聚居中心，即后世所称"清水氐"、"略阳氐"和"临渭氐"。十六国时的前秦政权，正是天水"略阳氐族"部落酋豪苻洪及其子苻健所建。

羌原出于今之河南南部、湖南洞庭、江西鄱阳诸地三苗（即苗民），后迁于三危，便成羌族。这是一个非常强悍的民族，《后汉书》说它"所居无常，依随水草"。族人更是"性坚刚烈勇猛"，"堪耐寒苦，同之禽兽"。汉景帝时，湟水羌族酋豪留何，率部迁入陇西郡之狄道（今临洮）、羌道（今宕昌）一带；元鼎五年（公元前112年）甘肃羌族与北部匈奴联合与中原为敌，汉武帝"将兵十万人击平之"，为"隔绝羌胡，使南北不得交关"，还专门辟设河西四郡以拒，并设护羌校尉，统领羌族故地，羌人"皆为吏人豪右所徭役，积以愁怨"，激起羌人多次反叛。经历多次血腥镇压屠杀后，"羌乃去湟中（今西宁市西部），依西海、盐池左右"。宣帝神爵二年（公元前60年）马援设金城属地以安置羌人。王莽末年，羌人乘乱入居金城郡（今兰州、临夏），东汉建武十一年（公元35年），马援又将岷县等地羌族迁于陇西、天水、扶风三郡，开始与汉人杂居。公元384年，世居安南赤亭（今甘肃陇西县西）的羌豪姚苌杀死前秦君主苻坚，自称大单于、万年秦王，两年后称帝，国号大秦，都长安，改元建初，史称后秦。

此外，淝水之战后，陇西鲜卑部首领乞伏国仁，率10万鲜卑族脱离前秦，于公元385年，自立为大单于，领有秦、河二州牧，都苑川（今榆中县），史称西秦。乞伏国仁死后，其弟乞伏乾归继位，称河南王、秦王，又迁都金城（今兰州西）、成纪（今秦安）、枹罕（今临夏），逐渐占有今甘肃西南部。公元431年为夏所灭。

"合而并之，因而续之"，通过氐、羌、鲜卑内迁促成与秦陇汉民杂居而合为一家，从另一个侧面说明羌、氐、鲜卑融入汉文化或者说秦文化而逐渐走向文明的历程，这正

是都于长安的前秦和后秦以及都于苑川的西秦这三个陇右少数民族政权在秦文化史上的巨大贡献。不只仅此，文化艺术方面的辉煌成果，更对秦文化建设起了关键性作用。话说到这里，就不能不提一下甘肃"五凉"之一的"前凉"政权。

公元301年，汉人张轨（今甘肃平凉西北人）出任凉州刺史，张氏世守凉州，遥遵晋室行割据之实，西晋灭，其孙张骏自称大都督、大将军，史称前凉。时，中原大乱，八王火拼，经张氏子孙数代苦心经营的河西却社会安定，农业经济、文化艺术繁荣，中原汉人来凉州避祸者络绎不绝，汉族士人来此传授儒学，使中原典籍学说、汉族音乐文化及其乐器得以保存。

苻坚平灭前凉，前凉乐舞自然变成前秦宫廷演奏唱响的主旋律。如所谓"华夏正声"的清乐，原本出自中原，汉魏以来十分昌行，永嘉之乱后，北方少数民族入主中原，晋室南迁，清乐一时失传。《魏书·音乐志》对此记述道：

> 清乐，其始即清商三调是也。并汉以来旧曲，乐器形制并歌章古辞与魏三祖　所作者，皆被于史籍，属晋朝迁播，夹羯窃据，其音分散，苻永固(即苻坚)平氏始於凉州得之。

《通志》卷一百四十一谈及《西凉乐》时亦言："《西凉》者，起苻坚之末。"《隋书·音乐志》也载：

> 太武帝至河西，得沮渠蒙逊之伎，宾嘉大礼，皆杂用焉。此声所兴，盖苻坚之末，吕光出平西西域，得胡戎之乐，因又改变，杂以秦声，所褚《秦汉伎》也。

尤其《十六国春秋》还明确记载鲜卑慕容恒曾率领其族男女四十余万口，乘舆服御礼乐器等物远步长安向前秦奉献；弘始九年冬十月，河州(今甘肃临夏及青海部分地区)刺史慕容超向苻秦长安首都献大乐伎一百二十人。《隋书·音乐志》还说："慕容垂破慕容於长子尽获苻氏(苻坚)旧乐。"又云："太元间破苻永固，又获乐工杨蜀等，闲练旧乐，於是金石始备。"这些乐舞、乐器、乐工、乐伎源源进入长安宫廷，并被后世隋七部乐、九部乐和唐十部乐所传承发展，也为秦文化奠定了坚实基础。

其实，何止于苻坚前秦，早在汉武帝统一北方的西汉时期，西凉民族乐舞艺术就开始向长安源源流汇，《辽史·音乐志》载：

> 汉武帝以李延年典乐府，稍用西凉之声。

汉武帝所言"西凉之声"，正指甘肃河西月氏等民族所创造的音乐。月氏人不仅创造了

081

羯鼓，还创造了《柘枝舞》、《胡腾舞》、《胡旋舞》等舞蹈。

被苻坚所破的张氏前凉宫廷乐舞机构也非常庞大，公元321年，匈奴屠各人刘曜（前赵）率大军二十八万五千，兵锋直指凉州，《十六国春秋》卷十六载：

> 茂(张茂)惧，使称藩，献马一千五百匹，牛三千头，羊十万只，黄金三百
>
> 八十斤，银七百斤，女伎二十人及诸珍宝方物美货，不可胜记。

张茂一次进献刘曜女乐舞艺人达二十人之多，前凉宫廷乐舞机构之庞大更可想而知。

最值得一提的是，公元385年，吕光（略阳氐人）平西，遂带骆驼二万余头，大批珍宝、骏马和"奇技异戏"、"殊禽怪兽千有余品"，以及龟兹宫廷乐队启程东归。这个龟兹宫廷乐队，便是后世所称的《龟兹乐》。《隋书·音乐志》云：

> 龟兹者，起自吕光灭龟兹，因得其声。吕氏亡，其乐分散，后魏平中原复
>
> 获之，其声后多变异。

《魏书·音乐志》卷一百九亦言：

> 世祖平河西，得其伶人器服，并择而存之，后通西域，又以悦般国鼓舞设
>
> 于乐署。

吕光建立了后凉，《龟兹乐》得以风行于河西。待吕氏覆灭，《龟兹乐》又分散传入内地，对魏、周、隋、唐的音乐发展都产生极为重要的影响。开皇中，《龟兹乐》风靡国中，"举时争相慕尚"。至唐，西凉乐和龟兹乐更被视作热门。史书记载说："自周、隋以来，管弦杂曲将数百曲，多用西凉乐，鼓舞曲多用龟兹乐，其曲度皆时俗所知也。""魏太武帝平河西得之，谓之《西凉乐》，至魏、周之际，遂谓之《国伎》。"还有《天竺乐》，《隋书·音乐志》言："《天竺》者，起自张重华据有凉州，重四译来贡男伎，《天竺》即其乐焉。"可知《天竺乐》也是五凉时期，通过河西，传入长安的。集聚于北周的河西和西域各民族乐舞艺术，逐渐形成了宫廷宴饮时演奏的乐部。这些乐部是：《国伎》(西凉乐)、《龟兹》《疏勒》《安国》《康国》《天竺》(印度)。公元577年北周灭北齐后，又获得高丽和百济两国的乐舞艺术，加上早已传来的高昌国(今新疆吐鲁蕃)乐舞，全都汇集于北周首都长安，也全都融入秦文化的行列，更为后来著名的隋七部乐、九部乐、唐十部乐，打下了坚实基础。

前秦、后秦、西秦，虽系陇右天水"略阳氐族"苻氏贵豪、陇西姚氏羌豪和陇西鲜卑乞伏部三个河陇少数民族所建，同时又在"五胡乱华"的相互剿杀中俱都灰飞烟灭，但是，通过战争掳掠、属国朝贡和族种迁徙的河陇各少数民族文化，源源流入长安宫

廷，并与先秦甘肃戎狄文化融汇合流，构筑起一座永恒不朽的"秦文化"高耸大厦。从这座大厦中，我们可以看到先秦西垂河陇戎狄文化的根脉，听到西汉时期西凉之声的遗响，寻觅到西晋陇右氐、羌、鲜卑和从五凉窃获的文化贡品，听得见凉州一脉传存的清乐和胡夷杂奏的西凉乐舞，还有经河西中国化之后再横穿甘肃全境传入隋唐宫廷的七部乐、九部乐、十部乐以及河西月氏人所创的羯鼓和西凉节度使屡屡晋献的西凉大曲等等，即使是宋元之后形成的秦腔戏曲剧种，也被严长明敏锐地捕捉到其根脉仍是"陇右秦声"、叶德辉赞叹"独秦声以甘凉之雄，犹似劲敌"（《秦云撷英小谱》）。而唯独陕西文化、关中文化、借项羽封地为名的三秦文化在秦文化这座大厦中尽然踪迹渺无，这的确是个耐人寻味的问题。

当然，秦文化的真正含义，首先应该是人文化的含义，它不仅仅指秦人所创造的精神文明产品，还更应该包括秦人所创造物质文明产品，但在各种艺术产品的创造中，似乎更直观地贮存着秦人大量的人文进化传承信息和精神世界最本质特征。所以说，绵延三千年的秦文化是一个大文化概念，尽管秦人所创造的精神产品——诸如歌舞艺术大都汇集于五朝国都长安并被历代帝王窃据为宫廷文化，却不可以视其为三秦文化、陕西文化或关中文化。应该说，这是一般的常理。

---

① 《史记·五帝本纪一》。
②③ 《史记·秦本纪五》。
④ 维斯至：《中国古代社会文化论稿》433－440页，台北允晨文化实业股份有限公司1997年版。
⑤ 周朝分封制下分邦建国中不能独立封国，只能分配到各大诸侯国独立性不完整的国中之国谓之"附庸"。《孟子·万章》下云："不能五十里，不达于天子，附于诸侯，曰附庸。"
⑥ 《史记·项羽本纪七》。

戏·戏剧·戏曲三解

　　"戏""戏剧""戏曲"是三个语意相近且又各有小别的专业用词，相近者，三者都指可供观赏的歌舞或杂艺；小别者，戏曲以曲为主，戏剧以剧为主，戏则以戏谑调笑的杂艺为主。故在戏与曲尚未联姻之前，戏剧一词在我国古代便被大量混用。直至20世纪初，当西方话剧、歌剧、舞剧等大量引入国门，二者才便有了各自的明确所指，即称我国具有稳定声腔体制的民间地方剧种为戏曲，将引进舶来和经过中国化改良的话剧、歌剧、舞剧则统称为戏剧。但倘从广义的角度讲，中国戏曲又是一种中国式的歌剧，或者说是一种民族形式的歌剧。因为，从艺术分类学的角度来说，中国戏曲与欧洲歌剧(Opera)并无本质上的区别。它们同属于音乐戏剧，或者从音乐的角度说，它们都是戏剧音乐。虽然在艺术表现形式上，两者的区别很大。在词义上，戏曲与歌剧实为同义语。戏，当然是指戏剧；曲，不是音乐又是什么呢？实际上，戏曲与歌剧不过是同一事物的两种称谓罢了。尽管中国戏曲中又有唱工戏、做工戏、武打戏这几种不同的类型，但在本质上均属于歌唱的戏剧或音乐的戏剧这一范畴。所以，当中国戏曲一词被介绍到国外时，就被译作 Chinese opera。我们的京剧出国时，便被译为 Peking opera。

　　中国戏曲与欧洲歌剧虽有很多共同点，但由于各自的历史文化传统不同，民族的语言、心理、习惯、审美趣味等等的不同，因而在艺术表现形式以及由此形成的艺术风格上，却又存在着极大的差异。举例说，在欧洲，歌剧(Opera)与舞剧(Ballei)发展成了两种不同的艺术形式，而中国戏曲则是把歌剧与舞剧熔于一炉。这是从大的范围来说的，至于在具体的结构形式与表现方法上，两者的差别就更多。五四运动以后，随着欧洲歌剧、话剧、舞剧大量引进，"戏""戏剧""戏曲"在使用上便开始有了较严格的界定，一般来讲，将外来的歌剧、话剧、舞剧等称戏剧，将我国各地广泛传播的民间地方剧种则称戏曲，同时在通常情况下，习惯上又将二者统称为戏，这当然只不过是相对而言的称谓用词而已。

　　正因为"戏""戏剧""戏曲"是相对得来的名称，它们在中国戏剧发展的整个历史进程中都有所用，而且出现在不同的历史阶段，用在不同的具体场合，各自的含义就

会明显有所不同。这就促成了我们在对某一个戏曲剧种形成发展的历史进行专门探研时，首先遇到的便是这三个名词将伴随着剧种漫长的发展步履，交错往复地运用和频频出现，即使同样一个"戏剧"或者"戏曲"，用场不同，用意也会相差甚远。因此，从历史唯物主义立场观点出发，首先对这三个名词的含义严加界定，我想，将会更有助于我们理顺中国戏剧形成发展的历史脉络及其从无到有生化过程的启认和探研。何况话剧、歌剧、舞剧等舶来戏剧，后来一应阑入具有中国特色的戏剧文化行列。因此，有必要对"戏""戏剧""戏曲"三词作番正名。

一、戏

"戏"这个词最早的含义是多重的，它既代表上古之民敬天祭祖而事鬼神，又代表体力强弱的角力竞技，同时也还代表相互嘲弄的逸乐嬉戏。此外又与"羲""险""麾"等字相通。对于前者，民国时期的姚华认为："戲"字"从弋，声"。"虍"者，"古陶器也"，"当是瓦豆而作虎文"。

> 豆祭器，而虎绝有力。盖上古之民敬天祀祖而事鬼神，好勇斗狠而尚有
>
> 力。……故制器尚象，假以见意。

故而，得出结论："戲原于祭，意寓于'虍'"。①

"戏"又代表体力强弱的角力竞技，有《国语·晋》九所载一证：

> 少室周为赵简子之右，闻牛谈有力，请与之戏，弗胜，致右焉。

这段话的意思是：商周时，有位名叫少室周的人，因力大无比，受到赵简之的特别尊敬。一日，赵又听说牛谈这个人也很有力气，于是，便约请二人与之角力相竞，结果，少室周不敌而败，从此，赵简之对牛谈也肃然起敬。故在该文"注"云："戏，角力也。"清代的俞樾也在《儿占录》一书中谓"戏"的本意为"角力"。

春秋战国时期，又把嘲弄、戏谑玩笑之谈多称为"戏"。《论语·阳货》便有"前言戏之耳"一语；《国语·晋》九亦载：

> 智襄子戏韩康子而侮段规。

于是，后世由此引伸出诸如"戏言""戏怠""戏笑""戏娱""戏谈""戏谑""戏戏""戏豫"以及"戏弄""戏狎""戏侮""戏嗣""戏慢"等众多词汇，以"戏"分别表达逸乐嬉语或轻慢嘲弄之意。古籍中对此记述颇多，表示玩笑之戏者如《史记·孔子世家》：

> 前言戏之耳。

《诗·小雅·卫风》：

> 忧心如淡，不敢戏谈；善戏谑分，不为虐分。

唐韩愈《昌黎集·论佛骨表》：

> 今闻陛下令群僧迎佛骨于凤翔……为京都士庶设诡异之观，戏玩之具耳。

唐元稹《遗悲怀诗》：

> 昔日戏言身后意，今朝皆到眼前来。

到了秦汉时期，随着宫廷歌舞、杂技以及漫衍、角抵之戏的纷纷兴起，同时又出现专供皇室贵族戏谑取乐的倡优、侏儒等职业艺人，"戏"的含义方与歌舞、杂艺等可供观赏的娱人节目搭上了界，但在节目分类上仍有严格区别。一般将歌舞为主的多称"乐"，将杂艺、滑稽等戏谑为主的则多称之为"戏"。《史记·孔子世家》载：

> 齐有司趋而进曰："请奏宫中之乐！"……优倡侏儒为戏而前。

汉代，随着扮演人物的歌舞和以人物装扮各种动物的《鱼龙漫衍》以及带有简单故事情节的《东海黄公》等角抵节目的兴盛，故将其统称为"百戏"，而且还将《东海黄公》等直呼为"角抵戏"。《汉书·武帝纪》载：

> 元封三年春，作角抵戏，三百里内皆来观。

至隋，百戏更盛，隋大业五年（609年）炀帝西巡，驻跸张掖，西域二十七国遣使朝拜，张掖数十里长街及其所属各州府县，全都沉浸在"佩金玉，被锦罽，焚香奏乐，歌舞喧噪"的喜庆气氛之中：

> 帝复令武威、张掖士女盛饰纵观，衣服车马不鲜者，郡县督课之。骑乘嗔
> 咽，周亘数十里，以示中国之盛；上御观风殿……蛮夷使者陪阶庭者二十余
> 国，奏九部乐及鱼龙戏以娱之。②

唐代，皇家音乐舞蹈气象辉煌，不仅出现以歌舞演故事的歌舞戏，还出现以演员扮饰角色作出滑稽调笑表演的参军戏等。因此，有人将"戏"与"乐"相对举。唐末段安节《乐府杂录》就明白无误地作出这样的两类区分：

> 乐有笛、拍板、答鼓(即腰鼓也)、两杖鼓。戏有《代面》——始自北齐神
> 武弟，有胆勇，善斗战，以其颜貌无威，每入阵即著面具，后乃百战百胜。戏
> 者衣紫，腰金，执鞭也。《钵头》——昔有人，父为虎所伤，遂上山寻其父
> 尸。山有八折，故曲八叠。戏者被发，素衣，面作啼，盖遭丧之状也。《苏中

郎》——后周士人苏葩，嗜酒落魄，自号"中郎"，每有歌场，辄入独舞。今
为戏者，著绯，戴帽，面正赤，盖状其醉也。即有《踏摇娘》、《羊头浑脱》、
《九头狮子》、《弄白马益钱》，以至寻橦、跳丸、吐火、吞刀、旋盘、筋斗，
悉属此部。

与此同时，还涌现出不少艺技超群的艺人。《教坊记》载：

> 吕元真打鼓，头上置水碗，曲终而水不倾动；教坊一小儿，筋斗绝伦……
> 缘长竿上，倒立，寻复去手。久之垂手抱竿，番身而下;庞三娘善歌舞……然特
> 工装束；面多皱，帖以轻纱，杂用云母和粉蜜涂之，遂若少容；有颜大娘亦
> 善歌舞，眼重睑深，有异于众。能料理之，遂若横波，虽家人不觉也。

她们都是当时在歌唱、筋斗、杂艺表演乃至化妆美容方面出类拔萃的佼佼者。

中唐，开始出现多人演出的参军戏，尤其寺院大兴讲唱，僧艺们不仅把佛经故事改
编成通俗易懂的齐言句式，还广纳民间歌曲付诸歌唱，这为后世戏曲剧本文学的创作，
积累了丰富的经验，也提供了说说唱唱的格式借鉴。宋代的北曲之所以称剧曲者，正是
它"剧"与"曲"得到最好的结合所使然。这也是人们把金元北曲杂剧称为"戏曲"的
原因所在。至此，"戏"这个词汇，才算找到它真正的归宿。

二、戏剧

"戏剧"一词，自古有之，含义却与今日判然两别。其初中国所言戏剧者，概指儿
戏、嬉戏和开玩笑。唐代诗人杜牧在其《西江怀古》一诗中，便以戏剧表达了这层意
思：

> 魏帝缝囊真戏剧，
>
> 符坚投箸更荒唐。

宋代苏轼《次韵王郎子立风雨有感》亦用它表现开玩笑：

> 愿君付一笑，
>
> 造物亦戏剧。

其实，单就"剧"字而言，我国古代更多将它用于表示险峻、强大、艰辛、激辩、
繁忙等多重含义之外，有时也同"戏"字相通。如李白《长干行》一诗：

> 妾发初覆额，
>
> 折花门前剧。

正因此，古人把演戏有时亦叫做演剧。但真正以"剧"称"戏"者，最早则见于晚

唐。李德裕《李文饶文集》卷十二中，便把当时演出的"杂戏"首称为"杂剧"：

> 杂剧丈夫二人。

此语一出，其后均见此名。但唐末宋初，"杂戏"、"杂剧"仍杂而并用，两两相出。《宋史·乐志》载：

> 真宗不喜郑声，或尝为杂剧。

也在同一时期，该志记述官府于成都西园举办杂剧赛事活动，却又用"杂戏"述之：

> 自旦且暮，唯杂戏一色。

北宋陈旸《乐书》，对"杂戏"衍称为"杂剧"及其艺术特色，作了较详细的论述：

> 唐时谓优人辞捷者为"斫拨"，今谓之"杂剧"也。有所敷叙曰"作语"，
> 有诵辞篇曰："口号"，凡皆巧言为笑，令人生和悦。

陈旸把唐时优人极善俐言应变、让人悦耳生神的"辞捷者"，称为"斫拨"，"斫"为利刃，"拨"为拨弄，以此形容"辞捷"优人台上撩拨调侃观众心意的演出，"今谓之杂剧"。这种"杂剧"，既有角色对话的敷叙"作语"，又有付诸歌唱的辞篇"口号"。不难看出，这种杂剧，所指正是唐宋两代盛行的参军戏。由此可知，唐宋之交所言"杂剧"，有着更宽泛的包摄性，它几乎把百戏、散乐、歌舞、说唱、杂技、滑稽戏、傀儡戏、皮影等各种杂耍伎艺尽揽其中，俱都称作"杂剧"。

那么，什么样的戏才是真正意义上的"杂剧"呢？我以为南宋吴自牧的《梦粱录》，对此作出了比较全面而清晰的解释：

> 且谓杂剧中，"末泥"为长，每场四人或五人，先做寻常熟事一段，名曰
> "艳段"，次做正杂剧，通名两段，末泥色主张，引戏色分付，副净色发乔，副
> 末色打诨，又或添一人装孤……大抵全以故事，务在滑稽，唱念应对通遍，此
> 本是鉴戒，又隐于谏诤，故从便跳露，谓之无过虫耳！

吴自牧系南宋年间人，他的《梦粱录》写定于南宋灭亡（1279 年）前后。就是说，他所记述的杂剧，从宋真宗时代（998—1022）至南宋灭亡又向前发展了二百五十多年。吴氏在写作该书的过程中，不可能不考虑当时杂剧的实际状况，指出了"杂剧"至为关键的条件就是"末泥"，如清代焦循所撰《剧说》一书，实际上就是一部戏曲文献的集录，他把唐宋以来一百六十六部书籍中有关戏曲的论述，集结在一起，并分加点评。当然，焦循之所以取名《剧说》者，除以"剧"概指书中皆言"戏"之外，还有畅谈、诘

难和辩论的用意。因为，"剧"在中国原本就多用于表现海谈阔论、强争激辩的场合。

看来，"戏剧"一词，在我国古代与今日的用法并不相同。

三、戏曲

"戏曲"一词的最早出现，是在宋末元初。当时，有个名叫刘埙的人，写过一本《水云村稿》，该书主要论述的是兴起于浙江温州的永嘉杂剧，同时也对杂剧词家吴用章立传作了评述。其中在谈及永嘉杂剧时云：

至咸淳，永嘉戏曲出，泼少年化之，而后淫哇盛，正音歇。

"永嘉杂剧"，实指温州杂剧，因先有永嘉人所作《赵贞女》、《王魁》二剧传世，故称之。明代的徐渭《南词叙录》言：

南戏始于宋光宗朝，永嘉人所作《赵贞女》、《王魁》二种实首之。

刘埙，江西南丰人，生于1240年，卒于1319年，时间正好在南宋理宗淳祐一年到元仁宗延祐六年。这一时期，也是南戏形成的时代。所言"咸淳"，则指南宋度宗皇帝赵禥年号，即1265—1274年。刘埙虽以正统立场对当时盛行的永嘉杂剧持批判否定态度，却把杂剧与戏曲等同起来，正说明杂剧也即戏曲，戏曲也即杂剧，成为启用"戏曲"一词之始。

刘埙之所以称温州杂剧为戏曲者，原因就在于当时在温州永嘉出现的这种杂剧，其初系从当地民间歌舞发展而来，后受宋杂剧的影响，又把宋杂剧中的杂技、滑稽表演等伎艺吸收进来，形成有歌有舞、有念白和插科打诨等等表演形式相结合的音乐戏剧。南戏所用的音乐，被称为南曲，故又称南戏。南戏加南曲，实现了"戏"与"曲"的合流，始得"戏曲"一词。

正由于永嘉杂剧是"戏"与"曲"的合流，而且宋元两代，即12至14世纪，因其早期戏文"淫哇"，加上唱曲多系"郑卫之声"，当与宋光宗朝传入临安时，不仅遭到赵匡胤八世孙赵闳夫的榜禁，士大夫们也对南戏的音乐大加贬毁。明代文人祝允明就曾大声喧嚣南戏"声音大乱"：

略无音律腔调，愚人蠢工，徇意更变……变易喉舌，趁逐抑扬，杜撰百端，真胡说也。③

徐文长也言：

永嘉杂剧兴，则又即村坊小曲而为之。本无宫调，亦罕节奏，徒取其畸农市女顺口可歌而已。

又言：

> 夫南曲本市俚之谈，即如今吴下［山歌］、北方［山坡羊］，何处求取宫
> 调？④

这就分明告诉人们，永嘉杂剧之"戏"所唱之"曲"，尽是不入大雅之堂的俚巷歌谣之属，故屡遭官方榜禁和士大夫文人挞伐，使其作品很少流传下来。直到元末明初，方有一些艺术成就较高的作品出现，如《琵琶记》《荆钗记》《拜月记》《白兔记》等。这些作品的出现，使南戏的文学与音乐跨入新的水平，不仅标志着南戏的振兴，也奠定了传奇的剧本文学结构形式。

"戏曲"一词虽以刘埙而首之，但当时以此称杂剧者并不十分普遍，而且往往是"戏文""南戏""南戏文""杂剧""戏曲"多名混出。这些名词，都是为了同北曲杂剧相应对，同时也与"官本杂剧"相区别。直至元末明初，随着弋阳、海盐、余姚、昆山四大声腔的出现，才逐渐流传开来。元末明初的浙江人陶宗仪，著有《辍耕录》一书，在其二十五《院本名目》中云：

> 唐有传奇，宋有戏曲、唱诨、词说，金有院本、杂剧、诸宫调。院本、杂
> 剧，其实一也。国朝院本杂剧始厘而二之。

尤其该书又在二十七《杂剧曲名》中，明确提出一条"戏曲"成形的历史发展脉络，即：

> 稗官废而传奇作，传奇作而戏曲继。

以此寻声，当知戏曲乃是继"稗官"、"传奇"之后而得的必然。

"稗官"原本是汉世附于省置吏府、公卿大夫及都官之下的一种卑微小吏。《汉名臣奏》一书曾记载唐林奏请"省置吏、公卿大夫及都官稗官各减什三"之事。正由于稗官职微，当时便把野史小说亦喻之为稗官。《汉书·艺文志》载：

> 小说家者流，盖出于稗官。街谈巷语，道听途说者之所造也。

"传奇"也多指汉魏六朝的文言志怪小说。因其内容大都描写人情世态和下层社会生活，至唐多被后世说唱和戏剧取材编播演唱，故宋元人又把戏文、诸宫调以及元人杂剧等亦称作"传奇"。元人钟嗣成所作《录鬼簿》一书中，著录者明明为元人杂剧，而录中却皆称之为"传奇"。明代，以唱南曲为主的长篇南杂剧勃兴，为与北杂剧相区别，又称南戏为"传奇"。明嘉靖至清乾隆间，昆腔、弋阳、青阳等剧种，都以演唱传奇剧本为主，由此大大促进了南戏的进一步发展。

随着"戏"中之"曲"地位的不断提升，到了明末，"戏曲"一语逐渐被人们所引用。凌蒙初在其《谭曲杂札》著本中论曲，便有引用：

> 曲始于胡元……国朝如汤菊庄、冯海浮、陈秋碧辈，直闯其藩。虽无专本
> 戏曲，而制作亦富，元派不绝也。

但此处"戏曲"所指依然为戏剧，抑或指杂剧或传奇。该书又一处记云：

> 戏曲搭架，亦是要事，不妥则全传可憎矣。

此之"戏曲"明显则指明人的传奇了。

值得重视的是，南戏传奇的兴盛与北曲杂剧的衰落是呈比对关系的。这其中的主要原因，就在于南戏所唱之"曲"，尽都建立在民间俚曲的层面之上，而且这些民间俚曲，又是南腔北调杂陈，所以能够很快在江、浙、赣、闽诸省之间畅传。在流播畅传的过程中，由于各地方言语音上的差异，加之各方风气所限，又导致南戏音乐产生了变化，于是在不同流行地区形成不同的"腔口"，从而出现"一曲多腔"的局面。明代中叶兴起的"余姚腔""弋阳腔""海盐腔""昆山腔"四大声腔，都是南戏音乐在不同地区流传的过程中，因方言语音"变易喉舌"而导致"一曲多腔"之使然，这也是"四大声腔"皆取"腔"而名之的原因所在。明万历出现的甘肃西秦腔，亦以"腔"而名之。故祝允明视这种"变易喉舌"之"四大声腔"为"声乐大乱"，他说：

> 数十年来，所谓南戏盛行，更为无端，于是声乐大乱。……今遍满四方，
> 辗转改益，又不如旧，而歌唱愈谬，极厌观听。盖已略无音律腔调。……愚人
> 蠢工，徇意更变，妄名"余姚腔"、"海盐腔"、"弋阳腔"、"昆山腔"之类。
> 变易喉舌，趁逐抑扬，杜撰百端，真胡说耳。若以被之管弦，必至失笑。⑤

祝氏的这段文字，虽然充满嘲讽谩骂愠色，却真实地道出明弘德年间（1488—1521）南戏传奇蔓延广传情形。而且这种广传，既促成曲调上的辗转相授，又极易失却曲调上的原有固态，再加上不断吸收引进流传地区的民歌元素，而又形成一个地区一种声腔，一种声腔多种唱法的局面。正是这种"变易喉舌"之"腔"的勃兴，不仅促使南戏传奇逐渐走向俗文化的道路，重要的是，还为以采撷当地民歌作为声腔发展基础的南北民间戏曲的纷纷兴起，开辟了更为广阔的自由发展空间。

明代万历年间，可谓是南北诸腔杂调庞然并茂的火红年代，这种包罗万象的曲调，又以"曲牌"的身份，纷纷跻身于南戏传奇剧本的演唱行列，从而在大大丰富了传奇声腔机制的同时，又对传奇的传统曲牌以及原初的剧本结构体制带来严重影响。明万历年

间由江浙人创编的南戏传奇钞本《钵中莲》⑥，其剧本就不分卷，只含出，"出"与"折"同义，是南戏传奇剧本的特有结构体制。清代纪昀《阅微草堂笔记》卷十五对此有专门解释：

> 传奇以一折为一出，古无是字，始见吴任臣《字汇补》，注曰读尺，相沿已久，遂不能废。

纪昀所言"古无是字"，乃指繁体"齣"而说。一出即一折，时人把传奇剧本中抽出来单独演出的一折戏，称作"摘锦"，今人则称作"折子戏"。由此形成中国戏曲全演为"全本戏"、摘锦为"折子戏"灵活机动、可长可短的剧本结构格式。

再就声腔体制而言，总体上虽仍属曲牌联缀体制，但在传统的南北曲曲牌中插入了不少民歌俗曲和其他地方戏曲腔调。如第十一出《点悟》有一个黄钟宫南北合套，而其中插入了［佛经］、［耍孩儿］、［赞子］、［西江月］。［佛经］基本上是七字句，共二十二句；［赞子］大致上也是七字句、十字句的诗赞体；［耍孩儿］是当时新兴的民间小曲；［西江月］也是当时的民间俗曲。不仅如此，一些地方戏曲声腔也进入了《钵中莲》。第三出有［弦索］、［山东姑娘腔］；第十出有［四平腔］；第十四出有［诰猖腔］、［西秦腔二犯］；第十五出有［京腔］等。

这一现象显示了传奇音乐的解体，预示着一个诸腔杂奏的戏曲体制多样化的新时代即将到来。

就像封建世袭皇权的改朝换代一样，当梆子腔、皮黄腔为标志的板腔体声腔剧种迅速成为主流的时候，不仅迫使被历朝标立为"正音"的昆山腔付出了沉重的代价，更让最先以南北民歌发展曲牌联缀声腔体制立下汗马功劳的南戏传奇很快土崩瓦解。促成这一悲惨局面的原因当然是多方面的，但是，中国戏曲由"雅"趋"俗"的大势，却是不容忽视和抵挡的流风所向。明清两朝之所以将一向"不入乐府"的民间戏曲，也被分为花、雅两部。并立昆腔为"正音"，大肆鼓吹，颁诏倡导，而把在此之外的所有民间戏曲统统贬斥为"花部"，频遭禁绝。但是，昆山腔传奇历经宋元明及前清六百多年的发展，至明末清初，无论音乐、剧本、表演等，都达到相当成熟化的地步。加上历朝士大夫文人的控扼和极力"雅驯"，与之俱来的当然便是老化和僵化。乾隆二年（1737年），徐孝常为张坚《梦中缘》传奇作序，就毫无掩饰地发出这种无奈的喟叹：

> 长安(北京)梨园称盛，管弦相应，远近不绝。子弟装饰备极靡丽，台榭辉煌。观者迭股倚肩，饮食若吸鲸填壑，而所好惟秦声罗弋，厌听吴骚。闻歌昆

曲，辄哄然散去。

一个饱受了三朝宫廷呵护的资深昆山腔传奇，竟然败在崛起于民间土壤中的秦声罗弋等花部诸腔，而且越遭朝廷贬禁，越发呈现兴旺发达之势，反倒引出了高腔、弦索腔、梆子腔、乱弹腔、皮黄腔以及来自民间歌舞、皮影傀儡、道情秧歌、花灯花鼓、采茶滩簧等众多渠道的数百种地方戏曲的蓬勃发展。这些剧种，各自都以独到的音乐语言呈现出自己的声腔特色，同时在不同的声腔之间，经过不断地相互杂交、相互渗透，又繁衍生息出新的声腔剧种而自立门户。这些不同的声腔剧种，之所以能够呈现出多层次的声腔谱系，每个派生的剧种，又能够与诸多声腔谱系和平共处，关键正在于这些相同相似的"戏"因"变易喉舌"各自在"曲"腔上俱都显示出异彩万方的差别。

然而，当时的人们，将这种各自在"曲"腔上显示万方差别的戏剧，依然没有定位在"戏曲"之上。如明人王骥德之《曲律》，就把杂剧分称为"剧"，而把传奇分称为"曲"，有时还将二者合称为"剧戏"，却就是不称其为"戏曲"；清初李渔之《闲情偶寄》，则又取用"词曲"一语而呼之。直至二十世纪初，国学大师王国维之《宋元戏曲考》，才以"戏曲"一词，道出了由"曲"腔显示"戏"之万方差别的个性特征：

　　戏曲者，谓以歌舞演故事也。

从此，作为中国传统戏剧文化的独立品格，被"戏曲"一词涵盖无余，同时在大一统综合的戏曲中，"曲"的地位得到了强调。正是基于"戏"之"曲"的原因，"戏曲"一词便成了中国戏剧数量最多、布局最广、繁生最快、运用最为普遍的一种专门名词了。

---

①　《说戏剧》载北京景山书社《说戏》。

②　《资治通鉴·隋纪五》。

③　陶　珽：《说郛序》。

④　徐　渭：《南词叙录》。

⑤　祝允明：《猥谈·歌曲》。

⑥　刊于《剧学月刊》二卷四期。

秦人·秦地·秦声三解

秦人出自秦地，秦声发于秦人，三者本为一体，很难分割拆解。但在研究秦腔的许多著本里，无论是古代的还是现代的，这三个名词，都被反复强调和提及，即便是人们平时谈论秦腔时，同样经常挂在嘴边，甚至不以为意地说："秦腔嘛，当然是秦人秦地之腔了！"这就是说，秦人、秦地、秦声，与秦腔剧种的形成与发展，紧相关联。若要弄清秦腔的根脉，首先搞清楚这三个名词真正的文化含义，将有助于更深地认识秦腔的历史本源。因此，有必要对这三个名词作一次专门解释。

一、秦人

所谓秦人，在今天人们的心目中，指的就是陕西人，因为陕西简称秦，所以认为陕西人就是秦人。其实，这是一个大文化的概念。秦人这个词，最早既不是中原人叫出来的，也不是陕西人自己叫出来的，而是西域人叫出的，或者说是域外各国商人喊出来的。两千多年前，随着我国与域外各国政治、经济和文化上的往来慢慢开始频繁，西域人便把我们汉国，称之为秦国，又把我们汉国的人，称之为秦人。

秦人这个词，在波斯语里，称为"赛里斯"（Seres）。意思是养蚕的地方，或者说是贩卖蚕丝的人；在梵语中也就是在印度语里，则称"支那"。"支那"就是我们所说丝绸的"丝"，绮罗的"绮"，和秦国的"秦"等字发声的一种转音，实际上与丝绸也是相通的，为同义，加上秦始皇统一中国以后，所建王朝也称之为秦，当时的西域人，故把中国人统称为秦人。

《汉书·西域传》就记述了这么一件事情：汉代，匈奴人为了偷渡入关，便把前后马蹄用布缚裹，悄悄来在阳关城下，向守城军士高喊："喂！秦人，我们是来寻讨丢失马的人，放我们入关吧！"对这件事，《汉书·西域传》写了这样两句话，八个字：

驰言秦人

我匄若马

该书还对这两句话，作了如下专门注释：

谓中国人为秦人，习故言也。

意思是：西域人把中国人称之为秦人，已经是习以为常，见怪不怪的事了。

但是，我们今天看待这个问题，所谓的秦人，既要注重在特定区域内长居的群种，同时也要在中华文化大背景下，由地域文化圈熏陶濡染形成的一种具有特定历史背景和文化背景的群体，也就是在这个群体意识和民本意识捏塑成的一种具有特定文化性格的这么一个群体。因为，在西周以前，华夏民族与亚华夏民族之间、华夏文化与亚华夏文化之间，经过长期的交融碰撞，到了春秋战国时期，基本上实现了中华民族、中华文化的统一融合，同时，又在统一的中华文化主导下，形成许多各具特色的新的区域文化。比方说齐鲁文化，由于尊孔和接受儒家教育，具有高贵、凝重、尊礼等特点，这些特点，对于齐鲁人的文化性格，将产生很大影响；古代所称的吴越人，也就是江苏这一带人，由于平阔秀丽的自然环境与江南水乡的柔畅清雅，造就了他们的文化又以纤巧、细腻、玲珑为特色；曾受到孔子抵制的郑卫文化，也就是今天河南和河北南部这一个区域长居的群种，性格豁达开朗，不拘礼规，他们的文化，则以纯真、热情、歌颂性爱自由为特色；而甘肃、陕西长居的群种，由于受"山多林木，迫近戎狄，修习战备，高上气力，以射猎为先"[①]之影响，一般都比较直率、淳朴、豪放，这也是一种文化现象，这种文化现象，郑玄认为乃"地气使之然也"。所谓地气，指的正是自然环境。所以，在特定地域文化圈内，锻造了特定地域人的文化性格，这种文化性格，直接影响到他们的嗜好和审美偏爱等等，由此而又创造出具有一定地域特色的精神文明和物质文明。秦腔正是在这种文化背景下，由西北民众所共同创造出来的精神文明成果之一，自然在剧种的艺术风格和表现的形式和内容上，便打上西北文化圈的深深印记。正因为这样，对于秦人的解释，我的看法，是一个大文化概念。当然，秦始皇立帝以后，尽管陕西简称为秦，但迄今仍不称陕西人为秦人，习惯上则直呼为陕西人。但是，我今天所强调的，秦人本是按照历史延续下来的广义群种。秦腔之所以能够在西北五省（区）广为流传，原因也正在于他们都是在同一个地域文化圈内长期居住，正是他们共有的这种文化性格，才便共同创造出了秦腔这一精神文明成果。这也是大家经常所言"秦腔者，秦人秦地之腔"的真正文化内涵。

二、秦地

三千多年前，距镐京不足三百里之遥的西陲边地，生活着一个专门养马主畜的群落，这个群落便是我们所知最早的秦人。也许当时并无人知晓这个群落的存在，可是，当它一旦崛起，不仅成了周王朝的取代者，还用自己的方式彻底改写了中国的历史。

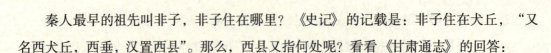

秦人最早的祖先叫非子，非子住在哪里？《史记》的记载是：非子住在犬丘，"又名西犬丘，西垂，汉置西县"。那么，西县又指何处呢？看看《甘肃通志》的回答：

> 西县故城在（秦）州西南 120 里。

这正好说的是今之甘肃陇南的礼县一带。后来非子因给宫廷养马而得功，周孝王不仅赐给他秦嬴的封号，还赐给他秦地作为附庸，这个封地，正是今日甘肃清水县之秦亭。故此，《正义·括地志》才便有了这样一条记载：

> 秦州清水县本名秦，嬴姓邑。

这就是说，秦州清水县才是真正的秦地。正因为有了这个封地，从此秦人有了自己发家立业的根据地。在此以后，秦嬴的后裔，都成了周室的侯王，而且代代都是领兵戍边的大将。

随着势力不断扩充，即至周幽王被西戎所杀的公元前 771 年，周平王为避西戎侵扰，决定迁都洛邑（今河南洛阳）。西狩秦地的秦嬴第五代后裔秦缪公又护驾东迁有功。平王便封缪公为诸侯，又把岐山以西的土地，全部赐给了襄公，且又让其袭居西周故地。缪公得封诸侯，再得封地，便在秦州即今之甘肃天水建国立都，国号为秦，这就是秦的来历，也就是秦地的来历。

秦人立国之后，不断用武力四方征讨，扩充势力边地，秦文公兵伐西戎，秦宁公攻打荡社，秦武公平灭彭戏氏，疆土从岐山以西扩至华山之下，秦德公降伏梁伯、芮伯，秦穆公贡献最大，继位之初，就志在东进与诸侯争锋，首战茅津，旗开得胜，继而向东直取齐、晋，灭了梁、芮，向西攻伐西戎，"益国十二，开地千里，遂霸西戎"。随着疆域的不断扩大，尚武好战之志愈趋强烈，君权意识愈趋膨胀。《水经注》对当时秦地疆域有如下描述：

> 秦地者，秦之故国，自大散关以北达于岐雍，夹渭川南北岸，拥有北地、上郡、西河、安定、天水、陇西直至金城、武威、张掖、酒泉、敦煌。

《水经注》旧题系汉代桑钦所撰，后有北魏郦道元注本，均言秦地即秦之故地，即以天水为中心，东辖今之陕西宝鸡西南大散岭以北岐山、凤翔，渭河南北两岸至西河（今陕西大荔）为界，北拥北地（今甘肃东南部及宁夏南部）、上郡（今延安、榆林）、西河（今陕西东部黄河西）、安定（今庆阳、平凉），西北自陇西、兰州达河西四郡直至敦煌而止。也就是今之陕西西府、陕北及甘肃陇东南全境，均属秦地其辖。

秦地还存一说，那就是《汉书·地理志》为我们所作的另一种回答：

> 秦地，于天官东井、舆鬼之分野也。其界自弘农故关以西，京兆、扶风、冯翊、北地、上郡、西河、安定、天水、陇西，南有巴、蜀、广汉、犍为、武都，西有金城、武威、张掖、酒泉、敦煌，又西南有牂柯、越巂、益州，皆宜属焉。

《汉书·地理志》所指秦地，则以京兆（今咸阳）为中心，东以今之河南内乡、宜阳县西，西北至甘肃敦煌县东，南至四川全境并含今之甘肃武都，西南还包括了贵州大部、云南东境甚至广西西境这一大片区域。显系大秦帝国之后秦地版图之所指，与今所言西部地域大致相仿。

但倘从当时特定地域文化圈的角度考释，通常意义上，秦地所指仍以今之陇东南和秦之西为说，即以秦之故地秦州（今天水）为中心，西至陇西、东止宝鸡、凤翔这一区间。因为，尽管"息马牧畜"是秦人族种屡得褒奖的祖传发迹秘笈，但与铸就秦人文化性格乃至长达数千年历史推演和数十代嬴氏后裔所传承的，还有另一秘笈，那就是秦人"西垂保边"的"尚武精神"。《雅尔·释地》言：

> 太平之人仁，丹穴之人智，大蒙之人信，空桐之人武。

生活在不同地域的人，之所以性格上有仁、智、信、武的不同，郑玄认为是"地气使之然也"，郑玄所说的"地气"，就是自然环境。自然环境才是真正影响一个地区群种性格的主体文化根源。《淮南子·坠形篇注》的解释更为具体：

> 东方木德仁，故有君子之国，此即太平之人仁也。推是而言，南方火德明，故其人智；西方金德实，故其人信；北方水德怒，故其人武；中国土德和平，故其人五性具备也。

《礼记·王制篇》也言"五方之民皆有性也，不可推移"。说明自然环境导致不同的民风民俗，民风民俗又对一个地区人们的心理和性格的形成起着十分重要的作用。故《汉书·王吉传》所载王吉上疏中有云：

> 是以百里不同风，千里不同俗，户异政，人殊服，诈伪萌生，刑罚无极，质朴日销，恩爱浸薄。

《汉书·地理志》对当时天水一带自然环境、民风民俗以及秦人文化性格之间的内在关系，也有一条专门的记载：

> 天水、陇西山多林木，民以板为室屋，及安定、北地、上郡、西河，皆迫近戎狄修习战备，高上气力，以射猎为先。

正因为天水、陇西既山多林木，又迫近戎狄，这种自然环境，造就了修习战备、射猎为先的"秦俗尚武"精神。这种精神，直接导致秦氏族君权意识的无限膨胀。从此以后，秦国势力越来越大，最终成为战国七雄之一，也为后来秦始皇的统一中国打下了基础。

三、秦声

秦声者，顾名思义，就是秦人秦地的声音，其初乃指秦之故地秦州（今天水）的语言、音乐和歌舞，但随着秦之地的更易与扩充，秦声也不断发生变易。比如《汉书·杨敞传》中，就有这么两句话，八个字：

家本秦也

能为秦声

意思是，秦声出自秦人，秦人出自秦地，秦地秦人能为秦声。故而，《汉书·杨敞传》才便以"家本秦也，能为秦声"之语。以此盖指秦地界内秦人所操持语言之声调，以及流传之民歌尤其歌舞等，均统称为"秦声"。

其实，"秦声"初称"秦风"，我国第一部诗歌总集《诗经》就专辟"秦风"一目，然"风"作为《诗经》"六义"②之一，正说明它所采"秦风""豳风"之诗，是当时可配乐演唱的秦地民歌和歌舞。《乐记》言："诗言其志也，歌咏其声也，舞动其容也，三者本于心然后乐器从之。"《墨子》称诗三百可以歌，可以舞，可以诵，可以弦。《诗毛传》还说："古者教诗以乐，诵之，歌之，弦之，舞之。"这样，我们说《诗经》中秦地的国风及部分颂雅是音乐歌舞，丝毫不为过分。公元前554年，吴季札清观于周乐，又聆听了演唱的秦风之后惊叹道：

此之谓夏声。夫能复夏则大，大之至也，其周之旧乎！

吴季札称"秦风"为"夏声"，正说明秦风是在甘肃古乐夏声纯律基础上发展而来的一个乐种。

事实上，《诗经·秦风》开卷之《车邻》，就赞美了秦之立国君主襄公以"秦风"引贤纳士之德。其中"既见君子，并坐鼓瑟""既见君子，并坐鼓簧"诸诗句，表达了秦襄公同贤士并膝而歌、瑟簧合鸣的融洽氛围。襄公建国于秦州，鼓瑟鼓簧当然是秦州的秦声了。公元前659年，秦穆公继位，以采"西方古音乐"作"西音"，正是产生于华夏文化的发祥地——河西地区的音乐。故此，后人始称西音为"秦声"、为"夏声"。还有《黄鸟》则描述了对秦国三贤为秦穆公殉葬的哀思；《无衣》一诗中的"王于兴师，

修我甲兵，与子偕行"诸语，既反映了秦人粗犷慓悍的尚武精神，又成为秦声永恒不变的一大艺术特色，并一直影响着后世西北地区诗歌、乐舞及其戏曲等文学艺术发展的总趋势。

秦穆公还就把秦地的"秦声"运用于征讨西戎的战略之中了。公元前643年，戎王派遣由余出使秦国，秦穆公听了由余所言戎王以德惠忠信对待臣民和重用贤能的治国之道，担心西戎一旦强盛起来，必然是敌对秦国的一大祸害。便和内使廖讨论对付戎国的办法。内史廖回答说："戎王处辟匿，未闻中国之声，君试遣其女乐，以夺其志……且戎王好乐，必怠于政。"③秦穆公接受了内史廖的建议，先送戎王女乐十六人，戎王不仅接受了，而且还十分耽爱，过了一整年还舍不得送归。秦穆公大悦，加紧备战再伐西戎。三年后（前640年），出兵攻伐戎夷，兼并十二个国家，拓展千里土地，秦威震慑西戎。

后来，秦地又以京兆（今咸阳）为中心，向东扩至今之河南内乡、宜阳县西。这就是《汉书·杨敞传》之杨敞老家华阴，也在秦地版图之列，所以，其子杨恽才道出"家本秦也，能为秦声"之语。

杨恽，汉宣帝时人，本系已故丞相杨敞之子，司马迁之外孙，少年为官，因与权贵戴长乐不合，被罢官削职为民，闲居故乡华阴"戮力农桑，灌园治产"。他的好友安定（今甘肃平凉部分地）太守孙会宗曾写信劝告他理应闭门思过，不该治产业，通宾客。杨恽得书即回信作复。时在公元前73至前49年间，他在回复孙会宗的信中这样写道：

> 臣之得罪已三年矣。田家作苦，岁时伏腊，烹羊炰羔，斗酒自劳。家本秦也，能为秦声；妇赵女也，稚善鼓瑟，奴婢歌者数人，酒后耳热，仰天抚缶，而呼呜呜。其诗曰：'田彼南山，芜秽不治，种一顷豆，落而为箕。人生行乐耳，须富贵何时？'是日也，拂衣而喜，奋袖低昂，顿足起舞，诚荒淫无度，不知其不可也。

从杨恽这些话中可以看出，汉代的秦声，已经成为有歌、有舞，还有表演、有伴奏的一种歌舞了。

公元357年，前秦君主苻坚为加强河西戍边，曾移氐族15万户于河西④，使其嬴氏祖籍所传之秦声，也带入该地，并与该地月氏、鲜卑、吐谷浑、羌等少数民族音乐舞蹈逐渐融汇。其实，这正是秦声之因由。当时，"秦声"实际业已成为甘肃乐舞的代名词。十六国时期产生于凉州的《西凉乐》，隋唐的《西凉大曲》等，即在龟兹乐舞基础上"杂以秦声"创制而成。《隋书·音乐志》载：

吕光出平西域，得胡戎之乐，因又改变，杂以秦声，所谓《秦汉伎》也。

即使明代大戏剧家汤显祖，也在他的《送周子成参知入秦并问赵仲一》一诗中，把秦声同秦地天水看成是一回事，所以才咏颂道：

> 有兴真宁问天水
>
> 醉后秦声与赵声

许多甘肃地方志里，也频繁记载着这么一个相同的内容。清乾隆所修《凉州志》载：

> 古凉州民习秦声已久，甘州亦然。

古凉州也就是今天的武威。清代乾隆四十四年（公元 1779 年）所撰《甘州府志》，有王曾翼《序》亦云：

> 乐操土风，即以占德拊击弹筝，本秦声也。西垂最尚。

当然，清代康熙乾隆时期，人们将今天的秦腔也称秦声，秦声又成为早期的秦腔称谓，但源出依旧在甘肃。这一点，日本的青木正儿《中国近代戏剧史》说得最为明白：

> 秦腔自其名称上即可知其出于陕西，然追溯其源则实出于甘肃。⑤

即便是一生在西安为官的乾隆时期严长明所著《秦云撷英小谱·小惠》，在记述他在商山家里聆听小惠演唱的秦腔时，也感慨地道出秦声实出陇右：

> 商山久官陇右，耳熟秦声。⑥

这显然是说，商山这个人，在甘肃做官很久，他耳朵里，最熟悉的就是甘肃的乐舞——秦声。此外，清人叶德辉在为《秦云撷英小谱》所写的序中，也表示了这一观点：

> 秦声以甘凉之雄，犹似劲敌。⑦

而作为秦邑故地的清水人，把当地盛行的小曲子，到现在还叫秦声。从中看出，由文化性格锻造出来的文化烙印，到两千多年以后，依然还存有很深的印记，说明文化的渗透性是非常顽强的。

今天的秦声，业已成为最具西北地域特色的一种声腔系统，由此又形成多种不同表现形式的西北音乐文化类型，并同川、豫、晋、吴等地语音及戏曲声腔艺术相区别。

---

① 《汉书·地理志》。

② 《诗经》六义指风、赋、比、兴、雅、颂。

③ 《史记·秦本纪五》。

④ 吕思勉：《先秦史》。

⑤ 青木正儿：《中国近代戏曲史》"花部之勃兴与昆曲之衰颓"一节。

⑥ 严长明：《秦云撷英小谱·小惠》。

⑦ 叶德辉：《秦云撷英小谱·序》。

甘肃戏曲形成发展综述

——《中国戏曲音乐集成·甘肃卷》 "综述"

甘肃省位于我国西北腹地，黄河上游。东邻陕西，南邻四川，西邻青海，北邻内蒙古自治区和蒙古人民共和国，东北同宁夏回族自治区毗连。全省东西长1655公里，南北最宽处530公里，最窄处25公里。总面积45.4万平方公里。旧取河西重镇甘州（张掖）、肃州（酒泉）首字而名，简称甘。因古为陇西辖地，亦称陇。

甘肃古为雍州地，春秋时属秦和西戎。秦置陇西、北地二郡，西部属月氏。汉为凉州。唐置陇右道，兼属关内、山南二道。宋初属陕西路，后分置秦凤路，兼属永兴军路，部分属西夏。元属陕西行中属省。明属陕西布政史司。清置甘肃省，今宁夏、青海及新疆一部均属其辖。至1928年，新疆、青海、宁夏相继划省，甘肃省境方基本稳定。东部为连绵起伏的黄土高原，黄河及其支流渭河、洮河等流贯。南部为白龙江流域。西部为接踵的河西走廊，有黑河、疏勒河等内陆河流。西南部是祁连山和高山草地。北部为阿拉善高原和巴丹吉林沙漠。

1950年甘肃省人民政府成立，省会兰州。至1982年，全省共辖兰州、天水、白银、金昌、嘉峪关5个地级市，临夏回族、甘南藏族2个自治州，平凉、庆阳、定西、陇南、酒泉、张掖、武威7个地区，60个县，7个民族自治县，9个县级市，人口2041万。

从古至今，甘肃是多民族聚居之地，也曾建立过13个国家。秦汉以前有义渠(今庆阳)、密须（今灵台）、共（今泾川）、秦（初都清水，后迁天水）、月氏（今张掖东及武威西一带）、乌孙（今张掖西及酒泉、敦煌一带）；秦汉以后有仇池（今陇南及天水一带）、西秦（今兰州及临夏一带），此外，还有汉人张寔建立的前凉、氐人吕光建立的后凉（均都武威）、李暠建立的西凉（初都敦煌，后酒泉）、匈奴族沮渠蒙逊建立的北凉(原都张掖，后武威)、鲜卑族秃发乌孤建立的南凉（今青海乐都）史称"五凉"的五个朝廷。"五凉文化"在中国文学艺术史上占一定地位。另有建都它处而势力扩及甘肃的匈奴、羌（吐蕃）、吐谷浑、西夏、回鹘等。目前千人以上的少数民族有：回、藏、东乡、

裕固、哈萨克、蒙古、保安、撒拉、土、满族十个，同时还有三十多个少数民族杂居在境内各地。

古代甘肃歌舞是后世甘肃戏曲的文化背景

甘肃是中华文明发祥地之一。一二十万年前旧石器时代的遗物，在陇东河西有所发现；距今三四万年前的"晚更新世平凉智人头骨化石"闻名于世；有新石器时代遗址千余处，仅仰韶文化范围的就有临洮马家窑文化、齐家山文化、辛甸文化、寺洼文化、沙井文化等。其中马家窑男性墓葬中的石斧、石刀，女性墓葬中的纺轮等，说明当时男耕女织的社会分工；秦安大地湾遗址发掘出大量地画和 450 平方米会堂式建筑，表现出 7800 年前相当惊人的文化水平。辛甸、寺洼、沙井出土的斧、刀、匕首、镰、锥、镜、指环以及玉斧、玉铲、玉琮等，说明甘肃在四千年前，青铜锻、铸工艺和制造业已有相当水平；玉门火烧沟出土的夏代陶埙，嘉峪关黑山岩画中的舞蹈图形以及魏晋墓砖画中的奏乐图形等，又为甘肃乐舞艺术的发展，提供了重要史料依据。

史书有关甘肃音乐的记载，最早见于《辽史·音乐志》，说汉武帝曾"以李延年典乐府，稍用西凉之声"。西凉，即以武威、张掖、酒泉、敦煌四郡为重镇的河西走廊一线。汉初，主要为月氏人所踞，月氏人也称羯人，善骑射，好乐舞。

公元 357 年，氐人苻坚（略阳临渭人——今天水张家川）之前秦，曾移狄族十五万户于河西，从此"秦声"也传入河西，并与河西各少数民族音乐舞蹈相融合。"秦声"属狄（氐）族的音乐，其演唱特点在李斯《谏逐客令》中有所详述："夫击瓮，叩击。弹筝，博髀，而歌呼呜呜快耳者，真秦之声也。"狄系原秦地主要居住民族[①]，秦汉聚居甘肃天水和陕西关中一带。汉代，甘肃之陇中陇南一带称秦州，又"秦州清水县本名秦，嬴姓邑"[②]。故"乐操土风，即以占德拊缶弹筝，本秦声也。西陲最尚"[③]。

魏晋，中原战乱，内地人士纷纷迁徙河西，使儒学和一些典籍，以及中原地区汉族歌舞艺术流入甘肃并得以保存；西域的音乐歌舞及吞刀火等善眩之术，也"随张骞通西域"，经河西走廊"始入中国"[④]。各种民族文化的重重叠叠，既在河西得到积淀和保存，又在河西得到融合和发展，其最高成就便是"西凉乐"。西凉乐又名［西凉伎］，即通过凉州（今武威）一脉传存的"秦声"杂以西域龟兹乐舞而形成，因其多有"秦声""秦姿"，故又称［秦汉伎］，后世也有称其为"清曲""清乐"[⑤]者。其初乃西凉宫廷歌舞，公元 386 年，苻坚部将吕光（略阳人——今甘肃天水）平西还师，于姑臧（今武威）自立后凉，又将西域所获"奇伎异戏"与之互鉴，形成自己的宫廷乐舞。公元 431

年，魏武帝平灭凉州而得之。"太武帝平河西，得沮渠蒙逊之伎，宾嘉大礼，皆杂用焉。此声所兴，因而改变，杂以秦声也"[6]。该乐舞几经辗转，方传入中原，遂定名[西凉乐]。至魏末、北周初，又更名为[国伎]。[7]

以"凉人所传中原旧乐而杂以羌胡之声"的西凉乐自传入中原以后，"备受魏世共隋咸重之"[8]，当时对于音乐作品的创制，无一不以吸收西凉乐为时尚，"自周隋以来，管弦杂曲数百曲，多用西凉乐。"[9]尤其隋大业五年（609 年）炀帝西巡，驻跸张掖，西域二十七国遣使朝拜，张掖数十里长街及其所属各州府县，全都沉浸在"佩金玉，被锦罽，焚香奏乐，歌舞喧噪"的喜庆气氛之中。"帝复令武威、张掖士女盛饰纵观，衣服车马不鲜者，郡县督课之。骑乘嗔咽，周亘数十里，以示中国之盛"；"上御观风殿……蛮夷使者陪阶庭者二十余国，奏九部乐及鱼龙戏以娱之"[10]，成为当时轰动中外的甘肃歌舞百戏大会演。

至唐，西凉乐更得朝廷宠爱，即使在不大重视古曲的唐代长安（"长安"系武则天年号，公元 701—704）时期，在数百种管弦杂曲中，仍有很大一部分是西凉乐。其乐队编制为："钟一架、磬一架、弹筝一、搊筝一、卧箜篌一、琵琶一、五弦琵琶一、笙一、箫一、竽篥一、笛一、横笛一、腰鼓一、齐鼓一、担鼓一、铜钹一、贝一"[11]。因此，西凉乐之深远意义，不只作为"国伎"连同"龟兹""疏勒""安国""康国""天竺"以及"高丽""百济""高昌"等国乐舞，为隋七部乐、唐九部乐、十部乐打下良好基础，更在于它在各民族音乐文化长期积淀、融合的大背景下，为新兴民族乐种"燕乐"的问世充当了先导。

唐宋"大曲"是在西凉乐基础上派生的多段大型歌舞音乐[12]。大曲的曲体结构为"散序"（无拍无歌）、"中序"（入拍，以歌为主）、"破"（歌舞并重，以舞为主）。这种结构，从乐曲意义上讲，便是"曲头（起）——曲身（展开）——曲尾（合）"的套曲联缀体制；从节奏意义上讲，则是"散序（散板）——中序（中板）——破（快板）"的层次对比序列，由此贯穿着"乐（合奏、协奏、独奏）——歌（合唱、独唱、领唱）——舞（独舞、双人舞、群舞）"三位一体的综合艺术特征。故一经问世，即成当时中国音乐文化的主流。江南江北慕其声技，当朝诗人纷纷咏颂，如王昌龄的"梨园弟子和《凉州》"、白居易的"一曲《凉州》无限情"、顾况的"江南艳歌西凉舞"等，无不真实地表达了中原人士对凉州大曲和西凉乐舞的倾倒。《碧鸡漫志》《梦溪笔谈》等著本对此也都有详细记述。

随着大曲《凉州》的出现，甘肃又相继产生更多大曲作品。[13]唐开元天宝年间，西凉节度使杨嘉运向长安进献《渭州》（亦称《胡渭州》）、《伊州》，最得唐玄宗所喜爱，"重来叠去"的"进点"[14]。这两个大曲作品，虽然亦乐亦舞，却明显包容了能够入词反复叠唱的歌曲作品。唐元稹笔下的"前头百戏竞缭乱，丸剑蹲跳霜雪浮"（《西凉伎》），岑参笔下的"秦州歌儿歌调苦，偏能主唱《濮阳女》"（《参与赵歌儿》）等诗句，正是盛赞长安城内大演武威百戏和天水民间歌舞《濮阳女》（亦名《百舌鸟》）引动万人空巷的真实写照。

大曲由于篇幅过大，后又出现从中摘取片段单独演奏并制歌填词的情形。此风兴起，乐章歌辞制作烂然，一时成为民间社会、私人宴享乃至宫廷禁苑中最时髦的流行歌曲。中唐宫廷歌伎和民间乐工，"取当时名士入歌曲，盖常俗也"[15]。后又由"选诗以配乐"逐衍为"由乐以定词"[16]。不仅完成了由歌诗向歌词的过渡，还以"倚声填词"促使人们自由编定演唱内容，这对后来宋杂剧的问世有一定的促进作用。宋周密《武林旧事》所载宋官本二百八十出，合于大曲者一百零三出，其中明显为西凉大曲的有〔四僧梁州〕等七本，用"伊州"的有〔铁指甲伊州〕等五本，用"石州"的有〔单打石州〕等四本。陶宗仪《缀耕录》所载六百九十种金院本，虽大部未标曲名，仍有〔上坟伊州〕、〔熙州骆驼〕、〔进奉伊州〕、〔闹夹棒六么〕、〔背箱伊州〕、〔酒楼伊州〕、〔羹汤伊州〕七本，亦属西凉乐。这也是宋元杂剧将元曲称为北曲，又将北曲自称为北剧的原因所在[17]。其实，何止北剧，南戏中也收它不少，如〔八声甘州〕、〔梁州新郎〕、〔梁州第七〕、〔凉州令〕、〔凉州赚〕、〔小梁州〕等。

西凉乐和西凉大曲盛传之时，寺庙讲唱和民间曲子方兴未艾。汉武帝时，敦煌作为绾毂东西"华戎所支"的都会，业已成为西域于阗、龟兹南北两道佛教入主中原的枢纽。六朝三百年间，佛教通过绘画、造像以及乐舞、经变示意其法，结果促使寺庙讲唱和法曲作品，成为甘肃民间音乐文化的一个重要组成部分。最具典型意义的，当推西凉节度使杨敬述所献《婆罗门》曲了，该曲本系天竺佛教法曲，经《西凉乐》多年的精炼酿制，成为以清商乐为主体的中国化法曲。中唐，法曲又吸收道曲的音乐成分，由此升华为更高成就的音乐作品——《霓裳羽衣曲》，成为当时糅化中外音乐素材创制新曲的精品典范。郑嵎《津阳门诗》对此有详细记述。其实，当时佛教倡盛的甘肃丝路一线，各寺庙石窟作为示法手段的法曲，不仅仅是天竺音乐，更多则吸收了甘肃当地的民间音乐，其中不乏可供咏经时入词演唱的民间曲子和小调。从敦煌遗书中所保存的大量讲唱

作品来看，其可大致分为词文、故事赋、话本、变文、讲经文五大类。词文通篇为七言唱词韵文，兼以少量散说；话本多为民间艺人讲演故事或传授弟子的底本。题材广泛，佛经故事和民间传说故事并存，如《叶净能诗》《秋胡传》等；变文以浅近的文言或四六骈体，在说说唱唱中演述佛经故事和民间传说，但在说说唱唱中，又不乏以表现故事与人物性格分脚色的对话与对唱。《敦煌遗书总目索引》著录为 S2440 的卷子，因其有人物、有情节、有白说、有唱词以及明显含有"代言体"成分，故此任半塘先生认为"俨然接近剧本"而标目为《唐戏弄》，体现出一种叙事讲唱文学和剧本说唱文学的双重文学品格。

唐武宗会昌元年（841 年），敦煌已经有了专唱小调法曲的音声艺人和音声团体。《敦煌遗书》（卷 p2824）便记有当年音声艺人奉仙曾向释山都授（即都僧统，管理僧人的官吏）呈递请领演出赏赐的牒文："牒：奉仙等虽沾音声，八音未辩，常常抚恤，频受赏□，实课差科，优矜至甚，在身所解，不敢欺隐。自恨德薄，无不升褒荐，数期惶怖，希其重科，免有疏漏。所赐赏劳，对何司取，请处分"；他们平时从事佛经讲唱，闲时参与民间演出和迎宾庆典。《敦煌遗书》还存有一件官府照会都僧统备乐祗应差事的通知："右缘大夫初受官位，不并往日，未可轻尔，戏诵小曲，此呈大纲。伏望，都统切须备乐伎，不尽情□，□释门速请发遣□目宾主，□取，都统稳便者。十四日。"正是在寺庙大兴讲唱、广纳民间俗乐之风背景下，促成寺庙讲唱艺术的更大发展与繁荣。

敦煌遗书中同样保存着一些极其珍贵的唐代曲词和曲谱抄本。曲词称"敦煌曲子"或"敦煌曲子词"，曲谱称"敦煌曲谱"或"敦煌卷子谱"。就目前已知的曲子词可达590 首，涉及的曲调则在 80 首以上，保存下来的曲谱却仅有 25 首。其记谱形式为燕乐减字谱，与日本正仓院所保存的唐代天平琵琶谱多有相似，因缺乏相应的定调资料，解译方面众说不一。敦煌曲子词有七言、五言的整齐句式，也有长短句；有单段的，也有多段词共用一个曲调的，还有若干段成套连续演唱的大曲；有的有帮唱，有的有引子，已有诗（词）、乐（唱调）、舞（表演）综合艺术的特点。从曲牌唱调来看，有［菩萨蛮］、［更漏子］、［破阵子］、［倾杯乐］、［伊州］、［水鼓子］等名称，有的乐谱无标题，如［急曲子］、［慢曲子］等。这些曲子，都是在寺院大兴讲唱、广纳民间歌曲、新创作歌曲和域外所传入歌曲背景下产生的，并作为隋唐燕乐的组成部分。尽管在漫长的丝绸之路上长期以民间小曲的形式流传，实际上体现了唐宋民族民间音乐的突出成

就，是各民族人民的共同贡献。

至宋，甘肃说唱艺术已在河陇大地广泛传衍，并开始出现登上乐楼表演故事的迹象。出土于天水北道区伯阳乡南渠村宋雍熙年间（984—987）墓葬的六块画像砖，便有女伎击鼓图、男伎击编钟图等；另在清水县刘家沟村宋墓出土的两块砖雕中，都有垂幕分别向两侧斜挂，一砖雕刻一女伎作舞蹈状，另一砖雕刻一女伎扮装成行乞妇女或贫妇状，一手持多节木棍，一手提包袱，面部表情凄苦，显系在代言作场表演，其形式当与迄今流布于天水、庆阳、平凉等地的曲子和曲子戏表演情状极相一致，它为宋、金、元时期甘肃东部曲子戏说唱艺术的民间演唱活动，提供了可靠的实物资料。

公元 11 世纪上半叶，以党项人为主体的西夏割据政权，占据了除陇南以外的甘肃大部地区，至 1038 年，党项人李元昊正式称帝，西夏迅速走向封建化，长期以游牧为主的西夏部族，开始注重兴修水利和农业发展，甘肃河西不仅变成西夏的重要经济依托，整个河陇地区形成以"榷场"为中心的商贸交易管理网络，甘肃成为西夏同西域、西藏以及中外进行商贸交易的集中地。据《中国通史》六册载，当时设在境内的榷场就有秦州（今天水）、庄州（今庆阳）、巩州（今陇西）、洮州（今临潭）、熙州（即熙州，今临洮）、金城（今兰州）、凉州（今武威）等三十多处。这些商业都市的出现，既激活了当地财经的流通，又促进了甘肃民间说唱等多种艺术的发展。

后人把甘肃各地纷纷不断的小曲演唱现象，称之为"秦声"。受秦声之影响，包括甘肃在内的西北汉族民间音乐，无不建立在燕乐和清商乐乐种基础之上，正因此，以"犯宫"手法所形成的花、苦音两大声腔体系，便成了甘肃说唱音乐和戏曲唱腔音乐的一大显著特色。甘肃各地民间艺人进行演唱时，多喜用流行于本地的民间小曲，这不仅为甘肃曲子戏打下坚实基础，也为甘肃其它剧种声腔镌上了深深的地域烙印。

西凉乐以"凉人所传中原旧乐而杂以羌胡之声"完成了中原俗乐与胡夷之乐交汇融合的过渡，为新型的民族乐种燕乐的问世打下了基础；燕乐经过"取现成声诗入乐"发展为"应曲度而专制歌词"的"倚声填词"，完成了由歌诗向歌词的过渡，为后世戏曲"填词以应歌合舞"积累了丰富的经验；西凉大曲乐、歌、舞三位合一的套曲联缀结构和节奏对比序列，为后世戏曲唱腔音乐结构体制的形成，提供了格式借鉴；寺庙讲唱从专门讲释经文，发展为演说民间故事，从叙事讲唱文学发展为叙事与代言相混的体裁，完成了自身戏剧品格的建设，为后世戏曲脚本铺设了说说唱唱的舞台表演依据；而民歌杂调"声辞繁多，不可胜纪"[18]的繁荣局面，在完成向文人曲过渡的同时，继续锤炼着

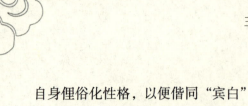

自身俚俗化性格，以便偕同"宾白"（剧本）与"戏"结合唱情唱事。"戏"与"曲"一旦结合，立显戏曲艺术之端倪，再经宋、金、元、明数代修造，徒涉"稗官废而传奇作，传奇作而戏曲继"，甘肃戏曲方宣告形成。

甘肃作为"西凉乐"的故地，腕扼华夷文化的交合融汇，其所拥有的剧种之繁多，历史之悠久，自在情理之中。但它依然不离由音乐特色和声腔体制繁衍发展戏曲剧种这一定制，尽管明清之交甘肃已拥有了不同声腔的诸多剧种，（如板腔体、曲牌体、民歌联缀体、板腔与曲牌兼而有之的混合体等），但远古"秦声"的古朴雄风，却是它唱腔音乐永恒不变的品格；以清乐和燕乐所形成的花、苦音两大声腔体系，则是它唱腔的统一特征；而当地方音语调对唱腔音乐的重重洗礼，又促成它鲜明的地方特色。这三种基因的融会贯通，便构成了甘肃戏曲音乐的最基本特征。

甘肃戏曲声腔剧种的形成与流通

明代，甘肃各地民间演艺活动日趋兴盛，明洪武（1368—1398）时期凉州人聂谦所著《镇番风土人情记》云："逢上元社火、三月清明……有百姓娱乐，戴柳抛球，纷然杂集，小摊买卖，育女丝弦，在在城市。"镇番，即今甘肃民勤县古称；成书于明永乐甲午年秋的《凉州风俗杂录》亦载："亦有戏子游优，卖技讨食，溷聒眺听，声不绝耳。"尤其各地纷纷不断的曲子演唱活动，又同民间皮影、社火开始结合，由此进入以音乐联缀结构和声腔体制为标志的大发展、大变革阶段，结果促成包括曲子戏在内的诸多甘肃不同声腔剧种的问世。

曲子与曲子戏　入明以后，甘肃各地传衍旷久的"演社火"民间演艺活动，渐与曲子合流，形成"唱秧歌"习俗。"唱秧歌"就是"唱曲子"，通常以化装围地走唱曲子并兼作舞蹈表演。其曲目既可为单段清唱的小曲，又可为多曲联套的大曲，还可为带有一定复杂情节和分角色行当的戏曲。正因此，曲子在演唱与演出形式上，便开始有了多样的分途。

其一，甘肃曲子在上层社会文人曲道路上继续向前发展。受唐宋西凉大曲"摘遍"之影响，当时的陇上文人，大都喜好倚声填词，如明弘治、正德年间"前七子"之一的庆阳人李梦阳（字空同，1473—1530），官场失意归里隐居，主要从事曲子研究和倚声填词来消磨时光，著有以论述曲子为主要内容的《空同子集》等著作；素有"鸟鼠山人"之称的明世宗、嘉靖年间治水名臣秦安人胡瓒宗（1480—1560），晚年回乡后，也填写过不少曲子词作品；还有清道光年间翰林秦安人张思诚，不仅自已喜好倚声填词，

其妾红姑娘也是一把填词好手。这些文人曲，虽多系宴享消遣应时之作而很快湮没散佚，但也有不少传入民间演绎为秧歌曲子唱本，至今传世的秦安老调《玉腕托杯》《三请茅庵》《小登科》等曲本，即分别出自胡瓒宗、张思诚和红姑娘之手。

其二，甘肃曲子作为清唱、坐唱的曲艺形式至今活跃兴盛依旧。明代中叶，南北时调风靡陇上，一时竟成"不学而能之"的"俚巷之词曲"。李梦阳《空同子集》所载"如今俚巷之词曲，不学而能之，急徐高下之板眼，所谓之音也。及问其出某品某律，孰宫孰商，则不知也"，无疑是对当时南北时调滥流于河陇的真实写照。这些时调歌曲，虽系元人小令的一支，却犹似当年弦索北曲之遗响，数量之多，不可悉计，当地人常以"三十六大调，七十二小调"形容它的浩瀚，无形使曲子的演唱腔调得到扩充和发展。〔越调〕、〔银纽丝〕、〔罗江怨〕、〔剪靛花〕、〔叠断桥〕、〔混江龙〕、〔边关〕、〔打枣杆〕、〔五更〕、〔哭皇天〕、〔耍孩儿〕、〔倒推船〕、〔倒搬江〕、〔背宫〕、〔茉莉花〕、〔紧诉〕、〔慢诉〕、〔长城〕、〔西京〕、〔诗篇〕、〔沥津调〕、〔苍龙哭海〕、〔黄龙滚尾〕、〔跌落金钱〕等等，都是经过地方化以后，才同当地原先所传〔小放牛〕、〔放风筝〕、〔割韭菜〕、〔下四川〕、〔十二月〕、〔观灯〕、〔闹元宵〕、〔十杯酒〕、〔十对花〕、〔十二将〕、〔绣荷包〕、〔织手巾〕、〔钉缸〕、〔害相思〕、〔画纱窗〕、〔杨柳叶儿青〕等曲子合流一处，成为继南北曲之后，滥流于河陇大地的又一新兴歌曲系统。这些曲子，既可在平时田间劳作或行走赶路时随口吟唱借以消乏驱闷，又可为知音艺友相聚一起弹唱自娱抑或婚丧嫁娶寿典迎宾清歌助兴。尤其当与弦索结合作为清歌坐唱形式演出时，往往又被特定的联缀程式所规范，如若以〔越调〕为头，必以〔越尾〕为尾；若以〔背宫〕为头，必以〔背尾〕为尾；头若先"越"后"背"，尾必先"背"后"越"；头若先"背"后"越"，尾必先"越"后"背"。头尾之间则根据表情需要择其适合曲牌随意联套。这种联缀结构，不仅把众多散乱无序的单个曲牌统一在一定的篇制之中并形成唱腔系统，也为曲子戏唱腔的组织结构提供了丰富经验和格式借鉴。

其三，甘肃曲子作为上元秧歌走唱表演节目已显戏曲端倪。一年一度的上元秧歌，因带有娱乐、酬神、驱邪、祭祖等多重意味而衍为土风，成了甘肃农村庄事活动中最为隆重的盛举。一入年关，各乡村镇旋即成立秧歌会，秧歌会下分两队：一为探马队。白天负责造势、联络、集资、治安等；晚上则为曲子队鸣锣开道、沿途护驾、打开场地、维持治安，确保曲子演出顺利进行。另一队便是曲子队。表演者生、旦、丑三扮：生角俊扮，戴解元巾，着文生褶，持褶扇（亦可掌彩灯）；旦角古装头，提眉、贴鬓、头套、

勒水纱、上冠冠（鬏髻），着裙、袄、裤，戴墨镜，持丝绢与团扇；丑角彩扮，多为妖旦装束，白眼窝、红脸蛋、朱色点唇，着素褶，系水裙，脑勺扎牛角，两耳垂辣椒，持笤帚或捣衣棒槌。入场演唱者除丑角一人并舞姿颠狂诙谑外，通常为三生三旦间隔排位，踩丁字步园场边舞边唱。演出前先以鼓乐"吵场"，营造气氛；继而弦索演奏［八谱］、［柳青］前奏之类，酝酿情绪；接下来便正式进入曲子演唱。所唱曲目既可为单曲小调，如［排十二月］、［排十二将］、［闹元宵］、［画纱灯］等，也可为数曲联套小曲，如《转娘家》《牧牛》《十里亭》《王祥卧冰》等，当然更有按照联缀程序集一定曲牌于一体以群唱演述复杂情节的成套大曲，以及有人物、有行当、有对白、有程式表演动作的戏曲。前者如《兰桥相会》《皇姑出家》《亚仙刺目》《双官诰》《姜秋莲捡柴》等；后者如《三顾茅庐》《狐狸送子》《张连卖布》《武松打店》《慧娘闹书馆》等。这种走唱形式的出现，不仅使曲子的结构由原初的单曲清唱向集曲联缀的形式发展变化，内容上也由叙事与代言相混来表现一个较完整的故事情节，其本身就已经呈露出戏曲形式的端倪。明末，高台县宣化乡乐善堡忠义曲子班将曲子首先搬上乐楼，甘肃曲子由地滩秧歌向舞台曲子戏迈出重要的一步。

随着曲子搬上舞台，以行当分制扮饰脚色和众多曲子构成唱腔系统来表现人物个性与完整故事情节的曲子戏，又在全省大范围普及蔓延，尤其境内近两千公里古丝绸之路两侧的县乡村镇，不仅布遍难以数计的商贸集散市场，更布遍密密麻麻的寺院庙宇石窟，使它在满足人神共娱双重要求的同时，又接受着当地土语方音和地方音乐特色的重重洗礼，这种局面的另一结果是：既促成以曲子为演唱腔调的曲牌体声腔体制不断趋于成熟，又促成在同一声腔范围内行腔演唱的不同风格和"腔口"。这两个方面的稳定成格，标志着甘肃曲子戏剧种的真正形成。

一、曲腔分离，依戏歌之。入戏后的每一只曲牌唱调都经过削弱个性与强化共性的驯化和改造，使它们能够统一在"戏"的篇制中，相互兼容相互组合，随意摘拆随意联套；而且都能依"戏"而歌之，唱词不再为专曲所用，而是根据不同剧目随时更易；唱调也不再为专词而设，同样按照剧情和人物需要，填入不同剧目的唱词进行演唱。实际上，词曲双方都消解了原先专词专曲的凝固式依赖，变成一种相对固定的音乐程式而存在。因此，更利于戏剧择用、组拆、合套。还有，入戏后的曲牌唱调，当变成戏剧角色赖以吐露心声的唱腔以后，较前有了可裂变的扩张余地，由此形成同一首曲牌生出多种变体唱调的局面。如甘肃曲子戏的［剪靛花］曲牌，正格结构应为七字上下两句体，但

110

在不同戏剧内容、角色情绪以及演员腔口、嗜好等多种因素作用下，相继又派生出七七五格、五五七七格、五五七五格、七七五五五格等多种长短句体结构；曲调上也生出齐头（强拍）起腔、短头（弱拍）起腔等，拍节上还有四三节拍以及四二、四三混合节拍形成的多种变体唱调。由此构成一支感情色彩丰富、用场宽泛多样、风格而又统一的曲牌唱腔系统，足供演员在相当宽裕的幅度内酌情择用。

二、地域辽阔，土风有别。甘肃面积达 45 万平方公里，所占经纬度十分宽阔，其地形由东南直指西北，虽属高原，却持西高东低斜坡之势，各地民俗土风自然各有所别。尤其全境习惯性地又被划分为陇东、陇南、陇中、河西四大区域，各区域虽都有曲子和曲子戏盛传，却受周边各省文化以及地貌环境影响而风格大相径庭。河西一线虽在汉唐就已成为文化艺术的繁荣昌盛之地，但随着元蒙古的西征和文化流播线的东移而从此备受冷落，加上周边又有青、新、内蒙古等藏、蒙、维吾尔自治区环围置于封闭状态。因此，河西曲子和曲子戏的音乐旋律与演唱风格基本趋于古旷直朴；陇中地区位居全省中心，也是省会兰州所在地。元明以来，这里一直是吞吐和吸纳各种先进文化的四方辐辏之区，加上市民文化素养和审美心理潜在锤炼，促成曲子和曲子戏具有平雅、淡拙的总体音乐风格；陇东南位居甘肃东南，是中原、长安、巴蜀文化流向河陇的门户。其周边被陕西、四川环围，而且古往今来，陇东南文化一直同长安、巴蜀文化有着千丝万缕的联系，特别是陇东的庆阳、平凉以及天水诸地的曲子和曲子戏，受陕西西府曲子（眉户）濡染颇深，而陇南武都、文县、康县一带的曲子和曲子戏，又受四川花灯风格的长期熏陶，由此分别促成抒情、娴雅和高亮、明快并略带"川味"等总体音乐风格。

三、曲牌通用，各有增补。甘肃各地的曲子和曲子戏，虽在总体上运用统一的曲牌为其唱腔，却在演唱过程中，不断加以润色改良，使之地方化。与此同时，各自又不同程度地吸收一定数量的当地民歌作为演唱腔调的补充，如秦安老调中的［十杯酒］、［男寡妇］，平凉曲子中的［山歌调］、［六月花］，凉州半台戏中的［麦仁罐］、［阴丁卯］，民勤曲子戏中的［走南阳］、［瞌睡多］等等，都是从吸收当地民歌的角度，进入唱腔曲牌领域的。从而，大大增强了各自唱腔音乐的地方风格与特色。

四、错用乡语，音随地改。甘肃曲子和曲子戏在境内的流播十分广远，各地对其的演唱又以"土腔而出之"，由此形成曲调和语调的合二为一。由于甘肃地域方言异常舛杂，导致各地曲子戏演唱，乡音特色分外显明突出，这与该省独特的历史背景有一定关系。古往今来，甘肃属于多民族杂居地区，早在汉唐以前，就有匈奴、鲜卑、羯、氐、

羌等游牧民族部落长期在境内生活、繁衍、栖息。这些民族，原本都操持着自己的语言与文化习俗，但在长期的民族仇杀与战争掳掠中，为了求得生存，不得不阉割其自己的语言文化，融入汉文化的语言行列。尽管他们的语言文化被逐渐消解直至最后吞噬殆尽，但本民族语言文化的固有基因，却在其后裔们的汉语发音中多少有所遗存。尤其河西一线，毗邻地区而方言难以沟通的现象极为普遍，即便同一地区甚至同一县境内，方言也往往阻碍着人们思想的正常交流。民勤本属武威地区所辖，但两地操持的方音土语乃至发声吐字就大相径庭，原因正在于从春秋至元明，先后有西戎、月氏、党项、蒙古等民族栖息或迁徙于此，即使明代，民勤依然是洪武流放钦廷要犯的所在地，加上周边被腾格里沙漠基本环围而处于封闭状态，结果形成自己的方音系统。类似情况在从东到西的狭长甘肃境内是极普遍的事，由此促成同一曲子戏范围内的诸多不同地域流派。如庆阳秧歌、华亭曲子、平凉曲子、侯庄老调、清水曲子、秦安老调、天水平腔、甘谷小曲、武山秧歌、陇西曲子、通渭曲子、定西陇曲、白银曲子、兰州越调、永登下二调、凉州半台戏、镇番曲子、张掖曲子、酒泉曲子、敦煌曲子等等，几乎覆盖了全省。实际还远不只此，仅以天水市所辖县区为例，除清水曲子、秦安老调、天水平腔、甘谷小曲、武山秧歌而外，还有秦安花调、张川秧歌、两当曲子、北道曲子、甘谷老调等都在流通传衍。可以这样说，有多少村落，就有多少种曲子，有多少种地域方言，就有多少种曲子流派。即使在相邻的县境或相邻的村镇，也因语音发声和民情土风有异而现小别。甘谷、武山地界毗连，曲子演唱却大相径庭。甘谷曲子丝竹托腔，鼓板击节，音乐平软娴雅；武山曲子则仅鼓乐而无丝竹，演出时，距歌场 20 米之外，以大鼓、铙钹以及抡甩麻鞭（大麻搓成，鞭长 5m 余，柄长 500mm 许，以抡甩发出"嚯啪"之声）击节合歌，呈现出更为古朴的原始雄风。类似情况全省极为普遍。这种千差万别，虽然统一在基本曲牌共有的表现力上，却导致各乡村镇同样存在着各自认为世代传承最"正统"的曲子戏，其实都是同一声腔体制基础上的大同小异罢了。区别仅在于各自又吸收了当地少量民歌，同一曲牌生出不同变体唱调，以及唱调旋律"音随地改"，牌名因地而异而已。比如通渭曲子之 [小东调]，秦安老调则称 [乐一乐]；兰州越调之 [一点油]，定西陇曲则称 [茉莉花]；甘谷小曲之 [剪靛花]，白银曲子、庆阳秧歌、平凉曲子则称 [剪扁]、[尖尖花]，甚至 [剪尖花]、[点点花] 等等。即令少数民族地区，也随本民族之风俗，或化曲牌为民歌传唱，或作为饮宴场合的酒曲和酒令曲，甘肃临夏回族自治州盛传旷久的宴席曲，就收它不少。

清康乾前后，随着职业曲子戏班纷纷兴起，民间曲子戏的演出活动空前活跃。如率先创建于明末清初的高台县宣化乡乐善堡忠义曲子班、创建于清乾隆时期的临泽县沙河渠曲子班、创建于乾隆二十六年（1761年）敦煌县营武曲子班、创建于道光十年（1830年）宁远县（今武山）于家庄曲子班，创建于咸丰二年（1852年）的天水鸿盛社，以及创建于同光时期的秦安安伏，吊湾曲子班，静宁张占魁曲子班，临洮百子社，民勤齐乐社，容优堂，酒泉魏德佑班、马宗武班等，都是常年从事赶庙会酬神演出的专业性曲子戏班社。有的甚至还将曲子戏唱到省外，《镇番遗事历鉴》载："同治十二年（1784年），汪漕张大嘴于王爷府开戏，凡曲子优人计二十有三。"所言王爷府者，正指内蒙古阿拉善左旗；同光时期，民勤容优堂还将曲子唱到新疆哈密、迪化（今乌鲁木齐）等地，"历时三年乃归"。与此同时，各地曲子戏自乐班也是方兴未艾。据《平凉地区曲子戏志》载："据不完全统计，仅平凉县清末民初的曲子班就不下三百多个。"[19]《甘谷县志》称其"清末民初拥有曲子班161个，并按地域分为城区、北山、西川三大流派"[20]；薛文彦《秦安小曲音乐》亦载"建国前秦安县城关、安伏、吊湾、李堡、郭嘉等乡镇，时聚时散的曲子自乐班也不下五十余个"[21]；而作为甘谷西川流派之一的磐安镇之东街、南街、西街、北街、大庄、毛坪、柳湾、刘家墩、张家沟、金川、裴家坪、刘家河湾、四十里铺、侯家山、杨庄、武家坪、毛河、三十里铺、下庄等村，不仅各有曲子班，还经常相互交叉演出比试演技高低。这些自乐班，其中有不少属于数代传承的家班。《秦安小曲音乐》载："安伏乡伏佑玺（1914年生）讲，他唱小曲已传四代了，最早是祖太父伏钱二（清咸丰时期人），在光绪初年从附近蔡四老爷（拔贡）处学的……；秦安县文化馆长孙志杰父亲、祖父都会唱小曲。"定西县刘家山底小曲班也传四代，1963年已发展为拥有四十多名演员的"定西县刘山三陇曲剧团"，并搭建起自己的剧场，至今在县城以唱曲子大本戏常年售票演出（《定西报》1993年3月2日版）。

随着曲子戏班的纷纷兴起，演员阵容也不断发展壮大，开始出现讲究个人声腔技术的局面。各地群众对演技高深者以歌谣给予褒扬咏颂，如"东牛西牛两个旦，没有换柱子揽不转"（敦煌三位优秀曲子戏演员，东牛赵吉德、西牛王登义和换柱子）、"三天不吃还犹可，不看何珍的曲儿心发焦"（华亭何珍）等等。与此同时，又有一批文人开始参与剧本创作行列。秦安道光翰林张思诚，所作《昭君和番》《三请茅庵》等抄本，文革前依然保存完好；《镇番遗事历鉴》亦载："道光十五年（1835）红沙舖孙克强编撰戏本一出，曰《逼婚记》，情理委婉曲回，颇可一览。"正是有了文人的参与，才使曲子戏的剧本题材更加广泛，情节更加复杂，其句法、文意，与明末清初民间艺人爽直而富有感情的剧本特色形成鲜明对比。如取材于小说的《草船借箭》《燕青打擂》《张生上京》《平贵别窑》《八洞神仙》《光绪逃西安》等，均出自当地文人之手。

20世纪40年代，曲子戏又在陇东革命老区呈繁荣发展之势。1944年掀起以唱"秧歌曲子"为内容的"新秧歌运动"，庆阳刘志仁等擅唱曲子的一批秧歌能手，以传统曲子创编了《绣金匾》《军民大生产》《咱们的领袖毛泽东》等一批流传甚广的新曲子，至今唱响全国；庆环剧校的文艺工作者，还创作演出了《毛主席回来了》《保卫牛家堡子》《转变》《赖婚》等革命题材的曲子戏，刘志仁被誉为"新秧歌旗手"，获陕甘宁边区政府授予的"特等模范"称号。

与此同时，位于陇南山区一端的武都地区所属县乡，自明代始也在发展以"唱曲子"为主体的"耍灯秧歌"。受四川酉阳和秀山花灯影响，这里的耍灯秧歌明显具有川北"跳灯"特点。先是平地围灯边歌边舞，后又发展为带故事情节的灯戏，多在春节或神灵寿诞节日演出，酬神娱人。武都的花灯秧歌，依表演和声腔特点可分为两路：一路以鱼龙为演地中心，因歌、舞、戏并重，当地俗称其为"走过场"，又因所唱曲子嵌入大量"哟嗬咳"衬词，故又称"哟嗬咳"。唱调取当地山曲、小调兼收部分汉调二黄并构成腔系。这些数量繁多的曲牌唱调，按其各自用场应用于正戏之中，如动作表演所用［路曲］、［车曲］、［酒曲］、［船曲］等，表现悲恸感情有［哭腔］、［二黄腔］、［盏盏腔］等，还有演出前的［开门帘］和过场戏所用的［过板］等；用于抒情与叙事的曲牌大多源于当地流传旷久的民歌小调，如［绣花］、［对花］、［采花］、［十二将］、［腊梅花］、［织手巾］、［卖杂货］、［打花鼓］等等。这些曲调，大都属于五声羽调式，加上多有"帮腔"烘托气氛，演唱起来颇具川北高亮明快的风格特点。文场主奏为大筒子琴，武场为锣鼓。在数百年的发展中，这种秧歌形成一套完整的程式，积累了数百本剧目。中华人民共和国成立后，于50年代正式搬上舞台并定名为"高山剧"。

另一路便是以玉垒、碧口为演地中心的花灯戏。以生、旦、净、丑等角色专用腔调和大量民歌形成腔系。如［闹元宵］、［怀胎调］、［闹五更］、［换小脚］、［雪花飘］、［十二月］、［下茶园］等，以及表现悲伤情怀的［苦调］、［阴板调］、［散板］等。有"搂腔"（帮唱），伴奏乐器齐备，文场有筒子胡，武场有锣鼓，演唱操持文县方言。文县方言属西南官话系统，带有浓郁的"川"味。

这两个小戏都有形成于明代的传说。每逢春节，只要担任编剧和导演的所谓"戏母

子"将故事情节告诉演员，演员即可依照固定程式立马登台表演。已积累了数以百计的剧目。

西秦腔 西秦腔即琴腔，又名甘肃调，明代中叶甘肃的一种皮影戏曲腔调，明万历时（1573—1620）已传入故都北京，不仅被当时的传奇戏曲联套演唱，还促成京师和河北涿州等地影戏的问世，也对初创时期的梆子腔、皮黄腔以及花部诸腔的形成与发展，产生过重要作用和影响。

西秦腔最早见于明万历传奇抄本《钵中莲》，其中第十四出《补缸》[22]便有标明用〔西秦腔二犯〕演唱的一段唱腔，全段共二十八句唱词，皆为七字句式，结合同用腔调〔诰猖腔〕看，可视为对偶上下句体；清乾隆三十五年（1770年），又在玩花主人编辑、钱德苍增辑的戏曲总辑《缀白裘》第六辑中，同样刊有由〔水底鱼〕、〔字字双〕、〔西秦腔〕、〔小曲〕等作为演唱腔调的《搬场拐妻》剧目，〔西秦腔〕名下还附有工尺谱两行，但所填唱词却为长短句的体式。两调均同其他地方曲调混杂联用，显系以曲牌的形式出现；同时，两剧〔西秦腔〕所歌唱词，结构截然迥异，却又同呼同名，区别仅在于是否"二犯"。所谓"犯"者，"犯调"、"犯声"也。宋姜夔《白石道人歌曲》四《凄凉犯》注云："凡曲言犯者，谓以宫犯商，以商犯宫之类。"这显然是指"异宫相犯"的"旋宫"或"转调"，它并不涉及改变唱调的曲体结构。说明《补缸》之〔西秦腔二犯〕与《搬场拐妻》之〔西秦腔〕，似是旋律相异、曲体不同、各自并存的两个唱调。其中〔西秦腔二犯〕之"二犯"，显指连"犯"二次之意，即以"去工（"3"mi）添凡（"4"fa）"作以"变徵（"4"fa）犯角（"3"mi）"，再以"去上（"1"do）添乙（"7"si）"成"以闰（"7"xi）犯宫（"1"dwo）"，此二犯，便派生出下四度宫音系统或上四度宫音系统的"属调"或"下属调"亦即"反调"来，由此便可形成"花音"（"上音"）、"苦音"（"下音"）两种腔调，分别具有花音欢快、苦音忧伤两种截然不同的感情表现专长。这种借助"犯调"改变旋律调性色彩并派生唱腔的手法，可谓是包括甘肃在内的西北地方戏曲音乐一大显著特色。由此昭示出在当时的甘肃戏曲腔调中，已经有了花、苦音两大声腔体系的存在。

此外，清道光（1821—1850）年间进士周寿昌在《思益堂日札》中云："……即令乐部亦各有土调……甘肃有〔兰州引〕……〔兰州引〕则京师影戏演之。"[23]周寿昌所言京师所演影戏土调之〔兰州引〕，无疑也是指当时京师所演的一种甘肃戏曲腔调，但〔兰州引〕究竟为何种土调，它与〔西秦腔〕或〔西秦腔二犯〕是否为同体，尚不得而知，但也不能排除专指甘肃影戏腔调中另一个唱调的可能。因为，"引"在我国音乐学中，专指"起唱首曲"的"散板曲"而言，如宋元南曲中的"引子"，北曲中的"楔子"，诸宫调中的"曲头"以及戏曲成套大段唱腔开首起唱的"散板""散唱"，甚至包括脚色出场时的"上场诗"、起唱前的器乐前奏曲等等，都被称其为"引"或"引子"。这种形式在甘肃地方曲艺与戏曲中早被大量使用，早者如唐代大曲中的"散序"、敦煌曲子谱中的"引子"等，晚者如牌子类说唱曲艺中的"曲头"、曲牌联套体曲子和曲子戏中的［越调］，板腔体剧种秦腔中的［尖板］以及板牌混合体陇南影子腔中的［叫板头］、［一句忙］等皆属此类。因此，张寿昌所言当时京师影戏所演甘肃土调［兰州引］，很可能正指甘肃皮影腔调中专供脚色起唱时类似于"曲头"的一种"散板曲"而说。

顾颉刚在谈及清代京师影戏腔调时，也提到甘肃"琴腔"（还有"梅花调"）之事："旧有九腔十八调，九腔之名为［西门腔］（亦曰［西美腔］）、［小东腔］（亦曰［小宗腔］）、［凤凰腔］、［小银腔］、［琴腔］、［柔肠腔］、［梅花调］、［鸶字调］（亦曰［一字调］）、［纺车调］。每腔以上下两句倍之，此为女角所唱，今多已失传，只存调名而已，尚全存者只［琴腔］一种。"㉘顾颉刚所言［琴腔］，正指甘肃戏曲腔调中女角所唱的［西秦腔］。成书于清乾隆五十年（1785 年）吴长元《燕南小谱》载："蜀伶新出琴腔，即甘肃调，名西秦腔。其器不用笙笛，胡琴为主，月琴副之，工尺咿唔如语。且色之无歌喉者，每借以藏拙焉。"清道光谢章铤《赌棋山庄词话》亦载："甘肃调即琴腔，又名西秦腔，胡琴为主，月琴为调，工尺咿唔如语，今所谓西皮调也。"清末徐珂也在其《清稗类抄》中云："北派之秦腔，起于甘肃，今所谓梆子者则指此。一名西秦腔，即琴腔。盖所用乐器以胡琴为主，月琴为副，工尺咿唔如语。"当知明清京师所传甘肃西秦腔（或曰琴腔），不只被传奇戏曲所联用，也作为影戏腔调在传唱。此外，清道光八年（1828 年）张际亮《金台残泪记》云："今则梆子腔衰，且变为乱弹矣。乱弹即弋阳腔，南方又谓［下江调］，谓甘肃调曰［西皮调］。"由此引发了以"西皮调"新称欲取代"西秦腔"旧称、以及后来皮黄腔之［西皮调］，也出自甘肃一说。

吴长元《燕南小谱》所言"蜀伶新出琴腔"之事，正指甘肃西秦腔早在清乾隆以前就已传入四川与陕西汉中等地，并被当时的蜀伶所广泛传唱甚至流入北京的情景。这是因为川、陕地缘与甘肃陇南紧毗相连，古往今来相互之间经济往来和文化交流始终不断所使然。明末，已成规模的甘肃文县玉垒花灯戏，便受四川酉阳跳灯影响发展而成；四

川川剧的弹戏腔里，同样渗入过甘肃西秦腔的音乐血脉。尤其明清之交，甘肃商人入川经商，陇南艺人入蜀卖艺相当普遍。清道、咸陇南影子腔艺人杨鼎所传封题为《关节图》重抄乾隆影戏抄本第二十页空白页面中，裱贴保存着一张记有"清咸丰十一年十一月二十四日杨鼎在汉中捐厘分局徼纳购川表四箱、色纸一刀厘金的照票"[㉕]，至今实物依然完好。《甘肃戏曲音乐集成·庆阳卷》"秦腔概述"一节，在谈其陇东秦腔唱派时也云："二十世纪初，有湖北汉剧艺人畅金山（又名畅麻子，1886——1947），出师后逆长江浪迹四川、陕西等地，后又辗转汉中搭班唱戏。1905年他越秦岭经宝鸡进入甘肃，在董志塬搭班组班并改唱秦腔。他把汉剧武戏之长和"耍牙""判子吹火"等特技融入秦腔表演之中，还将汉调二黄音调同秦腔苦音拖腔巧加糅化，形成独树一帜的甘肃东路唱派，成为名动一时的董志塬'四大班长'之一"[㉖]。正因为三省有这样的历史文化契机，才便有了蜀伶不仅会唱琴腔，还将琴腔唱到北京的事。

明万历传奇抄本《钵中莲》总共十六出戏，除第十四出《补缸》直接标明用［西秦腔二犯］作演唱腔调外，不再见有秦腔、梆子腔、乱弹腔之踪迹。直至清乾隆玩花主人之戏曲总集《缀白裘》问世，才出现［西秦腔］、［秦腔］、［梆子腔］、［乱弹腔］、［西调］等混同联套演唱的情形。《缀白裘》所收剧目数百出，俱为花部诸腔杂陈，南腔北调并用，而［西秦腔］与［秦腔］却在第十一辑《闹店》《夺林》两剧中同时出现，说明二者分属两个不同个体的独立并存。还有晚清戏曲抄本《梅玉配》，也将［西皮］（即［西秦腔］）和［秦腔］并列标出。此外，成书于嘉庆八年（1803年）小铁笛道人《日下看花记·自序》，在论及肇始于清代诸腔荟萃时，同样将甘肃的琴腔与梆子腔分列并提："有明肇始昆腔，洋洋盈耳。而弋腔、梆子、琴、柳各腔，南北繁会，笙磬同音，歌咏升平，伶工荟萃，莫感于京华。"琴腔与昆、弋、梆、柳四大声腔相提并论，同样暗含着在音乐腔调乃至体制上的各自独立。及至清末，依然有人将甘、陕秦腔作为两个不同流派的剧种来看待，前人徐珂，便为当时的甘肃秦腔冠以"北派之秦腔"，并称山陕调为"秦腔"，称甘肃调为"西腔"，以示二者间的区别。

清代文人之所以将西秦腔和秦腔、或者说琴腔和梆子腔分列并论，并不等于说西秦腔不属于梆子腔的声腔体制，这一点，前人已有定论，清人徐珂《清稗类抄》有云："北派之秦腔，起于甘肃，今所谓梆子者则指此。一名西秦腔，即琴腔。"但在梆子声腔体制之下它又有其自己的分制，即"板、牌合套"。明代，西秦腔在秉赋前朝多首曲子联套以皮人演述故事的同时，又将其中曲体比较单一的曲牌唱调，逐渐发展成能够"以

117

上下两句倍之"的"两句腔"，使其具有板式变化的特点。这种新兴板式腔调的形成，同样有它极深厚的历史根源。一是作为板腔体唱腔雏形的曲子唱调，虽以弦索伴奏，却又衍用梆板击节，这是甘肃曲子始终不变的传统；二是甘肃至今流传着一种叫做［苍龙哭海］的戏曲腔调，它不仅颇具板式变化的特点，其结构与皖南清阳腔"滚调"也极相类似。其起腔的［散板］名曰"滚头"，落腔的［散板］名曰"滚尾"（全名"黄龙滚尾"），中间段落为"滚唱"，皆系六字对偶齐言上下句式，并以上下两个腔句反复变化"倍之"而唱出。这是一种非常古老的腔调，而且曲体非常长大，20世纪70年代，由硕果仅存的老艺人段树堂专为王正强演唱《林冲夜奔》全段书词并得以记谱。从该段演唱看，完全以第一人称，演述了自己（林冲）因一时酒醉，腰挎锋剑，误入白虎节堂，从发配充军、野猪林遇险、鲁智深相救、柴进修书，一直到夜奔梁山整个悲惨人生经历，不仅很有戏曲板腔体生角成套大段抒怀唱腔的特点，而且其腔调，无论散板式"滚头"、"滚尾"、中间板腔体式的"滚唱"，几与皖南青阳腔之"滚白"、［驻云飞］之"滚唱"曲调无异，甚至还较其完整庞大。在当时的环境下，它同样可为西秦腔之梆子腔体制的成型提供借鉴。

甘肃西秦腔所拥有的这种腔调，正是凭藉其曲调简约、可"上下两句倍之"反复叠唱等优长，在清康乾时期被南北花部诸腔所吸收效法。清初，西秦腔传入河南开封，与当地土腔结合，促进了该省民间剧种"梆锣卷"[22]和"汴梁腔戏"的发展。"北派有汴梁腔戏，乃从甘肃梆子腔加以变通，以土腔出之，非昔之汴梁旧腔也"[23]；它又登陆于鄂、皖、苏、赣，渗入当地徽调、汉调（楚调）之中，为后来京剧皮、黄腔的形成，埋下深深的契机；西秦腔还一路畅传南下，直抵浙、闽、台、粤诸省，也为初创阶段的当地戏曲剧种奉献出自己的骨血。浙江绍兴乱弹［尺调二凡］板式唱腔，"即由［西秦腔二犯］演变而来"，而且至今依然保持着"高亮激越、七声音阶为对偶句"[24]的板式变化特点；同时，我们还可从广东粤剧梆子腔［中板］唱腔的板式结构与旋律起伏中，体味到同西秦腔至今依然清晰熠人的亲缘关系；而粤东、闽南以及台北、香港甚至流播于东南亚各国的西秦戏，之所以取"西秦"为名者，同样也是得到过甘肃西秦腔摧发与滋润的必然。据当地戏剧家撰文披露："明万历进士陇右刘天虞（甘肃天水人，与同代戏剧家汤显祖是挚友）经江西来广东赴任时，带来三个西秦腔戏班而入粤东、闽南、台北，后来在海陆丰（海丰、陆丰二县的合称）扎根，并与海陆丰民间艺术和语言结合，逐渐游离于西秦腔而自立门户，形成现在的西秦戏。"因此，该文在其谈及西秦戏之渊源时，

也称它"渊于秦腔，即西秦腔、甘肃腔"。

再就西秦腔与秦腔的关系而言，由于陇东南、秦之西地缘毗连难分，作为甘肃西秦腔能够"以上下两句倍之"的板腔体腔调，不可能不在两省之间早有传递。因此，当这种腔调被陕西新出乱弹腔和梆子腔吸收以后，便给予它以更大的发展，最突出的发展便是"以梆为板"的击节伴奏方法。这种方法的深远意义，不只在于"击节"，重要的还在于"定眼"，也即通过鼓师敲击鼓板的板眼变化，派生出"一板三眼""一板一眼""有板无眼""无板无眼"等成套板式程式来。这便是严长明于乾隆四十三年（1778年）某日在小集田商山太守署聆听小惠演唱亦昆亦梆的秦声之后所言"板之中有起、有腰、有底，眼之中有正、有侧，声平缓则三眼一板，声急侧则一眼一板，又无不同也。其中微有不同者，昆曲佐以竹，秦声间以*丝*"③，四种板眼结构的稳定成格，意味着秦腔剧种的横空出世。当然，与此同时出现的便是陕西境内"以梆为板"的"梆子腔"同"亦昆亦梆"的"乱弹腔"之间的统一与融合，来共同打造并进一步更加完善其秦腔剧种的板式变化梆子声腔体制，这无疑是戏曲声腔发展史上的一次重大飞跃，以致使它有资格率众挑起一场花、雅大战而声威四震，成为当时引领花部诸腔的新兴旗手。而此时的甘肃西秦腔，却依然恪守着板牌合一的传统格局，尽管在此前后，凭借其原先［两句腔］的"板式"化结构，也对诸多剧种的形成与发展奉献过自己的骨血，却因固守民间小戏姿容裹足不前而只能依然悻悻回归于民间。

多种史料表明，出现在明代中叶的甘肃西秦腔，本是我国最早形成板腔体"两句腔"结构雏形的戏曲腔调，而且早在万历年间就已传入北京和河北诸地，并对初创时期的梆子腔、皮黄腔以及花部诸腔的形成与发展，产生过重要作用和影响。但由于清代诸多著本对其记述过于简约，加上缺少曲谱与音响佐证，其名称又同后来出现的秦腔（也称梆子腔、乱弹、秦声等）极相接近，尤其甘、陕之东、西地缘历来分合不定，从而导致西秦腔与秦腔的声腔界定、地缘归属、两者的关系等等，生出多种混乱并引发不少争议。特别是20世纪七八十年代，学术界对此曾有过几次较大规模的深入探讨，并一度呈现百家争鸣的繁盛局面。比如有人认为"西秦腔即秦腔"③；有人则说"西秦腔不是秦腔，是吹腔"②；有人称"陕西秦腔就是西秦腔在陕西的发展，后因增加击梆为板，故俗名梆子腔的"③；有的学者还对当时西秦腔的声腔体制直述己见。如"［西秦腔］和［西秦腔二犯］两只曲调流行于世，他们尚属曲牌的用法，长短句、整齐句均可采用，并未构成板腔体唱腔"③；也有人认为："西秦腔先被民间小戏采用，后又进入当时盛

行的曲牌联套体的传奇戏曲，被作为曲牌使用，而且还在这个过程中，产生了［西秦腔二犯］这支上下句的曲牌，具备了发展板式变化的条件"㉚。对此，甘肃学者也提出了自己的看法："明万历传入京师的西秦腔，本是出自甘肃的一种皮影腔调，虽被当时的传奇戏曲作为曲牌联用，却明显带有板、牌合一的性质。其中'以上下两句倍之'（当地人称其为'两句腔'）的［西秦腔二犯］，业已呈露出板式变化之端倪；该腔尤擅以'二犯'之术，促使正调派生反调，并形成花、苦音两个腔系，故其所拥有的腔调远不止此两只，只不过被纷繁的别名湮没不彰罢了。这些特征，又与迄今依然十分活跃的陇南影子腔之［梅花调］腔系极相一致。清康、乾时期，西秦腔在大江南北流播畅传，它那能够'倍之'而唱出的［两句腔］结构体式，被新出梆子腔、皮黄腔、花部诸腔'转相效法'，纷纷创制各自的舞台唱腔而成时尚。即至嘉、道，又出现以'西皮调'新称欲取代'西秦腔'旧称的势头，新称在暗含'西边来的皮影腔调'思根寓意的同时，还昭示出［西秦腔二犯］，业已促成我国独特的板腔体唱腔体系而独立门户。正因此，甘肃西秦腔当是后世板腔体戏曲唱腔之滥觞。㉛以上观点，作为学术争鸣而可诸说并存。

秦腔　也叫梆子腔，因以枣木梆子击节伴唱而得名。甘肃是梆子腔形成较早的省之一，明万历年间传入北京的甘肃西秦腔，即已具备梆子腔的特征。此外，清康乾时期，还有一种传入河南开封的甘肃戏曲腔调，也被中原人称作甘肃梆子腔或陇西梆子腔："北派有汴梁腔戏，乃从甘肃梆子腔加以变通，以土腔出之，非昔之汴梁旧腔也。"㉜成书于康乾年间的李绿园小说《歧路灯》，也多次谈到一种叫做陇西梆子腔的戏曲腔调，在汴梁（开封）演出的情景，如第七七回："那快头是得时衙役，也招架两班戏，一班山东弦子戏，一班陇西梆子腔"㉝；九五回也载："又数陇西梆子腔，山东过来弦子腔。"㉞此处所言甘肃梆子腔和陇西梆子腔，是否与甘肃西秦腔为同体，抑或别有他指，一时间难判定，姑且存疑备考，但清康乾时甘肃不仅已有梆子腔，而且还流于北京、中原诸地这一事实，却是不容置疑的历史存在。

衍用梆子击节伴奏，是甘肃戏曲始终不变的传统，即令作为曲牌联套体制的甘肃曲子和曲子戏，同样贯穿着这一原则。这是因为，甘肃的梆子腔剧种，各自都吸收了一定数量的曲牌唱调作为板式唱腔的补充。尤其在过去的年代，纯粹建立在板式变化之上的声腔剧种，在甘肃几乎很难见到，就连流传广远的秦腔剧种，同样是板式加以曲牌、曲牌杂以佛曲的体制，而且这种体制还一直延续到 20 世纪 50 年代，并随老艺人相继故去方逐渐消迹。仅 20 世纪 80 年代由甘肃籍老艺人演唱并录音记谱的这类秦腔曲牌和佛

曲，多达百只以上，甘肃观众将其称为"两下锅"；还有早期甘肃秦腔的演出形式，也是以先演曲子戏为开场，然后再转入唱秦腔，观众又称此为"风搅雪"。甘肃秦腔的这种独特体制与独特演出形式，无疑是古代甘肃西秦腔板牌合套的一脉传承。20世纪30年代，随着陕西艺人大量西进陇上，加上后来定谱制的施实，则完全变成板式变化的声腔体制了，枣木梆子击节定眼，鼓板引领板式转换，唱曲牌除个别剧目保留着特殊用场外（如《闯宫抱斗》梅伯行刑前所唱［气炸雄威］曲牌仍在衍用），其它均成绝响。

所谓板式的变化，就是节拍和节奏的变化，它首先从鼓师敲击鼓板的变化中体现出来。当演员演唱时，鼓师左手挎檀板（牙子），右手执鼓楗，碰一下檀板，即为"一板"，敲一下干鼓（单皮），即为"一眼"。这种板、眼击奏方法，既有快慢之分，又有强弱之别，还会随着点法和速度的变化生出许多变化。比如秦腔的［二六板］，便是碰一下檀板，再敲一下干鼓而构成"一板一眼"的板眼结构，又因它的基本格式每句含六板，并以"上下两句倍之"，故得名为［二六板］；秦腔的［慢板］则是碰一下檀板再均匀地连敲三下干鼓，构成"板眼眼眼"的"一板三眼"板式结构；［紧板］则只碰檀板而不敲击干鼓，以此构成"有板无眼"的激紧板式，艺人将其称为"抽一梆子"；［散板］则撤去檀板和干鼓有规律的敲击，形成"无板无眼"的板式结构。这种有规律的节拍节奏变化，即为板式的变化，由此形成一套唱腔系统，便叫做板腔体的体制。

梆子腔唱腔，又必是七言、十言上下句对偶的单乐段，且字位固定，分逗严格，起唱"躲板"眼上开口，落腔"碰板"板上落腔，故有"眼起板落""黑起红落""弱起强落"之谓。这当然是通常的法则，同时也还存在着专从板上起唱的［碰板］和以散板落腔的［留板］等破格情形。

明代，甘肃皮影戏演出十分活跃，尤其陇东、陇南、陇中所属县镇最盛，相继产生陇南影子腔、陇东道情、灵台灯盏头、平凉影子戏、甘谷灯影戏、陇西影子戏等。其唱腔多系板腔、曲牌混合体，其中板腔体唱腔，皆为对称齐言上下句结构，唱词韵脚相应为上句仄声，下句平声，这种上下句对称的音乐结构，在其所含曲牌体唱腔中也能找到。

秦腔、陇南影子腔、灵台灯盏头唱腔音乐都有欢音（亦称花音、硬音、上音）、苦音（亦称伤音、软音、下音），陇南影子腔还带有"冒腔"（帮腔），唱白除秦腔操关中语外，其他以当地方言土语行腔。

道情戏 道情原属曲艺的一个类别，源于唐代民间布道时演唱的"新经韵"——道

歌或道曲。南宋始用渔鼓、简板，唱腔明显具有说唱遗风。甘肃道情戏以环县等地流行的陇东道情民间皮影小戏为代表，形成时间目前只能追溯至清代道光、咸丰时期（1821—1851）。艺人解长春致力于道情改革，不仅加用四弦胡琴伴奏，还用水梆（碰铃与梆子的合称）击节定眼，逐渐由原来的说唱体发展为板腔体。板式有抒情性的［弹板］、叙事性的［飞板］、激情性的［散板］，且各含花音与苦音。通过旋律和结构的变化，这些基本腔调又派生出［大开板］、［还阳板］、［大哭板］、［新板］、［菩萨祭子］等多种不完整辅助板式，并与［九连环］、［钉缸］、［冻冰调］、［珍珠倒卷帘］等民歌曲牌体唱腔同用。陇东道情戏最具特色的是帮唱，称之为"麻簧"。有"两句一麻簧，首尾两帮腔"之说，通过"簧"的变化，又生出诸多唱板，如［耍孩黄］、［莲花落］、［卖道袍］［采音子］等。1959 年，陇东道情皮影戏发展为舞台戏曲剧种，定名陇剧，成为甘肃新生的大型代表性剧种之一。

少数民族戏曲　甘肃少数民族戏曲，以甘南藏族自治州的南木特戏和新中国成立后形成的临夏回族自治州的花儿剧为代表，它们都是在本民族民歌、舞曲、宴席曲基础上发展起来的。

民国三十五年（1946 年），甘南夏河拉卜楞寺喇嘛学校学员演出了有别于西藏各派藏戏形式的《松赞干布》，这出戏的演出，标志着南木特戏——甘南藏戏的诞生。

拉卜楞寺是藏传佛教的六大寺院之一，曾出现过大批学识过人的高僧大德。早在 18 世纪，拉卜楞寺就曾演出了依据佛经故事改编的《哈欠木》，成为一种有歌、有舞、有白、有情节的歌舞表演，以其较强的戏剧性与一般的法事舞蹈相区别。《哈欠木》二百多年的演出历史，为南木特戏的诞生奠定了深厚基础，南木特（藏语意为演故事）戏一经问世，就是一种舞台演出剧种，表演比较简单，但戏中舞蹈场面丰富多彩，这些舞蹈多以当地民间舞蹈为素材，用以表现迎宾、登基、生子等喜庆场面。唱腔曲调多以拉卜楞地区丰富的民歌、舞曲、弹唱、寺院音乐改编，除男女唱腔略有区别外，无明显的行当之分。另外还有大量的舞蹈音乐和间奏音乐，伴奏乐器有笛、扬琴、扎聂琴（龙头琴）及鼓、镲之类。

南木特戏无固定的音乐程式体制，演唱曲调的选择，剧中穿插的各种舞蹈，均可视演出单位的具体条件和群众的喜爱而灵活择定。此外，作为全民信教的藏民族剧种，剧目所表现的内容及其演出形式，均带有浓郁的宗教气息，观众看戏称"朝南木特"，演出中观众时有叩头礼拜者，使其具有娱乐活动和宗教活动的双重性质。这一特点，倒有

利于它的普及发展和进一步提高。

中华人民共和国成立以后的甘肃戏曲音乐

中华人民共和国成立以后，甘肃戏曲开始进入一个崭新的发展阶段。

建国初期，首先遵照中央人民政府政务院《关于戏曲改革工作的指示》和文化部全国戏曲工作会议精神，在全国展开"改人、改戏、改制"活动。职业剧团争相上演《白毛女》《血泪仇》《一贯害人道》《小女婿》《小二黑结婚》《糖衣炮弹》《北京四十天》《红娘子》《三打祝家庄》等现代戏和新编历史剧，同时还上演了《李秀成》《梁红玉》《孔雀东南飞》《弘光一年》《贾宝玉与林黛玉》《铡美案》《李纲与宗泽》等一批新剧目。1955年7月，举办甘肃省第一届戏曲观摩演出大会，参演剧目有69本（折）。其中秦腔《李秀成》（程宏、刘百锁作曲）获作曲奖，李玉群、孙志明、崔学义、刘怀义、杨石鹄、郭效文、王明、张崇如、张金山、李作英、卜永君等获演奏奖，另有91名戏曲演员分获一、二、三等表演奖。

戏曲改革，离不开对戏曲传统的继承。1956年甘肃省文化局发起"发掘戏曲遗产竞赛"活动，仅两年时间，共收集到各种传统剧目三千多本（折），秦腔曲牌五百余首，秦腔流派脸谱三百余幅。还收集到明代影子腔抄本《麒麟图》、清乾隆五十四年秦腔抄本《下宛城》、清嘉庆二十一年秦腔抄本《火烧新野》等珍贵原件。在扶持地方小戏方面，早在1952年，甘肃省文化局就组织专家到庆阳地区搜集整理并出版了《陇东道情》。此后，各地文化主管部门在全面普查本地区戏曲音乐的基础上，组织音乐工作者先后编印了《陇南影子腔音乐》《西礼戏曲》《灵台灯盏头碗碗腔》《高山曲调》《玉垒花灯曲目》《流行在甘谷的郿鄠音乐》等，并初步组建起一支实践经验丰富、理论水平较高的戏曲音乐创作队伍。经过几年的恢复和调整，省文化主管部门从抓剧目创作入手，在全省范围内掀起戏曲音乐改革高潮。1959年向国庆十周年献礼演出活动中，全省涌现出道情剧、陇南影子腔、高山剧、灯盏头剧以及清水曲子、玉垒花灯、武威贤孝、山丹太平车、河西小调、弦板腔等十二个新的地方戏曲剧种。它们都以鲜明的地方特色和改革创新意识，受到同行和专家的肯定。其中最引起广泛关注的，是道情剧《枫洛池》。

道情剧，原是陇东道情皮影小戏，已具板腔体雏形，但作为主要板式的［弹板］、［飞板］两大腔调，基本属于说唱性音乐。《枫洛池》的音乐创作者们，对传统唱腔音乐进行了大量整型、美化和创新发展，还借鉴京剧、秦腔板式变化手法，创造出一板三

眼的〔慢板〕、一板一眼的〔二流板〕、有板无眼的〔紧板〕、无板无眼的〔散板〕等新板式，从而使这一民间小戏，发展成新的大型舞台剧种。同年10月，《枫洛池》向国庆十周年献礼演出，受到党和国家领导人的接见和鼓励。嗣后不久，道情剧正式命名为"陇剧"，并组建了甘肃省陇剧团和庆阳地区陇剧团，两团音乐工作者大胆探索实践，音乐创作手法更加多样，唱腔板式更加丰富，他们还借鉴歌剧音乐表现形式，变传统陇东道情程式化无字"麻簧"（帮唱），为合唱、齐唱、重唱、轮唱等；以兄弟剧种某些板式结构，发展出陇剧的〔清板〕、〔回龙〕、〔快三眼〕、〔二眼板〕（3／4节拍）等；通过移调、转调，变男女同腔同调为男女分腔分调，发展出同腔异调、异腔同调的陇剧行当唱腔；演唱技巧上还吸收了秦腔净角"犟音"、旦角"二音"（假声）等。伴奏方面，变传统民族民间乐队为中西乐器的混合编制，大大丰富了音乐的表现力。与此同时，对领奏乐器四胡和特色乐器渔鼓进行了改革，研制出具有四胡音色的陇胡和定调渔鼓等。

长期以皮影形式演出的陇南影子腔、灵台灯盏头等民间小戏，也通过音乐革新，发展为舞台戏曲。这两个民间皮影小戏，唱腔虽都基本属于板式变化的体制，但由于过于简单，在传统皮影演出中，不得不吸收一些当地民歌小调作为补充。1958年，当地戏曲音乐工作者在"解放思想"口号指导下，引发了将其发展为舞台戏曲的动机，产生了以西礼剧团创作演出的陇南影子腔现代戏《山林血案》、新编历史剧《碧血西城》，天水五一秦腔剧团创作演出的影子腔新编历史剧《雌雄剑》，以及泾川灯盏头剧团创作演出的灯盏头现代戏《争先恐后》等。陇南影子腔原唱腔音乐的旋律过于平朴，唱词密集，板式缺乏鲜明的节奏对比，戏曲音乐工作者借鉴秦腔的板眼结构原则，强化了板式的作用和各自的表情功能。在吸收各种表现形式和音乐素材方面，陇南影子腔不仅仅局限于本地区的戏曲和民歌范围，眉户音调（如《一场斗争》"陡坡变平地"唱段）和歌剧的合唱形式（如《陇上红缨》主题歌）等均被大胆借移。灯盏头剧的音乐革新，最突出的是把传统仅由一个上句腔构成的〔慢板〕，发展成对称的上、下句体结构，同时还加强了旋律的修饰美化，使这一抒情性很强的板式唱调，由辅助板式发展成基本板式，解决了以往音乐呈述性、说唱性过重，抒情性、激情性不足的弊端。

这一时期，长期以"地摊社火"为主要演出形式的武都"演故事"、文县"玉垒花灯"等民间歌舞小戏，也搬上了舞台，并分别命名为"高山剧"和"玉垒花灯剧"。它们的唱腔音乐都属于民歌联缀体，曲体结构大都为上、下两句体、起、承、转、合四句

体和长短句体，并多有长短不等的衬词衬句及"搂腔"（帮唱）。专曲专用和单曲单唱是它们的共同特点。"社火"演出时，按角色、情绪、动作表演择配相应曲调唱出。成为舞台戏曲以后，首先打破单曲为段的界线，进行民歌和民歌的穿插组合，在不同节奏、不同调性、不同旋律特色的联缀对比中，突出了节奏的意义和音乐的戏剧性功能。高山剧还通过各种转调手法发展出了行当唱腔。

在甘肃有着深厚传统基础的曲子和曲子戏，也得到了迅速发展，裕如地表现着人物交错、情节复杂的现代与新编历史题材剧目。原张掖专区人民剧团演出的河西曲子现代戏《河西壮歌》、敦煌鸣沙秦剧团演出的河西曲子现代戏《文化岗》、高台县秦剧团的河西曲子剧《双回家》、秦安县秦剧团的秦安小曲戏《梁山伯与祝英台》以及民勤县秦剧团的民勤曲子戏《周月月》等，都在当时产生过强烈的社会反响。这些剧目在音乐改革上的共同特点是：打破曲牌传统衔接程序，按照剧情表现要求灵活组合联套，如秦安小曲戏《梁祝·楼台会》梁山伯与祝英台对唱"你我同窗整三载"一段中，应该作为曲头的〔越调〕则出现在唱段中部，并取用板式变化的体制来结构唱腔，创造发展出类似于〔导板〕、〔滚板〕、〔流水〕的散板式唱调，此外，还有齐唱、对唱、合唱、重唱等形式。

甘南藏族南木特戏，随着《智美更登》《达巴丹保》《罗摩衍那王子》《格萨尔王》《卓娃桑姆》《赤松德赞》《洛桑王子》《阿达拉茂》《降魔》等剧目的上演，使它的唱腔音乐、舞蹈音乐、间奏音乐（包括打击乐）在系统化、规范化等方面，都有了很大提高和发展。演唱形式不只限于角色独唱，还发展出重唱（如《雍努达美》拉赖普相和士兵的重唱唱腔），齐唱（如《雍努达美》嘛呢唱腔）等；唱腔音乐普遍采用自由扩展、调式简化、改变节奏、转调移调、旋律加繁等手法，将民歌化曲调化为戏剧化唱腔。南木特戏的发展与成熟，使它的流播范围，从原初的夏河一地，扩大到青海、四川等藏民族地区。1981 年，还成立了甘南藏族自治州藏剧团，1982 年在全州南木特戏调演中，甘南所属夏河、碌曲、玛曲等县的十四个专业、业余演出队参加，演员达五百人以上。

1958 年形成的花儿剧，是以甘肃临夏回族自治州之回族、保安、撒拉、东乡等少数民族所唱"花儿""宴席曲"等民歌为唱腔基础发展起来的地方新剧种。

"花儿"起源尚早，清代甘肃临洮诗人吴松崖《我忆临洮》有"花儿绕比兴，番女亦风流"诗句，是现今所见有关"花儿"的最早文字记述。1958 年，甘肃"引洮"水利工程工地，临洮民工花儿歌手以拦路对歌形式为滥觞，创作演出了花儿小戏《拦路》，其唱腔即由传统花儿曲令构成，乡土味道甚浓，民族特色十分鲜明。这一成功尝试，不仅受到民工们的热烈欢迎，在文艺界也产生强烈反响，当时正在洮河工地采风的诗人李季，对这一成功的尝试给予热情关注，并发表文章高度评价和肯定。⑩1965年，临夏市业余文艺宣传队又编演了花儿小戏《马福善诉苦》参加甘肃省文艺调演，受到好评。1966年初，临夏州歌舞团编演的独幕花儿剧《试刀面》参加全省会演，使这一新兴的戏曲形式再度引起同行和广大观众的重视与肯定。正值花儿剧大发展时，因"文革"浩劫而中断夭折。

党的十一届三中全会拨乱反正，沉睡十多年的花儿剧重新开始复苏，临夏州歌舞团的《试刀面》又开始恢复上演，州属其它各县也陆续编演了《四月八》《咪咪情》《瓜园情》《张古董借妻》等剧目。稍后，又随着甘肃省歌剧团和临夏回族自治州歌舞团创演的大型多幕花儿剧《牡丹月里来》《花海雪冤》《雪原情》的成功上演，使这一新生剧种愈加走向成熟。

花儿剧的唱腔音乐，可谓集"河州花儿"大令、二令、三令和"白牡丹""下四川""二梅花""尕马儿"以及回族宴席曲等近百首曲令之大成，对其原有的衬词、衬句及其虚词、补句等，都作出一定创新和尽可能保留。一般取用板式变化的原则构成成套大段唱腔，不仅在抒情、叙事方面发挥出很好的作用，激情性演唱也极具强烈的戏剧性效果，同时还常常采用幕间花儿独唱、剧中一领众和的对唱等形式营造独特的"花儿剧情境"，加上二眼板（3／4节拍）的大量运用，河州方言的唱白，大大突出了民族剧种特色。

除此而外，兰州市秦剧团的的鼓子戏，山丹县秦剧团的太平车剧、宁县秦剧团的弦板腔剧等新兴地方剧种也纷纷搬上舞台。尽管由于各种原因没能使这些剧种发展下去，但戏曲音乐工作者在长期调查研究和探索戏曲音乐改革发展途径等方面所付出的心血和努力，却是难能可贵的。

甘肃主要地方剧种秦腔，随着现代戏和新编历史剧的愈加丰富，也随着观众欣赏水平的不断提高，音乐工作者十分注意唱腔音乐的优美动听和角色音乐形象的塑造与刻划，每部新戏除进行唱腔设计、伴奏配器并实行定谱制外，还多有"序幕""尾声"以及合唱等形式。甘肃省秦剧团组织排演的《善士亭》《江姐》等剧目，正是在唱腔音乐方面所具有的时代新意，创甘肃新编剧目连续演出场次之最。其他如秦腔《说书阵地》

《山乡花红》等剧目，都在音乐改革方面成效显著。

甘肃的外来剧种有京剧、豫剧、蒲剧、越剧、华剧等。这些剧种，不仅曾有过一批出类拔萃的演员，像京剧演员陈永玲、李大春、齐啸云，豫剧演员常香玉、陈素贞，越剧演员尹树春、李慧琴等，而且各以自己的流派剧目影响着后辈艺术新人的茁壮成长。尤其京剧现代戏《南天柱》，为戏曲形式塑造老一辈无产阶级革命家舞台形象首开先河。这些外剧种剧团，除京剧、豫剧保留至今外，其他已陆续解体。

1966年至1976年"文革"十年浩劫，甘肃戏曲界和全国一样，剧团被迫撤销、合并，传统戏被迫停演，有影响的新创作剧目被定为"反党反社会主义"大毒草，全省戏曲界主要业务人员普遍受到冲击，有些遣返回家，有些被迫改行，有些被迫害致残甚至致死；不少地、县剧团的戏装、道具被当做"四旧"付之一炬。甘肃戏曲音乐同样陷入混乱、停滞乃至倒退的局面。在此期间，全省又掀起"大力普及样板戏"之风，各剧种又不问条件和戏曲音乐实际移植演出。这一时期戏曲音乐改革的共同特点是：一、主要人物的唱腔设计大都运用主题音调贯穿；二、套用京剧板式结构甚至句式结构，以"破旧立新"为名，尽量抛弃老腔老调；三、吸收革命歌曲音调，烘托特定时代气氛；四、正面、反面人物的音乐形象对比简单化、脸谱化；五、打破传统文、武场面分坐制，建立中西乐队混合编制；六、板头过门、间奏过门强调写意和形象刻画。

粉碎"四人帮"甘肃戏曲又重获新生。党的十一届三中全会后，甘肃省文化主管部门连续举办了现代戏调演、新剧目调演、儿童剧调演以及全省青年演员大奖赛等活动。陇剧《万家春》《燕河风波》《骄杨》，秦腔《爱情从这里开始》《商鞅变法》《思补情》，秦安小曲戏《梁山伯与祝英台》，眉户剧《认亲记》《蜜月风波》，豫剧《早霞》《姐妹情》京剧《南天柱》《曙光》《南昌起义》等一系列优秀剧目，在观众中产生强烈反响，这些剧目的音乐创作手法，以本剧种固有的音乐语言为基础，遵循艺术规律，借鉴和吸收的途径与范围更加广阔，更加科学，因而更具时代感，更为观众所喜闻乐见，故在全国屡获殊荣。

---

① 吕思勉：《先秦史》。

② 《正义·括地志》。

③ 清乾隆四十四年（1780）王曾翼编撰《甘州府志》卷四。

④ 《史记·大宛列传》。

⑤ 《隋书·音乐志》："清乐其始即清商三调是也，并汉以来旧曲，乐器形制，并歌章古辞，与魏三祖

所作者，皆备于史籍。属晋朝迁播，符永固平张氏始于凉得之。"

⑥ 《隋书·音乐志》："吕光灭龟兹，因得其声，吕氏亡，其音分散，后魏平中原复获之，其声后多变异。"

⑦ 《隋书·音乐志》。

⑧ 《旧唐书·音乐志》。

⑨ 《通典》卷146《乐六》。

⑩ 《资治通鉴·隋纪五》。

⑪ 《旧唐书·音乐志》。

⑫ 唐·郑启：《开天传信记》载："西凉州俗好音乐，所制新曲曰《凉州》，开元中献之。"宋·王灼《碧鸡漫志》亦载："乐府所传大曲，惟凉州最先出。"

⑬ 《稗史汇编》114卷："乐府所传大曲皆出于唐，而以州名者五：伊、凉、熙、石、渭也。凉州今传为梁州，唐人已言误用，其实从西凉府来也。凡此诸曲，惟伊、凉最著，唐诗词称之极多"；《碧鸡漫志》亦载："凉州、伊州、甘州等曲，西凉乐也"；叶华《词曲识小录》："六么为凉州胡调，乃系软舞曲，唐人弹琵琶常用此曲。"

⑭ 唐·崔令钦：《教坊记》。

⑮ 宋·王灼：《碧鸡漫志》。

⑯ 唐·元稹：《乐府古题录》。

⑰ 胡侍《珍珠船》转引自焦循《剧说》卷一："古之四方皆有音，合歌曲但统归南北二音。如 [伊州]、[凉州]、[甘州]、[渭州]，本是西音，今并为北曲。"

⑱ 《乐府诗集》卷七十九。

⑲ 杨柳：《平凉地区曲子戏志》"综述"18页，平凉地区群众艺术馆印（油印本），1987。

⑳ 《甘谷县志》474页，北京，中国社会出版社，1999。

㉑ 薛文彦；《秦安小曲音乐》9、10页，秦安县文化馆刊行（油印本），1987。

㉒ 玉霜簃藏本，刊于民国二十二年南京戏剧学院北平分院《剧学月刊》。

㉓ 清·周寿昌：《思益堂日札》卷七，许逸民点教本，北京，中华书局，1987。

㉔ 顾颉刚：《中国影戏史及其现状》。北京，中华书局《文史》第19辑112页。1981。

㉕ 赵建新：《陇东南影子腔初编》102。台湾合郑民俗文化基金会，1995。

㉖ 《甘肃戏曲音乐集成·庆阳卷》"秦腔概述"19页，庆阳地区集成办1886年印行（油印本）。

㉗ 清·康乾：李绿园小说《歧路灯》第七八回757页，郑州，中州书画社1980年栾星校注版。同页有栾星注云："梆锣卷，河南地方戏种名，为现今流行于华北数省的河南梆子（豫剧）的前身。是陇西梆子腔（即西秦腔——栾星注）于清初流入河南后，与河南土生的剧种锣戏、卷戏汇流（先由同台演出，继而融汇），而产生的一种新剧种。"

㉘ 清·徐珂：《清稗类抄》卷三十七，商务印书馆，1917。

㉙ 《中国戏曲剧种手册》400页"绍剧"条，北京，中国戏剧出版社，1987。

㉚ 《秦云撷英小谱》，严长明"小惠"，载《秦腔研究论著选》172、173页。西安，陕西人民出版社，1987。

㉛ 焦文彬：《秦腔史稿》280页，西安，陕西人民出版社，1987。

㉜ 潘仲甫：《清代乾嘉时期京师'秦腔'初探》。载《梆子声腔剧种学术讨论会文集》。太原，山西人民出版社。

㉝ 流沙：《西秦腔与秦腔考》。载《梆子声腔剧种学术讨论会文集》。太原，山西人民出版社。

㉞ 余从：《戏曲声腔剧种研究》132 页，北京，人民音乐出版社。

㉟ 常静之：《论梆子腔》69 页。人民音乐出版社。

㊱ 王正强：《西秦腔考》，载《戏剧艺术》，1996 年第 3 期。

㊲ 清·徐珂：《清稗类抄》第三十七册"戏剧类"，商务印书馆刊行，1917。

㊳㊴ 清·李绿园：《歧路灯》745、885 页，郑州，中州书画社，1980，栾星校注本。

㊵ 李 季《希望再开一朵花》："这是一个极有价值的尝试，也是一个伟大的开端，它的第一次演出，就赢得民工们的热烈掌声和衷心的喜爱。"刊于《甘肃日报》1959 年 1 月 31 日，后被《人民日报》转载。

王正强主编的《中国戏曲音乐集成·甘肃卷》出版

"活化石"甘肃曲子戏、甘肃西秦腔历史地位确立

肖 洁

【本报讯】（记者肖洁）由我省戏剧理论家王正强主编的《中国戏曲音乐集成·甘肃卷》已于日前出版，这是记述我省戏曲音乐形成及发展最全面的一部重要文献。该卷本因明确记载了被称为中国戏曲"活化石"的甘肃曲子和曲子戏以及明代甘肃西秦腔在中国戏剧史上的历史地位而倍受关注。《中国戏曲音乐集成》作为全国十大集成志书之一，其编撰被列为国家社科研基金资助重大项目、国家艺术科学规划重点项目，并由国家特设出版机构出版发行。《中国戏曲音乐集成·甘肃卷》的编撰工作耗时 10 年，调动全省近百名戏曲音乐工作者方得以完成。王正强先生先后数 10 次修改其稿，期间又经文化部总编辑部组织全国知名专家学者初审、复审、终审而定稿。全书共分上下两卷，近 240 万字，记载了我省主要剧种秦腔、陇剧、曲子戏、凉州半台戏、陇南影子腔剧、灵台灯盏头剧、高山剧、玉垒花灯戏、藏戏、花儿剧等 18 个剧种的历史渊源、唱腔体制、乐器、主要板牌、器乐曲牌、打击乐谱及近 150 年来的著名演员、琴师、鼓师、作曲家、戏曲评论家、戏曲理论家等 200 余人，是一部集甘肃戏曲音乐之大成的重要历史文献。

《中国戏曲音乐集成·甘肃卷》始终在甘肃省文化厅的领导和支持下进行编撰工作。出版后，业内专家对该卷在甘肃曲子戏和甘肃西秦腔两方面的考释尤为重视。

《中国戏曲音乐集成》常务副主编余从在点评甘肃卷时指出：

甘肃卷的成功之处在于，王正强先生把自已多年的学术研究成果运用到志书编撰之中，倍受专家们高度关注的曲子戏和西秦腔问题，说到底，最有发言权的还应该是甘肃的学者。

据悉，王正强先生为此被文化部授予"特殊贡献"个人奖，同时也被中国民族民间文艺发展中心授予"个人突出贡献"一等奖。

（原载《兰州日报》2006 年 12 月 18 日第 5 版）

《问根秦腔》整合三千年甘肃文化

我国首张秦腔知识光碟在兰问世

由资深戏剧理论家王正强撰稿／主讲

【本报讯】（记者肖洁）在高科技时代，各种影视光碟充斥生活，算不上是什么新鲜事。但最近在兰州问世的戏曲知识讲座《问根秦腔》，却以普及戏曲文化知识而占了头筹，成为目前我国出版上市的第一张秦腔知识类光碟，并走进"农家书屋"惠民工程。

《问根秦腔》由我国资深戏剧理论家、甘肃省戏剧家协会主席王正强撰稿并主讲，甘肃百通影视发展有限公司录制发行，齐鲁电子音像出版社出版。全片分为12讲，总长度15小时。全面讲述了甘、陕两省厚重的戏曲文化底蕴及各自形成秦腔的人文背景，既具理论性，又具普及性。目前，记者走访了与之相关的"当事人"。

破解秦腔"陕西说"

秦腔是我国最古老的剧种之一，按《辞海》的说法，"明中叶以前，由陕西、甘肃的民歌发展而成"。但长期以来，人们谈及秦腔形成之发端时，往往只言陕西，不提甘肃，这从历史的角度或学术角度讲，都是不正常的。经过长年研究，王正强说，古人把秦腔称为"甘凉之雄"，就已道明秦腔与甘肃之间的渊源关系。有鉴于人们长期听惯了"陕西说"一家之言，也许更想听听另一种声音。所以王正强经过多年的史料研究和实际考察，录制成这张《问根秦腔》，欲为观众开拓出一条新的思路，打开一条全新的视野，以还秦腔历史之真实。

那么，为什么迄今人们依然认为秦腔源于陕西呢？王正强回答道："原因正在于人们诠释秦腔文化内涵时，淡忘了甘肃西秦腔化育陕西秦声的那段历史，甚至还生发出诸多混淆和学术偏执。因为，对于琴腔—秦腔、西秦腔—秦声、甘肃调—昆梆、陇西梆子腔—陕西梆子腔等一大堆发音相近、形貌似同且又同属秦声范围的繁杂称谓，莫要说外地之人难解难辨，即便当地人听来也颇为闹神，由此导致清人的张冠李戴，再加上今人的错位引导，以及人云亦云的随波盲从，使其渊源之发端，迄今依然是个尚无确切定论的无头悬案。这对我国戏曲史学研究造成重重迷障，特别是每当涉及梆子声腔剧种的

形成问题时，甘肃西秦腔便成了既不可不论、又不可深论的一大困扰，以致一直影响着对它历史价值的评判和戏剧地位的认同。

从"看热闹"到"看门道"

《问根秦腔》由甘肃百通影视发展有限公司录制、齐鲁电子音像出版社出版。作为该光碟的导演和制片人孟云告诉记者："《问根秦腔》从录像到后期制作，整整用了大半年时间，可以说是我公司投入的人力、财力最大，耗时最长、精心打造的一个拳头文化产品。但我认为很值得。王正强老师把上下三千年的甘肃丰富文化底蕴，作了一次系统的整合和盘点，让我深深感到，背靠如此丰厚的文化遗产，应该是每一个甘肃人的骄傲和自豪。当然，《问根秦腔》作为戏曲知识讲座，除承载丰富的文化信息外，还以更大篇章直面广大戏曲观众，引领人们如何欣赏秦腔。从'看热闹'走进'看门道'，以促使观众戏曲艺术鉴赏水平的提高。特别是他还通过东、西方戏剧文化的比较，寻绎出中国戏曲抽象唯美的舞台方法，如一桌二椅、四功五法、切末道具等形成的历史与社会根源；对于秦腔的为戏之道，也就是秦腔十分空灵而超脱地处理舞台空间与时间的规律和方法，如圆场、抖马、搜门、扎式、亮相及其表演、音乐、脸谱等各类程式的创造和运用等，也结合秦腔名家舞台演出录像与实际表演，运用中华古人所创造的'有生于无，实出于虚'博大宇宙观念，一一展开解析和评说；对于秦腔曾经有过的撼人辉煌与当前生存现状及未来发展前景，提出他自己的看法和预测。"

据了解，王正强作为甘肃乃至全国资深的戏剧理论家，他的讲述视角新颖，言而有据，令人信服。《问根秦腔》既是认识秦腔艺术、普及秦腔知识的理想视听读本，也为广大观众系统而充分了解甘肃戏曲文化深厚底蕴提供了理论依据。

（原载《兰州日报》2010年1月13日第12版）

源远流长的秦腔艺术

——《中国秦腔艺术百科全书》前言

在纷呈繁荟的民族艺术王国里，戏曲可谓是个"孕育"时间最长而"分娩"时间最晚的难产宠儿。尤其西北的秦腔剧种，盘根错节，源远流长，几乎融会贯通在中华文明历史发展的整个进程中。从一定意义上讲，一部秦腔发展史，就等于中国戏曲的发展史。今天，当我们站在时代峰巅，回首返顾秦腔文化的源头时，首先让人惊骇不已的，便是上古时期秦地先民在乐舞和乐器制造上的精神文明成果。

上古时期的秦腔文化基因

上古时期的陕西西部和甘肃全部，通称禹贡雍州之地。西周秦嬴的出现，因秦襄公在秦州建国立都并"袭居西周故地"的公元前 770 年以后，便将陇东南和秦之西，称之为"秦地"。

历史上最早出现的伏羲、女娲、黄帝、神农等一代"开元之神"，俱都与这块洪荒大地有关，而且全都集中在渭河之滨的古成纪天水地界。四位"开元之神"，既是原始宗教之大巫，又是巫风歌舞之权威，还是创制巫舞和乐器的高手。《孝经纬·钩命决》便明白无误地记载着伏羲创作过名曰《立基》的乐曲；许多著本还频频披露有关伏羲"兴制瑟乐""灼土为埙"和女娲"巧作笙簧"之事，而且还把埙称为"夏埙"，故有"夏埙纯律"一说。"夏"是远古华夏民族的通称。《左传》云："夏，华夏。"埙无疑成了华夏民族创制最早的乐器之一。据传，埙所发出的乐音，原是伏羲模拟鸟鸣之声，这一观念，成为后世崇尚正统"雅乐"的由来和依据，由此又促成"雅"字即是"鸟"字，同时也是"夏"字，"雅乐"即是"夏声"，"夏声"即是"雅乐"相通相用的局面。"埙"在关陇境内从东到西大地上多有发现。民间俗称"泥哇呜""咪咪罐""泥梨儿"等。甘谷、武山、秦安、定西、华亭、泾川等地区的偏僻农村，迄今仍有烧制和吹奏。尤其 1976 年，考古工作者在甘肃玉门火烧沟文化遗址中，发掘出原始社会晚期或奴隶社会初期的陶埙二十余件，其数量和造型均居全国之首。火烧沟陶埙形制独特，俱呈扁圆鱼形状。上开一小嘴为吹孔，两肩左右各开一音孔，在其腹部下左侧也开一音孔，皆系三音孔陶埙之属。经碳十四测定，明确为公元前 16 世纪以前的文化遗存，音乐学家又对九枚完好无损的陶埙进行了初步测音①，所得结果如下：

编号体长	体长	全闭	开一孔	开二孔	全开
M260	83.0	g^1	b^1	$^{\#}c^2$	$^{\#}d^2$
无	77.0	b^1	B^2	$^{\#}f^2$	$^{\#}g^2$
M216	71.0	b^1	$^{\#}d^2$	f^2	g^2
M222	26.5	d	f^2	g^2	a^2
M201		$^{b}d^2$	$^{b}g2$	$^{b}a^2$	$^{b}b^2$
M193	64.0	b^1	$^{\#}d^2$	$^{\#}f^2$	$^{\#}g^2$
M72	56.2	g^2	$^{b}b^2$	c^2	a^3
M153	53.0	$^{\#}f^2$	b^2	$^{\#}c^3$	e^3
M233	48.5	f^2	a^2	b^3	$^{\#}c^3$

注：体长单位为 mm.

据此测音结果，仅就 M269 号陶埙所得四音音列为：

1 = G

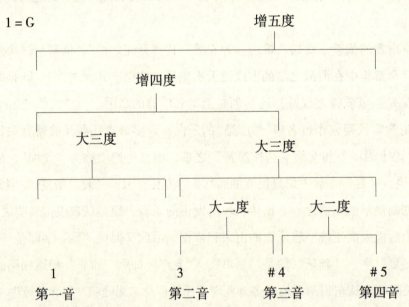

玉门火烧沟 M269 号陶埙所得四个散音排序后可知，第一音与第二音之间为大三度音程，第二音与第四音之间也为大三度音程，第一音与第三音之间为增四度音程，第三音正好将第二音与第四音等分为两个大二度音程，这个音律体系，正是"夏埙纯律"典型音律。然而却与目前秦腔苦音音阶中的"变徵"之"#↓4"的音律有了更接近的意

义。

建立在夏代陶埙偶数音列基础之上的增四度音程和奇数音列基础之上的增五度音程，向被尊为"华夏正声"，成为周代礼乐制度和后世儒家恭奉的雅乐之最高典范。"华夏正声"的来源，正得自"夏埙纯律"，而"夏埙纯律"的来源，早在战国以前成书的《山海经·大荒西经》，就已言明出自于被称作"丰沮玉门"的甘肃玉门火烧沟夏代三音孔陶埙。陶埙因陶土烧制，《史记·乐书》故言其为"宫、土音声"，《疏》亦言："谓庐次以帷障之。"联系到窑庐陶土烧制埙器与玉门"火烧沟"的命名，将会给人以更多秦腔历史悠久、文化源远流长的深沉思考与回味。难怪敦煌遗书《茶酒论》（伯2718）"酒博士"高呼"国家音乐，本在酒泉"这一惊人之语了。

其实何止陶埙，1957年在长安县客省庄龙山文化遗址出土的陶钟，也以泥制灰陶烧成，同系新石器时代遗物，也是目前所知年代最早的钟形乐器；西安半坡村仰韶文化遗址还出土了陶哨。最惊人者，要数甘肃大地湾遗址出土的那件陶鼓，时间距今5600—5900年之间，筒形，中空，敛口，颈部堆饰小垫，据此推测，陶鼓上下两面蒙以兽皮，用力拍击发出清脆鼓声。这也是我国目前发现的一件史前最早的陶鼓，它为研究伏羲"制器作乐"和我国乐器发展史提供了不可多得的实物依凭。此外还有兰州市永登县河桥镇乐山坪出土的七件马丁类喇叭型陶鼓、甘肃宁县焦村出土的球形陶铃等，这些乐器的重见天日，当知上古时期关陇先民乐舞活动中已经有了简单乐器的使用。由此联想到晚唐以后，关陇傩舞戏、曲子戏、皮影戏和各种民间小戏的倡行，其声腔又都建立在欢音和苦音音阶之上，这不能不让人和当地过早保留远古夏《韶》巫乐文化产生一定联想。

伏羲创制瑟乐，传说也是受原始先民狩猎弓镞的启发，先民们狩猎射箭、拨弓弄弦，弓镞能发悦耳之声。人类遂有"三十五弦之瑟，瑟乐从此而兴，世人始有和民之乐"[②]。这当然是神话传说，但被《周礼·春官》"空桑之琴瑟"一语得到印证。春秋战国，筝在中原倡行，形制有所变化。惟关、陇秦地，尤其并（今内蒙古、河北、山西诸地）、凉（今甘肃河西诸地）二州所传之筝，其形依然如瑟，故名"秦筝"。秦筝按五声音阶（soi la do re mi）定弦，"二变"（fa si）之音则由左手"前其柱则清，却其柱则浊"（蔡邕《月令》语）而获得。"前其柱"者，即把弦柱向前推进，使弦的张力增大，琴音变高；"却其柱"者，即把弦柱向后退拉，使弦的张力减小，琴音变低。这正是阮瑀所言"清者感天，浊者感地"。按五行阴阳之通论，"天"为"阳"而"地"

为"阴"，由此寓示出汉时秦筝阴（即苦音音阶）阳（即欢音音阶）交替对置的存在。秦筝这一"欢、苦音交替对置"的"急弦促柱"之法，又被后来南音潮乐秦筝发展成更加便捷的"轻三六""重三六"按弦之术，它与今之秦腔板胡促"角"（"3"mi）而得"清角"（"4"fa）、却"宫"（"1"do）而得"变宫"（"7"si）的效用正同。秦筝乐器所奏"施弦高急"的独特音响，被诸多中唐诗家经常用于表现苍凉、哀怨、古旷、悲壮之情。如柳中庸的《听筝》"抽弦促柱听秦筝，无限秦人怨悲声。"白居易《秋夜听高调凉州》"促柱张弦高吹调，一曲凉州入沈寥"等等。咏其诗，闻其声，让人无不想到《诗经·秦风》开卷之《车邻》，就赞美了秦襄公以"秦风"引贤纳士之德。其中"既见君子，并坐鼓瑟""既见君子，并坐鼓簧"诸诗句，表达了秦襄公同贤士并膝而歌，瑟簧合鸣的融恰氛围。

至于秦筝之上的"变徵之声"，《史记》所记荆轲刺秦取道待发，至易水之上引吭高歌之事，也发人深思："高渐离击筑，荆轲和而歌，为变徵之声，士皆垂泪涕泣。又前而歌曰：'风萧萧兮易水寒，壮士一去兮不复还！'复为羽声慷慨。士皆瞋目，发尽上指冠。"[3]还有《史记》那句名言："夫击瓮，叩缶，弹筝，博髀，而歌呼呜呜快耳者，真秦之声也。"[4]这两条引文，在后世秦腔音乐理论研究中，连同秦筝"急弦促柱""变调改曲"之术，作为秦腔板胡进行欢、苦音两大声腔转换的理论依据。当然，今日秦腔之音律，虽不可看做是远古时代人文初祖伏羲氏"兴瑟乐"、人类高母女娲氏"作笙簧"的一脉传承，但秦腔所含欢、苦音两大乐制，与"小瑟类"秦筝"品声按柱"之间存在着相通的某种联系，还是显而易见的。

再说巫舞，在距今已有8100年至5000年的秦安大地湾遗址中也有所发现，那就是编号F411房址中，发掘出1.2米×1.1米的一幅地画。画面有人物二人，还有动物等。其中画面正中一人，头近圆形，脖颈细长，胸部隆起，两腿交叉直立，似在行走，亦似在翩翩舞蹈，手中还握有棍棒之类器物；左侧一人，侧身而立，似散披长发，肩部宽平，两腿交叉，也似舞蹈。画色虽然脱落模糊，但形象依稀可见：画之下端还绘有两个动物。躯体有弧形斑纹，身之下侧同样绘有四条向前弯曲的腿。绘制颜料鉴定为炭黑。很显然，这幅地画所绘的正是原始女巫翩翩起舞"以舞降神"的真实场面。秦安大地湾遗址F411地画的发现，为我们生动地揭示了关陇渭水流域原始氏族社会巫人以舞祭祀的情景，它为考证关陇先民创造中国史前文化的历史奇迹提供了有力的佐证。

周秦时期的秦地乐舞

周武王平灭殷纣，建都于丰（今西安西南沣水东岸）。三年后周成王继位，从此经德秉哲，偃武修文，成王还将"礼乐之治"作为立国之本，结果促成诗歌、乐舞艺术的繁荣。

古代乐舞与后世戏剧之间的渊源关系，古人早有论及。明人王守仁在其《传习录·下》一书中，便以明代戏剧家王阳明对舜之《大韶》、周之《大武》两部古乐舞叙事情节的论述为据，称古乐舞与"今之戏子（曲）相近"：

> （阳明）先生曰："古乐不作久矣。今之戏子尚与古乐意思相近。"未达，请问。先生曰："《韶》之九成，便是舜的一本戏子。《武》之九变，便是武王的一本戏子。圣人一生实事，俱播在乐中。"[5]

近人刘师培《原戏》，也认为中国戏剧导源于古代乐舞，并直接宣称《诗经》中的《周颂》《鲁颂》《商颂》，除了"歌以传声"，当尚有"舞以象容"。故曰古代乐舞中的许多形态，如钟鼓击节，以歌节舞，以舞节音，舞者化妆，手执干戚[6]等，都是后来戏剧之起始。

秦腔最初的发展基础也是歌舞，尽管歌舞不是戏曲，但戏曲却是歌舞，或者说是"演故事"的歌舞。问题是秦腔在发展的历史长河中，虽然"歌舞"之"曲"和"演故事"之"戏"俱都客观存在，却又是各自独立并存的两个艺术门类，尤其在它们联姻之前的相当一个时期内，二者达到共识的酝酿阶段过于漫长也过于持久，而今日之秦腔本身且又明显承袭着它们的许多遗传基因，以致人们对秦腔生成之发端，便从多种角度有了多样推论和由说。

古代巫风歌舞与后世秦腔的渊源关系，各方专家论述颇多，毋须赘语重复，惟西周二代国君周成王所创制的《大武》祭祀歌舞不能不提。因为它把祭祀歌舞分为文乐、武乐两类，文乐表现先王"文以载道而治人"，武乐表现周祖"威武正义而强大"。武乐中尤以《大武》之舞最为恢宏。当其在宗庙演出时，周成王还会亲自扮作周武王的模样，手执红色为干的玉戚，行进在舞队行列之中，翩翩起舞，表现出武王的威德威仪；还有后面紧紧跟随的王公诸侯，也以高贵的仪态，宽大的长袖，准确的步履，庄重的表情等，全然像演戏一般演示出来供人观看。因此，《大武》虽说是一部"乐、舞、诗"合于一体的祭祀歌舞，实际上已经是一部非常完整的戏剧演出，而且这一恢宏的"戏剧化"演出场面，年复一年全都在距今西安不足百里之遥的丰镐举行。其所包含的戏剧性

因素，对后世西北戏曲艺术的形成，不能不播下潜在的孕育浮尘。难怪王阳明直称"《武》之九变，便是武王的一本戏子（曲）"了。

戏剧化祭祀歌舞不只限于演出，更贯穿在全民性的教习之中。周成王就把黄帝以来的《云门大卷》（黄帝时乐舞）、《大咸》（尧乐）、《大韶》（舜乐）、《大夏》（禹乐）、《大濩》（汤乐）、《大武》（周乐）六代乐舞，以及《巾发舞》《羽舞》《皇舞》《旄舞》《人舞》等祭祀乐舞汇集一起，通过皇家乐舞教习机构——大司乐作为全民教育的基本内容。《礼记·内则》载：全国儿童"十有三年，学乐、诵诗、舞《勺》；成童（十五岁）舞《象》、学射御，二十而冠，始学礼"。当时不仅士子习舞成风，民间乐舞在关中也十分兴盛。许多民间乐舞人才还被选入宫廷充当乐舞教习。如《周礼·春官·耗人》记载"掌教舞散乐"。据郑玄注："散乐，野人（平民）为乐之善者，若今黄门倡矣。"当时作为礼仪乐舞的《躬耕舞》，"舞者用童男十六人，舞者象教田，初为芟除，次耕种、芸褥、驱爵及获刈、春播之形，象其功也。"都是采集于陕西关中民间流行的散乐，由"为乐之善"的野人加工、教习。到了十五岁，必须学射御，由此促成角力和武术的活跃。1954年，西安沣镐西周墓葬中出土的透雕铜牌上，就镂有两人相抱，互相要把对方摔倒的角抵图像，它真实地反映了周代角力竞技情况。

公元前770年，秦襄公在秦州（今甘肃天水）立国之后，也以秦声治国，《诗经·秦风》开卷之《车邻》，就赞美了秦襄公以"秦风"引贤纳士之德。其中"既见君子，并坐鼓瑟""既见君子，并坐鼓簧"诸诗句，表达了秦襄公同贤士并膝而歌，瑟簧合鸣的融恰氛围。秦穆公还将秦声歌舞用于图谋西戎的战略之中。《史记·秦本记》明确记载着穆公接受内史廖"试遣其女乐，以夺其志"之策，"以女乐二八遣戎王，戎王受而悦之，终年不还"。另据《吕氏春秋·不苟论》载，西戎王得到秦声乐伎以后，"迷惑大乱，饮酒昼夜不休"。从这里可以看出，关陇的乐舞艺术，已经达到了相当高的水平，否则，这十六个女乐舞伎，怎么能通过自己的歌舞艺术，使西戎王"迷惑大乱，饮酒昼夜不休"，而且还"终年不还"呢？

秦人"以射猎为先"，"尚武"特强，势力不断东扩，随着"领有岐西之地"，又将秦声带到了雍（今陕西凤翔），继而又因周孝王迁都洛邑，秦又袭居西周故地，"礼乐"之声便被发源于天水、陇西"高上气力，以射猎为先…… 民俗质木，不耻寇盗"⑦的秦声所取代。这可以从《诗·秦风·无衣》篇"岂曰无衣，与子同袍，王于兴师，修我弋矛"的慨当以慷中见其端绪。它既反映了秦人粗犷骠悍的尚武精神，也反映出秦声秦风

138

永恒不变的豪放爽直风格特色，而且一直影响着后世西北地区诗歌、乐舞及其戏曲发展的总趋势。公元前221年，秦王嬴政登上"千古一帝"宝座，在咸阳统治着天下，奢华的阿房宫中，整天歌舞升平，尤其秦始皇平灭六国之后，又仿六国宫廷，在咸阳宫中建造宫室145处，集中了从各国所房女乐倡优万余人，置酒天雨，纵歌作乐，还将大量民间优伶选入宫中充当帮闲和弄臣。刘向还说秦始皇建造"宫殿五里"，"关中离宫三百所，关外四百所，皆钟磬帷帐，妇女倡优"，"妇女倡优数巨万人"（《史记·秦本纪五》）。《史记·滑稽列传》就记述了一个名叫优旃的优人，以过人的智慧和胆识，顺其嬴政之所好，攻其嬴政之所弊，"临槛疾呼"针砭时弊之事。但无论是楚国的优孟假借叔敖"衣冠劝谏"，还是秦朝优旃在戏笑中"临槛疾呼"，都已具有了作场演戏的意义，尽管这种"演戏"，从"剧本"到"表演"，有着不可重复的"一次性"，甚至还不能说它就是一种舞台表演的形式，但实际上已经包容了戏曲演员舞台演出的全部要素。对此，任二北在《优语集·弁言》中说："优人自编自演之'优谏本'，其社会价值不下于文人所写剧本。"赵景琛也在其《中国古典喜剧传统概述》一文称，秦国优旃的"临槛疾呼"为中国喜剧之始。

汉唐时期秦地的歌舞百戏

汉代，长安成为全国政治、经济、文化的中心，各地百戏歌舞源源流入京都，仅榆林出土的六百多块汉代画像石中的歌舞百戏图，就包括乐舞图、鞋鼓舞、七盘舞、相和歌、清商曲、可采莲、巴渝舞、白纾舞、跳丸、蹴鞠、投壶、六博、幻术、击剑和气功等。绥德汉墓出土的一块"七盘舞"画像石，上有一鼓八盘，分三行排列，舞者着长袖罗衣，登盘表演；另一舞者头戴尖顶帽，为侏儒形象，似在插科打诨，作风趣表演。其演出规模，形成"三百里内皆来观"的空前盛景。

东汉张衡的《西京赋》，也记述了当时在京畿长安大演角抵百戏的盛况。其中有"临迥望之广场"演出的《都卢寻橦》"角抵之妙戏"；还有人与自然和谐共处的《总会仙倡》歌舞之情景等。这是一出颂天威以歌圣德的宫廷故事歌舞，场面恢宏，布饰华丽，尤其表演中的"舞台装置"和"音响效果"，达到了相当水平。任二百认为它是"活动的、行进的、立体的、综合的、感人的戏剧"[8]。最值得重视的是《东海黄公》："东海黄公，赤刀粤祝，冀厌白虎，卒不能救，抉邪作蛊，于是不售。"从中看出，这出角抵戏所演述的是东海黄公方士，以捏诀念咒擅于降伏虎蛇，后因诀咒失灵，反被白虎所食的故事。它的深远意义还在于，由最初单纯的祭仪歌舞已发展成有故事情节的表

演，其"人虎相斗"，规定了巫优装扮黄公"持刀粤祝"作场。所谓"赤刀"，并非黄公手持真刀，而是以假代真的道具；"粤祝"的"祝"即"言告"之意，此处可作"台词"解；"人虎相斗"，必然以真人拟作虎形，使之两两相争竞技角抵，并贯串着对巫术、迷信的批判思想，其所寓含的情节性、戏剧性、舞台性和思想性，对后来优戏、歌舞戏、参军戏的接踵问世均具一定启迪。《西京杂记》还说它是"三辅人俗目以为戏，汉武帝亦取以为角抵之戏焉"。"三辅人"者，正是秦地之人。这出角抵戏自然是汉代秦地民间艺人创作了。如果《东海黄公》也像汉代长安百戏《总会仙倡》那样，有歌、有舞、有伴奏，那么，它使用的语言、音乐，自然属秦声范围。所以，《东海黄公》是一出秦声角抵戏。

随着"丝绸之路"的凿空，中外文化交流日趋频繁，以敦煌、酒泉、张掖、武威为重镇的甘肃河西走廊，自然成了首先得益的"近水楼台"。波斯文化、印度文化、西域文化，都是伴随着商队驼铃，通过山道、沙漠首先传入河西，并在河西中国化以后，再横穿甘肃全境方传入长安和中原的。张骞出使西域，带回"胡乐［摩诃兜勒］一曲，乐府因胡曲更迭新声二十八解，朝廷用作武乐"[9]。武帝于元鼎四年（前113）至元封三年（前108），两次西巡，驻跸平凉，登崆峒山祭以礼乐，并将平凉一带的音乐、舞蹈带回长安。《辽史·音乐志》载："汉武帝以李延年典乐府，稍用西凉之声。"当时西凉之声主要指月氏音乐和舞蹈，有"八音之领袖"(唐郑处海《明皇杂录》) 美誉的羯鼓，及其"柘枝舞""胡旋舞""胡腾舞"等舞蹈，都是河西月氏人所创造。这种以"丝路"两侧为中心的文化早发现象，不仅一度长期影响着我国整个文化发展的总趋势，由此而又形成一个新兴的"凉州文化圈"、一条由西向东的文化流播线、一支以凉州乐人为核心的河陇乐舞文化大军。这"一圈、一线、一支"，成为当时引领中国整个文化发展潮流的一支强大文化力量，也对整个世界的文化发展产生深远影响。

华夷文化在河西的并融，不只见诸史书频繁的记述，在甘肃从西到东近两千公里地表上下，几乎全由音乐文化的砖坯和石窟五彩壁画垒砌晕染而成。地表之上密密麻麻的寺庙石窟几乎连成一线，地表之下大大小小的墓葬群中，静静躺卧着形形色色的乐舞遗存。尤其以嘉峪关魏晋墓为系列的砖壁画重见天日，为我们了解和研究关陇古代乐舞的形成发展，提供了可靠的实物依据。十六国时期，甘肃河西先后建立了五个以"凉"为名的地方割据政权。"五凉文化"在我国文学和音乐发展史上占有非常重要的地位，其最高成就便是《西凉乐》。《西凉乐》正是凉州乐人在吸收西域龟兹乐舞及河西地区所

保存的中原旧曲、长安雅乐基础上，所创制的诗、乐、舞相综合的大型歌舞音乐。

佛教在河西的迅速传播，又掀起造寺建塔、凿窟塑像之风，使得甘肃古丝绸之路两侧，傍依苍山翠峰，开凿出密密麻麻的石窟群数不胜数。据有关资料，单就敦煌千佛洞壁画中，以甘肃古代乐舞所涉及的大小型乐队就达 500 余组，乐伎 3000 余人，各种乐器 44 种、4000 余件；至于舞态、舞姿，更是数不胜数。敦煌壁画中的乐器，琵琶、筝、笙、笛、钹、鼓等，后来全都进入秦腔文武场面之中。

隋朝建立后，开国皇帝杨坚倡导"太常雅乐，并用胡声"，由此促使域外音乐大量涌入国门。尤其隋炀帝杨广继位不久，便将前代传入的胡夷之乐，制定成七部乐，七部乐的首一乐，便是西凉乐，第二部则是龟兹乐。西凉乐是以弦乐为主，龟兹乐是以击乐为主。到了后期，隋炀帝又把七部乐发展为九部乐，九部乐几乎囊括了当时传入中土的所有的外国音乐。"炀帝乃定清乐、西凉、龟兹、天竺、康国、疏勒、安国、高丽、礼毕，以为九部。乐器工衣创造既成，大备于兹矣。"（《隋书·音乐志》）九部乐因为在宴飨礼仪上演奏，又称为"燕乐新声"。

唐代立国之初，统治者秉承历代帝王"功成作乐"之定制，将音乐作品的创制视为国家强盛和民族团结的象征，唐太宗李世民不仅步其隋朝制设九部乐之后尘，又立《燕乐》《清商》《西凉》《天竺》《高丽》《龟兹》《安国》《疏勒》《高昌》《康国》为十部，还将其十部乐分为坐、立二部。十部乐中，除《清商》乐部属中土传统音乐，《燕乐》部属华夷合乐外，其余包括《西凉乐》在内的八部乐，皆属外来之乐。

与此同时，又在长安设教坊、梨园，并以中官为教坊使，专管歌舞百戏，教习法曲。当时长安教坊有散乐三百八十二人，仗内散乐一千人，音声人一万零二十七人，共一万一千四百零九人。教坊内设"鼓架部"，具体管理"百戏"的教练和演出事宜。(崔令钦《教坊记》)梨园专习法曲，梨园又分禁苑梨园、宫内梨园、太常梨园和梨园新部四部，拥有乐工二千余人。这些散乐艺人和法曲乐工多是来自陕西三辅民间，其中最有名的有三原戴竿妇人王大娘，她能"首戴十八人而行"。宋人纪敏夫在《唐诗纪事》中赞曰："楼前百戏竞争新，唯有长竿妙入神。"唐代的甘肃百戏水平更臻完善，元稹《西凉伎》诗云："前头百戏竞撩乱，丸剑跳踯霜雪浮。"记载的正是武威地区百戏演出的盛况；而岑参《戏与之歌儿》中"秦州歌儿歌调苦，偏能主唱濮阳女"诗句所描述的，正是天水地区的"秦州歌儿"（即曲子），不仅是一种特有的苦凄歌腔，而且还将它用于专门主唱或演述"濮阳女"的悲惨身世。很显然，这同当今所见天水民间盛行的"曲子"或"曲子戏"如出一辙。《濮阳女》又名《百舌鸟》，最早见于唐崔令钦《教坊记》。敦煌遗书中有此篇名，因此，我们有理由将其视为最早的秦声曲子戏。此外，白居易还在《西凉伎》中详尽地描绘了河西狮子舞精湛的演技，并记载了在长安宫廷演出时倾倒一时的盛况。还有作为商调曲的《婆罗门》，也是佛教法曲与凉州所传汉魏"相和三调"在河西一线长期糅合的"清商化"法曲，即所谓"法曲胡音忽相和"之《相和》和"侧商调里唱伊州"之"商调"。经《西凉乐》多年精炼酿制促成清商化，开元间由西凉节度使杨敬述首献长安后，又吸收道曲音乐成分，由此升华为更高成就的音乐作品——《霓裳羽衣曲》，成为当时揉化胡华音乐素材创制新曲的精品典范，正由于"西凉乐"有着雄厚的传统和基础，盛唐时，甘肃各地先后出现了对后世戏曲的形成和发展具有重要意义的大曲。宋程大昌《演繁录》言："乐府所传大曲，惟凉州最先出。"凉州大曲，规模宏大，曲式严谨，由许多段落组成，每个段落又都有其专名，具有大套的特定结构形体。总体上呈现并贯穿着"散—慢—中—快"，也即"乐（合奏、协奏、独奏）—歌（合唱、独唱、领唱）—舞（独舞、双人舞、群舞）"层次对比序列。这种乐、歌、舞三位合一的综合艺术特征，充分展示出西凉大曲的节奏、速度铺排，由缓渐快再到极快的行进程序，整个音乐布局，则先乐后歌再到歌舞并作，把音乐舞蹈所表现的情绪逐渐推向高潮，它对后来戏曲成套唱腔的结构设置影响极大。

随着大曲《凉州》的出现，甘肃相继产生更多大曲作品。《稗史汇编》114 卷记云："乐府所传大曲皆出于唐，而以州名者五：伊、凉、熙、石、渭也。凉州今传为梁州，唐人已言误用，其实皆从西凉府来也。凡此诸曲，惟伊、凉最著，唐诗词称之极多。"宋王灼《碧鸡漫志》亦言："凉州、甘州、伊州等曲，西凉乐也。"事实上，西凉乐作为胡华合一的乐舞经典，反映出中唐以来，在创制新曲时，通常取用中外民族形式融合互鉴的这一总体特征。杜佑云："自周、隋以来，管弦杂曲将数百曲，多用西凉乐；舞曲多用龟兹乐，其度曲皆时俗所知也。"（《通典》）周贻白也言："乐曲与戏剧最有关系的是大曲，降至唐宋，这种趋势愈加明显。"[10]

安史之乱后，由于演出大曲的乐师分散，乐语流失，唐代宫廷已经没有能力组织动辄几百人的完整大曲演出，民间更是无力承受如此恢宏的演出活动。因此，整套大曲形式逐渐消失，但大曲中所包含的许多小段和片段，却以歌曲和舞曲的形式得以保存流传。这些歌曲和舞曲，又同域外传入的燕乐新声合流一起，既为"倚声填词"创造了条件，也为"音声人"的歌唱提供了方便。当时有人还把大曲中旋律优美自成起迄一遍或

多遍反复的乐调，采摘出来进行单独演奏或填词谱唱。这种谓之为"摘调"的乐歌，正是人们所称的曲子。

以凉州大曲裁取"小令"入词唱和作为新创可歌之曲，很快便同域外传入的歌曲合流一起，形成一股强大的文化势力，其盛行可谓超绝前代。尤其当时的大唐帝国，是一个极其开放的国度，随着域外经济的引进，域外文化特别是音乐舞蹈也大量涌入国门。这与今天实施"改革开放"国策以来，各种港台流行歌曲及外国音乐一夜之间流播全国的情况颇为相似。当时的人们十分崇迷"宴享制歌""应声填词"之时俗，此风兴起，乐章歌辞制作烂然，一时成为民间社会、私人宴享乃至宫闱禁宛中最时髦的流行歌曲。但从总体上看，以燕乐填词大大滞后于燕乐管弦杂曲的发展。所以，乐工歌伎不得不采用当朝诗人所创五、七言绝入乐以应唱和。将当朝诗人的诗作入乐歌唱的作为，被称为"声诗"或"歌诗"。"声诗"最早也始于甘肃的《凉州》大曲，任半塘《唐声诗》说得明白无误："诸伶所唱四诗皆为声诗，惟次首入《凉州》大曲。"（《唐声诗》上编第77页）这种风气，不仅大大推动了声诗作者名篇佳什的演唱流播，也激励了文人学士争相使其诗作乐于播之乐坛的习尚，结果为歌曲形式的发展奠定了基础。正是凉州乐人厌古嫌旧的创新精神，以及当时"皆好新变""朝改暮易"的社会流风，促成大曲由"摘遍"所引发的"倚声填词"创作流风，使古代乐舞向新兴的戏曲形式的过渡，又大大向前靠近了一步。

歌舞百戏的演出在唐代长安十分频繁。"高宗上元元年(674年)，御翔鸾阁观酺。时京城四县及太常音乐，分为东西两棚，帝令雍王贤为东棚，周王讳为西棚，务以角胜为乐。"⑪除宫廷在教坊、梨园、上勤殿、兴庆宫等场所经常演出乐舞百戏外，长安还有许多民间戏场，如慈恩寺、青龙寺、荐福寺和永寿寺等(宋钱希白《南部新书》)也经常演出歌舞百戏。据马端临《文献通考·散乐》载，在长安和关中各地经常演出的节目有代面、钵头、踏摇娘、羊头浑脱、九头狮子、买白马益钱、傀儡戏、排阘戏、假妇戏、参军戏、猿骑戏、嗔面戏和角力、冲狭、蹴鞠、踏球、缰戏、弄枪、蹴瓶、拗腰、飞弹、藏狭、法曲和乐舞等。

唐代长安的乐舞百戏，已经分成了各种不同的艺术门类。如乐舞中有曲子、燕乐、法曲和大曲的区别；百戏中也已出现歌舞戏、滑稽戏、傀儡戏和各种杂技(包括武术、幻术、马术、体育表演)的差异；说唱艺术也逐渐成为一门受人们喜爱的独特艺术品种。源于民歌而产生于隋的曲子，入唐以后已成为西北民间音乐的新形式，在城镇和乡村广为

流传。白居易《杨柳枝词》诗"《六么》《水调》家家唱，《白雪》《梅花》处处吹"描写的就是这种情况。

唐代虽然已经有了歌舞戏、参军戏、傩舞戏甚至傀儡戏等戏曲艺术雏形，但仅仅依靠这些短小的戏剧表演因素，还不足以把戏曲文化推上横空出世的独立发展地位。中国戏曲文化的独立，必须要有足够发达的叙事文学作为基础。民间艺人和佛教僧侣继承俳优遗风，兴起了为士大夫和广大市民服务的故事讲唱。市坊间和寺庙里的讲唱艺术的崛起，才标志着中国叙事文学的成熟化与普及化，而且逐渐达到可以支撑中国戏曲作为独立文化品种的水准。

"说话"在唐代也称"市人小说""人间小说"，是"杂戏"的内容之一。所谓"市人"，就是市坊的艺人。唐代的士大夫对"杂戏"和"市人小说"有着普遍的喜好，已成中唐以来的社会风尚。《唐会要》卷四载："元和十年，……韦绶罢侍读。绶好谐戏，兼通人间小说。"

在这种风尚影响下，中唐以后很多文人，十分热心于以文言写"传奇"。而且，恋爱和剑侠成了他们最为关注的两大题材。唐人传奇小说集中描写一二主人公，其故事结构完整，也注意艺术的虚构。传奇中的人物如霍小玉、李娃、谢小娥等，形象鲜明。这些唐代传奇文学作品，也为戏曲艺术提供了丰富的素材。

唐代甘肃的传奇小说一直为后人所重视，陇西三李(李朝威、李公佐、李复言)和安定(今甘肃泾川)人皇甫枚的传奇小说《柳毅传》《柳参军传》《续玄怪录》《南柯太守传》《谢小娥传》《庐江冯媪传》《古岳渎经》《三水小牍》等，在唐及其后世影响广远。最值得关注的是，由甘肃传奇作家所创作的这些作品，很大部分都成了后世戏曲的常演剧目，如秦腔剧目《柳毅传书》等，至今久演不衰。

文人才士争相填词、乐工歌伎竞相传唱的燕乐曲子，一时成为宫廷后苑、茶馆酒肆、市民村夫咏事娱心、言情述志的时尚流行歌曲。还随着寺院大兴讲唱之风，一应阑入寺院伎乐，成为大乘佛教讲唱佛经故事，甚至还充当了佛教、道教、巫教供奉神龛的声色之娱。南北朝以来，关陇各大寺院的庙会活动，业已成为当地民俗信仰的重要组成部分，民间百戏杂技也由广场转入寺院。每逢宗教节日，照例有大规模的游乐活动。各路神祇，不仅有着与人一样的诞辰，还有着与人一样的嗜好，除享受香火供奉外，还要按时供以声色之娱。神诞几乎天天都有，庙窟必然天天庆祭，于是便产生了庙会。有庙会就得酬神，要酬神必然就得唱戏，加上不定期的还愿戏、保苗戏、行会戏、祈雨戏、

丧葬戏、布施戏、节令戏等神戏演出，从魏、晋、隋、唐，到宋、元、明、清，直至今天，相沿成俗，不仅使庙会游艺活动变成人神共娱的中国式戏剧节，还成为关陇各地民俗文化最重要的一部分。唐武宗会昌元年（841年），敦煌佛教寺院就有了专唱小调法曲的音声艺人和音声团体。《敦煌遗书》（卷p2824）便记有当年音声艺人奉仙曾向释山都授（即都僧统，管理僧人的官吏）呈递请领演出赏赐的牒文："牒：奉仙等虽沾音声，八音未辩，常常抚恤，频受赏□，实课差科，优矜至甚，在身所解，不敢欺隐。自恨德薄，无不升褒荐，数期惶怖，希其重科，免有疏漏。所赐赏劳，对何司取，请处分。"不难看出中唐时期敦煌等各大寺院音声艺人以及音声团体阵容之庞大。他们平时从事佛经讲唱，闲时参与民间演出和迎宾庆典。《敦煌遗书》还存有一件官府照会都僧统备乐祗应迎宾的通知，节引于下："右缘大夫初受官位，不并往日，未可轻尔，戏诵小曲，此呈大纲。伏望，都统切须备乐伎，不尽情□，□释门速请发遣□目宾主，□取，都统稳便者。十四日。"正是在寺庙大兴讲唱、广纳民间俗乐之风背景下，促成寺庙讲唱艺术的更大发展与繁荣。寺院讲唱和法曲作品，也成为关陇民间音乐文化的重要组成部分。

敦煌遗书的丰富内容，可以反映晚唐时期甘肃文化艺术的发展概貌。敦煌遗书中保存的一大批诗歌、曲子词、变文和俗曲抄本，大都是敦煌当地的作品或由当地传抄的国内名作。有些为教学用书，大部供僧侣、过往客商、下层文人欣赏消遣之用。

从敦煌遗书中所保存的大量讲唱作品来看，其可大致分为词文、故事赋、话本、变文、讲经文五大类。词文通篇为韵文唱词，个别有少量散说，唱词以七言为主，韵脚或通篇一韵到底，或者说中途数次变韵。比如说《百鸟名》，通过拟人化的方法，为百鸟授官，从而编织起极富情趣的"游戏文章"[12]；《季布咏诗》则讲张良垓下，以楚歌唱散项羽军的故事。宋官本杂剧和金院本中，此类题材多达十余本；变文属唐代寺院俗讲的底本，以浅近的文言或四六骈体，在说说唱唱当中，演述佛经故事和民间传说，其中又不乏以人物性格、分脚色行当的对话与对唱。《破魔变文》中魔王的三个女儿分角色行当的对话与对唱，就呈露出戏曲剧本的雏形。请看下面片断："第一女道（散说）：世尊世尊□人生在世／能得几时／不作荣华／虚生度日／奴家美貌／实是无双／不合自夸／人间少有／故来相事／誓尽千年／不弃卑微／永共佛为琴瑟。"女道（唱）："劝君莫证大菩提／何必将心苦执迷／我舍慈亲来下界／情愿将身作夫妻。"佛云（唱）："我今愿证大菩提／说法将心化群迷／苦海之中为船筏／阿谁要你作夫妻。"紧接着是第

二女、第三女对瞿昙的诱惑与瞿昙的反诱惑。这样分角色的对话和对唱，其中既有角色自我言怀抒情，又有角色之间情感和意愿的矛盾碰撞，很显然，已经接近于戏曲剧本的结构格式。

敦煌遗书卷号为 S2400 的卷子，是晚唐时期的文学作品，由《太子成道经》改编而成，叙述释迦从出生到出家再到得道的故事。全篇为三段，故事情节完整，演唱和道白均为韵文，其间还标有"回銮驾却"等动作提示。因其有人物、有情节、有说白、有唱词，而且明显含有"代言体"成分，敦煌学家李正宇先生认为它是演述"释迦牟尼出生出家故事的独幕剧本"，径直标为《释迦因缘剧本》。类似的敦煌变文，还有《禅师卫士遇逢因缘》《茶酒论》等。

敦煌讲唱作品的繁盛，不仅产生了一批优秀的俗讲艺人，像一党、薛安俊、张释道、阎物成、愿荣、阎海真等等，也从另一侧面，表明甘肃极其厚重的戏剧文化背景。因此，敦煌变文作品，对后世戏曲、说唱艺术的影响很大。宋元以后的诸多戏剧和说唱艺术品种，大都和变文有着千丝万缕的血肉联系，特别是后世戏曲中所演绎的一些故事，受变文影响更深。大家所熟悉的目连、伍子胥、王昭君、秋胡、李陵、孟姜女等等，都是敦煌讲唱作品衍为后世戏曲屡演不衰的戏剧人物。

宋元时期秦腔初露峥嵘

这真是"百川异流，皆归巨海"。当商周的巫风歌舞、秦汉的角抵百戏、魏晋的西凉乐舞、隋唐的燕乐大曲带着各自不同的历史印记向一起源源流汇，到了唐诗衍为宋词、宋词而又衍为元曲的宋元时代，以声乐为主体的各种民间说唱艺术，竟可代替过去以管弦乐和舞曲为主的大型音乐表现形式。这种以人声歌唱为主的音乐形式，本来就迥居于诸乐之上。唐代音乐家段安节言：

> 歌者，乐之声也。故丝不如竹，竹不如肉，迥居诸乐之首。

这些可以独立演唱的曲子，都是"由乐以定词，非选词以配乐"的"应歌填词"之乐，合乐歌唱的"曲"与表演故事的"戏"一旦结合，中国的戏曲艺术即刻便会迸发出璀璨耀人的生命之光。

正是在这一背景下，甘肃、陕西也应时代流风所向，"总追四方散乐"，汇成"村落百戏"，经过清歌坐唱单篇叙事说唱的演练和大范围普及，培养起观众浓厚的欣赏兴趣，说唱艺术与戏曲艺术本质上就是相通的一对艺术，它能为戏曲培养技艺全能的表演人材，也能为戏曲提供大量的脚本素材，经过民间艺人、闲散文人甚至还有僧侣道士参

与下的共同翻弄，再赋予它一定的教化目的和民俗色彩，以清歌叙事的说唱艺术，开始从不代言走上代言，从炕头走向广场，从社火队走上大舞台便"以歌舞演故事"了。

北宋时期的关陇大地，曲子词的演唱活动有了更大范围的普及和传播。1985年考古工作者在甘肃天水北道区伯阳乡南集村，挖掘出土画像砖共三十三块。有专家根据墓形及碑文考证，鉴定为北宋雍熙年间的墓葬（984—987），墓主知见人李定发，可能系北宋"路岐人"。出土的砖雕中，有关说唱乐舞的共七块。砖呈黑灰色，浮雕，质地坚硬。分方形和长方形两种，人物凸于砖面，形象活泼、富有神韵。其中一块砖雕内容为：一、女伎击板鼓，面朝观众，在表演说唱，旁置一板鼓，放在三根木棍支撑的鼓架上，两手持鼓槌，似在一面歌唱，一面击鼓以应节奏唱和。其它六块为：二、男伎击板图，面部表情专一，似在表演；三、男乐伎两人，一吹笛，一弄箫，两腮鼓起，双手按孔，形态生动逼真；四、男伎端立做演唱姿态；五、女伎站立作演唱状；六、男伎二人，一吹笙，一击腰鼓，并有舞蹈动作；七、一男伎双手持锤击编钟，编钟共有十四只，上下各七，悬挂于木制钟架上。砖雕现藏于天水市北道区文化馆。

宋真宗大中祥符二年（1009年），韩城建法庙，清明会有八社，倡优歌舞错落有致。）解经邦《敕封五岳法王行实碑记》）。真宗咸平元年（998年），大荔县桥渡、安武二村修关帝庙，正、二月望日赛神，社鼓喧阗，人烟辐辏。（清道光《大荔县志》卷四）祇宋高宗绍兴十三年（1143年）礼部郎中林保乞修定乡饮仪制，遍下国郡。商洛各地每岁举办乡饮一次，各地官府招待贤能，席末演剧。所演节目有王魁鼓舞等，所用乐舞乐器有：龟鼓、编钟、编磬、琴、瑟、箫、笛、笙、凤箫、埙、篪、搏拊、鼗鼓、柷、歌、麾等。官府设有舞生，州为一百二十八人，以儒童充之（清乾隆十一年《洛南县志》）。入金以后，秦岭以北属于金地。金统治者也是倡优承奉，歌舞堂前。这种好乐尚舞的社会风气，极大地促进了陕西民间各类艺术的繁荣和发展。元代统一中国后，使北曲杂剧大放异彩，取代了正统诗文的地位。

在此前后，还有两种叫做"兰州影""华亭影"的皮影小戏也在社会广传。宋人洪迈所著《夷坚志》一书，就记述了华亭县普照寺僧惠明，曾以"手影戏"传法的情景，并作诗云："三尺生绡作戏台，全凭十指逞诙谐；有时明月灯窗下，一笑还从掌中来。""兰州影"早在金元时期就已传入北京，明代孕育出北京西城派皮影和河北西部"涿州影"。皮影戏虽然是借助"三尺生绡"（俗称"亮子"）作成"戏台"，并在弄影人的翻弄下，影偶的形象越来越多样化、故事化，再加上一个操纵影偶的人"见说平时"的

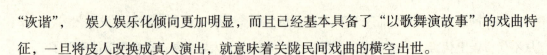

"诙谐"，　　娱人娱乐化倾向更加明显，而且已经基本具备了"以歌舞演故事"的戏曲特征，一旦将皮人改换成真人演出，就意味着关陇民间戏曲的横空出世。

其实在我看来，秦腔不仅与宋杂剧同步生成，而且还是在相互促补中同时并进、同时发展的两个民族戏曲文化类型。我这样说的理由是，在宋元杂剧所用北曲中，过早地吸收了不少西凉大曲的音乐成分，诸如"凉州令""伊州赚""八声甘州"等等。这些曲牌，不只作为甘肃秦声剧种最早的音乐发展元素，促成它那"独秦声以甘凉之雄，犹称劲敌"的独特地域文化品性，还直接奠定了秦腔"声腔歌声所被，皆用声高为胜"的一大显著特色。看来，"甘凉之雄"不仅成为秦腔声腔的一大重要标志，还使秦腔最终走向成型。而宋元杂剧采撷西凉大曲音乐成分充作曲牌唱腔的例证，更是俯拾皆是，甚至在昆腔中至今依然还在衍用。

我的这一观点，从后来考古工作者所发掘的甘肃出土文物中得到印证。1958 年，清水县红堡子乡刘家沟村出土两块北宋时期的墓葬砖雕。其一，一少女头挽双髻，身穿长衫，腰系罗裙，腰带打蝴蝶结。项挂一环形长带从左右两肩沿胸垂地。两臂左右弯曲举至头顶，双手正按发髻，下体被罗裙遮掩，裙分左右两片，两腿呈八字形叉开，作舞蹈状。其二，一中年女性，头部亦挽双髻，髻上横插一簪，粗大簪把露出右髻。内穿长衫，外套对开襟短衣，无衣带，右手拄一节巴木棍，左手提一个呈鼓胀状布袋，腰背弯曲，向右前侧作慢步行走状。从其装束、表情、动作断定，系一中年贫妇，作乞讨表演。两块墓砖均刻有幕帐，幕帐分左右两半挂起，皱折清晰可辨。左右各有一条飘带垂下，显系戏曲角色代言舞台作场表演。尽管人我们无从知晓它表演的剧目和剧种，却从其所表演形式上不难辨析出，当与迄今流布于天水、平凉、陇西诸地的民间曲子小戏、秦腔舞台大戏演出情状极相一致。两块砖雕画被专家考定为宋神宗熙宁年间（1068—1077 年）之物，这就是说，当宋杂剧在宋、金、元时期出现之时，甘肃陇东南地区的戏曲演唱活动，早就捷足先登上舞台大雅之堂了。联想到中唐诗人岑参《戏与之歌儿》中"秦州歌儿歌调苦，偏能主唱濮阳女"所描述的天水"秦州歌儿"（即曲子），以它特有的苦凄歌腔，专门主唱或演述"濮阳女"悲惨身世的事实，甘肃民间曲子戏等秦声剧种同这两块砖雕画在相互印证中，不就昭然若揭了么！

作为孕育秦腔声腔剧种的西凉大曲和隋唐燕乐新声的曲子，虽然对元杂剧的成型提供过鲜活的血氧，然而，由于际遇不同，发展途径不同，元杂剧和秦声剧种的社会地位亦不尽相同。其中最明显的莫过于元杂剧由于大量文人的参与，最终成为一代国风。而

包括秦腔在内的秦声戏曲却一直扎根于民间，始终在"撂地摊"和口耳相传、自娱自乐的演出形式中长期徘徊，其结果作为地域文化的重要组成部分，融入当地民俗民风的行列。这也是每部元杂剧都有作者可寻可考，而包括秦腔在内的秦声剧种剧目却多出于无名氏之手的原因之一；而且也是西北民众逢年过节、各种庙会又将秦腔奉为"神戏"的原因所在。

　　曲子戏、道情戏、秧歌剧、锣鼓杂剧(亦称跳戏)等各种民间小戏虽然在唐宋大演于地摊庙台而呈活跃态势，却未能引起关陇地区读书人的重视，他们抱着对三朝国风"怀古"眷恋之情，依然在倚声填词中陶冶着雅兴。如南宋元世祖至元时期的秦州成纪（今天水）人张炎（1248—1320，号玉田），受词风厚重家世影响，"虽落拓终生，却长咏物之笔"，在当时词坛自成一流为"雅正派"。陆绍《词旨》评曰：张炎之词，有"周清真之典丽，姜白石之骚雅，史梅溪之句法，吴梦窗之字面，取四家之所长，去四家之所短"。清浙派词人代表朱彝尊《解佩铃》（自题词集）则说他："不师秦七（秦观），不师黄九（黄庭坚），倚新声玉田差近。"稍后，一些文人学士又掀起北曲杂剧的创作流风，此风之盛，从金元直至明清前后长达700余年，势头依旧不减。如元杂剧作家、艺人红字李二就是其中之一，他是陕西京兆人(今西安)，金元时为大都教坊色长刘耍和的女婿，大都"元贞书会"成员，著有"绿林杂剧"，曾以水浒故事为题材，创作了《梁山泊壮士病杨雄》《板踏儿黑旋风》《窄袖儿武松》《全火儿张弘》和《折担儿武松打虎》等杂剧五种（明天一阁《录鬼簿》）。此外，还与李时中、马致远、花李郎合撰杂剧《黄粱梦》，他撰第四折（元钟嗣成《录鬼簿》）；卢纲（陕西咸阳人），叶梧秦（陕西人），是北曲演员，《太和正音谱》把他二人排在"知音善歌者"条下，卢纲被列为首位，说"其音属宫而杂商，如神虎而啸风，雄而且壮，为当时之杰。又若腰鼓百面，以破苍蝇蟋蟀之鸣，万无一敌"。当时还出现关中四杰王天棋、郭时中、李庭、郭镐等唱和，演剧于蒲城（《蒲城文献征录·卷上》）。金元时期，甘肃也拥有一批撰写乐府、制作套数、并将套数推向戏曲的伟大实践家，这恐怕也是历史上鸿儒与倡优携手合作的罕见之举。如见于史籍并有著作存世的甘肃大曲词家仅邓千江，甘肃临洮人，金代大曲词家、音乐家。著有大曲词本《望海潮》等作品，并配以乐曲可供演唱。元人陶宗仪在其所著《南村辍耕录》一书中，对该剧本给予很高评价："金人大曲，如吴彦高《春草碧》，蔡伯坚《石州慢》，邓千江《望海潮》，可与苏子瞻《百字令》、辛又安《摸鱼儿》相颉颃。"⑬邓千江今存词作《望海潮·献张六太尉》《望海潮·上兰州守》两首，明杨慎

《词品》卷五称颂道："金人乐府称邓千江《望海潮》为第一。"另外还有祖籍甘肃出生于元末的杂剧作家邾经，字仲谊，号玩斋、鹤巢，别署观梦道士、西清居士。因其父离陇居官于扬州海陵（今江苏泰州）。邾经出生于江南。至正十五年（1355年），以乡贡进士身份选授为苏州儒学学录。明洪武四年（1371年），又以儒生身份被起用为浙江乡试考官。其人能文多艺，善操琴，擅隐语，有《观梦》等集行世，名重一时。著有杂剧作品《西湖三塔记》（当与《清平山堂话本》中之同名小说情节相近）、《胭脂女子鬼推门》、《死葬鸳鸯冢》，共三本。前两本已佚，仅后一本《死葬鸳鸯冢》有曲词三折存世。

明清两朝，关陇出现了一批传奇作家及其传奇作品，如顺治庄浪人柳翘才的《七才子传奇》，康熙张掖人马羲瑞的《天山雪传奇》，陇南人（佚名）的《并蒂花传奇》。其中《天山雪传奇》一剧，散遗二百多年后又突然失而复得，除填补了甘肃明清戏剧史的空白和对甘肃传奇戏曲文献"有作家无作品"之说作出有力正名外，还在于为甘肃明清史的研究提供了弥足珍贵的实物史据。

明清时期的关陇"大戏"、"秦声"与"秦腔"

明初，正当陕西"官府和民间敬神祭祖、喜丧礼仪多用杂剧"[14]之时，却出现了李十三初创的"十大本"皮影剧本：《香莲佩》（又名《钉呆迷》）、《春秋配》《十王庙》《玉燕簪》《白玉钿》《紫霞宫》《万福莲》《火炎驹》《清素庵》《蝴蝶媒》（又名《凤萧媒》）及三折《瓮城子》《四岔捎书》《玄玄锄谷》。这就是当地人世传的"李十三十大本"，即"佩、配、庙、簪、钿、宫、莲、媒、驹、庵"。经其后继子孙演出实践的不断加工完善，至清乾隆第十四代孙李桂芳之手，已完善定稿，并发展成为最具代表性的秦腔舞台演出剧目。明永乐年间，甘肃方志和文人笔录中也频频出现"大戏"演出的记述。成书于明永乐甲午年秋（1414年）的《凉州风俗杂录》载："亦有戏子游优，卖技讨食，溷聒眺听，声不绝耳。"明永乐年间，在凉州城内繁华嘈杂的闹市地段，已经有了设点"卖艺"的戏班营业性演出活动。尽管我们无从知晓当时演出的是什么剧种与内容，但从拥有职业"戏子"和浪迹"游优"两支演员群体，能够"卖技讨食"的文字描述中可以断定，这种演出很可能就是表演和歌唱相结合的一种大型戏曲，而且更有可能正是"大戏"秦腔。这些"戏子"和"游优"，在周围"溷聒"嘈杂环境下，他们的演唱都能引动观众翘耳"眺听"，而且"声不绝耳"，足见其表演艺技和演唱功力已具有很高的水平，可想而知，明永乐时期，甘肃"大戏"（秦腔）已经达到相当

成熟和相当普及的程度。

明代天顺八年（1464年）甘肃有了"大戏"活动的明确记载。宋国公冯胜在距凉州不过百里之遥的镇夷城（今高台县红沙崖乡沙河村马营岗子）组建起乐善堡戏班；同年，镇夷城迁入新址天然城（今高台县罗城乡天城村），并建玄帝观以镇煞气，由甘泉佑善观高道牛熹玄主持唱大戏酬神……⑯

在此之后的弘治、正德年间，王九思、康海等大批陕西文人在潜心于词曲"挟声伎酣饮，以寄其怫郁"⑮的同时，开始对家乡"北地歌曲"予以高度关注，分别著有《东乐府》和《碧山乐府》，并创作出《中山狼院本》及杂剧《杜甫游春》等戏剧作品。

明万历时期，又在江浙文人所撰南戏传奇抄本《钵中莲》第十四出《补缸》中，出现直接标明用［西秦腔二犯］演唱的一段唱词，全段共二十八句，皆为七字句式，结合同用腔调［浩猖腔］看，可视其为对偶上下句体。其实，这里所称"西秦腔"，正是宋金元时传至京都的"兰州影"。崔永平《略论中国皮影戏艺术》言："北京皮影也分为两大流派。一派以滦州影为基础，称之为东派。一派以兰州影脉系为主，称之为西派。"戏剧家周妙中也在他的《清代戏曲史》著本中云："甘肃是皮影兴起较早的省之一，河北西路影戏就是从甘肃传去并发展而成的，涿州一带的影戏，亦来自兰州。"清代道光二十五年（1845年），又有进士周寿昌所著《思益堂日札》载曰："传云乐操土风。即令乐部亦各有土调……甘肃有［兰州引（影）］……［兰州引（影）］则京师影戏演之。""兰州影"，又称"梆子佛"，也称"老虎调"。"梆子佛"的"梆子"，明显指兰州影在演唱时，用梆子来击节定眼；"梆子佛"之"佛"，则指该皮影最早源于佛教的装屏设像；又将"兰州影"称其为"老虎调"者，可能取义于深山虎啸般的演唱风格。另外，顾颉刚《中国影戏史及其现状》论及清代京师所传影戏腔调时称："旧有九腔十八调，九腔之名为［西门腔］（亦曰［西美腔］）、［小东腔］（亦曰［小宗腔］）、［凤凰腔］、［小银腔］、［琴腔］、［柔肠腔］、［梅花调］、［鬻字调］（亦曰［一字调］）、［纺车调］。每腔以上下两句倍之，此为女角所唱，今多已失传，只存调名而已，尚全存者只［琴腔］一种。"其中所言"琴腔"，正指甘肃皮影腔调之"西秦腔"。清乾隆时人吴长元《燕兰小谱》卷五云："蜀伶新出琴腔，即甘肃调，名西秦腔，其器不用笙笛，以胡琴为主，月琴副之，工尺咿唔如语，且色之无歌喉者，每借以藏拙焉。"到了清嘉庆、道光时期，甘肃西秦腔又被京都之人称作"西皮调"，道光八年（1828年）张际亮《金台残泪记》载："今则梆子腔衰，且变为乱弹矣。乱弹即弋阳腔，南方又谓［下江调］，

谓［甘肃调］曰［西皮调］。"原本名为兰州影的西秦腔，又被西皮调新称所代替，而且凭藉"每腔以上下两句倍之"的声腔体制，又进入崭露头角的京剧声腔领域。这也是齐如山就西皮调的名称和来源解释为"来自西北的皮腔"（《中国戏剧源自西北》），周贻白、欧阳予倩也认为西皮的含义正指"西秦的唱"的因由。王芷章还撰文称："西皮调的得名和起源，根据我的考证，它是由西秦腔变化而来的。"清人丁立成，还以［王风］为词牌，《反黄腔》为词名，汇成《王风百首》（胡继尘编《清季野史》），作赋记述了当时西秦腔在京演出时的空前盛况："黄陂黄岗二黄调／善反其腔更绝妙／台上一唱百转音／台下如雷万人叫／都人好尚西秦腔／膈膈膊膊敲手梆／抗喉高歌颇哀历／十三名旦世无双……"略析全词文义，不难得知该词写定于汉剧进京（1828 年）之后的晚清时期，因此才便有了"黄陂黄岗二黄腔"之说。"善反其腔"则指该词题名"反黄腔"，亦即［二黄调］之反调［西皮调］，这种反黄腔，正是京都之人最为好尚的［西秦腔］。由此可知，当时不仅［西皮调］和［西秦腔］两名通用，还形象地道出京剧之［西皮调］，与甘肃［西秦腔］之间的渊源关系。

正由于甘肃［西秦腔］以皮影为载体，早在明代就已分路东、南两道，东道即早在金元盘据北京和河北诸地，结果促成北京、河北等影戏的问世；南道则借青泥商路经蓉、渝并沿襄江流域直入鄂、皖甚至黔、滇。正因此，甘肃西秦腔才便有了"始蜀伶，后徽伶，尽习之"一说。其实，徽伶尽习西秦腔之事，并非以徽班进京为起始，早在康熙九年（1670 年）前后，就已在湖北襄河流域畅传并流入武汉，而且渗入当地徽调和汉调之中。徽剧之［高拨子］正是［西秦腔二犯］在当地发展的结果；同时，又在襄河流域逐衍成为"襄阳调"，这正是楚调（汉剧的旧称）"谓［甘肃调］曰［西皮调］"的原因所在。对此，马彦祥在谈及楚调（汉调的旧称）起源时说道："楚调的娘家是谁呢？还是秦腔即西秦腔。……西皮调是从西秦来的，这一点我觉得没有问题。"（《京剧的源渊及流变》）清初，［西秦腔］传入河南开封，被当时中原人将称为［陇西梆子腔］或［甘肃梆子腔］，并同当地土腔结合，促成该省民间剧种"梆锣卷"和"汴梁腔戏"的问世："北派有汴梁腔戏，乃从甘肃梆子腔加以变通，以土腔出之，非昔之汴粱旧腔也。"（徐珂《清稗类抄》）它又跨越长江，登陆于江西、湖南诸省，渗入当地剧种之中，江西赣剧中的［二凡］、［西皮］、［老拨子］等声腔，宜黄戏"二犯"中的［正调］、［简板］、［平板］等上、下句板式变化声腔体制。［西秦腔］还徙涉东南而一路畅传，直抵浙、闽、台、粤，为正处在初创阶段的当地戏曲剧种也奉献出自己的骨血。浙江绍兴

乱弹中的［尺调二凡］，"即由［西秦腔］'二犯'演变而来，唱腔高亢激越，七声音阶，为上下对偶句，以散板和紧拉慢唱为特点"（《中国戏曲剧种手册·绍剧》）的板式结构特征至今衍袭依旧；而浙江婺剧之［龙宫调］，也是［西秦腔］又一别名——［陇东调］的转音之谓，其唱腔音乐，无论结构还是旋法，二者亲缘关系至今依然清晰熠人；同时，我们还可从广东粤剧梆子腔［中板］唱腔的板眼结构和旋律起伏中，体味到［西秦腔］"六板"［两句腔］的原始痕迹；而粤东、闽南、台北、香港甚至流播于东南亚各国的西秦戏，之所以取"西秦"为名者，同样也是得到过［西秦腔］催发与滋润的必然。当地戏剧家吕匹，在其所著《海陆丰戏见闻》一书中披露："明万历进士陇右刘天虞（甘肃天水人，与同代戏剧家汤显祖是挚友）经江西来广东赴任时，带来三个西秦腔戏班而入粤东、闽南、台北，后来在海陆丰（海丰、陆丰二县的合称）扎根，并与海陆丰民间艺术和语言结合，逐渐游离于西秦腔而自立门户，形成现在的西秦戏"。吕匹所谈这段轶事，汤显祖本人也有明确记述，《汤显祖诗文集》卷四十六，就言及万历三十年（1602年）刘天虞重返原籍时，同样迁道千里往江西探望于他，挚友重逢，开怀畅谈达四日夜；他又在卷十八刊出二人相别时，汤还以《壬寅中秋后三夕，送刘天虞归秦延桥作别》律诗一首，诗云："秦中弟子最聪明／何用偏教陇上声／半拍未成先断绝／可怜白头为多情。"诗中所言"陇上声"者，正指甘肃的西秦腔。因此，吕匹在其书谈及西秦戏之渊源时，也称它"渊于秦腔，即西秦腔、甘肃腔"。

到了晚清，又有人将甘肃西秦腔称为"北派之秦腔"。如清人徐珂《清稗类抄》三十七册云："北派之秦腔，起于甘肃，今所谓梆子者则指此。一名西秦腔，即琴腔。盖所用乐器以胡琴为主，月琴为副，工尺咿唔如语。"如此看来，从金元至清嘉道所呼"兰州影""西秦腔""甘肃调""琴腔""西皮调"等名目，都是甘肃皮影腔调的一脉传承，只不过不同时代的外地之人对其的称谓不同罢了，但它那"以梆为板"的击节方法、"每腔以上下两句倍之"的唱腔结构原则，以及"其器不用笙笛，以胡琴为主，月琴副之"的伴奏乐器等，却是稳定成格和固定不变的典型。正因此，许多有见地的国内外戏曲研究大家，在长期探索和研究中国传统戏曲文化发展的过程中，不约而同都把眼光投向西北，也将广袤苍凉的甘肃，视为中国戏剧生发的源头。日本的青木正儿就曾断言："秦腔自其名称上即可知其出于陕西，然追溯其源则实出于甘肃。"[17]王芷章先生亦言："盖此调（西皮调）既出甘省，故名甘肃调，从本名也。"[18]大戏剧家欧阳予倩亦持此观点，他说："即以西皮二黄两种声调而论，前者，是由西秦腔而变化；后者，则脱

胎于徽调。……唯其如此，皮黄剧的形成，一直发展到现在这个阶段，其本身的原则就是一个'变'字，没有西秦腔和徽调，就不会有西皮二黄。"⑩很显然，明代的"兰州影"，在它的故里已经嬗变为"大戏"大演于酬神节令活动之时，流入北京的"兰州影"依然固守着原来的皮影形式，甚至还作为北京传统曲艺形式大唱于茶馆酒肆。清代嘉庆北京《清代车王府藏曲本丛刊》对北京所传牌子曲艺汇集成册，其中收录《老妈得志》曲本中，有一大段七字上下句体唱词，也直接标明用［兰州影］演唱。不妨摘录几句："老妈听见说心中乐／似露不露把话说／大爷这样恩待我／我的心中岂不明白／大爷心眼我猜透／不过怕的是切脑颏壳／大爷只管把胆放／不过花上几吊侧勒……"显而易见，唱词依然是"每腔以上下句倍之"的七字句体，这种体式，正是今之秦腔唱腔的板式变化体的原型。

在此需要着重说明的是，甘肃陕西，地缘毗连，民风一致，古往今来，两省在政治、经济、文化上的交流，相当频繁，不仅共同创造了多种多样的文化娱乐形式，同时，又因行政区划的不断变更，也为后世文化史学研究带来重重迷障，秦腔同样存在着这样一个问题。就目前而言，全国学术界也生出了两种说法：一种是甘肃形成说，一种是陕西形成说。为什么又会生出这样两种说法呢？这恐怕与甘、陕地缘历来分合不定脱不了干系。古往今来，陇东南和秦之西，一直作为历代王朝抵御西戎进犯中原的军事要冲，所以，唐代全国的军事指挥中心就设在陕西凤翔。明洪武五年（1372 年），冯胜下河西，以嘉峪关地势险要，筑城置戍，依为极边巨防，故于明末清初，又将全国军事指挥中心移址于甘肃张掖。正因此，甘肃东南和陕西西府，根据历朝军事战略的需要，经常作出分分合合的变更，这种变更，恰恰为这一地区的政治、经济、文化交流，以及民俗、民风的相互渗透带来很大影响。

清代康、乾之交，被民间称为"大戏""老秦腔"的甘肃戏曲，已达到相当成熟和规范的规模，而且作为当地民俗娱乐的主流文化，融入政治、经贸、宗教、生活等各个领域。清康熙所撰《甘肃通志》载："靖远哈思堡旅行社林立，万商纭集，城堡内外有大戏两台演出，解旅客之寂寞，活市场之交易。民间有'日进斗金'之说。"哈思堡南临黄河，北系哈思山麓，原是丝绸古道上的一个驿站。地方不大，到现在仍不足五千人。所言城堡，实际是个不大的堡子，虽已断垣残壁，遗迹至今尚存。如此偏僻的村落，却在三百年前，竟然万商纭集，日进斗金，而且为"活市场之交易，解客商之寂寞"，城堡内外两台秦腔"大戏"竞技姘妍。商贸的繁荣带来文化的繁荣，由此可知早

在清康熙时期，秦腔大戏在河陇民间的流播之广和渗透之深。《庄浪县志·职官志》亦载："康熙七年（1668），敕授文林郎，庄浪县知事林钟鸣喜舍白金壹佰两，主持重建南湖关帝庙乐楼，并置皇爷大戏班。"清乾隆三十二年（1767年）周铣编修《伏羌县志》(今甘谷)第十一卷"民俗祭祀"一节记载着州府明令禁绝夜唱之"恶习"："每三月二十八日，城南天门山秋成报赛，三月二十八日，城南天门山，于广阔之地，聚众百千，男女杂拥，日唱不足，继以彻夜，州府明令禁绝夜唱恶习。"《秦州志》（今天水）卷四亦有"民间祀神，禁止演戏"通例。城南天门山三月二十八日夜唱习俗，至今相衍依旧。

除称"大戏"外，甘肃诸多方志还有称其为"秦声"。清乾隆所撰《凉州志》载："古凉州民习秦声已久，甘州亦然；"乾隆四十四年（1779年）王曾翼所修《甘州府志》卷四《风俗》篇中，也称这种秦声的流播"西陲最尚"。还云："乐操土风，即以占德拊击弹筝，本秦声也。西垂最尚。"正因此，明代大戏剧家汤显祖，也在他的《送周子成参知入秦并问赵仲一》一诗中，把秦声同秦地天水看成一回事，所以才咏颂道："有兴真宁问天水，醉后秦声与赵声。"

也就在此前后，被称为"秦声"的陕西"乱弹腔"出现在人们的视野中，最早的记述是刘献廷（1648—1695）的《广阳杂记》："秦优新声，有名乱弹者，其声甚散而哀。"康熙四十七年（1708年），孔尚任游山西，于《平阳竹枝词》写到了他在山西所观赏的乱弹："乱弹曾博翠华看"和秦声"秦声秦态最迷离"；乾隆年间，河北清苑(今保定)人李声振《百戏竹枝词》记载的北京戏曲活动中，有两首诗记述了陕西梆子腔在北京演出的情况，诗前序谓："秦腔，俗名梆子腔，以其击木若桥形者节歌也。其声呜呜然，犹其土音乎。"说明陕西"乱弹腔"和"梆子腔"当时已流入京都北京。此外，一批剧作家相继崛起，如乾隆中叶"长安才女"王筠所作《繁华梦》（两卷）、《全福记》（两卷）及《会仙记》，时人评其"有纱川四梦风格"，"可同《牡丹亭》、《桃花扇》等名剧相媲美"[20]；继有周元鼎（陕西三原人）的剧本《杨孝子传》和《影戏考》，崔问余（陕西蒲城人）的《碧玉钿》，咸同时期张梓（陕西宜川县人）的剧本《平安吉庆图》（四卷）等。秦腔正式见于文字记载的，是清康熙年间(1662—1722)陕西泾阳鲁桥镇张鼎望的《秦腔论》(见《尺牍偶存》中张潮给张鼎望的信)，此书佚，不得其详。惟清乾隆中叶严长明所著《秦云撷英小谱》，关于秦腔的记载已比较清晰："弦索流于北部，安徽人歌之为枞阳腔(今名石牌腔，俗名吹腔)，湖广人歌之为襄阳腔(今谓之湖广腔)，陕西

人歌之为秦腔。"问题是严氏所称"弦索"究竟为何指？按通例弦索多指有弦的乐器，如胡琴、琵琶、三弦、月琴等，或用这类乐器伴奏的戏曲或曲艺，如金董解元的《西厢记》诸宫调就被称为《弦索西厢》。而"以胡琴为主，月琴副之"两个纯弦索乐器为伴奏的甘肃西秦腔，经"始蜀伶，后徽伶，尽习之"（张际亮《金台残泪记》卷三）早就渗入徽剧的〔高拨子〕和楚调（汉剧）的"襄阳调"，那么，向地缘毗连的陕西乱弹腔渗透，不是说没有可能，而是必然的情事。只不过"陕西人歌之"当用陕西话，又在其"昆梆"和"乱弹"基础上给予发展罢了。这也是清人严长明于乾隆四十三年（1778年）某日在小集田商山太守署聆听小惠演唱亦昆亦梆的秦声之后所言："商山久官陇右，耳熟秦声。"叶德辉"序"中亦称"独秦声以甘凉之雄，犹似劲敌"的原因了，即令到了晚清，清人徐珂《清稗类抄》依然将秦腔的起始看作甘肃的西秦腔："北派之秦腔，起于甘肃，今所谓梆子者则指此。一名西秦腔，即琴腔。"

然而，随着我国经济开发和政治中心的转移，在促成一度繁荣昌盛的河西走廊惨遭冷遇的同时，相应又使陕西关中成为接受进步文化的"近水楼台"，尽管当中国戏曲真正问世之时，它不再是宋元明清的京畿之地，但在接受外来文化和各种进步文化方面，却较甘肃占据了优越的天时地利条件。"以胡琴为主，月琴副之"为弦索伴奏乐器的甘肃西秦腔，经"陕西人歌之"迅猛发展，羽翼渐丰，甚至显露出雄霸西北剧坛的傲然不可一势之气，反转又向地处西陲的甘肃文化逆向渗透，不仅导致了甘肃人民审美意向的转变，也促成古老的甘肃西秦腔遭致吞噬湮没的结局。这一悲剧性的文化失落现象，尽管令人伤神，却又无力回转，因为，它毕竟代表着文化发展中新陈代谢的必然潮流，更何况古老的甘肃文化，也需要发达进步，需要同时代脉搏保持同律跳动。有鉴于此，我的看法是，秦腔之根生在甘肃，长成树干则在陕西。就是说，它的起源和甘肃有很大关系，发展成型却功在陕西。总之，应当把秦腔看作甘陕两省共同创造的精神文明成果，甚至西北全体民众数千年智慧的结晶，这样也许更客观一些。

民国时期的秦腔艺术

在中国上下数千年的历史流程中，农业经济一直支撑着整个国家机器的运转，同时也推动着物质和精神两个文明的创造。各种民间艺术的重重叠叠，正是在农业经济促动下，以相同的经历，相同的命运，相同的方式，交叉裂变，缓慢推进。单就秦腔而言，就是一部中国农耕文化的典型标识：小作坊的制作（行头道具），小家族的班底（"七紧八慢九消停"），小技艺的演出（功夫、绝活），还有小范围的传播以及口传心授、师徒

传承的封闭式衍袭关系，其至还包括农忙从农，农闲从艺的半农半艺及非职业表演特性等等，俱都涂上一层厚重的宗族色彩和小农经济的操作程规。正因此，有人为其冠以"农耕文化""草根文化"的属性。农耕文化实际是把田间耕耘作业方式作为艺术发展的"内驱"，从而无不打上唯我独尊、排它斥异的保守积习，这也是中国戏曲孕育时间最长而分娩时间最晚，长期处在自流状态延缓自我完善进程的原因所在。然而，它又是社会教化功利极强的一种高层次文化，作为高层次文化的秦腔，长期又缺失高层次文人的参与发展和强力推动，这种人文生态的不平衡，正是秦腔文化发展不平衡的致命之源。因此，尽管在清乾嘉以后已趋成熟，却依然徘徊在"民间小戏"的朴素层面上，并把下层村民的审美理想，作为自身发展的目标，在其表现形态上，往往把满足和迎合某一局部地区观剧者的审美愿望作为自身发展的价值取向，再加上社会的、经济的各种复杂原因，使得秦腔在相当一段时期内，依然处于各自为阵的封闭状态之中而延缓了发展的步伐。

再从中国戏曲形成和发展的整个规律与轨迹来看，又有哪一个剧种不是先起源于农村而繁荣发展于城市的呢？因此，当进入 20 世纪以后，随着人们生活方式的改变，特别是东、西方文化交流日趋频繁，新的思想和新的思潮对人们的心理产生很大影响，并在不知不觉之中有了新的审美追求的时候，必将愈来愈加感到，以往秦腔那种各自为阵的活动方式和简陋粗朴的表现形态，已和自己的实际审美水平产生了距离，必然要求它也要随之而改变。人们这种共有的心态，一方面为各路秦腔的融合统一创造了条件，一方面唤起有志于秦腔艺术改革的志士仁人责任感的萌发，并最终形成一股强大的内聚力，使得一大批素不相识而又志同道合的社会名流、知识文人和三秦名伶，凝聚在秦腔改革的大旗之下，揭开了秦腔艺术盛况空前的发展序幕。

当时的秦腔改革阵容极为庞大，李桐轩、孙仁玉、高培支、李约社、范紫东、王绍猷、李逸笙、寇霞等，无一不是受过高等教育、社会声望极高的博学名流和知识分子；陈雨农、党甘亭、刘立杰、李云亭、李正敏等，一个个全都是承前启后、继往开来的革新派和表演艺术家；另外还有琴师荆生彦、鼓师荆永福，以及一大批艺技超群的秦腔名伶、武功教练、商界巨贾等等。正是他们站在全新的高起点上，对秦腔注入全新的"文化"品位，不但为秦腔"开发民智""移风易俗"而殚智竭力，也为"改良旧戏""培养高才"奉献出自己的德、才、学、智。

首先他们创建起第一所新兴的秦腔学社——陕西易俗社，并以科班任教的授徒方

法，突破了以往那种"艺不轻传"的保守积习，培养出一大批新型的秦腔表演人才；其次通过剧本创作来推动秦腔艺术全方位的改革发展；另外，又从词、曲、本，到声、韵、调甄勘讹误，从表、导、演到服饰、化妆、乐器等诸多领域去旧更新。民国九年，易俗社刘文中在演出《水淹下邳》《奇双会》两剧时，改旦脚齐鬓化装为花鬓化妆。民国十六年，易俗社又采用了电光布景。对秦腔音乐的改革，创造的秦腔新腔达十多种，如"闪板腔""慢板开口腔""二六板拖腔""碰板腔""垫板腔"等，成为秦腔唱腔艺术的瑰宝，经久传唱而不衰。

这一时期，造就和培养了大批的戏曲人才。其中，戏曲管理人才和戏曲活动家有：易俗社的李桐轩、高培支、李约祉等，三意社的苏长泰、耶金山、苏育民等，以及秦中社的李金鸣，正俗社的毛玉卿等。剧作家仅易俗社就有李桐轩、孙仁玉、范紫东、高培支等二十多个，形成了一个编演新戏、改良传统戏的作家群。他们共编演新戏五百多出，优秀者有《一字狱》《柜中缘》《看女儿》《三回头》《三滴血》《软玉屏》、《翰墨缘》《夺锦楼》《庚娘传》《殷桃娘》《双锦衣》等。此外还有三意社的李逸僧、岳亮等。戏曲表演人才，民国三十八年中，易俗社培养学员六百余人，出名者百余名，有被誉为"秦腔须生泰斗"的刘毓中；有以旦角擅长，被视为与"南欧"（欧阳予倩）、"北梅"（梅兰芳）齐名的"西刘"——刘箴俗；以擅演小生出名，享誉西安，名噪江汉的沈和中；有擅演小旦而出名的刘迪俗；有专工花旦，轰动西安，被誉为"陕西梅兰芳"的王天民；有以擅袍带戏的须生耿善民；有净角李可易；有丑角马平民、汤涤俗和擅演袍带大丑的苏牖民等。此外，还有三意社的丑角晋福长，旦角刘光华，小生苏哲民，苏育民，净脚姚裕国；正俗社被誉为"秦腔正宗"的青衣李正敏；榛苓社的须生和家彦、旦角惠济民、大净张健民；鸣盛学社（汉调二簧）的须生刘鸣祥、山鸣岐，小生张鸣顺、雷鸣震，旦角杨鸣华、李鸣桂，大净叶鸣英、刘鸣鹏，丑角芦鸣泉、刘鸣知等。民国二十三年、二十四年、二十六年上海百代公司和胜利公司先后为李正敏等录制了唱片。

受陕西易俗社影响，从民国元年至民国二十五年，陕西各地出现了以秦腔为主的改良戏曲的热潮。建立新型剧社，改良传统戏曲，编演新戏，辅助社会教育，移风易俗，成为陕西戏曲界的时尚。西安地区相继出现的改良剧社有"秦中社""榛苓社""三意社""正俗社""化民社""通俗社""新声学社"等十余个。关中、陕南、陕北各地也起而仿效，出现了华阴的"强聒学社"，大荔的"牖民学社"，蒲城的"培风学社"，咸阳的"益民学社"，凤翔的"风易社"，汉中的"醒民学社"和"新汉社"，榆林的

"新剧团"等。这股改良戏曲的浪潮，至民国二十年，已席卷了陕西全境。

清道咸时期，甘肃老秦腔凭藉以本地演员为主体，以生、净行当烟火戏、侠义戏为主体两大优势，在甘肃各地显得十分活跃兴盛。如兰州福庆班的三元官、张福庆，宁远于家班的于大班长傅邦、张麻子、王保同等，金塔魏家班的魏长三、杜荣棠、宋子汉、尕保子、申正奎、周旦儿、吴天赐等，宁县李聚财戏班的李聚财、石娃子、子娃子、次娃子等，庄浪将军爷戏班的刘世福、景占魁、马本烈、王东厚、张明正等，甘谷戏班的杨全儿、王宝童等，以及兰州东盛班的陈德胜（十娃子）、李德贵、桑大嘴、李海亭（六指子）、张天宝、薛保元（三木头）和兰州福庆班的张福庆、米喜子（麻旦儿）、黄毛子、唐华（待诏）、刘彦青等等，都是以本地演员组建起来的秦腔戏班，并以《药王卷》《碧游宫》《马踏五营》《火焰驹》《白逼宫》《黄河阵》《太湖城》《游西湖》等生、净刚烈剧目常年以赶庙会从事演艺活动。这些演员不仅在行当上无所不能，艺技上也是面面精通，尤其称道的是他们最擅于随时编演连台本戏。光绪二十年（1894年）甘谷艺人杨全儿兰州献艺，会首要他连唱七十二天会戏却不能重戏，而且每剧必以仓颉和观音菩萨为主角，杨以传说中的八大神仙为素材，编演了七十二本连台本戏《玉皇传》，整整唱了七十二天竟未将他难倒，由此而得"赛天红"之美誉。

清光绪末年，开始出现陕西艺人入主甘肃"本地班"搭班唱戏和组班落户的情形。如"东盛班"的岳德胜，以及李富贵组建的武威"永和社"，李炳南组建的"西秦鸿盛社"等皆是。20世纪初，兰州、武威、天水、平凉、庆阳等城市设"点"售票演出的"本地班"，为适应剧场环境和城市观众的欣赏心理，使以往庙会演出的粗犷风格生、净动作戏，逐渐向戏院演出的细腻风格生、旦唱做戏慢慢转化，班社之间、演员之间强烈竞争意识的日趋见长，促成了演员讲究个人声腔技术的局面。由此而又形成以庆阳、平凉为演地中心的东路唱派，以天水、陇南为演地中心的南路唱派，以兰州、武威为演地中心的中路唱派。三路唱派也叫三大流派，各以擅演的剧目、独到的唱腔和化妆，以及身怀绝技的演员阵容，甚至各自拥有的观众群，在甘肃形成鼎足之势，把甘肃秦腔推向全盛的高峰。

辛亥革命以后，尤其1920年前后，陕西秦腔演员开始大量西进陇上，促使陕西"客伙班"也在甘肃与日俱增，无形对甘肃秦腔造成很大冲击。这一时期，既有王承喜、杨改民、赵福海、王琪、罗树德、徐明德、耿忠义等一批甘肃籍演员活跃于全省各地，又有曹洪有、史月卿、文汉臣、葛正兴、朱怡堂、田德年、郗德育、李夺山等一批陕西

籍演员在甘肃落户唱戏。甘、陕秦腔演员的融合，促进了甘、陕秦腔艺术的融合。正因此，经过改良的"敏腔"（李正敏创造的唱腔）、"易俗腔"（西安易俗社改良的唱腔）等新兴的陕西中路唱派，像一股清丽的春风开始在甘肃境内吹拂风靡时，甚至呈露出一种"喧宾夺主"之势。陕西改良的新腔，又随着办班、办校和以社代班等培训学员之风，在境内迅速扩散流播，像兰州觉民学社、平凉平乐学社、敦煌塞光学社、酒泉新光学社以及以社代班的宁县振兴社科班、兰州新兴社科班、西峰同俗社科班、平凉聚义社科班和兰州军界的西北戏剧学校等，差不多都聘用陕西演员为教练，取用陕西改良唱腔为教材，刘毓中、刘易平、何振中、岳中华、沈和中、靖正恭、陈景民、刘金荣、刘全禄等大批陕西名角相继到甘肃组班甚至落户，大大强化了陕西秦腔的传授、普及与推广。尽管当时涌现出诸如王正端、孔新晟、张文品、朱训俗、肖正惠、李发民、米清华、付荣启等一批陕西籍甘肃秦腔生力军，并同何彩凤、周正俗、李益华、袁天霖、谈维新、魏启元、黄致中等甘肃籍演员以及稍后的沈爱莲、王晓玲、王超民、袁兴民、米新洪、刘茂森、温警学、张方平等共同形成 20 世纪中叶甘肃秦腔舞台的主体、并一直延续到该世纪 90 年代，但甘肃秦腔却遭致陕西秦腔的噬吞，最终流失殆尽成为绝响。

1935 年中国工农红军抵达陕北，陕甘宁边区政府领导下的秦腔艺术事业，又在革命老区呈现出火红炽烈的繁荣发展之势。1937 年 7 月，由柯仲平任团长的民众剧团在延安成立，这是陕甘宁边区第一个职业化革命戏曲团体，开始以秦腔、眉户演出了马健翎创作的反映抗日斗争现实生活的《一条路》《查路条》《好男儿》《干到底》等一批革命现代戏，开了秦腔编演革命现代戏的先河。继民众剧团之后，陕甘宁边区和延安各地的革命戏曲团体如雨后春笋，先后有八一剧团、陇东剧团、边保剧团、鲁艺平剧团、留政峰火剧团、延属文工团等相继建立，促进了以延安为中心的陕甘宁边区戏曲的蓬勃发展。1942 年 5 月，毛泽东发表了《在延安文艺座谈会上的讲话》，从此，戏曲改革进入一个新的转折时期。延安和陕甘宁边区的广大戏曲工作者在《讲话》精神指引下，大胆革新，努力创造出"为战争、生产及教育服务"，"为中国老百姓所喜闻乐见的中国作风和中国气派"的新戏曲，成功地创作出了秦腔现代戏《血泪仇》，嗣后，马健翎又创作出了秦腔剧《一家人》等现代戏。马健翎因此获得"人民群众的艺术家"的荣誉称号，民众剧团同时获"特等模范"的奖旗。其他三边剧团，也一直坚持演出现代戏、新编历史剧和传统戏，先后改编演出了《石达开》《三滴血》《屈原》等。解放战争全面开始以后，为争取和迎接全国解放，马健翎和民众剧团创作演出了新秦腔剧《穷人恨》

和新编古典题材戏《顾大嫂》、新编历史剧《鱼腹山》；陇东剧团演出了黄俊耀创作的大型新秦腔《阎王寨》；八一剧团演出了袁光创作的《兄弟会》等。这些剧目，又从古老的秦腔艺术表现崭新的生活内容角度，展开了改革、发展和创新，不仅为古老秦腔的再生创出了一条新路，也为其他地方剧种表现现代题材积累了丰富经验。

延安还造就了一大批戏剧管理干部、剧作家、艺术家和戏曲工作者。如在陕西的柯仲平、马健翎、杨醉乡、张棣庚、黄俊耀、张季纯、杨公愚、王依群、柳风、史雷、袁光、王志胜、周军等，在甘肃的吴坚、曲子贞、程士荣、刘万仁、陈光、王中才、武玉笑等，他们不仅推动着延安革命秦腔运动的深入发展，也是新中国成立以后西北戏改工作的管理人才和重功之臣。

古老秦腔走向世界

秦腔作为我国古老剧种之一，以其丰厚的剧目积累和完整统一的表演体系，通过高台教化，不断对历史事件重复演绎，还将自己引向平民化和世俗化的广博天地，最终成为能够主宰西北社会世风和凝聚西北民众精神的一股强大文化力量。

就是这样一个地方剧种，却在近几十年来，随着时代的进步，科技的发展，多元文化的崛起，严重影响到它的生存环境。在 20 世纪 70 年代末，中国人刚刚经历了那场史无前例的浩劫，万马齐喑的八个"样板戏"，使人们的文化生活蒙受桎梏，迫切渴望传统戏尽快恢复上演。也就在这个时候，改革开放的重大国策，启开了禁锢千年的国门，随着科技成果和经济实体的大量引进，西方文化、港台文化也渗入人们的生活之中，其中大家最熟悉的就是摇滚乐和流行歌曲。踢踏多变的舞姿，快节奏的摇滚音型，既让人感到新鲜，又给人以刺激亢奋。还有流行歌曲，一夜之间，就可以流播全国，一夜之间，又可以从全国消失。其更迭之快，真让人有点赶不上趟。

再看看刚刚恢复上演的秦腔，依然迈着老练蹒跚的台步，四平八稳地从幕后走上前台，的确让人感到与当时改革、开放、竞争的时代大潮有点脱扣，也和人们正处于变革转型期的心理节奏和生活方式很难合拍。尤其当它穿着古老的艳丽服饰，涂着厚重的脂粉红唇，依然笼络不住总爱移情于时尚文艺的年轻观众时，不能不使它当年那股南征昆腔、北伐京腔以及长期雄霸西北剧坛的傲然不可一世之气，顿时消泄了大半，甚至还裸露出几分色衰爱弛的难堪和惨绿愁红的苦凄。

的确，绵延千年的古老秦腔，就像一条滚动的漫漫长河，当它从历史深处缓缓向我们流来时，不只受到沿途河床泥沙的冲刷，也还广纳了无数涓涓小溪。它流淌的历史越

长，吸纳的信息量就越多，承载的包袱也就越沉重。旧的东西塞满了，新的东西也就很难接纳进来，以致到了科技文化为主潮的今天，秦腔又在继承与革新这两个垂线点上，受到传统文明与现代文明的双重洗礼。这就是秦腔在 20 世纪八九十年代遭遇过的一段的窘境。

再从另一角度讲，任何民族的传统文化，都有一种自我调节的再生机能，说白一些，就是具有随着时代的发展和观众的审美变化，来随时调适自己、修正自己、发展创新的潜在功能。那么秦腔有没有这种功能呢？我的回答是有的，否则，它就不会流传到今天。正是在这种调节机能的作用下，从 20 世纪 80 年代始，秦腔掀起全面改革的发展高潮。

首先在剧目上，突出了三并举的原则，现代戏、新编历史剧、传统戏共同发展；其次，通过对各种表现形式的借鉴，力求秦腔表现内容的手法更加多样化、现代化；第三，有效利用舞台现代科技成果，以电、声、光道效精心包装，增强其自身的现代气息与活力。特别是唱腔音乐的改革，注入的力度更大，引进并容纳了西洋话剧、歌剧、歌舞等外来艺术中的领唱、合唱、序幕、尾声以及主题音调贯穿，使其化为创造和刻划戏剧人物音乐形象的重要手段。西洋乐器也加入伴奏行列，还常常以现代作曲技巧进行配器，大大加强了戏曲音乐的艺术表现力。近年来，竟然连电子琴、架子鼓、歌伴舞等形式，也一应化为秦腔音乐家族的当然成员。这些"古所无而今所有"的中西文明，不论是物质的还是精神的，都说明古老秦腔与现代文明的多维复合和相交相通，同时又让人感到这十分正常而且应该。

如果再从历史发展的角度讲，秦腔改革应该说是件永远不可能完成的事，只能说是一种不断向未来延伸的无限运动。以改革促使秦腔的现代化，只能是对它长期存在的某些僵化、停滞的东西进行持续地改造而已，也就是按照当代人们对其所持的批判心理与价值取向，有步骤有计划地作出劣汰更新，使它由表及里逐步超越传统并向未来持续延伸。因为戏曲作为以形象反映现实社会的一种艺术，它的每一步促动，总是同当代的经济发展、政治变革，以及人们物质生活和精神生活的变化紧紧联系在一起的。从这个意义讲，秦腔从来都没有停止过它改革、探索、求新的脚步。问题是以往的改革，只注意对"古为今用"的观照，没有从"洋为中用"视野中探索寻求更大的切入点。因此，也就只能是秦腔本体"换汤不换药"的小修小补而已。改革开放以来，外来文化的巨大冲击，势头强劲而凶猛，的确让秦腔难以招架，正说明整个秦腔舞台需要以全新的美学信

息来充实。于是，开始进行了富有成果的实验和探索，尽管这种探索。特别是 21 世纪以来，随着一大批年轻剧作家的崛起，以活跃的创作思想，应和着时代节拍，以更加开放的姿态，从多元复合中探寻更大的切入点，以便转向追求商业成功和年轻观众对秦腔文化的认同，于是秦腔舞台上出现了一批全新的剧目，《大树西迁》《西京故事》及《锁麟囊》等，正是激发秦腔新活力、新生命的典型标识，它把西方现代主义作为重要参照系，将多层次、象征性和哲理性融为一体，促使秦腔从传统走向现代，其间既借鉴西方现代戏剧立体化的二维空间设置，也不轻易舍弃"出之贵实，用之贵虚"的民族戏剧之道，舞美设计、道具的简化，表演区的扩大等，也继承了中国传统戏曲观念中灵活的时空观，同时以写意性、综合性和形式美的鲜明印记，深深进入观众的视觉。形式上和手法上都作了有益的尝试和创新，诸如广泛运用符号学原理，充分显示借代的灵活性和流畅性，正剧喜演，悲歌喜唱，时空交叉，哲理性或史诗性结构，创造丰富的语汇，重新重视戏剧综合性优势，舞台假定性表现手段被大量采用，在破除幻觉的假定性中通向艺术的真实性等等，都给秦腔注入新的血液、新的活力，各种新文化信息的交织兼容，最终促使秦腔舞台呈现出仪态万方的局面。

正是在这个前提下，不仅彻底摧毁了"秦腔不出潼关"的臆说，还以文化使者的身态频频迈出国门，走向世界。

1981 年 11 月，西安市组成秦腔访日友好演出团赴瀛，演出了秦腔《柜中缘》《杀裴生》《游西湖》等；

1992 年 5 月 16 目至 6 月 17 日，应日本文化财团的邀请，陕西省戏曲研究院《千古一帝》剧组一行 70 人在日本东京、横滨、福冈、大阪、京都、名古屋、仙台等 16 个演出点演出，共演出 26 场，观众达 600 多万人；

1992 年 6 月，陕西省戏曲研究院青年团应邀赴芬兰，参加库奥皮欧国际艺术节，演出了秦腔《西湖遗恨》《杨七娘》《盗仙草》《悟空盗扇》《双下山》《鬼怨杀生》等；

1994 年 8 月，吉尔吉斯叶塞尼亚艺术团来中国新疆与新疆乌鲁木齐市秦剧团进行了两国文化艺术交流互访演出活动。同年 10 月，新疆乌鲁木齐市秦剧团一行 30 人前往吉尔吉斯进行回访交流演出；

1997 年 3 月，陕西省戏曲研究院青年团应邀赴荷兰参加国际艺术节，在荷兰阿姆斯特丹市中心的荷兰国立剧院演出了秦腔《西湖遗恨》；

1997 年 12 月至 1998 年 2 月，陕西省戏曲研究院青年团到德国、法国、比利时、卢

森堡等欧洲国家商业巡回演出 3 个多月，演出了秦腔《杨七娘》等戏；

1998 年 10 月，西安易俗社和五一剧团联合组成西安秦腔艺术团出访韩国，并参加庆州市世界文仇博览会新罗艺术节及晋州市开天艺术节，演出秦腔折子戏《八大锤》《抬花轿》《杀生》《小宴》《新断桥》《扈家庄》等剧目；

1999 年、2001 年、2002 年，陕西省戏曲研究院青年团连续三次出国演出，分别参加了德国迈宁根国际艺术节、伊朗德黑兰国际艺术节、日本纪念中日建交 30 周年等，演出秦腔《杨七娘》等；

2004 年 9 月中旬，宁夏银川市秦腔剧团柳萍、邵晓玲两人主演的《吕布戏貂蝉》片断代表银川市赴日本松江市访问演出；

2008 年 11 月 14 日，在美国总统劳拉·布什，在白宫给中国陕西省戏曲研究院秦腔演员培训班颁发美国总统艺术人文委员会 2008 年度"站得更高"奖；

2010 年 4 月，陕西省戏曲研究院青年团携《周仁回府》《铡美案》两部大戏和三台精品折子戏登上宝岛台湾；

2010 年 6 月 22 日至 28 日，兰州市文化馆群星舞蹈团共有演员 28 人，参加在波兰共和国艾尔克市举行的"彩虹"国际民间艺术节。兰州市秦剧团梁少琴的秦腔绝活《挂画》登上国际文化交流平台；

2011 年 11 月 29 日至 12 月 8 日，陕西省戏曲研究院演出团一行 49 人，带着青春版秦腔历史剧《杨门女将》及一台《中国秦腔经典折子戏荟萃》，赴法国巴黎和德国柏林，进行秦腔史上第一次法、德文化交流演出之旅；

2012 年 6 月 19 日，陕西省戏曲研究院、西安交通大学戏剧学院小梅花秦腔团，飞赴日本新潟市进行文化交流演出。折子戏《双枪陆文龙》《戏妖》《挂画》《三岔口》《打焦赞》以及唢呐演奏、戏曲表演荟萃等；

2012 年 12 月，陕西省戏曲研究院小梅花剧团赴澳大利亚参加"2012 澳大利亚中国艺术节"，在悉尼大学音乐学院"陕西秦腔专场音乐会"上，演出《双枪文龙》《悟空戏妖》《梳妆》《三岔口》《打焦赞》秦腔折子戏片段及板胡连奏《秦腔曲牌》等。

前人说什么也不会想到，原本钻山沟、赶庙会、练地摊、跑场子的古老秦腔，居然能够在新中国成立以后，从剧目内容到表现形式，发生如此巨大的全方位跃动，从舞台呈现到审美价值，产生超绝前代的总体性提升，而且凭藉厚重的历史文化背景、多彩多姿的现代化品味，不仅冲出了潼关，还频频走出了国门，登上英、法、德、美等十多个

国家的舞台一展风姿。也许这正是广大秦腔艺术家们，在高科技文明的催发中，从传统与现代、普及与提高、低俗与高雅的垂线两端，终于寻索并取得对接点的一种必然。

愿古老的秦腔青春永驻，继往开来，发扬光大！

① 此测音数据引自黄翔鹏《新石器青铜器时代的已知音响资料与我国音阶发展史问题》（上）。载《音乐论丛》第一辑。

② 唐·司马贞：《三皇本纪》。

③ 《史记》卷86《刺客列传》。

④ 《史记》卷八十七"李斯列传·谏逐客书"。

⑤ 《王阳明全集》第113页，上海古籍出版社，1992。

⑥ 干戚：舞者所执的舞具。古时舞乐有文武之分，文舞执羽旄，武舞执干戚《礼·乐记》载："执其干戚，习其俯仰诎伸，容貌得庄焉。行其缀兆，要其节奏，行列得正焉。"

⑦ 《汉书·地理志》。

⑧ 任二百：《戏曲、戏弄与戏象》。

⑨ 范文澜：《中国通史简编修订本》第二编。

⑩ 周贻白：《中国戏剧史》。

⑪ 《旧唐书·卷八四》

⑫ 钱钟书：《管锥编》二册。

⑬ 陶宗仪：《南村辍耕录》卷二七"燕南芝庵先生唱论"条。

⑭ 《续修陕西以志·风俗志》。

⑮ 《明史·列传·文苑传》。

⑯ 《中国戏曲志·甘肃卷》。

⑰ 日·青木正儿：《中国近世戏曲史》第四篇《花部勃兴期》。

⑱ 王芷章：《腔调考源·西皮考》。

⑲ 欧阳予倩：《皮黄剧的变质换形》。

⑳ 焦文彬主编：《秦腔史稿》458页，陕西人民出版社，1987。

（《中国秦腔艺术百科全书》由作者独立撰稿，该书被列为"十二五"国家重点图书出版规划项目、国家出版基金项目，并由陕西太白文艺出版社、国家编译出版社联合出版。）

论曲子

有一首歌这样唱道：

> 没有花香，没有树高，
>
> 我是一棵无人知道的小草。
>
> 从不寂寞，从不烦恼，
>
> 你看我的伙伴遍及天涯海角。

歌中所称颂的那株"小草"，让我听来，倒像是我们将要讲述的"曲子"。

曲子，虽说只是一支小小的乐歌，却和小草一样，只知绿叶盖地，不以躯高争宠，撒在哪里，根就扎在哪里。尽管在中华文明的历史长河中，它不过是一条山涧渗溢流出的涓涓小溪，但日月经天，江河行地。千百年来，总是用它最小的身躯，最大的情怀，最远久的历史和最扩展的方式，不知为我们酿制出多少声腔麕集竞奏的乐种、曲种和剧种，也不知为我们营造了多少笙磬争鸣、琴瑟斗胜的繁会欢乐气象。即令今天我们耳闻目睹到的高雅之歌之舞等各种民族音乐演艺样式，在它们的肌体内，俱都流淌着"曲子"的血脉，承袭着"曲子"的基因，不管它们打造得如何辉煌，包装得如何现代，对于"曲子"基因与血脉的贯通则无一例外，否则，就无"民族作风""民族气派"可言。

那么什么叫做曲子呢？它究竟是怎样形成的？为什么越是在文化生态失衡的地方，它的生命力就越显得顽强？即令在人类业已迈入科技文明高度发达、"五方之音"争妍斗奇的今天，为什么它还能够照直以厚道的品格、古老的方式，依然在其故土为自己的子民播撒那种遥远的欢乐呢？

每个人都在为自己营造一种憧憬，也希冀于憧憬能给他带来愉悦。再苍凉的群落都会有欢乐的滋润，有了这份滋润，贫穷的人都会感到精神的富有，有了这份富有，便有了生活的信心和永往直前的决心。我想，也许这正是《荀子·乐论》所言"夫乐者，乐也，人情之所必不免也，故人不能无乐"之真谛所在了！

正因为"人不能无乐"，曲子才便有了生存的空间，而且寸步不移地守卫着广大民

众的悲欢与离合，从遥远的过去一直走到了今天。然而，这路并不坦直，曲子的际遇也非一帆风顺。三千多年前，人类刚刚从蒙昧步入文明的先秦时代，就发生过一场雅、郑两乐生死搏击的较量与对垒。

"郑声"何以乱"雅乐"

三千多年前的中国是个什么样子，遥远虚渺得让人无法想象。只能说，太阳还是那个太阳，月亮还是那个月亮！

也许因为过于遥远而虚渺，历史学家把那个时代称作"先秦"时代，考古学家则称作"青铜器"时代；富于想象的文学家和戏剧家们，又把那个时代往往描绘成一个浪漫的"神话"时代了。

先秦时代的青铜器，的确达到相当惊人的水平，尤其乐器与武器极其高超的铸造工艺，让人惊骇不已，其制作秘笈，至今仍难以破解。这两样物器，一在娱人，一在杀生。当然这只是以物体本身的属性而言。但中国的事情毕竟还有许多特别之处，吕不韦曾说，西周之所以在乐器铸造上使尽了工夫，"非特以欢耳目、极口腹之欲"，而是要让它发挥出比血腥武器更大的杀伤力。所不同者武器在于屠戮肉体，乐器扼杀的则是人的思想、意识和灵魂。三千多年前的西周王朝，就发生过"雅乐"与"郑声"的一场生死较量，直至今天，依然难以抚平那场两乐搏击未消的余绪。

一、何谓"雅乐"

"雅乐"也称"礼乐"，因大奏于各种祭礼庆典场合，故礼、乐合而称之。雅乐的初级文化形态来自鸟鸣。传说伏羲帝受鸟鸣启迪，"灼土为埙"，埙其形如同鸟蛋，吹奏起来，音似鸟鸣。作为华夏民族创制最早的乐器，被夏帝奉为"华夏正声"。《礼记·乐记》还说它"声相应，故成变，变成方，谓之音"。《周易外传》则称其"道者器之道也"。还说"无其器则无其道"。由此促成"雅"字即是"鸟"字，同时也是"夏"字，"雅乐"即是"夏声"，"夏声"即是"雅乐"相通相用的局面。伏羲"灼土为埙"在甲骨文中"雅"与"鸟"也属同一个字。这一观念，成为周王朝崇尚正统"雅乐"的由来和依据，将祭祀歌舞作为雅乐，以便对上尊祭"五帝"夏汤神祇之礼，对下倡导宣示君子之德的双重教化品格。但就雅乐本身而言，依然是可歌、可奏、可舞的曲子。唐人沈括《梦溪笔谈》所言"先王之乐为雅乐"者，正指西周二代国君成王所创制的"礼乐之治"。

"礼乐之治"的核心是"礼"，"礼"的核心则是"敬"，"敬"就是"祭敬"：祭天、祭地、祭鬼、祭神、祭祖；之外还有敬君、敬臣、敬宾、敬父、敬夫等等。不同的"祭敬"又有不同的等级规制，各种等级规制，又是从用"乐"的规制中体现出来的。"乐"包括乐悬、舞列、乐器等等，什么样的祭礼、什么样的身份，使用什么样的乐悬、乐器，而且不同的祭礼应排列什么样的舞蹈队形，都有一套不许僭越的森严等级规定，这就是西周王朝推行的"礼乐之治"和"礼与乐的统一"。

如此说来，"礼"是规范人们文明生活的法则和维系社会秩序的一种仪规，"敬"就是要人们把这种准则和仪规变成自觉遵循的道德行为。《荀子·礼论》言："先王恶其乱也，故制礼义以分之。"一个社会倘缺失了"礼"的约束，这个社会就没有了行事的准绳，必然就会散涣、塌架，正如《礼记·经解》所言：

> 昏（婚）姻之礼废，则夫妇之道苦，而淫辟之罪多矣；乡饮酒礼废，则长幼之秩失，而争斗之狱繁矣。

这样看来，"礼"不单是指敬神，尽管它原发于祭祀，但西周王朝公开宣示"敬鬼神而远之"，"近人事"而"上忠"。"上忠"就是要人们遵行"礼"的规仪，谨守"礼"的程法，通过"礼"的规仪和程法形成强大的约束力，其中当然还包括森严的等级制度和苛严的刑法刑律。《国语·鲁语上》所载藏文仲言：

> 大刑用甲兵，其次用斧钺，中刑用刀锯，其次用钻笮，薄刑用鞭扑，以威民也。

由此看出西周对民以威其淫极为残忍的苛严厉刑。

如果说"礼"的核心是"敬"，那么"乐"的核心就是"教"了。"教"就是"教化"。《中庸》中不是有"修道之谓教"这样一句话吗？所谓"修道"，就是"修养"或者说"修己"，二者都是"自修其身"的意思。"自修其身"当然修的是"德"。即《易乾·文言》："君子进德修业。"这与《春秋·宪问》所说的"修己以敬"和孔子所言"修己以安百姓"的"仁道"内涵并不相悖。但是要把君子之"德"变成人人效法和遵从的精神文明准则，就需要音乐的教化作用推动。也就是让不同等级的人在同一首乐曲中，借助祭祀大典的恢宏场面，共同观赏"文明人"的庄重仪态和行为风范。"文明人"的之"威"之"仪"，按《诗》的解释便是："有威而可畏谓之威，有仪而可象谓之仪。"当知"威"正是上层贵族手中所掌握的让人生畏的绝对权威；"仪"则是让人模仿效法贵族人的庄重仪象。但不论可畏之"威"抑或可象之"仪"，都须通过祭祀大典，利用音乐酿制出来的庄重恢宏与谐和气氛，传递出"周礼"鼓噪和倡导并要人人仿效尊从的

道德行为准则，以便达到教化人心的目的。如此看来，"礼"用各种典章制度将君子、小人从等级上严加区分开来，而"乐"则通过音乐的作用又将不同等级的人凝聚在一起，共同从祭祀乐舞中感受"文明人"的之"威"之"仪"，以便教民平好恶，行理义，这大概就是所谓"礼主异，乐主同"真谛之所在。实际上"乐"经过"礼"的冲刷与磨洗，逐渐消解了它的娱悦功能，变成裱糊在"礼治"外层的一道诱人饧蜜。《吕氏春秋·仲夏·适音》对这一点说得极为透析见底：

先王之制礼乐也，非特以欢耳目、极口腹之欲也；将以教民平好恶，行理义也。

正因为周成王把祭祀歌舞变成歌颂周祖先王之德的音乐和舞蹈，而且又将雅乐分为文乐、武乐两类，文乐表现先王"文以载道而治人"，武乐表现周祖"威武正义而强大"。尽管不以娱乐为目的，但"文以载道"的教化作用总是以垂范演绎为前提的，这又在客观上形成某种观赏和愉悦的潜在价值。尤其武乐中的《大武》之舞，当其在宗庙演出时，周成王还会亲自扮作周武王的模样，手执红色为干的玉戚，行进在舞队行列之中，翩翩起舞，表现出武王的威德威仪；还有后面紧紧跟随的王公诸侯，一个个又以高贵的仪态，宽大的长袖，准确的步履，庄重的表情等等，全都像演戏一般宣示出来供人观看，以此达到教人仿学、教化民心之目的。因此，《大武》虽说是一部"乐、舞、诗"合于一体的祭祀歌舞，实际已经变成一部非常完整的戏剧演出，其中可歌的诗，基本全都收录在《诗经》总集之中。难怪春秋时代的孔子、明代戏剧家王阳明，都将舜之《韶乐》、周之《大武》两部古乐舞视为是两场戏曲的演出活动。

这种以礼乐之治为核心的周礼文化，无疑成了西周王朝最典型的文化。

二、何谓"郑声"

"郑声"也就是"郑卫之音"，原本是郑、卫等地区（今河南新郑、滑县一带）的民间歌曲和舞蹈，也就是今天我们所说的"曲子"或"小调"。这种"曲子"因曲调明快、舞姿活泼，虽然不入祭祀乐神，却时时传唱在人们口头中而风靡极盛，再通过当时男人、女人绘声绘色的表演，给人们带来无限愉悦和欢欣鼓舞，由此而又引动以表演为业的"优人"和"优戏"呈盛一时，可以说它是西周时期能够采诗入乐唱和最早的民间"曲子"。《论语·卫灵公》有"郑声淫"一语，恰恰道出了以"郑卫之音"为代表的民间曲子最擅于表现的就是男女相悦之情。男女相悦就是两性相爱和不拘于礼教德行的性爱自由，体现了下层民众奔放炽热、纯真质朴的真实感情。不妨看看《诗经·郑风》所

选录的两段歌辞，便可窥其个中之端绪：

> 子惠思我，
>
> 褰裳涉溱。
>
> 子不思我，
>
> 岂无他人？
>
> 狂童之狂也且！
>
> 子惠思我，
>
> 褰裳涉洧。
>
> 子不思我，
>
> 岂无他士？
>
> 狂童之狂也且！

歌中第一段唱道：你要是真心爱我，就挽起裤子游过溱水（古水名，在今河南）来和我相会，你要是变了心肠，难道就没有别的男人来找我吗？傻里呱几地只长个子，不长心眼！第二段：你要是心里真有我，就挽起裤子游过洧水（洧川河，在今河南）来和我相会，你要是心里没有我，这世界上男人还少吗？你这个傻小子哟，只知道长个子，不知道长心眼！

很显然，辞中所表达的，是一位多情女子在戏谑自己的情人，其中还明显带着几分调情、挑逗的口吻。这种充满野性的歌声，既不染丝毫矫揉造作之嫌，也绝少掩真露假的虚于伪装。从真情实感层面讲，表现了人性最本质的一面，演唱出来，能够让听众极易碰撞出情感合和的火花，而且还充满富于艺术真实的自然之美。所以，不仅在士庶浪民阶层激起强烈反响，即便让拘于礼教威仪的诸国君主听了，也难抵挡其坦诚力量的诱惑。孔子论道，不也讲"食色性"吗？只不过他表面伪装的君子"威仪"斯文，阉割了人性该有的狂放，在"礼"的束缚下，吞咽了他们原初与士庶百姓共同拥有的那种情性本色而不敢呐喊出来罢了。《乐记·魏文侯篇》记载了魏文侯和子夏的一段对话，就很能说明这一问题：

> 魏文侯问于子夏曰："吾端冕而听古乐，则惟恐卧；听郑卫之音，则不知倦。敢问古乐之如彼何也？新乐之如此何也？"

所谓"古乐"，就是"雅乐"，"新乐"正指兴起的"郑卫之音"。魏文侯说他每次

尽管都是衣冠端端正正、认认真真地听古乐，却总是惟恐打盹瞌睡。可是听郑卫之音，则精神倍增，不知道疲倦。于是便问子夏古乐为何能让我那样，而新乐又为何能使我这样？子夏的回答是：

> 今夫古乐：进旅退旅，和正以广，弦、匏、笙、簧会守拊鼓，始奏以文，止乱以武，治乱以相，讯疾以雅。君子于是语，于是道古，修身及家，平均天下。此古乐之发也。今夫新乐，进俯退俯，奸声以滥，溺而不止；及优侏儒，犹杂子女，不知父子。乐终，不可以语，不可以道古。此新乐之发也。

子夏回答说：说到古乐，它表演整齐划一，音调中正宽广，管弦乐器在拊、鼓领奏后才一起演奏，用鼓开始演奏，用钟结束演奏，用相掌握尾声的节奏，用雅控制快速的演奏。君子可以用它来表达自己的志趣，称颂先王的功德，用它来修身养性，和睦家庭，治理天下。这就是古乐的状况。至于新乐，则表演参差不齐，音调邪恶放纵，使人沉弱其中而不能自拔，还有倡优侏儒表演杂戏，形态丑怪，男女混杂，父子不分。君子不能用这样的乐舞来表达自己的志趣，称颂先王的功德。这就是新乐的状况。现在您问的是乐，喜好的却是音。要知道乐和音似乎相近，其实是很不相同的。

魏文侯是魏国的建立者，子夏是孔子的得意门生。魏文侯谈的是自己在听古乐与新乐时不同的真实感受；子夏则以新乐所发为"奸声"、为"溺音"、为"淫于色而害于德"的"悖礼"之论作出回答，以致使魏文侯听了仍不得其解。

对于这样一个涉及重大美学的问题，子夏竟然以"乐"与"音"不尽相同搪塞而过，实在让人心头发怵。事实上，春秋以来，随着社会生产力的发展，科学的进步，人们理性精神大大地提高。"神"的权威降低，人的地位提高。"谐人神"的事，自有"宗伯"一类的人专门经管，天子、诸侯们则把本来要献给神的玉帛、钟鼓之类的东西也拿来自己享用了。普通人的感情也得到了尽情的抒发，这就是"郑卫之音"风靡呈盛的社会根源。

在这种"新乐"潮流中，除了以"郑卫之音"为代表的宽泛的民间乐舞受到了欢迎，还有一种令人鼓舞的事，那就是"优"的活跃。优也叫倡、俳，是西周出现的最早职业乐舞艺人。《韩非子·难三》载："俳优侏儒，固人主之所与燕也。"《汉书·灌夫传》："所爱倡优，巧匠之夫。"颜师古注云："倡，乐人也，优，谐戏者也。"正是这支民间专业艺人的出现，使得以"郑卫之音"为代表的民间曲子和民间歌舞得到更广泛的传播，同时还将以宫廷祭祀雅乐为主体的"旧乐"，推入遭人"厌旧"的尴尬境地。

三、"雅""郑"两乐对垒

雅乐作为宫廷礼乐之治的最高典范，是以高扬"德治"、教化人心为前提的，故作为国乐受到厚待提倡。然而，好景不长，到了五百年之后的春秋时代，随着"郑卫之音"等民间俗乐的纷纷兴起，使得一向以礼乐文明而"自修其身"的贵族阶层也都移兴于俗乐，当时的人们便将雅乐称为"旧乐"，又将郑声等俗乐称为"新乐"，由此直接危及到雅乐的正统地位，甚至还导致"礼崩乐坏"的出现。其实，当时出现的这种新乐，不仅仅是郑声，之外还有吴声、楚声、秦声等等，这些民间俗乐，都是辞与音乐相合可歌可唱的曲子，再通过优人绘声绘色的表演，较雅乐展现出全新的品味与绚丽气象，它不仅盛传于民间，也影响及于宫廷，就连后宫嫔妃也是关、睢二南之音口不离曲、风喻君子之诗曲不离口。《周礼·春官·钟师》有载：

> 云燕乐房中之乐者，此即关、睢二南也。谓之房中者，房中谓妇人后妃，
>
> 以风喻君子之诗，故谓之房中之乐。

《周礼》所言"燕乐房中之乐者"，正是当时兴起的新乐中可供夫人歌唱的"曲子"，这种曲子，因其"风化所及，民俗之诗，被之管弦"，颇得"房中"嫔妃夫人心仪所向，酒足饭饱聚在一起，大肆风诵传唱"以事其君子"。诸侯王公更不例外，常常背"雅"而沉溺于郑声，这一流风，惊动了春秋时期的大音乐家师旷，担心新乐的流行，将成为公室政治地位衰落的先兆。《国语·晋语》言："平公说（悦）新声，师旷曰："公室将其卑呼。""由此引发了雅、郑两乐对垒抗争的严重局面。

就在礼乐文明的危机时刻，孔子出现了。他以一生的热忱，高扬其儒家仁道原则，从维护雅乐正统地位着眼，瞅准了"郑卫之音"作为"复礼"的突破口，肆意扩大"郑卫之音"的情色内涵，以此将"郑声"树为"雅乐"之大敌，大加口诛笔伐。这在我看来，实在太冤枉了"郑声"。因为，几首带有野性的民间小曲小调，即便野到裸露的程度，还不至于构成足以摧毁西周王朝大厦坍塌的能量。"礼崩乐坏"的真正根源，按史学家李山教授的分析，原因在于西周社会制度的变迁使得贵族阶层对"礼乐之治"的遗弃与背叛，诸蕃表面遵"礼"而实则不守"信义"，失"信"的"五霸"激化了权力的恶性膨胀，相互之间恃强凌弱导致与之血腥杀伐。到了春秋时代，"五霸"趋于消歇，继之而来的又是贵族对"礼乐文明"的"假仁"与耍弄，老朽的贵族对礼乐的含义和价值的普遍无知与麻木，"礼乐"的文明真义越来越严重地被忘却。于是，有贤人而不知任用，对民众而不知善待，诸侯之间不守盟约、恃强凌弱，总而言之，就是人道状况的

更加恶劣，这就是以此为条件的周礼维系社会秩序的日益崩塌。

但是，当时的儒者却把"郑声"视为罪魁祸首大加口诛笔伐，使得刚刚崭露头角的这一民间曲子，背上了"郑声淫"的罪名至今依然洗刷不清。就这样，"郑卫之音"在一片檄讨声中跌跌撞撞闯进汉魏六朝的大门。

导致"礼崩乐坏"的另一个原因，便是甘肃秦人的崛起，周王朝东徙洛邑，秦人袭居西周故地，周王朝的礼乐制度，便被甘肃天水、陇西的"秦声"新风所取代。

秦人"以射猎为先"，"尚武"特强，势力不断东扩，随着"领有岐西之地"，又将秦声带到了雍（今陕西凤翔），继而又因周孝王迁都洛邑，秦又袭居西周故地。从此，不仅周王朝的礼乐制度，便被甘肃天水、陇西的"秦声"新风所取代，就连陕西也改称为"秦"了，再加上"新乐"的倡行，使周代经营有近五百年的"礼乐之治"真正走向崩遣边缘。李山《先秦文化史讲义》这样说：

> 这里，曾是《诗经》中《雅》、《颂》文学的故乡，随着周王室的东迁，秦人的袭居，"礼乐"之声已被发源于天水、陇西的"高上气力，以射猎为先……民俗质木，不耻寇盗"（《汉书·地理志》）的新风尚所取代。这可以从《诗·秦风·无衣》篇"岂曰无衣，与子同袍，王于兴师，修我弋矛"的慷当以慷中见其端绪。

甘肃曲子与华夷曲子第一次并融

汉武帝在位 53 年，曾组织和指挥了对匈奴的三次重大军事打击，彻底改变了历朝君主向匈奴屈辱求和的被动形势，开拓了中国的北方疆土，西域四十余国均属其辖。与此同时，他又组织了对陇右、河西一线的开发。元狩二年（前 121 年）置武威、酒泉二郡，元鼎六年（前 111 年）又置张掖、敦煌二郡；同时，隔绝南羌、月氏，切断匈奴右臂，巩固了经营西域的前哨；又从中原向河西四郡大量移民，设屯田，立郡县，筑长城，修亭障（烽火台），其后随着对楼兰和大宛国的两次远征，把西汉的疆域扩展到今帕米尔高原以东，为后来设立都护府奠定了基础。《汉书·西域传》载：

> 孝武之世，图制匈奴，患其兼从西国，结党南羌，乃表河西，列四郡，开玉门，通西域，以断匈奴右臂，隔绝南羌、月氏。单于失援，由是远遁，而漠南无王庭。

随着"丝绸之路"的凿空，打通了中国通向中亚、西亚、印度支那半岛的交通要道，为中、西方经济、文化交流创造了条件。张骞带回的《摩诃兜勒》是先于佛教传人我国的第一支佛教乐曲。他还将印度乐器琵琶、箜篌、筚篥以及角抵戏、假面舞等引进国中①。域外文化东渐中土，必从敦煌入关，敦煌作为中国的北大门，历来都是"华戎所支"的一大都会。魏晋时期，西域及中亚诸多小国每年都将大量乐伎、乐器、乐章作为方物贡品进献于河西"五凉"朝廷。东晋永和四年（公元349），天竺国遣使朝贡"前凉"国君张重华，贡物中就有一部由十二人组成的乐舞队，包括凤首箜篌、琵琶、五弦、笛、铜鼓、毛圆鼓、都昙鼓等九件乐器，还有歌曲《沙石疆》、舞曲《天曲》等②。由此反映出甘肃河陇在文化传播中的特殊地位和贡献，也揭示出河陇文化由中西融汇构成的多元特质。

佛教在中国传播的第一站，便是敦煌东端的河陇地区。东来西往的僧人，大都驻锡滞留凉州，就地宣讲教义，传播活动非常活跃。第一所佛教译场也出自一凉州。河西各寺庙石窟佛光闪耀，法铃传响，以"俗乐"唱法、传法、讲唱佛经故事蔚然成风。这种讲唱，体现了叙事文学和戏剧文学的双重品格，其中讲唱的底本，是叙事与代言相混的体裁，它为后世说唱曲艺和舞台表演提供了依据和可能性；讲唱的"俗曲"，采用当地群众喜闻乐见的"村陌野曲"，俱属"秦声"范围，又为后世甘肃曲子的发展奠定了基础。任二北先生在谈及《敦煌曲》时言："《悉昙颂》……此调用秦音。和声既多，又叶仄韵。"③

移民戍边屯田，是历代封建王朝有组织的人口迁徙活动，而且往往利用兵士和居民垦荒种田，以保证边陲军队的粮食供给，这种减轻馈运负担的特殊生产形式，无疑也变成了最行之有效的一种文化大交流、大融合的活动。汉宣帝神爵二年（前60年），赵充国在河湟地区屯田，为有效控制西域、征讨匈奴，提供了充足的军事给养，羌汉文化也因此进行了热烈交汇；曹魏时徐邈在今武威地区，仓慈在今敦煌一带屯田，保证了丝绸之路的畅通，中西文化频繁交流，结出了丰硕成果；前秦苻坚平灭前凉张氏，掳江汉之人五万户徙置敦煌；中原州郡有田野不避者，徙七千户于凉州；五凉时期，江南、中原、江汉入凉人口总数不下二十万；唐贞观六年（632年），党项、羌前后附内属者三十万口，大都安置于河陇；另外，历代屯垦守边的士兵，也都很少返回原籍，他们在边疆的扎根落户，促进了各民族间的相互融合。

大规模的少数民族内迁，使得胡汉文化互相吸取和融会，苍凉动魄的游牧民歌，豪迈旷放的边朔诗赋，西域胡声的音乐舞蹈，"五胡"民族的风俗习惯，都沿"丝路"传播扩散，构成"丝路"线上"胡人汉声"的特有风情。隋唐时期，突厥、吐谷浑、党

项、回纥、吐蕃等民族乃至中亚粟特人在河陇杂居错处，这是其它任何一个文化区域所没有的现象，使得河陇文化成为"胡汉一家"最具代表性的地域文化。勇武善战、质朴坚强、粗犷剽悍的游牧民族进入河陇，不仅改变了河陇民众的品格、素质，而且带来了新的文化生机，为中国历史谱写了最辉煌的篇章。"秦汉雄风""隋唐气象"中，都熔铸着河陇文化的资致，博大的吸取性、包容性和亲和力，正是在多民族文化的碰撞中培养出来的。

事实上，当时的凉州，就已充当了异域外邦音乐东渐中国，中原汉族音乐西流并在河西首先与甘肃少数民族音乐交合融汇的"加工站"，这使甘肃河西一线在文化地理上形成西域文化和中原文化过渡地带的一种鲜明特色。美国学者谢弗曾在《唐代的外来文明》一书中作了极为精彩准确的描绘：

> 凉州是一座地地道道的熔炉，正如夏威夷对于二十世纪的美国一样，对于内地的唐人，凉州本身就是外来奇异事物的亲切象征。凉州音乐既融合了胡乐的因素，又保持了中原音乐的本色，但是它又不同于其中的任何一种，这样就使它听起来既有浓郁的异国情调，又不乏亲切熟识的中原风格。④

特别在十六国时期，甘肃河西先后建立了五个以"凉"为名的地方割据政权。"五凉文化"在我国文学和音乐发展史上占有非常重要的地位，"五凉文化"的最高成就便是《西凉乐》。《西凉乐》正是凉州乐人在吸收西域龟兹乐舞及河西地区所保存的中原旧曲、长安雅乐基础上，所创制的诗、乐、舞相综合的大型歌舞音乐，所以，后来它才有可能再回授于中原。隋大业炀帝制定的七部乐、九部乐中，第一部清乐就证实了这一情况：

> 清乐其始即清商三调是也，并汉末旧曲。乐器形制，并歌章古词，与魏三祖所作者，皆被于史籍。属晋朝迁播，夷羯窃据，其音分散，符永固平张氏，始于凉州得之。宋武平关中，因而入南，不复存于内地。及平陈后获之。高祖听之，善其节奏，曰："此华夏正声也。昔因永嘉，流于江外，我受天明命，今复会同。虽赏逐时迁，而古致犹在。可以此为本，微更损益，去其哀怨，考而补之，以新定律品，更适乐器。……其乐器有钟、磬、琴、瑟、击琴、琵琶、箜篌、筑、筝、节鼓、笙、笛、箫、篪、埙……⑤

保存于河西地区的这一"汉末旧曲"，在流传过程中，其实已经有了很大变化，它在前凉时期，就已经融入西域少数民族音乐，在它的一部乐器中，包括琵琶、箜篌等西

域传入的乐器就是明证。所以，河西地区的前凉政权在保存中原旧乐上贡献重大，尤其在改进、丰富这一"华夏正声"方面功不可没。

"五凉"在保存大量中原文化的同时，又使自己成为域外文化的集中地、加工站和转运站。在隋制定的九部乐中，"凉州""龟兹""天竺"三部乐曲，都是五凉时期首先在河西经过"改造"后方传入中原的。

华夷文化在河西的并融，不只见诸史书频繁的记述，在甘肃从西到东近两千公里地表上下，几乎全由音乐文化的砖坯和石窟五彩壁画垒砌晕染而成。地表之上密密麻麻的寺庙石窟几乎连成一线，地表之下大大小小的墓葬群中，静静躺卧着形形色色的乐舞遗存。尤其以嘉峪关魏晋墓为系列的砖壁画重见天日，为我们了解和研究西凉乐舞的形成发展，提供了可靠的实物依据。

随着佛教在河西的迅速传播，各地又掀起造寺建塔、凿窟塑像之风，使得甘肃从东到西近两千公里的古丝绸之路两侧，傍依苍山翠峰，开凿出密密麻麻的石窟群数不胜数。据有关资料，单就敦煌千佛洞中，以甘肃古代乐舞所涉及的乐队、乐器壁画空间形象，就散布在大大小小 200 多个洞窟之中，其中大小型乐队就达 500 余组，乐伎 3000 余人，各种乐器 44 种、4000 余件；至于舞态、舞姿，更是数不胜数。由此而又形成一个新兴的"凉州文化圈"、一条由西向东的文化流播线、一支以凉州乐人为核心的河陇乐舞文化大军，成为当时引领中国整个文化发展潮流的一支强大文化力量，也对整个世界的文化发展产生深远影响。

需要一提的是，敦煌壁画中的乐器乐舞图，无疑是以当时最为盛行的《西凉乐》作为现实生活比照而得的必然。以《西凉乐》为主体构架的河陇文化，对后世唐诗、宋词、元曲、传奇的变革、发展与形成，也产生不可估量的影响。

《西凉乐》虽然说是歌舞，但它基本构成的音乐元素则是"曲子"。"曲子"又是从远古到魏晋上下三千年中国民间音乐歌舞的凝炼，是凉州一脉传承的河陇秦声秦姿、中原音乐同天竺佛教音乐、西域龟兹等国音乐的互鉴与融合。因此，它是最能表现感情的歌舞音乐，也是最具多元审美动态的歌舞音乐。

公元 439 年，河西的音乐舞蹈，亦随北凉的最后覆灭遂流于北魏，北魏王朝因不断吸取西凉和西域的音乐舞蹈来丰富自己而引人注目。而古代的雅乐，进入两汉以后已成为帝王举行大典时的乐舞，及至永嘉之乱，散失殆尽。汉魏乐府也因中原战乱频仍亦分散于各地，其中有散落在凉州的，有渡江而南的。与此同时，又随着在各民族的大迁

徙，西域、漠北音乐则大量输入，因此，在音乐里出现不同的地方特色。《旧唐书·音乐志》就引用祖孝孙所说：

> 陈、梁旧乐，杂用吴楚之音；周、齐旧乐，多涉胡戎之伎。

河西文化输入北魏，许多文化部门都受影响。《魏书·乐志》载，北魏音乐"兼奏燕、赵、秦、吴之音，五方殊俗之曲"，还说拓跋焘"平凉州，得其伶人、器服，并择而存之"。《隋书·音乐志》记载北魏得到西凉乐后，一直沿用，到魏周之际，又称《西凉乐》为"国伎"，正说明甘肃乐舞在当时在全国的深远影响。

甘肃地接西域，号称"边关"，加上省内又为羌戎所支，其军事战略位置倍受历朝重视。随着秦、汉王朝在河西建政设郡，大量内地汉人戍边屯垦，众多降服的少数民族安居河陇，还有历朝谪戍的犯官，失所逃荒的流民，避难的世家豪门，以及潜心修学的文人士子等，俱都纷至沓来，这些不断徙西河陇的流动群体，实际上就是一支播撒各种曲子的庞博大军，正是他们的传播，才将甘肃打造成了一个多民族、多色彩、多文化熔冶交荟唱响的大舞台。

隋唐之后，西凉乐舞衍为西凉大曲，西凉大曲又拆卸成可供"倚声填词"的"小令"，"小令"又同隋唐"燕乐新声"流汇一处，形成河陇大地又一新兴歌曲系统。宋元时期，这一新兴歌曲又在发展的道路上开始有了各自的分途，有的成为上层文人遗兴填词的"词曲"，有的则以曲牌形式进入北曲杂剧声腔领域的"剧曲"，但还有一部分流散于甘肃民间，这便是长期存活在人们口头上的民间"曲子"或"小曲"。这一部分"小曲"，自南北朝以来，虽然在野生状态下无拘无束地成长蔓延，同时又以极其简陋的形式口耳相传，但是，却忠实表达着下层民众的真情实感，传递着他们的美好愿望和共同心声，为他们贫瘠的文化生活平添着多种欢乐，也时时寄寓着他们的精神向往和滋润着他们干裂的心田。就这样，"曲子"和当地民众相依为命，永结同心，千百年来，成为下层民众生活中不可或缺的"精神食粮"。也许正是这个缘故，各种宗教又将"曲子"作为培养人们宗教感情、宣扬宗教真理的诱人"饧蜜"，大量运用于佛教、道教等宗教义理的宣演之中，结果促成"道情""宝卷""贤孝""劝善调"等多种宗教说唱曲艺形式的产生。明清以来，甘肃曲子又同南北俗曲实现第二次大融合，同时又汲收相邻省区一切可用的唱调和形式，又形成许多不同声腔类型的说唱曲艺品种。这些说唱曲艺，由于各有守土，随着各地方言的不同，歌腔系统的不同，各自的艺术风格、艺术情趣及艺术表现专长等，也便有了很大的区别。

河陇曲子与南北曲子第二次并融

如果说魏晋隋唐中原乐舞和清商三调实现了"胡夷之乐"与"中土之乐"在甘肃的第一次大融合的话，那么，明洪武时期，随着江南、中原、华北士庶军民大量戍边河陇，各地纷纷不断的南北时调杂曲大量迁播甘肃，无疑成为同河陇"曲子"的第二次大融合了。正是这次融合，促使甘肃曲子真正进入大刀阔斧的发展与造型阶段。直至明末清初，各呈异彩的民间曲子说唱，不同体制的曲子小戏，渐渐绽放出它们的庐山真容。从此，曲子又带着浓重的儒家气味，以"寓教于乐""高台教化"的"人师"戏道，渗透在甘肃民众的生活与信仰中，也对人们的道德、情操、伦理、观念给予深远影响。

1368 年，朱元璋收拾了元末民族战争和农民起义残局，建立了明王朝，但元蒙古势力并未全部消灭。在今甘肃定西驻扎着扩廓帖木儿一军，武威则有失剌罕占领，正如《明史纪事本末·故元遗兵》的描述：

> 引弓之士不下百万众也，归附之部落不下数千里也，资装铠仗尚赖而用也，驼马牛羊尚全有也。元人北归，屡谋兴复。

趋于西北军事形势所迫，明中央决定以发展甘肃农业经济为依托，在河西一线屯兵垦田，务防保边。再度掀起移民高潮。《明太祖洪武实录》卷二一六，记载着洪武二年三月(1369 年)，高皇朱元璋的颁诏：

> 临洮、岷州、宁夏、洮州、西宁、兰州、庄浪、河州、甘州、山丹、永昌、凉州等卫屯田，每岁所收，谷种外余粮以十分之二上仓，给士卒之守城者。

如此众多的甘肃辖地均在其属，具体显示了朝廷对甘肃屯田的重视。明洪武五年(1372 年)，朱元璋为安定西鄙，遣宋国公冯胜开创河西，驻军于镇夷城（今甘肃高台县红沙崖乡沙河村马岗营子）。随着屯田戍边规模不断扩大，明王朝开始向甘肃大量移民，屯边兵士、内地居民，还有各级犯罪官员及其家属等，大量落户于甘肃，使甘肃人口从元世祖至元十七年（1280 年）时的四十万，猛增至明神宗万历元年（1573 年）时的一百三十万。来自各地的这些移民中，不乏有三晋古地、燕赵平原和江南水乡的居民。他们不只把原籍节庆礼俗带至到了甘肃，也用自己多姿多彩的"家乡文化"洗刷思念故土的孤寞，这本身就已构成不同区域之间的文化交织与互汇。史载，山西、河北满氏家族明初举迁于甘肃平番（今永登）、临洮、武威、张掖诸地者达"九万余众"；地处甘肃河西一隅的民勤（古名镇番），周边被腾格里沙漠基本环围而处于封闭状态，独特的地理

位置，成为洪武流放钦廷要犯的首选之地，来自江、浙、鄂、赣的大量移民，也将各地民间曲子带入该地，构成一种南北交荟的独特民风民俗。《皋兰县志》还记述了江浙移民清明祭祖的礼俗：

> 每逢清明，移民面南跪拜，女士哭啜，男士吟曲，焚香化纸，遥祭列
>
> 宗。

明洪武时期（1368—1398）凉州人聂谦所著《镇番风土人情记》云：

> 逢上元社火、三月清明……有百姓娱乐，戴柳抛球，纷然杂集，小摊买
>
> 卖，育女丝弦，在在城市。

成书于明永乐甲午年（1414 年）秋的《凉州风俗杂录》亦载：

> 亦有戏子游优，卖技讨食，涠聒眺听，声不绝耳。

凡此无不说明早在明洪武初年的公元 14 世纪中叶，甘肃业已有了民间曲子和戏曲艺术演艺活动的存在。

明中叶，北曲渐绝，萌发于六朝的南北俗曲却成当时的流风所向。这些民间俗曲，可谓集南北时调之大成者，伴随着移民迁徙、商路流动、军旅换防传遍甘肃各个角落。南北时调唱响河陇大地，形成席卷之势，风靡一时，竟成"不学而能之"的"俚巷之词曲"。嘉靖、万历时已引起士大夫们的注意。明弘治、正德年间"前七子"之一的庆阳人李梦阳（字空同，1473—1530 年），对这种兴时歌调极其"酷爱之"，"以为可继国风之后"。他在其所著《空同子集》中赞叹曰：

> 如今俚巷之词曲，不学而能之，急徐高下之板眼，谓之音也。及问其出某
>
> 品某律，孰宫孰商，则不知也。

这无疑是对当时南北时调滥流于河陇的真实写照。这些时调歌曲，虽系元人小令的一支，却犹似当年弦索北曲之遗响，数量之多，不可悉计，河陇人常以"三十六大调，七十二小调"形容它的浩瀚。它不仅使当时的甘肃形成以演唱时调歌曲的众多坐唱曲艺形式在民间广传，还作为影戏、舞台戏曲声腔而活跃兴盛一时。

明清之交，时调歌曲风靡更甚，稍晚的沈德符《顾曲杂言》就详尽记述了当时的流播情况：

> 元人小令行于燕赵，后日浸淫日盛。自宣、正，至化、治后，中原又行
>
> [锁南枝]、[傍妆台]、[山坡羊] 之属。……今所传 [泥捏人]、[鞋打卦]、
>
> [熬鬏髻] 三阕，为三牌名之冠，故不虚也。自兹以后，又有 [要孩儿]、[驻

云飞]、［醉太平］　诸曲，然不如三曲之盛。……嘉、隆间，乃兴［闹五更]、［寄生草]、［罗江怨]、［哭皇天]、［干荷叶]、［粉红莲]、［桐城歌]、［银绞丝］之属。　自两淮以至江南，渐与词曲相远。不过写淫蝶情态，略具抑扬而已。比年以来，又有［打枣竿]、［挂枝儿］二曲，其腔调约略相似。则不问南北，不问男女，不问老幼良贱，人人习之，亦人人喜听之。以至刊布成帙，举世传诵，沁人肺腑。其谱不知从何处来，真可骇叹！又［山坡羊］者，李(崆峒)、何(大复)二公所喜，今南北词俱有此名，但北方惟盛爱［数落山坡羊]。其曲自宣、大、辽东三镇传来，今京师妓女惯以此充弦索北调。其语秽亵鄙贱，并桑濮之音，亦离去已远。而羁人游婿，嗜之独深。丙夜开樽，争先招致，而教坊所隶筝簒等色，及九宫十二则，皆不知为何物矣。

这种清丽的民俗游艺活动，在当时甘肃境内的流播是极普遍的事，原因除大量移民使甘肃人口结构形成"五方杂处"外，也与明中央十分重视甘肃商业经济的建设和发展不无关系。洪武初年，设茶马司于秦州、洮州、河州；永乐六年（1408年），又在甘州、凉州、兰州等地开设马市与蒙古、回、藏等互市；永乐九年（1411年），甘州置茶马司，遣御史巡督茶马。隆庆五年（1571年），明朝与俺答汗议和，仅长城一线开设马市十一处，使马市达到巅峰，不仅"官市""民市"互进，交易商品范围也越来越广，促使甘肃商业及商品市场发展到一个新的高度。甘川贸易、甘陕贸易、甘京贸易、甘藏贸易、甘新贸易、长江中下游与甘肃之间的诸多贸易商道也陆续开通。以兰州为中心的商业都市开始繁荣，成为"廛居鳞次，商民辐凑"的西北"一大都会"。正是甘肃随着社会生活由动荡逐渐转向安宁，甘肃民间文化的继承和发展，随之出现繁荣局面。

入清以后，这些小曲又一再变化名称，蒲松龄《幸运曲》一书就记述了这种变化情况：

世事若见循环，如今人不似前，一曲一年一遭换，［银纽丝］儿才丢下，后来兴起［打枣杆］……

其它如［挂枝儿］变化而出［劈破玉]、［陈垂调]、［黄鹂调]，以及［边关词]、［呀呀优]、［倒扳桨]、［靛花开]、［跌落金钱]、［节节高］等。刘廷玑《在园杂志》对此记述更详。这些俗曲，因城市的妓女等人歌唱时，多用弦索乐器伴奏，所以又有"弦索调"之称。

弦索调在清初已被用于故事说唱。蒲松龄写过系列《聊斋俚曲》，就是用［耍孩

儿]、［劈破玉］、［倒扳桨］、［跌落金钱］、［罗江怨］、［银纽丝］等来说唱故事的。可见，当时已是集唱念做表于一体的近似戏曲体裁。尤其《霓裳续谱》中的《探亲家》《王大娘》等，业已成为有角色的俗曲小戏。

清代初年，在黄河下游的冀、鲁、豫及苏北、皖北，弦索调先后发展为戏曲声腔。当时，有"南昆、北弋、东柳、西梆"的说法，甘肃流行旷久的曲子戏，也是以唱明、清俗曲为主的民间小戏，演唱当以三弦、胡琴伴奏，民间早有"弦索"之谓。

甘肃民间说唱曲艺品种虽然繁多，却在总体上不外乎三个特点：一是唱为主，二是历史长，三是重教化。这也是它们一直保持着原生态古朴风致的原因所在。曾有专家考证调查，明代盛行于甘肃境内的民间说唱曲艺将在百种以上，而且形式繁杂，手法多样，有清唱，有说唱，还有说、唱、表三结合多曲牌联套的大型演唱，甚至还明显呈露出第一人称代言的行当角色分制。其内容大致可分三类：一是歌颂孝子贤孙、神仙道扮、义夫节妇、劝人向善的宗教性说唱曲艺。如《宝卷》《道情》《贤孝》《劝善调》等；二是衍袭"诸宫调"形式演唱历史故事的世俗性说唱曲艺。如《唱曲子》《秦安老调》《兰州鼓子》等；三是因农事、节令活动逐渐发展而成的劳动性说唱曲艺。如《锣鼓草》《春官歌》《二人对》《笑谈》《太平车》等。三类说唱表述的内容虽然不同，但歌腔皆系包括民歌、小调在内的曲子。

甘肃曲子，历经了上下数千年的化炼修造，融汇了大大小小的长河涧溪，尽管从遥远的过去一路旋歌久唱不衰，甚至在北宋开始出现登上乐楼表演故事的迹象，但它真正的发展是在明代，特别当其同明清南北时调结合以后，不仅在原有声腔基础上更加丰富完善，并从地摊登上舞台正式发展成为曲子戏，还带动了全省多种民间小戏的形成，也给河陇戏曲剧种的出台积累了经验，提供了音乐素材。故将其视为甘肃戏剧的活化石，丝毫不为过分。

① 范文澜：《中国通史简编修订本》第二编，北京，人民出版社，1964。
② 汤用彤：《汉魏两晋南北朝佛教史》，北京，中华书局，1983。
③ 任二北：《敦煌曲子词》。
④ 美·谢弗：《唐代的未来文明》，吴玉贵译，北京，中国社会科学出版社，1995。
⑤ 《隋书·音乐志》。

再论曲子

盖隋以来，一种叫做"曲子"的小型乐歌，在我国大江南北悄然兴起。这种曲子，既可弦索谐舞相奏，又能采诗入乐唱和，而且穷者借以"欲达其言"，劳者又可随律"须歌其事"，即便"男女有所怨恨"，也能"相从而歌"①，一时竟成人们言情述志、咏事娱心的时尚流行歌曲。

曲子大盛于国中，得力于"胡夷"之乐与中土之乐长期的交融交合。所谓"胡乐"，当时是指天竺(今印度)、高丽(今朝鲜)、康国(今乌兹别克萨马尔罕地)、安国(今乌兹别克布哈拉地)和我国西北部少数民族地区的龟兹(今新疆库车)、高昌(今新疆吐鲁番)、疏勒(今新疆疏勒和英吉沙二城地)以及西凉(今甘肃河西一线)等地的音乐；中土音乐则指汉民族固有的雅乐和清商乐。这两种音乐的相交相融，又为我国生出一个新兴的民族乐种——燕乐。

燕乐的问世，无疑对历来主张"礼乐之治"的封建统治王朝产生极大震撼，隋高祖(杨坚)便视这种雅郑不分、中外合奏的曲子为"不祥之大"，而且诏令天下要"奏正声"，以相抗阻；一些封建卫道士们对这种奇变新声也发出"礼崩乐坏""淫声乱政"的喧嚣。黄门侍郎颜之推就力谏高祖，务以"梁声"为依据，考寻古典，恢复旧制。然而，燕乐新声已是不可逆转，朝野上下俱都"皆好新变"，"开皇中，其器大盛于闾闬。时有曹妙达、王长通、李士衡、郭金乐、安进贵等，皆绝妙弦管，新声奇变，朝改暮易，持其音技，估衒公王之间，举时争相慕尚"。无奈之下，高祖不得已而"又诏求知音之士，集尚书，参定音乐"②，开始探讨外来音乐乐律与中国传统音乐乐律的关系问题；同时，还明确提出"太常雅乐，并用胡声"的国策，基本消除了地域划分所形成的文化隔阂。至大业中，"炀帝(杨广)乃定清乐、西凉、龟兹、天竺、康国、疏勒、安国、高丽、礼毕，以为九部。乐器工衣创造既成，大备于兹矣"③。至此，所谓"胡夷"之乐，才算得到了朝廷的正式认可。

一、甘肃独特的文化生态环境，是曲子生成的沃土

"曲子"一词，始于隋而见于唐。《教坊记》有载：隋大业末，宫廷乐人王令言，

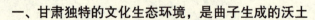

在家闻听其子所奏琵琶曲后惊问："此曲何名？"其子曰："内里新翻曲子，名'安公子'。"④这便是"曲子"一词的最早出处。

曲子的兴盛，起因仍与甘肃有关。这不只因为甘肃河西一线，本是汉魏隋唐中外文化交融的昌盛之地，更是在这种交融的大背景下，直接导致《西凉乐舞》的问世，并由此引发了一场中国传统音乐文化的重大变革。其中最为突出的，便是打破历朝统治者借雅乐为"正声"之名，诽民乐为"淫声"之实，促成以"燕乐"为主体的民族民间音乐更大的发展与繁荣。西凉乐舞不仅作为"国伎"而存在，也在它不断发展的过程中，直接孕育出大曲、词曲、说唱、杂剧等多种艺术形式。因此，当时对于音乐作品的创制，无一不以吸纳西凉乐为时尚。杜佑云："自周、隋以来，管弦杂曲将数百曲，多用西凉乐。"⑤就连汉世"李延年典乐府"，也都要"稍用西凉之声"⑥。君倡臣和，新声奇变，这种大一统的民族音乐发展氛围，促使包括乐器、歌舞、杂曲在内的域外音乐大量涌入国门，并在丝绸之路两侧广为蔓延，从此，燕乐真正进入大发展、大繁荣的创造阶段。最值得一提的是，隋大业五年(609年)，炀帝西巡，驻跸张掖，西域二十七国遣使朝拜，张掖数十里长街及其所属各州府县，全都沉侵在"披金玉，载金蔚，焚香奏乐，歌舞喧噪"⑦的喜庆氛围之中，"帝复令武威、张掖士女盛饰纵观，衣服车马不鲜者，郡县督课之。骑乘嗔咽，周亘数十里，以示中国之盛"；"上御观风殿……蛮夷使者陪阶庭者二十余国，奏九部乐及鱼龙戏以娱之"⑧，成为当时轰动中外的甘肃歌舞百戏大会演。

至唐，西凉乐舞在继续发展的道路上，又派生出名曰《凉州》的"大曲"作品。唐郑启《开天传信记》载："西凉州俗好音乐，所制新曲曰《凉州》，开元中献之。"宋王灼《碧鸡漫志》亦云："乐府所传大曲，惟凉州最先出。"大曲属套曲联缀的多段大型歌舞音乐，其曲体结构基本"乐（合奏、协奏、独奏）—歌（合唱、独唱、领唱）—舞（独舞、双人舞、集体舞）"三位合一的综合艺术特征。故一经问世，即成时尚，成为当时中国音乐文化的主流。江南江北慕其声技，当朝诗人纷纷咏颂，如王昌龄的"梨园弟子和《凉州》"、白居易的"一曲《凉州》无限情"、顾况的"江南艳歌西凉舞"等等，无不真实地表达了中原人士对凉州大曲和西凉乐舞的倾倒。大曲的深远意义，不只意味着燕乐这一民族乐种已经趋于成熟，更在于它那乐律以及乐曲联套程序与节奏层次对比序列，对后世甘肃各种说唱曲艺、戏曲声腔剧种的形成，播下生成的潜在育种。

随着"凉州"大曲的出现，甘肃相继又产生更多的大曲作品。开元天宝年间，西凉节度使杨嘉运向长安进献［伊州］、［渭州］（亦称［胡渭州］）等曲，其中［伊州］最

得唐玄宗所喜，故而"重来叠去"的"进点"。这两个大曲作品，虽然亦乐亦舞，却又明显包容了能够入词反复叠唱的歌曲作品。唐元稹笔下的"前头百戏竞缭乱，丸剑跳踯霜雪浮"（《西凉伎》）、岑参笔下的"秦州歌儿歌调苦，偏能主唱《濮阳女》"（《参与赵歌儿》）等诗句，正是盛赞长安城内大演武威百戏和大唱天水民间曲子《濮阳女》（亦名《百舌鸟》）引动万人空巷的真实写照。

大曲由于篇幅过大，后又出现从中摘取片断单独演奏并制歌填词的情形，这便是人们所言的"小令"或"叶儿"。此风兴起，一时竟成民间社会、私人宴享乃至宫廷禁宛最时髦的流行歌曲。中唐宫廷歌伎和民间乐工，"取当时名士诗句入歌曲，盖常俗也"⑨。后又由"选诗以配乐"逐衍为"由乐以定词"⑩。这种创作方法的形成，对后来宋元杂剧的问世起了关键作用。宋周密《武林旧事》所载宋官本杂剧二百八十出，合大曲者一百零三出，其中明显为"西凉乐"的有〔四僧梁（凉）州〕等七本，用"伊州"的有〔铁指甲伊州〕等五本，用"石州"的有〔单打石州〕等四本。陶宗仪《缀耕录》所载六百九十种金院本，虽大部未标曲名，仍有〔上坟伊州〕、〔熙州骆驼〕、〔进奉伊州〕、〔闹夹棒六幺〕、〔背箱伊州〕、〔酒楼伊州〕、〔羹汤伊州〕七本，亦属西凉乐。

谈到曲子，敦煌遗书中同样保存着一些极其珍贵的唐代曲词和曲谱抄本。曲词称"敦煌曲子"或"敦煌曲子词"，曲谱称"敦煌曲谱"或"敦煌卷子谱"。就目前已知的曲子词可达 590 首，涉及的曲调则在 80 首以上，保存下来的曲谱却仅有 25 首。其记谱形式为燕乐减字谱，与日本正仓院所保存的唐代天平琵琶谱多有相似，因缺乏相应的定调资料，解译方面众说不一。敦煌曲子词有七言、五言的整齐句式，也有长短句；有单段的，也有多段词共用一个曲调的，还有若干段成套连续演唱的大曲；有的有帮唱，有的有引子，已有诗（词）、乐（唱调）、舞（表演）综合艺术的特点。从曲牌唱调来看，有〔菩萨蛮〕、〔更漏子〕、〔破阵子〕、〔倾杯乐〕、〔伊州〕、〔水鼓子〕等名称，有的乐谱无标题，如〔急曲子〕、〔慢曲子〕等。这些曲子，都是在寺院大兴讲唱、广纳民间歌曲、新创作歌曲和域外所传入歌曲背景下产生的，并作为隋唐燕乐的组成部分。尽管在漫长的丝绸之路上长期以民间小曲的形式流传，实际上体现了唐宋民族民间音乐的突出成就，是各民族人民的共同贡献。

二、大曲衍为小令　用场道分多途

燕乐的繁盛，促成"倚声填词"社会流风，"倚声填词"的社会流风，又迫使唐诗入曲歌法的转变，结果导致歌诗向歌词的过渡，最终唐诗衍为宋词。后又在燕乐新声逼

使下继续发展衍变，及至金、元时期，特别到了元代，又成了专门依附歌腔而存在的唱词，使"词"而又衍之为"曲"。曲系元朝一代国风，人们通常称为"元曲"。又因多用北曲，故又称为"北曲"。北曲不单抒情，更能联套表事，故称北曲为"北剧"或"北杂剧"。但是，进入杂剧的北曲，仅仅是"曲子"的一部分，只不过被当时的文人所看重，常常借曲而自娱，制感慨之歌词罢了。故"北曲"亦为"北词"，"北词"亦为"北曲"，其间不难看出当时文人重词轻曲的倾向。这也是今天之宋词元曲，存词者多，存曲者少的主要原因。其实，"曲"的概念有着更宽泛的意义，可以说是上溯周秦，下至明清，是几千多年间民族音乐遗产的丰富积累和集大成者，西周之雅乐、郑声，汉魏之相和三调，随唐之燕乐大曲，宋代之诸宫调、鼓子词、唱赚、转踏甚至后宫嫔妃的房中乐、村野贩夫走卒的村坊曲等，都可统揽在"曲子"名下，即便所谓北曲，也不过是曲子中的一体，同样是金、元时期流传的民间曲子罢了，其中当然不只是北方汉民族的民歌曲子，更有北方各少数民族的民歌曲子。元曲中的有些曲牌名称，至今还保留着少数民族的语音，如［魔合罗］、［唐兀歹］、［阿那忽］、［忽都白］等。尤其［霓裳中序第一］、［六么令］、［六么序］、［六么遍］、［小梁州］、［八声甘州］、［梁州第七］、［菩萨梁州］、［伊州遍］、［菩萨梁州］等，显系源自于唐代西凉大曲的曲调。可见，北曲也融汇了甘肃河西音乐文化成果。这些曲牌，都是中国最早的戏曲声腔之一，它与南曲相并列，合称南北曲。

南北曲的合流，使曲子呈现出更加活跃的态势，由此导致在用法上道分多途。总体来讲，不外乎剧曲、散曲、杂曲三类。

（一）剧曲

剧曲就是通过曲子的演唱表现一个完整的故事内容，当然，入戏后的每一只曲子歌腔都经过经过严格择拣后纳入剧的篇制中的唱腔，因为，原初的曲子虽然数量不可悉计，但每只曲调都在顽强展示着相互无法兼融的排他性，故而也就不过是庞杂和无序意义上的一群零歌散调而各自独立并存罢了。入戏后的曲子则不然，首先在它们被戏剧接受和容纳之时，都须经过削弱其个性与强化其共性的驯化和改造，使它们能够统一在"剧"的篇制中，相互兼容相互组合，随意摘拆随意联套；而且都能依"戏"而歌之，唱词不再为专曲所用，而是根据不同剧目随时更易；唱调也不再为专词而设，同样按照剧情和人物需要，填入不同剧目的唱词进行演唱。实际上，词曲双方都消解了原先专词专曲的凝固式依赖，变成一种相对固定的音乐程式而存在。因此，更利于戏剧择用、组拆、合套。还有，入戏后的曲牌唱调，当变成戏剧角色赖以吐露心声的唱腔以后，较前有了可裂变的扩张余地，由此形成同一首曲子生出多种变体唱调的局面。正是在不同戏剧内容、角色情绪以及演员腔口、嗜好等多种因素作用下，形成成一支感情色彩丰富、用场宽泛多样、风格而又统一的唱腔声腔系统，足供演员在相当宽裕的幅度内酌情择用。作为元杂剧唱腔曲牌牌的北曲便是如此。

元杂剧的来源，有的史学家认为它脱胎于金院本。金院本虽是诸般伎艺杂陈的表演艺术，但其中戏剧表演的成分已有相当高度的发展，并拥有很多的戏剧节目。元杂剧最初就是金院本中的一种演出形式，而后从金院本中分离出来，形成独立的戏剧艺术。因此，院本、杂剧这两个词经常互相通用。元陶宗仪《南村辍耕录》言："院本、杂剧，其实一也；国朝(元朝)，院本、杂剧始厘而二之。"

元杂剧是以唱曲为主的戏剧，它的文学部分主要也是在曲词的写作上，所以后人又把它称为"元曲"。元曲在文学史上与唐诗、宋词并列，被称为一代文学，具有光辉的成就。优秀的作家和作品极多，如关汉卿《窦娥冤》《望江亭》《救风尘》；王实甫《西厢记》；马致远《汉宫秋》；白朴《墙头马上》；郑德辉《倩女离魂》等等。这些作家和作品在文学史、戏曲史上有过很大的影响，有不少作品至今尚流传在戏曲舞台上，被许多剧种以各种改编本的形式演出。

元杂剧的歌唱艺术也有很高的成就，出现过不少的知名演员，他们都是一些出色的歌唱家。名重一时的朱帘秀、梁园秀、陈婆惜、金莺儿、米里哈等都是在演唱艺术上很有影响的演员。

作为元杂剧剧曲的北曲曲调，多系七声音阶，旋律中大跳多于级进，节奏紧促，字多调急，总体上体现出苍凉雄迈的的特点。徐渭在谈及聆听了北曲演唱的感受时言：

听北曲使人神气鹰扬，毛发洒淅，足以作人勇往之志，信胡人之善于鼓怒也，所谓其声瞧杀以立怨是已。

王世贞的《曲藻》，不仅对北曲的音乐作了描写，还指出了南北曲音乐的不同处：

凡曲，北字多而调促，促处见筋，南字少而调缓，缓处见眼。北曲词情多而声情少，南曲则词情少而声情多。北力在弦，南力在板，北宜和歌，南宜独奏。北气宜粗，南气易弱。此吾论曲三味语。

王世贞所言，与徐渭所说"听北曲使人神气鹰扬，毛发洒淅"有些差别。以"北力

在弦"这句话来判断，所指多是清唱的散曲，因为北曲中只有清唱的散曲(包括一些剧曲)是以弦索伴奏的，音乐上也不如剧曲那样高昂和具有多端的变化。而北曲的剧曲则是以笛管为主要的伴奏乐器了。"北字多而调促"，"南字少而调缓"，这的确是南北曲音乐表现的不同。

明代著名的昆曲创始人魏良辅在他的《曲律》中，也把南北曲作了鲜明的对比，而且与王世贞所言并无新的变化：

> 北曲与南曲，大相悬绝，有磨调、弦索之分。北曲字多而调促，促处见筋，故词情多而声情少。南曲字少而调缓，缓处见眼，故词情少而声情多。北力在弦索，宜和歌，故气宜粗。南力在磨调，宜独奏，故气宜弱。近有弦索唱作磨调，又有南曲配入弦索，诚为方底圆盖，亦以坐中无周郎耳。

这段话还可以说明即使在魏良辅改良的昆曲之中，也是分有南北曲的，二者之间的区别还是"大相悬绝"。而且，在历来的记载中，只有说魏良辅"愤南曲之讹陋"[①]而改革了南曲，不见说他改革了北曲。相反，他倒是吸取了北曲的成就来对南曲进行改革的。这一点，有关于魏良辅向张野塘学习北曲的记载可以证明。因此，以后昆山腔的盛行，并不是北曲音乐的消亡，而是南北曲合流在一起了。魏良辅还就此明确地提出演唱的要求：

> 曲有两不杂：南曲不可杂北腔；北曲不可杂南字。

"南曲不可杂北腔"，估计是南曲内不可混入北曲的腔调。如在五声音阶的南曲声腔内，混入了北曲所用的七声音阶。即：南曲只用的五正声中，混入了七声音阶中的乙、凡两个变音。而"北曲不可杂南字"，则是指北曲演唱时，不可出现南方的字音。这一点对于南方人唱北曲来说，是在吐字发音上极容易出现的缺点。从这个具体的对南北曲的演唱要求来看，在魏良辅改革的昆曲中，依然保持着北曲的音乐和演唱特点。

北曲由于通常作为杂剧的形式出现，每剧所表现的戏剧情节、戏剧情调各有不同，以不同宫调组合套曲作为戏剧音乐结构，也就有了各自的区别。由于剧本结构的通例为"四折一楔子"，即一本戏由四组套曲构成，每套曲子只能选用同一宫调的曲牌，俗称"一宫到底"，四组套曲便用不同的四个宫调，以此在相互间构成调性色彩上的对比和变化，促成各折间戏剧情绪、情调上的对比起伏和变化。这种结构在音乐上即被称作"四大套"。每组套曲所含曲牌的先后排序也有严格定制，通常的结构原则是：

散板——慢板——中板——紧板——尾声

具体讲，第一、二只曲牌为［散板］，具有"引子"的性质，其后各曲，则按［一板三眼］、［一板一眼］、［有板无眼］慢曲在前、快曲在后的程序依次排列，最后一只曲牌"打散慢唱"，作为"尾声"来结束全套演唱。它的演唱形式也很独特，全剧只由一个角色通唱到底，称"一人通唱"或"一人主唱"。这就有了全剧通由一人独唱的意义。这种演唱形式尽管有它的局限性，却促成主唱演员的歌唱艺术达到相当高的水平，也使北曲演唱技巧得到充分发展，并对我国民族声乐的发展产生重大影响。

（二）散曲

也称"清曲"，是元杂剧盛行前后，流行于市井勾栏，后世相沿使用的一种歌曲形式。早期并无散曲之名，明初朱有炖开始称自制小令为散曲，近人吴梅、任中敏等，为了把这类歌曲区别于戏曲作品，便将"小令""散套"统称为散曲。由此得知，散曲是与剧曲（北曲杂剧）相对而得的名称。

散曲与剧曲之间的最大差别在于：剧曲是一种以北曲演唱的戏曲形式，它须有完整的戏剧结构、曲折的故事情节与鲜活的人物形象。剧曲作家对生活的看法、评价，必须通过剧中人的口吻表现出来。而散曲则不然，首先，它不受戏剧形式的种种约束。散曲作家对生活的感受，不必假托剧中人，可以用自己的口吻直接抒发，并以一种抒情诗或叙事诗的形式，抒发作家个人对生活的感怀，因而结构比较单纯，尤其散曲的音乐结构形式比剧曲要短小、自由；其次，剧曲的结构按元杂剧通例常为四大套，即一本戏由四组套曲构成。散曲则可以只用单支曲牌，同时也可以用若干支散曲曲牌组成套数，尽管它同样前有引子后有尾声，中间则联缀同一宫调的若干只散曲，但要比剧曲以"四大套"构成一本戏的套数来，就显得自由、灵活多了，故称其为"散套"，单支曲牌的作品则称为"小令"。还有最重要的一点，就是剧曲是必须在舞台上演出的，散曲则只供清唱用。

虽然任何曲牌单独使用时，都可以称为是小令，但实际上，不是每个曲牌都可作为小令单独使用的。在元曲中，只有散曲才使用小令的形式，而且作为小令使用的曲牌也并不是很多。任讷《散曲丛刊》中的统计和《北词广正谱》所列，只不过才五十个。根据对隋树森所编《全元散曲》所做的重新统计结果表明，元散曲中作为小令使用的北曲曲牌共一百二十个(南曲曲牌另计)。这些曲牌，并不是平均地分配在各个宫调中，而是有的宫调多些，有的宫调少些。

散曲的演唱者主要是歌妓,歌台舞榭,秦楼楚馆以及达官贵人宅院等场合,也便成为散

曲演唱的集中地。剧曲演出，多处于勾栏瓦舍或广场集市之中，场合宽阔，观众的人数也多，由于散曲和剧曲在演唱场所上有区别，虽然二者音乐属同一种性质，但在使用的伴奏乐器上，还是各自有所侧重的。剧曲的伴奏乐器，以锣、鼓、板、笛等音响较大的打击乐器和吹奏乐器为主。在山西省洪洞县明应王庙元代壁画演戏图中，虽只画出了笛、鼓、板三种乐器，但也正说明了它们是剧曲演出所用伴奏乐器的代表。散曲的演唱场所和剧曲大不相同，而且,无论是宴席之中的助兴伴唱、酒后茶余的消遣娱乐，还是歌楼妓馆的浅酌低唱，在演唱时，无不是欣赏韵味式的吟唱和运用轻歌度曲——大概也就是"缓转星眸，细咽歌喉"(孙周卿《骂玉郎过感皇恩采茶歌》)——的表现。而这样的演唱，不需要响亮、甚至嘈杂的乐器来伴奏，只要几件较清淡的乐器来陪衬也就够了。

从唐诗五、七言绝入乐唱和，到宋词长短句以应曲度，词的形式与格律，始终受到音乐曲体结构和歌妓付诸演唱的双重制约逐渐过渡演变而成。从这个意义讲，唐诗衍为宋词，词又作为一种歌唱的新兴抒情诗体，应该说是文人和歌妓携手合作的产物，因此，音乐性便成了词的最为突出的艺术特性之一。而元散曲作为元曲的重要组成部分，又是上承唐诗宋词合乐歌唱余绪，下启明清传奇戏曲声腔新风的中介和桥梁，但是，它又作为一种文人曲，却在后来发展的道路上，由于过分讲求词藻的华丽、雕琢甚至涩晦，逐渐失去独占歌坛的地位，最终导致词与音乐的脱离，只是作为一种文学的体裁而流世。当然，元曲中的散曲进入北曲杂剧者也不见少，只不过它的主体归入诗歌范畴罢了。

（三）杂曲

在元曲曲牌总的使用情况中，"杂曲"的概念与元人小令的写作内容及其流传范围，已不是元曲所能涵盖无余的了。杂曲的文化内涵还有着更为宽泛的意义。从先秦的"郑声""秦声"至汉魏的"相和三调""中原旧曲""江汉民歌"，乃至隋唐的"燕乐新声""宗教歌曲"等等，都在民间口头传播中缓缓汇入小曲小调的汪洋大海。这些小调歌曲，不论曲体长短，都是结构完整的独立歌腔，尽管它们都是无序意义上的一群零歌散调，也经历了不同历史观念、信仰的重重洗礼，同时也同样受到唐、宋、元三朝诗、词、曲的濡染和影响，但俚俗化、大众化却是它们共同拥有的特征，而且还能将诗、词、曲化雅为俗，变雕饰词作为口头文学。下面是一个由诗变词、由词变曲、由雅化俗、变华丽词章的文人诗为民间大众口头文学的典型例证，它流传于民间，原诗本系宋代诗家程颢所作，名曰《春日偶成》。它忠实地反映了曲子变雅为俗并进入民间戏曲

领域的全过程：

　　诗曰——

　　　　　　　　云淡风轻近午天，
　　　　　　　　傍花随柳过前川。
　　　　　　　　时人不识予心乐，
　　　　　　　　将谓偷闲学少年。

　　词曰——

　　　　　　　　云淡风轻近午天，
　　　　　　　　绿荫深处笑声喧。
　　　　　　　　叫琴童，
　　　　　　　　收拾行囊把酒担，
　　　　　　　　咱二人，
　　　　　　　　傍花随柳过前川，
　　　　　　　　转过小桥，
　　　　　　　　清溪一弯，
　　　　　　　　时人不识予心乐，
　　　　　　　　将谓偷闲学少年。

　　曲曰——

　　　　　　　　云淡风轻近午天，
　　　　　　　　傍花随柳过前川，
　　　　　　　　时人不识予心乐，
　　　　　　　　散步闲游赏名园。
　　　　　　　　贪欢迷失芳草路，
　　　　　　　　遥望见，
　　　　　　　　杏花村里酒旗翻。

左写着：

金勒马嘶芳草地，

右边写：

玉楼人醉杏花天。

急急走，

忙向前，

沽酒三杯一气干。

只见那，

粉壁墙上画神仙，

张果老骑驴过桥边，

倒骑驴儿哈哈笑，

他就是，

将谓偷闲学少年。

从这个例证中，可以清晰地看到由诗变词、由词变曲的基本脉络，以及诗、词、曲三种不同文学样式在意趣上的不同特点所在。诗为七言四句体，三平一仄，"言前"韵辙，声律对偶均十分考究，而且选词造句极具绮丽化倾向，是一首典型的文人抒情诗；变为词后，首先在形式上成了长短句，平仄、押韵也较律诗体为宽，用语亦多显俚俗，所含三字句、四字句，显系择取诗字"相叠成音"，并"以字句实之"来改变歌法以应曲度结构；曲与词相比，除平仄、押韵有了更大自由外，几乎完全口语化了，像"急急走""忙向前""只见那""哈哈笑"之类的大白话，俱都入词歌唱，尤其它已不再是感怀抒情诗，而是有一定情节、有人物个性和细节描述的一种俚俗性说唱文学了。然而，正是曲与词、与诗在白话与文言方面的这种明显反差，决定了俚俗的"曲"，最适合同插入宾白的"戏"来结合进行歌唱，而"戏"与"曲"的结合，不仅促使"戏曲"这一新型艺术形式的问世，还直接孕育出戏曲的最重要艺术表现手段——唱腔。

这是由于这种变化，才促成曲子在继续发展的道路上，作为乐种、曲种、剧种最基本的音乐元素，只要经过一定拣择并将其组织在一定篇制中，就可以变成一种民间小戏或者一个独特的戏曲声腔剧种。这种小曲小调，当其流汇到元代，又吸纳了部分元人小令于其中。如果把元散曲的音乐一直联系到明清小曲和近代的城市小调，统称为"市井小唱"，那倒也未尝不可。"市井小唱"有相当一部分原本就是散流于民间的北曲歌腔，

由于长期以口头传唱的方式辈辈相衍，同时又受到不同地方语音的影响，形成曲调的多样化变异，但其词格依然保留着原来的定制。正因此，人们所称为"杂曲子"者，与包罗万象的"小曲小调"本无不同。正是它首先融汇了我国古代各民族极其丰富的音乐成分，其次完全以民间歌曲的形式存活在群众口头之上，而且还形成多种多样的演唱形式和演出习俗，培养出了不可悉计的演唱歌手和编演故事的民间能人。"杂曲"或者说"小曲小调"，才能以它最小的身躯，最大的情怀，最远久的历程和最扩展的方式，为我们酿制出不知多少声腔麇集竞奏的乐种、曲种和剧种，也不知为我们营造了多少笙磬争鸣斗胜的繁会与欢乐。

最值得一提的是，随着曲子演唱活动的大范围普及和演唱形式的不断创新发展，它又作为最基本的音乐元素（有人称"核腔""基腔"）为我们不断化育出不同声腔特点的曲种和剧种。可以这样说，不论西周之雅乐，汉魏六朝之清乐，隋唐宋元之燕乐，也不论明清之清曲、曲艺还是戏曲，甚至包括今天我们耳闻目睹到的高雅之歌之舞等民族音乐样式，在它们的肌体内，都流淌着"曲子"的血脉，承袭着"曲子"的基因，不管打造得如何辉煌，包装得如何现代，对于"曲子"基因与血脉的贯通则无一例外，否则，就无"民族作风""民族气派"可言。

自古以来，甘肃是"五方之音"杂陈、"村落百戏"争盛的一方"极乐净土"，之所以如此，得益于俗曲小调的丰厚积淀，被当地曲子和曲子戏普遍通用而且流行最广的［柳青娘］这只曲调，就属于古老曲牌之一，其历史可溯源于唐代。敦煌《唐音癸签》十三有载：

> ［柳青娘］者，岂亦歌妓之名，后逐沿为曲名欤。

元时诸宫调《刘知远》、北曲《中吕》《昭君出塞》中均有所用；蒙古"箌吹"中也有此调，清初又从蒙古传至北方，后又风靡南方，如潮州锣鼓中便吸收了它。这首曲子，在甘肃民间口头传播中，不同地区又有［柳青］、［杨柳青］、［杨柳叶儿青］等不同名称，曲调也略有小别，但词格却十分固定，都是严格遵循"五、七、四、三，七、五、五、五"的"八句一韵、一曲一词、不作反复"的规制。类似的曲调还有许多，如［石榴花］、［银纽丝］、［边关调］、［混江龙］等等之类，只不过被人们统称为"杂曲子""小曲子"或"曲子"一揽无余罢了。但从曲调本质特征讲，最早也是来自"摘遍"的元散曲或元小令无疑。其实，甘肃民间曲子唱家也有称它们为"小令"或"叶儿"的。这正合了明人王骥德《曲律》所言：

　　　　所谓小令,盖市井所唱小曲也.

　　这种看法，是来自燕南芝庵的《唱论》：

　　　　街市小令，唱尖歌倩意。

　　小曲在河陇的风靡，又促成三种甘肃民间曲子形式的产生：一是用单曲咏事抒怀的平调。如《四大景》《四小景》《十二将》之类，民间有的将其称为"词调"，有的称为"平调"，更多则称其为"小调"者；二是同样取用宋诸宫调的结构方法，形成前有引子，后有尾声，中间联缀众多曲牌用以演唱一个完整故事的牌子类说唱曲艺。这种形式在甘肃流播极广，而且多系一人主唱、一两件乐器伴奏的清歌伴唱形式，其间也少加插说白。如民勤曲子、秦安老调，华亭曲子、兰州鼓子、敦煌曲子、天水平腔、陇东秧歌、河州弹唱、陇南说书等；三是当地流行的这种小曲小令，与明清南北时调合流以后，使演唱曲牌的数量大大扩充，唱调表现感情的容量大大加强，由此又同念白、化妆、身段表演相结合，进入演唱者分别装扮成各种角色，通过性格鲜明的人物形象，又有完整的戏剧结构、曲折的故事情节的舞台戏曲形式。尽管同样以宋元散曲"散套"和诸宫调的方法结构唱腔，却不遵从原来的定制，而是以人物的戏剧情绪，唱词表述的内容酌情灵活择用曲牌，并与前者"清歌伴唱"形式道分两途，形成两种完全不同的艺术类型：即不代言者为"唱曲子"和代言者为"曲子戏"。由此意味着甘肃说唱曲艺和舞台戏曲两种不同艺术形式的真正问世。

　　　　耐人寻味的是，甘肃不代言为"曲子"说唱和代言的"曲子戏"，早在诸宫调和元杂剧问世之前，就已经捷足先登了。

三、杂剧与甘肃戏曲并出

　　在我看来，甘肃戏曲不仅与宋杂剧同步生成，而且还是在相互促补中同时并进、同时发展的两个民族戏曲文化类型。我这样说的理由是，在宋元杂剧曲牌唱腔里，过早地吸收了不少西凉大曲的音乐成分，诸如"凉州令""伊州赚""八声甘州"等等。这些曲牌，不只作为甘肃秦声剧种最早的音乐发展元素，促成它那"独秦声以甘凉之雄，犹称劲敌"的独特地域文化品性，还直接奠定了秦腔"声腔歌声所被，皆用声高为胜"的一大显著特色。看来，"甘凉之雄"不仅成为秦腔声腔的一大重要标志，还使秦腔最终走向成型。而宋元杂剧采撷西凉大曲音乐成分充作曲牌唱腔的例证，更是屡见不鲜，俯拾皆是，甚至在昆腔中至今依然还在衍用。难怪周贻白先生在其《中国戏剧史》中直言不讳地宣称：

乐曲与戏剧最有关系的是大曲，降至唐宋，这种趋势愈加明显。

国学大师王国维在其所著《宋元戏曲考》中亦言：

> 《武林旧事》（卷十）所载官本杂剧段数，多至二百八十本。今仅存其
> 目，可以窥两宋戏曲之大概焉。就此二百八十本精密考之，则用大曲一百有三
> ……

事实确是如此。元末明初的文学家陶宗义，在其所著《辍耕录》一书中，对南宋周密《武林旧事》所载使用大曲作为演唱腔调的官本杂剧段数作过一番精密考释，结果发现，在《武林旧事》所载的一百零三本官本杂剧段数中，用《六么》的有二十本，用《梁（凉）州》的七本，用《伊州》的五本，用《石州》的三本，用《熙州》的三本，用《胡渭州》的四本。在金院本中，使用河西所出大曲者，亦占有《上坟伊州》《熙州骆驼》《进奉伊州》《闹捧六么》《背箱伊州》《酒楼伊州》《羹汤六么》等等。由此在以"倚声填词"自由编定演唱内容的同时，又将从"大曲"中裁截能够自成起迄的优美音乐曲调，相对固定下来，作为一种独立的曲牌或曲调，填入不同的唱词进行演唱，这对宋元杂剧的问世有一定的促进作用。仅从《凉州》《伊州》《甘州》大曲中裁截的音乐片段，可制歌填词者数目极多。元宋之后，大都作为元曲曲牌进入杂剧声腔领域。宋人周密《武林旧事》所载宋官本二百八十出，合于大曲者一百零三出，其中明显为《西凉大曲》的有［四僧梁州］七本，用《伊州大曲》的有［铁指甲伊州］等五本，用《石州大曲》的有［单打石州］等四本。陶宗仪《辍耕录》所载六百九十种金院本，虽大部未标曲名，仍有［上坟伊州］、［熙州骆驼］、［进奉伊州］、［闹夹棒六么］、［背箱伊州］、［酒楼伊州］、［羹汤伊州］七本，亦属西凉乐。这也是元杂剧将元曲称为北曲，又将北曲称为北剧的原因。其实，何止北剧，南戏中也收它不少，如［八声甘州］、［梁州新郎］、［梁州第七］、［凉州令］、［凉州赚］、　［小梁州］等，至今仍在沿用。

再一个实证便是《西凉大曲》的音乐结构，通过"摘遍"的形式，同样作为杂剧唱腔音乐的声腔结构体制得到贯穿运用。如元代高则诚的《琵琶记·丹陛陈情》，一部分就承袭着这样一种结构原则：

> ［入破第一］——［破第二］——［衮第三］——［歇拍］——［中衮第
> 五］——［出破］

从［入破］到［出破］，便是不完整的大曲形式，显系《西凉大曲》"摘遍"的用法。至此，从西凉诸大曲中摘取音乐片段"倚声填词"的创作方法，不仅导致宋元杂剧

的问世，也使包括曲子戏和秦腔等在内的甘肃曲牌体、板腔体等戏曲声腔体制的成型渐显端倪。

我的这一观点，从后来考古工作者所发掘的甘肃出土文物中得到印证。1958年，清水县红堡子乡刘家沟村出土两块北宋时期的墓葬砖雕。其一，一少女头挽双髻，身穿长衫，腰系罗裙，腰带打蝴蝶结，项挂一环形长带从左右两肩沿胸垂地。两臂左右弯曲举至头顶，双手正按发髻，下体被罗裙遮掩，裙分左右两片，两腿呈八字形叉开，作舞蹈状。其二，一中年女性，头部亦挽双髻，髻上横插一簪，粗大簪把露出右髻。内穿长衫，外套对开襟短衣，无衣带，右手拄一节巴木棍，左手提一个呈鼓胀状布袋、腰背弯曲，向右前侧作慢步行走状。从其装束、表情、动作断定，系一中年贫妇，作乞讨表演。两块墓砖均刻有幕帐，幕帐分左右两半挂起，皱折清晰可辨。左右各有一条飘带垂下，显系戏曲角色代言舞台作场表演。尽管人我们无从知晓它表演的剧目和剧种，却从其所表演形式上不难辩析出，当与迄今流布于天水、平凉、陇西诸地的民间曲子小戏、秦腔舞台大戏演出情状极相一致。两块砖雕画被专家考定为宋神宗熙宁年间（1068—1077）之物，现存清水县文化馆。这就是说，当宋杂剧在宋、金、元时期出现之时，甘肃陇东南地区的戏曲演唱活动，早就捷足先登上舞台大雅之堂了。这两块砖雕画，对我们研究甘肃舞台戏曲的形成，无疑提供了可靠的实物依据。

作为孕育甘肃戏曲声腔剧种的西凉大曲，虽然对元杂剧的成型提供过鲜活的血氧，然而，由于际遇不同，发展途径不同，却形成两种完全不同的戏剧文化类型。其中最明显的莫过于元杂剧由于大量文人的参与，最终成为一代国风。而甘肃的曲子小戏却一直扎根于民间，而且长期徘徊在"撂地摊"的演出形式中自生自灭地自由发展，其结果作为地域文化的重要组成部分，融入当地民俗民风的行列。这也是每部元杂剧都有作者可寻可考，而秦腔剧目却多出于无名氏之手的原因之一。但它经历了生活、观念、信仰的长期浸泡揉搓，逐渐嬗变为具有娱人和酬神双重文化品格的民风民俗而世代传承。《毛诗序》对此曾有过这样一种解释："风，风也，教也；风以动之，教以化之。"当知这种演出活动，明显带有教化民风的性质，这反倒有利于它的发展和大范围普及。正是在这一大背景下，曲子在甘肃境内迅速蔓延流播，最终成为"匹夫庶妇，讴吟土风"[12]意味的甘肃民俗文化主流而融入当地民众生活、精神、信仰之中。

① 何休：《春秋公羊传·宣公十五年解诂》。
② 《隋书》卷 14《音乐志》。
③ 《隋书》卷 15《音乐志》。
④ 唐·崔令钦：《教坊记》。《中国古典戏曲论著集成》18 页。
⑤ 《通典》卷 146《乐六》。
⑥ 《辽史·音乐志》。
⑦ 《隋书·裴矩传》。
⑧ 《资治通鉴·隋纪五》。
⑨ 宋·王灼：《碧鸡漫志》。
⑩ 唐·元稹：《乐府古题录》。
⑪ 沈宠绥：《度曲须知》。
⑫ 南朝·梁·刘勰：《文心雕龙·乐志》。

（首刊于《甘肃文艺》2004 年第 2 期中共兰州市委机关刊物《开拓与发展》，2006 年第 2、3 期连续转载）

甘肃曲子是中国戏曲之母?

——我省学者王正强研究认为：甘肃乐舞直接影响了中国戏曲音乐的发展

【本报讯】(记者肖洁、实习生苏志会)隋唐以来，一种叫做"曲子"的小型乐歌，直接导致"西凉乐舞"的问世，西凉乐舞也在它不断发展的过程中，直接孕育出大曲、词曲、说唱、杂剧等多种艺术形式，这说明当时的甘肃乐舞，不仅作为"国伎"存在，还直接影响着包括中国戏曲在内的各种音乐文化发展的总趋势。这是甘肃省戏剧家协会主席王正强目前向记者透露的他的最新研究成果，这项研究比他研究出的"西秦腔起源于甘肃"更早。

古人的时尚流行歌曲

据了解，古时在我国大江南北兴起的这种乐歌，也叫"词曲"，填上词就叫"曲子词"，按照曲体结构填写唱词的创作方法，称"倚声填词"；明、清时称它为"俗曲"或"小曲"，近、现代又称"小调"；成为戏曲后叫"曲牌"或"牌子"等。在民间是人们藉以表达情感、讲述故事的时尚流行歌曲。另外，它的形成主要有民间流传的俗曲、乐工的新创歌曲和域外传入歌曲三个因素。

促成民族民间音乐发展

为什么说曲子在国内兴盛，起因与甘肃有关呢?王正强解释说："这不只因为甘肃河西一线，本来就是汉魏隋唐中外文化交融的昌盛之地，更是在这种交融的大背景下，直接导致'西凉乐舞'的问世，由此引发了一场中国传统音乐文化的重大变革。其中最突出的，便是促成以'燕乐'为主体的民族民间音乐更大的发展与繁荣。到了唐代，西凉乐舞在继续发展的道路上，又派生出名曰《凉州》《伊州》的各类'大曲'作品。随着凉、伊大曲的出现，甘肃相继又产生更多的大曲作品。人们总括为凉、伊、甘、熙、渭，这些大曲皆由甘肃而生，也即在甘肃本土各民族音乐和域外音乐融合基础上所形成的故以甘肃所辖州名为曲名。如《凉州》即产生于今之武威，《伊州》即产生于今之敦煌，《甘州》产于今之张掖，《熙州》产于今之临洮，《渭州》产于今之陇西等等。这些大曲，又经西凉节度使的敬献均进入长安宫廷，并得到进一步的加工和发展，成为包

197

括散序（散板）—中序（慢板）—入破（快板）三大段落为主体的诗、乐、舞综合乐舞艺术形式。大曲由于篇幅过大，后又出现从中摘取片段单独演奏并制歌填词的情形，这便是人们所言的'摘遍'，摘取的音乐片段则叫'小令'或'叶儿'。此风兴起，一时竟成民间社会、私人宴享乃至宫廷禁苑最时髦的流行歌曲。由此导致'倚声填词'创作方法的形成。所采摘的'小令'有很多全都进入北曲杂剧，到了宋代，大曲又与故事情节相结合，宋杂剧中，就有一部分是以大曲演唱的节目。"

王正强还说："就在西凉乐和西凉大曲盛传之时，佛教昌盛的甘肃丝路一线，各石窟寺庙作为示法手段的佛曲，更多地吸取了甘肃当地的民间音乐，其中不乏可供入词咏经时演唱的民间甘肃曲子至今活跃兴盛。"据王正强介绍，宋朝时曲子演唱活动已广泛传衍，并开始出现登上乐楼表演故事的迹象。出土于天水北道区伯阳乡南渠村雍熙年间墓葬的六块画像砖可以证明这一点。明代时，甘肃各地纷纷不断的曲子演唱活动，又同民间皮影、社火开始结合，由此进入以音乐联缀结构和声腔体制为标志的大发展、大变革阶段，结果促成曲子在演唱与演出形式上，开始有了多样的分支发展，如：曲子在上层社会文人曲道路上继续向前发展；作为清唱、坐唱的曲艺形式至今活跃兴盛依旧，其中包括敦煌曲子戏、华亭曲子戏、秦安小曲等等；作为上元秧歌走唱表演节目已显戏曲端倪。

戏曲音乐最初的发展基础

明清两朝，甘肃曲子又同南北时调俗曲结合，形成自己的声腔系统。同时，随着曲子搬上舞台，以行当分制扮饰角色和众多曲子构成唱腔系统来表现人物个性与完整故事情节的曲子戏，又在全省大范围普及蔓延，尤其境内近两千公里古丝绸之路两侧的县乡村镇，不仅遍布难以数计的商贸集散市场，更遍布密密麻麻的寺院庙宇石窟，使它在满足人神共娱双重要求的同时，又接受着当地土语方言和地方音乐特色的重重洗礼，这种局面的另一种结果是：既促成以曲子为演唱腔调的曲牌体声腔体制不断趋于成熟，又促成在同一声腔范围内行腔演唱的不同风格和"腔口"。这两个方面的稳定成格，标志着甘肃曲子剧种的真正问世。正因此，以"曲子"小型乐歌为主体的这一音乐元素，便成了形成戏曲声腔剧种最初的发展基础。

（原载《兰州日报》2006 年 3 月 28 日 B1 版）

我省几位戏曲研究专家表示——
曲子对戏曲声腔的形成确有很大影响

【本报讯】(记者肖洁、实习生苏志会)昨日本报一篇题为《甘肃曲子是中国戏曲之母?》的报道发表后,引起我省戏曲研究专家和从业人员的关注,他们纷纷致电表示甘肃曲子对中国戏曲的确有很大影响,但"甘肃曲子是中国戏曲之母"一说,看法则不同。

观点一 "曲子"与戏曲音乐关系密切

甘肃省文联理论研究室主任、省作协副主席魏柯认为:"王正强在戏曲理论方面很有研究,是国家级的专家型人物,曾出版过不少书籍,在戏曲方面他有不少独到的见解。对于他提出的'甘肃曲子影响了中国戏曲'的观点是肯定的。从隋代以来,曲子作为一种小型乐歌在大江南北兴起,主要得益于胡夷之乐与中土之乐的长期交融。胡乐主要在新疆、朝鲜、印度等地传唱,中土之乐主要是汉民族的商周之乐,胡夷之乐与曲子交融形成燕乐。

"曲子是小型乐歌,有音乐是歌唱形式,和戏曲音乐有很大关系。而曲子戏又有别于南方的戏曲,主要在以甘肃为主的周边地区传唱。隋唐时期,甘肃地理位置独特,由于丝绸之路贯通了中外文化交流,形成'燕乐新声'和'倚声填词'的创作方法。随着艺人们走南闯北对当时南方戏曲也有一定影响。总之,全国不同地方有不同品种,变化复杂,脉络分支较多。"

观点二 其成果推动"非遗"保护

"中国戏曲是地方性与全国性的结合,它本身也是源自民间,是各地方民间曲调的集大成。当然,甘肃曲子也是其中之一,对中国戏曲肯定有影响。对于'甘肃曲子是中国戏曲之母'一说还不能肯定,但由于甘肃地处西部,相对沿海地区比较封闭,这一点证明了甘肃曲子的古老性,同时它保留的原生态的内容较多。"这是兰州大剧院艺术指导严森林的看法。

长期从事戏剧工作的严森林认为,王正强的研究成果对戏曲工作和非物质文化遗产

保护有很重要的推动作用，也有参考和实用价值。另外，对于中国戏曲是"黄昏艺术"的说法，我不认同，中国戏曲还远远没有达到最高峰，还有许多未知的领域值得探讨。王正强的研究就是个例子。

观点三　"曲子"是中国戏曲音乐源头

西北民族大学艺术学院副院长李槐子说："全国戏曲专家十分欣赏王正强能够把自己多年研究的学术成果，运用于《中国戏曲音乐集成·甘肃卷》的编撰之中，他以有力的论据和鲜明的观点，纠正了人们长期以来的一种混淆概念，证明甘肃西秦腔比陕西秦腔形成的更早，而作为'隋唐燕乐新声'一脉传承的甘肃曲子的形成，则又比甘肃西秦腔更早，是中国戏曲音乐的源头，纠正了陕西秦腔是戏曲音乐之母的说法。"

李槐子认为，早在受省文化厅委托，他和王正强编写《甘肃戏曲音乐集成》时，中国戏曲研究所原所长余从教授发现《集成》很好，受他的启发，开始把曲子戏单独拿出来研究，甘肃曲子戏以前被称为琴腔甘肃调，比秦腔更早，具有甘肃特色。从这个角度讲，说"甘肃曲子是中国戏曲之母"，一点都不过分。

（《兰州日报》2006年3月29日B1版）

《甘肃曲子是中国戏曲之母》追踪报道

引起戏剧界关注

【本报讯】(记者肖洁、实习生苏志会)3 月 29 日，中国戏剧的核心期刊《当代戏剧》编辑部相关负责人打电话给我省剧作家李智，询问本报刊发的《甘肃曲子是中国戏曲之母?》两篇报道的详细情况。

《当代戏剧》编辑部相关负责人称，在得知本报刊发有关甘肃曲子的报道后，整个编辑部同仁都比较震撼，想了解更加详尽的情况。他们认为，我省戏剧家协会主席王正强研究出这样的成果，应该是得天独厚的。他的研究成果得益于长期从事戏曲音乐研究工作，尤其在近十年来，他先后主编了《中国戏曲音乐集成·甘肃卷》以及《秦腔音乐概论》等多部学术理论专著，收集了甘肃各地的音乐，其中不仅有戏曲音乐，还有花儿、鼓子等音乐。另外，他还掌握了大量史书中的相关内容，论证很有说服力。所以，他的观点很受戏剧界同仁的关注。

据了解，本报刊发的《甘肃曲子是中国戏曲之母?》的报道已被新华人民网等媒体转载。

(原载《兰州日报》2006 年 4 月 8 日)

民勤曲子戏沙，乡人飘移的文化记忆

历史上，为躲避战乱，很多域外民族逃至民勤，同时，很多内地人穿越漫漫荒漠，或戍边或遭流放至此，民勤一度成为游牧文化和农耕文化的碰撞交融之地。封闭的地形和开放的文化，孕育出独具特色的民勤曲子戏。

如今，民勤曲子戏一般只在农村重大节日期间被零星触及，退休的老人将昔日乡村记忆带到了城市，"走口外"的老人又将它带到新疆，年轻人却在隐约的记忆中产生了疏离。

本报记者　刘勇

独特的地方戏曲

68 岁的彭宝瑞是民勤曲子戏的传承人，2006 年被民勤县政府授予"地方戏表演艺术家"称号。

小红子是彭宝瑞最年轻的徒弟，他对小曲子戏的酷爱程度，在如今的年轻人里已很少见。"爱得很，但一直没机会。去年焦爷的班里少一旦角，就提议把他吸收进去。"彭宝瑞说。

彭宝瑞家在民勤县苏武乡川心村二社，在当地，很多人家的门楣上方都刻着"将军世第""青莲望族"等醒目的大字。

我省戏剧理论家王正强说："民勤地理环境十分特殊，历史上，有很多域外军旅散兵战事失利后，为逃避民族仇杀，躲到民勤改成汉姓。同时，民勤东邻腾格里大沙漠，北接内蒙古巴丹吉林沙漠，西连祁连山，形成一个荒凉封闭的生态环境，使其成为历代朝廷流放犯人的地方。明代，为防御域外民族进犯中原，历朝多次在此军屯和民屯，内迁山东、山西、陕西和江南等地移民至此。各地的俚曲小调，和从游牧地区流传而来的民歌融合，特别是同毗邻的内蒙古阿拉善'长调''二人台'不断碰撞交融，至迟在明代逐渐形成了民勤小曲。"

王正强还介绍说："据明代所撰《镇番遣事历鉴》记载，世宗十二年（1533 年）民勤就有曲子戏班'凡优人二十有三赴蒙古王爷府唱戏'的记述；清道光十一年(1831 年)，

二分沟胡兆庠(当地人称"胡自娱")是年创戏社，领五徒游艺湖坝；道光十五年(1835年)，红沙铺孙克强写剧本一部，曰《逼婚记》，颇可一观；清同治年间，民勤小曲进入兴盛时期，职业性小曲戏班'容尤堂'，曾'游艺于口外(今新疆一带)，凡历三年乃归'。这都能说明民勤曲子的历史已相当久远。"

"曲子戏遍布我省甚至全国各地，民勤曲子和曲子戏便是其中的一种。它与周围各地曲子戏不同之处主要体现在民勤方言演唱的总体风格上，而且曲牌唱调也吸纳了内蒙古'长调''西调'等音乐成分，声腔体制又以调、腔、曲将曲牌分为三种类型，如[二曲调]、[四曲调]，[三腔]、[四腔]，'曲'则指吸收入词作为唱腔的单曲民歌，像[拾棉花]、[割韭菜]等等，都与其它同类曲子戏显现出差别。"王正强说，曲子最易于即兴而演，"一个人田间劳作可拆唱单曲，几个'好家'坐在炕头可弹唱成本套曲，妆扮成剧中人，再分作角色行当，加上舞台表演唱事抒情，就成了戏曲。"

飘移的文化

"这么难听。"彭宝瑞等人正在演唱，门前走过的一名女孩嘟哝道。

"如今听到与乡音相连的小曲，会有一种故乡的感觉。"邱玺玉是民勤县三雷镇人，现在是兰州大学物理学院硕博连读的研究生。他说自己现在对民勤小曲子戏发生了"感情飘移"。小时候，邱玺玉曾跟着村里的大人在过年耍社火时学过几句小曲，他说正月里会有外村的戏班到他们村来搭台演出，自己会去看，但只是凑热闹。

"这是一个文化多元和文化贫困并存的时代，现代社会的快餐式消费创造了浮躁的文化氛围，时髦文化把民族传统文化挤兑到边缘的冷角。"戏剧理论家王正强说，民间文化的渗透性很强，会持久地融入当地每一个人的性格、精神和骨血之中。在年轻一代走向成熟的过程中，随着文化素养和艺术鉴别力的提高，可能会"勾连起故乡思恋和对生存根基的历史记忆"，传统文化依然会有自己的魅力。因为它是最具家乡人文感情的一种文化符号，否则，国外侨胞何故能以"乡音"记忆勾连起对自己家乡的永恒眷恋呢？

然而，近年来民勤小曲子戏演员的飘移已是一个不争的事实。农村很多青壮年和表演骨干都去了外地经商或打工，有一部分戏曲团体就因缺角而被迫解散了。彭宝瑞很惋惜地说，现在很多唱家的功力不够，和他合作过的很多唱家都经商去了，"现在是市场经济，不能因为唱戏把人家生意耽误了。"

与此同时，民风的变化也使小曲子戏的观众发生了飘移。随着新生代农民工的形

203

成，新一代民勤人的生存土壤也发生了变化，文化认同也发生了相应的改变。中国民俗学会副理事长柯杨认为，传统文化本身是农耕文化的体现，如不积极保护，城市化过程会导致民勤小曲子戏像风一样在民间飘散。在兰州大学戏剧影视文学研究所所长赵建新看来，传统戏剧已走过了它辉煌时期，但影视和戏剧在本质上是一样都是表演一个故事，只是形式和载体不同，此意义上，影视是戏剧的亚种。

"民勤小曲子戏是民俗文化，得顺着民俗的移动而移动。"王正强说。

（原载《兰州晨报》2010 年 9 月 16 日 A06 版）

论皮影

在数千年中华文明历史流程中，农业经济一直支撑着整个国家机器的运转，也推动着物质文明和精神文明创造。各种民间艺术的重重叠叠，都在农耕文化襁褓中，以相同的经历、相同的命运、相同的方式，交叉推进，缓慢发展。单就皮影戏而言，就是一部中国农耕文化和草根艺术的典型标识：小工艺的制作，小作坊的操演，小家族的班底，小范围的传播，还有口传心授、父传子承的封闭式延袭关系，以及白天以农为业，夜晚兼及艺事的非职业涣散型演艺方式等，俱都涂上一层厚重的宗族色彩和农耕文化的思维属性。农耕文化实际上是把田间作业方式作为艺术发展的"内驱"，这在各类传统民间艺术中表现尤盛，从而无不打上排外独尊的保守积习印记，这也是中国皮影艺术在经历长达一千多年的风雨沧桑，至今依旧能够保持原生态演艺作业方式的原因所在。

中国民间皮影小戏绵延千年，迄今依旧表现出相当活跃的态势，个中原因，倒不在于它本身所具有的娱乐功能，而在于附加在这种娱乐功能之上的教化属性。这种教化属性，也不仅仅是对三教义理和伦理道德的鼓噪和张扬，更在于佛教、道教甚至包括民间原始巫教等，都将其用于培养人们宗教感情的工具和手段。这恰恰迎合了中国人信鬼崇神的传统心理，所以，皮影艺术一经问世，善于以造像、音乐、绘画作为示法传法的佛教，首先将其阑入传法讲法的"装屏设像"之术。

殷商以来，中国民众"信鬼好祠"，蔚成俗风，由此造就了多神教的中国独特国情，从三千年前的《周易》到两千年前的《道德经》，甚至包括更早的太极、八卦、阴阳、五行等中国哲学思维图象，全被纳入以儒、释、道为核心的三大宗教义理之中，并给它们染上一层厚重的神秘色彩，渗透在中国人的精神和生活之中。儒、释、道三教教义虽然各有所别，却在仪规的神秘化和义理的神仙化两个方面表现出高度的一致性，由此促成"三教合一"的局面。所谓"三教合一"，主要是指儒、释、道三教在天帝观和鬼神观两个方面达到高度趋同，而且还把人的善恶行为和生前死后的因果报应整合起来，归际于两个虚无飘渺的社会，一个是阳世，另一个便是阴间。以此随时向人们提出各种警示：每个人生前的善恶言行，在阳世都有神明监督，桩桩不漏，每个人死后到了阴间，

便有鬼判赏善惩恶，丝毫不爽。因此，各种宗教又为活着的人们捏造了一个美好的归宿——天堂，同时又为人们的死后捏造了与"天堂"相对应的"地狱"，世俗之人如果作恶害人，死后必然下入"地狱"，身受"上刀山""下油锅"等极刑灭顶之苦，永世不得转生。就这样，阳世的"神明"和阴间的"鬼判"，便成了每个人生前死后的主宰者。这种神鬼观念，伴随着数千年的历史履迹，一直充当着控制中国民众思想、行为和精神的无形枷咒，而且越是对"鬼"惧怕，对"神"就越崇敬，越是对"神"崇敬，就越对它们富于想象，结果又使这些虚幻中扑朔迷离的神灵和鬼魂，愈来愈加具象化、理想化、真实化。魏晋以来，受佛教造神意识的影响，中国人便开始为自己创造出各种各样的"神"，从尧、舜、禹、汤、周公、孔子，到如来、观音、玉皇、王母、关公、妈祖，以至雨师、风伯、牛王、马王……与此同时，还为自己创造出各种各样的"鬼"，从十殿阎君到阴间判官，以至牛头、马面、小鬼……无奇不有，无所不包。正是在惧鬼崇神的胶着中，中国人的造神意识不断得到强化。

宋代以后，商业都市的逐渐繁荣，小手工商业应运而生，随着行业队伍的发展壮大，他们也为自己创造了五花八门的行业之神，如商贾立关羽为神，木匠立鲁班为神，纸匠立蔡伦为神，鞋匠立孙膑为神等等。但不论是宗教神祇、还是行业神祇，都有与人一样的诞辰。中国的善男信女们每逢神之诞辰，都没有忽略佛、菩萨、神灵与人一样的精神需求，除了平时以香火供养外，还要组织尽可能完美的娱乐，由此形成"神诞月月有，神诞必演戏"的习俗。寺院中设置伎乐，在南北朝时已成习俗。从宋、元、明、清直至近代其而当今现代，寺庙已不仅仅是宗教讲法场所，还成了佛、菩萨与众生共享伎乐之娱的游乐场。加上各种神愿戏、节令戏、鬼戏等诸种名目神教庙会，组成人神共娱的中国式的戏剧节。《洛阳伽蓝记》《东京梦华录》等都有生动的记述。

宋元之后，中国戏曲逐渐发展完善，戏曲队伍和行业艺人开始形成，随着戏剧技艺的精进和队伍的壮大，不同剧种、不同戏班也为自己创造出尊奉的戏神。如江苏昆山腔，供奉的是唐明皇；江西宜黄腔，供奉的是清源师祖；广东粤剧班，供奉的是华光大帝；安徽皮黄班，除供奉唐明皇外，还要供奉狐狸、老鼠、刺猬、黄鼠狼、蛇这"五大仙家"。秦腔班大都供奉的是庄王爷，但不同戏班又有不同说法：有说为楚庄王者，有说为唐玄宗者，还有说为唐五代的唐庄宗者等等。甘肃秦腔班，还有供奉童子爷的。"童子爷"实际正是秦腔《二进宫》一剧李艳妃怀中所抱的小木头人儿，演出时抱在怀中充作道具，演出后供之于后台奉为戏神。据传，甘肃高台县沙河忠义班所供童子爷

儿，正是剧中定国公徐延昭和侍郎官杨波死保的明万历皇帝，这正好应了甘肃西秦腔出自明代万历之说。

过去的年代，秦腔班每到一地演出，先要将庄王神像供于后台，开台落台必先焚香敬祭，而且演员演出，也都先要向庄王爷叩首参拜：出场参拜，谓之为"辞驾"；入场后叩首参拜，谓之为"参驾"；整个戏演出完毕再行叩首之礼，谓之为"谢驾"。有句"一日九叩首，早晚一炉香"戏谚，说的正是这件事，由此还引发了许多荒诞而有趣的演出习俗。

最耐人寻味的是，秦腔班、皮影班、木偶班，虽然供奉的是同一个庄王爷，但不同戏班的庄王爷，却有辈分上的差别，于是便生出"拜舅舅"的演出习俗。所谓"拜舅舅"，就是秦腔大戏班的庄王爷，要把皮影班的庄王爷叫舅舅。如果大戏班和皮影班在同一个地方演出，秦腔大戏班就得请出本班的庄王爷，必须去皮影班拜谒"舅舅"，否则，大戏班因犯行规必须停演以示惩罚。

两个戏班同供一个庄王爷，竟有大小辈分之别，正说明皮影、木偶民间小戏资格较秦腔大戏班要老，换言之，便是皮影、木偶等民间小戏形成时间要早于秦腔大戏。

皮影，就是用牛皮刻成人，通过弄影艺人操纵，在"亮子"（影幕之俗称）上通过投影来表演的一种艺术。甘肃皮影最早的记载是在宋代。宋人洪迈所著《夷坚志》一书，就记述了平凉府华亭县普照寺僧惠明，曾以"手影戏"传法的情景，并作诗云：

> 三尺生绡作戏台，
>
> 全凭十指逞诙谐；
>
> 有时明月灯窗下，
>
> 一笑还从掌中来。

诗中所言"生绡"，本系未经漂煮的丝绢，取用"三尺生绡"做成"戏台"，就是将三尺长的生绡制作成影幕，其大小恰与今日所见影戏"亮子"尺寸大小相吻合。该书还说这位惠明和尚"好作偈颂"，但往往"颠错不可晓"，惟此篇"最佳"。这大概与禅师最擅以"手影戏"为喻有关。华亭，丝绸之路东段重镇，佛教东渐必经之地，故北魏于此筑城置镇，隋置县[①]，今辖属平凉市。当知佛教在此不仅扎根甚早，还常取用影人影戏作为示法传法的手段，由此也为甘肃"兰州影""华亭影"两大皮影戏早在宋元时期就已行世找到了史料依据。

有关影戏源自佛教一说，早在魏晋十六国的"五凉"时期，就已散见于各种典籍，

被后凉国君吕光邀入东土的西域大德高僧鸠摩罗什，曾在姑臧（今武威）译经久住十七年，在他所译《大智度论》卷六，就以"形影相随"比喻佛家的"因果报应"：

>复次如影，人去则去，人动则动，人住则住，善恶业影亦如是。

唐代的玄奘在他所译《摄大乘论释》卷五亦言：

>又如光影，由弄影者，映蔽其光，起种种影。

很显然，在佛学家眼里，影与形的关系，就是灵与肉、表与里的关系。二者既相依，又独立，故而，佛教常以影子为喻，广泛宣传灵魂可以离开肉体而独立存在，从而为转生、来世说打下坚实基础。

当然，玄奘所言"弄影者""映蔽其光，起种种影"诸语，在我看来，与晚唐佛教宣喻偈文的"手影戏"和宋代演述佛经故事的"大影戏"有了更接近的意义。由此引发了中国皮影艺术源自佛教一说。孙楷第先生所著《傀儡戏考源》，就明确阐述了皮影艺术形式源自佛僧"装屏设像"之事的可能性：

>今敦煌本《昭君变》分上、下两卷……其上卷说唱过阶语云："上卷立铺毕，此入下卷。"……"立铺"者，盖以造像言。凡铸像塑像以一座为一铺，画像以一幅为一铺（案又引《酉阳杂俎》、《陇西李府君修功德碑》、《广异记》以证）。《昭君变文》系当时僧侣对众不宣讲之文，其过阶语应云："上卷讲毕，此入下卷"，今云："上卷立铺毕，此入下卷"，明当时俗讲有图像设备。蜀韦谷《才调集》卷八载吉师老《看蜀女转昭君变》诗，有"画卷开时塞外云"之句，可证。讲时有图像设备，则图像为讲说所设者，此时讲说，反似说明图像。故曰"立铺毕"，不曰"讲毕"也。凡齐讲与白昼行之，亦稚清夜行之。……余因疑唐五代时僧徒夜讲，或有装屏设像之事。如余言果确，此当为影戏之滥觞。②

顾颉刚先生也在著文中，论及了宝卷内容同影戏剧本之间的亲缘关系：

>变文后世演进为宝卷，其内容形式虽有变更，而主题未改，益便于妇孺至今中南各地尚有许多流行之宝卷而被一般的妇女信为佛教的经典，其影响之大可以想见。元明以来，宝卷作为影戏的剧本其体制极为合度，似非偶尔采用者所能做到。因此可知其在变文尚未成为宝卷时代即已与影戏结缘，或且即为宣传佛教者所利用，以之宣传其教义，因之二者并盛行焉，亦属意中之事。③

这两位大家的论述，绝非主观臆断的空穴来风，因为，自东汉以来，在惊风拥沙的

丝绸之路上，络绎不绝的各国传法僧侣，一旦迈进阳关、玉门关朱红色大门，就意味着迈进了中华文化圈。印度佛教初入东土，首先踏上河陇地界，河陇地近西域，道俗交得，自然成为佛教驻足中土的首选之地，佛教在此而中国化。尤其前凉时期，佛教在河西的传播，得到官方的支持，成为能够同本土教派抗衡争胜的民俗信仰之一。《魏书·释老志》就记述了当时河西地区全民世信佛教的情景：

> 凉州自张轨后，世信佛教。敦煌地接西域，道俗交得。其旧式村坞相属，
> 多有塔寺。

佛教初入河西，多系梵语梵文，尽管鸠摩罗什在凉州住留十七年间，一直致力于"变梵为秦"的中国化、地域化工作，也促使河陇佛教成为"秦壤雍冀，音词雄远"④、"秦声为得"⑤的典型，但典型之内，还有细别。单就甘肃语音而言，早在汉唐以前，甘肃便是多种民族五方杂居之地，各个民族又都操持着自己的语言与文化习俗，因此，佛教在河西的倡盛，依然得益于它高明的传法手段，北凉的沮渠蒙逊，就率先开凿武威天梯山等石窟，成为我国首出的第一尊释迦造像。尤其装屏设像之术，在各大石窟寺庙僧人普遍应用于宣讲偈文之中。《太平广记》卷二八五引唐段成式《酉阳杂俎》，唐大历中，有一术士在陟岵寺大斋会上表演影像的情形：

> 合彩色于一器中，弹步抓目。徐祝数十言，方饮水再三，噀壁上，成《维
> 摩问疾》变相，五色相宜，如新写，逮半日余，色渐薄，至暮都灭。

这位术士表演影像竟达"半日余"，而表演的内容则是《维摩问疾》变相。这其实提示出俗讲的另一种表演方法，即用影像的方式演出俗讲。这里证实了孙楷第先生的判断，但必须说明：影戏手段的产生远远早于俗讲，不是从俗讲中派生出影戏，而是俗讲利用了影戏的形式。

再以敦煌而论，近年来，我在翻检有关记述甘肃戏曲史料的过程中，同样在敦煌遗书中发现了甘肃皮影戏最早形成的一些文字迹象。比如编号为S1316卷子《油粮支出账》中记道：

> 油二升半，充十五日夜点影灯用。

此处所言之"影灯"，其含义有二：一指"灯山会"。每逢上元佳节，甘肃各地凡有寺庙石窟之处，乡人皆倚庙刹山势摆布长龙灯会，燃灯通夜明亮，以供人神共娱。"灯山会"本系佛教衍袭千年的宗教习俗，而且至今依旧风靡；二指"皮影戏"。甘肃人称"皮影戏"为"灯影戏"，"灯影"亦即"影灯"，"影灯"亦即"皮影""影戏""灯

戏""影子戏""牛皮灯影儿"等名称为同义，是甘肃民间对皮影戏的统称。敦煌作为佛教圣地，在日常所开销的《粮油支出账》中，明载着充点影灯所用油量二升半，正说明唐五代时，敦煌僧侣就将皮影人阑入俗讲宣传的可能。

唐代，寺庙大兴讲唱，从敦煌遗书所存讲唱底本来看，大多都是叙事与代言相混的体裁，如敦煌变文《破魔变文》中魔王与三女的对话与对唱，就与戏曲剧本无异。饶有趣味的是，在新疆发现的吐火罗文和回鹘文的《弥勒会见记》，也正是这个时代的佛寺中流行的讲唱本。但从体制来看，也是与敦煌变文同类性质的"准剧本"。直到现在，西藏的阿吉拉姆藏戏、安徽贵池傩戏等，艺人们演出时使用的仍然是这种叙述与代言相混合，说说唱唱的"准剧本"。再从甘肃皮影戏的剧目题材看，其中有近半剧目，都与神道故事有所牵连，如甘肃陇东南影子腔戏《天官赐福》《香山还愿》《皂雕旗》《马王卷》《善恶卷》《孝廉卷》《药王卷》《目莲卷》等等，都是早期甘肃皮影戏必演剧目，而且还多系连台本戏和套本戏，尤其《目莲卷》剧本，长达140余部。每夜上演一本，半年仍不见其尾，正说明"俗讲"与"影戏"的亲缘关系。

以往学者们认为我国影戏形成于宋代，其实不然。早在隋唐时期，就已有了吟咏影戏为题的诗作行世。隋炀帝所作《正月十五日于通衢建灯夜升南楼》五言绝句诗，便表达了元宵之夜通街闾巷大摆灯会的热闹场面，诗云：

> 法轮天上转，
>
> 梵声天上来；
>
> 灯树千光照，
>
> 花焰七枝开。

显然，元宵习俗与佛教关系十分密切。初唐的崔掖《上元夜》诗六首之二，也表现了相同的内容：

> 神灯佛火百轮张，
>
> 刻像图形七宝装。
>
> 影里如闻金口说，
>
> 空中似散玉毫光。

崔掖所描绘的可能是一种能够旋转的大型影灯(神灯)，灯的正中有火(佛火)，灯火映照在雕刻、绘制成的佛祖形象(七宝装)上，远远看去，"佛影"就像是在开口说法。"刻像图形七宝装"指的应即影偶。唐开元时诗人孙逖在《正月十五夜应制》诗中也说：

"舞成仓颉字，灯作法王轮。"前句说的是有名的"字舞"，后句指的就是影灯。这类影灯，虽然已经有了娱人的意义，但从中不难看出，影灯最初仍旧保留着"借影说法"的痕迹。到了中唐，随着元宵节进一步世俗化，影偶的形象也越来越多样化、故事化，再加上一个操纵影偶的人，就形成成熟的影戏。中唐诗人元稹所写《灯影》一诗，明显有了以影戏影人表演故事的迹象：

> 洛阳昼夜无车马，
>
> 漫挂红纱满树头。
>
> 见说平时灯影里，
>
> 玄宗潜伴太真游。

后二句分明是写用影戏表演杨贵妃、唐玄宗的故事。这表明，早在中唐时期，洛阳已经有了成熟的影戏。唐德宗时期（780—805）雍裕之的《两头纤纤》一诗，娱人娱乐化倾向更加明显：

> 两头纤纤八字眉，
>
> 半白半黑灯影帷。
>
> 膈膈膊膊晓禽飞，
>
> 磊磊落落秋果垂。

"半白半黑灯影帷"，显指表演影戏的帷帐，亦即宋代所说的"影戏棚子"。"两头纤纤"，则指操纵影偶的引线，"八字眉"指影偶的形象。

宋太祖（赵匡胤）立国之后，以厚待官吏的政治策略来调整内部关系，缓和阶级矛盾，鼓励文武百官"多积金、市田宅以遗子孙，歌儿舞女以终天年"[6]。加上他也是个制乐高手，以身垂范，推导提倡，促使北宋王朝在一百六十多年的统治中，无论黄阁巨公，还是乌衣华胄，大都寄情声色，歌舞作乐。孟元老在《东京梦华录》序中，就追述了北宋崇宁期间京都开封的升平气象：

> 举目则青楼画阁，绣户珠帘，雕车竞驻于天街，宝马争驰于御路。金翠耀目，罗绮飘香。新声巧笑于柳陌花衢，按管调弦于茶坊酒肆。八荒争凑，万国咸通。集四海之珍奇，皆归市易；会寰区之异味，悉在庖厨。花光满路，何限春游；箫鼓喧空，几家夜宴。伎巧则惊人耳目，侈奢则长人精神。……仆数十年烂赏叠游，莫知厌足。

上层社会"按管调弦"，寄情声色，广大民间也随着都市繁荣，文化娱乐生活也十

分活跃。北宋京城开封的许多街巷，都设有妓馆以及勾栏、瓦舍，以供广大市民娱乐活动之用。北宋高承《事物纪原》、张耒《明道杂志》、孟元老《东京梦华录》、南宋耐得翁之《都城纪胜》、吴自牧《梦粱录》、周密所著《武林旧事》等，都以大量篇章记述了京都汴梁（今河南开封）影戏艺人用影人为市民演说故事的情景。

据有关资料记载，宋金元时期，甘肃就已经有了"兰州影"和"华亭影"两大皮影行世。甘肃皮影艺人天涯卖艺，浪迹川豫直至江南。公元1127年，金人攻破北宋京都汴梁后，女真族统治者对北宋文化的高度发展感到非常吃惊，不仅把北宋的典章制度照搬衍用，还对汴梁盛行的各种说唱伎艺宠爱有加，并将大批民间艺人、宫廷乐人，甚至方脉郎中、手工工匠等全部掳掠北上，供其享用。《三朝北盟会编》靖康中轶《金人来索诸色人》载：

> 正月，金人来索御前侍候，方脉医人，教坊乐人……杂剧、说话、弄影
>
> 戏、小说……等艺人一百五十余家。

这其中很有可能裹挟着浪迹汴梁的甘肃"兰州影""华亭影"艺人。尽管与之相关的史证目前尚难寻考得到，但宋人洪迈所著《夷坚志》一书，就已经记述了华亭县普照寺僧惠明，曾以"手影戏"传法的情景，并以"三尺生绡作戏台"诗句，形象地表明了"华亭影"当时的客观存在。尤其自魏世三祖平灭北凉以后，河西文化尽都输入于魏，甘肃西凉乐舞，使中原人士无不倾倒，形成"洛阳家家学胡乐"[7]，"女为胡妇学胡妆，伎进胡音务胡乐"[8]的社会流风，一度曾使中原文化大受胡化之风的影响。《魏书·乐志》还记述了拓跋焘"平凉州，得其伶人、器服，并择而存之"。《隋书·音乐志》记载北魏得到西凉乐后，一直沿用，到魏周之际，称之为"国伎"。不难看出，自北魏建都洛阳以来，河西文化大都输入中原，甘肃同中原在文化艺术上的交流，自魏至隋唐直至明末清初，势头依然不减，正因为甘肃与中原有这样的传统文化契机，我们当然有理由这样说，甘肃"兰州影""华亭影"艺人浪迹中原，进入繁华的汴梁京都卖技讨食，便成情理中的事了。

崔永平先生曾发表过一篇题为《略论中国皮影戏艺术》的文章，当其谈及北京皮影的特点时，涉及甘肃"兰州影"的影响问题：

> 从前，北京皮影也分为两大流派。一派以滦州影为基础，称之为东派。一派以兰州影脉系为主，称之为西派。这东西两派以北京城的中轴地理位置划分，互不相扰。然而，这两派都受其大都市生活的影响，演出场所多为庙会并

进入到宅门府、院里，所以，一改原有之粗犷浑厚的演唱特点为轻歌细语，一些冗长的连台本戏也因时间有限而不得不取其精华段落来一折折演出。⑨

其实，我认为这正是当年金人攻破北宋京都汴梁以后，将大批民间艺人掳掠于中都（即今之北京），其中所裹挟的甘肃弄影艺人流落北京所唱"兰州影""华亭影"之遗响。

"兰州影"又称"梆子佛"，也称"老虎调"。这两个名称，显系外地之人对产生于甘肃古老皮影腔调的统称。"梆子佛"的"梆子"，明显指兰州影在演唱时，用梆子来击节定眼；"梆子佛"之"佛"，显指该皮影最早源于佛教的装屏设像；又将"兰州影"称其为"老虎调"者，可能取义于深山虎啸般的声腔演唱风格而言。

皮影戏艺术在我国历史之悠久，源远之流长，是不言而喻的事实。那么它的最初发祥地又在何处呢？也是仁者见仁，智者见智，各有说词。近人戏剧大家齐如山认为，皮影戏当出陕西。他在《故都百戏图考》一书中这样写道：

> 因陕西建都数百年，玄宗又极爱提倡美术，各种伎艺由陕西兴起者甚多，则影戏始于此亦在意中。

史学家顾颉刚教授《中国影戏及其现状》也认为皮影戏之发源地为陕西：

> 中国皮影戏之发源地为陕西，自周秦两汉及至隋唐，当皆以其地最盛。

当然，此外还有三晋说、唐（山）滦（州）说等观点并存。

齐如山、顾颉刚两位大家皆言中国皮影源于陕西，唯一的依据是长安乃系五朝国都，但是，史书对皮影的文字记载，恰恰见于长安作为周、秦、汉、隋、唐五朝国都之后的南北两宋，包括隋、唐以前的历朝官方乐志、文人笔记甚至陕西各类方志等，均不见有皮影与陕西相关的记述，这只能说皮影这门艺术在隋唐以前尚未形成，即便形成也并非陕西长安的发明。因此，齐如山、顾颉刚两位大家皮影源于陕西一说，只能是一种缺乏考释依据的主观推论而已。

近年来，又出现一些新情况，2007年1月13日，《兰州日报》转载了《中国文物报》所刊题为《从西晋影窗到当代活态皮影艺术》一文，谈及甘肃武威博物馆珍藏西晋时期的影窗之事，不妨将该文摘引如下：

> 在甘肃省武威市博物馆，珍藏着一件1971年在武威松树乡旱滩坡出土的西晋时期的影窗框。这件影窗框的框部长73.5厘米，宽45.8厘米，厚1.8厘米；框边底座长14厘米，厚3.3厘米，高6厘米。框的木条涂有白漆，白底上

画有基本对称的草花图案。虽经 1700 多年，颜色还较鲜丽。这件国家一级文物，一直深藏在文物库中，笔者不久前得到允许见到了它的真容。一件金代壁画影戏内容里的影窗，一件西晋的影窗实物，中间相隔 900 来年，它们的底座及框子的形制是完全一样的，这里的承袭关系一目了然。岩山寺壁画中的儿童弄影的游戏，反映出金代皮影艺术在女真人统治时期的流传与发展。后来的满族人继承了金代女真人相沿下来的弄影戏的习俗，以致在满族人入主中原的清朝，华夏大地上影戏的发展普及达到了空前的程度。

这件西晋的影窗和岩山寺壁画中的影窗相对照，它们不但形制一样，连大小也差不多。宋代有关影戏有"三尺生绡作戏台"的记载。宋代的"三尺戏台"，就是影幕的大小，也跟晋代影窗的大小差不多。生绡是没有漂煮过的绢，看来晋代影窗上绷的是丝制品一类的影幕。当时在武威的这个影窗的主人，是在表演手影、纸影还是皮影？是否和方士、巫有关？都不得而知。我们看金代儿童影戏图，已经和巫没有瓜葛了。

一个儿童持影偶在影窗幕后表演，一个儿童在影窗边挑选影偶，影幕前有 3 个全神贯注的小观众。我们姑且把这种儿童弄影戏称作是游戏，但可以看出，里面有人物的角色，甚至可能有情节。试想，要是大人在同样的影幕后摆弄影偶呢？ 哪怕掺进最简单短小的故事，那不就是影戏吗？

现在的问题是，从明代少量影偶到西晋的影窗，有关影戏的实物有 1100 多年的断档和时间空白，从北宋有关影戏的记载到西晋的影窗，有 700 多年的时间空白怎么去解释？ 在没有物证和相应文字记载的情况下，我认为，从西晋影窗的精致、端庄和正式的形式来看，当时黄河上游以西的广袤地区，从西汉以来已是经济文化很繁荣的地区，至少从东汉中末期就应该有弄影戏的活动了。和这个影窗有关的晋代，在河西走廊，影戏的形式应该已经形成。之所以影戏的发端与形成没有见诸记载，或许正是只有河西走廊有此文化现象。由于交通地理的原因，从晋以后，才陆续流传到陇东、关中，到唐末宋初，才在中原成熟繁荣起来。我相信各路戏曲史、皮影文化研究的专家，对北宋皮影发展鼎盛之前的那段历史，随着这件晋代影窗的展现，是会进行新的思索的。

"影窗"俗称"亮子"，在铁制或者木制框架上，蒙以白丝绸或白纸，借灯光投影，在影戏艺人操纵下，皮影人在影窗上作场表演。按今天时髦的话说，就是荧屏。有关武威市博物馆存有西晋影窗之事，此前我也有所耳闻，考虑到事关重大，我于 2006 年 8月 26 日亲往武威，并在武威市文化局陈局长陪同下，与博物馆杨馆长、刘馆长及文物

库管理员等座谈，得到的却是矢口否认，与会专家均言该馆并无此物。四个月后，上文作者声称在武威市博物馆亲睹到西晋影窗的真容。后又传闻影窗之事确实存在，但未藏于武威博物馆，而在古浪县博物馆。所以，我估计，要么这篇文章是捕风捉影，要么就是真实的影窗存在，只不过当时还没有完全认识。但如果真有其物，那么，中国的皮影史就得重新改写。因为，目前我们只能把皮影的产生，推到宋代晚唐，而晋代要比宋代又提前了七百多年。当然，这还有待于继续考证。

今人俱称甘肃为石窟艺术之乡，原因在于甘肃境内西起河西走廊，东止陇东高原近两千公里的丝绸古道两侧，布遍密密麻麻的寺庙石窟，这些寺窟，都以极其艰巨的劳工，削崖凿窟，穿石造佛，众多佛祖的不朽身姿，不仅兆示着佛教文化在河陇大地的倡盛与繁荣，更确切地讲，汉魏以来，全国各地穿石造佛流风之盛，也由甘肃始兴。著名佛学家汤用彤《汉魏两晋南北朝佛教史》一书，在谈及云冈石窟渊源时说："武州造像，必源出凉州。"而凿此云冈佛像雕刻艺术者，正是"太延中，凉州平，徙其国人于京邑"的凉州国人中的高僧艺匠。

当然，西域佛僧东来，传入东土的不只是削山造像之术，还有绘画和音乐等艺术手段。其初作为宗教通俗宣传的俗讲活动，首先在这里孕育出"借灯传影"的皮影戏艺术，便成自然中的事了。宋代，朝廷明令禁唱俗讲，渐次流入民间，不仅衍为河西宝卷说唱腔调，至今传唱不止，又被甘肃秦腔所吸收，明末清初形成的甘肃秦腔唱腔里，便吸收大量佛曲于声腔之中，这些佛曲，直至中华人民共和国成立以后，依然还在演唱。20世纪80年代，天水鸿盛社老艺人曾演唱了一组秦腔中的佛曲曲牌，这些曲调，都由佛教俗讲衍变而成。

佛教如此，道教亦然。宋元时期，随着道教的逐渐衰落，以往观院道士们专以离情绝俗、拯溺救世为内容唱经扬道的道歌，逐渐衍为道情、贤孝、劝善调等多种民间说唱曲艺形式时，正值杂剧渐次兴盛之始。这种新兴戏剧文化的问世，对道情也产生一定的诱惑力。事实上，元杂剧早就张开双臂，主动将其吸附到自己身边，并且"为我所用"。元杂剧《岳阳楼》《竹叶舟》等剧，最早便将道情歌腔阑入自己的声腔系统大加演唱，足证早在元代，道情歌腔就已登上戏曲"大雅之堂"。但在此前后，道情这门多情的艺术，却对"皮影"暗送秋波，并对自己能够同皮影戏联姻，似乎表现出更大的热情，这大概因为，由唐代相沿而至的这种皮影戏，以纸皮为人，主要活动于五尺亮子天地，戏小、人小、舞台小，相对而言，较杂剧更能施展其优长，自然也就更能突出其自己，在佛教倡盛的河陇大地，皮影"装屏设像"之术，早与佛教结缘，这也是甘肃民间皮影小戏，多系道情声腔的原因之一。

"兰州影"领衔北京西城派皮影一事，《明史》当有明载，武宗正德三年（1508年），皇宫在京城内外大兴土木，建造宫廷坛寺。工程建造落成之后，举行大典庆贺，武宗钦令甘肃司凡"艺"精者均征调京都充当"供应"，"兰州影"和"华亭影"亦在其列。从此，"兰州影"又征调入京，并与原先甘肃弄影艺人合流一处，形成势力，不仅直接孕育出后来的北京西城派皮影脉系，还直接导致以涿州为代表的河北西路皮影的问世。

至于崔永平先生文中所称"兰州影"皮影班多集中于西城，亦就是今之北京西城区宣武门、新街口一带，"兰州影"艺人在此挂牌演出，时人故称其为"西城派"；而由冀东滦州一带入京的"乐亭影"，则在今之北京东城区东四牌楼到崇文门一带扎堆卖艺，时人又称其为"东城派"，由此形成"北京影"之东、西两派。这两大流派虽然均具古朴凝重、生动艳丽、京味浓郁等特点，但其造型各有区别。如以"兰州影"为基础发展而成的"西城派"，影人高大（高约50厘米），雕工精细，刻画入微，色彩典雅；"东城派"影人较小（高约25厘米~30厘米），造型夸张，线条流畅，民间色彩强烈。

两派以北京紫禁城所取子午线中轴地理位置分界，东、西两城各宗一脉，虽鼎足对峙，却互不相扰。与此同时，"兰州影"又畅传于冀西平原，并在河北滦河以西的涿州辖地盛传一时，由此而又孕育出河北西部影戏流派"涿州影"。

"涿州影"在明清有关史籍中亦被称作"涿州大影"。其共含［老调］、［尖调］、［平调］、［悲调］四个腔调，民间称此为"上四调"。在此基础上，又根据角色行当和男女声腔音域，形成八腔十四调。"八腔"即指女角在本宫音系统基础上演唱的腔调，这种腔调对男角所唱下四度宫音系统行腔的腔调来说，属上四度宫音系统，故称"上四调"；"上四调"的"反调"即是"下四调"。亦就是男角在女腔本宫音系统基础上向下移低四度，即在下四度宫音系统演唱的腔调，这种腔调又对女角所唱本宫音系统行腔的腔调来说，属下四度宫音系统，故称"下四调"。"涿州影"男女角色唱腔所用本宫音系统与下四度宫音系统的对置与转换，实际上同明万历南戏传奇《钵中莲》抄本所用［西秦腔二犯］之"二犯"并无二致。

"涿州大影"所言"十四调"，也是在［老调］、［尖调］、［平调］、［悲调］四个腔调基础上根据角色行当派生而得。如［老调］派生出老旦之［女老调］、老生之［男

老调]，[尖调] 为花旦所唱，[平调] 为小生所唱，[高调] 属武生唱腔，[悲调] 属青衣唱腔，[狂调] 属彩旦唱腔。这七个调也各有反调，共合"十四调"。"十四调" 皆为上下句体，经多年演变已有 [导板]、[慢板]、[二六板]、[剁板]、[散板] 等名目之分。伴奏乐器文场也"以胡琴为主"（初为四胡，后易板胡），"月琴为副"，但用笙笛。武场则主用大铙。凡此，与清人吴长元《燕兰小谱》所记之"蜀伶新出琴腔，即甘肃调，名西秦腔。其器不用笙笛，胡琴为主，月琴副之，工尺咿唔如语"并无不同。

"滦州影"虽掣旌领衔于"河北东派"，但在它的体内依然传承着"兰州影"的文化基因。尤其唱腔音乐，明显受"兰州影"声腔影响而形成。因为，倘从地理位置划分，河北东、西两派，则始以滦河为界，河东为东路影；河西则为西路影。滦州东派影戏的伴奏乐器以一把南弦子为主，在唱腔上正式使用"宫""商""角""徵""羽"的调式，其节奏的板式有两种：一为 [二六板]，二为 [快板]。这种板式，正是当年京都之人所称"兰州影"腔调中的"梆子佛"，即"老虎调"。它源出于佛家弟子一面吟诵通俗经文，一面敲击木鱼定眼的上、下两句体俗讲，敦煌变文大都属于此类。经任二北先生精心整理将其阑入《敦煌曲子词》一书出版行世。但甘肃民间则无此谓，而称"两句腔"或"梅花调"。

[兰州影] 的演唱发声，与甘肃影戏艺人至今传衍的真、假嗓"声音造型"发声方法毫无二致，也即按行当角色分别取用大嗓、小嗓，演唱的方法系用"假声"或"捏嗓"（即将嗓音捋细拽长来模拟女腔的一种发声法）。这是因为，甘肃影戏向无女性演员，生、旦、净、丑及其各类杂角概由男性演员承担，而且各皮影戏班为节省人手，往往一人承担数行角色的演唱，他们为了声音上区分角色行类型，不得不以真、假嗓音的变化，进行"声音造型"，这种"女旦男唱"，最终导致似在"捏鼻"演唱的特殊发声。三十年前，我曾聆听过的著名陇东道情皮影艺人史学杰（艺名史老八）表演《白蛇传》之白云仙的演唱，令我震惊的是，他不仅年愈花甲依然童音朗朗，而且还能打远响堂，尤其在更深静夜，他那似在"捏鼻"模拟女声的假嗓发声，穿透力竟能远达五里之外，这确属让人难以置信的奇迹。

"滦州影"的伴奏乐器也明显受了"兰州影"的影响所致。因为西路皮影的主奏乐器为四胡（四根弦）同时还加用了吹打乐（唢呐），这与今之陇东南皮影戏伴奏乐器并无二致。滦州东路皮影则加用星星（碰铃）、木鱼等佛教法器，而"涿州影""兰州影"

则没有，陇东南皮影戏中亦没有。但"滦州影"注重改革和向兄弟剧种广泛学习，使其唱腔更显完美动听。在影人绘制雕刻和着色方面，也突出自己的特点。比如影人制作原料不用牛皮而多为驴、骡、马皮，故显轻薄纤巧；着色也较"兰州影"更显浓笔重彩，魁梧剽悍；还有早期的河北东、西两派，由于演出场所多为庙会并进入到宅门府、院，所以，一改原有之粗犷浑厚的演唱特点为轻歌细语，一些冗长的连台本戏，也因时间所限而不得不取其精华段落来一折折演出。凡此都是甘肃"兰州影"在当地的地方化所使然。戏剧家周妙中在在他的《清代戏曲史》著本中谈及这一情况时记道：

> 甘肃是皮影兴起较早的省之一，河北西路影戏就是从甘肃传去并发展而成的，涿州一带的影戏，亦来自兰州。

周文所言"兴起较早"，应该首先是指影戏这门艺术在甘肃境内较早地成熟和较早地得到传播。周妙中先生并没有直接谈及甘肃境内的影戏流播情况，却告诉人们，"河北西部影戏就是甘肃传去并发展而成的。涿州一带流行的影戏，亦来自兰州。"河北与甘肃，一在华北，一在西北；涿州和兰州，地缘两隔，相距千里，然而，早在明代中叶，甘肃皮影凭借其"腾云驾雾"之术，跨越秦晋飞抵华北平原，不仅促成北京、河北等影戏的问世，还对全国以板式变化为体制的南北方梆子声腔剧种的形成和发展，产生重要影响，更加说明甘肃影戏历史的源远流长。

甘肃皮影艺人向来就有"会戏敬神主，串村还俗愿"一说。这不仅意味着皮影戏的演出活动，依然承袭着我国古代"必作歌舞乐鼓舞以乐诸神"民间祭祀的功利性质，使它嬗变为具有敬神和娱人的双重文化品格，而且还作为当地民风民俗的重要组成部分而世代传承。这恰恰促进了它的发展和大范围普及。正是在这一大背景下，民间影戏在甘肃境内迅速蔓延流播，最终成为"匹夫庶妇，讴吟土风"意味的甘肃民俗文化主流而融入当地民众生活、精神、信仰之中。正因此，它就像一粒由河陇文化土壤中破土而出的艺术种子，以其最小的身躯、最大的情怀、最远久的历史和最扩展的方式，为河陇大地酿制出众多声腔麇集竞奏、诸般笙盘斗胜争鸣的繁会景象。尤其它所创造的"以上下两句倍之"板腔体唱腔，不仅对初创时期的梆子腔、皮黄腔和全国花部诸腔的形成奉献过自己的骨血，还直接导致当时我国戏曲声腔体制一场重大的变革。这场变革，既是历史发展之所趋，也是时代潮流之必然，非人们意志所能逆转。这也是它一经出世，就被传奇戏曲、河北影戏、花部诸腔纷纷"转相效法"的原因所在。

明嘉靖、万历年间，又有甘肃西秦腔行世，西秦腔唱腔的最大特点也是上下句的体

制，也就是今天我们说的板式变化体，这和今天的秦腔唱腔在结构上是一样的。当然，西秦腔和兰州影之间究竟是什么关系，需要进一步研究。我个人的看法，是一回事。

明末，王府贵胄对"兰州影"更加痴迷，纷纷争相慕尚。尤其甘肃民间自古就有"不看影戏，不知礼仪"一说，这从一个侧面反映出甘肃皮影戏十分重视高台教化的社会功能。加之皮影演出，用人不多，简单易行，甘肃至今仍称其为"一驴驮"。这在当时封建社会不允许女子随意外出看戏的禁锢之下，皮影演出不仅可在庭院作场，还有影窗、帷幔遮挡，将观众和演员严密分开，所以倍受皇宫、王府宠爱。因此，明末清初的达官贵胄，自置影班影箱蔚然成风，甚至还以拥有自设影戏班数和雇用艺人多寡相互攀比奢华，甘肃王府以及外地为官的陇籍官员风气尤甚。据史料记载，早在明洪武时期，肃王朱棣一次向宫廷晋献甘肃皮影戏班十余班；曾任山西按察司副使的明嘉靖三十七年（1558 年）秦州举人胡来缙，于万历十七年（1589 年）所建天水私宅（当地人称南宅子）之绣楼对面，专门辟设影戏厅，供胡府小姐观戏娱乐，影室、影窗及其观剧所用坐凳，至今保存完好。

明末清初，〔兰州影〕还作为北京传统曲艺腔调盛行于民间市井间巷。清代嘉庆时期，北京《清代车王府藏曲本丛刊》对北京所传牌子曲艺汇集成册，其中收录《老妈得志》曲本中，有一大段七字上下句体唱词，也直接标明用〔兰州影〕演唱。说明〔兰州影〕当时已不仅仅限于皮影声腔，还进入了北京传统曲艺声腔领域而广传，不妨摘录几句：

> 老妈听见说心中乐，
> 似露不露把话说。
> 大爷这样恩待我，
> 我的心中岂不明白。
> 大爷心眼我猜透，
> 不过怕的是切脑额壳。
> 大爷只管把胆放，
> 不过花上几吊侧勒。

清廷建立政权之初，出任各地的文武官员及其家眷多系满族旗人，由于对驻地百姓语言文化十分生疏而难以沟通，加之他们原本就对皮影戏有着很深的嗜好，所以各地为官的旗人皆有私家皮影戏班跟随。康熙五年（1666 年），礼亲王爷府内竟有八个食五两

俸银专门掌管皮影戏箱的人，由此可知当时皮影戏在北京的流行状况。

清代道光二十五年（1845 年），又有进士周寿昌所著《思益堂日札》载曰：

> 传云乐操土风。即令乐部亦各有土调……甘肃有［兰州引］……［兰州引］则京师影戏演之。⑩

但是，周寿昌所记［兰州引］，不是皮影之"影"，而是引子之"引"。那么，为什么他把［兰州影］记成［兰州引］呢？我想，不外乎三种可能：

一、作者的误笔；

二、也可能另指［兰州影］里的一种专门腔调。目前，许多戏曲或说唱曲艺里，还有各种"引"。如曲子戏中开场第一个散板腔，一般都叫做"引"或"引子"；秦腔界有句话："上场引子下场对"，正执此而言；

三、趋于当时政治环境而有意回避误书。清嘉庆十八年（1813 年），白莲教举事造反，并以"皮影"号麾天下，声称皮影人儿受玉帝旨意，转化成为天兵天将，下凡要推翻清廷。于是，各地反满声浪叠起，清廷王朝震惊，全国贴出十六字布告：

> 国有大祸
>
> 民无天良
>
> 若再演唱
>
> 点火烧箱

大家都知道，皮影戏一般都在晚上演出，众多人群黑夜集结一起，朝廷唯恐民众乘机举事造反，于是，便将全国皮影艺人，以玄灯匪之罪名，进行了掳掠镇压和残杀，民间所有皮影箱具查缴焚毁，付之一炬。这在皮影史上是个非常惨重的事件。鉴于当时的形势，周寿昌为了避免刺激皇室神经，以"引"代"影"，也是一种可能。

甘肃不愧是"皮影之乡"⑪，尤其明清两季，境内已经形成数以百计的影戏班社，以半农半艺的方式成年在山乡僻壤和寺院庙台串演不辍，而且还促成众多不同地域、不同声腔和不同流派的问世。环县皮影、正宁皮影、灵台皮影、华亭皮影、静宁皮影、西和皮影、礼县皮影、甘谷皮影、陇西皮影、通渭皮影、靖远皮影、兰州皮影、永登皮影、凉州皮影、永昌皮影、张掖皮影、酒泉皮影、敦煌皮影等，几乎布遍境内各大大小小村落。

由宋代相沿而至的这种皮影小戏，主要活动于"五尺亮子"天地，戏小、人小、舞

台小，被人们称之为"一驴驮"。明、清之时，甘肃已有上百家皮影戏班，大演于山乡僻壤。尽管皆自以封闭的活动方式各踞一方，然而，一旦遇到适宜的气候和机遇，就有可能摇身变为"大戏"。正因此，中华人民共和国成立以后，为拥有不同声腔的各种民间皮影小戏发展成舞台大戏，创造了腾飞跃的大好机遇，同时也唤起一批有志于戏曲改革发展的志士仁人责任感的萌发，特别是一批掌握现代作曲技巧的专业音乐工作者，义无返顾地踊跃投入到这场浩大的艺术创造工程之中，竭尽自己的热心并极尽施展其技能。如甘肃环县道情皮影戏发展为陇剧，甘肃的灵台灯盏头碗碗腔皮影发展为灯盏头剧，西和陇南影子腔也发展成了新兴的舞台戏曲。此外，还有河北唐山皮影戏发展为唐剧，陕西华县皮影碗碗腔发展为华剧，山西的孝义碗碗腔、曲沃碗碗腔，吉林的黄龙戏，陕西的遏工腔、老腔、弦板腔、弦子戏等，不正是从"五尺亮子"的皮影天地，一跃跨入舞台戏曲行列，并成为新生地方戏曲剧种的么？盛传于西北诸省的秦腔剧种，多年衍袭着"拜舅舅"的传统习俗，在这种极富浪漫情趣和颇为滑稽的传统习俗，不正昭示出皮影与戏曲之间意味深长的承递与唯妙关系么！

---

① 《读史方舆纪要》五八《平凉府》。

② 孙楷第：《近世戏曲原出宋傀儡戏影戏考》，《傀儡戏考原》，上杂出版社1952年版，第62—64页，第64页。

③ 顾颉刚：《滦州影戏》，《文学》1934年2卷6号。

④ 《高僧传》。

⑤ 《续高僧传》。

⑥ 《宋史》卷二五〇《石守信传》。

⑦ 王建《凉州行》诗句。

⑧ 元稹《法曲》诗句。

⑨ 崔永平：《略论中国皮影戏艺术》刊于《文艺研究》1994年第3期。

⑩ 清·周寿昌：《思益堂日札》第157页，北京，中华书局，2007。

⑪ 2004年中国民研会授牌甘肃环县为"皮影之乡"。

论道情

历史概说

道情者，"有道之情"也。南宋谢灵运《述祖德》有诗云：

拯溺由道情，

龛暴资神理。

当知道情本系观、院道士专以离情绝俗、拯溺救世为内容唱经扬道的道教之曲。宋时，道教渐衰，道情走出庙台，随着道观方士化缘履迹云游四方，逐渐衍为一种曲艺形式，但仍不忘"离情绝俗、拯溺救世"之己任，其名称有称"道歌""道曲"者，后世亦有以"仙曲""古文"其至用"渔鼓""竹琴""坠子嗡"等伴奏乐器为名者。

道情起源甚早，汉时已现端倪。据传汉相张良，当秦国平灭韩国之后，为谋扶复韩邦之大业，曾假扮道家方士云游四方，借唱情扬道之名，行访贤纳士之实。当然，传说无征，难作史凭。但它的从无到有，成型广播，总与道教的发展脱不了干系。

西汉，在贤人政治世风吹拂下，促成原始宗教向人为宗教的转化。致使战国以来一直活跃于民间的巫觋祭祀与神仙方术等原始宗教现象，同老子"五行阴阳"学说合二为一形成的道教，变成有学有术的一大教派，并将整个中国阑入浓烈的神明鬼判、赏善惩恶等因果业报的氛围之中。与此同时，一代大儒董仲舒，又立"三纲"之名，加上西汉王朝"罢黜百家，独尊儒术"国策的施实，以孔子名教纲常伦理思想为核心的儒家经义，也同远古传衍而至的原始道教逐渐合流并趋于宗教化。一时巫师方士登坛作法，儒者凭藉谶纬之学装神弄鬼，成了当时控纵人们精神和行为的一具无形甲胄。西汉末，印度佛教也传入东土，这个舶来的异国教派，为在中国站稳脚根，同样效法儒、道仪规，为自己涂上一层厚厚的神仙方术色彩。而儒、道二教也仿其佛教以绘画、造像、乐舞、经变示意其法，由此促成三教通融并盛的局面。到了魏晋南北朝时期，儒、释、道三教义理基本趋于一致。

表面看，三教同寅协恭，和衷共济，论实质，却又貌合神离，冰炭无交。这不只因为主宰教门的圣人各有不同，支撑三教的核心义理也"各有所尚"。所谓"尚"者，当

然含有"崇尚""崇拜""高尚""风尚"等意味。比如道教崇尚老子而讲"情"，儒家崇尚孔子而讲"理"，佛教崇尚释迦牟尼而讲"性"。所以，各教能否争得更多信徒对本教义理的"崇尚"和对其主宰教门圣人的"崇拜"，能否使天下民众视其教规无比神圣而"高尚"，并将这种信仰转化成一种社会"流风"，必将牵系着自身存亡的生命根基，即所谓"得民心者得天下"矣！正因此，三教都对自己所"尚"教义高自标置，大肆鼓噪，都为吸引更多信仰民心和培养更深教派感情而各弄机巧。其中最普及也最高明的手段便是以"郑卫之声"为"饴蜜"，使它们所讲释的经文产生通俗歌曲般的诱惑力。南北朝时期，宗教伎乐风盛，寺庙变成人神共娱的游乐天堂，这便促成道教的道情、佛教的佛曲、儒家的礼乐等法曲的问世。元代燕南芝庵所云："三教所唱，各有所尚，道家唱情，僧家唱性，儒家唱理。"①正是执此而言。

隋唐，儒、释、道在统一自身的同时，逐渐走向融合。其中道教取用道情传法，宣扬黄老思想，而道教经义又贯穿始终的天帝观和神鬼观等理论，深得当朝圣帝支持受到特别厚待，唐玄宗对此就十分赏识热衷，并以"音清而近雅"②大肆标榜推广。君倡臣和，道教突盛，一度几乎成了国教。由此促进了道情歌体法曲的发展和大范围普及。玄宗作为赏乐制乐高手，不仅对道曲大着其迷，还将其纳入宫廷音乐范畴，充作皇室道教大典或与道教有关的国事活动专用之法曲。与此同时，他还诏令道士司马承祯制作［玄真道曲］、工部侍郎贺知章制作［紫清上圣道曲］，太常卿韦绦还为太清宫落成制作《景云》《九真》《紫极》等道曲。不仅如此，他又诏喻道曲入胡部伎，并与胡部新声合作。《新唐书·礼乐志》载："开元二十四年(公元736年)，升胡部于坐堂上……后又诏道调、法曲与胡部新声合作。"更有甚者，玄宗还以当时盛行的佛、道法曲音乐素材亲自创制乐舞法曲作品，其中最典型的例证莫过于开元年间玄宗"以月宫所闻为之散序，用敬述所进曲作其腔，而名《霓裳羽衣》法曲"③。这只御制作品，一度成为创制法曲的精品典范而成为历史美谈。宋王灼《碧鸡漫志》在记述这一传说时云："月宫事荒诞，惟西凉进《婆罗门》曲，明皇润色，又为易美名，最明白无疑。"④白居易所作《霓裳羽衣舞歌》一诗，便详尽记述了这一大型法曲的表演情况。正说明当时的道情，不仅大唱于寺院庙台，还搬演于宫廷圣殿和隆重典事活动之中。

至宋，儒者以伦理纲常为中心，吸收佛教与道家的宗教思想和修养方法，提倡"存天理，去人欲"，促成儒教这一特殊宗教的真正问世。从此，儒、释、道在"三教同源"和"三教合流"的大旗下，相扶共进，携手互赢。三教精神深入到每一个中国人的家

庭，三教圣人成为每一个中国人虔诚崇拜的偶像，三教教义共同捏塑着每一个中国人纯净洁白的心灵。也许广大的中国老百姓，在封建皇权重压下，过于渴望能够得到一种自然力的庇护并获得精神的慰藉与解脱，故在宗教信念上，并不在乎三教义理上的异同，这种"饥不择食"的"见庙烧香"，正说明中国人宗教概念的模糊无绪和宗教理念上的极度宽容。以致一些寺庙，老子、孔子、释迦牟尼同龛而居，和尚、道士、儒师同庙混饭，甚至道士设斋可以念佛经，和尚炼丹也能驱鬼邪，而道情唱情也唱性，佛曲唱性也唱情，佛道作场也讲理的现象，更就见怪不怪了。这种盲目失迷的宗教信仰，构成绚丽多姿的民风民俗，最终成为凝聚国人精神的一股强大文化力量，并为每一个中国人的灵魂深层，打上一道无形而又沉重的威慑和震撼，也对整个中国国情产生巨大而难以消解的潜在影响。

北宋产生的鼓子词和诸宫调，对于道情的发展与传播影响重大。宋人周密《乾淳起居》注云："后苑小厮儿三十人，打息气唱道情。太上(即宋高宗)云：'此是张伦所撰鼓子词。'"当时的宫内侍从，打天明起床便聚众演唱道情不止，而且竟然不怕惊动"圣驾"，将其唱到天子耳旁，高宗非但不予责怪，反倒一听即知所唱正是张伦所作道情鼓子词。宫廷上下演唱道情尚且如此，民间盛传之风更就可想而知。从中不难看出，宋时的道情同鼓子词合流以后，已不唯道家所独有，业已嬗变成能够群体演唱的一种民间说唱艺术了。

鼓子词由北宋兴起，其特点是以单曲演唱多段唱词，最初多以写景、咏物为内容，北宋欧阳修《六一词》中的《十二月鼓子词·渔家傲》即属此类。但自赵德璘始作《元微之崔莺莺商调蝶恋花鼓子词》之后，又渐次发展成最擅于以演述大篇故事情节为特长的说唱艺术形式，它在依然保持仅以一个词调反复叠唱的同时，还衍为一人主唱，多人歌伴，兼及伴奏的群体演唱，很适合道家方士唱经布道时长篇演述经文。正是在鼓子词的影响下，道情渐次确立了自己的艺术体制，尤其北方道情，至今依然还在衍袭着此种分节歌体形式，甘肃甘谷大象山道观方士所唱甘谷道情即是一例。

诸宫调一般认为乃由北宋神宗时(1068—1085)汴京说唱艺人孔三传所创。宋人王灼《碧鸡漫志》卷二载："熙丰、元祐间……泽州孔三传者，首创诸宫调古传，士大夫皆能诵之。"[5]南宋耐得翁《都城纪胜》亦云："诸宫调，本京师孔三传编撰传奇、灵怪，入曲说唱。"诸宫调的最大特点，便是多种不同宫调的曲牌联套组合唱情唱事。其中有用一个曲牌的单曲，有由一个曲牌双叠或多叠加上尾声而构成的短套曲；还有属同一宫

调范围的若干曲牌联套而成的长套曲等。这几种曲体取用不同方式组织起来，或一唱到底，或曲、白相间来演述长篇故事，较鼓子词更显丰富活跃而风靡一时。诸宫调的出现，不只标志着我国说唱艺术发展到一个新的阶段，也对后世南戏和北杂剧的形成产生深远影响，道情也在它的影响下，促成多个曲牌的联套体制。目前很多北方道情即以曲牌联套为普遍。如山西的晋北道情、洪洞道情、临县道情、永济道情等；陕西的关中道情、商洛道情、陕北道情等；甘肃的陇西道情、陇南道情等；以及河南道情、山东渔鼓等等，差不多都是曲牌联套、一唱到底来演绎一个完整故事的。这也是道情又得"古文"之名的原因所在，如江西的于都古文即是。

南宋，道情开始启用渔鼓、简板等乐器为之伴奏，更加丰富和完善了道情的演唱艺术形式，也由此而得"渔鼓"别名。江西的波阳渔鼓、湖口渔鼓等；湖北的湖北渔鼓等；湖南的湖南渔鼓、衡阳渔鼓等；此外还有山东渔鼓以及广西渔鼓等皆是，名目虽异，实则同属。当然，也有将渔鼓以"道筒""竹琴"而名者。四川道情便以"四川竹琴"呼之。

元时，道情演唱之风更盛，特别是一些道门居士和失意文人，因不囿于元人统治而逃避现实，常常闭户自居，作歌自咏，以唱道情来淡泊明志，聊娱静心。使得这一本属传法为目的的宗教歌腔，又杂入泄世不公、针砭时弊的世俗内容。到了明、清之际，随着僻寺贫道常常以唱道情云游四方化缘谋生，民间艺人也将它充作乞食本钱而浪迹天涯，道情便沿黄河故道畅传于东南西北，或庙台、或村镇、或庭院、或炕头，渔鼓之声处处可闻，由此变成名噪一时，男女皆习之，人人喜听之的俚巷流行歌曲，一些文人也顺应潮流，纷纷倚声填词，清人李大椿、郑燮、金农等，便取用道情演唱形式写过不少作品，顾思张之《土风录》、李振声之《百戏竹枝词》等著本中，也收录不少这类作品。即令当今时下，人们在一些寺庙游览胜地，也会偶尔听到道门之人所唱道情的古朴遗风。足见其影响之大，流布之广，渗透之深。

底本衍变

唐时，道教在道观内所唱《九真》《承天》道曲，其词被称作"经韵"，当知乃是尚未脱净白话迹象的韵文，故与当时佛教宣讲经文的"经变"似无二致。入宋，开始配以词调，这便成为人们所称的"道歌""道曲""道情"了。这种可入词演唱的歌腔，正如《白居易传》所云："法曲虽似失雅音，盖诸夏之声也。"说明多系"清而近雅"的俗曲之属。清、雅二乐在其词格上有着较大差别：雅音皆四言，法曲多为七言，五言

虽有，并不多见。故又将其称为"新经韵"，或曰"黄冠体"⑥。《啸余谱》便称"道情乐词之类，亦谓之黄冠体"。即至南宋，方促成或单曲一唱到底，或多曲联套唱情，或唱、白相间而歌等不同体式，道情说唱艺术方真正问世。

道情说唱艺术的稳定成格，反转促进了演唱底本创作的发展繁荣。其底本内容，正如宝卷所载："唐德宗时，有湘子者入山归隐期中，其叔韩愈被贬潮州。行至蓝关(今秦岭)，因雪阻道，湘子赶来，以道情说唱，度韩愈入山归隐。"正因此，早期的道情唱本，差不多皆与韩湘子、汉钟离、张果老、吕洞宾、铁拐李、何仙姑、蓝采和、曹国舅八大神仙的离情得道、醒世劝人、惩恶扬善等道教故事相关联。如被称作"韩门道情"的韩湘子传本《韩文公祈子》《送子娘娘送子》《撒金桥》《韩文公训子》《跳墙出家》《高老庄》《经堂会》《卖道袍》《林英降香》《吊打媒婆》《算粮》《韩湘子度林英》等，几乎分本演述了韩湘子其人从怀胎、出世、废学、出家、度母、度妻整个人生得道的"经历"；再如以演述张良传的《张良搬家》《张良辞朝》《张良归山》，演述李翠莲传的《打经堂》，演述庄周传的《大劈棺》，演述吕岩传的《杭州卖药》，演述李宏传的《五龙台》等，都是多本成套唱曲。另外还有《五更盘道》《舜子大孝传》《双梅图》《八仙过海》《八仙庆寿》《目连救母》《十劝人心》《劝孝歌》《丁郎刻目把孝行》《目连担母去求经》《十月怀胎恩难报》《王祥卧冰把孝行》《劝邻》《红尘参透》《看破世俗》《尼姑下山》《尼姑思凡》《皇姑出家》等等，皆系劝化人心、离俗修道、八仙斗法、孝心感天的正宗道情演唱古本。古凉州故地甘肃武威，民间至今"念卷"风盛，渔鼓三弦不绝于耳。所谓"念卷"者，即以凉州贤孝演唱佛道故事也。演唱者皆为盲人，故又称"瞎弦"。他们在武威东关骡马市场搭棚设座，唱曲卖茶，从早到晚，听者如堵。1986年以前，我每去武威，必然前往啜茶谛听，也曾邀约王越、冯光生、叶玉贤等当地著名贤孝唱家专门录音记谱，其中就有与神道故事相关的《药王救苦忠孝卷》《蓝关卷》《湘子卷》《孝亲卷》以及直接从唐宋变文沿袭而来的佛经故事《达摩宝卷》《弥陀宝卷》《目连宝卷》《香山宝卷》等。据传，凉州贤孝还有"二十四孝卷""三十六忠卷""七十二案卷"等连台唱本。另有人撰文称，仅陕西安康道情的唱本就多达一千二三百本，抄存本有五百本以上。这些底本，就所取题材而论，大部分皆与唐宋寺庙宝卷、俗讲、变文等有着直接的渊源关系。

宋元以后，道教日渐衰落，道情也渐次脱离"道观"风气，开始作为一种民间说唱艺术而传世，其所涉猎的题材也不唯警世教化局限而更趋世俗。尤其明清，由于受演

义、公案、艳情小说和杂剧、传奇等戏曲剧本影响，历史故事、民间传说、生活趣闻之类，尽都阑入道情大加演唱。王重民之《敦煌曲子词》"叙录"一节谈及敦煌遗书所存类似歌辞时云："有边客游子之呻吟，忠臣义士之壮语，隐君子之怡情悦志，少年学子之热望与失望，以及佛子之赞颂，医生之歌诀，莫不入调。"从各地道情唱本看，同样体现出题材散杂的特点。如神话传说类的唱本有《西游记》《悟空探路》《反天宫》《唐僧化缘》《莲花洞》《封神榜》《陈塘关》《阴回朝》《三山关》等；历史故事类的唱本有《木兰从军》《关公显圣》《昭君出塞》《昭君和番》《草船借箭》《桃园三结义》《醉打山门》《武松出家》《三顾茅庐》《罗成托梦》《长亭饯别》《红娘寄柬》《董永葬父》《敬德演功》《怀德别女》《风雪辨踪》《百花点将》《杏元和番》《鸿雁捎书》《双官诰》《泰山图》《合凤裙》等；民间传说类的有《打灶君》《天官赐福》《三星庆寿》《张连卖布》《晚年难》《赶脚》《打刀》《摸牌》《孝廉传》《卖胭脂》《卖杂货》等；生活趣闻类的有《母女顶嘴》《王婆骂鸡》《两亲家打架》《怕老婆顶灯》《渔樵问答》《表八错》《胡日鬼捎书》等等，都是道情作为民间说唱艺术而入曲演唱的底本。凉州贤孝还将其分为"国书""家书"两类，"国书"专演帝王将相，"家书"专演劝善行道。

20世纪三四十年代，道情又受到新文化思潮影响冲击。特别是陕甘宁边区时代，新文艺工作者充分利用陕北道情、陇东道情的传统曲调与形式，以"旧瓶装新酒"的方法，创编了以宣传抗日救国、号召生产自救以及提倡婚姻自由等进步内容的大量词段入曲演唱，《送子参军》《改造二流子》《小二黑结婚》《宜川大胜利》《翻身记》《刘巧团圆》等，都是当时配合革命宣传和政策教育的应时之作。早在此之前的第二次国内革命时期，作为革命根据地的江西吉安一带，也以吉安道情曾编演了《送郎当红军》《苏区景》《妇女剪发歌》《暴动歌》等作品。新中国成立后，各地道情又掀起以《红岩》《智取威虎山》《洪湖赤卫队》等作品编演反映现实生活唱本的热潮，如《韩英见娘》《巧夺杉岚站》《江姐》《双枪老太婆》等。道情的唱调曲牌，也被新音乐工作者巧加糅化，作为创作素材吸收运用于新歌剧、新秧歌剧和歌曲作品之中，众所周知的秧歌剧《兄妹开荒》，大型歌剧《白毛女》，就有不少道情的音乐成分，《白毛女·佛堂》一场黄母所唱唱腔，便直接取自于道情《目连救母》曲调，而脍炙人口的女声独唱《翻身道情》一曲，其曲调之婉畅、风格之别具、感人之深刻，真可谓如饮醇醪了。

演唱伴奏

道情传法主要行之于歌，即所谓"敷之声歌，使有耳者之共闻"。因此，一般多由一人以第三人称通过歌声来宣讲教义。有些省(区)的道情，不仅唱调齐全多样，还分行当、角色，以第一人称代言并能对唱，陕北道情底本《经堂会》即是如此。其中婶娘所唱[耍孩儿调]，完全以角色代言的口吻，深情表述"婶娘"其人对终南山学道的儿子韩湘子所持的一腔母爱与思念之情。尽管它的旋律很活跃，却处处透发出一股伤感哀怨情调和表述其事件行为的叙事口吻，让人听来，仿佛婶娘当时所持的内心惆怅与满面凄容立显情致。这说明，陕北道情不只注重情节过程的交代，更注重于人物性格的刻画与内在感情的抒发渲染。因此，已经具有向戏剧化发展的显明倾向。

从陕北道情曲牌音乐中流露出来的那种呈述性以及伤感情调，本是所有道情音乐表现内容的共性特征之一。无论一人主唱还是分角色对唱，也无论北方道情抑或南方道情，俱都弥漫着悲凉哀怨的情绪色彩，这恐怕正是道情音乐作为拯溺苦难众生，警世劝人行道时，最为需要、也最能打动人心的一种有意渲染了。这种悲凉情调的呈露，不只来自道家方士的"唱"，也来自于"八仙乐器"的"和"，人声伤感的声乐造型与八仙乐器的独特音响，相辅相承中制造出一种让人身陷"茫茫苦海"的精神压抑和急欲挣脱"重重苦难"的心理冲动，正是在这样一种音乐氛围中，道情显然完成了劝人"脱离世网"、尽快"从善向道"的使命，这其中我们不可小视了它那伴奏乐器的潜移默化作用。

如前所述，道情其所以又谓之为"渔鼓"者，则因为它以"渔鼓"击节伴唱和声。一个辅助性的伴奏乐器，竟可以夺冠顶替正名，正说明它地位的显赫和作用的重要。那么，它又是为何物呢?事实上其貌并不惊人，充其量不过是长约70厘米许、直径8厘米余，一端开口，一端蒙以羊护心皮的半截竹筒而已。伴奏时，以右手即兴拍击各种节奏，发出"嘭嘭"之声应歌而相合。目前我们所见的"渔鼓"，实属宋代所创制的一种道教乐器，它与明代王圻《三才图绘》一书所描述的"截竹为筒，长三四尺，以皮冒其首，用两指击之"的"鱼鼓"毫无二致，尤其它的形制、质地、长圆、蒙皮、击奏等，皆与各地道情所用"渔鼓"不爽毫厘。"渔鼓"虽然形貌简陋，音响却很特别，既能折射出观院寺庙特有的清静氛围，又能映衬出道情说唱的独特声色，只要渔鼓一响，必知演唱道情无疑。因此，这便有了"渔鼓"即是"道情"，"道情"即是"渔鼓"两名相出的现象。

"渔鼓"也有称"道筒"或"竹琴"的。但是，这个"截竹为筒，以皮冒其首"的

击节乐器，本与"渔""鱼"两不相干，为何却要以"渔"而附会其名呢？民间对此解释颇多，一说它是老子论道时的专用惊堂响器，一说则是南方渔工借用船篙所制鼓动渔民士气之物等等。其实，根据我的考证，古时，"鱼""渔"通用，因鱼昼夜不合目，道家借"鱼（渔）"张目常醒，使"修行者昼夜忘寐以至于道"。佛家所用之悬木鱼(大鱼形)，乃至诵经敲击的梆木鱼(小鱼形)、化缘所持的鱼钵等，同样取"鱼"张目之形警示忘寐养性之道，这可能正是佛家弟子更夜诵经时急紧叩击木鱼以便"忘寐以至于道"的原因所在。由此足证"渔鼓"并非老子论道的专用响器，更非南方船篙所制鼓动渔民士气之物，而是宋代专用于道教传法的拍击伴奏乐器之一。《续献通考》卷一〇九《乐器》一章，早就对它作过专节通考详述。

道情的另一击节乐器便是"简板"。"简板"古称"简子"，与渔鼓同始于宋。明郎瑛《七修类稿》云："渔鼓、简板始于宋。""简板"由两个竹片制成，上片 63 厘米，下片 65 厘米，宽 3.2 厘米，下端各置一扇碰铃，用左手夹击而发声。演唱者将渔鼓置于腿间，以右手击之，简板执于左手，以食指隔开上、下两片相碰，并带动下端碰铃亦发出声响，击出节奏，边唱边和。明人王圻《三才图会》云："简子，以竹为之，长二尺许，阔四、五分，厚半之，其末俱略反外，歌时用二片合击之，以和者也。"元马致远《吕洞宾三醉岳阳楼》中叙述"八仙"故事时亦道："吕纯阳爱打简子、渔鼓。"凡此都说明渔鼓、简板一经出现，就是道家的专用之物。正因此，民间才便有了"顶天立地的渔鼓，降龙伏虎的简板"，以及"简板生就一梢弯，梢弯下面钉金环，一打惊天动地，二打阴阳二气……十打十殿阎君"等说词，来渲染附会于其身的神道法力，尽管有些夸张，却表明乃道教响器法力无边，故又称其为"法器"。也说明道情倘没有渔鼓和简板两种乐器的参与，也就不成其为道情了。

与渔鼓、简板同列为"八仙乐器"的还有"碰铃"。"碰铃"古称"星"或"星星"，永乐宫《八仙乐队图》中就有它的图形。起源尚早，长沙马王堆一号汉墓黑地彩绘棺面、魏晋嘉峪关墓室砖画、敦煌石窟壁画、北魏云岗雕塑中，都有演奏该乐器的图形。隋唐，不仅用于演奏大曲，更是道观咏经作法主要乐器之一。宋人元稹《琵琶诗》有云："学语胡儿撼玉铃，《甘州》破里最星星，使君至恨常多事，不得功夫夜夜听。"诗中所言"星星"即是碰铃。其所纳入"八仙乐器"范畴并为道情伴奏唱和，差不多也由宋代始。

渔鼓、简板、碰铃虽然是老字辈的道情伴奏乐器，它从宋代就与道情朝夕相伴，

"夫唱妇随"，算来已有八百余年，而且自始至终还从未产生过"离异"的念头，但随着人文环境的改善和物质条件的丰富，道情也因时因地不断吸收新的乐器参与伴奏行列。比如北方道情除启用简板、木鱼、碰铃等佛、道诵经的必用乐器外，还加进了四胡、三弦、扬琴、唢呐、小铙等，南方渔鼓除保留以上乐器外，又加进琵琶、洞箫、鼓钹等，有些省还加进自己的特色乐器，如河南的"渔鼓坠"，因吸收"坠琴"入乐，故又称其为"坠子嗡"，内蒙古道情还将"四块瓦"纳入其中，凉州贤孝加用三弦，故曰"瞎弦"。不仅大大突出了地域特色，也加强了伴奏音响效果的丰满，也突出了层次，突出了色彩，更突出了音乐美。

乐队发展愈加丰富固然能够生辉，但对宣演各种故事的道情说唱来说，却只能处于辅佐歌唱的帮衬地位，所以，重要的还是唱。唱即唱事唱情，唱事者，必然涉及到表述内容的底本词格体制，唱情者，又必然涉及到入词演唱和抒发情感的曲调音乐格式。实际上，前者专为"倚声"而存在，后者专为"填词"而设置。二者各有规矩，自成"方圆"。但在这规矩之中，二者必然还会有某种内在联系，也即它们在结构格式、字调声韵、语言特色、旋律旋法等诸多方面所共有的同一性、制约性和互补性，只要它们在这几个方面达到谐调与契合，才能达到"敷之声歌，使有耳者之共闻；著之象形，使有目者之共睹"(明郑之珍《目连救母劝善戏文·自序》语)的最佳艺术效果。

声腔特点

自道情走出庙台，衍变成道情鼓子词以后，由于具备宗教和娱乐双重文化品格，从此伴随着方士和艺人的步履沿黄河两侧畅传，又随南宋迁都临安（今杭州）而传至南方，先后涉足于晋、豫、陕、甘、宁、青、川、鲁、皖、浙、赣、鄂、湘、桂、黔、内蒙古等诸多省(区)，其流播面之广，几乎覆盖整个大江南北。它们在流播并扎根各省的过程中，又受土语乡音之影响，引发了词曲结构、语言声韵和音乐风格上的变异，在变成当地道情说唱曲种的同时，又形成诸多支系而分门立户。如甘肃的陇东道情、陇西道情、平凉道情、甘谷道情、凉州贤孝、河西宝卷等；陕西的陕北道情、关中道情、安康道情、商洛道情等；青海的西宁道情；宁夏的宁夏道情；山西的永济道情、洪洞道情、临县道情、晋北道情等；河南的河南道情；江西的江西道情、波阳渔鼓、湖口渔鼓、南昌道情、宁都道情、于都古文、吉安道情等；湖北的湖北渔鼓等；湖南的湖南渔鼓、衡阳渔鼓等；浙江的浙江道情、义乌道情、金华道情等；另外，还有内蒙古道情、山东渔鼓、广西渔鼓、四川竹琴等等。品类虽多，名目虽杂，却属同源异流的变体与繁衍。故

按词曲特征，将其可归为"曲牌体叙事道情"和"诗赞体叙事道情"两类，前者以北方道情为多见，后者以南方道情为普遍。正因此，南、北道情的声腔体制有了各自的分途。

一、南北道情的音乐特征

南方诗赞体叙事道情与北方曲牌体叙事道情，在声腔体制、艺术风格及其表现手法上的差异，主要有如下四个方面：

（一）词格体制不同。"诗赞体"南方道情，其词格多系长短句体。如明代以前流行在安徽南陵的目连劝善抄本，其中［降黄龙］的词格就与北方曲牌体词格大相径庭：

> 新年佳景，今朝为首，此时独胜，律回太簇，天开黄道，气转鸿钧，我一
> 觞表敬松柏酒，奉春萱，不老长生，我愿从今，年年春酒，庆贺元辰，(相等)
> 年年春酒，庆贺元辰。

随着历史的演进，也随着南方道情不断将当地民歌阑入自己的歌腔，其词格也逐渐变成七字句为主、长短句为辅的句式了。湖南道情(渔鼓)的演唱底本中，不仅有七字、十字齐言体，还有五、五、七、五句格的五七长短句体；江西道情同样以七字句为主，十字句次之，间用五字句、四字句式不等。这些句式，虽然长短不一，但格式相对比较固定，一般则不轻易加字或减字。

"曲牌体"北方道情，通常多系七言、十言对偶体式，绝少例外，而且较"诗赞体"词式稍显灵活，可视表述内容要求，允许适当增字或减字。如山西临县道情传统唱本《经堂会》中的老道唱词：

> 终南山，是吾家，腊月盛开四季花。茅庵草舍无冬夏，虎皮交椅实可夸。
> 仙桃仙果般般有，洞房外前葡萄架。这本是吾仙家景致，更不贪那富贵荣华。

很显然，"曲牌体"北方道情的词格，较"诗赞体"南方道情要规则方整、语言也较俚俗。

（二）表现手法不同。"诗赞体"南方道情，多以曲、白相间表述内容，这种表现手法，无疑是寺庙俗讲说唱和诸宫调形式的延续。明万历以前，流行在安徽、湖南、浙江、江西、四川、福建等南方诸省的民间劝善底本中，差不多都是取用有唱有说、以唱为主、间以说白的形式来表述故事内容的。其中如劝善调《目连缘起》，一开头便是下面一段说白：

> 昔日目连慈母，号曰青提夫人，住在西方，家中甚富，钱物无数，牛马成

群，在世悭贪，多饶杀害。自从夫主亡后，而乃孀居。唯有一儿，小名罗卜。

慈母虽然不善，儿子非常道心，拯救孤贫，敬重三宝，行坛布施，日设僧斋
……

咏诵完这一大段说白之后，便进入目连如何行孝，青提违愿开荤、罚入地狱、目连历尽艰辛、救母升天等情节的演唱。

北方"曲牌体叙事道情"则不是这样，通常表现为要么单曲一唱到底，要么多曲联套唱事，其间极少夹插说白、诗赞之类。山西的晋北道情、洪洞道情、临县道情、永济道情等；陕西的关中道情、商洛道情、陕北道情等；甘肃的陇西道情、陇南道情以及河南道情、山东渔鼓等等，差不多都是单曲叠唱、多曲联套而一唱到底来唱情唱事的。很显然，这是受了宋代鼓子词、诸宫调的影响所使然。也不难看出，北方道情较南方道情来得更古老一些。

需要注笔解释的是，这里屡屡列举劝善古本实例，读者切莫误以为它与道情相悖，"劝善、贤孝、道情，其实一也"，本是异名而实同的宣扬教义之法曲。范紫东《乐学通论》之"道院之法曲"一节，对此曾作过专门解释："按《册府元龟》云：'玄宗天宝十三年(公元754年)，改诸乐名，林钟之宫，时号道调。'是道院法曲之乐调，用林钟之宫也。芝庵云：'道家唱情，释家唱性，儒家唱理'……与法曲异名而实同，故皆为黄冠体。"[⑦]这种被称之为"黄冠体"的法曲，南宋前后在南方诸省逐渐兴盛，但作为宗教性法曲时，却往往表现得复杂而又含混，杨荫浏在谈及湖南民间道场所唱道曲时云："其中包含着佛教的成分、道教的成分，也包含着儒教、师教的成分。他们所用的音乐，除了备教所用的一部分音乐以外，也有民间的鼓吹和戏剧等音乐在内……以迎合过去各地群众的一种带有综合性的宗教……这样，就有了应门或应教。"[⑧]杨荫浏所言"应门"和"应教"，正指穿插于佛、道、儒、师作法道场中的专业歌手。实际上，它们正是中国"三教同源""三教合流"背景下的必然产物。道情在民间广传，除布法扬道之外，颇大程度上还是为了娱乐心理上的满足，因为，按过去的民间风俗，佛道入户作法，目的是为招徕看客，看客越多，意味着"人气"越旺，逐疫消灾也就越快。而唱、白相兼的说说唱唱形式，使方士捉神弄鬼的道场作法恰恰变成人神共娱的游艺乐园。故在南方诸省，这种宗教演艺活动不仅得到保持甚而风靡更盛。正因此，诗赞体道情的音乐结构，也显得颇为复杂。不仅前有〔引子〕，后有〔尾声〕，还有诗赞、科白相间穿插其间。江西宁都道情便由〔引子〕、〔曲头〕、〔叙板〕(叙述部分)、〔步步紧〕(由慢渐

快)、［连珠炮］(急紧)、［尾子］等部分组成；波阳渔鼓中还专设以吟诵的［吟韵］和［数板］；湖北渔鼓则在说白形式上，又有"散白"和"韵白"之分，而湖南渔鼓则又是以唱为主，以说为辅，还因适当配以表演动作而衍变成说、唱、表三结合的表现形式了。

（三）曲调来源不同。"诗赞体"南方道情多取用南曲和南方"村坊小曲"为歌腔，如江西道情中除［道情调］外，还吸收了当地渔歌、山歌、采茶调、文词(又称北词)、民歌小调等；湖北渔鼓中除［哭灵腔］、［观音腔］、［道士腔］外，又吸收了当地薅草歌、打麦号子等民间音乐，并逐步形成［平腔］、［悲腔］、［鱼尾腔］(亦称［凤尾腔］)、［琵琶腔］、［杂花腔］等成分；宁都道情除［叙板］、［步步紧］、［连珠炮］、［过街溜］外，也兼收当地民歌、小调、山歌等。

"曲牌体"北方道情则多取用北曲和北方"村坊小曲"为歌腔。如陕西关中道情曲牌就有"九腔十八调"，仅目前现存的还有"八腔十一调"。其中"八腔"为：［清江引］、［金钱吊葫芦］、［藕断丝不断］、［节节高］、［大连厢］、［高腔］、［推句子］、［皂罗袍］等，"十一调"为［大红袍］、［苦相思］、［蛤蟆跳门坎］、［哀连子］(哭板)、［剪花］、［拖音］、［塌句子］、［笑板］、［气头子］、［怒板］、［落头子］等；陕北道情则有［平调］、［十字调］、［梅花调］、［耍孩儿调］、［高调］、［阴司调］、［大平调］、［滚堂调］等二十多种曲牌；山西的洪洞道情则在［平调］、［高调］、［宫调］三大调基础上，又发展派生出［梅调］、［耍孩儿调］等若干旋律，如［平调梅］、［高调梅］、［宫调梅］和［平调耍孩儿］、［高调耍孩儿］、(宫调耍孩儿)，以及［十字述］、［金钱子］、［节节高］、［一串铃］等，此外，还吸收了当地一些民歌小调，如［大观灯］、［三月三］、［二郎担山］、［道士闹元宵］等；山东渔鼓则有［开腔］、［巧口］、［流水］、［两坡羊］、［靠山红］等，并以［寒腔］为基本调；而青海道情则在［阴腔］、［阳腔］、［三下果］三个腔调基础上，阑入少量当地民歌，如［十里亭］等。对此，民间还以"道情九弯十八调，几个调调一大套，套套里头有弯弯，弯弯里头有调调"歌谣，真实反映出各地道情声腔体制的基本特征及其所含歌腔的丰富多彩。

（四）音乐风格不同。正因为"诗赞体"南方道情多取用南曲和南方当地"村坊小曲"为歌腔，而"曲牌体"北方道情则又多取用北曲和北方当地"村坊小曲"为歌腔，这些南曲和北曲，由于演唱语音和音乐地域化的区别，形成南、北两大截然不同的音乐风格系统。主要表现在：

1.音阶结构不同。南曲多系五声音阶，即宫、商、角、徵、羽，北曲多系七声音阶，即宫、商、角、变徵、徵、羽、变宫。如作为南方的江西道情《珍珠塔》唱本所用［平板平韵］，便是一首五声徵调式歌腔，全曲仅由1、2、3、5、6五个正音组成，连装饰倚音也未加用任何偏音，故其音乐风格体现出婉转平和、级进含蓄等特点。

作为北方系统的陕西商洛道情《火龙单》所用唱调，无论选用何种曲牌名目，不仅俱都建立在徵调式七声音阶之上，而且"二变"(变徵4、变宫7)之音各自在3—5、6—i小三度音程内居于等分音位，也即黎英海先生所称的"三度间音"，以此形成"秦声"系统特有的花、苦音腔调，分别表现出悲伤阴柔、喜跃阳刚两种截然相对的感情专长。

2.旋律旋法不同。"诗赞体"南方道情的唱调音乐，其旋律运行趋势大都比较平和稳重，音域也不太宽，音程级进多而跳进少，唱腔音乐显得委婉而柔畅。如湖南渔鼓之［渔鼓调］，曲调旋律的运行就非常平稳，按音阶行进而徐起徐落，极少越级跳进，全曲音域也基本控制在5—5这一八度范围之内。这种特点，可谓是南方道情曲牌共有的音乐特征。

被称作［三月三］的山西洪洞道情歌腔，其旋律一直在5—i十一度音域内上下翻飞，四度、七度、八度甚至十一度大跳音程几乎贯串全曲，从而突出了旋律棱角，也呈示出一股奔放的豪情。从这首歌腔所体现出来的旋律特征，同样是北方道情音乐旋律共有的特征。

3.曲体结构不同。"曲牌体"北方道情唱调的曲体结构，一般为上、下两句体构成的单乐段体式，或者在上、下两句体基础上发展而成的四句体单乐段体，极少例外。青海道情有只被称作［十里亭］的曲牌，表面看似乎是四乐句构成的单乐段，实际上不过是在上、下两乐句基础上略加变化的二次叠唱而已，充其量对结束句腔幅稍加拓宽扩充、落尾适当糅入些许当地花儿音调罢了。尽管它"改头换尾"，依然难以遮盖上、下两乐句曲体为结构的"本来面目"。这也许正是北方道情后来大都能够顺利向板腔体制嬗变的原因之一。

"诗赞体"南方道情，虽然并不排斥二乐句、四乐句的曲体结构，但它的四乐句单乐段歌腔，大都具有起、承、转、合的显明特征。杨荫浏在其《道教音乐》第115页刊载了一首湖南道士在丧事道场所唱的一首《拜忏》道曲，无论曲体还是旋法，与湖南道情［渔鼓调］很相似，原因在于它们共同强调着音乐的叙事功能。正因此，以首句为其旋律发展动机，形成起、承、转、合的四乐句单乐段结构，便成为南方道情歌腔普遍采

用的曲体形式了。

除此而外，在南方道情中还大量存在着五乐句、六乐句甚至多乐句曲体的歌腔，特别是元明时期，安徽、江苏、浙江、江西、福建、湖南、湖北、四川等南方诸省的道情，以及直接标明"劝善"的民间说唱等，在结合当地民俗，穿插于佛事、道场等宗教活动中唱出时，尽管演出方式不同，所用歌腔却大体一致，比如除有 [大走板]、[三角板]、[扑灯蛾] 等念板及 [孝顺歌]、[诵佛子]、[十不亲]、[三大苦]、[莲花落] 等七字句唱词外，其唱腔曲牌也常取用 [锁南枝]、[驻马亭]、[驻云飞]、[五更转]、[山坡羊]、[雁归北]、[半天飞] 等民间俗曲，这些曲牌，既有七言四句对偶的句式，也有七言六句的对偶句式，同时也还有长短混杂的句式。词体不同，暗含着曲体和风格的不同。明代安徽南陵劝善戏文《目连戏》中，有一只叫做 [降黄龙] 的曲牌，其情性之所以缠绵，乃属南曲黄钟宫所致。也很符合元人周德清《中原音韵》所言"黄钟宫富贵缠绵"和明人胡侍《珍珠船》所言"南曲凄婉妩媚"之说。

4.所取音韵不同。"诗赞体"道情流行于南方，取用南曲，取韵自然以南方诸地语音为标准，至今依然保持着"南曲不可杂北腔"的传统；"曲牌体"道情流行于北方，取用北曲，音韵上和演唱上，当然以北方各地语音为标准，同样一直衍袭保持着"北曲不可杂南字"⑨的习俗。正由于各自强调当地乡音语言特点，使得南、北道情更趋于地方化而派生出众多不同支系来，即使是同一地区所流行的同一道情，也因一山一河之隔，同样受"土音"而生变异，具有"声各小变，腔调略同"(明王骥德《曲律》语)而形成不同的音乐风格和演唱特色，这一点，正是上百种南、北道情(渔鼓)能够长期和平共处、争芳竞妍的原因之所在。

南、北道情在艺术风格上的差异，固然有其流动的历时性，但更具特点的还在于它那共时性的地域空间之区别。北齐颜之推《颜氏家训·音辞篇》有言："南方水土柔，其音轻举而切诣"，"北方山川深厚，其音沉浊而钝。"明人王骥德《曲律》亦言："北之沉雄，南之柔婉，可画地而知也。"明人胡侍《珍珠船》则云："北曲音调，大都舒雅宏壮，真能使人手舞足蹈，一唱三叹。若南曲则凄婉妩媚，使人不欢……"也许这并不十分确切，但各种地域方言的独特表达方式与其相应地区的人的性格、气质、感情方式的对应，潜在地影响、决定着各地区艺术风格的形成与发展，却是极为鲜明的。正是由于自然环境对艺术所产生的重大影响，才使得南、北道情以及其他艺术品类构成"清柔婉丽"与"遒劲豪放"两种截然不同的声腔风格，从而体现出各不相同的表现力来。

比方说，由皖、鄂、赣毗邻地区清新流畅的"采茶调"发展而成的黄梅戏，迄今依然维系着安徽安庆地区方言演唱着民歌体的［花腔］，以及板式变化体的［平词］，和居于民歌、板式二者之间的［采腔］；由活泼豪荡的东北二人转发展而成的吉剧，则以东北话演唱着抒情的［柳调］和明快的［嗨调］；由载歌载舞的湖南"地花鼓""小调""山歌"基础上繁衍而生的花鼓戏，依然带着当地浓重的乡土语韵演唱着联曲体的［渔鼓调］、［采莲调］、［西湖调］、［比古调］、［花石调］以及板式变化体的［一流］、［二流］、［三流］等；而那陇东高原上的环县皮影道情，更是带着缓击轻扣的渔鼓"嘭嘭"之声，把陇上民众憨厚朴实的性格、气质与感情方式，全部倾注于清雅与粗犷相间的［弹板］、［飞板］以及各种"麻簧"帮唱之中，最终走向以板式变化为主体的舞台戏曲——陇剧。尽管它那"麻簧"凭藉浓重的乡土情韵，不知使多少人为之倾倒醉迷，却依然难于遮盖以陇东方言表述的原始道情说唱遗风。不同的地域造就了不同的艺术表达方式，又构成千姿百态的不同艺术风貌和声腔体制，并给人们以不同的艺术快感，这难道不能引发更深刻的思考和回味么！

与戏曲的关系

明万历十年（1582年）徽州祁门县人郑自珍（1518—1595），科场失意后心游方外，曾编写《劝善记》三册，又从宣扬孝义出发，突出"孝子寻娘"主题，删去无关枝蔓，"括成曲调"改编成《目连救母劝善戏文》上、中、下三卷。在其上卷所作"自序"中云："余不敏，幼学夫子而志春秋，惜以文不趋时而志不获遂，于是萎念于翰场而游心于方外。时寓秋浦于剡溪，乃取目连救母之事编为《目连记》三册，敷之声歌，使有耳者之共闻，著之象形，使有目者之共睹。"又在其下卷"开场"戏文中，以［鹧鸪天］曲牌唱出"搜实迹，据陈篇，括成曲调入梨园。词华不比西厢艳，但比西厢孝义全"唱词。由此明白无误地告诉人们，该《戏文》实际上旨在"立德立言以垂训天下后世"为目的，业已从宣讲宗教故事衍变成可供梨园弟子登台演出的上、中、下三部戏曲剧本了。

目连救母的故事最早出自佛教经典，系由西晋月氏三藏竺法护所译。原初本以讲经文的形式借目连所问引出佛之所答来宣讲教义。唐、五代时已出现目连救母讲唱的变文，故事情节也渐趋完整。至宋，在"三教同源"大背景下，该故事成为儒、释、道三教传法的共用题材。道情、贤孝、劝善调等多种宗教说唱艺术，以各自不同的音乐体制，"敷之声歌"甚至"著之象形"，使其能以"宫商其节而神赫之"⑩。这些歌腔，不

仅有很强的歌唱性，更具很强的表情性，演唱起来还辅之管弦、渔鼓、简板、鱼钵、磬钟等文、武场乐器伴奏相和。自不待言，所入曲的底本，也由不齐言的散说改造为齐言的唱词了。尤其为迎合当地民众听觉和欣赏习惯，除取用当地土语方音演唱外，还开始讲究吐字发音的"字正腔圆"。倘不如此，实难让人"而神赫之"。正因此，它的底本由经文衍为变文，由变文衍为说唱，由说唱衍为戏文，由戏文衍为杂剧传奇者有之；它的唱调由说唱衍为声歌、由声歌衍为曲牌、由曲牌衍为成套声腔体系者更有之。前者如上文所举之《目连救母》劝善调，便是由佛经《佛说目连所问佛》衍为俗讲变文《目连变》，俗讲变文《目连变》衍为民间传说故事《目连传》、传说故事《目连传》衍为劝善调《目连救母》、道情《目连救母》《目连担母去求经》，其后相继衍为《目连救母劝善戏文》《目连救母杂剧》《目连救母传奇》等形式的一个例证。即令今天的戏曲舞台上，各个剧种以目连为题材的剧目不仅俯拾皆是，甚至还出现专以目连命名的地方剧种，如安徽目连戏等。难怪湖南、安徽、浙江、江西、福建以及四川等省民间戏曲老艺人，至今仍把目连戏称做"戏祖"或"戏母"了。

至于由唱调衍为戏曲成套声腔者更是不乏其例。仅就道情而言，当其由单一的道教传法手段逐衍为多元娱乐功能，也在宣演和适应故事情节逾加复杂的道情底本过程中，不断强化着曲调音乐自身叙事与表情功能的有效发挥和创造，结果促成许多地方的道情歌腔，不仅从单曲向联曲发展过度，而且还呈露出向角色化、行当化方面发展的显明倾向。上文所言陕北道情底本《经堂会》婶娘所唱 [要孩儿调]，其老旦行当鲜明，角色性格突出，感情表述准确，人物形象完整。凡此足以说明，陕北道情不只注重情节过程的交代，更注重于人物性格的刻画与内心感情的抒发，明显具有向戏剧行当唱腔发展的显明倾向。甘肃武威至今盛传的凉州贤孝，其唱腔不仅有感情色彩上的花、伤音之分，还有节拍、腔速上颇似于板腔体的快、慢唱之别。如花音类慢唱者有 [月音]，中板者有 [光调]、[花调]，紧唱者有 [喉音] 等；伤音类慢唱者如 [二眼板]，散唱者如 [泪音] 等。其中慢唱长于抒情，中唱长于叙事，紧唱长于激情，散唱长于哭诉。此外，还有演唱曲牌和间奏曲牌多种，由此构成较为完整的唱腔家族，裕如表现着各种复杂的内容及其情绪。这从本质上说，已与戏曲的板腔体声腔体制并无太大差别。另据王依群考证，当今行空于西北诸省的秦腔剧种，作为其"核心唱调 [二六板]，由'劝善调'或类似于'劝善调'之类的说唱音乐发展而来"。[①]秦腔核心唱调 [二六板] 是否由劝善调说唱音乐发展而来，还可以进行讨论，但这里所昭示出劝善调、道情等歌腔与戏曲唱

腔音乐之间的血缘关系，却是毋庸置疑的。

需要特别一提的是，当道情阑入民间说唱曲艺之时，正值宋元杂剧渐次兴盛之始，这种新兴戏剧文化的问世，对道情也产生一定的诱惑力。事实上，元杂剧早就张开双臂，主动将其吸附到自己身边并且"为我所用"，如元杂剧《岳阳楼》《竹叶舟》等剧，最早便将道情歌腔阑入自己的声腔体系而大加演唱，足证早在元代，道情歌腔就已登上戏曲"大雅之堂"。但在此前后，道情这门多情的艺术，却对"皮影"暗送秋波，并对自己能够同皮影戏联姻似乎表现出更大的热情。这大概因为，由宋代相沿而至的这种皮影戏，以纸皮为人，主要活动于"五尺亮子"天地，戏小、人小、舞台小，相对而言，较杂剧更能施展其优长，自然，也就更能突出其自己。正因此，明、清之时，有些地方的道情说唱，差不多都与"皮影人"交合，构成一种独特的道情皮影小戏，大演于山乡僻壤。如陕西的关中道情、商洛道情、安康道情，甘肃的陇东道情、陇南道情、陇西道情，山西的晋北道情、永济道情、洪洞道情、临县道情以及河南道情等等，都作为皮影小戏在当地盛行旷久。这些道情影戏，尽管长期以封闭的活动方式各踞一方，而且不能不使它们染上一层"民间小戏"的色彩。然而，一旦遇到适宜的气候和机遇，就有可能摇身变为"大戏"。正因此，新中国成立不久，党的"百花齐放""推陈出新"的文艺方针，为各地民间道情皮影小戏，创造了飞跃发展的大好机遇，同时也唤起一批有志于戏曲改革发展的志士仁人责任感的萌发，特别是一批掌握现代作曲技巧的专业音乐工作者，义无返顾地踊跃投入到这场浩大的艺术创造工程之中，竭尽自己的热心并极尽施展其技能。如甘肃环县道情皮影戏发展为陇剧，河北唐山皮影戏发展为唐剧，陕西华县皮影碗碗腔发展为华剧，此外，还有山西的孝义碗碗腔、曲沃碗碗腔，吉林的黄龙戏，陕西的遏工腔、老腔、弦板腔、弦子戏，甘肃的灵台灯盏头剧、西和陇南影子腔等，不正是从"五尺亮子"的皮影天地，一跃跨入舞台戏曲行列，并成为新生地方戏曲剧种的么？盛传于西北诸省的秦腔剧种，多年衍袭着"拜舅舅"的传统习俗。所谓"拜舅舅"者，即把皮影戏班所供庄王戏神，尊之为秦腔所供庄王之舅。在过去的年代，大凡秦腔班若遇皮影班同地演出，必须首先请出本班之庄王神像前往拜谒，然后皮影戏班备以新袍献果等以同样形式回拜秦腔所供之庄王。在这种极富浪漫情趣和颇为滑稽的传统习俗中，不正昭示出皮影与戏曲之间意味深长的承递与唯妙关系吗？

至于由道情直接发展为舞台剧者更不乏其例，如山西的永济道情戏、洪洞道情戏、晋北道情戏、临县道情戏，陕西的道情戏，湖南的师道戏，安徽的目连戏，河南的道情

戏等等皆是。其实，这也是极符合中国国情的一种艺术进化现象。综观中国诸多地方剧种的形成，差不多都是由民间村坊小曲——民间说唱曲艺——民间皮影小戏（当然也包括道情皮影小戏）发展为舞台大戏的，甚至更多的地方剧种，还直接脱颖于说唱艺术，如"贵州扬琴"的裂变，促成了黔剧的诞生；"河南曲子"的发展，促成了曲剧的问世；"山东琴书"发展成为吕剧；"东北二人转"的繁衍，又促使吉剧搬上了舞台；而"什不闲"和"对口莲花落"的结合，又为评剧的诞生打下了坚实基础……这既是一种继承的关系，同时也是一切艺术发展的必然规律，不仅近百年如此，而整个艺术发展史都是如此。何况以"皮影小戏"发展为"人演大戏"，更是顺理成章中的事了。这些剧种通过嬗变，作为一簇崭新的戏苑奇葩立于民族戏曲艺术之林，不仅让人感到非常正常而且应当，更让人从中看到，中国戏曲顽强的适应能力和再生能力，着实令国外其他戏剧文化所望而莫及。

道情，毕竟是一种独特的宗教文化现象，尽管它为中国曲艺、皮影、戏曲等艺术的问世奉献过自己的骨血，但它作为宗教示法的艺术手段，其所表现的内容也就十分繁杂，其中既有劝人看透红尘、脱离世网、离俗出世的佛、道正宗义理，也有张扬尊老敬友、仁义道德、除恶济贫的积极因素，同时也还流露出不少悲观厌世的消极思想和天地鬼神、因果业报等封建意识，甚而还宣扬了纲常节烈和露骨的低级趣味。因此，只有我们以历史唯物主义的观点，对其细加甄勘，淘沙拣金、分门别类，方可从中找到真正能够体认当时社会的有用材料，以及寻绎到道情说唱艺术所经历的全部历史途径。

---

① 元燕南芝庵：《唱论》。载《中国古典戏曲论著集成》（一）159页。北京，中国戏剧出版社，1982。

② 《新唐书》卷二十二《礼乐志》。

③ 郑嵎：《津阳门诗》注文。文中所称"月宫所闻为之散序"者指《仙乐》，"敬述所进曲"则指佛教法曲《婆罗门》曲。开元间由西凉节度使杨敬述所献。

④ 宋王灼《碧鸡漫志》卷三，见《中国古典戏曲论著集成》（一）125页，北京，中国戏剧出版社，1982。

⑤ 宋王灼：《碧鸡漫志》卷二，见《中国古典戏曲论著集成》（一）115页，北京，中国戏剧出版社，1982。

⑥ 黄冠即道士的别称，因着草服而得名。《礼记》称黄衣、黄冠、息田夫也。道士为方外人士，也着草服，故名。李播弃官为道士，自称黄冠子，故世称道士为黄冠。西北则将以演唱道情、劝善调的道门之人通称"善人"。

⑦ 范紫东：《乐学通论》第三节"道院之法曲"，见《秦腔研究论著选》95页。西安，陕西人民出版

社，1983。

⑧　杨荫浏：《宗教音乐》(油印本)第一页，民族音乐研究所 1958 年编印。

⑨　魏良辅：《南词引正》。

⑩　明倪道贤：《读郑山人目连劝善记》一文。

⑪　王依群：《秦腔声腔的渊源及板腔体音乐的形成》。见《陕西戏曲音乐论文选》7 页。中国音乐家协会陕西分会 1983 年 10 月刊行。

（原载《甘肃文艺》）

论脸谱

戏曲程式的产生，是对真实性摹仿功能的淡化和虚拟性功能的强化，结果大大激增了戏曲的形式美和写意美。客观物象经过精神性提炼，便达到了一定的抽象度，又为装饰美的构建提供了可能。

戏曲的装饰美，不仅仅指表演，而且还有服饰、化妆甚至砌末等。尤其净行人物的脸谱，可谓是戏曲装饰美中的典型，它既和观众所面对的客观物象保持着一定的距离，又和每个观众的人生态度紧紧联系在一起，可以说是一种具有超逸意义的形式美和装饰美。

下面我要重点谈的便是秦腔脸谱造型的形式美和装饰美问题。

一、装饰隐寓褒贬

在传统秦腔里，勾画脸谱的人物有两类：一类是净行人物，一类便是丑行角色。所以，人们往往把净行人物称为大花脸或者二花脸，又把丑行人物称为三花脸。

净行和丑行的取名，也与他们脸上的图谱有关。比方说净行之"净"，用的就是干净之"净"。

其实，净行在脸上用五颜六色画上各种图形，他们的脸面已经很不"净"了，那么，为何反要取名为"净"呢？说开来，正是取其"净"的反义"不净"而忌"脏"。净行演员在自己脸上勾画脸谱时，最忌讳的就是一个"脏"字。故取名为"净"，以便时刻警示和提醒演员勾画脸谱一定要忌脏，要净而美。

丑行之"丑"同样也是取其反义而生，即以"丑"忌"笨"。我们不是常说"丑牛为笨"吗？丑的取名就是警示丑行演员的表演应当玲珑巧妙，动作不可笨拙。还有第二个原因，"丑"的反义是"美"，所以，要求丑角表演一定要"美"，只有"美"中寓"丑"，方能"丑"中见"美"。

还有秦腔生、旦的取名，同样具有反义警示的用意。如生行之"生"，就是以"生"忌生（不熟练）。秦腔之"生"　素称四行之"魁"，立台之"柱"，对其唱念做工要求十分苛严，最忌语言生涩，丢词忘句，表演生硬而失潇洒，故取"生"而名之，以忌其

生涩生硬。

旦行之"旦"，旨在以"旦"忌"阳"（男阳女阴）。过去的年代，秦腔旦角多系男性装扮，所以，通过以"旦"而忌"阳"，随时提醒"男旦"演员上台之后，莫可忘了自己是个女性。

从以上秦腔对生、旦、净、丑的取名就可以看出，在我们民族传统文化里，始终贯穿着一种阴与阳、美与丑、善与恶甚至神与鬼、敬与畏、虚与实等正、反辩证统一关系，这种哲学观，一旦进入戏曲领域，便成了是非对立、善恶分明、美丑清晰的"异相"描述。从表现内容到表演程式，莫不如此。尤其净行人物的脸谱，供助色彩、装饰、构图寓褒贬，别正邪，表现得分外鲜明而突出，一千多年前的南宋耐得翁，在其《都城纪胜》著本中就一语中的：

> 公忠者雕以正貌，奸邪者与之丑貌，盖亦寓褒贬于市俗之眼戏也。

这种正反举对的文艺观，从商周时期神与鬼的分野开始就一直传承到今天。尽管被崇拜的偶像从令人敬畏的神兽，进化为"雕以正貌"的神人、英雄、忠臣、良将，但在观众崇拜意识主导下，使这些人物俱都镌刻上"神异"的深深印记，而且还固化成与众不同的"异相"。比方说净的神异、丑的滑稽，还有介于神与鬼、净与丑之间的奸诈与邪恶，既借助"异相"给人堂堂以正气、威重以摄人之感，又使其隐匿在心灵深层并不为人们所看到的善恶美丑，外化成涂在脸上的可视性图像，只要他们"粉墨登场"，观众立马就能从第一个照面中，辨析出是善是恶、是忠是奸美丑本性来。这也是戏曲净、丑既不同于作为正面人物生活化的"生"，又有别于以美貌娇媚为普遍特征的"旦"之真谛。

也许天地、阴阳大一统思维传统，造就了中国人潜在的正、反举对哲学理念，成为认知一切事物、显现事物本质特征的逻辑利器，比方说人们平时所说的"天庭饱满，地廓方圆""尖嘴猴腮，鼠头獐目"之类的"异相"形容，就十分巧妙又非常形象地将抽象的道德人品转化成具象的容貌标签，还作为寓义深远的文化符号，直接进入戏曲脸谱的创造，通过形式美、装饰美的华丽造型，昭示着忠与奸相举对、教与乐相统一的戏"道"之"本"。也使中国戏曲，表面看是一种娱乐，强调的是道德功能，重视的是社会效果。所谓"寓教于乐""高台教化"，正是执此而言。这种精神文明原则，不正来自于道家的"太极阴阳"图和孔子"礼"与"乐"相统一的儒家学说吗？看来，儒、道经义在每个中国人心目中何等的根深蒂固。

二、脸谱的形成

"脸谱"者，画在脸上的图谱。脸"画"而成"谱"，首先建立在脸上图形数量的日趋增多和在线条、色块、部位、构图的日趋规范化基础之上，并成为人人参照勾画的范本，如同"曲谱""词谱""画谱"一样，形成谱系方可成为"脸谱"。这是涂面经过漫长时间的舞台实践逐渐走向程式化的结果。因此，"脸谱"之名，相出甚晚，最长不过是一百年左右得来的名讳。

（一）脸谱的形成与发展

查找与之相关的史料，清光绪以前还无"脸谱"一说。宋唐之前称曰"涂面"，元明之时则统称"大面"，或以色彩名之，分称"黑面""白面""花面"。明代宫廷"御戏监"所演元明杂剧剧本附有"穿关"，涉及"面具"，未及"脸谱"；清乾隆二十五年（1760年），宫廷演剧机构"南府"有两本"穿戴提纲"留世，也未提及"脸谱"；清乾隆六十年（1795年）李斗《扬州画舫录》卷五·十七载有"江湖十二脚色"，称"副末开场，副末以下老生、正生、老外、大面、二面、三面七人，谓之男脚色；老旦、正旦、小旦、贴旦四人，谓之女脚色；打诨一人，谓之杂"①。其中"净"用"大面"，"二净"（副净）用"二面"，"丑"用"三面"，也无"脸谱"一说；同治、光绪年间，宫廷"升平署"画有200余出戏曲人物画，工笔彩绘，十分精致，其中有相当一部分是净行花脸人物，有的还直接标明"穿戴脸儿俱照此样"之字样，世人称其为"升平署扮相谱"，依旧不说是"脸谱"。说明"脸"而称"谱"，出之甚晚，及至清末民初，出现净行花脸有专门搜集研究者，遂有"脸谱"之说。当然，在今天的舞台上，脸谱已经十分普遍，而且数量之多，不可悉计。

"脸谱"一名虽然出之较晚，但用各种颜色涂画"花脸"却出现甚早，尤其甘肃，远在新石器时期的出土文物中，就已经有了涂面造型的存在；先秦时代作为秦地的陇东南驱傩仪式中，巫人就已始用牲血、黄土涂面来改变自己的容貌，而且时至今日，天水一带春节驱傩（俗称"卸将"）仪式活动中，依然不用假面，而是直接将颜料涂在脸上；秦汉之交，方相士新石器时期甘肃彩陶中的涂面造型戴上"黄金四目"的"假面"驱鬼除疾；唐代歌舞戏《兰陵王》，剧中人兰陵王长恭，"性胆勇而貌若妇人，自嫌不足以威敌，

新石器时期甘肃彩陶中的涂面造型

新石器时期甘肃彩陶中的涂面造型

乃刻木为假面，临阵著之"②，以利制敌；到了晚唐，在甘肃敦煌傩舞戏演出剧目中，已经有了钟馗、白泽、统领居仙、大将军、小鬼、五道大神、太山府君、阎罗王、九尾兽等"怪禽异兽"脚色，他们经过"化妆打扮"，走街串巷，进行演唱和表演。其所谓"化妆"，依然是用各种颜料。新石器时期甘肃彩陶中的涂面造型涂面巧妆，改扮相容。凡此都是后来"脸谱"形成的文化背景。

唐之后，从宋杂剧到金院本，都设"副净"一色，副净就是"抹土搽灰"的"花面"脚色。从此，涂面进入戏剧领域，并始有"粉墨登场"一说；元代，有人按题材将杂剧分为十二种类型，称"元杂剧十二科"。十二科主要指忠臣烈士、披袍秉笏、林泉沟壑、逐臣孤子、扑刀赶棒、风花雪月、烟花粉黛等等。还将男脚称之为"末"，女脚称之为"旦"，"副"为"净"，"杂"为"丑"。其中"副净"曾在杜善夫《庄家不识勾栏》套曲中，称为"满脸石灰，更有些黑道儿抹"的人物；此外杂剧中的滑稽脚色（丑）和"搽旦"（妖旦），也都用黑白两色涂面为之。

"神头鬼面"堪称是元杂剧较独特的一科，之所以独特，就在于"装神"者不涂面而只用"头"，即"假头"（面具），这大概因为神灵塑像较多固定，禁忌随意装扮，绘制神灵更有亵渎之嫌，故以面具代为涂面。而"弄鬼"者则不用"头"而用"面"，即涂面（脸谱），原因正在于鬼魅皆系邪恶、丑陋的冀灭之属，况且鬼魔的涂面，尽可随意，没有规范，只要丑陋就行。刘克庄《观社行》的"鸠盘③谬以脂粉涂"诗句，恰好证明了当时杂剧鬼魅脚色的丑陋涂面化妆。

明代，戏曲行当分类趋于明细，脚色面部化妆也逐渐丰富起来。单就用色而言，黑、白之外，又加红、蓝等色。《千金记》里的丑军师，就称项羽为"黑脸老官"，当知项羽必用黑色涂面；《蕉帕记》明确标出呼延灼是"净，黑脸双鞭"，而关胜是"净，红脸大刀"。还有《昙花记》里的"净扮卢杞"是"蓝面"，"净扮小魔王"是"赤脸獠牙"，"二鬼卒"则是"蓝脸獠牙"等。明中叶以后，随着以表现"奸臣害忠良"的传奇剧目大量涌现，又设"白净"一行，专饰心术不正的奸雄人物。《鸣凤记》里的严嵩，就是"大白脸"的典型。

就目前所知，净脚在西北戏曲最早的文字记述，是明万历传奇抄本《钵中莲》第十四出《补缸》中的顾老儿，因该出以甘肃西秦腔作为主要演唱腔调，因此，也可视其为西秦腔演出本。该出表现的内容和人物扮演来看，它主要是一出僵尸幻身贴扮殷凤珠，因无颜与韩成相见于地下，突然翻脸与缸匠顾老儿（净）对唱的戏，后来贴又在烟火中变成小旦扮的僵尸追赶锅匠。人物的突然变化恰恰为小旦突然改成僵尸"鬼面"的化妆造型提供了条件，因此，我们有理由这样说，无论是直接标明"净扮"的顾老儿，还是作为"贴扮"（小旦）改妆为僵尸幻身"鬼面"的殷凤珠，都是属于"满脸石灰，更有些黑道儿抹"的人物；还有清康乾之交李绿园小说《歧路灯》第六三所说"陇州腔，唱的是《瓦岗寨》，一个个板斧铁鞭"一语，显指瓦岗寨英雄程咬金，同样系《蕉帕记》明确标明"净，黑脸双鞭"呼延灼，抑或标明"净，红脸大刀"关胜式的人物。至于"陇州腔"，正是该书第七七回、九五回数次提到的"陇西梆子腔"，还有史书所称"陇东调"、以及谐音"咙东调"、"龙宫调"等，实际也都指的是甘肃西秦腔，因为无论陇西还是陇州，皆指陇东南为说。《太平寰宇记》三二二、《嘉庆一统志》二五五等文献对此都有详述，不赘。

至于陕西秦腔脸谱或者说整个秦腔脸谱的形成与发展，文献无征，不好随意猜度，即便是成书于清乾隆四十三年（1778年）专为关中秦伶树传之作的《秦云撷英小谱》，也只谈及旦色而一字未提净、丑花面两行。当然，文献未提秦腔净行并不等于当时秦腔就没有净行，只能说净、丑不及生、旦领衔舞台而倍受重视罢了。但可以肯定的是，秦腔脸谱同样经历了由简到繁的变化发展过程。最起码清代以前的秦腔花脸涂面，还未真正达到程式化、规范化、"谱"式化的高度。我这样说的理由有二：一是当时秦腔剧目以"二小"（小生、小旦）、"三小"（小生、小旦、小丑）者居多，还尚未脱净专演

陕西户县清光绪常遇春脸

民间生活故事的小戏色彩，即使小丑的涂面，艺人也多系临场发挥，往往因人而异、因戏而异、因场而异，有着很大的随意性。这从清乾隆四十四年（1779年）钱德苍所编戏曲剧目总集《缀白裘》所收乱弹腔《借妻》和梆子腔《戏凤》二剧的脚色设置与演述内容可以看得很清楚；二是清康、乾以来，皮影戏剧目大量被秦腔搬演于舞台以后，随着净行脚色的逐渐增多，脸谱不仅在数量上开始丰富起来，色彩的晕染也从原来黑、白两色增为黄色、绿色、蓝色等多种。特别是

咸、同以后，擅于以"烟火戏（即神鬼戏）、生净戏独殚场胜的甘肃秦腔戏班，造就了一大批花脸精英，清末拔贡通渭人牛芮青所著《陇上优伶志》，便对这一时期几位甘肃花脸翘楚的写脸多有评述。如三元官在《黄花山》饰闻太师，"先以荞麦面薄匀其脸，复以金箔贴面上，额上一目以面为棱，中嵌一珠，烨烨有光"；赵二所扮关公，"写脸不以银殊，先用黄蜡敷面，继以胭脂迭染，遂成重枣色。眉则以烛熏棉花，贴于额际，望之无异卧蚕形"；饰王彦章"额上画黄色虾蟆，眉目一皱，则四肢皆动，栩栩欲活"；陈明德《水淹七军》之关羽，"额中一点胭脂，颊上两点石黄，其他处皆为黑白两色勾画，细微处几如发丝"，"此即所谓百纹脸"；又在《夜审》饰潘洪，"及见阴曹景象，惊扑于地。时事先置香灰一包于台口，跌扑后顺口一吹，灰蒙满面，再抬头时；面呈死灰色"等等，从中均可窥知清咸、同至光绪期间甘肃秦腔脸谱用色、造型之一斑。另从陕西户县清光绪二十二年（1896）遗存的秦腔脸谱来看，陕西户县清光绪常遇春脸谱用色也以黑、白为主，兼以红、蓝、赭石等。

清代后期，秦腔草台班从庙会、农村逐渐向城市渗透并设点售票演出，随着艺术交流的增多，艺人的艺术修养和行业意识得到提高，净行演员开始将脸部形态区分成若干种类型，再具体到眉、眼、鼻、口，参照寺庙塑像、通俗文艺中的形容、夸张、比喻甚至江湖口诀中的形象描述，都作为写脸的文化元素，有选择地运用和融入到花脸脸谱的构图造型之中。有些浓重的江湖诀，如："麻面无须不可交，鹰鼻鸱眼杀人刀，最难斗的是一只眼，一只眼斗不过水蛇腰。"尤其民间随处可见的神庙和祠堂，都成了戏曲艺人的资料库。在古刹寺庙中，经常会看到在正神两侧，供奉着八大金刚、十八罗汉。这些神像，有的面目非常慈善，有的面目非常狰狞，有的面目非常肃穆，有的还非常威严。如慈眉善眼的释迦牟尼左右两侧，所塑阿难迦叶和护法韦陀两尊塑像，面目就比较狰狞；天王李靖就比较气宇轩昂，还有十八罗汉，造型、神态各异，喜怒哀乐无常，可以说一个罗汉，一种面部表情。在古老的中国传统文化中，偶像崇拜根深蒂固。从神兽到神人，从帝王到英雄，从官员到才人和能人，在这些偶像身上，蕴含着是非对立、善恶分明的道德观念，"公忠者雕以正貌，奸邪者与之丑貌，盖亦寓褒贬于市俗之眼戏也。"大大促进了脸谱的程式化、形象化、符号化进程。民国以后，出现脸谱流派争芳竞妍的局面，还被广大的戏曲爱好者画在纸上，成为一种具有独立欣赏意义和艺术品格的艺术门类而广传于世。从此，戏曲脸谱不只作为戏曲人物的造型艺术存在于舞台，更作为一种美术作品展示于社会。

（二）秦腔脸谱化妆的八步程序

秦腔净行艺人在勾画"脸谱"时，大致化妆的八步程序，即洗、抹、擦、画；勒、意、粘、挂八步程序方能完成。1.洗：即洗面。化妆前须先洗脸、剃须、刮头畔；2.抹：就是演员用手指蘸上白粉往脸上涂抹，抹匀再勾画眉窝、眼窝、鼻窝，使脸谱构图定位；勾画"大白脸"者，将白粉在脸上揉抹拍染均匀后，用笔蘸黑色颜料对着镜子勾画出眉、眼、鼻纹即成；3.擦：即用笔涂刷蹭擦额面和两腮，呈现三大色块，故曰"擦"；4.勾：持笔对镜勾画线条、纹样及装饰性图案；5.勒：即勒头带提眉、扣网子、勒水纱；6.提：提眉后眉梢向上有所移位，额部亦有所牵动；故须再加着力点画，以显神气；7.粘：粘眉粘痣，如关羽，眉以烛熏棉花粘贴，立体感强，望之形同卧蚕；燃灯佛脸谱也用棉花粘出油灯形象，增强其凸起层次；8.挂：戴口条、插耳毛，并穿插着裤、登靴、穿衣、戴盔头等。净脚妆扮方告完成。

不论采用"揉""抹"，还是"勾"，三种不同的化妆手法。"勾"，　都要在额、眉、眼、鼻、口五个部位精心设计图案，运用夸张和象征的手法，来突出人物性格，给观众以深刻印象。窦尔墩在左右眼、眉之间绘出"虎头钩"；赵光义眉上勾出左"龙"右"痣"；北斗星的"脑门"画上"七星北斗"。夸张地描画在这些象征性的符号，借以显示其身份和性格。

勾画脸谱时，最讲出笔果断，着笔准确，运笔干净，最忌拖泥带水，层次模糊不清，"美"是构成艺术的主要因素，艺术是美的集中表现。只有打出来的脸子干净、层次分明，才能美观大气，有形有神。这就是前面所讲的"净而美"。

三、戏曲脸谱的三大基本要素

前边已经讲到脸谱是用各种颜料在脸上勾画的各种图形，这种图形从构图、色彩到勾勒、运笔，又都有相对稳定格式和谱式，故名"脸谱"。就是说，色块、纹饰、布局是戏曲脸谱的三大要素。

（一）色块

色块即颜色。"脸谱"的颜色有"主色""副色""界色"和"衬色"之分，勾脸时，不论用了几种颜色，也不论纹饰多么复杂，总是以一种"主色"用来显示其剧中人物个性的。其余各色均作为"副色""衬色"和"界色"起着陪衬、装饰的作用，或者用以丰富人物性格的某些方面，这是"脸谱"艺术的基本特征。不妨以《劈山救母》一剧净脚人物沉香脸谱用色为例说明：

沉香本系三圣母所生，因其母与书生刘彦昌私联婚配，违犯天条，被其兄杨戬压在华山之下受刑。其子《劈山救母》沉香沉香经霹雳大仙真传而得道，打败其舅杨戬，又劈开华山救出其母，遂得封神。当知这是一位武艺非凡的神道人物。其脸谱故以杏黄为主色，隐寓着神道与英武；眉心绘一大红圆点作为副色，额面又绘上数道彩色纹饰，既表示霞光万道，又表示得道之客；眉毛、嘴角、眼梢纹皆用黑色衬托出显明的五官轮廓，尤其嘴角，夸张而下

《劈山救母》沉香

垂，两眼点圆而怒睁；左右两腮各绘三道火焰纹饰，并与眼梢、额面纹饰相呼应，由此刻画出神威庄重、怒不可遏，俨然一派森煞之气。

这说明色块在脸谱造型中，既有十分厚重的文化含义，又有非常明确的象征性寓意。就甘肃秦腔脸谱所用颜色目前多达二十余种以上，每一种颜色都有它刻画人物个性、揭示内心美丑和宗教信仰、生活嗜好的含义。不妨分加介绍：

第一种是白色。凡是以白为主色的脸谱，一般都象征着这个人物的奸诈狡矜和毒狠。《白逼宫》的曹操，《游西湖》的贾似道等，写的都是白脸。　民间有"白脸奸相"一说，原因正在于这两个人物身份既是宰相，性格又相当暴虐，故以白脸奸相称之；贾似道粉白铺底，黑笔描纹，额头几道直竖细纹，表示凶残无情。

《游西湖》贾似道第二种就是黑色。黑色代表刚正憨直鲁莽。《芦花荡》里的张飞最具典型；《铡美案》之包拯，因称"黑人黑相"，加上"不畏权势，刚正不阿"，用色则又黑中透红，以红代黑。

红色代表的是忠正、好义。《古城会》里的关羽、《下河东》里的赵匡胤，写的都是红脸。当然，这两个人物虽然都以红为主色，却通过副色的调剂，又勾画出各自性格上的差别：关羽以黑色线条勾画眼眉、纹饰，红主忠勇义气，黑主孤傲神威；而赵匡胤则以白色细纹勾画眼眉，红主英武威厉，白主阴谋不忠。《火焰驹》里的艾谦，主色是红，象征其忠义正直，副

《游西湖》贾似道

《下河东》赵匡胤

色黑白相兼，黑眼白纹路，表示艾谦性格豁达开朗。同样是红脸，通过副色的调配，显示出个性的差别。

绿色意味着这个人《下河东》赵匡胤物要么是草莽英雄，要么就是云游野道。《玉虎坠》里的马武、《七箭书》里的陆压，打的就是绿脸。陆压是个封神人物，有"南海散仙野道"之称，脸谱以绿色铺底，黑泡眼窝，白色勾画额纹和骷髅嘴脸，虽挂红荏荏，却白齿外露，呲牙裂嘴，面目十分狰狞可怕。

蓝色同样代表刚直强悍。《李逵下山》里的李逵、《盗御马》里的窦尔墩，《混元桥》里的朱佑真，打的就是蓝脸。在陇南秦腔脸谱中，《收四魔》一剧中的莫里红，也是以蓝为主色，黄为副色，反倒别具一格，突出了地域特色。

粉色脸多用于刻画权势显赫的年迈重功之臣。《忠保国》里的徐延昭、《秦香莲后传》中的包拯，《空城计》里的司马懿、《审潘洪》里的潘洪等，写的都是粉脸。又以花纹、副色来区别善

《七箭书》陆压

恶。如司马懿眉间绘上花纹，表示深谋远虑;潘洪眉间绘以绿斑，表示奸邪阴险。甘肃秦腔包拯脸谱的用色，有时两腔也以粉色晕染，这种色块的运用，不外乎两层含义：一是粉红代替黑红，更显得轮廓突；二是晚年的包拯多写粉脸，挂白满，故称粉脸为"老脸"。

《金沙滩》潘洪

瓦灰也是秦腔脸谱常用色之一，而且多用于刻画勇武豪爽性格的人物。《打瓜园》之郑子明、《金沙滩》之杨七郎、《牧虎关》之高旺，以及《破宁国》之常遇春等，皆取瓦灰为主色。

以金银为主色的脸谱，一般都用于神道人物。像《伐冀州》的闻太师，写的就是金脸。闻太师脸谱，在甘肃有两种打法：一种是黄脸，陇东和兰州流派打的是黄脸；一

种便是金脸。陇南流派打的就是金脸。

可以看出，脸谱的主色调是什么，就意味着这个人物的性格究竟温良还是暴猛，品德刚正还是奸佞，中国戏曲赋予不同色彩以不同的文化内涵，并寓褒贬于其中，观众一经"察颜观色"，便能很快知其内心是真、善、美，还是假、恶、丑。其实，以观其脸色而识其心者，《论语·颜《打瓜园》郑子明》早有论述：

《打瓜园》郑子明

夫之也者质直而好义，察言而观色，虑以下人。

三国吴人滕胤，官居丹阳太守，他每次审案，不仅听讼词，断罪法，还能通过"察言而观色"辨别"质直而好义"，所以，他断案俱能"务尽情理"[④]。也许这正是赋予脸谱色彩以不同文化内涵，并能体现忠奸正邪最初的生活依凭，我这样评估不能说没有一定的可能。

（二）纹饰

纹饰就是脸谱的线条铺排和纹样的布局装饰，即在脸上如何运笔，如何设置图案。在秦腔脸谱里，有的人物的眼眉，工笔细线勾勒，便会立显狡邪奸佞之相（如曹操），有的眼纹同样勾勒如丝，又显深谋远虑之态（如陈友谅），有的眼眉笔锋雄劲如刀，力透纸背，却是相貌堂堂，刚正不阿（如包拯），有的额面布满水漩纹饰，又能感到其不忠不义心怀反骨之态（如魏延）。当然，还有两颊、额面取以火焰纹为饰（如《金沙滩》之杨延嗣、《四平山》之李元霸）、有的取以虎尾纹为饰（如《锁阳关》之秦汉、《进妲己》之崇黑虎等），甚至纹饰促成口眼歪邪、左凸右凹、上红下白者，如《打瓜园》之郑子明、《斩单童》之单童、《游西湖》之廖寅等。毋庸解释，纹饰语言在脸谱造型中的表义作用，表现得非常显明而突出。

《苟家滩》王彦章

秦腔脸谱中，有许多人物还在额面、两颊画上各种动物、灵介、兵器、汉字等不同纹饰图案。《苟家滩》里的王彦章，额面就画上一只绿色蛤蟆，这个蛤蟆意味着什么呢？其一意味着王彦章善于水性、水战，其二传

说其人由蛤蟆转世而再生；《天门阵》里的七郎杨延嗣，额面直写一个"虎"字，直接标明他是一员虎将；《灭方腊》的方腊，则画一支蜡烛，取其"方腊"二字谐音；《葫芦峪》的姜维，额面画一太极图，说明他信奉的是道教；《战宛城》之典韦，额面绘一方天戟，《葭萌关》之莫里海，额面绘一琵琶；《八义图》之屠岸贾，左额绘一蝙蝠，右额绘一毒蛇。尤其神道人物，有绘佛手的，有绘八卦太极图的，还有直接绘以"法轮"甚至直书一个"佛"字的。类似图案极多，表义性十分明晰。

当然，相同纹饰用于不同人物谱式之中，寓义也会各有所别，大相径庭。曹操、关羽线条俱都纤细如丝，但由于纹路不同，运笔走向不同，纹饰寓义也不尽相同。曹操之眼纹、眉纹，铁笔勾勒，左眼角纹却往上勾，右眼角纹则往下勾，一上一下，托出三角眼形，立现出阴狠毒辣本性；关公的眼纹，则勾在红脸之上，用黑色将眼、眉着色放大就可以了，故能给人庄重、威武之感。

（三）布局

人的脸面就这么大，而且凹凸不平，用那么多的复杂颜料，如何在脸上来安排这些颜色，就非常重要了。一般来说，脸谱对色块的晕染和线条的勾勒，有它主要的画区。

第一个画区就是额面。额面也叫脑门、额头，是全脸最平整的一块地方，同时又是灯光照射最为亮豁的地方，还有一个非常重要的原因，就是观众的视点最为集中的地方，加上花脸剃掉额发，更使脸型拉长，额面放大，因此，成了主要的画区。这也是脸谱装饰性花纹图案，主要安排在额面的原因。

第二个画区就是两腮。所谓两腮就是右腮和左腮，这个画区一般不进行过多装饰，

《传信》艾谦

多用大块色彩一晕染就成，有的勾几条腮纹装饰一下便可。比方说包拯，就用黑色或粉色晕染，甘肃脸谱中还多用白笔在勾出眉、鼻，睑线下方各勾一道细黑泪线饰纹，突出其威厉严肃，这就可以了。

纹饰也有很强的象征性寓义，概括地讲，性烈者多绘以火苗纹，正直者多绘以冲天纹，善虑者多绘以眉肌纹，多谋者多绘以虎斑纹，深沉者多绘以紫腮纹，性勇者多绘以红纹等等。

第三个画区就是眼睛、眉毛、鼻窝。严格

《白逼宫》曹　操

地说，脸谱对眼、眉、鼻的勾勒，比额面和两腮的图案还要重要，因为，眼睛直接揭示着人物的内心世界，隐寓着角色的善恶美丑，所以，秦腔脸谱中的眼睛和眉毛画法很多。

先说眼，就有凤眼，凤眼也叫杏仁眼，多表示貌美，常用于关羽、皇帝之类的角色；环眼，象征刚勇粗暴，张飞的眼最具典型；虎眼，多用于武将，徐延昭、杨延嗣的眼形就属于虎眼；豪侠义士比较勾得多的是箭眼，《传信》中的艾谦即是。

《传信》艾谦的黑白纹路，表示豁达开朗；三角眼，刻画心怀叵测的一类人物，刚才说的曹操就比较典型，左眼角纹细细地往上勾，右眼角纹饰往下勾，一上一下托出了三角眼形，三角眼的人奸诈啊！

还有三只眼，即在额面绘塑一只立眼，行话就把这个立眼通常称为"天眼"，《绝龙岭》中的闻太师，额面就塑有天眼，说明他能明辨是非邪正。但三只眼仅用于神道之人物。此外还有梅花眼、鸳鸯眼、蝎子眼等等，也是各有意趣，各有寓义。

再说眉。脸谱中眉毛的分类很多也很杂，比如有泰山眉、剑眉、虎斑眉、卧蚕眉、牛角眉、螨翅眉、柳叶眉、八字眉、扫帚眉、歪眉、火焰眉、疙瘩眉、麦穗眉等等。这些眉的分类，都突出一个目的，就是把人物角色通过脸谱直接展现在观众面前。正因为秦腔脸谱对眼眉勾勒非常重视，促成了秦腔对脸谱的谱式也由眼眉造型来命名的俗例，由此形成与京剧和其他剧种完全不同的称谓。不妨再将京剧和秦腔脸谱命名上的区别加以对照说明。

四、秦腔脸谱的谱式

秦腔脸谱的谱式分类，相当细杂繁琐，而且不同的地区、不同的班社甚至不同的艺人，又各有其自己习惯性称谓，近几十年又受京剧之影响，名称更见复杂。下面以较通用的传统名称，并与京剧脸谱名称两相参照说明。

狼窝子脸　因两个"窝子"（即眼窝）以黑色细眼纹勾画得像狼的眼睛一样，几乎是直竖的，而且还将脸面分为额、两腮三块，京剧故称其为"三块瓦""三页瓦"脸

谱，秦腔则称"狼窝子脸"。《斩单童》的单童、《斩华雄》的华雄、《马武夺元》的马武以及《破渑池》的张奎等，所写脸谱都被称为"狼窝子脸"。

泰山眉脸 京剧则称"十字门脸"。谱式为额面正中绘一通天柱直冲额顶，并与两道泰山眉形成十字形状，一竖一横自然将颜面分成了四块，但秦腔则以眉纹取名，故曰"泰山眉脸"，而少称"四块瓦脸"。泰山眉的眉色又有黑、红、黄之别，红眉者为忠，《春秋笔》的檀道济、《火焰驹》的艾谦等；黑眉者为勇，如《草桥关》之姚期、《敬德打朝》之敬德等；黄眉者为奸，如《草坡面理》之金兀术、《马陵道》之庞涓等。故又称黑、红者为"善泰山眉脸谱"，黄色者为"奸泰山眉脸谱"。

凤目脸 因眼睛勾勒得如同凤目而得名。《乌江战》中项羽脸谱，即属此类。

圈圈子脸 即京剧所称之"旋脸"者。实际上二者勾法并无秋致，其眼、额、膛的着色和运笔，多有圈圈纹样，如《下河东》之呼延赞、《破宁国》之常遇春，《斩单童》之单童等，都属于这种脸谱。

半截子白脸 即京剧所称"歪脸"者。"半截子白脸"有些秦腔艺人还称之为"二面脸""两膛脸"等。多表现五官反常，容貌丑陋，凶恶狡诈的武夫之流。最典型的就是《游西湖》里的廖寅，额面斜抹一道红，将脸面自然分为上下两半，下半拉为白，上半拉为红，左高右低，白眼黑窝子，两道眉纹弯曲，左眉上翘，右眉下坠，一看便知这是个心术不正之徒；《九莲灯》里的石龙，额面也是一道斜红，下白上红，丑恶凶残；《玉凤钗》里的刘彪、《快活林》中的蒋门神，额面都勾出一个红色圈形，眉端下坠，鼻梁点红，白眼黑窝子，寓示着他们绝非善类。

红脸 即京剧称"整脸"者。因其整个脸面仅用红色晕染，只用黑笔勾出两道眉子，不装饰也不画眼纹，如《出五关》之关羽，《串龙珠》之康茂才，脸谱整体通红，故称"红脸"。

黑脸 与"红脸"同，整个脸面只用黑色晕染。最典型的例子就是包拯脸谱。过去的年代，包拯全脸为黑，界以"白眉子"，脑门勾一上弦月牙，内套一轮红日，秦腔故直呼其为"黑脸"，关羽、康茂才则直呼其为"红脸"。不过甘肃、陕西秦腔包拯的脸谱也是有区别的。早期的陕西脸谱中，包拯虽然是黑脸，但是主要倾向于棕色，在额面上画一个上弦白色月牙即止。甘肃包拯的脸谱两膛为红

廖 寅

陕西包拯脸谱

甘肃张兰秦包拯脸谱

色，却红中透黑，额面不只绘一上弦月牙，还托出一轮红日，还画有一支笔管。意味着包拯其人，白天断的是阳间官司，夜间断的是阴间官司，有句台词"日断阳来夜断阴"就是这个含义。近几十年来，为突出色彩层次，两膛逐渐趋红，甘肃张兰秦的包拯脸谱便是如此，以象征刚正不阿。陕西李买刚打的就不是红色，而是黑色，或者说红得过分而几乎成了黑色。还有，甘肃包拯的眼是杏仁眼，就像杏仁一样，李买刚虽打黑色眼窝，并用白色托出眼线。京剧裘盛荣打的包拯脸谱，就红得发紫，接近于黑，我看他走的是京剧路子，又不全是京剧路子，我觉得这个脸谱从运色到勾画不是太美，不如传统秦腔包拯脸谱庄重威俊。

和尚脸。和尚专用脸谱，一般用于脾气暴躁的出家之人，《五台会兄》里的五郎杨延昭，《野猪林》里的鲁智深，《白蛇传》里的法海，打的都是和尚脸。和尚脸最大特点是勾圆点眉，脑门多揉以杏黄，而且挂连鬓络腮的茬茬。京剧则称此为"僧道脸"。

巴巴脸。也称"娃娃花脸"。主要用于个性刚勇的少年英雄。如《斩秦英》里的秦英，《赶驾》里的呼延赞，《金沙滩》里的杨七郎皆是。特点是不挂口条，却插鬓毛，面部多以旋纹装饰。

大白脸。京剧则称"粉脸""白抹子""白粉脸"等，全脸为白，仅用黑笔勾画眼、眉、鼻和纹饰。这种脸谱，多表现肃杀阴险与面无人色之气，故用于权奸专横人物。如我前边介绍的曹操、贾似道、还有严嵩、秦桧甚至包括纣王等，这些都是大白脸。不过纣王虽然打的是白脸，但是两个脸蛋则用桃红晕染，涂以桃红脂粉，说明纣王宠妲己，寓示着属于好色之徒。

花脸　京剧则称"碎脸"，因脸纹细碎，花样繁缛，尤其除主色外，副色、衬色的

254

《鸡头关》姬兰英

对比也十分复杂，还多在脑门勾上装饰性图案，《斩单童》里的单童、《荆轲刺秦》之荆轲，皆打花脸脸谱。

切末子脸　也就是京剧所称的"神怪脸"抑或"塑型脸"。如《闹天宫》的孙悟空，《太和城》的庆忌，《游西湖》里的鬼怪出场，《碧游宫》里的白象、绿豹等都属切末子脸。这类脸谱常常以动物变形来说明都是非人也非动物的角色。还有鬼面，像《庄子三探妻》里面的女鬼，吊着长舌头、白脸，阴森可怕。京剧故将此类神、仙、妖、怪变形脸谱称其为神怪脸，秦腔则统称为"切末子脸"。

甘肃最突出的一个脸谱就是阴阳脸。阴阳脸半脸为净，半脸为旦，故名。像《鸡头关》里的姬兰英，还有过去演出《穆桂英大破天门阵》里的穆桂英等。穆桂英在过去的化妆中不是粉扮，更不是俊扮，而是半净半"阴阳脸"。　现在穆桂英化妆得非常漂亮，但是在过去，不仅画有一块绿色青记，下巴点上白点子，来说明穆桂英不仅是个非常丑陋的女人，而且还是个麻子，但是又非常善战。

此外，甘肃脸谱与陕西脸谱甚至与京剧脸谱也有较大区别。比方说张飞脸谱的眼眉，甘肃最早是圆点眉，额、膛着色运笔多有圈圈纹样，不打通天柱，却在左右鬓间画上两朵梅花，以突出张飞喜辣之象，所以，甘肃观众称张飞脸谱为"梅花脸"；陕西秦腔中的张飞，首先顺着鼻梁画一道通天柱，并且这个通天柱直竖额顶，自然地将脸面分为左右两半，再加上左右眼窝的眼纹几乎衔接起来，成

张　飞（甘肃）

为一条横线，一横一竖形成一个十字，所以称为"十字门脸"。王保易先生绘制的《芦花荡》之张飞，勾的就是这种脸谱；而京剧《芦花荡》之张飞，虽然也勾的是"十字门"，但其构图又和陕西秦腔的张飞"十字门"大相径庭。主要的区别就在去掉两鬓角的两朵画花，黑鼻窝呈圆上翘，并以蝶翅为眉，形成"笑眼笑眉为特征的"黑色十字门"，同时又得"蝴蝶脸"之别

张　飞（陕西）

张 飞（京剧）

名。从这里看出，剧种不同，流行地域不同，脸谱不同，流行地域不同，脸谱也就有了各自的创造，色块、纹饰、构图所蕴寓的含义就有了各自的差别，这又为脸谱流派的形成创造了条件。

京剧脸谱形成之初，吸收了秦腔脸谱的许多成份，后经不断创新，它的脸谱不仅不细碎，还很整洁，很大气。尤其在剧场，最后一排观众，都能看清楚他脸上画的纹饰图案。目前秦腔脸谱也在向前发展，从细碎慢慢向整块发展。当然也保留着自己的特色。

今天我们所说的脸谱，它在舞台上的出现，不是仅仅为了好看，而是为了直接表现一种角色一个人物的内心世界。人的内心世界活动是没有办法看见的，只有通过脸谱，把它展示在人们面前。这是一种非常高妙的艺术创作行为，但是恰恰被我们中国的戏曲文化用到了极致。

五、甘肃秦腔脸谱三大流派

甘肃秦腔脸谱名重一时。光绪丁酉拔贡牛芮青在其《陇上优伶志》一书中，多处提及咸同时期陇上名伶的脸谱艺术创造：

> 同治花门之变，陇上几成灰烬，歌舞之场寂然绝响，元官无所事事，不得已只身赴蜀……一日，会首点《黄花山》一剧，元官云："余演花面，有二角色必须用赤金，一为《黄河阵》之三教主，一为《黄花山》之闻太师。闻太师者，俗称三眼金面佛，若用石黄，则与金面不符矣。"待开戏前，元官先以荞麦面薄匀其脸，复以金箔贴面上，额上一目以面为棱，中嵌一珠，烨烨有光。殆出场，人皆拟为天神。

元官之后，又有福庆子、陈明德、唐华（待诏）以及陇南张寿容、赵二等诸派名净相继复出，各自都在写脸上独有创造：

> 明德最擅长者为写脸，往往粉墨登场，别开生面，随心变化，不拘一格。彼引福庆之言曰："昔元官师尝言，法无定法，谱无定谱，各角色之脸型虽有固定格式，但细微处亦须自出心裁，力求生动。"故其《白逼宫》之曹操，双眉倒竖，显出枭雄之慨。《战宛城》之曹操，双眉横额，又以脂涂两颊，显出猥邪之态。《华容道》之曹操，双眉下垂，显出兵败落拓之形。 其他如《黄

逼宫》之秦始皇，《红逼宫》之司马懿，《鞭扫封神台》之赵公明，皆细笔构勒，不稍马虎。至《黄河阵》之三教主，更以赤金敷面，直如天神。……尚有脍炙人口者为周仓与潘洪二剧。某次，陕西刘某亲兰垣，上演《水淹七军》，陈为其配周仓。其写脸也，额中一点胭脂，颊上两点石黄，其他处皆为黑白两色勾画，细微处几如发丝。刘某一见而惊之曰："此即所谓百纹脸也，失传久矣，不意于今见之。"

寿容以花面擅场，声巨如雷，每一呼喝，台为之震。尤善写脸，如《七箭书》之赵黑虎，《苟家滩》之王彦章，其面颜之生动，更为出色。王彦章额上画黄色虾蟆，眉目一皱，则四肢皆动，栩栩欲活。他人效之，无能及者。

赵之扮关公也，写脸不以银殊，先用黄蜡敷面，继以胭脂迭染，遂成重枣色。眉则以烛熏棉花，贴于额际，望之无异卧蚕形。

正是有数代名伶精心研创和发场光大，至 20 世纪初，不仅形成独具特色的成套谱式体系，还形成以兰州耿忠义、陇南李炳南、陇东畅金为代表的甘肃秦腔中路、南路、东路三大脸谱流派。

（一）兰州脸谱流派

兰州脸谱流派就是人们常说的"耿家脸谱"，同时亦称"甘肃脸谱"、"兰州脸谱"。本系民国兰州名净耿忠义在继承数辈前人脸谱艺术创造精髓，使其更加规范、定型，更符合脚色戏剧性格和自己脸型特征的一种脸谱谱式。

耿忠义(1884—1947)，甘肃甘谷县人。工花脸。所创脸谱，立意新颖，气势轩昂，形貌突出，色彩斑烂，20 世纪 30 年代就已享誉兰州，流行至今。耿生就一副额大、颧高、面颊瘦长的颜面，他的脸谱注重额颧的刻画，比如黄飞虎，红整脸、刀眉大眼，脑门上细描火焰印堂纹，颧骨眼梢细描火焰表情纹；李靖和三教主，额上细描不同的五彩霞光，眼梢亦细描不同的火焰表情纹，这些描画都倍加细腻。他很着意于脸谱内各部分的反差对比，例如在整脸中，将三窝（眼窝、眉窝、鼻窝）浓墨描绘，使之从底色里浮现出来，给人以睁目豁眼、炯炯有神的强烈印象；在三块窝脸中，有黑额红膛（如张奎）、有黑额白膛

《黄河阵》通天教主

《宝莲灯》杨　戬

（如许诸）、有花额灰膛（如田开疆），近瞧鲜明，极为明快豪放。耿在勾画脸谱时极为讲究骨法用笔，大块色挥毫涂刷，细微处银勾铁划，如飞如动，生气勃然。耿健在时，兰州食摊就已将他的脸谱模写贴在摊子上，供人欣赏并借以招徕顾客，此风已蔚为成俗，至今依盛，可见其影响之深。

耿家脸谱又称瘦脸型脸谱。构图上的依据有二：一是脸型条件，二是人物性格。耿的脸型为脸型长、额面宽、颧骨高、鼻梁直、两颊瘦，属"瘦脸型"一类，尤其他的两腮比较干瘪清瘦，额面特宽，一般人的头畔（即头发的边畔）多在额面前端，但耿的头畔却在额顶，几乎飘到了前脑。这种天然的生理条件，决定了他勾画脸谱最突出的特点，一个是瘦，一个是长，即"瘦而长"。与此同时，他又在写脸着色时，有意在左右耳际边沿留出寸余空白区，不化妆也不着色，行内称此为"露肉"。正是这两指宽的"露肉"，促使颜面构图更加瘦长、更加集中。

现在有些脸谱好家，在模仿勾画耿家脸谱的时候，没有真正领会这一要筋，仅仅有意地把脸型变形拉长，而且拉长到不适当的程度，甚至看起来已经脱离了人的生理结构的程度，我觉得这种做法是不可取的。实际上说明了好多人都在勾画耿家脸谱，其实并不了解促成耿家脸谱瘦而长特点的真正原因，只是从脸型上无限度地削瘦拉长。人的脑袋总有个限度，总有个尺度，超越了这个尺度，人的脑袋恐怕和人就有区别了。耿忠义依然是人，他的那个瘦而长也是有限度的。我觉得耿家脸谱不在于自身的生理条件，而在于他的勾画方法，这是我的看法。至于体现人物性格，则根据剧情的发展和自己的艺术理解，在脸谱造型上加以不同的变化。《血诏带》之曹操，开场时的脸谱为：大白脸，黑眼圈、淡扫眉，给人以严厉正大之感；一旦戏入《白逼宫》一场，脸谱立马由黑眼圈，淡扫眉改画成长锋三角眼，一付挟天子以令诸侯、持利剑逼宫杀驾的奸谗气焰立上眉尖。

耿家脸谱的第二个特点就是装饰性非常强。花哨、细碎，并根据人物、个性、美丑有意识地放大，这一点正是他抓住了额面宽这一画区大做文章，他顺着鼻梁到额顶绘通天柱，要么画上各种图形，要么就画一个如意，如意本是神仙道家所持的玩赏物，耿忠义往往作为通天柱的装饰性图案被大量使用。我看过好多耿家脸谱，以如意为通天柱图案者居多，成为耿家脸谱的一大显著特点。比如杨戬，就以如意为通利柱，泰山眉和脸

腔饰以粗纹，表示暴虐无情。还有顺着下腭骨骼画上虎尾，来装饰脸型轮廓，而且这个虎尾图案仅仅画到两鬓角根，尾毛四笔，从不多加一笔，《黄河阵》通天教主脸谱即是。许多耿派脸谱好家，虽然注意到了这一特点，却没有注意到这一细节，因此，有的一下画到鬓角以上，尾毛七笔八笔十几笔地往上加，不仅走了形，变了样，而且冲淡了耿派的巧绝，显得累赘。

正因为耿家脸谱有自己独到特点，1956年梅兰芳看后，认为不仅造型好，冷暖色的搭配、主副色的调配也非常考究。

《下河东》呼延赞

耿忠义生前所带的徒弟是赵福海，赵福海生前所带的徒弟是刘新荣，目前耿派已有五代的传人前赴后继，民间社会研习绘制耿家脸谱者蔚然成风，最值得一提的是，早在20世纪二三十年代，耿家脸谱已成流风所向，不仅进入市场领域，小吃摊贩、商店字号等均作为广告张贴画，居民厅堂之陈设、节令所贴之门神而广为传用，其社会风靡之广，至今依然作为兰州的一种文化符号而享誉民间。这对耿派脸谱的发扬光大起了很大作用，也由此推动了甘肃秦腔脸谱传承和发展。

当然，耿家脸谱的创造者，也不完全是耿忠义，而是耿忠义在继承数代前人创造成果的基础上把它规范化了。如果我们稍稍反顾一下清咸丰至民国近百年的兰州秦腔舞台，就会发现秦腔花脸师徒关系上这样一条极为清晰的传承谱系脉络：仅从历料文字记述，目前只能称三元官为第一代花脸魁首，三元官的徒弟叫福庆子，福庆子的徒弟叫陈明德，其后又出现花面唐华，也就是兰州人所称的唐待诏，唐待诏既得福庆子的教诲，又得陈明德的秘传，而唐待诏的徒弟，便是耿忠义的父亲，耿忠义幼年随父学艺，长大后又得唐待诏的亲授，这几代花脸演员，虽在写脸上均有师承，同时又不拘一格各有创造，正如牛芮青《陇上优伶志》所载：

彼引福庆之言曰："昔元官师尝言，法无定法，谱无定谱，各角色之脸型虽有固定格式，但细微处亦须自出心裁，力求生动。

正是数代前人各有自出心裁的创造，才将甘肃秦腔脸谱逐渐推向别开生面的极致。耿忠义正是总结了数代前人脸谱造型的基础上，又根据自己的脸型条件和艺术理解，给与发展并加以规范，形成我们今天所说的耿家脸谱。这也是近百年兰州舞台形成的重要精神文明成果之一。

（二）董志塬脸谱流派

脸谱流派　张飞

董志塬脸谱流派即平凉庆阳一带形成的脸谱流派，当地观众称为"塬上路路"，它的创造者就是畅金山。畅金山的外号叫畅麻子，河南汶上县人，小时入湖北某汉调二黄戏班学艺，主工花脸，兼演须生、丑角。过去的年代，艺人流动性很大，出科后，便沿襄河逆流而上，到了重庆、成都，又翻过秦岭，从汉中经宝鸡最后到了陇东董志塬安家落户正因为他由唱汉剧、汉调二黄而后改唱秦腔，所以他的唱腔显出了清脆、细腻、婉转的二黄风致。我听过他的传人左建瑞唱的一些唱腔，其中便将〔土二黄〕同秦腔〔苦音喝场〕和拖腔巧加糅化，由于两调之间发生了"清角为宫"和"变宫为角"调性对置，生出一种独特的调式色彩，结果使原来的悲伤之情得到进一步强化。

表演也借鉴汉调二黄武功之长，工架纤巧，气势雄浑。他最擅演"口条上架"，使胡须在特定戏剧情节中突然抽上去；还有判子吹火和耍牙等绝活，他还独创出前胸后背打包形成虎背熊腰的人物造型。

畅金山具有花脸的条件和天赋，头大、眼大、嘴大，而且嘴角下垂，虎头虎脑，他所创造的脸谱，也就是董志塬秦腔脸谱。

七郎杨延嗣

董志塬秦腔脸谱最突出的特点，一是起窍高。窍也叫势，也即额面打脸的定位比较高。因为畅金山写脸，必然要把头畔上刮五公分，这样就把额面画区扩大了近三分之一。正因为起窍高，写脸时有意识提高了"窝子"（两个眼窝）的位置，眉毛也像直竖起来似的，给人以立眉立眼、威武森煞之感。加上他又是个大脸盘，由此又引发了第二个特点，那就是大而长。

董志塬秦腔脸谱的第三个特点是工笔与写意相辅，细描与色块挥洒相衬。对于眼眉、纹饰、图形的勾勒，细笔细画，精致描绘，一丝不苟，显得纹路清晰，骨骼棱棱。而对两庞则大笔涂抹，挥洒如流，又显出粗犷、勇敢、憨厚、朴实之气。

《牛头山》牛 皋

畅金山在董志塬有头号花脸之誉，他的脸谱造型、唱腔乃至表演均有独到之处，结果促成另一流派的产生。畅的传人很多，号称董志塬四大班长的杨改民、常俊德、任国栋、白书来等，都是他的磕头弟子；单就董志塬脸谱传承谱系，可推为张新米、杨改民、罗拐子、吕定国等为第一代，畅明声、张占山、魏世杰、杨德山、贾克俭等为第二代，路富民、傅述学、左建瑞、张秦江等为第三代。董志塬流派脸谱的特色，在老一辈观众心目中至今记忆犹新，称颂不绝。

（三）陇南脸谱流派

陇南即今天水陇南两市所辖县区，陇南脸谱流派的形成地，主要是在天水、西和、徽县诸地。清光绪初年，西和三盛班、福德班名角荟萃，其中技压群雄者当推罗树德，当地人都称其为罗大净，天水、兰州观众则称他为活张飞。清光绪末年，天水又产生一个秦腔班社，叫天水西秦鸿盛社，该社首任班主李炳南，第三任班主李映东，都是主工花脸的一代名净。另外，徽县缙绅戏班的冯大鹏，其外号别名更多，达珠、十四红、冯班长、冯八百、冯大净等，都是观众叫出来的名讳。还有秦安名净张寿容，武山名净傅邦等名家高手，都是天水、陇南家喻户晓，红极一时的净行精英典型。

《收四魔》莫里红

罗树德、张寿容、傅邦的祖籍均在天水所辖各县，李炳南、李映东、冯大鹏祖籍都在陕西西府，而且全都专工花脸，陕、甘净行同台联袂，写脸必然相互切磋影响，因此，他们为陇南脸谱流派的创立，立下了汗马功劳。

从严格意义上讲，陇南秦腔脸谱是在甘肃南路脸谱和陕西西府脸谱基础上珠联璧合，由于二者兼及个性鲜明，故成一派。清咸丰以来，天水西和、秦安、甘谷、徽县诸地，是全省出了名的秦腔窝子，不仅出了许多秦腔名家，还多以花脸独擅场胜。牛芮青曾在《陇上优伶志》中为张寿容立传中就写道：

寿容以花面擅场，声巨如雷，每一呼喝，台为之震。尤善写脸，如《七箭书》之赵黑虎，《苟家滩》之王彦章，其面颜之生动，更为出色。王彦章额上

《大雪山》黄宗道

画黄色蛤蟆，眉目一皱，则四肢皆动，栩栩欲活。他人效之，无能及者。

我到西和拍戏，发现西和剧团至今仍保持着以封神戏为主体的传统，剧中神道、花脸角色颇多，脸谱不仅丰富还独具特色，与我所见其它流派脸谱大为不同。《七箭书》中的太师闻仲，一出场就是金脸；《碧游宫》的三教主，黑色铺底，金色描纹；《太湖城》中的孙武子，前半场戏为生扮，后与殷夫人交战，即改为半生半金，当其欲开杀戒杀人之时，立马改妆为全金脸，一戏三改颜面，凡人逐变神道，为五雷碗的法力埋下精彩的伏笔。其它神道人物的脸谱目前绝少见到，甚至几多失传，但在西和保存非常完好。如《七箭书》陆压脸谱，绿脸红茬，非常狰狞，眼、鼻、嘴则用白笔勾绘成干骨无肉的死人骷髅，尽管戴的红茬茬，牙齿外露，狰狞可怕；九头胡雷额面到两鬓间画有九个人头，绿脸、白头、獠牙，这些脸谱都具有极其珍贵的文化价值。

陇南流派脸谱构图也很有自己的特色，《破渑池》中张奎，其他流派谱式以红色象征着忠勇，腮纹隐寓着善战，凡此皆与别派本无不同。

《灭方腊》方 腊

但是额上的图案显出了差别，兰州、陕西脸谱张奎的额面画一个白色的圆坨，陇南脸谱额面所绘不只是弯形的白圆，白圆之下还绘一个箭头，以此象征他有地行之术；《穆桂英大破天门阵》中穆桂英的脸谱，打的就是两面脸，但耿家脸谱之两面脸色彩较繁，文样较杂，陇南脸谱穆桂英两面脸，则以红色铺底，尽管也绘有歪曲性的绿点子、白麻子等，却比耿家脸谱整拴简洁，粗犷大气。

陇南流派脸谱是在甘肃脸谱和陕西脸谱交叉点上，形成自己的风格个性而独领一派的，不仅是数量多，造型也非常精美。李炳南、李映东，曾培养出一大批花脸人才，温水银、陶大净、赵毓华、罗世斌以及成县纸坊乡民间艺人苏尊贤、天水公路段黄庆诚、天水市委王贵《大破天门阵》穆桂英林等，都对陇南脸谱流派派的传承和研究作出各自的贡献。

《大破天门阵》穆桂英

① 清李斗：《扬州画舫录》122页，北京，中华书局，2004。
② 唐崔令钦：《教坊记》。
③ "鸠盘"，梵语，佛经中所称"鬼"者。
④ 《三国志·滕胤传》。

论戏"道"

"道"是中华民族的灵魂，也是全民族的集体人格精神，中国人最爱讲"道"，正因此，君子之道、礼义之道、中庸之道，便成了中华文化一直宣扬的思想核心。

那么，何为"道"呢？按孔子的说法，所谓"道"者，就是每个人行事的方法和技艺。他在《论语·里仁》中这样说：

> 富与贵，是人之所欲也；不以其道得之，不处也。

"道"又指事理与规律。《易·说卦》言：

> 是以立天之道曰阴与阳，立地之道曰柔与刚，立人之道曰仁与义。天道者，"日有中道，月有九行"，故显阴阳；地道者，地的道理、法则，即"平而无私"。故《管子·霸言》才云："立政出令用人道，施爵禄用地道，举大事用天道。"人道者，既指人的道德规范，故仁与义便成了立人之道。同时，也指男女交合，如《疏》云："谓如人夫妻交接之道。"

看来，天有天道，地有地道，人有人道，天、地、人各行其道。那么，戏剧呢？中国的戏剧有没有所遵之"道"？这一点，明代大戏曲家王骥德在《曲律·杂论》中早就为我们作出了回答：

> 戏剧之道，出之贵实，而用之贵虚。

王骥德所言的戏剧之道，一在"出之贵实"，"实"者，"真"也。就是说，演员的舞台表演首先要"立足于真"，"真"当然是指演员抬足投手、一颦一目都要来源于生活；二在"用之贵虚"，"虚"者，"假"也。就是说，演员的舞台表演不是对生活原型的单纯模仿，而是经过改造、制作后高于真实、虚假美化而成的"真功娴技"。

所谓"真功娴技"，正是演员必须修炼造就于一身的"四功五法"技巧。这些技巧，又是将中华古人创造的博大宇宙观念运用于中国戏剧舞台表演的基本规律与法则，戏剧舞台的规律与法则，括而言之，不外乎以下四个方面：

一、综合性

中国戏剧从孕育初生到哺乳褓褓阶段，都在儒、释、道三教共同编织的摇篮里，接受着多宗教义理的浸漫和濡染。道教的"阴阳五行"，佛教的"无常无我"，儒家的"天人感应"等宗教哲理，都具有纵览宇宙万事万物的浩瀚包容性，中国古人所创造的这种博大宇宙观，使中国戏剧一经降世，就形成一个开放的系统，在它从生成发展到长大成形的整个过程中，始终展开热情的双臂，以最大的吸收量，从多种事物中广泛吸纳不同的艺术成分，而且既为"我"所用，又为"我"所融，结果促成它那唱、念、做、打集于一身，载歌载舞多元发展的综合性艺术特征。

中国戏剧的综合性是多角度、多层面的，而且经历了漫长的多元复合，形成一个包容万象的系统，很难将它拆卸开来单独讲述。单就戏剧剧本而言，从文艺分类学的角度讲，当属文学部类。然而，却不尽然，因为，戏剧作家创编剧本，目的不是供人默读，而是要同演员的舞台表演结合并使观众在观赏中获得艺术感动方能达到创作目标的终极，这就首先决定了戏剧的剧本，又是有说有唱、说说唱唱的综合性艺术特质。秦腔剧本中的"说"，概指演员在舞台上表述戏剧情节和戏剧人物行为的台词。台词也即念白，念白虽属语言艺术，但同日常生活中的说话有着本质的区别，其中最主要的就在于它非常强调语言的韵律美、节奏美、音乐美和形式美，而且其吐字、发声、运气等，又和演唱声乐技巧的要求是一致的，念白时不仅要有武乐垫打，有时还要文乐甚至身段、舞蹈、砌末的烘托与配合。尤其在戏中，往往又同唱腔结合在一起，共同承担着表现戏剧内容、抒发人物感情、塑造人物形象、推动戏剧矛盾不断层层深化、向前发展的任务，还会唱念相兼地造成异峰兀起的戏剧高潮，形成动人心魄的舞台艺术气氛。因此，它不是平面，而是立体的，不是静态的文字描述，而是活态的腔体表演，从这种意义上讲，剧本创作的"文"必须转化成演员舞台表演的"念"，　演员舞台表演的"念"，就是演员长期修炼得来的"功夫"，所谓"千斤念白四两唱"，就是指此"念功"而言。

再从表现形式上说，秦腔的念白，又有诗白、韵白、本白之分，秦腔"笑"的艺术，也应归于念白范畴。这四个方面，不同行当又有各自不同的处理和要求。比如"诗白"，就是一种吟诵性质的诗词，它被不同行当的人物所广泛应用，还被分作"上场引""定场诗""八句骈""蛇雀燕""道歌子""说壳子""道贯古今"等多种类型用于不同的戏剧场合。这些不同形式的"诗白"，都是合辙押韵的五、七言绝，当演员朗诵念出时，节奏、语势、摧撤、调门各有严格要求和区别，还要加用击乐垫打伴奏。如米

新洪在《忠保国》一剧饰徐彦昭所念"定场诗"：

> 君要正来臣要忠，
>
> 忠心耿耿保大明。
>
> 只因先祖功劳重，
>
> 挣下一(呐↑)字(仓仓仓)世袭(呀↑)功。

出于徐彦昭（大花脸行当）定国公的身份和地位，米新洪首先在语势上给予夸张，节奏上给予顿挫，调门也相应提高。"袭"字之后，带出一个"呀"来，并用"犟音"挑起，稍作延续后，猛然跌落吐出"功"并急急刹住。这种"慢吐快收"的念白，不只在于强调徐彦昭年龄的高迈和国公的沉稳，更在于表现其驾驭一切的赫赫权势和他权龙保国的决心。由此当知秦腔的"诗白"，不仅仅是可念的诗，更重在表情和造型，它比平常的吟诗要求更加严格，更加繁难，更加音乐化。

即使不是格律固定的散说，也完全不同于平时人们惯讲的日常语言，而是经过加工、提炼、修饰、美化的戏剧化语言，其间同样贯穿着节奏、调门、语势、音律的多种变化。个中原因就在于它不仅仅是叙事，还重在于抒情。正因此，同样需要以高超的声乐技巧和严谨的章法布局，把它念得掷地有声，悦耳生神，从中体现出音韵的美感和丰富的感情变化来。这也是称它为"韵白"的原因所在。实际上仅仅通过念白，足以能够说明秦腔剧本所包括诗歌、小说、音乐、戏剧、表演等多种部类的综合性特征这一事实。

不妨再说说秦腔的唱。唱就是演员演唱的唱腔，唱腔同样由词和曲组合而成。词在剧本中虽属文学范畴，而且主要通过言语、文字、词汇来直接抒写情性，但又是一种专供歌唱的抒情诗体，它的整个创作过程，无论格律、用语始终受音乐的制约和影响，因此，古代称其为"和声""倚声""泛声"甚至"声诗"等等。实际上这已经构成文学、音乐的综合性；至于曲，当然属于声音艺术，是戏曲剧种赖以节奏、乐汇构成旋律音响来渲染情性的。词与曲虽有其各自不同的审美判断和社会功能，却不能单独作用于戏剧，只有"合二而一"构成完美的艺术整体——唱腔以后，剧本唱词才能借助于唱调音乐，增强其抒写感情和塑造形象的艺术表现力与感染力；同样，剧种唱腔音乐则借助于剧本唱词语言，才能使其旋律、节奏乃至音响造型所要表达的情性与描述的对象，表现得更加明确而具体。仅此还远远不够，还必须通过演员的演唱，演唱中更须有各种乐器的伴奏，才能使平面的唱腔变成立体的、动态的、活的、声情并茂的腔体。这其中不

仅涉及到旋律学、曲式学、乐器学、配器学等音乐学，还涉及词律学、声韵学、声乐学、观众心理学、美学等诸多学科的融会贯通才能实现。

谈到戏剧中的每一个人物，都是由演员来扮演的，所谓"扮演"，就已包含着妆扮、表演两种部类的综合。妆扮既指化妆，又指扮装。前者主要指各行当演员的面部化妆，如生旦的包发，抹面油，拍彩，抹眼窝，扑面粉，描眉、眼，画唇等；如果净角，还要勾脸，勾脸不仅有一定的谱式（脸谱），每个谱式更有十分复杂而又十分考究的色彩和图案造型。后者则主要指演员装扮成戏剧人物后的着装服饰、头帽、头饰甚至包括砌末、道具等等。这又涉及到化妆、绘画、构图、色彩、服装工艺美术等部类的综合；至于惊心动魄的武打、奇妙绝伦的特技，明显又是从武术、杂技、魔术等方面接收得来的功夫。

中国戏曲有着博大而浩瀚的包容性和综合性，它能把上述原本各自成体的艺术部类，全都吸附到自己身上，经过漫长时间的融合，化为己有，为我所用，最终使中国戏曲构成文学性、音乐性、舞蹈性、戏剧性高度统一、高度综合的独特姿致品性。

二、程式性

所谓"程式"，就是办事的规程和法式。《商君书·定分》有言：

> 主法令之吏有迁徙物故，辄使学读法令所谓，为之程式，使日数而知法令之所谓。

《宋书·何承天传》亦言：

> 诸所课仗，并加雕镂，别造程式。若有遗镞亡刃及私为盗窃者，皆可立验，于是为长。

不难看出，古人将"程式"与"法令"等同起来，而且作为人们思想行为必遵的法则。而中国戏剧的"程式"，同样具有这种相类似的意义。就是说，演员在舞台上的一切动作行为，都须严格遵循舞台固定程规和法式来表演，绝不可背离这种程规法式而各行其是、任所欲为地随意进行表演或唱念，否则，整个台上将会乱"套"。但是，这两种程式在内涵上毕竟有它本质的区别。作为法令的程式，实指国家制定的某些法律法规，这些法规的出台，是以当时的政治背景、统治集团利益为依据的；而作为戏剧的程式，实指舞台表演艺术的技术形式。它是根据戏剧的特点和规律，把生活中的语言和动作，经过提炼加工，升华为艺术化、规范化的表演法式。因此，戏曲的表演程式，是一种源于生活，又高于生活的技术形式。有了这种技术形式，戏曲表演就有了规矩和方

圆，而且通过对这些技术材料的再组合、再创造，又形成戏剧展示舞台方法的基础，对演员来说，便是舞台表演必遵的规程和法式。演员在舞台上的一举一动，一坐一站，一颦一笑，即使一个细微的眼神，俱由这些从生活中提炼而得的技术形式组合而成，而且贯穿运用于演员舞台表演的整个过程中。对观众来说，就是从这些程式的组合并通过演员的表演从中渴望得到精神和心理满足的戏曲美、形式美和艺术美。戏曲艺术所包摄的这种不同规格的技术形式与材料部件，就是我们通常所说的"程式"，演员通常称其为"功夫"。

戏曲的程式，不是生活原型的照搬，生活的原型当其进入戏剧表演艺术领域之后，便被戏剧舞台"化"成一种具有独特审美价值的创作符号。正因此，单一的、孤立的运用程式表演技术，不一定能够表现出戏剧人物的感情来。原因很简单，程式不过是"戏曲创作手段的审美创作符号"①，或者说不过是戏曲创作材料"部件性的符号"②而已。只有把这些单一的程式组合起来，也就是秦腔舞台表演所称的"套数"，而且构成一出戏的演出形象，即创造出了一出戏的艺术符号或至少一场戏、一段戏的艺术符号时，才能表现出创作者们所期待的情感来。比如秦腔演员舞台表演中运用最多的"抖马"这个程式，其创作符号不过是一条马鞭而已，但一经演员扬鞭做了类似跨上马背的"跨马式"身段和"勒马"手式，然后扬鞭"跑圆场"疾行，其创作符号立马便有了审美价值和意义，观众自然从中感受到人物已经开始在纵马驰骋了。

类似的表演程式，秦腔不仅拥有的数量繁多，还表现得相当复杂而丰富。如"抖马""拉架子""搜门""磨锤子""三逼""推磨""拉喝场""踏三锤""扎式"以及"口条功""梢子功""翎子功""水袖功""扇子功""盘子功"等等皆是。

武戏中的身段表演，每一个程式动作，都包涵着很强的技术性。作为每戏不离的静态"扎式"亮相造型，不仅使人物的气质、情绪乃至内心活动全部凝聚在这一瞬间的扎式之上，还形成很美的画面，让人从中获得一种无以言表的审美快感。但在表演处理上，又不拘一格，变化多端。《杀生》之李慧娘救起裴生，慧娘所唱四句〔尖板〕唱腔，每唱一句都要和裴在唱腔的间奏"垫铜"中相互左右倒换步位，扎几个不同的高低式子，形成极有层次又很均称的身段造型，既具体、又优美地表现出裴生丧魂落魄、如泥瘫地的恐惧神态，并和李慧娘急切相救、奋力拉扶的紧迫心情形成对比；《黄鹤楼》中的周瑜，把惊堂木在桌上一拍，高喊一声"呔!"周瑜、刘备、赵云三人一齐扎式，直到刘备"叫板"结束才收式。这三个不同的雕塑扎式造型，刻画了三个具有不同心理状

态的形象，生动而鲜明地揭示出黄鹤楼上所发生的事件；《走雪》中的曹玉莲和曹福"搜门"过后，相互挎着臂膀走"风火轮"，绕一圈，唱一句，扎一式，如此反复多次；《断桥》的传统演法中，青白二蛇最初出场的表演也是如此。抖马、拉架子、搜门，以及武戏开打，扎式造型处处皆是。特别是"六合手架子"，要在六个相对称的步位上扎式，各不雷同，时间又长，很见功夫。

秦腔表演中的扎式造型，遍及各个剧目，其姿势亦丰富多彩。它们都是众多程式单元组合而成的"套数"表演，其中每一个程式动作，都需要经过专门训练才能掌握。故在练功场上，早先传统的训练，一般安排五种式子，男角是：平膀式、坐马式、上马式、弓箭式、魁星提斗式；女角是：平膀式、上马式、天棚式、前指后翻式、勾鞋式(一作"拾钱式")。丑角另加一茶壶嘴式。秦腔称此为表演程式中最基本的"五大式"。因此，每扎一式的时间，均在七八分钟以上，以求给膀、腰、腿上功，达到能支持、能控制，上台表演才能做到：一次扎定，姿势准确，合乎要求。其实，说开来，这正是被分解了的秦腔表演程式技术性材料，亦即专家所称"戏曲创作手段的审美创作符号"或戏曲创作材料的"部件性的符号"。

正因为秦腔的表演"程式"是创造材料的"部件性的符号"，所以，如果将秦腔剧种比作一部庞大的艺术机器，那么，它所创造的一切艺术形象，不只是表演一种"部件的符号"充分发挥其作用的成果，而且还有包括其剧本文学、音乐、舞台美术、舞台调度(导演)等在内的诸多"部件性符号"谐调配合和全方位启动，共同所创造的结晶。任何一个孤立的"部件"，只能是一个抽象的"符号"，也就只能抽象地说明它所表现的某一生活形态，自然谈不上创造什么形象了。道理很简单，秦腔本来就是综合性的艺术，任何形象的创造，自然也只能从诸多"部件"的综合运用中产生。因此，要使秦腔艺术的各种"部件"谐调地结合在一起，首先必须创造出各自的程式来，并且还必须同其他"部件"的程式共同组成一个完整的系统，也就是同本剧种的剧本文学程式(如结构、词格、分场、冲突等)、舞台表演程式(如台步、身段、手势、武打等)、音乐程式 (如板式唱腔、弦乐曲牌、锣鼓点子、文武场面等)、舞台美术程式(如砌末、服饰、脸谱、扮相等)、舞台调度程式(如起坐、行走、设场、摆队)等裕如地相交相通、相融相合。这样，它才能被演员根据不同风格的剧目所选择，并有机组合、贯穿、运用到具体人物和具体也在观众与演员之间、各"部件"创造者之间(剧作家、音乐家、舞美家、导演等)形成审美的默契。

当然，秦腔剧种各个"部件"的程式，都不应该是凝固的、静止的，而应该是流动的、发展的。就是说，各个程式都必须以不断充实和完善提高其自身的形式美为最高理想，而形式美并非以观剧者从中获得某种生活真实的心理感受为目的，更重要的则是变生活的真实为艺术的真实，要达到这一点，就需要组合和运用这些程式的演员通过自己高超的艺术修养，不断给程式以创新、以发展，同时对人物的心理状态不断以凝炼、以升华，使其程式不断步入诗的境界以提高其审美价值。这样，各个"部件"之间的程式才能真正成为秦腔艺术形式创造各种形象时最行之有效的表现手段，而各"部件"程式自身的独特艺术个性和社会功能，才能得到尽善尽美的发挥和展示。

三、虚拟性

虚者，不实；拟者，仿效。结合起来讲，就是以虚假的模拟动作仿效出真实行为的存在。作为中国戏剧中的虚拟性表演，当属其类。其舞台方法，不外乎两点：

（一）无中生有

"无中生有"原本是老子论"道"的思想核心，他把世间的万事万物，赋予其"有"和"无"截然对立且又互为因果的两种性质。故云：

> 天下万物生于有，有生于无。③

这句话的意思是说，天下有形有象的东西，只能由无形无象的东西所生长。天下无形无象的东西，又能生长成有形有象的东西而存在。老子故而又云：

> 道生一，一生二，二生三，三生万物。万物负阴而抱阳，冲气以为和。④

传统秦腔舞台上的"无中生有"，最典型的莫过于在"一桌二椅"无穷变化中生出万象并包的各类物景了。过去的年代，常常除在后场中间摆上一桌二椅之外，再就空无长物。而且这种"一桌二椅"的陈设，又与剧情无关，甚至也不代表桌椅本身。如果说它有什么实质性意义的话，那只能标志着：这就是舞台，这儿就是唱戏的地方。因此，它只是作为一种虚拟的"符号"而存在。但它又有着相当宽泛的假定性。这种假定性，只有通过角色的运动——以唱、做、念、舞等艺术手段所组成的虚拟性的表演，调动起观众的积极想象来，才能把剧情所表述的时间、地点、景物具体化，从而有效地利用它编拟出特定的戏剧情境和多种不同的环境空间来。比如"内场椅"（椅置桌后）可以指代书房、公堂等；"外场椅"（椅置桌前）可以指代客厅、二堂等；桌两头置椅可以指代山坡、城楼；桌斜放而两头置椅可以指代小桥；桌上叠椅可以指代高山、高楼；桌上插以小帐可以指代神龛；两椅拉开，背插大帐，可以指代卧床；换插"三军司命"大

帐，则可以指代军帐。同一桌，可作桌、床、山、城，甚至云端等；同一椅，可作椅、窑门、牢门、织布机、院墙等。

"一桌二椅"有时只是一种泛称，根据不同剧目要求，往往还会变成多桌多椅，如《三堂会审》就须三桌三椅，《游龟山·三堂》须三桌五椅，《赵飞搬兵·登基》则须一桌十椅等等。秦腔武戏中，根据特技表演的需要，还可桌上置桌。秦腔《哭祖庙》《反西凉》等剧，便将三桌甚至四桌叠置一起，演员从最高层背身翻下可做"高场"惊险特技表演。这时的"一桌二椅"，也可能是山，也可能是洞、崖或沟壑，也可能什么都不是，只是专为演员耍弄特技绝活的一个高台而已。

"一桌二椅"还会随着剧情需要，由"检场"搬来挪去，成为各种不同物体或各种景象。《三击掌》王允一上场，"一桌二椅"置于舞台中间，意味着这里就是相府的客厅；《拜台》中的诸葛亮坐在桌上，"一桌二椅"成了土台；《挑袍》中关羽站往桌上一站，"一桌二椅"又成了一座灞桥；《三打店》中燕青往桌上一躺，"一桌二椅"成了床铺；《斩颜良》中曹操、关羽站了上去，这"一桌二椅"立马又变成观阵的土山了。

桌子变化无穷，椅子同样如此。《劈山救母》中三圣母往椅子上一站，椅子就成了云端；《探窑》中的王宝钏，将椅子向台口斜侧一搁，又成阻挡母亲的窑门；《西厢记》中张生站上去，就是他要跳的花墙；演《三娘教子》将椅子用白布一围，又成了三娘的织布机。如果再把椅子置放在桌子上，就可当做演出《探监》的监门了。无论怎样使用，这"一桌二椅"都是随着演员的表演进行千变万化，当它什么就是什么，这种由"一桌二椅"虚拟出来的舞台环境，也使观众只有信其真，绝不视其假。

传统秦腔演出中，有时还会舍弃"一桌二椅"，凭借演员表演和唱词念白的介绍，往往也会把空无一物的舞台，忽儿变成高山峻岭，忽儿变成万丈深沟；忽儿变成一望无边的江水；忽儿又变成砂石横飞的不毛之地。《藏舟》中胡凤莲执篙划船的表演，活活表现出一叶小舟在波浪滚滚的江面上飘荡；《卖水》中的丫鬟芸香几段表花的唱词和身段，生动地描绘出一个百花竞开的花园；《传信》中的艾谦在往边关传信途中的趟马身段表演，以及所唱四句［带板］唱腔：

　　胯下了火焰驹四蹄生火，

　　正行走又只见星散月落。

　　紧加鞭我要把秦地越过，

271

惊动了林中鸟梦里南柯。

随着武乐急紧的造势，演员挥鞭出场，使得空空如也的舞台，刹时呈现出这样一幅景象：一位膘壮义士在"星散月落"的黎明，骑着一匹四蹄生火的快马，拼命驰骋于山林草丛之间，紧加一鞭，惊动了林中鸟梦，也越过了八百里秦川。然而，他那胯下"四蹄生火"的快骑"火焰驹"，不过是一条抡来舞去的马鞭；将要"越过"的"秦地"不过是掏"∞"字跑"圆场"；至于天上的"星"、"月"和地下的"林"、"鸟"，全都被演员虚拟的表演所代替了。但观众却只信其有，不信其无，故能无中生有，情景俱来。中国戏剧正是在虚拟的表演中，使无形无象的舞台空间，生化出有形有象的物景，实践着"道生于有，有生于无"这个对立统一的戏"道"之哲理。

此类例证极多，《走雪》中的曹玉莲和曹福攀柳过桥，台上原本无柳无桥，却通过演员攀枝缀柳的手肢、碎步轻蹑的台步，以及左右晃动的身形、惊恐失魄的眼神等整体性综合表演，不仅让观众"看"到了柳与桥的真实存在，还"看"到了桥与壑的深绝和人物在桥上惊心动魄的险境；还有《拾玉镯》中的孙玉姣撒食喂鸡，穿针刺绣，《黄鹤楼》周瑜的上楼下楼，《杨家将》采药老人的攀山越岭等等，全是依凭演员身段和手势的虚拟，来展现舞台环境和生活情景的。

许多戏里都有用餐的表演，却无饭食，只是空口吞嚼，《放饭》中的朱春登之母讨来舍饭，《坐窑》中吕蒙正端过妻子做好的米饭等，观众却从演员举箸吞食的虚拟表演中，"无中""生"出饭菜的"有"来。《渔家乐》中的简仁同空口吃鱼，更是技巧细腻，竟连每一根鱼刺，都让观众从虚拟的动作表演中看得真真切切、明明白白。

戏曲不仅把现实生活中的环境与情景通过虚拟而一一搬上舞台，还能把生活中的人通过"虚化"又从舞台上被一一抹去，然而舞台上同样能够无中生有，万象环生。秦腔经常演出一些游逛庙会、上市买卖、登山赏景等游人云集场面，虽然角色的唱词或念白中出现形容"行人往来""人声喧哗"以及人多热闹的场景，但舞台上却把他们一一删去。更大胆的是，一堂角子四个兵，就可以代表数十、数百乃至成千上万的大军；两三人扮的杂角，就可成为迎清官或英雄好汉的无数乡亲百姓，这种场面，简直达到"虚化"的极致。这样做，不仅使舞台更加清晰，更能突出主要人物，更使戏曲艺术达到高度净化和写意境地。

总之，只要把舞台的帷幕一拉开，表明这就是在唱戏，观众立马就会进入意象境界，从演员虚拟化的表演中，勾起对生活的联想。这种以虚代实，以假当真，以少示多

太极图

的"无中生有"，正是中国戏"道"独特之所在。

（二）时空自由

"时空"，时间与空间的合称。是万事万物依序纵横运动的两个方面。时指无限的长，为横；空指无限的深，为纵。时空纵横交错，形成有序而无限的流动，这种时空观，正是中国戏剧灵活的舞台时空处理原则，其中最典型的例证莫过于秦腔的"圆场"了。

"圆场"是秦腔舞台运用最广、也最能灵活自由地处理时间与空间的一种表演方法，演员在原地转上一圈，意味着从甲地已到了乙地，四个龙套走一个过场，就抵得上万马千军。然而，奇巧的是，甘肃秦腔演员都"跑圆场"普遍称之为"走太极图"，原因正在于秦腔舞台上的各种"圆场"，俱都遵循着：

○　　　∽　　　∞　　　／＼　　　＞

这样一些特定的路线在行动，如果我们再仔细观察一下，以上这些路线，差不多都与道家太极阴阳八卦图有关。

秦腔传统剧目中有一出专以耍弄"圆场"为表演特色的戏，叫做《徐策跑城》，出自本戏《薛刚反唐》。老臣徐策，得知韩山兵马已到城下，情知为忠良薛丁山一家雪冤时机已经成熟，于是，提蟒移步，挥鞭跃马，疾往皇城奏本，在台上跑起了"圆场"。尽管台步疾徐有致，身段变化无穷，而且"水袖功""帽翅功""髯口功"甚至"屁股坐""凤点头"以及行腔演唱等种种艺术手段调理得到满台生辉，脚下却始终循着"○"这一特定路线分寸不倚。

"○"即是"圆"，是太极图的外缘。因此，道家便将这个"○"看作成可包容一切的整体性存在，正因为"○"是可包容一切的整体性存在，所以又将它看作宇宙间最大的"一"，故称为"道""太一""道一""太极""无极"等等。

东汉张鲁《老子想尔注》就称"道"即是"一"："一者，道也。"《系辞》中又将"○"称之为"乾"，"乾"是八卦中的首卦，代表着"天"，"天"即为"圆"。《周易·说卦》有云：

乾为天，为圆，为君，为父。

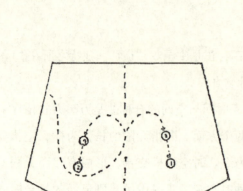

龙套"倒挖门"路线图

再说"⊙"，也是秦腔"圆场"的一种。秦腔传统剧目中，还有一出很有名的戏，叫做《秦晋会》。晋国遭灾，秦国借粮十万石，后秦国荒旱，秦穆公使臣赴晋借之，晋惠公忘恩拒借。秦穆公率兵讨伐，晋惠公领兵抗击。出场时也各有一个"圆场"：主帅居中，挥臂一呼："兵发龙门山！"于是，主帅不动，龙套却围着主帅走了一圈，这一静一动之间，构成一个"⊙"图式。这个图式，说开来也与道教有关。

古代，"⊙"系"日"的象形字，"日"指太阳，故主"阳"；"阳"为"天"，"天"就是"道"。《太平经》故云："道者，天也，阳也，主生。"天与地相对，日与月交合，阳与阴互动，构成了时间运动的顺序，生出万物。其实，这与《老子》"一阴一阳之谓道"并无不同。从秦腔《秦晋会》以"⊙"图式作为舞台时空以短代长的自由转换，不难看出秦腔所蕴寓的高深"戏"道之哲理。

"〰"在太极图中是界分黑、白两条鱼形一条曲线，黑表示阴，白表示阳。阴阳二鱼相交，关键就在中间的一条"〰"型曲线，由此表现了阴阳对立运动中此消彼长、相反相成的规律性，"〰"曲线也称为"太极曲线"。"太极曲线"也被秦腔"圆场"所广泛应用。秦腔《四进士》之宋士杰，因贪杯误了官府放告时辰，慌忙从大街赶回家中喊老伴去救杨素贞，归途中所走圆场，就循的是"〰型太极曲线"，仅唱了四句唱腔，就从大街到了自家。

戏曲艺术要灵活地表现时间与空间，收到以一代十的效果，总离不了"龙套"。龙套的行动则离不了太极曲线。比如，表示武将出征或帝王巡行，龙套就要"领起走太极图"。秦腔《龙凤呈祥·赶驾》一场，刘备、孙尚香、赵云领先出场"掏三角"下，四龙套一字儿尾随其后而行，绕"〰"型曲线太极图穿场而过。继而，东吴八员大将也绕"〰"型曲线太极图尾追，在舞台上如同一条活活蠕动的长龙，艺人故称其为"龙摆尾"。

在秦腔舞台时空调度中，还有许多所谓"摆队胡同道""二龙出水""钻烟龙套""倒挖门""路线图洞""卷席筒""倒脱靴""倒挖门""硬扎门"等等，所循路线

大致上还是太极曲线。甘肃的神道戏中，还有叫做"掏八卦"的表演特技，专门用于道家、佛家、神仙交战斗法场面。如《群仙阵》孙膑带领门徒，与寿星南极所领群仙初次会阵时，即以"八卦图"队形布阵，其实，也不过是走"〰"型曲线太极图而已。看来，"圆场"是戏曲灵活地处理时间与空间的重要舞台调度方法。有了圆场，足不出舞台即可表现千里万里，眨眼工夫就可以度过三月五月，空间和时间自由伸缩。圆场所循的运动路线，就是"太极曲线"。这种奇妙的舞台方法，发挥了太极图的神奇的功能，从而实现了舞台空间时间的无限自由。

"∞"又是两个甚至三个"〰"型曲线的合成，通过两个或三个演员同台"圆场"而形成，秦腔将其称为"双插花"或"掏三角"。前者如《走雪》中的曹玉莲和曹福的"圆场"表演。曹玉莲家蒙大祸，由家仆曹福陪护，雪夜逃往大同。主仆二人，沿雪山小径，仓皇奔命。于是，以"〰"型曲线走起了"圆场"，两个"〰"型曲线合成一个"∞"字图形，一生一旦，一老一少，一阴一阳，一刚一柔，忽儿在舞台中心点上交叉聚合，忽儿又在各自的垂线点上往复回环，既构成舞台空间的"场"，又构成舞台时间的"流"，还构成舞台形式的"美"，故称其为"双插花"；后者所谓"掏三角"，同样是通过三个人物运动时各所运行走"〰"太极曲线"圆场"的多套组合。即三个角色在舞台上同时按"绞辫形"路线来往穿插疾行，表现前行后追，或同行赶路的时空流程。《火焰驹·打路》中李夫人及其大儿媳周瑞菊，急忙赶往杀场祭奠李彦贵，也以两个"〰"型曲线合成一个"∞"字图形"圆场"，途中又与未过门的儿媳黄桂英邂逅，于是，两个"〰"型曲线又合套成三个"〰"型曲线，正由于三个演员走的同是太极曲线，秦腔将这种圆场表演直呼其为"走太极图"。

至于"八""〉"这两个形同"八"字的路线，根源依然来自与道教相关的阴阳太极八卦图。

"八卦"原本是《周易》中的八种符号，分别代表着天、地、水、火、风、雷、山、泽八种各有属性的事物，其中阴阳是八卦的根本，故名又称"阴阳八卦"。八卦中的两卦总是对立的，如乾（天）与坤（地）、坎（水）与离（火）等等，这种对立又使事物始终处于无限运动的流转之中，以此象征着自然现象和社会现象的发展变化，推演出万物的成熟与生生不息。其实，这正是《系辞》所的"一阴一阳之谓道"。"道者，天也，阳也，主生。"故而老子才说出"道生一，一生二，二生三，三生万物，万物负阴而抱阳，冲气以为和"。两卦相叠演为六十四卦，运演出万物生化的系列顺序。正因为阴阳八卦学说中寓含着朴素的辩证法则，使得阴阳这一辩证关系早已深入到了戏曲舞台的各个层面，成为舞台调度、演员表演处理形、身、动、静、意、象的基本原则。四个龙套站堂，都要站成"八"字，主角入场，龙套先在下场口站成"＞"字，一桌二椅的摆放，也要呈"八"字图形，生净角色的台步，更要迈成"八"字大步。戏剧表演中的欲高先低、欲扬先抑、欲动先静、身正头侧、身过留头等等，都是阴阳这一举对关系的拓展与延伸。

以神道为内容的秦腔戏中，还将阴阳八卦图直接运用于布阵斗法的舞台调度中。《七箭书》昆仑散仙陆压布阵时的"步罡踏斗"之法，踩的正是"八卦图"；《祭东风》诸葛亮登坛舞剑作法，着装便是"八卦衣"，步式则叫做"踏七星"；《黄河阵》三霄妹困住十二大仙的"混元金斗"法宝，也不过是一个"阴阳八卦图"；而该剧中的神道人物通天教主，两颊绘的也是"八卦图"……

由此看出，释、儒、道三教义理对中国传统戏剧表演影响之深，同时，也使我们从中找到中国戏道形成的理论依据。

四、写意性

"写意"就是"写神"，即人们经常所说的"以形传神"。"形"者，"象"也。古代"象""像"相通，"形状""象貌""形象""物象"等词皆为其属。《周易》言"形于外者皆曰象"，正是执此而言。

"神"者，"意"也。概指人的"意识"和"精神"。"意思""意味""神气""神态"等词皆当其属。《庄子·山木》所言"得意忘形"，《晋书·阮籍传》所言"当其得意，忽忘形骸"即指此而说。

重"神"而轻"形"、重"意"而忘"象"的审美心理定势，可以说捏塑了整个中华民族的思维方式和精神追求。有了这种追求，中国戏曲在时空处理上，才便有了写意风致；舞台方法上，才便虚拟地创造纵揽天上、人间、地下三界的全部内容；表现形态上，经过对客观物象整体把握和主观意态的精神性提炼，才便达到具有超逸意义的装饰美和形式美。

中国戏曲虽然善于把唱、念、做、打，文学、诗词、美术、杂技甚至武术等众多不同艺术部类综合在一起，构成它多元共济、兼容并包的整体性存在，但着重点却是通过演员对各种艺术部类的组合调适，实现"以形传神""得意忘形"双向传神任务。

秦腔集中展示"以形写神"的戏剧化方式固然是多层面、多方位的，但最具神韵的

舞台炫示方法，莫过于从那"亮相"的瞬间定格效应中闪烁出来的一股美的快感。戏曲的"亮相"是构建在形式美标尺之上的一种时空固化和规范行为，它既摆脱了人格本体的真实性，同时又观照着这种真实性，尽管作为一种程式的呈现，各种人物的"亮相"具有一致的似同性，然而通过形体的张扬，传递出角色身形所无法外化和表露的内在神情，借助短暂的定格，使观众在同角色的第一个照面中，既可以从感官上得到美的愉悦，又可从心理上对角色获得总体性把握。

秦腔传统戏中，充满神化色彩的关羽出场"亮相"，可谓是戏曲"以形传神"的大手笔。在武场击乐营造的激紧、炽烈气氛中，马僮一出场便是一通车轮式的串小翻，他从上场门翻至下场口，再从下场口翻回上场门，随即引出关羽挑帘出场。马僮在前牵马坠蹬，关羽在后横刀越马，关羽挥一鞭，马僮翻一翻，关羽上一步，马僮一后扑，至"九龙口"，马僮勒缰屈低弓箭式站定，关羽居高跨马式扎式，顺势搂髯背刀，傲首闭目，一蹲身，一拢神，一副极富雕塑美的"亮相"造型随即定格。顿时，整个剧场犹如天神降临，扑满"神"的肃穆，气氛庄重凝固，敬畏胶着之中立现关羽的神威。戏曲演员的这种形体表演，真可谓"以形写神""形具而神生"了。

戏曲"以形写神"，是以四功五法为前提的，尤其眼神的运用最为重要。《铡美案》包拯出场"亮相"，踏三锤台步稳健，端玉带目视前方，八字步行至台口，顿住身，两面身形站定，仅两眼一亮而止，动作不大，精、气、神十足，仅此一"亮"，就"亮"出了包拯执法如山、不畏权势的一身威严正气；《日月图》恶少胡林，摇身摆步，横眉努目，往台口一戳，大扇子"叭"地一划，腿一跨，头一拧，嘴一撇，眼一扫，一副狐假虎威、飞扬跋扈的神态就"亮"在了光天化日之下；《祭灵》黄忠，龙脚虎步，掷地有声，撩袍抓袖，气宇轩昂，台口左手搂髯顿身，右手双指平出，两目炯炯有神，"亮"出一派五虎上将之威厉；《葫芦峪》诸葛亮，八卦衣，鹅毛扇，青丝纶巾，仪象翩然，台口只是眼神左右一扫，立即"亮"出了博古通今、满腹经纶、飘飘出尘之神，一切尽在意料之中。

荀子《天论》有言："天职既立，天功既成，形具而神生。"就是说，中国戏剧极力追求"得意忘形"之"意"，"以形传神"之"神"的写意风致，尽都是以"形具而神生"为前提的，晋代的葛洪，对形、神、气三者关系便有如下的高论：

> 夫有因无而生焉，形须神而立焉。有者，无之宫也。形者，神之宅也。故譬之于堤，堤坏则水不留矣。方之于烛，烛糜则火不居矣。身劳则神散，气竭

则命终。根竭枝繁，则青青去木矣。气疲欲胜，则精灵离身矣。⑤

葛洪是魏晋时期最著名的道学家，同时也是最具权威性的炼丹师，其所论之形、神、气，虽然并未针对戏剧舞台"形"与"神""意"与"象"这一举对关系而说，却使我们从中更加深透地认知"形""神""意""象"这一举对关系之间辩证法则。从宇宙本体上说，葛洪所言之"形"，就是"在天成象，在地成形"之"形"，所言之"神"，就是"言不尽意，心领神会"之"神"，此外，他还谈到"气"的问题，即是"天地氤氲，万物化醇"⑥之"气"。从人格本体言，所言"形"即人之形骸，所言"神"即人之神魂，所言"气"即人之精气。但不论"言不尽意"之"神"，还是"人之神魂"之"神"，都是"依形而传神"，故言"形须神而立"，"身劳则神散，气竭则命终"。正是在这样一种恢宏思路下，他以宇宙精神的博大情怀，把"形神"与"有无"这两个哲学范畴巧妙地结合起来加以讨论，使之更具有理论形态的意义。

如果再结合中国戏剧"以形传神"、"立象以尽意"这一举对关系，当知"形者，神之宅也"。无形则"神"无所附，"青青去木矣"。然"形须神而立"，有形而无神者，"则精灵离身矣"。故"神"既立于演员表演之"形"，更立于演员心之"意象"。至此，方知中国戏剧所强调的"神"，正是作为"神之宅"的"形"，而"形"之所指，正是心有意象，形有神彩，形神兼备，形至神出的"人"。有了"人"才能"形具而神生"。因此，"人道"才是中国戏剧的终极之"道"。

---

① 胡导《戏曲程式》。
② 余秋雨《艺术创造工程》。
③ 《老子》第四十二章。
④ 《老子》第四十章。
⑤ 《抱朴子内篇校释》第 110 页。
⑥ 《系辞》下。

论腔词

　　《晏子春秋》内篇杂下第六卷十篇中，讲述了这样一个有趣的典故：

　　　　橘生淮南为橘，生于淮北为枳，叶徒相似，其实味不同，所以然者何？水
土异也。

意思是说，橘子生长在淮南，依然还是橘子，如果将它移植到淮北，就不再是橘子而变
成了枳子。橘和枳看似叶茎无异，实则味道截然不同。为什么它会变味了呢？完全是淮
南淮北水土不同所使然。

　　"南橘北枳"味道之变，根源乃在于水土，"南戏北剧"风格之别，根源同样也在
于水土。对此，明人王骥德《曲律》言：

　　　　北之沉雄，南之柔婉，可画地而知也。

　　剧定位在口头文学范畴，最重要的理由便是戏剧属于口耳相传的一种无形精神性文
化。这样的定位是否恰切还可以继续研究，但中国一切民间传统戏曲艺术以"口唱"相
传、"耳闻"相授的特点，却是不争的事实。"口唱"与"耳闻"的过程，就是同方言
语音结合创造的过程，大西北人把这种带有不同方音的"口头"演唱或者念白，通常称
之为"腔口"，又把"腔口"唱出来的音乐曲调或念白称之为"腔调"。戏曲的"腔调"
因为同带有方言语音的"腔口"产生了紧密结合，所以便形成剧种音乐鲜明的地方特
色。这就使得不同的地方戏曲有了风格上的差别，同时又形成各自不同的腔调系统，这
便是戏剧专家所称的戏曲的"声腔系统"，由此也构成了剧种与声腔密不可分的渊源依
存关系。

　　任何剧种的唱腔，都有它特定的唱词格式和唱调程式，这不只决定着一个剧种的声
腔体制与结构原则，同时也是促成这个剧种所独有的地方特色和艺术风格的重要前提。
秦腔剧种之所以具有慷慨激昂和粗犷豪放的独特艺术个性之美，颇大程度上也是从它那
唱词与唱调的有机结合中透发出来的。正因此，当我们研究和了解秦腔音乐在戏中如何
运嗣、发展和变化各种程式以适应戏剧内容要求时，就不能不首先对它唱腔的腔词结构

以及二者结合关系中出现的各种复杂现象——诸如词格与腔格的关系、字正与腔圆的关系、词情与曲情的关系等方面对立与统一矛盾规律有所了解。

一、词格与腔格的关系

世界上的万事万物，都各有其规矩，否则就不能成"方圆"，秦腔音乐同样如此。单就唱腔而言，词有词格，腔有腔格，各有规矩，自成方圆。但是，由于前者专为"倚声"而存在，后者则为"填词"而设置，所以，二者规矩之中，必然还有某种内在联系，也即它们在结构程式、字调声韵、语言特色等诸多方面所共有的同一性、制约性和互补性。只要它们在这几个方面达到默契，才能在统一结合构成唱腔的同时，进而达到"声腔文字谐合，音响感情相应"的最佳艺术境界。

（一）词格与腔格的互制和互补

从严格意义上讲，词与音乐在秦腔的唱腔里，本属同一事物的两个方面，这当然是它们同一性的体现。但从其个性角度看，还存在着相互制约的因素，与此同时，在二者结合关系中，经过共性调适，往往又给二者的个性以互促和互补，使之最终成为秦腔艺术形式中重要的表现手段，这一点，如果我们将其唱腔化解为腔句(含腔节)、腔段、唱段三个部分来谈，也许会看得更清楚。

1. 腔句

所谓"腔句"，就是词句与乐句结合而成的唱腔的句子，其中当然包括唱词的句子

和所配唱调的句子了。从语法角度讲，每句唱词，均由若干词组构成，一个词组便是一个音节。句子中音节安排的规律性愈强，唱词就愈能体现其音韵美和音乐性；再从乐理角度讲，一个乐句总是由一定数量的乐节（或者说乐汇）所构成，乐句中乐节的安排愈鲜明，音乐的语言特征就愈突出。而唱词音节和唱调乐节越统一，词与音乐的关系就越融合，唱腔表现戏剧内容的功能就会发挥得越充分、越尽致。

但是，秦腔的唱腔音乐作为板腔体的结构体制，必然对唱词句子的结构有严格制约，故在句式构成方面所包含的词组（音节）也是相对固定的，如果少于或多于所规定的字数或音节，便会出现要么很难安腔甚至无法演唱，要么促使唱调结构发生变化以适

应唱词结构的变化。这便在词格与腔格的结合关系中，产生出正格句式和变格句式两种不同的腔句形体来。

（1）正格句式

即是在一句不扩不简的唱调内所规定填入的必须含有一定数量音节的唱词最基本句否则，都将成为变格句式。所以，正格句式既是本句唱腔词与音乐的结构原则，又是它们各种变格句式产生的基础。

秦腔唱腔的词式和板式虽然种类繁多，但是，却有它最基本的正格结构原则。例如：

选自《三滴血》贾连香唱腔
（全巧民演唱）

这是包含两个音节的七字句式，前一音节为四字，后一音节为三字，故称四三格七字句式；同祥，它的唱调也含两个乐节（乐汇），前一乐节为三板（眼起眼落），后一乐节为三板（板起板落），二者相加为六板（眼起板落），上、下句相合，为两个六板，故称〔二六板〕；唱词音节和唱调乐节结合便构成唱腔的一个最小单位一腔节。在这里，词格与腔格的结合关系真可谓达到了极致。

但是词与音乐的结合，并不以结构吻合为满足，而是以准确表现戏剧内容和塑造人物形象为最高理想的。因此，在特定内容的要求下，音乐将会借助于自己特殊的方式来更深开掘唱词情性，往往在结构上作出多种多样的处理：

选自《扫窗会》王金贞唱腔
（肖若兰演唱）

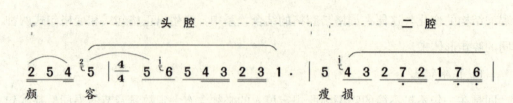

虽然这同样是个七字句式，但唱调却对唱词中的每一个字不仅作出大量渲染和美化，还将其分作二二三字组的三个音节付诸三个腔节唱出，结果使唱腔生出极其强烈的抒情性来，从而细腻地表达了人物一腔的伤感之情。这种腔词结合关系，正是二者个性作用统一发挥和互促互补的结果。

如果戏剧要求它表现更为紧张或激动的感情冲突时，那么，七字句式原有的四三格或二二三格分节规律，往往便会被一种叫做"顶板"的板式完全湮没不彰了，如：

选自《辕门斩子》杨延景、赵德芳唱腔

(刘易平演唱)

尽管我们对上例的腔词结合关系无法分出腔节来，但它却准确而形象地表现出两个剧中人心理上、性格上的冲突。秦腔唱腔中的词格与腔格的关系，正是通过共性的统一和个性的互补，来准确地表现着戏剧内容和塑造着感情形象。而这一点，正是作为戏曲的音乐最能体现和发挥其戏剧性的关键所在。

除七字句式外，秦腔还有其他类型的正格句式，也由于字数和音节结构的不同，各自有其用途上的特点。如十字句式(三三四、三四三格)庄重肃雅，五字句式(二三格)新鲜活泼，散文句式(字数音节不定)自由灵活。其中散文句式最擅长于无以节制的感情宣泄，故为［滚板］专用。这些不同的句式，在配合叙事、抒情、激情等戏剧感情的综合运用中，既加强着唱腔的结构和节奏变化，又推动着情节不断向前衍展的弹性，从而，起到了形式为内容服务的作用。

(2) 变格句式

对任何腔句的唱词和唱调最基本格式的变化，都叫做变格句式。其中对唱词来说即指规定字数和音节的增删，对唱调来说便是规定板眼和乐节的扩简。在秦腔唱腔中，常见的唱词变格句式有衬词、四字剁、三字帽和三字尾四体。其中衬词在唱词创作之外，

由演唱者随意添加的语助词或程式性衬句，如"啊、哈、噢、哎、哪哈衣呀哈"等等。

或者为更充分地表现内容，剧作者在正格句式基础上额外添加的若干补充词：

将身儿打坐在连环宝帐，

等甘宁回来问其详。

表面看，这个词段的上句像是十字正格句式，下句为八字句式，但如果结合全段唱词的结构来分析，当知它们都是在正格七字句式基础上的加字变化句式了。因此，在腔词结合关系中，那些额外添加的字(参看下例中加 [ ] 者)，既不占主要音位，也不导致腔节扩充，即便挤进来的每一个字都很重要，都不可略去，但明了的演唱者，自然知道这是正格七字句式里添加的补充词，他们依然会按照四三格(或二二三格)七字句式的腔词结合关系，分用两个或三个腔节唱出；

选自《黄鹤楼》周瑜唱腔

(沈和中演唱)

上 句

头 腔　　　　　　　　　　　　　二 腔

5 3 3 1 3 6 5 - 2 5 2 3. 2 1

将 身[儿]打 坐[在]　　连 环[宝]

下 句

头 腔

2 - 3 2 6 2.5 3 - 2 1 6 5 -

帐，[等]甘 宁 回 来

二 腔

3 2 1 1 - 2 3 1 6 5 -

问 其 详。

三字尾是格外添加在一句唱词后面的一个三字句式。虽然它也属正格之外，但在腔词结合关系的处理上，通常填入落音拖腔之中唱出，故同样不造成腔格的扩充；

选自《斩黄袍》赵匡胤唱腔

(袁克勤演唱)

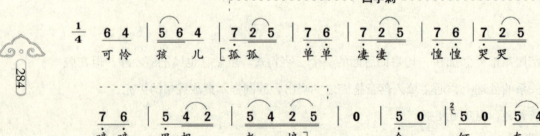

三字尾实际起着对本句唱词补充描述的作用，使词性与曲情表达得更为充分完美，使腔词的结合来得更为圆满稳妥。故在呈述性质的［二六板］式唱腔中被经常采用。能够引起唱调旋律与曲体扩充变化的变格句式是三字帽和四字刹。三字帽恰与三字尾相对，即添加在一句唱词前面的一个三字句，其作用除促使句词前后衔接与转折来得更加顺畅自然外，表情上还具有一定的感叹性质。正由于它镶嵌在唱句之首，必然将会为它扩充发展出新的腔节来。

选自《祝福》祥林嫂唱腔

(郝彩凤演唱)

四字刹则是在正格句式之内额外嵌入若干个四字句词组，并通常取用专门为其发展的乐逗反复唱出，以此用来表现人物絮絮叨叨和激动诉说之情：

选自《河湾洗衣》田赛花唱腔

　(李正敏演唱)

以上变格句式外，在秦腔唱词中还有一种长短句相兼的不规则词格形体。如陈雨农当年为《昆阳战》一剧所作"莺儿黄"唱词即是：

> 莺儿黄，
>
> 莺儿黄，
>
> 莺儿惊醒我梦黄粱。
>
> 谁叫纳：忽儿、忽儿、戎儿、戎儿
>
> 飞叫在杨柳上，
>
> 惹得我情意儿惶惶，
>
> 泪珠儿汪汪，
>
> 梦不到昆阳。
>
> 哎呀、哎呀，
>
> 梦不到昆阳。

这段唱词，不仅与传统秦腔词格结构毫无共同之处，而且反与宋元词牌颇相类似，然而它却熨帖表达出剧中人阴丽华慕想新婚佳期、翘盼新郎早归而特有的难耐、恍惚心绪。这种词格在同音乐结合的关系中，无疑将给秦腔唱调的传统程式格局带来很大变化，只不过它在秦腔中不多见罢了。

在秦腔唱腔中，还有一种散文体式的词格结构，不仅每句所含字数、词组无定，排列也是无章可循，且节奏的处理分外自由灵活，然而，尤善表现较为强烈的戏剧性情绪和人物急剧迸发的感情，故系近似于哭喊说白的［滚板］专用：

> 我叫叫一声王大嫂、王大嫂，自从那年我从陕西回家，不料骨肉生变，我那兄弟仁祥他，他说天佑不是我的儿子，因此与他兴讼，偏偏遇见县官晋大老爷，竟然滴血认亲，将我父子活活拆散，害得我到了这步田地了。

（选自《三滴血》周仁瑞唱腔）

散文体式唱词虽说在字组和词格上分外自由灵活，节奏与韵律也不及诗文体式唱词那样严格和讲究，但它依然处处散发着很强的音乐美和诗韵美。尤其在腔词结合关系中，通过腔格对词格的巧加归纳处理，成为相当优美动听的唱腔。也正是它在词格结构上打破了过分的对称与均衡，反倒颇能表现出诗文体式唱词无法表现也无从表现的强烈的戏剧情绪。因此，剧中人每当悲恸欲绝时，以呐喊和哭诉倾泻满腔的愤懑，必将成为它的用武之地。

2. 腔段

腔段是构成唱腔的最基本单元。秦腔的唱腔音乐，作为板腔体的结构形式，必然是以对称的上、下句为其基本单元的。因此，对唱词来说，一个上、下句便是一个词段，其中一、三、五……句(奇数句)称上句，二、四、六……句(偶数句)称下句；对唱调来说同样也是如此，一个上、下句即是一个乐段，二者结合，便构成一个腔段。任何唱腔，不论腔体多么长大，板式如何变化，而以一个上、下句为基本单元的遂一结构程式则不会轻易地改变。

但是戏曲内容的复杂性，必然要求唱腔结构在遵循基本程式规律的同时，有时将作出破格变化，加之板腔体结构又较曲牌体结构的剧种音乐，具有灵活机动和以少胜多的优长，相对来讲词与音乐约束甚少，因此偶尔取用破格手法表现特定戏剧内容往往能够获得出奇制胜之妙。下面一例即可一证。

选自《汾河湾》薛仁贵唱腔

(田正斌演唱)

薛仁贵：哎，观见娘子恼的甚重，我不免与她下得跪么！这是柳氏，你看本丈夫与你跪、跪、哎跪下了呀！

$(\frac{1}{4}$ 尺 $\underline{3\ 5}$ | $\underline{2\ 1}\underline{6\ 1}$ | $\underline{5\ 6\ 5}$ | $\underline{1\ 2\ 3\ 5}$ | $\underline{2\ 3\ 5\ 4}$ | $\underline{3\ 4\ 3\ 2}$ | $\underline{1\ 2\ 5\ 3}$ |

$\underline{2\ 1}\underline{6\ 5}$ | $\underline{1)\ 6}$ | $\underline{6\ 3}$ | $\underline{6\ 3}$ | $\overset{3}{6}$ | 1 | $\underline{5\ 3}$ | 1 ‖

　仁　　　贵　　　赔　　　礼　　双　　膝　　　跪，

柳迎环：对了对了，大人不见小人怪，站起来吧！

薛仁贵：怎么又落了个小人?哎小人就小人，柳氏请坐!

上例便是人物对白中插入的一个 [二六板] 唱腔，仅上句而无下句，结尾用齐板形式"砸"住。让人听了，非但没有不完整感觉，反倒颇能表现夫妻二人逗趣、嬉戏的恩爱之情。

这种只用上句而省略下句的腔段"破格"手法与结构唱腔的方法，被秦腔通称为"撂子"("撂"即西北方言，抛撒或弃而不用之意)。当然，它只能在特定剧情要求下偶尔一用，且多出现在夹唱夹白的戏里，在正规唱腔中一般是不允许的，否则，将被视为"三条腿"(不对称、不平衡之意)而终成腔段结构之大忌。

3. 唱段

唱段，就是能够独立成段的一个完整结构唱腔，不仅乐思、表意完整，起腔、落板程式也必须完整，因此，一般都可单独进行演唱。唱段首先建立在腔段基础之上，但规模可大可小，可长可短。长者十句、数十句不等，短者二句、四句即可，大者出众多不同板式联缀，小者一种板式便可独立成章。秦腔唱段更多则以不同板式联缀者居多。但从曲体结构上看，我们依然将其归纳为以下两种类型。

（1）单一板式

即出一种板式构成的完整唱腔。从趋体角度讲，有以下三种体式：

上、下两句体：也就是只含一个腔段的唱腔，但起腔和落板都很完整，上句和下句对仗分明。如《周仁回府》周仁所唱"何不以羊将牛易，她二人面貌幸如一"，便是一个由上、下两句［双锤］板式构成的唱腔，旋律洗炼，布局紧凑，结构完整，上句与下句间呈对比、呼应的美感。但这种结构的唱腔，并不是秦腔的主要唱腔，故多用于过场、交待一般情节和加插在道白之中等处。

起承转合体：由四个腔句(两个腔段)构成，但第三腔句(即第二个上句腔)往往会产生较大变化，形成"转"的趋势。如《杨三小》翠儿所唱：

> 耳听得柴门外有人呼唤，
>
> 莫不是老爹爹转回家园。
>
> 我这里开柴门用目观看，
>
> 问爹爹因何事擦泪不干。

多句重复体：即由单一板式通过以一个腔段作为基本单元的联套和变化重复的唱腔。

（2）复合板式

即由两种以上不同板式联套组成的完整唱段。复合板式唱腔往往在结构层次上体现着腔速、旋法、节奏、乐思、调性等交替对比的原则，同时按其组织程序和曲体规模，还可分为二段体、三段体、多段成套体三种类型。二段体：也即"A＋B"式结构体制，通常表现为"慢板＋快板""欢音＋苦音""散板＋整板""整板＋散板"等几种形式。如马友仙所唱《梁玉娘》(唱片号 M-2809)，前为［慢板］，后为［二六板］。由于此类板式唱段想体篇幅长大，不再一一列谱；三段体：即"A+B+A"式或"A+B+C"式的结构唱段。前者多为"散——整——散"、"快——慢——快"带再现的体制，如屈效

287

梅所唱《软玉屏》白妙香唱段(宁夏电台录音)，即为［二六板］＋［慢板］＋［二六板］的再现式三段体；后者多为"慢——快——散"不带再现的体制，如全巧民所唱《貂婵》唱段(唱片号CB-20172)，即为［慢板］＋［二六板］＋［带板］的叫散结尾三段体；成套体：由众多板式联缀组成的成套唱段，通常表现为"A+B+C+A"的"散——慢——快——散"结构。如康正绪所唱《大报仇》刘备唱段(唱片号DB-20308)，即由［尖板］＋(［慢二六］＋［紧二六］)＋［带板］等板式组成；负安民所唱《金沙滩》杨继业唱段(唱片号DB-20316)系"A+B+C+D"的结构体制，则由［慢板］＋(［慢二六］＋［紧二六］)＋［带板)形成"慢—中—快—散"的节奏对比；余巧云所唱《三上轿》崔秀英唱腔(唱片号M-2766)，则又是"A+B+C+B1+B2+A"的［带板］＋［二六板)＋［慢板］＋(［慢二六］＋［紧二六))＋(带板］的结构，以此形成"散——中——慢——中——快——散"的节奏对比；另外，刘易平所唱《辕门斩子》杨延景唱腔，其板式结构为(尖板］＋曲牌＋［慢板)＋歇板"＋［慢板］＋(［慢二六］＋［紧二六］)＋［带板］，也属极其长大的多段成套复合体唱段。

复合体的成套板式唱腔，由于联套组合的板式较多，各个板式之问很容易构成节奏、旋律、腔速、表情上的强烈对比，层次性、变化性非常突出，所以，适合于表现人物极其复杂的感情和心理变化，故被广泛采用。但倘从词与音乐的关系角度讲，则是唱腔音乐即尽发挥其自身个性优势之所长，促补唱词语言表现之所短的具体体现所在。

(二)声韵与旋律的制约与互补

声，即字调四声，韵，即合辙押韵。二者虽然从唱词和念自的语言中集中体现出来，却与唱腔曲调的起伏流动和演员演唱的收声归韵大有关系。所以说，声韵既是腔词结合关系的融合剂，同时也是秦腔音乐产生的基础。现从语音、平仄、韵辙三方面来谈。

1. 语音

秦腔剧种的唱词、念白和唱腔音乐旋律，均以陕西关中语言为基础。关中语在不同时代有着不同的解释。辛亥革命前后，是指尖、团分明的三原、泾阳、高陵一带的语音，这是因为原、泾、高诸地曾是东路秦腔(即同州梆子)繁荣昌盛之地，而中路秦腔又是从同州梆子发展变化而成。清同治(1862年)以后，同州梆子慢慢衰落，中路秦腔渐次兴盛，原同州梆子艺人纷纷转入中路秦腔班社，他们操持的原、高、泾语音，通过演唱和授徒，继续影响着中路秦腔语音。1912年陕西易俗社成立后，有人曾提倡将其作为秦

腔标准语音予以推广。新中国成立后，尽管慢慢在向西安语音靠拢，却一直没有规范化，因此，我们目前所说的关中语音，依然是个较为含混的概念(详见王依群《秦腔语音讲座》下编)。但不论泾、原、高语音，还是西安语音，它们都是尖、团分明和四声有致的：

	普通话：				
		▬	╱	╲╱	╲
调值		55	24	214	51
调类		阴平	阳平	上声	去声
调性		高平	上扬	低降上扬	高降
字例		妈	麻	马	骂

	关中话：				
			╱	╲	▬
调值		21	24	42	55
调类		阴平	阳平	上声	去声
调性		低降	上扬	高降	高平

表中可以看出，关中语的阴声为低降调，阳声为上扬调，上声为高降调，去声为高平调。平仄声归类方面，它同样把阴、阳二声归为平声，上、去二声归为仄声。因此，它与普通话的分声情况差异甚微。字音上，总体看也与普通话十分接近，但个别字音却体现着自己的特点。最明显者莫过于关中话里对"朱、出、书、入"四字的读音，渭南、三原、兴平等大部分地区的人通常被读作"ΖЧ I、С Ч I、S Ч I、〔Ζ〕Ч I"，长安、户县人则读作"Pfu、pfu、fu、vu"，歧山一带人又读作"zhi chi shi fi"，而不读作普通话的"zhu、chu、shu、ru"。另外，关中话里还存在着某些音变现象，如把"宣"读作"suan(酸)"而不读"xuan"，"卒"读作"z6u(走)"而不读"zu"，"低"读作"ji(鸡)"而不读"di"，"肚"读作"dou（豆）"而不读"du"，"秃"则读"tou(偷)"而不读"tu"等等。这些变声字近几十年来虽在向普通话语音靠拢，但在丑角唱念中依然大量贯穿运用。**(择自王依群《秦岭语音讲座》第 72 页)**

2. 平仄

秦腔的唱词，之所以朗朗上口，顿挫分明，富有音乐气韵，原因就在于在它的句式内部始终贯串着平仄声调的对比原则，这也是我国传统民族美学特征在秦腔艺术中的一种具体反映和体现，但更突出的则集中在每句唱词的最末一字的平仄安排上。一般来讲，上句末字必取仄声，下句末字必取平声，这种字调安排，既与我国民间对联体诗歌

"上仄下平"的配置规律一脉相承，也与秦腔唱腔上句落音较高较活，下句落音较低较平的程式格局极相吻合。因而下句平声导致必落于主音，上句仄声又导致落音的灵活变化。请看苦音腔上句落音的变化。

落于"4"　　| i 2 | 2 - | 4 2 7 i | 6 5 | 4 - |
　　　　　　　公案　　半　　片，

落于"5"　　| i 2 i 2 | 2 5 5 | 5 - |
　　　　　　　奇才　能干，

落于"7"　　| 5 0 | i 0 | 2 0 | 7 - |
　　　　　　　明 灯 七 盏，

落于"i"　　| 5 2 i 2 | 2 2 | i - | i |
　　　　　　　草船　借箭，

落于"2"　　| 5 7 | 7 i 2 | 2 |
　　　　　　　用过 舌 战，

选自《祭灯》诸葛亮唱腔　(温警学演唱)

再看欢音腔上句落音的变化：

落于"5"　　| 5·3 | 5 5 | 5 |
　　　　　　　身 遭 大难，

落于"6"　　| 6 3 6 | 6 6 | 6 - |
　　　　　　　如此　肝胆，

落于"i"　　| i 5 | 3 i 6 | i - |
　　　　　　　泪湿　粉 面，

落于"2"　　| 3 3 | 3 0 | 6 5 3 | 2 3 5 3 5 | 2 - |
　　　　　　　有识 有　见，

落于"3"　　| 3 - | 3 - | 6 3 | 3 - | 3 - | 3 - |
　　　　　　　共　　同　　患 难，

选自《游龟山》唱腔

欢音腔中上句落音于"7"者，仅在刘易平所唱《二进宫》《铡美案》中出现过：

1=G

他 都 与 高皇 把业 创，

在 九里 山前 排战 场。

这是一种罕见的旋宫手法，即以"变宫为角"手法，临时转入上五度宫音系统，并以过门间奏加以补充和肯定，及至下句腔"在九里山前排战场"时，又转回原基本宫音系统调。若按新调 1=D 记谱，则成：

创

唱腔正是借助于这种调性色彩变化，把扬波进宫接受权龙保国重任时诚惶诚恐的复杂心理，刻画得十分毕肖深透。

通过以上谱例，可知唱词平仄四声对唱腔落音带来的各种影响，尤其上句末字仄声字调，直接影响到上句落音选择，从而促成了上、下腔句对比呼应的美感，倘不如此、必造成"倒字"现象发生：

唐 主 爷家 心胆 战，

出 下 了着 榜文 招 好 汉。

选自《赶坡》王宝钏唱腔

若按秦腔唱腔下句落音为"5"这一固定程式衡量，其唱词末字应取阴声低平字调为最佳，但上例下句末字"汉"，则属关中语去声高平仄声字，故当其与下句腔落音"5"结合以后，依然被唱成阴声低平字调了，不仅与上句落音"战"字相碰，而且听来似乎是"憨"而不是"汉"。这种唱词字调安排上的舛错，不仅影响到词意的准确表达，

也影响到上、下句之间应有的对比呼应和音乐气韵。

3. 韵辙

秦腔唱词末字的平仄声调，又与韵辙结合一起使用的。所取韵目，依然是北方剧种通用的"十三辙"，即：

发花　　梭坡　　乜斜　　姑夫　　衣期　　怀来　　灰堆　　遥条　　由求

言前　　人辰　　江阳　　中东

需要指出的是，在"衣期"辙中，还包括"er(儿)"、"u(鱼)"二韵，前者本在"十三辙"之外，另立"儿化"韵，此韵秦腔运用较少；后者则与"衣期"辙关系甚远，却在秦腔中时有所用(如《铡美案》包拯所唱"陈千岁"一段唱词即是)，故有人主张将其另立"须遇"一辙。这样，秦腔实际使用的就成为"十五辙"了。此十五辙虽然在秦腔的唱词中广泛采用，但相对而言，以取中东、人辰、言前、江阳等辙口者普遍，大概这与以上四辙语音较广、字韵较多、用来方便、唱来上口等原因不无关系。

韵辙与四声往往是相得益彰的。因此，即使一段唱词的韵脚安排得很好，而平仄四声配置不当，也会削弱其艺术效果。故在安排韵脚时，既要考虑字韵语音的广狭，同时更须顾及四声阴阳的法度。一般规律是，下句平声必入韵，上句仄声不一定入韵，但开首第一个上句仄声必须入韵，其他上句仄声一般也以入韵者居多。

在一段完整的秦腔唱词中，通常多为一韵到底，同时也允许中途换韵，甚至还允许连换数韵。《徐策跑城》徐策所唱唱腔中，就有一个上下句就改换一道韵辙的例证：

你看我这身又轻、步又快，　　　　　　　　　(去声——仄声字——怀来辙)

身轻步快马难追。　　　　　　　　　　　　　(阴声——平声字)

此一番上殿不能和往常比，　　　　　　　　　(上声——仄声字—衣期辙)

看一看谁敢再将我来欺。　　　　　　　　　　(阴声——平声字)

我将将须抖抖衣把城进，　　　　　　　　　　(去声——仄声字——人辰辙)

细想起当年尽在心。　　　　　　　　　　　　(阴声——平声字)

薛刚在阳和把酒戒，　　　　　　　　　　　　(去声——仄声字——怀来辙)

他爹娘寿诞把宴开。　　　　　　　　　　　　(阴声——平商字)

两句一韵，八句四辙，这种频频改辙换韵的手法，必使唱腔立显活跃情致，也在字韵与音韵的互制互补中，使腔词关系得到统一融合。

(三) 腔词语音特色的互制和互补

秦腔剧种之所以能够在西北这块黄土地上深深扎根，并使当地群众为之倾倒醉迷，关键在于它具有极其浓郁的地方特色。所谓地方特色，就是语言特色，其中当然包括文学语言和音乐语言两方面的特色。而文学语言又是音乐语言生发的基础，音乐语言则是文学语言的升华和再造。因此，文学语言便是构成秦腔剧种总体艺术风格和地方特色的关键。这当然不只是它在唱念中采用了方言字调的结果，重要的还在于剧本文学创作的选词用语、腔词结合、行腔韵味乃至撷取当地人文景观、精神气质时就已给音乐气韵以渗透、以影响的结果。而秦腔的地方特色正是从二者结合关系的互制与互补之中得到最完美体现的。

1. 通俗浅显

秦腔唱词的语言，可谓是一种"文而不文，俗而不俗"的语言，既具唐诗七言绝句的风韵，又具民间口头文学的色彩，易记易唱，易听易懂，不僻不俗，雅俗共赏。

> 钓下鱼儿鲜，
>
> 拦在筐内边，
>
> 提篮执竿转回还，
>
> 衣呀哪呀哈，
>
> 去归他家园，
>
> 转回还。

这段唱词虽然经过文人提炼加工，却丝毫不染雕琢凿痕，全然就像日常生活中的歌谣一样，无须细嚼玩味，便可明了它所表述的思想内容。唱词的这种语言特色，必然要求唱调以相应的语言特色加以配唱和表现，从而大大促成了音乐的歌谣性质，使腔词关系来得更为熨帖紧密，互制互补之中完成了形象的创造。

选自《河湾洗衣》田赛花唱腔

(李正敏演唱)

$$\frac{2}{4} \quad \underset{\text{钓}}{\dot{1}} \; \underset{\text{下}}{6} \; \underset{\text{鱼}}{5} \; \underset{\text{儿}}{\dot{1}} \; \underset{\text{鲜}}{\dot{1}} \; | \; 6 \; 5 \; 4 \; 3 \; 2 \; 1 \; | \; 4 \cdot \underset{\text{拦 在}}{4} \; 2 \; 4 \; | \; 5 - | \; 2 \; 4 \; 3 \; 2 \; 5 \; |$$

钓　下　鱼　儿　鲜，　　　拦　在　筐　内　边，　提　篮

$$2 \; 4 \; 2 \; 1 \; 7 \; | \; 4 \; 2 \; 4 \; 2 \; 1 \; 7 \; 6 \; | \; 5 - | \; 5 \; 6 \; 4 \; 3 \; 2 \; 1 \; | \; 5 \; 1 \; 4 \; 3 \; 2 \; 1 \; |$$

执　　竿　转　回　　　还，（衣　呀　哈　哪　呀　哈）

$$4 \quad 7 \quad \underline{1} \mid \overset{\frown}{\underline{5 \quad 6 \quad \underline{4} \quad 3}} \quad \overset{\frown}{\underline{2 \quad \dot{7} \quad \dot{6}}} \mid 5 \quad - \mid \overset{\dot{1}}{\underline{\quad} \overset{\frown}{\dot{4} \quad \dot{6}}} \mid 5 \quad - \mid$$

去归着　他　家　　　　　园，　转　回　还。

词与音乐结合的结果，便是二者融合基础上个性的最大发挥，并在互促互补中，唱词蕴寓的歌谣气息和思想情绪，得到进一步强化，表现得十分鲜明和突出，音乐同样借助于唱词的这些特质，形成一股强烈的地方特色和独有风格，并最终成为这个剧种赖以生存和发展的强大艺术生命力。

> 儿在边关为总领，
>
> 三岳镇压众兵卒。

这两句词出自《辕门斩子》杨延景唱段，结构上具有秦腔唱词的典型性，其文笔完全可以代表今日秦腔唱词的语言特色。尤其从字里行间透发出来的磅礴气势，不仅能让人感到一股巨大的震撼，甚至还能让人从中体察到人物的身份、品格以及讲话时的口吻和情绪。这种寓意，当同音乐结合以后，便会变得更加明确具体。

选自《辕门斩子》杨延景唱腔

(刘易平演唱)

$$\frac{1}{4} \quad 0 \quad \underset{\cdot}{\overset{\frown}{\underline{3}}} \mid \underline{3 \quad 3} \mid \underline{7 \quad 6} \mid 0 \quad \underline{\dot{5} \quad \dot{5}} \mid \overset{\overset{\frown}{6}}{\dot{3}} \mid \dot{2} \quad (\dot{2} \mid \underline{\dot{2} \quad \dot{2} \quad 0} \mid \underline{\dot{3} \quad \dot{2} \quad \dot{3} \quad \dot{2}} \mid$$

　儿　　在　边关　　为总　领，

$$\underline{\dot{1} \quad \dot{3} \quad \dot{2} \quad \dot{3}} \mid \underline{\dot{5} \quad \dot{4} \quad \dot{3} \quad \dot{2}} \mid \underline{\dot{1} \quad \dot{3} \quad \dot{2}} \mid \overset{\frown}{\dot{2}}) \quad \underline{\dot{2} \quad \dot{5}} \mid \underline{\dot{5} \quad \dot{1}} \mid \underline{\dot{2} \quad 7} \mid \underline{7 \quad 0} \mid \overset{\frown}{\underline{2 \quad 6}} \mid \underline{5 \quad 1} \mid \underline{1 \quad 0} \mid$$

　　　　　　山　　岳　镇压　　众兵　卒。

秦腔唱词还特别注重从当地流行的民间故事、寓言、谚语、比喻、俚语、方言以及人们惯说的口头禅中吸收典故和语汇。吸收寓言的例证如《杀庙》中秦香莲的唱词：

> 母子们好比失群雁，
>
> 忽然想起亭一端：
>
> 昔日里孤雁心烦乱，
>
> 一心要奔极乐天。
>
> 整飞了七天并七晓，

两膀无力落沙滩。

落在沙滩遇恶犬，

弱肉强食树林间。

早知晓命丧恶犬口，

悔不该远路把佛参。

我和孤雁一般样，

也不该上京找夫男。

　　至于把比喻、俚语、谚语提炼入词的例证，可以说俯拾即是。如《屈原》中"睁眼望尽都是蛇蝎豺狼"、《打銮驾》中"头戴黑，身穿黑，浑身上下一锭墨"、《看女》中"正行走来驴捣蛋"、《杀狗》中"软饼儿又嫌硬巴巴"、《柜中缘》中"哥哥口里要胡拌"，以及《红梅岭》中"山歌子好比一支箭——射的端，放牛娃儿唱上天——到处传"等等皆是。这些方言俚语，既是当地人们惯说的口头禅，又是外地观众可懂的生活词汇。它们都是从大量吸收本地生活语言的角度提炼入戏的，既通俗浅显，又寓意深刻，既加强了唱词的生动性和形象性，又同咬文嚼字的唱词文风形成鲜明对照，从而大大突出了秦腔剧种的语言特色和地域性风格。

　　2. 易于上口

　　秦腔唱词之所以朗朗上口、铿锵有声，除语言通俗浅显、自然流畅外，还十分讲究修词造句的调声协律。上下句之间，平仄四声对比强烈，字与字之间，抑扬顿挫错落有致，从而突出了节奏，突出了音韵。

　　秦腔唱词易于上口的另一个原因还在于它的语句言简意赅、自然流畅，可听性较强。可以说张口即吐，顺流而下，言闻意达，悦耳生神。比如：

老娘不必泪纷纷，

听儿把话说原因。

既唱出角色对母亲的劝慰，又引出自己满腹的心酸；

黄风吹动长江浪，

黄鹤楼上有埋藏。

既隐藏着吴蜀两家突变的政治风云，又揭示出东吴少帅周瑜的勃勃杀机……这些唱词，不仅十分口语化，还非常性格化，自然，唱来铿锵有声，一经入耳，便可明了其含义，易记易学，也易上口。

3. 富有气韵

秦腔唱词尽管通俗浅显，易于上口，但它毕竟不是民间口头文学，更不是生活中随口脱出的大白话，而是由剧作者创作出来的专为"合乐歌唱"的抒情诗和叙事诗，尽管它不及宋词元曲那样深奥雕琢，声律上也没有唐诗那么严谨，但在章法、修辞、音韵等方面，却有自己的一套程式和讲究，这种讲究除体现在章法和韵辙诸方面外，主要集中体现在唱词语言的音乐气韵上。因为，唱词是和音乐分不开的，唱腔是音乐语言的最高形式，是语言音乐化的最高表现，如果唱词本身没有音乐气韵，即使它勉强押韵，听来也是干涩无味，缺少真情实感，唱来难免聱牙生棘，拗口拗舌，演员当然更是无法唱出深沉的韵味来。因此，唱词的语言，应该说是音乐的语言，而且比之于其他戏曲语言要更精炼、更集中、更诗化、更富写意性。比如任哲中在《周仁回府》一剧所唱周仁的四句唱词：

> 这半晌把人的肝胆裂碎，
>
> 莫奈何强装下和颜悦色。
>
> 多情爱好夫妻休想再会，
>
> 但不知她怎样应付那贼。

无疑这是个通俗浅显、易于上口的词段，然而却处处弥漫古典诗词的风采和浓厚的音乐气韵。因此，当它同唱调音乐结合以后，不仅给演员提供了即尽发挥和创造的余地，而且还很自然地将其同自己所掌握的各种演唱技巧有机结合起来，如"情""怎"等字上的鼻音巧施，"奈""想"等字上的脑后音共鸣，加上选用了亮度较宽的"灰堆"辙口，使演员独特的"云遮月"嗓音得以施展发挥，并在词、曲、声、韵的融合中，显现出强烈的地方特色，成为西北地区无人不学、无人不唱的著名流派唱段之一。

二、字正与腔圆的关系

秦腔的"字正"与"腔圆"，和其他戏曲一样，也是处处充满对立与统一的矛盾。二者结合的关系，可谓法度与变通共存，解决矛盾的方法，则是艺术与技术并施。通过艺术与技术手段获玻"字正腔圆"的具体作法，将从下面谱例分析中，可以从中寻绎出它的一些规律。现从以下五个方面来谈。

（一）字多声少唱腔的腔字矛盾处理规律

秦腔的唱念，是以关中话"阴声低降、阳声高扬、上声高降、去声高平"这一总的四声字调规律来进行的，这种四声字调的升降趋势，在秦腔唱腔的腔词结合关系中，必

然会给板式唱调的音乐旋律带来深远影响，而且往往通过唱调顺从于字调来达到"声腔文字谐合"的目的，即艺人常所说的"依字行腔"或"倚字寻声"。在技术手段的处理上，较多则是以极短的时值，附加的倚音，并在一瞬之间促使字音与周围诸音形成相应的高低对比来实现的。这在字多声少的〔紧二六〕、〔紧双锤〕以及〔滚板〕等板式唱腔中尤显突出。尽管用音不大显眼，却对字与腔的统一谐合非常重要，原因就在于这类板式唱腔，大多为朗诵的性质，字与腔的结合相当密集，旋律性也均不太强，字为主，声为辅，因此，板式唱调如何准确体现唱词字调就显得十分重要了。

选自《斩单童》单童唱腔

(田德年演唱)

这是一个苦音〔紧双锤〕唱腔片断，音域较窄，字多腔简，唱腔旋律基本作"字转腔随"的进行，但充满着呈述语势和一股豪情，很好地抒发出单童在行刑前威武不屈、临死不惧的英雄气概和藐视变节的浩然正气。

唱腔中的"之""间"等字，均属关中话"阴声低降"字调，故被置于较低音位；"童""为""人"等字，属关中话"阳声高扬"字调，吐字前均加了由低而高的高扬倚音，"我""短""处"等字，属关中语"上声高降"字调，同样附加了下滑倚音；而"道""事""在""奈"诸字，则属关中话"去声高平"字调，其音位较周围各音均显高平而突出。正是通过这样的技术处理，尽管它字密腔急，却清晰可辨。因此，达到了表意准确，旋律流畅，字正腔圆。

这类唱腔，多是一字一音，演唱吐字比较讲究喷口、力度和棱角，也就是重字而不重音，秦腔演员称这种唱法为"以字夺声"，这也是字多声少唱腔在腔词结合关系上的一个特点。

(二) 字少声多唱腔的腔字矛盾处理规律

所谓"字少声多"，是指唱词在旋律中比较稀疏，而且每个字所占拍位较多，并常以拖腔加以美化的板式唱调。如〔慢板〕、〔慢二六〕、〔慢带板〕、〔慢尖板〕等。这就形成它的旋律华丽悠扬、重修饰、长抒情的特点，同时也决定了在处理腔字结合关系的技术手段也有别于前者：无论是附加倚音，还是借助于拖腔来求得"字正"与"腔圆"的矛盾统一，只要在出字时能够体现出字调趋势，或者在收声时扳正字音便可。至于出字后如何加用拖腔，则不受字调的限制(仅在一定范围内有收声归韵的要求)。因此，板式唱调的旋律在传统格局内可长可短，尽可纵横驰骋，上下翻飞。

选自《三休樊梨花》樊梨花唱腔

(苏蕊娥演唱)

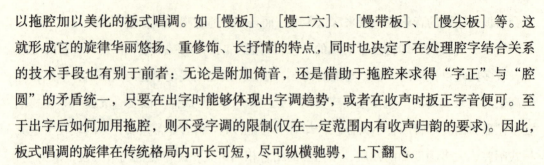

对每一个唱字几乎都作了修饰和美化，也使整个唱腔显得分外旖旎而抒情。

唱腔中的"晨""别""台""成"等字，均属关中话"阳声高扬"字调，故以上扬倚音或装饰性经过音呈现出高扬趋势；"起""巧"二字，属关中语"上声高降"字词，同样谱以下行装饰音和下行符点音来体现高降；而"样"字则属关中话"去声高平"字调，故置于相对较为高平的音位，从而使腔词的结合关系，达到了"字正腔圆"。

需要说明的是："清""妆"二字本属关中话"阴声低降"的字调，却为它们谱上高降的旋律，结果变成"上声高降"字调了，这种现象我们不妨将它称作"上出阴收"(即上声出字，阴声收声)，因为，这种处理法一般多在"收声归韵"处"正字"，并同下面的"晨""台""样"衔接时完成字声对比的，故也可称作"先倒后正"，本属"字少而声多"板式唱调中腔字处理的正格，所以，不算"倒字"；另外，"起""妆"

"台"等字之后所加的拖腔，本是秦腔剧种慢板唱腔固有的程式性旋律，在渲染感情方面起着重要作用，也不受任何字调的制约，因此，它在自己的板位内尽可任其流动。还有，大凡这类板式唱腔中唱字上的旋律，不论所占拍数多少，演唱吐字一般都比较轻柔，讲究"反切"，也不太显圭棱。"以音正字"的过程比较长，有时在出字时正字，有时在拖腔归韵时方完成正字，这也是同"字多声少"类板式唱腔在技术处理腔字矛盾方面的不同所在。

（三）不发生音变的腔字矛盾处理规律

秦腔唱词的字调，虽然按照关中话中阴声低降、阳声高扬、上声高降、去声高平这一总的四声字调规律来处理，但这只是指单字的四声字调而言，当它们一旦组成词汇以后，便会出现两种可能：一种是不发生音变现象，在词汇中依然继续保持自己原来所属的字调不变；一种是发生音变现象，就是说，它在词汇中，将改变自己原来所属字调，而变读为另一种字调。下面先将不发生音变的腔字矛盾处理规律，分别从阴、阳、上、去四个声调方面加以说明：

1. 阴声字调与其他字调相合时腔字矛盾处理

关中话中的阴声字如八、修、东、兵、屈、角等，皆属低降字调。在秦腔唱腔的腔词结合关系中，只要不是两个不同或相同的阴声字相合构成词汇，而是同任何其他字调的字相合，也不论这个阴声字在前还是在后，均按其原来所属低降字调(在唱腔中一般处理为低平)被安排在较低音位，而且也不影响另一字原来所属字调。通常有以下六种情况。

（1）阴阳相合，阴低阳挑

选自《斩李广》李广唱腔

(袁克勤演唱)

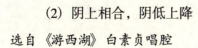

"听"属"阴声低降"，其音位较周围各音处理得均低，"言"属"阳声高扬"，所谱旋律呈上扬趋势。

（2）阴上相合，阴低上降

选自《游西湖》白素贞唱腔

(马友仙演唱)

曲中的"山水"二字，"山"为阴声，音呈低降，"水"为上声，音呈高降。

(3) 阴去相合，阴低去高

选自《铡美案》包拯唱腔

(田德年演唱)

你 那日 闻言 心 生 气，

"生气"二字，"生"为阴声低降，"气"为去声高平。

(4) 阳阴相合，阳挑阴低

选自《打柴劝弟》陈勋唱腔

(苏育民演唱)

又 只见 红日 西 转，

"红日"二字，"红"为阳声高挑，"日"为阴声低呈。

(5) 上阴相合，上降阴低

选自《藏舟》胡凤莲唱腔

(肖若兰演唱)

小 舟内 难 坏了 胡氏 凤莲

"小舟"二字，"小"为上声高降，"舟"系阴声低落。

（6）去阴相合，高阴低

选自《斩李广》李广唱腔

(袁克勤演唱)

1	1 5̇ 2̇	2̇ 6̇	6 4	1 5̇	5̇ 6̇	6
议	事 厅	摆	下 贺	功	酒，	

"贺功"二字，"贺"为去声高平，"功"系阴声低降。

2. 阳声字调与其他字调相合的腔字矛盾处理

关中话中，阳声字为高扬字调，如"娘""还""行""虫""曹""门"等皆是。在腔词结合关系中，只要不是完全相同的两个阳声字相合并构成名词，其他无论与何种字调的字相合，也不论它是在前还是在后，当与唱腔旋律结合时，均按原来所属字调均呈高扬趋势，而且也不影响另一个字的原有字调。较常见的相合形式有七种，其中阳阴、阴阳相合的处理规律前面已作介绍，下面仅举其余五种：

（1）阳阳相合，前后同挑

选自《辕门斩子》杨延景唱腔

(刘易平演唱)

0 5 4	2 5	5 5	5̇ 5̇	2 5 7	1	5̇
打	一 仗	败	回 营	立 惹	祸	灾。

"回营"二字，同系阳声字调，当与唱腔旋律结合时，均配以上行倚音以"正字"。

（2）阳上相合，阳挑上降

选自《祭灵》刘备唱腔

(刘毓中演唱)

2 5 6 4	2 2 1 6	5 -
白 马		

"白马"二字，"白"属阳声高扬，"马"属上声高降。

（3）阳去相合，阳挑去高

选自《胭脂》吴南岱唱腔

(刘茹慧演唱)

$$3\ 5\ |\ 5\ 5\ 3\ |\ 3\ 1\ 6\ |\ 5\ 3\ 5|$$

难　　怪那　　秀才　　们

"难怪"二字，"难"属阳声高挑，"怪"属去声高平。

(4) 去阳相合，去高阳挑

选自《辕门斩子》杨延景唱腔

(刘易平演唱)

$$2\quad 1\ -\ 6\ 5\ 2\ -\ 5\ -\ 6\ 5\ -\ |\!|$$

并　来。　　　　　　　　　　　(安)

"并来"二字，"并"属去声高平，"来"属阳声高挑。

(5) 上阳相合，上降阳挑

选自《藏舟》胡凤莲唱腔

(肖若兰演唱)

$$1\ 6\ |\ 5\ 1\ 7\ |\ 7\ 1\ |\ 1\ 5\ |\ 5\ 4\ 2\ 1\ |$$

女　孩　儿　拉　少　年

"女孩"二字，"女"属上声高降，"孩"属阳声高挑。

3. 上声字调与其他字调相合的腔字矛盾处理

关中话中的上声字为高降字调，如"马""打""假""等""短""水""陕"等字皆是。在腔词结合关系中，只要不是两个上声字或两个完全相同的上声字相合，其他不论与何种字调的字组成词汇，也不论它在这个词汇中的位置在前还是在后，当与唱腔旋律结合时，均按所属字调音乐呈高降趋势，而且也不影响另一个字的原来字调。较常见的相合形式有六种，其中上阴相合、上阳相合，阴上相合、阳上相合四种腔字矛盾处理规律前面已作介绍，下面仅将其余二种以例说明：

(1) 上去相合，上降去高

选自《藏舟》胡凤莲唱腔

(肖若兰演唱)

$$5 \quad - \quad \dot{1} \quad 4 \quad 5 \quad - \quad \underline{5 \ 2} \quad \underline{1 \ 2} \quad \underline{1 \ 2} \quad \underline{\dot{7} \ 6} \quad \dot{5} \quad 2 \quad - \quad 1 \quad - \quad \overset{\frown}{5} \quad -$$

我　　仔　细　观　　　　　　　　　　　看，

"仔细"二字，"仔"属上声高降，"细"属去声高平。

(2) 去上相合，去高上降

选自《放饭》朱春登唱腔

(乔新贤演唱)

$$\underline{2 \ 5} \quad \underline{5 \ 4} \quad \underline{2 \ 6} \quad \dot{5} \cdot \quad (\underline{1 \ 2} \quad \underline{5 \ 1 \ 2} \quad | \quad \dot{5}) \quad \underline{5 \ 5} \quad \underline{2 \ 1} \quad \underline{6 \ \dot{5}} \quad | \quad 4 \quad -$$

越　　律　　　　　　　　造　反，

"造反"二字，"造"属去声高平，"反"属上声高降。

4. 去声孚调与其他字调相合的腔字矛盾处理

关中话中的去声字为高平字调，如"望""上""骂""事""过""跪""对"等字皆是，在腔词结合关系中，如果不是两个完全相同的去声字构成特定的名词，其他不论它与任何字调的字相合，也不论它在词中的位置在前在后，甚至不论任何两个相同的去声字相合构成动词或形容词，其唱腔旋律均按字调呈高平趋势，而且也不会给另一个字的原有字调带来影响。在唱腔中，较常见的相合形式有七种，其中阴去、阳去、上去、去上、去阳、去阴等相合形式在腔词结合关系中的字调处理规律前面已作介绍，下面仅将两个去声相合时腔词处理关系分作两种类型以例说明。

(1) 不同二字的去去相合，前后均为高平

选自《放饭》朱春登唱腔

(乔新贤演唱)

$$0 \quad \underline{5 \ 3} \quad | \quad \underline{2 \ 5} \quad 5 \quad | \quad 0 \quad \overset{2}{\underline{5}} \quad | \quad \underline{5 \ 6} \quad 5 \quad | \quad \underline{5 \ 5} \quad | \quad \overset{5}{\underline{6 \ \dot{5}}} \quad | \quad 5$$

领　　王　旨　　回　　家　来　祭　奠　祖　先

"祭奠"二字，系由不同的两个去声字构成词汇，在腔词结合关系上，同样体现着高平字调特点。

（2）相同二字的去去相合，前后均为高平

前提是不构成特定名词，只是数词、动词或形容词，如"事事""件件""万万""闹闹"等等，音乐处理上则均呈高平音调。如：

选自《八件衣》包拯唱腔

(徐金堂演唱)

例中"万万"，虽系相同的两个上声字组成的词汇，但均不属于特定名词，故在腔词的结合关系中，均被置于高平音位，并以同音唱出。

（四）发生音变的腔字矛盾处理规律

秦腔的唱词，虽然是可供合乐歌唱的诗词，同时又是生活语言基础上的净化和升华，而生活语言中大量存在的某些音变现象，必然也会反映到秦腔唱腔的腔词结合关系中来，我们把这种音变现象归纳为五种类型，并通过谱例分析，来看看它们在腔词结合关系中的矛盾处理规律。

1. 阴声字调音变与腔字矛盾处理

阴声字调的音变现象，仅限于由两个阴声字相合构成一个词汇之中，其基本规律为：

（1）不同的两个阴声字相合，前阴变阳，后阴不变

选自《藏舟》田玉川唱腔

(张新华演唱)

例中"心酸"二字，单读皆系阴声低降字调，构成词汇，前阴变阳，"心"呈高扬趋势，后阴不变，"酸"字仍保持低降字调而被置于较低音位。

（2）相同的两个阴声字相合，前阴微降，后阴低平

倘若构成名词时，生活语言中为前阴重读，后阴轻读，腔词结合关系中，通常被处理为前阴微降，后阴低平：

选自《珍珠衫》周兰英唱腔
(王晓玲演唱)

老 爹 爹 莫 上 气

　　例中"爹爹"二字，本系相同的两个阴声字构成的名词，在腔词结合关系中，前阴微降，并多以二度音程表示(如任哲中在《悔路》中所唱"盼哥哥"的"哥哥"二字亦是如此)，后阴低平。说明这种音变现象只不过仅仅将前后两个阴声字略加区别，旨在更清晰地送字送音而已。

　　2. 阳声字调音变与腔字矛盾处理

　　秦腔唱词中阳声字调的音变现象，仅出现在由完全相同的两个阳声字相合构成的名词或形容词中，如"婆婆""娘娘""淋淋"等皆是，在腔词结合关系中，其处理的规律为：前阳不变，后阳变阴。下面仅举一例说明。

选自《二进宫》杨波唱腔
(刘易平演唱)

肖 何 相 吕娘 娘，

　　曲中"娘娘"二字，前面"娘"字，按"前阳不变"原则仍保持高扬字调，后"娘"则按"后阳变阴"而呈低降趋势。

　　3. 上声字调音变与腔字矛盾处理

　　秦腔唱词中，上声字调的音变现象，则与阴声字调音变规律大致相仿，只有当"上上相合"时，才会出现"后上不变"、"前上变阴"的音变现象。如"猛虎""美酒""母子""怒火"等词汇，二字单读，皆系上声高降字调，二字连读，则后上不变，前上变阴，在腔词结合关系中，同样按此规律处理。如：

选自《三滴血》贾莲香唱腔

305

(全巧民演唱)

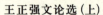

2 5	5 1	5 1 3	2 1	2 2 5	1 -
谁	料 猛 虎		出 崖		

例中"猛虎"二字,前字"猛"以"变上为阴"的规律处理成低平调,后字"虎"则以"后上不变"的原则仍保持高降趋势。

4. 去声字调音变与腔字矛盾处理

秦腔唱词中,去声字调的音变现象,仅发生在完全相同的两个去声字相合构成特定名词之中,如"舅舅"等词,在腔词结合关系中,处理规律为"去去相合,前去不变,后去变阴":

选自《二堂舍子》刘彦昌唱腔

(温警学演唱)

2	5 · 1	2 5 5 6	5 -	2 -	5 2	1 -	1
你	舅 舅	杨 戬	火	性	旺,		

另外,还有由完全相同的三个去声字相合构成助词的音变现象,如"罢罢罢""是是是"等,在腔词结合关系中,处理的规律为:三去相合,前后不变,中去变阴。

选自《三娘教子》王春娥唱腔

(王玉琴演唱)

0 4	2 4	4 3	2 7	7 1	1 2	5
罢 罢 罢	念	起	薛	郎	面,	

5. 字同义不同音变与腔字矛盾处理

秦腔唱词中,还存在一种本系同一个字,但由于释义不同或出现的场合不同而引起的音变现象,在腔词结合关系中,旋律也随其释义和场合的不同给予区别处理,较常见的有如下两种类型:

(1) 字调变字音不变

字的调值起了变化,而仍保持原来的读音不变。如"担"字,若作为名词来用,像"桶担"的"担""重担"的"担"等,仍保持原来所属"去声高平"字调,在腔词结合关系中，仍将其置于高平音位。

选自《火焰驹》李彦贵唱腔
(陈妙华演唱)

$\overset{\frown}{\underset{\cdot}{1}} \cdot \underset{\cdot}{6}\quad \underset{\cdot}{6}\quad \overset{\frown}{\underset{\cdot}{5}\quad 4} \mid \underset{\cdot}{5}\quad 0\quad \overset{\frown}{5\quad 4}\quad 5 \mid 1 \quad -$
挑　　起　　　　　桶　　　担，

　　　如果作为动词来用，如"承担""身担"之"担"，在腔词结合关系中，则按"阴声低降"字调处理。即使名词之"担"和动词之"担"同时出现在一句唱词之中，其腔词结合的关系，仍以上述音变规律处理。

选自《河湾洗衣》田赛花唱腔
(李正敏演唱)

$\overset{\frown}{2 \cdot 5} \mid \underset{\cdot}{7} \mid \overset{\frown}{5 \cdot \underset{\cdot}{2}} \mid 5 \mid \overset{\frown}{5\quad 4} \mid \overset{\frown}{5\quad 4} \mid 0\quad \overset{\frown}{4\quad 3} \mid \overset{\frown}{2}\quad \underset{\cdot}{1}\quad \underset{\cdot}{7} \mid$
身　　担　　重　　担　去　奔　大　街　　啊　把

　　　有些字的释义虽然基本相同，但由于它在唱词中所处字位不同，其音变规律也不相同。如"转"，本系"去声高平"字调，构成动词后，若字位在前，在腔词结合关系中，则按"上声高降"字调处理。

选自《祭灯》诸葛亮唱腔
(温警学演唱)

$5 \mid \overset{\frown}{5\quad 4} \mid \overset{6}{\varsigma}\overset{\frown}{4\quad 2}\quad 5 \mid \overset{\frown}{2\quad 1} \mid \overset{\frown}{2\quad 1} \mid \overset{\cdot}{7}\overset{4}{\varsigma}\underset{\cdot}{6} \mid 5\quad -$
后　　帐　里　转　来　　了　　诸　葛　　孔　明，

　　　字位在后，则按"去声高平"字调处理。

选自《斩单童》单童唱段
(田德年演唱)

$\underset{\cdot}{2} \mid \overset{\frown}{\underset{\cdot}{2}\quad \underset{\cdot}{7}} \mid \underset{\cdot}{7} \mid \overset{\frown}{\underset{\cdot}{7}\quad \underset{\cdot}{2}} \mid \overset{\frown}{\underset{\cdot}{2}\quad \underset{\cdot}{7}} \mid \overset{1}{\varsigma}\underset{\cdot}{2} \mid \overset{\frown}{\underset{\cdot}{2}\quad \underset{\cdot}{7}} \mid \overset{\frown}{\underset{\cdot}{7}\quad \underset{\cdot}{7}\quad 1} \mid 2$
徐　　三　哥　不　　得　时　大　街　游　转，

　　　类似音变现象，在秦腔唱腔中极为普遍，这里不再一一举例说明。

（2）字调变字音也变

有些字由于用法或出现的场合不同，不仅它的四声调值变了，字音也可能产生变化。如"某"字，在戏中常作为代名词"我"的释义来用，但在秦腔唱腔中，凡出于生行之口，才保持其原来所属读音"mu(母)"和"上声高降"字调。如《古城会》关羽所唱"将某围困在土山"即是。

如果出于净角之口，特别是二花脸角色之日，不仅字调变为"阳声高扬"，字音也由"mu(母)"变读为"mao(毛)"。如《斩单童》单童所唱。敬德擒某某不怪"即是。

（五）字调与腔型的矛盾处理规律

秦腔的板式唱调，都有它相对稳定的基本腔型，尤其在拖腔、终止、板眼、字位、旋法等方面，比较突出。因此，在腔词结合关系中，即使力求"字正"，也不能轻易破坏其基本腔型，否则，便会影响到"腔圆"。但它也有相互变通的灵活性与规律性，大体表现在以下五个方面：

1. 依腔就字

就是说，不论唱词所属四声字调如何，必须按照板式唱调的传统规范腔型程式去唱，不能因单独追求"字正"而去随意改变传统腔型。我们不妨把这种"腔圆字不正"的现象，称作"依腔就字"。它在"字多声少"板式唱调的下句终止型中常见。因为，秦腔唱腔下句腔的终止音要求必须落在调式主音"5"上，这就促成下句唱词内最后一字，不管属何种字调，均要按此音唱出，也即以"阴声低降"(多为"阴声低平")处理。如：

选自《斩单童》单童唱腔

（田德年演唱）

0 5	5 2	3 2	3	2 7	7 1	5
弟	领 你	去 拜	寿	历 城	县	前。

例中末字"前"本属"阳声高扬"字调，但因传统板式唱调的终止型程式关系，所以，依腔就字于较为低平的音位。

从腔词结合的关系讲，应该说属于"倒字"，但系秦腔下句腔的正格落字方法，故允许存在。

2. 改腔保字

即在不损害传统腔型的前提下，根据唱词字义与表述的内容，对唱腔旋律作适当调整和改动，使其腔词结合关系，既能准确体现唱腔所属字调，又能准确表达唱词抒发的感情，进而达到"字正"与"腔圆"的谐合统一。这种手法在秦腔中的运用极为普遍。最明显的莫过于同一板式众多腔段联套演唱时音乐旋律产生不同变化上。此类例证极多，这里不再列谱说明。

3. 移字保腔

为了既能保持板式唱调的基本腔型不变，又使腔词结合关系更加统一谐合，有时还往往采取对唱词某一字位移动的变通处理，来避免"倒字"现象的发生，即为"移字保腔"。

选自《庚娘杀仇》尤庚娘唱腔

(刘棣华演唱)

依传统安字程式，"送"应安在该小节第二拍眼位较合规范，但这必将导致本属"去声高平"的字调变为"上声高降"而形成"倒字"。故此处便将"送"字有意前移于第一拍板位"消眦"的技术处理，同"去声高平"字调的"断"字在同一板位相连唱出，从而既正了字，又保了腔。

4. 先正后倒

这同样是一种既能保住板式唱润的终止腔型，又能避免"倒字"现象发生的一种技术处理方法。如果在下句腔的结束处，遇到"去声高平""上声高降""阳声高扬"的字时，并在唱腔有一定回旋余地的前提下，使其腔字结合关系既能顺畅地落在结束音"5"上，又能准确体现出所属的字调，往往就需要以"先正后倒"的方法来先正字，后落音。如：

选自《龙江颂》江水英唱腔

(崔慧芳演唱)

"延"字本属"阳声高扬"字调，若直接落于结束音"5"，必然"变阳为阴"形成

"倒字"。这里，则通过前面节奏、腔幅、字位等一系列手段的技术处理，进行了铺垫，使"延"字在眼位上配以上行小腔以体现出"阳声高扬"的字调，然后再落在结束音"5"，即为"先正后倒"。

5. 先倒后正

当板式唱调的程式腔型或旋律音型，不允许按唱词所属字调先"正字"时，则先按其他字调吐字，然后在归韵收声时"正字"，即为"先倒后正"，它在〔慢板〕、〔慢二六〕板式中常见。

选自《吃鱼》简仁同唱腔

（靖正恭演唱）

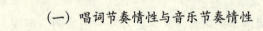

"食"系"阳声高扬"字调，但此处的腔型程式却要求旋律必须继续下行跌落，这就造成该字"变阳为上"而"倒字"，如果再同前字"美"（上声高降）相合的情况看，同样违背了"上阳相合，前降后挑"这一基本规律，无疑它促成了"倒字"。但在收声归韵之处，其所配旋律又呈"5—1—2"的上扬趋势，从而又使"食"字的腔词结合关系变"倒"为"正"了。这种"先倒后正"的技术处理方法，我们也可称作"上出阳收"。

秦腔的"字正"与"腔圆"，是个极其复杂的艺术现象，既离不开技术手段的谐调，又离不开艺术手段的创造。而在实践中，往往表现出既有格律，又很灵活，甚至有时让达意，也对秦腔音乐工作者提高旋律写作技巧等，均具有重要的参考和实用价值。

三、词情与曲情的关系

词有词情，曲有曲情，二者虽非一体，却能互补互促，相融相合。当然，要把它们合二而一，必然会有二者共性的统一和个性的对立。因为，前者抒写情性的手段是语言词汇，后者渲染情性的手段则是音响旋律。而二者的统一结合，表面看，似乎是唱词语言节奏与唱调音乐节奏、唱词语言声调与唱腔旋律音调的调适得以实现的，其实质，则是唱调旋律通过其特殊表现法式和表情功能的极尽发挥，也即"字正腔圆"基础上的"声情并茂"来深掘唱词含意的。因此，我们也就只能从唱词节奏与音乐节奏、唱词字调情性与音乐旋律情性的统一融合和互补互促来谈。

（一）唱词节奏情性与音乐节奏情性

秦腔唱腔词格与腔格的关系，实际上就是节奏意义上的和种关系。但是，节奏的意义并非仅仅限于句式的长短、字数的多少，或者腔节的划分、演唱的快慢这一种概念上。更主要的则是隐含在词曲共同所抒写的感情和所表现人物复杂的内心变化这一心态节奏方面。比方说，人物的喜怒与哀乐、紧张与松弛、温柔与粗暴、亲近与仇视等等，可以说都是唱词语言节奏行为的一种具体体现，只不过前者表露，后者内涵罢了。而唱腔音乐中所体现的长与短、快与慢、强与弱、亮与暗、高与低等等，同样是节奏意义的具体反映，并且颇大程度上又是从如上两种语言节奏中生发而来的，甚至较语言节奏来得更为丰富、更为夸张、更为具体。这也正是词情与曲情能够统一融合的基础，同时也是它们能够共同创造艺术形象的基础。因此，我们能够从大量的艺术实践中尽可发现，秦腔的唱腔音乐不仅仅从腔段、腔节、乐汇、乐逗诸方面，极力与唱词体式、音节顿挫求得吻合，同时还充分地调动了自身的特殊表现功能，从节奏的意义上对唱词所描写对象的感情心态以及复杂的心理变化，给予了更深刻、更细致的开掘和渲染。请看下例：

选自《打镇台》王震唱腔

(温警学演唱)

311

曲中的词，是个十字句式，含四个词节，所配的曲，同样按唱词分逗，形成四个腔节(谱中括号所示)，使得唱腔音乐和唱词语言在节奏上得到同步吻合。所以，唱来顺口，听来自然。但是，在这种词曲节奏的统一结合中，音乐的节奏往往表现得更为深沉活跃并富有创造性。音乐节奏意义上的这种独特表现方式，在戏曲中又是通过以节奏对比十分强烈的各类板式之间的板眼变化形式体现出来的，并通过音的长短和力的强弱等对比关系，构成徐缓抒情、中庸呈述、快速急紧的〔慢板〕、〔二六板〕、〔双锤〕等各种板类，这些板类的产生，实际上就是音乐突出其节奏特征的结果。正因此，我们从上例中可以看到，二者在扣准表形节奏的同时，那音乐的旋律线，在特定节奏型的制约下，又从总体上对唱词所描述的事件和抒发的感情所给予的深刻渲染和细腻刻画。诸如对每一个字所作的修饰美化、腔节与腔节之间所加插的华丽过门，每一词组之后缀以迤逦的拖腔等等，正是音乐的节奏因素在这里充分的施展和发挥，这样的词曲结合，当然不是简单的混合，面是相互辅佐、相互补充、相互诱发，并促使二者共同升华的一种高度艺术创造。

　　音乐节奏还特别擅长于表现人物之间的性格冲突和心理冲突，尤其当双方的戏剧情绪都处于激动、愤怒状态下进行辩理甚至对骂时，节奏的戏剧地位，就被大大地凸显了出来。《铡美案》里公主和包拯有一段对唱，就很能说明这一问题：

选自《铡美案》公主、包拯对唱

(周辅国、邰桂芳演唱)

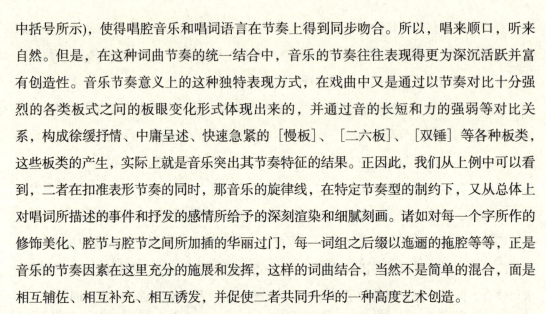

也将戏剧气氛推向紧张激烈的高潮。节奏的这种戏剧作用，既来自唱词所描述的事件本身，也来自音乐独有的特殊表现功能。

　　在唱腔的词曲结合关系中，音乐节奏并不仅仅以屈从唱词结构和语言顿逗为满足，而是充分调动其自身的情性特质，尽力借助于自身的发展变化，将唱词抒写的平面文学

形象，变为具体的、立体的感情形象，也就是表现人物心理节奏的繁复变化这一基点之上。

（二）唱词字调情性与音乐旋律情性

在秦腔的唱腔里，唱词语言声调所遵循的陕西关中语音，"阴声降低，阳声上扬，上声高降、去声高平"这一四声规范，给唱腔音调的深远影响，首先处处制约着唱腔旋律的进行趋势，请看下例：

选自《金沙滩》杨继业唱腔
(袁克勤演唱)

$$\widehat{\underline{4\ 2}}\ \widehat{\underline{1\ 6}}\ |\ 0\ 5\ \widehat{\underline{1\ 2}}\ \underline{1\ \dot{6}}\ |\ 5\ -$$
五　台山　　庙堂

如果把上例每一个字的语言声调，同各自所配旋律音调联系起来，并与陕西关中话四声调值规律作番比较，即可得知：

"五"属"上声高降"，配以　　$\underline{4\ 2}$

"台"属"阳声高扬"，配以　　1

"山"属"阴声低降"，配以　　$\dot{6}$

"庙"属"去声高平"，配以　　5

"堂"属"阳声高扬"，配以　　$\underline{1\ 2}$

很显然，唱词语言声调和唱腔旋律音调，在这里已经达到极其完美的统一。这样的词曲结合，无疑将会收到表意正、声调正的艺术效果，也即戏曲演员经常所强调的"字正"。倘不如此，就会造成"倒字"。"倒字"不仅影响听众无法准确所清你昕歌唱的内容和唱词所表述的含义，甚至还会使人们产生莫大误解。请看下例：

选自《赶坡》王宝钏唱腔

$$\dot{\underline{7}}\ |\ \dot{7}\ \dot{1}\ |\ \underline{6\ 5}\ \underline{4\ 3}\ |\ \overset{\frown}{2}\ \dot{1}\ |\ \underline{5\ 6}\ \underline{4\ 2}\ \underline{5}\ |$$
走　上　前　来　　拿　礼

$$\underline{5}\ \underline{2\ 1}\ \underline{2}\ |\ \underline{1\ 7}\ \underline{6\ 5}\ |\ \underline{2\ 5}\ \underline{1\ 5}\ |\ 4\ -$$
见

例中的"前"字，本属关中话"阳声高扬"字调，却配以由高而低的旋律进行，让

人听了误以为是"天"(阴声低降)而不是"前"，"礼"属关中话"上声高降"字调，这里却给它配以尾音上扬的旋律进行，结果又让人误以为是"梨"(阳声高扬)而不是"礼"，从而导致了词意表达上的含混，让人很难弄清究竟是"走上前来拿礼见"，还是"走上天来拿梨见"。倘若唱腔旋律音调能够注意到同唱词语言声调的统一与谐合，进行"依字寻声"，唱成：

选自《赶坡》王宝钏唱腔

这样，"倒字"现象将迎刃而解，唱词所表达的含义也会十分清楚地送入观众耳鼓。

"字正"固然重要，但从唱腔通过词曲结合关系共同创造鲜活的音乐形象(实则是感情渲染)的角度讲，更为关键的则是"腔圆"。因为，"字正"不过是求得"声腔文字谐合"的技术性手段，而"腔圆"才是真正获取"音响感情相应"的艺术性创造。只有达到"字正"与"腔圆"的完美统一，才能在准确表达唱词内容的同时，去更深刻地开掘唱词所抒写的情性内涵，并塑造出鲜明的音乐形象来。

那么，唱腔怎样才能达到"字正腔圆"呢?这要在艺术实践中去掌握，一方面遵循语言四声法度，一方面还要有极大的灵活自由，以此创造出具有高度艺术感染力的好腔来。不妨以两位秦腔演员对《断桥》"薄命女姣娥"唱腔的不同处理，作番比较说明：

选自《断桥》白素贞唱腔
(陈雨农演唱)

选自《断桥》白素贞唱腔

(苏蕊娥演唱)

$$\overset{\sharp}{5} - \quad 5 \quad \widehat{\overset{i}{6} \ 5} \quad \widehat{4 \ 2} \quad \overset{56}{\widehat{4} \ 3} \quad \overset{23}{\widehat{2}} \ 1 \ -$$

　薄　　命　　女　　姣　　娥

　　两种唱腔在字调与唱调的结合上，都根据"倚字寻声"的行腔规律，达到了较完美的统一；又按照"以情生腔"的创腔法则，两个演员又依各自不同的艺术理解和声嗓条件，给旋律以不同的发展变化。比较而言，陈腔取音较高(较苏腔整整高出四度)，旋律略显平直(无拖腔)，但棱角分明，富有力度。所以，从中透发出一股呐喊与抗争的激情；而苏腔取音较低，旋律略显柔婉(有拖腔)，多级进，少大跳，所以，它又给人以愁肠百转的感受。两腔虽然各有千秋，但都具有表意准确、旋律流畅、形象鲜明、风格突出的特点，因此，皆为妙腔。

　　促使"腔圆"的手法是多种多样的。比如，有人会在严格遵循传统腔型的基础上进行艺术创造，有人则会通过发展和革新传统腔型，促使唱腔音乐表现感情的准确与精深。下面的例证虽出自同戏同腔，但由不同演员唱出，却又变成两种不同的风格。

选自《铡美案》秦香莲唱腔

(余巧云演唱)

$$\widehat{\overset{.}{5.}\ \overset{.}{3}\ \overset{.}{i}}\ \widehat{6\ 5}\ |\ \widehat{5\ 4\ 2\ 4}\ \widehat{2\ 1\ 7\ 6}\ \overset{.}{5.}\ (\overset{.}{6}\ \overset{.}{5}\ 2\ 5)\ |\ \overset{.}{i}\ \overset{.}{6}\ \widehat{5\ 4}\ 6\ \widehat{5\ 4\ 3}\ \widehat{2\ 1\ 7\ 6}\ |$$

　　包　相　　　爷　　　　在　　上　　边

$$\overset{.}{5.}\ (\overset{.}{2}\ 1\ 2\ 4\ 3\ 2\ 5\ 2\ 1\ 7\ 1\ 2\ 4\ |\ 3\ 2\ 5\ 2\ 1\ \overset{.}{5.})\ \widehat{5\ 4\ 2}\ \widehat{1\ 2\ 7}$$

　　　　　　　　　　　　　　　　　　　　　　　　　细　　听

$$\overset{.}{7}\ 1\ |\ \widehat{2\ 5\ 4}\ \overset{2}{\widehat{5.\ 4}}\ \widehat{2\ 1\ 7\ 6}\ |\ 5\ -$$

　　民　　言。

　　这是秦香莲告状时所唱的一句苦音慢板腔。从其板式结构看，那板眼节拍、曲中字位、音域宽窄以及旋法腔型等，都严格按照传统成法进行着，但从整个唱腔音乐的处理上看，却基本围绕这样两个思想核心来展开的：一是作为告状，必须强调字调的准确和呈述的语势；二是作为一腔冤情的宣泄，唱腔所必须具有的抒情。这两点，它通过平稳

的节奏和华婉的旋律，在唱腔中被体现得分外鲜明，从而准确形象地表现出秦香莲在包拯面前倾诉满腹冤仇和毕生遗恨的悲伤情怀。

选自《铡美案》秦香莲唱腔
(王晓玲演唱)

这虽然同样是一句苦音慢板腔，但为了更好地表达感情，演员对传统成法和板眼腔型作出一定的大胆突破和创新。特别在"细听"的"听"字上用了一个六板长音，使腔幅扩充，丰富了表现力对"民言"二字的处理则采用"拉腔"的手法，将其音域翻高到八度之外，形成感情的爆发点。这就把秦香莲淤积于心头的满腔苦水，如同山洪暴发般地倾泻了出来，给人们精神上以巨大震撼，收到了"声情并茂"的艺术效果。

当然，在词情与曲情结合关系基础上，音乐语言充分施展自己塑造形象的独特功能时，应当力求"字正"，但这并不意味着旋律音调处处都要模拟唱词字调的进行，否则，那就很难谈得上什么艺术创造了。因此，音乐旋律有时根据塑造形象和表现感情的需要，往往突破字调的束缚，来进行声腔艺术创造，从而产生出不少具有鲜明艺术形象的好腔来。

选自《智取威虎山》常宝唱腔
(左红演唱)

例中开口第一字"八",本系关中话"阴声低降"字调,唱腔却把它置于全曲最高最亮的音位,并以"去声高平"字调唱出。这从"字正"的标准来衡量,显然构成"倒字",让人听来是"霸"而不是"八"。但这种变调处理,恰恰准确刻画出常宝装哑八年、女扮男装的深仇大恨,以及在亲人面前瞬间迸发而出的强烈感情,给听者精神上以巨大震撼。而且这里的"倒字",也并未给人们造成什么误会和错觉,听来依然是"八年前"而不是别的什么。这说明,在处理"字正"与"腔圆"这对充满对立统一的矛盾关系时,存在着很大的变通性和创造性。可以说,从唱腔的词曲结合关系讲,必须"字正腔圆",但从词情与曲情结合来共同塑造形象、表达感情的角度看,重要的则是后者,而不是前者。因为,戏曲的唱腔毕竟不同于其它形式的歌唱,首先它是唱戏而不是唱歌,无论抒情还是叙事,必须受制于特定的戏剧情节,它只能对某一具体人物或具体事件在一定情景中所持有的心理状态和思想感情作出具体的刻画与渲染,这就决定了它的腔词结合关系,只能是内容重于形式、感情重于法则的关系。其次,戏曲唱腔的腔词结合,必须通过演员调节才能变为活的腔体。秦腔剧本的唱词和秦腔剧种的板式唱调,虽然有着格律声韵以及节拍旋法等传统格局的严格限制,但二者的结合却是通过演员的调节达到统一融合的。当其演员运用这一手段进行舞台形象的创造时，往往便会根据自己的心理感受和艺术理解，甚至有时还会在特定氛围或特定激情的冲动支配下，对腔词关系作出某种突破性的发挥和创造。正如沈括所言："如宫声字而合用商声，则能转宫为商而歌之，此'字中有声'也。"[1]此处所谓"转宫为商而歌之"，指的就是演员演唱过程中对唱词字调同唱腔音调结合时的发挥创造与调节。尽管将"宫声字而合用商声"，却能达到"字中有声"，使得词情与曲情完全融为一体，不仅使唱词所描述的感情形象立显情致，还把整个唱腔的审美作用展示得更加明显而具体。正因此，我们可以这样说，戏曲的唱腔并非由字而定，而是由情而生，即所谓"未成曲调先有情"。

---

[1] 引《梦溪笔谈》卷五《乐律》（一）。

兰州鼓子探源

有关全面论述兰州鼓子形成和发展的历史记载与专著，目前还没有出现。对于它的产生及其源流，我们只能从 20 世纪 40 年代以来当地报刊零星评述和民间艺人口头传说中获得一点线索。这些评述与传说，往往又立论悬殊，争议颇大。比如，有人认为它产生于北宋，由宋末安定郡王赵令畤首创[①]；有人则说它起源于元代，由元曲发展而成[②]；还有人认为它最早出自于故都，由北京八角鼓子词繁衍而生[③]。另据鼓子艺人张麟玉称，它最早属边戍军营之曲，其中文曲(也叫思情曲)由兵士怀乡思情时吟咏而成，武曲(也叫英雄曲)则是他们战斗生活的写照[④]。这些纷纭之说，因其论者大都从"鼓子词"这一名词概念出发，在史籍中寻求它最古老的源头，甚而把带有普遍共性的文学曲本和几个方言单词作为考证依据，而忽略了区别这类不同曲种的标志，在于曲牌唱调的音乐，以及曲种本身经历的历史途径和演进规律这一重要环节，因而始终未能形成定论。另外，根据我国说唱曲艺的一般发展规律，一个地方曲种的形成，不外乎两种可能：一是由本地区民歌小调综合联缀，先以咏事抒情，再进展为有情节、有人物的叙事体，逐渐形成一种曲艺形式；二是外地已经成型的曲艺，由于某种原因，传到某地，慢慢与当地民间音乐结合，并受当地方言字调的影响，而逐渐成为一个新的地方曲种。如果根据这样一些条件来看，那么，兰州鼓子究竟产生于哪个历史时期?它的源流情况又究竟怎样? 是当地所创，还是外地传来? 本文就拟围绕这些方面，对兰州鼓子历史渊源和形成发展等方面的情形作一粗略探讨。

对始创于宋、元之说的异议

最早提出兰州鼓子始创于北宋的，是 20 世纪初甘肃学者慕少堂。在他编纂的《甘宁青史略》副卷五所收"皋兰鼓子词"条目楣首曾批注：

> 宋末有安定郡王赵令畤者，始创商调鼓子词。

其后就是张维鸿汀先生，他在自著《兰州古今注》一书中载：

> 鼓子词以鼓为名也，兰州鼓词俗讹为鼓子，其曲牌尔雅而多繁声，以一人独唱，犹有南曲余响。

但这两位学者均谈的是"鼓子词"，并未明确道出"鼓子词"就是兰州鼓词或者兰州鼓子，提法也就较为含混。而真正提出这一定论的，是李海舟先生。他认为：

> 兰州民间流行的鼓子，原名叫鼓子词，简称鼓子，又叫小曲，系宋末安定郡王赵令畤始创，即苏轼称赵德麟者，创始商调鼓子词，谱西厢之事。⑤

新中国成立后，他又撰文说："兰州鼓子可能始创于宋，曾繁于元、明之际。"⑥从而将这一论点具体化明确化。但他既没有列出几条考证的依据出来，也没有作进一步深入的阐述，实不能说服读者。

《商调鼓子词》的作者赵令畤(德麟)，系宋太祖(赵匡胤)之后裔，故得安定郡王封号，然却属名誉性质的虚封，其本人一生闲居临安(今杭州)，从未到过封地安定郡(今甘肃平凉灵台一带)或甘肃任何地境。尽管在他自著《侯鲭录》卷五收录《元微之崔莺莺商调蝶恋花》，确系我国最早的"叙事鼓子词"之作，然而，却创作于临安，主要流播于江浙，本与甘肃说唱曲艺并无直接瓜葛。何况，此种形式，在其表现手法上夹叙夹唱，并以〔蝶恋花〕同一曲牌反复使用，造成单调枯燥的致命弱点，衍至南宋便逐渐成为绝响。因此，李海舟先生仅从"鼓子词"这一名称概念出发，将兰州鼓子词(实则是兰州鼓子)无端阑变为宋末赵令畤商调鼓子词的直接传承，显然是个常识性的错误。

另外，有人还以兰州鼓子曲牌中存在一定数量的元曲这一现象，把它的形成又引申于元代，认为元代的散曲就是它的直系祖先。其实，这也是一种误解。因为，散曲在当时只是一种"按谱填词""合乐歌唱"的、抒发某种感怀的韵文形式，是出现在封建士大夫酒席筵前的小型歌曲。而兰州鼓子中使用的元曲曲牌，它也同当时那种元曲有着一定的历史联系，但却是植根于民间土壤，而且到了明代后期，它仅作为某一曲种的曲牌，只有同其他曲牌联缀组合以后，才能发挥其作用。因此，看待一个地方曲种的形成史，首先应注意到形成曲种本身的历史背景，而不能以其中几个曲牌产生于何时代来确定它的历史源头。实际上，兰州鼓子中所拥有的元曲曲牌和其他南北时调歌曲，乃是明清时代，当戏曲被士大夫阶层掠夺之时，乡俚间保留和流行的一部分宋元大曲曲调。特别到了明末，这种曲调流行更甚，明代沈德符在《野获编》中曾详细记述了当时盛传的情况。

延至清初，这种时调歌曲又有了进一步发展，并再次出现多个曲调联缀演述故事的说唱曲艺。尤其当时的"京华为四方辐辏之区，凡玩艺适观者，皆于是乎聚，曲部其一也"(清乾隆文人王廷绍语)。各地不同形式的民间说唱艺术，源源传入北京，其中有些

民歌又以其产生和传来的地名为其曲名，如［扬州歌］、［湖广调］、［关东腔］、［利津调］等等。它们与北京已经流行的民歌合流一处，编排演唱，再经艺人不断交流，又形成许多新的演唱形式，同时，在相互交流、吸收借鉴中，不断充实和完善原有的形式。因此，这些元曲，不单属于兰州鼓子所独有，它在北京八角鼓、扬州清曲、四川清音、陕西眉户(也称迷胡、曲子等)、山东聊城八角鼓、河南大调曲子等众多地方曲艺中，以至一些地方戏曲中，也被广为串用，而且其曲调和词格，也具有相同或相近的特点。所以，尽管兰州鼓子中有一些元曲曲牌存在，但却不能以此笼统地说它产生于元代，或者说元曲就是兰州鼓子的直系祖先。这就和树林的年龄不等于木具建造的时间，砖瓦的出窑不等于楼房竣工的日期是一个道理。

探求一个地方曲种的历史渊源与形成发展史，既要看到它与某一时代民间说唱艺术和流行曲调的外部联系，更须注意其本身整体结构形式的形成和发展规律，以及历史的、地理的、生活的变化，乃至受某种外来艺术形式等多种因素给它所创造的滋生条件与内部影响。不可以抛开其曲种本身演进发展的艺术规律和历史价值，而去作牵强与不着边际的引申，甚而以为某一曲种历史愈古远愈觉能显示其身价，或者误入把经过历代群众集体创造的智慧结晶，硬是归结于某一历史人物偶然遗兴而造曲的研究歧途。

从曲牌、曲本的渊源说起

构成兰州鼓子的两大要素是曲牌和曲本。曲牌的来源及其组合方式，直接决定着这一地方曲种的产生和结构体制，而曲本的来源与词格，同样决定着这一曲种的形成和擅于表述的内容与体裁。因此，只要摸清其曲牌、曲本这两大要素的来龙去脉，兰州鼓子这一地方曲种的形成发展与历史渊源也将迎刃而解。

先谈曲牌。兰州鼓子曲牌，按其组织程序与连接格式，分为鼓子和越调两大腔系，它们总共包括四十八个曲牌(也有人说是五十二、五十四个，甚而还有三十六大调、七十二小调等多种不同说法)。其中多数曲牌又因其用场、词格、曲调上的某些细微变化，又派生出少则两个、多则五个不等的变体唱调，以此构成极为丰富繁杂的情绪表现专长，足供演唱者酌情择用。下面按腔系归类，将所属曲牌各自产生的时代和流行地域，综合列入下表，并与北京八角鼓、陕西眉户曲牌逐一加以对照说明。

表1　由岔曲繁衍而成的鼓子腔系曲牌

牌名			渊源与演进情况		
兰州鼓子	岔曲	八角鼓	较早流行年代	考证依据	进入兰州鼓子途径
鼓子头	曲头		清初	傅惜华《曲艺论丛》	八角鼓
赋唱	西韵		清雍乾	《单弦牌子曲分析》	八角鼓
应书	硬书	曲头	明末清初		北京传统曲艺
硬夺字	数子唱	数唱	清乾嘉	根据曲牌唱调分析	北京八角鼓
两头忙	两头蛮		清乾嘉	根据曲牌唱调分析	岔曲
官调	反调		清乾嘉	根据曲牌唱调分析	北京岔曲
鼓子尾	岔曲		清初	傅惜华《曲艺论丛》	北京八角鼓

表2　由八角鼓繁衍而成的鼓子腔系曲牌

牌名			渊源与演进情况			
兰州鼓子	北京八角鼓	眉户	地域归属	产生年代	考证依据	进入兰州鼓子途径
柳　青*	柳青娘		北曲	唐代	任二北《敦煌曲初探》	北京八角鼓
坡儿下*	寄生草		北曲	元曲	《九宫打成》谱	北京八角鼓
刮地风*	耍孩儿		北曲	元曲	元·周德青《中原音韵》	北京八角鼓
石榴花*	石榴花		北曲	元曲	元·周德青《中原音韵》	北京八角鼓
混江龙*			北曲	元曲	《中国戏曲曲艺辞典》	北京传统曲艺
银扭丝	北银纽丝	银纽丝		明代	明·陈德福	北京八角鼓
		银纽丝	北曲	嘉隆	《万里野获编》	陕西眉户
边关	边关调		北曲	明代	清·刘廷玑《在园杂志》	北京八角鼓
皂罗袍	皂罗		北曲	明代	由"边关调"繁衍而成	北京八角鼓
软夺字	金钱莲花落		北曲	明末	《单弦牌子曲分析》	北京八角鼓
叨叨令*			北曲	元曲		
诗篇	诗篇		北曲	元曲	李啸仓《曲艺谈》	北京八角鼓
咿儿哟	云苏调	石片	北曲	明末清初	《单弦牌子曲分析》	北京八角鼓

(续表 2)

牌名			渊源与演进情况			
兰州鼓子	北京八角鼓	眉户	地域归属	产生年代	考证依据	进入兰州鼓子途径
三朵花	云苏调		北曲	明末清初	根据音乐分析,可能为"依儿哟"变体	北京八角鼓
芙蓉调	云苏调		北曲	明末清初	根据音乐分析,可能为"依儿哟"变体	北京八角鼓
剪靛花	剪靛花	剪靛花、尖尖花、剪甸花等	北曲	明末清初	清·李斗	北京八角鼓
					《扬州画舫录》	眉户
太平年	太平年		北曲	清嘉道	《单弦牌子曲分析》	北京八角鼓
正沥津	利津、隶津、历津调 等		北曲	清嘉道	李啸仓《曲艺谈》	北京传统曲艺
反沥津			北曲	清	与"正沥津"为正反调关系	北京传统曲艺
切调			北曲	清	元·周德青《中原音韵》	
罗江怨	罗江怨 罗江韵		南曲	元代	清·蒲松龄《幸运曲》	北京八角鼓
倒推船	倒推船 倒拖船		南曲	元代	傅惜华《曲艺论丛》	北京八角鼓
打枣杆	打枣杆 打干枝				明沈德符	
	桂枝儿		南曲	明代	《万历野获编》卷25	北京八角鼓
吹唱	吹腔		南曲	明末清初	北京传统曲艺	
扬州歌儿	扬州歌		南曲	清乾隆	北京传统曲艺	
扬州词儿			南曲	清乾隆	北京传统曲艺	

表3 由眉户繁衍而成的越调腔系曲牌

牌名			渊源与演进情况			
兰州鼓子	眉 户	北京八角鼓	地域归属	产生年代	考证依据	进入兰州鼓子途径
慢 诉	慢诉、慢书		北曲	明末清初	《眉户音乐》	眉 户
紧 诉	紧书、紧数	叠断桥	北曲	明末清初	《眉户音乐》	眉 户
叠断桥	叠断、叠断桥		北曲	清乾隆	《眉户音乐》	眉 户
金 钱	金 钱		北曲	明末清初	《眉户音乐》	眉 户
魔 掌			北曲			眉 户
摔截子			北曲			
闪断桥	卖杂货		北曲	清代		眉 户
一点油	一点油	鲜花调	北曲	清代中时	傅惜华《北京传统曲艺总录》	北京八角鼓
两条弦			北曲	清初	《眉户音乐》	
倒搬浆	倒搬浆		北曲	清初	《眉户音乐》	眉 户
悲 调	背宫、北宫		北曲			眉 户
东 调	杨柳调		北曲			眉 户
越调※	越调、月头		南曲	元代	元·周德青《中原音韵》	眉 户
越尾※	越尾、月尾		南曲	元代	元·周德青《中原音韵》	眉 户
马坡※	昆滚 黄龙滚 黄龙 滚尾		南曲	明代		眉 户
倒秧歌	梳妆台	梳妆台	南曲	清代中时	《单弦音乐》《眉户音乐》	眉 户

说明：表中"北曲""南曲"均指北方俗曲、南方俗曲，合称南北俗曲或明清时调之意。其中源出昆曲的标以"※"号。

以上曲调，在它们尚未组织成一定的说唱曲艺形式之前，均作为各地民歌而广行于世。因此，看其流行地域，有南曲、北曲和岔曲；看其时代跨度，又几乎布遍于唐、宋、元、明、清各个历史时期，而其中元代散曲就占有较大比重，这就难怪有人把它的历史推移于元

代了。但是，我国二百多种鼓词类曲艺，可以说都有一些元曲为其曲牌，因此，也就都可将元代的散曲、宋代的涯词，甚至更早的变文、唱赚、缠令、俳优等视作自己最古老的历史源头。如果说我们在考证我国说唱曲艺的整个发展史，作出这样的联系和引申，倒还罢了。但若探求其一个地方曲种的形成发展，只注意到其中几个曲牌外部的联系，而简单地以它产生的时代作为整个曲种的历史归宿，那就将会失之片面，甚至将等于实际上否定了各个曲种由于不同的历史经历所赋予的不同艺术个性，以及其本身真正历史价值的存在。

事实上，兰州鼓子中的这些曲牌，最早是按其腔系归类，以"一窝端"的形式分别在北京八角鼓(同时还吸收了一些其他北京传统曲艺曲牌)和陕西眉户这两大成型民间艺术形式的基础上繁衍派生出来的一个支系。这不仅从上面表式中能够看得清楚，从曲牌唱调的音乐上更能说明这一问题。下面不妨举出两例对照分析：

例1　　［剪靛花］

3 $\overbrace{5}$ 2 | 3 5 $\overbrace{3\ 2}$ | 1 - | i $\overset{3}{2}$ | $\overbrace{1\ 6}$ 5 |

祝 寿　　筵。　　　　　（哎　　　哟）

i　5 | $\overbrace{6\ 5}$ 3 2 | 1 - | i.6 i$\dot{2}$ | $\overbrace{1\ 6}$ 5 |

手　扶　墙。　　　　　（哎　　　哟）

$5\overset{3}{5}$ | $5\overbrace{3\ 5\ 2}$ | 3 5 $\overbrace{3\ 2}$ | 1.3 | 2 1 $\overbrace{6\ \dot{5}}$ | 1 - ‖

增福　祝寿　　筵。

i i | i　5 | $\overbrace{6\ 5}$ 3 2 | 1 - ‖

行　动　手　扶　墙。

例2　［马坡］

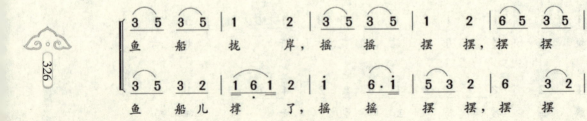

陕西眉户①　　5　3　5 | $\overbrace{6\ 1}$　2 | 3 5 $\overbrace{5\ 5}$ | 1　　2 |

尉迟恭闻　言，贤　弟呀　来　到，

兰州鼓子②　i $\overbrace{i\ 6\ 1}$ | $\overset{i}{3}$　2 | 5 3 5 i | $\overbrace{i\ 6}$ 5 3 |

老尉迟　闻　言，贤　弟　呀

$\overbrace{6\ 5}$ 3 5 | 1　2 | i $\overbrace{6\ 5}$ | 3 5 $\overbrace{3\ 5}$ | 1　2 |

等　着　等　着，待兄　将这丝竿 收　了，

$\overbrace{6\ 5}$ 3.2 | $\overbrace{3\ 6\ 1}$ 2 | $\overset{\frac{1}{4}}{5}$ $\overbrace{5\ 3}$ | i | 6 i | $\overset{\frac{2}{4}}{5}$ 3 2 |

你　且就　等　着俺将　鱼竿儿 收了，

3 5 3 5 | 1　2 | 3 5 $\overbrace{3\ 5}$ | 1　2 | 6 5 $\overbrace{3\ 5}$ |

鱼　船　拢　岸，摇摇　摆摆，摆摆

3 5 3 2 | $\overbrace{1\ 6\ 1}$ 2 | i | 6.i | 5 3 2 | 6　3 2 |

鱼　船儿　撑　了，摇摇　摆摆，摆摆

（乐谱）

摇　摇，贤　弟　呀，　为　兄　我就上岸

摇　摇，贤　弟　　呀，　俺就　　上　岸

来　　　了。　哎

来　　哎就　了。　哎

当　真　　上岸　来

哎呀　俺就　上　岸　来

了。

了。　（下接【麻鞋底】过门）

曲调如此相近的牌子还可以列出许多，如同名同曲的有［太平年］、［银纽丝］、［边关］、［罗江怨］、［叠断桥］、［柳青］、［打枣杆］、［倒推船］、［石榴花］、［倒搬桨］以及［越调］、［慢诉］、［紧诉］、［金钱］、［东调］、［越尾］等等，同曲而不同名的有［坡儿下］、［依儿哟］、［一点油］、［官调］、［倒秧歌］、［刮地风］、［赋唱］、［应书］、［鼓子头］、［鼓子尾］、［马坡］、［悲调］等等。它们在旋法、节奏、调式、曲式和词格诸方面，都是大同小异或者大异小同。如果要说区别的话，只是兰州鼓子曲牌唱调较之于北京八角鼓、陕西眉户，其音域更为宽阔，起伏更为跌宕，艺术风格更具当地民歌豪放、爽朗的个性，旋律旋法更趋于兰州方言四声字调的特点罢了。

尤其对于它所拥有的四十八个曲牌，甚至包括各个曲牌的多种变体唱调，我们不仅能够从八角鼓、眉户等同类地方曲艺中逐一考证出它们各自的来龙去脉，而唯独不能从

中找出一首兰州当地的民歌曲调来。如果再看看它的组合格式，又不难发现它是按其鼓子和越调两大腔系严格归类组合的。比如以鼓子腔系演唱曲本，必以［鼓子头］始，［鼓子尾］终，中间则基本联缀本腔系内的若干牌子曲；若以越调腔系演唱曲本，又必然以［越调］始，［越尾］终，中间同样基本组合本腔系内的若干牌子曲。而这种组合法则，分别同北京八角鼓、陕西眉户的组织格式又是那样的一致。这难道不是一个耐人寻味的艺术现象吗？而它因袭其他曲种组织规律的现象，不只表现在曲牌唱调和曲牌联缀组合这一个方面，同时也反映在它所选用的和演唱的文学曲本之内。下面再对它的文学曲本作一番比较分析。

兰州鼓子的文学曲本，也是浩如烟海、源远流长的。据李海舟先生谈，有人曾以故老传闻，征得曲本共达一千三百五十篇目，目前仅就他所收藏的民抄本，也近二百之数。但近代歌场所见传唱的，却又不过百篇。这里再将比较流行的曲本汇编成百篇书目列入下表，并同傅惜华先生所编《北京传编曲艺总录》以及《眉户音乐》《眉户常用曲选》所涉猎的有关曲本择加对照，也可以从另一侧面揭开它的源流之谜。

表4　兰州鼓子曲目与《总录》[⑦]所载同类曲目对照表

牌名			《总录》载页与考证情况			内容提要
兰州鼓子	北京八角鼓[②]	岔曲	页码	考证依据	收藏者	
三顾茅庐	三顾茅庐		202	百本张抄本	王霜簃	演述三国刘备的故事
三战吕布	三战吕布		298	清抄本	故宫	演述三国吕布的故事
凤仪亭	凤仪亭		271	车王府故物	北大	演述三国貂蝉的故事
古城会	古城会		363	《文明太鼓书同》第四册	前中央	演述三国刘关张的故事
失街亭	失街亭		300	多见歌场传唱	前中央	演述三国诸葛亮的故事
空城计	空城计		396	《文明太鼓书同》第二十三册	前中央	演述三国诸葛亮的故事
舌战群雄	舌战群雄		302	《文明太鼓书同》第十八册	碧蕖馆	演述三国诸葛亮的故事
草船借箭	草船借箭		306	清光绪十六年抄本	长泽氏	演述三国诸葛亮的故事
赤壁鏖兵	赤壁鏖兵		302	《文明太鼓书同》第十八册	碧蕖馆	演述三国诸葛亮的故事
借东风	借东风		306	朱格抄本	前中央	演述三国周瑜的故事
苦肉计	苦肉计		300	北京抄本	前中央	演述三国周瑜的故事
夜战马超		夜战马超	60	《岔曲三十九种》等		演述三国马超的故事

说明:表中"北京八角鼓"一栏，实系八角鼓、快书、马头调、西调、杂调、石韵

书，鼓词小段、莲花落等曲本的综合。

（续表 4-1）

牌名			《总录》载页与考证情况			内容提要
兰州鼓子	北京八角鼓②	岔曲	页码	考证依据	收藏者	
桃园结义	桃园结义		535	《白雪遗音》卷一第5页		演述三国刘关张的故事
长坂坡	长坂坡		302	《拣选八角鼓》	中国②	演述三国赵云故事
许田射鹿	许田射鹿		307	北京抄本	前中央	演述三国曹操故事
截江教主	截江教主		312	北京抄本	前中央	演述三国赵云故事
单刀赴会	单刀赴会		405	清抄本	碧蕖馆	演述三国关羽故事
武松杀嫂	武松杀嫂		389	北京宝文堂刻本	碧蕖馆	演述水浒武松故事
醉打山门	醉打山门		163	百本张抄本	碧蕖馆	演述水浒鲁智深故事
巧云戏石秀	巧云戏石秀		214	北京抄本	前中央	演述水浒石秀故事
燕青打擂	燕青打擂		395	北京宝文堂刻本	碧蕖馆	演述水浒燕青故事
智取生辰纲		智取生辰纲	133	北京抄本	前中央	演述水浒英雄故事
			240	《百万句全》	中国	演述西厢红娘故事
拷红	拷红		419	《大鼓书单》	前中央	演述西厢崔莺莺故事
长亭饯别	长亭饯别		303	歌场多见传唱	碧蕖馆	演述水浒武松故事
武松打虎	武松打虎		297	《杂曲二十九种》	碧蕖馆	演述西厢崔莺莺故事
鸳鸯降香	鸳鸯降香		43	《升平署岔曲》第19页		演述西厢崔莺莺故事
西厢惊艳		西厢记惊艳	280	北京抄本	前中央	演述西厢崔莺莺故事
			255	《百万句全》		演述西厢红娘故事
请张生	请张生		102	车王府本	北大	演述西游记孙悟空故事
红娘寄柬	红娘寄柬		486	《白雪遗音》卷一第7页		演述西游记孙悟空故事
悟空探路		悟空探路	291	车王府本		演述红楼梦贾宝玉故事
西游记	西游记		510	《百万句全》		演述红楼梦贾宝玉故事
宝玉哭灵	宝玉哭灵		425	歌场多见传唱		演述红楼梦贾宝玉故事
黛玉焚稿	黛玉焚稿		207	北京抄本	前中央	演述白蛇传故事
黛玉悲秋	黛玉悲秋		261	车王府抄本	北大	演述白蛇传故事
水漫金山	水漫金山					
盗仙草	盗仙草					

（续表 4-2）

牌名			《总录》载页与考证情况			内容提要
兰州鼓子	北京 八角鼓②	岔曲	页码	考证依据	收藏者	
木兰从军	木兰从军		502	《马头调上趣单》	未见 收藏者	演述花木兰参军故事
伯牙摔琴	伯牙摔琴		383	北京抄本	前中央	演述今古奇观俞伯牙故事
伯牙摔琴	伯牙摔琴		159	《各样曲目》	碧蕖馆	演述今古奇观俞伯牙故事
独占花魁	独占花魁		609	《白雪遗言》卷一第53页		演述今古奇观花魁故事
杜十娘怒	杜十娘怒		222	《文明大鼓书词》第一册		演述今古奇观杜十娘故事
沉百宝箱	沉百宝箱					
霸王别姬	霸王别姬		316	歌场多见传唱	未见 收藏者	演述霸王别姬故事
罗成托梦	罗成托梦		315	《各样曲目》	碧蕖馆	演述唐朝罗成故事
敬德演功	演功		147	《白雪遗言》卷三第42页		演述唐朝尉迟敬德故事
淤泥河救驾	淤泥河救驾		307	《子弟数目录附录》		演述唐朝薛礼故事
怀德别女	怀德别女	怀德 别女	292	《杂牌岔曲卷三》		演述高怀德故事
吕蒙正赶斋	吕蒙正赶斋		225	车王府本	北大	演述吕蒙正故事
辨踪	归客辨踪		290	抄本	中国	演述吕蒙正故事
百花公主 点将	百花公主		218	《牌子目录》	碧蕖馆	演述百花公主故事
昭君出塞	昭君出塞		401	北京宝文刻本	前中央	演述王昭君故事
昭君和番	昭君和番		401	《鼓词三编》		演述二度梅陈杏元故事
渔樵问答		渔樵 问答	152	《升平署岔曲》		演述渔樵故事
渔樵耕读	渔樵耕读		239	北京抄本	前中央	演述渔樵二人耕读事
尼姑下山	尼姑下山		689	北京宝文堂刻本	碧蕖馆	演述尼姑下山故事
尼姑思凡	尼姑思凡		689	清刻本	碧蕖馆	演述尼姑思凡故事
王婆骂鸡	王婆骂鸡		207	《时兴杂曲》卷三	碧蕖馆	演述民间王婆骂鸡故事
妓女悲伤	妓女悲伤		222	《各样曲目》		反映旧社会妓女生恬
不愿为官		不愿 为官	30	《百万句全》		反映旧社会人生观

(续表 4-3)

牌名			《总录》载页与考证情况			内容提要
兰州鼓子	北京八角鼓②	岔曲	页码	考证依据	收藏者	
世态炎凉	世态炎凉		474	《白雪遗音》卷二第6页		反映旧社会人生观
红尘参透			90	《拣选八角鼓》等	碧蕖馆	反映旧社会人生观
看破世俗			89	《各种曲目》	碧蕖馆	反映旧社会人生观
四季相思	四季相思		473	《百万句全》等		反映旧社会生活
天官赐福	天官赐福		375	《大鼓书单》	前中央	纯为吉祥颂歌,内容封建
和风荡荡			175	《各样曲口》	碧蕖馆	描写春景
夏日天长	夏日天长		249	《杂牌岔曲》卷三		描写夏景
梧桐叶儿飘	梧桐叶儿飘		663	《西调集抄》		描写秋景
玉雪成堆	玉雪成堆		268	《白雪遗音》卷三第49页		描写冬景
懒卸残妆			184	北京抄本	前中央	反映旧社会生活
残春将近	残春将近		262	《霓裳续谱》卷七第270页		纯系情歌
独自伤惨	独自伤惨		283	《霓裳续谱》卷七第273页		纯系情歌
哈巴狗儿咬	哈巴狗儿咬		535	《白雪遗音》卷一第60页		纯系情歌
海棠花儿新		海棠花儿新	109	《百万句全》		纯系情歌
海棠花儿新		海棠花儿新	109	车工府本	北大	纯系情歌
海棠花儿新		海棠花儿新	109	《白雪遗音》卷三第58页		纯系情歌

（续表 4-4）

牌名			《总录》载页与考证情况			内容提要
兰州鼓子	北京八角鼓②	岔曲	页码	考证依据	收藏者	
晚妆残罢		黄昏卸妆晚装罢	131	清抄本		纯系情歌
恨多情	恨多情		524	《各样多情小曲》	北大	纯系情歌
盼多情	盼多情		524	《各样多情小曲》	北大	纯系情歌
送多情	送多情		530	车王府本		纯系情歌
留多情	留多情		532	《各样多情小曲》		纯系情歌
别后心伤	别后心伤		485	车王府本		纯系情歌
好难熬的春三月	好难熬的春三月		484	《白雪遗音》卷二第33页		纯系情歌
罗成叫关	罗成叫关		409	《大鼓书目录》		演述唐朝罗成故事
母女顶嘴	母女顶嘴		468	《百万句全》		反映旧社会生活
三星庆寿	三星庆寿		451	《马头调上趣单》		纯系吉祥祝颂

表5　兰州鼓子曲目与《眉户音乐》⑮所载同类曲目对照表

牌名			《总录》载页与考证情况			内容提要
兰州鼓子	刊行版本	收藏者	曲名	考证依据	页码	
雪梅上坟	民抄本	李海舟	雪梅上坟	《眉户音乐》	72	演述秦雪梅故事
雪梅吊孝	民抄本	李海舟	雪梅吊孝	《眉户音乐》	73	演述秦雪梅故事
张连卖布	民抄本	李海舟	张连卖布	《眉户音乐》	119	演述张连卖布故事
李彦杜卖水	民抄本	李海舟		《眉户音乐》	124	演述李彦杜卖水故事
卖杂货	歌场多见传唱		卖杂货	《眉户音乐》	131	演述旧社会小商贩故事
亚仙刺目	民抄本	李海舟	刺目劝学	《眉户音乐》	22	演述李亚仙刺目故事
李白醉写	民抄本	李海舟	醉写	《眉户音乐》		演述李白醉写故事
赵五娘描容	民抄本	李海舟	赵五娘描容	《眉户音乐》	69	演述赵五娘描容故事
坝桥挑袍	民抄本	李海舟	挑袍	《眉户音乐》	63	演述三国关羽故事

(续表5)

牌名			《总录》载页与考证情况			内容提要
兰州鼓子	刑行版本	收藏者	曲名	考证依据	页码	
白访黑	民抄本	李海舟	访白	《眉户音乐》	168	演述薛礼敬德故事
双官谱	民抄本	李海舟	双官谱	《眉户音乐》	155	演述双官封浩故事
花亭相	民抄本	李海舟	花亭相	《眉户常用曲选》	45	演述张梅英故事
赵匡胤送京娘	民抄本	李海舟	送京娘	《眉户常用曲选》⑯	148	演述赵匡胤故事
皇姑出家	民抄本	李海舟	皇姑出家	《眉户常用曲选》	47	演述皇姑出家故事

说明：表中所列兰州鼓子曲目，分别由李海舟先生提供和作者歌场搜集。

本来，同类曲艺之间的曲本串演现象是十分正常的事，但北京八角鼓(包括部分其北京传统曲艺)和陕西眉户的曲本，却占据了兰州鼓子全部保留曲目的地位。尤其许多曲本文词和所配唱的牌子曲，竟然达到了难分难辨的程度(如它的《渔樵问答》《白袍访敬德》与八角鼓、眉户的同名曲本等等)，甚至在有些曲本文词中，还十分明显地显示出它的渊源出处和演唱形式。如《王婆骂鸡》开首的［鼓子头］词：

> 大清华裔，
>
> 八角鼓儿出奇。
>
> 有一个王婆，
>
> 住在胡同以西。
>
> 列位雅静，
>
> 听我《骂鸡》。

一开口首先点明了该曲出自"大清华裔"(即八旗子弟)之手，接着又道出这个曲本的演唱形式是非常"出奇"的"八角鼓儿"，当它表述曲中主要人物"王婆"时，又出现了"胡同"一词，该词本属地道的北京方言，而兰州人一般称"胡同"为"巷"或"巷道"，这就不难看出这个曲本最初是来源于北京的八角鼓无疑了。

如此看来，兰州鼓子的曲牌和曲本，不仅同北京八角鼓、陕西眉户竟然达到如此吻合的地步，而且三者结构体制上也是那样的一脉相承，无疑它们之间存在着难以分割的血缘关系。那么，究竟谁源谁流，谁先谁后?是兰州鼓子孕育出眉户和八角鼓，还是八

角鼓、眉户派生出兰州鼓子呢?弄清这一问题，对于探索兰州鼓子的历史渊源和形成发展，将有十分重要的意义。

北京八角鼓，即后来称北京单弦者⑯；陕西眉户，最早叫陕西曲子⑰。它们都是集历代南北民歌之大成综合联缀的一种地方性民间艺术。这种用大量民歌联套来唱情唱事的形式，虽然说早在九百年前的北宋就已经出现，但那只是一种比较简单和不完整的初级形态。我们只知道当它与众多曲调尤其同"岔曲"结合并成为具有完整组织程序的说唱与走唱形式，还是清初以后的事。"岔曲"系由清代乾隆前盛行于民间剧种高腔中的脆白发展而成。后来又将它同当时流传的时调小曲结合，并作为曲头曲尾来用，加上受当时昆山腔等戏曲声腔的影响，从而，客观上丰富和完整了"牌子曲"联缀演唱的组织结构。这种形式颇受当时满旗知识分子所喜，他们便大量创作了以通俗小说为题材的曲词，使之从形式到内容更趋于完整。同时，八旗子弟也纷纷排演，而当时的旗人官宦也都有喜听这种曲艺的嗜好，无论走到哪里，都带着专门的唱书班子，自然，来兰任职的满旗官员也不例外。因此，有人认为它最早出自故都，由八旗满汉人士传入兰州，并在八角鼓基础上繁衍而生，不能说没有一定的道理。

通过以上的说明、对照和分析，我觉得，现在可以这样认为：兰州鼓子的产生，应当在北京八角鼓、陕西眉户的成型之后，而且应该说是由外地传来，并非当地始创，似乎是毋庸置疑的了。

兰州鼓子产生与成型的梗概

既然兰州鼓子是在八角鼓、眉户基础上繁衍而生，那么，这两大外地说唱与走唱艺术形式，最初是怎样在当地立足，又是怎样孕育和派生出这一新的姊妹曲种呢?文献无证，难以考据。不过，据我同二百多位鼓子老艺人、老听众，以及自幼生长在兰州的古稀老人走访交谈，也为这一研究工作提供了宝贵资料。

袁世五，祖籍兰州，1895年生。他说："我十一二岁时，常听家叔袁宗儒（生于1877年，当地有名的绅士)抱怨一些唱鼓子的人，只能唱出调子，却唱不出'书音'（即音韵)来。"如此推算，兰州鼓子的产生至少要早于1900年。

米永庆，祖籍兰州，回族，1911年生。他说："小时我听爷爷说过，道光时节有一个旗人官员的女儿，大家都叫她'五耶'（即排行老五意)，曾组织过一班子人，亲自教唱八角鼓，但学唱的都是衙门里当差的人，市民中还很少唱，直到以后才传开了。"这就是说，在1821年以前，兰州所演唱的，仍然是旗人的北京八角鼓，而兰州鼓子还

不曾问世。

马成福，祖籍兰州，回族，1894年生。他说："我八九岁的时候，常偷偷地跑到洞天春、木塔寺⑱茶馆里去听鼓子，记得有一个姓林的白胡子老汉，唱得特别好，但听旁人讲，林老汉从小唱鼓子，旗人却老笑他的韵不正，但多数⑲却很爱听。"他所说林老汉的"从小"，大约就是1830年前后，旗人说他的"韵不正"，大概就是林老汉用兰州方音按字行腔的结果。因此，我们有理由把这种兰州人喜听的"韵不正"现象，看作兰州鼓子的启蒙阶段。

好多老艺人都说宁秃子（外号，有人说是林秃子）是兰州鼓子的创始人，但宁秃子究竟生于何年，连1885年出生的魏绍武也只是听说，没有见过，如果宁秃子比魏绍武大五十岁的话，那么这位宁秃子很可能就是马成福歌场所见过的那位姓"林"的白胡子老人。如此推算，兰州鼓子可能在1850年以前就已经存在了。

另据1912年出生的老艺人段树堂谈："听老人讲，宁秃子是道光、咸丰时期的兰州府衙总爷(相当于现在的秘书)，他的鼓子是从旗人那里学来的，但他唱的是串了味的老调子，旗人始终不承认，但兰州人却接受了。后来，宁秃子把他的调子传给了下一辈的朱总爷(真名不详)，所以，当地人又都说朱总爷唱得比较正宗。与朱总爷同时代还有一个叫崔反牢子的（外号，据1905年出生的鼓子老听众朱宝三讲，可能叫崔恒山），也是当时很有名气的鼓子唱家。但他的腔口过大，粗声粗气，不习惯于原来那种小嗓吟唱，便结合自己的声嗓条件，在宁秃子'老调'基础上，又作了大量改革，不仅调子变了，唱法也变了。这就是后来人们常称的'新调'。同时代还有个叫沈景斋的琴师，他又将原来的一把三弦伴奏法，参照眉户乐队的规模，加进了扬琴、琵琶、胡胡、笛子等乐器，并在沿用原来'越弦'(52)定弦法的同时，又使用了眉户'反弦'(15)'平弦'定弦法，这样，高嗓、低嗓的人就都可以演唱了。"

如此看来，马成福、魏绍武、段树堂、米永庆及其他人所说的那位姓林的白胡子老人和宁秃子，实际上是同一个人("林"为"宁"之转音)。宁秃子首先从旗人那里学得了八角鼓，但因演唱语音的改变，引起曲调的变化，这就是段树堂所称宁秃子创造的"老调"。这种"老调"又被后来的崔反牢子(崔恒山？)等人大量改革润色，逐渐糅进了当地民间音乐音调和演唱方法，使之形成符合当地人们欣赏习惯和审美情趣的"新调"，为了突出体现"新调"的地域特色，或者避免旗人的嘲笑，索性在沿用原名称的同时，又冠以"兰州"二字，约定俗成地逐渐启用了"兰州鼓子词"这一名称。这样，由北京八

角鼓繁衍而生的新型地方曲艺——兰州鼓子，大约在清道咸前后，即 1830—1850 年左右，便开始在当地娱乐场所慢慢传唱了。

在北京八角鼓逐渐向兰州鼓子演进过渡之时，除方言字调给原来曲牌音乐带来影响外，当地各种民间音乐音调也不断向它渗透，使它愈来愈远离原有格调，确立起接近于本地区的地方特色。这方面对它影响最大的，莫过于兰州的曲子和陕西的眉户。此二者也是在南北俗曲基础上又加入许多当地民歌联缀而成。并且在鼓子尚未成型之前，就已经在当地有着极深厚的群众基础。晚清当地名士张维鸿汀先生所著《兰州古今注》之"秧歌"一节，对兰州梅胡（即眉户或曲子）与兰州鼓子之关系有所提及。

出于地理、语言、风情等关系，眉户音乐实际与甘肃各地盛传的曲子和曲子戏属一脉同宗，其演出形式也和鼓子一样，同属于曲牌联缀的坐唱形式，尤其甘肃的曲子戏，早在清代以前就已搬上舞台，大演于全省各地。特别是老艺人王子英谈到，当时的鼓子"好家"大都是唱曲子的"老手"，在兰州鼓子成型初期，还不被人们广泛接受时，艺人们为了招徕听客，或者溜溜嗓音，一般先要来一段曲子，然后再唱鼓子。演唱过程中，有时还把曲子中的调子和曲本，往往唱进鼓子中去，同时，还用唱鼓子的方法来演唱曲子。这便给两者创造了相互交流和融合的条件。再经过长期艺术实践，便逐渐形成了它那既具八角鼓，又具曲子双重艺术特点的两大腔系，即：由八角鼓牌子曲发展而成的"鼓子腔系"，由曲子牌子曲发展而成的"越调腔系"。这两大腔系的稳定成型，奠定了兰州鼓子这一地方曲种的坚实基础。

（至于甘肃曲子与陕西眉户之间的关系，不是本文讨论的要旨，但作者已有《论曲子》一文专门详述，读者不妨参阅，此处不赘。）

清同治、光绪时期，堪称兰州鼓子的全盛阶段。不仅金城的茶馆酒肆演唱蔚然成风，附近农村也常作为婚、寿筵前的助兴之曲。尤其非职业艺人的走乡串户，争相竞技，使它的流传范围扩大到兰州以外的附近县镇，加之各乡业余自乐班的纷纷兴起，鼓子唱家的大量涌现，使它竟成为名噪一时，男女皆习之，人人喜听之的俚巷之曲。这又大大促进了它的进一步发展。

值得一提的是，清光绪中叶曾出现两次重大的演唱活动：一是当地政府官员在兰州府设筵遥约鼓子歌手举行盛大演唱赛会，结果使它身价大涨，风靡一时；二是兰州鼓子随军入京，蜚声京都曲坛。现将记述当时这两次盛况的有关文章摘引如下：

光绪二十一年，布政司丰仲泰、按察司黄云，兰州府傅秉鉴……等，曾在

府中设备酒筵，令皋兰县府衙役，遥约善歌词曲者，来府演唱。而一时善唱词曲者，大有"青萍结缘，长行于薛卡之门"之概。而当时在茶馆酒肆间，为学咏词曲者，每得一词曲，其运动费辗耗一二十金以上。据传迷时兰州词曲界之俱权威者，以皋兰县府门前之一茶馆为冠。凡善唱询曲者，得值身此间，即有"一登龙门，身价十倍"之势。[20]

清光绪二十二年时，调甘肃董福祥部拱卫北京。军人当中就有两位兰州名票，当是唱鼓子的第一第二人物。一肩背毛瑟枪，一肩则负其弦子袋，夜晚宿店自弹自唱，颇能增进军中士气，而忘荷弋行役之苦。到了北平后，并应故都名士之约，在某茶馆公开演唱，一时北京的名歌善才都被应邀列席，咸拍节欣赏，以为别有风味。后来这两位老唱手，随着大队保卫清后西狩，复经退役返兰，仍是一路马蹄，弦歌载途，传为佳话。[20]

从这里，不仅看出兰州鼓子在当时盛传的情景，同时，也可得知它已自成一个独具特色的成熟曲种了。

在它近一百五十年的形成发展中，各个历史时期的知识文人和民间艺人，又不断进行加工改革。如当时兰州名医黎元锦，武威举人段继成，兰州学者张式儒，陇东宿儒慕少堂，以及辛亥革命后期的李孔昭、苏韶琴、水梓，现代的李海舟等才博学广的知识分子，他们广泛辑词抄谱，纠讹勘误，对词曲韵辙也作出大量的研究工作。值得重写一笔的李海舟老先生(1907—1983)，早年他受慕少堂雇用，成天置身于茶馆歌场，为其征抄词本，后渐发现真谛，便将毕生精力和全部家业倾浮于深研鼓子之上。曾为得一词谱，不惜荡尽家业巨金收买，也全然不顾他人的嘲讽和岳翁的绝情。40年代中叶，又广罗知音艺友，组织南山学会鼓子研究会，新中国成立后，又在提倡创作和演唱新编曲本方面起了一定的积极作用。另外，还有誉满金城的鼓子唱家王义道、曹月儒、唐江湖、马东把式、张国良、卢应魁，以及现代的段树堂、王子英、张麟玉、王雅录等，他们各以不同的演唱风格承师带徒，对于兰州鼓子的改革、发展、充实、完善，均起到很大的推动作用。

新中国成立以后，专业和业余文艺工作者对它进行过几次大的挖掘整理，出版了一些优秀传统曲本，编写过一批现代段子，其中《杨子荣降虎》《夺取杉岚站》《劫刑车》《韩英见娘》等，均在群众中广泛传唱。使这一古老曲种，在反映现实生活、配合宣传党的方针政策方面，起了一定的积极作用。

演唱形式上，也曾作过多方面的创新和尝试。80年代中叶，甘肃省曲艺队将它改编成说、唱、表三结合的形式，但如何能够既保持传统特点，又更具时代新意，尚需进一步探索努力。

对兰州鼓子发展前景的臆断

兰州鼓子之所以能够在不足一百五十年的较短时期内，成为内容丰富、形式完整、特色鲜明的新兴地方曲种，关键在于它的发展主要是在继承基础之上。就是说，它从内容到形式，只不过是在继承前身曲种——北京八角鼓和陕西眉户基本形态基础上的变化形态罢了。在它的发展史上，既没有经历探索表现形式的崎岖之路，也没有承受过举一反三的失败教训与折腾，而一切均在现成形式内容之上顺利地裂变和演进，自然要比经历创格之路的某些古老曲艺成熟得快，成型得早。这似乎已成了一条规律。根据同类曲艺的发展史来看，大凡在某一成型曲种基础上发展而成的地方曲艺，其历史都不过长。比如，山东聊城八角鼓，也是北京八角鼓繁衍的支系，它的历史不过一百五十余年；河南坠子又是渔鼓(道情)和小鼓弦(颖歌柳)的合二而一，它的问世也才是20世纪初期的事；而北京琴书的历史才仅仅三四十年，原因在于它是由乐亭大鼓裂变产生的结果。另外，我们再从兰州鼓子产生的时代背景来看，尽管清代道、咸时期，我国南方出现了太平天国等农民起义，北方民族纠纷也层出不断，加上英帝国的入侵，清王朝政权开始动荡不安，但作为地处内陆的兰州，依然是一片太平景象。尤其当时在兰任职的满旗官员和驻守金城的旗营官兵，吃粮领饷，无事可做，山高皇帝远，成天便以弹唱八角鼓消遣度日，这对兰州鼓子的发展无疑创造了一个有利条件和适宜的土壤，从而使它能够在较短时期内突飞猛进地成长成熟起来。

但是，一切文艺形式都是有盛有衰。兰州鼓子虽然也曾有过它兴盛的黄金时代，时至今日也并没有从曲坛中完全绝迹，但它目前所面临的却是日渐衰落的现实。这种现状的形成并非偶然，因为，随着人们生活方式的改变，必然要求活动于城市的文艺形式也随之而改变，特别是进入20世纪以后，东、西方文化交流日趋频繁，这对人们的心理产生很大影响，并在不知不觉中有了新的审美追求。而兰州鼓子作为经八旗子弟大量染指的封建文艺，不仅在内容上突出宣传安分守业、清宁无为的道德准则，曲调上也是极力"雅驯"，使之变为一字数十音、呆板缓慢、衬词极多的吟诵调，这就完全淹没了它的曲牌唱调原有民歌朴实、泼辣、欢快、活泼的艺术特色，使人听来近乎昆曲高腔，唱来又是曲高和寡，流传起来总不及当地"花儿"、小曲那样易于被人接受，人们也就难

免逐渐对它产生阻隔和排斥心理。另外，再从它的发展史来说，兰州鼓子的演出一直处于自流状态，历来既未产生专业演唱团社，缺乏正常的学术争鸣和流派交流，来推动它的进一步发展，又未出现以此卖唱度日的流浪艺人，缺少有力的传播和大范围的普及。这不仅导致了目前它的演员老化、听众面狭窄和流行地域不广，同时也使它逐渐脱离了群众而造成日渐衰落的局面。

诚然，维系一种传统艺术形式的生命之源，莫过于它的民族性和地域性，而就这一形式本体表现机制中最具活力和审美辐射的，则莫过于它题材的现代性。但是，它们同样是在落后与先进、传统与现代的不断较量中日趋完善和发展成熟起来的。就是说，它既不是静止的，也不是绝对的，而是随着人类的文明不断流动和不断发展的，否则必将成为致乱之源而沉灭于斯。也正如弗兰西斯·培根所言："历史是川流不息的，若不能因时变事，而顽固恪守旧俗，这本身就是致乱之源。时间本身正是立志改革的楷模。它在运行中更新了世间的一切，表面上却又使一切似乎并未改变。"从这一意义上讲，消亡与发展都是兰州鼓子所面临的现实，关键在于它从内容到形式，能否同时代脉搏保持同律跳动，或者说，兰州鼓子这一古老地方曲种，能否物竞天择、因时变事，尽快完成其自身从传统文明向现代文明的过渡，这才是它唯一的求生之道。

---

① 李海舟：《读兰州鼓子出故都说后》，载《西北日报》1948 年 9 月 11 日第三版"陇谈"专栏。主要论点如下：

考兰州民间流行的鼓子……系宋末安定郡王赵令畤，即苏轼称赵德麟者始创商调鼓子词，谱西厢之事。……宋曾有乐府雅词所载："欧阳修采桑子述西湖之胜，"即是鼓子词之一例，足证鼓子词不是清代的作品。再从兰州鼓子四十八个曲牌名字考证，什么"银纽丝""打枣歌""罗江怨""叨叨令""边关""皂罗袍""剪靛花""石榴花""北宫"……有的是宋词的牌名，有的是元曲的调子，有的是明朝的作品，足证兰州鼓子是从宋词元曲递演而来的；……拿兰州鼓子词藻来研究，写儿女的爱情，则花香玉笑，写英雄的气概，则拔山扛鼎。说到用词方面，有的用"我"字，有的用"俺"字，有时用"咱"字，有时用"侬"字，不一定全是北平话，……有些是元曲的俗话，有些是兰州的方言，足证兰州鼓子是前几代高级社会的文学与学问，和民间歌谣和风习混合而成的。

② 西北艺术专科学校音乐系民间音乐资料之三《兰州鼓子》1954 年油印本，主要论点如下：

兰州鼓子可能由小元曲变革而来。当时各乡村的秧歌，名叫送秧歌，唱词中以丰收太平为主，曲调大半用的是兰州鼓子中的曲牌，"打枣歌""切调"等，后来发展成两个不同的类型，一个偏重于舞蹈，即今日的眉户；一个偏重于清唱，即今日的兰州鼓子。至清代的北京八角鼓和小铁鼓，流行到兰州方定型了。

③ 木石斋主：《兰州鼓子出故都说》，载《西北日报》1948 年 9 月 8 日第二版，主要论点如下：

其实兰州鼓子，正复渊源有起于清代（明代无有也），出自北平鼓书，或子弟书。观其伴奏乐器有

三弦、洋琴（扬琴）皆与北平相似。因为清朝的陕甘总督，及甘肃的巡府布按，历朝多用满族旗人，至今旗营的副都统，城守尉、参领、佐领，更不用说全是旗人了。他们都是喜欢听北平的子弟书的，从北平带来了唱书的班底子来兰，久而兰州人听懂了，北京旗人的歌手也留居不返，做了兰州人，于是北京子弟书就植根于此，再经多年演化，参用了西北其他民族唱法，成为现在的兰州鼓子。

④ 在1983年2月22日甘肃省民间文艺研究会"兰州鼓子座谈会"上的发言。

⑤⑥ 李海舟：《兰州鼓子·序》，兰州，甘肃人民出版社，1962。

⑦ 傅惜华：《北京传统曲艺总录》，北京，中华书局出版，1962。

⑧ 玉霜簃：即程砚秋珍藏本。

⑨ 故宫：即故宫博物院珍藏本。

⑩ 北大：即北京大学图书馆珍藏本。

⑪ 前中央：即国民党中央研究院历史语文研究所珍藏本，抗战时期，运往云南途中沉江毁灭。

⑫ 碧蕖馆：即傅惜华珍藏本。

⑬ 长泽氏：即日本长泽规矩珍藏本。

⑭ 中国：即中国戏曲研究所珍藏本。

⑮ 陕西人民出版社，1954年7月版。

⑯ 中国音乐研究所编《说唱音乐曲种介绍》2页。

⑰ 陕西省戏曲剧院音乐组编《眉户常用曲选》第1页。

⑱ 兰州娱乐胜地，已毁塌。

⑲ 指汉族。

⑳ 李孔炤：《兰州流传民间音乐考》，载《现代西北》1944年（3）。

㉑ 木石斋主《兰州鼓子出故都说》，载《西北日报》1948年9月8日。

（原载《曲艺艺术论丛》第五辑，1986）

老兰州难忘乡音兰州鼓子

王正强呼吁积极保护这种已有150年历史的民间艺术

【本报讯】（见习记者刘旭）近期，在我市滨河路老干部活动中心、安宁区培黎广场，经常有五六个老人相聚在一起弹唱一种曲调，围观的人虽多，但都不知这些老人们所唱的是什么曲种。经了解，这些老人们所弹唱的曲牌就是衰落了近50年的"兰州鼓子"。一位正在唱鼓子的老人告诉记者，兰州鼓子是我们兰州市正宗的地域文化，由于时代的发展，这个古老的曲牌被人们所遗忘，现今知道它的人很少，唱的人就更是寥寥无几，市区内的爱好者几乎没有，如今全市传唱的地方只剩下安宁区、皋兰县和彭家坪了。

兰州鼓子的形成

9月3日，记者采访了甘肃省戏剧家协会主席、兰州鼓子专家王正强先生。据王老介绍，兰州鼓子也叫兰州鼓词或皋兰鼓子词，是由三弦、扬琴、二胡、笛子等器乐伴奏演唱的一种地方性曲种。与山东的聊城八角鼓、河南的大调曲子、四川的清音、北京的单弦等同属一类。属曲联体的说唱曲艺形式，但兰州鼓子以唱为主，音乐清雅、闲逸，很有特色。据考证兰州鼓子已有近150年的历史。是在清道光、咸丰时期由驻兰的旗人传入兰州的。兰州民间流行的鼓子，原名鼓子词，是从北京八角鼓、陕西的眉户演变成形的。由于演唱过程中唱调以及字音四声与兰州话的四声逐渐融合，所以深受兰州人喜爱。清同治、光绪时期，兰州鼓子的发展进入全盛阶段。清道光时期兰州一个旗人官员的女儿，名叫"五耶"，组织过一班子人，亲自教唱八角鼓，学唱者都是衙门里当差的人，这些人学会又在外传唱，后流入民间形成了以后的兰州鼓子。

衰落的原因

王正强告诉记者，而今的兰州鼓子的确被时代推入边缘化的窘境，演唱者寥若晨星，而且多系六七十岁的长者，基本上都是家传留下来的，如爷孙、父子、叔侄一辈，这的确令人堪忧。其原因在于由于兰州鼓子的演出活动一直处于自流状态，历来没有产生过专业演唱社团，缺乏正常的学术争鸣和流派交流，来推动它的进一步发展，也从未

出现以此卖唱度日的流浪艺人，缺少有力的传播和大范围的普及。这不仅导致兰州鼓子的老化，听众面狭窄和流行地域不广，同时鼓子好家又将它看得过于神圣清高，只仅仅局限在三两知音艺友之间弹唱自娱，还有一个重要原因便是门派对立，互不相让，从而导致它逐渐脱离了群众，造成了日渐衰落的局面。当然，清末民初时期，也有走口外（即新疆）的兰州人将鼓子带进新疆，但这种情况极个别，传出去的鼓子又被当地的文化所演变。20世纪80年代以前，我市城关区还有一些鼓子传人，如张国良、卢应魁、邓性庵、段树堂等等，现今大多已去世。真正会唱和能唱好的传人已所剩无几了。

最后，王正强不无遗憾地说，兰州鼓子的衰落并不意味着消亡，因为，一种旧艺术的衰落和另一种新艺术的形成，是相辅相成的，也是艺术发展的自然规律。对于鼓子，20世纪70年代末"文革"结束后，演唱曾出现过短暂的热潮，当时我曾对它通过广播电台这一媒体进行了大力宣传，也为艺人们争得演唱场地而四处奔被。80年代由于受到新潮文化冲击，再度成为被遗忘的文化角落。对于这样一个极具地域特色极强的民间文艺，有关部门理应加大保护力度，并鼓励和支持这个曲艺的演唱甚至改革和发扬，不要让它消亡在我们这一代。

（原载《兰州日报》2003年9月9日第5版）

342

兰州鼓子：盛衰之间的非遗传承

十几天后，包括"兰州鼓子"在内的甘肃国家级非物质文化遗产名录将迎来一场"大考"——8 月初左右，文化部将对我省非物质文化遗产工作进行一次比较全面的大普查和大调研。

"大考"无疑再一次使得像"兰州鼓子"这样的国家级名录置于一种被关注被审视的视野之下。

数据、丛书、演出……视野之下的成果不单单仅此而已，还应该也必须还有更多，如兰州鼓子，有人说它以博采众长而生，以臻于完美而盛，以渐离生活而衰，这条漫长曲线将一如既往地延伸下去，只有开始，没有结束……

（本报记者　雷媛）

从一套丛书开始

四张超大的老板桌拼在一起，几乎占了整个办公室四分之一的地方。电脑、未装订的书籍、文件、手抄资料……到处堆着，使得偌大的桌子显得不够用。张北辰在接电话，手里是一本《兰州鼓子》。

《兰州鼓子》和《兰州黄河水车》《兰州太平鼓》《永登高高跷》一起被兰州非物质文化遗产中心列为"首套非物质文化遗产大型系列丛书"。就在前两天，这套丛书已经正式由甘肃人民美术出版社出版了。

70 岁的魏世发是兰州鼓子界鼎鼎有名的人物，他被赞誉为"兰州鼓子的领军人物"。

"这里就是我们的家。"魏世发口中的这个"家"对外称安宁区兰州鼓子协会，位置就在安宁区文化馆三楼的一间十多平方米大的房子。而"家"里最醒目的就是墙上的四个红色大字——兰州鼓子。每周三和双休日的两个下午，和魏世发一样的兰州鼓子爱好者就集中在这个"家"中。"我们是 2009 年 2 月 14 日搬到这里的，从那一天开始，我们就真正从'游民'成了'安居者'。所以，我这一辈子都不会忘记这个让我们结束

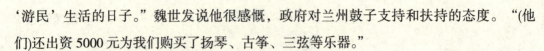

'游民'生活的日子。"魏世发说他很感慨，政府对兰州鼓子支持和扶持的态度。"(他们)还出资5000元为我们购买了扬琴、古筝、三弦等乐器。"

甘肃省非物质文化遗产保护中心专家委员会委员、省戏剧家协会王正强主席表示：魏世发说得没错。眼下，兰州鼓子的确遇上了发展的好时代，无论是政策支持还是资金扶持，"在以往任何时代都没有可比性。"

古老的民间曲艺

兰州鼓子到底是什么?

"兰州鼓子是在黄河文化土壤里盛开的一朵民间说唱曲艺奇葩。"王正强说。

王正强在他于20世纪80年代中期出版的《兰州鼓子研究》一书中已经给兰州鼓子下了书面的定义。"兰州鼓子，又名兰州鼓子词，是流行于兰州地区的一种民间曲艺形式，中国曲艺的古老曲种之一。"王正强的《兰州鼓子研究》被称为第一本兰州鼓子理论专著。该书的出版，结束了兰州鼓子没有理论的时代。

从被窝筒筒里就听着爷爷和父亲唱兰州鼓子长大的魏世发说，兰州鼓子就是用兰州方言把各种曲调唱下来的一种古老的曲艺形式。"它是国家的'独生子'，因为它只有我们兰州有，分布地也就是兰州的三县五区，现在市区主要在安宁达家庄、马滩、五一山社区、彭家坪镇郑家庄村等处，县区像皋兰的水阜、什川等。"

起源之争

争而未休。

这是一个事实——关于兰州鼓子的产生及其形成的历史年代，以往尚无一致看法，争论从未停止过。宋代说、宋元说、元代说和清代说是四种比较集中的观点。

据史载，甘肃清末民初有个学者慕少堂所撰的《甘青宁史略》记载，鼓子词为北宋安定郡王赵令畤首创，所以鼓子曲牌中有不少宋词曲牌；李孔绍编的《兰州简史》记载，鼓子词不仅由宋词、元曲"诸宫调"演变而来，它和唐代的经、变文亦有血肉关系……

不过，坊间和学术界多认为王正强所说兰州鼓子始于清代的结论是最可信的一种说法。

王正强在他的《兰州鼓子研究》一书中明确了他的兰州鼓子起源"清代说"的观点，得到北京曲艺专家的普遍认可。

　　"兰州鼓子原本由八旗子弟书的北京八角鼓子词演化而成，这从曲牌音乐的曲体结构、旋律运行两相对照就能看得很清楚。但由于有些人仅从'鼓子词'这一名称概念出发，一味地从史籍中寻找源头，再加上鼓子好家们过于偏爱的感情色彩，以为越古远越能显其身价，岂不知这样的结果实际反倒否定了它历史发展价值的存在。"王正强还强调说，"当然我这样说并不是在彻底否定兰州鼓子的地方性，恰恰相反，而是被彻底'兰州化'了的一种最具兰州地方特色的文化符号。兰州语音，兰州人的'腔口'，兰州人的审美态度等等全都融汇在它的肌体之中。"王正强说，清朝晚期，兰州鼓子曾在兰州地区红火一时，当时的八旗官绅和兰州市民对它的喜爱，不亚于今天的流行歌曲。"清光绪二十一年，兰州布政司、按察司甚至以官方名义搞过一次类似今天通俗歌手大奖赛的鼓子赛会，盛况空前，万人空巷。参加此次赛会的鼓子艺人，真有'一登龙门，身价十倍'之感。稍后，董福祥部有两位鼓子唱家，随军拱卫北京. 也是弦歌载途，传为佳话。"

<h2 style="text-align:center">衰落是现实</h2>

　　不论是兰州鼓子的传承人还是兰州鼓子的研究者，对于目前的兰州鼓子，一个一致的观点是："衰落是现实。"

　　"清晚期以及上世纪中叶，都可以说是兰州鼓子的全盛时期。"王正强说，兰州鼓子在经历了其兴盛的黄金时代后，目前所面临的是日渐衰落的现实。

　　60多岁的老兰州柏敬堂老先生对兰州鼓子的一丝记忆是在20世纪50年代。"差不多就是1959年左右，兰州市举办了一个戏曲观摩演出大会，其间就有兰州鼓子的演出，演出曲目是《拷红》。当时听了一会觉得不好听，一直到现在都不喜欢(听)。"

　　可以说，难学、听不懂、传播范围不大等等这些都是兰州鼓子衰落的不可回避的原因。但是，其中不能忽略的一个最重要的原因就是：长期以来，兰州鼓子的继承发展处于自流状态。

　　"20年来，我们这些兰州鼓子的老艺人就是游民，今天在这个鼓子好家家里演，明天又跑去另外一家。"魏世发说起往事很是感慨，"尽管这几年来，政府部门和社会团体也为我们兰州鼓子艺人创造了一些登台演唱的机会，如已经举办七届的春节庙会、非物质文化遗产日等各种庆典活动以及让兰州鼓子走进学校、走出国门……不否认这些都对兰州鼓子的传播和发展起到一定的作用，但是最直接的现实是目前更多的兰州鼓子艺人的演唱活动仍处在一个非常原始简陋的境地，人员青黄不接，像我们这样比较活跃的

鼓子艺人绝大多数都已六七十岁，每次举办活动大都是由艺人和爱好者自筹资金。"

魏世发对兰州鼓子衰落的担忧，王正强也有，但是，和魏世发不同的一点是，王正强认为："衰落并不意味着消亡，从历史的角度来看，一种旧艺术形式的衰落和另一种新艺术形式的产生，往往是相辅相成的。这既是一种继承的关系，同时也是艺术发展的正常规律，这不只是一百多年的兰州鼓子如此，整个艺术发展都是如此。"

几千年前，我们的一位祖先做完农活后，敲着一只土块，唱起一首歌："日出而做兮日落而息，耕田以食兮凿井而饮，帝之力与我有何兮？"这首歌名叫《击壤歌》，是最早关于歌的记载。唱这首歌用的什么调子我们是无从考证了，但从歌词看，这位早期的"无政府主义者"的情绪无疑是快乐的。还有韶乐——让我们的老夫子三月不知肉味的韶乐……当然，还有阮步兵的千古绝唱《广陵散》，是什么音乐能用来面对死神而让人从容赴死呢？斯人斯乐都随风而逝，湮不可考。我们民族历史太长了，丢失的宝物也太多了。但我们知道，曾经有过的那些煌煌大曲有一个总称叫音乐，只要这个世界还有人类、还有生命，总会有音乐的，无论它以什么形式出现，它永远是我们生命和情感的有力注解。

兰州鼓子，亦如斯。

（原载《兰州晨报》2009 年 7 月 23 日 A06 版）

独树一帜的甘肃秦腔

截至目前，还不曾有人从理论上为甘肃秦腔和陕西秦腔作一科学的分疆划界，这是因为甘、陕秦腔原本就是一母同胎的产儿。然而，随着后来陕籍艺人蜂拥西进河陇搭班、组班、领班，迫使甘肃秦腔艺术锋芒锐减而最终导致"陕甘合璧"的结局。但是，倘从历史角度略加考释，却不可忘了 40 年代前颇让陕西艺人最为"却火"的艺术劲敌——甘肃秦腔的真实存在。特别是老一代陕西演员，至今仍对刘立杰、耿善民等红极一时的明星竟然败在兰州台口之下的隐痛记忆犹新。这两位演员当然无愧于时代的秦腔大家，然而，浏亮的嗓音毕竟征服不了兰州观众"看架架"审美偏执。别的不消说起，仅《逃国》伍员踏着［倒脱靴］不足半分钟的出场表演，尤其最后［马腿］击乐中手搭凉棚马上眺目探路的"亮相"造型，莫要说那马鞭、口条的"摆洒"，台容、身架的英姿，即便在眼神和龙泉宝剑耍弄细微之间，就和陕西秦腔的出场判然两别，其难度之大，技巧之高，艺术感染力之强，动作语言的戏剧目的性之明确，真可谓独树一帜，别无分号了。这种艺术特色还不仅限于表演，甚至贯穿在行头、装扮、脸谱、特技绝活等舞台方法之始终，下面仅就其唱腔谈谈个人的一点小识。

要谈唱腔，必然涉及语言音韵。因为，大凡在甘肃秦腔史上有过继往开来和卓越贡献的名伶高手，绝大部分都是土生土长的甘肃人，他们平时所操持的家乡话，不能不给念白染上一层浓重的"甘肃味"。与此同时，又极力强调着戏曲念白那种鲜明的抑、扬声调和顿、挫念节奏，这就形成一种既不同于关中语系，又不同于甘肃乡音的特殊念白"腔口"。不妨以目前甘肃秦腔流派代表艺人周正俗的念白为例说明。周的念白，具有甘肃秦腔念白的典型性，有人说他"以兰州语音为规范"。他是一个土生土长的兰州人，其整个艺术生涯，可以说只局限在兰州地区这一极小的范围内度过，他所操持的乡音(平时也均讲兰州话)本身，必将给他念白的发音吐字，或多或少地、自觉不自觉地带来一定影响。这种影响不仅仅体现在字调上，更明显地还体现在字音和字韵上。较突出的是在他念、唱中的人辰辙和中东辙、灰堆辙和怀来辙就不大能够分得清楚，往往是两韵混淆来用。像"君"与"炯"、"臣"与"城"、"英"与"因"、"雄"与"巡"、"美"与"卖"、"愧"与"块"、"威"与"歪"等诸如此类的字，念唱中往往被混为一读。显然这是受兰州字韵影响所致，甚至有些字又与陕西西府秦腔发音颇为相近。但对于兰州话中的变声字，如"白"念"跛"、"鞋"念"赅"、"书"念"福"等等，依然按照关中语系取声。特别他还把兰州话中与普通话相同的字，均又按关中语字声予以一一纠正。如把"全"改为"cuqn"等。字调上，在我听来，可以说是兰州、关中语系两杂，如"君臣"，用兰州话念出时，"君"为低降调，"臣"为高降调，周仍改为关中"君"念低平调，"臣"念上扬调的字调运行规律。当然更夹带颇重的乡音字调，如他在《潞安州》陆登"哥哥们，往上吊"这句白口中，其中"哥哥们"就是按兰州字调将第一个"哥"字向下一滑(关中语应为高平调)，"往上吊"则一转复还关中语处理，这样的例证也较常见。

甘肃秦腔念白的另两个特点是音节短促，发音重浊。形成的原因有二：一是兰州话的语音本身就比较硬，吐字的音节自然就短促；二是甘肃秦腔演员念、唱比较讲究施用鼻音，但由于过分变本加厉反而导致字音的混浊。如周正俗的吐字，主要是鼻音、闷音两结合。鼻音无疑是他承袭乃师郗德育的发声特点，而闷音则又是他仿学郗派鼻腔共鸣过重所致。听来不仅带有鼻窍不通"伤风感冒"的味儿，还影响到送字的瓷实与真刻。另外，甘肃念白在词组分节，节奏布局虽和陕西念白大致相同，却又全然没有陕西念白那样快脆。念速一般都比较慢。如周正俗饰陆登所念："天哪！哎呀苍天！一时大意，未作准备，金兀术攻克城池，失却国家重地，只是这、这……有了!"若让陕西秦腔演员念来，必然取用"贯口"而一气呵成。而周则单摆浮搁，一字一板，而且每个字的顿挫抑扬也不大显棱显角，缺乏起伏和跳跃。这既是甘、陕秦腔念白之不同，又是甘肃秦腔念白之不足。

正因为这样，促成甘肃秦腔唱腔和陕西秦腔唱腔相近且又不完全相同。相近在于板眼节奏与板式结构上，不同在于各自的旋律与旋法上。而旋律与旋法上的差异又主要集中体现在许多唱调的板头上，最明显地则集中在〔尖板〕头和〔带板)头上。这种微妙的差异，在生、旦、净、丑各行当的声腔中均有不同程度的显露。

有人说甘肃秦腔唱腔的主要特点是直腔直调，此说虽有一定道理，但又不够完全具体。单就旋律的流动性而言，甘肃秦腔的唱腔也是委婉而多曲滑。那么，何故又能给人以这样一种印象呢?原因大概有四：一是唱调各腔节落音选用主音"5"过多过繁；二是

旋律主导音型反复出现太多；三是曲中 2——5 上行四度跳进，2——5 下行五度跌落音程出现过于频繁；四是整个唱腔音域不及陕西中路秦腔那样宽广。不妨以须生腔《辕门斩子》"见太娘"之〔尖板头〕为例比较说明：

先看陕西秦腔〔尖板〕：(刘易平演唱)

再看甘肃秦腔〔尖板〕：(王云祥演唱)

略加品赏，可知两调相同之处在于：

①旋律骨架大体一致；②曲体分节均为三三四词格的三截腔法；③旋律线条流动起伏相互吻合；④字位安排也完全一样，足见两腔同系一源。

不同之处在于：①陕腔音域宽广，下限音"2"到上限音"5"，音域宽达十二度；甘腔音域较窄，下限音"5"到上限音"3"，音域仅六度。②陕腔拖腔的腔幅较长(参看陕腔谱例"娘"、"地"拖腔)，且多曲折、多委婉，并加嵌了发展乐句、下行直抵低音区极限：

甘腔拖腔的腔幅较短(参看甘腔谱例"娘"、"地"拖腔)，且多平直，无发展乐句。③
陕腔各腔节中结音变化丰富，有1、有4、有2、有2；甘腔则多取调式主音5，④陕腔上
句腔结尾音来得比较平稳、柔畅（2—— ）；而甘腔多在腔句收束之处，带上一个着力
点于倚音之上的"撤音"（2 —— 2 0），从而显现出一种锋芒外露的顿挫。正因为
在它们的旋律内部存在着这样一些差异，便给人们留下陕腔婉转，甘腔平直的印象。但
这也不能一概而论，有时，为表现一种特定情绪，甘肃秦腔的旋律则比陕西秦腔旋律来
得还要委婉、曲折得多。如《八件衣》杨连所唱［带板］:(周正俗演唱)

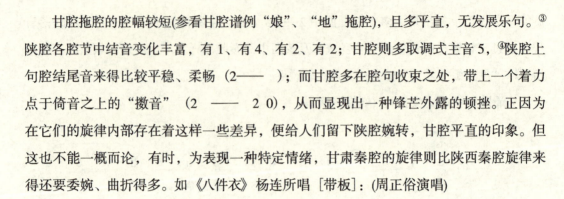

陕西秦腔的唱法是:

比较中得知，甘肃唱腔通过倚音的繁用和拖腔的舒宽，使旋律立显曲折委婉，从而
把角色向受屈之人赔情道歉时那真挚、恳切的语势，表现得至为深透。这对错判官司、
误伤人命而心怀内疚的剧中人来说，无疑是极为得体的。而陕西唱腔，又因旋律缺少起
伏、节奏过于短促，致使字音重于腔音，这就不能不给人们以甩袖喝斥的错觉，从而影
响了人物感情的准确表达。

甘、陕两省秦腔唱腔的细别，不仅仅在于旋律用音和腔幅的长短方面，更多地则体
现在依字行腔方面。因为，甘肃秦腔演员的演唱发声，同样遵循着甘肃字音、关中字调
这一基本法则。但是，也和念白一样，当地乡音字调也将不可避免地会影响到他们的行
腔，自然也就不能不给唱腔旋律带来一定的影响。如周正俗在《烙碗计》中所唱［苦音
拦头］:

$\frac{4}{4}$ (ỉ | ỉ i̅.̲6̲ 5̲ 4̲ 3̲ 2̲ | 5̲ 2̲ ỉ) 2 5̲ 3 | 2 2

                                     大　雪　　儿

ỉ.̲6̲ | 5̲ ỉ 5̲ (6̲ 5̲ | ỉ.̲2̲ 4̲ 3̲ 2̲ i̲ 7̲ ỉ |

(安)

"大雪"二字，在兰州话中分别属低降调和高降调，故在曲中"大"字低唱，"雪"字高落。若按关中语行腔规律，"大"属高平调，则必然高起。如陕西刘毓中的唱法，就是这样安排的：

$\frac{4}{4}$ (ỉ | ỉ i̅.̲6̲ 5̲ 4̲ 3̲ 2̲ | 5̲ 2̲ ỉ) 5 5 | 4̲ 3̲ 2̲ |

                                     大　雪　　儿

ỉ ỉ 6 | 5̲ 4̲ 5 (6̲ 5̲ | 4̲3̲ 2̲3̲2̲1̲ 2̲3̲1̲2̲ 5 | 2̲3̲ i̲ 2 |

(安)

（中国唱片 M—138 甲）

再看下例：

ỉ 2̲ 5̲ 5 .̲3̲ 2̲ 3̲ 2 i̲ 5 — 2̲ 5̲ 2 ỉ ∨ 2 —

我见　得　定生　　有　伤　痕

以关中语音四声调值规律来衡量周正俗所唱上面这句［带板］唱腔的腔词结合关系，就会发现曲中有许多"倒字"现象。如"见""定""有"等等皆是。但倘若再按兰州语音四声调值去分析，则又变"倒"为"正"了。这一点，也是两省秦腔不尽相同的一个方面。

两省不同的方音字韵对各自演唱秦腔唱腔的旋律旋法产生深远影响是不言而喻的，但也不仅限于此，从整体板式构成上区别则更加明显。1987年7月我曾采访天水鸿盛社第三任班主李映东时，他曾仿学哼唱了一段清末时期天水秦腔须生演唱的［二六板］唱腔，不妨录谱于后：

廿 $\widehat{5}$ $\overset{2}{3}$ $\overset{\cdot}{2}$ — ∨ $\overset{25}{2}$ $\overset{35}{2}$ $\overset{\cdot}{\underline{1}}$·$\underline{6}$ $\overset{5i}{5}$ — ∨ $\overset{\cdot}{2}$ $\overset{\cdot}{5}$·$\underline{5}$ $\overset{\cdot}{3}$ $\overset{\cdot}{2}$ ∨ $\overset{\cdot}{2}$ $\overset{\cdot}{5}$

刘　　　宫人　　　　适才　对　王

$\overset{\cdot}{2}$ $\overset{\cdot}{\underline{1}}$ $\overset{\cdot}{6}$ $\overset{5i}{5}$ — （$\frac{1}{4}$ 康才 | 康才康 | 来康 | 衣才 | 衣康 |

讲，

转［二六板］

6 5 | $\dot{1}$ 2 5 | 4 3 | 2 $\dot{1}$ | 5 2 5 | 5 4 | 3 2 |

$\dot{1}$ | 4 3 | $\dot{2}$ 7 6 | 5 2 | $\dot{1}$ | 0 2 5 | 4 2 5 | 2 5 2 5 |

　　　　　　　　　　　　　　　　刘　宫人　适才

7 | $\dot{1}$ $\dot{1}$ 7 | 6 5 4 5 | $\dot{1}$ 7 6 5 | 4 5 2 | 2 ∨ 5 | $\dot{1}$ 7 6 5 |

呀　对我　　的讲　　（哪衣呀）　他　讲　的

4 5 $\dot{1}$ | $\dot{2}$ 0 $\dot{2}$ 0 | 7 6 5 | 4 5 2 | 7 6 5 |

昭王　玉　帝　　（哎　嗨　哎　哎　嗨

4 5 2 | $\dot{5}$ 2 5 | $\dot{2}$ $\dot{1}$ | 5 | 5 5 $\dot{1}$ | 5 $\dot{1}$ 7 $\dot{1}$ |

哎）　过长　　江。　船　行　在

6 5 2 | 2 $\dot{1}$ 7 | 6 5 4 5 | $\dot{1}$ 6 5 | 4 5 2 | 2 $\overset{7}{6}$ |

江心　水　翻　的　浪，　（哪衣呀）　梢，

6 5 | $\dot{2}$ $\overset{5}{7}$ 7 | 7 | $\dot{2}$ 7 6 | 5 | 0 $\dot{1}$ | $\dot{1}$ $\dot{1}$ |

公　跪倒　禀亲　王。　此　地

$$\widehat{\dot{2}\ 6\ 5} \mid 4 \mid \widehat{7\ \dot{1}\ \dot{1}} \mid 4\ \cdot\ 5 \mid \widehat{\dot{1}\ 6\ 5} \mid \widehat{4\ 5\ 2} \mid$$

有个　　　活　龙　　的　　相，　　（哪衣呀）

$$\widehat{\dot{2}\ 5\ \dot{1}} \mid 6\ \cdot\ 5 \mid \widehat{\dot{2}\ 7} \mid 7 \mid \widehat{\dot{2}\ 6\ 5} \mid \widehat{4\ 5\ 2} \mid$$

离　　不　了　祭　礼　　（哎　嗨　哎，

$$\widehat{\dot{2}\ 6\ 5} \mid \widehat{4\ 5\ 2} \mid \widehat{5\ 2\ 5} \mid \widehat{\dot{2}\ \dot{1}} \mid 5 \mid 5\ 0 \mid （下略）$$

哎　嗨　哎）　　祭　长　　　江。

此例系《赵二王打宫》一剧赵襄王所唱，赵襄王在该剧中以官衣须生应工，故属地道的须生［二六板］唱腔。但因其李映东先生仅凭记忆仿学唱出，我们自也尚难判定该调与百年前原型调究竟是否完全吻合，或者说它与当今须生［二六板］唱腔有无串调之处，姑且存疑待考。但就其谱例中那直朴的旋律运行和上腔句单调的中结音运用，使整个曲调透发出古拙、况静的艺术风格来看，可以初步认定它起码保持着早期甘肃秦腔唱腔音乐的基本艺术特征。因为，它能使我们从中悟出这样两个耐人寻味的艺术现象：①曲中衬词的繁用，隐现着秦腔唱腔由民歌衍变的原始痕迹。在它的上下腔句里，所嵌入的衬词腔句，虽在表现形式上迥异，却极有规律，而且极富于民歌化、程式化。如在其上句腔末尾必出现：

$$\widehat{\dot{1}\ 6\ 5} \mid \widehat{4\ 5\ 2} \mid 2\ 0 \mid$$

讲　　（哪衣呀）

通过这样的衬词嵌加和旋律的连续下行，将其上句腔的中结音统统引向"2"这一属音之上，从而，既不及现代秦腔落音来得丰富(现代秦腔(二六板]中，苦音上句腔可落于4、5、7、等音，欢音上句腔可落于　等音)，又显得古拙呆板缺少变化。而下句腔里，又在四三格词体音节的分节中部，"截腰"插入衬词衬句：

$$\widehat{\dot{1}\ 6\ 5} \mid \widehat{4\ 5\ 2} \mid \widehat{\dot{1}\ 6\ 5} \mid \widehat{4\ 5\ 2} \mid$$

哎　嗨　哎　　哎　嗨　哎

这种嵌加衬腔的形式，不仅固定成格，而且恰与甘肃民歌、杂调中的衬词运用方式颇相一致，因此，使其唱腔多少流露出由民歌衍化而来的原始遗风。当然，20世纪初期的陕西秦腔唱调中，也曾有过繁琐冗长的衬词嵌加，但却多出现在旦角唱腔之中，且在具体运用上，则与甘肃须生腔截然不同。请看下例：

$$1\ \underset{\cdot}{7}\ \underset{\cdot}{6}\ \underset{\cdot}{5}\ \underline{1}\ |\ 5\ \underline{5\cdot}\ \underline{5\ 4}\ \underline{3\ 2}\ 7\ |\ 1\ \underline{5\cdot}\ \underline{5\ 4}\ \underline{3\ 2}\ 7\ |$$

王　　春　娥哟（哪呀　啊哈　衣哟，衣呀　啊哈

$$1\ \underline{5\cdot}\ \underline{5\ 4}\ \underline{3\ 2}\ 1\ |\ \underline{5\ 4}\ \underline{3\ 2}\ \underline{1\ 1}\ \underline{4\ 3}\ \underset{\cdot}{2}\ \underset{\cdot}{6}\ |$$

衣哟，哪呀　啊哈　衣呀　啊呀哪哈　衣呀

$$\underset{\cdot}{5}\ \underline{1\ 2}\ \underset{\cdot}{5}\ \underline{6\ 5}\ \underline{5\ 4}\ \underline{2\ 6}\ |\ \underset{\cdot}{5}\ -\ |$$

哈哪衣　呀哈衣　呀哈　哈）

上例引自王宴卿《秦腔唱腔近六十年的来发展概况》(载陕西省戏曲研究院《院刊》第一期)一文，本系 20 世纪初期《三娘教子》一剧中王春娥所唱［苦音慢板］唱腔。尽管它也加用了累赘的衬词，却使我们从中看到，它不仅具有很大的随意性，而且已经完全被戏曲化了，其间丝毫不染民歌迹象。由此可知，甘肃秦腔较陕西秦腔更为原始古朴，同时，也说明秦腔板调最初可能由西北民歌衍化发展而成。②从其曲体结构和板眼设置看，又与现代秦腔［二六板］的唱腔格局完全一致。它的前四字均起于眼，后三字均归于板，其安字规律为：

	前四字（眼起）				后三字（板落）			衬词			
0	X	X X	X	X X	X	X X	X	X X	X	X	0
一	二	三	四		五	六	七	（衣	呀）		

而现代唱调的安字规律同样为：

	前四字（眼起）			后三字（板落）		
0	X	X X	X X	X	X X	X	X	0
一	二	三 四		五	六	七

由此可知，现代秦腔［二六板］的板式结构，并未逾越 19 世纪唱调的节奏规律，只不过仅在旋律起伏上和中结音的运用上，加以丰富、净化和灵活变化罢了。在甘肃秦腔唱腔中，还存在着许多极富有特点和艺术表现力的创造性成果，这些成果，几乎遍布生、旦、净、丑各个行当的声腔艺术之内，限于篇章，此处不再列谱赘述。唯以上对于因其操持乡音而导致甘、陕秦腔不尽相同的现象，只是作为一个学术问题提出来略加分

析探讨，旨在使大家更充分地了解和加深对它艺术发展经历的启认。

我们当然主张具有不同风格与特色的艺术流派能够百花齐放，即令是相同剧种、相同地域内的不同艺术创造，只要内容健康、形式可取、情调高洁、群众喜欢，都应当相互借鉴和继承发扬，不可以厚此薄彼。但借鉴只能在有利于剧种艺术的丰富、提高和进步为前提，同样，继承也只能在有利于整个剧种越来越走向生生不已的兴旺局面为动力，特别还必须尊重和承认不同时期观众审美变化中的优胜劣汰规律的检验与取舍。倘若青红不分地以礼全收，或则皂白不辨地一概排斥，都将失却今天对它分析、研究的实际意义。

---

①清末徐珂《清稗类抄》第十一册 5019 页。中华书局 2003 年 8 月版
②清叶德辉重刊《秦云撷英小谱·序》，《秦腔研究论著选》第 165 页。陕西人民出版社 1983 年 4 月版。
③齐如山《中国戏剧源自西北》。
④《中国戏曲音乐集成·新疆卷》。
⑤［勾腔］为甘肃秦腔独有，多用于布阵或大宴场面，双唢呐奏出。曲谱为：

$$6 - | 6 - | 65 | \underline{36} \ \underline{53} | 2 - | \underline{36} \ \underline{53} | \underline{23} \ \underline{56} |$$

$$\underline{32} \ \underline{13} | 2 - | \underline{36} \ \underline{53} | \underline{23} \ \underline{56} | \underline{32} \ \underline{13} | 2 - | \underline{23} \ \underline{21} |$$

$$\underline{23} \ \underline{12} | \text{衣 打 衣} | \text{仓 才 才 仓} | \text{衣 才 仓} | \text{衣 打 仓} \|$$

（原载《甘肃戏苑》1987 年第 2 期）

内容求真　形式求新

——从几种编播形式的创造革新尝试谈起

一

编播形式，体现着广播特点，凝聚着特殊审美趣味。当听众打开收音机时，不只对电台所播节目的内容常有选择，也对其编播手法更为挑剔。特别是青年听众，对戏曲持有阻隔心理，将直接影响到它的收听率，以致我们失却了一层最基本的听众面。然而我意外地发现，前段"戏曲迪斯科"的问世，曾在青年人中激起强烈反响。戏曲依旧是戏曲，只不过表现形式与编排手法变了一下，却使年轻人如此热衷，这使我从中悟出两个道理：一是从欣赏习性上，青年人并不排斥戏曲；二是相同节目取用不同表现形式，对青年人将产生新的诱惑力量。这使我联想到：倘或我们不断注意改进戏曲节目的编播手法，创造更多和更加灵活的播出形式，或许有可能会把青年人吸引到戏曲广播中来。

从争取更多青年听众出发，改进戏曲节目编播形式，自然得从研究青年听众欣赏趣味和心理特征入手。当代青年对戏曲审美的心理状态究竟怎样？ 选择怎样的编播形式才能拢住他们的心？ 这必将牵涉到戏曲本身的诸多因素。但就编播手法这一环节而言，如果将当代青年对某些文艺样式持有浓烈兴趣的原因稍加分析，也将对改进戏曲节目的编播形式会有一定启迪。

生活中发现，青年人对广摇、电视播出的体育节目相当热衷。尤其对诸如足球、排球、篮球等赛事活动的现场转播，更能让他们废寝忘食。本来，体育产生的原初动机，不过是一种健身的手段而已，它并不具备戏曲、舞蹈、绘画从其产生的第一天起，就具有供人观赏的审美价值。然而，随着社会生活的变化，促使人们有了多方面的精神需求，使各类球赛从单纯健身慢慢步入可供娱人观赏的审美行列。尤其影视、广播等现代传媒技术的飞速发展，它的欣赏值和引人魅力，在某种意义上几乎并列甚至超越了舞蹈和戏曲。青年人之所以为之倾倒着迷，不仅在其本身具有同他们的精神特征和心理特征相一致的东西，更在于能够从中获取激励向上的精神诠释。

人们的意识观念和欣赏习惯，总是伴随着生活的变化而改变，青年人对于这种变化

的适应能力，似乎来得更快、更活跃，这是他们性格、生理机制的一种反映。生活在现代社会中的我国青年，大都经受过"文化大革命"的愚弄而存有徘徊、惶惑的心态，但当他们步入今天，亲身感受到四化建设的沸腾现实，使他们对生活重新建立起信任，朝气蓬勃、拼搏向上的精神也就愈来愈加强烈，对现实社会的关心和对理想的追求自然成为今天青年一代共有的性格特征。这一特征，同样会渗透到他们的审美观念中来，像火辣辣的情节延展和不断向上的冲击激情，更能引起他们的兴趣。这一点，恰恰正是体育节目的长处。因此，自然也就成为青年人热衷于收听(看)球赛实况转播的原因之一。

原因之二就是它所采取的播出形式。电视固然能将千里之外的现场实景移近于咫尺，但广播却只能充分发挥自身优势——声的传输，将可听的现场音响造成听觉画面，让人们从中得到感受并身置其境。这方面，解说员对赛场内外的具体描述无疑起了重要作用。倘或去掉解说，无论广播还是电视，都将相形失色，并使青年人有可能由热衷变为淡漠甚至排斥。

生活中还发现青年人对相声、丑角戏并不排斥。从艺术分类学角度讲，前者属语言艺术，后者属戏曲艺术，但从其表现手段看，两者却有许多似同之处：①说、学、逗、唱，插科打诨；②多采用现实主义表现方法，允许现场逗捧，富于夸张，真现实感强，生活气息浓；③笑料百出、寓教于乐，富有趣味。尤其那幽默的语言，滑稽的表情，往往会使人们极度兴奋。这对性情乐观、开朗活跃和易于激动的青年人来说，不就比去欣赏全由程式组合和距现实生活较为遥远的传统生旦戏更易于接受和易于进入审美活动吗？

我还发现，青年人对新秀们举办的通俗歌唱音乐会比古典、西洋等正统的美声音乐会要感兴趣得多。这种选择，固然与他们的欣赏水平、艺术素养等有关，但同样也与各自的表演形式不无关系。

正统的歌唱音乐会，演员较多注重口型、运气、共鸣位置等歌唱功能的最大发挥，力求以声美去拨动观众心弦，至于表演和表情则无从谈起。因此，观众除凭借听觉去欣赏其歌唱艺术之美外，临场所目睹到的，便是口动和单调的摇臂运气之类的下意识动作。而通俗歌唱音乐会则不然，新秀们不仅注重声美，还十分注重表演与表情的辅佐。他们往往手持话筒，情态随意，既可同观众展开心的交流，又可在歌唱之外畅谈自己的感想，还可向观众发出各种各样的提问，再加上灯光的变换、摇滚的节奏，使整个剧场始终处于不断运动中。演员轻松地边舞边唱，青年人随乐合拍轻轻相吟，观众忘掉了自

己是观众，演员同样忘掉了自己是演员。演员与观众之间失去了阻隔心理，全都被沸腾的气氛融为一体。青年观众对以上两个音乐会的不同演唱形式所持的态度，不正说明他们在艺术审美中的心理定势与选择吗？

不论体育节目也好，相声、丑角戏抑或通俗歌唱音乐会也好，尽管它们分属于不同艺术范畴，却又集中反映着这样一种共同特点：即轻快的节奏进行，活跃的表现形式，富有动感和热烈的现场气氛，轻松而饶有兴味的艺术情趣。这一切，正是它们能够赢得青年人浓厚兴味和满足其心理需求的基础。因此，如果我们合理地加以吸收运用，也就有可能成为我们改进戏曲节目编播形式，争取更多青年听众的重要依凭。

诚然，电台广播的戏曲节目，不是以直观的可视性画面让人们去认识生活和领略其美感的，而是以可听的音响造成听觉的形象使听众从中获得美感的。根据青年听众的审美心理，利用他们对于视觉图像的心理记忆，采取相应的音响组合去编播戏曲节目，对他们必将产生一定的吸引力。正是基于这样的认识，我曾尝试性地搞过几个节目，结果获得初步成功。

二

第一个节目便是《1984年春节秦腔广播大联欢》（以下简称《大联欢》）。从构成整个节目的音响素材讲，无非是唱腔、解说词、笑声、掌声、自然杂音等。但由于我从体育比赛的现场转播、相声、丑角戏和通俗歌唱音乐会中吸收了最能使青年人动情的一些表现处理手法，同时又在组织采录过程中，既强调节目本身的艺术质量，又注意到广大听众特别是青年听众的欣赏审美情趣，力求在体现时代精神的同时，始终突出热烈的节日气氛，以致整个节目，从内容安排到形式编织，不仅力求紧凑活跃，还突出以声音唯美的广播特点，以此引动青年听众的注意和兴趣。

第一，《大联欢》自始至终突出欢乐的节日气氛和现场感。

在采录环节上采取了现场演唱、现场联欢、现场录音的方式。我还特别注意了拾音场地的环境布置：彩灯高挂，纸花高悬，灯光在不同颜色中闪动，正面墙壁贴上醒目的会标，整个演播大厅一派节日氛围。同时，还有省委、省顾委和有关部门的领导，以及文艺界专家、新闻界同行和各行各业的听众代表出席。这一切，旨在给演唱者、观众和录音师在拾音中再现当时环境的音响画面提供有利条件，使听众通过听觉，感受到活跃的联欢现场，使他们获得如临其境之趣。

第二，《大联欢》邀请相声、歌剧演员担任节目主持人。

设置节目主持人的播音方式，近年来虽然在文字节目中偶有所用，但在文艺节目特别在戏曲节目中尚属首次。我之所以采用这种形式，一是吸取了一些文艺晚会的经验；二是我发现这种形式本身有着许多其他形式无法比拟的长处：首先主持人的语言是艺术的语言。既具有色彩的变化，又具有丰富的感情，既能诱发听众很快动情，更能为整个节目铺敷一层轻松欢乐基调；其次，在主持人的语言中，能够自然地把诸如球赛、相声、丑角戏、轻音乐会中青年人最感兴趣的表现手法加以综合运用。比如，在大联欢开始前，主持人以球赛现场直播的画外音方式，对当时的环境做出描述：

"大厅里彩灯高挂，明亮辉煌，一派节日的气氛……"

既填补了音响空间，又创造出浓烈气氛，还给听众造成急待"下文"的心理悬念。当联欢行将开始时，主持人又在现场杂音效果的衬托中，描述演员当时的动作行为：

"各位听众，联欢会马上就要开始了……

"现在，演员们陆续来到了演播大厅(杂音、效果)。他们一个个笑容满面，握手言欢，互祝新春快乐……参加这次联欢的有……"

这种借鉴现场球赛直播的手法，很容易使听众产生联想，脑海中呈现音响画面，以激起他们强烈的兴趣，使他们忘却自己，造成亲临其境的感受。

节目主持人还能够用相声的语言、丑角的诙谐，去随时调动听众的情绪和现场气氛。当他们感到节奏进行缓慢有可能出现冷场时，马上就卖个关子，丢个包袱。如《大联欢》的后半部，有位演员的唱段比较长，会场上的气氛出现低落，两个节目主持人便以下面的逗捧做了弥补调整：

男：下面请节目主持人王广苘演唱秦腔……哎，我说老孙，我演唱秦腔你听过没有？

孙：没有。

王：哎呀，那您不感到太遗憾了吗？

孙：您会唱吗？

王：我唱出来那真是似春雷滚动，响遏行云，赛冬果梨、又脆又甜……

孙：噢，是青萝卜啊！

王：青萝卜干嘛?我能把观众唱哭了，哭得泪都止不住！放声大哭，医院都治不了……

孙：噢，我明白了，您是催泪弹啊！

王：像话吗？

孙：行了，您别吹了，这儿有一位真正能吹的，（介绍唢呐独奏演员）

×××同志，祝您吹得成功！

这个现场逗捧，引出一阵哄堂大笑，使人们的情绪重新振奋起来，也使现场气氛即刻得到回升。

第三，节目主持人是唯一能使演员与观众增进交流的中介，他能把现代表演形式与古典戏曲内容巧妙地采集在一起。

在他心里，没有台上台下、场内场外、演员观众之分，全然就像通俗歌唱演员那样，可以无拘无束地走来走去。对现场的任何人，都可以"节外生枝"地提问。他对运动着的现场，随时都可作出通报，甚至在解说词中，有权提到过去的事和联欢现场以外的事。从而使不断变化运动的可听画面，从一个时空跳到另一个时空，从一个角度跳到另一个角度，从一个场景跳到另一个场景。这种跳跃，全然像欢乐的种子生出更多欢乐一样，给整个音响布满欢乐的激情。

正是由于节目主持人较其他人更有条件综合运用年青人颇感兴趣的表现手段，从而诱发青年听众从不同角度去探索戏曲艺术之美的真谛。这种探索的过程，无形使他们从原来对戏曲艺术的某种心理排斥，转变为一种自觉的精神需要了。

第四，《大联欢》坚持以好的唱腔打动听众。

无论是突出浓烈的现场气氛，还是采用节目主持人的方式，目的不外乎烘托节目的主体——唱腔而已。演员演唱功能能否得到尽善尽美的发挥，不仅是保证整个节目获得较高艺术质量和求得较好录音效果的关键，而且必将成为能否争取听众尤其是青年听众去注意认识戏曲和热情喜爱戏曲的前提。特别对一切都要凭借声音感染人们的电台广播来说，声音美将成为绝对不容含糊的最高目标。为此，我主要抓了以下几件事：

1. 演员要"名"。应邀参加联欢的演员，都是全省具有相当影响的名家高手。在确定演员名单的时候，坚持唱工演员优先、基层演员优先、各个流派代表演员优先的原则，同时又在生、旦、净、丑行当上，老、中、青三代演员上都有一定比例，从而基本保证了演唱的艺术质量和音色、行当上的整体平衡。

2. 节目要"新"。新有四层含义，一是要求演员尽量避免选择电台常播节目；二是多选经过配器和加工改革的成功唱段；三是在内容允许的前提下，顺理成章地使某些传统唱词或道白与春节拜年主题相挂钩；四是特别提倡现代戏和现代题材的自编唱段。这

样，使整个节目充满新意和时代精神。

3. 情调要"欢"。为了突出节日气氛，要求节目情调宜欢不宜苦，宜短不宜长，过分悲戚的哭音腔一概不选。同时，要求多出有说有唱有笑的节目，特别提倡丑角演员充分发挥本行当的表演特点，创作戏曲小品(如多戏反串、一人学唱数人腔等)，把不同情趣的笑通过一定情节串编在一起，使人们尽享节日欢乐。

4. 形式要"活"。要求演唱形式不拘一格，灵活多样。既有独唱，也有对唱、帮唱；既有清唱，也有表演唱、说白等。还允许台上的演员邀请台下的同行配戏，也允许台下的观众为台上的演员搭腔。活的形式往往比内容本身更能产生感人的力量，尤其在联欢这一特定情景之中，形式上的辅佐更是不可缺少，这一点，也正是本节目赢得较好收听率的原因所在。

第五，电台录音与社会公演结合，互促互补，为节目正式播出造势。

《大联欢》录制的同时，又举办了"应邀演员亮相公演"活动。这次应邀参加联欢的演员，可以说是汇全省之精英，扬流派之优势，其阵容之庞大，行当之齐全，艺技之高超，流派之纷呈，堪称空前。特别是把全省著名演员这样集中在一起联欢演出，不仅在甘肃电台尚属首次，即使是甘肃文化系统也属罕见之举。考虑到名家荟萃机会难得，《大联欢》之后，又举办了"应邀演员亮相公演"，结果又获意外成功。

"亮相公演"依然体现着以下四个特点：

1. 仍采取节目主持人的方式，开演前由主持人介绍剧情、演员生平和艺术特点等；

2. 打破地区和剧团界线，提倡名家与名家、名家与新秀强强联合配戏，既保证了艺术质量，又扶持了青年新秀；

3. 新老演员团结紧张，互教互学，配合默契，不争名利，不摆资格，严谨的艺术作风和高度的责任心，创出仅用两天时间排导出 21 个折子戏的惊人纪录；

4. 公演 5 场，不出重戏，连演 21 出戏，大都是多年不曾演出的艺术精品。

三

《春节秦腔广播大联欢》的成功，说明戏曲广播能否吸引更多的青年听众，除了戏曲广播的内容之外，一个重要问题是播出的形式也要不断改革求新。这就像现代青年在衣着多讲究款式的新颖而不去过多注意其质量好坏的道理一样。目前所常用报名加唱段的编播形式，恰恰酷似老式服装，陈古呆板，这对于接受新事物较快，具有探索追求心理的青年人来讲，是很难产生吸引力的，因此，必须来一番改革。当然，《大联欢》在编播形式上所作的出新，只不过是在特定题材内容基础上的一次尝试而已，其中还存在许多需要进一步探讨的问题。但是，从注意到青年听众审美心理，把某些能够使他们感兴趣的表现手法贯串运用于其中的角度讲，则是一条值得提倡的途径。对此，我有如下设想：

第一，浓缩全剧，以短代长。日本 NHK 广播文化研究所主任研究员稻垣文男先生曾说："从现代社会这个角度看，一切东西都在变快，新干线上的列车时速已达 200 公里以上，杂志由月刊变为周刊，原定安排为分期连载文艺作品，现在一期就一气登完……"这些对人们的心理影响很大。而我们的戏曲广播，特别是全剧录音，一播就是两三个小时，很不适应今天人们、特别是青年听众的生活节奏，应当给予浓缩剪裁，以短代长。

第二，扬电台优势，以声代景。电台目前所广播的戏曲节目，虽然在编播形式上进行了一定出新，如戏曲专题、戏曲录音剪辑等，但绝大部分则是报名加唱段。广播戏曲与舞台戏曲之间最大的差异就是视听。而我们的戏曲广播在反映舞台戏曲时，往往注意到了声能的转换，而对把原来的可视性转换为可听性重视不够，这一现象在影视艺术不曾问世或者不甚普及的昨天，倘或具有一定的吸引力，可是在今天或明天，这样的播出形式就会使听众慢慢疏远而削弱它的价值。因此，应当充分发扬广播优势，把舞台戏曲中的可视性画面通过各种手段转换成音响的画面，以创造出我们电台独家所具有的戏曲广播形式。近年来出现的戏曲广播剧，为我们提供了这方面的丰富经验，应当认真总结和推广。

第三，采撷各种手段，丰富编播形式。相同的剧目采用不同的制作方法播出，其效果大大不同。听众听节目，一般都是根据自己的兴趣进行选择。这种选择的标准，随着人们的见识、素养、文化水平和生活环境等多种因素的影响而不断地变化着。因此，我们也要根据不同时期人们的心理特征，不断地改进播出形式。

有鉴于此，我曾用节目主持人的方式代替播音员的报名，用现场直播解说的方式制作舞台戏曲的实况录音，用评书的手法去串连各个唱段等等做过一些尝试，取得较好的播出效果。

1983 年 8 月 17 日，兰州市秦剧团在工人文化宫剧场演出《薛刚反唐》，我台进行现场转播。我便借用球赛解说的方法，现场进行评说。不仅介绍了每个角色的行当、行头、脸谱、表演程式、唱腔板式以及当时台上演出的情景，还随时穿插演员在各个环节

中的演唱表演特点，同时还向听众随时通报舞台上的活动情况，以及当时剧场的气氛和观众的反应等等。下面不妨列举一个现场解说片段：

解说：各位听众，各位戏迷朋友，下面这场戏，是今晚播出的重头戏《徐策跑城》，现在大家听到的锣鼓点子叫［拥锤］，是用大铜器奏出炽烈音响，为徐策场造势。

剧中人徐策马上就要出场了。

他在幕内刚刚"尔——哒"一声，刚才这一声有两层用意，一是"叫铜"，就是叫起铜器，配合出场台步表演；二是给观众提神，意思是大家注意，我马上要出场了。

徐策现在踏着小铜器出场了，他戴相貂，穿绛色蟒，三绺白口条，提蟒襟、八字步，上场口稍停，踏"小三锤"款款已经行至台口。甩髯口、摆帽翅，两眼左右一扫……亮相。

演员的这段台步表演得不错，很潇洒，很从容，也和牙子扣得很紧。

刚才这两句诗，叫"上场引"，开宗明义，点示题旨。

转身（场内掌声），坐前场椅，念坐场诗……

观众对这段台步表演报以热烈掌声。

徐策的扮演者张方平，是个很不错的老演员，最大特点是表演乖拘，功力扎实到位，做戏老道、自然真率。

家院出场了……

正是通过这样的解说，把视觉画面初步转换为音响的画面，收听了这场直播的听众，都对这种解说形式给予肯定，认为现场感强，不仅欣赏了戏，还获得了知识。

1983年春节，我还把评书的手法与三国戏中不同人物的唱腔和片断糅在一起，制作出了一个形式独特的秦腔故事《听书品唱话三国》专题节目。整个解说词都是采用评书的形式写成，同样贯穿着悬念和扣子，结合演义、剧情和特定情景下剧中人的唱段，组成一部完整的三国故事，听众既欣赏了秦腔，又听了评书，还了解了《三国演义》的梗概。播出以后，陆续收到省内外一些听众的来信，纷纷要求重播，前后曾安排重播了五次，听众呼声依然不断，说明这一编播形式是成功的。

时代变了，人们的艺术欣赏趣味也在变。而我们的广播文艺，如果在编播手法上不加以改进和出新，还一味沿袭陈古老套去搪塞听众，势必会影响广大听众特别是青年听

众的收听兴趣，因此，应当引起电台文艺编辑的充分重视。

（原载 1986 年 《中国广播电视年鉴》）

秦剧声腔中关羽音乐形象的塑造

三国蜀将关羽，因允忠允义而名扬千秋。"忠"与"义"本是儒家学派极力倡导的"三纲""五常"之精髓，也是历代王朝鼎力推制的伦理之道。关羽的忠义情结，正好迎合了封建正统道德观念，自然便成为"神道设教"可资利用的偶像和范本。受佛、道二教影响，儒学经典早在西汉末年就将五行阴阳同伦理纲常结合在一起，历经一千年的推演磨洗，及至宋代，儒者便以"从天理，去人欲"的理论体系，正式成为与释、道相并列的中国三大宗教之一。从此，关羽不仅成为儒教标榜的典型，同时还屡受帝王不断敕封。宋徽宗就封关羽为"忠惠君"，元文宗又加封其为"显灵威勇英济王"，明万历二十二年（1594 年），道士张通元奏请神宗又进爵关羽为帝，万历四十二年（1614 年），明神宗再度敕封关羽为"三界伏魔大帝神威远镇天尊关圣帝君"，从此，关羽始有"关帝"之称。清顺治九年（1652 年），又被世宗皇帝福临敕封为"忠义神武关圣大帝"。

随着商业都市的繁荣，关羽又得市民热捧，尤其倚市商贾，受佛、道造神意识的启发，又将关羽立为行业之神，以关羽之"义"自我标榜赢利重义之德。于是乎，各地大兴土木，全国修造"关帝"庙祠成风，明王朝也颁诏极力倡导，而且律定五月十三日为关帝诞辰之期，届时，不仅京师遣太守焚香致祭，居货商贾还要举办规模恢宏的祭祀活动。如此香火陶冶，使这位原本属于传奇式的历史英雄人物，完全摆脱"人"的本体，在"圣神"躯壳下，与孔子、老子、释迦牟尼同龛而居，同享善男信女们的崇拜信仰和香火供奉，成为中国"神道设教"史上最得民心的一铺进宝"财神"。

就是这样一个血肉凡胎的沙场武将，当其被"神"的形象诘异，化成秦腔舞台艺术形象之后，自然便会调动一切可资调动的艺术手段，将其竭力捏塑成与其他人物甚至其他行当判然两别的艺术类型。经过长期的舞台实践，逐渐形成一套较为完整的表演体系和创腔手法，结果促成关公戏和"红生"行当这一特殊艺术门类的确立。这里仅结合景乐民、刘全禄等几位演员的声腔艺术创造，对其秦腔关公戏和关羽形象在秦剧声腔中的确立，以及对外来声腔表现形式的借鉴与融合等方面的情形，作一初步探讨，也许对今后如何运用传统戏曲板式唱腔来塑造人物音乐形象有所帮助和启迪。

秦剧关公戏及其红生行当历史发展的回顾

关羽作为一位特殊的历史英雄人物，在戏曲舞台上出现由来已久。元杂剧中就有不少专演他的戏，如关汉卿的《单刀会》《双赴梦》，无名氏的《千里独行》等皆是。这些戏，单从剧本来看，不仅有大量科白，还有不少唱词。如《单刀会》，关羽赴会之前，用〔石榴花〕曲牌唱出的"两朝相隔汉阳江"，还有由〔斗鹌鹑〕曲牌演唱的"安排下打凤牢宠"等，都是以大段唱来抒发情怀的。尤其关汉卿为充分渲染关羽英雄气概，在剧本创作中还别出心裁地将原本在益阳举行的这次军事谈判改移在江上举行，以便让关羽踏着激流涌动的滚滚波涛，持刀独立船头，高唱〔双调·新水令〕"大江东去浪千叠"。正是通过这样的艺术夸张手法，极尽塑造出关羽单刀赴会、乘风破浪、披荆斩棘、震慑华夏的天神般威仪。这说明，关羽形象自出现于舞台始，就十分注重神化手段的夸张运用了。

入清，关公戏发展更甚。清乾隆庚寅（1770年）钱德苍编撰的《缀白裘》戏曲总辑中，就收录《单刀》《训子》两本，而各地花部诸腔以关羽为题材的剧目愈来愈多。尤其甘肃秦腔舞台上，以关羽为题材的剧目，不仅所占比重极大，而且历史十分悠久。1956年，甘肃省文化主管部门通过开展"发掘戏曲遗产竞赛"，共征得传统剧目三千多本（折），其中便有清乾隆五十四年（1789年）秦腔抄本《下宛城》、清嘉庆二十一年（1816年）秦腔抄本《火烧新野》等珍贵抄本原件。这两个剧目，都是以关羽为主角的秦腔演出古本，剧中着重于关羽形象的塑造，自也成为不言而喻的事了；1958年前，靖远县西关老君庙门旁，挂有一口铸铭"大清嘉庆××年×月谷旦信士弟子苏可美敬献"字样的莲花形兽纽挂环铁钟，钟身四栏以楷书镌铸秦腔剧目128出，其中专演关羽的戏便有《单刀会》《战长沙》《古城会》《华容道》《关羽挑袍》《出五关》《斩颜良》《斩蔡阳》八出，可惜此钟毁于1958年大炼钢铁之时。据传，每逢春节、老君或火神诞辰，当地都要在此演戏酬神，戏码皆由会首择指钟上剧目而定，甘肃戏班和外地演员，都曾在此演出过钟上不少繁难剧目而得到乡绅和观众奖赏。当知秦腔关公戏起码在二百年前，甘肃就已有人演出了。

清道咸时期，甘肃舞台上的关公戏更是呈盛一时，相继就有《三结义》《虎牢关》《斩华雄》《困下邳》《困土山》《斩颜良》《挑袍》《出五关》《古城会》《卧牛山》《三请贤》《华容道》《讨荆州》《单刀会》《刮骨疗毒》《走麦城》等等。而且相继出现一批专演关公的"红生"名伶翘楚。清光绪丁酉拔贡甘肃通渭人牛芮青所著《陇上优伶志》一书，对此记述颇多。当其在为陇上名净陈明德立传时便云：

明德尤擅长靠把戏，气度恢宏，骏骨嶙增，每一使势，如鹤立天表。凡使械，或刀或矛，或鞭或锤，姿态百出，令人眼花缭乱。尚有脍炙人口者为周仓与潘洪二剧。某次，陕西刘某亲兰垣，上演《水淹七军》，陈为其配周仓。其写脸也，额中一点胭脂，颊上两点石黄，其他处皆为黑白两色勾画，细微处几如发丝。刘某一见而惊之曰："此即所谓百纹脸也，失传久矣，不意于今见之。"

当时究竟何人饰演关羽，原文没有点透，不敢妄加猜度，但可从中得知，这一时期的甘肃秦腔舞台，关公戏业已成了常演的剧目之一。

到了清光绪时期，情况就大不相同了。甘肃的"关公戏"，不仅注重勾脸写意，也注重台容身架。这一点，从牛芮青所著《陇上优伶志》一书对陇南名须赵二的一场关公戏表演中可窥知一斑：

光绪十二年（1886），吾乡马家河春赛之期，赵语人曰："吾少时尚学得关公戏数折，从未一演，今老矣，盍出我所学以留后来纪念，可乎？"众大喜，遂演《长板坡》之《挡曹》一折。关公戏俗称"神戏"，很少有人演出。赵之扮关公也，写脸不以银殊，先用黄蜡敷面，继以胭脂迭染，遂成重枣色。眉则以烛熏棉花，贴于额际，望之无异卧蚕形。修饰既毕，危坐不语，俨若神像。迨一出帘，会首向台上跪焚楮帛，庙内亦鸣钟击鼓，间以爆竹，一时全场肃静，无敢稍哗。及演至遇敌时，小军报称曹兵且到，瞥见火光一闪，则已去袍露铠，左手持刀担于肩上，右手擎其美髯，笔身挺立。斯时观者莫不震慑，觉凛凛中真有神灵之陟降也。尤奇者，袍之解，刀之擎，皆在火光一瞥间，而观者固不见其解且擎也。吁！技至此，亦神矣化矣。此及曹操军临，忽又火光一耀，关公突作拖刀之势，向敌一挥，曹军作奔溃状。关公将刀掷向空际，从者自背后承之，随掀髯斜视，傲若天尊，满场叹为观止。自马家河演后，风声既播，各地会首咸援例以请，赵不能却，继续连演者凡五次。赵谓人曰："余尚有《斩华雄》、《古城会》、《淹七军》、《单刀会》诸折，间用昆曲、西皮诸调，行将另请乐师，次第排演，以开诸君眼界。"讵意未数月，赵竟以疾卒，其年甫五十也。于是一般迷信者咸谓赵之死以演此戏故，自是各梨园动色相戒，忌演此戏，而数十年来广陵散遂不在人间矣。

该文结尾还特别指出，赵二少年时虽学得数折关公戏，由于忌讳关羽神威，一生未敢轻易一演，直至五十年华才小露锋芒。孰料未过月余，竟然抱病突亡。当地村民纷纷

传言，赵二之死，在于他演了"神戏"所故。从此梨园"动色相戒"，忌畏心怯，以致数十年"关公戏"又成甘肃秦腔舞台之绝响，更加渲染出关羽舞台形象之神威。

清末民初，甘肃正是生、净烟火戏、列国戏最为吃香的火红年代。三元官、福庆子、杨全儿、赵二、张寿容、王宝童、陈明德、牛宝山等一大批生净精英翘楚，形成舞台的主体，他们不仅注重工架，也更讲究写脸，由此培养起甘肃观众喜好"看架架"、重生净的嗜好。正是甘肃观众的这种特殊嗜好，促使甘肃秦腔对关羽舞台形象创造，也开始注重工架和勾画脸谱的精雕细琢。但在此之前，由于"神道设教"的社会风气，已被大大神化了的关羽，即使在舞台上，也都不写脸，不揉红脸，仅用紫黑色毛笔在印堂、额角等处勾勒几道条纹，再在脸面点上七颗黑痣便可，当其在施刀杀人的一瞬，全凭演员气功逼使脸面发红，以示其"面似赤枣"姿容和象征其"忠义千秋"的寓义；做派起打，也不要刀花，仅用托刀、立刀、戳刀等架式；在同敌方对阵的"过河"表演中，仅将青龙刀双手平端胸前，双方互换位置便可。关羽杀人也很有意思，慢慢走到对方面前，挥刀轻轻一抹即止。当时的人们，迷信思想严重，关羽作为天天享受香火供奉的"关圣大帝"，他的善男信女们，当然不会忘记处处维护其"圣帝"的神威，这便促成了关羽舞台形象的雕塑化和呆板化。

秦腔关公戏虽然较京剧要早，但红生行当的确立则比京剧要晚，直至19世纪末方渐发展开来，这与秦腔演员和西北观众的封建守旧意识是分不开的。当时，梨园最讲"神道设教"，作为人人供奉的"关圣大帝"，导致演员轻易不敢饰演关羽的忌俗，即令偶尔一演，也是必先焚香敬祭，台上台下一片肃穆气氛，就连演员卸妆用过的擦脸纸，观众也要高价买去，烧成纸灰作为化凶避邪、求吉召利的贴身之物。自然那神威的迷信色彩和泥雕的偶像庄严，便成了演员塑造这一舞台艺术形象必遵的法则。刀不能舞，眼不能睁，动不能大，唱不能站，话不能多等等纷繁戒律，如同缧绁捆住演员手、眼、身、法、步，人人不敢越此雷池一步。最典型的例证便是当时西安德盛班须生泰斗李云亭(麻子红)，对红生行当也曾跃跃欲试，终因历史局限，未能实践于舞台。稍后，有位叫做侯烈的西府名须，壮胆将《出五关》搬上舞台，但他仅仅在唱工上略加发挥，表演依然衍守着拘谨的清规戒律。起打不要花招，杀人挥刀一抹，也不带马童，更少"圆场"要鞭花，即便是唱，也像神龛塑像端坐于舞台正中唱出，以显其"圣帝"的庄重神威。正由于难以摆脱"神"的缧绁，自也只能墨守陈规，抱残守缺而已。

甘肃秦腔如此，陕西秦腔亦然，即令京剧关公戏表演也不例外。董维贤所著《京剧

流派》在记述道咸时期京剧关公戏表演时写道：

> 从米喜子(清朝道光年间的名演员)、程长庚以后到王凤卿，其间包括有谭鑫培、汪桂芬、刘鸿昇和陈子田，他们都是属于北派"红生"。这一时期饰演关羽的北方演员，在表演艺术上的特点是着重神威端庄。胭脂揉脸，用黑紫色笔在印堂、额角附近划几道条纹，脸上点七颗痣，戴黑满，有的戴五绺髯；注重唱工，略于做派；起打不耍刀花，只是托刀、立刀、戳刀等几个架式，与对方互换位置"过河"时，双手平伸胸前，像拿杆旗标似的一动不动地慢慢走到敌人对面，杀人时也只是一抹。既不带马僮，极少趟马和马鞭舞；唱时，象庙里的泥塑像一样端坐那里唱。处处表现了这位被封为"关圣大帝"的神威。虽经谭鑫培在唱工和起打上有所改革，但大多部分却保留了程长庚的演法。而且"红生"也没有成为一个独立行当，只是由文武老生兼演。所演剧目也只是常演《华容道》、《战长沙》等几出，因为这是表现关羽"大仁大义"，属于歌颂，即或开打也与一般战斗不同。

19世纪后半叶，南派京剧红生王鸿寿北上京津，他以三十六幅关羽骑马舞刀画像为依据，钻研出一套关羽舞刀、抖马等工架表演，而且还加上了马僮牵马翻筋、舞鞭趟马、全身颤动等火爆动作而名重一时。南方京剧演员王鸿寿（三麻子）一改北派前师米喜子、程长庚、谭鑫培、汪桂芬等饰演关羽的拘谨演技，从表演、写脸、唱工等方面大胆革新，不仅将关羽的舞台形象化神为人，还确立了以演关羽的"红生"独特行当门类。王鸿寿的这一革新创造，对秦腔关公戏的表演，产生极大影响。

辛亥革命以后，西安"大戏棚"京剧红生郭永利、刘奎官(王鸿寿传人)先后各以不同风姿展现出关羽舞台形象的全新品位和立意，又一次给秦坛新老名须以巨大冲击。首先，易俗社著名须生杨启华演出了《挑袍》，继而三意社阎国斌和易俗社甲班学生徐正国的《困土山》《出五关》《刮骨疗毒》《单刀赴会》《水淹七军》等接踵登台。这几位前人虽然在表演上也受到封建圣神之道的约束，但较过去却有了很大突破。如杨启华把"罗罗腔"用于关羽逃离曹营，保护甘、糜二嫂仁皇赶路时，既担心魏兵追至皇嫂有失，又思念桃园兄弟心急如焚的激烈场面，称绝一时。

"罗罗腔"原系"阿宫腔"中之传统老调，杨启华为增强其节奏的顿挫，其间又糅入西安街头艺人所唱"劝善"音调，结果形成如下腔调：

笛呐子 $\underline{3}$ $\underline{3}$ $\underline{3}$ $\underline{3}$ $\underline{3}$ $\underline{3}$ ……
小银锣 呆 呆 呆 呆 呆 呆 ……

$\underline{\overset{.}{2}\overset{.}{5}}$ 7 $\overset{\flat}{6}\overset{.}{5}$ 5 $-$ （ ） 3 $\overset{.}{6}$

观　夫子，　　　　　　　出　五

$\overset{\frown}{5}$ $-$ （ $\frac{2}{4}$ 衣打 $|$ 打都儿 $|$ 康才 康才 $|$ 康才 衣才 $|$ 康。 $|$

关，

$\underline{\overset{.}{2}\overset{.}{5}\overset{.}{2}}$ $|$ $\overset{.}{5}$ $-$ $|$ 7 $-$ $|$ $\underline{\overset{.}{2}\overset{.}{7}\overset{.}{1}}$ $|$ $\underline{7\overset{.}{2}\overset{.}{7}\overset{.}{1}}$ $|$ 5 （都儿

想想起　桃　　园　弟兄　三弟兄　三，

打．打 衣打 $|$ 衣打 衣 $|$ 康 $-$ $|$ 康 $-$ ） $|$ $\underline{5\,4\,2}$ $|$ 5 $-$ $|$

　　　　　　　　　　　　　　　弟兄们　许

7 $-$ $|$ $\underline{\overset{.}{2}\overset{.}{5}\overset{.}{2}}$ $|$ $\overset{.}{5}$ $\underline{\overset{.}{2}\overset{.}{5}\overset{.}{2}}$ $|$ $\overset{.}{5}$ （衣打 $|$ 衣个康才 $|$ 康才康才 $|$

州　曾失　散，曾失　散，

康才 衣才 $|$ 康） $\underline{\overset{.}{2}\overset{.}{5}}$ $|$ 5 $-$ $|$ $\overset{\flat}{5}$ 7 $-$ $|$ $\overset{.}{5}$ $\overset{.}{5}$ $|$ $\overset{.}{1}$ $-$ $|$

　　　　　千里　保　嫂　过五关

$\overset{.}{1}$ $\overset{.}{1}$ $|$ 5 $-$ $|$ （衣打 打 $|$ 康才 康才 $|$ 康才衣打 $|$ 康） $\overset{.}{1}$ $\overset{.}{1}$ $\overset{.}{1}$ $|$

过五　关。　　　　　　　　　　　　但愿得

$\overset{.}{6}$．$\overset{.}{5}$ $|$ 4 $-$ $|$ $\overset{.}{5}$ 4 $|$ $\underline{5\,5\,4}$ $|$ 5 $-$ $|$ （衣打 打 $|$

兄　弟　见一　面，见一　面，

康才 康才 $|$ 康才 衣打 $|$ 康） $\underline{\overset{.}{2}\overset{.}{5}\overset{.}{6}}$ $|$ $\overset{.}{1}$ $-$ $|$ $\overset{\flat}{5}$ $-$ $|$

　　　　　　　　白马乌　牛

转慢

$\overset{.}{5}$ $\overset{.}{6}$ $|$ $\overset{.}{1}$ $-$ $|$ $\overset{.}{2}$ $\overset{.}{2}$ 7 $\overset{4}{2}$ $|$ $\overset{.}{1}$ $-$ $\|$

大谢　天，　　　大谢　　　天。

（景乐民仿唱）

"罗罗腔"其调高尖，字多腔急，一向被艺人视为畏途而绝少运用。杨启华却凭借他得天独厚的高、脆、亮嗓音素质和扎实的吐字功力，准确裕如地将其同关羽当时急切惊恐的心绪熨帖相糅，堪称一绝。

表演上，杨也用了一手好招，那就是《挑袍》中，当关羽千里保嫂古城会兄之心被曹操一语道破之后，他紧紧把握住角色惊恐、怔愣、急切心理，紧扣刹板击乐最后"打打"两牙，双脚平地一跃，纵身跳上桌面，脚跟紧贴桌沿站定，全身又俯悬于空间的身段造型，形象地刻画出这位堂堂英雄，曾为曹操笼中之鸟，而今绝意恨不能插翅高飞的英武雄姿。尤其令人倾倒的是，杨启华在保持这一极富雕塑美造型的同时，一口气唱出二十多句大段〔拦头带板〕唱腔。这两大绝招，用于如此激动紧迫的场面，演员不仅以高超的艺技赢得满堂唱彩，更重要的是以其较大的表演幅度与高亮活跃的行腔，使关羽以往那种过分呆板的表演法式，展现出新的层次和节奏寓义。因此，堪称是一个难得的创新和突破。

尔后，又出现易俗社红生"关公戏"改良人物王秉中，他受其岳翁唐虎臣(时任该社京剧武功教练)之影响，使京剧红生中的扎式和刀法中的举、劈、刺、拖、斩同秦剧红生台架和刀法表演进行糅化，使秦腔舞台上的关羽形象，又多了一层绚丽的色彩。还有榛苓社刘全禄（有活魏虎之誉）、刘金荣（有"泰斗"之称），以及何家彦、王超民、张全易、张新棠等，也在各自舞台实践中，对秦腔关公戏的发展，作出有益的尝试和探索。

20世纪30年代后期，甘肃"平乐学社"甲班学生景乐民步其前辈名师之后尘，也开始探索"关公戏"真谛。景乐民1914年出生于陕西汉中，七岁父母双亡，讨饭来到甘肃平凉，投身于"平乐学社"，师从黄云亭(十四红)，工须生，他的入门戏是《二进宫》里的杨侍郎和《五典坡》里的薛平贵。十年后倒仓嗓哑，便一头钻进西安"大戏棚"，给郭永利、刘奎官跑龙套，目的在于悉心揣摸他们的红生表演特技，后又正式得到这两位高师的指点真传。三年后，嗓音渐渐好转，而且变得既宽且厚，客观上具备了表现关羽的声嗓条件。从此，便致力钻研秦腔"关公戏"一行，并力图在基本遵循秦腔艺术规律的同时，使唱、念、做、打四功与京剧表现技法结合，作出了大胆创新和尝试，也对秦腔"红生"行当的进一步发展，奉献出自己一份心血。

关羽音乐形象在秦剧声腔中的确立

关公戏之所以被作为独特的戏曲"红生"行当门类，不仅仅因为他以红色整脸为谱，重要在于运用不同凡响的程式技巧来渲染关羽的"忠义千秋"和高傲神威。表现在

唱腔上，就是突出他庄严肃雅的儒将风姿和刚愎自用的音乐形象。这就要求其每一句唱腔都要展现出新的基调和色彩，并在标新立异之中使它既不同于须生，又不同于大净，既不能太苦，又不能太欢，既不能太软，也不能太硬。一句话，就是"四不像"——不像文，不像武，不像生，不像净。这样，才能把关羽儒将的风姿、圣帝的威仪，自恃的孤傲和汉寿亭侯的一身尊严，传神般地揭示出来。正因此，他的唱，从板式、旋法、调性、情趣乃至发声、运气、念白、击乐等等诸多方面，无不体现出一套较为独特的创作法则。下面，不妨结合景乐民、刘全禄等几位红生演员的实际演唱，对其秦腔关公戏的声腔特点作一分析探讨。

（一）旋法上生、净相糅 q

秦剧生腔与净腔的唱腔旋律旋法，虽属同一腔型，却各有不同的发展趋向和运行规律，所以体现出迥然不同的艺术个性。现以〔尖板〕为例比较说明。先看须生所唱〔尖板〕：

$$\overset{\text{廾}}{3} - \overset{\cdot}{2}\ \overset{\cdot}{5}\ |\ \overset{\cdot}{3} - \overset{232}{1}\ \lor\ \overset{5}{3}.\ \overset{\cdot}{2}\ \overset{\cdot}{1}\ \overset{\cdot}{3}\ |$$

西　　　凉　　国　　　　　作　　别

$$\overset{\cdot}{2}.\ \underset{\smile}{\overset{\cdot}{1}\ \overset{\cdot}{2}}\ \overset{\cdot}{6}\ \overset{56}{5} - \lor\ \overset{\cdot}{2}\ |\ \overset{\cdot}{5}\ \overset{\cdot}{3}\ \overset{\cdot}{3}.\ \overset{\cdot}{2}\ \overset{\cdot}{3}\ \overset{\cdot}{2}\ \overset{\cdot}{1}\ |$$

了　　　　　公　　主，　　代

$$6\ \overset{\cdot}{1}\ \overset{7}{\overset{\cdot}{1}}\ |\ \overset{\cdot}{3}\ \overset{\cdot}{2}\ \overset{\overset{\cdot}{1}}{\overset{\cdot}{2}} - \overset{3}{\overset{\cdot}{2}}\ 0\ |$$

战，

（郭新才所唱《赶坡》）

再看净腔〔尖板〕：

$$\overset{\text{廾}}{5}\ \overset{\cdot}{3}\ \overset{\cdot}{3} - \lor\ \overset{\cdot}{3}\ \overset{\cdot}{3}\ \overset{\overset{\cdot}{1}}{5} - \lor\ \overset{\cdot}{3}\ \overset{\cdot}{5}\ \overset{\cdot}{1} - \overset{\cdot}{1}\ \overset{\cdot}{6} -$$

将　八　抬　平　落　在　　玉　阶　以　　上，

（田德年所唱《打銮驾》）

分析品评上面生、净［尖板］唱例，可知相近之处在于：①两腔旋律格局大致相仿；②同以三三四词格形成三节腔法曲式结构；③旋律线条起伏流动趋势基本一致。说明生腔、净腔皆属同一基本腔型的繁衍。

不同之处在于：①生腔腔节较长，每一词组均以拖腔结尾收声(参看谱中"国"、"了"、"代"、"战"等处拖腔)，故多曲折，多委婉；净腔则尺寸较短，基本为一字一音，故多平直，少变化。②生腔旋律旋法，多呈四度上跳与五音逐级连续下行跌落的交替状态；而净腔则多为同音叠置。其间兼用六度大跳。③净腔落尾常出现以假嗓翻高八度形成"翣音"，而生腔则没有。从而促成生腔柔畅、净腔刚劲两种完全不同的艺术情趣。

生、净唱腔旋律上的这种过柔与过刚，对于塑造既具儒将风姿，又具统帅神威的关羽音乐形象，显然不大适宜，尤其无论取用哪一种腔调，具都尚难突出这位特殊人物的精神气质和"圣帝"身份个性而将陷于流俗。所以，历届秦腔红生大都采取生、净中和相糅的创腔手法，使之形成一种既具生腔之柔，又具净腔之刚的特殊声腔唱调。如刘全禄所唱《古城会》关羽［尖板］：

(中国唱片－4－4197甲)

在这里，大凡吐字之处，刘均多强调净腔的刚劲，如"挂印""封金""辞曹"等处字音皆满口呼出，以些显其关羽威震华夏的堂堂威仪。而在拖腔送音之时，声音、气息的铺排极有控制，并尽量发挥其生腔的柔稳流畅，如：

来显其关羽满腹《春秋》的儒将风姿和高傲神态。再从腔幅的长短来看，虽然同样以二

二三词格的自然音节构成三节腔法的曲体结构，却较生腔有所简化，又较净腔有所扩充，简化为了使生腔之柔稍刚，扩充又为了使净腔之刚稍柔。通过这样的生、净相揉，达到刚柔相济，既大大突出了旋律棱角，又大大加强了曲调的内涵气势，自然也就显得凛凛威风，高傲英武了。

〔尖板〕如此，〔慢板〕、〔二六〕同样如此。下面不妨以景乐民在《斩颜良》一剧关羽所唱"思想起大哥、翼德张"一句〔慢板〕腔为例略加说明。

这是一句〔拦头慢板〕，旨在抒发关羽思念桃园兄弟的迫切心情，自然，旋律所要强调的应是情深、义重的乐意。但若完全用生腔唱出，就会因过软过苦或者过欢而将导致感情的飘浮；如果完全用净腔演唱，则又会因过勇过毛而将失却角色特有的儒将风姿：

思想　起　　　大哥　　　翼

德　　　张。

或者：

思　想　起　　　大　哥　　　翼

德　　　　　张

如果完全取用净腔，则又会因唱腔过于平直、行腔过于"毛躁"必将失却关羽所具

有的儒雅性格本色：

$$3\ 3\ |\ 3\ \dot2\ (\dot1\ 3\ \dot2)\ |\ 3\ 3\ 2\ 1\ |\ 5\ (\underline{3\ 2}\ \underline{1\ 2\ 3\ 5}\ \underline{2\ 3\ 2\ 1}\ \underline{6\ 1\ 2\ 3}\ |$$

思　想　　起　　　大　哥

$$\underline{1\ 3\ 2\ 1}\ 5)\ \dot3\ \dot2\ \dot2\ |\ \dot2\ \dot2\ -\ \dot5\ |\ \dot1\ \dot5\ -$$

翼　　　　　德　呀　张

正因此，景乐民同样采取生、净相糅的创腔方法，从而较好地获得刚柔相济的艺术效果：

生　　　　　　　　净

$$\dot3\ 3\ |\ 3\ \dot5\ \dot2\ \dot1\ -\ |\ 3\ 3\ \dot2\ .\ 3\ |\ 5\ (\underline{1\ 2}\ \underline{3\ 5\ 3\ 2}\ \underline{1\ 3}\ \dot2\ \dot1\ |$$

思　想　　起　　　大　哥

生　　　　　　　　净

$$\underline{\dot3\ 1\ \dot2\ 3}\ 5)\ \dot3\ \dot2\ |\ \dot2\ \dot2\ -\ 3\ |\ \dot1\ \dot5\ -$$

翼　　　　德　　　张

这种起音于生腔，落音于净腔的声腔创造所产生的刚柔相济效果，对于刻画关羽的独特气质和表现其思念桃园兄弟的特定心绪，无疑是有说服力的。这种方法，在叙事性的〔二六板〕唱腔中同样得到运用。如刘全禄所唱《古城会》：

$$\dot5\ |\ 3\ 6\ |\ 6\ 3\ |\ 3\ -\ |\ 3\ -\ |\ 3\ \dot1\ |$$

遭　不幸　许州　　曾　　失

$$\dot2\ \dot2\ 0\ |\ (\dot2\ \dot2\ 0\ 3\ |\ 5\ 3\ 2\ 5\ |\ 3\ 1\ 2\ 3\ |\ 5\ 3\ 2\ 5\ |\ 1\ 3\ \dot2\ |$$

散噢，

$$\dot2)\ \dot3\ |\ 0\ \dot3\ |\ \dot3\ \dot5\ |\ \dot2\ \dot1\ |\ 3\ 3\ 6\ |\ 5\ (\dot1\ \dot2\ \dot3$$

将　某　围困　在土　　山。

$$5)\ \dot5\ |\ \dot3\ \dot3\ |\ \dot3\ \dot5\ \dot3\ |\ \dot3\ 0\ |\ \dot3\ \dot3\ |\ \dot3\ \dot3\ |$$

曹　差　来　故友　　张　文

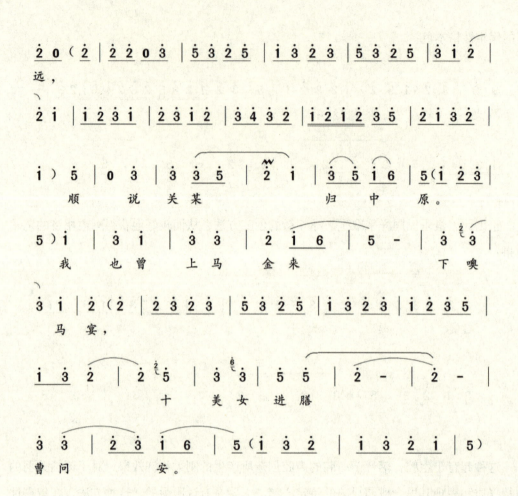

[二六板] 唱腔，刘全禄同样采用的是生起净落的创腔手法。前四字旋律往往有所回旋，使之刚中有柔，后三字又赋予适当力度，使之柔中寓刚。同时他还大量运用了跨小节的切分音型：

以此加强唱调旋律运行的律动弹性，又在每句腔最后一字送音之处，常常还来个抽板猛刹，就好像吐了半个字似的，既使节奏来得格外鲜明，又使旋律来得格外利索，整个唱腔透发出一股气吞山河的气势。这样的处理，无疑将有助于关羽音乐形象的刻画。

(二) 板式上快、慢相糅

秦腔中的关羽唱腔，其板式安排虽然也是〔慢板〕、〔二六板〕、〔快板〕 （〔紧二六板〕）等多种板式的转换变化，但如果稍加注意，便可发现他的〔慢板〕并不显其慢，〔快板〕也不显其快。如果再看看唱腔旋律，其中〔慢板〕较之于生腔〔慢板〕，略显大起大落而少装饰华彩，〔快板〕较之净腔〔快板〕又略有起伏而稍见曲折回旋。很显然，这是把〔慢板〕、〔快板〕相互吸收糅合的结果。现以景乐民所唱《古城会》为例说明：

这几句唱，虽然也出现了拖腔，但大多腔幅短小，且都是直腔直调，不存在生腔那样的装饰性倚音和曲折委婉的细碎性音符群。尤其它的腔速，较生腔要快，基本保持在中速之内(一般为每分钟 70～78 拍)，听来颇具〔慢二六〕的特点。至于字多腔急的〔紧板〕、〔剁板〕，在关羽唱腔中不常出现，即使偶尔一用，也只是一两句甚至一半句一带而过。这种板式安排的用意很明显，即着意体现的是角色稳健、庄重、肃雅的感情色彩，而不是急促、毛躁、或者过于温文尔雅的艺术情趣，这样的艺术追求，显然又与关羽的性格、气质是极相吻合的。

(三) 调性上欢、苦相糅

圣帝的神威风范和观众的神权意识，都要求关羽在舞台形象创造乃至艺术风格上必须处处突出威严庄重、与众不同的总体把握。体现在唱腔上，则就是悲而不苦，喜而不

欢，不浮不躁，不沉不飘。正因此，关羽之唱，既没有过悲的苦音腔，也没有过喜的欢音腔，而较多则是介于不苦不欢之间的中性唱腔。这种特殊的情绪色彩，同样是历届红生把苦音、欢音两大声腔调性有机加以糅化中和的结果。

众所周知，秦腔音乐之所以能够产生苦音和欢音两大截然不同调性色彩，关键在于调式主音所选择的支持音各有不同，此外还同调式音阶中某些音程发生微妙变化脱不了干系。秦腔的欢、苦音两大腔系，具都建立在七声徵调式音阶基础之上，因此，如果说调式主音"5"为其旋律轴心音的话，那么其他各音均对它具有向心力并产生支持作用。如属音"2"，下属音"1"、还有主音上下方三度音之"7"之"3"，以及上下方二度音之"6"之"4"，都对主音产生依赖、倾斜和支持，但是，促使两大腔系产生不同情绪色彩的根源，并不完全来自于上下方五度音对主音的支持作用，而是取决于旋律中对主音上下方三度与二度音的特别强调：

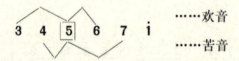

$$3 \quad 4 \quad \boxed{5} \quad 6 \quad 7 \quad \dot{1} \qquad \cdots\cdots 欢音$$
$$\cdots\cdots 苦音$$

由此可知，欢音腔强调"3""6"，苦音腔强调"4""7"。它们各自充当着本腔系的特征音而在唱腔旋律中显得极其活跃，从而导致了旋律支点音的变化，形成两种截然不同的感情表现专长。

但是，我们在实际演唱中发现，欢音腔在强调"3""6"两音的同时，还反映出并不排斥甚至依然重用"4""7"两音的现象，却又丝毫不会改变它原有的调式色彩。这又是怎么回事儿呢？关键正在于欢音腔和苦音腔的音阶基础各不相同，从而导致了个别音的实际音高以及它们与其他音之间的音程关系发生了变化所致。其中最值得注意的便是在不同音阶中"4""7"两音的高度问题。

欢音腔旋律的音阶，基本属于清乐音阶，如从"1"音开始排列，即是：

$$1 \quad 2 \quad 3 \quad 4 \quad 5 \quad 6 \quad 7 \quad \dot{1}$$
$$\qquad\qquad 变 \qquad\qquad 变$$
$$\qquad\qquad\qquad\qquad\qquad 宫$$

这里的"4"，比自然大调中的"4"略高，却又高不到"#4"，它与主音"5"之间形成略小于大二度，又略大于小二度的特殊音程关系，由于该音音高本身所具有的敏感性，故在关羽所唱的欢音唱腔中通常较少出现，即使偶尔出现，也只是在极不重要的音位一划而过，既不作强调，更不作停顿。因而，充其量只是一个经过音或装饰性音符而已。

而欢音腔中的"7"，却与自然大调中的"7"音音高完全一样，这就促成它与主音"5"之间恰恰构成大三度，故在欢音腔旋律中不仅得到充分重用，甚至还出现它与本腔系特征音"6"相互争夺对主音支持地位的现象。正因为有了这个大三度音程的支撑，使得明亮、稳定、欢快的大调性旋律色彩处处可闻，从而构成秦剧唱音乐的欢音声腔体系。

秦腔苦音唱腔音乐的旋律音阶，基本属于燕乐音阶，若从"1"音开始排列，即是：

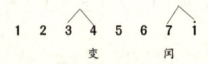

这里的"4"，与欢音腔中的"4"音高完全相同，同样较西洋自然大调中的"4"略高，却又高不到"#4"，它与主音"5"之间形成略大于小二度又略小于大二度的特殊音程关系；而这里的"7"则比西洋自然大调中的"7"略低，却又低不到"♭7"，它同主音"5"之间构成略小于大三度，又略大于小三度的特殊音程关系。正是由于这里的"4""7"在实际音高上所具有的游移性，以及"7"与主音"5"之间构成略小于大三度（风格上更接近于小三度)的特殊音程关系，结果促成唱腔产生一种阴暗、低沉、柔情的小调性旋律色彩，从而构成秦剧唱腔中的苦音腔系。

看来，无论秦腔欢音腔中的"#4""7"，还是苦音腔中的"#4""♭7"，由于它们本身在音高上所具有的特殊性和敏感性，都会给唱腔旋律色彩产生极大影响，过分地强调它将会使旋律更加悲凉忧伤（如苦音唱腔中所强调的"#4""b7"）、适当地运用它，却又会使本来就很明朗的旋律显得更加活泼(如欢音唱腔中所强调的"#4""7"）。而秦剧红生演员，正是凭借对这两个音在旋律色彩中微妙作用的朴素体认，所以当他们在自己的演唱中作出极为精到的巧妙处理：回避不用，即刻会使关羽的唱腔建立在徵调五声音阶基础之上，由此形成一种不苦不欢、不悲不喜的中性情绪唱腔。如：

ﾅ
3 — 3 . 2 6 — 5 0 ∨3 2 3 . ∨2 — 2 0
坐　土　山　　用　目　观

(击乐略)0 5 6 | 4/4 i i 6 5 3 5 3 2 | 3 5 2 3 i)3 3 |
　　　　　　　　　　　　　　　　　　　　　　层 层

3 2（i 3 2）| 3 3 2 . 3 | 5（3 5 3 2 1 2 3 5 2 1 |
节 节

3 1 2 3 5 ）3 2 2 | 2 2 — 3 | 5（3 2 1 ）3 i |
似　　 兵　　山。　 又 只

3 6 3 5 . （6 7 6 | i . 2 3 5 2 i 7 6 | 5 6 3 5 ）ﾅi —
见　　　　　　　　　　　　　　　　　　　　大

i 6 5 — 6 i 2 — (击乐略 5 3 5 3 | 2 3 2 3 |
将 许 褚　刀 法 乱，

i ）| ﾅ3 3 0 . 2 3 . 2 i i 5 6 5 —
　　　暗 点　虚 幌　不 进 前。

(击乐略 1/4 5 3 5 3 | 2 3 2 3 | i ）| ﾅi i i . 3 2 3 5 — ∨
　　　　　　　　　　　　　直 杀 得　马 头

i 6 i 2 — (击乐过门同前) 3 3 — 3 3 2 3 . 2
连 马 尾，　　　 性 命　就 在　顷

i 3 2 — 6 5 — (击乐过门同前) i i i . i
刻 间　　　　　　　 颜 良 何

380

$\overset{\frown}{3}$ 5 — $\overset{\cdot}{\underset{.}{1}}$ $\overline{6}$ $\overline{\overset{\cdot}{1}}$ 2 — （过门同前） $\overline{\overset{\cdot}{3}}$ $\overline{\overset{\cdot}{3}}$ $\overline{\overset{\cdot}{3}}$

用　　　　关　某　斩　　　　　　青　龙　刀

$\overline{\overset{\cdot}{3}}$ $\overline{6}$ $\overset{\cdot}{\underset{.}{3}}$ （仓仓仓） $\overset{\cdot}{3}$ $\overset{\frown}{\underset{>}{2}}$ $\overset{\cdot}{3}$ $\overset{>}{5}$ $\overset{>}{0}$ ‖

管　教　尔　　　　　丧　黄　泉。

（景乐民唱腔关羽《斩颜良》　　中国唱片 DB — 20365）

在上面这段唱腔音乐的旋律运行中，我们只看到五声正音的频繁活动，却没有"4""7"两个偏音出现，所以，旋律中也就不存在调式主音或其他音与两个偏音之间构成的各种特殊音程关系。它所强调的只是属音"2"、下属音"1"、上方二度音"6"与下方三度音"3"对主音"5"的支持作用。正由于唱腔旋法上的这种音程结构特点，使得唱腔所流露出来的不是关羽感情色彩大悲大喜的感情宣泄，而是一种大刀阔斧式的精神情怀矜恃自傲的庄重神威。如此看来，我们可以这样说，秦腔中的关羽之唱，并不立足于具体情性的抒发，而在于力求一种非凡的威仪和磅礴气势渲染。

（四）发声上秦、京相糅

戏曲舞台上，演员与观众交流的手段有两个：一个是动作表演，一个便是发声唱念。抛开动作表演姑且不谈，单就发声唱念而论，不同剧种的不同行当演员，都有各自不同的发声技巧。这是他们凭借声嗓塑造人物形象的前提。当然，不同的演员有着各自不同的声嗓条件，于是也便有了各不相同的声腔艺术创造。

秦腔红生演员发声用嗓范围不外乎唱、念、笑三个方面，这三个方面都是以追求声音造型的形象化、艺术美为总体目标的。但无论关羽的唱、念、笑，俱都唱、念、笑在气韵横溢的声音美中，同样要展示关羽不同凡响的庄重和声出压众的威仪，这不仅是"神"与"人"区别，也是"红生"与"须生"行当的区别。正是在这一原则下，关羽的唱、念、笑，同样既不同于须生，又有别于大净，而是介于生、净之间一种生不生、净不净的特殊发声。有些红生演员，考虑到陕西方言本身语韵的局限，不足以体现关羽独特的精神气质，所以，他便自觉不自觉地吸收了某些京剧黑头的吐字送音技巧，来加强其声腔音韵的圆润。这方面做得比较突出的便是甘肃的景乐民，下面不妨以他为例，从唱、念、笑三个方面逐加分析。

381

1.唱

秦腔关羽的唱，是在须生腔基础上适当糅入花脸共鸣而形成。秦腔须生的演唱发声多讲究胸音和口腔音，即所谓"满口音"，花脸唱法多讲究喉音和脑后音，即所谓"犟音"。这两种发音，前者多显苍劲，后者则多显暴野，两者皆与关羽的精神气质极不合度。所以，有些秦腔红生演员一般在演唱中，虽用喉音却不过分挤压，虽重脑音又不以假声拔高八度形成"犟音"，而是主要摄取它的厚度与雄浑；与此同时，他们虽也采用须生腔的胸音与口腔音，却又不过分地撑宽放满，主要则偏重吸收它的宽圆和深沉。另外，吐字送音力求使上述发声与京剧音韵有机结合，从而形成一种生不生、净不净、秦不秦、京不京的独特声韵，即在脑、胸机能有机配合下的鼻音、喉音共鸣所创造出来的一种独特"傲音"效果。请看景乐民饰演《古城会》关羽出场前的一句［尖板］　内唱：

"匹"字用以喷口打出，并赋予倚音"5"以较强力度，用以强调关羽过关斩将的威武雄风，打出字音后，旋即归于京剧黑头韵型"ao"，造成一股自恃的傲劲；"刀"字顺随低回下落的旋律动势，力度由刚变柔，声嗓由粗拔细，声音经过这样的处理铺排，立马给人一种高傲仰视、目空一切、迷缝着双眼、不屑于顾情状下唱出来似的；接下来"保"字又注入一定力度后，即由前腭音送出"皇"来，当尾音归入鼻窦后并作适当延续，换气处轻轻一截，再用气和声的较大能量，满碗满勺地推出"嫂"字来。这样的送字处理，既不失秦腔的高昂，又具有京剧的圆润，既恰切刻画出关羽的庄重神威，又创造出"先声夺人"的舞台艺术效果，同时，也使演员宽厚的嗓音优势得到尽善尽美的发挥。

2.念

秦腔念白，由关中方言提炼而成，尽管有其自身的特点和韵致，但用于关羽身上，尚有字韵散而飘之嫌。而京剧念白虽然深沉，却又与秦腔四声相去甚远，如何舍弊求

利，形成独特的念白韵味，就尤显十分重要了。景乐民采取的办法是：把字摆开，念速撤慢，语调放平，并在基本恪守秦腔念白声韵的同时，又在某些字位上加进些许京剧的韵型。《古城会》里，关羽有这样两句诗白：

柳营春试马，

虎帐夜谈兵。

这本是两句坐场诗，旨在抒发关羽虽然身困土山，却依旧月夜挑灯温读《春秋》文武兼优的自恃品德。这样深沉的意境，如此博大的情怀，倘若完全用关中腔念出，不仅因语调过高、吐字干涩而显得土气飘浮，还会因节奏的局促、声音的苍劲而破坏此情此景下关羽儒将风采。因此，景乐民首先把诗白的自然音节重新加以布局，同时起调放低，"春"字用京韵"chun"念出，"马"字也作为京韵加以处理，变关中语高降调为京韵上扬调，并略施鼻音，这样，就显得不土不浮，深沉来劲多了：

柳 营 － 春 － 试马 ↗

第二句"虎帐"，一开口立即加重语势，提高字调，接下来的"谈"字属仄声，经"呐"字铺垫上挑后，随即托出"兵"来，而且又把尾音拖长，归入鼻腔与京剧韵型相揉而顺势逐衍向下滑落：

虎账·○ 夜 － 谈·(呐↑) 兵 － ↘

这样念出来诗句，不仅在力度、语调的对比中展现出深沉的韵味和鲜明的层次，而且在节奏的疾徐、韵型的变化中产生出关羽圣帝的神威和自傲的派头。

当然，如果演员嘴上没有相当功力，不讲究四声尖团和运气喷口，仅凭形式上的仿学也是难以奏效的。景乐民以其毕生的勤奋和艰苦磨炼，既遵秦腔念白之法，又取京剧黑头韵型之长，以"ho"(哈)练其喉音，以"dai"(呆)练其鼻音，以"ya"(呀)练其脑音，力求每个字都能吐得清，念得准，送得真，传得远，所以，景乐民在念白自吐字方面极少出现裹、倒、虚、飘等流弊。

3.笑

关羽的笑，在秦腔中舞台表演中是一种特技。以往秦腔生、净发笑，大都以"哈"这个喉音带出，这种"哈"笑，在较深揭示关羽不同心绪方面有其自身的局限：①字、声、气同出，导致笑韵过短而冲淡了关羽的庄重；②干、涩、浮轻飘，不足以表现关羽

性格内涵的深沉；③张口就笑，用气就完，声虽大而外在，易落俗而不新。有鉴于此，景乐民依然采用秦声与京韵相糅的方法给予创新处理。

《古城会》一剧，关羽主要目的是保嫂会兄，但到城下，又得知三弟张飞也在古城，不禁喜上添喜。如何表现关羽在此情此景下极度兴奋的心情，"关某听言谢天谢地，幸喜三弟也在古城哇……"之后的一笑，便成为关键。他先创造出先激动地把笑带到"ao"(噢)韵，以表现关羽难以掩饰的惊喜，这样笑的长处是，吐字和吸气能够有机结合，造成吐字越多，吸气越深，气息的支撑点就越强。接着由低到高，由慢到快，由松到紧地弹字放音，字字由丹田打出"ao"的笑声，直至高音点以后，再逐渐由"ao"(噢)过渡到"ha"(哈)而逐渐回落。也就是由会心的笑变成激动的笑，控制的笑变成敞怀笑。这样的笑，既深沉圆润，又挂味好听，既有变化，又有新意，还能持久、打远、响堂，同时又非常符合关羽这一人物的身份个性以及他当时惊喜交集、溢于言表的特殊心绪。

对外剧种声腔表现手段的借鉴与融合

秦腔关公戏借鉴和吸收其他兄弟剧种优秀的艺术表现手法是多方面的，但与声腔有关的吸收，除前面谈到的发声、吐字、韵型之外，在音乐程式方面，最突出的有两个：一个是"吹腔"，一个便是击乐锣点。

（一）吹腔

"吹腔"是秦腔关公戏运用较为广泛的曲牌唱调之一。这是因为关羽有"夜观《春秋》"的生活美德与习性。因此，在我看来，它恐怕与模拟吟读兵法时的朗朗声调，表现角色凝神思忖时的儒雅风范，以及描摹渲染更深夜静的寂静气氛等写意因素有关，并作为关羽的特性主题音调而得到广泛贯穿运用。但是，尽管"吹腔"最初受秦腔影响在安徽石牌一带所形成（故也称"石牌腔"），却因长期在京剧、昆腔中运用，使它已经远离秦腔风格而化为京剧、昆曲声腔的东西，如果要在今天的秦剧声腔中运用，必然还得有个回炉融合的再造过程。景乐民想到汉调二簧的"吹腔"乃是京剧"吹腔"的前身，尽管两个剧种的"吹腔"在旋律上各不相同，但同以笛色伴奏却是一致的。于是，他便从其汉调《三搜索府》施士伦"适才大人对我禀"唱腔中找到了二者的结合点：

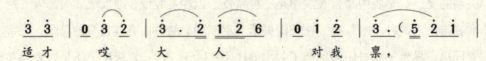

$$6 \ \dot{1} \ \dot{2} \ | \ \dot{2} \ \dot{1} \ \dot{2}) \ | \ 0 \ 6 \ \dot{1} \ 6 \ \dot{1} \ | \ \dot{1} \ \dot{3} \ \dot{2} \ | \ 6 \ \dot{1} \cdot \ |$$

倒　叫　下　官

$$\dot{3} \cdot \dot{2} \ \dot{1} \ | \ \dot{1} \ 6 \ \dot{2} \ 6 \ (\dot{2} \ \dot{3} \ | \ \dot{1} \ \dot{2} \ 6 \ \dot{1} \ \dot{2} \ 6) \ |$$

吃　　大　惊。

《三搜索府》中的剧中人施士伦所唱的这个汉调片断，让人听来既像京剧的西皮[原板]，又像秦剧的欢音〔二六〕。因此，景乐民以它为中介，使之与京剧"吹腔"相融合，结果形成更具秦腔唱腔风格的"吹腔"唱调：

$$\text{廿} \ 6 - \dot{1} \ \dot{3} \ | \ \frac{2}{4} \ \dot{2} \cdot (\dot{3} \ \dot{2} \ \dot{3} \ \dot{2} \ \dot{1} \ | \ 6 \ \dot{1} \ \dot{2}) \ \dot{3} \ \dot{3} \ | \ 0 \ \dot{3} \ \dot{2} \ |$$

观　《春（呐）　秋》　　　　直观　得

$$\dot{3} \cdot \dot{2} \ \dot{1} \ \dot{2} \ 6 \ | \ 0 \ \dot{1} \ \dot{2} \ | \ \dot{3} \vee \ \dot{3} \ | \ \dot{3} \cdot \dot{5} \ \dot{3} \ \dot{5} \ | \ 6 - \ |$$

眼　　　花　了耳听　　得

$$7 \cdot \dot{2} \ 7 \ 6 \ | \ 5 \ 6 \ \dot{1} \ | \ 5 \cdot (\dot{3} \ \dot{2} \ \dot{3} \ 5) \ |$$

唉　　谯　楼

$$\text{廿} \ \dot{1} - \ 3 \ 5 \ \dot{2} \ \dot{3} \ 5 \ - \ \|$$

打　　三　　　　　　更（念"静"）

首先景乐民以关中字调为依据，变京剧"吹腔"的高起为低起，同时依然加用笛子伴奏，突出了深旷的静夜气氛，而且又强调了秦腔关羽唱腔旋律以五声正音为其骨干的旋法特点，使三者有机融为一炉，收到较好的艺术效果。

（二）击乐锣点

唱关公戏，武场打击乐非常重要，民间有"半台锣鼓半台戏"一说，正是执此而言。尽管击乐仅仅是节奏性音乐，但它有炽烈的音响。按照关羽在秦腔舞台上的特殊地位，他的每一个动作，总离不开火炽、雄浑、庄重并富有战斗气氛的武场击乐有效配合。再从关羽的舞台表演讲，也应是勇而不流于鲁莽，稳而不陷于懦弱。因此，投足举手，舞刀亮相，既要显示出一定的神威傲劲，同时也要适之分寸。要得到这样一种艺术效果，关键在于演员必须有效地控制好角色在不同情景下的动作力度和击乐节奏。

中国戏曲，最善于把唱、念、做、打及文学、诗歌、美术、杂技甚至武术等众多不同艺术部类综合在一起，构成它多元共济、兼容并包的整体性存在，但着重点，还是通过演员对各种艺术部类的组合调适，来实现以形传神、形具而神生的双向传神任务。秦腔关羽"以形写神"的戏剧化方式，固然是多层面、多方位的，但最具神韵的舞台炫示方法，莫过于从那"亮相"的瞬间定格效应中闪烁出来的一股美的快感。

秦腔的"亮相"，是构建在形式美标尺之上的一种时空固化和规范行为，它既摆脱了人格本体的真实性，同时又观照着这种真实性，尽管作为一种程式的呈现，各种人物的亮相，具有一致的似同性，但是通过形体的张扬，传递出角色身形所无法外化和表露的内在神情，借助于短暂的定格使观众在同角色的第一个照面中，既可以从感官上得到美的愉悦，又可从心理上对角色获得总体性把握。

秦腔传统戏中，最充满神化色彩的关羽出场的"亮相"，可谓是以形传神的大手笔。在武场击乐营造的激紧炽烈气氛中，马僮一出场，便是一通车轮式的［串小翻］，他从上场门翻至下场口，再从下场口翻回上场门，随即引出关羽挑帘出场。马僮在前牵马坠蹬，关羽在后横刀越马，关羽挥一鞭，马僮翻一翻，关羽上一步，马僮一后扑，行至台口，马僮勒缰屈身，扎弓箭式站定，关羽居高跨马式扎式，顺势搂髯背刀，傲首闭目，一蹲身，一拢神，一副极富雕塑美的"亮相"造型随即定格。这一定格，整个剧场犹如天神降临，扑满"神"的肃穆，气氛分外庄重凝固，敬畏胶着之中，立现了关羽的神威。戏曲演员的这种形体表演，正所谓"以形写神""形具而神生"了。

景乐民正是认识到击乐对关羽这一人物所具有的特殊意义，所以，他对击乐锣点同样作出相应的引进和改革，如《挑袍》中，关羽上场京剧一般用的是［四击头］：

大台 ｜ 仓仓 七台 ｜ 仓台 七台 ｜ 仓 ○ ‖

这种打法虽然力度强，气魄大，但若直接用于秦腔，却是格调难溶，油水不沾。他便选择了与京剧［四击头］较为接近的秦腔［三锤半］：

打一 ｜ 仓仓 ｜ 令仓 ｜ 都儿· 一 ｜ 仓 ○ ‖

但秦腔［三锤半］又嫌拖沓、松散，不足以展现当时关羽逃离曹营的急切心绪，所

以，他便去掉了其中的擂锤部分，对大锣点也作了适当调整，形成：

打　打打　｜仓　仓｜令一｜　仓　　〇　‖

这样，既有了京剧［四击头］的节奏特点，又不失秦腔击乐的传统风格，而且在配合关羽"亮相"的身段表演又加强了力度。

传统秦腔中，每逢关羽出场之前，一般先由击乐通打配合着马童的翻筋表演，直至整个剧场气氛被烘托得异常火红炽烈之后，关羽才登场露脸。这当中，击乐往往体现出两个特点：一是加用小战鼓，这是因为秦腔武场铜器击乐的音响过于涣散(多用工字调)，特别是大锣，只有宽度而无厚度，不及京剧大锣那样浑成圆润，致使整个武场音响松散而且干涩，不足以体现关羽非同一般的神威。加用小战鼓，正是为了加强武场音响的厚度，创造紧张的临战气氛，以及振奋演员和观众情绪而提出来的。

二是大量吸收京剧击乐中的［四击头］、［撕边］，［水里鱼］，［急急风］等锣点，并与秦腔的［乱砸］、［倒四锤］、［豹子头］等锣点加以糅合。如景乐民所演《古城会》出场：

火炮三响锣鼓助阵

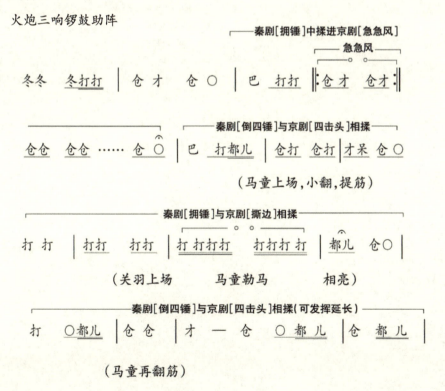

（马童再翻筋）

387

这种广泛吸收糅合京剧击乐锣点的做法，无疑有助于更好地烘托炽烈的舞台气氛，创造关羽的非凡气质和神威风采。

秦腔关公戏中的红生，虽然是戏曲行当中的独立门类，但它的主旨依然在于根据人物个性，通过特殊的创作技巧来刻画其人物形象的。秦腔红生的声腔表现法式，尽管还不能说已经发展到多么成熟和多么完美的境地，但历届艺人在运用传统声腔程式努力塑造关羽鲜明的音乐形象方面所积累的丰富艺术经验与高度创作技巧，对于今天我们的秦腔如何更好地进行角色创造，仍具有学习和借鉴的价值，因此，应当给予总结研究和高度重视。

（原载《陕西戏剧》1982 年第 11 期）

现代戏促进了秦腔音乐的革新与发展

秦腔的音乐，经过数百年的漫长发展，已经形成一套相当完整的艺术程式和表现法式。这些程式与手法，由于经历了封建思想意识和传统剧本内容的酿制、揉搓与磨洗，对于表现古代人的生活，反映旧的思想观念，可谓驾轻就熟，得心应手，甚至还具有高度的技巧和成就。然而，欲要让它原封不动地来表现今天的时代精神和现代人的气质与风貌，却总是不那么在行，甚至还缺乏足够的经验和技巧。特别是新中国成立以后，秦腔现代戏的大量涌现，新的题材和内容，不仅大大突破了传统的编剧手法，同时也给传统的秦腔音乐程式带来很大冲击。为了适应新的形式，表现新的内容，它正以大量吸收新的音乐成分和创造新的音乐手段来丰富和充实自己。尽管从目前情况来看还不十分成熟，但是，却给整个秦腔舞台带来一股清新的生活气息，仿佛为古老的秦腔剧种注入了新的活力，也使我们看到秦腔音乐在表现现代题材方面的广阔前景。为此，这里仅就目前一些现代戏秦腔音乐创作方面的比较成功的手法，以及在继承与革新关系中，常常出现的艺术性和技术性结合等问题，作一简单的回顾和粗陋分析探讨。

一、继承传统，标新立异

从目前所流传的秦腔现代戏中一些好的唱腔来看，秦腔音乐工作者把继承传统作为标新立异的起点，力求使传统的秦腔音乐同创新的时代音调尽量地协调一致起来，让现代人物的艺术形象在通常的秦腔音乐程式规律之中得到鲜明的树立。我们可以看看下面这样一段具有代表性的唱腔：

（5．5555555 2̇ | 1̇．1̇1̇1̇1̇1̇2̇1̇ | 7̇．1̇2̇4̇1̇2̇76 |

5 5 5 2 1 2 | 4．5 6 1 5 6 4 3 | 2 4 3 2 1 ．2 |

[苦音慢二六板]

5 2 5 4 3 2 1 2 7 6 | 5 6 1 1）| 0 2̇ 5 5̇ 4 2 |
　　　　　　　　　　　　　　　　　　娘　　的

389

$\overline{4\ 2\ \underline{7\ 6}}\ \underline{5}$ | $\underline{\dot{1}\ \dot{1}}\ \underline{6\ 5}\cdot\overset{4}{\underline{3}}$ | $\underline{\dot{1}\ 3}\ \overset{\flat}{\underline{2\ 2}}\ \underline{\dot{1}\ 7}\ \underline{6\ 5}$ |

眼　泪　　　似　水　　湽，

$\underline{2\ 5}\ \underline{1\ 5}\ 4\cdot(\underline{6}$ | $\underline{5\cdot7}\ \underline{6\ 1}\ \underline{5\ 6}\ \underline{4\ 5}$ | $\underline{2\ 7}\ \underline{1\ 6}\ \underline{1\ 5}\ \underline{6\ 4})$ |

$\underline{0\ 1\ 2}\ \underline{4\ 6}\ \underline{5}$ | $\underline{5\ 5}\ \underline{6\ 5}\ \underline{4\ 2}\ \underline{5}$ | $\underline{5\ \dot{1}}\ \underline{4\ 2}\ \underline{5\ 2}\ \underline{1\ 7\ 6}$ |

点　点　　洒　在　儿　的　心　上。

$\underline{5}\ (\underline{2\ 5\ 4}\ \underline{3\ 2\ 5}\ \underline{1\ 2}$ | $\underline{5\ 6}\ \underline{2\ 7}\ \underline{1\ 6}\ \underline{5\ 2\ 4}$ | $\underline{5})\ \underline{2\ 2}\ \underline{4\ 2}$ |

　　　　　　　　　　　　　　满　腹

$\underline{4\ 7}\ \underline{6\ 5}$ | $\underline{5\ \dot{1}}\ \underline{6\ 5}\ \underline{4\ 3}\ \underline{2\ \dot{1}}$ | $\underline{6\ 5}\ \underline{4\ 2}\ \underline{5\ 2\ 1}$ |

话　儿　从　　何　　讲，

$7\cdot(\underline{1\ 2\ 5}\ \underline{1\ 2\ 7})$ | $\underline{0\ 6}\ \underline{5\ 4}\ \underline{3\ 2}\ \underline{4\ 3}$ | $\underline{2\ 7}\ \underline{6\ 5}\ \underline{4\ 5}$ |

　　　　　　　饱　含　　热

$1\cdot2$ | $\underline{\dot{2}\ \dot{1}}\ \underline{7\ 6}\ \underline{5\ 4\ 3}$ | $\overset{\flat}{\underline{2}}\ 5\ -$ | $\underline{5\ 6}\ \underline{5\ 4}\ \underline{6\ 5\ 4}$ |

泪　　唤亲　　　娘；

$\underline{2\ 3}\ \underline{1\ 1}(\underline{5\ 7\ 1})$ | $\underline{2\ 3}\ \underline{2\ 1\ 2}\ \underline{5\ \dot{1}}\ \underline{6\ 5}$ | $\overset{5}{\underline{4\cdot5}}$ | $\underline{6\cdot5}\ \underline{6\ \dot{1}}\ \underline{5\ 6}\ \underline{5\ 4\ 3}$ |

娘　　　　　啊！

$\underline{2\cdot3}\ \underline{2\ 1}$ | $\underline{6\ 1}\ \underline{2\ 4}\ \underline{1\ 2}\ \underline{7\ 6}$ | $\underline{5}\ \underline{5}\ (\underline{6\ 1\ 2}$ | $\overset{>f\ 稍快}{\underline{5\cdot5}}\ \underline{5\ 5}\ \underline{5\ 5}\ \underline{5\ \dot{2}}$ |

$\overset{>}{\underline{\dot{1}\cdot\dot{1}}}\ \underline{\dot{1}\ \dot{1}}\ \underline{\dot{1}\ \dot{1}}\ \underline{\dot{1}\ \dot{2}\ 4}$ | $\underline{7\cdot7}\ \underline{7\ 7}\ \underline{7\ 7}\ \underline{\dot{1}\ \dot{2}}$ | $\underline{6\ 7}\ \underline{6\ 5}\ \underline{4\ 5\ 2\ 4}$ |

渐慢

$\underline{5\ 5}\ \underline{5\ 5\ 1\ 6}$ | $\underline{5\cdot7}\ \underline{6\ 1}\ \underline{6\ 5\ 4\ 3}$ | $\underline{2\cdot3}\ \underline{2\ 1}$ | $\underline{7\cdot1}\ \underline{2\ 4}\ \underline{1\ 2}\ \underline{7\ 6}$ |

［苦音二导板］

$\underline{5}\ \underline{5}\ \underline{5}\ 5\ .)$ ｜ $\overset{\frown}{\underline{5}\ \underline{1}\ \underline{7}}\ \underline{6}\ 5\ .\overset{4}{\underline{3}}$ ｜ $\overset{\frown}{\underline{6}\ \underline{4}\ \underline{3}\ \underline{2}}\ \underline{1}\ \underline{7}\ \underline{6}$ ｜ $\overset{\frown}{\underline{5}\ \underline{6}\ \underline{5}}\ \underline{2}\ \underline{4}\ \underline{3}\ \underline{2}$ ｜
娘　说过　　二十

［苦音慢板］

$\frac{4}{4}$　$1\ (\underline{2}\ \underline{5}\ \underline{2}\ 1)$ ｜ $\overset{\frown}{\underline{2}\ \underline{1}\ \underline{7}}\ \underline{6}\ \underline{5}$ ｜ $\underline{5}\ \underline{4}\ \underline{3}\ \underline{2}\ \underline{5}\ \underline{1}\ 2\ \overset{2}{\underline{5}}\ (\underline{2}\ \underline{2}\ \underline{7}\ 1$ ｜
　　六　　　年　　前，

$\underline{6}\ \underline{5}\ \underline{2}\ \underline{4}\ 5)$ ｜ $4\ .\ \underline{5}\ \underline{1}\ \underline{6}\ 5$ ｜ $\underline{5}\ \underline{6}\ \underline{5}\ \underline{4}\ \underline{3}\ \underline{2}\ 1\ 1$ ｜ $\underline{2}\ 5\ \underline{5}\ \underline{6}\ \underline{4}\ \underline{3}\ 2\ .\ \underline{4}\ \underline{3}\ \underline{2}\ \underline{1}\ \underline{7}\ \underline{6}$ ｜
数　九　　天　　寒　冬

$5\ .\ (\underline{2}\ \underline{1}\ \underline{2}\ \underline{4}\ \underline{3}\ \underline{2}\ \underline{5}\ \underline{2}\ \underline{1}\ \underline{7}\ \underline{1}\ \underline{5}\ 1$ ｜ $\underline{2}\ \underline{5}\ \underline{1}\ \underline{2}\ 5)\ \underline{4}\ \underline{3}\ \underline{2}\ \underline{1}\ \underline{2}\ 7$ ｜
　　　　　　　　　　　　　北

$7\ \underline{1}\ 6\ \underline{5}\ 4\ \underline{2}\ \underline{5}\ 7\ .\ \underline{4}\ \underline{2}\ \underline{1}\ \underline{7}\ 6$ ｜ $5\ -\ 5\ \underline{1}\ \underline{6}\ \underline{5}\ \underline{4}\ \underline{5}\ 1$ ｜ f
风　　　狂　　　彭　霸

$5\ (\underline{5}\ \underline{5}\ \underline{2}\ \underline{1}\ \underline{2}\ \underline{5})\ \underline{6}\ \underline{4}\ \underline{3}\ \underline{2}\ \underline{1}\ 2$ ｜ $7\ .\ (\overset{2}{\underline{4}}\ \underline{2}\ \underline{5}\ \underline{1}\ \underline{2}\ 7)\ \underline{1}\ \underline{1}\ \underline{7}\ \underline{6}\ 1$ ｜
天　　　　丧天　　良，　　　　霸　去

$\underline{5}\ \underline{1}\ \underline{5}\ \underline{2}\ \underline{5}\ \underline{5}\ \underline{2}\ \underline{1}\ \underline{2}\ 5$ ｜ $5\ \underline{5}\ \underline{6}\ \underline{4}\ \underline{3}\ 2\ .\ \underline{4}\ \underline{3}\ \underline{2}\ \underline{1}\ \underline{7}\ \underline{6}$ ｜ $\underline{5}\ \underline{1}\ \underline{6}\ 5\ 5$ ｜
田　地　强　占　茅　　　　　　　　房。

　　这是秦腔现代戏《洪湖赤卫队》一剧中韩英所唱"看天下劳苦人民都解放"唱腔开头的一个片断。它曲中包括［慢二六板］、［二导板］、［慢板］，以下还有［碰板二六］、［紧二六］、［拦头］及其［带板］等多种板式，故属于曲体相当长大、板式相对齐全的成套唱腔一类。从其每个板式的结构来看，它们都基本恪守着自身的传统程式规范，但又作了较大的革新处理。比如开腔起唱的［慢二六板］，就通过对传统板式节奏的压缩，使之仍不失其"眼起板落"、以四三字组七字句式分为两个腔节的传统程式法则；还有那［二导板］，也是从"板"上起唱，旋律呈波浪式逐沿下行级进的格局；［慢板］也是起唱于中眼而落腔于头板，词情少而曲情多，它们的音乐语汇也都采撷于传统的秦腔音乐旋律，甚至连那腔格的变化、转板的手法等等，都与传统的程式不爽毫厘。因此，使得整个唱腔处处充满浓郁的剧种风格与特色。然而，却从音乐内涵深处，又透发出一股时代的新意，毫无老腔老调之嫌。很显然，这是在继承传统基础上标新立

异的结果。那么，曲作者的创作意图和创作技巧又是如何结合的呢？ 让我们对这段唱腔进行一些解析，也许便会加深对它的认识。

首先，曲作者选用"苦音腔"作为全段唱腔的调式基础，但又剔除了传统"苦音腔"中那种过分悲噫的低沉因素，只是摄取了其中较为庄重、沉着、严肃的一些表情因素，并使之贯串全曲。与此同时，它又借助［慢板］的旋法，赋予唱腔以浓烈的抒情性，却在这抒情之中，让旋律回避了原来那种若吞若吐、缠绵柔纱的情态，而强调的则是平和沉稳、思索回忆和深情阐释其内心世界的语态语势。从而不仅把韩英在敌人牢房中对母亲语重心长的亲切安慰，以及用革命道理循循善诱情状，作出形象而深刻的点染，同时，也使观众从这个既合听觉习惯、又合欣赏口味的唱腔旋律中，深刻感受到韩英这位无产阶级革命者，在敌人以母女骨肉之情作为诱降的诱饵面前，也在随时都有可能牺牲的情况下，她究竟在想些什么，究竟要给母亲叮嘱些什么！

在这样的抒情之外，曲作者还加强音乐的内涵力度，这力度又是通过对传统板腔板眼节拍的调整和多种音乐手法的综合运用来实现的。比方说它的起板过门，就突破了"眼起板落"的传统程式局限，改之以"板起板落"的"碰扳"形式，使之每一小节的第一音都置于板(强拍)位而加以突出和强调。另外，还有那附点音符、五度大跳、同音叠置，以及与前后乐汇在腔速、旋法乃至节奏上的对比等等手法的综合处理和运用，都为加强音乐的力度发挥着作用。尤其当唱词进行到某一重要筋节时，音乐力度对于开掘词意与感情的作用似乎表现得更加充分和具体。再从技巧上说，这种力度的表情作用往往又是通过对唱腔结构的紧缩和唱词音位的提高来实现的。"彭霸天"三字同旋律的结合，不只是对传统［慢板］的腔幅与结构格局作了大幅度的压缩(省略了拖腔)，对它的音位也是陡然地拔高(置于全曲最高音位)，再加上后面那新创过门而有力的补充渲染，顿使这三个字吐放得异常响亮并富有力度，也在这十分紧凑有力的字音吐放之中，彰显出一股怒斥的语势和口吻。而这个突然崛起的朗诵性旋律，又同先后呈示的抒情性音调形成鲜明对比，让人们从中清楚地感受到韩英对母亲、对同志，对敌人竟是那样的爱憎分明。

紧缩腔幅固然是表现感情的需要，扩展腔幅同样也是如此。"饱含热泪唤亲娘"一句，整句旋律不仅被大幅度地拉长，同时还发展引伸出"娘啊"这个附加性腔句。那长长的拖腔，揭示出韩英心灵深处对母亲深沉的爱，就如同一汪流淌的清泉，寓意不尽，回味无穷。虽然这在传统中是没有的，但由于表现感情的需要，曲作者在此处依然作了

标新立异，发展出了它。这种发展，既是前面唱腔的自然呈递和延续，同时又是引入歌剧《洪湖赤卫队》特性音和节奏型等新的音乐成分。曲作者巧妙地把二者糅在了一起，使之新中有旧，旧有出新，从而大大增强了唱腔音乐的新鲜感和时代感。

与此同时，曲中还对分句过门进行了压缩，转板过门注入了写意的乐意。这一切，既寓于传统的秦腔音乐乐汇之中，又出于传统的秦腔音乐程式之外，既保持了传统成法规范和鲜明的剧种风格特色，同时还赋予它以新的时代精神和现代人物的感情新意。这也正是这段唱腔之所以能够被秦腔观众广为传唱的原因所在。

继承传统基础上的标新立异，不只仅仅体现在音乐旋律一个方面，同时也常常渗透在演员演唱时的声乐布局和感情处理之中。如王晓玲演唱的秦腔现代戏《万水千山》里，就有这样一段唱腔：

（乐谱：唱词为"忆往事含悲愤血泪淌血泪淌咬碎牙恨死二阎王，"的简谱）

很明显，上面的［散板］腔是在［苦音慢带板］基础上，吸收［滚板］音调发展而成的。整个唱腔的腔词结构、板眼规律及旋律风格，同样不失其传统秦腔音乐的路子，既符合传统程式规范，又很富于现代人物的思想激情。这种在继承传统基础上的标新立异，又为演员进行声腔艺术创造提供了可资发挥的余地。

王晓玲在演唱第一句时，她借助"打散慢唱"的自由节奏，从声量上给予较大幅度的跌宕，缓慢的行腔和节奏的顿挫，模拟着哽咽和抽泣，一下把观众引入对旧社会那暗无天日的岁月记忆之中。"血泪淌"三字，她先以柔弱的音量渐次向强烈的高潮推进，形成悲哀伤惨的气氛；接着在第二个"血泪淌"的叠唱重复中，又以清板的形式和极微弱的吟唱，造成痛不成声的艺术效果，着实令人动情。转入［快三眼板］以后，腔速上陡然提快，这时她根据词意的变化，不断调整着音量和力度上的变化，并让曲情紧扣词情，让演唱紧扣感情。这说明，在传统基础上的出新和在出新基础上的出情，所谱写出来的旋律，不仅好听，而且演员歌唱起来，也容易唱出情味，更容易感动观众。

二、突破程式　革新发展

秦腔现代戏对秦腔音乐的要求是多层次、多角度的。这是因为它的剧本文学所表现的主题思想、所描述的戏剧情节和所塑造的人物形象，较之于传统的剧本文学则显得更为深刻、更为复杂、更为现代观众所熟悉的缘故。传统的剧本文学，无论表现什么样的题材，刻画什么样的人物，都可以用生、旦、净、丑四大行当概括无余。表演如此，唱腔也是如此。这就造成了《打镇台》里的七品县令王震，同《游龟山》里的七品县令田云山，在舞台上的服饰、表演、唱腔、化妆乃至气质、神采等本没有什么区别的局面。而观众对这类角色的表演和唱腔，只要演员能够从形式美的角度给他们以可望的满足，那谁也不会去思考这两个县官为什么竟然如同一人。正因此，我们就可以这样说，传统的戏曲艺术，是以程式主宰舞台，是以形式之美吸引观众的一种艺术。但是这种程式和形式虽然很美，对现代戏来说却不是万能的。就唱腔来说，尽管爱好秦腔的观众差不多都会唱王震的"王有旨来在了华亭小县"，和田云山的"大人官居总督位"等唱段，那么是否照原样子用以作为今天的县长或者是县委书记呢？很困难。从事秦腔音乐工作的人总有过这样的体会：传统戏中的板式变化虽多，但能够现成地用于现代剧目的却不多：这不是没有道理的。它在节奏上、音调上的那种特点，和我们时代生活的节奏，和我们现代人的精神、情绪及气质确有不小的距离。这就给我们提出了秦腔音乐不能不依照新的生活内容和新的人物风貌对传统程式以突破，对它的音乐节奏以发展，并赋予它们以新的生命和新的艺术表现力。

在近年来秦腔现代戏音乐的创作中，以突破程式，革新发展的例证也屡见不鲜。如：

```
0 6 4 3 | 2 - | 2 - | 0 5 4 5 | 6 - | 6 - |
 盼  星 星         盼    月      亮，

0 5 1 6 | 5. 6 1 | 4. 5 | 1 2 | 1 2 7 6 | 5 - |
只 盼 着 深      山     出 太          阳。

5 - | 1/4 0 5 | 1 4 | 2 5 5 | ²5 | ²5 | 0 5 |
        只  盼   着 能  在    人   前   把

5 1 | 1/4 | 4 2 | 5 2 | 4 2 | ²5 | 5 |
话 讲，     只 盼  着 早  日   还

1 4 | 3 2 | 5 4 | 2 5 | 1 0 | 5 | 1 |
我    女   儿   装。    只   盼

1 | 1 | 1 | 1 | 1 | 1 | 1 | 1 | 1 | 1 |

0 6 | 6 5 | 6 0 | 6 1 | 4 | 6 | 5 |
讨   清   八   年   血  泪  账，

4 | 2 | ²5 | 6 | 1 | 4 | 4 |
恨   不  能   生   翅  膀  持

2 5 | 1 | 1 1 2 | 5 (1 | 2 5 | 1 2 |
猎   枪  飞   向

5 1 | 2 5 | 1 2 | 5 | 2/4 5. 5. | 5. 5. |

3 5 7 6 - | 2 5 5 6 - 1 2 5 ‖
山    岗   杀 尽 豺      狼。
```

395

这是《智取威虎山》常宝所唱"只盼着深山出太阳"唱腔的后半部分，本属［苦音二六］转［紧二六］的板式。但这里除保留了传统秦腔的一些音韵和［二六板］的节奏型框架而外，可以说从旋律到板眼几乎是全新的。尤其它那旋律的进行和板眼的安排，完全突破了传统的程式窠臼。请看"盼星星，盼月亮，只盼着深山出太阳"等几句唱，既不是通常所见"眼起板落"的［二六板］，也不是"板起板落"的［碰板二六板］，当然更算不上腔速急紧的［紧二六板］，而是对传统［二六板］基本程式结构突破后革新发展而成的一个新腔调、新板式。每句唱词的第一个字虽被安排在板上，却闪过了重强拍，起唱于后半拍，曲作者如此安排的用意就在于使前一个字的力度减弱，节奏有所顿挫，以此来促使句尾最后一字来得更加突出，更加响亮。果然，这两句的最后一个字不仅被安排在板上，而且还作了很不符合传统规范的延长；"出太阳"三字的腔幅拓宽了，音位也提高了，从而透发出一种明亮感和幸福感。尤其后面的那个"盼"字，在高音位连拖八板，恰切揭示出唱词的思想内涵。最后，一字一板，步步趋紧，直推高潮，加上强有力的过门间奏，更使小常宝立志复仇的决心得到进一步增升。正是由于曲作者把唱词所描述的情性作为唱腔创作的依据，使得这段突破传统程式的新创［二六板］，在表现人物自发的反抗精神和深切盼望新生的思想感情方面，起到了很好的戏剧作用。

突破传统程式，创造发展新腔，不仅仅限于唱腔，在许多秦腔现代戏的前奏或过门中则表现得更加突出和明显。现代秦剧《向阳川》里就有这样一段音乐：

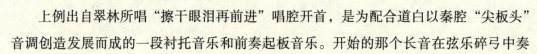

上例出自翠林所唱"擦干眼泪再前进"唱腔开首，是为配合道白以秦腔"尖板头"音调创造发展而成的一段衬托音乐和前奏起板音乐。开始的那个长音在弦乐碎弓中奏

出，并与斩钉截铁的繁音交相出现，前后映衬，形成疏密和力的对比，刻画出翠华为集体不幸落水献身，给翠林带来巨大的心灵震动和极度悲痛。然而，经过片刻的感情冲击，立即使她冷静了下来，音乐也回弓一转，奏出缓慢而深情的旋律曲调，从而为翠林理智地思索如何看待妹妹的死去，也就是如何看待人生的价值这一重大课题，提供了很好的艺术气氛。在传统秦腔音乐的过门和曲牌中，能够承担这一艺术任务的恐怕还没有，曲作者也就只能借助某些旧有的音乐素材，给予新的创造和发展。

从这段衬托音乐的节拍形式看，应当把它归类于〔苦音碰板二六〕的行列，从其节奏组合和旋律音调看，除前面隐约显出一些〔尖板〕过门的成分外，几乎又是全新的。但同整个戏剧气氛和剧种风格又是那样的统一，那样的谐合，这显然是曲作者在传统程式之外，改编发展并为秦腔所注入的新血液，从而丰富了秦腔音乐在现代戏里表现内容的形式手法和艺术力量。

三、横向借鉴　纵向吸收

中国戏曲音乐最突出的特点是"一曲多用"。这就决定了戏曲演员在不同的戏里不断重复和使用相同板式唱调的局面。尽管在这种重复中也各有不同的创造与出新，但总的说来，也只能是"出新意于法度之中"，或者叫做"万变不离其宗"。因为，这样的出新，并没有给它的音乐吸收和补充进来什么新的音乐成分。因此，也就未能促使它的内部肌体发生什么更多的变化。新中国成立后，以戏曲形式反映现实生活的剧目愈来愈多，这些剧目对于题材的选择、生活的开掘又愈来愈加深刻，而剧种原有的那些有限的板式唱调，已远远不能满足和适应戏曲表现现代题材的需求，这就促使它不得不广泛借鉴其他艺术表现形式的长处来补自己的不足了。

秦腔现代戏中，对于姊妹艺术表现手法的借鉴是相当广泛的。单就音乐而言，它就从民歌、歌曲、歌剧、话剧、影视乃至其它地方剧种中，借鉴过和吸收过诸如领唱、对唱、重唱、轮唱、合唱，以及幕间音乐、背景音乐、调式转调、配乐朗诵、主题音调贯串以及声腔板式结构形态等多种艺术表现形式，从而，大大丰富了秦腔音乐在反映实现生活方面的艺术表现功能。

对于民歌的借鉴吸收，一般采用的是将其某一地区最有代表性的民歌音调与秦腔音调相糅的方法，并贯串运用或出现在某一唱腔以及前奏、过门之中，这种吸收民歌音调的用意，大都与剧中人物的民族属性、剧本所表现的地域性题材等紧密关联。如秦腔现代戏《央金卓玛》的唱腔中，藏族民歌音调就曾多次出现，以此映衬着它的主人公央金卓玛的藏族农奴身份；秦腔现代戏《红梅岭》中冷翠的唱腔中，又吸收了陕南民歌音调，旨在表现这位回乡知识青年立志建设陕南家乡、改变陕南山区穷白面貌的雄心壮志等等。

把革命歌曲音调纳入秦腔音乐之中的作法，更多则是从渲染某一时代的特定气氛，或者作为某一角色的主题音调而提出来的。如：

这是秦腔现代戏《红灯记》的"序曲"片断，第一声部，铜管吹奏出雄伟壮阔的《大刀进行曲》，这歌声充满着昂扬的斗志，充满着磅礴的气势，透发出一股感召的力量，仿佛在唤起民众的觉醒；作为第二声部的弦乐，先以颤弓奏出两个长音，透出几分动荡不安，接着用强奏和弦，赋予那威武的战歌以更大的力度；继而又以快速连续级进，将音乐直推高峰。这是不屈的中国人民对异邦侵略者行将进行反抗斗争的主题音调，并从四面八方汇集成一股革命的洪流(通过下面织体的刻画、谱略)，奔赴战场。以此构成一幅战斗的音响画面，并将人们即刻带入那个烽火连年的抗战岁月。

　　从歌剧中借鉴而来的领唱、齐唱、重唱、对唱、合唱等形式，已被秦腔现代戏所广泛应用，并成为戏剧感情最为集中时唱腔的重要组成部分。领唱较多地是以话剧、电影中的画外音手法处理，通常运用于戏剧情节的高潮之处。如秦腔现代戏《爱情从这里开始》"算账"一场，曾被贫困迫离故土的树理嫂，突然之间出现在自己的丈夫面前，这一意外的团聚，使这对患难夫妻只能怔愣对视而无言各表情怀，而领唱则道出了他们难以名状的共同心声；重唱多为表达剧中人物之间彼此感情交织时的内心独白。我们不妨以下面谱例略加说明：

（田嫂唱）
3 5 2 3 | 5 · 3 6 4 3 2 | 1 - | 3 5 4 3 2 |
帮 乡 邻　　洗 衣 裳 家 家

1 6 1 2 | 3ᵛ1 1 1 | 1 6 3 | 2 - | 3 5 7 0 6 1 |
方　便，（刘大能唱）刘 大 能 遇 财 神　不 该 折

田嫂唱
0 6 | i 6 5 | 5 - | 0 3 5 |
心 喜　　　　只 嫌

刘大能唱
5 0 | 0 | 0 6 | 6 3 6 i | 1 - |
钱。　　　　心 喜 只 嫌

3 3 5 | 6 3 2 | 1 - 1 3 5 | 2 - | 2 5 6 3 |
车 轮 慢，　秋 风 为 我

6 · 6 1 | 2 7 | 6 - | 6 0 | 6 2 6 2 3 7 | 6 - |
车 轮 慢，　　秋 风 为 我

$$2\ \widehat{3\ 5}\ |\ 2\ \widehat{0\ 3\ 5}\ |\ 2\ 1\ 7\ 6\ |\ \widehat{5\ (1\ 3\ 2\ 1}\ \widehat{3\ 2\ 1}\ |\ \widehat{5\ 1\ 3}\ \widehat{5\ 1\ 3\ 2\ 1}\ |$$

把 凉 扇。

$$\widehat{6\ 1\ 2}\ |\ \widehat{7\ 0\ 6}\ |\ 5\ \widehat{6\ 2\ 3}\ |\ 5\ -\ |\ 0\ \quad 0\ |$$

把 凉 扇。

上例出自秦腔广播剧《田嫂》。集贸市上，田嫂发现刘大能的猪娃患有白痢病，唯恐猪疫蔓延，赶紧买下急着回家给猪娃看病。而刘大能却一心想把猪娃赶快卖掉，得了钱便走，也免得节外外生枝。他二人这种心理上、性格上的对比，正是通过这种对唱、重唱的形式被表现得十分鲜明而突出。这种非常富有戏剧性的表现手法，正是传统秦腔所没有，又是秦腔音乐表现现代题材所必需的手法，它对刻画人物性格、表现人物之间的矛盾冲突，将起着十分重要的作用。再从创作技巧上说，对唱、重唱往往是在传统秦腔板式唱调基础上编织而成，尽管手法不算复杂，却很容易构成抒情的场面，取得十分感人的艺术效果。

秦腔现代戏中的合唱，多为表现群众的共同意念，在戏剧情节中，合唱往往是群体的歌声，出色的表现着劳动、斗争、欢欣的场面。

向兄弟剧种借鉴吸收的例证，最明显不过的就是创造发展出了秦腔的新板式——[回龙]，请看下例：

$$\frac{1}{4}\ \underline{\dot{2}\ 5}\ .\ |\ \overset{\dot{5}}{3}\ 0\ |\ \dot{3}\ 1\ 2\ |\ \dot{5}\ 3\ 2\ |\ 7\ \widehat{6}\ 5\ 6\ |\ \dot{1}\ ^{\vee}\ \dot{1}\ 6\ |$$

休看 我， 戴铁 镣 裹铁 链,锁

$$\dot{1}\ ^{\dot{1}}\ 6\ |\ 6\ 1\ 5\ |\ 3\ 5\ 1\ 2\ |\ \overset{\dot{5}}{3}\ .\ (\dot{2}\ 1\ 2\ |\ \dot{3})\ 5\ 3\ |\ 2\ 5\ \overset{\dot{5}}{3}\ |$$

住我 双 脚和 双 手, 锁 不住我

$$\dot{3}\ 5\ 2\ 3\ |\ \overset{\dot{5}}{5}\ 5\ |\ \overset{\dot{5}}{3}\ .\ 5\ |\ \dot{2}\ 1\ 2\ |\ \frac{2}{4}\ 0\ 3\ 5\ 1\ 2\ 5\ |$$

雄 心 壮 志 冲 云

$$3\ -\ |\ 3\ -\ |\ 3\ 5\ 3\ 2\ 1\ 6\ 1\ 2\ |\ 3\ 5\ 2\ .\ 3\ 5\ 4\ |\ 3\ -$$

天

[回龙]本是京剧所有而秦腔所无的一种板式，但在剧本唱词格式和人物情绪的要

求下，曲作者借鉴吸收了京剧［回龙］节奏型，改编发展了传统秦腔［紧双锤］的旋律音调，又在腔节上大幅度扩充而创造出来的一个新板式。通过紧凑节奏和高昂旋律的组合编织，从中透发出一股大义凛然的激情，成功地表现出李玉和这位无产阶级先锋战士，在敌人屠刀面前视死如归的浩然正气，也丰富了秦腔音乐唱腔板式的转换手法和艺术表现力。

特性主题音调的贯串运用，以及调式转调、和声配器等手法，从众多秦腔现代戏的"序曲""前奏曲""幕间曲"以及唱腔中，随时都可以找到很多例证。这些手法，对于统一全剧乐思，加深对剧中人物音乐形象印象，以及丰富秦腔音乐的调性色彩和艺术感染力量，起到了很好的作用。

无论是在继承传统基础上的标新立异，还是突破传统程式基础上的革新发展，抑或横向借鉴基础上的大量吸收，尽管都是为了秦腔音乐能够更好地阐情示意，能够更好地为今天的时代服务，但在旋律写作上，应尽量保持秦腔本剧种的风格与特色。因为，愈是显出自身特点的东西，就愈有生命力，反之，只能是沉灭于斯，有害于斯。这一点，也被历史早所证实。

（原载《甘肃戏苑》1986 年第 3 期）

陇剧音乐发展中的几个问题

　　陇剧，作为甘肃的新生地方剧种，举步艰难地已经走过三分之一世纪历程。三十多年来，由于从事这一剧种艺术的志士仁人勤奋而坚持不懈的努力，使它从表演程式的创造，到声腔体制的建立，不只有了量的积累，也还有了质的飞跃，从而使它从"五尺亮子"的皮影天地，一跃而跨入舞台戏曲的行列。然而，它毕竟还太年轻，作为一个舞台戏曲的艺术机制尚不十分健全，尽管在各种程式的创造上成绩不小，但还没有形成一定规模和系统，特别是唱腔音乐，由于声腔体制还未完全成型，甚至对于今后发展其什么样的声腔体制的总体目标上，也往往在举一反三的探索实验中举棋不定，由此削弱了唱腔音乐在表现人物冲突和思想感情方面的戏剧性力量。这当然是任何新生剧种必须所要经历的过程，因此，我们应该将这个过程看作成十分正常的事。但是，如果进一步溯其原因，我觉得则与它继承中的先天不足和发展中的后天失调不无关系。在这里不妨仅就我个人的肤浅认识，对陇剧音乐今后的发展提出几点看法，一则作为学术探讨，二则质诸专家评正。

一

　　衡量一个剧种成熟不成熟、完整不完整的标准固然是多方面的，但音乐的戏剧性发挥得充分不充分、板式节奏的变化丰富不丰富、唱腔的体制健全不健全却至关重要。这不只因为音乐是一个剧种存生于社会的生命支柱，还在于它充分体现着这个剧种的个性化艺术风格与特色。我国三百多个地方剧种之所以能够争芳竞妍地"和平共处"，关键也正在于它们音乐上的差别。

　　陇剧虽然从那前身——陇东道情中承袭了一套具有板腔雏形的腔系，但基础却过于薄弱，也许它对无从表现人物内心底蕴的皮影人来说已觉裕如，但要满足完全凭借真人展示剧中人物复杂心理的舞台戏曲，则就显得力不从心了。我们不妨在此对它那〔弹板〕、〔飞板〕以及〔喝音子〕、〔大哭板〕等传统板类原型略加分析，自也不难发现它们且都建立在一个朗诵性说唱音调和一个歌唱性"嘛簧"拖腔这样两个极为简陋的音乐素材基础之上。请看〔飞板〕(为对比方便，本文只举伤音腔):

例1

朗诵性音调

5	$\dot{1}$ 5 $\dot{1}$ 4	(6̣ 5̣·5̣ 5̣2̣5̣ 5̣)	5̣ 1̣ 2̣ 5̣
提 起 真 令 人		泪 流 满 面，

(6̣ 5̣·2̣4̣3̣2̣1̣)	4 4 3 2 4 4 3 2 1 5
	张 子 明 心 头 事

歌唱性"嘛簧"

(6̣ 5̣·5̣2̣5̣ 5̣)	5̣ $\dot{1}$ 5	5·42 1̣7̣1̣2̣1̣7̣6̣ 5 —
	对 主 明 言	

　　[飞板]虽由四个腔节(两个腔句)组成，其实质不过是第一腔节的变化延伸，各腔句的音乐旋律仅依字调稍作调整外，其音乐、音节则与唱词语言的自然形态相差无几。倘不是尾音用了四小节稍见起伏的"嘛簧"拖腔帮唱，人们实难将它同说唱音乐严加区分。就是这样一个简单而朴素的唱腔，却被作为母体板式伸缩派生出一系列子体板类。如以拉宽伸长旋律节奏的方法繁衍而成的[弹板]：

例2

朗诵音调　　　歌唱性"嘛簧"

		5555 5555 5555 5555
5̣ 5̣ 2̣ 5̣ 5	$\dot{1}$ 6̣·5̣ 5̣7̣6̣	5 — — — 5 — $\dot{1}$ 0
白 云 仙 在 中 途		

朗诵性音调

5̣ 4̣ 3̣ 2̣ 5̣ 5̣)	5̣ 4̣ 3̣ 2̣ 5̣ 5·(1	5̣7̣6̣5̣5̣6̣4̣3̣2̣1̣2̣5̣ 5̣)
	自 嗟 自 叹，	

朗诵性音调

4̣ 4̣ 2̣ 4̣	4̣ 3̣ 2̣ 7̣6̣ 5·(1	5̣7̣6̣5̣5̣6̣4̣3̣2̣1̣2̣5̣ 5̣
把 当 年	修 炼 事	

歌唱性"嘛簧"

$$5\ 2\ 5\ 2\ \underline{1\ 6}\ 5\ |\ \underline{1\ 2\cdot5}\ \underline{6\ 4\ 3\ 2\ 1}\ |\ \underline{7\ 1\cdot2}\ \underline{4\ 2\ 4\ 7\ 6}\ 5\ \|$$

细　表一　　　番。

［弹板］虽因曲中两度引用"嘛簧"(前为梢簧，后为尾簧)较例1［飞板］略显委婉，但处处仍明显透发着语调化成分。音调和音节在这里仍不讲求流畅工稳，整个唱腔多是在半说半唱中产生，以致不只造成节拍节奏的混乱杂舛，也冲淡了应有的抒情色彩，和揭示唱词内涵意蕴的曲情深度。

那稍见戏剧性的［喝音子］，也是以打散和拉宽旋律节奏的方法，把第一腔句的朗诵性音调，与结尾中歌唱性"嘛簧"拖腔，加以连接而成：

例3

朗诵性音调　　　　　歌唱性"嘛簧"

$$5\ \underline{7\cdot}\ \underline{6\cdot}\ 5\ 6\ 6\ 6\ 4\ 2\ 5\cdot\ \underline{1\cdot}\ 6\ 5\cdots\underline{4}\cdots\ 6\cdots\ 5\cdots\ \|$$

天哪！说　是　你　不　吓熬人　　　　了

［大哭板］的成型则更简单，朗诵性音调只用一个富有感叹性质的长音，而后直接进入散嘿"嘛簧"拖腔的：

例4

朗诵性音调　　　　歌唱性"嘛簧"朗

$$2\cdots\ \ 5\cdots\ 4\cdots\ 2\cdots\ 1\cdots\ 6\cdots\ 5\cdots\ \|$$

哎

花音腔系的各类唱腔，又是将伤音腔系旋律中出现的4、7两个偏音代之以3、6两个正音而形成。如［花音弹板)：

例5

$$(5\ 5\ 5\ 5\ 5\ 5\ 5\ 5\ |\ 5\ 5\ 5\ 5\ 5\ 5\ 5\ 5\ |$$

$$5\ 5\ 5\ 5\cdot\ 3\ 3\cdot1\ |\ 5\ -\ -\ 5\ -\ 1\ 0\ |\ 5\ 2$$

昔　日　里有　　　一　　　个

$$3\ 2\ 3\ 5\ \underline{5}) \mid 5\ 3\ \dot{1}\ (\underline{5\ 5\ 7} \mid \underline{6\ 7\ 6\ 5}\ \underline{5\ 2}\ \underline{3\ 5}\ \underline{3\ 2\ 1}) \mid$$
目 莲 母，

$$3\ {}^{3}\!5\ (\underline{5\ 5\ 7} \mid \underline{5\ 7\ 6\ 5}\ \underline{5\ 2}\ \underline{3\ 2\ 3\ 6}\ 5) \mid 5\cdot\underline{3}\ 3\ \underline{3\ \dot1}\ \underline{6\ 5}\ 5\cdot\underline{3} \mid$$
一 头　　　　　　　　担 母 一 头

$$3\cdot\underline{5}\ 2\cdot\underline{3}\ \underline{2} \mid 1\ 5\ \dot1\cdot\underline{6}\ \underline{1\ 1} \mid \underline{1\ 2}\ \underline{3\ 6}\ 5 \parallel$$
经。

其他如［大开板］、［还阳板］等板类，不只是上述朗诵性音调和歌唱性"嘛簧"的衔接变化，也还仅仅停留在一个不够完整的板头之上。由此可知，陇剧音乐之所以发展缓慢的原因之一，乃在于先天不足。

<h2 style="text-align:center">二</h2>

搬上舞台以后，陇剧音乐工作者在继承运用陇东道情音乐的全副表现经验和全部材料(包括曲调、节奏乃至结构方法等)的基础上，又通过整型、美化、创新、吸收等多种手法，使它的唱腔愈来愈丰富、板类愈来愈齐全，以致在表现舞台戏剧方面的能力发生质的飞跃。

整型　从上面谱例中清楚地看到，无论是抒情的［弹板］，还是叙事的［飞板］，因其过多强调旋律音调同语言音调，音乐节奏和语言节奏的一致性，使得唱腔处于摹拟语言的朴素自然形态之上。因而，看其外表，节拍杂舛，无章可循，究其实质，乃是唱腔的歌唱性不足所致。陇剧音乐工作者正是基于这样的认识，才对唱腔的旋律和节奏进行了大量的调整和改造，使它尽量地规律化。如［飞板］：

例6

$$0\ \underline{1\ 6} \mid 5\ \underline{2} \ (\underline{5\ 2\ 5}\ 5) \mid \underline{5\ 1}\ \underline{4\ 2}\ 5 \mid (\underline{2\ 4}\ \underline{3\ 2\ 1}) \mid 0\ 5\ \dot1 \mid$$
灯光 火影　　　人 声 近，　　　　只怕

$$\underline{4\ 3}\ \underline{2\ 1}\ 5 \mid (\underline{5\ 2\ 5}\ 5) \mid \dot1\ \dot1\ \underline{1\ 6}\ 5 \mid 4\cdot\underline{5}\ \underline{3\ 2} \mid \underline{1\ 1}\ \underline{6}\ 5 - \parallel$$
身　后　　　有追　兵。

　　这是《枫洛池》杜若义和邬飞霞的一段对唱，较例 1 不只节奏板眼稍见规则方整，旋律曲调也变得委婉流畅多了。

　　美化　如果整型主要解决唱调节奏的规范化问题，那么美化则便是通过对旋律曲调的加花装饰，变朗诵性音调为歌唱性抒情。请看下面 〔弹板〕：

例7

　　曲中拖腔的繁用，声多字少的腔词结合，顿使唱腔透发出一股委婉旖旎的抒情美，这对剧中人即尽抒发内心感情，显然比那朗诵性传统 〔弹板〕(例)要深沉、丰富得多。

　　创新　从旋律性较强的板头音乐、过门音乐、"嘛簧"帮唱音乐以及陇东民间音乐中攫取素材，加工复创出新唱腔、新曲调，以补充其板式唱调，丰富其唱腔音乐的艺术表现力，是陇剧音乐工作者的又一突出贡献。如下面这段唱腔：

例 8

例8便是一个古所无而今所有的新创唱腔，有人称它为〔新板〕，有人称它〔快三眼〕，自《枫洛池》始，一直被广为衍用。

吸收 和其他新生的地方剧种一样，陇剧目前正以其最大的吸收量，不断地吸取本身以外的有利因素，来丰富自己、充实自己。如从秦腔、京剧等兄弟剧种中，从陇东民间杂曲中吸收借鉴板式结构、曲体章法、音乐旋律以及锣鼓经等，以此加工发展出诸如〔慢板〕、〔快三眼〕、〔二流〕，以及〔紧板〕、〔滚板〕、〔散板〕等新型板类；对传统程式化"嘛簧"，也以现代作曲技巧在表现形式上给予不同的编织处理，从而不仅丰富了陇剧唱腔板式的规模，也大大拓宽了唱腔音乐表现戏剧情绪和戏剧矛盾的艺术作用。

陇剧音乐工作者正是经过这样的艰辛努力，使它的唱腔音乐在短短的三十年中，获得量的积累和质的提高，并成为富有个性化地方特色的新兴剧种，立于我国民族戏曲艺术之林。但是，我们必须看到，目前它还正处于创格阶段，不仅生命力还很脆弱，音乐的戏剧作用发挥得也还不够充分。特别是曲中过多挪用"嘛簧"音乐旋律，节奏的处理缺少对比的层次，既导致了唱腔曲调上的雷同单一，又促成抒情性与叙事性板式唱调发展上的不平衡，从而使得唱腔音乐整体结构产生了后天失调。正因此，当它表现戏剧内容、揭示戏剧矛盾的时候，往往较难达到应有的深度。这也正是人们在肯定了它的音乐"优美动听"的同时，又常抱怨唱腔简单，不够挂味的原因所在。若要使陇剧的唱腔音乐得以进一步丰富、提高和发展，我认为今后无论是旋律的写作，还是板式的复创，须

从加强其音乐的戏剧化和唱腔的体制化两个方面再下工夫。

三

所谓加强陇剧音乐的戏剧化，其实质就是加强不同板式之间节奏组合关系中的对比变化的反差。因为，它作为戏曲的音乐，在表现形式上是以板式的变化为其结构基础的，而板式的变化，实际上就是节奏的变化。纵观中国的戏曲音乐，无论属何种体制，无不贯串着这种节奏交替对比的原则。各类板式之间节奏的对比越强烈，音乐的戏剧性就越突出，唱腔在戏剧中的地位也就越巩固。反之，就有可能削弱其音乐的戏剧性作用。这说明节奏这一因素对实现唱腔音乐的戏剧化有着何等重要的意义。

陇剧音乐经过三十多年的改革发展，确实取得了不小的成就。因而，视其唱腔，各类板式齐全，听其演唱，音乐优美动听。那么，为什么当它同戏剧结合以后，却怎么让人感到总还有许多不够尽情之处呢？我想，问题恐怕出在以下两个方面：

（一）未能以板式的变化(亦即节奏的变化)孵化成套腔系

从我国戏曲音乐的发展规律看，大凡板腔体组织形式的剧种，在发展自己一整套音乐程式时，差不多都是从首先完善其节奏平稳、速度中庸、旋律朴直、并具叙事性质的一个板式为其母体板式开始的。这个板式，一些剧种称它为 [原板]、[二六板]，一些剧种则称它为 [中板]、[夹板] 或 [二八板] 等等。然后在此基础上，以扩展、紧缩的方法分别向快、慢两个方面加工复创，形成一系列子体板类，这就产生出一支节奏变化多样、感情色彩丰富、情趣截然不同的庞大唱腔家族(腔系)，这个家族中的每一个成员(板调)，虽各有其表情专长(抒情、叙事、激情)，却在相互间有着血肉的、内在的联系。当按照戏剧的要求酌情择用或结合一起时，不同板式(节奏)便在彼此对比交替中产生出强烈的戏剧性来。比如秦腔的板式唱腔，就是先以"一板一眼"(2／4)节拍形式的叙事性 [二六] 板式为其母体板式，再通过对其节奏的扩充，速度的撤慢，旋律的装饰等方法的处理，便形成了"一板三眼"(4／4)节拍形式的抒情性 [慢板]；通过对其节奏的紧缩，速度的变化，旋律的简化，又形成了"有板无眼"(1／4)节拍形式的朗诵性 [双锤]、[紧板]、[剁板] 唱腔；还有它那激情性很强、结构是"无板无眼"(散板)的 [带板]、[滚饭]、[尖板] 等，也是通过对节奏的打散，在速度和旋律上作自由处理后而形成的。这种以节奏的变化来结构唱腔的例证，不只在诸如京剧、评剧、晋剧等古老剧种中才有，在一些民歌、曲牌基础上脱颖而出的新生剧种也是如此。如在二人转、拉场戏结合中产生的龙江剧，同样是在首先确定 [四平调] 这个"一板一眼"节拍形式

的叙事性唱腔之后，再生出其它各种板类的。这种发展孵化成套腔系的方法，有如古诗词中的正格七字句式生出四字、五字、六字、八字、十字等多种变格句式那样，句式的字数变而其中包含的音节结构则不变。所以，显得既有规律，又有章法，既富于灵活的变化，又适于多种内容的描写。表现在戏曲音乐的发展上，就更能体现其自身的科学性：节奏的对比强烈；音乐的戏剧性突出；结构规范，章法统一；既有格律，又有变化。所以，很值得陇剧借鉴效法。

陇剧音乐工作者无论是对传统唱腔的改造，还是对新创板路的设计，也都充分注意到节奏这一要素在完善各类板式、强化其音乐戏剧性方面所具有的地位和作用。但在具体运用上，也即用节奏改造和发展唱腔上，却没能很好地贯串运用这一因素。尤其在创造陇剧的成套腔时，不是按"先完善中板，后两极分化"的规律孵化自己的腔系，而较多的则是通过对曲调的极力"雅驯"，利用〔还阳板〕和"嘛簧"这一抒情性旋律片断去淡化传统的朗诵性音调。所以，尽管它新创出〔慢板〕、〔快三眼〕、〔二流〕、〔紧板〕、〔散板〕等板类，却没有真正解决板式的规范化和音乐的戏剧化问题。相反忽略了从节奏的角度在对传统唱腔统筹改造的同时，又对新创唱腔曲调的过多加花美化，从而导致了整体结构发展上的失调，即歌唱性"嘛簧"挪用过多过繁、叙事性唱腔基础薄弱，而传统板式唱调至今仍基本处于原始形态，形成新的太新，老的太老的不平衡局面。

充分利用本剧种抒情性较强的传统音乐材料，来淡化其原来的朗诵性音调，以此发展自己的抒情性唱腔，无论从创作手法讲，还是艺术构思讲，都是可取的、合理的，这对任何一个剧种来说，也是必需的，不可或缺的。因为，音乐在戏剧中的作用，本来就是抒发感情，唱腔曲调处理得越细腻，揭示人物内心深处的东西就越深刻，角色的形象树立得就越鲜明，对观众的艺术感染力也就越强烈。倘不如此，音乐必然暗淡失色而不能感人。所以，加强唱腔旋律的抒情色彩，应该说是给陇剧音乐增添了诱人的魅力和表情的力量，这一点应当给予充分肯定。但问题在于，它作为戏曲的音乐，在戏剧中的作用，不单是需要借助音乐的抒情性，来深刻地抒发某一人物的内心感情，而且更需要借助音乐的叙事性和激情性，来推动戏剧情节和戏剧矛盾的不断发展，也即戏剧人物之间性格上、心理上的纠葛与冲突。因此，陇剧的曲作者应当在强化唱腔旋律的抒情性的同时，还应当创造出能够通过音乐来表现人物之间在情绪上、气氛上的变化，以及能够叙述事件过程的唱腔板式来。尤其应当对传统中那抒情性〔弹板〕和叙事性〔飞板〕由于节奏雷同而导致朗诵性过浓，表意性不甚明确的现象，也应给予综合治理，使它们能以新的性格和结构更好地服务于戏剧。然而，也许陇剧音乐工作者忽略了这一点，这两个板式至今仍基本处于朗诵性（"嘛簧"除外）原型基础之上，却被作为抒情性（一板三眼）和叙事性（一板一眼）唱腔在大量套用。这就不仅造成表意功能上的含混，也还影响到它那真正具有叙事性质的〔原板〕或者〔二六〕板类的完善成型。让我们看看几个具体谱例吧！

例9

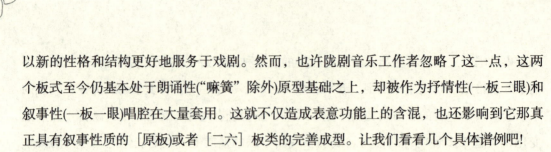

上例出自《旌表记》第七场，这个被当作抒情性质的〔弹板〕唱腔，由于曲中的节奏和音调完全同那唱词的语言说白特征紧紧相扣，要不是结尾"嘛簧"音调的出现，将会使它完全失去抒情性唱腔的结构特征和表现意义。再看下面〔飞板〕唱腔：

例10

来人　　抬沙　　　发

7 1 1 ｜ 7 2 2 1 7 6 ｜ 5 - ‖

（《喜事逼人》佳秀唱腔）

陇剧［飞板］唱腔，原本属于传统陇东道情的叙事性板式唱调，但它的节奏与旋律，又同例9所举的抒情性［弹板］如出一辙，这种非抒非叙非朗诵的腔体，由于曲情曲意过于模糊含混，不仅在准确表现戏剧内容方面往往模棱两可，也对后来新创［二六中板］表情功能带来一定影响。如果唱腔音乐的设计者首先立足于对这两个至关重要的传统板式唱腔给予"综合治理"，并从节奏的意义上强化两者之间层次对比，节奏的对比就是板眼的对比，板眼的对比愈强烈，唱腔的板式结构就愈明显，旋律的律动作用也就愈鲜明，其所蕴寓的戏剧性就会愈突出，然后在此基础上确立可两极持续变化的核心基腔，来带动发展其他板式，我想，那将会多少避免陇剧以往以旋律带动和发展抒情性与叙事性唱腔板类所产生的不平衡关系和诸多偏误。

正因为以往将旋律作为带动和发展抒情性与叙事性唱腔的主要基点，从而使我们在观剧中常常发现陇剧抒情性与叙事性唱腔的音乐旋律，似同之处实在太多，特别它那分句拖腔和结尾落腔，其旋律几近相同，不信请看：

例11

1 · 6 2 6 5 · 4 2 ｜ 1 2 2 5 4 3 2 1 ｜ 7 1 7 2 2 1 7 6 5 - ‖

状　元　　　　公

（《凤冠梦》吴乙九所唱［慢板］）

例12

1 6 5 1 6 ｜ 5 · 4 2 ｜ 1 2 2 ｜ 2 5 4 3 2 1 ｜ 7 1 1 ｜

没　生　哎　男

7 2 2 1 7 6 ｜ 5 - ‖

（《刘巧儿新传》赵振华所唱［二六板］）

上面两例本是陇剧新创［慢板］和［二六板］下句唱腔的落尾旋律，由于在唱腔设计过程中忽视了两个板式之间的节奏对比意义，从而大大削弱了两者之间表情上的差别，让人很难听出它们各自体现的抒情、叙事曲意，尽管曲谱上分别为"一板三眼"和"一板一眼"，但表情性却如同一曲，并无不同。

例 13

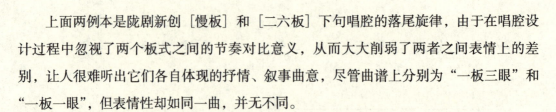

（《枫洛池》邬飞霞所唱［弹板］）

例 14

（《白蛇传》白素贞所唱［飞板］）

很显然，问题依然出在对原生态"嘛簧"音调不加改造地挪用和繁用上，却恰恰忽视了中国戏曲音乐的戏剧作用正来自于强化和根治节奏（亦即板眼）的对比意义。

中国的戏曲音乐，本是中国诗词曲"以声填词"的继续，它不像欧洲歌剧，要求每部必有每部的专用旋律，而是在相对稳定成格的基本腔型和腔词结合的关系中"一曲多词"的反复歌唱。因而，不论其剧种如何，声腔体制如何，其唱腔的曲体、腔型、结构等，始终在相对稳定的规范程式之内，这种被规范了的音乐程式，一旦被演员所掌握，就变成一种活的腔体，演员在歌唱时，只要控制好板眼和基本腔型，就可以极尽发挥自己的嗓音优势，并展开各自不同的艺术创造。这恰恰说明，节奏的变化才是戏曲音乐的真正精魂，尤其在几乎没有什么旋律性可言的类似秦腔［带板双锤］一类唱腔里，由于节奏对比的意义表现得分外鲜明也分外突出，所以唱腔的戏剧性作用也就体现得更加激紧也更加强烈。

而陇剧在发展成套腔系之初，正是由于忽视了"先完善中板，后两极分化"这一规律，从而导致了各类声腔板式的曲体结构颇见杂舛。尽管陇剧音乐工作者作了大量的整

型，却依然缺少规范。即令在同一板式内部，那节奏的组合，板眼的设置，小节的划分，乐段的章法，怕是前后不尽一致。往往四二、四三、四四、四五、四六、八三、八四、八五、八六等不同节拍混杂交织一起；再看它的分腔情况，有时一句三腔，有时一腔半句，有时还有两句半、三句半一腔者不等；过门间奏的夹插也不规律，时而一腔两过门，时而三腔无过门。板式结构上的不可捉摸，大大影响了人们对它的学唱，也由此而影响到它的大面积传播与推广，而陇剧演员至今仍不能像秦腔那样对它进行"以声填词"即兴演唱的原因，大概也正在于此。

（二）未能以声腔的变化发展行当唱腔

行当唱腔，即在各种板类基础上，按其角色的性别性格、演员的音域音色，通过旋法、调式上的变化，发展分化出来的唱腔。它颇似西洋歌剧中的女高音、女中音、男高音、男低音的声部分类，只不过表现在中国戏曲里，则是以生、旦、净、丑、小生、老旦等行当演员的声腔特征来区分人声类型罢了。当然，中国戏曲中的行当唱腔，同西洋歌剧中的声部分类，毕竟还存在着很大的差异，这种差异不只是名称上的区别，主要存在于创作方法和表现方法上的种种不同。比如：西洋歌剧中的各个声部，不仅有音域、音色、调式上的不同，他们的唱调也是为专人而作且不能互相套用的。而中国戏曲中的行当唱腔，则不是这样，它不过是在基本腔型基础上裂变发展的变化腔型而已。何况前者乃是唱歌，后者则是唱戏。

各个剧种发展行当唱腔的方法并不十分一致。滇剧采用的是同腔变调的方法，评剧采用的是正调转越调、反调的方法，京剧采用的是小嗓、大嗓的方法，而秦腔采用的是同腔同调和调整旋律音区的方法等等。手法虽多，归纳起来却不外乎同腔同调、同腔异调、异腔同调三种。从目前情况来看，陇剧采用的是同腔同调。其原因有二：一是它的前身陇东道情纯系男声演唱，道情艺人大都一人兼唱数人腔，只能以声音造型使男女行当略加区分，甚至有时干脆不分。自然各行当唱腔的音域相同，旋律相同，音色相同，定调相同。发展成陇剧以后，角色分由男女演员直接"登台唱事"，这就提出了分腔分调的问题；二是陇剧音乐工作者对行当唱腔的发展，缺乏较为科学的技术性处理，他们大多采取一是迁就，二是强唱。当其男女演员同台演出或进行对唱时，让女腔迁就男腔，也就是女腔音域下压，男腔音域上提，或者定调定在男女均可接受的调位上(它的基本调为 D 调，男女对唱一般定 C 调或 B 调)，其结果女旦唱来压抑憋气，低沉窝嗓，实难进行发挥；男角唱来坚攻硬取，一味拔高，嗓音负荷过重。而双方又都想极力寻求各自的最佳发声音区，或者说尽力欲摆脱声、嗓之间的失调，这就出现女旦在低声区翻高八度吊唱，男角在高声区降低八度吟唱的现象，从而大大破坏了舞台的艺术效果。

在单人抒情的场面，又多采用同腔低唱的方法，即把男腔移低五度在反调(G 调)唱出，女腔仍用基本调(D 调)唱出，有时还采用男腔削去高音，减去三度"冒腔"音程的方法。这样做虽然使生、旦各自就范于自己的最佳发声音区内，但是，既未解决调的问题，也未解决腔的问题，只不过是相同的唱腔旋律在不同调位上的重复而已，生旦唱腔的旋律一样，唱腔各句中结音又都相同，故仍给人以同腔同调之感。这不能说不是给人们留下板式单一印象的又一原因。

要发展行当唱腔，不只从男女声腔角度解决调的问题，重要的还应解决腔的问题。就是说，行当唱腔的确立，不应仅仅看作为四度或五度的移位，还须对旋律作出相应的变化，使它更能形象地体现不同行当人物之间性格、音容上的差异。比如：小旦的缠绵、小生的潇洒、花脸的耿直、丑角的滑稽、老生的庄重、老旦的稳练等等，凡此不同行当人物性格上的区别，都可以表现为音乐旋律上的区别，从而为不同行当利用音乐旋律表现人物性格特征提供了现实依据。信举一例说明；

例 15

$$0 \; \underset{\frown}{7 \; 7} \; | \; 0 \; 7 \; \underset{\frown}{3 \; 5} \; | \; \dot{1} \; \underset{\frown}{7 \; 6} \; | \; 7 \cdot (6 \; 5 \; 6 \; | \; 7) \; 7 \; 4 \; |$$
一见　　大嫂　扬　长　去，　　　　桂儿

$$0 \; 7 \; 6 \; | \; \underset{\frown}{5 \; 3} \; \dot{1} \; | \; \dot{1} \cdot (\dot{2} \; \dot{3} \; \dot{5} \; \dot{3} \; \dot{2} \; | \; \dot{1})$$
心　中　暗　着　急

这是评剧中的两句女旦正调唱腔（"A 调)，如果按男腔越调记谱(bE 调)，最后结束音必然落在"4"上。这样又会给人以仍未变调的感觉。如果在变调的同时对旋律略加变化，其效果则就完全不同了：

例 16

$$0 \; \underset{\frown}{3 \; 3} \; | \; 0 \; \underset{\frown}{3 \; 6} \; \dot{1} \; | \; 5 \; 3 \; 2 \; | \; 3 \cdot (2 \; 1 \; 2 \; | \; 3) \; 7 \; 6 \; |$$
一见　　大嫂　扬　长　去，　　　　桂儿

$$0 \; 2 \; 7 \; 6 \; | \; \underset{\frown}{5 \; 3} \; 1 \; | \; 1 \; (4 \; 3 \; 2 \; | \; 1)$$
心　中　暗　着　急。

这样处理以后，尽管音高与正调保持着一致，却因调式调性的改变，较例 15 更能

体现男性开朗豁达的情怀，加之下句落音降低了四度，使得旋律的活动音区相对下降，演员唱来有了余力，可集中去唱好高音，也为扩展音域创造了条件，不仅解放了演员嗓音的负荷，还突出了男腔越调的行当特点。

当然，行当唱腔不只是音域、调式上的区别，主要还在于唱法、音色上的差异。如何从唱法、音色上准确区分人物类型，表现角色性格特征，应该说在声乐训练上还须下些工夫。京剧小生的假嗓唱法，豫剧男腔的小本嗓唱法，虽然在陇剧中不存在，但提倡科学的发声，无论对真、假嗓的运用，对拓宽发声的音域，对戏曲声腔艺术的发展和丰富陇剧行当唱腔的各类板式，以及准确表现音乐戏剧性情绪等，不能说不无意义。

应当指出的是，改革后的陇剧音乐，由于处处透发着一股清雅秀丽的抒情美，使它在表现女性感情形象方面，占据了得天独厚的绝对优势，但从另一侧面看，却导致了近年来女腔的发展突飞猛进，生腔的发展显然落伍，丑角唱腔虽有，面却十分狭窄，且旋律缺少夸张，节奏缺乏变化，至于净腔，除〔大开板〕外，几乎还是空白。行当声腔发展上的这种不平衡，不仅使它依然困守在小旦、小生、小丑这一"三小"格局之内，也影响到它那唱腔家族的繁衍递增。这当然与曲作者对音乐旋律极力"雅驯"有关，但也与演员和剧本创作不无关系。就是说，陇剧要发展自己的行当唱腔，不应把它单纯看作成音乐工作者的事，演员也应加入到这一艺术创作的行列。因为，我国戏曲长期形成以演员为中心，讲究声腔技术的局面，形成主要以唱腔为差别的戏曲流派来推动剧种发展等这些性质所决定的。尤其戏曲音乐所要表现的戏剧内容，不仅要通过人物的歌唱，而且还有赖于演员的歌唱才能得以完成。如果演员加入到唱腔创作中来，可使曲作者平面的曲谱创造注入立体的声乐加工，有这样二者结合的声腔艺术创作班子，既有利于新创唱腔同演员声嗓条件结合，更有利于行当唱腔的发展。这在许多剧种中也不乏其例，如评剧演员马泰、魏荣元与作曲家贺飞的合作，发展出评剧的生腔和花脸腔；梅兰芳与琴师徐兰沅的合作，促使京剧"梅派"唱腔的形成；而李正敏与荆生彦的合作，同样促使秦腔"敏腔"诞生等等。这种创作方法，总比目前陇剧只见曲作者，不见演员的创作方法，总会好一些，收效会大一些。

再说剧本对唱腔音乐的影响问题。对于一个富有个性化艺术特色的新生剧种来说，剧本既是剧种发展的开始，同时又是唱腔音乐改革创造的前提。任何一个剧种中最有光泽、最为感人的唱腔音乐(甚至包括表演特技)，无一不是通过剧本得以相对固定和完整保留而广传于后世的。因此，一个剧种不能没有自己的剧本，但必须是充分体现本剧种特色的剧本。这就提出了剧本的剧种化问题，对陇剧来说，就是它所创作的剧本如何陇剧化的问题。

剧本的陇剧化，即编剧手法、唱词格式、题材取舍、角色设置诸方面，都要有利于充分发挥陇剧的独家优势，回避陇剧在表现剧情上的不足，以此达到内容与形式的完美统一。那么，陇剧的独家优势是什么呢？在我看来，就是它最擅长于创造抒情场面，不大适应那种武打场面。从其表现上讲，就是宜唱不宜动，宜文不宜武，宜简不宜繁，宜短不宜长。这不单是它的唱腔音乐所赋予的特性，而且也是它的整个舞台节奏所赋予的特性。比方说，生旦戏较多是抒情的场面，它可以裕如地运用舞台空间，来极尽发挥其抒情手段展示剧情，观众也将从中充分领略陇剧那独特的艺术之美。但要它搬演诸如《群英会》《三岔口》之类的戏，无疑将会背离陇剧的艺术表现专长与舞台的节奏规律，即令有这类演出，观众也可能以为自己所欣赏的不是陇剧，而是京剧、秦腔或别的什么剧种。所以，剧本若不剧种化，必将阻碍剧种和唱腔音乐的发展，导致内容与形式的对立，使它们无以表现，也无从表现。

四

所谓加强陇剧音乐的体制化，其实质就是加强和统一陇剧唱腔的结构格局。不同剧种的唱腔，都有它自己的音乐体制。就我国三百多个现有地方剧种来说，也不尽一致。从大处分，有板腔的体制，有曲牌的体制，还有板腔、曲牌混合的体制；从小处分，有高腔、皮簧腔、梆子腔、单曲牌、复曲牌、甚至二句半、四句头山歌和民歌的体制等等。如此浩繁的戏曲音乐体制，不仅促成我国一派异国无与伦比的剧坛盛世景象，也形成千姿百态、各呈异彩的戏曲表现法式，这是构成各个剧种不同民族风格、地方特色和戏剧结构的基础。因此，一个剧种的音乐体制，将决定着这个剧种的艺术特征和表现戏剧的形式与手段。这对刚刚问世的一个新生剧种来说，更具有不容忽视的重大意义。

陇剧的形成基础，是一个极其简陋的民间皮影小戏，在它唱腔音乐的原型中，既有板腔体制的〔弹板〕、〔飞板〕等，又有曲牌体制的〔耍孩簧〕、〔菩萨祭子〕、〔莲环落〕、〔卖道袍〕等，另外，处处还充满着那既不属于板腔，又不属于曲牌体制的"嘛簧"帮腔。这种腔、牌、簧合一的结构体制，无疑对陇剧腔格的定型、腔系的发展、体制的确立等，带来不少麻烦。因为，从其演唱来看，最能体现本剧种音乐风格与特色的，不在于它的唱腔本身，而在于它那辅助性的"嘛簧"。

造成陇剧音乐体制混乱的另一原因，还在于它吸收而来的民间杂曲。早在皮影时

代，就开始把诸如〔九莲环〕、〔小放牛〕、〔珍珠倒卷帘〕、〔钉缸〕等一类当地民歌搀杂其中，这些民歌不仅曲体舛杂，风格也不统一。发展成舞台剧以后，原有的唱腔更不敷表现内容的要求，使它的吸收量更加宽广，而且由原来演员的吸收，变之为由掌握一定专业作曲技巧的音乐工作者的吸收。这些杂曲(包括后来所吸收的各种表现手法和音乐语言等)被大量引进以后，既在向板腔的体制靠拢，又未妥善处理好腔、牌、簧三者的关系，较多地则是在民歌落尾套上一句"嘛簧"而已，这种做法，虽然听来尚觉风格和谐，然而，却给它的音乐体制带来了更多的混乱。

任何新生剧种处于初创阶段，一方面总是以大量的继承来充实着自己，一方面又以大量的吸收来丰富着自己，陇剧目前也正处于这样一个时期，而且也正需要以最大的吸收量来补充其自身的不足。但问题是这些被吸收和继承而来的东西，都应化为自己的音乐体制和固有的旋律发展逻辑之中，使它们真正成为陇剧的音乐而不是别的什么音乐。这就提出了从总体结构上统一完善其声腔体制的问题。

陇剧要建立自己的声腔体制，一要考虑自身的传统结构基础，二要考虑它的受众层所持的审美态度。陇剧音乐的传统原型中，就已具有板腔体制的雏形，尽管还不那么完整，也不那么统一，但板腔体制的结构特征却已经表现得非常鲜明而突出；而它的受众对象，主要是甘肃人民，他们长期受秦腔梆子声腔体制的濡染颇深，听觉上、心理上对板腔体制的戏曲持有特殊的偏爱，常把板腔体制的声腔剧种称之为"大戏"(如秦腔)，把曲牌体制的声腔剧种称之为"小戏"(如眉户剧)，这样的区分，恰恰说明它的观众对不同声腔体制的剧种所持有的审美抉择标准。其次，板腔体的唱腔音乐结构，其旋律、旋法、节奏、速度、调式等都有它独特的发展手法，尽管它所用的音乐材料并不多，但在表现形式上却显得非常复杂和灵活，相互间且又显得非常统一和谐。尤其节奏的因素，当它在不同的板式唱调内，以对比交插的方法出现时，就能很好地表现出人物之间心理上、性格上的强烈冲突；再从目前我国众多曲牌体制的剧种情况看，也都正在向板腔的体制逐渐靠拢。如沪剧，它在原来山歌体四句头的基础上，运用板腔的结构方法发展出〔长腔长板〕、〔长腔中板〕、〔长腔紧板〕和〔三角板〕、〔快板紧唱〕、〔快板慢唱〕等多种板类；由嵊县民歌基础上产生的越剧，也在〔尺调中板〕的基础上运用板腔结构方法，发展出〔慢板〕、〔快板〕、〔清板〕、〔嚣板〕、〔十字板〕、〔弦下调〕等板类；那曲牌体制的眉户剧，同样以一板三眼、一板一眼、有板无眼、无板无眼等板式开始结构唱腔，逐渐在向板腔体靠拢。就连昆曲这样古老的曲牌体剧种，也在打破"套

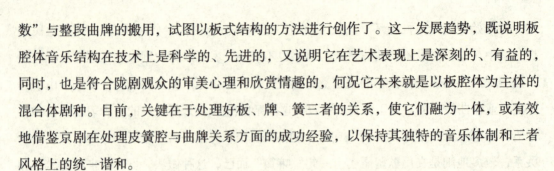

数"与整段曲牌的搬用，试图以板式结构的方法进行创作了。这一发展趋势，既说明板腔体音乐结构在技术上是科学的、先进的，又说明它在艺术表现上是深刻的、有益的，同时，也是符合陇剧观众的审美心理和欣赏情趣的，何况它本来就是以板腔体为主体的混合体剧种。目前，关键在于处理好板、牌、簧三者的关系，使它们融为一体，或有效地借鉴京剧在处理皮簧腔与曲牌关系方面的成功经验，以保持其独特的音乐体制和三者风格上的统一谐和。

看来，要使一个新生的地方剧种得以成熟和完善，还不能指望一代人的努力所能实现，也许还需要更长的时间。因为，它所涉及的面非常广泛，就陇剧而言，从皮影戏发展为舞台戏本身，就已决定了它必须在唱、念、做、舞四功上要零点起步，一功不济，损之全局。但任何事物又都存在着主次上的区别，从其发展规律看，往往是主物孕育次物的形成，次物往往又辅佐着主物的发展，而主物的发展反转又会提携次物的进一步完善，这似乎已是事物发展的必然。就戏曲唱腔与其他表现形式之间的关系讲，唱往往孕育着舞蹈身段的产生，做又往往要求唱腔以鲜明的律动感和节奏感给予配合。而我国历代戏曲艺术家，在创建自己的艺术流派时，又有谁不是首先从唱腔上力求有自己的独特风格，而后再进入表演艺术创造的呢？就是说，一定形式的唱腔音乐，就能产生出一定形式的表演，而一定形式的表演，又能促使一定的唱腔音乐的发展。更何况我国戏曲中的表演动作基本上又是相通的、相近的。秦腔中有"圆场""亮相"，京剧亦然；评剧中有"起霸""抢背"，豫剧亦然。正因此，它们相互可以串用，可以借鉴，甚至生搬硬套的情况也是有的，观众也不以此为怪，而唯图唱腔却不能如此。当然，一个剧种能否有自己的表演特技绝活，也是衡量其成熟与完善的一把标尺，比如说陇剧，那剪影式的静态造型，摇晃身躯的身段表演，以及经常贯用的秧歌步法，静中有动、动中有静的睡态，和燕尾云鬓发型等等，无一不在显示着皮影原型的表演技巧。但从整个剧种成熟不成熟，完整不完整的角度讲，唱腔音乐则是应当首先攻克的艺术堡垒。当然，唱腔音乐的创新和发展，只能从配合戏剧表现的要求为前提，而不是把它凌驾于一切手段之上，孤立于戏剧之外。这对于从事陇剧工作的同志讲，重要的不只是要懂音乐，而且还要懂戏，只有从戏的全局出发，既考虑到唱腔音乐的特性，又考虑到与戏剧内容、其他表现手段的结合，才有助于陇剧音乐的丰富提高，有助于推动整个剧种的更快发展。

（原载《艺术论文初集》）

秦腔是什么

　　我操作 IBM，如同霍华德·弗里曼（Howard　Freeman）说中国话一样蹩脚，他是美国加州纤维公司在兰州的首席执行官。一次偶然的机会，我们有过短暂的接触和交流。得知我在专攻民族戏曲文化，弗里曼先生立马激动起来，生硬的中国话夹杂着丰富的手势，滔滔不绝地讲述他在敦煌的所见所闻，时不时还同印度中世纪埃洛拉石窟相比对。这位来自大洋彼岸的企业大亨，何以能对河陇文化如此崇尚，使我在相当一个时期内，都在努力寻求中国传统戏曲文明同现代高端科技文明之间的契合点。更深夜静，是我笔兴最佳时刻，连续数小时的荧屏辐射，偶尔伸个懒腰隔窗远眺一释倦乏，落入眼帘的正是科技一条街惠普公司、方正集团、英特尔专卖等霓光闪烁的偌大招牌。楼下私家车摆成一字长龙，家属院墙壁贴满求租住房和推销保健药品的各种广告。还有我那宝贝孙子乐乐，隔三差五总要去吃肯德基，而且还要去旱冰场滑冰，西固游乐园打保龄球。小家伙八岁不到，玩电脑的能耐远远有胜于我。……眼前的这一切，既让我突然陌生，又让我充满惶恐。的确，我们居住的这个蓝色星球，在高科技的驱动下，早把 18 世纪作为世界三大文明的中国传统文化远远甩向了后边。

　　孙子嚷着又要自动文具盒，拗不过只好带他去东部市场，途经敦煌艺术剧院向东 50 米，一家卡拉 OK 歌舞厅用七彩滚灯和电子音乐组合成快节奏声光运转以招人耳目。震耳欲聋的架子鼓电声音响，小孙子听来不以为然，却敲击得令我心里发悸。就在金碧辉煌的这家舞厅左侧，一个未经改造的小巷深处，孙子竟然发现"秦腔茶园"四个歪歪扭扭的大字。他眨了眨迷惑不解的小眼睛，仰头向我发问："爷爷，秦腔是什么？"

　　"秦腔是什么？"我不假思索地回答，"就是我们西北的地方剧种！"

　　我以为回答得很完满，因为秦腔本来就是西北的一个地方剧种。孰料他又紧追来一句："那什么是剧种呢？为什么秦腔会是一个剧种？"我茫然，依然耐着性子向他解释道："因为它是舞台上演的戏，懂了吗？"

　　我的解释当然不会有错，有谁能说作为戏曲剧种的秦腔不是舞台上演的戏呢？而且在我作出这种解释的同时，脑子里立马闪出各色演员唱、念、做、打的精彩画面和表演情景。这种舞台画面的闪回，便是对秦腔剧种最完美的记忆和认同。

就在我凭借"秦腔"名称快速检索记忆贮存的同时，他又提出许多难以回答和无法解释的疑问："演戏就叫秦腔吗？""为什么把它要叫秦腔呢？叫它别的什么不行吗？""拿着话筒的刘德华是不是也在唱秦腔？"……

如此一连串问题的提出，乍听似觉荒唐，细想不无道理，最起码他触及到一切事物共存的本质和属性。不论它有形还是无形，物质的还是非物质的，一经出现，人们必然要给它取个相对贴切和稳定的名字，就像人一样，其初当然可以叫他张三，也可以叫他李四，还可以叫他王麻子等等。可是，一旦这个名称得到世人确认，便成了他或它的终生代码，从此会引领我们对他（它）展开更深入的解读和认知。正由于名称的产生，世间的万事万物从此变得秩序井然，有条不紊。这便是有了"秦腔"和一提及"秦腔"，人们脑海里即刻闪回演员表演画面的记忆之因由。

人们对秦腔能有如此快捷的反应，当然不只是"名"的引领，更在于"心"的感应。然而此二者，对刚刚出生在21世纪的小孙子来说，脑海里却是一片空白，即令降世于改革开放时期的青年一代，尤其生活在高端科技产品扭结成商业主体网络的现代化城市里，同样一无所知。现代时尚文艺把绵延千年的秦腔艺术挤兑到阴暗一隅，当它穿着古老的艳丽服饰，涂着厚厚的脂粉红唇，依然笼络不住总爱移情于其他时尚文艺的年轻观众时，不能不使它当年南征北讨、雄霸西北剧坛的傲然不可一世之气，顿时消泄大半，甚至还裸露出几分色衰爱弛的尴尬和惨红愁绿的苦凄。

传统戏曲虽然受到现代文化的挤兑，但它并未就此折服，依旧带着审时度势的目光，反顾着、检讨着自身机制与当今时代的诸多冲突和不谐，同时也在极力通过对本体肌血的调适与嬗变，盼企着观众对它的再度认同和失落的回归。

有一点是肯定的，秦腔虽然没有为自己树起像惠普公司、卡拉OK歌厅一样的偌大金字招牌，却在兰州这座现代化城市里，依然占有相当大的生存空间。布遍黄河两侧和大街小巷的秦腔茶园就达二三百个，各大剧院隔三差五便有专业剧团售票演出，甘肃电视台《大戏台》栏目的收视率一直稳居榜首。至于县、镇、乡、村一级的广大农村，秦腔依然作为主流文化，并同影视艺术、新潮文艺坐享着三分天下。只不过它所面对的观众群，"萝卜白菜，各有所爱"罢了。令我惊异的是，近年来，最古老的秦腔竟然和最现代的网络搭上了界。我有两位朋友，一个是百通影像公司的经理，专门摄制出版DVD秦腔光盘，产品几乎覆盖了整个西北市场；一个是兰空某部电子计算机高级工程师，两

杠四星的顶尖级人物。二人却是秦腔艺术的"铁杆"崇尚者，不仅创办了自己的秦腔网站，还在网上开设了专门的聊天室。通过光纤电缆，使成千上万爱好秦腔的网友直接受益，也让更多年轻人利用这个平台讲述着自己的故事。还有秦腔音乐制作的手机铃声，时不时便会在你的周围随时响起。面对这一混杂多姿和色彩缤纷的文化现象，倒使我认真思考起宝贝孙子的那句提问：秦腔是什么？它在广袤的河陇大地为何竟有如此顽强的生命力？

信息时代的特点，在于多元化的传播媒体对一切社会事件表现出的极大关注，而且还能够在极短的时间内让各种信息达到家喻户晓。秦腔作为最能整合西北地域人文精神的一种文化符号，无疑成了各种传媒关注的焦点。但它毕竟是一种远离现代思维方式的传统文化遗存，尤其它自身广远而纵深的历史沉淀，既导致它与当今时代脉搏同步跳动的最大障碍，一度成为现代各种传媒评判其社会价值和存在意义的主题；另一方面它又演化成一种无形而独特的文化气韵，这种气韵如同深藏密窖多年的一坛醪酒，令当地土著一闻其香即醉其心而亢奋不禁，又使外地移民一听其声掩耳遮目且又躲之不及。观众在同一个中心点上形成的严重对立和两极分化，实际反映出秦腔作为一种传统地域文明，审美意念上存在着某种定向选择，这种选择，正是秦腔剧种独特的地域文化气韵所使然。

那么，秦腔的这种文化气韵究竟是如何生成的呢？为何能使当地人为之倾倒醉迷而又使外地人塞耳掩目？这其中的奥秘究竟何在？欲要揭开这团迷惘，还得从人文学角度入手。就是说，我们首先要把地方戏曲剧种看作成诠释地域人格精神的一种文化符号，全国三百多个地方戏曲剧种，差不多俱都承载着当地浩瀚混沌不可化解的全部文化内涵，甚至还可以说它把数千年的地域文明全部盛于其中而又溢于其外，然而，却又"化天穹于舞台之中"，取用最浅显的演绎娱乐方式完美地诠析出来，这就是中国传统戏曲文化的妙造所在。秦腔之所以能够在西北苍凉土地上生成，正是西北民众共有的生命精神（性格特征）以及在文化生成关系下转化为与之相对应的艺术精神（剧种特色）所使然。正由于它包容着西北地域文化人格的生命精神与艺术精神这两大要素，当然就包容了独特而鲜明的地域文化气韵，这气韵极易同当地民众的生命精神发生共振，二者一旦产生碰撞，自然便会迸发出审美和合与情感依恋的斑斓火花。这就是秦腔有别于其它剧种，同时也是西北观众嗜其如命的真正根源。从这个意义上讲，在中国这块古老大地上生活的人们，不存在排斥戏曲文化的群种，只存在选择哪一种文化背景的剧种，除非他

对传统的中华文明缺失或者断裂。否则，全世界华人为何能称自己的家乡戏为"乡音乡情"呢？

秦腔文化具有的这种博大包容性，也是受当地历史发展和地理环境长期浸泡、揉搓的必然，它就像一条漫漫无际的历史长河，当其从遥远的过去向我们缓缓流来时，不只受到沿途河床泥沙的冲刷，同时还广纳了经纬如网的无数小溪，它流淌的历史愈长，吸纳的信息量就愈多，承载的包袱也就愈大。旧的东西塞满了，新的东西便很难接纳，以致到了科技文化为主潮的今天，秦腔又在继承与革新两个极端垂线点上，受到传统观念与现代文明的双重洗礼。

人们也许还记得，当年各种文艺形式竞出的那个年代，针对秦腔要不要推陈出新，要不要与时俱进，一时成了全社会竞相争论的热点，两种观点的胶着对峙，新潮文艺的前后夹击，还有来自各方的毁誉鹊噪，多种声音各执一端，两不相让，如同一记闷棍，击得秦腔心情沉重，这其中不能低估了各种传媒推波助澜的潜在作用。秦腔被突然飞来的时尚文艺逼入艰难的死寂，各种传媒面对这个不合时务的古老剧种，俱都不惜版面欲想为它谋求一剂返老还童的良药，主观愿望当然不赖，客观效果上却导致秦腔文化整体信誉的降低。因为，多种莫衷一是的喧噪，淹没了媒体的善意和初衷，最后只能在毫无结果中草草收场。收场后的媒体，有如激战后的疲累，从此无力再去理会这只难啃的骨头。其实，一切文艺形式，都是在反映社会生活的促动中生成，其本身必然具备自我调节的再生机能，否则，它还能流传到今天么！因此，我们没必要杞人忧天。饶有兴味的是，媒体激辩过后的沉寂，恰恰给秦腔创造了一个冷静思考的空间，经过一段徘徊迷茫，它终于回过神来，理清了自己的思路，找到了自己的表达手段，寻觅到同现代生活再度接轨的契合点。如果我们站在今天的时代峰巅，回往它近二三十年来走过的艰难历程，就会大吃一惊，今天的秦腔舞台，又呈现出仪态万方、百花竞妍的局面。思想内容的时代化，艺术特色的地域化，价值取向的娱乐化，灯服道效的现代化，演出运作的市场化等等，都在二三十年的转型期中渐渐恢复了元气，甚至还在自我调节中取得了革新发展的显著成效。

秦腔的生命根基在于它独特的文化气韵，秦腔的存在价值同样在于它那独特的文化气韵，这种气韵虽然浸漫了它的整个肌体，却集中从演员的表演、唱腔、扮相、音乐、念白等舞台表现形式中衍发出来。正因此，在观众心目中，演员的舞台表演，就成了秦腔的全部或全部的秦腔。于是，才便有了"秦腔即演员，演员即秦腔"这一概念的产

生，这也是前人王国维"戏曲以演员为中心"之说的因由。正是从这一角度讲，一个时代的秦腔舞台，能够造就出代表这个时代的知名演员，一个时代的知名演员，又能培养出足以代表这个时代审美意念的观众群体，一个时代的观众群体，还会自然形成其心目中推崇备至的名角偶像。由此在时代、演员、观众三者之间，形成一个循环往复的三维环链。在这个三维环链中，演员便成了促使其不断运转的主要动力源。从物理学角度讲，动力的大小取决于马力的大小；从艺术学角度讲，演员的名与不名，取决于他对艺技成色提炼得纯与不纯。演员对艺技成色提炼得愈纯，他的知名度就愈高，相应带动观众的审美水平也愈高，戏曲或者说秦腔艺术的发展就愈快，标志着时代进步的精神文明创造成果就愈大。这就是我所说的戏曲或秦腔艺术循环往复的三维环链。

演员的舞台表演，虽然在诠释生命精神和艺术精神方面的地位十分显赫，却不过仅仅只是秦腔整体性存在的一个组成部分，或者说不过是漂浮在秦腔表层的一种表现手段而已。秦腔如此，其他剧种亦如此。这绝不是我在危言耸听，如果将其置于大文化背景下稍加审视，就不难理解此话是有根有据的在理之言了。

从人文学角度讲，秦腔剧种作为西北地区的一种文化符号，必然承载着当地浩瀚混沌不可化解的全部文化内涵。如果我们再将其略加分解，就不难发现秦腔所包容的文化系数十分庞杂缛博了。仅就舞台表演而言，着附在唱、念、做、打"四功"名下的旁枝蔓叶多达数千计。比如"唱腔"，便有多种不同的板式，不同的板式又有多样的板眼组合和旋律旋法，多样的板眼组合和旋律旋法又构成多样的腔体，还存在着随时可能新生而出的变体唱调和新腔新调等。曾有细心人对我的著本《秦腔音乐概论》作过一个数据统计，单就书中所列秦腔通用六大板式名下的变体唱腔，"粗计可达176种之多，而且局部的欢苦音交替和节奏变换的板式尚未计入"（安裕群《一项系统工程》语），真可谓称得上是一只"庞大的秦腔声腔家族"了。再如"做工"，同样在手、眼、身、法、步"五法"名下旁枝丛杂。它不只有手式、指式、拳式、脚式、步式、腿功、腰功、跳转、扎式、滚骗、卧鱼、探海、劈叉、山膀、旋子、蹲子、枪花、刀花、棍花等名目的细别，更有作为特技表演范畴的髯口功、水袖功、帽翅功、翎子功、梢子功、扇子功、手帕功、盘子功、椅子功等。如上各个技法名下，又派生出少则几个，多则几十甚至上百个表演姿式技巧的细支，还会随着角色行当的不同，各自又有不同的分类异别。仅就演员台上一个小小的出手举步，足以使人眼花缭乱，目不暇接。如出手就有翻手、穿手、盘手、云手、劈手、拱手以及各式各样的手花；出指则有单指、双指、搓指、颤

指、剑指、兰花指、兰芽指、一炷香、八字指、剪式指、赞美指、贬意指等不同形态的变化；至于动步，更是站有站式，步有步式。站式有正步式、八字式、丁字式、踏步式、戳腿式、平膀式、上马式、坐马式、弓箭式、天棚式、勾鞋式、盘卧式、踮丁式等；步式则有上步、慢步、快步、跨步、趟步、侧步、奔步、撤步、趋步、云步、蹉步、拔步、栽步、滑步、绊步、醉步、跪步、花步、跑步、碎步、文生步、武将步、老生步、老旦步、正旦步、小旦步、矮子步、花梆子步等等。这些五花八门的每一个动作，不仅各有定式，也都各有专名，各自又有各自不同的繁难技巧，具体运用中还会有诸多戒律必须严格遵从，这便形成人们常说的"程式"。在此之外，表演"四功"名下的"念白"和"武打"，同样存在着诸多程式、技巧和驳杂具细的分支。何况舞台表演中，还有剧本文学、器乐伴奏、文武曲牌、舞美化妆、灯服道效等等。其中有的作为演员舞台表演必遵的法则，有的则又作为辅佐演员舞台表演的重要依凭，它们同样也是各成体系，分支叠出，且又相互关联，互促互补，各尽其用，缺一不可。不妨打个比方：如果把秦腔剧种比作一部庞大的艺术机器，那么以上所言各类程式便是它的齿轮、螺钉和零部件。当其欲要创造艺术产品时，不只是其中某一个部件发挥其作用，还须包括剧本文学、音乐、舞美、灯服道效、舞台调度等在内的所有部件谐调配合和全方位启动才能创造其成果。任何一个孤立的"部件"只能是一个抽象的"符号"，也就只能抽象地说明它所表现的某一生活形态，自然谈不上创造什么艺术的形象了。道理很简单，秦腔艺术本来就是一门综合性很强的艺术，任何形象的创造，只能在各个"部件"的综合运作中产生。这一切，又都有赖于演员的操作，他们又似开动这部机器的工人，其间的区别在于，技艺高深者，制作出来的艺术产品能够达到"尽善尽美"；技艺低劣者，即便仿制出产品的外部形态，也难步入"美"的化境。

那么，究竟什么是戏曲表演的艺术"美"呢？其实，美是一种心理感受，一种被艺术彻底征服后的感动和愉悦。具体而言，作为戏曲的艺术美，无论唱念还是做打，既要符合生活的真实，又要高于生活的真实；既要符合戏曲的程式，又不囿于戏曲的程式；既要好看动听，还要大德敦化，弘扬和谐。也就是说，戏曲演员在台上表演的一招一式，虽然有它的规范程式和技巧，更要有自己的理解和创造。如果演员在舞台表演中一味强调生活的真实，那就不叫演戏，相反还会破坏艺术的真实。同样，如果演员一味强调程式技巧，那就是矫揉造作的假，同样也会破坏艺术的美。但是，不论演技多么高超，表演多么逼真，还须符合仁义品德，能够起到教化世风、和合达道的作用。这就是

通常所言"内容和形式的完美统一"。因此，戏曲演员在舞台上表现的感情，应该是一种纯正的感情，同时又是一种诗化的感情，它既是美的，却又是真的，既要真中见美，又要美中有真，如果只强调技巧，就会失真，只强调真实，则会失美。我们平时对一切事物不是常以"文质彬彬""尽善尽美"作为标准来要求的吗？所谓文者即文采，质者即实质，彬彬者则指文采和实质配合得很好；善者完善，美者好看，尽者则指完善与好看的结合达到了极致。故《隋书·文苑》在评其该书的"序言"中写道："若能掇彼清音，简兹累句，各去所短，合于两长。则文质彬彬，尽善尽美矣。"其实，这种美学思想的根源，应该追溯到以孔子为代表的儒家学说，《论语》中就记述了孔子评论音乐的许多美学理论。如《雍也》记述他对艺术的总体要求是"文质彬彬"；《八佾》在记述孔子评其《韶乐》时云："《韶》尽美矣，又尽善也。"《为政》记载了他对《诗经》一书的总体评价是"思无邪"，意思是《诗经》所收三百零五篇合乐歌词，篇篇都是思想纯正无邪的；他看了《关雎》一篇后，认为该诗"乐而不淫，哀而不伤"，即说其诗快乐而不失去节制，悲哀而不伤害身心。孔子的这些美学思想，历经两千五百多年的淘洗和改造，不只作为我国民族文化艺术的最高追求，还成为人们处理社会事务和指导日常生活的基本准则而世代传承。

苏育民曾演过一出戏，叫做《打柴劝弟》，讲的是哥哥陈勋，打柴换钱供给弟弟陈植读书。陈植却不忍哥哥为己受此艰辛而欲废学，哥哥为之生气而动怒，继之则又以理而相劝，弟弟终于听了哥哥教诲，学有所成，功名成就。这一情节，我看就很符合孔子以仁学为核心的血缘相爱相善思想。再说他的表演，一声欢音［二倒板］过后，他踩着乐队奏响的［花梆子］曲牌跃然挑担而上。角色所持的愉悦心情和音乐营造的欢快气氛，顿时激活了整个剧场和观众的亲和向上心态，演员肩上两捆"沉重"的柴火陡然变得轻似无物，挺硬的扁担也柔软得上下颤闪不止。还有那面部的表情，甩摆的臂膊，轻快的台步，舞蹈的身段，打柴者的装束等等，既具生活的真，又具艺术的美，更具人性的善。而且演员的每一个动作，即便是一个细微的眼神，都运用得竟是那样恰如其分，准确到位，让人觉得少一分不足，增一分太过。因此，尽管这段表演还不足两分钟，却在千百万观众心目中，定格成一种永恒的记忆。我看过许多有关评论苏育民的文章，都说他生旦净丑无所不能，文武昆乱样样不挡。我不否认他在各行当方面出演过许多角色，而且也许还演得不赖，但经过历史陶冶而筛选出来的，还是他的小生戏，而在小生戏的表演中，能堪称"尽善尽美"者，非此两分钟的挑担圆场表演而莫他属。仅此两分

钟的艺技创造，就称得起他是一位造诣很高的秦腔表演艺术家。

问题是继苏育民之后，又有不少演员上演了这出戏，而且还是同样的柴担，同样的着妆，同样的唱腔音乐，同样的舞台调度和身段舞蹈程式，甚至连一輦一目都不脱离苏的范本。按理，在舞台科技十分发达的今天，通过声光道效的精心包装，更应让人感到他们在表演上的尽善尽美，可是看后总让人觉得似乎缺少了些什么，并给人留下一种咂味咀嚼的浮浅乏味之感。是演员功力不到位，还是剧种风格不够浓？都不是。那么问题究竟出在哪里？想来想去，恐怕与缺少自己的个性化创新发展脱不了干系。从辩证学角度讲，不创新就等于陈旧，不发展就等于倒退，这是常理。"克隆"的东西虽同正品如出一辙，却总不及原版清晰纯美，耐人嚼味。这既是艺术家和非艺术家的分野，也是观众常有的一种审美比对心态。在分野与比对之下，让人觉得年轻演员本身似乎还欠缺了些什么！

再看看当前的一些戏曲表演评论，让人着实不得其解，尤其对一些刚刚崭露头角的新秀，仅仅上演了老师手把手教出的一两出折子戏，而且看得出来，基本功力还有欠"火候"，扮演的角色还无力深刻理解。就是说，他们正是需要在舞台实践的艰苦磨砺中积蓄生活经验和艺术素养的时候，即使他们演得的确不错（或者说很像），也应看作成仅仅是在很小的局部范围取得的成绩，而且必须知晓艺术的路还很长，需要攻克的难关还很多，否则，他们还真以为秦腔艺术就这么简单。然而，有些评论家也许出于爱护或者出于鼓励，下笔真不吝啬词藻，溢美不实之词编织成一道道虚幻的光环，将他们悬空置于"明星""艺术家"宝座之上。如此这般，他们还要不要进步？秦腔还要不要发展？他们的老师数年的含辛茹苦和一生的实践创造，全都被学生突然得来的超常风光遮盖得渺无踪迹。面对这等尴尬，他们会怎么看，又会怎么想？类似的评论，往往还带有文字游戏的印痕。如若不信，不妨一试，只要把被评述的演员张三改换成李四，文章照样通顺华美，读来似在情理之中。岂不知评论的功能乃在于评中有论，论中有评，评者批评（批述点评），论者论道（讲述道理），"人无完人，金无足赤"，再高超的演员也有他的瑕疵，"艺无止境"嘛！因此，成绩摆够，不足点透，不更利于他们的进步吗？很遗憾，说好易，挑疵难，看热闹易，看门道难，这其中评论家本身似乎也缺少了些什么！

426

其实，观众对演员始终是关爱和宽容的。就像苏育民的那两分钟一样，只要真正感动了他们，就会一生甚至数代铭刻在心。但这短短的两分钟，却是演员一生心血化炼而得，德艺修养凝缩而成。戏谚"台上一分钟，台下十年功"，正是执此而言。因此，极有造诣的表演艺术家，成名也不过就那么几出戏，但却耗尽了他毕生的心血和精力。原

因正在于戏曲这玩艺过于浩瀚，过于深奥。正如前文所言，仅表演一项，门类繁多，分支驳杂，何况在此之外，还有诸多学科并存。比如剧本文学、史学、理论学、美学、哲学、音乐学、舞台调度学（导演学）、舞台美术学、灯服道效学、观众心理学等等，各学科名下同样分列为许多支科。再往深里说，中国人是最爱讲"道"的一个民族，所谓"道"，指的就是事理、规律和原则。《易·说卦》云："是以立天之道曰阴与阳，立地之道曰柔与刚，立人之道曰仁与义。"看来，天有天道，地有地道，人有人道。那么戏有戏"道"吗？有的。戏"道"便是运用中华古人开拓的特殊宇宙观念，十分空灵而超脱地处理戏曲舞台空间与时间的规律与方法。对此，明代戏剧家王骥德在《曲律·杂论》中说得最为明白："戏剧之道，出之贵实，而用之贵虚。"秦腔不是讲"程式"吗？"程式"就是表演的规程和法式。所谓"出之贵实"，就是"程式"要"立足于真"，"真"当然就要来源于生活；所谓"用之贵虚"，则说"程式"又不是对生活原型的单纯模仿，而是经过了改造制作的功夫，高于真实，炼意于美。有一出很著名的折子戏，叫做《拾玉镯》，全剧的主要场面几乎没有唱腔和念白，演员完全通过特殊的动作表演语汇，来表现少女孙玉姣的初恋情态。其中有几次开门、关门、出门、进门的动作，还有轰鸡、喂鸡、数鸡以及端凳绣花、选线配色、穿针引线等系列性表演。尽管台上无门、无鸡，手中无针、无线，观众明知演员是在造假，但由于每一个动作都非常符合生活的真实，不仅一看就懂，还能很容易地确认出小屋、院落、门位、街巷等环境和这个姑娘的身份与习性。

　　"以虚代实"是中国戏曲最独特的舞台原则之一。艾谦在台上纵马驰骋，舞台上并没有马，因为马被虚化成了马鞭，演员挥鞭的表演，就是马；曹玉莲攀柳过桥，舞台上也没有桥，桥也被虚化为演员攀枝缀柳的手肢、碎步轻移的台步，以及左右晃动身形、惊恐失魄的眼神等细腻表演动作，不仅让人从中"看"到了柳与桥的存在，还"看"到了桥与壑的深绝和人物在桥上的惊心动魄；皇帝大宴群臣，台上竟无饭无筷无碗，仅捧杯高喊一声"请"，只一个举杯仰脖，就是一顿丰盛的国宴；一堂角子四个兵，就可以代表数十、数百乃至成千上万的大军；演员舞台上转一个圈儿，就抵得上百里、千里甚至万里的行程。最神奇的是台上那"一桌二椅"，皇帝上场居中一坐，便指代金銮宝殿，四个兵卒两边站堂，又指代将帅军帐，《空城计》中诸葛亮坐在桌上，"一桌二椅"则指代城楼；《挑袍》中关羽往桌上一站，"一桌二椅"又指代灞桥；《三打店》中燕青桌上一躺，"一桌二椅"成了床铺；《西厢记》中张生往椅上一站，就是他要跳的花

墙；演《三娘教子》将椅子用白布一围，又成了三娘的织布机。"一桌二椅"随着演员的表演进行千变万化，调动起观众的积极想象，把本来空无长物的舞台，一瞬之间使时间、地点、景物全都具体化，从而有效地利用它编拟出特定的戏剧情境和多种不同的空间，标示出各个剧目不同的环境来。中国戏曲正是通过这样的虚拟性表演，使无形无象的舞台空间，生化出有形有象的物景，实践着"道生于有，有生于无"这个中国式对立统一的深奥哲理。正因为这个缘故，当我聆听着它那如同黄河咆哮般的古朴雄风，却又难以判明其声源究竟来自哪个方位时，无不为之发出长长嗟叹：秦腔，实在是太过于古老、太过于高深莫测了。

任何人都在特定地域文化圈内生活，在这个地域文化圈内的一切精神文明创造，俱都给他们镌刻上地域文化的深深印记。尤其戏曲，它能把人与大自然融为一体，构成我的性格同万事万物之间相生相克的整体性存在，这也是戏曲能够以文流文化的姿致，最终能够成为凝聚国人精神的一股强大文化力量原因之所在。

正因此，当我每每面对信息量如此浩瀚且又如同宇宙般空阔的小小舞台时，不禁又问起也自己：秦腔究竟是什么呢？你说它深奥，似乎并不深奥，否则，贩夫走卒、妇孺童叟何能开口即唱？但要说它简单，似又并不简单，否则，为何竟连专家教授、中外学者对它也钻研不透？这种让人很难猜度的迷惘，不仅为它平添了几分的神秘，甚至一提及秦腔，常常令我产生畏而却步的颤栗。因为，无论秦腔所具有的孰俗孰雅，俱都历经了数千年的酿制化炼，既渗透民俗、民风、民意、民情、民心，并将其一炉熔冶成一种民族精神而集于其身，故而造就了它的俗；同时它又在历史的漫漫长河中，广纳百川，多元吸收，精炼酿制，厚积薄发，又将诸家学派、理治伦常、道德天理、中和之美，以及政治、军事、刑法乃至国运盛衰、宦海沉浮、千古遗恨、爱情纠葛等等一股脑拌和在一起，最终凝结成相当厚重的文化内蕴，故而又造就了它的雅，同时还在化俗为雅、化雅为俗的相辅相承中，接受着各阶层和不同时代人们的重重洗礼与审美炙烤，并随着人类的文明还在不断更新着自己，由此引发出如何公允看待和评价古典戏曲的标准问题。也许正是中国戏曲这种顽强的再造功能，以及隐匿在舞台之后博大而浩瀚的深奥哲理，我发现大凡学问高深的人，往往对秦腔都很看重，相反一些文化底蕴夯得还不十分扎实者，却又对秦腔每每嗤之以鼻，甚至还不屑一顾。这其中又缺少了些什么呢？

最后，我要说的是，秦腔究竟是什么？我以为，是文化，而且还是高层次的文化！

（原载《秦商》2011年，总第3、4期）

科技进步与秦腔发展

——兼及未来秦腔发展进化之臆测

　　秦腔，祖先的遗赠，历史的遗存，秦人的魂魄，民众的心声。不仅历史源远流长，而且颇具华夏气魄，这是它融历史、文化、地理于一体，长期营造而成的美学本质和民族特征。这种独特的文化品性，固然在它的历史发展中留下辉煌的一页，然而未必能够适应现代观众乃至后辈观众的欣赏心理。"喜新厌旧"成为现代人们审美取舍的一大共性，一度嗜秦腔如命的忠实观众，转眼之间也都移爱于新潮文艺。面对这一严酷的局面，我们当然不能责怪观众情随事迁，倒是戏剧家们该从影视文化深入人心的现实中，对秦腔的发展前景作出认真思考的时候了。

　　人类的进化，归根结蒂是文明的进化，而科技与艺术的发展，则是人类文明的具体化和物质文明的精神化。影视艺术一经出现之所以得人宠爱，原因就在它传播工具的科技化和精神产品的现代化。因此，它既和时代同步，也和文明审美意识同步。秦腔作为一种民族文化现象，也是特定历史条件下西部本土人文进化的具体反映。既然人类已经进入现代文明的科技时代，秦腔剧种也就应该物择天竞、因时变事，尽快完成其自身从传统文明向现代文明的过渡，这才是它的唯一求生之道。

　　事实上，秦腔剧种与科技文明的交媾，从 20 世纪初就已经开始。别的不屑说起，仅就其灯、服、道、效，吸收运用科技成果方面的例证就举不胜举。20 世纪 20 年代，当电灯还为一大罕事时，西安易俗社便有效地利用它来装点天幕画景，被当时的观众惊呼为"电打布景"。尽管在今天看来这的确算不上什么，但在"毛驴推磨、清油点灯"的那个时代，实属秦腔巧用科技文明的一大创举；30 年前，陕西戏曲研究院演出秦腔现代戏《向阳川》，舞美家们又用布料和光源制成一条滚动的河，横穿舞台咆哮而过，又为秦腔开创了以科技手段取代划橹摇桨的虚拟传统程式表演场景，既逼真感人，又现代气派，情与景、虚与实的结合同传统舞台方法之间并无丝毫不谐；70 年代末，马蓝鱼饰演《游西湖》慧娘之鬼魂出场，仍然乘"火彩"一把，然而仅仅相隔两年时间，"烟雾器"便取代了传统"火彩"，观众充分感受到科技与艺术交媾的现代秦腔艺术之美。秦

腔的音乐何尝不是同样借助于现代科技文明来更新和包装自己的呢?再偏僻、再简陋的剧团演出，扩音设备总还是有的。尤其在不到半个世纪的时间里，它还成功地引进并容纳了诸如西洋话剧、歌剧、歌舞等外来艺术中的领唱、合唱、序幕、尾声以及西洋乐器与表现手法，还常常以现代作曲技巧进行配器，以加强自己的艺术表现力，近年来竟然连电子琴、架子鼓等等，也一应化为秦腔音乐家族的当然成员。这些古所无而今所有的中西文明，不论是物质的还是精神的，都说明古老秦腔与现代文明的多维复合和相交相通，同时又让人觉得这十分正常而且应该。

自中国戏曲诞生以来，维系戏曲艺术生命的莫过于它的民族性和地域性，而在戏曲本体表现机制中最具活力与审美辐射的，也莫过于它的程式化和虚拟化。秦腔剧种之所以能够长期称雄于西北剧坛，靠的就是这"两性"和"两化"。但是，它们同样是在落后与先进、传统与现代的不断较量中日趋完善和发展成熟起来的。就是说，它既不是静止的，也不是绝对的，而是随着人类的文明不断流动和不断发展的，否则必将成为致乱之源而沉灭于斯。也正如弗兰西斯·培根所言："历史是川流不息的。若不能因时变事，而顽固恪守旧俗，这本身就是致乱之源。时间本身正是立志改革的楷模。它在运行中更新了世间的一切，表面上却又使一切似乎并未改变。"由此引发出一个如何全面而公允地评价古典戏曲的标准问题。

通常我们衡量戏曲的标准是如何固守传统，却忽略了传统本体不断流动进化的意义，尽管目前绝大多数人也承认戏曲需要改革，但真正改它一下又总是以传统的标准频加指责非议。正是由这个标准的错误驱使，戏曲自进入 80 年代，便陷入它同观众的二律背反怪圈，如果没有勇气承认这一点，又何尝可谈戏曲改革的全方位跃动?

理论家们千万不可低估了"电打布景"和"新人古演"在秦腔史上的划时代意义，它们都是在大工业发展的促动下，秦腔在"古典传统现代化"跑道上迈出的第一步。在此以后的几十年里，科技文明与精神文明便不断跻身于它的行列，成为秦腔求存图强的最重要动力源。当然，自 20 世纪初始，人类文明促使科技发展迅猛异常，着实让人始料不及甚至难以招架。尤其 80 年代以来，改革开放构成的"世界文化一体化"走向，多种现代文艺的重重叠叠所形成的冲击波，无一不是戏曲市场产生萎缩的影响之所在。但这种萎缩在我看来，正是包括秦腔在内的所有中国地方戏曲，在传统文明与现代文明交叉点上相互磨擦和碰撞时产生失调的必然结果，自然也应视为十分正常的事。就连兴起不久的电影事业，不也随着电视录像的大面积普及而多少呈露出冷落之遇吗?遗憾的

是，我们的戏曲家们恰恰忽略了这一点，甚至无视于传统戏曲与现代文明不断交媾的历史事实和已经取得的重大成果，而是要么死死抱住僵化的艺术标尺，不肯同被时代淘汰的传统模式诀别；要么不去理会戏曲本身的特性和社会价值，死死抓住新旧交替碰撞中飞溅的几滴不太适调的火花，极力鼓噪甚至诋毁它未来的存在。这种极端的褒贬，实在无助于秦腔乃至整个戏曲的现代化改革。既然高科技已经打破了整个宇宙的死寂，既然科技成果已经促使人们的生活发生天翻地覆的变化，自然也对包括秦腔在内的一切传统文艺产生不可抗拒的裹挟，戏曲在新科技、新观念、新方法的扶持下，必须也必然会去多元多极地吸收、充实和发展。时下戏曲改革中出现的"非驴非马"现象，虽说是戏曲挣脱传统文明，适应现代文明轨迹中的不尚协调之处，也还需要进一步去完善它、协调它(当然包括人们欣赏心理新旧重叠的协调)，但它毕竟作出了改革更新的努力，促动了自身现代化的起步。因此，我们不能用古人守旧的眼光抑或当代困惑的眼光对此轻加褒贬，而应该站在未来的高度，正如同站在月球观察地球才知其方圆一样来看待目前戏曲改革中的每一个进步。这是因为，就绝大多数"戏曲改革派"而言，其思想、意识、观念正处于新旧交替过渡的胶着与困惑状态之中。当其看到从封建时代承传下来的古典戏曲时，即刻便会发现从其内容到形式(尤其是形式)同今天的时代确有不小的距离，并无不奋起对其进行改革的意念和决心，而一旦真正改它一下，却又拾起传统的标尺"横挑鼻子竖挑眼"，这也"不像"，那也"不好"，使改革者无所适从；而持有"戏曲消亡论"的人们，则又恰恰忽略一个最根本性的问题，那就是一个民族的传统文化，乃是一个民族精神的具体体现。只要民族尚存，凝聚民族精神的民族传统文化和民族审美心理无疑将会继续延续传承，否则将意味着民族历史进化的中断。因此，我们不只要看到它落后的一面，还应当看到它发展的一面，即使今天在落后状态下，我们也必须承认它依然处于较佳的演出竞技状态之中，而且还心安理得地同影视艺术坐享三分天下这一事实，就它目前所拥有的观众群来看，言其"消亡"无异是痴人说梦。

　　当然，由于人文进化的历史进程，产生了具有高度智能的人类。今天，人造卫星和光导纤维通讯，不仅把地球变得越来越小，同时人类高度智能反馈下的高科技这一利器，又在人的操作下直接参与对人类生态环境的改造。戏曲作为"人类文化"的一个侧面，必将成为高科技这一利器进行改造的对象之一。作者正是基于半个多世纪以来秦腔不断科技化这一事实以及人类未来生活中电、声、光等尖端科技成果将占主宰地位，不妨斗胆在此对未来秦腔乃至整个戏曲艺术的发展前景作出如下六个方面的臆测：

一、演出小型化

"小"有两层含义：一是演出规模小，二是观众容量小。这是未来人们快节奏生活方式促动下的必然发展趋势。千人以上的群体聚合必将渐渐淡化，三五成群甚至个人个体松散型观赏必成主流。颇似过去的"堂会"或时下的"沙龙"文艺，唤之即来，呼之即去，快捷便当，极富弹性。

二、舞台全息化

目前镜框式舞台将被全息式舞台所取代。充分利用光导尖端科技，随时随地皆可造出立体感很强，甚至在幻觉中逼真再现剧情所表现的某一时代和时空的存在，如同光阴倒流，岁月回转，演员和观众同置其境(景)，缩小甚至打破双方之间的距离，恰似古希腊的酒神祭祀和中国的远古傩仪，演员和观众都在强烈感情震撼下，还可共同参与艺术的创造。这当然不是原始戏剧的回归，而是未来人们感情世界、心理世界以及性格进化必然之大趋。

三、舞美激光化

尖端科技必将取代笨拙凝固的物质道具，充分利用光学传导、随心所欲地临场设置出无形而逼真，更具艺术美的激光物景，以虚代实，以光代景。

四、表演歌舞化

今天我们所言之戏曲表演程式，实际上就是特定意义上规范化的舞蹈符号。未来戏曲表演的歌舞化，伴随着它多元多极的吸收与复合，在不失却自身基本风格的前提下，将有着更为宽博的内涵。

五、音乐 MDI 化

无须组建庞大的乐队，文武场伴奏(或者说旋律和纯节奏伴奏)乃至人声与乐声的平衡，全都由电脑操作调控，并在音乐风格化的前提下，按演员声嗓表演特点，由电子计算机随时灵活编配、自动调控，裕如配合。

六、风格对应化

必须看到，未来的戏曲依然是以特定风格为其生命内核的，非此则失去存在的意义。但这种风格一方面同其他艺术的风格相对应而存在，一方面又同众多艺术品类风格相沟通。前者受制于观众的审美传承因索(即民族特征)和戏曲本体的自我个性（即地理格局），后者则生发于戏曲宽容量吸收(即多维复合)和人类高度文明的审美需求）即发展进化）。

读者千万不要以为这是作者信口胡诌的不经之谈，说不定在不远的将来，一切都将成为现实。当人造卫星已经打破太空的死寂，宇宙探测器正向太阳系的边缘飞速驶去的时候，我们依然不相信有外星人存在而只笃信天国的玉皇大帝，那才是真正的滑天下之大稽。高科技既然已经开始着手包装我们的生活，戏曲作为人类文明的一部分，当然自不例外地也要科技化和现代化，这是秦腔改革发展的必然趋势。如果我们坐在被科技包装的现代化剧场里欣赏着慧娘阴魂踏着"烟雾器"制造的恐怖而颇具现代艺术之美的表演，却没有勇气承认或者拼命鼓噪戏曲不可能科技化，那才是十足的、令人可悲的愚昧。

当然，我们应该承认，任何一种民族传统文化，不只有着历史的承续性，同时也还有着审美的变异性。承前启后，去旧更新的过程，便是它继承发展的过程。在这个过程中，有的会被时代淘汰，有的会随时代的进化而不断发展。但是，被淘汰的大都被发展的艺术所吸收，被发展的则又被时代所净化。因此，淘汰不等于彻底绝迹，发展同样不等于全盘接收。就戏曲而言，既然它已经度过了口耳相传、人亡戏亡的那个时代，而且已经步入记录贮存科学极为发达的今天，尤其我们民族对于它的审美偏爱非但没有中断还在仍然向前伸延，那么，它消亡的可能性也就微乎其微了。可以肯定，科学技术越发达，人类文明的层次就越高，艺术品味的要求也就越苛刻、越宽泛、越现代。基于这种认识，作者才对中国戏曲的发展前景作了如上六点臆测。诚然，臆测只不过是对未来戏曲的一种鸟瞰，旨在使戏曲家们在改革实践中能够站得更高看得更远。但目前还须清醒地认识到，中国虽有一点高科技，却远远还未达到"化"的程度。所以说，在以高科技为标志的后工业时代还没有真正来到中国之前，我们依然处在贫穷与富裕、落后与先进、传统与现代、忧虑与希望、困难与机遇、阻力与动力等多种矛盾并存重叠的胶着对抗时期。对于戏曲改革来说，如何处理好继承和发展的关系，就成为首先必须考虑和解决的问题。在此，我以为应该集中解决好以下三方面的问题：

第一，必须保持剧种独特的文化品性

当代中国作为一个重新开放的国度，虽然有着摆脱落后现状和渴望进入新的历史时期的责任感和紧迫感，但就民族文化审美而言，仍然属于传统型为主的国度。目前所进行的戏曲改革，也就必须考虑当代民族审美心理的承受能力。因此，无论是继承传统基础上的标新立异，还是突破传统程式基础上的革新发展，抑或多元多极基础上的借鉴吸收，都应以保持本剧种独特文化品性为前提。因为，愈能保持其自身风格特点的东西，

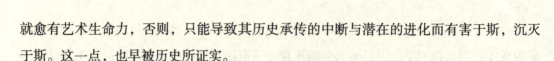

就愈有艺术生命力，否则，只能导致其历史承传的中断与潜在的进化而有害于斯，沉灭于斯。这一点，也早被历史所证实。

第二，必须透过局部改革来实现整体的全方位跃动

中国戏曲毕竟是在历史延续和铺垫基础上形成的一种艺术形式，各个地方剧种不只有着丰富而深刻的历史性，也还有着广阔而博大的开拓性，这种开拓性却在历史运演中始终从局部片断的修整与凝炼进而达到再造中体现和发挥出来，并作为新陈代谢机制推动着自身的发展和进化。目前中国的戏曲改革同样处于以局部消解来带动整体跃动的过程之中。换言之，即是戏曲艺术通过局部"蚕食"改革方式试图探寻出与现代化视野接轨的通道，只有走完了这一步，才能谈得上超越传统而面向未来。

第三，必须认识到戏曲的现代化是一种无限的运动

从历史发展的角度讲，戏曲的现代化不是一个可以完成的事件，而是一种不断向未来延伸的无限运动。以改革促使戏曲现代化，也只能是对它长期存在的某些僵化、停滞的东西进行持续地改造而已。我们必须按照当代人们对其所持的批判心理与价值取向，有步骤有计划地作出劣汰更新，使它由表及里逐步超越传统而向着未来持续延伸。

戏曲艺术作为一种用形象反映现实的社会意识形态，它的每一步促动，总是同当代的经济发展、政治变革，以及人的物质和精神生活的改变紧紧联系在一起的。尽管它属于封建时代营造的传统文化，但我坚信，只要抱定"古典传统现代化，文化容量多样化，地理格局对应化的民族特性"（谢柏梁语)，不仅秦腔不灭，中国戏曲不灭，而且仍将在未来世界中，以科技化、现代化的崭新面貌占有自己的一席之地。

（原载《陕西戏剧》1994 年第 6 期）

王正强文论选

张炳玉 主编

【下卷】

敦煌文艺出版社

2009 年王正强作学术报告

2004 年在北京与时任中国戏曲学院书记、戏剧家孙松林叙旧述怀

左起：金行健（戏剧理论家）、薛若琳（时任中国艺术研究院副院长、剧作家）、陈光（戏剧家）、王正强、王勉（戏剧评论家）（2002 年）

2011 年王正强与好友李万承在一起

（2004 年兰州）一排左起：熊小玲、何娟；二排左起：邢士伦（中国戏剧学院教授）、曲六乙
（原文化部艺术局局长）、王蕴明（原中国剧协党组书记）、纽镖（中国戏曲学院教授）、
王正强；三排左起:陆炳寰（原陕西剧协党组书记）、胡豫川（甘肃省文化厅艺术处处长）、
傅青石（青海省剧协秘书长）

1990 年在兰州王正强与戏剧家李战在一起

1994 年在兰州王正强和剧作家、戏剧评论家
范克峻在一起

1999 年王正强与剧作家石兴亚叙旧

王正强与甘肃百通影视发展有限公司导演孟云

2004 年 7 月在西安，王正强与
西北大学原党委书记、戏剧评论家
董丁诚在一起

1996 年王正强与词家袁第锐探讨词赋

1994 年王正强与剧作家杨智在一起

"文革"中的王正强

2008 年 7 月与老友牛颖(《党的建设》主编)在一起

1997 年和甘肃音乐界同仁在一起
左起：韩中才、王正强、包学良、庄壮、呼延天助

（2009年）左起：翟万益（甘肃省文联副主席、书法家）、汪玉良
（原甘肃省文联副主席、著名诗人、画家）、罗种田（画家）、
张昭平（原兰州市文联主席、画家）、王正强

2007 年在兰州王正强与徐列（戏剧、曲艺理论家）在一起

1989 年王正强与戏曲音乐家王依群（原陕西省
戏曲剧院副院院长、陕西音协副主席）在一起

2002 年王正强与作曲家易炎（原甘肃省文
联副主席）在一起

左起：王正强、董兆俭（著名画家）、邵永静教授、黄腾鹏教授；
前排背影为牛龙菲（敦煌学专家）及其夫人（1997年）

（1997年）左起：叶增宽（原陕西省文化厅副厅长）、张静波（戏剧评论家）、
田滨（戏剧评论家）、姚昌民（戏剧评论家）、王正强、曹迟（剧作家）

1987 年 7 月王正强与原中央人民广播电台文艺部主任
张怡清感受沙海驼峰

1984 年在兰州与老一代秦腔表演艺术家在一起
一排起:张润民、袁新民、王正强、王超民、邹刚;二排起:张振华、米新洪、
韩健、焦海超、姜能易;三排起:李琳、张玉莲、张秋慧、王定秦、佚名;
四排起:窦凤琴、邹莲蕊

好客的裕固族歌手（2002 年）

（2008 年 8 月与维吾尔族秦腔表演艺术家马桂芬在一起

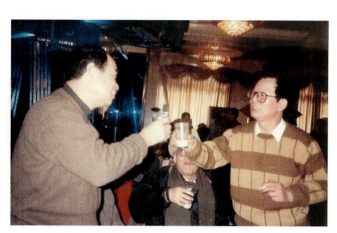

1997 年 10 月在西安，原陕西省文化厅副厅长叶增宽祝贺王正强为秦腔理论建设作出贡献

2009 年 9 月与甘谷县副县长潘惠琴在一起

1997 年在西安与戏剧评论家张晋元叙旧

与戏剧家纪福冀

左起：雏社扬（戏剧理论家）、王正强、姚昌民（戏剧评论家）

2002年8月在西安与秦腔作曲家姜云芳举杯共祝事业有成

1994 年在兰州与戏曲艺术家刘养民在一起

2004 年 7 月在西安,《当代戏剧》杂志社原主编王晓玲盛宴款待王正强

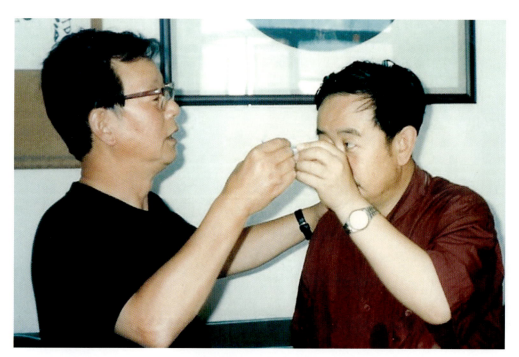

与老友冯天民(作家)

1996年在乌鲁木齐，在维吾尔族作曲家哈里斯家作客，酒至半酣，热情的女主人邀请王正强共舞助兴

1996年在乌鲁木齐维吾尔族友人家作客

1996年在库车与热情好客的维吾尔族歌手共舞联欢

王正强为书法爱好者书画

2004 年应甘谷县政府要求，王正强为故里作赋并书法题词，镌碑于南山公园

2009 年 3 月，回首望家乡，往事越千年，换了新天

王正强的爷爷（晚清小官吏）

王正强的父亲是一位地地道道的农民（1980 年于兰州）

王正强的父母亲合影（1973年）

王正强与母亲合影（1961年于兰州）

王正强的父亲在田间劳作（1977年）

上海世博会艺术活动中心

天马行空　独往独来

一顶花轿抬进门

王正强与夫人（2010 年 5 月于上海）

王正强的夫人薛银玉（1980 年）

爷孙隔代最是亲（1976 年于白塔山）

"别不好意思，给我转过来!"

"来，干一杯！"

父与子

儿女情长

左起：小女王晓惠、长子王德新、次子王德义（1997 年）

小女小婿甜蜜蜜（1997 年） 与姑爷

儿孙自有儿孙福

『爷爷, 瑞瑞我一百天了』(2010 年)

淘气的宝贝孙子乐乐(2006 年)

杂著

王正强文论选

秦腔的情愫

　　现在的年轻人，对于传统的戏曲文明，因为缺少认同的经历，在断代后的突然接受中，总会发生一种复杂的情感阻隔。然而我们这辈人却不，尤其秦腔，只要耳根里有那么一丝击乐的响动，整个心绪便会立马激荡起来。

　　记得很小的时候，每逢庙会或春节来临，村子里便要请来戏班唱上三天三夜的大戏。媚神和娱人共构的合力，使得这一中国式的戏剧节，才便有了最世俗的力量，食古不化地得以绵延千年。即使今天，在很多中国人心里，它仍然是一种精神的依托和无形的存在。每当这种时刻，父亲便会全身心地投入，宁肯荒了庄稼，也要天天"登倒台"，也不管我愿不愿意，都会把我架在脖子上，成天陪泡在戏场人海之中。就这样，父亲那黝黑的脖颈，成了我小时随意踩骑的坐凳和睡床。

　　父亲当然有父亲的习惯，看戏总喜欢向最拥挤的台口站，而且位置也是相对固定的。那时的戏台，既窄又高，而且全都建在古庙前的露天广场，看戏总是站着的，就连婆姨们全都端立在凳子上，齐刷刷　排在后面，花花绿绿像是高高摆放的一溜鲜艳月季。男人们争着都向台口挤，时不时便造出阵阵涌动来，人群像潮水般掀起层层浪波。父亲架着我，也会随着涌动的人浪左摆右晃，但不管身躯怎样晃动，两只眼睛全盯住舞台分寸不移。当然有时我们也像河水漂浮的什物会被人浪冲向岸边，但父亲却十分能耐地很快夺回属于他的那个位置。骑在脖子上的我，便自然重新回到原初那个地方了。父亲的这份毅力和能耐，当然不是为我而是为他自己，我不过作为他身体的一部分，被裹挟到这人流的漩涡和传统文明中罢了。究竟台上演的什么唱的什么，我全然不懂，只知道花脸出场令我害怕，赶忙要用小手捂住眼睛，却又捂不住心中的好奇，忍不住还要从手指缝里偷看那可怕的花脸究竟在干什么。女旦更令我讨嫌，咿咿呀呀唱个没完没了，喜欢的只是以怪相逗乐的小丑和两军对阵的厮杀。父亲的兴致与我恰恰相反，最痴迷于坐下来唱个不停的那种角色。每到这类人物出场，我便拍打着父亲的脑壳，扭动屁股嚷嚷要立马回家，但父亲全不理会，即便我在他脖子上打盹撒尿，他也要一看到底。

　　长大了，父亲不再架我也不再领我，吃饱喝足便独自去了戏场，临出门还会给我少许零钱。我逮住他暂时放弃管束我的这个机会，像头脱缰的小马驹，和同龄孩子们在戏场里撒野般地乱跑乱叫，有时也会爬在高坎上或树杈上，看看台上的表演，甚至从人头攒动的台口寻索父亲那颗光光的脑壳。尽管当时我还不曾想过父亲为什么对秦腔如此痴迷，但幼嫩的心灵里却深深埋下与他兴致如一的种子，也知道了什么叫做生、旦、净、丑，还能一眼认出忠臣和奸贼来。秦腔过早在我心中色彩般地存在，又过早在我身上聚合成一股无形而强大的力量，驱使我对它有了一种莫名的期盼和渴求，虽说带有很大的盲目性，却对我后来的人生旅途，成为一种最有影响力的价值启蒙。

令我终生难忘的是，某年正月初九玉帝圣诞之夜，我跟在被村民推举为本届会首的父亲屁股后面玩了整整一宵，究竟什么时候睡着的我全然不知，当我一觉醒来已是两天之后的正月十一清晨。一睁眼我便嚷着要去看戏，可戏已在先一天晚上全部收场了。我却不管这些，无论全家人怎么哄弄都无济于事，无奈的父亲只好抱我去了戏场，见到的只有满场清冷和满地杂物，还有小贩们废置的一排排土灶，土灶里还冒着余烟，散发着余热，那场景至今依然历历在目。

模仿是每个人在孩提时代不学而能之的天性。我一到上小学的年龄，便有了唱秦腔闹着玩儿的嗜好。纸叠的纱帽，秋秸制成的长矛，还把包谷丝塞在鼻孔和耳朵眼里充作胡须，全都成了我们那帮淘气鬼们比试能耐的资本。父亲对我这种作为非但不加干涉，还用废木片给我削了一把木刀。幼时的我还多少有点"霸气"，大凡最厉害的角色都成了我扮演的专利，别的孩子是绝对抢不去的。我最乐意用颜料和墨色把脸涂得十分吓人，也念不出什么成文的戏词，满嘴乌哩哇啦乱吼一通，抡起"刀枪"让对方败下阵去，得个胜利者的名分就很满足。

有那么一次我玩罢唱戏，在小渠边抹了两把算是卸妆之后，便匆匆去了姥姥家。姥姥一眼看出我的眼角有点异常，误以为父亲打了她的宝贝外孙(其实是颜色腐蚀所致)，穷追不舍硬要问出个原因来。也许是姥姥逼问得太紧，我竟不知如何回答而"哇"地一声大嚎起来。姥姥见状操起龙头拐杖，竟在大街市上把四十多岁的父亲照准屁股冷不丁就是两拐棍，打懵了的父亲到死还不明白为何挨了这顿冤打。

父亲嗜戏成癖在当地是出了名的，所知戏文掌故甚多，谈起演员和戏中人物如数家珍，他最崇拜的要算"刘易平的吼，马振华的手，傅荣启的走，杜干秦的丑"。至于列国的神仙斗法，隋唐的瓦岗英雄，宋代的夜审潘洪之类戏文趣事，讲述起来真比说书人还要娴熟精彩。他是个地道的庄稼汉子，一生只是好戏却从不票戏；没有文化，却在方圆数十里落了个"腹笥渊博"的美誉。我当然知道，他的"渊博"全得自于秦腔，但他却全然不

知，秦腔对他的赐予，后来竟然如有神助地变成他给我赐予的一份最珍贵文化遗赠了。打此以后，总感到似乎像有一种无形的力量时刻都在向我提出警示，这警示又随着年龄驱使我要去寻找那远年的灵魂，诱发我常常寻索父亲嗜秦腔如命的力量源泉，即使父亲在世期间和谢世之后，我都从未停止过这种寻索。这当然不只是秦腔文化在我们父子之间的轮回与传承，确切地说，应该是父辈同子辈之间永无尽头的一种情感延伸和对话，如同余秋雨先生所言：就像哈姆雷特在午夜的城头对他已经死去的父亲，父亲的话没有说完，因此冤魂盘旋，儿子一旦经历了这种对话，也就明白了自己所承担的使命了。

为了同父亲对话的继续，也为了从辽阔的空间和时间中寻回历史的精魂，年长以后，我从人生道路的起始点出发，经过漫长跋涉，来到这座喧嚣的城市，孑然听命于音乐的召唤，试图要从这里寻找自己的人生坐标，并让旋律紧紧抓住自己，继续着与父亲的那种对话。我将旋律作为对话沟通心灵的语言，是在小学毕业的前前后后，那时才刚刚十三四岁，回想起来，这是从小我在失衡的文化生态环境中得到的一点收获。每个人总都在营造自己的憧憬，希冀于憧憬能给他带来愉悦，就像父亲崇迷秦腔一样。其实，再苍凉的群落都会有欢乐的滋润，从稚嫩的心灵里流泻出来的旋律不管再怎么稚嫩，毕竟也是一种愉悦和欢乐。几十年过去了，究竟我写过多少支歌，父亲又听到过我的多少支歌，我既未问过他，也未听他提说过，但从他嘴角诠释出来的的笑影里，却读懂了我们的对话在沉默进行中所起到的"马太效应"。因为每到此时，父亲便逮住一切机会，絮絮叨叨又要给我讲述他那不知讲述了几百遍的戏文故事。也许他只能给我讲述这些，可我却不这么看，而是把它看作要我不致丧失使命的一种提醒，或者要我在更高层面上去寻回那远年灵魂的一种提醒。因为，父亲同样有过骑在他父亲脖子上陪泡于戏场人海中的那番经历，甚至同样有过从他父亲讲述的戏文哲理中，吸吮过规范自己做人准则的种种警示。

于是，我遵从父命，经常离开这座喧嚣的城市，去到与自己出生地非常相像的地方，把自己埋进大乐古风的传统文明之中，深挖细掘地试图寻索出那远年的民族精魂。当我一旦深陷其中，才知晓父亲一生所爱，原来是个浩瀚混沌不可化解的无形整体，这整体足以能使数千年的中华文明盛于其内而又溢于其外，这便是中国戏曲能够把极深沉的民族文化内涵以最浅显的演绎娱乐方式形象地加以深刻表现的真谛。

也许它本来就是神的造化。中国戏曲从无形的初始，便在原始祭祀巫风歌舞中得到化育自身骨血的最适宜气候和土壤。中国的先民们，最擅于把虚幻中的魂灵与鬼神，通过形体和呐喊，转化为可触可摸的感觉与感知，而且还以喜庆的方式演示出来，向人们不断提出各种警示，这本身就已经具有了前戏剧萌芽的成分。也许这正是父亲经常所言秦腔是神戏、神造的根据。其实，神也是人，荀子《天论》有言："天职既立，天功既成，形具而神生。"不正说明神乃概指人的意识和精神么！ 关羽是人，却被后世标立为神，孔子(孔丘)、老子(李耳)是人，同样也被后人供之以神龛，尽享人间声色香火供奉。就连当代的毛泽东，不也因为他超凡的政治军事才能和脱俗的气魄气度，生前死后一度也被奉若神明吗？ 父亲说秦腔为神造，其实也是指人造，乃集西北本土历代民众智慧精气之所造。多少年来，之所以将它视为神的造化，不过是后人对先人造世造物的高度崇尚，也是为了借助神的名分，更利于它的代代传承和发扬光大，更何况历来它总是以"郑卫之音"为饴蜜，在崇神媚神的歌舞化中，像条无形的彩色锁链，随时向全民规范着忠君尊神、处世为人的道德准则。

从宗教的角度讲，中国戏曲的确融儒、释、道三教教义于一体，惩恶扬善、因果业报、神明鬼判、天人天理等等等等，无不通过寓教于乐，渗透在无数先辈的心灵深层，既给他们以精神的恐惧与震撼，又给他们以艺术的愉悦和享受；从哲学角度讲，历代诸家思想学派尽揽其中，中和之美、伦理纲常、忠孝节义、道德天理，此外还有政治、军事、刑法、民风、民俗以及国运盛衰、宦海沉浮、千古遗恨、爱情纠葛等等，一古脑拌和在一起，全都通过舞台这个载体，在高台教化中得到最大张扬。正是在宗教传法和政治哲理为核心的教化机制中，却把秦腔等中国戏曲，引向平民化、民俗化和世俗化的广博天地，结果促成包括秦腔在内的戏曲艺术，最终成为能够主宰社会世风和凝聚国人精神的一股强大文化力量。也许父亲感觉到了这一切，却没能也无力道出这一切。

最能引动西北"土著"人心理亢奋的，倒不在于秦腔对如上哲理的深刻评判和完美揭示，而是从评判和揭示如上哲理的艺术表现手法中去感受、吸吮一种赏心悦目的文化气韵，这气韵足以使当地观众为之倾倒醉迷，并在审美意念和气韵情感上很快与之合和，这便是秦腔最具资致个性和艺术魅力之所在。但以往在评判秦腔剧种文化品格和资致个性时，人们用得最多最烂的字眼便是"地方特色"，并将其唱腔音乐和念白语言中所体现的地域性，作为这种"地方特色"的唯一构成因素。其实在我看来，它们不过是蒙在秦腔表层的一种技术性行为而已。单凭音调语调上的高低粗细，构不成系统意义上的文化品格，充其量只能是一种点缀的色彩。而西北民众所独有的精神气质，才是促成秦腔剧种地方特色的真正精灵。气质可以解释为人的个性与风格，精神则可说成是人的

意识、思维活动和心理状态，它们都是在特定地理环境、生活方式和生产方式影响下形成的。这种生理性精神，又在文化生成关系作用下转化成为与之相对应的艺术精神。所以说，生活在大西北黄土地上亿万民众的独特精神，造就了秦腔剧种的独特文化品格即地域特征；而秦腔剧种的独特文化品格即地域特征，又充分体现着当地民众独特的感情表达方式和精神文明创造。二者一旦发生共振，即刻便会迸发出审美合和与情感依恋的斑斓火花，这便是无数父辈嗜秦腔如命的真正根源。

既然谈到了气韵，就得说说秦腔艺术的舞台方法。唱、念、做、打虽是它最精到的四种舞台艺术表演手段，然而，仅此还远远不够，原因就在于它并非秦腔所独有。大凡中国之戏曲，又有哪一个地方剧种不是以这四种基本手段来构建自己的表演体系的呢？ 所以说，秦腔能够明显地以炫耀独特个性来维系自己生存态势的，只能是既渗透在这四种表演功力内核的宗教哲理、又散溢于四功表层且又不可传于言表的一种无形文化气韵了。

气韵原本是指一种艺术的意境。其中"气"的哲学概念便是流动广远而又包容广远的宇宙生命之气，它的生理概念便是人的精神之气。"韵"则指美、神采、和谐。因此，人们常把音乐、诗赋、绘画的美妙与超凡脱俗，以"韵"而一言以蔽之。汉朝蔡邕《弹琴赋》在论及管弦袅袅不断时云："繁弦即抑，雅韵乃扬。"南朝刘勰《文心雕龙》评介贾谊、枚乘诗赋时亦道："两韵辄易。"说明气韵依然是人的意念、情感、精神、和谐之使然。秦腔唱、念、做、打蕴寓的那种独特文化气韵，同样是西北民众特有生命精神与意念精神极致和谐外化之使然。至于秦腔唱念的声韵，做打的气势，皆具大西北人在地理环境与人文历史关系中长期铸就的豪爽气质和直朴风范。这种气质和风范，不仅影响着当地人们的性格、感知、审美和情感表达方式，更潜在地影响、决定、凝炼着当地各种精神文明成果的创造、形成和发展。这种精神文明成果的创造，从哲学意义上讲，就是艺术风格，或者是形式意义上的对心灵之美的张扬和追求。单就秦腔唱腔和念白所透发出来的那种音韵与语韵，便正好应了北齐颜之推所言"北方山川深厚，其音沉浊而吃钝"的美学断言。它的做工和武打，又何尝不是如此呢？从秦腔表演手段中散溢出来的这种独特文化气韵，不也正同西北观众情感表达方式、心理向往极易发生共振，而且也充分体现着在精神、气质、情感上的高度合和，这种合和不叫审美意识和美学品味，又该叫它什么？大西北人对秦腔之所以宠爱有加，也正得力于此。

然而，中国的事情毕竟有它意味深长的特别之处，就像戏中表演的人物那样，有的容貌龌龊而心地良善，有的则容貌良善而心地龌龊。这种奇特的对抗性组合，往往构成同一事物的两个方面，捉弄般地要让人们巧用心机才能辨其良莠。秦腔同样如此，一方面极力强调着自身的平民化、世俗化倾向，一方面又热衷宣扬着伦理化、贵族化内容，由此在反映生活和评判人与人之间的道德观念方面，经常表现出正统与非正统、叛逆与反叛逆相互对抗、相互胶着的双重文化品格。包公不畏权势，判案铁面无私，固然体现着人们对剪除邪恶的心理期盼，但骨子里却贯穿着忠君常道；孙悟空屡次大闹天宫，自立为"齐天大圣"，无疑是对"君权神授"的有力挑战，却终究难逃佛祖如来手心，到头还是皈依佛门终成正果。就连表现悲欢离合的剧目，最后也要缀上一个"光明的尾巴"，用以粉饰君王体察百姓的英明。《窦娥冤》确系千古奇冤，冤得竟能感动神灵而六月天降大雪，结局却是邪恶伏诛，冤情昭雪；《双蝶记》中梁山伯与祝英台，都忠于自己的爱情，又遭封建礼教摧残而酿成悲剧，但同样殉情化蝶双飞，死后青冢终究合婚。表面看，似在追求中国式的"大团圆"之趣，论实质，依然是极力宣扬封建纲常。尤其秦腔，向来以大剧种、老剧种自居，重正剧(悲剧)而不重喜剧(丑戏)，反而轻薄了丑戏中蕴寓的平民呼声。那些剧中的"小人物"们，往往借助于诙谐嬉笑，无拘无束地鞭挞邪恶，嘲讽暴政，为民伸张正义，传递平民呼声，向往美好愿望，却偏偏频遭卑耻。这正是中国封建世俗社会奇特机制下的必然结果。两种道德观念的对抗胶着，反映出两种文化形态的南辕北辙，既构成秦腔艺术浩瀚混沌不可化解的整体性存在，也构成世俗性、伦理性双重矛盾对立统一的和平共处。多少年来，秦腔的子民们(也包括我的父亲)，正是在这种极不协调中，心甘理得地将它作为一条彩色锁链，把自己茧缚其中而又乐于其外。就这样，秦腔竟充当了大西北人的阳光、空气和水，成为人人离它不得、处处无它不得的精神依托。欣慰的是，现代观众对这种盲目早就产生了警惕，即使在过去的年代里，人们更注重从"以演员为中心"的表演体系中，吸吮艺术的美感和满足精神需求的感动，而真正沉溺于伦理纲常之中的，不过是极少数封建卫道士们巧簧喧嚣和别有用心罢了。

前世秦腔之驳杂，尚待戏曲家们正本清源；后世秦腔之出路，更须戏剧家们指点迷津，还有站在当今变革的时代高度，对其艺术规律进行总结，美学价值作出探讨，未来发展有待评估、研究与开拓。这也就是以秦腔的情愫上承父辈、下启子孙的一种对话和传承。

就算我也是其中之一员吧！

（原载《当代戏剧》1998年第6期）

休闲的潇洒

中国之诗、书，同宗而同体，前者由言诗言为志，后者由书字书为法。于是乎，一个抒其情，一个传其神，诗为书之心，书为诗之容。故此，吟诗作赋，挥毫走笔，便成了历朝文人咏事娱心奋力兼得的一种生活雅趣。

或许大半生"格子"爬得让人生厌，步入"耳顺"之后，家人出于对我的健康着想，极力反对我再沾纸拈笔。然而，越是反对，越会冒出一些必须操笔的感言，也便忍不住又朝电脑桌前凑去，为此，没少挨过老伴和子女们的埋怨和阻挠。尤其退休以后，他们天天在我耳边不停地轮番絮叨："我说老爷子，你书出了那么一摞，文章写了那么一堆，该知足了吧！既然退了下来，就该好好休息，成天到晚还写什么呀你？"女儿也一旁帮腔："老妈说的在理，你现在的确该换个活法。这样吧，我们政策放宽，想怎么玩你就去怎么玩，只是不能再写了，学问做多少算够！"家人的良言婆心，尽管我十分领情，却又当做过耳秋风，死死抱定"你有千条计，我有老主意"而依然故我。事也凑巧，近年来偶感头晕不适，医生说主要由脑供血不足而引起。老伴一听急了，平日的絮叨升格为无休止的穷吵，而且索性还以"农村包围城市"战术，动员我的亲朋好友共同使劲，无论如何也要劝阻我立即收敛那种劳心费脑的活计。老哥们一听事关我的健康甚至小命，各以不同方式形成攻势，频频向我掷来，有的旁敲："学问到处都有，比如麻将，就很深奥。你连这都玩不来，还研究什么戏曲理论？快算了吧！"有的侧击："你还写？我看你还是保命吧！"无奈，也只好学着别人早起晨练、晚出遛弯。然而，这种违心的休闲，似乎变成一种无常的烦恼，反给自己和家人时时酿造出诸多不快。

省内文界我朋友甚多，其中老友汪玉良先生，是全国叫得响的著名东乡族诗人兼花鸟画家，他比我年长十岁，虽有七旬高龄，却性格豁达，身板健朗，隔三差五我俩总要聚在一起，海阔天空地神侃一番。一次他不经意地说道："大家都知道我是个诗人，但诗写了大半辈子，难免有些厌烦，由此我想再变换一种方式，从另外一个角度来激活创作灵性。于是便选择了画画，诗画同源嘛！它的确给我带来了许多生活乐趣。"一听此言，我暗自深思：他六十多岁能学画画，为何我就不能在主干之上另生旁枝？他能来个

"诗画同源"，难道我就不能来它个"诗书同体"？说不定会使自己终生攀援的主干通过旁枝的滋润，达到相互促补，兼容并蓄。即使失败，权当练气功治头痛不就结了！从此，在我的写作之余，又添了一个习诗练字的爱好。

诗与词本是我国民族传统文学中最璀璨的两颗精金良玉，然而，历代王朝却给它注入太多的负重，使其逐渐偏离自身价值的本真而走入极端也误入歧途。纵观古代文人秀士，哪一个不以身家荣辱为赌注，从起步学语伊始，便在私塾教鞭威逼下，矢志要从这里杀出一条血路，以便为自己的人生旅程创造出花团锦簇般的辉煌呢？尤其那些抱着憾恨荣辱而尸骨早已灰飞烟灭的各色举子，俱都将其视为登天的唯一阶梯，天天梦想通过科举考场的比试，能够跨入仕途的门槛。正由于人们对它所寄的欲望无休止地膨胀和攀升，使得这两个国中精粹，好端端地霉烂变味，以至颓败成专门荼毒文人的一剂鸦片。因为，中国诗词本身，就是一部镌刻无数文人悲惨命运的怆凉史，请看在那些刚刚走出科举考场而又金榜题名突然得来的超常风光背后，不正闪烁着更多落榜下第举子及其整个家族无地自容的羞赧眼神么！即令孟郊抑或张籍笔下的"春风得意马蹄疾""百千万里尽传名"，同样与温宪、赵嘏的"鬓毛如雪心如死""落第逢人恸哭初"等诗句形成强烈反差。但无论孰悲孰喜，孰羞孰荣，都是文学诗赋对他们人性的扭曲。正因此，与其说中国诗词是文学艺术殿堂中最为夺目且又最难攀摘的两颗明珠，莫如说是专为历朝文人酿造悲剧的制祸之源。当然，问题不在诗词本体，而在于"以文取仕"的科举制度导致诗词本位的失落和变形。然而今天，我却要从如此沉重的艺术中寻求轻松与乐趣，这对从未涉身此道的我来说，无疑难避狂妄异想之嫌，好在我只不过作为索居赋闲的消遣，仅仅玩玩而已。这样想来，自然也就没有太多的重负而无忌惮了。

对于诗词，我更钟情于后者，这不只因为从那错落有致的长短句体式中，能够让人感受到一股浓烈的音乐气韵，更能从它极富顿挫的节奏变化里，充分领略到强烈的动态感、活跃感和兴奋感来，何况按其不同的词牌创作填词乃至展开书画布局，比起四平八稳的五、七言绝，更具有宽泛的灵活性、张力性和创造性。正因此，我极喜用不同词牌演练词作，而且常常借此抒发对周围事物的某种感受。其中试笔之作《沁园春》词，可谓是抒写自己大半生涯和退休索居后的一幅"感怀"自画像：

> 岁月风飞，
>
> 尘缘苦短，
>
> 回想当年，

凭三分运气，

一点灵犀，

九成执着，

十倍勤勉，

心织笔耕，

输肝沥胆，

探赜索隐自陶然。

韶华尽，

虽著论累帙，

俱成云烟。

走过天地方圆，

徒感慨、

世路多淡寒。

幸年逢耳顺，

百事看闲，

三杯杜康，

一盏春尖。

两袖清风，

四季守砚，

生平毁誉付笑谈。

须如此，

应天公造物，

道法自然。

在我数年积累的近百首习作中，绝大部分都是对周围挚友给我真诚帮助的认同，以及对他们执着于事业与献身精神的赞美。老友叶仲仁、李迟夫妇，堪称我省戏剧界的两员名将，一个是省秦剧团第一任团长，一个则是著作累累的剧作家，然而却饱尝一生的政治罹难和生活沧桑，以至到老才算有了一处真正属于自己的居所，对此，我以《西江月》词祝贺二位老人的乔迁之禧：

　　　　　　年年浪萍难驻，

　　　　　　夜夜梦造秦楼，

　　　　　　筑巢紫燕无榭栖，

　　　　　　天涯游情何处。

　　　　　　莫道比翼清苦，

　　　　　　金凤已摧玉露，

　　　　　　残阳化作中秋月，

　　　　　　尔举觞新塑。

　　现实生活的丰富性，不仅为我拓宽了词作取材的广阔空间，同时也充分感受到只有用诗歌才能完美表达的人间真情。前年夏初，一封意外的来信扰乱了我平静的生活，信是皋兰县水阜乡一个名叫张勇的年轻人所写，主要叙说了他刚刚去世不久的大伯父张德孝，生前不仅熟读过我的所有著作，还十分喜爱收集我的文章以及报刊对我的评论，并将其剪贴了厚厚一大本，放在枕边时时翻阅。但他生前一直怀有很想见我一面的夙愿，然而最终还是抱着遗憾离开了人世。张勇正是代表德孝先生家人给我写这封信的，读后不禁令我感慨万千。的确，面对这样一位读者，我为自己有负于他的真情而深怀愧疚，彻夜都在想象这位不曾谋面且又已经离世的中学老教师的音容，一种负罪心理顿然而生，无以克制地挥泪写下《南柯子》一词，借以凭吊并告慰德孝先生在天阴灵：

　　　　　　久伫凝千泪，

　　　　　　尺愫载百愁，

　　　　　　生前相知不相识，

　　　　　　死后恸哭抱憾怨悲秋。

　　　　　　情深心相印，

　　　　　　缘浅难聚首，

　　　　　　新冢焚香也成虚，

　　　　　　最恨无雁传诗赴阴州。

　　诗抒情，画表意，这是中华民族千年恪守不逾的最高审美境界。而诗词的抒情，不单是指对感情的抒发，颇大程度上更指从那修词、韵辙中散溢出来的一种感人气韵，以

及引发人们丰富想象的无形意境。从这个意义上讲，我那干瘪得如同白话文的词作，只能让词家嗤鼻而让自己汗颜了。但它的的确确给我的休闲生活带来无穷乐趣，也为我抒发情感提供了实实在在的一种形式，因此，不管别人怎么看，我仅此而足矣！

我习书法也有自己的一些窍道：一是直接上宣纸创作书画，中堂、条幅、方斗、扇面、四条屏等等，不拘一格，广泛涉猎；二是以整体章法、结构，带动行笔提、按、干、湿技巧；其三自创诗词，依画面布局和节奏疏密随时调整词汇。初始，一首二十八字的七言绝句往往要练写一二百幅，甚至为了某一字、某一划的撇捺运笔走向，不惜往返于数十里之外去品赏商场匾牌，然后仔细分析它同整体字型、间架的关系。至于历代大家字帖，也不是机械地临摹，而视诗词需要、画面铺排、字间关系等因素，对诸家所书同一字或同一划的运笔特点和技巧，综合比对，反复摹练。就这样，排除一切干扰，将自己锁定在诗词书法的浩瀚中遨游、徜徉了整整半年。次年夏月，恰逢汪玉良先生举办画展，作为交谊甚深的忘年挚友，即以他最拿手的画梅为题，写就《西江月》词一首：

汪公画梅奇崛，
萼蕊暗露香澈，
干枝傲骨嶙峋立，
更显雪中高洁。
泼彩气贯长虹，
运笔宛若游蛇，
一抹群芳羞如血，
占尽千壁春色。

我将这首词又书之为画，并特意署以化名落款，相赠之时，再三叮嘱汪公万万不可泄漏"天机"，免得行家贻笑大方。然而，这老兄全然不顾我的百般阻拦，竟将它挂于展室入口之处，就这样，这幅不成器的祝贺书画，变成了无数宾客首先品头论足的展外作品。

抱主干而攀旁枝，攻业务而习书法，的确让我从中获得释解疲惫、活跃思维、以副促主甚至养性净心等诸多裨益，尤其家人的支持令我十分愉悦，学问做累了，以挥毫练

字调适，立马精神倍增，明目清心；文友相聚一起，出个对子，狗尾续貂，更能开怀尽兴。难怪那些当了一辈子官的人，退位赋闲下来，不甘寂寞，全都挤进诗书堆里。

习诗练字不过是我无事作乐的一种消遣，压根就不曾想过要在这方面制造出什么作为，然而，让我意外的是，近年来向我索字求画者趋渐多了起来，而我也就稀里糊涂不论老幼贫富、生客熟友尽都一应满足。当然，我赠书画，也有两个小别：一是以诗敬友。凡德高望重的文坛前辈、情谊笃深的故交挚友，都按其艺技情操、生活阅历以自作词赋裱成礼品聊表敬意；二是以字会友。远道文友、字画好家以及书信、电话和登门索字者，则以古诗词而认真书写，从不懈怠敷衍。就这样，我的书画由省内慢慢传至省外，而且也还偶尔流向海外，甚至还印在食品包装盒上、悬于一些酒店厅堂等处。消息不胫而走，老家故里也派人专程登门索字，还说要镌刻成石碑竖于故土。此事非同小可，说什么我也不敢轻易造次，但来人不仅是家乡父老的代表，而且语气坚定，态度恳切，不容我有半点的拒绝，最终还是以故里名胜南山寺为题，书就《酒泉子》一词，抒发了自己阔别四十多年的思乡之情：

> 梦萦南山，
> 又现翠柏掩寺门，
> 风铃依约摇殿檐，
> 白鬓复少年。
> 壮岁矢志怀高远，
> 乡土难舍情难迁，
> 夜夜凝空常思问，
> 月可明故园？

据说，此帧词书业已镌刻成四米高的石碑竖在家乡游人览胜之处，对此，我一直忐忑不安，因为，父老乡亲及其后世子孙对它的认可究竟能有几何？心里实在没谱。

某晚，全家人正对电视剧《激情燃烧的岁月》看得入神，突然有人叩响了门铃，造访者是一位素不相识的军人，他肩上扛着两杠四星，大大落落在客厅沙发上坐定，这反倒使我生出了几分紧张，寻思这位当官的深夜登门造访，该不会又是我那淘气的小外孙惹了他的孩子不成？还未等我开口，大校却首先开腔，听明白了，原来是登门求字的。我

如释重负，满口连连应承，而且十分客气地将他让到书房，并按他的要求立马写好，然后又十分客气地将他送上电梯握手言别。待我返回客厅时，全家人莫名其妙地陡然冲着我笑得前仰后合，这又令我顿陷怔愣而不知所然，老伴却呶着嘴颐指电视道："老爷子，你看！"原来，电视里正在播放石光荣两手攥着自家种的蔬菜，站在大马路上逢人硬塞硬送的镜头。至此，我也开心地回了她一句：

　　"这就叫'休闲的潇洒'，懂吗？"

(原载《甘肃文艺》2005 年第 2 期，全国十多种杂志转载)

秦腔，今后以怎样的"唱派"赢得未来？

最近，修改竣笔《秦腔唱派研究》我这本小著，掩卷又思考了一些本不该思考的问题，其中最令我困惑的是：秦腔，今后将执起怎样一面"唱派"旗旌去赢得未来！

"唱派"即唱腔流派。主要指演员在演唱技巧、方法和创腔方面的个性化艺术独创成果。"唱腔"通常被理解为一种曲调，其实它原本就包容着两层含义：一是"唱"，一是"腔"。"唱"就是演员用嗓喉咏出自己的心语；"腔"则是给这种心语以规范的歌调。综合起来讲，唱腔便是演员用嗓喉唱出来的腔调，除此之外，还再能找出别的什么解释么？

这里我还要对"腔"的问题多说几句。所谓"腔"，实指人们的"口中之腔"。"口中之腔"当然不只仅指让人悦耳生神的腔调，更主要的还有人们交流思想、沟通心灵的语言。语言也是有声有调的，这种有声有调的语言，随着人们长居地域和环境的不同，又形成各自发声部位上的不同和语言字调上的不同，语言学家将此称为"方言音韵"，并用平、上、去、入四声调值和十二韵辙分加标示，来说明不同地域之间语言声调上的变化和差别。而戏曲演员所"唱"之"腔"，正是不同地域的人们，所操持的方言语音和一定的音乐曲调变成"口中之腔"之后形成的一种综合体和统一体，这也是各个剧种的唱腔音乐，既符合当地方言语音规律，又具有鲜明地方特色的重要原因，自然也就成了形成不同剧种地方特色的重要标志。戏剧学家又将此称为戏曲的"声腔"，秦腔之所以称其为秦"腔"者，大概也包括了这层含义。

既然戏曲唱腔是演员嗓喉唱出来的"口"中之"腔"，不同的演员在各自演唱的过程中，当然也会因为自身声嗓条件、素质、高低、亮暗、发声、运气和腔口等习惯，对这种"口中之腔"常常有所改动，改动的目的便是为了使唱腔能够同自己的声嗓更好地结合，演唱起来更能发挥自己的嗓音优势，获得最佳演唱效果。用艺人的话说，就是"怎么顺口就怎么唱，怎么好听就怎么改"。功力深厚和艺术修养较高的艺人，又在禀赋优异和师事前辈的同时，还能博采群尖，标新领异，并以自己的艺术思维方法明确体现自己的艺术创作目的，也就是用唱腔塑造特定艺术形象的再创造。如此悉心研习，反复

揣摩，久而久之，经过自己声嗓不断加工复创的这种"口中之腔"，也便形成鲜明的形象立意，与众不同的艺术风格，有别于其他演员的演唱技法和旋律特色，并为同业所赞许，专家所肯定，观众所认可，社会所传唱的有"流"有"派"之腔而独挚一帜，于是，流派唱腔就这样产生了。

如此创造的流派唱腔，当然不是产生在纸上，而是产生在嗓上。这些流派唱腔的创造者，也许文化程度都不太高，有的甚至双手还写不全自己的名字，但都能强记博咏，腹笥渊博，能够禀赋师父和前人所教。尤其对各种板式唱腔的玩味，就像解剖学家，达到鞭辟近里、透骨三分的烂熟。什么地方能改，什么地方不能改，能改的怎么去改，才能挂味好听，不失其剧种特色；不能改的又同改动了的怎么衔接、糅合，使其来得更加圆融流利，不留刀劈斧凿迹象，他们都心明如镜，了如指掌。正因此，一种流派唱腔的产生，演员往往以毕生精力，抓住一出戏、一折戏，反复研习、揣摩、演练而带动全局的，就此还不一定能够形成可"流"的一"派"之"腔"来。因为，流派唱腔仅仅具有鲜明的个人演唱风格还远远不够，更主要的还须形成自己创造形象的明确目的和稳定成格的艺术思维逻辑。就是说，"流派"不是自封的，更不是关起门来凭藉自己的想象创造出来的，倘若不是在师承有自基础上的破门而出，形成富有个性化的艺术成果，是很难成为一派的。正因此，我们才可以这样说，流派创造者必然是名家和最杰出的演员，而名家和最杰出的演员不一定是流派的创造者。但戏剧流派的多样与纷呈，必将意味着剧种的繁荣与昌盛，也标志着这个剧种业已步入成熟和高级化的发展阶段。

话说到这份儿上，我们就得讨论一下秦腔唱腔有派无派的问题。的确，正如大家所说，秦腔是个十分古老的梆子声腔剧种，在它漫长发展的各个历史时期，造就并拥有过一大批各具专长的表演艺术家，他们通过"四功"（唱、念、做、打）和"五法"（手、眼、身、法、步）等艺术手段，在各自擅长的剧目中、同时也在文武场面配置与伴奏乐器运用等方面，手法不尽一致，情味也各有不同。尤其他们还根据自己的声嗓条件和艺术理解，从演唱上力求对戏剧内容和人物感情有所更深开掘，明显创造出各自不同的唱腔艺术和演唱技巧。清乾隆时期，曾以"《滚楼》一出，使京腔旧本置之高阁，六大班颇为减色"的魏长生，以"闺妆健服、色色可人、机趣如鱼戏水"的陈银官，还有以"艺擅、绝技"的申祥麟，"声擅、绝唱"的樊小惠，"姿首擅、绝色"的姚锁儿，以及"奄有诸人之胜"的色子(岳玉森)、"色艺素佳"的太平儿(宋子文)、"音调凄婉"的张银花(友泉)和"赛色子"三寿官(张南如)等等，无一不是当时独擅胜场、各领风骚的一代天骄。到了清同光至新中国成立有近一百五十年间，秦腔舞台更是繁花似锦，人才辈出。如陕西剧坛相继出现刘丰收、二楼子、王登观、李范、润润子、李云亭、刘立杰、恩科子、王文鹏、晋公子、龙德子、呼延甲子、陈雨农、要命娃、随轼子、党甘亭，赵杰民、四金儿、阎全德、雷大坪、碟碟子等一大批声播三秦的秦坛精英翘楚，河陇甘肃更有三元官、福庆子、陈明德、桑大嘴、唐华、韩鸭子、耿忠义、李夺山、郗德育、赵福海等风流倜傥相继崛起。他们的表演风格和个性化艺术创造，不只作为秦腔剧种的艺术特征而存在，还作为各行当之流派，在相比较、相竞争中而发展。这对促进秦腔剧种的进一步完善成熟和繁荣昌盛，具有不可忽视的作用和意义。这些曾在秦腔发展史上闪烁过璀璨之光的诸家流派艺术成果，虽然已被时间的"黑洞"所吞没匿迹，却在后世传人身上留下评说与可资示范的典型。辛亥革命以后，前人争芳竞妍之春华，又结出流派纷呈之秋实，从而大大丰富和充实了秦腔剧种的艺术宝库。这也是长期以来，业内专家和广大观众，早就有了"敏腔"（即李正敏创造的唱腔）、"刘腔"（即刘毓中和刘易平创造的唱腔）、"袁腔"（袁克勤创造的唱腔）以及"苏（育民）家腔"、"任（哲中）家腔"、"何（振中）腔"、"肖（若兰、玉玲）家腔"等说词的因由之所在。这种以"家"分"腔"之说，客观而真实表达了观众对名家唱腔"分门立派"的自觉认同。

各个唱派的不同风格与特色，不仅仅只是他们演唱技巧上的区别，更主要的则从各自不同艺术思想和创腔手法中更完美地衍发出来。音乐本是一个剧种的灵魂，众采纷呈的唱腔创造，促使秦腔剧种步入一个崭新的领地，也意味着秦腔唱派客观的真实存在。只不过长期以来，对于诸家唱派的创造性成果，人们口头谈论者多，深度分析者少，至于将其提升到理论和美学高度分加认识，更是付之缺如，晨星寥寥了。这也正是演员的演唱只可意会、不可言传所使然！同时也折射出民间戏曲较之于宫廷戏曲理论积淀上的严重缺失。

然而，这种"以口创腔""以腔立派"个性化"唱派"艺术发展程序，却被后来实施的"定谱制""作曲制"两把利锁封死了咽喉。

"定谱制"就是把演员演唱的唱腔记成曲谱加以固化，使戏曲演员唱有所据，乐队伴奏有谱所依，以此达到整齐划一、净化舞台的目的。唱、伴任何一方，一旦不遵曲谱而任其旁行斜上，就会导致双方的错位，将被视为要么唱错了，要么便是拉错了。其结果，促成"千人一腔、绝无分号"的大一统局面。

　　"作曲制"就是废弃了演员的"以口创腔"，改由专门从事戏曲作曲的人先在"纸上"作好曲子，然后一句一句向演员按谱教唱，进而合乐，再演之于舞台。实际上变成借演员之口，唱所作之曲。就是说，演员自己创腔的权利，被彻底击碎了，剥夺了。

　　最为搞笑的是，作曲家在创作之前，首先都要问问演员声嗓可达的高低音域，以此作为控制唱腔旋律音区的书写范围，以为只要不超越这个"雷区"，就能和演员声嗓很好地结合，岂不知旋律音区和声嗓音域是两个完全不同的概念。对此，我曾在以高亮取胜的甘肃著名须生演员温警学身上作过一次实验，实验的结果也是很有趣的：现代戏《江姐》中的反派人物沈养斋，有一段［二六板］唱腔，从谱面看，作曲家所写旋律音域的确不高，按"温家"的嗓音，取音 #F 调的"3"，让谁说都不为过，然而，温就是冲不上去，即便他强行拔高，发出来的已经不是乐音而是噪音了；我又让他在乐队定弦不变、唱腔板式不变的前提下，随意选唱自己最拿手的一段唱腔，他脱口唱出《二堂舍子》"刘彦昌哭得两泪汪"，令人惊异的是，他不仅轻轻松松唱出了 #F 调的"3"，还毫不费劲地唱出了 #F 调的"5"，甚至还十分圆润地唱到了 #F 调的"6"。这说明旋律中的高音绝非仅仅一音的孤立存在，重要的还在于同周围各音的关系如何铺排，同演员行腔、用嗓、调气的习惯如何有效结合，经验丰富的作曲家是非常明了这一点的。正因此，作曲家欲借演员之口，唱好自己所作之曲，绝非仅仅了解演员声嗓音域那么简单，这也是演员与作曲家之间经常发生艺术之争的主要原因。因为，几乎所有的演员，都抱怨作曲家写的曲子唱起来不大顺口，疙里疙瘩，倒不过嗓子；同样，几乎所有的作曲家，也都抱怨演员没有吃透自己的旋律用意，没有唱出自己作品的情味和意图，原因正在于演员变主动创腔为被动学腔，而作曲家又凭主观想象代替了客观演唱，尽管演员在唱准、唱顺旋律上使尽了工夫，却仍难达到唱好、唱活旋律的起码要求，至于唱出深沉的情致，唱出独特的韵味，唱出演员的风格，甚至唱出独挚一帜的唱腔一派等等，更就成天方夜谭式的空谈了。演员尽力于作曲家的百分之百满意，创造角色的艺术精力却削去了大半，而大多数曲作者又都过于自信，总将自己的曲子看作千古绝唱，结果酿成双方之间共识上的断割。

　　是不是作曲家所写的曲子一味都不好呢？也全然不是，有经验的作曲家在动笔之前不仅十分重视研习演员行腔、发声、运气、润腔特点，还能将演员最典型的习惯性行腔乐汇化入自己的创作旋律之中，双方虚心为本，携手合作，扬长补短，集思广益，同样能够写出好腔来的，这样创作出来的好腔不是说没有先例可循，秦腔现代戏《祝福》的音乐便是新老戏曲工作者携手合作的成功之举。它对男腔旋律的写作，显然吸收了任哲中的行腔特点，让人一听即知是"任腔"的典型；女腔唱腔的写作，显然是在充分掌握了郝彩凤的发声运气特点，尽管音域写得很高很宽而且还很长，但由于板式布局合理，旋律运行能与演员声嗓有效结合，唱来顺口，听来悦耳生神。因此，无论"盼天明"还是"砍门槛"，具都不胫而走，至今仍像民歌一样得到社会的自觉广传，而郝彩凤凭此声誉大震，不仅得来"陕西祥林嫂"的殊荣，还一跃登上"秦腔名家"宝座。最值得一述的是作曲家的作曲技法和音乐思维意识，在这出戏中发挥到了极致，唱腔旋律的加工润色，伴奏过门的配器渲染，间奏音乐的改编创作和写意章节的色彩配置，主、副调的层次对比，甚至调式转调、卡农技法的合理运用等，都紧紧围绕准确表现戏剧内容和人物感情这一主题而全面展开，让人感到既具现代气派，又不失传统风格，在这出戏中，作曲家的介入并非"锦上添花"，而是让人感到不仅需要更是应该。

戏曲作曲家能不能写出好的唱腔，在我看来，不只是创作技巧或创作方法问题，很大程度上还是看待传统的态度问题。时下，"改革"成为时代的主语词，无论官员还是业内，都为秦腔以改革促发展心急如焚，大喊大叫。可是改什么、怎么改，却少有可操作的一套措施出台，喊得多了，反倒流为一种口号。与其如此，莫如在先行改革的"定谱制""作曲制"基础上再来一番改革，那就是让有经验的名家演员也参与到作曲行列，让演员的"口中创腔"同作曲家的"纸上作曲"有效结合在一起，扬各自之所长，避各自之所短，因为，作曲家不论写出怎样的唱腔，最终还是要通过演员的嗓子付诸歌唱才能变成有价值的艺术产品，即令写作技巧再高，笔尖的功能替代不了演员嗓子的功能，即便作曲家对演员声嗓特点了解得多么透析见底，也不能排除主观想象的因素。何况"作曲法"和"声乐学"本来就属于两种完全不同的科学概念；反过来讲，演员嗓音素质再好，"口中创腔"技巧再高，也不过是从实践经验中闪烁出来的一丝朴素火花而已，既缺乏理性化认识，又停滞在无系统状态，它需要现代作曲技法的总结归纳和科学的理论提升，否则，只能给观众亮一付好嗓音外，其他什么都没有。

欲要提升传统戏曲剧种的现代文化品味，是一个多元程序的整体性复合，但在"定谱制"和"作曲制"原则下的唱腔音乐写作，需要我们认真思索的，倒不在于过分责难作曲家没为每部剧作写出能够叫得响、流传开、留得下的好旋律，而倒是操作程序上存在着不尚完善的空间，有空间就有了进一步改革和调适的余地，其中最大的弊病便是演员和作曲家的各自为阵，缺失互信，因噎废食。要我说，只有两方携手合作，强强联

合，取长补短，才能使秦腔以更完美的唱腔赢得未来。这本来是极简单的道理，却在传统与现代、继承与发展的辩证关系认同上，人为地将二者对立起来，成为一道谁也不愿逾越的鸿沟。

（原载《当代戏剧》2013 年第 2 期）

秦腔精粹在断墨残楮中复现异彩

——评《西安秦腔剧本精编》出版

　　唐、宋、元三朝，诗、词、曲比肩。三种文体，宛若巍峨嶙岣的三大峻峰，造就了我国文学史上的三个鼎盛，至今让人仰止。然而，峻峰同顶一个蓝天，际遇却有天壤之别。唐诗宋词因意趣高远、雅正清空，备受黄阁巨公、乌衣华胄极力倡导，历朝天子也以身垂范，宴飨凝香之间，总要以诗华词章标榜风雅，就连各色举子，都将其视为登天阶梯，梦想借助科场诗作词赋的比试，能够跨入仕途门槛，以致诗词成为高悬在文学殿堂虚空之上最为夺目最为难摘的两颗明珠。元曲虽系元朝一代国风，却不及唐诗宋词得宠，原因是在它发展的道路上，愈来愈走向俚俗化、平民化，特别是由曲衍而成戏之后，境况更糟，加上当时的杂剧艺人常以戏语箴讽时政，故而一经降世，便被朝廷斥为"鄙俚蹈袭""伤风害政"之"淫戏"肆加挞伐贬责。明代祝允明《猥谈》记述宋光宗朝（1190—1194）出现赵闳夫"榜禁"南戏杂剧的"旧牒"，便是戏曲刚刚萌芽阶段惨遭禁演的一大铁证。

　　元朝，统治者政治上实行铁腕控制，文化上轻视汉族儒学，故而禁戏毫不手软，北剧南戏，几成绝响。明叶子奇《草木子》一书载："元朝南戏尚盛行。及当乱，院本特盛，南戏遂绝。"

　　入明，朱元璋又以重典严刑立法禁毁，洪武二十二年（1389年）三月二十五日颁诏：

　　　　在京但有军官军人学唱的，割了舌头。娼优演剧，除神仙、义夫节妇、孝子顺孙、劝人为善及欢乐太平不禁外，如有亵渎帝王圣贤，法司拿究。……千户虞让予虞端，吹笛唱曲，将上唇连鼻尖割去。①

　　明太祖还在中街立一高楼，兵士昼夜侦望监督：

　　　　令卒侦望其上，闻有弦管饮博者，即缚至倒悬楼上，饮水三日而死。②

　　洪武三十五年（1402年）《御制大明律》中又对戏曲搬演内容明确立法：

　　　　凡乐人搬做杂剧戏文，不许妆扮历代帝王后妃、忠臣烈士、先圣先贤神

像，违者杖一百；官民之家，容令妆扮者与同罪。③

永乐九年（1411 年）七月一日，曹润等奏报"但有亵渎帝王圣贤之词曲，驾头杂剧，敢有收藏传诵印卖者，一时拿送法司究治"。明成祖批语：

> 但这等词曲，出榜后限他五日都要干净将赴官烧毁了。敢有收藏的，全家杀了。④

此后，各级地方官衙也制定与大明条律相配套的地方法规。《庄渠先生遗书》中记载的明正德十六年（1521 年）十二月钦差提督学校广东等处提刑按察司魏副使兴学正风俗文《教子弟以兴礼义》中就有"不许造唱淫曲，搬演历代帝王，讪谤古今"⑤等规定。正是在这种文化政策压制下，明初的戏曲创作生产力受到严重束缚，戏曲题材内容受到严格限制。宋元以来存留的大量杂剧戏文剧本惨遭一炬，戏曲作家也不再有创作自由，民间社会不仅不能演唱，连剧本也要交官烧毁。"杂剧与旧戏文本皆不传"⑥，戏曲"作者渐寡，歌者寥寥"⑦。

清代禁戏也不示弱，陕西巡府陈宏模在《兴除事宜示》中写道：

> 秋成报赛敬神，还愿演戏，原所不禁。但白昼甚长，尽可演唱，何必定在夜间。

故在他抚陕的乾隆九年（1744 年）三月至十四年（1749 年）五年之间，共下檄文、告示十多次，还勒令所辖各州府县将会期、会首、资金来源，详陈与他。又派出人役"查案""缉拿"，以图禁绝。《秦州志》（今天水）卷四就有"民间祀神，禁止演戏"的通例。清乾隆三十二年（1767 年）周铣编修《伏羌县志》(今甘谷)第十一卷"民俗祭祀"一节载：

> 每三月二十八日，城南天门山秋成报赛，唱戏敬神，于广阔之地，聚众百千，男女杂拥，日唱不足，继以彻夜，州府明令禁绝夜唱恶习。

正是戏曲降世以来有近八百年间，经历了宋元明清四朝统治集团无情剿杀，致使这笔极其珍贵的民族文化瑰宝，湮没失传者多，侥幸存世者少，留其剧名者多，整理戏文者少，至于以训诂之学考释甄别、纠讹勘误、汇集刊布成帙者，历史上虽有先例可循，却如同凤毛鳞角，只能是挂一漏万而已。事实上，元朝立国不足百年，杂剧作家及其作品之繁荣，实属历史所罕见。仅钟嗣成《录鬼簿》及其《录鬼簿续编》所载，就达 181人，作品计 730 余种；今天各个地方剧种所演剧目，其中相当一部分就来自元杂剧。仅以秦腔为例，《窦娥冤》《拜月亭》《单刀会》《赵氏孤儿》《火烧绵山》《还魂记》

《萧何月下追韩信》《五典坡》《西厢记》《杀狗记》《荆钗记》《琵琶记》《美人图》等等，俱都出自元代戏剧作家关汉卿、纪君祥、张国宾、狄君厚、金仁杰、王实甫等"鸿儒硕士""骚人墨客"之手。还有明嘉靖李开先之《南北插科词序》一文所记，就他所见知的剧作家便有"张可久、马致远、乔梦符、查德卿等832名家，《芙蓉》《双题》《多月》《倩女》等1750余部剧作。这个数字相当惊人，遗憾的是，由于种种历史原因，以致今天我们所见之杂剧，总数不过五十余家，作品不足一百六十二出。还不到李开先所看到的十分之一，实在让人气短。可是这又怪得了谁呢？历朝宫廷宁可豢养成千上万仕宦文人只字不漏地记录下当朝天子"金口玉言"的每一句屁话，却要张榜禁毁最能使人民群众赏心悦目的剧本戏文存世传承，从而导致明以前我国戏剧文学史上，对于戏曲剧本的刊辑布帙一直处于空白。

明末，有苏州玩花主人曾以《缀白裘》为名编辑过流行戏曲集，入清后又有积金山人、玩花楼主人、洞庭萧士等亦编选过内容不同的戏曲选本，书名仍延用《缀白裘》并刊行于世，形成一时之盛。但这些选本所收录的皆系明清盛传之昆腔，以及元人杂剧和明清传奇之散齣，而对刚刚兴起的花部乱弹戏剧本均未入选收编。乾隆二十八年（1763年），苏州宝仁堂书坊主人钱德苍亦袭用《缀白裘》之旧名，开始新编流行剧目，次年即刊行《时兴雅调缀白裘新集初编》，此后每年刊行一至二编，至乾隆三十九年（1774年）出齐，共十二编，合刊行世。钱氏所编《缀白裘》最大的优长不仅在于花、雅诸腔俱录，尤其所选录花、雅剧本之曲文、说白等，皆以戏班舞台演出本为据，并以传奇文学剧本为标准，因而很有"实用歌本"之价值。当时的看客几乎人手一编，影响巨大。宝仁堂刊本的行世，为我们今天了解和研究清代乾隆时期戏曲舞台演出实况，提供了弥足珍贵的资料。

也许受此之影响，清末民初，西安南院门义兴堂书局、德华书局、同兴书局、纯益成书局、纯茂成书局、还有三元堂、泉省堂、清义堂、甘肃文明堂以及建国后王淡如创始的长安书店等，也开始梓行秦腔剧本，尽管多属无系统意义上的散折和散齣，却对传统秦腔剧目的收集、整理与传播立下汗马功劳。1956年，各文化主管部门又曾组织调集秦腔艺人口述腹本，陕西省文化局还将其编辑成册，仅秦腔剧目就含306本分作34期出版行世。此外，还有杨志烈、杨忠等专家出版的剧目考释，孙仁玉、范紫东、马健翎及易俗社等各自出版的剧作选编，都足以说明秦腔剧目在量的积累上大大超越于前代。正因为过于浩瀚，多少年来，还没有人真正弄清秦腔剧目究竟知多少。有人曾作过统

计，认为"从目前各路秦腔现有资料来看，大约有五千多剧目"⑧，但此数未必盖全，一个明显的事实是甘肃现藏1700多本秦腔孤本并未计入其列。另外，民间还有"唐八百，宋三千"一说。可细一想，仅见于今之舞台者，岂止唐宋两代题材。单就封神、列国、两汉、三国、元明故事戏，就远远超过此数，何况还有难以数计的民间孤本。尤其清末民初，秦腔戏班编演连台本戏蔚成流风，艺人们巧借章回小说故事题材，取用"套管子"手法，动辄编排数十本、上百本连台本戏，他们白天踏戏，晚上演出，一天一本，一本一事，情节跌宕，引人入胜，如此连演一两月、两三月仍不见其尾，真可谓"柢固而根深，绵绵而瓜瓞"了。由此还生出许多妙闻趣事广传流播。1895年秋月，甘谷秦腔演员杨全儿兰州献艺，适逢陕西会馆将要湫神报赛，会长放出话来，今年的台口很大，会期八九七十二天，唱戏八九七十二夜，但要求承应戏班，必须以天上七十二大星宿为内容，仓颉玉皇为主角，观音菩萨为配角，一夜一台，一台一本，不热剩饭，不演重戏，能办到者重赏，少一本者重罚。此言一出，艺人瞠目，此等苛求，如同发难，谁敢问津，一个个远避三舍，溜之大吉。唯独杨全儿主动接招，编演出《玉皇传》七十二本连台本戏，连演八九七十二夜，夜夜出新戏，戏戏有奇新。观众同行无不折服，会长大为钦佩高兴，不仅得到重金嘉奖，还得"赛天红"之美誉；此外，甘肃省图书馆至今尚存以《东周列国志》为题材的五十二本连台本戏，乃由当年天水鸿盛社艺人所编，这部硕果仅存之作，业以成为"目前发现中国梆子戏中最大的一部连台本戏为世所罕见"⑨的恢宏巨制而永载史册。凡此亦均不在唐宋题材之列，却能一点窥圆，知其秦腔剧目之何等丰厚。

秦腔剧目虽然多藏厚积，家底盈实，却又多系"腹本"。过去的年代，秦腔艺人动辄身背一二百本、三四百本大戏，寻常得如同家常便饭，西安易俗社刘毓中，就身背各类大戏280本。此外，各大戏班总会有一些腹笥渊博、业务精通、专以默记剧本为能事者，人称"戏包袱""戏母子"。清末民初，甘肃西和艺人魏启元，因腹内剧目不可悉计，还编演了《七侠五义》《精忠传》《兴汉图》、《封神榜》《三列国》等连台本戏，故得"魏八百""戏贡爷""戏状元"大号。这些艺人，文化程度大都不高，大字不识几个，却能博记强诵，广见多识，对不见经传的轶文掌故、奇离蹊跷的宫闱斗争、金弋铁马的疆场英才、高深莫测的宦海沉浮等等，竟能如数家珍，滚瓜如流，还能将一个极平常的故事情节，如运诸掌般地编成剧目，搬上舞台。就是说，所谓"唐八百、宋三千"，并非实指其数，不过是形容秦腔剧目简牍盈积，浩如繁星罢了。

　　然而这一切，随着时代的变迁、岁月的流逝、老艺人的相继故去，已经流失得几无所存。这也难怪，在文化生态极度落后、艺人保守积习根深蒂固、信息贮存科技尚不发达的那个时代，秦腔剧目多以腹本师徒相传、口耳相授，由此酿成人在戏在、人亡戏亡的局面。这种文化失落现象，尽管令人伤神，却又无力回天，以致有些经典名剧，老观众每每谈起，绘影绘声，却因遭致时间吞噬销歇失传，生前不得一睹而又常常抱憾终天。

　　正是在这样一个背景下，激起西安市政协、西安曲江新区管委会责任感的萌发，经过长达四年的策划、组织、实施、出版，使得这套总括663本、2500余万字的《西安秦腔剧本精编》就越发显现出弥足珍贵的历史价值、文化价值和社会价值。

　　欲把西安市易俗社、三意社、尚友社、五一剧团四大著名秦腔社团上自清末、下至21世纪初一百年间所搬演于舞台的保留剧目，整理成文、汇集成册、付梓出版，谈何容易。文化建设不同于经济建设，二者最大的区别正在于精神与物质的区别。四大社团一百年前的精神文明创造原本就是一种真实而无形的存在，一百年后的今天我们却要将它梳理成有形有象的文本给予再现张扬，毋庸讳言，其工程之浩繁，工作之巨细，可想而知。因为，以往舞台剧目总是随着舞台时空的流动而流动的，尤其过去的年代，各班社对于秦腔传统剧目大都作为民间艺人的"腹本"保守分流存世，即便较正规的社团，也多注重舞台实践的"台本"而不大在意"书斋剧本"和"排练本"的收集积累，加上不同戏班的随意增删和艺人各自不同的临场发挥，由此导致秦腔剧本长期置于茫漠无形、变化无常的流动空间，造成散佚、残缺、舛误以及一戏多支、多戏串演甚至人在戏在、人亡戏亡的局面。新中国成立后，随着艺术档案管理制度的推行，剧本保存稍见好转，孰料几经"破四旧""文革"运动的查抄焚毁，秦腔家底几乎扫荡折腾一空，而西安易俗、三意、尚友、五一四大著名秦腔社团又是历次运动的重灾区，今天，欲要将其整整一个世纪搬演于舞台的保留剧目，经过淘沙拣金、甄讹勘误、去芜存菁，汇集成《西安秦腔剧本精编》出版，其人力督调之广、财力投入之巨、工作头绪之杂姑且莫要说起，单就引领这一工程的策划者和组织者，倘没有超前的文化远见和过人的战略胆识，也是断乎不敢在文化"泥潭"中涉足试水，并在如此浩瀚且又如此虚缈基础上来树建这座高大艺术丰碑的。

　　易俗、三意、尚友、五一这四大西安秦腔社团之所以"著名"，就"名"在演员身上，而演员之"著名"者，则"名"在各自所创演的舞台剧目之上，由此形成"以演员带动剧目，由剧目成就演员"的二维往复推交，最终将四大社团推向鼎足而立的"著

名"宝座。所以，一百年间四大社团以其各自的剧目建设，不仅书写了秦腔艺术一个世纪的撼人辉煌，同时在颇大程度上业已构筑成秦腔剧种精神文明创造的持久峰巅。更意味深长的是，日月相继，岁月轮回的重复性，往往会生发某种历史的似同性，这又让我想起元朝立国之后，《录鬼簿》所列举的关汉卿等既有文学才能，又有音乐修养，还能和艺人厮熟于勾栏的一大批名公、良人之辈，正是他们的伟大实践，才便有了杂剧的繁荣昌盛。700年后的秦腔舞台又何尝不是如此呢？辛亥革命一声炮响，唤起有志于秦腔艺术改革的志士仁人责任感的萌发，最终形成一股强大的内聚力，使得一大批素不相识而又志同道合的社会名流、知识文人和三秦名伶，汇集在秦腔改革大旗之下，揭开了秦腔艺术盛况空前的发展序幕。当时的秦腔改革阵容极为庞大，李桐轩、孙仁玉、高培支、李约祉、范紫东、王绍猷、李逸笙、寇遐等，无一不是受过高等教育，社会声望极高的博学名流和知识分子；陈雨农、党甘亭、刘立杰、李云亭、王文鹏、李正敏、苏育民等，一个个全都是承前启后、继往开来的革新派和表演艺术家；另外还有琴师荆生彦、王东生、鼓师荆永福，以及一大批艺技超群的秦腔名伶、武功教练、商界巨贾等等。他们首先创建起第一所新兴的秦腔学社——陕西易俗社，不但为秦腔"开发民智""移风易俗"而殚智竭力，也为"改良旧戏""培养高才"奉献出自己的德、才、学、智，由此很快带动三意社、尚友社、五一剧团的先后创立。这四大社团，以科班任教的授徒方法，突破了以往那种"艺不轻传"的保守积习，培养出一大批新型的秦腔表演人才；其次通过剧本创作来推动秦腔艺术全方位跃动；另外，又从词、曲、本到声、韵、调甄勘讹误，从表、导、演到服饰、化妆、乐器等诸多领域去旧更新。《三滴血》《柜中缘》《看女》《三回头》《软玉屏》《翰墨缘》《夺锦楼》《庚娘传》《新华梦》《侁俪会师》《双锦衣》《盗虎符》《打柴劝弟》《苏武牧羊》《卧薪尝胆》《玉堂春》《火焰驹》《三娘教子》《水淹七军》《斩单童》《杨门女将》《周仁回府》《孙安动本》《戚继光斩子》等等，正是这场改革结出的累累硕果。如此新创、改编、移植、整理的剧作不仅已逾千部，还构成20世纪西安秦腔舞台最闪光的亮点。与此同时，三边革命老区也相继出现了马健翎、张棣赓、黄俊耀、安波、王依群、袁光等一大批人民艺术家和新文艺工作者，又从古老的秦腔艺术表现崭新的生活内容这一角度，展开了改革、发展和创新，不仅为古老秦腔的再生创出了一条新路，也为其他地方剧种表现现代题材首开先河，积累了丰富经验。

四大社团百年演出剧目愈丰富，散佚、舛误现象就愈严重，特别是当年最为闪光的精品佳作，又是演员爱演、观众爱看、班社爱排的流行剧目，在社会良性循环的快速运转中，更容易走样、变形而失却原创的本来面目，以致大到场景人物，小至唱段唱词，都会在不同抄本、版本、腹本、台本中出现许多大大小小舛误问题，凡此都需要进行精细地疏、改、勘、正。疏改勘正的每一个环节，必然又会引发见解上的分歧和学术上的争鸣，甚至往往还会在一字一句上各持一端，据理而争。可以想见，倘没有领导策划督调高掌远蹠，各方专家孜孜一力于此，这座延揽663本、2500余万字的《西安秦腔剧本精编》文化丰碑，今天何以能够高高耸立在我们面前？

　　从13世纪中叶到20纪末，中国的历史实现了七百多年的跨越，中国的文化也在中国社会巨大变革的裹挟中承受着重重更迭和洗礼。昨天的现代变成了今天的传统，今天的现代同样将会成为明天的传统，就像一条涌动的河，永无止境地向着未来流淌、运动、延伸，以此更新着自己的血氧，再造着自己的活力，提升着自己的价值。然而，令我吃惊的是，系结时代两端的北曲杂剧与秦腔剧种，却在七百年的起止垂线点上竟然出现惊人的相似，尤其当时各自在拥有一批"罕有留意"的伟大实践者方面，几乎如同天工造化般地不谋而合。尽管后者不可与前者比肩并论，但一个从杂艺说唱向舞台戏曲实现跨越、一个从民俗小戏向文明大戏实现质的飞跃这一点上，大有日月同辉、左右相映的同等效应。正因此，当前世之1750部北曲杂剧已被历史陶冶成吉光片羽，而后世之663部秦腔台本又在断墨残楮中整理复苏，尽管这不是秦腔剧本的全部，甚至只能说倘不足九牛一毛，但这个功绩万万不可小视，因为，后者不只是前者的"回光返照"，在我看来更是前者延伸的发场光大。正是基于这样一种启认，可以预见，《西安秦腔剧本精编》将会随着历史步履的不断延伸，或许也会像苏州宝仁堂《缀白裘》那样，愈来愈加显现出它永恒的意义。

①②③④⑤　明·顾起元：《客座赘语》卷10《国初榜文》。
⑥　何良俊：《四友斋丛说》卷三十七《词曲》。
⑦　沈宠绥：《度曲须知》卷上《曲云隆嘉》。
⑧　焦文彬等：《秦腔史稿》，第502页，西安，陕西人民出版社，1987。
⑨　《中国梆子戏剧目大辞典》，第76页，太原，山西人民出版社，1991。

（刊于《西安政协》总第329期）

百年易俗　百年改革

——西安易俗社百年诞辰秦腔改革谈

1912—2012，是一个世纪的跨越，百年历史的沉浮。在系结两端的起始点上，发生了两件影响深远的大事：一件是孙中山先生领导的辛亥革命刚刚取得成功，随着中国历史上第一个共和政权——中华民国临时政府的建立，清帝被迫宣告退位，从此结束了中国两千余年封建君主专制制度，中华大地绽放出民主主义曙光；一件便是以李桐轩、孙仁玉、高培支等一批知名贤达，高举"移风易俗"旗旌，发起"改造旧剧"革命，随着陕西易俗学社的成立，彻底改变了秦腔艺术的命运，使得这一长期以小农经济作业方式维系生命、缓慢推动的民俗乡乐，从娱神走向娱人，以主流文化的姿态跻身于都市文明行列，并为后世秦腔乃至中国戏曲的发展，作出了垂范，探明了道路，奠定了基础。

当年高举"移风易俗""改造旧剧"旗旌的那一帮人，原本与秦腔无缘，因为，他们一个个不仅是地位显赫的官僚科层，更是抱负高远的中国同盟会会员和学富五车的文化精英翘楚，其身势，峻居社会上层，其学养，处处以德威德仪治严于生活品行，自然也就不可能同"赶庙会""跑台口""窜山沟"的鄙俚民间艺人携手搞什么秦腔革命了。然而，这帮一度雄扬"驱除鞑虏，恢复中华，创立民国，平均地权"宏志的同盟会员，几经起义，几经惨败，加上内部又出现分裂，使他们从血腥现实教训中悻悻回归于"文化救国"之途，并同承前启后、继往开来的一批革新派和表演艺术家，不约而同聚集在秦腔改革大旗下，揭开盛况空前的秦腔发展序幕。正是这帮博学文人的参与，结果为秦腔这一民间戏曲注入全新的文化品位，从此促使秦腔剧种的文明层次获得整体性提升。

这是一次前所未有和真正意义上的"旧剧革命"，从秦腔原初的戏剧内容到表现形式、班底构建到授徒传承、社会效益到市场竞争等诸多层面，展开全方位脱胎换骨的彻底改造，推动这场改造的内驱力量不是别的，正是"文化"二字主导下的自觉实践。大家知道，在中国上下数千年的历史流程中，农业经济一直支撑着整个国家机器的运转，同时也推动着物质和精神两个文明的创造。各种民间艺术的重重叠叠，正是在农业文明促动下，以相同的经历，相同的命运，相同的方式，交叉裂变，缓慢推进。单就秦腔而言，就是一部中国农耕文化和乡村人文历史与社会行为的典型标识：小作坊的制作（行头道具），小家族的班底（"七紧八慢九消停"），小技艺的演出（功夫、绝活），还有小范围的传播以及口传心授、师徒传承的封闭式衍袭关系，甚至还包括农忙从农，农闲从艺，半农半艺及非职业表演特性等等，俱都涂上一层厚重的宗族色彩和小农经济的操作程规，正因此，有人为其冠以"农耕文化""草根文化"的属性。农耕文化实际是把田间耕耘作业方式作为艺术发展的"内驱"，从而无不打上唯我独尊、排它斥异的保守积习，这也是中国戏曲孕育时间最长而分娩时间最晚，长期处在自流状态延缓自我完善进程的原因所在。然而，它又是社会教化功利极强的一种高层次文化，作为高层次文化的秦腔长期又缺失高层次文人参与发展和强力推动，这种人文生态的不平衡，正是秦腔文化发展不平衡的致命之源。李桐轩、孙仁玉这批高级知识分子之所以在那场"移风易俗""改造旧剧"革命中一举获得成功，正是他们站在全新的高起点上，对秦腔注入全新的"文化"品位所使然。

现在社会上特别在行道内，有人将当年那帮"改造旧剧"先驱者所创作的剧本大都视为别一类型而列入另册，尤其在分类上，不能以今天所言现代戏、新编历史剧标准来客观公正相待的作为，令我很难理解。岂不知当他们执起"驱除鞑虏"旗旌，以韩世忠、梁红玉共败金兵之事编写出《山河破碎》的时候，当他们发起"恢复中华"召唤，以林则徐虎门焚烟、勇击英军之事编写出《鸦片战争》的时候，当他们高扬"创立民国"大旗，又以革命党人徐锡麟和秋瑾女士大义凛然、慷慨就义之事编写出《秋风秋雨》的时候，不是也对当时的民众同样产生强烈的鼓舞和教育作用吗？而今天当个别作者将无名氏的传统剧目信手拈来稍稍改动几笔，便堂而皇之地挂上×××新编历史剧的时候，不仅令我深感汗颜，更不知这样的"新编历史剧"与当年那帮"改造旧剧"先驱者们创作的《软玉屏》《翰墨缘》《夺锦楼》《三滴血》《庚娘传》诸剧之间的区别竟在何处？这的确是个很值得深思和研究的学术命题。

戏曲改革就像一条不断向前涌动的河，它不会永远停滞在那个起始点上功成身退，相反还会随着时代的进步和人类的文明不断流动不断发展，更何况，文化本身始终遵循时代而渐进。如果我们把当年易俗社那场"改造旧剧"姑且视为那帮先驱者们欲想通过资产阶级民主思想唤起都市民众"移风易俗"意识自觉觉醒的话，那么，时隔二三十年之后以马健翔为代表的陕甘宁边区民众剧团所发起的秦腔改革，又擎起以无产阶级文艺

思想唤起工农兵大众直接参与推翻"三座大山"的战斗旗旌。正因为推动两次秦腔改革的先驱者持有的阶级意识、立场观点、群体意念完全不同，两场改革得来的艺术成果和从中体现的总体艺术风格也就大相径庭。相比较而言，"易俗腔"偏重于市民口味，"民众腔"则更执着于革命的激情，由此在相互举对中反倒呈现出两种流派而至今尚存。这两大流派又以各自的艺术优长影响着秦腔的后世，形成今天秦腔艺术的基本格局。

当然，它们之间还存在着既有借鉴和多元包容的一面，更有继承和各自发展的一面。比如"易俗腔"就纵揽了当时三意社、正俗社的革新成果，今天的"易俗腔"又有兼容并包"戏曲剧院"风格流派的倾向；当年民众剧团唱腔音乐的改革，同样吸收了不少易俗社优秀改革成果，这从张云在《血泪仇》所唱王东才四句〔苦音慢齐〕和刘毓中在《卖画劈门》所唱白茂林四句〔欢音慢齐〕如出一辙的结构、旋法特点上体现得分外鲜明。新中国成立以后，由大众剧团沿袭而来的陕西省戏曲剧院，又创出了自己的改革新路，这种新路又是在继承传统之上通过对秦腔音乐极尽"雅驯"以适应当今观众审美变化而得来的一种全新的风格，社会上将其称之为"剧院派"。这里我所说的继承传统，很大程度上正指易俗、三意、正俗当年的革新成果，这种成果已被今天的观众彻底视为秦腔的传统了；我所说的"雅驯"，正是新中国成立以后，随着掌握现代作曲技法的专业人才大量进行作曲和实行定谱制而带来的必然。

但是，这里我要提醒的是，对于秦腔的改革与发展，首先应该本着尊重剧种风格、尊重艺术规律、尊重当代观众审美所能承受的底线这三个原则行事。打个比方，就像蚕吃桑叶，要一口一口地吞食，一步一步地向前推进，通过局部消解达到全方位跃动。千万不可拔苗助长，急功近利。因为，秦腔毕竟是一种传统艺术，观众在欣赏它的时候，就持有一种特定的传统审美定势，符合审美定势的他们就接受，否则他们就排斥。这种排斥，说严重一些，就是淘汰。因为不论你怎么发展，怎么改革，都是要给观众看的，观众不看，这戏还能存在吗？因此，在趋"雅"的同时，且莫忘了保"壮"，"雅"是敷贴在秦腔表层的美化釉色，而"壮"才是秦腔内核射绮的真正本色。故而谨防生腔的"壮美"与旦腔"阴柔"趋同化。

现在有些人提出什么"有容乃大"，任何东西都往里边塞，尤其一些尚未对传统秦腔音乐从感性认知提升到理性认知的所谓"秦腔作曲家"，常常以个人的主观音乐思维替代观众的审美思维，不加择拣地任其将扯不上边的各类音乐语言全都囵囵吞枣，生吞活剥，粘贴在秦腔唱腔之中，塞进去以后，又不使它剧种化；甚至有些"作曲家"专向传统精粹开刀，结果导致剧种风格的失落。而观众本来要看的是秦腔，观众却要在这杂芜的堆砌中去寻找秦腔。有个真实的笑话：某剧团排了一出新戏，请当地农民观看，农民看完戏后，团长热情地征询意见，一位农民回答："你们这个戏演得好是好，怎么有一句很像秦腔！"这个剧团本来演的就是秦腔，而观众却没有看出秦腔，只听到其中的一句很像秦腔。我想，这出戏不是在继承的基础上来改革秦腔、发展秦腔，而是在改革发展的同时，扬弃了、改掉了秦腔的优秀传统精髓，促成秦腔与传统根脉的断裂，最终导致观众对这出戏的排斥。观众的排斥就是时代的排斥，这里面潜伏着一种新的危机，而且在我看来，这种新的危机，比20世纪80年代初期戏曲遭遇的第一次危机更要严重，更要危险。因为第一次危机，由时代和生活方式的突然转型，引发了传统秦腔文化与时代的不适应。而第二次危机，是人为地对秦腔传统根系的断割。由此我便想到了从事秦腔音乐改革的人，自身艺术功力有待提高的问题。不妨将秦腔比作一台运转多年的机器，机械师欲要对它进行一番改造、重组、修复，首先总得摸清它的机械原理，找出它的结症所在，哪个螺丝该换，哪个部件该修，按照原理对症下药，逐加改造修复，总不能青红不分、皂白不辨地东一榔头、西一棒槌地乱砍乱砸吧。对于秦腔的改革也应当在尊重其艺术规律的基础之上，这也是有些革新作品得到广泛传唱而成为精品，有些革新的唱腔被迅即淘汰消失的原因。

20世纪90年代中叶，我国全面实行经济体制从传统的计划经济体制向社会主义市场经济体制转变，经济增长方式从粗放型向集约型转变。实现这两个转变，都需要依靠科技进步和千百万各行各业、各级各类的跨世纪人才。进入新世纪以后，秦腔面临市场经济的严峻炙烤，特别是随着经济体制两个转变的不断深入，要求现行的文化体制必须改革，才能和市场经济体制相适应、相接轨，这是形势所趋，时代所定，戏剧院团的改制不仅势在必行，而且还要随着市场经济的飞速发展必须变国有化为市场化，否则，秦腔将无立足安身之地。

现行的剧团体制，依然沿袭着新中国成立初期的国有化体制，这种体制，基本沿袭的又是中国革命战争时期部队文工团供给制性质。新中国成立以后，我国全面实行计划经济，20世纪90年代中期，国家对私营剧团在"社会主义改造"政策主导下，不仅没有适时促进剧团的企业化，反而兴办了大量新的国营剧团，还将原有的集体所有制剧团统统转为国营。这样，原本作为生产和销售文化产品的戏剧表演团体，成了国家的一级单位，演员也成了国家的干部，生产的文化产品不论市场价值，全由国家包养。而且还

长期执行严格限制民间戏剧表演团体自由发展的政策，这就为改革开放以来剧团体制对演出市场的适应程度，埋下了深深隐患。

今天的时代，文化因素已成为经济竞争的核心因素。在这一总的形势下，无论我们谈及体制改革，还是秦腔自身的艺术改革，都是以提高文化软实力竞争潜力为前提的。更何况，秦腔不仅是文化，而且还是高层次的文化。这一点，在我们纪念西安易俗社诞辰百年之时，也许更具有回味、反思和值得记取的现实意义。

（刊于《当代戏剧》2012 年第 5 期）

阴阳调燮何关汝　偏是书生易忧天

——亦驳秦腔消亡论

《列子·天瑞》云："杞国有人，忧天地崩坠，身亡所寄，废寝食者。"后来便生出"杞人忧天"这个典故，用以讥讽那些既没有根据也没有必要却又总是担心随时有可能都会天塌地陷的人。唐代大诗人李白还写下"白日不照吾精诚，杞国无事忧天倾"的著名诗句；清代的赵翼，也留下两句好诗："阴阳调燮何关汝，偏是书生易忧天。"由此我便想到了至今还在高喊秦腔短命、消亡无疑的一些忧心忡忡者们。

这帮人，大多都是持才八斗，书斋造文的善者，而且十之七八都对中国戏曲不屑一顾或者不大了解秦腔社会根基之人，他们笔尖犀利、能言善辩，动辄引经据典，万字文章一挥而就。然而却又热情洋溢，心地无邪，骨子里渗透着多愁善感的书卷味。正因此，他们才头顶蓝天惟恐蓝天坠地，脚踏实地却又担心大地裂陷。但要说服他们，又是一件极不容易的事情。

其实，以文论事，不在于说服，而在于论理，这原本就是一种对等的权利。基于此，我也不妨谈谈自己的看法，目的还是两个字——论理，而且只是"论"自己的"理"！

中国的历史，原本就是一部胜败定夺天下、缺失法制与公理的历史；中国的文化，原本就是一部君子之道、礼义之道、中庸之道混合杂陈的文化；中国的戏曲，自然而然就成了高台教化、寓教于乐的醒世工具。

我曾在一个旧戏楼上看到过这么一副戏联：

唱戏听戏谈戏论戏世上事无非是戏，

你乐我乐他乐同乐古今来寓教于乐。

这副戏联就很能说明包括秦腔在内的中国戏曲，都非常重视也非常强调戏曲的社会效果和道德功能。纯粹娱乐的剧目当然是有的，但寓教于乐和高台教化，才是戏道之正宗。这种精神文明原则，直接导致儒教义理大范围的普及和深入人心，这也是儒家思想能够主宰中国文化长达两千年之久的主要原因之一。中国人精读孔子《论语》者少，接

受戏曲教化者多，尤其在文化贫瘠的广大农村，无论男女老幼、鸿儒仕庶，未受过戏曲文化浸泡濡染的几乎没有。正因此，戏曲便充当了向人们灌输儒家名教的主要渠道，此外还有政治、军事、刑法、民俗以及爱情纠葛、平民气象、宦海沉浮、千古遗恨等等，全都编织成非常有趣的戏剧性故事，通过戏曲这个载体，在宗教传法和政治哲理为核心的教化机制中，既给人们的心理造成恐惧和震撼，又给人们的精神带来享受和愉悦。这些剧目，经历数百年的积累，其数量之多，不可悉计，成为西北民众共同拥有的一笔最珍贵的文化财富。多少年来，秦腔正是借助这笔丰厚的文化积淀，通过高台教化，不断对历史事件重复演绎，向人们提出各种警示，而且还将自己引向平民化和世俗化的广博天地，最终成为能够主宰社会世风和凝聚民众精神的一股强大文化力量。

就是这样一个地方剧种，却在近几十年来，随着时代的进步，科技的发展，多元文化的崛起，严重影响到它的生存环境。也许大家还记得，在 20 世纪 70 年代末，中国人刚刚经历了那场史无前例的浩劫，万马齐喑的八个样板戏，使人们的文化生活蒙受桎梏，迫切渴望传统戏尽快恢复上演。也就在这个时候，改革开放的重大国策，启开了禁锢千年的朱红色国门，来自国外的各种信息，如同一股清风，把中国人从睡梦中吹醒，人们才真正感受到，外面的世界真奇妙。随着科技成果和经济实体的大量引进，西方文化、港台文化也渗入中国人的生活之中，其中大家最熟悉的就是摇滚乐和流行歌曲。踢踏多变的舞姿，快节奏的摇滚音型，既让人感到新鲜，又给人以刺激和亢奋。还有流行歌曲，真可谓流行，一夜之间，就可以流播全国，一夜之间，又可以从全国消失。其更迭性之快，真让人有点赶不上趟。

再看看刚刚恢复上演的秦腔，依然迈着老练和蹒跚的步履，四平八稳地从幕后走上前台，的确让人感到与当时改革、开放、竞争的时代大潮有点脱扣，也和人们正处于变革转型期的心理节奏和生活方式很难合拍。面对这样一种状况，当时的人们都对秦腔的发展前景表现出忡忡忧心。尤其各大媒体，都以极大的热情，欲借助自己的一方平台，为秦腔谋求一剂起死回生的良药。于是乎，大幅的标题，大块的文章，浩大的声势，酿造成两种观点的胶着对垒，你褒我贬互不相让，论来战去无果无策。秦腔也在两种声音的夹击中，惘然若失，羞涩失迷，最后的结局只能是媒体在无奈中悄然偃旗息鼓，草草收场。就是说，媒体不仅没有找到能够让秦腔重返昔日辉煌的回天之力，相反酿制的这种喧嚣，如同一记闷棍，打得秦腔晕头转向，也不知该如何应对这种形势，从而使秦腔的信誉，降到了历史的最低点。

收场后的媒体，就像经历了一场激战后的疲累，从此谁也不想再碰这根难啃的骨头。但是，恰恰给秦腔留下一个反思的空间。正是在这样一个前提下，广大秦腔工作者，冷静思索了秦腔同时代的不适应，也逐渐找到了不适应的根源之所在。

再从另一角度讲，任何民族的传统文化，都有一种自我调节的再生机能，说白一些，就是随着时代的发展和观众的审美变化，来随时调节自己、修正自己、发展创新的潜在功能。那么，秦腔有没有这种功能呢？我的回答是有的，否则，它就不会流传到今天。正是首先在剧目上，突出了三并举的原则，也就是现代戏、新编历史剧、传统戏共同发展；在这种调节机能的作用下，从20世纪80年代开始，秦腔掀起全面改革的发展高潮。其次，通过对各种表现形式的借鉴，力求秦腔表现内容的手法更加多样化、现代化；第三，有效利用舞台现代科技成果，以电、声、光道效精心包装，增强其自身的现代气息与活力。这些"古所无而今所有"的中西文明，不论是物质的还是精神的，都说明古老秦腔与现代文明的多维复合和相交相通，同时又让人感到这十分正常而且应该。

现在，让我们再回过头来看看今天的秦腔，无论剧目的内容还是表现的形式，在三十年的转型期中，不仅逐渐地恢复了元气，还呈现出仪态万方的局面。

也就在这种背景下，当代最具优势的电视传媒，也想借助自己视听兼容的传播优长，同样对秦腔表现出少有的热情，并将其纳入运作的行列，开辟出最佳黄金时段，在多档化的节目中，让秦腔同步直面观众并自作抉择。本意是好的，却在具体运作上又使秦腔陷入新的难堪。首先，号称天字第一号的电视节目所拥有的收视率，已经覆盖了整个社会生活，它对秦腔节目多档化的轮番播出，逼使剧场演出陷入萧条。在一定程度上，强势的专业演员被挤兑到弱势的剧场售票演出，接受着市场经济的冲击与炙烤。这样一来，一个晚上剧场二三百观众欣赏着名角演出的强势秦腔，而成千上百万电视观众，每晚却收看着各种轰轰闹闹业余赛事活动的弱势噪唱。观众经常抱怨节目质量太差，岂不知这其中潜伏着剧团、演员、电视制作人各自不同的难言之隐。作为剧团堪忧的是，由于当代观众对剧场演出的淡化，导致专业剧团剧场售票演出的艰难，由此陷入"不演不赔本，一演倒贴钱"的怪圈。这种市场疲软的无奈，又在名家与观众之间筑起一道无形的屏障；作为电视制作人，常常又受到制作经费的困顿。秦腔名家的精品演唱当然是有的，但录制精品就得掏钱，时下剧团也都大讲经济效益，赔上人力、物力、财力出镜的时代，已经成为历史。其实，电视等媒体在讲宣传效果的同时，也同成本核算和经济效益挂钩，正是在这样一个背景下，电视同样陷入"谁掏钱谁出镜、谁赞助谁出

名"的怪圈。加上电视节目吞吐量又大，演员的戏路又越来越窄，有人便将此误认为是秦腔艺术的整体滑坡。

导致剧场萧索的另外一个原因，便是秦腔音像制品的大范围普及。加上传统千人聚合式的剧场观赏逐渐淡化，三五成群个体个人松散型自娱成为主流。调查数字表明，兰州地区秦腔好家将占兰州总人口半数以上，而每年去剧场看戏者却少之又少，每周收看秦腔电视者虽然很多，但是比起秦腔光碟制品的普及性又有了一定距离。我曾经作过一次调查，凡是秦腔好家，不管是农村的还是城市的，他所拥有的秦腔光碟，少则三套五套，多则八套十套，甚至拥有百套以上者也不见少。就是说，秦腔音像制品的强势地位，显然与它所自身经济、实惠、随意等优长相关。兰州雁滩乡有一位秦腔好家，他就对我说过这样一番话：

> 我虽然爱秦腔爱了大半辈子，但现在如果要我到剧场去看戏，我就不想去。因为，去可以乘坐公共车，戏散深夜十点多到十一点，回来你还坐什么？那只有花十几元搭出租车了。况且剧院的门票总在八十、六十、四十元以上甚至还要更高。这样下来，看一场戏就得花上百元以上的钱。而一张 VCD 秦腔碟片五块、十块而且还看得非常清楚。稍微有点经济头脑的人都会算这笔账，买一张碟在价格上合算，或者把电视鼓捣一下，收看播放的秦腔，全家人在一起观看碟片合算，还是一个人跑到剧场合算？这不是明摆的事儿么！

这位秦腔好家的话，我觉得具有一定的代表性和典型性。今天我们看待这个问题，应当与时代发展和科技进步相结合，不能仅仅抱怨演员的剧场观众在锐减，其实演员的社会观众在增升，而且这种增升可谓超绝前代，只不过人们拓宽了摄取秦腔文化的方式与渠道罢了。

单就甘肃的情况来看，现有专业秦腔剧团 62 个，基本都处于自生自灭、半死不活的状态。但这并不意味着秦腔观众在锐减，更不意味秦腔的处世低微，这其中情况比较复杂，管理问题、体制问题、剧目问题、市场开拓问题、甚至还有演员的基本艺术功力问题等等，都是引发专业剧团举步维艰的原因。仅仅将票房价值视为秦腔的衰微，我认为这是不客观的。因为，这种评判本身就缺乏时代性，评判也要跟上时代的步伐，况且还忽略了秦腔文化原本就是农耕文化、草根文化、大众文化。

那么，现在秦腔文化的状况又如何呢？要我说，秦腔依然稳坐在主流文化的宝座，尽管当今时代呈现出五方之音争奇斗妍，多元文化共荣共济的繁荣气象，但很难同秦腔

473

相抗衡，它在现代文艺集麇争宠的大舞台上，照旧以厚道的品格、古老的方式，为自己的子民播撒着欢乐。举两个例子，一是业余秦腔剧团的崛起。前边我说过，甘肃现有62个专业秦腔剧团，而群众自发组建的秦腔业余班社，几乎遍布全省县乡村镇、工矿企业、大专院校以至驻甘部队的军师团营。甘谷是个拥有50多万人的的中等县，所辖20个乡镇，仅有一个专业剧团，而自发成立的秦腔业余剧团就达78个，之外还有110个秦腔业余演唱班子，并分北山、西川、东川三大流派相互竞技，常年演唱秦腔不止。这些数据绝不是我的凭空杜撰，而是引自1999年5月中国社会出版社出版的《甘谷县志》记载。因此，应该说真实可信地反映了基层县区秦腔文化的主流态势。

在文化品位较高的大中城市，秦腔也不是说没有立足之地，相反又以市民化的休闲方式折射出更为强大的生命力。兰州是甘肃的省会，全省政治、经济、文化的中心，可谓是现代文艺集麇争宠的一个大舞台。兰州市有省直和市直两个专业秦腔剧团，剧场售票的萧索迫使两团常年下乡演出，甚至以"小剧场"演出形式来迎合市民休闲生活的文化品味。但兰州更大的秦腔文化市场，却被布遍各个巷道角落的秦腔茶社所占据，全市多达两三百家的茶社，昼夜演唱秦腔不止，秦腔好家或登台自娱或品茶清赏，已经成为兰州市民最时髦的社会流风。还有自发组合的秦腔演唱班子，随处可见可闻。仅兰州滨河南路中段的黄河渡口，在不足1公里的方寸之地，就有20多个业余秦腔班子相拥演唱，数千观众围圈观赏。

二是作为人神共娱的庙会活动，已经在中国延续千年，经过生活、观念、信仰的长期浸泡揉搓，逐渐嬗变为具有娱人和酬神双重文化品格的民风民俗而世代传承。正由于庙会演出活动明显带有教化民风的性质，反倒促成了秦腔的发展和大范围普及。它在甘肃、陕西广大农村，迄今非但势头不减，相反有所增升。仅甘肃秦安一县，每年的各种庙会节庆多达240余个，其主要内容便是演出秦腔大戏，农村庙会实际上已经变成了最具民本特色的中国式戏剧节。

2007年，我曾到秦安北坛看过一次镇江王庙会的演出，其阵势之磅礴，让人感到秦腔文化的震撼力。几岁十几岁的娃娃，尽管蹲不下来看完整一出戏，但是他们都在秦腔文化氛围中浸泡，接受着秦腔文化的熏陶和濡染；三四十岁的中年人，占有相当大的比重，成为秦腔观众群的主体；五六十岁的老人，在赤日炎炎之下目不转睛，死死盯着舞台，看得津津有味；七八十岁的长者走不动，儿子推着架子车来到戏场，索性躺在架子车上观看秦腔。请问，什么样的文化，什么样的艺术，能够调动人们的这种兴味、这种

精神呢？要我说，在甘肃这方天地，今天依然当推西北的地方剧种——秦腔。

看来，秦腔文化截至目前，还是当代西北民众尤其农村的农民以及大中市区市民们的第一选择。有些人不去理会秦腔在社会生活中实际作为，仅仅凭借想象生出有悖于现实的说法，断言秦腔陷入了低谷，断言秦腔遭遇到了危机，有人还将这种危机说成是时髦文化、新潮文化的冲击所致。这些无本之木的阔论，老实说，我是不大赞同的。文化怎么去冲击文化？固然，文化有传统和现代之分，但并不意味着传统与现代文化之间会有优劣高下之别，更何况，文化本身始终遵循时代而渐进。昨天的现代，将会成为今天传统，今天的现代，同样会变成明天的传统。任何民族的文化，都是在继承传统基础上的延伸，倘没有传统，哪来的现代？从这个意义上讲，秦腔的现代化，不是一个可以完成的事，而是一种不断向未来延伸的无限的运动。以改革促使秦腔现代化，也只能是对它存在的某些僵化停滞的东西进行持续地改造而已，当然这种改造，必须观照当代人们审美心理的承受能力，通过局部调节来实现整体的全方位跃动，有步骤、有计划地作出劣汰更新，使它由表及里逐步超越传统，促动它向未来持续延伸。

戏曲艺术作为一种用形象反映现实的社会意识形态，它的每一步促动，总是同当代的经济发展、政治变革以及人的物质和精神生活的改变紧紧联系在一起的。尽管它属于封建时代营造的传统文化，但是只要抱定古典传统现代化，文化容量多样化，地理格局对应化的民族特性，不仅秦腔不灭，中国戏曲不灭，而且仍将在未来世界中，以科技化现代化的崭新面貌，占有自己的一席之地。

民族舞剧的崛起　敦煌壁画的复活

——评舞剧《丝路花雨》

　　舞剧《丝路花雨》最突出的成就，就在于它把静态的壁画空间艺术复活为动态的时空舞台艺术，从而对我国民族艺术和文化传统的巨大魅力给予更大范围的显示和张扬。然而，欲把时隔千年的敦煌禅宗空间艺术，转化为现代世俗时空艺术，听来颇有几分原始先民追求迷狂心象幻象的意味，因为这种迷狂的幻象，就像柏拉图的"诗神"狂说一样，在文艺创作和表演中，似乎是不可能的真实存在。然而也许这正是我们中华民族优秀儿女所特有的一种性格本真，很多领域都能把"天方夜谭"神奇地变为现实，当然这绝非"诗神"的依赖，更绝非神灵的暗助，而是艺术家们最能敏捷地感悟时代，并去捕捉时代思想的脉搏，借助心理深层的热情和躁动激发丰富的艺术想象，从敦煌壁画的空灵中接受和吸纳其静态造型中的动态因子，结果真的促使静处沙壁的飞天仙子向人间遍撒香花，飘荡在"西天极乐世界"的仙乐天舞"自发妙音"，使这种明知不可为而为之的艺术遐想变成了现实。这一大胆所为之所以能够成为现实，不只是艺术家们艺术灵性的躁动，更在于他们出自科学的判断与实践的真知，因为"宗教是人的自身异化的神圣形象，而艺术则是人的确证的理想形式，这就造成宗教美术审美客体两极性差异的存在，及其在被动中求主动，限制中求创造的特殊美学品格。"①单就敦煌禅宗美术而言，在其壁画刚刚产生之时，主要目的是宣教，发展到中期，宣教与审美并重，逐渐地，其中会有一些将审美居于首位，再发展，就有了脱离宗教的倾向。

　　敦煌艺术的整个发展过程，不就印证说明了这一点吗?表面看，敦煌艺术似乎已经走到了它的历史尽头，论实质，却是一条永无止境而且不断向前延伸的路。它的遗存为我们创建了一门永久性的学问，使得这座包容着中国文化和思想精华的东方禅宗历史艺术大厦，才刚刚拔地而起。勿须细说，这已成为人所共知的事实。单就敦煌壁画的时空转换，最典型的便是随着舞剧《丝路花雨》的出台，最成功的创作经验便是将敦煌壁画由静态艺术向动态艺术的转化。

　　这是一个大胆而成功的壮举，同时也是一次极具开拓性的艺术创作行为。敦煌壁画

中的各种人物，不论绘制年代有多久远，总是保持原初不变的姿态姿容，并不因为时间的推移而有丝毫变化。就是说，它们都是静态的空间艺术，不是动态的空间艺术。然而，却个个体态妩媚，婀娜飘逸，天衣飞彩，满壁风动，尤其在古代艺术家笔下的那些乐伎舞伎、仙女童子，在不同画面组合中，更加显得风姿绰纳、情态绵密，他们长袖曼舞的优美姿态，真有点"不蹈自舞"的复活意味。

其实，艺术的美，也能让人陷人迷狂而出现超越艺术本体的幻象。正如普希金在《秋》一诗里说他创作的过程那样：诗兴油然而生，抒情的波涛冲击着我的心灵，心灵颤动着，呼唤着，如在梦里觅寻，终于吐出来了，自由飞奔……

这完全是摆脱了思维主体自觉理性控制的创造性活动，实际上也就是心理学家马斯洛所说的"高峰体验"。敦煌壁画中的各种人物造型精神，一旦使观赏者的心灵状态外化为具有空间形态的观照对象时，它们的静态造型精神便会转化为精神与人格的整合和升华。这种大脑组织皮下的潜意识静态流动，往往出现在日常经验所引发的幻想之下，一旦破坏了这种幻象，潜意识的静态流动便会立即消失。这正是我们通常所说的审美感动。

从这种审美感动中，可以使我们从中得到这样一种启迪：把敦煌壁画中古代画师笔下的这些静态人物造型精神，转化为具有音乐节奏感和冲击力的动态精神和人格的整合，不是说完全没有可能。这一点，原甘肃省敦煌艺术剧院的大型民族舞剧《丝路花雨》的成功创造和上演，便是该团艺术家们把敦煌壁画的静态艺术向舞台的动态艺术转化重塑的一个成功实践的例证。

让我们看看他们的具体做法。

提纲挈领　迁想妙得

把沉寂千年的敦煌壁画人物静态造型，重塑成现实生活中精神与人格整合的动态本真，本是一件尚无前例的的想象性艺术创造。原初壁画创作时的生活原型观照对象已经不复存在，留给后人的仅仅只是当时生活的平面定格姿态。尽管这些姿态在今天依然还很妩媚，还很优美，甚至还很有韵致，却不过是一些单一的、死寂的、无系统状态的定格静止画面而已。当然，它对古代画师们来说，他们只要完成了这种画面的定格创造，就意味着壁画已经达到宣教目的而且还会千年不变地永恒存在，自然，后世既不会加工也不会复制，更不会生发让其静态变成动态这一连佛祖释迦牟尼也无法做到的事。可是，画师们何曾想到，一千多年之后，他们的绘画却是大展异彩的开始。我想，如果古代画师们真的在天有灵，那么，他们在禅宗义理中始终未曾得到的安慰，却从历经近十余个世纪之后的子孙后裔们这里全部得到了，但他们给子孙们留下了许多难解之谜。

敦煌壁画中的人物舞蹈场面的确不是太多，即便有也不过是缺少律动的内涵和残性的外延。但毕竟又是古代画师们把现实生活作为观照对象的提炼和升华。那么，河西一线的各种民间舞蹈场面难道他们就未加丝毫摄取？隋唐的"西凉乐舞"两宋的凉、伊、甘、渭大曲盛极一时之时，难道对他们的创作灵性就没有丝毫触动？那些肩披薄纱、袒露玉臂、反弹琵琶的舞女，难道就没激起他们丝毫的春心躁动？没有在脑子里定格成一种不变的图式造型？如果真是那样，壁画中的仙女、乐伎妩媚的舞姿从何而来？反弹琵琶的绘画创意又从何而来呢？

鸟以巢为舍，人以室为家，佛以庙为居。佛教传入东土，并在敦煌驻足，又和凿窟塑像、绘制壁画同时并进，倘没有石窟造像，壁画传经，就谈不上驻足。尽管释迦牟尼法力无边，而传经弟子却要途涉千里，步步为营，出印度入缅甸，经巴基斯坦，过葱岭，历西域诸国方能入关中原，沿途不少国家和地区又是"歌舞之乡"，画师中多有他国和西域高手，他们作为异国"歌舞之乡"的子民，都有各自所熟悉的生活原型，高薪聘请的中原画师也不例外，敦煌壁画之所以为后世所景仰，乃是画师们的高超的画技和成功创造的体现，而这种创造，毕竟又是一种艺术，艺术则是"人的确证的理想形式"，这就必然体现着一种特殊的美学品格，而艺术的审美活动，除客体两极性的差异存在而外，从主体视角上，往往又与生活观照对象有着不可离分的关系。因此，敦煌壁画创作上的成功，恐怕又与上述种种生活原型脱不了干系。而今天的舞蹈艺术家，在进行壁画静态舞蹈向舞台动态舞蹈转化重塑的过程中，也就只能以最大的吸收量，沿着当初生活原型去寻找一切可资借鉴的典型作为观照对象了。

大量吸收　披沙拣金

敦煌石窟迄今保存完好的壁画达十万多平方米，仅莫高窟壁画就有五万四千平方米，如此浩瀚的壁画总量，究竟容纳了多少块绘画，绘制了多少人物，有多少舞蹈姿式，多少服饰头饰，恐怕很少有人说得清楚。在如此浩繁的文物遗产面前，做到幅幅逐一甄别，过眼一姿不忘，全部吸收引用，恐怕难以做到。只能将它们加以归类，披沙拣金，择重点而优化组合。

首先择用壁画中的群体舞蹈场面，因为可以从中直接提取静态舞蹈姿式、曼舞时的

容貌神情及场面调度，还有服饰、冠式、发式、道具等等。比如莫高窟 220 窟南壁初唐所绘《西方净土变》场景，就颇能给人以急速旋转的动感，好似舞蹈正处在高潮之中，如此恢弘场面，恰与五代南唐画家顾闳中绘写南唐中书侍郎韩熙载夜宴宾客作乐情景的《韩熙载夜宴图》画卷有异曲同工之妙。该画还绘有王屋山软舞，画中的舞伎随乐软舞《绿腰》正酣，其静态造型也是挥舞长袖，背身观众而右肩半侧露出半面脸颊，右足微抬似要着地，双手正欲后拽向下腰两分。两相比较，《西方净土变》壁画所绘舞蹈，也属"歌舞"无疑，理应纳入动态舞蹈语汇的创作视线。

最令人叫绝的要算 112 窟北壁所绘反弹琵琶伎乐菩萨图。他高高吸起的右腿矫健而又刚劲，脚指跷起又充满活力，丰腴的双臂斜上反弹琵琶，双眉微垂，显然被自己所奏琴韵完全陶醉，左胯重心向后提起，上身前倾，重心欲要冲击向前。这一切无不寓含着一种看不见且又听得着的残性延绵韵律。

以《贤愚经·须达起精舍品》内容捕绘须达舍金布施，为释迦牟尼起精舍的壁画绘画，在莫高窟多有反映，却以 196 窟、146 窟两处壁画气势最大、水平最高、动态感最强。尤其 196 窟南侧所绘《劳度叉斗圣变》最为出色。画面选取舍利弗与外道劳度叉斗法的场面，却又穿插展示了这样一些内容：壶门伎乐手执莲花，盘上一腿，以胯腿搭在主力腿上；西侧则画龛边童子神情各异，造型多变，颇显吉庆之喜。400 窟壁画中，也有一对童子乐伎在莲花上吸腿旋转，舞姿蹁跹。这些画面，使我不禁想起《乐府诗集》卷五十六《舞曲歌辞·柘枝词》中的一段文字记述：

> 《乐苑》曰："健舞曲羽调有《柘枝曲》、商调有《屈柘枝》。此舞因曲而
> 名，用二女童，帽施金铃，抃转有声，其来也，于二莲花中藏，花坼而后见，
> 对舞相占，实舞中雅妙者也。"……

此段文字，不正说明 196 窟壁画所绘舞蹈乃是羽调《柘枝舞》抑或商调《屈枝舞》么！也正是在 196、146 等窟壁画与历史文献的比照中，才使静态的"莲花童子舞"转化重塑成为舞剧《丝路花雨》中的动态"莲花童子舞"了。

凝炼素材 丰富语汇

和文学语言一样，舞蹈艺术也是有它自己的舞蹈语汇的，作为它的最基本单位，体现着舞蹈的律动方式和风格特点，同时也传递着感情，表现着内容，并生出醇浓的韵致。因此，欲要使敦煌壁画中的静态舞蹈，转化为舞台上的动态舞蹈，提取静态舞蹈身姿，凝练动态舞蹈语汇，便是必须首先解决的一个问题。

　　舞蹈语汇从其外延来看，属于纯技巧性的东西，它有如一部机器的齿轮和螺丝钉，单个独立使用，既不能表现什么内容，也没有什么审美价值，当然就不能生产完整的艺术产品，故有人便将它称之为"符号""艺术的零部件"等等。但从其内涵来讲，任何不同民族、不同风格的舞蹈艺术，却都建立在这种"符号"所含韵律、运动等差别之上。因此，只要从敦煌壁画中准确捕捉和提取可资凝练为舞蹈语汇的素材，那么，将其壁画中的静态舞蹈造型转化为舞台上的动态舞蹈造型，必将迎刃而解。

　　再从生理学的角度讲，人体可动的身肢部位很多，却以手、眼、身、步四个部位最为集中，由此而又带动腰、胯、臂、腕等诸多关节的全方位运动。这就与中国戏曲中所言的"四法"（也有人讲"五法"，即加"人"法者）产生了和合。

　　1.手　即手式、手姿。敦煌壁画中所绘人物的手式与手姿可谓千姿百态，归纳起来却不外乎垂、扬、俯、背、向、转、侧等几种，而且还要依不同人物、不同用场和不同表情分别择用。持物、提物、捧物则以指、掌活动为多，如两指撷花、两掌托物等等。这些灵活多变的手姿、手式，以敦煌壁画与雕塑中的菩萨造型最具典型。184窟的菩萨塑像，就呈现着一手小垂，手指松弛，让人无不产生似有水珠顺指尖点点滴下的感觉；一手则用"菩萨"手式，向左肩推去，手臂平架而手指上跷。舞剧《丝路花雨》正是摄取了敦煌壁画和雕塑中极富动态感和审美理想的菩萨手式、手姿原型，加工发展成完全有别于中国古典艺术中"按掌"的"仙掌"手势舞蹈语汇。

　　2.眼　即眼神。有人说"眼是传递心灵的窗户"，此话不假，人的喜、怒、哀、乐，只有借助于眼神的变化才得以准确传递，非此而别无它指。敦煌艺术中的菩萨眼神，无论壁画还是雕塑，多以"慈眉善眼"者最具风采，眼睑微垂、眼眶平铺、双眼微睁，既传递出一种心怀宇宙的哲学沉思，又显示出一种"物我两忘"的超然大度。这对不凭附任何台词的舞剧艺术来说，无疑是表现人物心理深层活动的最佳语汇。

　　3.身　即身段，也即舞蹈艺术中经常所说的"舞姿"。敦煌美术中各佛陀的身段，大都以菩提树、台座、法轮、足印等符号暗示佛陀存生的象征性意义，若要对此追根溯源，则与上古时期古印度巽伽王朝与安达罗王朝的禅宗美术创作风格有关。当时孔雀王朝草创的佛教建筑日臻完善，出现帕鲁德窣堵波、佛陀伽耶窣堵波和扩建尼的桑奇大塔成为这一时期佛塔的三大范例。而帕鲁德窣堵波、佛陀伽耶窣堵波围栏上的浮雕，开创了早期佛教艺术以本生故事可佛教故事为重要题材的传统。其中最具典型的便是桑奇大塔东门上的《树神药叉女》托架像，初创了佛教艺术中表现女性人体美的三屈式范式。

这种范式，不仅成为印度佛教艺术最突出的造型，同时也成为敦煌佛教艺术的造型法则，它以头、臂、手、胸、腰、胯、腿、脚的弯曲度，形成"S"形的身形美，捕捉到这个典型舞姿，从而由此确立了舞剧《丝路花雨》最具风格和韵致的舞蹈身段语汇。

4.步　即步法。它是促使壁画舞蹈艺术之"静"向舞台舞蹈艺术之"动"转化的最关键的一环。步法最具活动的部位是脚、腕、腿，从其动作方式上，有斜、正、反、戳、横等，运动速度上，有快、慢、缓、急等。莫高窟之205窟经变图中，便绘有菩萨一正一反的两个步姿，由此形成菩萨式的"慢步"舞蹈语汇；220窟中童子乐伎一脚掌点地，一小腿前跷的步姿，则上升成"点步"的舞蹈语汇；从164窟舞伎的步法中，又提炼出颇似中国戏曲，却又不同于中国戏曲的"碎步"舞蹈语汇等等。

除此而外，甘肃的舞蹈艺术家们还从各种不同的步姿、身姿、手姿和眼神中，提炼出呼吸、跳转、神志、表情的原动力和冲击力。他们正是依据以敦煌壁画为前提，凝练并创造出一整套具有敦煌特色的舞剧舞蹈语汇，这些舞蹈语汇的成熟，为壁画由静变动打下坚实的基础。

合姿成舞　形神毕出

正如一部机器，一个部件、一个齿轮虽不能独立制造什么产品，可是一旦组装起来，并在诸多部件的协调配合和全方位启动中，便会立马生产出各类产品来。艺术的语汇同样如此，当其按照所表述的内容组合成一段完整的舞蹈时，也会立马情韵弥漫，形神毕出。

先看舞剧《丝路花雨》第四场神笔张之女英娘，围绕其父所表演的一段独旋舞即"莲花童子舞"吧。

唐人张祜曾有《观杭州柘枝》一诗传世，其中有这样两句：

> 脚手拍拍金铃摆，
>
> 却踏声声锦衣摧。

意思是舞蹈中，演员的手腕、脚腕均系着银铃，手碰足踏，银铃便会抹跳、碰击，自然就随着音乐节奏当当作响。《丝路花雨》的"莲花童子舞"，正是在这首诗的启发下创编而成，于是便出现了这样一段舞蹈场面：

> 神笔张父女重逢于祥云缭绕的莲花池旁，在轻盈透明的乐曲声中，池中的
> 莲花徐徐开绽，五个天真活泼的莲花童子出现在神笔张面前，她们情意纯真地
> 凝望着手捧的莲花枝，手腕脚腕上的小银铃"叮当"作响，随之如同见到自己

的妈妈一样，围绕着神笔张欢快地飞旋起舞，这旋舞既烘托出净土世界团花簇波的极乐气象，又描述了神笔张乍见女儿的惊喜之情。这段旋舞，便是由壁画静态艺术转化为舞台动态艺术并加以重塑复活的"莲花童子舞"。

一提起"托举"，人们自然便会想到17世纪的法国"芭蕾"，以为它是欧洲芭蕾舞剧的专利程式。其实不然，"托举"舞姿早在隋唐以前就已经在我国宫廷和民间舞蹈中司空见惯，唐代诗人聂夷中还以诗作记述了长安"托举"舞蹈演出的情景：

> 金刀剪轻云，
>
> 盘用黄金缕。
>
> 装束赵飞燕，
>
> 教来掌上舞。

诗中所言"掌上舞"者，不指"托举"又指什么？而秦腔《游西湖》、川剧《白蛇传》和湖南花鼓戏中的"托举"穿插表演，更为大家所熟悉。

《丝路花雨》中的"托举"舞蹈表演，几乎贯穿运用于全剧自始至终。"序幕"中便有小英娘斜身插肩、被强盗右手侧身"托"起，小英娘720度转体降落，继而缠腰浪背旋转的"托举"一段舞蹈表演，就在这一"托"一"举"之中，既表现出小英娘挣扎、反抗和不畏暴烈的个性，又传递出强盗狠毒的狰狞本质。

此外，第三场英娘别离故土，前往异国，所表演的一段波斯舞至高潮时，两个青年也把英娘高高托起，于是，英娘作出单脚勾臂举顶的舞姿。这个动作直接取自于莫高窟465窟壁画中伎乐舞人塑形的原型。然而，却与"序幕"中的"托举"表现出截然不同的思想感情。前者旨在对强盗的抗争，后者则在于父女别离的难分难舍。

此类实例太多，我们不必一一对照列举，因为仅此而足以说明，由敦煌壁画静态艺术向舞台舞剧动态艺术的转化与重塑，已经基本成为现实。

静态的敦煌壁画，已成为千年永恒不变的艺术定格造型，而动态的敦煌舞蹈，却要无限向前流动、延伸、发展。之所以这样讲，道理很简单，因为它是"动"的，有"动"则必然有"流"，有"流"则必然会有深化、细化、精化甚至变化。这是一切艺术形式发展规律之必然，同时也是"艺无止境"更无化境的艺术本质属性。

兰州市歌舞剧院创作演出的大型舞剧《大梦敦煌》，在其舞蹈语汇的创造上，既与《丝路花雨》存在相似之处，又同《丝路花雨》存取严格区别。相似在于整个舞姿身形依然观照着敦煌壁画中静态的舞蹈造型，依此使该剧铺满厚重的民族特色和地域特色；

区别则在于它把敦煌舞蹈语汇同西方芭蕾舞蹈语汇巧加相糅，如跳、转、托举、腾空、脚趾尖点地等，从而在技法技巧上加重了表现难度，提升了全剧的审美品位。但它依然是具有中国气派和民族风格的舞剧，也许这正是该剧能够打入国际艺术市场的原因之一。

的确，敦煌给我们留下的不仅仅是满洞窟的彩塑、壁画和经卷，还留下更多伴随敦煌艺术历史发展的足迹，这足迹包容着许多可歌可泣的神奇传说，历代敦煌人民为保卫石窟艺术与各种文化盗贼殊死拼搏的动人事件，还有现代学者和艺术家们用热血和生命挽救、保护、研究、发扬敦煌艺术震古烁今的献身精神。特别是历代曾为敦煌艺术添砖添瓦的能工巧匠和各民族画师们，哪一个身上不饱含着一部完整的苦难史，哪一个身上又不打上时代的人文印记和对世界认知的处世心态？如果我们的作家和艺术家，能够对敦煌所经历的各个特殊历史精神和博大的历史意蕴，敏锐地进行捕捉和深入的开挖、提炼，并以满腔的热情和责任感进行表现的话，无疑便能写出许多独我所有而他人所无、古所有而今所无的优秀作品来的。因为，这种题材本身，自然而然地体现着甘肃独有的文化模式和当地人们潜在的、世代传承的文化精神，再通过作家和艺术家们以多种艺术形式和不同的笔墨情趣加以充分表现，便很容易同观众、同读者的思想、审美理想一拍即合，也很容易同观众、同读者的情感、心理欲望融为一体。

正因为如此，甘肃的作家和艺术家们，把自己的笔端打进敦煌这座"富矿"内核的更深层，以此开掘其创作题材，弘扬其甘肃独有的人文精神，讴歌当今巨大的时代变革，创作出更多具有中国气派和民族风格的艺术精品，以促进甘肃社会主义文艺的更大发展和繁荣。

---

① 徐建融《心境与表现》第 113 页。

新世纪的圣礼

——评舞剧《大梦敦煌》

2000 年 4 月，正值新世纪伊始，兰州市歌舞剧院创作的舞剧《大梦敦煌》在人民大会堂首次公演，这是继《丝路花雨》之后，我省又一出以敦煌壁画为题材、丝绸之路为背景的大型舞剧作品。全剧一序四幕，每幕都有每幕展示的故事情节和戏剧发展的矛盾冲突，幕与幕之间又能首尾贯穿，层层推进，以此紧紧围绕青年画师莫高对敦煌壁画艺术的执著追求和将门之女月牙忠贞不渝的纯真爱情这条主线构成强烈撼人的悲剧情结。特别在舞蹈肢体语言和音乐写作的总体风格上，完全与《丝路花雨》判然两别，相对而言，更彰显出"观照古今，洋为中用"的巨大张力，体现出既是民族的、又是世界的这一恢宏气派。它作为我省献给新世纪的一份文化圣礼，一经问世，从国内到国外，很快引起巨大而热烈的反响。10 年间，演遍除西藏外的全国各省区市 38 个城市和香港特别行政区，并先后赴澳大利亚、法国、西班牙、葡萄牙、荷兰、比利时、奥地利等国家的20 多个城市举办商业性演出。截至目前，已累计演出 800 余场，其中国外演出 102 场，观众超过百万人次，演出收入达 8000 余万元，成为中国舞剧市场化运作的典范。

该剧先后荣获中宣部第八届精神文明建设"五个一工程"奖，2004 年入选"国家舞台艺术精品工程"十大精品剧目榜首，2007 年 12 月被商务部等列入《国家文化出口重点项目目录》，2008 年荣获文化部"优秀出口文化产品和服务项目"第一名。2009 年获得文化部"优秀保留剧目大奖"。2009 年 10 月文化部艺术司公布的《关于 50 台精品剧目演出经营情况的调查报告》显示，舞剧《大梦敦煌》以 650％的投入产出比，位居全国 50 台精品剧目第二位，在 14 台舞剧类剧目中名列第一。10 年来，该剧囊括了文化艺术领域所有国家级大奖，成为新时期中国舞台艺术的重大收获和标志性成果。2010 年 1 月，甘肃省委、省政府奖励《大梦敦煌》剧组 100 万元。这些成就的获得，也从一个侧面证明了甘肃舞台艺术在市场经济激烈竞争的大潮中，以其深厚的文化底韵和独特的人文地域特色显示出自己得天独厚的优势。

剧的结构 诗的特质

任何美的事物，既要有美的形式，还得要有美的内容。一部好的舞剧同样如此，只有内容美和形式美达到高度和谐统一，才能在舞台画面和时间流动的过程中形成自己独特的审美价值，给观众以美的享受。

《大梦敦煌》作为一部历史题材的剧作，应该说首先它必须创作出既要有活生生的人物形象、又要有感人的故事情节的文学脚本为前提。尽管它没有对话和语言，却不能没有"剧"的结构和"诗"的特质，这就把编剧推到了一个完全凭借舞蹈语汇表现人物丰富多彩的心灵世界的创作前沿。赵大鸣（执笔）和苏孝林是该剧的剧作家，但首先应该是很在行的舞蹈家，这样，他们才能用无声的肢体艺术替代语言对话的台词，编织出一个具有强烈感情震撼力和戏剧冲击力的完整故事情节，塑造出莫高和月牙两个有血有肉、可歌可泣的人物来，为该剧的成功奠定了基础，并为舞蹈演员在舞台空间和画面造型的尽力发挥和艺术创造上，构成依托的基础，而且还在不断向前流动中，使舞蹈的形体诗韵得到尽善尽美的发挥。因此，舞剧之"舞"，首先在于表现人物丰富多彩的心灵世界和创造出诗的意境，而"舞"的诗意，则必以"剧"的诗意为前提。这就是舞剧与舞蹈的区别之所在。

《大梦敦煌》所摄取的故事题材，原本出自敦煌民间传说月牙泉的故事，两位剧本作家又将其与敦煌莫高窟最著名的"飞天伎乐"壁画系结在一起，构成了以月牙和莫高两个人物为核心的戏剧故事和以大将军为对立的重重矛盾冲突，艺术地再现了敦煌艺术深厚的文化内涵，和丝绸古道社会生活的一个侧面，给观众更多的启迪和深沉的回味。

青年画师莫高，在往敦煌寻梦途中，饥渴昏厥于大漠弋壁。一支军团奔驰而过，大将军爱女月牙，一身戎装，俨然一位飒爽英姿少年将军。她发现了昏厥倒卧的莫高，顿生爱怜之情，将自带羊皮水囊留给莫高，却拿走了莫高的"飞天"画稿。

莫高因水囊而得救，却为丢失"飞天"画稿而痛楚，羊皮水囊便成了他寻找赠水恩人和讨回"飞天"画稿的唯一依凭。他将它紧紧护贴在身边，希望有朝一日能够与赠水恩人再度相见。莫高终于来到令他神往的敦煌圣地，一幅幅妙绝的壁画引发万般奇思遐想，立志要把自己虔诚的心境与才华全部倾注于壁画艺术，从此，他排除杂念，潜心悟性，精研壁画。

大将军爱女月牙始终对邂逅于大漠的莫高念念不忘，而且料定这位持有志向的年轻人必然是为敦煌壁画而来，于是她几度于洞窟寻访，几度擦肩而过，相遇又难相识。这

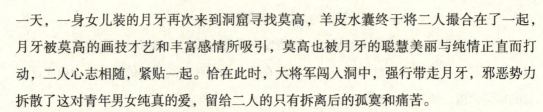

一天，一身女儿装的月牙再次来到洞窟寻找莫高，羊皮水囊终于将二人撮合在了一起，月牙被莫高的画技才艺和丰富感情所吸引，莫高也被月牙的聪慧美丽与纯情正直而打动，二人心志相随，紧贴一起。恰在此时，大将军闯入洞中，强行带走月牙，邪恶势力拆散了这对青年男女纯真的爱，留给二人的只有拆离后的孤寞和痛苦。

为彻底斩断月牙与莫高的交往，大将军决定要为月牙招亲。将军行营歌舞喧嚣，一片喜庆，各路豪达显贵前来祝贺，四色伎乐艺人作舞助兴。莫高也在众艺人帮助下乔装混入招亲行列进入大营。四色伎人歌舞作场，唯有"羯鼓舞"一出技压群雄，而莫高表演的面具舞更为出色，全场一片哗然并引发周围骚乱。月牙认出了舞者正是莫高，二人感情再也无法控制，终于相拥在一起。气急败坏的大将军强行将莫高赶出大营，但月牙却乘乱出逃，直追莫高而去。

莫高回到洞窟，悲痛欲绝，心绪难平，一串急促的马蹄声由远而近，又将月牙带到了他的身边。这一意外的重逢，使二人悲喜交集，久久地相拥一起，无言相对，两心相印，说什么再也不分不离。然而，邪恶势力的魔爪暗暗向他们伸来，军团将洞窟团团围定，大将军举起利剑刺向莫高，却刺穿了挺身护挡的月牙的胸膛，大将军面对女儿如注的鲜血，爽然自失，空虚恍惚，顿时变得苍老龙钟，终于无助地放下了屠刀。月牙在弥留之际，亲手将"飞天"画轴交给了莫高，嘱咐他一定要完成未竟的壁画。莫高也取出他珍藏已久的羊皮水囊，并将清水洒向自己的心爱之人。霎时间，月牙的身躯化作成沙漠中的月牙泉，浸润着那块荒漠干枯的土地，莫高也将自己毕生的心血和精力，倾注在敦煌壁画这一永恒的艺术世界中。从此，莫高窟千年屹立，月牙泉万世不涸，朝夕相伴，直到永远。

这就是《大梦敦煌》的全部内容。

可以看出，全剧以月牙、莫高的爱情悲剧为主线，艺术地再现了历代画师为创造敦煌艺术宝库所付出的巨大心血与代价，剧作家以满腔热忱讴歌了他们的睿哲才能和历史功绩。而"飞天"画轴和"羊皮水囊"，又作为莫高、月牙的特性文化符号，不仅把二人紧紧系结在了一起，构成事件发展的中心线，还将两个主人公的生离死别，同敦煌壁画艺术巧妙地融为一体，使这一主题贯通全剧始终。这两个特性文化符号在全剧中的交错并进，时隐时现，形成一个又一个戏剧悬念，推动着戏剧矛盾不断向纵深发展，随时向观众强调着对两个主人公的人文记忆。从这个意义上讲，剧作家对两个文化符号的准确设置与选择，不能说不是一件高明之举。

　　该剧的另一条戏剧副线是代表邪恶势力的大将军，他被作为美的对立面受到批判和鞭挞。主、副二线相对应而存在，相平行而发展，并在相互交错、对抗、拼争中让观众明了了什么是善、恶、美、丑。主、副线对比越强烈，美与丑的对比就越强烈，戏剧的矛盾冲突也就越强烈，所塑造的人物形象就越鲜明、越突出、越动情、越感人。莫高和月牙这两位被讴歌的艺术形象，正是在剧作家设置的主、副两条戏剧线的胶着、冲击、对撞炙烤中被高高地树立了起来。

　　这是一部颇具浪漫主义情怀的舞剧，尽管以月牙的死去构成悲剧性结局，但全剧高调明快，壮而不悲，反倒大大增强了浪漫主义色彩。类似的舞剧单在中国舞坛就不止一部，如彝族舞剧《阿诗玛》、满族舞剧《白鹿额娘》、苗族舞剧《蔓萝花》、蒙古族舞剧《森吉德玛》等等皆是，但就《大梦敦煌》借助民间传说开掘敦煌文化这一具有世界意义的题材，尤其在舞蹈语汇上既能观照古今、又能洋为中用而独辟蹊径者，却是绝无仅有。因此，它的问世，具有开创性的意义。

舞之以心　动之以情

　　舞剧的核心是舞，舞又是以人体躯肢在空间的姿态与时间运动的融合中，构成完美视觉形象的一种艺术。一个成熟的舞蹈演员，一方面要把经过提炼、组织、美化的人体动作与音乐紧密地结合，实现有节奏的连续运动，一方面必须把这种被美化的人体动作转化成为有生命的载体，或者说是具象性的空间立体化实体，只有这样，编导者才可以通过精妙的构思，借助舞蹈演员的身体动作，给观众提供多彩的瞬间美、过程美、变化美和立体美的可视性审美形象来。

　　舞剧之"舞"，和中国的传统戏曲一样，讲究个人技术，高难度的舞蹈技巧，同样侧重于抒情达意的视象性。其所表达的主题思想、情节事件、人物性格以及喜怒哀乐的人生体验等等，都必须通过清晰可见的形象画面，活生生的而非概念式的呈现出来，让观众直接看到或者听到。与戏曲所不同的，戏曲有唱念有台词，舞蹈则没有，它是一种有含义而非词语式的画面形象而已。因此，舞剧之舞，最拙于叙事，然而却最擅于抒情，它可以通过造型的力量，把内在的无形的心理运动变成身体外部的可视性运动，即所谓"情动于中而形之于外"。因此，舞蹈艺术比之于其他艺术更注重形式美。形式美就是动作形式的程式美，它作为感情冲动达到极致后的一种身体表现，在长期演变过程中，逐渐被程式化、规范化、序列化和风格化，形成一整套相对固定的动作姿态和审美情趣。中国古典舞，就十分重视手、眼、身、法、步的统一，讲究形神兼备，刚柔相

487

济，虚实相兼，动静结合，要求行如走蛇，动如脱兔，急似闪电，慢似行云，转若盘龙，翩若惊鸿，轻如海燕，稳若磐石，一静一动，有姿有势，而且还特别是表演强调"圆"的观念，在舞台上，如走圆场，行进中一脚的脚掌紧随另一脚的脚跟，依圆形或"8"字形或"S"形路线交替。同时，为强化圆的意味，运动时将躯干尽力倾向圆心，仿佛受到了向心力的吸引，不但走得圆全周密，而且变化万千；在动作中，要求头、胸、臂、手、腿、脚等身体各部位尽可能在"圆"的空间活动，如"风火轮"，舞蹈者不断变化弓步、仆步，以腰为轴，两臂平伸，分别在胸前背后依"8"字形挥动，每一臂都依次在体前体后划出圆形，圆与圆相叠相衬，此起彼伏，形成一种独特的美。这些舞蹈要领，在传统戏曲舞蹈表演中都得到最完美的实践和保存。

而西方的舞蹈则不然，尤其是芭蕾舞，则主张两腿外开，双脚的脚尖向两侧转九十度的站立，与肩成平行线；强调动作的稳定性，无论是站脚尖，或全掌着地，都要找到正确的平衡位圆以保持重心，上身永不偏离支撑腿的垂直轴线，特别注重女子技巧，创造了女子"脚尖技术"，即站立在脚趾末端上表演各种动作，这个外开绷直站立的足尖，强化了腿部乃至躯干直立的感觉，加长了人体的延长线，提高了人体的重心位置，造成一种跃离地面的动势感，男子技巧则以大跳和旋转为主；重视对称性，多数动作保持前后、上下、左右对称，给人和谐、稳重的感觉。所有这些动作姿态的程式美，都是遵循美的规律创造出来的。

舞剧《大梦敦煌》的舞蹈，最难能可贵的是将中国的古典舞和西方的芭蕾舞这两种截然不同的舞蹈体系能够圆融无迹地巧妙结合在一体，从而在空间形式中形成了既能观照古今，又能中西结合的双重构图美。这一大胆的结合，无形扩大了该剧既是民族的、又是世界的这一文化视觉空间，为该剧后来打入国际文化市场提供了坚实的基础。

民族古典舞蹈作为该剧的基本舞蹈属性和程式动作，被大量贯穿运用于各种群舞场面，并在队形、方阵的反复变化中得到完美呈现，其中男演员以矫健的臂、胸、腿、腹突出匀称健美的形体，女演员则以优美迷人的曲线和轻盈舒展、上下呼应的动作过程，构成微妙而含蓄的美的旋律。当然，我这里所说的民族古典舞蹈，不仅仅限于汉民族舞蹈，除汉民族的红绸舞、秧歌舞、大头娃娃舞以及从敦煌壁画中提炼而得的敦煌特性舞蹈外，在群舞中还吸收了大量的维吾尔族、蒙古族、藏民族南木特甚至印度、阿拉伯等国的舞蹈。比如第二幕以圆形群舞队形为背景，一队身穿轻纱红裙、顶着水罐的少女款款而来，飘飘而去，随着舞台构图的转、折、回、环，一队少女亮着肚脐、扭动臀部的

印度舞穿场而过。在艺伎竞舞的独舞表演中，既有人体弯曲扭动、虚拟水蛇的女性独舞，又有戏曲的"串小翻""摔壳子"男性独舞，面具人还表演了粗犷笨拙的古老"傩舞"，甚至还将武术表演也加以吸收运用。《羯鼓舞》本系河西古代月氏人所创造，戴着脚铃的女舞伎，随着男舞伎的鼓点翩翩起舞，刚柔成趣，表现了古代丝绸之路上各民族的精神，咏叹了他们的人生哲理。

当然，《大梦敦煌》作为戏剧性舞蹈，自然具有戏剧文学的内容，有明确深刻的思想内容，也有完整的戏剧结构——开端、发展、高潮和结局，而这一切，都是通过情节舞、情绪舞作为表现主体贯穿起来的。作为该剧的两位主人公，莫高和月牙的扮演者刘震与田青，其舞蹈基本功的造化，可以说达到国内一流的水平。尤其一号人物莫高的扮演者刘震，因其把民族舞蹈和西方芭蕾两个不同的体系巧加糅化，因此，在情节舞、情绪舞的表演上，大都运用了大跳、旋转甚至两腿外开、纵身腾空跃起的高难技巧。同时又在刚劲健美之中，时不时糅进两臂弯曲扭动，形似水蛇等民族舞蹈。月牙的扮演者田青，也在大量运用"脚尖技术"和跨越式的向上飞跃纵跳之外，也根据人物和剧情需要，适当吸收民族舞蹈语汇。如第三幕月牙逃离将军府驰马追赶莫高时，就兼收了蒙古舞骑马驰骋的舞姿。尤其在莫高和月牙的双人舞中，大量运用了各种姿态的托举、两脚带着身体平稳的旋转，以及西班牙舞、那不勒斯舞(意大利)、恰尔达什舞(匈牙利)、玛祖卡舞(波兰)等，既具有推进剧情向前发展的运动力，又展示了舞蹈色彩的多样性和诗情性，还体现出该舞剧舞蹈技巧上的高难尖端艺术水准。

《大梦敦煌》作为一部敦煌题材的舞剧，敦煌壁画中所呈现的头、肩、胸、胯、膝、足相应的异向拧扭，即所谓"S"型曲线造型，飞天伎体态婀娜多姿、线条回旋、反手反弹琵琶以及千手观音造型舞蹈等，都被该剧大量运用。第二幕莫高忽儿腾空跃动、忽儿平地盘坐，以自己的身形模拟壁画人物的身形，可谓是一画一形，一形一舞，极有诗的韵致和壁画复活跃跃欲飞之感。

近百人的群体场面，在处理群舞与单人舞、双人舞的关系上，编导的高明之处在于通过队形的变化和调度，将主舞者推向中心位置，或者通过动静结合的方法让群体舞蹈为单人、双人舞蹈让位。如第二幕、第三幕中，无论莫高、月牙的单人独舞还是双人舞蹈，主舞者动则群舞者静，主舞者静则群舞者动，这种一动一静、相互呼应的艺术处理原则，始终将主舞者置于非常突出的位置，即使被百人群体场面所围裹，主舞者依然是舞台的中心，依然非常耀眼、非常突出、非常亮点。

舞蹈长于抒情，因此，舞剧作品中舞蹈表演大量属于"情绪舞"，它本身没有情节性，是一种情感的纯粹抒发，但它并不排斥叙事因素，《大梦敦煌》一剧中最优美的舞姿，不论单人的、双人的还是集体的，都是在一定的情节事件中表现着戏剧作品所揭示的主题思想。所不同的，这种叙事因素在舞蹈的整体结构中，只是给创作者提供一个构思舞蹈动作的时间和空间框架，给舞蹈者开拓了一条特殊的表演渠道和抒情媒体，其质地、容量与复杂度，都应有助于舞蹈的情感表现，受到舞蹈美学原则的制约，即事件本身应是凝炼和概括的，矛盾线索应是单纯和集中的，情节的延宕应是富于行动性和情感色彩，着重描绘人物精神世界的。这也就是人们说的，舞之以心，动之以情，以情造型形活，以姿造型形毙，舞蹈中真正感人的，并不是叙事因素，而是舞蹈的抒情动作，是舞蹈者用诗情焕发出舞蹈动律的韵味和意境。

乐中有舞　相得益彰

一部成功的舞剧，不仅要有成功的剧本和成功的舞蹈，更需要有成功的音乐。舞剧倘没有音乐，舞者将不能翩翩起舞，戏剧将不能向前发展，整个舞台将会顿陷死寂。因此，成功的舞剧应该说是以成功的音乐为前提的。

那么，什么样的舞剧音乐才算是成功的音乐呢？首先，它应该是戏剧的音乐：能够生动地表达出全剧的主题思想，有力地展现出戏剧矛盾冲突，形象地揭示出剧中人物的感情发展变化，甚至直接参与剧中人物音乐形象的创造。其次，它还应该是舞蹈的音乐：能够以明晰的节奏、生动的旋律、丰富的色彩和严整的结构，给舞蹈者以强烈的律动感和不断启发艺术灵性的冲击力，使舞蹈者能够舞蹈和便于舞蹈。就是说，舞剧的音乐不仅应该有"舞"，重要的还要"舞中有戏""舞中有人"。因此，一部成功的舞剧音乐作品，大都具有相对独立的意义，即便它离开了可视性的舞蹈画面，同样能使人们通过听觉音响依然十分鲜明地领会到它所描绘的诗情画意及其戏剧性格。正是从这个意义出发，通常把音乐称为"舞剧的灵魂""舞剧艺术的升华""舞剧艺术诗情画意的结晶"等等。

《大梦敦煌》的音乐首先做到了它是一部戏剧的音乐。它以自己独特的思维逻辑和独特的艺术表达方式，即鲜明的音乐主题，很好地烘托了各种戏剧场面，有力地推动着戏剧矛盾冲突的层层深化和不断发展，而这一切又是紧紧结合着舞蹈动作与不断变化的画面来实现的。该剧台本所提供的正面形象有两个，一个是将毕生精力和心血倾注于敦煌艺术的青年画师莫高，一个便是善良勇敢富有执着追求的女主人公月牙。表面看，全

剧颂扬的是这对青年男女爱的悲剧性精神，论实质，却是对莫高窟和月牙泉这两大文化景观人性化的复活，这就要求它的音乐同样能够以浪漫主义手法为他们提炼出既富于向往又准确体现二人戏剧精神的"音乐主题"，并让它从二人出场首次相遇到最后全剧结尾，如同一条红线贯串始终。莫高和月牙当然各有自己的这种主题音调，而且极富律动感，伴随着二人每次出场，都在小提琴高音位上反复奏出，而且通过变奏和调性色彩与力的张扬，配合着各种舞蹈表演。二人结合在一起时，其主题音调则像飘浮在天际的一朵白云，纯净、明晰而富于神思遐想的张力。特别是第四幕月牙弥留之时，主题音调完全变成一首十分完整而优美的乐曲，不仅通过乐队反复奏出，渲染出强烈的戏剧气氛，还以人声哼鸣代表着千呼万唤的群体意念。这支创作出来的音乐曲调，旋律之所以幽婉不显悲切，关键在于第一、二乐句在大调式基础上运行，三、四乐句则以"清角为宫"手法转入下四度宫音系统并呈小调式阴柔色彩，五、六乐句随即又转入本宫音系统。仅此看出该剧曲作者独具匠心的创作思维方法。

该剧台本提供的反面形象是大将军，他集中代表着灭绝人性的邪恶势力。用于这一反面形象的音乐主题，一个是小鼓击奏的恐怖节奏型：

$$\underline{X\ X}\ \underline{X\ X}\ \underline{X\ X}\ |\ \underline{X\ X}\ \underline{X\ X}\ \underline{X\ X}\ |$$

一个是用加阻塞器的小号奏出的音乐动机，这个音乐动机或在不协和和弦同音快速连奏，造成一种"咄咄逼人"的声势，或者在扭曲的节奏型上作非正常的音程大跳，用以刻画大将军的貌似强大实则嚣张狰狞的面目。正、反面种音乐主题，在全剧反复对比，反复出现，构成音乐强烈的戏剧性冲突，有力地推动着戏剧矛盾不断向纵深发展。

这样看来，舞剧《大梦敦煌》的音乐，基本建立在三个特性主题音调之上：一是代表莫高、月牙两个正面人物的主题音调，明亮、抒情而充满生气，令人回味无穷；二是代表邪恶势力的大将军的主题音调，恐怖、阴森、刺耳并充满杀机，听之发人心怵；三是色彩性的主题音调，即配合群体场面各民族舞蹈的风俗性音乐，如汉民族社火中的大头娃娃舞，显系由秦腔音乐提炼创作而成，面具人所跳傩舞，则由甘南南木特音乐发展而成，千手观音、飞天童子舞蹈，则有敦煌大唐乐舞音乐之风韵；还有蒙古舞、顶水舞、印度舞、羯鼓舞等舞蹈的音乐，各自都有特定的民族属性，但这类舞蹈的音乐，大都专舞专曲专用，却又同莫高、月牙主题音调构成并置、对比的内在联系，一方面反映出古代敦煌中外各民族之间频繁的文化交流，一方面促成该剧音乐多色彩的戏剧性和交

响性效果。

作为一部舞剧的音乐，随着主题音调在不同舞蹈场面的运用，与之而来的便是丰富和补充其表现力的问题，这就涉及到调式和声进行、复调手法的运用，以及曲式结构、音色、力度变化等一系列问题。其实质，就是这部音乐作品民族化的问题。这个问题谈起来比较复杂，但有一条，该剧在多声部音乐中，取用不同的和声原则和复调手法使同一主题音调适应不同情绪的舞蹈场面和戏剧场面时，并不排斥西洋和声体系，同时也观照到中国人的听觉习惯，尽量在突出旋律线条的同时，在和声结构的调性布局上，也充分注意到了民族风格和功能原则的结合。因此，整部作品依然是民族的，甚至还可以说是地方的。

还有它的管弦乐配器问题，尽管运用的是中西混合编制的交响乐队来表现，但古琴、琵琶、小阮、板胡、竹笛、笙等民族乐器的地位非常突出，作曲家显然将它们作为色彩乐器来使用，却又通过其他乐器（当然包括西洋管弦乐器）衬托，使这些民族乐器的独特音响发挥到了极致，也很讨观众的"俏"。

总之，舞剧《大梦敦煌》的音乐是成功的，舞蹈的动作和音乐的语汇结合得十分严谨，主题鲜明，律动谐调，民族色彩浓厚，称得上是一部具有西部人文风韵的交响乐章。

序幕：历史真实的闪回

《大梦敦煌》的序幕，是以一位道士打扫洞窟为开场的，道士的出场，如同一幅干涩素描，没有舞蹈，也没有戏剧性很强的动作行为，相反他表情木讷，行动迟钝，然而，他却是藏经洞的发现者。序幕中出现的这个人物，便是历史上真实存在的敦煌莫高窟道士王圆箓，他的出场，使该剧有了倒叙闪回的艺术特色。

20世纪初，正当罗丹的雕塑向古希腊艺术发起挑战的时候，敦煌莫高窟道士王圆箓，却无意间撞开了一扇轰动世界的大门——莫高窟16号洞窟，洞窟里满满当当存放着封存了千年之久的历史文卷。平时以唐玄奘第二自诩的王圆箓目不识丁，满以为突然出现在他面前的密室里藏着大量的金银财宝，结果却是陈旧的经卷、诗歌、古谱、佛像、公文等物。狡诈、贪婪的王道士于是想到拿这些经卷向过往的中外商人兜售换取银钱，为了稳妥起见，还拿经卷向地方官员行贿。就这样，祖先的遗赠，便在他手里毫不珍惜地流散着、毁坏着、消失着，结果造成世界佛教史上一次最大的悲剧性劫难。

洋洋中华民族毕竟有着五千年文明的丰厚沉积，欧美学者当然能够掂量出这批文物

古卷的历史价值和学术分量。于是，他们闻风而动，一个个戴着当年额尔金勋爵火烧圆明园的利剑和白手套，驮上整袋整袋的"清龙大洋"，甚至还带着不惜葬身沙海荒漠拼死一搏的决心，从陆路、从水路、从四面八方全朝着这个洞窟涌来，一场世界文化史上最大的浩劫就这样开始了。

2001 年 3 月 25 日，《兰州晚报》在《敦煌莫高窟大事记》标题下，罗列出这样几条内容：

1905 年俄国奥勃鲁切夫强行换走莫高窟经卷文书两包；

1907 年斯坦因骗去莫高窟经卷、文书 24 大箱，绘画绣品 5 大箱；

1908 年法国伯希和挑走"藏经洞"珍贵经卷等数千件；

1911 年斯坦因再入莫高窟，又骗得佛经 600 余卷；

同年，俄国人鄂登堡率团至莫高窟，盗走经卷一批；

1921 年白俄军阿连阔夫残部数百人被关押在莫高窟，对洞窟、佛像、壁画损坏极大；

1924 年美国人华尔纳用化学胶布粘走壁画 26 幅，劫走彩塑数尊；

1925 年华尔纳去敦煌准备再剥壁画，当地人民反对，未得逞；

1935 年英国人巴慎思去莫高窟盗画，被当地群众发现后潜逃。

不言而喻，敦煌莫高窟业已变成欧美文化盗贼明火执仗抢劫的一盘佳肴，成批成批的经卷被盗走，整块整块的壁画被剥窃。敞开的国门使那些文化强盗如入无人之境，窃财盗宝方便得就如山沟里捡柴火一样，珍贵的文卷用绳索束成捆子，摞在一字儿排开的牛车上，一声吆喝，鞭子一扬，洋洋洒洒便运出了国门。可这又怨得了谁呢？我们只能归咎于清廷的腐败和民国的无能。

正当斯坦因等人以盗骗的敦煌经卷文书，罗织成学术报告和探险报告到处宣讲赢得雷鸣般掌声的时候，却使中国的荣耀蒙上一层难以复平的耻辱。也正是在这荣耀与耻辱的双重胁迫中，唤起我国一批批艺术家民族责任感的萌发，他们先后觉醒，破釜沉舟，甘于寂寞，甚至抱着不惜妻离子散和葬身弋壁的决心，为捍卫民族的瑰宝，为争得敦煌的地位，一个个为之耗尽终生心血，一个个又为之尸掩黄沙。直至新中国成立以后，敦煌艺术才算真正得到党和国家的厚待与呵护。再后来，便是改革开放国策的实施，敦煌艺术又作为可供观瞻的一道风景，虚幻的禅宗义理变成审美的理想形式，通过游览，映射到每个游人心里深层。从此，成群的外国学者、艺术家、汉学家、佛学家、考古学家以及旅游家们，在满山洞窟中穿梭般地进进出出，好奇、兴奋得就像迪斯尼乐园的儿童。这里的一切都是那样的古老，又是那样的新鲜，而且还充满那样的神秘，却又都能引发他们心灵的震颤和亢奋。观瞻的过程变成文化比照与审美评判的过程，使他们多少懂得了"文明古国"和 "自愧弗如"的真正含义。当他们一个个从昏暗洞窟深处走了出来，眯缝的蓝眼睛还未完全适应阳光的强烈刺射，止不住又回望身后蜂窝似的满山洞窟，待慢慢转过身来，心里图像的投影终于聚焦而定格：敦煌，真不愧是中国古代文化的宝库，世界佛教的艺术圣地！

的确，敦煌佛教艺术，无论壁画、雕塑，还是经文、古卷，无不散溢出东方式的美与和谐。这是因为，敦煌艺术毕竟有它自身地域的人文环境作为生存空间，这种生存空间，在其壁画与雕塑的创作绘制过程中，业已化成激发艺术灵性和悟禅观照的现实契机，即便它最初带着某种外来文化印记的成分，经过一千多年的历史摩娑，中华民族精神的不断渗透，以及西域文化、西凉文化、中原文化、魏晋文化、隋唐文化与敦煌地域文化长期碰撞、融合所形成的"合力"，最终熔铸成今天如此伟大的东方佛教艺术精品。

把敦煌佛教艺术从禅宗的僵壳中剥离开来，作为社会科学中的一个门类进行审视和研究，是 20 世纪 30 年代末的事。正因为有了这种"剥离"，敦煌艺术便有了延伸的广阔空间，今天，甘肃的作家和艺术家们，又将其视为取之不尽、用之不竭的创作源泉，所以，才便有了《丝路花雨》《大梦敦煌》《敦煌古乐》等一大批最具中国气派和民族特色的舞台艺术精品。这一点，正是需要我们很好总结和专项研讨的命题。

2002 年 5 月 28 日于兰州

我与王依群先生的一面之缘

新中国初期的我，不过是个十一二岁的毛头小子，尽管性格比较乖静，却有览阅闲书的嗜好。那时候，长安书店经常出版一种秦腔小剧本，价钱不贵，三五分钱一本，读来颇拢人神，我便用平素积攒的零钱，托人专门从西安捎来，其中有本以黄色花纹图案为封面的《秦腔音乐》，我反反复复不知看过多少遍，对它钟爱有加。该书作者"王依群"(还有安波等)三个字，那时便在我稚嫩的心灵里，打上了刀刻火烙般的印记。

王依群先生究竟是干什么的，长的什么样子，个头有多高，我全然不知，也无从得知。但从此在心底深层，便有了凭空想象出来的"王依群"：高大、魁伟、谦和，就像自己的老师一样，穿着挺拔整洁的制服，留着油光发亮的分头，甚至还戴着金丝眼镜什么的。这个形象一直伴我走过少年、青年、中年整整三十多年的人生旅程，只不过依群先生并不知晓远离西安的甘肃农村小镇，还会有他这么一个崇拜者罢了。我不知道这种崇拜对我意味着什么，但有一点是清楚的，他的形象连同名字对我后来偏执于戏曲音乐理论研究，无疑成了最具诱惑力的根源。从这个意义讲，王依群先生自然成了我最早的启蒙先师。

冬去春来，斗转星移，当我步入不惑岁月的 1988 年初秋，一封来自陕西省戏曲研究院的信寄到我的面前，开始我并未介意，以为又是哪位业内文友馈寄大作要我拜读，当打开信封之后，一种突如其来的意外惊喜着实令我激动得几乎喊出声来：写信人不是别人，正是占据了我心灵三十多年之久的王依群先生!这封信写得很长，总共十三页，字迹很小，非常工整，笺边还密密麻麻添加了不少内容，并用框格和箭头分别引向书信正文的不同去处。这当然是成书后补充添加的未尽之言，但也不难看出，依群先生给我写这封信，是经过深思熟虑和精心准备的有感而发，仅此，在我激动之余，又平添了几分感动。

依群先生在信中主要谈及他读了我的拙著《兰州鼓子研究》后的许多心理感受，而且字里行间散溢着一股无以掩饰的兴奋与热情，然而开头的几句话却使我顿生几分内疚和自责。他为了得到我的这本书，竟在西安各家书店不知跑了多少回，最后不得不向甘肃人民出版社寄钱邮购。事情本来并不太大，而且依群先生只是顺便提及，更没有丝毫的责怪之意，但对曾景仰其声望三十多年的我来说，心里真不是滋味，也为自己起初没

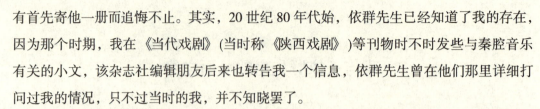

有首先寄他一册而追悔不止。其实，20世纪80年代始，依群先生已经知道了我的存在，因为那个时期，我在《当代戏剧》(当时称《陕西戏剧》)等刊物时不时发些与秦腔音乐有关的小文，该杂志社编辑朋友后来也转告我一个信息，依群先生曾在他们那里详细打问过我的情况，只不过当时的我，并不知晓罢了。

接下来的信文便切入了正题。依群先生对我这本小著给予极高评价，而且在列举了一长串书名之后，称《兰州鼓子研究》是目前他所看到的同类曲艺研究著本中写得最好的一本，究竟为何言其"最好"，下面依拙著页码条分缕析地畅述其由。事后我间接了解到，依群先生是个性格极其坦诚且又治学极其严谨的人，无论说话还是做学问，很讲求"留有余地"，最忌讳话说得太满，更少轻易褒贬一部著作或一个作者。然而今天，他对我这本书，却给予热情地褒扬和肯定。当然，对于这种褒扬，我只能视为乃是依群先生鼓励激发和提携后进的一种策略或方式，绝不敢想入非非，但抛开我这本拙著姑且不论，就依群先生这封信而言，无论其中每一句话，还是每一个措词，我认为都是严肃的，认真的，发自内心的。之所以这样讲，不只因为他有着坦直真率和不违心论事的正派个性，更在于他是个实事求是而绝不迎合奉承的真正学者。更何况我作为他并不相识的晚辈，更无必要主动写信去用激扬的文字做出言不由衷的褒扬了。因此，依群先生的这封信，已经超越了通常意义上的交流信函，也超越了仅对拙著《兰州鼓子研究》的评论局限，而应当看作极具学术价值的曲艺论述遗篇。可是，令我无法交代的是，随着20世纪90年代数次搬迁挪窝，这封信连同其他国内外学者给我的重要信函，全部失落殆尽，这不仅对我还是对依群先生，甚至对整个曲艺艺术的理论建设，都是一种重大的损失和不可弥补的遗憾。

打此以后，我和依群先生便成了书信往来却不曾谋面的忘年之交，但我相信：总有一天，我会坐在他的对面，聆听教诲，倾心交谈。

这一天终于来了。1989年4月，中国曲协和陕西曲协联合举办的第二次全国曲艺学术研讨会在凤翔召开，我也应邀参加，受急欲见到依群先生的心理支配，我提前一天抵达西安，并急匆匆给他去了电话。

我按约定的时间向他家走去，由于想得太多，反倒生出几分局促和不安。其实，依群先生及夫人高凯老师早在家里等候我了。就在我进门的一刹那，真实的形象即刻化解了我的想象：岁月的吞蚀和生活的磨难，虽然使他失却了原有的风光，但朴实谦逊的学者风范依然让人感到亲切和景仰。他戴着一顶白布帽，还挂着一条棍，在热情招呼的同

时，给我解释说他有腿疾，后来，高凯老师悄悄给我道出了实情，先生的腿疾正是"文革"的遗症。尽管这是事实，依群先生却不许家人随便乱说。我一听，脑子猛然"轰"了一下，瞅了瞅眼前这位从小在延安革命根据地成长起来的文艺家，心潮不禁翻腾起来，当年战争硝烟的重重洗礼，都没有损伤他的一根汗毛，却在革命成功十七年后，为了秦腔艺术事业，竟搭上了一条腿。可以想见，倘没有天一样高的心境和海一样阔的胸怀，能做到这一点吗？

两位老人的热情招呼，使我飞离远去的思绪又重新回到了眼前：客厅不大，却朴素整洁，依旧是水泥地面，用不着进门换鞋，虽然书富五车，却不由我想起"甘守清贫"这个字眼来。这时，我才发现餐桌上早就满满当当摆放好的大盘小碟。看来，依群先生和高凯老师，把我这个冒昧造访的不速之客，完全视为最尊贵的客人并以最高礼仪和最高规格要接待了。

我们从餐桌叙到书房，从中午叙到傍晚，话题始终没有涉及秦腔或秦腔的音乐，而是以拙著《兰州鼓子研究》引出我国牌子类曲艺，继而直入元曲并全面铺开，也许这是依群先生事先的有意安排，所以，初始，先生问得多，谈得少，自然我就问得少，谈得多了。随着融合投机的交流气氛不断升腾，我们这一老一小渐渐淡忘了年龄的差距和资历的悬殊，客套与谦让消失了，也便有了见解上的不谋而合和观点上的争辩冲撞。一个极具戏剧性的细节至今我还记忆犹新，那就是当我谈及到迄今流行的陕西眉户时，表明它最早发端于魏晋的西凉乐舞和隋唐的燕乐新声，理由是它的骨干曲牌，正是西凉乐舞衍化为西凉大曲之后倚声填词的继续，以及当时从域外传入河西小型歌曲和乐曲。现存于敦煌遗书中的 590 首敦煌曲子词和 28 首敦煌曲子谱就是极好的佐证，自然应将其视为元末明初散轶于民间的元曲的一部分。一听这话，依群先生不依了，甩开拐杖笃地站立起来，伸直右臂，朝我打出一个拒绝接受的有力手势："不，眉户中的骨干曲牌，真正来源于明清时调歌曲，在没有新的史料证实它与西凉大曲有着直接联系之前，我看现在还只能这样说！"我也不依地争辩："那么，在此之前出现的昆腔声腔中，就已存在这类曲牌的现象又该作何解释？"依群先生仍然据理反驳着我的话，而且，双方对话的嗓门竞技般地越提越高。其实，先生的观点是对的。因为，他有充分的史料根据。明代的沈璟、卓珂月、沈德符，清代的李斗、顾自德、蒲松龄等人的诸多著书中，都有过明确记载，而我的话就缺乏明确而具体的史料支持。但我后来一直所考虑的，倒不是学术问题本身，而是由此引发出依群先生当时那股充满孩子气的冲动激情。我不知道先生平日是否喜欢激动，但有一点我完全可以想见，依群先生是个腹笥渊博、涵养极高的学者，平素待人必以谦逊自律，即使自己受屈也不去伤害别人，就像对待自己的腿疾那样，生活中绝不会计较个人得失，而真正能够激活他平静心理的，是学问，而且只能是学问。因为，他是一位求真求理的真正学者，追求真理已成为他生命的重要成分。就上述引发的戏剧性争辩，双方并不存在本质方面的分歧，分歧在于思考问题的方法和角度，我海阔天空，他脚踏实地。这一点，正是我与先生一席谈话的最大收获，也更验证了先生严谨过人的治学精神。

我们探讨的是被时间吞噬殆尽的历史尘迹，我们面对的又是能够改变一切的时间流逝。当高凯老师走来拉开屋灯时，双方才从交流的尘迹中回过神来，可是，灯光代替了阳光，中午变成了傍晚。我为自己漫无边际的絮叨顿感失礼，不好意思地起身准备告辞，但高凯老师已经做好了晚饭，挡在门口说什么也不让走，依群先生更是前堵后截，唯恐我飞了似的。说来不怕读者见笑，本来是纯粹的礼节性拜会，可我不仅吃了依群先生的中饭、晚饭，还住了一宿不说，竟连第二天的早饭也都没有放过。而我们的交谈，也从先天的中午延续到傍晚再到深夜，继而又从第二天清晨延续到十一点，整整一个对时，双方还觉兴致正酣，意犹未尽，但无论如何，再也不能打扰两位老人了，便起身夺路告辞。当我在楼梯回首告别时，依群先生拄着拐杖站在门口，送视的目光传递出最后的依依之情。一下楼，我才知道大雨连绵，加上当时正值"动乱"前夕，市内汽车大游行，各路交通瘫痪，我只好沿着城垣西行，整个心绪依然处在交谈激情的裹挟之中，一种少有的快慰和兴奋，在心中剧烈激荡，什么天上的雨、地下的泥，还有汽车大游行，统统抛却于九霄云外。

我与依群先生的这次会面，既是相见的开始，又是相见的终结。十年之后的1999年，当我再去西安时，依群先生已经作古，但我依然去了他家，并在当年交谈的那个房间，与高凯老师攀谈了近两个小时，只不过攀谈的题旨，已不再是元曲，而是对依群先生的深切怀念。谈到动情之处，高凯老师哭了，我也跟着哭了。但是，一个文化名人的逝世，并不意味着他人格精神的消逝，相反，精神较之于肌体，更具不朽的永恒和摧发后世的伟大潜能。依群先生虽然羽化登仙，却在无形胜于有形中，激励着西北戏曲音乐界与他相识和不曾相识的莘莘学子奋发进取，仅此，他就可以含笑于九泉。

谨向影响我一生而又仅得一面机缘的尊师王依群先生以深切怀念和沉痛哀悼！

（原载《当代戏剧》2003年第2期）

他为自己铺设了一条成才之路

——记作曲家张枭

路有宽窄曲直，人有高矮胖瘦，这本是最不值得笔墨评说的日常小事。然而，倘若我们对作曲家张枭所走过的自学成才之路略加回望，起码对于初学作曲的人来说，将会从中得到一些奋发进取的精神力量。

早在四十多年前，音乐神奇的艺术魅力，就已叩开他那富于幻想的童心。当时的张枭，正处于天真烂漫之时，全然像一条初生牛犊，决心要去摘取艺术王冠上那颗最为耀眼的音乐明珠。也许正是他过早具有这种大胆而执著追求的心理，促使他又过早选择了一生所要走的路。十五岁时，一脚还未从初中教室拔出，一脚却早已伸进了军营，兴冲冲来到第一野战军第二兵团当了一名手风琴演奏员。也正是这一步，他把幻想变为现实，开始向音乐深宫慢慢跋涉挺进，而那只常被部队首长呼之为"战斗武器"的手风琴，自也成了带领他向那颗明珠逼去的启蒙向导。

在此之后的两三年里，也不知从什么时候，出于什么动机，也很可能是他常下连队演出贴近生活、热爱生活的缘故，他开始作曲了。尤其当他笔下的旋律成为战士粗犷的歌声播撒在塞外军营之时，那歌声反馈到他心里的绝不仅仅是成功的欣喜与激动，颇大程度上则似充足电能的马达，反转又加快了他创作思维机器的运转。从此，他似乎灵气大发，三天两头都会有新作问世，歌声也不时飞出笔端。尽管那歌声多是重理大于重情的"高、响、快、硬"式的进行曲，甚至今天看来稚嫩得近乎可笑，但毕竟使他又步入一个新的台阶，也使他明确了毕生奋发进取的方向。

张枭此一阶段的作品，可以说基本上是凭藉对生活所持的一种可贵激情而谱写出来的。当然，创作需要激情，但却不能全靠激情。因为它多含朴素的冲动，缺少理智的深情。歌曲创作作为一种特殊的逻辑思维活动，不只仅仅需要作曲家冲动朴素的情感宣泄，而且还必须向人们提供一个作用，那就是审美作用。倘若从前者步入后者，无疑将标志着其创作思想走向成熟的一大飞跃。但往往在此时，伴之而来的却是创作兴致骤然低落的奇特现象，甚至将会在一定时期内出现创作灵气的萎顿。大凡从事创作的人，差不多都曾尝到过这一奇特现象的苦果。其实，在我看来，这不过是一切事物发展中的必然，同样也是歌曲作者创作思维发展中的必然，因为，它毕竟是在感情、生活、技巧三位合一支配下的一种特殊逻辑思维活动。这三位合一的关系，恰似互为因果的三个环链，既相互促进，又相互制约，倘若任何一环能源贫瘠，都将影响创作思维的整体平衡，自然最终不得不走向低落。张枭也和其他初学作曲的人一样，虽然曾以冲动的激情戳穿了歌曲创作的神秘外壳，但当他不再满足于那种表象的、肤浅的冲动激情宣泄，需要从更深的层面开掘、拣择、提炼生活的典型，并以更高的眼光看待这门学科的时候，通常那朴素的思维惯性已不再能发挥更大的作用，以致使他同样陷入创作灵气骤然低落的苦闷深渊。年轻的张枭，自然还不大晓得这正是那个三位一体的因果环链失调在作祟，但当时任团长的音乐家史次欧却十分明了这一问题的症结，并向他伸出热情帮助的手。从此，他开始认真读书了，用音乐理论为自己"充电"了。与此同时，他开始用科学的态度正视这门学科的严肃性，使他深深感到那座诱人的音乐殿堂还十分遥远，全然不像他想象中的那样唾手可得。经过冷静反思，也逐渐学会力求使自己的作品能够向人们展示一种自己所追求的审美作用。这是他迈得最为艰难的一步，也是他获取后来成功至为关键的一步，正是这一步，他的歌声才开始慢慢飞向了全省，飞向了全国。在他的《新春园舞曲》《农庄的黎明》《赶骆驼的哈萨克》《盼哥盼到水利化》等20世纪60年代初期作品中，差不多都贯串体现着他强调一种审美作用的特性。

当他刚刚理顺脚步正待阔步挺进的时候，那十年的灾难偏偏降临人间。在这场发人心悸的浩劫中，张枭自然难于幸免，谁让他是世界著名国画大师张大千的儿子呢？逆境中的他连起码的人格尊严都难保全，更何谈再执笔创作。但对事业的追求却并未就此泯灭，相反有效利用这个艺术的"冬眠期"，暗暗为今后的起飞积聚动力，因为他坚信，被扭曲的魂灵终有一天还会拨正过来，也正是他敢于正视未来的缘故，当十一届三中全会的春风，吹开音乐界郁闷天际的时候，他的复苏则比别人来得更快更早。

然而，随着改革开放国策的实施，新的思潮迅猛冲击着人们的传统观念，同时也冲击着人们传统的审美意识。尤其欧美及港台歌曲的大量涌现，不仅促成青年人对开放性的歌唱持有浓厚兴趣，也对传统的创作手法带来严重威胁。而我们那些刚刚挣脱禁锢的作曲家，还未来得及完全抹去蒙在心理上的"余悸"，却被迅猛席卷而来的这股狂潮又罩上一层新的"浮云"，这当然是一种具有压力的挑战，在这挑战面前，有些作曲家落伍了，有些则突然地崛起了，张枭便属于后者。原因在于他能够根据时代要求，以全新

的观点去重新认识生活，去努力挖掘当代人们精神需求的潜意识，而且在创作思维方法上，又能够在强化自我意识的同时，渗入现代意识和民族意识，从而使他的创作逐渐向成熟和成功的边缘靠拢。

《中华颂》是他在粉碎"四人帮"后奉献给人们的第一首歌，从其音乐语言与总体风格看，可谓进行曲与抒情曲的融合。前者旨在通过"力"的作用，体现我们多难的国家获得新生后的重新崛起，故能给人以光明的希望和心绪的振奋；后者则通过"情"的抒发，洋溢着儿子对母亲积聚十多年的一往情深，故又使宽松跳跃、明快赞美的气氛弥漫始终。张枭正是借助力与情的交融，极成功地表达了中国人民从沉默到复苏、从压抑到开明的豁达心绪。但从作品所选择的结构与手法来看，却依然受到那种四平八稳、方方正正等传统框架的制约。这既符合当时新旧审美意识交替更叠的客观现实，同时也很符合张枭刚刚挣脱禁锢、余悸尚未完全根除时那种蹒跚中前进、审慎中开拓的思维方式与创作心理。但在此以后的诸多作品中，无论从形式上、手法上，抑或音乐语言上，都使我们看到他在尽力突破传统框架和正在探寻新的表现路子的明显迹象。特别在创作思维方法上，清楚地透发出以微观反映宏观、从客体走向主体、用抒情替代豪壮这一总的趋势。《姑娘更比青山美》《小湖杨》《农家四季歌不落》《梳妆台上红花开》等作品，尽管从总体意识上尽力表现着他对时代的赞美，但却从不同的生活角度，同时又仅仅撷取其中十分具体的一个点来加以表现的，这就大大突破了以往那种空洞的泛泛歌颂与说教；还有对那音乐形象的刻画，他也试图在眉户、花儿、云南民歌、哈萨克族音乐等诸多民族音乐语言基调中鲜明地树立起来。这种从微观角度反映宏观效果的创作方法，以及突出民族音乐本色的创作指导思想，无疑使他的作品渗入含蓄美、人性美、人情味的挚情与新意，因此，很快与现代人们的审美心理产生共鸣，并很快得到了社会的承认。这当然是他悉心探索和准确把握人们精神面貌的结果，同时也是他顺应时代、顺应审美变革的必然。这种求索与开拓精神，不只体现在歌曲创作之中，也蕴含在器乐作品之内。他的钢琴小品《花儿》，还有那一组组甘肃民歌改编的器乐曲等等，虽然都是人们惯听的传统老调，却又符合现代人们的欣赏口味，尽管又多通过西洋乐器奏出，却又处处闪烁着民族音乐本色的熠熠光彩，使得这些作品俱能俗中见雅，雅中见俗，俗雅共济。

我们还能够从张枭最近几年的作品中发现，他那敢于开拓、善于驾驭时代的才能。特别是他把现代意识和民族风格融为一体的做法，似乎已经成了今天他较为成熟的一种

创作思想。尤其对于通俗歌曲的写作，虽然他并不排斥那种"摇滚"节奏的表现与运用，却又不去一味因袭港台风味和语言，而同样不忘对于民族风格的渗透，而且他作为甘肃的作曲家，更注重以当地民间音乐音调去发展新的通俗歌曲语言。这方面，他更有自己的独到见解和美学理念。他认为，港台虽与大陆制度不同，其根仍在中国而扎，从它作品中体现出来的强节奏或摇滚乐，貌似新奇，实则不然，我国民间传统打击乐中，不就有那强节奏和摇滚乐的成分吗？因此，他们的文化传统也并未与大陆完全断裂。但这却并不等于说港台的一切皆好，同样也不能认为它们的一切皆坏。像那喊叫过凶的演唱，未必就适合大陆群众的欣赏口味，而对强节奏的运用，却又颇能激发大陆青年奋发向上的决心。凡此，都须我们用清醒的头脑去分加鉴别斟勘。另外，作为一个创造精神产品的作曲家，应当随时正视时代的大潮，注意全方位、多层次地拓宽自己的歌曲创作之路，来满足现代群众的欣赏需求。通俗歌曲既然征服了当代青年，而且又把它列入允许存在的范围，那么，作曲家就应该写出艺术质量较高的通俗歌曲提供给他们演唱，何况就歌曲品种而言，并无高下之分，只能是各有用场而已。正是基于这样一种全新的认识，近年来他创作了大量的通俗歌曲作品，其中《丝路传友谊》《唱给你》《相会在龙的故乡》《我寻觅，一个走迷梦中的人》等等，都不同程度地受到青年人的青睐，正因为他了解了人民的真正需要，所以使他赢得了成功。

张枭虽然以毕生的勤奋不断在拓宽自己的音乐创作之路，然而创作却不是他整个事业的全部。他作为《祁连歌声》的副主编，更大的精力还须投入繁杂的编辑业务，以及同众多作者的联络之上。也许是他在自学成才的整个历程中，经受了比别人多得多的重重艰难，以致使他对基层业余作者的劳动成果颇为珍惜和偏爱。因为他十分了解他们的艰辛与苦衷，这就更加促使他以极大的热忱去对待每一件来稿，而不允许由于自己的疏漏让业余作者苦心塑起的艺术形象沉没海底。这当然是一个编辑所必须具有的职业道德，但对于他来说，那相通的心理促使他对一份份工整的手稿更多了一层联想与挚情。正因此，扶持与鼓励、爱护与培养，便成了他似在分外、实在分内的一项无形任务。但倘或他们得知张枭一生在自学成才之路上的艰难磨砺，那么，不正为立志摘取音乐明珠途中的业余作者更具有启迪吗？

（原载《西部歌声》1988年第2期）

解读孟云

——湘西土家山寨走来的秦腔守护者

　　要说孟云，听其名抒情而诗化，见其人腼腆而深沉，若与她以事相往，还会发现她性格深层的另一面：谦和而又倔强，热情而又任性，幻想而又现实，坚毅而又自信。这种刚柔复合的性格，并非与生俱来，颇大程度上，是她屡履荆棘载途的人生磨砺和艰难创业的风刀霜剑糅搓后天打造而成。结果为这位原本窈窕热情、纯真质朴的湘西土家族女子，平添了几分挥洒大度的老道与练达。就像天山顶上的一株雪莲，冰彻风卷却能萌芽吐蕊，雪虐风饕依旧暗洒幽香。然而有谁能够想到，这一切全都是为了守护秦腔！

　　任何人都有过童年的梦想，但梦想未必能够成为倾注毕生的事业，区别在于前者可以海阔天空，后者则需要脚踏实地，甚至还要作出牺牲，付出金钱、血汗、泪水等高昂代价。苏轼言："古之立大志者，不惟有超世之才，亦必有坚忍不拔之志。"可是让人多少有些意外的是，孟云竟然把"坚忍不拔之志"投在弘扬西北秦腔文化之上，还作为实现其人生价值的终极目标，这种不分畛域的错位嫁接，又给她平添了几笔神秘的传奇色彩。

　　她确有几分过人的艺术天赋，尤其湘西老家独有的民间音乐舞蹈，还有经常挂在父辈嘴边的汉剧花灯戏，更是不学而能之。这是她自幼在青山秀水的湘西地气浸泡中得来的必然。事实上，在她小的时候，村寨里的"戏师傅"，早就认定她是个"唱戏的苗子"，破例吸收她加入了业余汉剧团，打炮开门戏便是《长坂坡》的赵子龙，这个角色不好演啊！文武兼备，唱做俱来，要没有一定的幼功基础，谁敢贸然上台？然而，她却糊里糊涂被扎上不合身的大铠，执起比她高的长矛，被"戏师傅"一把搡上了前台。说来也奇，第一声［弹腔导板］就赢来满堂好，首一个"跺泥"亮相，又使观众眼前霍然一亮。时隔二十多年，当她真正以拍摄秦腔剧目为职业时，依旧不忘那份童年得来的超常风光。

　　赵子龙演出的成功，不过是她初出茅庐的牛刀小试，却不是她决意追求的终极目标，但文学艺术的种子从此在她心里扎根发芽。当她真正懂得什么叫做前途、事业并开始寻思自己人生座标的豆蔻年华，正值改革开放国策实施的 90 年代初期。这是一个特殊的时代，新旧观念交替更迭，中外文化相互撞击，各种诱人的信息，把整个中国吹刮得地动天摇，也把这个偏僻的山寨吹得人心浮躁。同村的年轻人，身着土家族服饰和封凝多年的原生态质朴，一批批地出走，又换上西装革履和满脑子的神话般见闻，一批批地回寨，这才使她知晓世界上除有家乡大坝、永顺、张家界外，还有海南、广东、深圳。孟云原本就不是个随遇而安的女子，外部世界的诱惑力，自然与她隐匿心底的躁动很快发生共振，终于孑然放弃未完成的学业，瞒着家人独身远闯深圳。当时她只有一个信念：别人办到的她也能够办到，别人办不到的她会去努力办到。这就够了，也许这正是后来她在事业上取得成功的真正动力源。

深圳地接香港，作为我国率先开放的经济特区，思想意识解放，经济政策宽松，只要走正道，远邪恶，谋发展，成功的机遇随处可得。与之相对应的，便是各种不良诱惑与之俱来，既可一夜致富，又能一瞬变穷，还可眨眼变坏，问题全在于如何把握自己。孟云带着遥远山寨的淳厚土风，一头扎进如此诱人的花花世界，着实感受到"外面的世界真奇妙"并非神话，而是现实。但她明白"举大事必慎其行，干事业先致心志"的道理，她从最底层的打工仔做起，踏踏实实尽职于自己的工作，明不为眼前纸醉金迷所动，暗却在寻找机会欲圆痴心于文艺事业之梦。她曾向往当一名歌星，也曾向往成为一名作家……这些向往，并非全属空穴来风，因为我发现在她身上，确实有几分先天而得的潜在艺术基因，只不过尚需摧发化育罢了。我多次聆听过她的演唱，无论汉剧、土家族山歌还是流行歌曲，那音色之纯正、节奏之催撤、气息之控纵，全被她本有的音乐感觉调理得翩似惊鸿，婉若游龙；最让我难以置信的，还是她创作的长篇小说《九道锁》，从人物设置到情节安排，从文字功力到写作技巧，还有她驾驭题材的能力，结构故事的手法，典型语言的运用等等，所呈现一股"龙文百斛鼎，笔力可独扛"之气。因此我常想，倘得某一音乐大师抑或文学高人指点，她会有望成为一名出色的歌唱家或者小说家的。

然而，人世间的事毕竟有它意味深长的特别之处，就像江上行舟，风平浪静便会飞流直下，顺畅无碍地到达彼岸；一旦遇到强风暴雨、逆流暗礁，不仅无法按照自己设定的路线平稳前进，还有可能遭致槛折船倾、全舟覆没之险。孟云在深圳的五年，正是她从天真无邪的豆蔻年华，逐渐走向成熟的五年，眼中所见、亲身所历，使她懂得了什么

叫做社会，什么叫做生活，尤其对于事业和自我的启认，也从原先不着边际的云兴霞蔚中慢慢回落到现实之中，又从现实中慢慢寻回一个真实的"自我"。1997年，她怀着理想与抱负，同时又趋于对生活的负责和执迷，孑然离开繁花似锦的海滨深圳，随着爱人来到广袤而苍凉的西陲甘肃，而且又在惊风若沙的边寨嘉峪关落脚安身。生存环境的巨变所引发的心理反差，犹似天堂坠入地府，谁都能够想象得到，莫要说一个江南女子，即令甘肃土著，突然的移居总会给生活、心理甚至在情感上造出诸多的不适应。可是，这位湘西辣妹自幼练就的吃苦本色，在支撑失望向希望的转换中用上了派场，也使她很快进入生活角色。她应其风俗，情习移化，开始考察市场，寻找商机，做起了音像小本生意。先租赁柜台，继扩为铺面，两年功夫，竟然发展成嘉峪关市最大的音像批零销售总汇。她当然心里有数，这种小打小闹的销售作为，只不过是实践其人生价值和最终走向恢弘理想的执旌演练罢了。果不其然，孟云的目光很快瞄准了兰州，开始认真考研当地民风民情、民众嗜好，继又调查全省音像市场，分析供求关系、进货源流，从此正式移址于兰州，并注册"甘肃百通音像总汇"正式开张营销。

孟云的"百通音像"，以货源充足、品种齐全、信誉至上为宗旨，加上经营有道，销售网络很快覆盖整个西北，成为兰州市场最显赫的经销人物。时隔十余年，还念念有词地经常谈起那段成功的经历："每天进货的零售商，从早到晚排成一字长龙，让人接待不暇，而相同的光碟相同的价，即令一墙之隔，竟然无人问津，嘿嘿！'好酒不怕巷子深'这条古训，怕是真要失去它的意义了！"然而，也就在此时此刻，另一条古训悄声无息地暗暗向她逼来，那就是："树大招风风损树，人为名高名丧身。"

中国人最忌恨"红眼病"，却又常犯"红眼病"。改革开放后的经济市场，始终提倡公平竞争，但极少数同道商家却将"公平"的概念偷换成妒嫉甚至诬陷。最令孟云不解的是，某一音像单位头头，无能力搞好本部门经营管理，却有权封杀别人的经销门路。孟云营销的强势，显然使这位"红眼病"大员恼羞成怒，不惜亵渎"文化稽查"的神圣与净洁，竟以捏造罪名，大打封杀查抄王牌之能事，欲致"百通音像"于死地。情理不禁要问：你一纸红头文件得来的堂堂七品官员，应该懂得党的法度和自己的职责，不去搞活自家的经营管理，偏要与一个个体商户较的哪门子劲？作的哪门子对？这种作为岂不有点"鹊巢鸠占"之嫌么！

这一记闷棍着实不轻，击得孟云晕头转向，元气大伤。而那位头头犹似二战英雄，螳螂捕蝉，得意忘形。然而，他却低估了这位湘西辣妹的毅力和能耐，岂不知他所面对的是一位极善运用两分定律变不利为有利的新时期年轻女性，由此反倒击出孟云在事业上的更大发展与追求。两个月后，她果断撤销"甘肃百通音像批发总汇"，重新注册的"甘肃百通影视发展有限公司"挂牌开张，她自任董事长，兼任导演，而且明确公司以"发掘和弘扬西北民族民间传统文化遗产"为宗旨，创"秦腔宝典"和"西北风情"为品牌，这一举措，为她最终实现其人生价值的宏伟夙愿，有了更接近的意义。

如果说营销需要懂得市场运作之道，那么，作为一名影视导演，就需要更专业、更深邃、更多元的文化知识和积腋成裘的艺术实践经验。以孟云当时的学识功底，充其量不过初中程度，艺术经验也只是少年时代唱过几声家乡汉剧而已，至于何为舞台时空、场面调度、镜头语言、移动方式甚至切出切入以及角度的偏、平、仰、俯，还有运动的拉、推、跟、摇等等，简直成了听所未听、闻所未闻的天方夜谭。但她向来不信这个邪，也不知专业、权威、崇拜、迷信为何物。"未听未闻反而有利，白纸一张倒能画出最美的图画。"话虽如此，她心里明白，此刻自己最缺失什么，最需要什么。于是，她先到兰州大学经济管理学院研究生班、电算会计专业班学习，其后又去北京电影学院导演系进修，同时又从陕甘诸省聘请多名电视导演、戏剧专家充当顾问，如此雷厉风行、招贤纳士，几年功夫，足迹遍布陕、甘、宁诸省（区），先后与一百多个专业秦腔剧团、四百多位秦腔名家携手合作，录制出版各类秦腔光碟四百余本（折），总计长度达十万分钟以上。这些剧目，一个共同的特点，便是舞台鲜见而观众渴求的稀有剧目。因此，大部分都是她从几近濒临失传的绝境中挖掘抢救得来。一件令她感动终生的抢救事例，便是2006年清水县录制连台本戏《蛟龙驹》，病入晚期癌症的老团长不仅抱病为她搜寻整理剧本，还天天临场指挥排导录制，然而就在摄制组刚刚离县的第二天，噩耗传来，老团长安然离世。孟云每每谈起，泪落如泻，哽咽难语，责怪自己总欠了老团长无补的情结，也常常为之而感慨："世上还是好人多啊！"

"世上还是好人多"，此话当然不假。可是拍摄节目的艰难和辛劳又有谁能为她替代？一本大戏她投入摄制的成本高达三五万不说，单就每本戏的录制环节，从精选剧目、熟读脚本、分解镜头、联系剧团、分配角色、指导排练、拍摄录制、剪辑素材、调整画面、音像复合、修正唱词、添加字幕、平衡色彩、调节音频、转换信号、制作母版，直到打包成型，几乎要经过五十多道工序才能完成，而每道工序必由她亲自上机操作，任何一个细节偶出纰漏，一切将前功尽弃，又得从头再起。尤其现场拍摄，孟云不仅仅作为影视导演随时调整舞台调度，又要指挥三个机位根据剧情随时变化镜头，还要

临场进行值机切换，更要眼观六路耳听八方。因此，每当一个剧目精心制作成合格的VCD或DVD光碟，她就如同大病一场，原因正在于其神经处于高度集中与紧张状态匹马单枪没黑没明地煎熬，不夸张地说，她就是一台高速运转的机器，甚至是一个实施流水作业的托拉斯工厂。

然而，孟云以如此巨大付出艰辛录制得来的节目，广大秦腔工作者以血汗甚至生命代价如此唱响制作的光碟，竟被一些专事盗版的不法之徒唾手窃去，成了他们不劳而获、坐地秤金的摇钱树。盗版商蹲伏于阴暗角落，专等百通新版节目上市，而且一夜之间粗制盗版便会充斥整个市场。更具讽刺意味的是，这些文化窃贼，不只盗版而且盗名，碟芯封面依旧印上"百通制造"，还堂而皇之同样标上"版权所有，翻版必究"警示。购得盗版碟的顾客全然不明就里，屡屡电话短信铺天盖地，竟向"百通"发难。足见盗版不仅成了全社会的一大公害，也成了专与孟云作对的一股新兴邪恶劲敌。毋庸讳言，又将百通逼入几近破产的窘境。

商不取无义之财，贾不以充货贸易，本是我国古代商贾文明经营的基本原则。然而当今的邪赢者们，全然忘却了德行重义四字，造假充真，强取豪夺，坑蒙拐骗，扰乱市场，实在是对科技文明的莫大亵渎。唐人司马贞有言："废居善积，倚市邪赢。"当知中华古人对于这帮专以不法手段获利的邪赢无赖之徒早就恨之入骨。而今，我国成为法制国家，明令造假盗版属于违法行为，这帮邪赢依旧顶风作案，坑民骗财。随着国家打假力度的不断加强，孟云为维护自己合法权益，更充当了打假的前沿勇士。她挚起法律武器，屡下基层明察暗访，甚至不惜重金聘请律师、雇用私家侦探，摸窝点，查根源，纠邪赢，堵黑道，为配合各地文化稽查部门顺利执法提供了大量铁证，收缴查抄了数以万计造假盗版碟片，并将造假盗版者起诉法庭，要求绳之以法。孟云的打假维权行动，得到甘肃省委宣传部、公安厅、文化厅、工商局及其各地政府、执法部门与主管领导的高度重视和支持，并以正式文件要求各地从严打击非法盗版行为，规范市场管理，有效扼制了邪赢的嚣张与猖獗。

孟云正是踏着这样一条荆棘载途的人生之路向前行进，十多年来，蒙受了各种各样的打击与屈辱，看尽了形形色色的白眼与难堪。但是，她没有被这些世俗目光所吓倒，更没有在高压打击面前所退缩，相反使她变得更加成熟、更加坚强，事业更加兴旺，更加发达。时下，她又着手在电影数字院线和影视戏曲网络两个全新领域寻求发展，宗旨依然是为西北观众送上更优质、更丰富的秦腔文化大餐。

这真是个不分畛域的错位对接，然而又是正确与无奈胶着并存的选择。一个操持着满口吴音楚语的江南女子，何故要同浑高雄远的秦腔结为不解之缘，而且还将秦腔确立为体现其人生价值的终极目标，决心为之奋斗一生，奉献一生。这其中究竟蕴寓着什么样的深奥玄机，她到底看中了秦腔的什么，又发现了秦腔的什么？有谁能够拆解孟云心中的这一秘笈？我想起了她接受某家电视台采访时所说的一段话，不妨作为这篇文章的结尾：

秦腔虽不是我的家乡戏，却是我最喜欢的一种民俗文化之一，正因为自己太喜欢，就有了使不完的劲，成了我终生追求的事业，甚至还成为生命的一部分。但近年来，受某种消亡论的误导，使秦腔与观众之间形成一个无形的鸿沟，我偏不信这个邪。决心把观众想看而看不到的剧目录制成光碟，传递给观众，从这个意义上讲，我不过是在观众与秦腔之间，充当了一个搭桥者的角色而已。当然，由于盗版商的猖獗，我不知道自己还能坚持多久，但只要一息尚存，我就要扮演好桥梁的角色，以此回报忠实于秦腔的广大观众，这就是我的人生夙愿，也是我终生的追求。

（原载《当代戏剧》2010 年第 3 期）

高山的悲暝

——陇剧作曲家郭君效文周年祭

　　山是大自然的赐予，人类赖以存生的依托。有了它，山川并茂，江河同辉，千娇吐翠，万籁俱秀。倘没有了它，首先就没有了平原，没有了江河，没有了资源，没有了世界，当然也就没有了人类。

　　正由于山的存在，不同的人对它的启认便有了不同的文化心态。比方说，在久居平川的人们眼里，山是一道靓丽的风景和引发其神思遐想的一种体验。尤其那些久慕其名而仰观其形者，往往还会生出一种峻峰巍撼摄人和虔诚拜谒朝圣般的几分崇敬；地质学家则不注重它外观的嶙峋，只偏执于峻奇之下是否蕴寓着可资采掘的矿藏资源；对于傍山而居和天天抬头叠峦立现的人们来说，山又变成另外一种感受，甚至对其峭拔巍耸的峥嵘奇景，多少有些"静听不闻雷霆之声，熟视不睹泰山之形"（《文选》刘伶《酒德颂》句）般的漠然。原因就在于他们过分的熟悉，过分的接近，反倒忽略了对其价值的珍视和感悟。倘若有朝一日，眼前那座山峰，由于能源耗尽，挖毁坍塌，真的要从自己的眼前消失殆尽时，傍山而居的人方知其山的重要，却又有何补乎？我所说的山，当然不是自然界中那种具有雕饰意味的山，而是已经驾鹤腾升于天国、从此不再显像生还的著名陇剧音乐家郭效文同志。

　　现实中的效文君，生前在世之时，的确丝毫不染高山般的巍撼摄人之气，相反朴实敦厚得像个董志塬上的老农，也许正是他的这种生性，反倒使我们忽略了从更深层面对他超凡脱俗的满腹才华以及对艺术、对社会功成不居奉献精神的客观评估和公正认同。以致当他撒手人寰孑然而去之后，给人留下太多的悲怆与悔憾。

　　近一年来，我也因为效文的突然离去而深受悲痛的煎熬，甚至常常持有一种无以名状的获罪心理，时时刻刻都在反问自己：在同效文交谊的大半生涯中，究竟对他渊博的腹笥知之多少？对他超凡脱俗的才华又认同了多少？尤其作为他一生最信赖的同道挚友，对他淤滞于心头且又无法对人言表的一些烦恼，替他消解了多少？甚至在他生活极度窘迫艰辛时，对他呵护了多少又帮助了多少……这种沉痛的自省，似乎变成了一种自责，却依旧难以缓释心中的内疚与惭愧。因为，在他生前，我曾对他有过一些当面许诺要办的事，却由于自己的慵懒和拖延而一直未能兑现，还有一些他曾几番要求我要办的事，也由于各种复杂的原因，竟被我以种种借口婉言回绝。这一切，在他活着的时侯，或许不会去作过多的深思细想，然而，当他离世之后，如烟的往事，又被重新组结起来，而且竟然变成一帧帧清晰的画面，并以电影闪回的方式，在我脑海里不停地辗转反侧，其中包括他当时对我难以启齿的那种表情，希冀我以厚望的那种眼神，还有期盼破灭后的那种失落以及平时谈笑风生且又充满幽默、调皮与稚气的快慰等等，全都定格在沉痛缅怀的永恒记忆中，挥之不去也抹之不去。这种伤神的回想，宛如咀嚼一颗自酿的负疚苦果，着实让人既难以吞食，又无法吐出。

　　或许是我迄今依然还不相信他会真的已经离去这个事实，因此，如同往常一样，期盼着他从庆阳再度来到省城，并突然出现在我的眼前，操着厚重的陇东话不停地给我讲说什么，或者去一雅静之处边酌边聊，重新开始如同以往那种漫无边际的神侃。这当然是明知不可为却偏偏而想为的事，其结果只能从缥缈的幻觉中平添更多的悲怆而悻悻回归于现实。于是，又去常常翻寻他生前用心血凝就的每一小节音符，并在旷静的午夜，也借助于幽暝的灯光，先把旋律尽量将曳成一缕缕如烟的细丝，好让它缭绕在我的周围，任其自然地随意流动、飘浮、散移、荡涤。这是我们双方都能读懂的一种语言，而且我相信，只有它才能把阴阳两极对接在一起。我之所以选择在午夜，并不完全因为那是阴阳交合的最佳时辰，更主要的还在于避开人间尘嚣的干扰，只有这样，生者与死者才能继续当年的那种对话。当然，我们所攀谈的和以往的话题本没有什么区别，无非是在那辽阔的空间和时间中寻回陇剧音乐业已失却的历史精魂。但是，在对话行将结束时，我却没有忘记向他讨教一个最重要的问题："你去矣，陇剧的路，究竟还能有谁挈旌领衔并向未来继续延伸？"他缄口不答，拂袖而去！

　　也许陇剧给效文君积淤了太多的伤感而不愿再度提起，但他的一生又的的确确是同陇剧共生共存的一生。他将毕生精力奉献给了这个初生的艺术娇子，并用自己的心血使它一天天地成长壮大，尤其他作为庆阳地区第一代陇剧艺术的拓荒人，加上其所从事的又是腕毂这一新生剧种脆弱生命的音乐创作，所以，效文生前非常明白自己承担的历史使命，那就是欲要让陇剧继续存在，关键在于自己写出来的唱腔音乐真正散溢出陇东所独有的浓烈地域文化气韵。因为，这气韵既与陇东民众的情感、心理极易发生共振，又

能同长期形成的民族思想哲理和独有的精神气质很快结合，由此构成一种独特的审美品味和"我所有而他所无"的独特文化品格。只有做到这一点，才能赋予这一年轻剧种以生生不已的艺术生命力和铭心镂骨的艺术渗透力。这也是关乎陇剧艺术生死存亡的终极底线，顺者倡，逆者亡，谁也不能相悖。道理很简单，陇剧作为一种地域文化，它与当地民众的生活、趣尚及其思维方式早已熔冶成一种浩瀚混沌和不可化解的无形整体，这整体足以能把数千年的中华文明盛于其中而又溢于其外，这也是中国的戏曲艺术能够把极深沉的民族文化内涵以最浅显的娱乐演绎方式展示出来，并使无数代观众自觉接受，而且还作为规范自己道德行为准则的原因所在。当然，要使年轻的陇剧艺术尽快步入这个行列，就有赖于从事音乐创作的人，绝不能随意断割陇剧自身的历史延续和轻易否定陇剧本体所具有的自我调控能力与开拓机智，戏曲作曲家只有通过对其局部的修整来激发它整体的跃动，才能真正打开传统与现代接轨的通道，才能谈得上超越传统和面向未来。也许效文感觉到了这一切，却没能也无力道出这一切，但在他的创作实践中又确确实实贯穿着这一切。正因此，庆阳的陇剧，既不是"非驴非马"式的杂凑，也不是"话剧加唱"式的胡凑，更不是那种没有传统根基的"无水之冰"和"无蓝之青"，抑或抛撒地域文化气韵于千里之外的"自我欣赏""自我陶醉"式的胡编乱造。

当然，陇剧作为新生地方剧种，对于它的每一个发展和进步，都不能忽视群体的智慧和力量，正是有了包括老一辈陇剧音乐家在内的数代陇剧工作者精心修造，才使它从"五尺亮子"皮影天地，一跃跨入舞台戏曲行列，这种质的飞跃，大大提升了唱腔音乐的领衔地位。因为，牵动这位艺术娇子脆弱生命的，正是充当供血职能的音乐创作系统，从这个意义上讲，我们就得承认这样一个事实：郭效文在陇剧音乐发展上，的确作出了"高山仰止"般的一份辉煌。

1971年严冬，举国上下全都陷入"大力普及样板戏"的狂热之中，职业使我顶着鹅毛大雪从省城来到西峰，任务便是摸摸陇剧《智取威虎山》唱腔音乐的底，看看是否还有宣传的潜在价值。令我惊异的是，全国大大小小三百多个剧种，都在向"红色京剧"音乐"一边倒"地倾斜，而庆阳的这出戏，却在"高大全"的夹缝中，依然透发出一股沁人心脾的乡音醇韵，也许受职业敏感的驱动，我很想见识一下搞作曲的究竟是些什么人，竟然能够把革命的内容同本剧种特色糅化得如此严丝无缝？于是才便有了同郭效文的第一次接触，尽管当时最时髦"集体创作"，却依然难以阻隔我对这位作曲家的肃然起敬。从此，我们便频频交往，步步趋深，在不足二十年的时间里，我八赴庆阳，几乎

511

全都冲着郭效文的陇剧音乐而来。《智取威虎山》《红色娘子军》《骄杨》《刘巧儿新传》《陇东娃》，还有眉户剧《隐形的战线》等等，一出接一出地被搬上广播，甚至通过节目交流和中央人民广播电台而唱响全国。其中最令我欣赏的，便是他那对于陇剧传统音乐的发展革新，不留一丝刀劈斧砍凿痕的高超技能。这不只从流畅而动情的旋律线条中衍发出来，更从他对板式结构的整体布局中得到最完美的展示。《骄杨》一剧的主人公杨开慧有一段唱，叫做《中流击水勇往直前》，这是杨开慧身陷三尺囚笼而倍加思念井岗亲人的大段抒怀唱腔。基于剧中人物性格和身份的特殊性，必然要求曲作者对其原有的唱腔音乐作出全面革新，倘不如此，自难体现出杨开慧既作为一位无产阶级革命家胸怀五洲风云的博大情怀，又无从昭示出她作为一个妻子对远方亲人所持的深切眷恋与内心情结。正因此，郭效文几乎调动了传统道情和新创陇剧中的所有板眼程式，以此编织成曲体相当长大的成套唱腔，同时，又通过各种艺术手法对其传统程式的技术性处理，大大强化了不同板式之间强烈的节奏对比，以及花音与苦音之间调性色彩的繁复交错，既促成音乐内部机制的强大张力而透发出一股撼人魂魄的磅礴气势，又加强了旋律动态功能的外部装饰和精雕细琢而营造出一种温馨向往的抒情气氛，尤其在全段演唱行将结束之时，不惜借移歌剧重唱表现形式作为群体理念来传递角色难以言表的思情心声，由此形成全段演唱的高潮，其效果相当感人，从而促使杨开慧革命家加爱人的双重品格，通过音乐的形象被高高地树立起来。这种"出新意于法度之中，破传统于程式之内"的革新手法，让浓郁的剧种风格与特色弥漫于唱腔始终，同时又从这醇浓的地域文化气韵深处，透发出一股强烈的时代新意，让人听来，既舒服，又挂味，既新颖，又丝毫不染老腔之嫌。很显然，郭效文把继承传统作为标新立异的起点，并让现代人物的艺术形象在通常的陇剧音乐艺术发展规律中得到鲜明的体现。这说明，作曲家在传统基础上的出新和出新基础上的出情，不仅最容易感动观众，演员演唱起来，也更容易唱出情味。类似的革新手法无须一一细说，那太占篇幅，"濠上观鱼非至乐，管中窥豹岂全斑"（陆游《剑南诗稿·江亭》句），仅此而足矣！

郭效文以自己的聪明才智和毕生心血，促使陇剧音乐的文化品位，不断向更高层次攀缘、冲刺、提升，然而，他却不知，正是自己用心血所谱写的这些一出出典型佳作，却为他长长地铺就了一条悲怆的人生历程。尽管他对陇剧艺术的情缘，远远甚过对自己生命的情缘，而陇剧回报他的，却是满额的皱褶和满脸的沧桑，但他从不计较什么，也从不奢望索取什么，只是按照自己的愿望和理想，默默地做着他认为自己本该做的事。

就像忍辱负重的一头老牛，"吃进去的是草，挤出来的是奶"。当然，我始终认为，作为一个真正的文化人，就应该清贫为本，心静为怀，尽量远离世俗的喧嚣。尤其今天，要能够持以平静的心态看待当前官场的奢华和商海的富侈，但清贫并不等于窘迫，更不意味着人格的低贱，凡事都要过得去，也应该从不公正中尽量地求得公正，因为，它将标示着对其人生价值的肯定以及敬业精神的认可。过分吗？不！要求高吗？也不！！

效文生前曾给我吐露过两个心愿：一个是职称问题，一个便是工作调动问题。对于前者，主要由于现实中存在的某些不公正而引发了他心理的不平衡。的确，论能耐、论成就、论学术著论，甚至论"硬杠杠"，他都应当得到他本该得到的东西。但是，谁让他偏居于没有指标的基层剧团呢？这能怪得了谁又能怨得了谁？对于后者，则又是完全出于生活的窘迫与无奈。妻子是个无业居民，孙子还得靠他接济贴补，而自己收入又不足千元，何况每月未必如数得手，加上又面临即将退休，暗淡的生活前景，显然使他顿陷穷途维谷而无力自拔。其实，说开来，效文的要求并不太高，充其量不过是希望在能够拿到全工资的当地文化系统落脚栖身并为陇剧继续敬业献身而已。在他看来，或者说让任何人看来，甚至从任何角度讲，都算不上什么非分之想，而且只须领导一个小小的颐指气使，便可让他终年有靠。所以，多次要我陪同他去寻求门道，认为我是陪他前往的最佳人选。然而，我没有贸然行事。因为，我深知，"级别"这个无形而胜于有形的东西，在任何一级领导心目中所占有的神圣不可侵犯的位置，我算什么级别，又有什么资格，去疏通领导与平民之间的关系呢？看来，效文在社会阅历方面，比我还要稚嫩许多，在官场行事程序方面，又比我知之更少。果不其然，当他最终带着惶恐而失落的表情给我讲述惨遭冷遇的经历时，我在深表同情的同时，又暗暗庆幸自己没有贸然陪他前往，否则，将铸成我终生的悔恨。尽管有悖于同效文的情谊，却只能如此，因为，这就是当今的现实，无冤文人的悲哀。

然而，这一切都结束了，随着效文君的悄然死去，一切烦恼、窘迫、憎爱、失落、冷遇，还有名誉、事业、职称、成就等等，全都画上了句号。尽管这种死不是他的自觉选择，却是他最佳的解脱方式，起码不再在无边的茫茫苦海中扎挣拼斗，不再为缺少公正的反常烦恼忧心，也不再遭致别人的白眼，更无须再为退休后的生活而奔波求人。把这些憾恨统统遗赠给活着的人，让他们去思考、去品尝、去慢慢地咀嚼回味吧！

效文虽然已经撒手人寰，但他的人格精神却化成一股不大不小的文化力量，并在省城文化界引发了一场震撼。我得知这个不幸的噩耗，是在一位画家的开展典礼仪式会

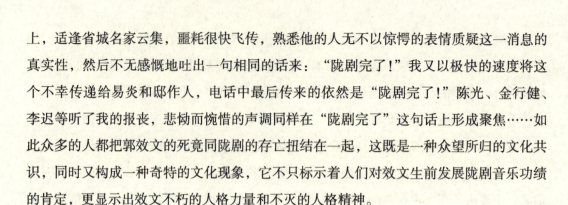

上，适逢省城名家云集，噩耗很快飞传，熟悉他的人无不以惊愕的表情质疑这一消息的真实性，然后不无感慨地吐出一句相同的话来："陇剧完了！"我又以极快的速度将这个不幸传递给易炎和邸作人，电话中最后传来的依然是"陇剧完了！"陈光、金行健、李迟等听了我的报丧，悲恸而惋惜的声调同样在"陇剧完了"这句话上形成聚焦……如此众多的人都把郭效文的死竟同陇剧的存亡扭结在一起，这既是一种众望所归的文化共识，同时又构成一种奇特的文化现象，它不只标示着人们对效文生前发展陇剧音乐功绩的肯定，更显示出效文不朽的人格力量和不灭的人格精神。

这就是一个艺术家的真正价值，我想，效文仅此而足矣！

愿挚友郭君效文长眠、安息！

（原载《甘肃艺苑》2004 年第 4 期）

秦腔的殉道者

——记清华学子牛海秋献身秦腔的悲惨一生

秦腔，对大西北人来说，意味着饭后茶余的休闲消遣，赏心悦目的精神享受。但若沉迷过分，也会乐极生悲，甚而招致灭顶之灾。尽管此类事例不多，却是生活的真实存在，甘肃早期清华学子牛海秋即是一例。

一个堂堂清华学人，何故能与秦腔结缘，又为何最终成了殉道者竟然惨死在秦腔名下？这还得从他的家族家风说起。

牛海秋的祖籍，在甘肃通渭、秦安两县交界的牛家坡，此庄除偏僻、荒凉、贫瘠而外，再无任何奇特之处。然而，却在清嘉庆至光绪近百年间，该庄有户农家一门连出两个进士、四个举人、一个拔贡、三个贡生而成为仕宦望门，其影响波及甘、陕、川乃至大半个中国，这就是世人所称的牛树梅家族，牛海秋便是牛树梅的曾孙。但牛树梅以上各代，都是地道的庄稼人和坐馆教书的私塾先生。正因为高祖数代都识文断字，便常为两县戏班"顺戏""理戏"，由此结识了不少戏子朋友。道光辛丑二十一年（1841年），曾祖赴京应试，缺少盘资，戏子朋友慷慨解囊，助其赶考，结果名列金榜，得中进士，却又不忘戏子恩德，不仅立下"尊重戏子，善待戏子，戏子上门，必须留饭，逢年过节，要给年老贫穷戏子送点年货"的家训，还把秦腔作为传家文化代代弘扬。正因此，牛氏家族的所有成员，不论何处为官，也不论爵封几品，个个都有学戏唱戏的嗜好。曾祖牛树梅虽任四川按察使加布政使衔，却对秦腔、川剧颇有研究；牛海秋之叔伯兄弟九人中，便有五人曾粉墨登场；至于他们侄子一辈，更是生旦净丑、文武场面，一应俱全。其中成就最大者有二人，一个是他的二叔父牛士灏，一个便是他的三叔父牛士颖（此二人容后专文详述）。正是在这种家规家风背景下，牛海秋与秦腔结缘，便成情理中的事了。

牛海秋名牛镇，1899年生。六岁虽以经诗启蒙，但晚清维新变法和后来的五四新文化运动，对他均产生很大影响。故在数年私塾后，随即考入兰州志果中学，成为这个老式书香人家第一个走进洋学堂的洋学生。中学毕业后，考至清华学堂农学院，其妻孟自芬则考入北京大学文学院。孟乃兰州大户人家闺秀，也是甘肃第一批冲破家庭阻挠，坐着羊皮筏子离开兰州到北平求学的女大学生，故在当时颇为轰动，可惜死于难产。

牛海秋在北平十年，除学得许多新的知识外，最重要的变化就是迷上了京戏，一有暇时，便去泡戏园子。继而开始学琴学唱，练功吊嗓，再后来便与一些二三流京都票友厮混，排戏唱堂会，甚至到郊外草台班登台演出，一显身手。为了多看名家演技，也不顾及身份，去到一些戏园子当堂倌，还曾去拜访梅兰芳，梅先生得知他是清华学生，不仅予以热情接待，后来还交为朋友，在他离开北平时，得到过梅先生资助。毕业那年，适值陕西省主席邵力子亲到北平挑选陕甘两省学生，与牛海秋一席谈话，很得赏识，当即欲颁发聘书，他却以继续深造为托词婉绝，但给家人则又谎称清华图书馆留他工作。事实上，此时他对京剧已经愈恋愈深而心身难舍，直到抗战前夕北平局势吃紧，不得不带着八岁儿子返回故里。

牛海秋带着八岁儿子返回通渭故里，在家小住月余，便往陕西找邵力子，邵即安排他在陕西省建设厅农政局工作，由于他厌恶官场交际应酬等因奉此，工作一段时间便提出辞呈，又到兰州西北农业专科学校任教。那时的专科学校教员待遇十分优厚，加上他又新续娶了妻子，虽说生活比较安逸，精神上却十分孤独，原因正在于兰州没有多少人会唱京戏，更少能看到京戏，好在最初几年，他的三叔父牛士颖在世，牛士颖作为一介社会名士，曾在北京、西安、四川旅居多年，不仅对京剧、秦腔、川剧研究颇深，其书法更是名重一时。他家有个戏匣子，便是当年为西安亨达利钟表店书写匾牌后商家对他的馈赠，自然，收藏的京戏等各类唱片不少。因此，一有时间，叔侄二人便凑在一起，大谈北平梨园掌故，京戏名家拿手绝活，谈到兴之所至，一个操琴，一个清唱，倒也自得其乐。三叔逝世后，更觉知音难觅，只能蜗在家中自拉自唱，消愁驱闷。

然而，牛海秋毕竟是闯荡过北平草台班的京都票友，此等自娱小技，实难让他过瘾尽兴。于是乎，他又因地制宜，改弦易辙，开始把更大热情投入到秦腔艺术之上。兰州本来就是秦腔昌盛之地，班社林立，名角云集，不同剧目纷呈繁荟，加上他又是个见戏而不顾及身份体面之人，不仅很快结识了许多秦腔好家，就连麻子红（郗德育）这样的名角，也与他过从甚密。当然，这些人误以为他是个捧角的社会闲杂，加上他初次入道，又以唱京戏的发音方式演唱秦腔，让人听来颇感别扭难耐，所以，并无几个诚心给他传艺授技之人。后来他发现，故乡通渭、秦安，才是真正学秦腔的好地方，两县不仅

在历史上出过不少艺技高超的演员，而且每年都有十几个戏班在三陇大地走村窜镇巡演唱戏。到了严冬酷暑，戏班封箱，戏子回家过年收麦已成例俗，而学校恰逢放假，他便立即回到老家，天天拜访戏子，讨教艺技，又把全家族的孩子组织起来，排戏演出。特别到了春节，各村戏迷都要搭台唱八天八夜的社火戏，他家本来就有一套现成戏箱，组织演出更为方便。每到此时，牛海秋便极度亢奋，吃住不离戏台，待社火戏唱完，别人各干其事，他依然和戏子搅在一起，后来竟成戏班的编外演员，戏班串乡巡演，他也随班游跟，目的不外乎寻找机会掺和唱上几出，过把戏瘾。初始，仅仅只是喜好，渐渐则变为全身心投入的事业了。1946年，他索性辞去兰州教职，到通渭中学当了一名生物教员，以便兼顾其唱戏嗜好。

其实，牛海秋的一生是不幸的一生。曾先后娶过三房妻室，均相继病逝，留下四个孩子，好不容易抓养成人，一个个又远走他乡，全都外出工作，到头丢下他一个孤老头子，由此他更把秦腔作为全部的精神依托。他对戏曲的痴迷，常被世人传为笑话：三年经济困难时期，通渭饥荒严重，哀鸿遍野，他外出逃荒投奔子女。先在西安女儿家住了一阵，便把一件上好皮衣卖掉看了戏；后又投奔兰州大儿子处，竟到当地新兴社登台演出；又往新疆玛纳斯儿子家住了大半年，则又一头扎进文化馆教孩子们唱戏，还为当地组建起少年秦腔剧团，据说玛纳斯秦剧团的许多演员，都是他当年教出来的学生。

牛海秋虽然在外地躲过被饿死的厄运，却难逃过政治上的劫难。一回到故里，"四清"运动开始，便被戴上地主分子帽子，逐出通渭中学，下放到碧玉小学，这对他实在太冤屈了。他自幼一直在外地上学教书，老家连房产都没有，即使假期回家，也住的是祠堂厢房，何来地主可言？再说通渭中学，创办者阎文丞，本是牛海秋妻子孟自芬的北大校友，并由他家带头捐资兴办而成，牛海秋的两个兄长都曾在该校任教，却偏偏取消了他的任教资格，的确乃是天大的不公。然而，他却不知，更大的灾难正在前面等待着他的到来。

牛海秋自下放到碧玉小学以后，身体日衰，心绪骤沉，不久便提出辞呈，他原本打算从事唱戏生涯，可是私人戏班俱都变成公营剧团，谁还敢收留一个地主分子！好在艺人还是重义气的，会宁县秦剧团的老演员收留了他。从此，在他年逾花甲之时，开始又过上专业演员的生涯。本来，牛海秋决心从此好好研究一下秦腔艺术，整理濒临失传的剧本，决计在舞台上度过风烛残年，但"文化大革命"彻底粉碎了他的梦想。和全国一样，牛家坡也相继成立"红色造反兵团"，并以"革命"的名义"破四旧""横扫一切牛鬼蛇神"，他家祖坟被挖，祠堂被拆，还给他扣上地主分子、资产阶级知识分子、文艺黑线修正主义分子三顶帽子，勒令回乡接受审查。其实，这也是既在意料之外又在意料之中的必然。因为，就文化背景而言，他作为清华学生，层次最高，学识最大；从事业来讲，他又是既搞过资产阶级教育，又宣扬过帝王将相才子佳人的双料修正主义。尤其批斗中始终认为自己无罪，拒绝检查，成了抗拒革命的顽固分子。由此升格为全县重点对象，强行拉到各地轮流批斗。拷打、游街、架飞机倒在于其次，最让他痛心的，便是将其多年整理的秦腔资料付之一炬，据说当时他发出狼嚎般的一声惨叫，不顾一切扑入火中抢夺，结果两只手顿时烧起馒头大的血泡，还招来一顿暴打。

牛海秋真正的悲惨还在于他政治上的幼稚与过分无知。当另一个造反组织成立时，他错误地估计了形势，也经不住别人的吆喝诱说，毅然加入其中，甚至表现出少有的积极，抄大字报、写应时文章，还组建起剧团，排演样板戏。孰料形势又急转突变，对立的两派很快大联合，冤家又成为亲家，惟他却被定为"死不改悔的修正主义分子""钻进革命队伍中的阶级异己分子""挑动群众斗群众的反革命分子"等等受到更残酷的批斗，捆绑吊打如同家常便饭，更残忍的还给他施以站火瓦、跪火砖等酷刑，刚刚出炉的砖块将膝盖肉烧得丝丝作响，青烟乱冒，肉焦味逼人掩鼻。如此几经折腾，已是奄奄一息，几个唱戏的演员着实看不过眼，趁夜将他救出，送出县境，道了声："你自谋生路去吧！"便含泪告别而去。牛海秋站在洪荒的旷野，仰天长叹，沉思良久，最后还得为自己寻个容身之处，于是，拖着满身伤痕，开始他艰难跋涉的万里流浪生涯。他首先就近投奔兰州铁路医院工作的大儿子牛汝龙，孰料大儿子因西北医学院上学期间，有过曾在国民党空军医院实习的历史问题而正接受审查；无奈又投奔新疆玛纳斯二儿子牛汝堤，二儿子也因当年在宝鸡八路军抗战学习班学习中途被家人带回一事，被打成"叛徒""逃兵"而成了专政对象。他惟恐因自己再为儿子增添罪名，脚未站稳又仓惶离开。几经思忖，只好又投奔西安的小女牛汝陶，小女虽无历史问题，但其丈夫也在正受冲击，不便久留；最后的一线希望便是山西的小儿子牛汝骥了。小儿子是太原钢铁厂的工程技术人员，而且"文革"中一直还在一线参加生产，所幸当时还未卷入运动漩涡，这才使牛海秋有了一个落脚之地。小儿子为他医病疗伤，悉心照顾，但由于摧残过重，拖到1972年，便在异乡山西撒手人寰。

牛海秋的一生，真可谓演绎了一出人生的真正悲剧：他出身书香门第，仕宦之家，却未继承家风，事业有成；他认识邓宝珊、邵力子、朱绍良等政坛要员，却没有寅缘攀

附，进入官场；他是清华学子，学有专长，又没能在自己的专业之内有所作为；他也曾有过稳定而待遇优厚的职业，却又为了秦腔艺术弃之于不顾，偏偏去流连穷乡僻壤的草台演出；他对于戏曲的执着，大大超越了一般常人对戏曲的执着，将家庭、事业、待遇、身份统统置之度外，全身心扑向他所心仪而拜膜的秦腔，却又如同自茧的一张大网，最终将自己缚入惨不忍睹的劫难之中而死于非命。以致今日依然还是一个无人认可、无人怜悯、无人怀念、无人赞扬，甚至早被世人遗忘得渺无踪迹的社会弃儿。但他却是一位秦腔艺术的真正痴狂者，一位为秦腔而活、也为秦腔而死的伟大殉道者。这种精神，足以感天地而泣鬼神。因此，我要为他屈死的灵魂鸣几声不平，而且我想，倘若秦腔有眼，也会以隆重的道场来超度为它含冤于九泉的这位屈死英灵。

愿这位秦腔的殉道者在地下宁静长眠、安息！

（原载《当代戏剧》2007 年第 1 期）

人间少了一个"崇公道"

——挥泪送别张兄润民

　　下乡归来立足未稳，一个不好的消息劈头朝我掷来：张兄润民住院手术，一直处于弥留状态，看来恐怕不行了……这怎么可能，出差前我们还在一起商讨举办秦腔赛事之事，仅隔半月时间，竟会突发不测？难道天下好人真的命如纸薄么！我真不敢相信自己的耳朵，也不敢继续深想，顾不得抹去长途的尘埃，疯一般便向医院跑去，病房、过道拥满一张张苦凄的脸，其间还夹杂着抽抖的啜泣。

　　我拨开人群向里走去，大女儿张莉见我到来，随着一声"王叔"，泪水泉涌般地流了下来，我略略安慰两句，径直奔向张老的床头，一见昏迷匿光的润民兄，顿时，喉咙间如同堵上一块抹布，心如刀绞般地不禁哽咽起来。我久久伫立在床边，呆望着那张熟悉、苍白、痛苦而喜辣一生的脸，不知说什么也无法再说什么。大女儿张莉凑近我悄声言道："王叔，你唤一声，看父亲能不能认出你来！"我理解她真正的心意，赶紧贴附在润民兄耳边，轻声唤道："张哥，我看你来了，我是正强。"此言一出，奇迹顿现，业已恍惚徘徊于阴阳两界的润民兄，突然双目圆睁，神采立现，而且竟然挺直着脖颈，强扎硬挣地硬要立马从床上拾身爬起，口里还不停地"嗷嗷"欲要向我诉说什么，尤其那两只盛满渴望的眼睛，死死盯住我而不肯再舍。这一举动，着实令所有在场的人，顿感惊愕而害怕。惊愕的是，一直处于昏迷状态的张老，早就失去辨认儿女亲友的本能，故连一句遗言都不曾给儿女们留下。而我的一声轻唤，竟能使他灵光再现，魂魄俱来，难道我真有阴阳相通的威力不成？害怕的是，张兄润民刚才反常的一举，大大超越他业已耗尽的体能承载极限，弥留间的一瞬激动，未必是件好事。于是，守护医生慌忙按住他的臂膀，并要我赶快离开。我被两个友人挟持着离开病床，就在我转身回首再望的一瞬，但见润民兄依然双目大睁，挺直着颈项死死盯着我而不肯轻舍，那眼神、那表情，正是在这一瞬之间，定格为令我终生难忘的永恒记忆。

秦腔学会的同仁们，将我护送到家，一个个忧心忡忡，伊戚无语。不知谁突然冒出一句话来："唉！张老若不见你，死不瞑目啊。"至此，我反倒镇定了许多，慰藉大家："《易经》有言，'时过于期，否终则泰'，我相信，像润民兄这样的大好人，病情定会好转的。但毕竟他是八十三岁高龄的人了，什么事都有可能发生。不说别的，就凭张老的人品和对学会的贡献，我们必须为他尽心尽力，这两天大家多去医院走动，互通消息，做到时时都有我们的人陪床守护。"

众人走后，我独自呆坐，刚才病床前的一幕又立现眼前。尤其想起那张痛苦而苍白的脸，真有针扎般地钻心，若能灼艾分痛，我是定当甘为张兄取艾自灸的。因为，论年龄他比我年长将近二十；论交谊我们这一老一小积聚了三十多年情分；论资历，他一生遍历沧桑，饱经坎坷，所尝人间酸、甜、苦、辣，绝非我辈所能比拟想象；论人品仁德，若用"高风峻节，无愧于四皓"一语喻之，丝毫不为过分。

他出身贫寒，幼年痛失双亲，便在邓宝珊部下任过政工队少校队长，为此，"文革"中真没少吃苦头。其实，这苦头吃得太冤，因为他这个少校队长，不过是个唱戏的领班而已，加上他又嗜秦腔如命，称得上是个不大不小的"角儿"，平时演个小丑补个空角什么的，都能应付自如，但又从未拜师正式下海，到老依然落了个"好家"的名分。因此，虽说"文革"中受了皮肉之苦，可一想也是为了秦腔，反倒心安理得而无怨无忧了。新中国成立后，他不仅是甘肃省五、六、七届政协委员，还是甘肃省民革副秘书长、办公室主任，省参事室参事，省慈善总会常务理事，省振兴秦腔学会顾问等。社会衔头确实不少，政治待遇确实不低，但爱唱秦腔的雅兴却始终不减，而且越唱越发不可收拾，所享社会声誉，并不比刘易平、任哲中等名家相差多少。

我与润民兄的熟悉是在70年代，当时他刚刚下放归来，在省中医学院当了一名膳食科长，而我则是省广播电台的一名文艺编辑。一次偶然的机会，聆听了他自编自演的陕西快板《说土产》，于是，邀请他到电台录音播出，后来得知，润民兄不仅快板说的好，秦腔唱的更好，不仅秦腔唱的好，人品人缘更好，再加上性格豁达活跃，为人热情，甚至顽皮而风趣。平时说起话来，满口的秦腔味，时不时还随口编出一长串合辙对仗的顺口溜，不逗你笑个前仰后合流出眼泪才怪。在他心中，秦腔似乎成为不可侵犯的一尊尊神，即使结识朋友，也要先看对方对待秦腔的态度。你若真心喜欢秦腔，百元大钞都舍得相送。尤其每当陕西名家来兰演出，八十元的门票，他会毫不犹豫地买上二三十张，然后驱车请你看戏。这事听来的确有些太痴，可他却当成自己的一种天职，一种

521

荣耀。正因此，从 80 年代始，我俩搭档合作，多次组织和举办过几度轰动金城的秦腔演出活动。

润民兄一生爱做善事，古道热肠，好扶弱济贫、助人为乐是出了名的。家里油缸倒了也不扶一把，可对别人的事，豁出老命也要办成。而今的世道，大凡低头求人者无不为了自己，可他求人却总为了工作和他人。前些年，为兰州隍庙重建戏台，成天东奔西波广拉赞助，跑断了双腿，也看够了白眼；又为电视剧《邓宝珊将军》的拍摄，四处集资筹款，所遇世态之炎凉，人情之冷漠，只有他自己知晓。记得一个酷热的中午，他突然来到我家，两泪花花向我诉说刚刚发生的一桩辛酸之事：为了给《邓》剧演员购买几张回程卧铺车票，竟然双膝跪在票房，作揖磕头地哀告乞求，最终票是买到手了，可这其中又包含了多少作难、屈辱与伤感。也许这是他一生最感屈辱的心理印记，总想找人吐诉方能平衡，因此，辛酸话一吐，连口水也顾不得喝，风风火火又往宾馆为剧组人员送票。我望着他匆匆离去的背影，一股酸楚涌上心头，他已是古稀之年的老人了，不愁吃，不愁穿，满堂儿孙，福寿双全，按理，本该"会桃李之芳园，序天伦之乐事"而安度晚年，他却为了社会公益事业，宁肯舍弃自己，却要专为别人谋利，试想，持此善良天性的人，在这大千世界，除他而外，还再能找出第二个人么？然而今天，病魔却要夺走好人张哥，难道就不该士林愤痛，人怨天怒，一夫奋臂，举州同声来檄讨天理不公、上苍无珠么！

傍晚，噩耗传来，张老刚刚离世归天！我疯一般向医院跑去，道途尽见从四面八方奔涌而来各界友人，也许大家悲恸过分，此刻，全都没了言语，没了表情，也没了眼泪，一个个反倒陷入无声的沉寂之中。当晚，我们一帮友人又将张老送往华林山安寝，次日，我面对灵堂悬挂的遗像，说什么也无法相信他真会离我们而去。是夜，省市秦腔名家自发组织规模空前的秦腔演唱，面对灵堂含泪为张老壮行，那哭声、琴声、歌声，汇总织成一个共同心声："张哥，一路走好！"

润民兄虽已离世而去，却在如何看待人生价值和意义问题上，给我留下太多的回味和思考，尤其令我至今弄不明白的是，他生前作为一名副地级干部，官衔叠累，光环加身，可他对此一直处之淡然，不慕权力，不爱金钱，随遇而安，一生在安贫乐道中弘风阐教，执着于自己的人生信念。正因此，他的离世，给众多人们的心头镌上难以复平的悲怆和怀念，甚至还冲破阴阳两界的阻隔，如同过去一样，多次重获梦中与之膝足对话的机缘。我想，这种令世人挂怀常念的作为，正是张老人格魅力的最完美体现，而且比

起那些爵位和光环来，更具诚服人心的超然力量。还是长子永平总结得好："从此，天上多了一个'解差人'，人间少了一个'崇公道'。"好人张哥一生最擅演《苏三起解》中的好人崇公道，以此作为对张兄润民人品仁德的定语，他是定会含笑于九泉。

愿张老在天国长眠、安息！

（原载《当代戏剧》2007 年第 4 期）

主编的尴尬

——写在《中国戏曲音乐集成·甘肃卷》出版之际

古人云："繁华一撮，好事多磨。"此话不假。比方说我们，磨来磨去，竟磨出了这部难产的《中国戏曲音乐集成·甘肃卷》。然而，却磨去了春夏秋冬十度轮回，也磨走了六位才华横溢的甘肃戏曲音乐界精英：易炎（编委）、陈明山（编委）、王坤（副主编）、郭效文（副主编）、邓剑秋（编辑）、黄柏元（编辑）。他们不只是与我交谊笃深的至朋好友，更是编撰这部卷本的重功之臣。因此，当这部沉甸甸的两大卷本摆放在我面前时，我非但丝毫感觉不到什么心血酿出成果的喜悦，反而对死者亡灵持有一种无以克制的缅怀和抱愧之情。因为，在编撰本卷的整个过程中，我尚有许多愧对他们的难言与憾恨，每每想起，痛心入骨。今天，该卷书的出版，当然应该首先让他们分享这份成果的欢愉，可是，却无能为力，阴阳永隔业已铸成无法对接的两极鸿沟，信息的失灵只能使我痛上加痛，悲上加悲。此时此刻，还能有喜悦可言么！

关于《中国戏曲音乐集成·甘肃卷》的编撰工作，据说，早在1988年就已正式启动，而且省文化主管部门抽调本系统精兵强将组成写作班子，强力打造这项浩繁的艺术工程。可是，事过八年之后的1996年，也不知究竟为了什么，这班人马便集体"撂了挑子"，一纸"坚决不干"的声明甩给当时的省文化厅领导。于是乎，领导们又来轮番找我，要我无论如何接手这项工作。也怪我情面太软，经不住几番劝说，便在连一张稿纸都不曾移交的情况下，仅凭一句话就稀里糊涂地承诺了下来。或许我将此事看得过于单纯了些，接手后，拟定1996年组稿、1997年汇稿、1998年初审、1999年终审，三年内完成应该说没有问题。可是，现实远比想象要艰难和复杂得多，首先，在编撰过程中，我才知晓不仅需要钱，而且还随着编撰工作的不断深入随时需要一定经费支撑，这对我来说真可谓是个天大的难题。初始，有文化厅原艺术处处长、副厅级调研员赵毅同志全权协调此事，由于他分管过多部志书的编撰工作，知根知底，经验丰富，什么环节该需用经费，需用多少，从造计划、打报告、审批、拨款直至使用，全由他一人承揽操

办，我倒十分省心。自他退休之后，情况完全变成另外一个样子，一应大小事宜都得我出面交涉，尤其跑经费，是件最令我难为情而且最不愿干的事，我只好拉上副主编李槐子同志，拿着精打细算的经费申请报告，出双入对地穿梭于文化厅之间，垂立在领导办公桌前，渴望得到一句满意的答复，然而屡屡等来的却是"研究"二字，继而便是再无下文。正由于经费拮据，编辑部又无分文经济支配权，由此在善待编辑人员方面给我留下太多的悔憾。2001年初审会上，总编辑部对本卷稿提出需要补充和进一步完善的要求，于是，我便将武威黄柏元同志请到兰州，修改民勤曲子部分，临走前他拿出124元车票和住宿发票要我报销，我却以编辑部没有分文经费为由，劝他回自己所在单位设法去报，结果弄个不欢而散。然而，不到一年，噩耗传来，年龄尚不足四十岁的黄柏元同志突然离开人世，得知这一恶讯后，最刺痛我的便是他那本该报销却没有报销的124元票据，当时他向我递交票据的神态、诉说原委的语势乃至最后失落而无望的表情，全都涌现在我的眼前，挥之不去也抹之不去。此刻，我只能以无声的自责祈求亡者的宽恕外，还能再做什么呢？无独有偶，陇南影子腔剧的编辑王树礼同志，又给我寄来一包票据，我清点了一下，总共374.80元，其中最贵重的便是120元的一台录音机和购买稿纸的20元发票，所剩全是他下乡采访时的公共车票。王树礼家居边远的西和小县，是位年近七十的退休职工，信中以恳求的口吻向我述说了该县半年多未发出工资，以及他家处境的艰难，我当即将其转给文化厅专管这项工作的同志，在此后的两年时间里，老王每写信催问一次，我便去厅里催问一次，然而，催来问去，竟连票据也丢得无影无踪，这令我十分惊异而沮丧。黄柏元的事已经铸成我终生的憾恨，王树礼的事说什么也不能留下再让我伤神的尾巴，更何况邓剑秋逝世后，他也是被我强拉下"水"唯一能够接替陇南影子腔编撰工作的人。适逢王树礼爱人来兰探亲，她又亲自到我家要钱，我便去找我的好友李槐子同志商量，最后，二人各掏腰包凑足1000元，亲手交给王树礼爱人，也算是吸取前次对黄柏元抱愧过失教训的一种心理补偿吧！但恰恰就在此时，刚刚五十八岁的副主编郭效文同志突然因脑溢血不治身亡。这是一位工作踏实认真且又极端负责的人，每次我请他来兰州从事本卷编辑事宜时，他既不计较个人得失，又能出色完成任务，但他本该得到的都没有得到，而本不该他做的我全都加在他头上，却又对他平时的生活无力关顾多少，他只能啃着大饼不分昼夜地埋头干活。正当编辑部还有许多事待他要办时，谁知他也撒手人寰去了天国，这个打击对我实在太大，一夜反思着自己平时愧对于他的方方面面，泪水不禁潸然而下，尤其想到效文爱人又是个无业市民，他的过早

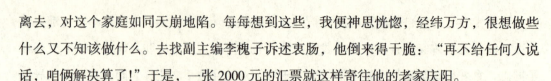

离去，对这个家庭如同天崩地陷。每每想到这些，我便神思恍惚，经纬万方，很想做些什么又不知该做什么。去找副主编李槐子诉述衷肠，他倒来得干脆："再不给任何人说话，咱俩解决算了！"于是，一张2000元的汇票就这样寄往他的老家庆阳。

第二个令我作难的便是组稿过程中的尴尬。几乎编辑部所有人员都能按照原定计划及时完成撰稿任务，但也有极个别人却不是这样，我得三天两头长途电话催促，话费当然自掏腰包不说，收效也极其微，下去催稿又无出差经费。更令我费解的是，有人明明怀里揣着稿子专程来兰州找我，却就是"不见兔子不撒鹰"，须先摆出一些条件，要么先付稿酬再交稿子，这当然不仅合理而且应该，我有责任向上反映尽量解决；要么向我提出职称晋升甚至工作调动问题，这却使我作难甚至颇为尴尬，真不知该如何应对。因为，我和他一样，也是一块具体干活的"料"，除此而外，还有什么资格和权力奢谈并许诺这类事情呢？对方见我态度暧昧，揣着稿子又离我而去。

我们这个编辑部，对外称，编辑部、办公室甚至秘书组机构齐全，应有尽有。论实质，连一张凳子、一页稿纸都没有，甚至连一个信封都从未印制过。经费的艰难莫要说平时轻易不敢请人协助工作，即便开口请了也很少有人光顾，平时一应大小事宜也只能由我在家去做。赵毅同志见我太苦，建议不妨多增几位副主编，我也觉得这个建议很好，当即定妥人员，我去商谈，不想这老兄反倒给我上了一课："现在都啥时代了，你还主编副主编的，人人都在捞实惠，只有像你这样的傻冒才干这种没名堂的事！"说得我顿时张口结舌，无言以对。可细一想，的确我这又是何苦？况且我又不属于文化系统，干嘛"不痛的指头非要往磨盘里塞"！懊悔自己过分注重朋友情分而深陷这个棘手的旋涡。退出来吧，主管部门已经投入数万元资金，确实于心不忍；继续干吧，前面的荆棘实在太多，我又无力无权解决；找主管部门领导谈吧，谈了又有何用，到头来具体问题还得自己解决。无奈之下，还是笃信了"出门靠朋友"这个歪理，于是乎，李槐子、郭效文、安裕群等几位"铁哥们"甚至连我手下的编辑、记者全都网络进来，他们不仅是全省知名的戏曲专家，而且都是能够"看在我的面子上"，毫不计较个人得失诚心助我一臂之力的人。有时他们也开玩笑，说我这是"公事私办，自己遭罪不算，还拉上几个朋友垫背"。正因此，又使我时时深感内疚。尤其李槐子同志，我欠他情分太多，因为，别人都能以具体剧种偶尔领得一笔低微的稿酬，然而，我和他却难入某一剧种而无名分领取分文。但是，又有哪一个剧种不是他一字一句、一音一符、反反复复抠成今天这个样子的呢？尽管他从不计较和埋怨什么，但这种无声的敬业，反倒比冲着我大骂

两句还要难受。

本卷稿正是在这样一种背景下，"马拉松"式地编纂了整整九年。期间，主管部门领导班子三次换届，先后曾有三位厅长、五位副厅长领导并分管过该卷书的编纂工作，而且往往前任领导刚刚理出名目，正当鼓劲待干时，却又走马换将，后继领导接管后，又得从头再来，刚见起色，又即易位，弄得我往往有事也不知该向哪位领导请示，又该向哪位领导汇报。各方专家为之松散，编辑队伍督调乏员，工作效率难论，这也是编纂时断时续、一拖再拖的原因之一。

2003年，全国三十一省（区）中二十九省卷业已正式出版发行，就连起步较晚的海南卷也已付梓。2004年海南卷出版，惟余甘肃，我作为甘肃卷之主编，为其拖了全国后腿负有责任并深感愧疚。可话又说回来，这能怪我么？总编辑部——文化部民间文艺发展中心似乎察觉到我的"无能"，于是乎，2005年12月，派出总编辑部主任张刚，副主编常静之，编辑李心、朱飞跃四人一行，不顾天寒地冻，亲临兰州督导，由于他们的强力推动，2006年，促成甘肃卷在艰难中付梓，使国家这一巨大艺术工程终于告竣。

十年修志，感慨多多，但印象最深刻的，还是中央和基层同志的敬业精神。余从老师高屋建瓴的总体指导，责任编辑常静之女士带病详览细审，张刚同志逐字逐句斟酌，朱飞跃同志又对其中遗存瑕疵——修正，李心又对校样的方方面面作了最后订正，其严肃精神、其使命感和责任感，令人钦念不忘。

今天，我要借《中国戏曲音乐集成·甘肃卷》即将付梓之际，写下此一小文，以资衷心感谢周巍峙主编、余从副主编以及各位戏曲专家的指导和理解；感谢甘肃省文化厅马少青厅长和工作人员为促使这一伟大文化工程画上圆满句号所作的努力；更要感谢十年来与我清贫守业、分担苦忧的编辑部所有同仁。

2005年12月28日

文人的心仪　官员的思考

——评张炳玉的《文心集》

　　大凡从事过写作的人，都知晓有感而发的道理。故此，古往今来的诸多传世华章，无一不是有所为而为之的必然。所谓"为艺术而艺术"者，实际上皆都为了言情抒志，咏事喻心，只不过不同的作家、艺术家们，各自寄托着不同的心思和目的罢了。比方说《离骚》，旨在发泄牢骚；《大赋》为了歌功颂德；《小赋》则为"虞说（娱悦）耳目"。就连杜甫写诗，目的也在于"致君尧舜上，再使民风淳"。白居易则因"伤民病痛"，才有讽诗不断呼之欲出。鲁迅先生言其自己写作全然是为了"改造"这"人生"；毛泽东同志之所以"欣然命笔"，则又是为了"横扫一切害人虫"……正因为他们的作品，都能有所为而为之，有所感而发之，才便有了"与日同辉"的不朽艺术生命力。至于那些不能以"是用感嘉贶，写出心中诚"（晋人张茂先诗句）的真情直抒情怀，仅仅只是"为赋新词强说愁"，如此挤出来的文章，只能算作"无病呻吟"，当然不是真正的作品，也就更难成为真正的艺术了！

　　那么，张炳玉同志呢？他著文立说又为者何？严格而论，他并不是一位专门从事文学创作的作家和艺术评论家，却在文化管理岗位上工作有近三十余年，长期的耳濡目染，日常处理的事务，触及的人事情结，思考的具体问题，件件都与文化息息相关，久而久之，感想多多，形诸笔墨，著成文章，这样的写作，当然便有了明确的目的。正如他自己所言："我是一个专门从事文化工作的人，对文化有着特别的感情，在工作中习惯采撷文化方面的一些东西，把自己的切身感受进行归纳、整理、升华，而后成篇，以便从中吸取营养，充实自己。"这样写出来的文章，自然便成有所为而为之，有所感而发的直抒胸臆之谈。如此日积月累，十余年工夫，竟有近百篇文论散见于全国各大报刊。最近，他又将其重新整理，汇集成册，洋洋洒洒 40 万言，取名《文心集》，付诸出版。这种利用工作之余勤奋得来的学术成果，可谓是"文人的心仪，官员的思考"双重心路整合的必然。因而，全书从纵横两个层面，充分展示出既具较广的感性思考，又具

较深的理性分析之特点。

收录在这本《文心集》里的 70 余篇作品中，最具学术含量的便是"理论研究"名下所阑入的 21 篇文章，不仅涉猎广泛，剖析精深，而且论点新颖，耐人寻味，这也是我最看重和最值得一读的部分。尤其作为开篇的《敦煌——世界佛教的艺术圣地》一文，全篇 5 万余字，作者从竺天佛教初入东土，到中外异质文化碰撞融合，从敦煌佛教艺术圣地的诞生，到敦煌边塞文化的形成，从宗教艺术向世俗艺术的流变，到静态艺术向动态艺术的转化等，分节立论，深入浅出，引经据古，直述情愫，让人读之，仿佛在知识的海洋里漫步倘佯，温馨中增长了学识见识。值得一提的是，该文在提纲挈领论述主体事件的同时，又巧妙兼容了对雕塑、绘画、音乐、舞蹈，以及佛经故事、边塞诗文、经籍书体、佚闻掌故等多学科分支命题的探研，从而大大提升了该文的厚重度。最令我钦佩的，还在于作者能够把两极相距 1600 多年的历史空间，巧妙地对结在一起，以此为斑驳苍老的敦煌壁画打开一条与现代化接轨的通道，而后又经动静对比、条分缕析，引出其飞天乐伎挣脱依附千年的断壁残垣，天衣飞彩般地飘逸于当今现实人间的浪漫主义情怀，由此顺理成章地引出舞剧《丝路花雨》横空出世的必然性。正是在作者特意设置的这种古老与现代、静态与动态、空间心态与心灵状态的多层面观照对比中，使我仿佛完全摆脱了思维主体的自觉理性控制，步入一种极富快感的"高峰体验"境界，再加上他那富于诗化的文字语言，引领我在学识交错的雨露里沐浴洁身，既洗刷掉我对敦煌佛教艺术原有的无知与苍白，又注入我对敦煌佛教艺术全新的体认和思远。像这类钩深致远、学究气十足的文章，真可谓读来痛快淋漓，想来受益匪浅。

《高台教化与为人师表》，本是炳玉同志专门针对职业演员如何加强其艺德修养问题所写的一篇文论。尽管并不太长，充其量不过 4000 余字，但命题严肃，立论鲜明，分寸得体，透析见底，是一篇具有一定学术深度的文章。炳玉同志之所以撰写此文，在我看来与他作为文化官员的职责息息相关。也许他在日常工作中业已发现了什么，或者说他下一步需要着手解决什么，由此引发了他认真的分析和思考。正因此，该文便有了严肃的针对性和紧扣实际工作的操作性。的确，我们今天所处的时代，社会氛围谐和宽松，人的思想空前活跃，尤其文化市场空间愈来愈加广阔，促成了各种艺术的发展和繁荣，也为各类专业艺术人才创造了极尽施展才艺的广阔天地。面对绚丽多姿的文化市场，作为职业演员，如何以艺德修养而自洁，以为人师表而自律，便成了需要认真思考和严肃对待的问题。那么，修养的真正含义究竟是什么呢？炳玉同志文中作了回答：

"修养既是一个人在思想品格上的长期修炼，同时也是不断学习，博通古今的学识积累，只有二者兼而得之，才能算得上是个真正具有'修养'的人。"基于这样一种启认，接下来他回笔一转，文章便与当今演艺圈内演员的修养问题挂起钩来，理论联系实际、思考紧扣工作，从纵横两个层面展开论述，其中既有对剧团演员敬业精神的充分肯定，同时又对个别演员放弃艺德自律的作为提出尖锐批评。作者的可贵之处，还在于他把这种对话始终摆在学术平台上加以分析和探讨，而且持理论事，深层剖析，和风细雨，循循善诱，字里行间丝毫不染那种官员常有的凌厉叱咤之气。这一点，反倒为领导和下属之间营造了相互沟通、平等对话的良好氛围，故能获得到事半功倍之效。

收录在"理论研究"部类的其他文章，差不多都是炳玉同志任职期间对全省文化建设工作的所思所想与体悟之谈。如《敦煌·丝路·多民族》，便是他根据甘肃本土文化优势，提出"以敦煌为源流，丝绸之路为背景，多民族为色彩"这一总体艺术创作指导思路；《陇南白马藏族民俗文化考察报告》《甘肃三个独有民族民间文化需要抢救和保护》等文，则为广大作家和剧作家提供了紧紧抓住甘肃独特文化资源，拓宽开掘创作题材渠道，发展本省特色文化，打造拳头艺术精品的可行性战略思路。正是基于他这一战略思考，促成大型民族舞剧《悠悠雪域河》的诞生；《甘肃省当前农村文化的几个问题》，又是在深入调查研究基础上，针对农村经济空前发展，而农村文化相对滞后，农民文化生活贫乏缺失这一经济、文化发展失衡现象，提出了对农村文化进行改革的可行性措施；而《苦路与铺路》《红梅绽陇原，剧坛百花艳》《甘肃文学的新崛起》等文，则在如何培养拔尖人才问题上，深刻阐述了每一个成功者，不只需要社会各届、尤其文化主管部门，为他们能够创作出更多优秀作品和施展其艺术才华而铺路搭桥，创造各种条件，提供各种机遇，重要的还在于自己能够义无返顾地甘愿去走一条吃得起苦，耐得起劳的艰难跋涉之路，只有在"苦路"与"铺路"结合促补中，艺术家才能真正获得成功。炳玉同志的这一阐述，正是在邓小平同志"党对文艺工作的领导，不是发号施令……而是帮助文艺工作者获得条件来不断繁荣文艺事业，提高文学艺术水平，创作出无愧于我们伟大人民、伟大时代的优秀文学作品和表演艺术成果"理论指导下得来的实践心得体验之谈，故不失其为一篇起点高、体会深、分析透的好文章。

《文心集》的第二个特点是，作者能以俯察品类之盛，而极视听之娱，故其笔锋游目骋怀，论事直抒胸臆。

在这本集子里，还分类收入了炳玉同志多年撰写的 16 篇"艺术评论"，30 多篇"小

说、散文、随笔"，以及数十首"诗歌"作品。这些作品，不仅题材广泛，论述周详，还折射出作者对甘肃文化事业发展的多元思考。其中"艺术评论"多系他为甘肃作家和艺术家创作成果所写的"序言"，每篇具都针对不同作品作出精到点评，既给予充分的肯定，又指出存在的不足，还提出热情的期望。不难看出，他对甘肃文化所持的一腔热爱之情，对每一个艺术新人和每一件艺术新作所给予的热忱扶持精神；"小说、散文、随笔"部类，不仅记述了他出国考察时的所见所闻和心得感受，更有他为甘肃文化事业的发展，广泛结识四方文友，大量引进艺术人才，以及不断学习众多作家、艺术家学识优长，加强自身艺术修炼的切身感悟和人事情结。《贺敬之的诗歌世界》《西部文化孕育出来的京剧表演艺术家》《一盏在最明亮时熄灭的青灯》《从关肃霜三鞠躬谈起》《一个明星的发现与培养》《王德功印象》，还有《导演：舞台演出的设计师》《戏曲发展需要理论人才》等，差不多都是他同众多作家、艺术家频繁交往中，对其执著于事业精神所萌发的一种真诚感动，以及从中引发他深沉的回味和思考。其间透发出炳玉同志尊重人才、重视人才和他善于发现人才、培养人才的职业品德与豁达情怀。其文体虽为散文、随笔，却不乏以点代面地深层理性探讨，故而，走笔行文摆脱了平俗窠臼而具文采。

官员著书立说，十之八九多系官样文章，讲话、报告、调查手记、形势评述，其至包括赋闲老干部颇为风靡的撰写回忆录等等。前一类多以"贯彻领导指示精神"为宗旨，后一类则系"回往一生宦海沉浮"为动因。这当然是必要的，其至还是不可或缺的。但从作品分类学角度讲，这类文章理当归于政论文体之属，故有它特定的行文规范和典型话语规则。它为我们树立正确的人生观，坚定远大的理想与信念，无不具有指导性意义。张炳玉同志为官多年，而且长期又从事文化管理工作，其所撰写的文章中，当然离不开针对甘肃实际，在其负责的文化领域，对所发生、发现、发展的各种事件，展开政论性阐释。与此同时，他又经过长期的修炼钻研，使他具备了能够以官员的视角和学者的心仪，透过工作和生活表象，去捕捉最具人文价值和科研含量的某些事例，展开探赜索隐、钩深致远地论证和研讨。正因此，他的这本《文心集》，便有了既具指导工作的意义，又具学术探研的价值，既来自于工作实践的感性体认，又升华为学术层面展开理性分析，这是最难能可贵而且也是我最为看重该书的原因之一。我相信，《文心集》的读者群将会因此而扩大，不同阶层的读者将会从不同的角度从该书中获得启迪和收益。愿张炳玉同志能够继续笔耕不缀，为甘肃的文化建设，写出更具较深学术含量的作品。

531

沉重的记忆

——评钟彩银的《戏恋》

　　《戏恋》的作者钟彩银，原本是位仅有小学文化程度的基层秦腔演员，我认识她是在十多年前。1993年秋，甘肃日报社和甘肃省戏剧家协会联合举办全省秦腔演员"视野杯"邀请大赛，当时我正好负责评奖。期间，她以《沉香盗斧》这出功夫戏一举夺魁，由此在我的印象中她是个很不错的演员。后来还给我来过一封信，谈及想办一所戏校，要我帮她促成。再后来消息两无，从此不再有过联系。直至十多天前，她突然登门造访，专程给我送来她刚刚出版的《戏恋》这本新作。当时我还颇为纳闷，好端端的一个秦腔演员，怎么跳槽写起小说来了！直到看完这本著书，才算解开心头这团迷惘。

　　《戏恋》取用纪实手法，描述了作者本人以毕生心血敬业于秦腔艺术事业的深厚"恋戏"情结，以及在人生旅程中所蒙受过的频频打击和一系列坎坷遭遇。全书充满悲凉色彩，可谓是一部"沉重的记忆"。我每次读它，都会引发一种深沉的回味和思考，甚至还寄予作者以深深的同情。坦率地讲，这本书超过我有生以来读过的许多文学作品，有些章节还令我热泪欲滴，哽咽难抑。我当然不是说它在文学作品中有着多么高的成就，更不是说它蕴寓着多少过人的写作技巧，而是因为这本书真实地、朴素地、丝毫不染造作与扭捏之态地记述了作者在学艺过程中同生活、命运抗争搏击的坚忍性格。尤其该书作者通过对自己从事演艺生涯的曲折描述，折射出成千上万名基层秦腔演员在艰难环境下无功无誉且又无悔无怨的敬业精神和鲜为人知的艰辛生活，看后不禁让人肃然起敬。尽管这本书不是很厚重，所描述的情节较多又是"生活琐事"，但包含的内容和发人深思的问题却十分广阔，而且情真意切，逼真可信，扣人心弦，催人泪下。

　　忠实于生活原型虽说是这部作品必遵的纪实要筋，但读来却像是一本动人的传说，而且还带有浓厚的传奇色彩，有些章节也呈露出几分传神之笔。我之所以能有这种感受，也是有其原因的："传说"大概来自于作品的直叙手法——有头、有尾、有故事、有跌宕，通俗易懂，娓娓动听。全书首先以她的出生、童年为开篇。由于家庭贫寒，生态环境贫瘠，加上正逢"一个工分只值三分钱"的那个年代，使她一经出世，就踏上同

饥饿和命运抗争的艰难征程。"穷家无闲人"，还不满七岁，便充当了"半劳力"，开始上山放羊割草拾粪，到家帮母亲推磨还要照管弟妹。后经几番"哭闹斗争"，虽然进入泥桌泥凳的小学读书，但不足五年，贫穷又迫使她不得不另谋生路，去报考华池县秦剧团的前身毛泽东思想宣传队。这倒是"柳暗花明又一村"，从此，不仅使这位年仅十一岁的"牧羊女"吃上了"皇粮"，还正式叩开戏曲殿堂的大门。

"传奇"则因为她从小频遭坎坷，遍历沧桑，因奇而传，让人过目难忘。《戏恋》不是通常意义上的回忆录，也不是完全为了写"自己"，颇大程度上，是向落后和愚昧的宣战，向偏见和不公正的檄讨，当然，还有对苦苦挣扎在基层演艺圈内同行道友们所寄予的同情，以及对他们至今处世低微、缺少理解关爱的呐喊和张扬。极度贫穷造就了钟彩银不屈的性格，不屈的性格又促成她永不满足的倔强，自然也就将自己始终置于同命运抗争的挑战峰尖。由于她把练功视为改变自身命运的唯一筹码，生命的赌注也就必然全部押在学艺之上，使她不能不为艺术付出超越常人几倍甚至几十倍的心血与磨砺。为此，"练私功"练得"全身青紫红伤"，"翻高场"翻出"左膝盖粉碎性骨折"。正是这种玩命似的苦练，反转得到艺术给她以超越他人几倍甚至几十倍的回报，从而造就她后来能够行空于舞台，走红于甘、宁两省的演艺根基。在她学有所成之后，凭藉过硬的武功娴技，"发疯般地"回报社会，下乡演出不顾身怀六甲，依然纵情"爬虎""翻扑""摔硬背"，结果导致孩子流产，也因不愿剧团受损、观众失望、带孕演出而临盆于道途得下严重产后风几乎瘫痪。高超艺技和敬业精神尽管使她成为甘肃省先进文艺工作者，却依然无法改变她作为"农民工"的命运，加上"艺人相轻"的世俗劣习，使她刚露峥嵘，不得不充当拉大幕、搬布景、跑龙套的杂角而被排斥在舞台一隅，以致一度还停发了工资，剥夺了她工作的权利，甚至还要撵出剧团令其别谋生路。

如果说钟彩银的这种人生经历，本是基层演员常有的一种普遍存在的话，那么，中年丧夫却是降临在她一人头上的灭顶之灾。这使她不得不对自己的命运产生质疑，"心比天高，命比纸薄"便成了长期困扰心头的难解谜蒂。为此，曾几度痛不欲生，几度觅寻短见，却因不忍抛舍襁褓中的幼儿而又几度重新唤回生的欲望。但是，从此彻底摧垮了她那不屈性格所铸就的冲天志向，一个正向艺术峰巅攀缘腾飞的雄鹰，转瞬之间折断了翱翔的双翅，悬空摔落在黄土高坡，一蹶不振，再也无力爬起。这种曲折遭遇描述得越具细，戏恋的情结就越传奇，给读者回味的空间就越广阔，作品的思想含量就越深刻、越感人。

谈到该书的"传神"，恐怕正得力于作者朴素的文风和平实的语言，走笔行文呈露出简约、灵动的特点，全然就像如数家常一样朴实无华，真实可信。作者在谈及自己为何　"整天闷着头拼命苦练死练基本功"的动因时，并没有像有些所谓"名家"那样作出蓄意拔高和故弄玄虚之态，只是淡淡说她"怕被淘汰回家"，而且自己又是个"接受能力太差"的"笨人"，自然要"笨鸟先飞"。的确，正像作者所言，在戏曲这个特殊的行道里，"残酷的淘汰制，就像一柄达摩克利斯利剑悬在每个学员的头上，谁也不敢有丝毫的懈怠。尤其对我们这些农民娃娃来说，这也是吃'皇粮'的唯一出路。因此，大家才鼓足了劲，在排练场上一个比一个练得凶、练得猛。"练功的动机关系到惟恐淘汰回家再当农民，苦练的动力具体到能不能吃上"皇粮"，这种朴实得再不能朴实的理由，虽然着笔不多，却实在而真实，简约又传神。当她小有名气以后，作者笔下的自己，同样保持着一种务实的姿态，行文上也不染矫揉造作和无病呻吟之气。尤其在声誉和成功面前，既不沾沾自喜，也不居高临下，言谈吞吐、生活行为，照直一派真率厚道，尽管看待事业的态度略显成熟，却全然没有炒作自己甚至诋毁他人之嫌。谈到对艺术的感受，只不过就像拉家常似的淡淡打了个比方："忠实于戏曲事业的人，就应该像蜡烛一样，只有勇气牺牲自己，才能把光明留给别人。如果没有这种精神，那将永远不会成为一个真正的艺术家。为了自己执着追求的戏剧艺术事业，我甘愿做一根蜡烛。"没有大道理，没有唱高调，一切的一切，都在平实的墨笔之中自然地流露着，而且实来实去，实话实说。其着笔之简约，行文之朴素，恰如一个高明的水墨画家，能在色彩纷呈之间，仅用红笔轻轻一点，一个极富挑战性格和充满追求欲望的女性形象便立显情致。更为精彩的是，作者常常把"自己"置于典型环境和其他人物的交织映衬之中，而且以极省俭的笔墨勾勒出一副灵动的仪态和好胜的倔强。

　　立秋以后，昼短夜长，五点钟起床还是满天星斗，启明星高悬。整个院子还是黑乎乎的伸手不见五指，我一个人在大院子里练功，若有月亮，还可乘银色的月光好好练一场早功，要在月隐星稀之夜，练功时老觉着心里不踏实，一边练功，一边还要眼观六路、耳听八方地注意着周围的动静，生怕有什么怪物从漆黑的暗处窜出来，偶然间风吹草动，都会令人毛骨悚然。

　　怕归怕，但功还得练。不练就有可能成为下一轮淘汰对象，不练，就不可能成为一名优秀的演员。

　　这种以典型环境烘托人物内心的描述，尽管是生活的真实存在，但从文学写作的角

度讲，却是一种技巧，而且还是最难掌握的写作技巧，用此道的作者不少，但长于此道的作者并不太多。原因就在于如何把"人物"同"环境"巧妙融合为有机的整体，并使人物个性在情景交融中能够神笔点透。很显然，钟彩银在此法运用方面，颇有几分的能耐。

钟彩银描写周围的人，着笔虽然不多，却尽在点睛传神之处。她笔下的王复俗教练，并没有取用惯常写法，以大段文字展开外形和肖像的描写，只是说他"是个标准的旧艺人，平时不吭不哈，斗大的字不识几个"，"可走起台步就像水上漂一样，全身纹丝不动，好像脚下踩着滑轮似的，连裙子的下摆都不踢一下。还有那眼神的顾盼流转，颦笑嗔怒及兰花手指的变化，都足以勾人魂魄。"寥寥几笔，毕肖地勾勒出这位男旦老艺人的性格音容和表演风范。尤其对这位教练教学方式的描述，真可谓是神来之笔：

拿顶时，拿着他的那根藤条在学员们的身边转来转去地观察着，嘴里还慢条斯理地数着数，虽然有个小闹钟，他不习惯看，而喜欢数数，什么时候数够了他规定的数字，我们的拿顶时间就算到了。谁若坚持不住摇摆晃动一下，就会用他手中的藤条抽打一下，而且还不时地提醒着某某某膀宽了，腰斜了，腿弯了……

要是有人实在坚持不住塌了下来，大家都得从头拿起。所以拿顶时大家最恨就是坚持不住塌下来的同学。

老艺人、老教练、老教法，老师、同学、自己，还有手中的藤条、闹钟、喊数，以及教练的神态举止，学员的练功心态等等，如同一幅写生画，把当时的现场情景，表现得毕肖而传神。她描写其他人物如王庆梅、韩廷梅、张玉霞、夏宝英、宋锦州、王广耀以及县剧团的几任领导，也各有其鲜活性格与典型话语，甚至还有作者所持的鲜明倾向，尽管对有些人明确表达出自己的一些看法，但这并不意味着他们就是坏人，而且依然显得颇为十分可爱。钟彩银对每个人物思想行为的准确把握，促成她那作品中的每个人物，都能给读者留下比较深刻的印象。

《戏恋》作为一部纪实性文学作品，应该说作者较好地完成了对自己辛酸经历的描述。从她的"野性"到"好胜"，从"苦练死练"到"行空于舞台"，从"声誉鹊噪"到"四处碰壁"，从"永不满足"到"祸从天降"，最后以一蹶不振而收场，一切都描述得那样层次井然，有条有序，入情入理，就像山溪一样流得顺畅自然。可以想见，作者叙述事件的能力，竟是那么准确、细腻，开掘心灵深层的笔力，竟是那么简洁、传神，那

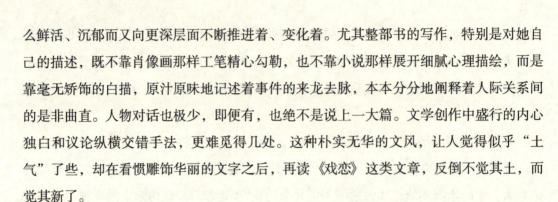

么鲜活、沉郁而又向更深层面不断推进着、变化着。尤其整部书的写作，特别是对她自己的描述，既不靠肖像画那样工笔精心勾勒，也不靠小说那样展开细腻心理描绘，而是靠毫无矫饰的白描，原汁原味地记述着事件的来龙去脉，本本分分地阐释着人际关系间的是非曲直。人物对话也极少，即便有，也绝不是说上一大篇。文学创作中盛行的内心独白和议论纵横交错手法，更难觅得几处。这种朴实无华的文风，让人觉得似乎"土气"了些，却在看惯雕饰华丽的文字之后，再读《戏恋》这类文章，反倒不觉其土，而觉其新了。

但是，作者写这本书的初衷，绝不是为了创作和描绘出几个鲜活的人物，抑或塑造出一批具有文学价值的艺术形象，真正用意在于通过自己艰难坎坷的人生况味，唤起全社会对基层演员这一弱势群体工作和生活的关注。因为，这批长年为山区民众播撒欢乐的人，不只在付出与回报上始终失衡，即便在社会地位和人格尊严上也少了几分真诚的理解与宽容。这当然是"圣人至尊、艺人至鄙"的封建残余在作祟。但是，在党和国家极力倡导演员乃是高尚文艺工作者的今天，究竟有多少人从思想深层彻底消除了这种历史污垢，能够去真正尊重和贴心善待这些唱戏的演员呢？老实说，我的确还揣摩不透。至于作者本人所遭受的不幸，虽然包容着"天灾"的原由，同时也存在着"人为"的因素。正因此，她对落后与愚昧痛心疾首，对冷漠与麻木恨之入骨，对炎凉与白眼不可理喻，对民主与文明昵就回归。尽管生活本身有甜蜜，有美好，有苦涩，有磨难，但从这部作品的社会意义角度讲，苦涩与磨难更能展示每个人的心灵美丑和自身的人格力量。钟彩银之所以能够以常人很难达到的毅力写出这本二十余万字的作品，而且又以常人很难达到的勇气敢于将自己的隐秘生活公诸世，正是她从人性化视角，为读者充分展示出什么是真正的真、善、美，引领读者去感受当前最缺失的古道热肠。"冷暖俗情谙世路，是非闲论任交亲"，由此给我们提出一种警示：如何在相互尊重、相互珍惜、相互理解的基础上，共同构建更为和谐的人际关系，这也是我们今天构建和谐社会的最基本前提。正是基于这种原因，使得这部作品充满极富哲理的思辩意味，并以自己对生活、对社会、对人情的切身体验，呼唤几近消失殆尽的人间真情能够回归。该书之所以能使读者为之动情，甚至读后回味不尽，发人深思，其根源恐怕正在于此。

这就是《戏恋》的价值和全部意义。

（原载《西安艺术》2007 年第 2 期）

甘肃戏剧大盘点

——写在《甘肃戏剧史》竣笔之时

进入 21 世纪以后，文化因素已成为实现经济转型跨越发展的核心因素。中共甘肃省委和省政府，相继出台一系列政策性文件，并以科学的战略部署与务实行动，使全省的文化建设，形成前所未有的态势向纵深发展推进。2002 年 7 月，甘肃省委、省政府联合发出《关于加快文化事业发展，建设特色文化大省的意见》和省政府《关于支持文化事业发展有关问题的通知》，制定出 2001 到 2010 年，甘肃将要建成"文化大省"的奋斗目标；2010 年 5 月 2 日，国务院正式发布《关于进一步支持甘肃经济社会发展的若干意见》，这是国家第一次专门就甘肃经济社会发展出台的重要文件，文件明确提出了"甘肃建设工业大省、文化大省、生态文明省"的发展目标。在国务院《意见》精神指引下，中共甘肃省委办公厅、甘肃省人民政府办公厅，也于 5 月 24 日正式出台《关于加快甘肃戏剧大省建设的若干意见》，提出要把戏剧大省建设放在优先发展位置，努力实现建设文化大省的战略目标；2011 年 11 月，省委十一届十四次全委扩大会议召开，就文化大省建设中带有全局性、根本性、战略性的重大问题作出部署，并于 2012 年 2 月，出台《甘肃省加快文化大省建设的若干政策规定》，又从财政扶持政策、税收优惠政策等八个方面予以明确。随着政策保障到位、推进力度到位，在高度的文化自觉引领下，一个崭新的文化大发展、大繁荣格局正在全省初步形成。

从特色文化大省、戏剧大省到文化大省建设，省委、省政府始终把戏剧大省建设，作为全省文化建设的着力点和促进文化大发展大繁荣的突破口，放在优先发展地位，并向"西部领先，全国一流"的总目标开始扬帆奋进。

新中国成立后的六十年间，甘肃在诗歌、小说、戏剧、音乐、舞蹈、书法、美术等各个领域，都有长足发展，都取得了不小成就，都赢得广泛好评。但在全国具有竞争力，为甘肃带来较大声誉的还是戏剧。话剧《在康布尔草原上》《远方青年》《西安事变》，陇剧《枫洛池》、京剧《南天柱》、歌剧《向阳川》以及舞剧《丝路花雨》等，都以其独特的西部风情和鲜明的民族特色走向全国。跨入新世纪以后，又有舞剧《大梦敦煌》、陇剧《官鹅情歌》双双进入国家舞台艺术精品工程，而且精品剧目还在不断源源涌出，不断走向全国、甚至走向世界，并同国际文化市场实现了接轨。从最近公布的排名顺序看，甘肃精品剧目的生产，位居全国第二，西部十二省（区）第一。这些成绩的获得，说明戏剧是甘肃的强项，也彰显出我省戏剧创作的雄厚实力，成为奠定"甘肃文化大省建设"战略思路的坚强基石。正因此，早在2009年之前，甘肃已经将"戏剧大省建设"纳入经济社会发展的宏伟蓝图，2009年岁尾，省委宣传部和甘肃省文化厅共同举办了"加快甘肃戏剧大省建设论坛"，来自全国戏剧知名专家和省内剧界200多名同行，都对甘肃戏剧在全国占有的优势地位给予高度肯定，并对省委、省政府把戏剧大省建设作为全省文化建设的着力点和促进文化大发展大繁荣的突破口，放在优先发展地位这一战略决策表示赞许，与会专家还从理论高度进行了卓有成效的论证、探研；从实践的结合上，为甘肃丰厚的文化资源打造成富有地方特色的戏剧文化产品开门纳谏，集思广益，出谋划策。

最令今人难以理解的是，甘肃原本是个经济欠发达的省份，却在戏剧文化资源方面竟是一座取之不尽、用之不竭的金山富矿，而且这一优势地位从古至今一直没有改变。但人们通常谈及这一优势时，话语总是归落在"甘肃文化底蕴深厚"而一言以蔽之，究竟"底"有多深，"蕴"又多厚，却绝少深究其里，由此而又引起人们诸多困惑与不解。特别是2010年，甘肃省委省政府又从推动全省经济社会全面协调可持续发展的战略高度，把加快戏剧大省建设作为全省文化建设的着力点，作为促进全省文化大发展大繁荣的突破口。随着各项文艺政策的出台，戏剧创作生产力空前解放，各院团又在体制改革促动下，不仅创作出一批烙有甘肃文化、甘肃想象、甘肃价值观的舞台艺术产品行销全国，还行销到全世界。当然，欲把甘肃打造成"戏剧大省"，把戏剧文化资源转化成戏剧文化产品，还需趟过漫长艰难的崎岖之路。但甘肃戏剧事业的确进入历史上最好的发展时期，随着优秀剧目和精品剧目的不断涌现，人们在承认甘肃戏剧优势地位的同时，不禁暗自在问：广袤而贫瘠的甘肃，到底凭附着什么能够在戏剧文化发展上形成如此强劲的势头呢？这就是说，建设戏剧大省，不只需要推出一批打得响、留得下、传得开、既叫好、又叫座的优秀精品剧目；还需要运用马克思主义唯物史观，对甘肃戏剧产生、发展、衰落、兴盛的历史，给予系统总结和评述，以便让更多的人们了解，在经济欠发达的客观条件下，甘肃戏剧为何能够一直处于全国领先地位的原因，以便配合"戏剧大省建设"战略决策的深入实施，提供历史依据。于是，中共甘肃省委宣传部便将撰

写《甘肃戏剧史》的任务交由我来捉笔完成。

德国哲学家海德洛尔有句名言："哲学无非是无止境的感恩和怀念。"当我决心要为绵延数千年的河陇戏剧文明振臂一呼，欲从历史的一端向着另一端追根寻源时，同样对生我养我的这片皇天厚土，持有一腔"感恩和怀念"的激情。尽管接受这样一个任务责无旁贷，但毕竟不是仅仅凭藉一腔热情所能完成和做到的事，以致当我真正要为甘肃戏剧修史垂章时，愈来愈加感到，这还真是一件力不从心的艰难之举。首先难在前无古例可循，其次难在旁枝杂叶丛生。就是说，我将要蹚过的还是一片尚无前人涉足踩踏的无径之途，尽管过去曾有我的挚友金行健先生主编的《中国戏曲志·甘肃卷》出版行世，而且我也参与了该志书的编撰工作，但那是一个上下牵涉数百人的庞大写作班底，不仅有雄厚的国家财政支撑，更有从中央到地方十分健全的组织机构提供服务，就此前前后后长达十七年之久才得以完成。而我今天欲要为甘肃戏剧修史又凭藉什么呢？除了"感恩和怀念"的一腔热情外，剩下的恐怕只能是烛影摇曳下的透夜苦苦煎熬了。这还倒在其次，最重要的还在于"志""史"两别，不可同语。因为，"志在记事"，即汉代郑玄所言"志谓记也"；而"史在垂章"，也即晋代杜预《春秋左传集解·序》中所言："史书之垂章。"章就是章法，即"章句在篇，如茧之抽绪，原始要终，体必鳞次。"①这便构成修史垂章的难上加难。

甘肃戏剧文化特别是甘肃传统戏曲文化，融会贯通在河陇文明的整个发展进程中，就像一条涌动的河，当它从历史深处缓缓向我们流来时，不只受到过沿途河床泥沙的冲刷，也还广纳了无数的涓涓小溪，它流淌的历史越长，吸纳的信息量就越多，吸纳的信息量越多，承载的包袱也就越沉重。这其中便有了花草两杂、真伪莫辨的旁枝斜叶，需要去精心分类、甄别、淘拣和梳理。最让人头疼的是，中国戏剧的从无到有，恰似人的"十月怀胎"，初始的时候，看似什么都不是，甚至还有可能是与本体毫不相干的一种另类，却又无不包容着某种戏剧文化的基因和酵母，既让人不敢轻易抛撒，又让人面目难辨，由此看出，中国戏剧确系一种横跨多种学科且又相当独特的文化现象。用今天时髦的话说，它是一个普遍联系的信息系统，或者说它是一个"场"，是一个具有多层次、多结构的综合性存在。尤其中国戏曲的体态与风姿，与中华民族文化心理有直接的关系。中华民族文化心理的形成，又和中国哲学、中国宗教、中国民俗、中国伦理、中国艺术、中国政治、中国经济等，都发生层次深浅不同的各种联系。特别作为一省一地的戏剧文化，还须结合当地自然环境、风土人情、历史文化背景以及当地人们的思维方式、生产方式等作出多学科的开掘和综合性的观察思考，才能窥察到地方戏剧生成发展的奥秘和本源。这便是我把甘肃戏剧作为"文化"现象来研究的根源。

另一个让人头疼的是，当戏剧在古老而广袤的甘肃大地上悄然萌生的时候，没有人去留神它的来历，也没有人关心它的去向。即便在它形成气候开始用它自己的方式向人们播撒欢乐时，不仅没有专门的稗吏史官记述它成长、发展、变化的每一个履印，更没有热心文人稍稍抬动一下笔尖记述几句当时它在社会演艺流播的情形。相反戏曲从一降世，就被历代帝王斥之为"鄙俚蹈袭""伤风害政"的"不祥之大"而屡遭鞭挞贬责。清乾隆三十二年（1767年）周铣编修的《伏羌县志》(今甘谷)第十一卷"民俗祭祀"一节便明白无误地记载着这样一个历史事实：

> 每三月二十八日，城南天门山秋成报赛，唱戏敬神，于广阔之地，聚众百千，男女杂拥，日唱不足，继以彻夜，州府明令禁绝夜唱恶习。

《秦州志》（今天水）卷四亦有"民间祀神，禁止演戏"的通例。更让人费解的是，历代文人骚客"重词轻曲"的偏见与清高，使戏剧一直处世低微。宋时，明明是南曲北曲，却偏偏要称南词北词而攀附风雅；至元，唐诗宋词盛极而衰，乐府杂剧代之而兴，当时的文人名公又纷纷弃词攀曲，戏曲似乎有了出头的转机，孰料那些很会便宜行事的骚客们，竟将杂剧揽入自己名下不以为耻，反倒转脸变色地歧视起演戏的艺人：

> 杂剧出于鸿儒硕士、骚人墨客之手，皆良人也。若非我辈所作，倡优岂能扮乎？[②]

这种文人至尊、艺人至鄙的历史偏见，使戏曲一直列入下流之属，导致与之相关的文字笔录少之又少，甚至沧海难觅一粟。

有鉴于此，欲为甘肃戏剧修史垂章，的确是件颇为麻烦的事。但甘肃省委、省政府把"戏剧大省建设"确立为甘肃经济发展的精神能源，就需要让更多的人能够站在时代的峰巅，从甘肃戏剧形成的源头去俯瞰其发展的全过程，以便从中领悟甘肃的戏剧艺术同政治、经济、文化、社会之间的关系，还可从多学科层面，去寻绎戏剧文化与人类学、社会学、民族学、民俗学、文化心理学、文学、艺术学等学科的内在关系，以便加深对甘肃戏剧大省建设的正确启认。这样看来，撰写一部《甘肃戏剧史》，不仅需要而且应该。

尽管接受这样一个任务责无旁贷，然而却不是仅仅凭藉一腔热情所能完成做到，客

观地讲，就我这一点学识，远远还未达到能给甘肃戏剧操笔修史垂章的水平。尤其历史资料的匮乏，生成脉络的无绪，不能不令我畏而却步，加上撰写这本《甘肃戏剧史》小书，涉及的素材之浩瀚，史料、图片之驳杂，而甘肃地域之广袤，历史积淀之深厚，难点之多，难度之大，艰难之巨，都成了笔者明知不可为却又不能不为的事。只能是硬着头皮"摸着石头过河"，好在有省委宣传部领导的随时指导，全省剧界同仁的支持鼓励，这才决心为之而一搏。

本书从构思立论到运笔铺陈，始终坚持马克思主义历史唯物论的立场观点，既重典籍史料和民间传闻的旁征博引，更重实地考察和活态实物的佐证依凭，尤其对于最新发掘的出土文物、各州方志可查可征的相关文字，都尽其努力广收博揽，三者结合之中将甘肃戏剧以历史编年为序分章立节，形成上、下两编：上编各篇旨在客观陈述甘肃戏剧孕育、生成、发展、成熟、消歇的背景、条件、原因，以及曾对全国梆子腔、皮黄腔及花部诸腔所产生过的重要影响；下编"新中国篇"，是 1949 年中华人民共和国成立以后直至 2012 年六十多年间甘肃戏剧所经历的起步、发展、成熟三个阶段，每个阶段都有数百部优秀剧目产生，并在全国产生一定影响。21 世纪以来，甘肃戏剧进入历史上最好的发展阶段，精品剧目频频送出，精典舞剧走向世界，获奖剧目愈来愈多，对于各个时期曾为甘肃争得荣誉、又在社会引起反响的数百部剧作，都是本篇记述的重要内容；还有建国以来省委省政府针对我省戏剧事业发展出台的多项政策性指导方针，全省各类重大的戏剧活动，以及各个阶段与之相关的戏剧作家、演员、评论、理论、教育以及对外交流、机构人事等等，均以记实手法写入史册。全篇撰写自始至终立足于甘肃本省，书中凡涉及与本省戏剧相关的实物、景点、剧种、曲种的生发地和流行地，作者曾多次亲临现场实地进行过考察调研，故在写作上尽量力求客观，言而有据，对目前有争议的学术观点，均不涉及或尽量避免涉及。书后附有"甘肃戏剧 350 年大事记"，作为 17 世纪以来甘肃戏剧发展史的补充，供读者查考参阅。

撰写始终在省委宣传部的指导下进行。文艺处杨建仁处长对该书都有明确而具体的指导，宣传部也曾多次组织全省戏剧专家对初稿进行深入论证，陈光、杨智、梁胜明、肖美鹿、严森林、周琪等专家都极负责地提出很有价值的修改意见。而我对宣传部领导的每一条意见都非常珍惜，也对每个专家的热情鼓励更心怀感激。就这样，几经综合、梳理、消化从头至尾再行改写，如此反反复复，数易其稿，前前后后，有近两年之久，方成为今天这个样子。

当然，它只是一部个人著本，即使有立论上的错误抑或不当之处，本应由我全部承担。尽管如此，在本书付梓之时，作者十分感激给过我帮助的所有领导、同仁和朋友，也依然盼企这本小著，能给读者体认甘肃戏剧文化深厚底蕴方面多少产生一点启迪、思考作用。倘若能以这本小著引发同道笔兴，写出关于甘肃戏剧文化更为皇皇的史著问世，作者当在抛小砖引大玉的快慰中尽享知足之乐矣！

2010 年 6 月 15 日记于兰州竹韵斋

---

① 刘勰：《文心雕龙》。
② 朱权：《太和正音谱》引赵子昂语。

甘肃戏剧演一出火一出

——甘肃戏剧舞台迎来了新的春天

【编者按】近日，长达半个多月的"甘肃省 2007 特色文化大省宣传周优秀剧(节)目展演"落下了帷幕，12 台免费的大戏留给了市民一个美好的回忆。而留给专家的却是感慨和思考，在经历了十多年的磨砺后，称甘肃为"戏剧大省"似乎更名副其实了。理由是近几年来，我省的戏剧舞台作品荣获了一个又一个全国大奖，在省内外的演出也是接连不断。尤其这次"政府埋单，百姓看戏"的举措，集中展示了这些优秀作品，可谓好戏连台，也赢得了老百姓的叫好声。戏剧专家看到此种情形后大呼：甘肃戏剧舞台迎来了新的春天！

戏剧舞台出现第三次高潮

（首席记者杨志彬　晚报记者郭兰英）从 2004 年大型舞剧《大梦敦煌》入选"国家舞台艺术精品工程"十大精品剧目，到今年陇剧《官鹅情歌》荣获中宣部"五个一工程奖"，对一度处于低谷的甘肃文化艺术事业来说，这不仅是一个突破，更是一种动力，尤其是《大梦敦煌》的问世，开创了甘肃戏剧艺术事业市场化运作的一个里程碑，而在这众多成功的背后不仅凝聚着成千上万名甘肃艺术人的心血，而且也反映出一个戏曲文化大省良好的创作环境。

大批的舞台剧被搬上了舞台，呈现出"百花齐放"的态势。这段时间，甘肃省戏剧家协会主席王正强一直在思考一个问题：甘肃戏剧舞台剧频频斩获大奖，演出时能场场爆满，不仅能得到普通老百姓的赞扬，还能频频得到首都专家的好评，是什么原因催生了这种现象？　难道是又一次戏剧创作高潮来临了？"没错，甘肃的第三个戏剧创作高潮已经来临了！"在近期召开秦剧《大河情》的研讨会上，王正强郑重地说。

王正强告诉记者，凭借厚重的历史文化背景，甘肃以前就产生过许多优秀戏剧作品，并出现过两次高潮。第一次是在 20 世纪五六十年代，以陇剧《枫洛池》、话剧《在康布尔草原上》和歌剧《向阳川》为代表；第二次是 20 个世纪 70 年代末，以话剧《西安事变》、民族舞剧《丝路花雨》及京剧《南天柱》等为代表的一系列佳作再次给中国

艺术界一个新的惊喜，尤其是《丝路花雨》，一时间轰动了国内外，被赞誉为中国舞剧的里程碑。

剧本主打地域特色

究竟是什么力量掀起了甘肃的第三次文艺繁荣呢？ 王正强认为，除了国家政策对文艺事业的扶持力度逐年加大外，各地区也越来越注重地域文化特色品牌的培育，大家都意识到越是地方的就越是全国的。"就甘肃而言，近些年剧作家的眼光也开始瞄准本地区的文化资源，写出了不少有地域特色的剧本。"其中取材于敦煌莫高窟壁画故事的舞台剧就有好几个：舞剧《大梦敦煌》、西部京剧《丝路花雨》、大型乐舞《敦煌韵》、杂技剧《敦煌神女》，此外还有陇剧《莫高圣土》等。最近一两年，相继又有反映我省少数民族古老传说的陇剧《官鹅情歌》以及回、藏这两个伟大兄弟民族，在国家面临异族侵略的危难时刻，各自在头人率领下，团结一心，奋勇杀敌，甚至不惜以全军覆没的血的代价，誓死捍卫国家领土完整的爱国主义热情的秦剧《大河情》和藏剧《孜江烽火》等，折射出我国作为多民族大家庭共同承担的神圣职责，这些剧目，都是成功的代表作。

王正强认为，甘肃历来是"戏剧文化大省"，文艺繁荣与甘肃深厚的文化底蕴密不可分，追根溯源，中国戏剧的起源地应当在西北，再确切一点说，甘肃应当是中国戏剧重要的源头之一。事实上，此结论并非空穴来风，早在多年前，我国近代著名的戏剧家齐如山就有一句话："国人若研究戏剧，非到西北去不可。外国人若要研究中国的戏剧，非到西北去。"而齐如山文中所言的"西北"，正指西安和甘肃两地。

激励机制"救活"一盘棋

至今，演出补贴制仍在实行，省文化厅和省财政厅每年需要划拨 450 万元支持和鼓励艺术院团进行演出。截至目前，3 年以来，累计补贴费用已达千万元以上。据统计，2006 年，全省 8 家省直院团共演出 1473 场，比实行演出补贴前的 2002 年的 702 场多了一倍，演出收入 700 多万元，是 2002 年 26.5 万元的 26.4 倍。省文化厅厅长马少青认为，演出补贴制的出台有利于增强对艺术生产的指导和激励作用，有利于调动院团演出的积极性，促进舞台艺术的繁荣。

体制改革让艺术院团活了、火了

艺术院团活了、火了，除了领导的重视和各种激励机制外，还得益于文化体制改革，兰州大剧院院长苏孝林对此深有体会。他说，兰州戏曲剧院是兰州市属文化专业院

团的一个大整合，其中包括轻乐团、豫剧团、秦剧团、歌舞剧院、金城剧院等，而在整合之前，除了市歌舞剧院效益比较乐观外，其他的院团都不是很好，可是改制合并后所有院团全活了，基本实现了人尽其才、物尽其用，资源共享。

（原载《兰州晚报》2007 年 11 月 12 日 A01 版）

京剧"强攻"中小学课堂引争议

——我省戏剧专家王正强认为：推广京剧将削减地方剧种的生存空间

　　教育部决定 2008 年 3 月到 2009 年 7 月在北京、天津、黑龙江、上海、江苏、浙江、江西、湖北、广东、甘肃 10 省市开展试点工作，在音乐课程中增加京剧内容，并在试点的基础上逐步向全国推广。此举在全国引发了大讨论，有人支持、有人质疑。甘肃作为试点省份，将在 20 所中小学陆续开展京剧课。记者在采访中了解到，目前，我省实施京剧进课堂的最大障碍是师资问题。此外，戏剧专家王正强提出，大规模的推行京剧，将削减地方剧的生存空间，让其陷入更加危险的境地。

晚报记者　郭兰英

难点——师资匮乏"挡住"京剧进课堂的步伐

　　从这学期开始，京剧将作为一门课程进入全国 10 个省市的中小学课堂。每个试点省市将在本地选择 20 所中小学校(其中小学 10 所，初中 10 所)作为京剧进中小学课堂的试点学校，一般是在城市地区选择具有一定基础的中小学校作为试点学校。也就是说，甘肃也将有 20 所中小学开设京剧课。

　　20 所中小学需要一批有能力的京剧老师，少说也得要有 20 位。那么，一时间，现有的京剧师资能否满足这么大的需求量呢？ 据了解，早在政策出台前，京剧已经作为选修课在我市的个别学校有所尝试，比如静宁路小学、水车园小学等。"老师中有几个业余爱好唱京剧的，但还达不到专业水平。京剧不同于一般的音乐课，在唱腔等各方面需要有技巧，如果真正要开设京剧课，老师还得进行培训，如果是专业演员来授课也有难处，毕竟讲课和在舞台上表演是不同的，不一定能得到孩子们的认可。"水车园小学的罗老师说出了自己的担忧。

　　市教育局师资处副处长魏小健告诉记者，短时间内，师资会成为京剧进入中小学课堂的最大障碍。"全市中小学里面专门的京剧老师几乎没有，中小学艺术科的老师大多是舞蹈等专业毕业的，很少是戏剧或者是京剧专业毕业的。"魏小健告诉记者，在我市中小学推行京剧课存在一定困难。"现开设的一些科目中，许多辅课都是老师兼代的，

没有专职一说，比如活动课、劳动技术等。所以说，像京剧这样专业性很强师资就更难找了。"另据一位业内人士透露，省教育厅有意向与我省的京剧院团合作，定向培养一批师资，有关事宜还在进一步商议中。

观点——传统文化纳入国民教育走出尝试性一步

"让传统戏剧进课堂是明智之举，这样可以防止本民族的戏剧文化断代！"省剧协主席王正强的话语斩钉截铁。他说，传统戏剧从娃娃抓起，这项计划早该实施。现在的家长喜欢戏曲的少了，孩子们基本上没有了接触戏曲的途径，相反却有不少孩子纷纷在学习拉丁舞、芭蕾舞、钢琴等西方艺术。目前来看，传统戏曲的发展和壮大只有靠学校，需要懂得戏曲民族文化的历史知识，所以让戏曲进学校非常"英明"。

王正强分析说，对本民族文化的传承，中国应该向西方国家学习。比如在日本，从小学开始孩子们就要学习"能乐"(相当于中国的戏曲)，是小学教材中必学的。而有着数千年历史的中华民族传统文化，在经历过几次大的"波浪"后存在断代问题。戏剧在民族传统文化中比较有代表性，它是一门综合艺术，其中涵盖了文学、武术、音乐等。"从发展传统戏剧文化来看，京剧进课堂是必要的，也可以防止传统民族文化进一步流失和断代。"

建议——把地方剧种纳入教材更合理

"京剧作为中华民族的优秀传统文化，对其进行挽救和推广是很有必要的。在中小学教学中，注入民族文化的元素，推崇、推广民族文化，应该说是教育发展的必然。教育部出台此项政策，其出发点和本意是好的。如果我们能扩大眼界，不要只盯着京剧，各地根据自己的情况制定本土教材，把地域文化、乡土文化都纳入进来，将更符合实际。"王正强认为，京剧尽管称为国粹，但其不过是全国几百种戏曲种类中的一种。如果说到民族文化，从民族化的特点来看，各类地方戏更应该保护和挽救，因为种类繁多的地方戏具有更多文化韵味和内涵在里面，有更加丰富的民族风情与特点。"事实上，近年来，不少小剧种已经濒临灭亡和失传的境地。如此大规模强制性地推行京剧，势必进一步对地方戏形成打压和包围的态势，削减地方戏的生存空间，只能加剧一些地方戏消亡的步伐。"

(原载《兰州晚报》2008 年 2 月 28 日 A17 版)

情的世界　歌的海洋

——康乐县莲花山花儿会采风记

首届国际"花儿"学术研讨会刚刚在兰州落下帷幕，来自全国各地及港台和大洋彼岸近百名专家团队，浩浩荡荡又移师康乐。康乐位居甘肃南部，距兰州不足两百公里，著名的莲花山花儿会就在该县东南一角，这里气候湿润，景色宜人，正是避暑消夏的好去处。

莲花山我曾去过多次，原本再不打算凑这份热闹，同道友人相约均被婉言谢绝。孰料回到台里，我的顶头上司焦维祯要我陪他往观，还给我一个采访花儿会的任务，正好主管文化的省委宣传部副部长赵仰廷也问我去不去莲花山之事，两个高层领导如此看重我这个"群众"，我还敢有半点推辞吗？

这一天是农历六月初二，正是莲花山花儿演唱高潮的前夜，来自附近三州八县的汉、回、藏、撒拉、保安、东乡等各民族花儿歌手，都从四面八方赶到莲花山足古川，他们自由结伴，游山玩景，吟诗对歌，尽情欢唱。清晨八点，我们也从兰州出发，赶赴花儿盛会。沿着甘川公路，横穿临洮、康乐县城，汽车正在蜿蜒的山间公路向前飞驰，突然，猛地一个踉跄，司机小韩冷不丁一个急刹车，我还没有反应过来究竟怎么回事，一串清脆的歌声却飞入了耳际：

马莲绳绳拦路宽，

对不上了别进山。

啊！多甜润的嗓音，多美妙的唱词，全车人不由得循声望去，但见一群年轻姑娘，彩扇掩面，阳伞遮身，仅露出两只水灵灵的眼睛，笑盈盈站在公路两旁，一条马莲草绳拦住了去路。见此情景，我一下明白了，这是上莲花山的老规矩——拦路对歌。我半开玩笑地说道：

"焦厅，去不成了，康乐县的大姑娘们知道坐小车的肯定是省城来的大官，要你下去接见接见她们。"

"那——那我就下车！"焦副厅长毕竟不大谙熟此等乡俗，加上人又老实，听罢操着厚重的通渭话边说真要下车了。

"不敢下呀焦厅，那帮姑娘们你对付不了！"司机小韩一声尖叫，硬是把人高马大的焦厅长伸出车门的一条腿钉在那里，转身连问怎么回事。小韩一五一十地道出了对歌的原委，吓得焦厅赶忙缩进车厢，连脖子也短了大半截。此等情状，也只能由我磨嘴皮下车去作解释了。可这群花花绿绿的姑娘们，抿着嘴只是一个劲地发笑，弄得我反倒不好意思，站也不是，走也不是。

"怎么了，怎么了？"赵部长以为发生了什么矛盾，慌里慌张也赶了过来，一听对歌，拔腿便溜。

就在我正左右为难之际，忽然路旁又有人亮开了歌喉：

> 菊花满口玛瑙盘。
>
> 不用绳绳把路拦，
>
> 咱们莲花山上浪一转，
>
> 拴住日头唱三年。

"好，对得好！"我不禁为这位侠义解围的歌手和他巧妙而富有激情的歌唱，投去感激和敬佩的目光。原来，这是一位二十刚刚出头的回族小伙子。也许他是出于"路见不平"才站出来摆擂对歌的，但他的歌声着实激起了姑娘们的极大兴趣。男歌余音未落，女歌接着扬起，双方歌来曲往，互不相让，真可谓"花儿"遇上了"少年"。

"赶快，录……这么好的素材，还不抓，愣什么！"

焦厅这一喊，我立马回过神来，迅速打开采访机，男女歌手一看这阵势，更加来了劲，歌来曲往差不多对了半个时辰，仍难分出个高低输赢，最后双方约定，明天浪山继续对歌较量。

拦路的马莲绳终于让开了，我们也在这位少年的"保驾"下，连闯三关，终于顺利到达目的地——莲花山下的足古川。

足古川可以说是花儿会的"营盘"，这里群山环绕，翠柏参天，对面的刀陡山，如同一把刺天利剑，直插天际，山下冶木河由西向东缓缓流过。再看四周，方圆十多里长的一马平川上，花伞盖着花伞，帐篷连着帐篷，到处人头攒动，歌声飞扬，就好像一幅长长的画卷，伴随着优美的花儿歌声起伏涌动。见此情景，真让人有点飘飘然如入仙境之感。

今年的花儿会，组织工作做得相当好，临时搭起的商店，长长地摆了足足十多华里；农民们、牧民们，手提录音机，穿得花花绿绿，个个心情舒畅，兴致勃勃。

康乐县委副书记肖劲祥同志，一见省上来了两个"大官"，笑嘻嘻迎了过来，他胸前还别着一个塑料牌牌——"花儿会总指挥"。

"肖书记，"赵部长边走边与他聊上了，"按照传统风俗，明天，也就是六月初三，是吧！"

肖点头连口称是。

"演唱将进入高潮，那么，你估摸一下，今年花儿会的规模到底有多大？"

"这莲花山呀，"赵书记来劲儿了，"一到每年的农历六月初一到初四，附近各县的花儿歌手，都要到莲花山来浪山对歌，你挡也挡不住，毕竟是民俗性的传统赛歌活动嘛。我们县委和县政府，也只是为歌手们做些组织服务工作，并从人力、物力、财力上作了充分准备，保证花儿会健康地、顺利地进行。"

他像汇报，又像闲聊，又抬头望了望冶力河两岸，接着说道：

"啊呀，从今年的情况来看，花儿会的规模比往年都要大，内容也比往年要丰富得多。除了赛歌以外，还有藏族的赛马，东乡族的唢呐，各县花儿歌手们自编自演的花儿舞蹈，省上的剧团日夜演唱秦腔；除此之外，全国的花儿学术讨论会也搬到这里来了。我们还举办了各种科技展览，介绍适合我县农民劳动致富的经验和科学常识。另外，县委和县政府还要求商业、饮食服务部门提前组织了充分的货源，来为歌手们做好生活服务和供应工作。"

"您再预测一下，今年来浪山对歌的歌手将会达到多少人？"

"噢！这个嘛，"肖书记想了想，"根据我们初步掌握的情况，今年来莲花山的歌手将会超过三万人。明天预计还会超过五万多人。另外，云南、贵州、青海、宁夏以及北京等兄弟省市的歌手和专家也来了好大一批，特别是还有美国、日本的音乐和民俗学专家也专程赶来观光考察，这在莲花山花儿会的历史上还是头一回。"

听说有国际友人前来，我突然生发了想听听这些远道客人感想的念头。于是，便甩开两个领导独自行动了。

这真是来得早不如来得巧，刚刚走到尕拉桥头，迎面就走来一位蓝眼睛、黄头发的女士，我便迎了上去，当然，先自报家门，说明自己是电台记者，洋女士也热情地递来一张名片，始知她来自美国印第安纳州，名叫苏独玉。当我请她谈谈感想时，苏独玉小姐兴奋得不知从何说起才好。

"啊啊啊真是太激动了，我作为一个民俗学研究者，还是第一次见到如此壮观的场面，尤其歌手们的才思敏捷和热情好客，给我留下非常深刻的印象，中国的农民真了不

起，中华民族 OK!OK!"

也许她一时尚难找到表达激动心情的汉语词汇，只能跷起大拇指连道"OK!OK!"，OK 之后还带出一串银铃般的朗朗笑声。

夜幕降临了，冶木河畔篝火通红，千万个红男绿女，把个尕拉桥围得水泄不通，又开始盈盈盘歌。其中既有诚挚迎客的酒歌，也有缠绵柔婉的情歌，但更多的是对新生活的赞歌。我流连忘返，耳不暇听，难免会顾此失彼。突然一阵人声沸鼎，欢歌中夹杂着笑语，喝彩、叫好声时起时落。我赶忙凑上前去，原来，康乐、临洮、卓尼三县的歌手们摆起擂台，相互用对歌来比试党的十一届三中全会以来新生活的高低。

> 斧头剁成灯杆了，
>
> 富民政策灵验了，
>
> 一穷二白不见了，
>
> 顿顿吃成清油白面了。
>
> 前院里长的绿韭菜，
>
> 发家的大路上迈开。
>
> 阿哥变成了万元户，
>
> 尕妹上山(者)鼓劲来。
>
> 慢鸟儿出林抢在先，
>
> 快鸟儿怕落在后边。
>
> 三县的乡亲干了个欢，
>
> 一心(者)要当个富汉。

的确，好政策带来了好生活，歌手们用花儿表达他们对新生活的赞美，那心中的歌，就像是滔滔江河，奔涌而出，这真是"漫开花儿透心田，十天九夜口不干"，三县的歌手对歌兴致正浓，看那架势，他们非要对个通宵达旦不可。

第二天，便是登山的日子。山道上，情人对对，歌不离口；路两旁，花红草绿，百鸟鸣啭。一过山神庙，人们向往崇慕的莲花山便落入眼罩。但见在群山层峦之中，莲花山主峰拔地而起，形似莲花怒放，周围青山，恰如瓣瓣莲叶，簇拥着一朵出水芙蓉，好一派雄姿巍峨的天下奇观，难怪它给后人留下那么多神奇的传说。

汽车就在青山歌海之中沿着盘山公路向前爬行，一阵工夫便到了莲花山麓的唐坊滩。唐坊滩地盘不大，景致却奇绝非凡，它背靠崔嵬峥嵘耸向天际的莲花山主峰，面对是怪石嶙峋云飞雾旋的万壑绝壁,不难看出,这是个平时很少有人涉足的宁静之地,然而,一夜之间,竟变成情的世界和歌的海洋。帐篷、花伞、彩扇、欢歌连成一片,男的、女的、老的、少的盘歌抒情,我正在张望之际,突然一阵热烈的掌声传来,原来是著名的花儿歌手朱仲禄正在为大家演唱助兴。

我和朱仲禄老先生有过一段交情。那还是十年前的"文革"时期,他在省民族歌舞团工作,旧社会时,因当过一任国民党循化县的伪县长,被打成历史反革命,从此不能上台演出,专门做芭蕾舞鞋。受管制的还有大诗人赵之洵。晚上,我常在省医院这条马路遛弯儿,有时会碰见朱老和赵之洵坐在灰暗路灯下饮酒闲聊,如此一回两回,便熟悉起来。"文革"后朱老落实了政策,便卷起铺盖回了老家循化,没想到今天会在莲花山相遇。我赶忙奔了过去。

然而,他是有名的"花儿王"啊,几百人把他紧紧簇拥在中间,不论我怎么挤,就是不能近身。好大一阵工夫,人才慢慢散去,我便走上前去跟他打了个招呼。

他先是一愣,很快便是一喜:

"小王啊!你怎么也浪山来了?"

"朱老,看来你还没有忘记我呀。"

"咄,喝过酒的尕朋友,忘不了忘不了!"

"朱老,每年都来莲花山吗?"我直奔主题。

"哪里,这是我第四次上莲花山,"朱仲禄接上了我话茬,"也是粉碎'四人帮'后第一次上山,这几天我见到许多老歌手、老朋友,我们还用唱花儿来互相问好,表达情意。这是歌手们的老规矩。娃呀,花儿的作用可大着哩,它能使少男少女结成对对情人,更能让各族人民变成亲密兄弟……"

朱仲禄的言语未尽,又被阵阵歌海浪花所淹没。此刻,我才发现,自己和这位"花儿王"身置于绝壁倒悬的苍翠山峦之中,同时又在此起彼伏的歌声包围之内,弄得我听了歌顾不得观景,观了景又顾不得听歌。就这样,歌来曲往,情景交融,把花儿会渐渐推向了高潮。

莲花山花儿会,这个民间自发的花儿演唱盛会,不仅成为人民群众比试才华智慧的场所,而且也是各族人民增进团结友谊的社交之地。让我们共同祝愿,莲花山花儿会插上精神文明的翅膀,飞向更富裕更美好的明天。

(1986年7月于兰州,原载《丝路之声》)

真善美的升华

——评薛文彦两部交响乐作品

　　改革开放的大潮，给我国的音乐事业带来空前繁荣。音乐人才的不断涌现，新歌新曲的此起彼伏，无不为人们的精神生活重添一笔艳丽色彩。然而令人遗憾的是，严肃音乐这块领地尤其交响乐创作，多年已很少再有新作问世。因此，人们都在急切盼企着她的复苏。恰在这个时候，我省作曲家薛文彦把自己多年精心打造的《母亲》《跳弦》两部交响乐搬上首都舞台，而且一举获得成功，着实令人振奋。

　　最近，我有幸聆听了这两部作品，首先令人惊异的是，作曲家无论在表现思想内涵的深度上，还是在作曲技法综合运用的广度上，都显现出相当丰厚的生活积累和专业水平的老练与成熟。两部作品都是将人间最为可贵的真善美通过交响乐的形式给予凝炼与再造，进而升华为诗的境界展示给听众的，以欧洲传统四个乐章为结构布局的交响乐《母亲》，通过严谨的曲式逻辑和磅礴的交响声部对置，一开始就以全乐创造出恢宏的气势，很显然，作者欲想通过音响的厚重感，为我们昭示出"母亲"在他心目中形象的高大，以此表达他一腔深沉的爱。第一乐章呈示部，作者便从秦腔苦音旋律中提炼出主题音调，并将其贯穿于整部作品始终，这个主题音调，不只标示出该作品的特定地域风格，在我看来，更是"母亲"的形象和影子。尤其当她在不同声部用变奏的手法反复出现时，"母亲"的身影便会在眼前回旋萦绕。还有那极富"摇篮"和谐而动态感的节奏音型，形成丰满而恬静的平稳流动，又使"母亲"和"摇篮"两个音乐主题，呈示出主、副部双向交织的行进，以此表达出"母"与"子"之间深沉的爱意和无法割舍的情结。还有那西部古老风韵的贯穿，既隐喻着儿子对大地母亲的一往深情，又暗含着大地母亲对儿子艰辛的无私奉献。作曲家毕竟是靠干瘦的母乳和贫瘠的摇篮长大的汉子，尽管如此，他从不嫌弃她什么，而她更不要他回报什么，母与子只是在爱的怀抱里紧紧相偎着、艰难生活着、默默奉献着。这种心与情的交织，又通过二、三、四乐章得到进一步深化、伸延和发展，最终凝聚成感情的爆发点，完成了作者对"母亲"满腔之爱的倾诉、宣泄和赞美。

交响舞曲《跳弦》，同样以"情"作为全曲颂扬的主题，并借助西南彝族部落一段动人的爱情传说为背景，折射出作者对人间善恶美丑的褒贬，也呼唤着人间真挚至爱的回归。整部作品从主体潜流意识到悲剧情节发展，都是通过爱与恨、欢与悲的双向意向交织构成巨大反差作为音乐衍展的动力。曲中那翩翩舞步的节奏张力，是对纯真爱情与幸福生活的热情赞美和向往，而那刀光剑影的对垒搏杀，既让人联想到正义与非正义、侵略与反侵略的残酷较量，又让人联想到战争给宁静生活和纯真爱情造成的破坏与失落。这种双重意向所结构的交响音乐画面，大大深化了作品的悲剧性和戏剧性，同时也表明了作者对于幸福与人间挚爱的呼唤和追求。情景交融之中，揭示出作品深刻的思想内涵，也播撒出感人至深的交响艺术之美。

作曲家丰厚的专业积淀和丰富浪漫的思维想象力，无不渗透在整个作品的内在意蕴之中。其中对和声空间的构思，既促成作品的巨大张力，又传递出作者呼唤情与爱的精神哲理；音乐节奏的张扬又加强着作品的戏剧性效果，并通过主、副声部的强烈对比，把作者的心声完美地展现出来；而那多声部的交响互动和音乐主题的重重叠叠，又在多调性的和弦色彩中，充分体现着作者对全乐的整体把握和对具体情节的细腻刻画。复合调性、复合和弦、半音音丛、极音和弦乃至全间音阶、十一声音阶、序列十二音等等高难作曲技法的综合运用，构成作品动态与静态张弛、松紧的合力。技法终于勾染成感人肺腑的音响画面，音响画面又辐射出美妙的回味和奇思遐想，最终使人们从中得到情性的陶冶和对人生的启迪。

有人说过，交响乐的兴旺将象征着一个国家民族音乐文化的成熟。说明交响乐在一个国家民族音乐文化中占有何等重要的位置。中国的交响乐，应该走什么样的道路，自然成为大家所关心的议题。然而，在我看来，重要的不是议论，而是勇敢和不畏艰难的实践与探索。从这个意义上讲，薛文彦先生以超人的胆识和知难而进的拼搏精神，已经为我们作出了榜样，他率先向这高层次的音乐领地发起挑战，迈出很有力的一步，这种勇敢而成功的实践，不知又会给我省音乐界留下一些什么样的启示呢？

（原载《甘肃日报》1994 年 3 月 24 日 4 版，与邵永强、邵永静合作）

戏曲与广播的情缘

世间的事物总会有新有旧，新者让人倍感新鲜好奇，旧者则显平淡不以为意，这是通常情况下人们常有的心理态势。其实，新与旧总是相对而存在，也是事物发展之必然，而且它往往会被时间无情地改变，甚至将新变之为旧，又将旧更之为新。如此周而复始，回往循环，推动着事物不断向前发展。尤其在科技文明发达的今天，新旧更易的频率迅猛加快，旧的事物经过一番科技包装和改造，同样会立现新姿令人好奇和大惑不解。由此，我便想到了中国传统戏曲初涉无线广播时的那番情景。

那是在 1923 年元月 23 日晚 8 时，由美国商人奥斯邦在中国境内创办的第一座无线电公司广播电台（呼号为 ECO 电台）在上海首次开播。当它仅以 15 分钟时间介绍了当晚所播的节目内容之后，在此后的整整两个多小时内，除播放了少量小提琴独奏、金门四重奏、萨克管独奏及其舞曲外，中国的京剧剧目便充当了它开机首播的重头戏。按理，京剧并非新生，本不新奇，中国人早就对它十分熟悉。然而，当它通过电波这个无形载体传入千家万户，人们只要轻轻转动一下旋钮，足不出户便可欣赏到京剧名家精彩演唱。这一新鲜且又新奇的传播方式，顿时倾倒了上海滩上知多见广的戏曲痴迷者们，他们不知这声源究竟来自何处，也不知演员又在哪里演唱，竟然围着收音机不停地寻找玄机，总以为演员就藏匿在那个小小的木盒子里。总之，这一切的一切，都是那样的新奇而神秘。也许正是这个缘故，当时的上海人便把广播称之为"空中传音"，又把电台所广播的戏曲节目称为"广播戏曲"，而把收音机则又形象地称之为"戏匣子"。

在此之后的数年时间里，由中国人自己私办或官办的广播电台，如同雨后春笋，相继破土而出，各台节目的设置，都把古老的传统戏安排在最显赫的时段播出，以便争得更大的收听率。原湖南省文化局曾编撰出版过一本《文化艺术志》，其中在涉及该省广播的戏曲节目章节中，便有"1924 年元旦，首先播放名旦徐碧云的拿手好戏……同年 5 月 29 日，还第一次邀请京剧大师程砚秋来台演播"的文字记述；1926 年 10 月 1 日，正是哈尔滨无线广播电台开播之时，当天所播内容除钱粮行市、新闻、演艺外，大部头节目依然被传统戏曲所占据（详见《黑龙江广播电视资料》之一）；继而便是天津广播电台、北平广播电台的接踵问世，同样各以戏曲节目而一争天下。陕西广播电台创办稍晚，约在1936年前后；而甘肃广播电台直至20世纪40年代中叶才同听众姗姗见面。但无论开播迟早，西北这两家电台一经问世，便把当地民众最喜爱的秦腔地方剧种置于最黄金的时段反复安排播出。1946年9月11日《西北日报》"陇谈"副刊专栏中，便有听众撰文记述聆听甘肃广播电台播放陇上名旦陈景民所唱《卖苗郎》后的感受，既称其"着实精彩之极"，又道出"弦外竟杂以鸡鸣狗吠之声，扰人耳目"。就是说，广播这一现代化传播媒体，在中国一经出现，便把节目设置的重点，首先瞄准中国传统戏曲艺术。而戏曲同广播虽系邂逅相逢，却一改往日那种扭扭捏捏的保守积习，并对自己能够同广播结缘表现出少有的热情。正因此，戏曲与广播，或者说广播与戏曲，从相识相遇的第一天起，便结下无法割舍的不解情缘，甚至愈来愈多的听众，都把广播视为摄取和欣赏戏曲最最重要的渠道。

戏曲与广播的情缘，说到底，就是戏曲同广大听众的情缘，广播则是在科技进步中产生的一种传播媒体而已，虽然它不是专为戏曲而生，却能同戏曲相得益彰，其最大的优长便是能够借助电波传导促使戏曲更加深入人心。这对戏曲的传播与发展，将产生不可估量的促进作用。也就是说，戏曲凭藉广播传媒让更多的人们能够随心所欲地便捷接收，而广播则借助于戏曲艺术的潜在影响带动更多信息的传递。但二者作用都是服务于人，即收听广播和欣赏戏曲艺术的广大听众。正因此，在"听众——广播——戏曲"这个三维环链中，听众是服务的主体，戏曲是欣赏的客体，广播则是连接二者的纽带和承载客体的载体。三者相互依赖，相互促动，相互制约，相互蓄力，这便是戏曲与广播结缘的真正根基之所在。

广播虽然作为系结观众与戏曲两极的纽带和传媒而存在，却不甘于仅仅被动充当两者之间的"二传手"和"中转站"，而是充分调动和极尽发挥其自身优势，对戏曲给予再加工和再创造，这种加工创造，集中体现在它把戏曲这一原本属于可视可听的舞台时空艺术，转换成为纯粹可听的声音艺术。为达到这一目的，广播电台的戏曲编辑和录音技师们，紧紧抓住戏曲"四功"之首的"唱""念"这一核心扬其广播之长，并借助极其复杂的拾声工艺，力求最佳的"声音美"；同时还把戏曲"四功"中的"做""打"可视性表演，让观众通过听觉同样感受到一种心理画面。这个转换环节，可谓是艺术与技术的统一，原型与创造的并存，其间涉及十分繁杂的多学科运用，如电声学、建筑

学、机械学、物理学、声乐学、器乐学、戏曲学、心理学、导演学、美学等等。正是各台拥有这样一批掌握多门学科且又不显山露水的广播戏曲队伍在幕后日夜辛勤劳作，才促成戏曲节目在广播传输中产生质的飞跃，使其音质源于舞台又高于舞台，取于原声又美于原声。此外，还有剧目的筛选、播出的形式、编排的手法等等他们无一不在力争广播声能的尽善尽美而绞尽脑汁。无数广播工作者的这种沉默辛劳尽管鲜为人知，却把"观众——广播——戏曲"这个环链愈结愈紧，以致在多种媒体激烈竞争的今天，中国戏曲听众，依然对广播情有独钟。五年前，甘肃商业部门曾对各类收音机销售走向作过一次有趣的民意调查，结果表明 70% 以上的顾客购买收音机的目的专为收听地方戏曲。而各广播电台每年所统计的自办节目收听率指数显示，地方戏曲始终稳坐峰巅久居不衰，即令在剧场萧条、观众锐减、戏曲失宠的今天，广播戏曲的收听率非但势头不减，相反呈现出更火更旺、直线上升趋势，这的确是个耐人寻味的一种文化现象。

戏曲与广播的情缘，造就了一支痴迷于广播戏曲的庞大特殊群体，这支群体，犹如一支庞驳无比的监听大军，始终翘着耳朵，分分秒秒都在倾注着广播中的戏曲节目，一旦某台某日某时某分播发了一段最能引动其心理亢奋的戏曲唱段，那雪片似的来信来电，就会铺天盖地般地飞到编辑手里，字里行间洋溢的感激与热情，真可谓盛于其内而又溢于其外。同样，倘或某台某日某分的戏曲节目偶出纰漏，或将演员张冠李戴，或者安排的时段不好，或有掐长播短甚至播出质量太差等等，那来信来电更是铺天盖地，而且其口气、其语势、其措词，便会完全改换成另外一种样子：轻者厉词责问，重者抗议声讨，更有甚者还会丝毫不加掩饰地破口骂娘。听众对广播戏曲的这种不同态度，表面看，有表扬也有批评，论实质，都是广大听众对广播戏曲情缘太深所使然，而且这种情缘之深、之重、之亲，绝非剧场、茶社、地摊等其他戏曲场所所能比肩。正因此，它对广播戏曲编辑们来说，都成了一种鼓励，一种鞭策，一种对自己辛劳付出的认可和回报。

戏曲与广播的结缘，又促成戏曲社会作用的发挥，这不只体现在无垠无际的广度渗透上，更体现在对它思想性、艺术性双重品格的深度开掘上。其中最典型的例证莫过于 1940 年 12 月 30 日延安新华广播电台的正式创立。当时的新华广播电台，是中国共产党发布政令、声明、战况和揭露日寇侵华罪行以及挫败国民党各种政治阴谋最有力的宣传媒体之一，由于它能跨越军事封锁线而直插敌人心脏，被毛泽东同志誉为"党的喉舌"和"团结人民、教育人民、消灭敌人、打击敌人"的有力武器。新华广播电台所播发的节目，不仅各地区、各战区的广大民众和指战员们在收听，就连日寇、美国特别是国民党当局，也都要"每日指定专员收听，逐日俱报"（转引自赵玉明《中国人民广播事业创建纪念日的由来》一文）。当时陕甘宁边区所创编的戏曲节目，同样借助于广播载体，也参与了这一特殊战斗行列，成为攻克敌人心理防线的一把利器。读者也许对八一电影制片厂摄制的《淮海战役》这部战争巨片还记忆犹新，其间便艺术地再现了老区革命剧目的战斗威力：蒋介石在其官邸欲收听新华广播电台节目，当他打开收音机旋钮，首先听到的却是陕北秧歌剧《兄妹开荒》的演唱歌声，这歌声顿使蒋介石神色窘迫，心绪紧张，两手停滞而又不知所措。试想，在此情此景下，还有什么武器能比《兄妹开荒》更具摧垮对方心理的巨大威慑力量呢？当然，这种威慑力，既来自剧目本身强烈的思想性和艺术性，但广播这一特殊媒体所具有的渗透性与张扬性，更增添了该节目潜在的攻心作用和政治威力。

在此后的数十年里，随着时代的发展和科学技术的突飞猛进，广播也在不断包装并更新着自已，尤其近十多年来，各家广播电台对戏曲节目的拾声工艺都有了很大改进，相继由单声道变为双声道，进而变为立体声、调频，时下又进入高保真数字化时代，从而确保了广播传输中戏曲节目音响的真实、纯净、精美。20世纪80年代，随着电视、录像、盒带以及VCD光碟的出现和大范围普及，又为戏曲艺术平添了许多可视可听的传媒载体，也给人们提供了可资选择的更大空间。然而，戏曲与广播的情缘，非但并未因此泯灭，相反双方拥抱得更紧，原因正在于广播更能扬其戏曲以声夺人之优长，而戏曲更能体现广播随身收听、随时欣赏之便捷。正因此，在今后漫长的历史发展中，戏曲与广播的情缘，必将越结越深，越深越亲，越亲越发沁人心脾。

（原载《甘肃视听》）

立足甘肃说秦腔

凡地道的西北土著，对于古老的秦腔艺术，差不多都持有很难割舍的深厚情结，尤其甘肃，几乎成了当地民众的一种神圣信仰和精神食粮，他们薪尽火传，生生不息。据清乾隆所修《凉州志》载："古凉州民习秦声已久，甘州亦然。"乾隆四十四年（1779年）王曾翼所撰《甘州府志·序》，也称这种秦声的流播"西陲最尚"。"秦声"一词，系今之秦腔剧种古称，正说明它在甘肃境内传衍旷久。

清代中叶，秦腔不仅在甘肃大地上迅速蔓延，在剧目、音乐、演员、班社以及各种表演程式的创造上也有着丰厚的积累。尤其全省各地相继出现了一批职业演唱班社，如始建于清乾隆二十五年（1760年）的"敦煌营武班"、始建于乾隆四十三年（1778年）的"临泽沙河渠忠义班"、始建于道光十年（1830年）的"宁远于家班 "以及咸丰初期的"景泰同乐社""秦州魁盛社""金塔魏家班""清水马家班"等等，都为秦腔在甘肃的存在和发扬光大立下汗马功劳。

剧目方面，仅1956年"发掘戏曲遗产竞赛活动"中，所征得的各种剧目多达三千多本（折），其中便有清乾隆五十四年（1789年）秦腔抄本《下宛城》、嘉庆二十一年（1816年）秦腔抄本《火烧新野》等珍贵原件。此外还有秦腔曲牌工尺谱500余首，脸谱300余帧。靖远县老君庙曾有嘉庆年间铸造的一口铁钟，钟面以楷书刻镌秦腔剧目128出，旨在每逢老君寿诞之时，供会首点戏酬神。这一时期，甘肃秦腔的声腔体制也别有风致，其最突出的特点是：板腔兼以曲牌，曲牌杂以佛曲。此种遗风，一直延续到20世纪40年代末期甚至新中国成立以后，故甘肃人称它为"大戏""老秦腔"。就目前所能收集到的可入词演唱的曲牌和佛曲多达近百首，而且皆系"甘所有而陕所无"的孤品。即便是板腔体唱腔，也很有自己的特色，仅以作为秦腔最基本腔调的［二六板］来说，则多在上句腔落尾和下句腔中部，各自额外扩充出一个极富规律的衬词附加乐逗，其格式与手法颇与甘肃某些民间杂曲小调衬词运用方式极其相仿。由此多少呈露出甘肃"老秦腔"［二六板］可能由当地民歌衍化发展而来的原始迹象。这正好验证了《辞海》

所言：秦腔由"明中叶以前在陕西、甘肃一带的民歌基础上形成"的断言。此外，它的唱腔旋律，也极富明代魏良辅所说"错用乡语"的特点，甘肃的语言字声音韵，给其旋律走向以明显影响。

甘肃戏班早期演出方式也有所不同，一般大都先以演唱"曲子"为开场，而后再转入正式演唱秦腔。当地观众把这种曲子、秦腔混杂的演出局面，形象地称为"风雪搅"。正因此，清末戏剧家徐珂在其《清稗类抄》中，便为当时的甘肃秦腔冠以"北派之秦腔"，并称山陕调为"秦腔"，甘肃调为"西腔"，以示两省秦腔之差别。

清道、咸时期，已出现不少有关甘肃秦腔艺人活动的文字记述。中华民国八年（1919年）重修原道光版《靖远县志·忠义传》，便有"优人张某，工歌舞，善诙谐，同治五年（1866年），城陷被执。贼素闻其声，使演剧，许以不杀。拒之，且引往事大骂逆贼，贼怒杀之"的记载。这一时期，甘肃老秦腔凭藉以本地演员为主体，以生、净行当神鬼戏、侠义戏为主体两大优势，在甘肃各地显得十分活跃兴盛。如兰州福庆班的三元官、张福庆，宁远于家班的于大班长、傅邦、张麻子、王保同等，金塔魏家班的魏长三、杜荣棠、宋子汉、尕保子、申正奎、周旦儿、吴天赐等，宁县李聚财戏班的李聚财、石娃子、子娃子、次娃子等，庄浪将军爷戏班的刘世福、景占魁、马本烈、王东厚、张明正等，甘谷戏班的杨全儿、王宝童等，以及兰州东盛班的陈德胜（十娃子）、李德贵、桑大嘴、李海亭（六指子）、张天宝、薛保元（三木头）和兰州福庆班的张福庆、米喜子（麻旦儿）、黄毛子、唐华（待诏）、刘彦青等等，都是以本地演员组建起来的秦腔戏班，并以《药王卷》《碧游宫》《马踏五营》《火焰驹》《白逼宫》《黄河阵》《太湖城》《游西湖》等生、净刚烈剧目常年以赶庙会从事演艺活动。这些演员不仅在行当上无所不能，艺技上也是面面精通，尤其称道的是他们最擅于随时编演连台本戏。光绪二十年（1894年）甘谷艺人杨全儿兰州献艺，会首要他连唱七十二天会戏却不能重戏，而且每剧必以仓颉和观音菩萨为主角，这无疑是个有意刁难的苛求，杨却主动承担，并以传说中的八大神仙为素材，编演了七十二本连台本戏《玉皇传》，整整唱了七十二天竟未将他难倒，致使观众大为折服，由此而获"赛天红"之美誉。

光绪中叶，开始出现陕西艺人入主甘肃"本地班"搭班唱戏和组班落户的情形。如"东盛班"的岳德胜，以及李富贵组建的武威"永和社"、李炳南组建的"西秦鸿盛社"等皆是。甘、陕艺人的同台演出，既显示出两省秦腔不同的风格和流派，又促成两省秦腔的相互影响和交流。20世纪初期，开始进入兰州、武威、天水、平凉、庆阳等城市设

"点"售票演出的"本地班"，为适应剧场环境和城市观众的欣赏心理，使以往庙会演出的粗犷风格生、净动作戏，逐渐向戏院演出的细腻风格生、旦唱做戏慢慢转化，加上班社之间、演员之间强烈竞争意识的日趋见长，促成了演员讲究个人声腔技术的局面。由此而又形成以庆阳、平凉为演地中心的东路唱派，以天水、陇南为演地中心的南路唱派，以兰州、武威为演地中心的中路唱派。三路唱派也叫三大流派，各以擅演的剧目、独到的唱腔和化妆，以及身怀绝技的演员阵容，甚至各自拥有的观众群，在甘肃形成鼎足之势，把甘肃秦腔推向全盛的高峰。

辛亥革命以后，甘肃秦腔虽然作为甘肃戏曲舞台的主体仍显兴盛活跃，但随着人们生活方式的改变，特别是东西方文化交流日趋频繁，新的思想与思潮对人们心理产生很大影响。尤其1920年前后，由于陕西秦腔演员开始大量西进陇上，促使陕西"客伙班"也在甘肃与日俱增，无形对甘肃秦腔造成很大冲击。这一时期，既有王承喜、杨改民、赵福海、王琪、罗树德、徐明德、耿忠义等一批甘肃籍演员活跃于全省各地，又有曹洪有、史月卿、文汉臣、葛正兴、朱怡堂、田德年、郗德育、李夺山等一批陕西籍演员在甘肃落户唱戏。甘、陕秦腔演员的融合，促进了甘、陕秦腔艺术的融合，这种融合，当然不只是古老的甘肃秦腔需要进步与发达的必然，更是它顺应时代潮流和追求时尚审美的必然。正因此，经过改良的"敏腔"（李正敏创造的唱腔）、"易俗腔"（西安易俗社改良的唱腔）等新兴的陕西中路唱派，像一股清丽的春风开始在甘肃境内吹拂风靡时，甚至呈露出一种"喧宾夺主"之势。这种改良的新腔，又随着办班、办校和以社代班等培训学员之风，在境内迅速扩散流播，像兰州觉民学社、平凉平乐学社、敦煌塞光学社、酒泉新光学社以及以社代班的宁县振兴社科班、兰州新兴社科班、西峰同俗社科班、平凉聚义社科班和兰州军界的西北戏剧学校等，差不多都聘用陕西演员为教练，取用陕西改良唱腔为教材，再加上刘毓中、刘易平、何振中、岳中华、沈和中、靖正恭、陈景民、刘金荣、刘全禄等大批陕西名角相继到甘肃组班甚至落户，大大强化了陕西秦腔的传授、普及与推广。尽管当时涌现出诸如王正端、孔新晟、张文品、朱训俗、肖正惠、李发民、米清华、付荣启等一批陕西籍甘肃秦腔生力军，并同何彩凤、周正俗、李益华、袁天霖、谈维新、魏启元、黄致中等甘肃籍演员以及稍后的沈爱莲、王晓玲、王超民、袁兴民、米新洪、刘茂森、温警学、牛利民、张方平等共同形成20世纪中叶甘肃秦腔舞台的主体、并一直延续到该世纪90年代，但甘肃秦腔唱派却遭受陕西秦腔唱派的噬吞而退居舞台一隅，并最终成为绝响而流失殆尽。

　　新中国成立后，甘肃秦腔和陕西秦腔基本形成了大同，在此基础上，又以新的思想和观点十分注意内容与形式的改革创新，尤其剧目，在搬演优秀传统剧目的同时，还创作出大量的新编历史剧和现代戏。促使古老的秦腔艺术更加贴近现实并服务于现实。《李秀成》《梁红玉》《守江阴》《山乡花红》《说书阵地》《商鞅变法》《鲍三娘》《警钟》《爱情从这里开始》《思补情》《西域情》等等，都是建国以来甘肃秦腔舞台上的典型佳作。此外，乐队取用中西混合编制，舞美吸纳科技成果；演员队伍也是甘、陕两籍混杂，新陈代谢有序。相继出现王彩霞、刘芳玲、张秋惠、张玉莲、路玉玲、赵桂玲、薛志秀、邹莲蕊、王新奎、段永华、胡振艺、李明玉、王中高等一批中坚力量。新时期以来，各地新人更如雨后春笋，窦凤琴、谭建勋、张兰秦、苏凤丽、张晓琴以及布遍全省各地、市、县的中青年演员，都凭藉自己的艺术实力成为今日甘肃观众心目中的秦腔代名词，由此而又带动更多年轻新秀的破土而出。甘肃秦腔艺术人才的前赴后继，意味着甘肃秦腔向未来空间的更大延伸，也标志着甘肃秦腔以新的风姿更加兴旺发达和繁荣昌盛。

（原载《当代戏剧》2004 年第 3 期，《甘肃航空》转载，与陈光合作）

陇剧音乐革新的可喜尝试

——评电影《万家春》的音乐创作

电影《万家春》，作为甘肃新生地方剧种——陇剧搬上银幕的第一个剧目，已经和广大观众见面。这里，就其该片在陇剧音乐以及对主要人物音乐形象塑造方面所作的可喜尝试与得失，作一不成熟的浅评。

戏曲音乐的创作比之于其他体裁的音乐创作也许要难，这是因为它有许多传统成法必须遵循。比方说，唱腔的音乐语汇、调式与旋律特征，就充分体现着一个剧种所独有的风格与特色，各种板式的基本结构格局，音乐旋律中反复强调的特定节奏音型，无一不是形成"这一个不同于那一个"并构成独立剧种存在的重要元素。在进行戏曲音乐创作过程中，倘不熟练地掌握这些规律，不考虑贯串这些元素，必然会使自己的作品失却剧种的风格特色而为观众所不取。但若死守这些成法，却又很难创造出现代人物的精神气质和时代风貌。因此，难就难在既要处理好继承与革新的关系，又要处理好作曲家创作技巧同受众群体审美情趣相互观照默契。

从《万家春》的音乐演出效果来看，它的曲作者(易炎、郧作人、薛文彦)显然充分注意到了这些难点，并在上述两个方面的结合上成效显著，因而，整部音乐总的听来风格突出，富有新意，符合剧情，观众爱听。

请看辛月梅第二场上场时的六句[花音飞板]唱腔。这是她从县上开完计划生育会后归途中的一段唱，唱词是这样的：

> 春风送爽脚步健，
>
> 一路山花迎我还。
>
> 山回水转路不断，
>
> 眼前又是一重天。
>
> 肩负重托道路远，
>
> 还须快马紧加鞭。

从剧本角度讲，它概括了剧中人辛月梅在此情此景下所持有的三层戏剧心绪：第

一、二句通过以景托情，表现出党的计划生育号召给她巨大的精神鼓舞；第三、四句则交待出她对贯彻落实这一号召改变农村滥生滥养落后面貌的前景怀有美好信念；第五、六句则是表明她作为计生主任所肩负的重任以及自己对搞好这项工作的决心和勇气。这对她下面的戏剧行为无疑起到了开宗明义和画龙点睛的作用。

那么，如何通过唱腔来深刻揭示词中的丰富含义，并清楚地、自然地交待出人物思想感情的变化过程与特殊心绪呢？很显然，绝非用一般上下句的简单重复所能完成得了。所以，曲作者根据唱词所提供的文学形象基础，对全段作了总体构思之后，首先取用传统的〔喝音子〕为素材，把第一句处理成散板的板式唱出：

这样安排的用意就在于：散板类板式唱腔所具有的音乐张力，是最能煊示人物内心情怀的戏曲唱调，尤其节奏上的散打散唱和明亮高亢的旋律运行，很能与角色持有的戏剧心理节奏很快和合，在张弛有序之中，造成"人未登场，声先夺人"的戏剧效果。特别在"步"字上，旋律陡然突现七度大跳，唱腔在高音区内作稳定延长，透发出一股感召的力量，传递出一种快慰的激情和向上冲击的力度，也准确地阐释了角色开朗乐观的情怀，再经一个"小腔"的回旋，用大换气铺垫蓄力造势，提速上板，自然引出人物出场并进入正板演唱。这无疑是个极符合人物心理节奏的安排，因此，观众也会随着这句唱腔很快进入戏剧情节的深层。进而大大突出了主人公辛月梅的戏剧主导地位，也使辛月梅的音乐形象在同观众的第一个照面中，得到初步确立和确认。

接下来，唱腔在一个快速过门中上板。正由于这种速度上的对比变化，为旋律创造出所必需的流畅与活跃；同时，又以"迎我还"的"还"字为重点，通过"麻簧"帮唱肆加渲染，使月梅当时的心绪和戏剧气氛获得进一步增升；第三、四句根据唱词的自然分句，从节奏上展开了疏密交替，既推动着唱腔不断向前衍展，又使人物的满腔激情更加充满活力；第五句前半句的每一个字都进行了扩展，而且又充分利用唱腔在高音区内的活动，极力点染着月梅"肩负重托"的坚定信念；后三字和第六句，速度提快后扯速

收腔，稳妥结束全段的演唱。从这里我们不难看到，节奏的张弛疏密，旋律的平稳跳宕，以及音区的移位变化，对表现人物内心的感情起伏所起的重要作用。尤其作者严守着传统陇剧唱腔"散——慢——快——散"的结构章法和传统旋法特征，同时又任音域不断向上冲击扩展，使得这段仅有六句的出场第一个唱腔，不仅具有浓郁的剧种特色，又充满现代的气息，从而较准确、较生动地为观众交代出辛月梅的戏剧身份、作用和地位，也成功地展示出人物的思想情怀和性格特征。

衡量一出戏唱腔设计的成败得失，固然有多种多样的标准和角度，但唱腔在全剧的铺排和总体把握却至关重要，就是说，在一台戏中唱腔必须要形成主次，就像一座房屋，必须要有"四梁四柱"支撑的道理一样。"主"与"次"又是相对应而存在，没有重中之重的核心唱腔，就如同没有大梁的房舍，立不起还会坍塌。更何况核心唱段能够极尽抒发人物情怀，构成戏剧的抒情场面，也是最能满足观众审美心理的所在，这正是中国戏曲不同于西洋歌剧的特别之处。

现在让我们再来看看《万家春》一剧，曲作者如何创造核心唱段来体现辛月梅形象的：无论是第四场的《似梦却非梦》还是第五场的《忘不了坎坷路上嫂怜念》，它们的旋律竟像抒情诗一般的诱人并富有神韵。这对人物内心感情的描绘，简直细腻到了极点。这里特别出色的是，经过加工创造的拖腔，使得唱腔更为华丽而富有光彩。尤其作者把最优美、最感人最富抒情表现性能的传统音调，通过精心雕饰之后，集中用在这样一些最有意义的环节：当辛月梅和丁凯的婚礼场面达到热烈的沸点时，她却意外地听到有人把她这个不曾生育的女人比作"不会下蛋的母鸡"，又把她同丁凯的结合说成是"会使丁家断子绝孙"等等。这些恶意的中伤，有如一记闷棍，顿使她平静的情绪立马激荡起来。曲作者在用音乐语言描绘这一强烈的感情冲撞时，集 [伤音弹板]、[还阳板]、[散板]、[二流] 以及类似 [流水] 的 [垛板] 之大成，仅此还嫌不足以尽情，又将合唱、帮唱、主唱、对唱交错并用等手法，创新发展出了《一场欢喜化成灰》这样一段十分长大而相当完整的成套大段唱腔，来充分展示人物内心急剧变化的戏剧性情结，这种情结从音乐铺排的角度讲，包括了如下几个层次：开始，紧促而急切的强奏过门，渲染出剧情由婚庆的大喜向恶语中伤的大悲急转，接下来便引出缓慢而哀婉的幕后合唱。这合唱代表着群体的意念和态度，下面便是一段具有较大出新的四句起、承、转、合式唱腔，着意于辛月梅难于言表的内心独白；继而是近似朗诵或呐喊的散板和垛板，这在传统陇剧板式中原本是没有的，然而曲作者创造和发展了它，旨在准确表达出

人物对那恶意中伤和旧传统观念的抗击与控诉。随之便是悲凉抒情的［还阳板］和［伤音弹板］，这是逐渐冷静下来的月梅对她一生坎坷遭遇的抒发与回忆。最后在略带激情的［二流］板式演唱中，埋下她决心与传统观念彻底决裂的伏笔。这段唱腔之所以采用如此繁杂和富有层次的节奏对比变化序列，目的就是为了使人物当时突现的心理冲撞，在强烈的节奏对比中获得最充分的展示。所谓戏曲唱腔音乐的戏剧性，正是在这样的板式变化中得到最集中、最完美的发挥。这一点，从它给观众留下的深刻印象看，无疑是达到了目的。

经过一段戏剧性穿插之后，作者又把人物置于另一个严峻的考验之中，那就是辛月梅作为负责全队计划生育的妇女主任，当她的工作正处在最艰难的时候，不曾生育的她却又偏偏身怀有孕。面对这一梦寐以求的现实，此处特意安排了一大段《似梦却非梦》唱腔，曲作者十分准确地捕捉住反映人物当时情绪的板式和音调，即在抒情格调极浓的［花音弹板］之中，又给它涂上一层富有想象的浪漫色彩，来深化人物的心理矛盾冲突。整段唱腔平稳而含蓄，优美而激情。正是在此基础上，月梅的音乐形象才逐渐朝完整的方面发展。当她在第六场一面高唱"有牺牲才换来满眼春光"，一面用陇剧特有的"麻簧"抒情声韵表抒着"破旧规'从我做起'"，直至"千年铁链要砸碎"和决心"不生这个孩子"这一高尚情操时，那音乐所展现出来的激情和感染力量，给观众以深刻记忆和巨大鼓舞，并在一个又一个的音乐高潮中，完成了辛月梅音乐形象任务的创造。

这些唱腔之所以如此感人，应当说首先是作曲家在运用陇剧音乐的传统遗产与表现手法时，既未被传统成法所囿，又未置传统成法于不顾。而是灵活掌握，灵活运用，当变处则变，不当变处则不去硬变。这也正是既能使人们没有老调重弹之感，又能够较好地反映出新时代人物气质和风貌的原因所在。其次是在这些唱腔的创作中，既着重于章法布局的严谨，又注重于表现人物思想发展的层次。影片在最足以体现人物思想、性格、气质的几个重要环节，差不多都安排了大段的重头唱腔。这些唱腔都是通过严谨而富有逻辑的板式转换，来展现人物内心的冲突，促使她从不成熟走向成熟的，而且根据不同的场合，把握着不同的表现分寸。比如第一场《多少悲愤说与谁》这段唱，尽管也是多层次的板式变化造成强烈的节奏对比，而且也很有音乐感染力，但作曲家并未把她作为一个具有崇高思想境界的人物来歌颂，因此，只是借助悲伤的苦音腔调，着意于人物当时痛楚怅惘心灵的描绘，旨在激起人们对她生活命运的同情和对旧的传统观念的痛恨。但是，当人物思想成长的线索发展到第六场，并用《一句话引落千行泪》这一大段

唱腔时，作者则巧妙地把伤、花音两种不同性调的板式有机地加以组合，来表现这样一种鼓舞向上、意境致远之情：伤音腔以真挚感人的语势，循循善诱着人们认真思考那种滥生滥养的社会问题；花音腔又给人们以巨大的精神激励，并明确地表现出角色崇高的思想境界；特别是那"千年锁链要砸碎，愿妈妈，收悲泪，振精神，添把力"处的［垛板］，一字一音，斩钉截铁，一下使人们振奋起来，也从中得到教育，得到了启迪。这一效果的产生，无疑与作者在创作思想上把塑造自己理想中的典型作为最高目标，并与纯熟的作曲技巧付诸实践是分不开的。

对于一个作品，固然不能过分地求全责备，但作为一个艺术的整体，我们还是从严要求一些好。当我对月梅的唱腔品赏回味之余，总是感到好像还缺欠了些什么，后来才发现这种不够满足的感觉，似乎来自它的板式方面。因为，影片对月梅的大段唱腔安排过重，而板式的变化却又始终是那么几个在轮番运用，所以，到后面就感到有些单薄了，结果冲淡了最能体现戏剧进行中人物所必需的内心节奏的张力和不断深化发展的动力。如果作者能够从全剧总体把握的高度，也就是把"好钢用到刀刃上"，更集中地创造出或者革新发展出几个富于新意的精彩重点唱腔，不仅不会前后相互冲淡，也许更会使月梅内心的戏剧性揭示得更深刻、更彻底、更充分，同时，观众也许对这部影片的唱腔音乐留下更深刻的记忆，其至更有助于陇剧这一新生地方剧种的大范围普及。另外，作者对剧中其他人物的唱腔设计，如方队长、玉珍、方嫂、易嫂等人物的音乐形象，都未能做到很好的树立，他们的唱腔由于运用传统板式较多，使之在与月梅唱腔的同台演唱中，难免不能不给人以新的太新，老的太老之感，其结果损伤了本该有的完整性和感染力。

从《万家春》的整个演唱中，使人明显感到演员运用人声表情和细腻的润腔手法，极力塑造不同人物性格方面所作的巨大努力。尤其辛月梅的扮演者，不仅通过自己的理解和技巧，比较自如地表达曲情曲意和人物的精神境界，同时还给唱腔染上一层玲珑剔透的华彩。特别是其中几个大段的抒情性唱腔，表现力较为丰富，没有努挣式"喊唱"痕迹，而且使得音域轻松自如地得到大幅度扩展，从而增强了表现力和感染力。但在另方面，她的唱法也存在着一些使人不够满足的地方。这就是：在情绪更为激昂的［散板］、［垛板］部分，她的歌唱未能从气质上、节奏上达到与此相应的水准，从而削弱了这位农村妇女应有的朴实气质，而且还或多或少地为她抹上了一层不必要的"书卷气"；其次，她未能熟练地运用戏曲的声韵和节奏去指导演唱的全过程，结果，由于抽掉了至关重要的"戏曲味"，而影响到她的整个艺术表现的典型性和深刻性。而这一点，

对于酷爱戏曲的观众来说，是不够满足的。

《万家春》采用的是中西混合的编制，但在处理中西乐器的关系中，始终坚持着"唱为主、伴为辅""中为主、西为辅"的原则，民族特色乐器在进入唱腔时使其不仅在包腔上音响突出，尤其还强调着三大件(高胡、二胡、琵琶)的主奏功能，在整个乐队中，最大限度地发挥着它们的领衔作用；西洋管弦乐器则在间奏过门特别在写意渲染场面则音响齐发，尤其管、弦、弹各乐组，色彩对比强烈而突出，进入演唱之后，引进的西洋乐器(包括所配置的其他民族乐器在内)则置于再伴奏的辅助、补充地位，或在过门间奏之处，或在感情最为集中的地方，以副旋律给予必要的烘托渲染，这就基本上保证了伴奏乐队的民族特色。具体配法上，既强调纵向的的厚重，却又简化了织体的层次，既强化着横向的线性律动，却又突出各声部间的色彩对比，和弦音型，也基本取之于陇剧音乐的旋律，而且较多是用模拟渔鼓的节奏和音响效果，这就使得整个乐队音色质感显得十分透亮，声部间的音量十分和谐平衡，音响效果十分丰满，而且保持着浓郁的陇剧韵味和特色。又能够较好地完成开掘人物内在心理和烘托渲染戏剧气氛，还为影片的传统音乐平添了几分现代美。

如果说有什么不足，那就是使人感觉到乐队伴奏似乎在声部的层次对比和纵向的厚度平衡方面考虑得多，而对以戏曲形式反映农村题材所该选择横向清亮、纵向淡雅表现特性考虑得少了一些，因而音响上过于浓厚庄重，使得这部作品少了几分该有的田园风格；对于那些诸如［还阳板］、［弹板］等抒情性较强的唱段，配器手法上过多追求色彩的华美，以致造成不必要的辉煌氛围，而对其他次要人物的唱腔伴奏，同样也给人以新、老悬殊甚大的感觉。加之乐队过于庞大，使得以往以表现旋律为主的戏曲伴奏手法，有时不能不受到一定影响，造成"戏曲味"不足的缺憾。

运用中西混合乐队编制来伴奏戏曲，是一个有待进一步探讨尝试的复杂课题。配器上如何以更简练的手法使"戏曲化"得到有效保证，演奏上如何使这种风格获得完美充分的实施，必然涉及到民族和声、复调体系的健全，以及保留发展原有演奏技巧和引进补充新的演奏技巧等一系列艺术、技术革新问题。这一切确非一部作品所能解决得了。从这个意义上讲，作曲家在《万家春》配器方面所作的革新尝试，是很值得肯定和总结的。

（原载《甘肃戏苑》1984 年第 1 期）

现代眉户剧《认亲记》音乐的创新精神

眉户剧原称迷胡戏，甘肃则称其为曲子戏、小曲戏。本是流行在西北五省（区）和晋西、豫北、川北和内蒙古等广大地区的主要民间地方剧种。因其唱腔音乐是在民歌小调基础上发展而成，又很适合于地摊、土台演出，还很善于表现现代生活，编剧简易，大小皆宜，既可清唱自娱，也可化装登台作场，群众基础相当深厚。但因其声腔组织明显承袭着南北曲、明清时调套曲的结构和民歌小调单一的分节歌体形式(即使是人们熟悉的《梁秋燕》也是如此)，因此，听来歌唱性强而戏剧性差，总不及秦腔等大剧种在唱腔音乐方面本有的节奏对比的强烈冲击力，故一直较难胜任复杂剧情和强烈感情的表达与开掘。人们常称其为"小戏"或者"小剧种"而极少登上舞台"大雅之堂"。然而，最近武都地区秦剧团创作演出的现代眉户剧《认亲记》，却在音乐上通过对传统的继承和创新，力求唱腔板腔化，并运用合唱手法以表现现代题材方面，给人留下了深刻的印象。

这出戏在唱腔音乐创新手法上，可以归纳为以下三个方面：

一、集中最优美、最具戏剧表现力的曲牌唱调于主要人物，创造出多曲牌、多层次大段唱腔，更深开掘人物的思想底蕴。在"遇救"一场里，张大娘便有一段长达二十多句的唱腔。这段唱就选用了七个以上的原始曲牌音调素材加工设计而成的。开始部分，为表现大娘雨夜被儿媳逐出家门，跟跄于道途且又不知去往何处的的强烈感情波动和心理冲撞，必然要求唱腔能够以最激愤的音乐语言和最动荡的节奏对比，方可使人物如同黄河奔涌般的一腔感情得以宣泄。然而，能够具有如此强烈戏剧性冲突的传统曲牌是没有的。于是，曲作者便巧借板腔体"无板无眼"板式形态，创造和发展出了一个类似京剧［导板］或秦腔［尖板］的全新腔句，导演又将其作为幕后内唱处理，从而大大增强了行腔演唱的舞台性、戏剧性效果：

……（5 6 5 6）｜1 5 1 6 - 2 5 2 5 · 2 3 2 1 . 6 5 - ｜

炸雷　响　狂　风　吼

$$(\underline{5\ 6}\ \underline{5\ 6})\ |\ \underline{2\ 2}\ \underline{5\ 1}\ \underline{2\ \dot{1}}\cdot\underline{\dot{2}\ \dot{1}}\ \underline{7\cdot\ 6}\ \underline{5\cdot\ \dot{1}}\ \underline{6\ 5}\ \underline{4\ 5}\ \underline{2\ 4}\ 5\ -$$

乌 云 压 顶

首先，取用了将节奏打散，四度以上的大跳音程使旋律有了更大的起伏弹性，同时又在腔句中部与尾句，分别发展出一个冗长拖腔，再加上紧拉慢唱的处理，使其具有呐喊控诉的性质。很显然，这是效法京剧"导板"或者秦腔"尖板"等"大戏"板式结构和表现手法得来的成果。在以下的唱腔旋律中，同样通过不同曲牌的衔接与转换，加强着唱腔表现感情的丰富性，而且还努力追求类似于其他板腔体"大戏"唱腔的 [慢板]、[中板]、[快板]、[垛板]、[散板] 等强烈的节奏对比功能。比如第二句，选用了沉痛悲怆的 [长城] 曲牌，但只提取了 [长城] 的悲凉调性，并未照搬它的音乐旋律，原因就在于传统的 [长城] 曲牌唱调，节奏过于拖沓，旋律运行过于缓慢，且在表情上忧伤有余而激愤不足，设计者对原曲牌进行了浓缩，还提快了腔速，使其具有 [中板] 的意味。以下的唱腔，要么摘取原曲牌的尾句拖腔，要么移高音位，要么打散慢唱，甚至还创造出类似"喝场"的新腔句，穿插运用于其中，借以增强不同曲牌之间张弛有绪的节奏对比。这就引发唱腔曲调生出由悲到愤，直至控诉呐喊的感情表现专长。这样的处理，无疑与张大娘当时义愤难平的心绪相一致，也很符合戏曲唱腔音乐发展变化的创新规律。

从"这才是满心的喜欢成泡影"一句起，又采用了带有表述性质的 [慢西京] 曲牌。这一段基本上保留了该曲的原貌，只是为了增强 [慢板] 化畅襟抒怀的乐意，特意加进了一些装饰性音符群，目的是让人物在缓慢的行腔中展开抒情，来极尽倾诉她一腔的苦衷。当唱腔进入尾声，也就是角色诉说之情愈加激化的"眼望竹篮更悲痛"等几句，随之又转入类似 [垛板] 的 [紧西京]，似唱似说，一泻而下，直到最后"这才是竹篮打水一场空"一句，再打散慢唱，形成稳定的终止而结束全段演唱。这种依据人物感情发展逻辑来设计唱腔的方法，使眉户原本仅限于曲牌联缀的表现方式，更加戏剧化和板式化，成为该剧为突出第一号人物张大娘的音乐形象所采取的主要手法之一。她在第六场长达三十句的大段演唱，同样也是沿用板式化手法创造出来的。

二、对戏曲冲突的对立面人物，又多选用滑稽、怪诞、轻飘的曲牌唱调，使正、反面人物的音乐形象相互映衬，形成对比。张金钟和夏玫瑰，在剧本里是作为社会主义道德风尚的叛逆者而出现的，如果划分行当，他们则属于丑行之列，其音乐形象也必然将

会作出相对应的塑造。因此，剧中较多地让他们只是唱了诸如［勾调］、［说道情］、［闪扁担］、［霸王鞭］之类的曲牌，而且又对原曲的节奏、旋律、音型进行了充分调整与夸张，使他们的唱腔紧随唱词四声字调的起落，产生游弋、流俗甚至滑里滑气。手法有四：

第一，较多运用闪板、切分、四二与四三节拍混杂交插，来改变唱腔的规整结构和强弱关系，勾勒出他们阴阳怪气、满腹私欲、贪婪无度和在金钱面前失却正常心理的丑恶心态。

第二，唱腔和数板交替运用，以表现他们能言善辩、手腕多端。

第三，用对唱形式描绘他们臭味相投、妇唱夫随、彼此唱和情状。

第四，把唱词四声字调音乐化，上跳下滑，用以刻画他们阴阳怪气、得意忘形，以及黄金美梦破灭后的哀号、绝望与空虚心理。

这样的处理，使得正面人物与反面人物的唱腔有了明显的区分，从而加强了剧中人物之间性格上的强烈冲突，也为该剧敷上了一层喜剧的色彩。

三、在感情集中、矛盾激化的关键时刻，往往运用帮唱和合唱的手法使戏剧气氛更加深化。这又是一个创新，是眉户音乐随着戏剧内容的需要，不断充实和发展来增强其表现力的结果。在这出戏里，帮唱较多地出现在剧中人物感情最炽烈的唱句上，一般是随腔伴唱，如张大娘在第一场、第二场、第三场、第六场中的一些唱腔中末，都使用了这种帮唱的形式，既渲染了人物特定的感情，也表达了人们对戏剧事件所持的爱憎态度。合唱则较多地是以画外音的形式出现，由幕后合唱交代情景，并代表群众表明对美与丑所持的基本态度。如第三场幕启后，张大娘抱病卧床，周大实、辛梅殷勤侍候时的幕后合唱，第四场张金钟、夏玫瑰倚坐路边大做黄金美梦时的幕后合唱等等。值得一提的是，在合唱的写作上，打破了以往戏曲同度或八度的局限，通过原曲改编，渗入新的语言，以及复调手法的处理，产生出一领众和、声部交错、此起彼落等舞台音响画面。这种写作技巧，在过门音乐和幕间音乐中也有所应用。

总之，《认》剧的音乐是比较成功的。但也有不足之处，如张金钟和夏玫瑰的唱腔分量过重过于花哨，略有"抢戏"之嫌；击乐缺乏作为必要配合的垫打；周大实的音乐形象尚欠丰满；张大娘的某些唱段音域过宽过高，超出了演员演唱音区范围等等。但瑕不掩瑜，它的音乐，仍有不少好的经验值得学习和推广。

（原载《文艺之窗》1981 年 9 月 27 日）

秦腔与电视语汇的审美整合

——评秦腔电视剧《山里世界》的音乐

我们当然无法预知，在未来尖端科技彻底改变人类生活方式的数百年之后，是否还会有包括秦腔在内的民族戏曲艺术继续存在，如果存在，它又以怎样一种表现方式直面人类全新生活与思想行为呢?这的确是个难以启齿回答的话题，甚至听来也遥远渺茫得近乎荒诞怪异。但如果我们对戏曲发展的未来前景作一些冷静地科学评估，这对拓宽当前戏曲的改革视野，启迪人们戏曲创新思路，不能说没有一点裨益。这也是我看了中央电视台所播八集秦腔电视连续剧《山里世界》之后偶得的一点遐想。

《山里世界》所描述的是党的改革开放政策给穷山僻壤的大玉山民众带来一股清新的经济活力和思想观念上的重大变革，其间贯穿着贫与富、新与旧、美与丑、正与邪等多重戏剧矛盾交织以及人们观念上、心理上的剧烈冲撞。全剧基调清丽明快，情节推进质朴自然，极富现代农村生活气息。不难看出，剧作家所具有的丰厚生活积累和编织戏剧矛盾的技巧功力。

然而，令我折服的倒不在于作品本身，而是该剧作家王晓玲女士对其艺术表现形式的选择，她把自古依托舞台为其生命支柱的秦腔剧种，搬移到现实生活的多维空间，并借助电视镜头的时空跃动，化解了舞台戏曲的分场，演绎了一出发生在人们身边的现实故事。这种选择的意义，不只为她的剧作赢得更多的乡音观众，重要的还为传统戏曲文化同现代科技文化的结缘，凿开了一条顺利接轨的通道。

以往人们把戏曲与电视的结缘形象地戏称为"时髦触电"，其实，这正是戏曲艺术由传统文明向现代文明过渡转型的必然。电视作为一种新兴的传媒载体，其最大特点在于传播手段的科技化和精神产品的现代化，这"两化"，既与时代发展同步，也与当代观众审美意识同步，因此，一经出现便得人宠爱;戏曲则作为一种传统文化遗存，其特点正在于文化品格的传统化和表现方式的虚拟化。这"两化"，虽然包融着千百年块状的民族地域文明和线状的民族审美认同，却是在封建小农经济意识长期控塑揉搓中形成，这便决定了它同电视之间排斥与共通并存的局面。所以，所谓戏曲与电视的结缘，实指戏曲舞台审美语汇同电视镜头审美语汇的结缘。尽管两种语汇都服务于艺术形象的

创造，各自都有其必遵的艺术规则。比如，电视依赖于镜头摇、控、推、拉等不同画面组合，形成灵动跳跃的时空转换，以消解观众与角色之间距离阻隔而寻求生活的真实美；戏曲却恰恰相反，无论唱、做、念、舞，都以抽象的装饰笑视具象的真实，让观众在似与不似之间感受其艺术形式的美。戏曲的这种形式美，便是人们常说的程式化。

程式化不仅贯穿在戏曲角色的身段、脸谱之中，也渗透在他们的唱腔、念白之内。这些程式尽管可供演员随意调动和选用，甚至还可按美的规律自由构建，却与电视镜头的自由构建判然别：前者抽象，后者具象；前者虚拟，后者真实。看来欲要使戏曲与电视真正结缘，还须首先为双方打造一个弱化个性，强化共性的整合平台。这个平台便是能使双方审美语汇融为一体的剧本创作。《山里世界》在这方面已经作出不少成功的探索，但我不打算就这部作品在探索中的成败圆缺作什么整体性评述，只想对它的音乐说几句话。

秦腔与电视结合过程中，对唱腔音乐程式的处理，是一个十分棘手又不可舍弃的"烫手山芋"，自然也就成为首先必须攻克的堡垒了。那么，秦腔唱腔的音乐程式究竟是什么呢？简言之，就是板式的变化。所谓板式的变化，就是节奏的变化。唱腔的板式不同，其节奏形态和意义也就不同。当其按照戏剧要求酌情择用或组合在一起时，便会在彼此交替中构成强烈对比。板式之间的节奏对比越强烈，唱腔音乐的戏剧性就越突出，它在戏剧中的地位也就越牢固，对角色心理活动的开掘也就越深刻，所透发出来的艺术力量也就越感人，越动情。

《山里世界》的曲作者谭建春同志，正是清楚地认识到这一点，才便以板式的节奏对比原则，对该剧主人公春兰的唱腔作出密针细线式的精心雕琢，结果为我们塑造出一个由逆来顺受的脆弱女子，成长为领衔办厂致富管理者的音乐形象。"风萧萧月朦朦四周寂静"和"自幼儿父母双亡遭磨难"两段唱，他几乎调动了秦腔所有的板式唱调，构成曲体长大的成套唱腔，以节奏的对比造成强烈的戏剧性冲突，使春兰的感情波澜得以尽情宣泄。创作技巧上尽管腔格之规模、转板之程序、旋律之运行，并未逾越传统程式原则，却从音乐内部，透发出一股鲜活的时代新意和浓郁的秦风气韵。这一点非常重要，因为，该剧名其曰"秦腔电视剧"嘛！秦腔电视剧倘不大力张扬秦腔的秦风和气韵，那就不能称其为秦腔而只能称其为电视剧或者别的什么剧了。即使勉强一称，秦腔观众也不会卖账，甚至还会说这是挂的羊头卖的狗肉。这一点，中国的戏曲非常个性，原因就在于"韵味"这东西，不只已经化为戏曲之"魂"，更要紧的，还化为观众之

"神"，"神"与"韵"的共合，才能生出"神韵"来。这也许正是清人吴陈琰所言"味外味者何？神韵也"之所指了。该剧秦腔秦韵氤氲弥漫，观众听来神情倍增，很显然，这是曲作者出新意于法度之中，弃陈古于传统之外的创新思想所使然。

唱腔还以悲唳哀扬的苦音色彩，描绘出春兰在遭受婚姻悲剧打击之后，促成内心的无助与绝望，并将她步步逼向生死抉择的维谷，让人从中感到，其中既有对主人公善良脆弱个性本色的张扬，又有对人物遭受命运捉弄后失落自我的迷茫，当然更隐现着她后来从失败的婚姻中崛起并最终找回人生价值的一股潜在力量。从而使得春兰由脆弱到刚毅的性格发展，更符合生活的逻辑和艺术的真实。最为突出的是，听觉上的旋律流动和视觉上的画面闪回，在这里交相辉映，相得益彰，既直观再现春兰对夫妻初婚恩爱之情的留恋回往，又昭示出对丈夫婚变难以复平的心理冲撞。正是在这种戏曲与电视双重审美语汇的交织整合中，更加激起人们对主人公命运的同情，以及对张兴运发财嫌弃糟糠行径的批判，也为春兰后来从困惑中觉醒，绝望中自立，寻回自我价值中自强等戏剧情节的推进，埋下一个深深的伏笔。

当春兰从困惑中彻底解脱出来，如同青松般地很快崛起，成为玉雕厂厂长之后，唱腔也换之以节奏明快、旋律向上和富于激情的欢音腔唱出。调性色彩的更叠，意味着角色精神的振兴和对自我价值的认同。"弱女子也要撑住半边天"就颇具典型。曲作者为大展春兰精神风姿，音乐上作了不少创新，如对重点唱字的板眼扩充，结尾调式的以宫代徵，还有旋律、节奏、腔速的综合处理与调整等，无一不为强化唱腔的舒展性和明快性，以及更深表达唱词意蕴和渲染角色精神风貌发挥着作用。

其他如春花、云龙、惊蛰、八爷、三婶、山宝及张兴运等人物的唱腔，虽也作了相应的创造，却远不及春兰唱腔那样浓墨重彩，较多则以短小单一的板式完成其情绪交代罢了。我想这与曲作者"以绿叶扶红花"总体铺排的艺术构思不无关系。结果不仅使春兰的音乐形象高高树立起来，全剧唱腔布局也主次有序，层次分明。其中张兴运的唱腔创作在塑造特定形象方面颇具技巧性，如空拍闪板、强弱倒置、高位更移、趋紧趋慢、省略过门、高腔低唱、截尾急刹等，造成旋律、节奏上的夸张变形，刻画出其人被金钱美女所扭曲的灵魂，并同春兰庄重、舒展、柔美的唱腔形成比照，折射出彼此间美丑心灵的反差，也从中看到曲作者把塑造理想中的典型人物视为最高目标的创作态度。

为更好地表现内容，该剧还借鉴了姊妹艺术中的表现形式为我所用，如合唱、齐唱、重唱、领唱、伴唱以及清板吟唱和写意音乐等，这些形式的大量引进，为该剧音乐

注入一股新的活力和现代气派。片头主题歌《山里的世界多精彩》，便由曲作者创作而成，通过领唱、重唱、合唱及画外音处理，宛如一幅田园式音响画卷，将观众很快引向剧情深处，起到了开宗明义的作用。伴唱在近年来也被秦腔现代戏所广泛应用，它往往代表群体的意念，或寄对方以同情，或道出角色无从宣泄的心声，成为唱腔表达戏剧感情最为集中的重要组成部分。第二集当春兰被强逼离婚后，张兴运又将她抛却荒郊竟扬长而去，春兰踟蹰于道途且又不知何去何从时，伴唱则唱出她内心凄惨的"前路茫茫各东西"一曲，效果十分感人；清板系越剧独有，该剧同样引用了它，"一团愁思乱如麻"，角色便以柔弱的清板吟唱，刻画出她那泣不成声的抽泣情状，着实让人动情。这说明多元吸收各种表现形式，不仅容易出情出彩，还能强化秦腔音乐反映现代题材的深度和广度。

最令我赏识的是，演员借助声乐表情和润腔技巧在雅驯与柔化旋律方面所作的巨大努力，尤其春兰的扮演者李晓萍，不仅以自己的理解准确表达出唱腔所蕴寓的曲情曲意和角色的精神境界，还一改秦腔传统阳刚之气为阴柔之色，使唱腔更显得华美而更具生活化和现代化。特别对大段抒情唱腔的演唱，声乐表现力相当丰富，既无以往那种努挣式喊唱之嫌，更无游弋于感情之外的纯技巧卖弄，全然就像山涧中的一条涓涓小溪，一字一音，任其自然地流淌和松弛地吐放；武场击乐也被作为乐队的一个声部运用，突出了淡雅，削弱了嘈杂，烘托了情绪，还秦腔音乐抒情美之本真，很值得肯定和推广。

在我品赏《山里世界》整部音乐过程中，总感到有些沉不住气的困扰，后来才发现这种困扰正来自于该剧唱腔的设置过多过繁，也过于冗杂。一部八集电视剧，竟容纳一百多段唱腔，就是说，在不足五十分钟的一集戏里，便有近二十段唱腔要观众去听，而且许多本该对话的地方，也用缓慢的演唱来搪塞，结果导致情节发展的停滞和戏剧节奏的迟钝。从事剧本创作的人都知道，唱腔不过是为戏剧创造一个抒情的场面，而人物的对话才是推动戏剧向前发展的动力源。《诗经大序》有云："言之不足，故永(咏)歌之，永歌之不足，故嗟叹之，嗟叹之不足，不知手之舞之足之蹈之也。"虽不专为编剧而说，却对处理戏曲念、唱、做、舞的关系不无警示意义；其次，一些唱腔由于过分恪守传统藩篱，让人很难抹去舞台迹象，甚至滋生老腔之嫌，使他们的音乐形象未能很好树立；不少击乐点也因套用传统板头和身段锣鼓经，制约了演员向生活化靠拢的电视表演创作行为。

看来，戏曲与电视的结合，是个有待进一步实践探索的长期命题，唱腔如何通过图变求新使电视的生活真实美得到有效保证，电视又如何面对传统程式使戏曲的形式美得到充分施展，必然涉及到两种审美语汇交叉融合的方方面面，确非通过一两部作品的实践所能解决。从这个意义上讲，《山里世界》在音乐创作方面的各种创新尝试，是值得肯定和总结的。

（原载《当代戏剧》2003 年第 4 期）

兰州秦腔博物馆建馆答记者问

【编者按】我们的先祖列宗，在长期而艰难的生产斗争实践中，创造了多样的物质文明和精神文明，才使我们拥有了今天绚丽多姿的现代生活。秦腔作为最能整合西北地域人格精神的一种文化符号，承载着极其厚重的文化信息，在一定程度上，可以说是一部人类发展史和地域文化史，应该得到大西北人的共同尊重、关爱和保护。

王正强，这位长期致力于秦腔研究的学者，曾用自己的十多部专著，向人们讲述着秦腔的故事。他作为最早呼吁创建兰州秦腔博物馆的发起人之一，对兰州建馆所引发的这场甘、陕秦腔学术争鸣，究竟在想些什么？前不久，本报记者对他作了专题独家采访。

一、由创建兰州秦腔博物馆所引发的
甘、陕秦腔学术争鸣，是社会和谐、言论宽松的必然

记者：王老师，最近以来，本报对建立兰州秦腔博物馆一事，进行了连续报道，您看到了吧？

王正强：看到了。创建兰州秦腔博物馆，《兰州日报》也是最初的发起者之一，其间所作的各种相关报道，我都逐篇认真地读过，有些重要信息，还作了摘抄或剪贴。信息时代的特点，就在于多元传媒对一切社会事件表现出的极大关注，而且在第一时间，能让各种信息家喻户晓。在兰州建立秦腔博物馆，虽然说只是兰州市文化工作中的一个组成部分，但对爱好秦腔的广大观众来说，却是一件大事，尤其对秦腔艺术事业建设而言，更具有深远的开拓性意义。一个地方政府，为当地流行的一个戏曲剧种立项创建一所专门的博物馆，这不仅在中国戏曲史上前所未有，即使在国家十分重视非物质文化遗产保护工作的今天也尚属首例。这也从一个侧面表明，政府在构建和谐社会的进程中，更加尊重民意民心，更加强化了对于地域传统文化保护的意识和理念。

记者：秦腔作为一个戏曲剧种，它的价值在于舞台呈现，是这样吗？

王正强：是这样的，但不完全。因为，戏曲是综合性很强的一门艺术，最大的特

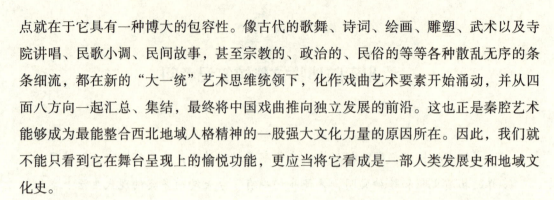

点就在于它具有一种博大的包容性。像古代的歌舞、诗词、绘画、雕塑、武术以及寺院讲唱、民歌小调、民间故事，甚至宗教的、政治的、民俗的等等各种散乱无序的条条细流，都在新的"大一统"艺术思维统领下，化作戏曲艺术要素开始涌动，并从四面八方向一起汇总、集结，最终将中国戏曲推向独立发展的前沿。这也正是秦腔艺术能够成为最能整合西北地域人格精神的一股强大文化力量的原因所在。因此，我们就不能只看到它在舞台呈现上的愉悦功能，更应当将它看成是一部人类发展史和地域文化史。

记者：我们还是谈谈秦腔博物馆吧。按通常的理解，博物馆应该是搜集、保管、陈列、研究、展览各种历史文物和标本的机构，而秦腔作为尚在流行的地方戏曲剧种，今天专门为它建立博物馆，是不是为时尚早，或者说有没有这个必要？

王正强：这个问题提得好。博物馆的社会功能，不外乎您说的这几个方面，它的确是以搜集、保管、陈列、研究、展览紧相关联的文物或标本的机构。但并不等于说博物馆搜集、陈列的文物标本，全都是业已消亡的残存。任何一个国家和民族，不仅十分重视对最具历史价值的物质或非物质文化遗产的搜集和保护，而且同样重视对当代最具文化价值的物质或非物质创造成果的收藏和积累。秦腔作为传统文化的遗存，尽管它的艺术生命还在向未来空间延伸，甚至还依然保持着旺盛的活力与激情，但我们也要必须看到，一些极有价值的传统创造正在消解、散佚，加上长期衍袭的"口传心授"传承方法，以往又不重视自身各种信息的贮存，促成剧目、演技、脸谱、唱腔音乐乃至特技绝活的大量流失。就拿当年红极一时的兰州流派秦腔来说，那些最能引动兰州"好家"倾倒醉迷的"看架架"身段表演、"福保子"（耿忠义）瘦长型耿家脸谱，以及醇韵独特的"麻子红"（郗德育）唱腔、特技等等，经过短短七十年的历史变迁，在今天的舞台上基本荡然无存了。如果再过几年或十几年，随着老一辈演员和观众的相继故去，必将重蹈"人亡戏亡"的历史覆辙，从这个意义上讲，兰州秦腔博物馆不是创建早了而是创建得晚了。

记者：听了您刚才的谈话，的确让我感到建立兰州秦腔博物馆的必要性和紧迫性。但新的问题又来了，随着兰州秦腔博物馆正式建立，使陕西剧人深感被动，甚至认为首家秦腔博物馆，应该建在西安，现在让甘肃捷足先登，陕西剧人很没面子。请问您对此有何看法？

王正强：首先我们必须承认这样一个事实：陕西原本就是秦腔文化大省，在一定

程度上，可以说是秦腔艺术改革的执旗者和领军者。原因在于自20世纪初始，它首先改变了秦腔封闭和各自为阵的活动方式和长期沿袭的小农经济生存状态以及作坊式的简陋表现形态，促使秦腔跻身于城市文化行列。尤其辛亥革命以后，东西方文化交流和民主改革思潮，唤起有志于秦腔艺术改革的陕西志士仁人责任感的萌发，像李桐轩、孙仁玉等等吧，同陈雨农、党甘亭、刘立杰、李云亭等表演艺术家一道，为秦腔"开发民智""移风易俗"而殚智竭力。首先他们创建起第一所新兴的秦腔学社——陕西易俗社，并以科班任教的授徒方法，突破了以往那种"艺不轻传"的保守积习，培养出一大批新型的秦腔表演人才；其次通过剧本创作来推动秦腔艺术全方位的跃动；另外，又从词、曲、本，到声、韵、调甄勘讹误，从表、导、演到服饰、化装、乐器等诸多领域去旧更新。后来，三边革命老区也相继出现了马健翎、黄俊耀、安波、王依群、袁光等一大批人民艺术家和新文艺工作者，又从古老的秦腔艺术表现崭新的生活内容这一角度，展开了改革、发展和创新，不仅为古老秦腔的再生创出了一条新路，也为传统戏曲表现现代题材积累了丰富经验。新中国成立后，陕西省戏曲研究院又在传统的秦腔表现形式与现代化表现手法有效结合方面探寻出顺利接轨的契合点，而且的确作出了不小的成绩。正由于陕西剧人心存这样一种辉煌成就感，首家秦腔博物馆建在兰州自觉失了面子，便成自然中的事了。我个人对于这种心理似乎更能深深理解。但是话又说回来，秦腔毕竟是西北地域文化的历史遗存，发展了它并不意味着创造了它，创造了它并不意味着独家占有它。如果承认了这一点，陕西剧人就不会再为自己肩膀上设置如此沉重的包袱，应当大度地将兰州秦腔博物馆看成全西北人的大事，全秦腔界的大事。再从另一个角度讲，公元前210年为秦始皇陪葬的陕西临潼兵马俑姓"秦"，并不意味着公元前576年秦桓公陪葬的甘肃天水秦公簋铭文铸镌的斗大"秦"字就不姓"秦"，如果我们不以现行的行政区划人为地为秦腔戴上孰陕孰甘的姓氏帽子，而将它作为一种"大一统"的地域文化来看待，事情就好办多了，无论陕、甘、宁、青、新，无论团体或个人，也不论规模之大小，只要有史料、文物或标本的支撑，都有义务和责任通过博物馆或其他形式来保护祖先对后世的这份珍贵遗赠。

记者：我插一句，您知道有没有个人创办秦腔博物馆的事例？

王正强：有呀。我有两个朋友，早在十年前各自就创办了自己的秦腔博物馆。一个是陕西长安的袁晓东，他原本是铜川教育学院数学系副教授，退休归里，在家乡创办起一所自己的秦腔博物馆；一个便是甘肃景泰的李万承，他一生只好秦腔，而且专

好板胡，搜集了西北秦腔板胡名师甚至全国知名板胡演奏家的板胡近百把，同样在家乡创办了一所秦腔板胡博物馆。也许还有更多不知名的秦腔子民，以强烈的保护意识，自觉维护着秦腔的每一个历史成果。这说明，秦腔作为一种地域性民间文化，它的根脉始终扎在养育它的西北热土，一旦与这片热土剥离，就会枯竭、衰亡。既然兰州秦腔博物馆已经挂牌成立，民间个人早有组建，我想，作为秦腔文化大省的陕西秦腔博物馆的出台，必然也会指日可待了。

记者：听说前不久已经成立了筹备班子。

王正强：是吗？这是必然中的事，创建秦腔博物馆，如果没有陕西的参与，就等于秦腔失却了半壁江山，这下好了。借此机会，我对陕西秦腔博物馆的成立，表示真挚的祝贺！

二、甘肃秦腔独擅场胜，风靡一时

记者：您前面曾谈到兰州秦腔流派的问题，按常理来讲，一种戏曲流派的产生，应该是戏曲艺术发展的必然产物，同时也是一个剧种达到繁荣昌盛的重要标志之一，我这样理解流派的形成对吗？

王正强：您说的没错，是这样的。

记者：那么您能具体谈谈兰州秦腔流派是怎样形成的吗？或者这样说吧，兰州秦腔与陕西秦腔究竟有什么不同？

王正强：无论是在任何一门艺术中，流派的形成都需要有一定的创作基础和社会条件，秦腔也不例外。兰州秦腔流派当然首先有它创始人的首创，然后又有众多后继者的传承。但首创也不是无源之水，它只能是在继承前人艺术创造成果的基础上，就是说，一切艺术家只有先当学生后当先生，即使禀赋优异的学生师事前辈，悉心研习，有幸进入艺术创作"自由王国"之后，才有可能扬己所长，避己所短，博采群尖，为我所用，创造出独树一帜的艺术成果来。就拿兰州秦腔流派来说，由于史料的缺失，它的首创者，目前我们只能推移到距今一百六十多年前清代咸丰时期兰州著名演员三元官身上。我这样说的唯一依据是，三元官在生、净、丑三行之内的高超演技和独到创造，在清末丁酉拔贡牛芮青（名士颖，甘肃通渭人）所著《陇上优伶志》一书中有详尽而明确的记述。当然，流派贵在"流"，所谓流，就是后人对前者的承续和发展，也就是我们通常所说的"后续有人"，从三元官所教徒弟谱系中，就清楚地看到三元官——福庆子——陈明德——唐华（待诏）——耿忠义——赵福海——刘新棠这样一

条极为清晰的七代流派传承脉络；此外，由福庆班（福庆子创建）出科的生角传承脉系，同样看到三元官——福庆子——李夺山——郗德育——周正俗、孔新晟、李艺华等一条极为清晰的流派传承脉系。这些演员，都作为禀赋前师、承前启后的兰州流派传承者，在各自不同的历史时期，成为兰州舞台的中坚，为甘肃秦腔打造着昔日的辉煌。

记者： 您既然谈到甘肃秦腔昔日的辉煌，能具体说说吗？

王正强： 这样说吧，大凡七十多岁的陕西秦腔名家，都知道兰州的"台口"非常硬。所谓"台口硬"，就是兰州的戏难演，即使在陕西红得发紫的名家，如果身上功夫不行，仅凭一副响亮的嗓子，是绝对挂不住的。此外，陕西演员来兰演出，绝不轻易上演诸如《火焰驹》《黄花山》《破宁国》之类的烟火戏和"架架"戏，即使演，观众也不认可。正因为兰州观众自有独特的审美标准，对于演员表演又形成独特的解读途径，上世纪前半叶，造就了一大批造诣极深的秦腔演员。刘易平、田德年、何振中等秦中翘楚，都是在陇上红起后方名冠西北的。仅此足以说明甘肃秦腔与陕西秦腔当时鼎足而立、昂首相向的对峙程度。

三、首建兰州秦腔博物馆，引发秦腔孰陇孰秦之争

记者： 大家都知道您是秦腔史学研究的资深专家，最近有人还看到您即将出台的新作《甘肃秦腔探源》著本，大概是去年吧，《鑫报》对其中章节作了连载。我想，根据您的研究和掌握的史料，对最近悄然兴起的秦腔属地之争，总想谈点什么吧？

王正强： 恰恰相反，对于这个问题我并不想说什么，原因是这属于学术命题，其中涉及到大量的史料、实物、实例和论证支撑，不是三言两语能说清楚的事，弄不好还会"剪不断，理还乱"。不过，我从另一个角度谈一点不成熟的看法。根据《辞海》对"秦腔"辞条的释文，秦腔是"明中叶以前在陕西、甘肃一带的民歌基础上形成"。其他专业辞书大都均宗此说。这条释文尽管记述上有些含混，却对秦腔的形成地区——陕西、甘肃，始成的文化要素——两省的民歌基础，记述得分外明确，相当肯定，因此，成了戏曲史学家、理论家的普遍共识。但是长期以来，却被某种学术偏执，人们只能听到一种声音，却听不到另一种声音，这从学术探研的角度讲是不正常的。学术问题贵在"百花齐放，推陈出新"，惟忌"一花独尊，孤芳自赏"。最近，随着兰州秦腔博馆的建立，所引发的甘、陕属地之争，打破了沉闷多年的学术争鸣死寂，读者长期听惯了"陕西说"一家之言，或许更想听听另外一种声音，这样的争鸣如果深入

下去，必然会给人们开拓出一条更广阔的思路，也必然会提供更多信息，打开一个全新视野，不更有利于从纵深的层面认知秦腔、探研秦腔，更全面、更深入地了解西北地域厚重的文化生态与人文精神么！

（原载 2008 年 7 月 3 日《兰州日报》）

兰州独有耿家脸谱面临消失

——戏剧专家王正强呼吁建立"兰州秦腔博物馆"予以保护

【编者按】 （记者肖洁 实习生张超）3000 本历代剧本、10 万分钟珍贵录音也面临同样命运，我省资深戏剧专家王正强呼吁建立"兰州秦腔博物馆"来挽救兰州秦腔文化。

兰州秦腔的历史：悠久厚重且自成一派

在第三届秦腔艺术节上，中国戏剧家协会把兰州命名为全国首个秦腔发展基地，这充分说明兰州秦腔文化历史悠久，积淀厚重。据省戏剧家协会主席王正强介绍，兰州秦腔文化是甘肃戏剧的主流文化，现存历代秦腔剧本 3000 多本，其中很多部是绝版，为秦腔的发展奠定了坚实的基础。就古戏楼而言，在唐代，我省就出现了专门用于演唱秦腔的古戏楼，据史书记载，截至新中国成立前夕，全省有近千座戏楼布遍各个村落。与此同时，陕西秦腔也受到甘肃秦腔的重大影响，许多甘肃著名的剧本都流传到了陕西。《战宛城》是我省保留最古老、最完整的剧本之一，是清乾隆时兰州秦腔著名的剧本。还有兰州独有的 208 副耿家脸谱。

周正俗是"兰州流派"的代表人，戏剧大师梅兰芳对他评价很高。所谓"兰州流派"就是由本土演员演唱的秦腔。另外，三元宫、福庆子、唐华、郜德育、耿忠义及被票友誉为"活关公"的刘金荣、"活曹操"的杨金民、"活周瑜"的沈和中等，他们这些极其代表性的人物在兰州秦腔史上有很大的影响力，对兰州秦腔的发展作出了巨大的贡献，推动了兰州秦腔的发展。

不得不面对的事实：兰州秦腔正在逐渐消失

老秦腔艺人的离世，后继秦腔人才的缺乏，制约了兰州秦腔的持续发展。如今在兰州正规的剧团再也听不到"兰州流派"的演唱，只有在少数茶园才可以听到。我省许多古戏楼也由于种种原因毁坏严重，现存完整的不足 20 座，其中兰州有 2 座：隍庙和白云观内各有一座。大量的剧本由于年代久远，保存不善，被腐蚀和虫蛀，在不同程度上损坏严重。

据了解，从 20 世纪 70 年代初，王正强跑遍了甘肃省的地区级剧团，搜集和保存了大量剧目，还录下了甘肃演员演唱的传统、改编、现代本戏、折戏、唱段等长达 10 万分钟的录音。他们中 70% 的演员都已经去世，其中包括许多秦腔名家。对于这些珍贵的音像资料，也面临着被销毁的险境，他呼吁"保护"。

王正强呼吁：尽快建立"兰州秦腔博物馆"

在采访中，记者听到王正强的心声，也感受到他的遗憾。他紧急呼吁，尽快建立一个"兰州秦腔博物馆"来挽救兰州秦腔文化，记录秦腔在兰州的发展历史。

王正强说："博物馆建成之后，可以存放三元宫、郗德育、耿忠义等对兰州秦腔有过重要影响的人物照片甚至塑像，还可以保存一些有代表性的剧本、团史、手稿、节目单、秦腔脸谱及音像资料等等，让更多的人了解兰州秦腔的独特魅力和厚重历史。"

兰州市文化出版局局长王有伟认为，作为"兰州秦腔发展基地"的建立要有一些实质性的东西来支撑，除了专业秦腔演唱队伍、剧团的建设之外，还要有一种秦腔文化氛围。"秦腔博物馆"的建立是兰州作为一个秦腔发展基地的实物说明，它将强有力地保护兰州秦腔文化，推动兰州秦腔的进一步发展，也可以把这些作为建设"文化兰州"的一部分。

（原载《兰州日报》2006 年 7 月 7 日 B3 版）

兰州筹建秦腔博物馆
选址暂定金天观内的雷坛院和金城关仿古建筑群两处

　　2005 年 9 月，兰州被中国戏剧家协会命名为"中国秦腔发展基地"。从那时起，政府、专家、学者乃至秦腔爱好者便开始了积极的考证研究工作。2007 年 3 月 8 日，兰州市文化出版局邀请王正强、雷志华、严森林、阎仲雄等省内戏剧专家座谈，会上就筹建秦腔博物馆一事展开首次讨论、交流。甘肃秦腔艺术遗产保存如何？兰州拟建的秦腔博物馆怎样选址定位？ 昨日，本报记者采访了与会的甘肃省戏剧家协会主席王正强。

记　者　孙雅彬

实习生　顾婉晴

珍贵戏剧遗产流失

　　有关资料记载，我国最早的戏曲剧种秦腔的雏形出现于秦汉时期，"考诸秦腔，形成于秦，精进于汉，昌明于唐，完整于元，成熟于明，广播于清，几经衍变，蔚为大观，堪称中国戏剧之开山鼻祖。"王正强告诉记者，明清时期秦腔流行遍布我国的大江南北，是中国数百种地方戏曲剧种的母体。

　　随着时代的变迁，全球化进程的日益加快，现代艺术的强势冲击，人们生活方式和审美情趣的改变，民族传统艺术日渐衰落。秦腔亦不例外，大量弥足珍贵的现存资料逐渐流失、散落、毁坏。

　　"许多明清时期的老剧本丢失损坏，让人痛心。1956 年，在兰州举行的'挖掘戏曲遗产竞赛'活动中，收集到的传统剧本还多达 3000 余本。包括老艺人口述记录的明清剧本《战宛城》，嘉庆时期的剧本《火烧新野》等，由于各种原因，相当一部分流失了，太可惜了。"王正强说，明清时期，甘肃秦腔开始广泛流行，到了乾隆年间，形成了一个高潮，清乾隆张鼎望的《秦腔论》、周元鼎的《影戏考》、严长明的《秦云撷英小谱》、吴长元的《燕兰小谱》等著作均有记载。清咸丰以后，甘肃涌现了一大批优秀的秦剧演

员，比如会宁人三元官，再比如福庆子、郗德育、周正俗、耿忠义等名扬全国。这些代表人物对甘肃秦腔的发展作出了巨大的贡献，他们的生平业绩应该记录保存下来，让世人了解。

"目前，随着秦腔老艺人离世，后继人才缺乏，先辈们用血汗凝聚起的宝贵文化遗产，正以惊人的速度流失，现代人对秦腔这门古老的戏剧艺术了解越来越少，保护收集秦腔遗存是当务之急，建立秦腔博物馆势在必行。"

搜集遗产任重道远

"建秦腔博物馆，收集挖掘秦腔文化遗产是重之又重，戏剧文化是延续发展的，由于时间跨度和储存技术的限制，从根源上寻找有一定困难。我个人认为，追溯历史方面的资料可以查阅古籍，物质存在方面就要从民间寻找。"王正强表示，数百年来，秦腔艺术广为传播，散落在武威、天水、临洮、通渭、陇南等地的秦腔文化遗存不可估量，除了剧目、剧本、手稿，包括秦腔老剧本、戏曲史料、老戏剧报刊等文字资料；老秦腔年画、版画、木刻，已故秦腔名家、名剧作家、音乐家、演奏家等的演出剧照和生活照，老戏楼、剧院照片等图片资料；已故秦腔名家、名老艺人和健在中老年名家的早期录音、录像资料以及老戏票、道具、乐器、服饰、脸谱和皮影等文博资料都应挖掘寻找纳入。

"相信丰富的民间遗藏可以极大地充实丰富我们的秦腔博物馆，让它更加厚重地展示古老的秦腔文化。"

立足兰州　辐射西北

2005 年 9 月，兰州被中国戏剧家协会命名为"中国秦腔发展基地"，建立兰州秦腔博物馆将是秦腔基地一个标志性的具象表现。"目前，秦腔博物馆的意向选址暂定为金天观内的雷坛院和金城关仿古建筑群两处，作为西部首个专业剧种的博物馆，兰州秦腔博物馆必将'立足兰州，辐射西北'。"王正强指出，秦腔博物馆不但要从纵向上表现甘肃秦腔文化厚度，还要横向量化反映甘肃秦腔文化在群众心中的地位。

"秦腔艺术是西北地域的文化符号，它体现西北地域的精神，是民族文化的象征。依托秦腔博物馆，我们用足够的史料诠释文化，通过科学馆藏和利用现代化技术留住往昔舞台艺术，让后辈看到千年秦腔的辉煌进程，意义非凡。作为文化大省、戏剧大省，可以看到，秦腔博物馆将成为周秦汉唐文化积淀的活化石，成为映射甘肃文化的耀眼名片。"

（原载《鑫报》2007 年 3 月 12 日 A15 版）

秦腔博物馆定址金城关三台阁
筹建专家组建议：面对黄河做文章，打造一个全新的文化亮点

　　9 月 1 日，记者从兰州秦腔博物馆筹建论坛上了解到，该馆当日定址金城关风情区三台阁，依山面河的优美环境让筹建专家组成员激动不已，并一致建议：面对黄河做好秦腔发展的文章，要打造一个全新的兰州特色文化亮点。

记者 李 超

诸多资料散落民间

　　据省剧协主席王正强介绍，甘肃曾经有不少好戏，但很多珍贵唱段资料都在文革后期被毁于一旦，部分珍贵秦腔老剧本、老脸谱都从民间保留了下来，有些秦腔好家手中的本子甚至有很多，省内各艺术院团自己保留下的古本，也于 3 年前全部移交到省图书馆，目前保存前景不容乐观。另外，在电视台的资料库还有很多的珍贵音像资料闲置，由于设备的更新太快，已经面临被销毁的危险。

　　王正强说："今后的文物征集工作一定要多在民间下功夫，借助那些面向社会大众的秦腔活动了解民间资料藏品，鼓励个人收藏家捐献出珍藏，让我们馆藏的资料更加丰富、厚实。更希望能通过相关部门协调，把那些已经在其他单位无法保存的音像资料也及时抢救过来，把这些声情并茂的史料都完好地保存在秦腔博物馆，相信一定会为今后的秦腔文化展示增色不少。"

　　来自宁夏的全国人大代表、国家一级演员马桂芬告诉记者："目前，还有一些在世老艺人都有自己的绝活和老剧目，这些珍贵秦腔财富亟待挖掘，因为一旦等这些老艺人辞世而去，这些活态资料就将随之而去。"

秦腔绝活打造特色博物馆

　　在当日论坛中，专家组一致提出，一定要把兰州秦腔博物馆做成一个具有鲜明地域特色的文化亮点。就此王正强表示："戏曲是中国文化的重要组成部分，在西北地区秦腔就是主流文化，既然我们选址在黄河岸边，就要做黄河文化的文章，要把兰州秦腔博物馆做成一个最能体现我们地域特色的文化亮点。"

王正强说："四川有变脸，甘肃有吹火，甘肃秦腔表演也有自己的特技，这些特技曾一度是国人的最爱，而且在现在的表演中已不多见，这不就是我们的特色文化么？如果能把表演这些特技的道具恢复起来，再配上音像资料展示，把类似'二龙戏珠''金钱糖葫芦'这样的特技表演再现出来，就一定在将来抓住游客们的眼球，兰州文化的形成在这里将一览无遗。"

西宁晚报社社长、剧作家王景珊也表示，兰州秦腔博物馆的建设一定要在特色上下功夫，科技性、知识性、可看性、参与性缺一不可，一定要先考虑来的人需要了解什么、欣赏什么，别具一格的主流文化一定会受到市民的欢迎。

新馆建设预计将投 500 万

听完了专家们的发言，市文化出版局局长、市文物局局长范文说："秦腔是我们特有的文化艺术，也是黄河多元文化中不可替代的一部分，而且发源地就在甘肃。在这里有着很多的秦腔爱好者，这一切就是一个最好的文化资源，好好加以保护和利用，绝对能对城市的经济、文化、旅游的发展起到积极的推动作用。这次西北五省的戏曲专家、名流为了兰州秦腔博物馆的筹建齐聚金城，这让我们受到了极大的鼓舞，我们有信心、有决心把这件事情做好。"

范文告诉记者："目前，秦腔博物馆的筹建工作还处于资料的征集阶段，下一步我们将编制详尽的陈展大纲。但可以肯定的是，未来的兰州秦腔博物馆将一改古板的陈展方式，三维成像、互动设施等高科技手段都将应用到新馆中，无论什么人走进博物馆都绝对能了解我们的秦腔文化，我们初步预计将用 500 万资金投入到 2400 多平方米的场馆内，同时还要充分改良和利用外围空间，设计出各种象征文化符号的雕塑点缀其中，为博物馆量身打造一个优美的周边环境。"

（原载《兰州日报》2008 年 9 月 2 日 10 版）

"抢建"首个秦腔博物馆引发陇秦两地"属地"之争

2005 年兰州市被中国戏剧家协会命名为"中国秦腔发展基地";2006 年 5 月 20 日,秦腔被列入第一批国家级非物质文化遗产名录;2007 年 3 月份,秦腔博物馆正式开始向全国征集文物等相关物件;2008 年 7 月,中国第四届秦腔艺术节将在兰州举行,而全国首个秦腔博物馆筹备工作将会在这次艺术节上有重大的进展。可以这样说,从开始筹备到现在,有关兰州"抢建"国内首个秦腔博物馆的各种消息就成为舆论关注的焦点。而焦点的中心集中在秦陇两地对于传统秦腔的"属地"之争上。

晚报记者　瞿学忠

国内的第四个戏曲类专业展馆

我国传统戏剧的保护,很长时间以来都是以民间协会形式为主,以一种独特的文化传承方式代代延续下来,在文化多元的大背景下,往往很难看到官方的影子。我国的第一个戏剧博物馆是 20 世纪 80 年代后期在天津建立起来的。据《中国戏剧》杂志 1986 年有关资料介绍:建在津门原广东会馆内的天津戏剧博物馆,自今年元旦开放至 4 月初,已有两万多人次前往参观。该馆内设"天津戏剧陈列"。人们在这里既可以综观我国戏曲艺术从古代以来的发展简史,并可看到解放前后活跃在津门舞台上的名伶、票友和著名演员的照片、戏单、字画、实物、彩塑、模型等一千多件展品,还可以聆听老一辈艺术家有特色的唱片、录音唱段。原广东会馆内的歌舞台是津门仅存的中国传统伸出式的古典舞台,现已修茸一新,复原陈列。当年,著名京剧表演艺术家孙菊仙、梅兰芳等都曾在此剧场演出过……

甘肃秦腔又称西秦腔,史称"秦声以甘凉之雄,犹称劲敌"。据了解,目前兰州现存历代秦腔剧本 3000 多本,其中很多都是绝版,而兰州独有的耿家脸谱更是备受秦腔界所瞩目。近年来随着一些老秦腔艺人的离世,后继人才缺乏,公众对秦腔的了解越来越少。本地秦腔研究者和专业人士普遍认为,保护祖先留下来的东西,保护本民族的艺术,保护地方传统戏剧文化刻不容缓,筹建秦腔博物馆是当务之急。

戏剧专家王正强认为，秦腔博物馆，突出了秦腔传承发展的历史，是一个公益性质的展馆。而由政府部门来主持建立，无论是在规模上还是后期的管理、综合影响力方面都无疑有了保障。据了解，博物馆建成后将成为全国首个秦腔博物馆，是继戏曲博物馆、京剧博物馆、昆曲博物馆之后国内的第四个戏曲类的专业展馆。

博物馆内"珍品中的极品"

史料记载，秦腔源于古代陕西、甘肃一带的民间歌舞，因周代以来，关中地区就被称为"秦"，秦腔由此而得名，是我国最古老的剧种之一。

据了解，秦腔博物馆展厅分 12 个板块，兰州秦腔博物馆将以"秦腔文化，博大精深"为基本主题，通过 12 个部分的基本陈设，向观众展示秦腔文化的内涵。这 12 个部分包括中国戏曲与秦腔、秦腔的音乐和艺术特点、秦腔的传承及教育饥构、班社与剧团、秦腔的剧目、从戏楼戏园到现代化剧场、秦腔名人、秦腔在发展中的鼎盛时期、西秦腔、秦腔木偶戏、秦腔皮影戏，以及各种演出交流和汇演秦腔艺术节活动等。秦腔博物馆有关负责人透露，在博物馆内，收藏了唐朝的肥俑，这些乐舞女手持乐器，专心投入地"演奏"着，从细节方面展示了唐朝的乐舞等是秦腔的源头。另外秦腔博物馆还珍藏了大量的木偶、剧本、脸谱等，好多都是"珍品中的极品"，其历史价值，艺术价值都不可估量。

"属地"之争

兰州"抢建"国内首个秦腔博物馆的消息第一时间引起了陕西各界的震动。当地媒体称，陕西早在 10 年前就有了建立西安秦腔博物馆的提议，然而至今未能如愿让兰州抢了先。"为他省所捷足先登，即使是再有宰相肚子容量的'秦人'，也难免要扼腕叹息。"与此同时，有关兰州"抢建"的信息也成为一年多来网络论坛中最为活跃的"社区"之一。网友们在讨论秦腔两地归属的同时，除了就秦腔渊源及两地传承方面的争议外，更多的是在地域、观念等方面"博弈"。一位名为"三秦大地"的网友在其博客中更是以兰州"抢建"为噱头，直斥陕西有关方面的"不作为"。

一时间唇枪舌剑，纷争迭起

而一年多来陇秦两地戏剧界的专家学者就兰州"建馆"的争论也一直没有停止过。陕西省文化厅振兴秦腔办公室主任王军武在接受当地媒体采访时说："兰州办博物馆，我们也会办，迟早的事情。而且，咱们拥有的东西，他们不一定有，比如五十几年的大量剧目，包括手抄版本、宣纸版本、印刷的工具等等，我们都完好地保留着，只要说要

办博物馆，随时都可以提供。在这点上，陕西绝对有信心。"而甘肃省戏剧家协会主席王正强对此表示："现在地球都叫地球村了，秦腔还需要争执属于谁吗?秦腔是民族文化，大众艺术，无数代大西北列祖列宗共同创造的精神文明成果，既然我们都是创造了秦腔的西北子民，每个组织、团体或个人都有义务和责任保护它，根本不存在哪里应该建秦腔博物馆，哪里不应该建秦腔博物馆，陕西只要有大量的历史资料支持可以建，同样甘肃有大量的历史资料支持也完全能建。不存在'版权所有，盗版必究'的问题。"

争论还在继续。但是对于陇秦两地的戏迷来说，这种争论只有好处没有坏处。兰州城隍庙的戏园子内依然座无虚席，西安大雁塔下的秦腔大观园内依旧吼声震天。

（原载《兰州晚报》2008 年 6 月 15 日 12 版）

甘肃陕西争建秦腔博物馆

阅读提示

今年 6 月，我国第三个"文化遗产日"即将到来之际，甘肃和陕西争建秦腔博物馆的举动令人关注。作为一种流传于民间并面临诸多传承困难的非物质文化遗产，应该怎样予以更好地继承和保护？筹建秦腔博物馆能否解决秦腔的保护？

本报记者　赵建国

近日，甘肃省筹建兰州秦腔博物馆引起了人们的关注。有专家认为：秦腔是元明之际流传于关中一带的劝善调及当地民间音乐与关中方言结合形成的一个戏曲声腔剧种；也有专家考证提出：目前所流行的秦腔，本是在明代甘肃西秦腔发展的继续。主要流行于陕西、甘肃、宁夏、青海、新疆等西北部地区……它在历史上曾流传至中原和沿海一带，影响和孕育了数十个地方剧种。20 世纪 80 年代以后，秦腔和其他戏曲剧种一样受到现代文化的巨大冲击，专业演出团体生存艰难，优秀演艺人才缺乏，传统表演技艺正面临失传的危险，急需采取切实的保护措施。

甘肃筹建兰州秦腔博物馆

"秦腔的保护工作再不抓紧，两三代人之后就有可能完全消失了。"甘肃省戏剧家协会主席、甘肃省非物质文化遗产专家委员会专家王正强在接受中国知识产权报记者采访时说，"在传统民族文化谱系中，戏曲一度是最能凝聚国人精神的一股强大文化力量，原因就在于它有着强悍的'高台教化'功能，所以长期以主流文化的姿致捏塑着本民族的精神、个性乃至道德和情操。但它又是一门综合性极强的艺术，它最大的特点是口传心授，人在戏在，人走艺亡。秦腔又是典型的地域性文化，长期以来，都是由民间老艺人口头传承，剧目、表演技巧等流失非常严重，历史延续发展比较艰难。特别步入以科技文化为主流的今天，不能不使我们承认这样一个事实，多元文化追求与不断提升，已经将戏曲逼入边缘化的死寂。而利用博物馆保护民族文化的积淀，不致使它流失殆尽，也算是我们对后世的一份文化遗赠。"王正强表示，创建秦腔博物馆，不光是保存现有的戏曲文物，还要深入地去挖掘散落在民间的、面临消失的民间曲谱、唱词、脸谱等有价值的东西，同时还可以将社会文化力量吸引到一起，从多学科的层面进行研究。

陕西谋划中国秦腔博物馆

"20年前我们就有建博物馆的想法，陕西要建的是'中国秦腔博物馆'。"陕西省文化厅振兴秦腔办公室主任王军武在接受中国知识产权报记者采访时表示，陕西对建秦腔博物馆很有信心，20世纪80年代末，陕西就有建秦腔博物馆的想法。目前，有关部门正在加紧计划申报立项。王军武认为，秦腔是中国戏曲四大声腔之一，曾经影响了几十个剧种的发展，在中国戏剧史上有独特的地位。陕西省是秦腔大省，在陕西107个县收集到的秦腔剧目有三四千种，还有考古发掘的唐代梨园、明代的道具以及民间流传的脸谱、皮影、手抄本、印刷工具等大量文物。建设秦腔博物馆应该是政府行为，这样有利于将整个西北5省乃至全国范围内有关秦腔的文物收集起来，如果现在再不收集整理，很多东西就要散失、毁灭。

陕西省戏剧家协会主席陈彦时表示，建秦腔博物馆是保护秦腔的一项重要工作之一，不管谁来做，都是一件好事。过去，对于秦腔的发源地究竟是陕西还是甘肃，在学术界一直有争论，这是由于历史版图划分变迁造成的，争论的意义不大。如何保护秦腔，才是大家应该共同去做的。陕西省为秦腔的继承发展做了大量的工作，受众数量大于甘肃，因此应该本着对历史文化遗产负责的精神来保护秦腔。如果可能，希望西北五省每个省都有秦腔博物馆，还可以整合力量共同来做这件事情。

甘肃省戏剧家协会主席王正强在接受采访时还说，秦腔文化虽然是地域性很强的文化，却又是"百川异源，皆归巨海"，最终汇入中华文明的长河之中。在这条长河中的任何一种民族非物质文化遗产，都属于民族的共同文化财富，保护工作需要全民族来共同承担，这其中很重要的一个原则，就是文化资源要共享。共享有利于文化遗产的保护和发展，又可避免珍贵的文化资源浪费。保护秦腔的关键是保护传承人，活态传承是最好的保护方法。文化遗产的保护，不能只是停留在博物馆的陈列上。保护非物质文化遗产的意义，主要是保护我们自己的文脉和文化基因，这是一个民族存在的标志。从这个意义上讲，任何"门户之见""地方观念"，都不利于民族文化遗产保护工程健康、有序的实施。

专家：期待秦腔再度辉煌

庄　园

1 月 26 日，中国戏剧家协会主席尚长荣在参观完中国秦腔博物馆后表示："秦腔作为中国梆子戏的鼻祖，其剧目内容古老丰富，文化底蕴深厚，表现形式慷慨悲壮中不失委婉细腻，是中华民族宝贵的文化遗产。这次秦腔博物馆开馆有利于促进秦腔文化继承创新发展，促成文化的百家争鸣，百花齐放，提升我国的文化软实力。"

当日下午，由中国戏剧家协会主办的"第三届中国秦腔发展高峰论坛"在兰州召开，来自陕西、青海、宁夏、新疆和甘肃的大批秦腔表演艺术家及其理论研究者 30 余人参加了本届论坛，甘肃剧协主席王正强，原西安易俗社社长、西安市剧协常务副主席冀福纪，"梅花奖"得主、银川市秦剧团演员李小雄，著名秦腔名家、乌鲁木齐秦剧团演员熊小玲等在论坛上发言，他们认为，中国秦腔博物馆的落成，是中国秦腔发展史上具有里程碑意义的大事。博物馆现代科技与厚重传统完美结合的表现方式，让古老的秦腔在博物馆里焕发出新的生机，秦腔博物馆必将成为继承和传播秦腔的新阵地。

甘肃省剧协主席王正强在论坛上说："从秦汉到唐宋，甘肃的乐舞已达到相当水平，秦声就成了甘肃乐舞的代名词。明洪武年间，甘肃就已经有了'戏子''游优'专业和业余这样两支戏班街头卖艺演出的情形。这在明洪武五年凉州人聂谦所撰《凉州风俗杂录》一书中有明确记载；明天顺八年（1464 年）宋国公冯胜戌边镇夷城，也就是今天的高台县红沙崖乡，还以唱'大戏'酬神，'以镇煞气'；即至清康、乾之交，被民间称为'大戏''老秦腔'的甘肃秦腔，已达到相当成熟、规范的规模，各地方史志、文人笔记中频频记载着甘肃各地普遍演出的情形。凡此都说明甘肃有着极深厚的秦腔历史文化背景。从这个意义上讲，中国秦腔博物馆在兰州的建成，在历史上也有震撼的意义。"他还说，中国秦腔博物馆的建成，对甘肃秦腔文物史和全国各剧种都会产生深远的影响。

冀福纪说："中国秦腔博物馆能如此宏大，广集历史资料，同时还把秦腔文化与现代科技相融一体，将精美的古老秦腔艺术展示得淋漓尽致，弘扬的是'大秦腔'理念，

为此我向甘肃同行致以最诚挚的敬意。”

兰州市文化广播影视新闻出版局局长范文在论坛上说：“由于历来没有完整的秦腔档案记载，至今这个古老的艺术依旧没有得到有效的储存，后人无法找到全面、准确的依据，此次一改传统陈展方式，将博物馆定位于对秦腔的挖掘、整理、传承。我们将以目前馆藏的 1000 多本剧目为基础，再加上以后陆续整理到的，都将会用墨汁手写于宣纸的方式保存下来，以流传后人为最终己任。”

（原载《甘肃日报》2010 年 2 月 5 日 7 版）

热情的讴歌 冷静的思考
——2006 年全省新创剧目调演综述

　　全省新创剧目调演经过九天的紧张角逐，已经落下帷幕。这是集中检阅近六年来我省舞台艺术创作成果的一次盛会，也是为全面推动我省剧坛"出人、出戏、出精品"的一项重大举措，更是充满强烈竞争意识的一次"美"的竞赛。六个省直院团和十个市、州剧团的二十二台剧目，都在省文化厅搭建的调演平台上，同时也在百花齐放的竞争中，尽现自己的独特魅力，这种竞争必将促进我省戏剧事业更大的发展和繁荣。

　　从这次调演的剧种品类之繁多、剧目题材之丰富、参演剧团之广泛三个方面看，我认为基本能够反映近六年来我省戏剧改革发展的实际水平和在剧目创作上所取得的实际成果。仅就戏曲而言，便有省、市、州、县十三台新创剧目参演，涉及秦腔、陇剧、京剧、豫剧、眉户、藏剧六个剧种。这些剧目，在反映和开掘生活题材的深度与广度上，也在展示不同剧种风格的表现手法与形式上，剧作家的创作视野不仅较前有所开阔，还随着生活和人们观念的变化，各个剧目都十分重视同时代审美特征相结合。尤其大部分剧目，都把本省、本地区经济建设、经济资源乃至甘肃各少数民族的爱国主义热情以及本省厚重的人文历史背景作为讴歌的主体，由此在一度创作和二度创作两个方面，俱都凸现出鲜明的时代感和强烈的地域性。

一、直面真人真事　讴歌当代英雄

　　现代题材的剧目在这次调演中所占比重极大。尤其剧作家以时代的责任感，直面真人真事，热情讴歌当代的先进人物和先进典型，显得格外突出。秦腔《石述柱》、眉户剧《米祥仁》这两个戏的主人公都有生活的原型，前者是位普通而平凡的农民，却在同腾格里和巴丹吉林两大沙漠的抗击中拔地而起；后者则是一位基层的供电所长，又在安全生产与优质服务两个层面表现出对企业、对社会的忠诚之心。他们都是新时期以来在各自不同的经济战线上所造就的当代英雄。讴歌这些活着的英雄人物，应该说是时代赋予剧作家的一种神圣职责，但由于观众对这些人物过分接近也过分地熟悉，加上他们的英雄事迹又是从平凡事件的积聚中衍发出来，因此，要把这些英雄人物的创业豪情升华

为戏曲的舞台行为，往往由于缺乏强烈的戏剧冲突和震撼人心的戏剧情节而很难出彩，故被许多剧作家视为畏途而轻易不敢问津，从而使得这类题材的剧目创作显得十分艰难，十分薄弱。有鉴于此，我首先非常钦佩两位剧作家知难而进的胆识和魄力。他们之所以能够直面真人真事而且敢于"攻坚碰硬"，正是长期深入生活甚至和主人公同甘共苦中获得感动的一种必然。当然，欲把生活的真实化为艺术的真实，而且欲以戏曲的形式再将其化为舞台的真实，除了剧作家对生活的反映既要敏锐，又要深刻之外，恐怕还需要创作技巧的帮补。这样才能在平凡事件的戏剧情结层面上，深入揭示出他们崇高而丰富的内心世界，观众才能从中获得更深的艺术感动。

秦腔《泛金的黄土地》，又是直接取材于定西地区大力发展洋芋产业，热情讴歌当前农村脱贫致富建设小康社会为主题的一出现代戏。定西原本是全国出了名的贫困县，洋芋既是这里的特产，又是当地的主要食品，正因此，他们将这种每日三餐不离的低等食物戏称为"三洋挂帅"。但在党的政策引领下，定西人民因地制宜，在小小的洋芋上做起了大文章，结果竟把这种"土疙瘩变成了金蛋蛋"，这就使得该剧不仅散绘出很强的现实意义，更能给观众以深沉的启迪和思考。但这同样是一种较难表现的题材，而且很容易重蹈"高、大、全"覆辙，陷入政策直白说教的怪圈，甚至使剧本缺少该有的戏剧意境而为观众所不喜。然而，剧作家却通过奇巧的构思和精心铺排，不仅塑造出性格鲜活、各有异趣的人物群像，还使整个演出充满一股生活的气息和喜剧的情趣。这出戏从舞台整体体现来看，无疑获得了成功，但应当进一步处理好洋芋和豌豆、红花和绿叶的关系，换言之，即处理好市场经济和计划经济的关系，以及主要人物和次要人物的关系。因为，前者涉及党的农业政策问题，后者则因荞麦芽与铁算盘两个人物太多的逗哏稍有"夺戏"之嫌。

用戏曲的形式讴歌当代的英雄人物和现实生活，不仅是时代的要求，也是观众的需要。但由于这类题材的戏剧创作历史较短，而现实生活的发展变化又过于迅速，促成这类题材的剧目创作最感艰难和最难保留的局面。事实上，对于真人真事的剧目创作，甚至包括所有现代剧目的创作，目前依然还处在摸索探讨的过程中，因此，对于这类作品，我们不应该过分求全责备，应该给予积极鼓励和热情扶持，以便促使它尽快走向成熟和繁荣。

二、在情节中表现人生况味　从诗意中凸现心灵美丑

我一向认为，艺术创作首先是一种发现，一部作品最感人的力量，主要来自于作品所揭示的生活美和所塑造人物的心灵美。而生活本身不只有甜蜜、有美好，更有苦涩和磨难。从创造戏剧情境的角度讲，苦涩与磨难更能展示心灵的美丑和人格的伟大力量。

因此，剧作家如何能够以主人翁的姿态参与生活和创造生活，并从人性化的视角为观众充分展示出人的真、善、美，由此引领观众去感受人间真情，也应该成为剧作家关注的焦点。令我欣慰的是，豫剧《山月》和秦腔《山里红》这两出戏，正是借助于人性化的力量，将两个不同女人的相同命运，活脱脱展示在观众面前，并给人们以强烈的精神震撼与巨大的心理撞击。前剧的主人公山月和后剧的主人公九月，一个因丈夫意外伤残，托起家庭沉重的天地，结果陷入面对两个男人的奇特抉择深渊而不能自拔；一个则一心想引领乡亲尽快脱贫致富，却遭到阴暗角落吹来的蜚语中伤而失却了自己的爱情。二人各以毕生精力和方式创造着自己的生活，却在伦理观念重压下最后都失去了自己的生活，由此构成最具人性化的真情力量，使观众从中获得艺术的感动。

这两出不同题材的剧目给我们提出了相同的警示，那就是，如何在相互尊重、相互珍惜、相互理解的基础上，共同构建更为和谐的人际关系，这也是我们今天构建和谐社会的最基本前提。正由于作者善于把自己对生活的独到感受编织成离奇的戏剧情节，从而使得作品充满极富哲理的思辩意味，也许正是出于这种原因，两出戏都在情节与抒情的结合中，使观众获得艺术的感动，甚至催人泪下，发人深思。当然，由于作者看待生活的角度有别，结构戏剧情节的技巧又促成各俱特色的舞台呈现，一个场面恢宏、明亮向上，一个舞台静雅、悲黯低凉，但都能以剧中人物的真情来感染观众，并引发观众对其人生际遇的无限感慨与同情。

三、以恢宏的战争场面　讴歌兄弟民族爱国热情

在这次调演中，秦剧《大河情》和藏剧《孜江烽火》，真可谓有异曲同工之妙，它们摄取了回、藏这两个伟大兄弟民族，在国家面临异族侵略的危难时刻，各自在头人率领下，团结一心，奋勇杀敌，甚至不惜以全军覆没的血的代价，誓死捍卫国家领土完整的爱国主义热情，折射出我国作为多民族大家庭共同承担的神圣职责。这两出戏都写的是战争，而且透过战争，给人们以深沉的回味与思考，那就是当中华民族面临异邦侵略的危难时刻，展示在世人面前的正是由不同民族凝聚而成的一股强大力量，在这种力量面前，既表现出中华民族的强悍与伟大，又映衬出侵略者的悲哀和渺小。特别是这两出戏，都以恢宏的场面、凝重的主题、悲壮的情节，给全剧染上一层肃穆庄重的正剧色彩，加上大制作、大手笔、大包装的精心雕饰，又赋予传统戏曲以现代形式的美。它在一个省级舞台上的呈现，应该说是非常必要甚至是不可缺失的。因为我们毕竟已经进入高科技的时代，戏剧舞台理应成为展示我省经济发展和文化进步的窗口，也应成为向世

人推介自己、更深了解自己的一张名片，尤其今天，舞台上所呈现的现代化信息，将具有其它手段所无法替代的渗透性、快捷性和沟通性，忽略了这一点，就意味着抱残守缺，落后于时代。正由于这两出戏，在通过人物表现曲折复杂戏剧情节的同时，体现出较深的思想内涵，并在情景交融的舞台画面中，展示出史诗般的意境，从而给观众的心灵以强烈的震撼，成为这次调演剧目中最闪光的两大亮点。有鉴于我对这两出戏的过分偏爱，不妨在此对两剧各谈两点不成熟的看法，仅供参考。《大河情》通过几次修改，一些硬伤已基本消解，但个别人物关系还应注意前后对应。如不惜以出卖恩人、国家和民族利益并引狼入室的怙恶不悛之徒杨府大管家白达理，当日军蹂躏那位女战士时，他竟然沾沾自喜，得意忘形，甚至巴不得替日军抓住一条腿以助其淫威得逞。但当认出日军蹂躏的那位女战士正是自己的妹妹时，转瞬之间而又立地成佛，幡然悔悟，我认为很不符合这个人物的性格发展逻辑，最起码为他加上一个"光明的尾巴"显得十分生硬；还有序幕中的花儿独唱和最后两主角对唱所构成的抒情场面，由于长时间的大段演唱，使戏剧节奏略显拖沓、松散，构成美中不足。藏剧作为藏民族的戏剧，既是神戏，也是歌舞戏，这两点，本是藏民族精神和生活的依托，又是藏剧源发和形成的支点。在《孜江烽火》这一剧目中，剧作家在这两点上都给予了关照，但在歌舞方面还不够展开，应当通过群舞、双人舞、单人舞场面，来映衬藏民族在残酷战争面前的乐观主义精神，也许更能反映这一伟大民族的性格、信仰、精神和情操。唱词也应进一步加强藏族语言的比兴特色，突出其唱腔诗情美和抒情美。

当然，我国作为一个多民族构成的和谐大家庭，在长期同自然作斗争的过程中，部落与部落之间、民族与民族之间，经常也会出现一些摩擦，甚至还会引发一些局部的战争，陇剧《官鹅情歌》所描述的正是因草山之争引发的古代羌、氐两族之战即是一例。但这场战争和前两剧的战争有着本质的不同，羌、氐两个兄弟民族有着共同的愿望，都是想借助于不和谐的战争手段达到和谐相容相处的目的，最后化干戈为玉帛，实现部族间的亲善与和睦。正因此，该剧所颂扬的，便是以羌、氐之战的刀枪，拨响官、鹅二人情歌，最后又以这对恋人血的代价，换回了两个部族永恒的亲善。这种题材设置本身，就是一首很好的抒情诗，由此促成全剧以诗的情节、诗的意境、诗的画面，构成一种悲剧的抒情美，并在情节铺陈的戏剧线条和爱恨两极的易位对接中，将观众引入一种美的境界。更值得称道的是，剧作家在摄取特定戏剧情境的同时，又为我们提出一个很值得深思的命题，那就是戏曲创作题材的选择如何搭乘旅游文化的便车，通过两者的互动而

求得相互促补和双赢，以此来拓宽和激活戏曲艺术的市场机制，该剧作了很好探索和尝试，很值得我们深思和借鉴。

四、以甘肃远古文明　讴歌本土人文历史

《帝王世纪》有载："燧人之世，而巨人迹出于雷泽，华胥以是履之，有娠，生伏羲于成纪，蛇身人首，有圣德。"《史记》亦载："公刘虽在戎狄间，复修后稷之业，务耕种……国于豳。"所言伏羲者，即人文初祖太昊伏羲氏；公刘者即教民稼穑、驯牛农耕的周之先祖。他们都是开辟中华文明的始祖先驱，故伏羲位列三皇之首，公刘誉为农耕之神。这两位前人，虽都带有神话传奇色彩，却都起始于甘肃这块洪荒的土地，正如前文所言，传说中的伏羲就诞生于成纪，即今之甘谷县城西南古风台，公刘属邑于豳，即今之陇东正宁县，正因此，甘肃便成为始得历史文化之先，由此折射出我省厚重的文化背景和人文底蕴。一些剧作家通过对甘肃远祖文化的寻根，热情讴歌本土厚重的人文历史，同样成了这次新创剧目引人注目的重要题材之一。秦腔《龙源》和陇剧《周祖公刘》即属此列。前者从女娲捏泥造人，到伏羲结绳记事，后者从公刘带领氏族民众狩猎捕食，到教民驯牛农耕，热情讴歌对其始创华夏文明功德的颂扬。这两出戏，从结构戏剧情节的手法到唱腔音乐的设计，甚至包括舞台调度、灯服道效乃至演员表演等诸多领域，都作出大量的改革创新和可喜尝试，从而为剧目增色不少。

五、改编经典名作　填补市场空白

在这次调演中，还有一个引人注目的亮点，那就是在基本保持剧种风格和特色的前提下，通过改编移植使一些经典名著搬上舞台。张掖七一剧团以秦腔形式参演的《牡丹亭》，使甘肃戏曲观众重睹这部古典名著的风采。该剧情节起伏跌宕，引人入胜，深得中国传奇之妙。它的作者汤显祖，本是中国历史上最有名的戏剧家之一，并与英国大戏剧家莎士比亚同时光照东西方剧坛。汤一生著述甚丰，却以《牡丹亭》《邯郸记》《南柯记》《紫钗记》出名。这四部作品，因其写的都是梦境，故在文学史上统称为"玉茗堂四梦"。"四梦"中受人们推崇的是《牡丹亭》，就连汤显祖本人也认为该剧是他的强弩之首，并言"一生四梦，得意处惟在《牡丹》"。这次，张掖七一剧团将其搬演于甘肃舞台，不仅让观众从中领略了深沉的历史感，其意义还在于为汤氏剧作登上甘肃秦腔舞台首开先河；京剧《野天鹅》又将安徒生的童话剧改编为传统戏曲的形式，填补了戏曲艺术对童话题材的缺失。这是一场正义与邪恶的较量，也是一场善与恶的搏击，为了更好地表现人物的内心世界，该剧在唱腔音乐方面作了大量出新，舞台调度、舞美设计、

演员表演等，都能给人以"出新意于法度之中，寓革新于传统之内"的感受。秦腔《梁宫秘史》取用连台本戏的形式演出，这种形式，原本是我省秦腔剧本创作的一大显著特色，尤其20世纪30年代，甘肃各戏班均以编演连台本戏争相竞技而风靡一时，其中天水鸿盛社所创演的68部《东周列国志》，创全国连台本戏之最而永载戏曲史册。今天，兰州市秦剧团又以这种形式，为开拓文化市场探索了新的途径，这三个剧目的共同特点是，都在超越历史的两难中，通过对爱情的忠贞不渝或善恶忠奸的戏剧冲突，讴歌了伦理精神，而且都形成各自的看点，并给观众以深沉的回味和思考。

六、深沉的回味　冷静的思考

令人振奋的是，这次调演不仅在表演上推出了一批新人，也在剧目上推出了一批新作。有些剧目，业已成为倍受人们关注的焦点，若经精心打磨，有望成为我省剧坛的精品力作。这些成果，无疑成为这次调演取得成功的标志。但在欣喜之余，又引发了我的两个思考：一是一度创作与二度创作的发展失衡。从许多剧目的舞台整体呈现来看，各地剧团都十分重视对现代科技成果的引进，尤其在舞美设计和电、声、光的运用上，成了这次参演剧目最突出的一大看点。随着科学技术的发展，我们当然不应排斥而应充分运用各种现代舞台技术，比如灯光、布景、舞台装置等，都可成为创造戏剧意境、深化戏剧主题、提高舞台视觉感观的重要手段，只有这样，才能使今天的舞台呈现出一种现代的美、立体的美和诗意的美。也许正由于二度创作发展过快，相形之下，一些剧目结构戏剧情节和表现戏剧冲突的手法略显陈旧滞后，由此造成一度创作和二度创作发展的不太平衡。今后有必要加强对剧作者的培训和对剧本的反复论证。二是戏曲本体特质的失迷。许多剧目的表导演，大都十分重视对"歌伴舞"这一形式的引进和运用，这对争取青年观众、烘托戏剧情景甚至强化传统戏曲的现代意识等，不仅非常必要而且非常应该。但引进这一形式必须慎重，因为，各种联欢晚会所取用的"以歌舞伴独唱"形式，与戏曲所取用的"以歌舞演故事"，有着本质的区别，亦即一在敷演故事，一不敷演故事，何况戏曲所言之"歌舞"，实指各种表演程式而说。倘若将这种晚会"伴舞"形式借移于戏曲行列之内，首先必须使它与戏结合，并且将其化为戏曲的一种表现手段，服务于戏剧"敷演故事"的需要，不可游弋于戏剧之外，更不可仅仅作为追求时尚的模拟"标签"而成为戏曲"敷演故事"的多余。否则，将会随着"歌伴舞"的渗透，导致戏曲本体特质的失迷。

（原载《甘肃艺苑》2007年第1期）

一大亮点　两个遗憾

——全省新创剧目调演喜忧参半

【编者按】2006全省新创剧目调演经过了紧张角逐，日前已经落下帷幕。这是集中检阅近7年来我省舞台艺术创作成果的一次盛会，也是推动我省剧坛"出人、出戏、出精品"的一项重大活动，更是充满强烈竞争意识的一次"美"的竞赛。调演不仅在表演上推出了一批新人，也在剧目上推出了一批新作。有些剧目，也已成为倍受人们关注的焦点，如豫剧《山月》、秦腔《牡丹亭》和《梁宫秘史》、藏剧《江孜烽火》等，许多专家认为，这些剧目若经精心打磨，有望成为我省剧坛的精品力作。这些成果，无疑成为这次调演取得成功的标志。但在欣喜之余，也暴露出一些不足，留下遗憾。我省资深戏剧专家王正强指出，此次调演中，部分剧目在一度、二度创作发展失衡，另外在戏曲本体特质上有所失迷。

（本报记者　肖洁）

多剧种——反映戏剧创作的实际水平

作为本次活动的评委，省戏剧家协会主席王正强在接受记者采访时说："从这次调演的剧种品类之繁多、剧目题材之丰富、参演剧团之广泛三个方面看，我认为基本能够反映近7年来我省戏剧改革发展的实际水平和在剧目创作上所取得的实际成果。仅就戏曲而言，便有省、市、州、县13台新创剧目参演，涉及秦腔、陇剧、京剧、豫剧、眉户、藏剧6个剧种。这些剧目，在反映和挖掘生活题材的深度与广度上，也在展示不同剧种风格的表现手法与形式上，剧作家的创作视野不仅较前有所开阔，还随着生活和人们观念的变化，各个剧目都十分重视同时代和时代审美特征相结合。尤其大部分剧目，都把本省、本地区经济建设、经济资源乃至甘肃各少数民族的爱国主义热情以及本省厚重的人文历史背景作为讴歌的主体，由此在一度创作和二度创作两个方面，俱都凸现出鲜明的时代感和强烈的地域性。"

声光电——见证戏曲创作的失衡状态

王正强说，从许多剧目的舞台整体呈现来看，各地剧团都十分重视对现代科技成果的引进，尤其在舞美设计和声、光、电的运用上，成了这次参演剧目最突出的一大看点。随着科学技术的发展，我们当然不应排斥而应充分运用各种现代舞台技术，比如灯光、布景、舞台装置等，都可成为创造戏剧意境、深化戏剧主题、提高舞台视觉感观的重要手段，只有这样，才能使今天的舞台呈现出一种现代的美、立体的美和诗意的美。也许正由于二度创作发展过快，相比之下，一些剧目结构戏剧情节和表现戏剧冲突的手法略显陈旧滞后，由此造成一度创作和二度创作发展的不太平衡。

歌伴舞——不是戏曲追求时尚的标签

"戏曲本体特质的失迷"也是专家指出的一点不足。王正强说："许多剧目的导演，大都十分重视对'歌伴舞'这一形式的引进和运用，这对争取青年观众、烘托戏剧情景甚至强化传统戏曲的现代意识等，不仅非常必要而且非常应该。但引进这一形式必须慎重，因为，各种联欢晚会所取用的'以歌舞伴独唱'形式，与戏曲所取用的'以歌舞演故事'，有着本质的区别，何况戏曲所言之'歌舞'，指的是各种表演程式。倘若将这种晚会'伴舞'形式借移于戏曲行列之内，首先必须使它与戏结合，并且将其化为戏曲的一种表现手段，服务于戏剧'敷演故事'的需要，不可游离于戏剧之外，更不可仅仅作为追求时尚的模拟'标签'而成为戏曲'敷演故事'的多余。否则，将会随着'歌伴舞'的渗透，导致戏曲本体特质的失迷。"

王正强还对音乐创作中存在的痼疾提出批评，他说："滥用现代作曲手段和不加思辨地堆砌新的音乐语汇，使剧种风格变得越来越模糊，这种作法会把戏曲推入泛剧种化的死寂。"

（原载《兰州日报》2006 年 12 月 12 日 16 版）

专家为全省新创剧目"挑刺"——戏剧创作 喜忧参半

【本报讯】"戏剧边缘化的确是不争的事实，但是在戏剧创作中决不能急功近利！"连续看过多台省内新创剧目之后，11月29日，在全省新创剧目调演研讨会上，大多数专家和评委表达了一种共识：一度创作滞后于二度创作，这也是目前我省剧坛的一大现状。

晚报记者 何燕

一度创作和二度创作发展失衡

甘肃省戏剧协家协会主席王正强是戏曲组的评委，他认为，这次调演无疑是推动我省剧坛"出人、出戏、出精品"的一次重大活动举措。王正强同时又尖锐地指出，我省剧目创作中存在的"硬伤"：一度创作和二度创作的发展失衡，剧本的创作滞后于舞台艺术的创新。而舞台艺术的创新很大程度上又依赖于舞台科技的支撑，结果酿制出电、声、光的满台堆砌，有些明显游弋于戏剧情境之外，这种不合剧情的制景，无形加大了投资的负荷，同时也是对现代舞台科技的无知和滥用。

一度创作中存在急功近利

"有这样一种说法，二度创作的成功包装可以把一度创作不太成功的剧目打造成精品，我认为这是非常荒谬的！"王正强一针见血地道出了剧坛中出现的某些不太正常的想法，"所有参演的新创剧目所运用的舞台样式已趋于成熟，但是部分剧目可以看出一些不好的苗头，有些剧作家创作思想浮躁，耐力弱化，功利强化，并不去写好、改好、磨好剧本，而是急功近利，急于拿奖，甚至搞什么形象工程。"

导演滥用"歌伴舞" 导致戏曲特质失迷

"有些导演热衷于对'歌伴舞'手法的引进和运用，这本来无可厚非，但如何用得恰如其分，与戏曲表演法式相糅，其中缺欠严肃的艺术思辩。还有音乐创作也存在一定痼疾，过度使用现代作曲手段，使剧种的风格与特色变得越来越模糊，实际是把戏曲剧种推向了泛剧种化的边缘。"王正强还直言不讳地道出他对这种滥用作为产生的忧心。"导演和作曲在引进这一形式时，倘若不能将它化为戏曲的一种表现手段，服务于戏剧

'敷演故事'的需要，不仅成为游弋于戏外的时髦标签，还有可能导致戏曲本体特质的失迷。这一点应该引起警觉。"

（原载《兰州晚报》2006 年 12 月 11 日 A30 版）

如将不尽　与古为新

——庆祝国庆六十周年全省新创剧目调演综述

2006 年以来的近三年间，我省文艺团体承受着体制改革和市场经济双重压力的炙烤与裹挟，各级剧团为了从传统运营模式中尽快摆脱出来，都在寻找新的转机，探索新的发展路向，尤其市、县一级剧团，大多都把目光瞄向创作之上，欲想通过剧目内容的地域优势和表现形式上的花样翻新，让精心打造的剧目在商业大潮中试水，结果反倒促成了全省新创剧目的空前发展与繁荣。正是在这一形势下，2009 年 10 月 15 日至 11 月 2日，省文化厅举办的甘肃省庆祝中华人民共和国成立六十周年新创剧目调演在兰州拉开帷幕。

这是继 2006 年全省新创剧目调演之后的又一次舞台艺术盛会，也是对近三年来全省舞台艺术创作成果的一次全面的展示和检阅。为了组织好这次调演盛会，省文化厅精心谋划，认真组织，提早安排部署，有鉴于新创剧目数量巨增，各地要求参演的积极性高，首先组织专家赴各市州对拟参加调演的剧目进行了初审和筛选，专家们每看一戏，均与主创人员、演职人员进行座谈、研讨、切磋，提出修改意见。然后，各地对参演剧目又进一步打磨、修改，确保了参加调演剧目的质量。最值得一提的是，各市州党委、政府和文化行政主管部门对剧目创作高度的重视，领导亲自挂帅，从组织创作剧本、论证修改到进行排练，每个环节都亲临指导，尤其一些市县一把手，亲自抓创作，亲自抓排练，具体问题现场解决、现场落实，为调演活动的顺利开展提供了强有力的组织保证，也使我省的剧目创作质量明显又上了一个新的台阶。

这次调演的突出特点是基层剧团参演剧目比例大大提升。在 26 台剧目中，除省直院团的 8 台剧目外，市、州、县参演剧目就达 18 台，其中戏曲类剧目 17 台，歌舞类剧目 6 台，话剧 1 台，杂技剧 1 台，儿童剧 1 台。单就 17 台戏曲剧目而言，县区级剧团就占了 7 台，将占参演戏曲剧目总数的 41% 以上，占市州剧团参演剧目的 54%，呈现出全省戏剧全面开花，市县剧团佳作频出的新局面。

一、现实题材剧目　时代气息浓郁

在市、县、区参演的剧目中，大都十分重视与社会主义经济建设和当地革命史实紧密结合，以鲜明的主题立意，贴近时代、贴近群众、贴近生活，高扬主旋律。张掖市七一秦腔剧团的秦剧《为了天边那片绿》（张轩源、田胜举编剧），便是其中之一。肆虐的沙尘暴无情地吞噬着美丽的居延海，海水干枯，胡杨枯萎。恰遇特大干旱的河湾村，村民盼水如渴，水管所长却带来了调水命令。于是，在调水与亲情之间经历了一场痛苦的抉择……为了染绿天边那片绿，连接蒙汉和谐生态圈，河湾村民毅然堵坝、送水。由此演绎了张掖人民在大局面前，严格执行国务院决定分流黑河，南水北调的感人事迹。

静宁县秦剧团的秦腔《金果人家》（李东和编剧），则又以该县大力发展苹果种植，科学培育优良品种，推动农民经济致富这一实际创作而成。20世纪末，龙源村村主任龙媛秀，面对穷山苦水，她立志实现父愿发展苹果产业带领群众致富，在群众挖树毁园的严峻时刻，她挺身而出，承包果园，扩大种植面积，与天灾和旧观念抗争，矢志不渝，终使乡亲尝到了甜头。媛秀的努力赢得大学生村官林永清和乡亲的支持。她和乡亲跑市场、打品牌，使龙源苹果成为2008年奥运会特供产品，成为群众致富的金果子。

环县陇剧团演出的现代陇剧《山城堡儿女》（编剧刘贵荣、作曲苏生辉）又是以当地所发生的一段真实感人事迹为素材创编而成。山城堡脚下的卧牛山山区，沟壑纵横，交通极其困难，给当地群众的生产、生活上带来诸多不便，入党不久的苏振军看在眼里，急在心上，他依然辞掉乡邮员的工作，自筹资金，不等不靠，以家庭成员为主力，邀请帮工，以愚公移山的精神，在十七年时间里，修筑了一条八十多里的山间公路。修路过程中，苏振军一家付出了沉重的代价，父亲为修路不幸殉亡，艰苦的体力劳动和沉重的经济负担，消磨了苏振军夫妇的青春年华，同时，又赢得了乡亲们的称赞和爱戴。

在这次新剧目调演中，甘肃省陇剧院推出的现代陇剧《苦乐村官》（曹锐编剧，田继宁、杨波作曲）引起人们的格外关注。这是一部具有浓郁乡土气息、喜剧人物性格鲜明突出、戏剧情节丰富生动、喜剧语言风趣幽默的农村题材轻喜剧。由于扶贫政策的转型，村长万喜以"借鸡下蛋"的方式借来扶贫羊带领乡亲自力更生脱贫致富，却在吃惯了救济过日子的村民中顿生轩然大波，引发出一连串喜剧情节，使村长处处被动，却又以他的机智——化解，让观众在笑声中一步步走进他的心灵世界，为他而忧，为他而喜，在轻松愉悦的观赏中感悟人生真谛。虽然是非常贴近农村实际的"烂熟话题"，由于作了喜剧化的艺术处理，于平淡中处处显露作者的艺术才华，闪烁着喜剧的智慧光芒，运用夸张、讽刺、幽默、风趣、戏弄、戏谑、反讥、误会、纠缠等喜剧的表现手段，以正剧题材表现喜剧故事，喜剧中又有悲情的抒发，均恰到好处地让观众自然而然地发出阵阵笑声，在捧腹大笑中丰富了人物形象，揭示了当代人生活的本质，表达了人民群众的感情、愿望和理想，同时，活跃了舞台氛围，推动了剧情的发展，显得妙趣横生，绚丽多姿。剧本的另一个显著特点是，通过一系列喜剧性动作来展示喜剧情节，刻画喜剧人物。如丢失种公羊后村民纷纷退羊造成万喜家一片混乱，万喜追赶大一钻、二伸手、三不沾几个村民偷卖扶贫羊的喜剧情景，万喜深夜"蹲坑"抓偷羊贼的追打等等，均可以充分发挥戏曲舞动功能，使舞台表演在载歌载舞的流程中大大增强其观赏性。此外，作为一部喜剧，戏剧情节、人物性格均离不开喜剧语言的充分运用，在这部反映农村现实生活的轻喜剧里，处处流露出喜剧语言的光彩，无论唱词和对话，无不洋溢着喜剧魅力，既让观众欢心开颜，又可以品出个中深意，这便是喜剧艺术。

该剧荣获文化部举办的"向祖国汇报——庆祝建国六十周年第三届全国地方戏优秀剧目展演"二等奖，2009 年全省新创剧目调演获剧目大奖、14 项一等奖、9 项二等奖；2010 年 5 月又在广州举办的第九届中国艺术节上，荣获文化部颁发的文华大奖特别奖。这些殊荣的获得，使该剧进入甘肃戏剧精品的艺术宝库。

甘肃会宁是我省最早建立苏维埃政府的县之一。1936 年 10 月，中国工农红军一、二、四方面军在此会师，当地群众与红军之间，发生过许多可歌可泣的感人事迹。会宁县秦剧团参演的大型现代秦剧《红色热土》（刘镜、畅快编剧），正是以此为背景，通过红军主力撤离会宁后，当地群众掩护红军伤病员脱险的感人故事，塑造了老君坡村村民田蕙琴、田大娘与红军某部连长何长林之间的鱼水深情，充分体现了会宁人民当年为广大红军所做出的牺牲和贡献精神。剧中，何连长以大无畏的革命英雄主义气概为保护人民的利益和生命，与国民党守军进行了不屈不挠的斗争，真实地再现了红军战士的爱国情怀及对会宁人民的感恩之情，谱写了一曲红军战士与会宁人民血浓于水的壮丽颂歌。警示后代，不忘优良革命传统。

陇东是革命老区，庆阳县（今易名庆城县）又是陕甘宁边区陇东分区所在地。抗日战争爆发后，国共两党实行统一战线，联合抗日，八路军三八五旅留守庆阳，期间，国民党反动派屡屡挑起事端。庆城县文工团参演的大型陇剧《留守岁月》（刘镜、李应魁、刘贵荣编剧，王海阔作曲）所表现的正是当年三八五旅旅长王维舟、参谋长耿飚、团长张才谦以民族利益为重，与国民党军队巧妙斡旋，展开有理有节的政治斗争。最终

团结了阎师长、鲁团长等国民党爱国将领，孤立并打击了破坏抗日的分裂分子，维护了抗日民族统一战线。

庆阳市陇剧团参演的大型陇剧《情系南梁》（李应魁、刘镜、赵鹤林编剧，姚福汉作曲），同样以刘志丹、习仲勋领导的陕甘边南梁苏区政府革命斗争史实为背景，热情讴歌了当年环北我地下联络员徐东亮，团结杨明霞、师傅杨成业等为负伤的苏区红军筹药、送药、护药的一幕幕惊险经历，并借助道情皮影戏班在红白两区演戏作掩护，与敌警察局长方天为守的反动势力斗智斗勇，最终将药品送达指定地点这一情节，表现出南梁苏区政府与广大民众间的鱼水深情。这出戏的高明之处，就在于剧作家结构戏剧情节时，能够使陇东皮影、剪纸、庆寿、婚嫁、丧葬等民俗风情巧妙结合，既使剧中人物更加有血有肉，栩栩如生，又显现出浓烈的地方情味，成为该剧引人的看点，获得很好的剧场效果。

二、开掘当地题材　凸现地方特色

甘肃省歌舞剧院的新版舞剧《丝路花雨》、酒泉市歌舞团的《水月观音》、灵台县秦剧团的《皇甫谧》、武威市天马艺术剧院的秦剧《暮色西凉》、甘谷县秦剧团的《睢阳魂》、天水市秦剧团的《麦积圣歌》、甘肃省京剧团的西部京剧《丝路花雨》、甘肃省话剧院的话剧《兰州好家》、甘肃省歌剧院的音乐剧《花儿与少年》、甘肃省杂技团的杂技剧《敦煌神女》等戏，都以开掘当地题材，凸现出鲜明的地方特色。

京剧《丝路花雨》根据舞剧《丝路花雨》改编而成。它以京剧的形式又赋予其新的内容，在人物设置、情节安排、戏剧矛盾的冲突与推进等诸多方面，都在原作基础上按舞台戏曲要求均有发展和创造，使其在更深开掘敦煌艺术文化底蕴为主旨，成为高扬和平、发展、合作的世纪主旋律方面，再谱写了一曲丝绸之路的友谊颂歌。

盛唐时期，莫高窟画工神笔张救出了被强盗追赶的波斯商人伊努斯父子，他的女儿英娘却被强盗掳走了。十年后，历经沧桑的两家人意外相逢。英娘和张恩在石窟中萌生了爱情，神笔张根据英娘优美的舞姿画出了"怀抱琵琶伎乐天"壁画。为躲避市令的欺凌，英娘痛别父亲，随伊努斯逃往波斯。

英娘将灿烂的华夏文明带到了西域，同时也从波斯舞蹈中获取了创作灵感。伊努斯奉命使唐，英娘踏上了归乡之路。市令和窦虎率强盗拦截使唐驼队，张恩燃火报警，神笔张挡住了射向二人的毒箭，临终他将画笔递给了英娘……

敦煌交易盛会上，大唐节度使与二十七国来宾欢聚一堂；英娘化妆献艺，借机力陈强盗罪状，节度使下令将市令等斩首，剪除了丝路上的匪患。英娘和张恩在悲怆和激奋情绪的交替中完成了神圣的使命。美轮美奂的"反弹琵琶"瞬间诞生了!无数"飞天"刹时升腾翱翔，这幅旷世作品与东西文化交流的使者一起融入历史的画卷。

该剧在"第二届甘肃戏剧红梅奖大奖赛"中荣获"优秀剧目金奖"；2007年荣获"第十届中国戏剧节奖"优秀剧目金奖。2008年，成功入选第五届中国京剧艺术节并获优秀剧目一等奖。2009年元月，受邀在北京梅兰芳大剧院隆重演出。英娘的扮演者马少敏也由此获得第二十五届中国戏剧梅花奖殊荣。

《兰州好家》（张明、王小军编剧）是一出大型方言话剧，取用兰州官话对话道白，加上又以兰州市张掖路城建改造为背景，透过年轻人现代开放的热恋，与中老年人的黄昏情，突出人与人之间的爱，院与院中的和谐，把发生在人们身边的人和事巧妙扭结在一起，如风韵犹存的"一枝梅"唱得正红，不到年龄却面临内退；吴爷常说"黄河的事情说不清"，岂知貌似老年痴呆的背后，有着惊天动地的人间绝唱；秦腔好家王老板是"一枝梅"的粉丝，如醉如痴不惜耽误自己的正事，让人哭笑不得；好黄河石的李石头，钟情"一枝梅"，没想到好鼓子的吴二山后来居上。通过普通邻里人家的所思所好，好的苦，好的哭，好的累，好的笑，以鲜活的的人物形象和感人的爱情故事，在表现"好家子"亲情、友情和爱情的同时，运用观众所熟悉的地域风，富有喜剧色彩的兰州方言，还有朴素平实的表达形式等，都为该剧平添了极好的剧场效果，同时又通过封闭到开放，黄河之水天上来的宏大场面处理，揭示了文化传承这一严肃命题。

最具独创精神的另一部舞台作品是甘肃省杂技团创作的杂技剧《敦煌神女》（编剧李林安）。甘肃杂技工作者以多元化的审美姿态，将千古沿袭的高难惊险杂技绝活，通过加工、组合、复创、贯穿运用在具体内容和戏剧情节之中，使其参与到人物形象的塑造，这一大胆的革新，为传统的杂技表演寻找到了广阔的生存位置和市场空间。该剧一经问世，就带着甘肃独有的敦煌文化信息，在塑造一位鹿女征服恶魔、拯救人类高尚情怀的同时，还将蹬技、手技、顶技、踩技、车技、爬竿、走索、晃板、绳技、转碟等杂技艺术巧妙地融为一体，可谓美轮美奂，惊险绝伦。

这出戏从创作到演出，始终按市场化机制进行运作。故在创作之前，先后十几次就开发敦煌旅游市场事宜与敦煌市委、市政府进行了多次协商，双方达成共识。该剧于2008年4月28日在敦煌首演，至10月28日半年时间，在敦煌演出216场，观众达16万人次，创收350余万元。2009年，又与铁路部门签约，2009年4月20日至10月8

日，又经铁路协助营销，又在敦煌演出223场，观众达17万多人次，综艺晚会演出160场，毛收入达500余万元，取得了社会效益和经济效益双丰收。《敦煌神女》作为一个文化旅游项目，已纳入敦煌旅游的整体规划之中，并同鸣沙山、月牙泉成为敦煌旅游第三大品牌。2009年底，应中国台湾万象国际艺术演艺公司邀请，以市场运作方式赴中国台湾进行了为期三个月的演出，博得中国台湾观众一致好评。赴中国台湾连演三月而不衰，正说明新世纪以来，甘肃戏剧所注重的不仅仅是新颖的形式，而是将戏剧内容选择的目标，确立在现代性的人文精神上，不考虑现代观众不断更新审美转型，任何形式上的创新都将失去其意义。大型杂技剧《敦煌神女》的成功，不正是对陷入维谷的杂技艺术能够重新崛起的一个有力回应么！

甘肃省歌剧院创作演出的大型乐舞《敦煌韵》，同样取材于莫高窟的壁画故事和敦煌民间神话传说，通过歌、舞、乐三位一体的表现形式，将"天宫伎乐""反弹琵琶""雷公鼓"等千姿百态的乐舞场面和"月牙神女""美音鸟""千手观音"等神话传说及佛教故事搬上了舞台，全方位表现了中国古代乐舞的精髓及敦煌壁画、音乐、诗词赋、舞蹈的博大与恢弘，再现了中国古代优秀文化所产生的独特艺术魅力。整台演出由《飞天》《妙音反弹》《霓裳羽衣舞》《美音鸟》《鱼跃神泉》等12个篇章组成，场面壮观、气势磅礴。每个篇章犹如一个个闪亮的珍珠，散发着浓郁的历史气息和东方神韵。

《敦煌韵》历时3年完成，剧本创作先后八易其稿，音乐创作更是反复探索、论证、修改，一经上演，就取得连续演出150场的佳绩，两次出国演出，成为继《丝路花雨》《大梦敦煌》之后，又一部敦煌舞蹈作品。

天水市秦剧团的大型秦剧《麦积圣歌》（曹锐编剧），根据《北史》和《麦积山石窟志》等史书记载，截取南北朝时期西魏大统年间乙弗氏皇后悲剧命运编创的一部令人唏嘘慨叹、发人深省的宫廷悲剧。

在名满天下的麦积山石窟中，有一尊被誉为东方维纳斯的坐佛雕像，她那超然的微笑弥漫着春晖般温暖，悲悯的胸怀慈航普度般净化着人们的心灵。一曲凄婉壮美的悲歌，把一位皇后与这尊雕像交织起来，令人遐想而唏嘘不已。

战乱频仍的南北朝，风雨飘摇中的西魏皇帝，为壮国威与柔然国联姻，柔然公主进宫，先废太子元戊贬为秦州刺史，再废皇后乙弗氏打入冷宫。远在秦州的元戊，以一幅酷似母亲的观音画像为蓝本，请画师皇甫鸿在麦积山凿窟造像，以慰藉思母深情。然而，此帧画像正是皇甫鸿怀着对儿时女伴的恋情所画。难忘乙弗的皇帝去冷宫探望被柔然发现，逼令乙弗麦积山出家为尼。皇甫鸿巧遇乙弗，勾起儿时纯真美好的回忆，但乙弗波澜不兴，为了社稷安危，甘愿终老尼庵，又以拔剑自刎的方式劝阻了儿子发兵长安的鲁莽行动。秋去春来，皇上思念乙弗，旧情难绝，秘传谕旨，让乙弗蓄发，待机回宫。侍女碧蝉受大丞相宇文泰指使，将此举密报，柔然、宇文泰设计陷害乙弗……皇帝驾临麦积山，柔然皇后借机发兵长安，胁迫皇帝以违抗圣命图谋复辟处死乙弗，深受感化的碧蝉揭露真相后自尽，乙弗为了国泰民安，步上柴堆从容自焚，皇甫鸿目睹悲惨一切，寄托满腔深情完成雕像，为麦积山留下永久的记忆。

该剧的成功之处不仅在于情节曲折跌宕，故事哀婉动人，充满戏剧性，更在于把人物的情感纠葛置于鲜卑与柔然的激烈的矛盾斗争中，又与古老的麦积山石窟艺术相联系，在这种历史文化的大背景下，刻画鲜明的艺术形象，从而唤起观众的同情、共鸣和感怀。

值得一提的是乙弗皇后的扮演者窦凤琴，以其细腻的演唱和深沉的表演，为我们成功地刻画了这一人物内心的复杂感情和充满悲剧色彩的艺术形象。乙弗氏情深意真，识大体、顾大局，置国家安危于个人爱情生死之上，为"和亲罢兵"，她含泪别夫，甘为庶民。并出家麦积山为尼，专心礼佛，既反映了她以国事为重深明大义，也表现了处在皇后至尊的雍容大度。这种深明大义和雍容大度，在演员既遵传统戏剧程式且又不囿于传统戏剧程式，同时又在体验重于体现的两极对接之间寻绎到抒发人物复杂情感、精神气质较为准确的契合点，从而使乙弗氏的大度和宽怀，甚至发展到了任人宰割的封建奴仆式的顺从心理，较完美地揭示了出来。窦凤琴的这一独到表演，既为该剧演出的成功增色不少，也验证了她的表演技艺业已步入老道和成熟。

三、"敢在太岁头上动土"

在这次调演中，还有一出改编移植的传统剧目也成为人们关注的热点，那就是甘肃省秦剧团的秦剧《锁麟囊》。

《锁麟囊》系1939年翁偶虹先生专为京剧表演艺术家程砚秋所写，经程砚秋加工复创，尤其创腔方面的重大成功，被世人称为"集程派唱腔之大成者"，成为程派代表剧目之一，一经演出，即成"非他人所学而能之"终成定局。多少年来，任何人仿学，均宗程之法度，无人敢越"雷尺"半步而再别出心裁。然而，甘肃省秦剧团不仅将其移植成秦腔演出，还对戏中的情节，作出修枝剪蔓的改动。故有人将其戏称为"敢在太岁

头上动土"。这恰恰说明我省戏曲工作者在新的历史条件下对原有精品力作敢于革新的胆识魄力和大无畏精神。

该剧演述的是，登州富家之女薛湘灵出嫁之时，其母按当地习俗予之"锁麟囊"取"早生贵子"之意，内藏珠宝。薛湘灵出嫁当日，中途遇雨，在春秋亭暂避，恰遇同日出嫁的贫家女赵守贞，赵守贞感家境贫寒、世态炎凉，在破旧的花轿中悲恸，湘灵闻知，慨然以"锁麟囊"相赠。六年后，登州遭遇水灾，薛周两家逃难，湘灵与家人失散，流落莱州，遇旧仆胡婆，携至当地绅士卢员外所设粥棚，适逢卢家为儿子天麟雇保姆，湘灵应聘入卢府为仆，伴天麟游戏中，百感交集。天麟玩耍中抛球入一小楼，促湘灵去取，湘灵登楼，见昔日之"锁麟囊"供奉桌上，不觉感涕。卢夫人即赵守贞，见状盘诘，方知湘灵为当年赠囊之人，敬为上宾，结为金兰，助湘灵一家团圆。

《锁麟囊》的改编者符胜、李学忠对原作的结构、穿插、描写、科诨、唱词等，均有所改动。比如取掉了开场的纷沓场面，浓缩了"避雨赠囊"，简化了"灾后团聚"，还将两候相处理成场与场之间的时空过度和隐寓主人公身势变迁象征的提示性文化符号，从而升华了原作精髓，使全剧更加凝炼，情节更加集中。

该剧的作曲吴复兴、徐光明、邓幼奇，显然是以秦腔"敏（正敏）腔"唱腔为基础创作而成，秦腔"敏腔"与京剧"程腔"确有异曲同工之处，具有"内硬外软"的共同特点。尤其"避雨赠囊"一场薛湘灵的唱腔，多系长短句的体式，诸如"耳边厢，风声断，雨声喧，雷声乱，乐声阑珊，人声呐喊，都道说大雨倾天"；　还有"他泪自弹，声续断，似杜鹃，啼别院，巴峡哀猿，动人心弦，好不惨然"等不规则的长短句之类，句法上完全打破了京剧和秦腔以对称的上下句板腔体词格结构的平衡。然而，正是这种句法的不平衡，却使程砚秋创造出最闪光的〔西皮原板〕，并将程派唱腔推向了极致。李正敏同样最擅于以长短句词格为〔二六板〕尝试新声，制造险绝，比如他在《河湾洗衣》一戏为田赛花设计的"娘呀，娘呀，实可怜，可怜孩儿，孤孤单单，凄凄惶惶，哭哭啼啼，思想老娘，今何在"一句〔二六板〕长短句上句腔，不仅和唱腔音乐旋律巧妙结合，熨帖相糅，而且毫无生僻怪异之嫌，同样成为"敏腔"最闪光的亮点所在。仅此足以说明程砚秋、李正敏二人的革新精神不谋而合，创腔上更有异曲同工之妙。秦腔《锁麟囊》的作曲吴复兴等，正是抓住两位艺术家创造新腔方面的这一共同点，为该剧主人公薛湘灵成功地设计出奇巧新颖、气韵横溢、独具个性的唱腔来。这一创新，又在著名青年演员苏凤丽极富醇韵和纯正抒情的行腔演唱中，糅入了秦腔肖玉玲善用"脑后音"共鸣来催发字音旋律使之顿挫峭拔、显棱显角的唱法，更使薛湘灵的秦腔唱腔立显京剧"程派"唱腔，呈现出气韵流动如龙蛇飞舞，内刚外柔而见棱见角，缠绵悱恻又哀感动人等特点。因此，作曲家为该剧薛湘灵所写的主要唱段的板式处理、唱腔设计和音乐形象塑造等，无疑取得了成功。该剧在这次调演中，斩获大奖；2010 年 6 月 12 日赴京，亮相北京长安大剧院，参加"全国戏剧文化奖优秀剧目调演"，一举揽获"改编剧目大奖""综合演出金奖""编导金奖""主演金奖""音乐设计金奖""舞美设计金奖"等九项大奖。

以上这些新创剧目，都是在省委"出精品、出人才、出效益"这一总体战略思路指导下取得的成果，这些作品，贴近生活、贴近实际、贴近群众，从不同角度、不同层面反映了现实生活，反映了人民群众的喜怒哀乐，表现了剧作者对生活的把握和认知，对中华民族优良传统和时代的感悟与理解。展示当代日常生活，关注时代特色，描摹时代发展。

"如将不尽，与古为新"。如果说艺术的传承，是一个健康、文明的民族所必须具备的，那么在继承传统精髓基础上的创新传承则是一个民族文明优秀、充满活力的标志。让我们广大的文艺工作者以创新为永远不竭的动力，勇敢地承担起历史所赋予的责任和使命，寻找生活之源，发出时代之光，使更多的反映时代风貌，扎根现实生活的精品力作呈现在甘肃的戏剧舞台上。

2009 年 11 月 4 日夜记于兰州

漫议秦腔的"唱"

秦腔，就它的唱腔音乐而言，着实有其独特的韵味和迷人之处。无论是［慢板］、［二六板］，旋律之抒情，表现力之丰富，我看均可与京剧或其它剧种唱腔相媲美，甚至其音乐性、旋律美，丝毫不亚于当今最为时尚的流行歌曲。即使是它那如诉如说的［快板］、［垛板］，其韵味之深沉，气势之磅礴，大有铁马奔腾、金声玉震之感。尤其是它的拖腔，幽缠曼送，婀娜飘逸，宛如蝶蜂嬉戏，低绕高旋，翩翩而动，听了真使人心旷神怡，回味无穷。然而，如此美妙的戏曲音乐，为何有人听了某些演员的演唱却皱眉摇头不止，甚至还掩耳不及远避三舍呢？ 我想这与当前一些不大科学(或者说落后)的演唱发声多少有些关系。

秦腔的演唱，前辈艺人在长期的艺术实践中，创造和总结出了一套完整的宝贵经验，诸如发声归韵讲究字正腔圆，行腔收放讲究声情并茂，用嗓讲究天罡音，运气讲究丹田劲等等，凡此都需要我们很好地继承、总结和借鉴。但与此同时，由于历史的原因，也给它的演唱艺术带来一些弊端。比如，过去秦腔多在庙会"野台子"上演出，台上演员的演唱，大都处于同台下小贩吆喝等杂乱吵喧的噪音的竞争状态，演员若不致力于努力挣喊，就无法使自己的声音穿透那种纷杂的声流送入观众耳朵。在这种环境下，观众更多从浓厚的庙会文化的综合氛围中，去感受秦腔的文化气韵，他们并不在意或者一味苛求演员演唱的声腔技术局面，在这样的特定氛围中，也就只能降到声大、卖劲、火爆的最低点。而今天，当秦腔普遍进入大剧院演出以后，人们的听觉习惯愈趋于丰满的音响效果，过去那种努挣式的"喊唱"也就不再成为是一种艺术的享受，而成为对观众听觉神经的一种噪音刺激了。尤其在现代化剧场音响布局俱都经过声学处理条件下，即使是演唱中微不足道的一丝尖刺之声，也会完全暴露在观众面前。因此，人们对演员演唱的音色、音质、韵味必然相应地提出了更高的要求。再加上长期以来，一些演员曲解了秦腔艺术的传统风格，他们错误地认为，秦腔以行腔用嗓的粗壮声大和挤压挣喊为美，由此去着意体现和强化那种所谓的"风格"之"美"，常常未经开口，全身搐动，每放一音，不是青筋暴跳，便是纵肩弹身，造成了激昂有余、粗犷过分等诸多弊病，这就难怪台上唱得越发卖劲，台下越是掩耳摇头不及，结果使秦腔陷入"两头均不讨好"的尴尬与难堪。

近年来，许多秦腔演员(包括老一辈的秦腔演员)已经充分认识到这种不科学的演唱方法和广大观众审美要求之间的矛盾，开始探索秦腔新的发声途径。

我对陕西的演员了解不多，但从广播录音中，也可以听得出来，这种改革已经取得可喜的成效。就生角而言，陕西省戏曲研究院秦腔团贠宗汉的演唱便是突出一例。他在秦腔《红灯记》里的演唱，我认为就是在秦腔传统演唱艺术与现代声乐技巧结合的基础上，依据自身嗓音素质条件，大胆创新的成果。这里不妨信举一例：

这是一个借鉴京剧［回龙］创新发展而成的秦腔新兴的"散板"腔调，它与秦腔传统欢音［尖板］板式效用相同，却较［尖板］音域更宽，腔幅更长，表情的气势更加激扬恢宏。秦腔演员欲要演唱这样一句新兴的腔句，不仅要求演员有效地运用气息，使行腔自始至终保持饱满的气势，还要求他根据旋律的高扬低落和唱词字调的平上去入，合理调度不同的共鸣位置，这样才能使高、中、低三个音区的旋律运行都能见棱见角，松弛吐放，做到字不虚弹，音不虚发，同时还必须保持雄浑的气势和秦腔的韵味。尤其这里还出现了一个秦腔生角很难驾驭的高音"7"，如果演员不注意科学的呼吸方法和合理地调度共鸣位置，而一味单凭挣喊拔高，就有可能冲不上去，或者即使冲了上去，也会因音色苍白尖炸、失去光泽而难以表达出唱腔所特定的气质来。但贠宗汉的演唱不仅非常传神出色，而且还使人感到他唱得相当松弛，其原因就在于他能依据自己的嗓音条

件，从吞吐收放、运气呼吸等方面作了全面的科学布局和铺排。比如"狱警传"三个字，主要在中声区内行腔，要求以音色的丰满与深厚，着意刻画剧中人物沉着、坚忍、不屈的个性。贠宗汉的演唱则取用以咽喉腔、口腔、鼻腔的发音共鸣，同气息的控制有机作出配合，首先呼出"狱"字，并对字头稍加强调后，即以通畅的气息使字腹字尾保持着平稳的推进和延续；然后随着四度上跳音程动势，将共鸣位置慢慢移至头腔，发出"警"字，再以胸部气息的支持在咽喉部位有力地喷出"传"字来。而"似狼嚎"三字，则主要活动于低声区。贠宗汉充分掌握了低音频率低、振幅大的特点，有效地运用胸腔共鸣，逐渐将位置调度到咽喉腔，并在氤氲胸腔气息推动下吐出"狼"字；接着再舒展胸腔，以蓄存的气流极有力度地弹出"嚎"字来。正是经过这样细密精心科学设计和铺排，使得演唱音质显得比较深沉、洪亮、厚实，耐久好听。

接下来在"我迈步"三个字上，贠宗汉又随着旋律的迭起，也将气息顺势上提，"步"字吐口后，立即借助过门音乐的间隙，开始联合胸腹机能作比较强烈的呼吸，以此为冲唱后面的高音作好存气的准备，然后从容通过肋肌和腹肌的对抗，事先找准头腔的共鸣点，满宫满调地唱出"出监"二字的高音来。贠宗汉在这句唱腔中的处理和布局，既继承了传统秦腔发声的天罡音（脑音共鸣）和丹田劲（横隔膜运气），又借鉴了现代声乐中胸、腹式联合呼吸运气的功能和作用，因此，既不失本剧种的传统风格，又显得富有新意，唱来松弛、耐久，听来圆润，刚柔相济，很好地树起李玉和这位无产阶级革命者，在敌人屠刀面前奔赴刑场视死如归的高大音乐形象。

时代变了，剧目的内容变了，观众的听觉习惯也变了，秦腔唱腔范围内的程式结构、板眼法则、音乐语言以及结构各种板式的创腔方法和作曲技巧，也在新的剧本内容要求下，都在发生着巨大革新和变化，但作为主宰舞台的演员，在演唱方法上不进行改革，甚至依旧默守传统陋习，其它一切革新则等于零。因此，有人从贠宗汉的唱，看到了秦腔的前途和希望，这是很有道理的。

原载《当代戏剧》1982 年第 3 期

双出五关　秦腔一绝

在秦腔传统戏里，有两个《出五关》，一个是商朝七世忠良黄飞虎因不堪殷纣王暴虐率众反出朝歌，一路过关斩将，故又称《反五关》。该剧因以黄飞虎投奔西歧而结尾，故亦称《西五关》；另一个便是三国汉将关羽为千里保嫂会兄逃离曹营杀《出五关》，也因关羽一路连斩六将威震江东终得古城桃园相会而戏毕，故又名《东五关》。过去的年代，艺人将这两个《出五关》常常合套一起，形成别番风致，故又将其套本演出本，称作《双出五关》，抑或《双五关》。

《反五关》正名为《黄飞虎反五关》。主要演述殷纣王宠姬妲己于鹿台设宴，众狐精化为仙女往赴，酒醉皆现原形。比干向黄飞虎告知其情，黄寻踪追至轩辕坟，始知为狐精藏身老穴，便放火将坟烧之。妲己怀恨，佯称心疾发作须比干之心方能祛病，纣王立命比干剜心而亡。妲己又计诱飞虎之妻贾氏于摘星楼，唆使纣王隐而戏之，贾氏不从，跳楼自毙。黄飞虎之妹黄贵妃知之，往楼责斥纣王无道，也被纣王摔于楼下身亡。飞虎一怒反出朝歌，连破五关，至黄沙岭，太师闻仲追至，飞虎得清虚道德真君相救，遂投奔西歧而去。这一情节，《封神演义》第二十五回有载。清末民初，甘肃各路秦腔常演。清咸光三元官、福庆子、陈明德及民初唐华、秦鸿德、李炳南、陈基来、盛三德等陇上名宿皆以此剧而享誉。

《出五关》别名叫《千里走单骑》《过关斩将》。演述关羽同刘备、张飞于许州失散，被困土山。后知刘备去向，急欲前往会兄。三次辞曹，曹操、张辽均避而不见，关羽挂印封金，留柬而辞。保定甘、糜二位兄嫂离开许都，行至灞陵桥，曹率众将追至，关羽屯马横刀以待，曹惊，反赠以锦袍，关羽于马上挑袍扬长而去。途经东岭、洛阳、耗水，荥阳，黄河渡口五道关隘，连斩孔秀、王植、孟提、韩福、卞喜，秦琪六员猛将。至古城，张飞迎二嫂入城，拒关羽于城外。时，蔡阳追至，关羽以拖刀斩之，桃园兄弟终得相会。这一情节，载于《三国演义》第二十六回。清末民初，也是陇南的赵二、谢鸿民、刘金山等常演剧目。看来，两个《出五关》剧名虽同，情节甚异，而且一在殷商，一在三国，两朝相距1500多年，纯系互不搭界的两回事。但就情节铺排而言，又存在着许多对应的似异似同。比如两剧均属唱做、工架表演为主的武功戏；《反五关》含折戏《反朝歌》《反五关》《黄沙岭》等，《出五关》含折戏《挑袍》《出五关》《古城会》等。角色行当设置更相接近，两剧主角黄飞虎和关羽，均写红脸，同以红生行当应工，而且飞虎着黄蟒、黄靠，戴帅盔，关羽着绿蟒、绿靠，戴夫子盔；殷纣王与曹操皆为白脸净行，纣王身着龙箭衣、龙挂，戴软王帽，曹操则着红蟒，戴黑相貂；还有黄贵妃、贾氏，又与甘、糜二皇嫂同属正小旦行当；着装基本一致，甘、糜仅去风帽风帔便可。其他镇守关隘大将张奎、张凤、陈桐、陈梧、余化等，又同孔秀、王植、孟提、韩福、卞喜等，均属武打见长的净角，俱着各色硬靠。套演时，主要角色不换脸谱，只更服饰头盔。次要角色着装、脸谱则无须更换。"套本戏"《双出五关》，正是利用以上对应特点，把朝代、内容、人物不同，但情节、角色、行当设置十分相近的两个剧目，按各含折戏次序合套一起进行交叉演出而形成的。其套法为：如以关羽《挑袍》为开场，二场必接演黄飞虎《祭妻》，第三场换演关羽《出五关》，第四场则接黄飞虎《反五关》，最后以关羽《古城会》刀劈蔡阳桃园兄弟相会而结束。其中的区别仅在于因戏终剧目有别而名称相异。当以关羽《挑袍》开场，又以关羽《古城会》戏终的，称《东五关》；凡以黄飞虎《祭妻》为开场，又以黄飞虎《黄沙岭》投奔西歧而戏毕者，则称《西五关》。

"套本戏"往往在两个不同班社或者两个演员之间进行，通常带有斗演竞技、比试输赢的性质，以此达到争夺演出市场或占领戏班台柱地位的目的。而且，还多以"对台戏"的形式出现，两个戏班、两个台口、相互交叉换演而形成别番情趣。也可两个演员、一个台口、相互轮番竞技而比试高低输赢，最后视台下观众多寡来定优劣。当然，也有一些班社独家上演套本戏的情形，而且两剧主角，既可由二人饰演，也可由多人分演，目的不外乎炫耀自家箱底丰厚，显示演员阵容强大。

"套本戏"既是"对台"竞技的产物，同时也是秦腔艺人别出心裁的创造。过去的风气，各戏班演出全由市场调节，班社与班社之间，竞争相当激烈，即使演员与演员之间，竞争也非常残酷，但又非常公平，由此达到"优胜劣汰"、促使演员苦学苦练技艺的目的。新中国成立前，甘肃秦腔名家差不多都有过这种经历，被誉为"十二红"的李夺山，就曾在武威"对台"竞技失利，由此激发他"悬梁刺股，晨夕不休"的苦练精神，最终成为烜赫陇上秦坛的生行翘楚。但"套本戏"这种演出形式，只是在天水陇南曾盛极一时，据说最初是从陕西西府传来的。天水鸿盛社的李炳南、谢玉堂（料子）、魏保（吊爷）、沈鸿华（黑巴巴）、谢鸿民，以及西和县三盛班的任长道、徽县缙升社的冯大鹏等，都演过《双出五关》套本戏，直至新中国成立成立后方成绝响。

秦腔好家 ABCD

A

在陕、甘戏曲圈内，张润民的大名真可谓掷地响当当而有声了，尤其在甘肃地盘上，所享社会声誉，绝不在刘易平、任哲中等名家之下，原因在于他是个大大的"秦腔好家"。

提起此公还真有些来头，早年曾在邓宝珊部下任过少校团长，为此，"文革"中真没少吃苦头。其实，这苦头吃得太冤，因为他这个少校军衔，不过是个唱戏的领班而已，加上他又嗜秦腔如命，称得上是个不大不小的"角儿"，平时演个小丑补个空角什么的，都能应付自如，但又从未拜师正式下海，到老依然落了个"好家"的名分。因此，虽说"文革"中受了皮肉之苦，可一想也是为了秦腔，反倒自觉心安理得而无怨无忧了。新中国成立后，他不仅任某部参谋处处长，且又任甘肃省民革副秘书长，还是省政协委员、省参事室参事，政治待遇确实不低。尽管"衔头"如此之多，但爱唱秦腔的雅兴始终不减，而且一"唱"不可收拾。

我与润民兄的熟悉是在 70 年代后期，一次偶然的机会，聆听了他自编自演的陕西快板《说土产》，便邀他来电台录音广而播之，从此慢慢成为至交。得知他不仅快板说得好，秦腔唱得更好，当年还和孟遏云、乔德福同台演过戏，又和张健民等人称兄道弟平起平坐过。正因为如此，我便赠他一顶"著名秦腔好家"的桂冠。

润民兄的性格极其活跃，虽已七十有五，浑身却充满孩子气。他为人热情，好助人也好激动，甚至顽皮而风趣。平时说起话来，满口的秦腔味，时不时还随口编出一长串合辙对仗的秦腔诗白，不逗你笑个前仰后合流出眼泪才怪。在他心中，秦腔似乎成为一座神圣不可侵犯的尊神，如果有人在他面前抱怨秦腔不好，天王老子他也会立马翻脸。即使结识朋友，也要先看对方对待秦腔的态度。你若真心喜欢秦腔，百元大钞都舍得送你。尤其每当陕西名家来兰演出，八十元的门票，他会毫不犹豫地买上二三十张，然后驱车请你看戏。这事听来的确有些太痴，可他却当成自己的一种责任，一种荣耀，而且

长期乐此不疲。

交谊场合，若不让他当场唱几段，便会视为这是对他天大的不尊和小瞧，少说也要和你赌上半年的气，我便为此吃过一次"亏"。那是 1985 年，我二人联手举办过一次全省秦腔名家亮相演出活动，考虑到专业高手荟萃，业余"好家"自当不在其列，不想竟触犯了他，一气之下，给我不吃不喝竟在床上躺了整整两天两夜，无奈，我只好破例给他加了戏码方算和解。

润民兄的演技的确不俗，一招一式皆在规矩之中。他平时最爱炫耀自己生旦净丑无所不能，其实演得最老道的还是小丑、老旦两门。我很欣赏他在《杀狗》中的老旦表演，单就上场时扶着拐杖颤颤巍巍的几步走手和抖抖索索的头脑晃动，就很见功力，很见人物。加上高调低唱的虚声行腔，真把一位饱受不孝儿媳虐待折磨的风烛残年的曹母形象活脱脱"亮"在观众面前。更让人叫绝的还是他那《起解》中的崇公道，人未出场，先在幕内抛出一声"啊哈——"，就能很快拢住全场观众的神。然后踩着小锣，悠悠然行至台口站定，两眼左右一扫，小辫子轻轻一晃，尽管无一句台词，却从眼神里射释出一股幽默喜辣之气，顿时撒满全场，逗得观众个个捧腹大笑不止；还有他铜铃般的嗓音和过人的口齿功力，通过一大段"板壳子"表演，体现得至深至透。他先是由慢而快，再由快促紧，口不松，气不懈，字如珠，句如玑，无论节奏的把握，情趣的渲染，都非常准确到位。到了最后激紧之处，虽无句逗可言，但每个字的吐放，全然就像从枪腔里射出的子弹，既清晰脆亮，又打远响堂，还妙趣横溢。最为难得的是，他对这一丑角人物还有独到的认识和体验，认为崇公道其人天性良善，乐善好施，性格豁达，心明如镜，只不过作为封建世俗社会中的一个"小人物"，只能借助丑行表演，为他公开鞭挞揭露官场种种丑恶，蒙上一层喜剧色彩作为掩饰罢了。否则，又何以在苏三"实可恨"唱腔插白中，对世态、对人情、对官场、对社会的各种时弊，分析得那样透彻，又表现得那样玩世不恭呢？所以，对这个人物表演上必须要以正派形象刻画，绝不能给角色染上丝毫低俗龌龊之气，否则戏就"歪"了、"砸"了。正是有着如此深沉的体味，他所饰演的崇公道，俱能干净中见美，幽默中含情，机趣中寓理，难怪许多有名望的演员演这出戏时，都喜欢和他联袂。

时下，润民兄已入耄耋之年，对秦腔依旧矢志不移。七十五岁的人了，精神矍铄不知倦乏。清早出门，午夜回家，天天如此，年年如此，要么为秦腔事业而奔波，要么为赶场唱戏而忙碌。有时唱罢午场，又驱车去百里之外赶唱夜场，弄得家人儿女们老为他

捏着一把汗。儿女们当然晓得我二人的关系，总以为只有我才能把他管束得住，硬是要我出面做做工作，原则是戏不可不唱，但也不宜多唱。可我深知这是个极敏感的话题，担心未必能劝说得下。果不其然，我的话只吐了半拉，他就朝我直瞪白眼，随即又从鼻腔里甩过一个"哼"来，便掉头扬长而去。

我望着他的背影，又一次从心眼里感到，秦腔已成为他的一种信仰，甚至成为他生命的一部分了，还是由他去吧！打此以后，在他身后便多了一位关爱他、照顾他和管束他的人，这也算是无奈的儿女们给他的真诚呵护和所尽的一份孝道吧！

B

"秦腔好家"群体里，王生才算得上是个技艺高、影响大的"角儿"。圈外人也许谁都不会想到，一个毕业于清华大学，身为兰州市公安局有职有衔的他，竟对秦腔会酷爱得如痴如醉，进而全身心地投入，不惜花一切代价和精力，大有"不闯出点名堂誓不罢休"的劲头。他虽然已过"不惑"之年，"出道"却很早，小学时就能背唱许多折子戏，后来上了高中，渐渐偏爱生、旦两门，再后来便步入他的"中年变法"阶段，开始认真寻找能与自己天分接轨的通道。他的选择说来很有点特别，专攻业已失传的甘肃武生戏，由此，他成了"好家"圈内能够唤起当地观众传统审美记忆的一枝独秀。

"水有源，树有根"，说到甘肃武生戏，最火爆的黄金时期要算 30 年代前后，当时出现郗德育、耿忠义等一代声望极高的演员，对甘肃衍袭旷久的功架"烟火戏"，从表演、唱腔、服饰乃至脸谱化妆等方面展开全面改革而自成一派。郗德育一生培养过不少学徒，周正俗便是他的得意门生之一，周的表演虽然禀赋乃师风范，细微处又不失自己的创造成分。在郗、耿死后的四五十年代。周正俗自然成了这一流派的唯一代表。秦腔培育演员，演员培养观众，"看架架"由此成为兰州观众最为慕尚和认可的欣赏对象了。可惜人去声息，流派不再，终成绝响。然而，这次我利用参加陕甘戏曲艺术交流活动之机，有幸观看了王生才先生的精彩表演，深感他能够原原本本地继承乃师风范，演出了独具特色的"周家戏"，这是令秦腔观众和秦腔研究工作者十分高兴的事。

王生才为学演武生戏，真是动了真格的，也确非一日之功。他到处拜师求艺，还自费上了半年的戏曲训练班。他深谙艺术规律，先从基本功练起，逐步向高难技巧挺进，为演好武戏，先锤炼铜器。周正俗生前给他"等"过戏，王振江手把手给他教过鼓，他还向数不清的名家讨过教，平时摔打得浑身青紫红伤，半个家当几乎都搭了进去，爱人和女儿对他蛮有意见，少不了有时要埋怨几句，他却蛮有理由地说："我一生就这么点

嗜好，交点学费换来了唱戏的本事，你们还有什么不满意的?"家里人没奈何只好依着他，不久竟然都被他一一拉下"水"，一家子全成了秦腔迷。

的确，苦是吃了，钱是花了，却使他变成演唱秦腔的行家里手，成为兰州"好家"群里享誉最高的"戏把式"。我看过他的两场演出，一场是《太湖城》，一场是《潞安州》，都以武功见长，特技取胜，连行头化妆都渗透着周正俗的正统风范，真可谓兰州流派戏的典型。

《太湖城》是出封神戏，主角便是道法无边的孙武，全出戏无一句台词，全凭武打功架揭示人物性格，其间自然贯穿着许多难度极高的特技表演："耍纸幡""打麻鞭""击雷碗"等。正因此，即使建国前，许多极有名望的演员，也不敢轻易碰它，兰州观众认可的也只有郗、周二人的表演了。

让人叫绝的是，王生才的演出竟与"周家"不爽厘毫，甚至达到以假乱真的境地。先说"打麻鞭"表演，他抢起丈余长麻鞭笃然向殷梨花击去，只听"啪"地一声，麻鞭不偏不倚，正好缠打在殷的腰间，不仅准确果断，鞭路清晰，还在左打右转身、右打左转身快速配合之间，呈现出兰州表演流派的妙窍，观众也在这有惊无险的特技中，圆了数十年未遇的欣赏梦。再说"击雷碗"。王生才所扮孙武，久战不胜，欲使法器五雷碗以伏殷夫人，于是，腾然一个"鹞子翻身""踏三锤"，脸一变，迅疾抛五雷碗于虚空，正待雷碗落地之时，只听见"啪"地一声，王挥起钢鞭迎面一击，五雷碗在空中顿时打了个粉碎，碎片如同花瓣般地四处飞溅，他还要来一番"耍鞭花"表演。如此演技，倘没有过硬的功力，或临场略生紧张，或有半秒钟的错位，是不会收到令观众叫绝的演出效果。

《潞安州》也贯串着许多特技，如"三杆子""朝天蹬"之类。其中"三杆子"表演尤其精彩，活现了当年郗、周二人"重架架"的流派神韵，难怪戏迷们等不到落幕收场，全都拥上前去，给他披红挂彩，大放鞭炮了。事后，王生才笑呵呵地对我说："费了大半辈子心血，花了大半个家当，能得到众人的认可和称赞，值!"

我望着他那张憨敦敦的脸，也看不出有什么过人的地方，却展现出成功的喜悦和谦逊，陡然想起有不少专业演员反转向他讨教这档事来，心中不禁暗道：如此技艺高超之人，难道只能划定在"好家"之列吗?

C

改革开放以来，兰州茶园犹如雨后春笋，骤然兴旺发达起来，仅市区大街小巷和游

人览胜之处，密密麻麻布满二三百家，而且还有上增之势。近一两年来，茶园又变为茶社，专营饮茶买卖。兰州人历来就有品茶的习俗，闲散下来总爱去"泡"个茶馆，自然，茶馆茶社便成为兰州市面上最具特色的一道风景线了。

其实，兰州人泡茶馆，并不全为品茶，说开来还是为了听秦腔、唱秦腔。本来么，茶园子和戏园子历来就是同一档事，喝"三泡"，听秦腔，也就成为兰州人娱乐消遣的最高享受。现如今生活好了，这种传统习俗，自然火爆兴旺起来，茶馆茶社成为秦腔好家们以戏会友的交谊场所。正因此，有人便称茶馆为"秦腔窝子"。

我曾作过一些调查，大凡茶馆的老板，十有八九都是秦腔好家。而泡茶馆的茶客们，也全是清一色的秦腔同路人。他们不分卑尊，相互熟悉，情谊交好，兴趣如一，在秦腔大旗下，真可谓"四海之内皆兄弟"了！

茶馆听秦腔的感受，与大剧院截然不同。首先，茶客们无甚约束，嬉笑豪饮，悉听尊便，即使你对某一唱家品头论足，尖刻评说，甚至激动处呐喊两声，不满处挖苦两句，谁也不会计较干涉，好家们进茶馆，说白了就图这种自然和本真；其次，人人都可以登台献艺，敞怀尽兴。喏，文武场面就摆在前面，吹、拉、弹、唱任凭选择操作，谁要有此雅兴，尽可大胆上前，只要你往琴师跟前一站，板头锣鼓便会立马响起，随你演唱什么，都会有人竭诚为你伴奏到底，直到你尽兴方止。

我闲散下来，也喜欢往茶馆里钻，与其说为了品茶听秦腔，莫如说是感受那种氛围和人与人之间的真情。当然，茶馆里的唱家们，虽说大半是业余爱好者，却也不乏挑梢冒尖的"唱把式"。最令我佩服的，是一位姓方的中年人，虎头虎脑，胖嘟嘟的，留个小平头，虽然才刚刚五十出头，吼秦腔却吼了整整四十年，也还真吼出了点名气。他最擅于仿学袁(克勤)派唱腔，其吐字、其鼻韵，还有那一口三腔的大拖腔和大换气，活脱脱如同袁克勤再世。难怪一句［尖板］才刚刚冒了个头，就让四座惊服得半口茶水浸在嘴里，屏着气听了个认真。待他刚一落板收腔，全场又是鼓掌又是喊，好事的数十条"被面"(挂红)像抛绣球般地向他抛去，听家唱家各得其乐。

再说说那些茶客们，全都是评论权威，谁好谁差，也得他们点头才能算数。此刻，有的看似闭目养神，实则在静心品听；有的足下打板，摇头晃脑心声相和。就连崇尚迪斯科、流行歌曲的小伙子大姑娘们，也被好家们的演唱激情感染得像钉住了双脚似的，如痴如醉地傻在那里不肯离去。所有在场的人，似乎完全忘掉了一切，整个心身全都化入古老遗风的神韵之中。

平心而论，唱家们的水平也是有高有低，甚至还有五音不全者占地抒怀的。即便如此，茶客们都能宽容相待。我见到一位来自马滩乡的农民，也不知他姓什么名叫什么，只知道他是种韭黄的能手，于是，茶客们索性直呼其为"韭黄子"。他每天背一筐韭黄进城变卖换钱，卖完后顾不得搪塞一下肚子，便急匆匆赶来泡茶馆，目的还是为了吼两声秦腔过把瘾。至于他的嗓音，我实在不敢恭维，"月白调"里冷不丁还吃你一榔子。但他本人又自我感觉特好，只要逮住机会，便伸着脖子，扯开嗓门一个劲地愣唱，而且捡的尽是《下河东》《见大娘》之类的大板乱弹，也不管别人爱听不爱听，他全不在乎。本来么，几十里路赶来，不就是为了吼几段秦腔尽个兴吗？别人爱听不听，任由他去，只要自己畅快就行。然而，从他身上所透发出来的那份认真、那份投入、那份俨然一派大家风范的表情，却使我非常钦佩和感动。待他唱瘾过足这才背起箩筐，兴冲冲、喜滋滋离开茶馆，步履轻快得就像清风，踏上归途扬长而去。

D

身居边城的袁兆瑞，是我结识的又一位塞外秦腔痴友。前些年，我在《秦剧名家声腔选析》这本书里，对袁克勤声腔艺术作了专章分析和评述。某天深夜一点，家里的电话惊乍乍地突然响起，我执起听筒，对方说他姓袁，名叫袁兆瑞，是袁克勤的儿子，现居乌鲁木齐市，后来的话题就拐到我对他父亲的文章上了。打此以后，我们便以书信方式展开交流，就这样书来信往，情谊日深，相交近十年，至今虽未谋面，却成了知根知底、情谊深笃的忘年朋友。

袁老少年时曾坐科学艺于西安易俗社，1949 年随王震将军入疆，从此成为一名随军勘察绘制锦绣蓝图的工程技术人员。但他毕竟是在秦腔窝子里泡大的"老陕"，无论走南闯北，板胡不离其身，一有空闲，总要自拉自唱一番，即使野外行军，也是一路秦腔，弦歌载途。仅此尚感难以尽兴，又把善唱秦腔者组织起来，成立起秦腔业余剧团，所到之处，便大演特演于沙洲空旷之地，不仅颇能增进军中士气，还能忘却行役爬涉之苦。当年，王震将军看了他们的演出，曾给予高度评价，还与袁老携手共进晚餐，一时传为佳话。

80 年代初，他转业定居乌市，成了扎根边陲的老户，但专嗜秦腔的癖好非但不减，反而更甚当年。正是在他体内流淌的这股秦腔血脉，决定了他与秦腔无法割舍的情缘，大凡与秦腔沾边的人儿事儿，他都寄予极大热忱，去关心交往支持。新疆"须生三王"，陕西新老名宿，甚至西北评论界、理论界人士，都与他过从甚密，尤其在秦腔百废待兴

的"文革"结束初始，他凭藉深厚的专业功底，被新中剧院、猛进剧团聘为特别顾问，在挖掘古装戏、弘扬现代戏和培养尖子演员等方面建树斐然，功不可没。就这样他用秦腔文化编织着自己的生活，也创建着自己的憧憬，即使平日与人闲侃，也是一个劲地大谈秦腔，好像除了秦腔之外，天底下就再没有值得可谈的事儿似的。时下，文艺争盛，明星纷呈，流行歌曲、相声小品，还有名目繁杂的摇滚、电子音乐等等，更让人应接不暇，如果你走在大街上，那港台歌曲直通通硬往你耳朵眼里钻，实在有点强人所难的意味。但袁老却能做到目不偏视，耳不斜闻，你信奉你的"流行"，他照旧信奉他的秦腔。他就认准了这个理儿，认为秦腔是天底下最美、最高尚的艺术，当年杜甫所作"此曲只应天上有，人间能得几回闻"诗句，袁老体会最为深刻，否则，何以能够撩拨起人们如此巨大的心理亢奋呢？　这当然不是他的偏执，而是他对秦腔特有的最深沉的爱。

正因为袁老对秦腔的情愫过于浩瀚博大，以致他每天思考的不只是如何去演唱秦腔，而是如何去改革秦腔，发展秦腔，让更多的人去了解秦腔，接受秦腔。他认为，时下之所以秦腔不景气，主要是演员不争气，观众不爱看，主要是演员没演好，功力不扎实，技艺不到位，秦腔本身并没错，更怨不得观众。因为，戏总是演员演出来的，何况中国戏曲最大的特征正在于"以演员为中心"，如果演员演技平平，表演索然无味，让观众看你什么?袁老能看到问题的深层结症，着实难得。由此引动他责任感的萌发，不惜斥巨资决计要从演员这个根子上抓起，踏踏实实为发展秦腔办出几件实事。他曾有过一个十分宏大的设想，要把西北秦腔名家的精彩表演全都制成像带光盘，让爱好秦腔的观众去慢慢欣赏，让年轻的演员去揣摩学习，以此推动秦腔的改革发展和普及。按理，这本是难得的壮举，然而，中国的事情毕竟有它奇特的一面，欲要办件好事来，磕磕碰碰尽遇低洼高坎，尤其众多关节的协调，人际关系的平衡，还有莫名其妙的猜疑和非议，着实使他大伤脑筋，最后只能是计划全盘落空，理想"泡汤"付诸东流。

但是袁老并不就此退却泄气，一件不成再办一件。于是乎，"西北振兴秦腔研究会"在他的努力下创立了，而且一致推举他为该会主席。这一次他紧紧地依靠政府的力量，将其设在自治区文化厅的名下，并列为文化厅常设附属机构。在厅领导和各界群众支持下，袁老又开始实现着振兴秦腔的宏愿，办了许多看得见、摸得着的实事，全区的戏曲调演、青年演员大奖赛，还有各种形式的座谈会、研讨会、演唱会，以及秦腔交流演出、秦腔广播电视大赛等活动，无不渗透着他的热情和心血。不仅如此，他还把新疆的名老艺人、戏迷组织起来，成立了"乌鲁木齐市秦腔联谊社"，定期不定期地经常搞

些演出活动。袁老凭藉自己的高超演技和善于团结各方力量的组织才能，使该社演员阵容不断壮大，出现全团同天同时同演三台大戏的壮观场面，成为新疆最具实力、最具凝聚力、最具社会影响力的编外剧团。

1996 年，他又倾一生积蓄置办戏箱，以全新姿态经常巡演于广场、农村、工矿和部队，仅十余年时间，演出近千场，观众达近百万人次，他所培养的青年新秀，在自治区、西北诸省各种赛事活动中连连获得最高奖项。

袁老正是迈着这种踏实的步履，一个脚印接一个脚印、一件实事连一件实事的向前挺进，扎实的措施和坚忍的毅力，最终结出成功的果实，尤其他那无私的奉献和敬业精神，使他成为演艺圈内倍受关注和尊敬的人物。1998 年，他作为第十届西北五省区省会城市秦腔名家新秀交流演出的唯一特邀代表赴西安参加盛会；1996、1998 年两度以"中国演艺职员艺术代表团"和"北京电视戏曲国际联谊社"成员身份，应邀分赴新加坡、德国进行文化交流和考察活动，这当然是一种殊荣，同时也是对他突出成就和贡献的认可和肯定。尽管秦腔不过是他的一种嗜好，"振兴秦腔"更非他职业之所为，然而，却是他自觉承担的一种责任、一种道义，甚至一种无法用理智抗衡的社会天职。因此，我始终在想，一个年逾花甲的老人，能做到这一点，确是值得我们敬重和钦佩的善举。

（原载《当代戏剧》2000 年第 2、4、5 期，2001 年第 3 期）

刘茂森二花脸艺术之美

秦腔"二花脸"舞台艺术之美，是从演员对唱、念、做、打"四功"的综合运用中体现出来的，秦腔界称"四功"为四种"功夫"，"功夫"就是特殊的功能和修养。演员就是凭藉掌握这种特殊功能和不断提高自身艺术修养，在小小舞台上从事伟大创造的人。刘茂森便是从事这一伟大创造群体中的一员。那么，刘茂森作为二花脸演员，又是如何凭藉这种特殊功能和自身修养创造出自己的舞台艺术之美呢？下面就谈这个问题。

先谈表演。

"二花脸"也称"架子花脸"，这原本是京剧的称法，秦腔传统的称谓是"毛净"。大概是由某些净行角色性格不事稳重，舞台动作"毛手毛脚"得来的名分。正因此，历来扮演这类角色的演员，由于过多注重了他们粗、勇、刚、暴等外部特征，长期以较大的动作幅度和力度肆加夸张强化，从而不仅扭曲了生活的真实导致了艺术形象的失实，也因表现上的粗、野、蛮、猛而削弱了他们舞台艺术美的光泽。究竟对这类角色的形象如何塑造，又怎样体现他们的精神内涵和舞台上应有的艺术之美呢？我认为，世界上任何事物总会有它的两个方面，单就"二花脸"角色的性格而言，也是在不同的戏剧节奏和戏剧冲突中着力于刚、柔两个方面来体现的。比方说，当人物置身于战斗的对垒或者戏剧情绪激化到顶点时，往往偏重于拔山扛鼎、叱咤风云的刚性面上刻画；当人物处于正常的生活细节或者他们的戏剧情绪处于比较松弛状态时，则又偏重于诙谐好动、憨直敦厚的柔性面上渲染。即使较多时候强调他们特有的威武气势，演员也应把以柔寓刚、刚柔相济的艺术辩证法则作为开掘角色性格内涵的主要手段贯串运用于始终。因为，作为舞台艺术的形象，演员作戏的一举一动、一招一式，既要能够体现出大的气魄，同时更须合乎美的尺度。而大的气魄，并不能以大的动作幅度和力度所能代替，颇大程度上则来自于刚柔对比之下的动作着力点(无论大小)同击乐锣鼓点(无论浓淡)在特定戏剧节奏内天衣无缝的默契；而美的尺度，往往又体现着观众衡量演员表演过程中在揭示人物行为方面可信程度与精神感动，以及从视觉上、听觉上乃至感觉上能否达到他们渴望的满足。这两点，只有演员真正认识了角色性格内涵，才能通过准确而纯熟的程式

技巧艺术地表现出来。

刘茂森正是从这一辩证关系中，力求使外部形体的"技"，与角色内在心理的"戏"寻求有机的结合点，并悟出如何创造更为形似神化的感人艺术形象来。尤其他从试图解决以往那种过分粗、野、蛮、狠的直露表演出发，把旦角的娇媚"化"入净角的刚直之中，使这些彪悍粗勇、威重慑人的"花面"人物，在投足举手、蹲身下腰之间，染上一层玲珑剔透的妩媚色彩。如他演李逵的小步追花、焦赞的捋髯亮相、张飞的自愧情态等等，无一不是运用以柔衬刚的辩证关系，获得较丰满而真实的形象塑造，给观众从视觉和听觉上以"美"的感动。

"二花脸"特别讲究工架，而工架又是多种动作程式元素的组合，这些动作程式，虽然也是前辈艺人从现实生活中提炼而来，但在长期的舞台实践中，由于过多地、不适当地随意挪用，致使他们的表意性具有了很大的可塑性，同时又在具体事件的描述上相应又造成一定的模糊性来。特别有些程式动作已完全失去反映生活的实际意义，只是仅仅作为一种优美的"式子"在舞台上衍用，加上社会的不断发展，生活方式的不断更新，有些过于陈古且又十分规范的表演法式，已与今人的认识水平和审美情趣产生了一定距离。如果要在今天的舞台上用它来向观众阐释什么的话，不给予新的内容和情理，即令技巧多么娴熟，也难获得真实感人的艺术效果。因此，演员必须要从今天的生活中为它寻找表现的模式依据，使它能够在刻画形象的艺术夸张中更具有反映生活真实的意义。

秦腔有个"拔腿"的式子，就是缺乏比较明确目的、且又被广泛运用的一个技术性动作程式。刘茂森在《五台会兄》和《芦花荡》这两出不同的戏里，便以相同的法式、不同的内涵，给观众留下明确而又完全迥异的生活感受。"大块子肉、满碗子酒，喝得醺醺大醉"的五郎杨延昭(即京剧称杨延德者)，踉跄醉步，东倒西歪，两腿不能自理，迈步又走不前去。刘根据角色这一酒醉形态，特意按着"走啊！走啊！哎走——走！"念白带出［叫板］的音乐节奏，穿插表演的一组"拔腿醉步式"，既是那样富于艺术的夸张，又是那样符合生活的真实，不仅使观众从他双手拔腿艰难前移中看到了角色烂醉如泥、颓靡潦倒的性格变化，也从这一动一静、欲动未动的一瞬间，感受到一种难以言状的艺术美；《芦花荡》中的张飞，同样是"二花脸"之属，当他奉命潜伏于芦苇泥水之中悄悄前行，刘茂森一面以"变化的云手"展示出拨开芦苇、手搭凉棚远眺对方人马的明确目的，一面又"拔腿踢脚"敏捷而机警地移步轻进，人们不仅从他"一拔一踢"

的动作和眼神中，看到张飞两腿虽然深陷泥潭却嗅出临战前的窒息气氛，同时也看到角色当时的机警神态和他粗中有细的性格特征。为什么相同的一个程式动作能够给观众不同而又如此真实的艺术感受呢？关键就在于刘茂森善于用现实生活中的典型事件去诱发自己的创作灵性，提取符合剧情要求的某些新的手法，来强化特定情景中传统表演程式的表意性，这说明那些传统程式动作依然具有按照不同内容要求加工创造发展和不断改革变化的广阔前景。

"搜门"也是"二花脸"角色经常用来表现搜索、防范、警觉的程式动作之一。刘茂森也从身段表演、戏剧节奏上给予进一步发展，使它为人物不同心理活动服务。《李逵下山》中李逵赶路时的"搜门"，无论从步法、身段、神态上，都围绕着角色看花爱花、见水爱水这一总的情绪来进行的。因此，尽管他"圆场"中也东、西"搜门"，但舞台节奏是稳和的，戏剧气氛是轻松的，故能给人以快慰、好奇、憨直、乐观之态；而《五台会兄》一剧，当五郎得知寺院有一"来路不清、去路不明"的借宿客官，立即产生警觉。由于人物的戏剧情绪改变了整个舞台的戏剧节奏，所以，这里的"圆场""搜门"完全置于紧张而带有敌情观念的情况下进行着。刘在表演上则把身段动作的幅度加大，速度奔放急促紧迫。这也说明人物不同、剧情不同、摄取的生活模式不同，程式表演中的动作语言，也将具有繁复而多样的可塑弹性。

"二花脸"程式动作的舞台艺术美，往往还从人物身段组合表演中体现出来。艺技高深的演员，很善于抓住一闪即过的小小瞬间，耍个很俏的"招儿"，以此透发出最有特征意义的人物性格神髓。这在西方戏剧学中通常被称作"细节描述"。其实，"细节描述"在中国戏曲表演中的运更为广泛、更为精辟。刘茂森在《辕门斩子》中饰演焦赞，扎黑软靠，却不采用大身段，撕髭、起腿、摊掌、台架等幅度虽然不大，但俏劲十足，轻举微动之间，不仅把"焦贤弟"嚷和戏耍"杨六哥"的诙谐情趣表现得入木三分，更重要的是还给主要演员"让"了戏；《花打朝》中的程咬金，刘茂森也一改豫剧中较为正统的表现法式，着意从脸谱、动作上刻画其性格的喜辣与苍老，洋洋洒洒、大大咧咧之间，手、脚、眼、眉细小动作不断，结果反倒突出了这位鲁国公粗犷、幽默、风趣、好动的性格。即使是同一人物，在不同的情节场合，刘也是在身段表演上横塑竖造，各极其妙。如饰李逵，既从脸谱、扮相上突出"黑煞神"的凶悍，但身段的运用又因戏而异，毫不雷同。《李逵下山》当其"沿溪水、洒桃花"时，则在小步追花之中，配以耍板带、耍身段，还以花旦台步踩锣追花，真是"鹭伏鹤行，越演越率"，妩媚能事之间把角色开朗豁达、深爱梁山一草一木的感情和盘托了出来。但在主要"筋节"，如拉"张口"、捋鬓毛则又用大身段，使他仍不失其扳弄双斧、气壮如牛的庐山面目；《芦花荡》中的张飞，渔夫打扮，奉命文斗公瑾，身段有大有小，以小为主；而《三闯辕门》中的张飞，则着黑蟒夫子盔、豹头环眼，意在不服军师诸葛亮小瞧了他，故以粗线条的大笔挥洒，重重几笔，勾勒出他长腰挺胸、粗猛火炽的暴性，而当他一旦弄清了事理曲直，"实服了孔明诸葛亮，能掐会算比俺强"之后，又以工笔画的细描，精微地描绘出角色由于自己的鲁莽，产生对孔明的不敬，使张飞的粗中有细，在童心般的顽皮之中，表现出歉意与自愧弗如。正是刘茂森能够因人用技，因戏用技，使程式"化"于人物个性与生活真实之中，从而形神兼备、见技见戏地把角色心理的图像直接展示在观众面前。

刘茂森在他的舞台创演中，往往还显示出一种更新的探求精神，那就是他在某些角色的程式动作之中，注入符合今天时代精神的新的思想立意，让观众在赏心悦目的同时，能够受到教育和启迪。《荆轲刺秦》一剧的收尾，原本为荆轲被四武士架高抬下，秦王恨声大骂燕丹，扬言要发兵马踏燕国。但刘在自己的创演中，却处理成荆轲居高大笑，秦王慌恐龟缩，这就为剧情注入了正义精神胜利，爱国精神不死的思想立意；《五台会兄》以往对五郎都是从悲观厌世、伤感消沉的消极角度来刻画的，但刘却紧紧抓住剧情发展的层次，通过降龙、伏虎、长眉、剥肚四个"罗汉式"造型表演，清楚地告诉观众：我五郎虽然出家当了和尚，但绝非出于自愿，更不是为了贪图长眉长寿，而是为了等待时机。一旦条件成熟，便要用这降龙伏虎之力，定将潘仁美奸贼开肠剥肚，以便为国除奸，为父兄报仇。这就对五郎看待生活的态度作出了新的解释，而这种解释，又是十分符合我们今天时代的精神和情趣的。

除此之外，刘茂森还能够根据自己的艺术理解，从场面、表演、剧本诸方面来一番去旧更新、增枝减蔓的改革创造。《芦花荡》张飞出场，一般用［豹子头］催上，刘嫌这种打法过温，与快人快性的猛张飞个性结合不紧，他便改用［小三通鼓］，既增强了战斗气氛，又烘托出角色伏兵等待周瑜到来的焦灼心理；该剧乃师李怀坤演出传授时，有一个表现张飞鲁莽戏耍周瑜的"抗肚子"表演，刘又觉得它过于低俗而有损于这位"三王爷"身份，尽管见之于舞台很能抓"哏"，但他却不愿单纯卖弄技巧而伤害角色形象的完整，也被他割爱删除。当他觉得有些"招儿"表现感情不够尽情时，则又要来一番化平为深、化简为繁的发挥创造，《刺秦》荆轲出场的"抖马"，一般演来，大都踩

［干播］疾出，抖马圆场后"金鸡独立亮相"。刘尚感这一动作过平，很难"亮"出荆轲稳、谋、狠、勇的暴性，故又加了［倒脱靴二反］，紧催马出场，骑马摆"口条"，划马鞭，丁字步平臂大"亮相"，再搂须抖马，扎"饿虎扑食"式等几道层次，从而对这位为国献身、独闯虎穴的"刀客式"英雄人物，作出深细的渲染描述，也在他出场的第一个照面中，给观众留下难以磨灭的印象。

表演如此，剧本也如此。刘茂森大凡演一剧目，都要来一番去粗存菁、删枝剪蔓的改造。《刺秦》开场，他改原本舞阳先唱为荆轲先唱，突出了荆轲主导舞台的地位；中场又将追杀刺秦仅局限于金殿一角，略去原本"双过桥""打四门"等纷杂场面，使剧本结构更为洗炼集中；《五台会兄》刘也对其中最富有戏剧情节的部分重新作出组织编织。开场仅给六郎杨延景(京剧称杨延昭)不足十句的唱腔和与老僧的一段对话，简赅交代了六郎北番搬骨，天晚借宿五台山寺院这一情节，为五郎出场和兄弟二人相会作出铺垫。接着笔锋一转，把戏剧矛盾集中在五郎身上，开始作密针细线的性格刻画。二人相遇后，又以"互疑""互盘""互认"为扣子，汇总织成戏剧冲突，推动全剧的发展，层层深化着剧情。尤其开头和结尾，删除了韩昌带兵追杀，五郎禅杖退敌的纷沓场面，使全剧在凝炼、紧凑的结构布局中，突出了"会兄"主题。当然，刘茂森对这两个剧本的改动，并非是对原本的简单增删，而是对原作素材的浓缩，既使原作精神倍放光彩，又使观众从新的立意中得到新的启迪。

艺术的价值在于不断地创新和发展。"二花脸"的舞台表演，虽然离不开传统的程式手段，但也不可过分因循守旧，成为深化角色和形象创造的束缚，否则，必将导致传统戏曲的枯竭衰亡。因此，刘茂森宗法传统，却又不为传统所囿，敢于跳出篱篱、大胆创新探索的做法，是应该予以肯定的。

再谈唱腔。

唱腔，是演员塑造人物形象、揭示人物心理活动、抒发悲欢情怀和推动戏剧发展最重要的艺术表现手段。但秦腔的唱腔，又是建立在固有的板式之上，它有许多严格的程式陈规必须遵从，背离了程式就不称其为秦腔的唱腔了，死守程式则又很难创造出自己的舞台艺术美来。因此，衡量一个演员是否具备演唱的深功娴技和特殊的声乐修养，不只看他能否对各种板式准确地加以运用，重要的还要看他能否把本来就很简单的唱腔唱"活"，也就是能否唱出深沉的情致，唱出自己的风格，唱出神奇变幻意境和令人回味无穷的神韵。这不仅关系到能不能为戏剧创造出一个抒情的场面，更重要的是，在这个抒

情场面中，人物的戏剧感情能否得到尽善尽美的抒发，并给观众的听觉神经以最大的满足，将是人们衡量整个演出成败的一把标尺。在我看来，刘茂森在对唱腔程式的运用也是相当成功甚至可以说是非常出色的。这种出色与成功，首先在于他对传统唱腔的活用上，其次在于声与情的结合上。

刘茂森的唱腔创作特点，突出体现在以下四个方面：

一是调性的阴阳对比。他往往在一段唱甚而一句唱中，多次通过欢、苦音的频繁交替，来开掘人物极为复杂的心理。这种调性交替相互反衬的手法，所表现出来的情绪效果，要比单纯的苦音腔更具有苦上加苦、比苦更苦的艺术情味。请看《五台会兄》杨延昭出场前的第一句内唱：

"五台山""为了和尚"为欢音腔，"出了家""落了发"为苦音腔。由此使得角色酒后伤感的悲情来得更悲，反复无常的心绪更加无常。

在一句唱中两种调性色彩对置并用的例证，如该剧后面所唱［慢板］"大宋朝有一个天波帅府"即是。"大宋朝"由苦音腔唱出，旨在表现五郎对朝廷无能、权奸当道所持的失望；"有一个天波帅府"转之以欢音腔，又逼真地表达了他为自己的家庭不加掩饰的自豪。

二是力度的刚柔相济。这在"犟音"的演唱上显得特别突出。如上例"山"与"尚"二字的"犟音"处理，一般人唱来，由于不大注意气和声的沟通和胸腹肌能的有效配合，而多以攻坚碰硬的方法强行拔高，结果不只因为过分使直露而一时难以找到共鸣点，造成发音不准、音质干涩、位置不对(多给人后脖子发音之感)之缺憾，甚至由于使劲过猛造成声嗓失调而导致高低悬殊过甚的"猛跳崖"之弊，使得秦剧净角唱腔中这一最富有特色和最能体现其赫赫威势的独特发声技巧，过分地耗费气息形成声嘶力竭的"裂音""噪音""炸音"等音变流弊而为群众所不喜爱。而刘茂森的"犟音"，从声乐效果上讲，竟是那样的柔和，从发声技巧上说，又是那样的科学。这种艺术效果究竟是怎样产生的呢？ 首先，他在发音冲起之前，先安排了一串类似波音的附加音群：

这些附加音群，颇似那跳远健儿起跑之前，前后摇曳身躯的准备动作一样，借以从容不迫地来调度气和声的能量，预先找好"犟音"的头腔共鸣点。冲上去之后，则又不是以喉音的喊唱拔高，而是以"脑后摘筋"的方法将音丝拉长曳细，再从眉间打出来.这就比之于那种盲目以尖音努挣的硬喊来得要自然得多，柔和得多，松弛得多，耐听挂味得多了：

刘茂森的唱腔旋律，与一般净腔的直腔直调大为不同，不妨信举两例说明，先看他的［大起板］拖腔：

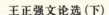

再看〔慢板〕拖腔：

而传统的行腔〔大起板〕通常为：

〔慢板〕通常为：

　　两相比较，可知刘腔更具有感情深度和抒情色彩。

　　最能说明问题的是，王仲华和刘茂森一样，同是名净李可易的高足，演唱行腔均为同师所教，但二人唱腔旋律创作却存在甚大差别。仅将二人在《李逵下山》中所唱的一句〔尖板〕作一对比，即知二人差异所在。先看王仲华的唱：

636

再看刘茂森的唱：

$\dot{5}$ - $\dot{5}$. $\dot{3}$ $\dot{3}$ - $\vee$ $\dot{3}$. $\dot{2}$ $\dot{3}$ $\dot{1}$. $\dot{6}$ 5 - $\vee$

奉　命　　（噢）　　改　扮　（安）

$\dot{3}$ $\dot{2}$. $\dot{3}$ $\dot{2}$ $\dot{3}$ 5 $\vee$ $\dot{2}$ $\dot{2}$

下　山　　　　　岗　（哎）

中国唱片 BM-20707

姑且不论这两位师兄弟在其发声(王重口腔音、刘重咽喉音)、腔速(王腔较快、刘腔较慢)以及取韵(王依字归韵，刘则依字变韵)等方面的区别，仅从旋律旋法上就看出。王腔基本为一字一音，无倚音，无拖腔，因而显得刚直而少修饰；刘腔则两字一放音(拖腔)，每字有修饰，因而委婉柔畅又不失其豪放。很显然，这是他把须生腔的某些旋法"化"入自己净腔旋律之中所致，也是他在唱腔创作上以柔寓刚、刚柔相济艺术辩证法则的具体实践。

三是板式上活而不死。刘茂森对板式的运用，既遵传统程法，又不囿于传统程法，声乐布局上，也较王仲华来得精细并富于雕琢。仍以《李逵下山》中的一句唱腔为例比对说明：

0 $\dot{3}$ | $\dot{3}$ 6 | 6 $\dot{3}$ 6 | 6 | $\dot{3}$ | 6 0 | $\dot{3}$ $\vee$ | $\dot{3}$ $\dot{3}$ |

谁　　说　梁　山　　无　俊　　样，俺便

$\dot{3}$ 0 |（过门略）0 $\dot{1}$ | $\dot{1}$ $\dot{3}$ | $\dot{2}$ | $\dot{2}$ | $\dot{2}$ $\dot{2}$ | $\dot{2}$ 6 | 5 |

打　　　　俺　便　打　他　一　巴　掌

根据《百名唱腔》（5B-30）录音记谱

这是王仲华所唱，整个唱腔均以［二六板］唱出，尽管在声乐处理上也显出自己的色彩和创作动机，如"俺便打"三个字吐音很紧、快放快收，声量小而力度强，以示李逵生气，之后又发展出一个间奏过门来渲染造势，最后重复唱出"俺便打他一巴掌"。这也是很别致的一句唱腔，顿挫分明，力度不强，但毕竟因节奏的局促和板式呈述乐意

过强，总是缺少一定的表意深度。再看刘茂森的演唱：

·3	<u>·3 5</u>	·1 <u>6 3</u>	5 -	（过门略）	·3 <u>5 3</u>
谁	要 说				梁 山

·3 ·3 - ·3	·3 - ·3 -	0 ·3 - ·3	·3	（过门略）	0 ·3
（唵）无（噢）	俊 样		我		

[二六板]

$\frac{1}{4}$ ·3 ·3	·3	·2 0	<u>·3 5</u> 7	7 6	5
便 打	他	一	巴		掌

中国唱片 BM—20707

　　上例为刘茂森所唱。他把上一句用［紧拦头］唱出，"谁要说"柔婉而富气势，"梁山无俊样"五个字，均在高音"3"的同音反复中，腔幅拉宽，字位拓展，节奏顿挫倍加鲜明，这就赋予唱腔于刚健之中以豪爽之情，从中感到此时的李逵深爱梁山竟然爱得是那样自豪和理直气壮，甚至其间还略带反问的口气。第二句转入［二六板］，压缩了腔幅，字位由开放型转为密集型，"我便打他"四字以控制的音量轻吐轻放，"打"字拉长，"他"字急刹，"一"字又轻轻挑起，再借助旋律下落的动势，轻吐轻落地送出"巴掌"二字来。这就给人以一掌出去只是轻轻一击的感觉。这种疏密对置、刚柔相间的声乐布局和板式章法，无疑与角色深爱梁山一草一木的快慰心绪极相吻合，从而大大突出了李逵这一舞台人物憨直稚气童心的可爱面。

　　四是旋律上广采博收。刘茂森还善于在唱腔上撷英揽萃、广采博收。他不仅把旦腔的娇媚和须腔的流畅"化"入净腔的刚直之中，还把汉二簧、豫剧、京剧中的某些乐汇，吸收融化，为我所用。吸收豫剧、汉二簧唱腔乐汇的例证主要在［哭音喝场］之中，如《五台会兄》中杨延昭所唱"好惨的五郎"之处的［喝场］即是；吸收京剧唱法的如《张飞闯帐》：

<u>5 3</u>	<u>·2 3</u>	·2 - ∨	<u>5 ·2</u>	<u>5 ·2</u>	<u>·3 ·2</u> ……	·1 ∨	·1 -
你	难	逃	老 张	我 的	丈 八	（呀呀呀呀）	枪。

"八"字之后，刘把京剧黑头"打哇呀呀"技巧，妙糅于唱腔之中，重现了张飞当年"三声喝断当阳桥"的赫赫威势。

三说念白。

秦腔"二花脸"的念白，和表演、唱腔一样，既要坚挺磅礴，又要柔中寓刚。以往"二花脸"演员不大注意胸腹肌能的联合运气(多将气息吊于胸嗓部位)，同时又过分以口、腭、喉僵硬挤压而喴词，形成强烈的喉阻音，所以，不仅语韵干涩，并且强攻硬取而造成努挣蛮喊，的确缺乏美感。刘茂森的念白，当然也存在着相类似的弊病，但因他比较注意四声阴阳和五音尖团的合理调配，相对来说，他的念白，层次感比较强，声调变化比较大，表情性也就比较地鲜明。他在《苟家滩》中饰演王彦章时所念"乌骓马四蹄澎湃，两耳垂扣咬钢环，白昼间与某(念 Mao)鏖战，整战了一天一晚"等几句诗白，几乎唇、舌、齿、鼻、喉五音俱全，功底稍逊的人，往往会因"倒不过"字位而咬不准字音。刘却以放慢念速，单摆浮搁，加大各个发音器官的活动量，并对其中某些字采用类似京剧中的反切音，使字的头、腹、尾强调得清清楚楚，绝少倒字、裹字弊端。像"环"字，吐出字头声母(hu)后，即随口型的变化，自然带出字腹韵母(an)，即至字尾归韵时，又拉长上挑，最后以"梢子音"收住，这就比较好地描绘出这位武艺超群、妄自尊大将军的"傲劲"；后两句语调较前略有降低，"晚"属关中语下滑调，故拉一弧线而逐渐跌落，显示出几经鏖战后的倦态与疲惫，以及战事失利又无可奈何的晦气心理。正由于他在念白中比较"狠"字和注意用起伏体现感情，从而具有强烈的节奏感和层次感。即便一句极为简单的"自报家门"，其念法、韵味也与众不同。如"洒家五郎杨延昭"，前四字语调低平，后三字骤然抬高，"延"字还施以"梢子音"直冲而起，归入脑后，"昭"在下滑跌落的长音中，揉入颤音的波动，这便把角色悲凉、愤懑、威壮的心绪与派头，一揽子兜了出来；而《李逵下山》中所念："观见桃花落在水中，顺水漂流，甚是好看呀——"等几句，则又基调甚高，色彩明朗，直率中带有几分不假思索的憨敦，句尾加一"呀"语助词，放长挑起，颇有感叹和好奇的顽皮情趣。这同角色当时快慰的心理和豪爽憨直的性格特征是十分吻合的。尤其《五台会兄》中所念：

> 父子投宋以来，可恨潘仁美奸贼，处处暗害俺杨家，只因金沙滩一战，可怜我众家哥弟，走的走了——，死的死了——，唯有俺五郎，一怒之下，已在五台山上，当了一名和（哇哇哇）尚——（哎〇）。

这是一段非常漂亮的念白，刘茂森将它处理得极富激情和层次。前五句语调低平，完全是含泪的呈述，及至"走的走了"，声调稍有提高。"了"字在长音下滑中掺入颤音，给人以万般伤情，不忍呈述之感，"死的死了"音域又提高了一层，"死"属"尖声"字，从牙缝挤送而出，而且咬得特别狠，伤情之中又多了一层凄惨哭诉，哭诉之内又潜伏着一股仇恨的烈焰；"唯有俺五郎，一怒之下，已在五台山上，当了一名……"等几句，则速度提快，一句一个台阶，一句一个调门，逐沿推向高潮，让哭诉变之为一股不可抗拒的力量。最后"和尚"二字，实际念出为"和哇哇哇尚——"，"哇哇"之中饱含着满腔的积恨与行将迸发的仇恨，"尚"又以"翠音"挑起念出，并有拔地而起之势，既让人听了不禁为之一震，这又从语调形态上勾勒出八面威风的五郎虎将风范。

秦腔"二花脸"念白中的"翠音"和"梢子音"，多出现在尖声字上，尤其在句尾收声之处，几乎可以说是逢"尖"必"翠"了，故能与其他各字的吐放形成音区上的对比，呈现出豪猛的气势。刘茂森很善于运用这一规律，来强调念白字眼上的"筋节"。《五台会兄》里"师父走后，待我禅堂走走……"的最后一个"走"字等等，均宗此法念出，不仅字出简洁大气，嗓音也能扯得圆，放得开，收得拢，横平竖直之间，加强了整个念白顿挫摇曳的弹性和角色威重慑人的非凡气概。

刘茂森还兼收京剧念法来丰富自己对人物性格的刻画。《闯帐》一剧里，张飞得知刘备过江招亲只带赵云一人，顿时疑云罩脸，以为孔明心怀不善，于是，一手提蟒襟，身打颤，一面打"哇呀呀"，便得力于京剧念白技法。他还经常在念白中配以身段、手势等表演来强化感情。《五台会兄》杨延昭的四句［上场诗］，脚踩醉步，东歪西倒，缨帚细做，几乎一句一个身段，一句一个表情；《李逵下山》的"追花"念白，又配以勾首弯腰，捋鬃毛仰面，眼神、台步随意而生，随意而变，表现出角色开怀的兴致与喜悦情态。凡此细腻刻画之处，不一而足。

总的说来，刘的嘴皮功、喷口功过得硬，扎得实，吐字稳重沉着宽厚，或高或低，或轻或重，都能紧扣剧情的发展和人物心理的变化，特别他比较注意用气把字催起来再推出去，所以念出来的字苍而不拙，炸而不浊，句式的尺寸、语势的扬落，都显得恰切得体。

最后再谈谈刘的嗓音素质问题。

刘茂森的嗓音，虽无黄钟大吕般的洪亮，却有沙中带甜、味甘而醇的另番风韵。就好比深藏密窖了多年的一罐陈酒，暴而不烈、辣而不涩，朴实之中见苍凉古淡，豪爽之内寓细腻深沉。演唱上他比较注意气与声的结合，头、鼻、胸三腔具有统一的共鸣，故

能在高、中、低三个声区内纵横驰骋，声区转换衔接也能做到圆融无迹，无阶坎之碍。刘专尚"咽音"和"脑后音"，尤以"咽音"为主，其间又掺以"炸音""立音""鼻音"和"胸音"的变化润色，既给唱腔以色彩上的变化，又有利于人物内心感情的表达。如《李逵下山》：

$$5\ 3\ |\ 3\ 2\ 3\ 2\ 1\ -\ |\ 3\ 5\ 5\ 3\ 2\ 1\ 2\ 7\ 6\ |$$
道　旁　的　　　　杨　柳

$$5\ -\ 3\ 2\ 1\ 2\ |\ 2\ 2\ 5\ 5\ 7\ 6\ |\ 5\ -$$
换　　新　　　　装

"道"字以喉音发声，特显大气雄浑；"的"字则将喉音略加挤压归入鼻窦，并迂回于脑后，尾音轻轻向下一滑，很能体现角色形喜于色的情状；而"柳"字的小腔，则以"尖音"送字，"鼻音"拖腔，出音高而音量有所揞，虽无其猛却能达远闻；"换"字则一转复至喉音并撑宽放满，至"新"字小腔的五个音，各又轻轻一顿，很有"卖俏"的意味，从而使得这句本属平淡无奇的唱腔顿添新意。由此可见刘茂森在行腔演唱方面的深功修养。

运用"炸音"陡然甩高某些字的字尾，也是刘茂森唱腔艺术方面的一个突出特点，比如《五台会兄》中"为了和尚"的"为"，《斩单童》中"我一见徐三哥将心痛烂"的"将"、《斩颜良》中"颜良马上哈哈笑"的第一个"哈"等等，均是以"炸音"甩高的。这不仅大大突出了旋律棱角，还拉宽了音域，强调了字音，校正了字声，而且又能显示出"二花脸"刚劲、凶猛的派头。但在某些唱句上，他却又完全用本音自然滑接的方法来处理的。如《闯帐》：

$$3\ 3\ 6\ -\ 0.3\ 3\ -\ 6\ -\ 3\ 3\ 6\ -\ 3\ -\ 6\ -$$
我　老　张（自）嗨　嗨　作　事　太　莽　撞，

$$3\ 1\ 2\ -\ 1\ 2\ 6\ -\ 1\ 6\ 0\ 6\ 6\ 5\ -$$
你　千　万　　莫要　　在　心　　　上。

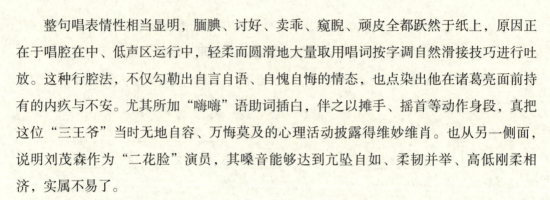

整句唱表情性相当显明，腼腆、讨好、卖乖、窥睨、顽皮全都跃然于纸上，原因正在于唱腔在中、低声区运行中，轻柔而圆滑地大量取用唱词按字调自然滑接技巧进行吐放。这种行腔法，不仅勾勒出自言自语、自愧自悔的情态，也点染出他在诸葛亮面前持有的内疚与不安。尤其所加"嗨嗨"语助词插白，伴之以摊手、摇首等动作身段，真把这位"三王爷"当时无地自容、万悔莫及的心理活动披露得维妙维肖。也从另一侧面，说明刘茂森作为"二花脸"演员，其嗓音能够达到亢坠自如、柔韧并举、高低刚柔相济，实属不易了。

艺术的价值在于不断地创新和发展。"二花脸"的舞台表演，虽然离不开传统的程式手段，因为它毕竟体现着剧种的风格特色，但也不可过分因循守旧，成为深化角色和形象创造的束缚，因为那样必将导致传统戏曲的枯竭衰亡。尤其二花脸在秦腔行当中，又是唱、念、做、打兼于一身的一种门类。由于种种原因，目前从事这一角色的演员实在为数不多，至于真正能够叱咤于舞台的，更是寥寥可数。因此，总结刘茂森和其他有造诣演员的创造性经验，对于繁荣秦腔"二花脸"行当进而指导青年演员的舞台实践，不能说没有一定的现实意义。

（原载《陇苗》1982 年第 2 期）

米新洪大花脸艺术之美

米新洪和刘茂森，是 20 世纪后半叶独擅于甘肃秦腔舞台最耀眼的两颗花脸明星，其声誉冠盖西北，尤其对秦腔花脸声腔及表演的发展均作出各自的贡献。但就二人在相同的行当范围又呈现出各自的不同的艺术创造，形成明显区别和特色：刘茂森在二花脸行当内，勘称纵横驰骋，游刃有余，达到极致。却对"大花"力不能及，故而我将他定位在性格演员层面来加以启认；米新洪则不然，不仅大花、二花皆能得心应手，甚到老生行当也是不僻不俗，从这个意义上讲，米较刘在戏路的宽泛性上显胜一筹。

米新洪，1928 年生于陕西临潼。7 岁时，先后在陕西"田恒泰班"和"新汉社"学艺，工花脸，师从李生才、杨鸿声等人。此二人，虽在当时均系无籍之名的花脸，但教学得法，对米的一生影响很大，也为他后来的艺术创造奠定了殷实基础。1956 年米由四川广元来到甘肃天水并定居。

米对秦腔花脸舞台艺术改革的总体构想是"从戏情中找程式，从程式中找生活"。也即花脸行当的舞台表现，既不可丢弃传统的程式法则，又必须突出生活真实和人物性格的明确立意。技术上讲，就是对那些过于陈古且又十分僵化的表演程式，注入新的内容和情理，使之在刻画形象的艺术夸张中更具有反映生活真实的意义；同时，使那以往过于刚烈、暴猛的声腔唱调施之以柔和，使它在极尽发扬其威严庄重风格的基础上，能够从刚柔相济之中透发出花脸腔的阳刚之美。这与刘茂森的改革思想也颇为一致。米新洪对唱腔音乐的改革，不妨从以下三个方面分加解析：

一、犟音。犟音即以"二音"(假声，多以脑后音拔高)直冲高音的一种声表现方法，也是秦腔花脸唱腔中最为独特的演唱技巧之一。以往因其净角演员不大注意将它同角色身份与性格有机地结合，使之长期形式化地妄加滥用，加上演唱又不大讲究声乐技巧，从而变成集炸、裂、蛮、猛于一体的病句而为观众喜。米新洪为了使"犟音"更能合理地服务于剧情和人物身份性格，曾做过许多不同的改革尝试，也取得了一定的成效。尤其在由刚变柔方面，他取用"削尖去峰"的办法，一改过去那种强行拔高直冲"1"音的传统陋俗，变之为由"1"从容跌落于"6"位的新型放音，使之立显柔和。不妨信举二例对比说明。先看陕西演员杨鸿声四十年代在《破宁国》里饰演常遇春时所放唱的"犟音"：

杨鸿声先生所唱这句〔尖板〕，因其摆字过分密集紧凑(各腔节拖腔均被省略)，而在"暗"字上所放之"犟音"，也是字与音同出，且又直冲"1"位，正是由于在"犟音"之前未能从旋律上、字位上给予必要的调剂铺垫，促成演员无法在较短时间内做出气与声的沟通和真、假嗓的转换，仓促之间强行拔高，这就经常导致"犟音"的炸裂与声嗓的失调，出现发音不准，音色干涩，共鸣位置絮乱、涣散(多给人以后脖子发音之感)等弊端，自然更无声音美可言。米新洪为避免这些流弊，则把它改造成如下一种唱法：

首先，米新洪加用拖腔将唱词字位予以疏宽，其次，在吐字上又借用京剧花脸的"蹲吐"方法，将"昏"字狠狠扔出去，然后又借助字音快速下滑的势头，来了个如急刹车般猛地"蹲"住，并形成气口，再徐徐推出"地"来。凡此都是为后面放唱"犟音"所作的调剂和铺垫。当利用气口顿歇的机会完成了气与声的沟通和真、假嗓的转换准备之后，再从容而有准备地冲放"犟音"至高音"1"，紧接着则又很快降落小三度于"6"，才作出稳定的延长。也正是由于这个小三度音程的出现，顿使"犟音"立显柔和情致，这样的"犟音"，自然不失其花脸的威厉刚性，还能略显柔和色彩，加之又注意到声乐技巧的科学施用，故能冲淡以往那种嘶哑拉毛的弊病，故唱来省劲，听来悦耳。

当然，在有些戏里，米新洪也有直冲"1"而不落于"6"的"犟音"放唱例证，但却是以合理而准确地表现人物情绪、性格、并讲究声乐技术为其前提的。如他在《斩单童》"见敬德"里所唱〔尖板〕的犟音就属此类：

♯ <u>5 3</u> 3 ∨ 3 2 ³ⁿ2.1 5 − ∨3 3.5 1 − 1 −

我 一 见 敬 德（哎） 冲 牛 斗，

"斗"字之"翟音"虽不落"6"，却同样柔畅饱满，原因除发声技巧的辅佐作用外，还在于他在"牛"字之上通过"先正后倒"的特殊处理，将声音挑起之后再引落于"1"，这种同音铺垫，为后面八度大跳放唱"翟音"创造了极为有利的条件，可以说这是"水到渠成"的一举。技术上，气与声的沟通，真假声的转换都非常自然弥合，故不失圆润音色；艺术上，放"1"而不落"6"，犹如天外三峰，凌厉无比，这很符合单童的戏剧性格(因为他属二花脸行当)，以及当他面对欲治他于死地的敬德所持的一腔愤怒之情，倘或改换成前例落"6"的"翟音"唱法，其力度、气势、情味则就显然松散不足，并影响角色感情形象的准确表达了。

米新洪对"翟音"的吐放，还根据观众对唱词的熟悉程度，又有字音与"翟音"同放和先放字音、后放"翟音"的区别。如《王彦章观兵书》里所唱王彦章一句［尖板］"正在后帐排酒宴"，本系尽人皆知的一句"大路货"唱词，所以，他在演唱上是字音与"翟青"同出：

♯ 5 3 − ∨ 3 3 ³ⁿ2 ³ⁿ2.1 5 − 3 3 1 6 −

正 在 后 帐（哎） 排 酒 宴，

而在《陈州放粮》一剧中，包拯所唱"在陈州放粮救民命"一句，相对讲观众较为生疏，尤其最后三字，究竟是"救民女""救民命"还是别的什么，人们未必能够猜度清楚，所以，米先将"命"字施之以真声平平唱出，然后再用假声冲放翟音，结果使每一个字都交割得清清楚楚，明白无误：

♯ 5 3 5 3 ∨ 3 2 3 1 5 − 3 3.5 1 6.1 6 − ∨ 3 − 1 6 −

在 陈 州 放 粮 （来）救 民 （哎） 命

米新洪在"翟音"处理上的这些细别，旨在使唱词吐放得尽量清晰，让观众听得尽

量清楚，避免因腔害字。

二、放音。行话中所谓"放音"，主要是指在较高音位"亮"音和无字拖音而言。而这里所谓的"放音"，其中还包括字与腔吞吐收放过程中的声乐技巧和艺术处理等。虽然它是构成戏曲声乐艺术的最基本元素，却又是演员展示唱工和进行声乐艺术创造的基础。因而，当其演员取用声乐的手段去刻画人物形像，表现角色性格，描绘其言谈举止、音容笑貌时，差不多都是从"放音"这一基本声乐元素入手的。然而，要把这个纯属声乐范畴的东西形诸笔墨，或者把它明确地反映在文字上甚而谱面上，还真是件很难办到的事。因为，声音这东西，似乎只能通过录音、示范、模仿才能体察个中的情味，也即"只可意会而不可言传，只可耳闻而不可口述"。但是，其间的技巧性和创造性，又无时无刻无不渗透在演员对每字每腔的放音过程之中。著名京剧花脸艺术家裘盛戎曾对京剧花脸的演唱艺术总结过"唱功七法"，即"起、落、顿、甩、滑、挑、绷"。其实质也是从字与腔结合的放音关系这一最为基本元素来剖析其吐字行腔的技术与艺术问题的。秦腔中虽然还不曾有人像裘盛戎先生那样细致地为净自己进行过总结，但其技巧性同样客观地潜伏在每一个演员演唱的始终。正因此，当它集粹沧海般地汇合成整体的声乐艺术之后，就不仅构成这个剧种所独有的艺术风格与声腔韵味，而且又很能说明一个演员演唱功力的深浅和声乐表现上的个性化特色，以及他对声腔艺术创造所持的审美思维。

米新洪的放音，同样依人物身份和性格的不同，有着多种多样的处理，其中最明显的莫过于通过对字与腔的不同吞吐收放所形成的"文唱"与"武唱"了，这从他对包拯、徐彦昭、张飞唱腔的行腔咬字上可以看得很清楚。

秦腔中的包拯，虽属花脸行当，扮相却具武相，但其身份又是一品宰相，龙图阁大学士，故属文官一类，尤其戏剧所赋予他那不畏权势、执法如山的性格特征，更决定了他的唱腔须在着重体现其文官气质的同时，还必须充分体现出一股正义的力量和不阿的威砺。正因此，米在演唱这一角色的唱腔时，始终贯串着"快放慢收"的放音方法。所谓"快放"，就是对每一个字音都要求出口到位，明亮利落，不拖泥带水。这样的处理，旨在表现包拯办案的果断、刚毅的个性，以及洞察一切的英明；所谓"慢收"，就是对每个字音的收落要平稳、要沉着、要有"腔音"（即强调胸腔和口腔共鸣)，以此来显其包拯正义在手、成竹在胸的威严与庄重。因此，当他演唱《铡美案》"富贵莫忘糟糠妻"一段唱腔时，在吐字放音的处理上，就与陕西花脸演员田德年的唱法有了一定的区别。

$$\overset{\frown}{\underline{3 \cdot \underline{5} \ \dot{1}}} \ | \ \overset{\frown}{\underline{\dot{2} \ \dot{1} \ 6}} \ \underline{5 \cdot (\dot{2}} \ | \ \underline{\dot{1} \ \dot{2} \ \dot{3} \ \dot{5}} \ \underline{\dot{2} \ \dot{3} \ \dot{2} \ \dot{1}} \ \underline{6 \ \dot{1} \ \dot{2} \ \dot{3}} \ \underline{5 \cdot 3} \ |$$

陈　　千　　岁

$$\underline{\dot{2} \ \dot{3} \ \dot{2} \ \dot{3}} \ \underline{5 \ \dot{3} \ \dot{4} \ \dot{3}} \ \underline{\dot{4} \ \dot{3} \ \dot{2} \ \dot{3}} \ \underline{5 \ \dot{4} \ \dot{3} \ \dot{4}} \ \underline{\dot{3} \ \dot{2}} \ | \ \underline{\dot{1} \cdot \dot{2}} \ \underline{\dot{1} \ \dot{2} \ \dot{3} \ \dot{5}} \ \underline{\dot{2} \ \dot{3} \ \dot{2} \ \dot{1}} \ \underline{6 \ \dot{1} \ \dot{2} \ \dot{3}} \ |$$

$$\underline{\dot{1} \ \dot{3} \ \dot{2} \ \dot{1}} \ \underline{5)} \ \underline{\dot{3} \ \overset{5}{\overset{\frown}{\dot{3}}}} \ | \ \underline{\dot{3} \cdot \underline{5} \ \dot{1}} \ \underline{(6 \ \dot{1} \ \dot{2} \ \dot{3}} \ \dot{1})} \ | \ \overset{\frown}{\underline{\dot{1} \cdot \underline{3} \ \dot{1}}} \ \underline{(6 \ \dot{1} \ 5 \ 6} \ |$$

　　　　　不　必　　　　　　　性

$$\dot{1}) \ \underline{\dot{3} \ \dot{1}} \ \dot{1} \quad （下略）$$

急　　剧

虽然这段唱腔的板式安排和旋律上看，米、田二腔基本相同甚至完全相同，但从各自对每字的放音处理和整个唱段的声乐布局来看，却显现出二人在艺术思想上的差别。田德年的演唱主要通过放音的厚实体现其威严，通过声音的苍老体现其庄重，同时行腔也比较乖拘、大起大落，很少挑滑，这当然除他自觉的艺术创造外，其间也有他声嗓素质的因素。田德年的这段演唱虽是上乘好腔，但米新洪却未重规迭矩，而是按自己的艺术思想作出不同的处理。首先他从包拯所戴口条上想到，其年龄并不过大，如果一味仿学田的唱法，必然就要押着嗓子发声方能达其形似，这就不仅失却了自己的特点，还会使包拯的音乐形象变得老态龙钟。因此，他取其腔而不模其声，着重从吐字放音上来实现自己对这一人物形象的艺术创造。一般说来，米对这段唱腔中的每一个字吐放得都比较快脆并注意气势。如"陈"字，张口即吐，不加反切，并在字头加上了一个非常短暂的下滑装饰音且注入较强的力度，实际唱出便成了：

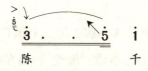

而且在""这一滑音还未落在正音之前，"陈"字早已吐放齐全并归音到位了。"陈"的余音又拿得很沉稳，其间又施以些许鼻音；再如"不必"两个字的吐放，米嗑得牢，但不咬死，而且全用嘴皮轻轻一弹即出，并同"陈"字一样，加用了很有力度的

装饰音，正音放音拉得非常沉稳：

$$3 \quad 3 \mid 3 \cdot \cdot 5 \quad 1$$
不 必

　　还有"太"、"剧"等字，同样如前"快放慢收"，吐字很有弹性，收腔"底音"厚实，口型随字音而变，定位后再慢慢向前推去。米新洪正是通过这样的吐字放音，一方面来刻画包拯出言吐语的快脆和刚毅果断的性格，一方面体现包拯稳重沉着的气质和禀公执法的威严，同时也表现出包拯对陈世美中肯规劝的语态语势，又使自己的嗓音条件有所充分发挥。

　　徐彦昭的唱腔处理就不然了，而且在吐字放音上恰恰与包拯相反，采用的是"慢放快收"的放音方法。如他在《黑叮本》中所唱：

$$3 \quad 3 \mid 2 \cdot \underline{3} \, 5 \cdot (2 \mid 1\,2\,3\,5\;2\,3\,2\,1\;6\,1\,2\,3\;5\;5\,3 \mid$$
徐　杨

$$2\,3\,2\,3\;5\,4\,3\,5\;2\,3\,5\,4\;3\,4\,3\,2 \mid 1\cdot\underline{2}\,1\,2\,3\,5\;2\,3\,2\,1\;6\,1\,2\,3 \mid$$

$$1\,3\,2\,1)\;5\,5\,3\mid 3\cdot 5\,1\;(6\,1\,2\,3\,1)\mid 1\cdot\underline{2}\,1\;(6\,1\,2\,3\mid$$
上　殿　　　　　　　　　入

$$1)\quad 3\quad 6\; - \mid 6\quad （下略）$$
班　房

　　米对这里的许多字，均用反切法划作头、腹、尾三个环节分开唱如，字音出口就像蚕口拉丝一样把声母韵母拉得悠长，此即所谓"慢放'；而在收音上，则又来得急切快当，常常余韵未了，气先蹲住，甚至尺寸不到而老早就已收声，全然不像包拯那样收音收得从容平稳，此即所谓"快收"。这种出字稳、收声急、顿音大的吐字放音方法，恰恰在刻画徐延昭作为定国公老千岁的气喘吁吁神态和特有的武将虎威，即所谓"虎老还有威还在，胸中韬略比人强"的精神气质。米新洪的这种艺术创作思想，自然是有生活

基础的，大凡上了年纪的人，由于气力不支，出言吐语也基本为"慢放快收"，若系武将，其举足行进又不失当年那种龙脚虎步的风范。

米对张飞这类角色的唱腔处理，又改换成另外一种样子，演唱中的吐字放音，完全突出"快放快收"的特点：

猛想起　我弟兄（哎）结义桃（哎）园。

他演唱这段唱腔时，在还未吐出字音之前大都要先来一顿，从发声技巧上说，就是先把气调得很饱，然后憋气猛喷，弹出字音来，如"桃"字，实际演唱为：

桃（哎）园。

这种一弹即出的"快放"吐字放音方法，又与包拯的"快放"不同，张飞的"快放"突出的是饱满的气势与刚劲，而包拯的"快放"，强调的是明亮的色调与快脆，此外，张飞的放音和行腔一般直上直下，不打弯弯，吐字直率并富于夸张；收音不仅来得十分利索干净，还用较强的力度直推前去，而且越推力度越强。因此，这又与徐延昭那种尺寸不到也要强行急刹的"快收"有了区别。这样放音的目的，就在于突出这位"三王爷"驾驭千军的统帅身份，强调"猛张飞"快人快性的粗勇与豪情。

另外，米新洪大凡演唱诸如［双锤］、［紧二六］一类的"叼口"唱腔时，在字与腔的关系上也有与众不同的处理方法。以《斩单童》单童的两句唱为例说明：

骂了声敬德黑（哎）

$$\overbrace{\dot{2}\ \dot{1}\ \dot{2}}\ |\ \overset{\frown}{\underset{5}{}}\ |\ 0\ 5\ \dot{1}\ |\ 6\ 5\ |\ \overset{\frown}{\underset{6}{}}\ \cdot\ 5\ |\ 4\ 2\ |\ 2\ \overset{\vee}{5}\ |\ 5\ 5\ |$$

贼　头。　儿　当　年　本　是　铁　匠

$$\underset{5}{\overset{\downarrow}{7}}\ |\ 0\ 5\ |\ 5\ 2\ |\ 5\ |\ \overset{\frown}{\dot{2}\ \dot{1}}\ |\ 5\ 5\ |\ \overset{\frown}{\dot{2}\ \dot{1}\ \dot{2}}\ |\ 5\ \nwarrow$$

手，　你　就　该　打　铁　把（哎）　饭　求。

首先他要求板头的落音单摆浮搁，尽量使弦索展开，特别最后两音，必须以顿音两顿，一则为加强力度，二则为提神，然后停一拍由低腔起唱，既显得从容，又符合人物气愤的情绪。起唱后，同样把字摆开，而且出字放音偏重于强调字韵和"亮"字，既要快吐快放，还要字字饱满，但又不能咬得太死，特别对某些重要的字，他一般都是先挑起再蹲下的方法处理的。如上例中的"黑""把"等字，较通常唱法：

$$\dot{2}\ \overset{\frown}{\dot{2}}\ |\ \dot{2}\ \dot{1}\ |\ 5\ |$$

把（哎）　饭　求

挑得要高，蹲得要猛。旋法上的高低相衬，放音上的刚柔相济，必然获得"如闻切齿之声"的表情表意效果。

三、**旋律**。秦腔花脸的唱腔旋律，其用音一般都比较生硬，很少加花装饰。基本上是以五声正音构成的直腔直调，从而导致唱腔刚烈有余柔畅不足。造成这一弊病的原因有二：一是历届演员曲解了秦腔花脸唱腔的传统风格，错误地认为只有旋法上的"直"才能体现花脸的"刚"；二是花脸演员演唱不大注意声腔技巧，多以行腔用嗓的粗犷、挤压和喊挣，去着意强化所谓的"风格"与"气势"。结果使它至今成为秦腔声腔中问题最多的"艺病"而让人讨嫌。米新洪针对这种情况，对花脸腔的音乐旋律作了一定的"柔化"和"雅驯"工作。如陕西演员李生才当年所唱《回营》王彦章的［慢板］：

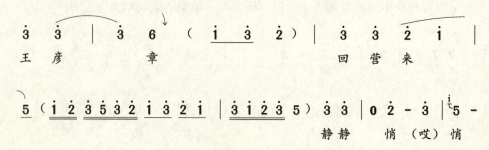

作为抒情性的〔慢板〕唱腔，其旋律旋法竟是那样的直上直下，其间既没有对字音进行丝毫的美化装饰，又没有对唱调作出必要的起伏铺垫，加上演唱发声的过分挤压，喉头嗌词(学名曰"喉阻音")，尤其曲中的"章"字，李完全用"高抬猛压"的方法唱出，"悄"字的发声又是喉咙闭合，硬挤硬压，其声量大大超越了常人负荷，变之为对观众听觉神经的一种噪音刺激了。自然，它既无抒情性可言，又无声乐美可讲。米新洪为了改变这种状况，在他后来的演唱中，除对发声进行了改革外，还让生腔之柔和净腔之刚互相糅合，互相弥补，结果形成下面这样一种刚柔相济的花脸〔慢板〕唱腔旋律：

$$\underline{3\,3}\ |\ \underline{3\,3}\,\underline{2\,1}\ -\ |\ 3\cdot\underline{3\,5}\,\underline{2\,1}\,6\ |\ 5(\underline{1\,2}\,\underline{3\,5}\,\underline{3\,2}\,\underline{1}\,3\,\underline{2\,1}\ |$$

王彦　　章　　回营来

$$\underline{3\,1}\,\underline{2\,3}\ \ 5)\ \underline{3}\ \ \underline{3}\ \ |\ \underline{3}\ \underline{2}\ -\ 3\ |\ \overset{\dot{1}}{5}\ -$$

静　静　　悄　（哎）　悄。

前一腔节，加用了许多经过音，对节奏型也给予灵活处理(如"回营"二字上附点音符的运用等)，使之在保持原来刚直旋法骨架音的同时，显现出一定的柔和美。再如《斩单童》对单童唱腔的改造，不只从旋律上进行了"柔化"，而且对板式的选择，也作出相应调整。请看陕西花脸演员田德年的唱法：

$$\frac{1}{4}\ 0\ \overset{\dot{2}}{\underline{1}}\ |\ \underline{1}\ 2\ |\ \overset{\dot{1}}{2}\ |\ \underline{2\,2}\ |\ \underline{2\,1}\ |\ 2\ |\ \overset{\dot{7}}{2}\ 2\ |\ 2\ 7\ |$$

我　单　童　素　　不　道　为人　之

$$5\ |\ \dot{5}\,\dot{2}\ |\ \underline{1}\ 2\ |\ 7\ \dot{2}\ |\ 7\ |\ \underline{2\,7}\ |\ 7\ \dot{1}\ |\ 5\ (下略)$$

短，　这　件事　处　在　了　无其　奈　间。

田把这段唱词用〔双锤〕唱出，而米新洪却把它改为〔慢二六板〕，这就不只在板式的安排上与陕西演员有了区别，且在旋律上又显然取用了生腔旋法的一些因素，从而，为单童行刑前即尽抒发情怀创造了条件：

这里将田、米二腔进行对比，旨在说明米新洪为"柔化"花脸唱腔音乐旋律所作的努力提出来的，绝没有比试此优彼劣、你低我高的意思。事实上，二人这种"一词二板"的差异，各自都有其精深的道理，他们运用传统板式唱腔对单童此刻的心理活动展开抒发时，都有不同的理解和表现角度。这恰恰说明他们在艺术创作思想上的不同。但从"柔化"花脸唱腔这一前提来说，米取用［慢二六］而不因袭［紧双锤］的原因却是显而易见的。

米新洪的嗓音并不十分宽厚，自然就不那么实大声洪。当然，刘茂森的嗓音也无黄钟大吕般的洪亮，但却甜中带沙，如果我们把刘的嗓音比作深藏密窖了多年的一坛陈酒，暴而不烈，辣而不涩，那么，米的嗓音恰似"醇厚"的一杯浓茶，苦涩中弥满着奇香。所以，听他演唱，常会给人以"二音"唱出的一种错觉，其实，字字落实而不飘，这恰恰为他裕如地驾驭"翠音"，创造了良好条件，这当然是"天分"。正因此，他在演唱中，比较注重喉音和脑音的结合，但他的喉音较一般演员稍靠上(多顶住上腭)，而脑音又较一般演员稍靠前(音从"印堂"打出)。这一点，也正是他的嗓音颇具"二音"特点和暗中透亮的原因所在。

米新洪的念白，清晰、犀利，很注意语势的感情和表情，抑扬顿挫之间，五音尖团之间闯，细微地体现出人物的年龄、神采、气质和情绪。他对字韵和声调特别讲究，尤其善用"犟音""立音"为观众提神，《二进宫》徐彦昭一句"国(哇哇哇)太↑——(哎)↓)"，先用"哇"字垫衬泛起，再以"犟音"拔高念出"太"来，虽非重点词句，却有

千折百回之势，不仅声调起落有致，甚至可以谱出曲来，如同警句一般，引起观众的注意，听来大有能"唱出一遍宫吕"之感。

秦腔花脸的念白，较多采用文言的语法和语汇，四六对句极多，但米却不以节奏和语气的影响来束缚其感情的准确表现。他常把大量的生活口语用在韵白之中，听来既韵味醇浓，又自然亲切，还能打远响堂。这得力于他的喷口功力。尤其对于念白的声调、节奏、速度等，能够随着戏理的变化而给予多种手法的不同处理。下面将从诗白、韵白、本白三个方面分加阐释。

一、诗白：人物的身份不同、情绪不同，他对诗白的语势、声调处理不同。如《二进宫》徐延昭出场后所念诗白：

> 君要正来臣要忠，
>
> 忠心耿耿保大明。
>
> 只因先祖功劳厦，
>
> 挣下一(哪↑)身(仓仓仓)世袭（呀↑——）功。

出于徐延昭的身份和地位，米将其语势给予夸张，节奏给予顿挫，声调也提得很高。"袭"字之后带出"呀"字，并用"犟音"挑起，稍作延续后，猛然跌落吐出"功"并急刹。这种"慢吐快收"的念法，旨在强调徐延昭驾驭一切的赫赫权势和他权龙保国的决心。

同样是上场诗，用在《五台会兄》杨延昭身上，念法又是另外一个样子：

> 愤恨奸贼才出家，
>
> 五台山上削去发；
>
> 不愿在朝伴王驾，
>
> 脱去蟒袍(仓仓仓)换袈(哇哇哇↑)裟。

一是声调低压，二是吐字较沉，三是语气郁闷。其间"袈"字之后采用类似"打哇呀呀"的方法节节泛起，这样的处理，念出来悲愤雄浑，真挚深厚，感人落泪。

《回荆州》里他饰乔国老所念两句上场诗，又被处理得与上两例截然不同：

> 但愿孙刘结婚配，
>
> 江南万代、○不生尘——↑

虽然这里也贯串着鲜明的节奏顿挫，但声不过高，语不过急，调子也不十分鲜明，念来还具有一定的随意性。其中最后的"尘"字，虽按上扬调处理，却在平音上作了延

续，收声时才很有分寸的轻轻一挑即刹。这无疑与刻画乔玄的龙钟老态和暗暗嘱托孙刘和好的潜在用意有关。

二、韵白：即讲究声调顿挫的一种韵文念白。米对这类念白的处理依据，依然是人物的情绪与表达的内容，并从速度、节奏、调门上给予不同的体现。不妨以《回荆州》里乔玄（大净、俊扮）的几段韵白加以说明。先看下段：

> 主公可曾认得此位将军，这就是真定府常山县人士，姓赵名云字子龙。昔年以在长板坡前，怀抱阿斗太子，杀了个七进七出，这是有一无二的赵将军。

这是乔玄向孙权介绍赵云的一段念白。其间虽然节奏鲜明，却全然不及诗白那样平均，基本为快中有慢，慢中有快。快在于强调介绍的语势，慢则为突出主要的词意筋节。如"这是有一无二的赵将军"一句，前面七个字快放快收，平平而过，后面三个字却陡然提高了调门，一字一板，很有节奏，不仅"亮"了词，突出了主语，还渲染了赵将军其人。

同样是这段念白，但后面乔玄用于向国太介绍时，其速度，其调门，完全变之为又快又高，快至一气呵成，连一个标点符号也不加用，高到无抑无扬，几乎字字都在一个频率之上。用意在于赵云突然闯入酒席宴前，乔老唯恐国太生疑，慌忙上前介绍赵云来历，以压顿时出现的紧张气氛。所以，语势上刻不容缓，调门上高亢急切。可是，当其向国太介绍孔明时，整个念白从调门到腔速，从语态到语势，又改换成为另一种腔调：

> 国太，你老人家可曾知道孔明先生的来历?那位先生，生在琅邪，长在荣沙，天性村有家。复姓诸葛名亮字孔明，道号卧龙。昔年一在南阳卧龙岗前，修真养性，被刘皇爷贵弟兄三人，冬十一月、二十一日，不避鹅毛风雪，聘那位先生，下山军中作谋。这位先生，下得山来，首一计，博望烧屯，二一计，肥河用水，三一计，被我江南借过江来，草船借箭祭东风，当年将曹操八十三万人马，被这位先生就是这么一火——（仓〇）烧了个净绝。就是周室的吕望，汉世的张良，哎!也不如这孔明先生的好火攻哟哈哈哈哈……

米新洪不仅把它处理得气韵十足，抑扬分明，还念得语调朗朗，妙趣横生，全然就像咀嚼经典三昧一般，给人以极强的艺术感染。目的无非是向国太夸张渲染孔明满腹博学的超人才华而已。

　　三、本白：即比较接近生活语调的一种念白，语势上、声调上都较随和。如他在《过巴州》饰演张飞，跪劝严颜降蜀的一段念白即是。当然有时因戏情需要，也有散韵结合念出的情况，如《回荆州》乔老领刘备面见国太时所念：

　　　　上见国太，磕头就拜，亲事就有十之八九，说是你跟——我——来哟哈哈哈……

　　韵白在于突出乔玄的国老身份，本白在于强调乔玄的叮嘱口吻。这种韵散合一、连说带笑的念白方法，更能渲染出孙刘结亲的喜气，以及乔玄发自内心的喜悦与幽默口吻。

　　四、笑：值得一提的是米新洪的笑。以往秦腔花脸之笑，多以"哈"笑带出，而米则以哈、嘿，嗨、哇、噢、咦、哼等多种不同笑语，来蕴射人物狂、冷、纵、敞、狠、谄、讥、奸、残等情绪、性格、品质与气度。这些笑，虽然字字均以丹田气打出，但笑韵、调门却有深与浅、长与短、高与低、大与小的区别。而且实际使用上，也分外的灵活，有时出现在念白中，有时出现在唱腔里，甚而在对话、击乐、表演中间也常有加插运用。笑语不同、场台不同、饰演的人物不同、所强调的情绪也就不同。如他在《五台会兄》饰五郎回山途中，伴随着"将洒家吃了个醺醺的大醉……"之后的"哈"笑，他笑得就敞襟开怀，元气淋漓，给人以燥气全消、无忧无虑的艺术感染；《二进宫》饰徐延昭"真乃是女王皇帝哟……"之后的"哈"笑，虽然也是敞襟开怀，但较杨延昭之笑却很有分寸，且调门不及杨高，基本由低逐渐扬起，听来在夸赞之中又有几分的满意与钦佩。

　　"嗨"笑一般多是随口带出，音位虽然低平，笑韵却很深沉。《二进宫》当徐延昭听到杨波说他"有了疾了、权不了龙了、保不了国了"之后的"嗨"笑，就笑得低而平，深而短，一听便知他乃是看穿杨波心思的善意之笑。

　　"嘿"笑与"嗨"笑就不同了，这种不同不只体现在各自的韵母上（"嗨"发 hai 而"嘿"发 hei)，更在于各自表现的情绪上。比如《铡美案》里饰包拯"自己的妻子儿郎找上京来，不肯相认，定认成响马的家口……"之后的"嘿"笑，米就处理得笑韵短、调门低，而且穿鼻而过，冷淡中含有几分讥讽。

　　"咦"笑以表现戏弄和谄媚为主。他在《芦花荡》中饰张飞，为文斗公瑾，就用"咦"笑来嬉弄这位江东统帅；再如《摘星楼》他饰殷纣王，"爱姬，站起来、站起来哟咦、咦、咦、咦哈……"真是讨好中充满着谄媚，淫荡中渗透着骄矜。

　　"哼"笑往往与鼻音两结合，冷酷之中蕴含着阴森与险恶。在《游西湖》饰贾似道，当知李惠娘和裴顺卿有私，不禁怒火中烧，却又假意劝惠娘改嫁，听到惠娘表白"妾无有此心"之后所发"哼、哼、哼哼哼哼……哼！"，笑韵虽然来自丹田，笑声却是穿鼻而过，冷嘲中暗藏着一股杀机。

　　在起笑之前，米还经常加用虚词逐渐引向笑声。这种引笑法，随着选用不同的虚词和在声调上的不同处理，对于感情的表达也相当灵活、相当丰富。《铡美案》饰包拯，当与陈世美相见后"千岁到了，请、请……"所用笑声，是以"啊""噢"垫衬而引入"哈"笑的，貌似热情，实为应酬；《回荆州》里乔国老的笑就不同了。这是乔玄看到孙、刘二君气度不凡，两家结亲定能诛灭曹操，愈想愈觉得满意，所以便以"咦这、噢、啊、啊、哇哈……"等垫词逐渐由会心的笑引向敞怀的笑，由满意的笑变为夸赞的笑。

　　秦腔花脸经常还用到一种叫做"荒场"的笑（京剧称"三笑"），这本是一种程式化的笑法，通常用于骄横姿纵和无可奈何的场面，米新洪通过多种灵活处理，大大拓宽了它的表意功能。如《游西湖》贾似道发现惠娘偷情，怒火中烧，所作的"荒场"：

　　　　哈——哈哈，嘿——嘿嘿，这○，这○，啊——哈哈哈哈，——拔船回府！

　　声音高音沓量大，激愤中充满狂纵，敞怀中杀气腾腾；《过巴州》之张飞，在言及"老将军，咦咦、嗨嗨、咦、这、啊、哈呤哈哈"所用"荒场"，实为满意之间，又有向严颜讨好卖乖的意思；尤其在《斩继盛》饰严嵩，杀场上的"荒场"：

　　　　哈哈——，嘿嘿——，啊、这、唉、咦哈哈哈哈——

　　米则笑得有调有板，狡黠阴纵，狂、冷、奸、狠、辣、残集于一身，其间加上锣鼓伴奏辅佐，真是狠劲之中如闻切齿之声。

　　以上似此米新洪用笑刻画人物细腻之处，不一而足。

演戏演人　演人演心

——访秦腔须生演员温警学

前不久，兰州地区振兴秦腔研究学会在甘肃日报社举办了一次生动活泼的秦腔演唱会。在兰的秦腔名伶邀约出席，各献艺技。其中温警学的《辕门斩子》，大为人们叹服。在没有灯、服、道、效的情况下，他把杨延景这位三关大帅的非凡气度和当时对太娘尊、对宗保恨的复杂心绪，揭示得那样传神逼真，的确让满场报社员工拍手叫绝，欢呼不禁。那天看戏的观众，大都是具有较高文化素养的新闻界朋友，他们多从文化的高度体味秦腔这一内蕴很深的文化情韵，毋庸讳言，温警学倘没有功力笃厚的道行修炼，是很难征服这帮文化族的。为此，在临时设置的"后台"，我与他进行了一次短暂的现场采访交谈。

"演戏演人，演人演心。我一出场，就把自己当成剧中的角色，而忘记了我是温某人。"他边卸妆、边气喘吁吁地向我说道。

俗话说得好："艺中有技，技不同艺。"要创造一个角色的艺术形象，娴熟地掌握各种程式技巧固然重要，但更要紧的是对所扮的角色要有深刻的理解。温警学的舞台表演，多从分析人物入手。如他演同是向暴戾权奸挑战的七品县官田云山和王震，除能掌握各自所处的不同的典型环境外，还极力捕捉不同人物的性格神髓。所以，观众说他一出场就很有"神"，神就神在他能把自己熔铸于角色的性格之中。故同是袍服一样、化妆相同的七品县令，却能在他的舞台表演中，给观众清晰地区分出一个巧用心计、以智与权奸斡旋，一个则正气凛然，依法治服奸佞的不同性格。

"那么，你是怎样揭示人物内心世界的呢？"

他稍加思索后回答道："我以为揭示人物的内心世界，既要博采众长，还要'量体裁衣'。比方我演《辕门》，虽遵史学义的路子，却又把刘易平的唱工、王超民的气度、黄金花的表情加以糅合，为我所用。王超民人高马大，他正面亮相很神气，我是个粗矮个儿，就不能死学，所以多采取侧身'亮相'法儿，这就能突出形体的线条和棱角，也能够掩己之所短。"说话之间，他"忽"地离座，扎了两个正、侧面不同的"亮相"势

让我看，使我从这"量体裁衣"的示范表演中领略出一个三关大帅非凡气度的传神由来之所在。

看过温警学戏的观众，都说他的唱工比较扎实，于是我把话题又扯到这一方面。"这同样得看自身条件。就拿嗓音说，我有宽厚，却没有刘易平那样的高亮。我就学他的吐字，改他的行腔。如'奴才大胆把亲招'这一句，刘老的'奴才'二字一直向高拔，我却不敢，所以就以字带声，省略高腔，字音吐出后立即用鼻音拖腔。这样既可以弥补气息的不足，还能增强气愤之情和行腔的韵味。史学义的声嗓平直而带苍音，我又不能完全跟着他走。如《头帐》里'提起来小奴才'这段唱，他用［狗练旦］的唱法就很适合，而我若用此法来唱，就低得憋气，不仅容易吃梆子，还会把一个元帅的威仪全都磨掉了。所以我根据词意，一面拓宽唱腔幅度，一面加强行腔的表情，力争每句唱既利于嗓音的发挥，又利于于艺术形象的创造。"

话题又围绕着念白谈开了。他说："行腔念白要掌握轻重缓急，不然，轻重不分，主次含混，观众就不知道你都表现了些什么。"

一番话，使我悟出一个道理：目前有些演员的舞台表演，之所以平淡无奇，关键是他们不善于在传统艺术的夸张表演中，运用逻辑重音和感情重音。这是造成"一道汤"的千人一面、无耐久挂味之感的结首所在。

温警学的这番话，很值得青年演员体味深思。

（原载《甘肃日报》）

"咬牙旦" 陈景民的演唱艺术

从甘肃秦腔发展史上看，大凡在某一时期破门而出、独步一时，并将秦腔剧种推向一个崭新阶段和繁荣昌盛局面的演员，差不多都是首先以旦行而入门，然后才在其他行内独擅场胜的。清咸同时期红极一时的三元官、张福庆等陇上名净，全都是"善效妇女妆"的秦旦名优。当然更早的还有清乾隆时期身生甘肃陇西的张银花等。

19 世纪末至 20 世纪初，甘肃秦旦虽不能同生、净并驾齐驱，却能够处处与之抗衡争胜。如当时红得发紫的桑大嘴、史万林(八娃子)、朱怡堂(紫娃)、陈景民(咬牙旦)等，其艺技、其声誉、其贡献，均不亚于同代名净张福庆（福庆子）、名须李夺山（十二红）、郁德育（麻子红）等人之下。尤其他们的唱工，尽管各自都在继承传统基础上标新立异，互相竞技，却都能为后辈产生一定影响。如稍后崛起的坤角张筱英、何彩凤、梁培华、王晓玲等人的唱腔里，程度不同地都有桑、史、朱、陈声腔影子的存在。尤其陈景民，不仅是个艺术家，还是一位教育家，由他创办的兰州新兴学社，正是今日兰州市秦剧团之前身，他以代班授徒方法培养了大批人才，自己亲身施教授徒，20 世纪后半叶活跃在兰州舞台凡以"新"字为名的男角如王新民、赵新中、姜新声、吕新安、张新棠等，女角以"草"字头为名者如黄新芳、童新苓、雷新兰等，皆出自他的名下。

当然，今天欲要说清楚他们在创腔和演唱方面的艺术特征，除陈景民的演唱，甘肃人民广播电台存有少量录音资料外，其他人因限于当时条件，均未能给后人留下任何可资品听的技术性实物。因此，在我们今天论及甘肃秦腔旦角唱腔的艺术特点时，自也只能从陈景民、王晓玲二人谈起。

陈景民，学名镜民(1901—1964)，陕西咸阳人。18 岁入陕西泾阳"秦镜社"学艺，攻青衣。1928 年来甘肃事艺，后定居至终。

陈景民的唱腔，总体章法基本以继承传统为主。其间腔句的起落、腔词的结合、旋律的起伏、腔幅的尺寸、转板的规律，乃至成套唱腔板式组合的手法等等，不仅不犯传统成法，反倒来得相当正统，对一些本可衰减的东西，不但不愿衰减，还按老派增多；尤其他对打击乐的套用和过门音乐的设置，更可谓率由旧章、满碗满勺了。这从他硕果仅存的《清风亭》《斩秦英》两段唱腔录音里，可以听得非常清楚。比如《斩秦英》里银萍公主的"秦王府绑烈子去把殿上"这句内唱，他不取用简洁的［尖板］，而用曲体相当复杂、结构相当庞大的［采音大起板］，而且开首也不从［大起板］击乐直接起打，又在前面套以［拥锤］为"帽子"，后面还缀以［五锤］和［列锤］等；《清风亭》李月娥诉述悲情的那段唱，虽由［慢板］直接而起，陈却在此之前，不只加用了"叫板"，之后还尾随着一个"二音叫头"；还有那板头音乐和分句过门，也全按老章故谱取用［大过门］、［二反过门］等。这种做法，让现代观众听来固然颇嫌累赘，但对当时的观剧者——特别是工商市民来说，无疑又是最为解馋的。

再从艺术风格看，陈的唱工又受当时陕西秦腔濡染颇深。那腔法、旋法以及行腔运调的"口法"等，几乎全是二十年代的老味儿，却既不同于"正俗腔"，又不同于"易俗腔"，其古拙、苍劲程度，某些方面几乎接近赵杰民、杨金声的"腔口"，且又不全同于此二人。这不只因为他是陕西人，而且从师在陕又学艺尚早，自然，行腔咬字，满口就成了早期的关中腔了。尤其他的整个艺术生涯虽然是在甘肃度过，而唱腔却丝毫不染"甘肃味"，因此，我们也就很难从中发现会有什么甘肃秦腔唱调的艺术特征流露出来。

当然，这样说并不等于陈景民的一字一眼全都是凝固的老成典型，事实上，在他的唱腔里，同样存在着许多极富个性化的艺术创造。但他的创造与李正敏的创造截然不同，李主要以"破格"而制"险绝"，所以，人们能够很快认识清楚。陈的创造则以自己殷实家底将传统板调略加心裁而变成杰作。因此，依旧深藏于老成典型之内，不易被人们很快发现。比如说板头的出新，他便用的是"撷花拾朵"的方法来加工复创的。一般说来，取用什么样的板调，必用什么样的板头，这几乎成为约定俗成和人人必遵的一个艺术法则。然而，陈却不入这个禁区，他往往按照戏剧情绪需要，将其许多不同板类的板头，采取近亲联姻的手法加以混合编织，来强化其更为炽烈的戏剧性。《斩秦英》银萍公主的那句内唱，大都以［擂锤］直接引入［尖板头］并接唱［尖板］的，炼则不，他把［滚板］的"板头"同［尖板］的腔句合二而一，同时，又把［尖板］的腔句同［苦音拉腔］合二而一，这三个悲腔溶合交炽，相互映衬，此起彼落，互为补充，自然是悲上加悲，痛更添痛了，以此揭示银萍公主绑子上殿伏法，吉凶难以料定的担忧、惊怕心理，其艺术效果就可想而知。如果我们将陈景民的这种唱法，同陕西青年演员华美丽与甘肃青年演员窦凤琴的唱法，连同击乐分加对照，当知华美丽的唱法，开始仅以［擂锤］击乐导引出［尖板头］并直接起唱［尖板］一句而止，之后随即转入［塌板］

演唱；窦凤琴则又取用［苦音拉腔大起板］，开首由［大起板］击乐导引出［滚板头］接唱，最后有［倒八锤］、［慢磨］、［三锤］转入［塌板］引出［三环过门］。其间套用了"苦音拉腔"，但经过一定的改良；而陈景民的这个［大起板腔］，较之于窦凤琴所唱不仅结构更为庞大，曲体更为复杂，风格也更为古朴、纯拙，特别击乐的运用，拉腔的位置，两者之间也存在着明显差异。不只如此，当其唱腔真正进入抒情的［慢板］以后，陈又将［苦音拉腔］糅入其内：

当然，陈的这些手法，无论如何精辟，毕竟师承有自，自然不能完全说明他在唱腔方面的个性化艺术特色，而真正"我所有而他所无"的，还在于演唱中受润腔"口法"所促成的一些细小而微妙的装饰性音符群上，尽管它们一划即逝，甚至很难在谱面上反映出来，却像余霞散绮般地布遍于唱腔的字里行间，并为他的唱腔抹上一层独特韵味，也大大突出了自己的演唱风格特色。不妨列举几例如下：

一、**垫字法**：即在过门之后，启唱之前，随口带出一个虚字作为开口垫衬，其用语一般为"嗯""啊""昂"，用音一般为"5"，它既不占前面过门的时值，也不占后面唱腔的音位．其本身也仅以不足三十二分音符时值的快速点唱一带而过，如《清风亭》李月娥所唱［慢板］，若要记成谱来即是：

尽管这个垫字不甚显眼，却使唱腔来得分外灵活。当然，音乐感觉稍逊的演员倘去有意仿学，非但不易得手，反会很容易造成"脱板"的艺病。

另外，在唱词中串用虚字垫衬，也是他的一个突出特点。如《斩秦英》：

二、**点唱法**：陈在曼声长调的行腔中，往往通过音量的开合控纵技巧，"蜻蜓点水"式地把字顿开，如《清风亭》里"李月娥"三字，实际唱出为：

```
1  16 55 2 | 5.0 5.0 4.0 3 2.0 1.0 2 4 2.0 1 76 |
李 呀  月  娥

5 1.0 2 4 2 4  7.4 65  4 3 2 5 7 1 | 5  -
(安)
```

陈的这种点唱法，虽与李正敏的唱法有异曲同工之妙，其"点"唱方法，二人却略有区别。李的点唱力度较弱，而且一断一扔，一吐一吞，听来就像是在偷气或者换气似的。如他在《探窑》中所唱：

```
1.0 | 4.0 4.0 | 5 4 5.0 | 2.0 1.0 |
所 生  下  姐 妹

5 64.0 0 4.0 | 5.0 2 1 0 | 7.0 6 5 | 4 5 6 5 | 4.0 0 |
人    三  个
```

而陈的点唱，力度稍重(给人以"满口腔"之感)只吐不吞，似断实连。"点唱法"不仅可以"亮词"，还能使音乐旋律突出"颗粒性"并达到点线分明，相映成趣，新奇悦耳的艺术效果。

三、**跳音法**：在旋律的气口换音之处和一些十六分音符之间，陈景民往往通过音程的大跳把旋律幅度拉得很开，尤其在一些讹腔里，许多人演唱多以连续的音阶式下行级进平平而过，陈却在细微之处翻划而上，又复卷而下，使旋律来得相当活跃、奔洒。

```
陈腔 | 1 1 6 5 5 2 | 5 5 4 3 2 1 2 4 2 1 7 6 |
李(呀)  月  娥

他腔 | 1 7 6 5 1 2 | 5   4 3 2 1 2 4 2 1 7 6 |
```

装饰音群内的这种音程跳进，既可使唱腔扯得很圆、很开，又可使旋律棱角格外分明，即所谓"圆中有方"，而且听起来也像春莺溜啭，俏丽悦耳。类似这样的手法还可列举许多，它们都是构成"陈腔"独特风格和韵味的关键所在。当然，这种手法，一半来自创造，一半来自"天分"，如果嗓音平平，也是难于实现的。

陈景民的嗓音，虽没有王天民的甜绵，也不及何振中的洪亮，却在音域上要比李正敏稍见宽博。因此，李以中音取胜，陈则以高音见长。这也是在他的唱工里较多套用"采腔"和喜欢拓宽音域的主要原因。如果我们再以品评旦角嗓音的"娇、媚、脆、水"四种音色衡量之，就会发现他唯图缺少一点"水气"，但他的气量很充沛，吐字很清晰，故仍不失其得天独厚。当然，陈作为一个男旦，必然要以大小嗓结合模拟女音"造型"的方法发声，正因此，概括品评这类嗓音，素来不以高低论长短，而只以抗坠自如定优劣。陈嗓调门始终在"六字调"(G 调)上下，又能在自己的音域内任意驰骋，而且还能高坠入云，低坠无底。尤其类似下面的唱腔：

音域宽达十三度(下限音为"1"，上限音为"6")，而且高、中、低三个声区、大小嗓的结合转换，又无忽高忽低、跳跃之感，这就很难得了。

应当提出来着重一谈的是男旦小嗓演唱方法的区别问题。所谓小嗓，就是假嗓(俗称二音)，但秦腔男旦有两种。小嗓发声法，一是模拟女音"造型"的小嗓发声法，这种发声，虽用小嗓，却与京剧小嗓不同，比较而言，秦腔更贴近于大嗓(即真嗓)，尤其在低音区演唱，则更明显；另一种就是演唱"采腔"的小嗓发声法。这种发声完全是通过脑音和喉音的对抗来获得的，也即脑音下压，喉音上提，如此发出来的音，虽称小嗓发音，实则是既尖又高的假声，业内故称此为"鬼音"。

陈景民的吐字，工夫极深。过去男旦行腔吐字时，都比较讲究"以气催字"，特别唱腔由低而高时，常常都要用气来催起使高，就是说，气在腹腔里催字时，要有颇似"砸夯"的感觉。何振中的吐字就有这种特点。他在《金玉奴》里所唱"我家住杭州在临安"的"在临安"三字，便是这种唱法。陈与何的相同之处，也是用气把字催起来，不同之处是陈用脑后音，何用口腔音，而且催起以后，用气息把字音再加以强调，使之"寓圆于方"地运行四五板之后，再慢慢"寓方于圆"地柔婉运行拖腔，而且从脑后音渐次过渡到口腔音上来，所以，人们听何振中演唱，总以为是大嗓(满口嗓)，听陈景民演唱，又以为是小嗓(假嗓)，其实二人都用的是小嗓唱法。

陈景民吐字的另一特点是口劲严谨，重吐轻收。他特别强调字头，如《斩秦英》里所唱"骂一声"的"骂"字，一般人唱来差不多都用反切音，即把嘴唇从合到开的过程拉长。陈则是吐字前气在口腔里早已凝聚，口一张开字就"蹦"出来了。这种"蹦"字法，不仅字出很有力度，节奏也来得分外鲜明。尤其他对五音中的齿音最见工夫，唱腔中凡出现这类字，他都用牙尖紧紧咬死，甚至还把本不属于"齿音"的一些字，也用舌尖顶送到牙尖，如《斩秦英》里"前去交杀""血染黄沙""小奴才你一死"等等，皆用此法送出，另外，他在运行拖腔时，也是用牙音送出的。如：

拖腔中每送一音，似乎下牙床都要抖动一次，让人听来他似乎是每一个音符嚼金咀玉般地吐放出来的，其结果大大突出了字音，增强了力度。他的艺名"咬牙旦"可能也是由此而起。

以"天分"名播甘肃的王晓玲

如果说陈景民是以"工夫"而获得成功的话，那么，王晓玲便是以"天分"而声播秦坛的。论表演，她不及何振中；论家学，又不及苏蕊娥；论转益多师，更不及李正敏、肖若兰那样科班正统和经过高人提携。但若论嗓音之高、之亮、之纯、之美，则可上掩名门，下超同列。由于她学戏事艺，不在关中，而在陇上，因此，也就只能算作甘肃秦旦中不可多得的一位佼佼者。

王晓玲原籍河南开封，1931 年出生于甘肃临洮。7 岁私淑当地"福胜社"青衣曹福成，后又改拜花衫朱训俗(西安易俗社第五期学生)门下。8 岁时当她站在凳子上为人们演唱秦腔就锋芒初露，在临洮县城名动一时。9 岁登上兰州舞台，从此一鸣惊人，当时的兰州观众惊呼为"神童""铁嗓子"。她的"九龄童"艺名，同样也是这样叫出来的。

王晓玲嗓音之高，达到令人难以置信的地步，就目前的演出实践来看，她的歌唱音区，可以毫不费劲地跨越三八二十四度甚至还要更高更宽。以秦旦唱腔定调而言，低至小字 f，高达小字三组之降 e，按实际记谱说，即：

$$\text{\#F 调} \quad 1(f) \rightarrow \dot{1}(f^1) \rightarrow \ddot{1}(f^2) \rightarrow \dot{5}(C^3)$$
$$\text{G 调} \quad 1(g) \rightarrow \dot{1}(g^1) \rightarrow \ddot{1}(g^2) \rightarrow \dot{5}(d^3)$$
$$\text{bA 调} \quad 1(a) \rightarrow \dot{1}(a^1) \rightarrow \ddot{1}(a^2) \rightarrow \dot{5}(c^3)$$

倘若再把她润腔中习惯性上甩冲刺音高记入，那将比 e 又高出多度。倘与国际花腔女高音声嗓比(花腔女高音的上限音域为小字三组之 #f)，也是相差无几。由此可知，她的声嗓优势，绝非后天成，全由先天定了。

正由于拥有这样一付天赐的"本钱"，也就决定了她那与众不同的两大行腔特点：一是唱"采腔"从不以假声翻高调面，而完全付诸真声真嗓行腔；二是平时定调较高(年轻时多定 bA 或 #G 调，或即民族调式所称正宫调或硬三眼调者，即使目前她已 80 高龄，小段清唱仍定 G 调，同台演出为统一调门，则定 #F 调，即"硬四眼调"，而且唱腔旋律多趋于高音区内上下翻飞，并在高、中、低三个音区俱能作到转换圆融，无一阶

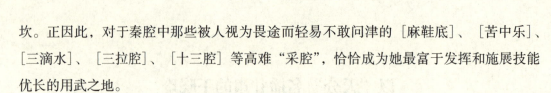

坎。正因此，对于秦腔中那些被人视为畏途而轻易不敢问津的［麻鞋底］、［苦中乐］、［三滴水］、［三拉腔］、［十三腔］等高难"采腔"，恰恰成为她最富于发挥和施展技能优长的用武之地。

王晓玲以"高腔"进行唱腔创作经常采用的手法有两个：一个是用上挑下滑的装饰倚音使唱腔音域不断向上冲击扩充；一个就是用翻高八度的方式提高某一局部旋律的音位。那上挑下滑扩充音域的创腔手法，最以《苏三起解》中苏三所唱"可恨那二爹娘心肠太狠，他不该将奴我卖与娼门"两句唱腔最俱典型。在别人唱来，大都多取平音，唱腔音域一般控制在 #F 调的 2~5 音区活动较多，同时也因较少装饰而略显平稳直朴。请看天水市北道区秦剧团青年演员朱小凤的演唱：

（此处为简谱唱段）

可恨那 …… 二爹娘心肠 …… 太狠，他 …… 不该 …… 将奴 我 卖与 …… 娼 …… 门。

王晓玲则不然，她往往将唱腔旋律整体提高四度，使之在 #F 调或 G 调的 5~1 音

区活动，同时，也因过多加用装饰性细碎音符群使其旋律显得异常高亮、活跃而华婉：

比较中可知，"王腔"在 G 调的 5～1 音区内活动频繁；同时，也因过多加用装饰性音群，使旋律异常活跃华婉。而一般演员的唱腔则在同一调内甚至在降半音的 #F 调的 2～5 音区活动较多，同时，也因较少装饰而略显平稳直朴。

```
4 5 6 5 | 5 6 5 4 3 2 3 i 2 | 6 5 4 6 5 5 3 2 i 7 6 |
包 相    爷              坐 上 边

5.(2 i 2 4 3 2 5 2 i 7 6 5 i | 2 5 i 2 5) 5 2 5 |
                                              细 听

5  2 6  4 2 5 2 i 7 6 | 5  —
民 言
```

上例便是以放唱高音见长的陕西东府秦腔流派代表人余巧云的唱法，然而王晓玲的实际演唱则比余腔更高更宽：

```
 ⌐6⌐
4.5 i 6 5 | 5 0 6 5 6 4 3 2 3 i . | i 6 5 4 i 6 5 6 4 3 2 i 2 7 6 |
包 相    爷              在  上 边

                                                    (0 2 2
5.(2 5 5 4 3 2 5 2 i 7 6 5 i | 3 2 5 2 i 5) 5 4 3 2 |
                                              细 听

2 2 2 2 2 2 2 2 2 2 2 2 2 2 5 4 3

2  —  —  0 | 2) 2 4 2 2 i 2 i 7 6 | 5 —
民              言。
```

王晓玲正是借助以"高腔"见长的演唱方法，不仅为了表声，更重在于表情。她在《铡美案·告状》中饰演秦香莲一角时，所唱"包相爷在上边细听民言"这句〔苦音慢板〕唱腔，便将"民言"的行腔，陡然翻高到弦索伴奏的八度之上，而且还集中气与声不全部能量，满宫满调地喷发出来，不仅形成感情了爆发点，还让观众精神不禁为之一振。这一声，从音域讲，已远远超越了一般人声所能及的极限，自然别人也就很难仿学到手；从表情讲，凄惨无比，揪人心尖，形象地点染出秦香莲如同山洪倾泻的血海冤仇，强烈唤起人们对她悲惨命运的无限同情。

前面说过，王晓玲唱腔艺术方面的另外一个特点是唱"采腔"从不使用假声。所谓"采腔"，其实就是一种极富感情表现力的拖腔。这种拖腔，因其音域较一般拖腔又格外高出一个八度，再加上曲调拖得过于冗长，又无唱词作为垫衬，全凭头音哼鸣，所以，技巧性相当高，难度也相当大，尤其长时间的头腔共鸣，极易造成演员头晕眼花的不适之感而很难坚持始终。这正是好多演员视假声(俗称"二音")翻高调面的传统演唱方法为畏途不敢轻易问津的主要原因。而王晓玲的"采腔"完全摒除了以假嗓行腔的传统习规，采用的是大起大落的真声真嗓。这就不仅大大突出了自己演唱特色，还将唱腔推到众所难达的高度。她在《珍珠衫》一剧饰演周兰英，其中便有一段以　　　［苦音二倒板序］作为起腔的［慢板］转［二六板］唱腔，便是她完全施用真嗓"拉腔"的典型：

老爹　爹　　莫上气　你且　坐下，（哎）（哎）

这是王晓玲完全付诸真声真嗓演唱行腔的［二倒板腔］，其音域之高(上限已达到小字三组的 d ）、音区之宽从 1~5 共二十度)，的确惊人，但王晓玲却唱得竟是那样裕如而松弛，这是很不容易的。尤其那华丽柔婉的旋律，把周兰英在丈夫余宽误解欲要休弃的情状下，婉言相劝父亲不该为此对余郎愤愤不平的安慰情态，表现得相当出色，那稳慢和缓的节奏和音乐曲调所透发出来的律动感，使人们从中感受到这是周兰英含屈忍辱，强装笑脸，轻轻晃动着父亲肩臂所做的一番亲昵与温存，它的潜台词似乎在说："你看，我们小两口不是好好地么，父亲你又生的哪门子气呢?"正是由于这种高宽的音域和委婉的旋律，以及它所要表述的这一戏剧内容，又促成它必须讲究行腔技术的局面，这当然不能单凭嗓子的高喊，颇大程度上则要借助演员发声、运气的功力才能实

现。所以说，王晓玲之能够把它唱得如此动情，主要与她那"以字缓气，以腔偷气"的运气技巧脱不了关系。也就是她在吐字上，一般是徐出缓入地调气，尽量保持充足的底气，但在较高声区内运行冗长拖腔时，一方面利用乐逗间隙与音节气口来明存实取，一方面在旋律进行之间借助音与音的过渡转换来暗偷暗换，同时，每在旋律拔高之前，必先以低腔铺垫，借以调气蓄气，待气息氤氲于肚脐两肋，再以"丹田"力上顶。正是由于她熟练地摸索出这样一套"秘诀"，无论拖腔有多么高宽冗长，她都能够一以贯之，一气呵成，而且始终保持充分的气度，又无显山露水、音虚气浮之嫌。

王晓玲无论唱什么戏，都非常激情，让人总感到，她是"豁出老命"来唱的，这一特点，我们不仅能够从她所唱的传统唱段中听得出来，而且还能够从她唱过的一些现代戏唱段中，可以得到充分证实。她在《万水千山》里所唱"忆往事含悲愤血泪淌，咬碎牙恨死二阎王"两句唱腔就演唱得相当激情，但这种激情，不只是从她行腔的气质上和音量的大小中获得，而是以感情的表现为依据，从许多细节的艺术处理中表现出来的。比如，第一句"忆往事含悲愤血泪淌"这句［尖板］，她借助打散慢唱的自由节奏，从声量上给予较大幅度的跌宕，从而把人引入那暗无天日的岁月回忆之中，在这个散唱尖板腔中，又加进了几个气口，使唱腔有断有连，造成不忍呈述的效果。"血泪淌"三字，先从柔弱的音量渐次向强烈的高潮推进，形成悲哀伤惨的气氛，接着在二反重复中，以清板形式和极其微弱的吟唱，模拟着强咽泪水的哽咽与抽泣，艺术感染力极其强烈。第二句"咬碎牙恨死二阎王"以及下面的第四句"狗官府和豪绅都是恶狼"中的前三字，王晓玲从语势上、音量上都作了强调，而且表情都非常突出，形成一股反抗与控诉的感情洪流。尤其"碎"字，发声的口径相当严谨，整个口腔全置于僵硬状态，字从牙缝挤送而出，明显迸发出一种仇恨的火种。唱到"热泪滚滚鲜血淌"一句，又全处理成哭腔的音调，"满怀仇恨一命亡"的"仇恨"二字，重放重收，力能屈铁。就这样，她随着词意的变化，不断调度着音量、力度的变化，直至"遵义城解放炮声响"以后，唱腔突然高翔，调性也由暗淡转为明亮。最后"他就要参加红军杀敌扛枪"这一句，不仅曲调逐渐升腾，达到全曲的高峰，而且感情也相当炽烈，形成一股感召的力量，给人以巨大的振奋和鼓舞。

尤其她在整个演唱上的力度变化，对刻画角色心理活动起了很大作用。单就《书堂合婚》孙尚香所唱"孙尚香在画阁自思自叹"来说，虽然在断句安排上采用了"三三四"的句式章法，但在旋律的结合和实际演唱中，却又有断连、紧松、刚柔的对比效

能。前三字是"慢开口"，吐字从容，腔速适中，造成以唱引说的势头，着力于"自报家门"的用意，而旋律中又透发出一种雍容大气，这就贴切表现出孙尚香作为君王御妹既有教养，又显清高的情态；"自思自叹"后面两处所套的"采腔"，其音量的大小，气息的控纵，均有精心设计和奇巧安排：

$$\dot{6}\ \dot{5}\ \dot{6}\ \dot{1}\ |\ \dot{5}\ \dot{1}\ \dot{6}\ \dot{5}\ \dot{4}\ \dot{5}\ \dot{3}\ \dot{5}\ \dot{3}\ \dot{5}\ \dot{2}\ \dot{3}\ \dot{2}\ \dot{3}\ |$$

（口安）　　　　　　（口安）

$$\dot{5}\ \dot{6}\ \dot{5}\ \dot{3}\ \dot{5}\ \dot{6}\ \dot{5}\ \dot{6}\ \dot{1}\ |\ \dot{5}\ \dot{1}\ \dot{6}\ \dot{5}\ \dot{4}\ \dot{5}\ \dot{3}\ \dot{5}\ \dot{3}\ \dot{5}\ \dot{2}\ \dot{3}\ \dot{2}\ \dot{3}\ |\ \dot{5}\ \dot{6}\ \dot{5}\ \dot{3}\ \dot{5}$$

（口安）　　　　　　　　　　（口安）

$$\dot{3}\ .\ \dot{4}\ \dot{3}\ \dot{2}\ |\ \dot{1}\ \dot{6}\ \dot{3}\ \dot{2}\ .\ \dot{3}\ \dot{1}\ \dot{6}\ |\ 5\ -\ \dot{6}\ \dot{6}\ \dot{1}\ |$$

（口安）　　　　　　　　　　（口安）

$$5\ .\ \dot{6}\ \dot{1}\ 7\ 6\ 5\ 3\ |\ 3\ -\ \dot{6}\ \dot{6}\ 0\ \dot{1}\ |\ 5\ .\ \dot{6}\ \dot{1}\ \overset{2}{\quad}\ 7\ \cdots\cdots$$

（口安）

通过对气息的控纵作顿音"点唱"，颇与花腔女高音演唱"花腔"相近，以此形象地勾勒出角色当时自我欣赏、自我陶醉的心理和那难于言表的喜悦和逍遥情怀。继而声音则伴随着连绵流动着的旋律而陡然开放，并唱得极为连贯和富于线条。不仅将人物内心的欣喜波澜推向高潮，还使唱腔自然形成宽紧相间、平叠对置、前后呼应和曲调上颗粒性与线条性的层次变化和对比，从而使这段最易"涣散""断折"的唱腔获得统一和连贯。

功力、技巧的运用与角色感情的表达结合，王晓玲竟能铺排得如此准确贴切，这不仅是受益于天赋的条件，更多则是在刻苦磨炼和悉心钻研中获得。四十多年的舞台实践，使她摸索出"以字缓气，以腔偷气"的一套科学运气技巧，即在演唱中，一般用徐出缓入的方法调气吐字，使其能够经常保持充足的底气，但在冗长拖腔和较高音区内行腔时，既能利用音节和休止的顿挫进行调气，又能借助旋律的上行下滑暗暗偷气，而且每运高腔，必先以丹田支撑，使整个演唱既保持充分气度，又无显山露水、音虚气浮之嫌，为她自如地阐释人物心理提供了方便。所以，这段［麻鞋底］唱腔，尽管因音程跳荡过重被许多演员视为畏途而不敢轻易问津，但在她唱来，却是那样亢坠自如、松弛流畅和得心应手。

当然，我们应当看到，王的这种"高腔"，固然对她嗓音的施展发挥无疑起了很大作用，同时，也因过于频繁地上挑下滑，使旋律的表情性有时不能不脱离于人物感情之外。这一点，在她艺术风格渐次成熟的今天，更加暴露得显明突出了。这也是一些观众抱怨她的唱腔"弯弯儿"绕得太多的主要原因。

（原载《甘肃戏苑》）

俗中见雅 丑中见美

—— 王定秦的丑角表演之美

有几句戏谚，很有趣，云：

> 老生老旦，唉声叹气；正旦小旦，细声细语；大净毛净，顶天立地；大丑
> 小丑，跳来蹿去。

这种说法，尽管表面而笼统，却基本道出了秦腔舞台生、旦、净、丑四大行当角色各自不同的表演特征。单就丑角而言，蹦纵跳蹿、无甚约束，其实，他在台上的一举一动，仍有严格的程式管着。于是，我便想到了"陇上第一名丑"（曲子贞语）王定秦。

王定秦的小名叫民安，外号称"尕顶达"。"尕顶达"即小辫子，系兰州的土语。当年王定秦演戏，颇能用他头上那根小辫子逢场作戏，兰州人便送了他这个雅号。自幼受祖父王文鹏(当时秦坛须生名角)影响，13岁始入长安"三民社"学戏。先工须生，后来师父见他怪相颇多，便改学丑行。先后拜易俗社苏牖民，三意社晋福长、任春元，泽林社杨宝喜(大麻子)、张吉祥为师，因此，他的戏路子，自也基本禀赋苏、晋、任、杨、张。

王定秦最擅长在一些荡冶戏里扮演小丑、公子丑、背褡子丑，以及与花旦配演媒旦、丑旦、丑丫环之类角色。1937年出师后，入西安"秦风社"，该社当时是个"行当串杂一锅烩"的班社，王始而什么都演，就连《探花镜》里的重头小旦梅赛花也都演过，串角虽杂，却使他增长了才干，后来和名旦王安民合演《顶花砖》的常天宝、《王小过年》的王小，声誉鹊起。不久又入何振中的"众兴社"，常同何振中、靖正恭、王益民、王正端、杨宝喜合作演出。如与何振中合演《玉堂春》饰金哥，与靖正恭合演《白玉楼》饰婶娘，与王益民合演《软玉屏》饰王官丑，与杨宝喜合演《夺锦楼》饰万大少，一时名噪，更显露出头角峥嵘了。

1940年，王定秦与何振中、靖正恭一道来到甘肃，先在"金城剧社"搭班，后又去过武威、张掖等地，解放前夕重返兰州定居。所以，他的大半艺术生涯，几乎全在甘肃舞台上度过。

　　王定秦的艺术特点，往往是从唱、念、做三者缜密结合中综合体现出来的。因为，他所饰演的角色，以旧社会的"下等小人"居多，这些人物一般都比较爽朗正直，风趣乖巧，心直口快，笑谈风生，他们在舞台上大多蹿跳蹦纵，不拘一格，像生、旦文文雅雅、端端正正坐着唱、站着唱，抑或念而不动、唱而不做的，并不多见。因此，他的艺术特点，同样是一种整体的、综合的、难以分开的。但为了叙述上的方便，这里仍然分作唱腔、念白、表演三个问题来谈，三者各有不同侧重。

　　先谈唱工。

　　王定秦自幼私淑祖父王文鹏，故以须生入门，丑行专工。最让人称奇的是他那一口充满乳味的好嗓音，加上又善于仿学他人行腔"腔口"，这便促使他为一些丑角戏设计了许多唱腔。如《打草鞋》中黑宝骑在凳子上学人的大段唱腔、《杨三小》出场时所加唱的〔尖板〕腔等等。尽管是摘取其他戏里的某些唱腔片断，或者改动戏词套用〔二六板〕、〔尖板〕甚而民歌小调之类的简单形式，却对一向重念而不重唱的丑角戏来说，可谓是他难得的一种创造。尤其诸如一唱到底的《十八扯》这类戏，唱工稍逊者的确不敢轻易问津，而王不但唱得有情有韵，还能自如仿学诸唱派特点。如《拜台》诸葛亮所唱〔双锤〕《我的计谋不成是枉然》，他完全遵王文鹏的路子，其间大量嵌加"哎嗨"虚词垫衬之处，正是他夸张施用了王的"挑鼻音"特殊唱法，其韵味相当醇浓。而在《杀庙》段落里所唱秦香莲〔二六板〕《适才间执刀来杀我》，则又变之为陈景民的唱法，处处突出咬字的瓷实，听来与"咬牙旦"的行腔全无两样；当唱到《辕门斩子》杨延景的一段，又遵刘易平的行腔规范，其中鼻音的妙用、脑音的拔高，几乎达到以假乱真的程度。正因为这样，充分发挥嗓音优势，自如地仿学流派唱腔，便成了王定秦演唱方面的首要特点。

　　特点之二是他善于通过对声量的控制与夸张，对发声部位的调度与变化来极力点染人物内心世界和性格特征。《玉虎坠》贺其卷有段〔拦头〕转〔二六〕唱腔就颇具代表性：

```
1̇ 5 │ 1̇ - 6 5 i 6 │ 5·（5 6 5 3 5 6 i 5 │
戴  僧  帽 （哪 呼 呀 儿 嗨）

5· 7 6 5 3 5 6 7 6 │ 5 6 3 5）3 5 │ 5 3 3 2 │
穿  僧        衣  者
```

$$\underline{\dot{3}} - 7 - | \overline{0\ \underline{3}\ 0\ \underline{3}} \overset{2}{\underset{4}{}} 3^{\vee}\ 3 | \widehat{\underline{5}\ \underline{6}}\ \underline{5} | 5\ \underline{\underline{5}\ \underline{3}}\ \underline{3} |$$

打　此　　路　　　　过，我　这里　　　合　着掌

$$\underline{5} \cdot \underline{5} | \widehat{\underline{2}\ \underline{3}}\ \widehat{\underline{7}\ \underline{6}}\ 5 (\underline{\dot{1}\ \underline{3}\ \underline{2}} | \underline{\dot{1}\ \underline{3}\ \underline{2}\ \underline{1}} | \underline{5\ \dot{1}}\ \underline{3\ 5}\ \underline{3\ 2} |$$

口　念　弥　陀。

$$\underline{\dot{1}\ \underline{2}\ \underline{3}\ \underline{5}}\ \underline{2\ \dot{1}}\ \underline{6\ \dot{1}} | 5) 3 | \underline{\dot{1}\ 3} | \underline{\dot{1}\ 3} | \underline{\dot{3}} - | 3\ \underline{2\ 3} |$$

怕　只怕　惊动　人　　有人

$$\widehat{\underline{6\ 3}}\ \underline{6}\ \underline{6}^{\vee} | \underline{3}\ \underline{\dot{1}\ 3} | \underline{3\ 6} | \underline{3\ 6} \cdot | \widehat{\underline{6\ 3}}\ \underline{6} - | 5 |$$

拿　我，　　这才是　为家　产　　不顾死　活。

"戴僧帽"三字，王以控制的音量压嗓用喉音唱出，"哪呼呀儿嗨"衬腔归入鼻窦，形象地刻画出贺其卷狡诘诡秘的神态举止；过门里三声更梆之中，又配以"矮子步"蹲身蹑进和三角眼左右环顾窥探之相，以示其内心紧张与空虚；"穿僧衣"之后，声量慢慢放开，又显出一派佯装的正派情态；最后，"不顾死活"字重快收，心狠手辣，这就把贺其卷妄图栽赃霸产的祸心表露无遗了。

他还擅长通过声音的粗、细、尖、浑，以及捏着鼻子唱，进行不同行当、不同性别的声音造型。如《问路》，他就是用这种发声法一人同时兼演老生、小旦、小生等多种角色的。

演唱特点之三是，通过衬词垫句使腔幅拉宽扩充，借以使唱更加充分地配合表演。如《辕门斩子》中饰穆瓜所唱：

$$\underline{\dot{1}} \cdot \underline{6} | 5 | \underline{\dot{1}} \cdot \underline{6} | 5 | \underline{\dot{1}} \cdot \underline{6} | \underline{5\ 6} | \underline{\dot{1}\ 3} |$$

（呼　儿　哈，呼　儿　哈，呼　儿　哪哈　衣呀

$$5 | \underline{\dot{3}\ 6} | \underline{\dot{3}\ 6} | \underline{6\ 6} | 5 | \underline{6} \cdot \underline{\dot{3}} | \underline{6\ \dot{3}} |$$

哈，寡孤　寡孤　伶仃　儿呀，　七　哩　刷啦

$$\underline{6\ 3}\ \underline{6} | 5 | \underline{\dot{3}\ 6} | \underline{5\ 0\ 6} | \underline{\dot{3}\ 6} | 5$$

苗　青儿　呀）上公　车　　下公　车。

首先，他对传统〔二六板〕的节拍程式作了调整，变眼起板落为板起板落的〔碰板〕形式，使唱腔更富于律动感，其次通过衬腔的繁用既使腔幅拉长(别人唱来全然没有这样冗长)，又使唱腔紧凑活跃，从而有效配合了穆桂英身段表演，造成很好的剧场效果。

演唱特点之四，是在演出中常夹插一些民歌小曲来活跃气氛。《打草鞋》里饰黑宝，随便哼唱几句关中小调《绣荷包》，节奏流畅，轻快火炽，颇能引出观众的满场喝彩。这固然算不上丑行的正道，但过去的风气，丑角不大兴唱，他却能巧用自己的嗓音天分来花样翻新，使自己的丑角艺术个性化，也确属难能可贵。

创腔方面，王定秦所采用的手法也有三条：

一是大量运用象声词，使感叹、嬉笑唱腔化，借以加强演唱的表情深度。如《游龟山》芦世宽所唱：

$$
\begin{array}{c|c|c|c|c|c|c|c}
0\ \dot{5} & \dot{5}\ \dot{3} & \dot{6} & \dot{5}\cdot\dot{3} & \dot{5}\ 7\ \dot{6} & \dot{5} & \dot{3}\ 0\ \dot{3}\ 0 & \dot{3}\ 0 \\
摇 & 摇\ 摆 & 来 & 笑\ 哈 & 哈， & 哈\ 哈 & 哈。
\end{array}
$$

二是唱腔与数板干念交错并用，以表现人物不加掩饰的欣喜之情。如《屠夫状元》中胡三的唱腔：

$$
\begin{array}{c|c|c|c|c|c|c}
0\ \dot{3} & \dot{6}\ \dot{6} & \dot{3}\ \dot{3} & \dot{3}\ \dot{5} & \dot{6}\ \dot{3} & \dot{3}\ \dot{3} & \dot{6}\ \dot{3} \\
世 & 上\ 的 & 巧\ 事 & 有\ 千 & 万， & 巧\ 不 & 过
\end{array}
$$

$$
\begin{array}{c|c|c|c|c|c}
X\ X & X & X\ X & X & X\ X & X\ X & X\ X \\
我\ 妈 & 妈 & 我\ 妹 & 妹 & 本\ 是 & 亲\ 生 & 母\ 女
\end{array}
$$

$$
\begin{array}{c|c|c|c|c|c}
X\ X & X\ X & X & \dot{5}\cdot\dot{3} & \dot{3}\ \dot{5} & \dot{3}\ \dot{3} \\
得\ 团 & 圆\ 还\ 给 & 她 & 买\ 了 & 一\ 把 & 梳\ 子
\end{array}
$$

$$
\begin{array}{c|c|c|c|c|c}
\dot{3}\ \dot{5} & \dot{5}\ 5 & \dot{2}\ \dot{2}\ 3 & \dot{6}\cdot\dot{3} & \dot{6}\cdot\dot{1} & 5 \\
一\ 个 & 镜\ 子 & 表\ 心 & 田。
\end{array}
$$

三是在唱腔中经常夹插笑声、念白等，如《红鸾禧》金松所唱：

```
i 3 | 2 3 6 | 5 6 | 5  ( 3 2 i 3 | 2 i 5 i | 3 5 i 3 |
官  官    人

2 i 5 ) | 3  2  i  6. 5 - 0
         比  花  子    （夹笑）哈哈哈哈！

0    6 7  6 7  6 - 5  3 6 -
嘿嘿嘿嘿！嗬嗬嗬嗬！我 怎 能   得        够
```

这些手法，且又根据角色性格、身份的不同，有所严格区分。如《柜中缘》的淘气，《王小过年》的王小，《可怜虫》的可怜虫这类人物，其唱腔虽多夸张，也多加花加调，却由于都是没有邪念的正派小人，故主要着力于欢快之情的抒发，极少油腔滑调；对于《玉枝玑》的师爷、《周仁回府》的封成东这类心术不正之徒，又多是高调矮唱，强弱倒置，闪板空掐的方法来描绘其表面斯文、满腹坏水的阴险情态，对《十五贯》的娄阿鼠、《玉虎坠》的贺其卷这类人物，则又运用不正规的节奏型刻画其恐惧、惊吓和失却正常心理的鬼祟情状。

演唱发声上他也有所区别。如小丑多用小生高亮音色，官丑多用须生敦厚音色。总之，他极少把优美旋律给那些反派小丑，而主要在节奏上、字调上来刻画其形象。

再谈念白。

丑角艺术与相声艺术颇相类似，关键在于语言的洗炼与精深，区别不过是语言强调其戏剧化、剧中人化罢了。所以，丑角念白，比唱还重要。

王定秦的念白，不仅宽圆浏亮，还兼有激锐之音。正因此，他念出字来，准确清彻、干净爽脆，毫不拖泥带水。具体讲，有如下四个特点：

一是有神气。王很善于通过长音、短音、高音、低音、重音、轻音、亮音、暗音、悲音、喜音、实音、虚音、喉音、齿音、鼻音、胸音、闷音、纯音、浊音、正音、变音等各种繁难的变化，不仅能够体现不同人物的性格特征，而且还能把观众的注意力随时吸引到台上来。比如，他未曾出台，先在幕后抛出个"啊哈"，就能拢住观众的神。而且，对于这个"啊哈"，又根据不同人物而有所严格区分。《打草鞋》的黑宝，上场一声"啊哈"，既脆又亮，象征着童子嗓音；《四进士》的店小二，"啊哈"中带有几分油滑，颇似吆喝叫卖的腔调；《玉枝玑》的师爷，出音则变为"啊哒"，"啊"字高念，

"哒"字矮拖猛喷，很有几分狐假虎威和文绉绉、酸溜溜的劲儿；《赵飞搬兵》赵飞的"啊哈"，实则鼻窦哼出的"哼哼"，又具有一种蔑视一切的英雄气概。王定秦经常还以夹用长音、高音、亮音、变音的方法来为观众提神。《杨三小》出场后所唱〔尖板〕的收尾变化和后面夹用的长音就很能说明这一问题：

$$5 \quad \overset{\frown}{2 \; 5} \; 3 \quad \overset{\frown}{2 \; 3} \; 2 \quad 3 \quad 2 \quad \dot{1} . \quad \underset{6}{} \; 5 \quad - \; \lor$$
转　来　了　杨　　三　小

$$3 \quad \overset{\frown}{6} \; 3 \; 6 \quad - \quad 2 \quad - \quad 3 \; 0 \quad \|$$
是　个　好　汉　（口安）

这里基本采用"撂板"的不正规结束法，却使唱腔戛然而止，给观众造成第一个悬念，紧接着又以高调门来个"安——"的土白长音，直至观众的神全部集中在他身上之后，又突然降落调门，极平常、极随便地自报家门："咱家杨三小么！"有时还会结合念白中的字穿插打几个舌颤音。《烈火扬州》饰满都儿呼，当阿朱自报家门后，他则用舌颤音接报："随营军师满都儿(舌颤音)呼！"既神气来劲，又幽默滑稽。

二是吐字清。无论韵白还是土白，快白还是慢白，王定秦都能做到吐字真切、句读分明、抑扬得体、重点突出。《回荆州》中饰蒋勤所念：

今乃新春元旦佳节，吾侯吃酒大醉，酒席宴前未作准备，走脱了君主刘备。吾侯酒醒闻言大怒，将个玉石砚窝拌了个笔砸粉碎。几员大将一旁垫言，言说郡主生来好武，诚恐中途路上出马当先。吾侯恼怒，将腰中自带宝剑赐予二将，赶在中途，先杀郡主，后杀刘备，哎呀，活捉者赵云！马后再逮个瞪眼张飞。来在疆场，各传各令，站东列西，哎嗨听令者！

完全以"贯口"念法一口气呼出，但王却念得既顺溜通畅富有风趣感，又表现出蒋勤在紧急军情之中的心理状态，实属他的精彩之笔。

三是变化多。在王的念白中，喉、鼻、齿、唇、舌，浊、纯、散、韵、土诸音并施，甚而一句念白中就有好几处不同的处理，真可谓变化多端。《杨三小》中所念："我是跟你闹着玩哩！"以嗓喉的挤压强调浊喉音，来戏弄逼婚人岳文义；《满江红》万俟离所念："爱国忠良，遭此下场，可伤、可伤，嘿嘿——""嘿嘿"则发自鼻窦，以示他对岳飞的讥讽，而在《杀船》中饰丁郎时所念："那是肖家伯，肖家伯，嗨呼嗨，

嗨呼嗨!"前面满口呼出,后改鼻喉音并举,把丁郎这个地痞求告肖恩饶命的情状和献媚时油腔滑调的奴才本相活脱而出。

四是吸收方言土语。王定秦或根据不同的演出场地,或根据戏中人物的籍贯乡音,吸收方言土语来逢场作戏。演《走雪山》的四川赶脚人,途中与曹福和玉莲的大段对话(即从四川至大同一段说白),全用四川乡音念出。过去他在武威搭班时,还把许多凉州话纳入其内。久居兰州后,又把兰州方言提炼入戏。如《杨三小》中杨三小拿起岳文义送来的罗裙等衣物,边看边念:"这东西——好!""这东西——漂亮!",前面"这东西"以关中话念出,略加停顿后,则将"好""漂亮"改之为兰州话,舞台气氛顿显炽烈。当然,这种吸收方言土语的做法,大多是过去秦腔丑角演员讲究"抓现眼"而博观众一笑的产物。在今天看来,至少远离了秦腔格调,甚而远离了戏,其结果往往使他们应有的戏曲语言和艺术特点,被这些外表的噱头所掩盖反而湮没不彰。正是由于王定秦已认识到这一点,所以,他已不大再采用这种方式了。

值得一提的是,王定秦在"笑"上的深厚功力,实为观众所津津乐道。他的笑,虽讲求笑韵且又不拘一格,而是根据不同人物的身份、性格、情绪,力求在笑中出情,情中含韵。所以,他的笑那样圆润,那样富有情味和逗人的艺术魅力。比如《柜中缘》的淘气,当公子接走其母其妹以后,他独自一人所发的笑,有如一种催化剂,引得全场观众也会笑得前仰后合,流出眼泪。王正是通过这种畅怀的笑,树起了淘气这个人物朴实憨敦的性格特征,加深了演员与观众之间的感情交流;《游龟山》的董成,在"大人,一来是我们应管之事,二来是大人请我们前来专为此事,何谓多管闲事?"之后所发的一串"嘿"笑,其间既蕴含着对芦林的几分讥讽,又把握着对这位湖广总督应有的恭敬和分寸;而《比翼鸟》中方志多对沈公子所言:"哼!你杀了我的管家,还想逃走!"之后,用鼻音而发的"哼!哼!哼哼哼哼——哼!"冷笑,既有板有眼,又有声有调,每字毫不轻弹,最后一个"哼!"又配合着有力的甩袖,使人们从中领略到此人的阴险、毒辣与狡黠。另外,还有狂笑、傻笑、冷笑、讥笑、大笑、小笑、喜笑、悲笑、鼻笑、喉笑,以及敞怀的笑、傲慢的笑、奸诈的笑、会心的笑等等,但不论何种笑法,他都以丹田气功打出字音,尽管深浅有别,情味相异,笑韵却始终不散,这是人们所公认的王之一绝。

最后谈谈他的表演。

王定秦表演上的成功之点,首先在于他有现实主义的创作态度,尽管他也十分重视丑角传统程式基础上的夸张，以便"现场抓哏"，但更注重从生活中提炼动作入戏，使自己所扮角色更富于生活情味。因此，遵传统成法而不囿于传统成法，便成为他舞台表演的一个突出特点。

王定秦平时很重视观察社会各阶层不同人物的音容笑貌与神态举止，以此来启发自己的创作灵性和摄取可资利用的艺术素材。他演《小姑贤》的姚氏，就和其他同列的表演大不一样。那迈门坎的抬腿、手势，既富艺术的夸张，又具生活的真实，他妆扮出的姚氏，三角眼、三角眉，特别突出额上两颊多皱纹和瘪咕嘴的形象，然而眼中有神，动中有情，就连脚后跟也是处处带戏，让人一看即知是个思想守旧、私心胀破肚皮的乡下封建阿婆典型。姚氏那吃饭的神态，嘴里叨叨的嗌言，瞪眼瞅媳妇的情状，以及不食而攒鼻以示饭食不合口味的面部不屑表情等等，都紧紧围绕着处处充满挑剔和爱女恨媳这一心理活动而展开的；《屠夫状元》的胡三，尽管是粉妆白鼻梁式的人物，王却突出其纯朴可爱、善气迎人的一面。同是吃饭，却与姚氏截然不同，那吃蒜、喝汤、捋筷子、掏牙缝的动作组合，处处围绕一个"香"字。王定秦在这两个不同人物身上运用了相同的动作程式，却塑造出两个完全不同的艺术形象，但就动作语言来说，却是他从观察不同阶层人物身上获得的。

王还把观察生活的视野，扩大到自然界的灵介花木身上，如鱼、蛙、鸽、鹰、花、柳等等，都成了他获取舞台表演的模式依据。《比翼鸟》方志多遇见小姐时怔愣之举，就得自于青蛙的张嘴愣眼；《玉枝玑》丑师爷的甩袖与晃身摆臂，则模拟风吹柳枝的柔软线条；《周仁回府》封成东向主子严年献策，其动作、眼神、划肩，又是从猫头鹰圆眼转动中得到启发，形象刻画出这位眉头一皱，计上心来，一肚子坏水的奸诈奴才本相；而演《杨三小》假扮女旦戏耍岳文义的神态，又仿月夜之花的含羞与娇媚；《八件衣》的花子任义，连疮腿、赤身露体行走时，按勾锣敲击的锣点，设计的身、手、脚、脸的抖动，也是从生活中提炼入戏的。这一切，无一不是他现实主义创作方法的具体体现。

其次，王在表演上，虽然也是博采周咨，却又不为某派所囿，而是量体裁衣，择善而从。《打草鞋》一出，本得力于杨宝喜（大麻子），但一经到手，他又有了许多别出心裁的创造。如为了突出黑宝的天真童心，便在骑凳做活的表演上，特意增添了三个表演层次：一是唱后笑（笑中体现天真），二是嘴眼圆睁（以示童心的幽默风趣），三是困乏撑臂打呵欠。同时还尽量充分发挥了自己的唱工优势，但又去掉杨以四川方音故弄噱头的庸

俗做法，使之成为唱、念、表三并举的看家戏；《杨三小》由阎振俗亲授，阎主要着力于人物稳重的性格方面来刻画，王却从正面加强了塑造，同时使角色在众人面前以爱开玩笑来强调其乐观的个性。当他独立思考问题、处理问题时，则又强调其机灵的一面。

王定秦作戏的认真深为观众称道。不论在什么场合演出，都是实来实去，满碗满勺，从不欺骗观众。单就化妆而言，手上、臂上、脖子上都要以粉涂抹，类似这些细微之处的精益求精，确为他人所不及。尤其随着他艺技的成熟，年龄的增大，艺术趣味的提高，不断自觉净化其舞台表演。旧的丑角表演(包括唱念)，往往夹杂着许多鄙俗、猥亵等不健康的东西。那是因为过去的封建统治阶层，根本瞧不起丑角所扮演的小人物，他们认为这种人的嘴里、身上应该越龌龊越好，恣意丑化劳动人民。更有一种情况，某些表演和念白，表面看来较"雅"，骨子里却十分下流。这也反映了封建文人、有闲阶层观剧者的一种低级趣味。如王定秦最早演出的《小姑贤》姚氏，以往演到上厕所时多要表演抖肩、歪嘴、挤眉弄眼之类的一大串油俗动作。后来随着他艺术思想的提高，认识到这种表演实质上等于对演员和观众人格上的侮辱，故在后来演出中，改作以小跑、闪腰代之；《打草鞋》中黑宝的化妆，原为抹满脸黑，后来他改为粉扮，还这位天真朴实娃娃丑的本来面目；《八件衣》的花子任义，过去也是抹黑脸，画白鼻，王深感这有丑恶之嫌，也将他改作健康色，只是不画红，以突出饥寒之相。这些改妆，对他这样一位老艺人来说，确属难能可贵。

王定秦还根据自己实践中的体会，认为秦腔丑角在身段动作表演技巧上，应抓住两个特点：即一是"圆"，二是"小"。

所谓"圆"，指动作规范。丑角的出手抬脚，一举一动，既要源于生活，又要比生活更美。如指物，手指要圆；探物，脚下要圆；躬身矮步，形体要圆；思忖盘算，转眼摇头要圆。这样，才能丑中见美，美中见情。

所谓"小"，指动作尺寸。无论是蹿、跳、蹦、滚，还是蹲、站、伸、缩，其动作宜小不宜大。小者，可使观众感到紧俏灵活，轻便敏捷。如丑角表演中常见的缩手蹲脚，就是动作小的基本方法。因为，缩住了手，蹲下了脚，动作尺寸就有了范围，不可能施展太大；丑角特技矮子步，实质也是生活的夸张，无非是缩小身材、缩小动作，这样自然就显得分外灵活。有些丑角演员尽管人高马大，但在台上表演，照样小巧玲珑，其秘诀也在于此。

眼神上，王定秦也有他的表演规范，即"狠为三"。"三"者，三角眼，用以表现轻蔑、盛怒之情；"喜为圆"，"圆"者，圆眼，用以表现爽朗、憨直、风趣之情。正因为他在表现法式上摸索出这样一些经验，所以，王定秦的丑角艺术，展现出一种富有个性化的独特风格而自擎一派。

1989 年 1 月 23 日于兰州

雪梅傲霜　香自苦寒

——胡雪梅《走雪》观后

刚刚落幕不久的第一届甘肃戏剧红梅奖大赛上，天水市秦剧团青年演员胡雪梅，以饰演《走雪》中的曹玉莲一角，获得红梅一等奖殊荣，这既是对她多年苦苦修炼的回报，同时也是业内专家和广大观众对其艺术敬业精神的褒奖与肯定。

秦腔《走雪》是一出唱做并重的传统折子戏，90年前由刘箴俗创演而一炮走红，后经王天民、李正敏、杨金凤等历代大家不断加工复创，终成闺旦争相学演的热门戏。然而，它如同一只烫手山芋，欲要把宦门千金曹玉莲聪慧、善良、娇弱、柔嫩的性格特征和罹难外逃、紧张惧怕的复杂心理给予完美的阐释，不只要求演员必须具备较高的唱、做功力，还要具备极善体验和捕捉角色心理繁复变化的艺术灵动与悟性。正因此，反倒促使青年演员对它望面却步轻易不敢问津了。胡雪梅却能知难而进，凭借自己的体验和实力，使这一艺术形象在唱做交融中得到较完美的展示。

首先，她的出场就不一般。为了强化动荡不安的戏剧气氛和风雪交加的写意功能，胡雪梅要求板头音乐必须重新改写，从而，戏一开锣，整个舞台便染上一层凄凉的悲剧色彩，也使演员水到渠成地进入大段抒情演唱。出场后所唱"颤颤兢兢离险地"这段成套唱腔，其间寓含着〔二导板〕、〔慢板〕、〔二六板〕、〔紧板〕、〔留板〕等多种板式，演员借助这些不同板式之间强烈的节奏对比和旋律线条的疏密简繁，对曹玉莲复杂的心理活动极尽雕琢之能事，其中〔慢板〕的行腔偏重于情韵，发声幽缠慢送，运气轻出缓入；〔紧板〕则重字音，出言字重腔轻、吐语其切感人。这种声腔处理，旨在角色感化家奴曹福，能够一心保她逃奔大同，以便搬兵雪恨。结果，"一句好话三冬暖"，不仅说得曹福顿时愁眉大展，笑声朗朗，心花怒放，无悔无怨地保定曹玉莲冲破层层艰难险阻，也使这位千金小姐纯朴、善良、聪明、娇嫩和脆弱的性格特征立显情致，而观众也从胡雪梅高、亮、水、脆四种音色兼备的行腔中，大大过了一把秦腔"瘾"。

接下来的几组舞蹈身段表演更为精彩。当其步入"悬崖陡壁少路径"的光华山时，那颤颤巍巍的台步、紧张惧怕的眼神，无一不与角色胆怯、惊恐、娇脆的个性心理相关照，因此，无论是紧闭双目、依扶曹福，如履薄冰般地颤栗行进举止，还是贯穿其间的"下腰""翻转""云步""趋步""滑步""碎步"等程式技巧，抑或微提蝶裙以多变身段曼曼舞蹈的优姿等等，皆同人物当时逃难心境和屡遇险情的真情实感逼真地融为一体；进入松柏挡道的密林深处之后，突遇猿猴、梅鹿缠身嬉戏，又使她为之一惊，误以为是食人吮血的猛兽而不禁娇声惊叫；还有慌乱中树枝挂住了发髻、灌木勾住了裙襟，那风声鹤唳般的恐惧、哭丧与埋怨等等，演得既具生活，又见技巧，同时，正是这一"叫"一"怨"，真把曹玉莲不谙世事、懦弱娇脆、天真无邪的典型性格表露无遗。

最显做派功力的还要算胡雪梅过独木桥的一段表演了。她先蹑蹑探行桥头，横心向下一望，但见脚下竟是百丈悬崖，万顷波涛，吓得顿时魂飞魄散，几乎昏厥倒地，然而，却又欲退不能，欲进不得，几经踟蹰，只得依攀虚空摇曳的柳枝，两眼愣愣盯住前方，蹑蹑向前"碎步"移行；行至桥心，陡然一个趔趄，身躯顿时失衡而一摇三晃，神情惧惊而方寸大乱，仿佛随时都有坠入崖底激流的可能。好不容易渡到对岸，又来了个"屁股坐"身段表演，这才瘫软倒在地上，魂不守体地急急喘息。这段虚拟而传神的舞蹈表演，正由于演员寓生活于技巧之中，赋情理于程式之内，使得舞台上根本不复存在的独木桥、柳树枝、峭壁、激流等实物，通过眼神、手势和形体语言，准确而逼真地展现在观众面前，并让人深信不疑。不难想象，胡雪梅倘没有多年深自淬沥的艰辛磨炼，观众又何能从中获得如此深刻的艺术感动！

我衷心祝贺她以苦寒换来的成功！

（原载《甘肃文艺报》总第 103 期）

精雕细琢唱窦娥

——评孙存玲主演的秦腔《斩窦娥》

　　元人关汉卿的《窦娥冤》，以表现民女窦娥无辜受戮酿成千古奇冤的故事而被冠于中国十大古典悲剧之首，并经舞台演绎，成为妇孺皆知的永恒传说。这出戏，随着全国诸多地方剧种的改编、移植和争相上演，不仅成为我国最具艺术生命力的传统剧目之一，也是戏曲演员比试演技才华的必选剧目。

　　甘肃省秦剧团优秀青年演员孙存玲所主演的《斩窦娥》，正撷取于该剧最核心的高潮筋节，其精髓在于窦娥法场临刑之前，发下血溅白练、六月飞雪和死后楚州大旱三年三桩誓愿，以此宣泄其对黑暗吏治屈斩无辜的控诉及自己蒙冤而死天怒人怨的抗争精神。孙存玲正是紧紧抓住这一戏剧精髓，以她深厚的演唱功力和高超的表演技巧，对窦娥此情此景下的内心矛盾冲突以及性格的不同侧面精心雕琢，使窦娥这一舞台艺术形象展示在观众面前。

　　这出唱做并重的折子戏，不仅要求演员通过高亮激越的演唱揭示出窦娥一腔的悲愤心声，而且须在双臂被法绳捆绑之下运用形体语言表现出角色不屈于强权的叛逆精神。可喜的是孙存玲的嗓音资质和行腔技巧都具有高低亢坠自如的功力，这对她为塑造窦娥的音乐形象无疑打下了坚实基础。

　　戏一开场，在前奏音乐悲壮氛围的烘托中，她先从幕内甩出一句高遏行云的唱腔"莫来由犯王法横遭刑宪"就唱得不同凡响，这是段苦音尖板腔，旨在揭示窦娥被屈斩前的一腔悲愤之情。所以，一开口，就直奔全段最高音位，这一声，犹如一把刺天利剑，无不给人一种揪心的凄惨，凄惨之中又潜伏着一股不可抗拒的力量。在这里，孙存玲似乎完全忘却了自己，她把全部感情倾注于悲愤交集的歌唱之中，激起观众对这一人物命运的同情和对黑暗吏治的无比痛恨。接下来的演唱，她则以唱词词组为依托，促成拖腔幅度的扩充和旋律亢坠的对比反差，使唱腔表达感情的容量得到进一步增升，也使她的演唱功力发挥到了极致。其后，又随着板式的变化不断向纵深发展递进，时而高亢激越，时而婉约抒情，使这段唱腔铺排得极富于层次，从而很好地表现出这位无辜女子

的冤情和遗恨。

《斩窦娥》的大段唱腔，又同繁难的身段表演紧紧裹挟在一起，而且往往是演员在进行异常吃紧演唱的同时，还要做出许多复杂优美的身段甚至特技表演，而真正最具作戏魅力的两只手臂始终却在法绳捆绑之下无法进行艺术创造，这给演员的舞台表演造成很大难度。孙存玲凭借深厚的功力，巧妙地运用眼神、身形及步法等同演唱结合在一起，并使二者相互促补，从听觉和视觉两个方面为观众传递出双重的艺术之美。

如当四刽子手将窦娥凌空托举于法场之后，她先做出一个漂亮的"跪跳带甩发"，继而又来了一串飞速的"跪转"表演，这几个程式动作的组合，不仅做得干净利落，见技见情，重要的是还使演员与角色在同观众的第一个照面中，诠释出一股强烈的人格力量，也使观众不禁为之一振。还有婆媳法场相见时所表演的"甩发""托举""转体僵尸"以及"跪步"等特技，都是技巧紧扣戏情，戏情紧扣感情的成功之举。孙存玲在双臂锢绊的特定情境下，能使自己一身功夫表演得如此流畅而娴熟，除她平时的苦苦修炼外，也是她准确把握人物个性的必然。这也许就是她多次在省内外秦腔大赛中屡屡获奖的原因所在。

（原载《甘肃日报》2003 年 5 月 26 日第 4 版）

秦坛老将　须生一魁

——写在段艺兵从艺五十周年庆典之时

在中国传统戏曲里，须生这门行当堪称是主宰舞台的顶梁之角，人们通常所言"四梁四柱""四梁八柱"之类，领衔于"四梁"之首者非头道须生而莫他属。原因正在于须生唱、念、做及身段表演，复杂繁难要高于旦、净诸行，尤其秦腔，须生大都是戏中的正面人物，表演要求庄重洒脱，一招一式分寸合度，唱腔要求彻满挂味，摧撤运气声韵两全，难怪民间会有"旦角的手，生角的吼"一说。就连"生"之取义，也是为了警示演员随时以"生"忌"生"（不熟练）而得，只有熟练，才能生巧。因此，须生之难，可想而知。

我看过好多不同行当名家的演出，却在欣赏情感上总爱向须生戏倾斜，这不只是须生之唱听来过瘾尽兴，更在于从它极富阳刚之气的一颦一眸之间，传递出一种大度挥洒般的阴柔之美，让人从中获得心驰神往的艺术快感却又难以言表。也许正是这种缘故，当我 1988 年在天水红旗剧院偶尔看了段艺兵先生的《金沙滩》之后，一眼认定他是个相当不错的须生演员，而且当即拍板为他录制一组节目以便在省广播电台播出。

在此后的日子里，我在兰州又看过他的许多戏，《打镇台》《二堂舍子》《祭灵》《放饭》，当然还有《金沙滩》《斩黄袍》等等，全都是正宗的须生戏，区别仅在于挂白髯还是黑三绺，但无论老生抑或正生，舞台上俱都强调唱做并重，潇洒自如，不容有半点造作虚假之象，戏谚云："鞋匠的掌子，须生的嗓子。"正说明观众对须生之唱尤为看重。段艺兵的唱，恰能满足观众的这一欣赏心态。嗓音不苍不燥，行腔彻满圆润，发声血气贯顶，运气疾徐有致，每一句唱，都能让人感受到中锋饱和，高音清亮，低音见底，加上脑、鼻腔共鸣的合理运用，全然是一派秦腔"溜子"的正宗意味。像《金沙滩》中杨继业动辄十多分、二十多分钟的成套大板乱弹，段艺兵不仅从声腔上就给予科学的布局，节奏上也进行了精密的章法设计，倘如此，就很难拿它得下，即便勉强唱出，也不过是全无兴味的糙唱而已。而这一点，正是他拥有一定观众群的重要原因之一。

687

　　须生演唱难，表演则更难，尤其文生，难就难在它没有大动作、大跳荡，看似难而易，实则易而难啊！原因在于无论抬足动步，撩袍抖袖，吹胡子瞪眼，全都在程式的严格控纵管束之中，而每一个程式动作，又都牵涉到相当高难的技术技巧，当演员在舞台上运用这些程式技巧的时候，还必须化成自己所扮角色的生活行为，这样才能不使观众感到演员不是在表现程式而是在表现人物。从这个角度讲，段艺兵在表演上的成功，一在于他有扎实的幼功，二在于他有活用程式技术的心智，《祭灵》中刘备的"凤点头"，《打镇台》中王镇的"闪帽翅"，甚至刘彦昌、杨继业一出场"踏三锤"的台步、整冠、捋须"亮相"等等，他都做得正宗而很符合传统法度。最难能可贵的是，他在舞台上即使一个细微的动作，也不敷衍胡来，《走雪》中的曹福"走风火轮"，也是满碗满勺地要把四角全都踏到，从不忽悠观众。由此长期形成他严谨、认真、彻满、扎实的舞台风格。

　　段艺兵是王集荣的学生，王在关中、西府很有影响，但授徒苛严、一丝不苟，一生带徒三人，即薛志秀、张建军、段艺兵，真可谓"名师出高徒"。段艺兵年愈花甲，至今事艺不辍，堪为"秦坛老将"，又因当今须生奇缺，上乘者更屈指可数，段艺兵当属省中"须生一魁"，丝毫不为过分，故专作此文颂扬其从艺五十周年，以示彰显，云云。

（原载《天水日报》2010 年 4 月 30 日 6 版）

熠熠的明星

——写在"袁丫丫秦腔专场晚会"之时

　　一幅画、一首歌，能够引动无数观众的精神亢奋和心理共鸣；一叶草、一束花，能够散绮出春天的温馨和山野的芬芳。秦腔《武松杀嫂》，虽说一个"杀"字的血腥气味让人不寒而栗，但从那刀尖渗流出来的，已不再是两个对头冤家冤冤相报的"仇杀"，而是从封尘千年的两颗心灵深层所迸发的仇与恋的撞击和爱与恨的共振。尽管人还是杀了，却杀得颤栗，死得悲壮：苦命的潘金莲痛心地倒下却又幸福地站起，英雄的武松昂然地站立却又无地自容地倒下，由此给观众留下太多的回味与思考。

　　如此一场复杂的人性较量，如此一次对封建道德观的批判冲刷，却在不足三十分钟的舞台演绎中，还潘金莲与武松以历史的清白和人性的真实。观众也在获得艺术感动的同时，意外地捕捉到一个既俗朴又诗化、既陌生又亲和的名字——袁丫丫。正是她出色的表演，诱发了观众对那场"杀奸"案情的重新审视，以及对善良与邪恶的理性思辩。这当然不只凭藉她所具有的艺术功力，更需要她对角色内心世界的准确体验。尤其当她亮相于陕西电视台《秦之声》栏目，并以这一角色捧得西北秦腔"四小名旦"桂冠之后，袁丫丫这个名字，一夜之间竟变成天水人的骄傲和街头巷尾谈论的焦点。

　　然而，有谁知道，在她突然得来的这种超常风光背后，又包容着袁丫丫多少鲜为人知的艰辛磨砺呢？五年前，当我第一次见到她时，是在金昌市艺术团，丫丫正和一帮演员训练"压腿"，那时侯她还小，还是个孩子，却承受着一种"酷刑"般的严格训练，着实令我浸满心疼的泪花。想想自己的子女，再看看眼前这帮腿子被压得"咯咯"作响的小演员们，心肠再硬朗的人也会生出几分的不忍和怜情。而陪我前来的领导，全不理会我情绪的微妙波动，依旧滔滔不绝地向我讲述着丫丫如何具有强烈的上进心，又如何具有艺术的灵动性等等之类的话，尽管我深知演员这一特殊职业，须在脑力与体力双重劳动的重压中每天必须坚持苦学苦练苦熬，一天懈怠，十日难补；再想想所有成功的戏曲演员，又有哪一个不是在这种艰辛的拼搏中首先战胜自己而后再去征服观众的呢？正因此，当她在"第二届中国秦腔艺术节"再度演出时，她的进步和成功，不仅使我、也

使所有的评委、甚至在场的一千多名观众无不为之震惊。天水人有句惯说的口头惮，叫做"冰冻三日，非一日之寒"，恐怕也正执此而言。

今天，"袁丫丫专场秦腔晚会"正式揭开了帷幕，这是她艺术风采的一次全面展示，也是她向全市人民的一次全面汇报。我除表示祝贺外，最想说的还是一句老话：艺术本是一种长期的无限运动，也是一条不断向未来延伸和始终没有尽头的永恒之路。袁丫丫作为一名崭露头角的艺术新苗，不仅需要阳光、雨露的滋润，更需要她继续拼搏、奋进和不懈努力，才能真正步入秦腔艺术的自由王国，继而达到纵横驰骋的必然王国。

望袁丫丫百尺竿头，勇攀高峰！

2005 年 5 月 23 日记于兰州

苏琴兰——陇剧舞台上的第一颗明星

我看苏琴兰的戏，是在20世纪60年代初，那时我还是个学生，而且正在学校主修音乐理论。当时的全国各大艺术院校，都提倡走民族化道路，地方戏曲、民间音乐便被正式纳入教学实践大纲，于是，这才有了观摩各种戏曲演出的机会，当然，观摩最多的还是陇剧和秦腔。

第一次接触陇剧，就被那如同天籁般的唱腔音乐拢住了神。其中有个扮演马瑶草的演员，所唱的一段《观君子》抒情性唱腔，那场景，那画面，还有她那婀娜飘逸般的手式、身段表演，都给了我刀刻火烙般的记忆，即使在五十年后的今天，依然历历在目：更深静夜，幽暗的舞台灯光之下，一盏烛光银灯摇曳闪烁，伏案蒙头憩睡的马瑶草，被水钗模拟更点的轻轻四响惊醒。于是，她踩着深沉的大提琴旋律独响，缓缓起身，缓缓度步，乐队也缓缓地开始进入伴奏。尤其那极具张力和律动的小提琴在高把位上奏出的旋律，宛如一丝潺潺流淌的山涧小溪，甜腻得渗人心脾，还逼真地描绘出旷夜深沉的寂静。继而全乐复起，由弱渐强，由小而大，舞台灯光也霍然地臻亮，自然地引出演员开口演唱。那演唱当然是一种诱人的抒情，歌声和舞台画面几乎完全融合在了一起，情景交融，感人肺腑。然而，最能挑动我心弦的，还是那演员的声乐表现力。她歌唱的音色之美、声音之纯，明澈得如同蝉翼倒不消说起，仅就对声音的控制力而言，就颇具大家风范。正因此，她不仅把马瑶草这位宦门千金落难中因得陌路之人简仁同的关照，由一腔感激之情继而升华为芳心萌动的羞涩多情，表现得至深至透，逼真感人，更重要的是，还将陇剧音乐所独有的深沉情韵，通过她的歌唱被完全开掘了出来，并让每个观众从中得到心灵的振奋和愉悦。陇剧艺术的感人魅力，就在这一瞬之间同观众心灵产生了和合。当时我在想，世界上怎么会有如此美妙的音乐？更在想，世界上怎么竟有这样一位如同天使般的演员呢？这位演员，正是我初识的第一代陇剧表演艺术家——苏琴兰。

十年之后，我成了省广播电台的一名文艺编辑，宣传甘肃地方文艺自然成了我的职业和责任，我首先想到的，便是陇剧以及那一批为陇剧艺术奉献过毕生心血的人，其中当然包括苏琴兰。从此我们频频交往，反倒成了很要好的朋友。后来才知晓她原本出生

在一个梨园世家，与西安三意社创始人苏长泰本属同一叔伯亲族，难怪她对戏曲的悟性会有这么好。

1958 年正值陇东道情皮影小戏向陇剧舞台大戏蝉变发展之时，16 岁的苏琴兰刚刚从艺校毕业，便一步踩进陇剧团大门，从此，决定了她一生所要走的路，也在艰苦的艺术实践中开始修炼着自己。当然，与其说实践，莫如说实验。因为，陇剧作为刚刚吐露幼芽的新生地方剧种，它的发展本身，就意味着要在成功与失败之间展开举一反三的尝试与折腾，即便一个手式，一句唱腔，甚至一句念白，都须在朝令夕改之中经历演员的反复试验、不断实践后方可定格。同样，所有第一代陇剧演员，正是从这样的折腾中，从不成熟走向成熟，也从不成功一步步走向成功之路的。苏琴兰正是这一群体中被反复折腾出来的佼佼者之一。

我很钦佩苏琴兰的演唱功力，尤其钦佩她那春鸣溜啭般的"润腔"技法。本来是一段平俗无奇的唱腔，经她声乐技巧的修饰铺排，不仅立马弥满陇剧特有的醇韵，还能挂上"苏腔"的印记独树唱派一帜。更神奇的是，还能够让人在闭目品味她的演唱之中，"看"到剧中人物的舞台行为。就是说，苏琴兰的唱，具有十分鲜明的形象立意。前边我所提到的那段《观君子》，经她多年的声乐打磨，业已成为陇剧唱腔艺术宝库中的精品之精品，而且可以这样说，截至目前依然还没有人能够超越她的演唱水准。原因就在于苏琴兰的唱，不只嗓音得天独厚，更有行腔技巧垫底。声乐加技巧，就是人们常说的"功夫"。演唱有了真功娴技，就能透过声音见戏见人，自然数十年后，依然耐人咀嚼，回味不尽。

也许正是这个原故，她创造的舞台形象，即便是性格悬殊甚大，不可同一而论的戏剧人物，苏琴兰同样以自己毕肖的演技，给人留下很深的印象。她在《枫洛池》中扮演马瑶草，让人感到苏琴兰就是宦门千金小姐马瑶草；在《假婿乘龙》中扮演相府丫环春草，又让人觉得苏琴兰就是将堂堂胡知府忽悠得团团转的丫环春草。这种装龙像龙、装虎像虎的表演功力，倘没有高超演技，是绝难演出人物性格神髓的。难怪梅兰芳先生看了她的演出，也给予很高评价，由此也得"陇剧严凤英"之誉。其实，要让我说，单就苏琴兰的演技，并不比黄梅戏表演艺术家严凤英逊色，只不过在当时的条件下，对演员的宣传还不够到位罢了。

苏琴兰的成熟，伴随着陇剧艺术的成长；陇剧艺术的成长，同样伴随着苏琴兰等一批演员的成熟，如此循环往复，代代推演，时至今天，才使我省的陇剧堂堂正正大步跨

入国家精品艺术的殿堂。从这个意义上讲，我们说苏琴兰、王素绵、杨莲珠、景乐民、王敬乐、安志诚、毛化民等一大批第一代陇剧演员，堪为陇剧艺术奠定根基的重功之臣，也就丝毫不为过分了。

2013 年 7 月 26 日夜

天姿质丽舞台人

——雷通霞小记

雷通霞是以秦腔入门、陇剧成名的一位戏曲演员。若论她的出身，祖上并没有给她多少厚实的艺术背景，再看她的生平，也没有去过高等艺术学府深造，甚至没有得到过哪位高人的系统指点和真传。但这并不能掩盖她那与生俱来的艺术资质，她本人天资质丽，相貌俊秀，尤其那双眯缝的小眼睛，灵动而淳朴，睿智而机敏，再加上一副金铃般的嗓子，匀称窈窕的高高个头，似乎上帝早就铺排好要她当演员的一切条件。难怪甘肃省文化厅原厅长张炳玉同志说，雷通霞是个"天生当演员的材料"，还为她写过《一个明星的发现与培养》文章。

当然，这只能说雷通霞具有学戏唱戏的基本条件和素质，却不能说好的条件和素质就是一名好的演员。因为，中国的传统戏曲艺术，已经把舞台简化到空无一物的地步，与此同时，又对演员的表演和装备，提升到相当完美和无比纯净的程度。也就是说，演员的表演是戏剧舞台唯一的中心材料，它对演员有一套十分苛严且又非常特殊的要求，作为一名戏曲演员，必须具备多方面的才能和睿智，特别是不经过严格的戏曲基本功训练，是无法从事舞台创造的，更当不了主角，即便"跑龙套"也跑不好，原因正在于戏曲表演有着极强的技术性和专业性，这些技术，除戏曲所独有的"四功五法"外，还须具有歌唱演员的好嗓子，话剧演员的好音色，舞蹈演员的的好体形，杂技演员的真功夫。不具备这样的条件，就很难胜任唱、念、做、打融于一身的戏曲舞台表演，所以，任何名家，都不是一夜成为明星的，都得经历一番严格的专业训练甚至终生艰难磨砺，孟子曾言："天将降大任于斯人也，必先苦其心志，劳其筋骨，饿其体肤，空乏其身……"意思是，即便有充当演员的条件，也得经过艰苦磨砺，才能将自己锻造成一个横空于舞台天地间的独立创造者。因此，在任何名家成名的背后，都有一部"苦其心志，劳其筋骨"艰辛史，雷通霞当然自不例外。

雷通霞走上舞台的路也并不平坦。她从小生活在农村，面对贫穷落后的现实，12岁小学刚刚毕业，便面临要么当农民，要么自谋生路、自食其力的抉择。所幸的是，农村

戏曲文化生态环境向来要比城市丰富而多彩,尤其她的家乡平川,男女老幼都有吼秦腔的能耐,这给她从小深深埋下艺术的印记,也使她过早显露出几分超常的唱戏天赋,同村的人也认为她唱戏准能成为一名好演员。于是,"自己的命运自作主",13岁的她,索性瞒着家人,考入了定西地区秦剧团。也正是这一步,使她迈入夺取成功的戏曲专业门槛。

基层剧团的条件是有限的,甚至是极其简陋的,特别是师资力量的缺失与薄弱,依然还是沿袭着旧戏班授徒传艺的那一套。教戏学戏一在老师言传身教,二在自己舞台演出实践,这就需要凭借个人的艺术悟性,去揣摩、去理解不善言谈的老师们一招一式的示范真谛,以及他们成功创造角色的妙窍所在了。这就是说,雷通霞的成功,不单靠吃苦拼力,更要凭心眼心智,加上她那股不服输的劲头,经过不足四年的艰难磨砺,终于在17岁那年,以《打神告庙》敫桂英一角,登上甘肃省首届青年演员大奖赛舞台,获得专家"心中有戏,光彩夺目"赞语,并成为众多竞争者中的一大亮点。从这时起,她所具有的艺术潜力和灵动光彩,引起人们的注目。

仅仅四年的学艺生涯,雷通霞从"跑龙套"到演配角再到有机会演主角,还得到专家褒扬和观众的认可,甚至成了定西剧团的年轻"台柱"和小有名气的"明星",这不能说不是她超越常人的艺术飞跃,这其中当然有许多辛酸苦辣的经历和感人故事。但若要说雷通霞已经获得了成功,似乎为时尚早,就连她本人也不认可。"那时候虽然演了很多戏,有配角也有主角,我出场观众就拍手,但自己心里明白,我还不成熟,只知道演程式,不知道演人物,更不知道程式和人物之间是啥关系,慢慢地把扮演的人物和自己想象中的人物糅合在一起,有一天演戏突然产生了新感觉,让程式随着人物走,人物随着自己的想象走,这样演出的角色果然就有光泽了!"雷通霞这样对我说。

刚刚悟出了一点演戏的窍道,也就在她蓄势待发之时,戏曲的不景气,又将剧团推入难以为继的窘境,精简裁员如同一记闷棍,不偏不倚打在她身上。就这样,她莫名其妙地离开了舞台,在街头一家小饭馆干起卖饭票的行当。但她并未就此灰心,坚信形势一旦好转,她会重新回到属于自己的那块天地。果不其然,时隔不到一年,剧团领导又把她接了回去。经过此番人生道路上的揉挫与折腾,使她更加成熟,懂得了应该珍惜什么。于是,以超出常人的加倍付出,决计追回失去的时间,很快成为定西地区秦剧团最叫座的青年明星。

雷通霞特有的艺术天性和悟性,在征服了定西秦腔观众的同时,也引起省上戏剧专

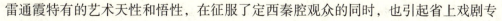

家的关注，甘肃省陇剧院几经周折，终于将她调到省上，并从秦腔改唱陇剧，这是她艺术生涯中的第二个转折"坎"，同时也是展示其雄心与才华的始发"点"，当她在现代戏《石龙湾》中以陇剧塑造彩螺这一主角形象与省城观众首次见面时，仅仅幕内一句"狂涛未平恶浪卷"［苦音散板］腔，就一下拢住了观众的神。这一声，音色纯净而响亮，感情奔放而砺韧，尤其出场后怀抱婴儿，与风浪博击中的几个"滑步""提鞋""探海""撕叉"等一组高难动作的组合表演，不只将程式完全糅化于当时人物的戏剧情绪之中，更让观众从中看出她在弹跳、旋转功力上敏捷、平衡方面的过硬素质。雷通霞以陇剧艺术成功塑造现代人物形象的表演才能和舞台风范，不仅征服了甘肃观众，也使应邀前来观摩的全国知名专家感到吃惊，甚至对在经济欠发达的甘肃如何能培养出这样一位年轻的艺术人才还多少心存不可理解。是啊，艺术的发展包括人才的培养需要雄厚的经济基础来支撑，但经济并不是唯一因素。革命导师恩格斯在致康·施米特的信中说过："经济上落后的国家在哲学上仍然能够演奏第一提琴。"①这恰恰说明文化建设的确需要经济建设提供一定的物质基础，但人的因素和优越的社会主义制度，同样为戏剧文化的发展和艺术人才的培养能够提供强大的精神能源。

　　在以后的日子里，雷通霞在许多戏里扮演了许多栩栩如生的角色，《失子惊疯》中的胡氏、《谢瑶环》中的谢瑶环、《探窑》中的王宝钏等等，都给观众留下深刻印象。但是，若要论及成功的代表佳作，当推陇剧《官鹅情歌》中的鹅娘和《苦乐村官》中的杏花二角了。这两出戏，皆系我省作者所创编，两剧所表现的，前者是以古代羌氏少数民族为题材的新编历史剧，后者则是人们最为熟悉的农村题材现代戏，就是说，传统的戏曲表演程式在这里全然失去了效用，演员既无前车之鉴可比照，又无现成表演程式可套用，必须以自身的艺术技艺和美学修养，去竭力开掘人物内在的真情实感，才能将剧本所书写的平面形象，转化成立体的、活态的、真实的艺术形象，这样才能让他们高高地树立于舞台，只有做到了这一点，才能使观众从中获得艺术的感动。这当然不是仅仅靠一两个主要角色承担者所能完成的事，更确切地讲，要靠全体演员甚至包括幕后众多无名者集体的睿智才能完成，但作为主要角色创造者之一的雷通霞，却在出色完成艺术创造方面的功绩不容低估，原因很简单，中国戏曲本来就是以演员为中心，与之相并存的便是戏曲是一门综合性很强的艺术，重此轻彼、扶大弃小，都难以完成艺术的创造，这正是中国戏曲的妙造所在。因此，这两出戏之所以能够双双进入国家艺术精品工程，集体智慧凝聚与主要演员睿智达到最完美的结合，恐怕是两剧舞台呈现出情出彩唯一的

成功根源。

当然，雷通霞的艺术气质和表演才华，也不是与生俱来的无本之木，一方面是她汗水的浇灌和艰辛的磨砺，一方面是众多老师一点一滴的指拨和手把手的严加教诲，但最重要的还是组织为她铺设了一条成才之路。演员这一职业，是个特殊的群体，即使从事了这一职业的人，也不一定人人都可以成为名家，它的确要有一定天赋和才华，但有了天赋才华没有高人指点和自己的苦苦修炼，同样也难成为气候，尤其在我们这个国度，倘没有组织的发现、提携与培养，也未必能够出人头第，这就如同一颗天然的宝石，质地再好，若不加精心雕琢，它依然是"石"而非是"宝"。我想，雷通霞的成功，恐怕也是这三者共同给力的必然。

今天的雷通霞，无疑获得了事业上的成功，但这并不意味着艺术上的成熟。正因此，也许她有许多话要说，还有许多事要做，而她想要说的和想要做的，归根结底无非是想多演几出戏和多扮几个角色。"我时时有一种感觉，总耽心自己会掉下来，所以当我一场戏一场戏地演下来之后，总会想好多事，其中想得最多的，就是演员究竟是一种什么样的职业？为什么当自己出现在舞台上，便能牵动全场上千人的眼睛，即便有时是个不经意的动作，也会牵动台下上千双眼睛而流动。这使我明白了舞台是演员和观众、台上与台下两种眼神之间展开对话和交流的唯一窗口，每到这时，我从观众的眼神中读懂了他们对陇剧艺术的渴求感，这种渴求感当然不完全来自我本人，而是观众将我或者说演员视为戏曲艺术的一个代表性符号，因此，每到此时此刻，便是我最幸福的时刻，这种幸福感，将促发我渴望创造更多的舞台形象，能够多几次与观众交流的机会，因为我离不开同观众之间的那种对话和交流，甚至渴望那种双向互动的眼神对话一直伴我幸福终生。"

---

① 《马克思恩格斯选集》第四卷，第 704 页，北京，人民出版社，1995。

陈（素贞）派唱腔的俏、丽、精、巧

——分析豫剧《拾柴》一段唱

《春秋配》是著名豫剧表演艺术家陈素贞早期演出的剧目之一。其中"拾柴"一场里姜秋莲所唱的"忍着气噙着泪来捡芦花"这段［慢板］唱腔，充分体现出陈派唱腔俏、丽、精、巧的艺术特色。

陈素贞对这段唱腔的板式安排，是以她对剧中人物姜秋莲所处的典型环境与特定情绪为依据的。姜秋莲是个饱受精神折磨、满怀一腔苦水的脆弱女子，她对继母的虐待，逆来顺受，当她被迫走出家门去荒郊捡柴时，面对芦花，不由满腹辛酸。这就决定了唱腔在板式上的徐缓沉稳和调性色彩上的凄凉悲楚。一般说来，选用［慢板］唱腔来抒发这位女子心头的郁闷，是比较适宜的。但传统豫剧中的［慢板］，曲调大都比较平直简单，不大注重细节的雕琢和深揭人物内心的"底蕴"。因此，陈素贞便在传统［慢板］的基础上，大胆而又审慎地创造出一个新的特慢板式，使角色能够在缓慢的节奏中尽情抒发自己的苦衷。同时，她又依唱词所提示的情绪，在创腔上，前半段紧紧抓住一个"羞"字，后半段紧紧围绕一个"悲"字，使唱腔的抒情气氛更显浓郁。如第一句开头的"羞答答"三个字，一开口就比传统［慢板］出音要高。接着又发展出一个翻卷复回的拖腔：

$$
\underline{2}\ \dot{1}\ |\ \underline{2}\ \underline{3}\ \underline{\dot{2}}\ \underline{\dot{1}}\ \underline{\dot{2}}\ \underline{2}\ \underline{7}\ \underline{6}\ |\ \underline{5}\ \underline{0}\ \underline{6}\ \overset{\frown}{\underline{7}}\ \underline{7}\ \underline{6}\ \underline{5}\ \underline{2}\ \underline{4}\ |\ \underline{5}\ \underline{6}\ 5\ -\ |
$$

羞答　答

在优柔的力度中，用字轻腔轻的发声和自叹自叙的口吻，唱出了这位遭受继母虐待的女子又羞又悲的闺中情态。这个拖腔，是在传统［慢板］头基础上，加进了许多"腔弯儿"，把它拉长了，发展了。使得唱腔在迂回婉转的行进中，增强了悲切哀怨的抒情性。值得一提的是，演员在这里不露痕迹地接连偷换了四次气，唱腔不仅没有使人有零碎之感，相反，微小的顿逗更能突出角色声泪俱下的神态。

"出门来将头低下"一句，行腔纤细，很有举步欲止之感：

5 1 | 6 7 6 5 | 4 - 6.5 5 | 0 2 1.3 2 1 | 7 -
出门　来　　将头　　低　　　　下

特别是"低"字的处理，演员巧妙地闪过一板，使唱腔在眼上轻轻高扬。接着通过一个短暂的花腔过渡，落在一个极不稳定的"7"音上。这一扬一落，既突出了"羞"字的表情，又加强了"悲"字的分量。

"哭了一声爹，再叫一声妈"这句腔，曲调从原来的开放变为紧缩，发声则由原来的抑制变为开放。同时，唱腔与"过门"交相呼应，既增强了曲调内在的冲击对比而显得紧凑生动，又使得人物心理的刻画和感情的表达更加充分完整。

紧接着，是悲伤难抑的拖腔，并借助这个拖腔长滑下翔的动势，引出了"我的老乳娘啊"一句，以颤音润腔的独特技巧，强调了收腔时的哭音效果：

6 1 6 6 5 | 6 - (6.7 6 5 | 6 -) 5 1 1 4 | 5 - (5 1 1 4 | 5 -) 3.2 |
哭 了一声 爹，　　　　再叫一声 妈，　　　　　唉

1 3 2 1 | 7 - 6 7 6 | 5 6 2 7 6 5 2 4 | 5 -
我　的　老　乳　娘　呀啊　啊

这里，我们感受到陈素贞把河南农村妇女生活中自然的哭腔音调，巧妙地融化于优美唱腔之中的艺术匠心。

"止不住泪珠儿点点如麻"一句，陈素贞借用了她过去为《三上轿》里所设计的一句唱腔，旋律由中音区辗转高上，增添了几分激昂的色彩表情；然后，再逐渐下滑，由刚变柔。在"麻"字上，又来了个小小的"腔弯儿"。"麻"属阳平字，演员用装饰音和本音自然滑接的行腔技巧唱出，字头、字腹、字尾交待得非常清楚，细腻而深情地表达出姜秋莲难以控制的一腔悲痛：

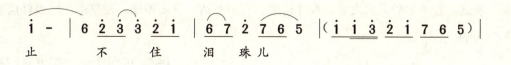

1 - | 6 2 3 3 2 1 | 6 7 2 7 6 5 | (1 1 3 2 1 7 6 5) |
止　　不　住　泪珠儿

$$\underset{\smile}{\dot{2}}\ 7\ \dot{1}\ \dot{2}\ \dot{2}\ \dot{1}\ |\ 7\ 6\ 6\ 5\ 4\ 2\ 4\ |\ 5\ -\ -\ -$$

点 点　如 麻。

　　陈素贞的创腔手法是多种多样的，比如对传统唱腔节奏的改变，根据旋律的不同加花装饰，对音符时值的伸长与缩减，以及不同的安字方法和衬字用法等等。这些手法，不仅上述几句唱腔已有所表现，在下面的"我好比路旁花风吹雨打"等句里，更得到充分的表现：

$$\dot{1}\ \cdot\ \underset{\cdot}{6}\ |\ \underline{\dot{1}\ 5\ 4\ 3}\ |\ 2\ -\ \underline{5\ \cdot\ 4\ 5}\ \dot{1}\ |\ \underline{6\ 5\ 4\ 3\ 2\ 4\ 3\ 2}\ |\ 1\ -\ \underline{5\ 3\ 5}\ 5\ \dot{1}\ |$$

我　好　比

$$\underline{6\ \dot{1}\ 6\ 5\ 3\ 5\ 3\ 2}\ |\ 1\ -\ \underline{5\ \dot{1}\ 2\ 7}\ |\ \underline{6\ 5\ 5}\ (\underline{5\ 6\ 5})\ |\ 4\ \cdot\ \underline{5\ 5}\ \cdot\ \underline{6\ 5}\ |$$

路　旁　花 啊　　　风　吹

$$\underset{\smile}{5\ \dot{1}}\ \underset{\smile}{\overset{7}{\dot{1}}\ 5}\ |\ \dot{2}\ -\ \underline{6\ \cdot\ 7}\ \underline{6\ 5}\ |\ \underline{4\ 0\ 5\ 6\ 7\ 6\ 5}\ 4\ |\ 4$$

雨　　打，

　　这句唱词需要一个比较细致的描绘渲染。陈素贞便在"我好比"和"风吹雨打"几个字的后面，依然用加"腔弯儿"的手法，引申出两个起伏较大的拖腔，使角色能够在低回婉转、深滑慢移的行腔中，尽情倾诉自己不幸的遭遇和悲惨的身世。再比如最后一句"忍着气眼噙泪来捡芦花"，演员也是紧紧把握住人物内心的惆怅，运用同样的手法创作出来的。更值得一提的是，这两句唱腔突破了传统豫剧的声腔结构和表现程式的常规，连续用"三截腔"的形式唱了出来。由于曲调进行上的变化和不同的安字处理，尽管这两个"三截腔"连续出现，不仅没有重复和贫乏之感，相反使人觉得十分统一和富有新意。

　　"忍着气噙着泪来捡芦花"这段〔慢板〕唱腔，是陈素贞根据唱词文体、词义、字声以及所表现的情绪等特点，在继承传统祥符调的基础上，创作出来的一个新的〔慢板〕板式。整个唱腔款式大方，尺寸适度，有声有情，新而不怪，是值得我们很好借鉴和学习的。

（原载《中国戏剧》1985 年第 6 期）

甘肃豫剧，从辉煌跌入寂寞

豫剧这个名称是从甘肃叫响的。时间是在解放前的二三年间。

从乾隆年间到今天，这个剧种已流传250多年，而从"河南梆子""河南高调"等多个叫法统一到"豫剧"这一正式名称，其最本质的意义在于使得这一剧种固化了。

抗战八年是兰州文化的一个艺术繁荣时期，豫剧也是在这个时期由民间艺人带入了甘肃，自此，从初创时期就受到甘肃西秦腔滋润的它便扎根于陇原大地……

本报记者 雷媛

一套专辑

周桦说，压在她心上的那块"石头"总算是落地了。

日前，周桦的首套6张戏曲光碟《周桦个人演唱专辑》由中国唱片成都公司正式出版发行了。而专辑的出版也让51岁的周桦很是兴奋了几天。

就在前两天的一次外出演出中，遇到的一件事让周桦更加觉得她的位置就是在舞台上。

"是去景泰演出，我的唱段结束之后，正在后台和几个秦腔演员说话间，突然间有个人冲到了面前，不知道是紧张还是什么，这个专门找到后台来的男人有些语无伦次，他说从(上世纪)70年代末起他看过我很多戏。"周桦说，后来这个人是恋恋不舍地离开后台的，刚刚一起和自己说话的同事说："周桦，你碰到一个你的老粉丝了。"

周桦说，上世纪80年代，像这样找到后台来的情况，可以说是司空见惯的。

豫剧之名

豫剧是甘肃最主要的外来剧种之一。

"某种程度上可以说，它是甘肃仅次于秦腔的第二大剧种。"戏剧理论家、省戏剧家协会主席王正强肯定地说道。

王正强说，豫剧旧称"河南梆子""河南高调"等，它是上世纪30年代传到甘肃

701

的，已经 70 多年了。"民国三十三年，有现代豫剧之父美称的樊粹庭率狮吼儿童旅行剧团到平凉演出，由此开启了豫剧进入甘肃的先河。随后，以寇绍公为班主的豫声分团到兰州演出，同年，被誉为豫剧皇后的陈素贞率河南梆子戏班、张风云为首的戏班以及随后的香玉豫剧改进社、李玉萍班等豫剧表演团先后到天水、酒泉、武威等地演出。"

"抗战时期是兰州文化艺术的一个繁荣时期，在此之前，兰州几乎只有一个剧种秦腔，秦腔演出班子也寥寥可数，抗战爆发后，沦陷区的人们大量涌入内陆城市兰州，这样兰州陆续出现了十多个剧种和近三十个剧团的空前兴盛局面。1944 年包括曹子道、张风云、王景云等艺人的中州大戏院来到兰州，在双城门进行演出，这样豫剧就正式进入了兰州。"戏曲家李智说。

不过，王正强强调，这些班社进入甘肃演出的时候，还没有"豫剧"这一正式的称呼，因为那时候都称其为"河南梆子"。而豫剧这个名称是在解放前夕确立的，而且最重要的一点是，这个正式的名称是从甘肃叫起的，把河南梆子正式叫做豫剧的是一位在兰州的叫李战的人。

"李战这个人，对于豫剧扎根甘肃以及甘肃豫剧有着不可磨灭的贡献。"熟悉李战的王正强说，李战是解放前来到兰州的，他是个剧作家，也是一个很出色的导演，他曾创办过"业余剧人协会"，导演了《裙带风》《风雪夜归人》等知名作品，在当时，其名气之大可与北京人艺著名导演焦菊隐相比肩。

在王正强看来，1947 年，李战首先叫出了"豫剧"这样一个名称，以后河南梆子就被叫成了豫剧，不仅仅对于甘肃的豫剧，在河南也旋及得到了认可。"河南梆子第一次真正意义上有了名字，也意味着这一剧种的固化。"王正强说，从戏曲的角度而言，梆子是一种声腔体制，豫剧和秦腔一样，都以硬木梆子击节定眼，还有山西梆子、山东莱芜梆子、河北梆子等，都属于梆子腔一类。

也就在李战响亮地叫出豫剧这一名称的同时，他在兰州还创办了甘肃第一家豫剧表演团体——"新光豫剧团"。王正强认为这个剧团的成立，预示着豫剧在甘肃的彻底扎下了根。"新光豫剧团也就是解放后成立的兰州市豫剧团的前身。要知道，之前不管有多少豫剧班社来兰州来甘肃，他们多属'跑码头'流动戏班，表演一段时间抬腿就走。由此，当知李战创办这个剧团的意义所在。"新光豫剧团成立之后，李战又组建了"兰州新光豫剧学校"，李战出任该校的第一任校长，"这个学校培养了甘肃首批豫剧演员。"王正强说。

在周桦的回忆中，对她影响很大的老师有很多，但最为记忆深刻的是已故的李战老师。李老师是当时的编导，分管学生、组织学生都是他的工作，还有表演课和理论课都是他担任，"刚一开始时李老师就针对我的情况给我制订学习计划，可以说给我开了不少'小灶'，正因为这样，使得我在艺术的道路上没有走很多弯路。"

"解放前，李战还和常香玉一起为兰州新光豫剧学校专门进行募捐义演。解放后，他任兰州市豫剧团团长，李战的一生为豫剧在兰州和甘肃的传播与发展作出了重要贡献。遗憾的是在他生前没有被好好地报道宣传过。"50年代曾在兰州豫剧团工作过一段时间的范克峻老先生也是熟悉李战的。

肥沃土壤

甘肃戏曲理论界都把豫剧这一外来剧种和秦腔称作"姊妹艺术"，原因在于在它形成发展过程中，也曾受到甘肃西秦腔化育滋养的结果。

"豫剧能称得上甘肃第一大外来剧种，是源于它和甘肃厚重的文化积淀的一脉相承关系。因为从豫剧初创时期，它就曾受到甘肃西秦腔的滋润。清初，西秦腔传入河南开封，和当地土腔结合，促成该省民间剧种'梆锣卷'和'汴梁腔戏'的问世。梆锣卷正是豫剧的故称，这一点，清人徐珂在他的《清稗类抄》一书中记述得很清楚：'北派有汴梁腔戏，乃从甘肃梆子腔加以变通，以土腔出之，非昔日之汴梁旧腔也。'"王正强说，"在梆子腔形成之前，戏曲音乐(昆腔、高腔)都以曲牌为其结构单位，这种结构形式称为'曲牌体'。甘肃西秦腔则以一个上下句为基本结构单位的唱腔结构形式，由此标志着'板腔体'戏曲声腔的形成。而最早的板腔体的代表剧种就是甘肃的西秦腔。所以，在我个人看来，自明代西秦腔之后，全国民间戏曲转相效法，为我国生出一个板腔体声腔剧种家族，河南梆子亦在其内。"

甘肃厚重的文化积淀不仅仅是适合豫剧生长的肥沃土壤，甘肃民众爱听梆子腔也是豫剧在此扎根的原因所在。王正强说："这也是解放前常香玉以及解放后陈素贞等在甘肃组班、领班长期在兰州演出的真正原因，在这里她们能找到观众。所以，可以说，这些豫剧名角基本上是在甘肃成长成名之后才走红全国的。"

(原载《兰州晨报》2009年10月22日A06版)

人生意义与价值的追寻

——范克峻《艺林细雨》代序

世界之大，何地无才。泱泱中国拥有 12 亿之众，各类人才广之又广，多之又多，就我的交谊圈内，染指于作诗绘画的、著书立说的、甚至敲锣打鼓、作场唱戏的人文之"才"，少说也要占十之八九。正因为见得多了，听得广了，反而淡化了我对人才该有的几分仰慕和崇敬。偏偏事有例外，自从我与范克峻先生结识，通过相互了解和深交，却对这位老人勃发出多年不曾勃发的几分敬仰。这倒不是他较我年长许多，也不是他有摄人魂魄的文字力量，更不是他在志趣上与我有着太多的契合，而在于他对戏曲艺术特有的一掬耿耿独钟之心；在于他像牛一般的勤奋耕耘和默默奉献的精神；更在于他抛却一切功名杂念，以及其松、竹、梅、兰傲霜立雪般的高洁品格。以至当他的这本文集即将付梓并提出要我为之作序时，着实吓出我一身的冷汗，自疑听觉是否有误。因为，这些年来，文界时髦领导作序成风，而且官位愈高，似乎愈能压卷，可我算什么呢？充其量也不过是个写书的一介草民而已。今天，写书的长者竟要写书的少者为他即将付梓的大作写序，岂不有悖潮流并让人生出几分意外么！然而，当我举眉略略瞅注了一眼他那清癯的面庞和充满希冀的目光之后，始知他是认真的，坚决的，甚而还是不容推辞的。

一个人对自己终生要走的路，通常不外乎两种选择：一种是形而下的生活安逸，一种便是形而上的精神追求。对于前者，往往会因偶然捕捉而得之的机遇，沉溺于称心的营生而乐于安常处顺；对于后者，就有可能受到某种理想志向的强烈驱动，宁肯安贫乐道而不愿厮守福荣，即令得手，也会弃之如敝履，决然离开依附的躯干而另攀旁枝，最后反倒结出艳丽的累累果实。范克峻先生便是抛福荣、乐清贫、弃躯干、攀旁枝而结出累累果实的一位佼佼者。

早在他人生起步之时，机遇赐给他一碗舒心的"邮政饭"。"要吃饭，邮、盐、电。"作为三大洋务之一的邮政，当时，真可谓是一座能让众多人垂涎而又只能望洋兴叹的画中高堂。他却凭借天赐机缘，不仅登堂入室，还很快地考取到礼帽、长衫、满口"密斯托"的白领职员科层。按理他本该知足并为之安享福泽了，然而在他的血管内早

就流淌着的那股秦腔琼浆，却又无时不在绞肠翻肚，他终于抵挡不住这份炽热的诱惑，不能不把自己的终极目标指向人生意义与价值的追寻，义无返顾地踏上弃邮从艺之路。

　　克峻先生所选择的这条路，要我说：既不见得明智，也不见得不明智。言其不见得明智者，是因为这条路有着太多的荆棘，太多的风险和太多的艰难，需要他付出几倍甚至几十倍的毅力和勇气，方可通向自己所追寻的梦，途中稍有不慎，不仅会顿陷维谷，还有可能坠入万丈深渊而粉身碎骨。本来，中国戏曲艺术应该是纯粹而又圣洁的一方净土，从其孕育到成熟的数千年里，它既捏塑了中华民族的道德规范和精神情操，同时又在传承过程中，阐扬着华夏文明的心灵感应和儒道哲理，以致使其本身具有世界上任何艺术形式都无法与之抗衡争胜的辐射性、渗透性和人民性。比如，说它俚俗，确也俚俗，俚俗得无论贩夫走卒、妇孺童叟皆可开口即唱；说它高雅，确也高雅，高雅得竟连专家教授、中外学者也对它钻研不透。然而却在人民大众之中，如同阳光、空气和水，人人离它不得，处处无它不得。就是这样一门艺术，却被历代帝王斥为"鄙俚蹈袭""伤风害政"而横加鞭挞贬责；再加上屡朝文人骚客"重词轻曲"的偏见，使它一直处世低微。宋时，明明是南曲北曲，却偏偏要称南词北词而向上攀附；至元，唐诗宋词盛极而衰，乐府杂剧代之而兴，当时的文人名公纷纷弃词攀曲，戏曲似乎有了出头的转机，孰料那些很会便宜行事的骚客们，竟将杂剧揽入自己名下不以为耻，反倒转脸变色地歧视起演戏的艺人："杂剧出于鸿儒硕士、骚人墨客之手，皆良人也。若非我辈所作，倡优岂能扮乎？"（朱权《太和正音谱》引赵子昂语）这种文人至尊、艺人至鄙的历史偏见，导致戏曲一直列入下流之属，艺人卑贱的身世也就自不待言了！凡此不公正待遇，一直随着戏曲的传承而传承，即使在极力倡导演员乃是高尚文艺工作者的今天，究竟有多少人从思想深处彻底消除了这种历史的污垢，而能够像范先生那样真正尊重和贴心善待艺人呢？老实说，我的确还揣摸不透。

　　克峻先生弃躯干而攀旁枝，尽管是他追求人生意义与价值的神圣之举，却依然难逃历史残留意识强暴的厄运。这从他事艺半个世纪的艰辛历程和不幸遭遇中，就可以看得很清楚。

　　新中国成立前，他为献身艺术事业，冤遭国民党反动派七个月的牢狱之灾；新中国成立后，在文化战线上又稀里糊涂戴上了一顶"右派"帽子，其后便是监督劳动改造，恰逢三年自然灾害，几乎劳累冻饿致死。一位兰州市文化局堂堂的艺术科长，一夜之间竟变成了专政对象，范先生当时承受的精神压力和内心痛苦自不难体会了！不知当时哪位

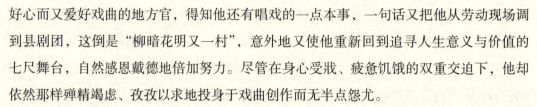

好心而又爱好戏曲的地方官，得知他还有唱戏的一点本事，一句话又把他从劳动现场调到县剧团，这倒是"柳暗花明又一村"，意外地又使他重新回到追寻人生意义与价值的七尺舞台，自然感恩戴德地倍加努力。尽管在身心受戕、疲惫饥饿的双重交迫下，他却依然那样殚精竭虑、孜孜以求地投身于戏曲创作而无半点怨尤。

　　说他选择这条路不见得不明智者，是因为他在这条路上，确实作出了一掬值得引以自豪的业绩和令人刮目相看的辉煌。克峻先生从看热闹起步到看门道入行，从感性认识着眼到理性认识执笔，从业余爱好入门到专业戏曲作家而享誉，全凭他苦心孤诣地个人拼搏和深自淬沥地刻意进取。我这样说并非说他是"无佛自尊""无师自通"，更非说他是"无兰自清""无水自冰"，而是说他在向自己认为最有意义与价值的人生终极求索挺进的征途上，主要通过禀承前辈优异、博采同辈精英，并启动他的全部智慧与灵性的个人努力，一步步、一段段蹒跚逼进戏曲殿堂的。正因此，他便付出了超越常人的几倍甚至几十倍的心血和艰难；同时，他又通过对戏曲艺术各个层面的广泛实践，反转又得到超乎常人几倍甚至几十倍的回报。这也是今天他在戏曲行道中能够轻车熟路、纵横驰骋的根基所在。他从玩票演戏到组班领社，从创办剧刊到教学授徒，从编写剧本到著书立说，继而又步步跃上高层次、高品位的戏曲理论研究和戏曲美学探微而全面开花；而且仅此还觉难抒胸臆，于是乎，散文、杂文、随笔等也时时见诸报端。尤其令人感动和钦佩的：一是他超常的敏捷思维和极强的记忆能力。剧团沿革、演员轶闻、表演风格、唱派特点、剧目台词、脸谱扮相等等，几乎无所不知。倘若你随口问个无籍艺人情况，他就像贮存万条资料的电脑，立刻将其历史渊源、姓甚名谁、师承关系、演唱特色等等，如同流水般地背诵出来，其快捷性、准确性着实让人惊骇不已，难怪曲子贞同志生前撰文称他是"一本秦腔活字典"；二是他对秦腔的献身精神。秦腔在他的心目中，似乎成为至尊至贵、至大至广的一种信仰，即使交朋结友，也要视对方看待秦腔的态度。就我俩而言，同样是伴随秦腔审美默契的逐渐深化而达到推心置腹的。论年龄，他是长者，我是晚辈；论阅历，他资深见广，我初及皮毛；但若论情谊，我们这一老一少却没大没小了! 隔三差五总要相聚一处，或把盏畅饮，或品茗清谈；数日不见，总觉生活中像是缺了一段时光似的憋得难受。有时也想换个话题，变变口味，约定暂不谈秦腔，然而三杯下肚，两语转题，不知不觉地又"拐"到秦腔上去了! 而且每到尽兴之处，范老必在三尺见方的客厅，唱之念之，手之舞之，吹胡瞪眼地表演吼唱起来。那份认真劲儿，倒像是面对庄严的正式演出；那份奕奕神采，又像是当年纵横舞台的形象；那份投

入，完全忘却了他是何人而我又是何人了！每到此时此刻，我猛然顿悟，他对秦腔艺术的情缘，远远甚于对自己生命的情缘。就这样，他为戏曲耗尽了五十多个春秋，而戏曲回报他的，却是满额的皱褶和满头的银发。然而，他是个苦命的人，一生中本该得到的全没有得到，而不该轮到的却又偏偏全都轮到了！但他从不计较这些，也不求索取什么，依旧按照自己的愿望和理想，默默地做着他认为应该做的事，即使进入享受天伦之乐的古稀之年，每天照样黎明即起，伏案作文，写到七点半，千字文章告成，随即又把自己深深地埋进柴米油盐之中，他的生命就一直这样地煎熬着。有时我也纳闷地无声自问：他的精力究竟能有多大？脑海里的才学究竟能有多少？笔尖流泻的墨水究竟能有多长？后来我才明白，他把自己的生命和对戏曲的阐扬完全融为一体，他把自己的写作当做焕发精神的唯一补充。就是说，他活一天就要为戏曲献身一天，即使到心脏停止跳动的最后一刻，怕也会是这样做的，而且绝对会是这样做的。难道范先生用这样的精神和这样的心血，凝铸而成的这本《艺林细雨》文集，不正是他向社会倾心铭志、向读者倾诉心声的真情所在吗？不正是他与读者之间沟通心灵、互相切磋秦腔艺术的一座桥梁吗？不正是他一生追寻人生意义与价值的目标以及收获成果的展示吗？

对于这样的一本书，自然没有必要让我在此絮叨太多的言词，但我所要说的是，这本书是范克峻先生 50 年来心血的凝练与展览，是他对戏曲艺术真情实感的流露与张扬；是他对中国戏曲传统美学特征的探微与观照。我想，仅此也就够了，何况我还深信热爱戏曲艺术的读者，能够通过自己慧眼的体认和心灵的感悟，从中寻绎到各自所需要的知识营养素来。

我衷心地希望读者都能够喜欢它！

1995 年 12 月 15 日记于竹韵斋

（原载《艺林细雨》）

苦学与才华凝结的累累成果

——李德文《广陵散》代序

在甘肃戏剧创作圈内，李德文同志堪称是刻苦勤奋、敬业乐群的一位剧作家。丰富的生活阅历和严谨的艺术锤炼，使他在戏剧创作中成绩斐然，著就数十部戏剧作品，有些还一度成为甘肃舞台光彩灿然的亮点而被载入史册。最近在他即将步入"耳顺"之年，回顾大半生所跋涉的艰难历程时，又将用毕生心血凝结而成的部分作品汇集成册付梓出版，并指名要我为之作序。我与德文乃是相交甚久、谊情笃深的多年老友，平时相见又是称兄道弟、飞觞举白、清谈笑骂而不拘礼数的"铁杆"，此等深交提出此等要求，令我实难拒绝推辞，也便毫无思索地满口应承下来。然而，当他把厚厚的一叠书稿送到我的面前，也在我认真拜阅他每一部大作的过程中，却勾起我对一桩遥远往事的伤神回想，这往事也与剧本创作有关，它给我铸成"一朝遭蛇咬，十年怕井绳"的终生心怀。

那是在大炼钢铁的 1958 年严冬，一次戏剧性的政治任务，促成我生平第一次与剧本创作有了零距离接触，回想起来，也算是我在那荒唐的年代所做的一件最荒唐的事情。那时候我还小，才上初中，却被极左的政治旋风过早地卷入了一场权力争斗的人际纠葛之中。当时正值大跃进高潮，尤其从那个年代过来的人，都晓得被列入"白旗"或"右倾"将意味着什么。其实，中央的有些口号一旦传到公社、大队这一级的农村基层，往往便会生出多重的理解和更宽泛的释义，甚至还会变成权力和派系斗争的理论依据。我们公社的书记，正是在这种响亮口号包装的官场较量中，被戴上"右倾"帽子而丢了官的。新任的书记是个极懂得舆论宣传作用的人，上台第一件事，便是责令我和我的音乐老师必须在三天之内把原任书记的"右倾言行"编成一幕戏。我的音乐老师是个心高气傲之人，当时的处境也不是太妙，给他准备的"右倾"帽子就提在新任书记的手里，随时都有落在他头上的可能。而我尽管还是个学生，却凭借会作诗、会刻蜡板和会写美术字等一技之长，被公社抽调在钢铁指挥部搞宣传(很庆幸，我因此而免去百里之外背运矿石的苦役)。正是在这样的负重之下，我们师生二人绞尽脑汁熬了整整三个通宵，一出批判和丑化原书记的六场眉户剧终于编成。首场演出时，那位"右倾"书记就坐在台

下，拧着脖子用不屑和轻蔑的目光瞅着台上由我扮演的他，那目光盛满愤怒和不平。戏的质量和我的演技如何，我早就全然淡忘了，但有一点却给我留下一个难以忘怀的憾恨：那位"右倾"书记不久又官复原职，依然是大权在握和一手遮天的人物。从此，只要在街头路尾和我相遇，必然便会射来一道冷峻轻蔑和敌视挑衅的目光。即使在数十年后的今天，那目光一旦在我脑海中隐隐闪回，便会顿觉心惊肉跳。至此，我才明白，编剧这玩意儿，劳心费神倒在其次，弄不好还会招来嫉恨，甚至使自己终生难安。于是，发誓赌咒今生再也绝不与戏纠缠。

然而，世间的事往往有着太多违心的巧合，当我大学毕业不久，鬼使神差地竟成了甘肃人民广播电台的一位戏曲编辑。当年赌誓彻底与戏决绝，偏偏戏却要和我永结终生同盟，也许这正是荀子《天论》所言的"天命难违"吧！我便只好认了。在此后的数十年里，凡与戏相关的人和事，诸如剧作家、演员、乐师甚至戏迷以及主管戏剧的各级领导等等，都成了我工作交往和日常结识的生活主角。在这个群体里，的确有一批令我十分敬重且又与我交谊笃深的人，德文兄便是其中之一。

我之所以对他敬重，是因为他在剧本创作上确实有着过人的才华和超常胆识；之所以我们交谊笃深，则在于双方的个性、志趣和美学品位有着太多的契合。当然，对他艺术才华的认知，倒不完全出于他在设置戏剧悬念和编写雅畅曲词方面所流露出来的文学修养与高超技巧，而更看重他对社会和人生所具有的一种敏锐感觉和独特的辨析能力。原因很简单，前者乃后天苦学可得，后者则是先天禀赋使然。正因为如此，他往往透过生活表象与众生面孔，深入其事件的内心内核，拨云见天般地寻找新的灵性和启迪，辨析其细微的层次与关系：倘是一个瞬间即逝的微笑，他便能敏锐地抓住并辨析出微笑隐匿的是苦涩还是愉悦；倘是一个简约随意的手势，他也能敏锐地发现和辨析出牵动手势的人物性格是坦直还是斯文；倘是一个人人熟知的生活典故，他同样能够体味和辨析出典故的言外意蕴对今人是消极的腐蚀还是积极的鼓舞。然后通过理性选择和技巧调理，甚至注入新的理念，使其很快升华为极富戏剧情趣与现实意义的剧本素材。这种拨新领异的发现与辨析能力，既是他苦学与天分相互结合的必然，又直接铸成了他那"大匠不蹈覆辙"的创作风范。

事实上，凡是有成就的作家和艺术家，都是苦学和天分共生的产儿，正如贺拉斯《诗艺》所说："苦学而没有丰富的天才，有天才而没有训练，都归无用；两者应该相互为用，相互结合。"德文的成功之道，也在于此。

20 世纪 80 年代初，我国正处于政治体制变革转型的酝酿起步阶段，人民公社集体所有制依然是甘肃农村沿袭的组织模式。德文却从所在的河西农村中敏锐地发现我国农村即将面临巨大的变革，认定那种僵化的模式必然被人们所弃除，并由历来人们最为禁忌的包产到户和承包责任制所取代。他以极大的热情关注着这一社会现象，并进入到形象思维和理性思维的最佳创作状态，促成创作激情与灵感火花的迸发，改编创作出八场现代秦剧《爱情从这里开始》，成为当时地方剧种表现这一重大题材登台最早的剧目之一。这出戏又被诸多剧种纷纷移植争相上演，也就成为情理中的事了。

20 世纪 90 年代，他在老师家里看到保姆学习电脑，联想到科学技术的大范围普及将是提高综合国力和国人素质的唯一途径，难耐的激情又促成现代眉户剧《雪莲高处开》的问世。这类题材的发现开掘，不只取决于剧作家丰富的生活积累和思想认识水平，更取决于能够预见事物发展前景的超前意识和敢于冲破禁区的超常胆识。但是，对于现代人物和现代题材的剧本创作，好多剧作家都因其过于真实也过于熟悉而不敢轻易动笔，德文却将其视为时代赋予他的神圣使命而专讲攻坚碰硬，尤其是他对剧人物命运的关怀和悲悯，促成这些人物性格上的灵动活泛和别番风致。这也是德文的现代剧目能够同观众产生心理共鸣的力量之源。不难看出，他在这方面已经积累了不少宝贵经验，闯出了一条属于他自己的运笔之路。

德文还十分善于以全新的视角从尘封的历史中发现和开掘寓意深远的戏剧创作题材，这些题材所涉及的人和事，往往因裹挟在长期争议的胶着状态而模糊了它们的历史地位和社会功绩。德文则以他超常的胆识，站在历史唯物论和辩证唯物论的高度，给予重新审视并引发观众的理性思考，理直气壮地呼唤正义和真理的回归。距今两千三百六十多年前的《商君书》，本是我国最早的法家论著遗篇之一，然而长期以来，却被视为"申其新兴地主阶级王者之德"和宣扬为新兴地主阶级政权服务的功利主义思想而被历朝批判否定。尤其是"文革"期间，商鞅又被"四人帮"作为他们搞专制极权工具来利用，歪曲历史事实，更加扰乱了视听。但一个不容否认的历史事实便是该书的主要作者商鞅不仅是战国中期的著名政治家，也是我国推行新政的最伟大的法家代表人物。秦孝公时，他主持变法，厉行法治和耕战政策，奠定了秦国富强的基础。然而，他所得到的却是横遭守旧派的诬陷、打击、排斥、革职甚至最终被王公贵族所戮杀的悲惨结局。对于这样一个千秋人物的功过是非，随着我国漫长封建舆銮的缓慢滚动，而被反复批判、反复肯定、又反复否定，但他在我国历史上首次树起的变法丰碑，又有谁能摇撼和推倒

呢？ 这一戏剧性的历史演绎，又同我国再度进入由人治向法治转化的 20 世纪 80 年代，有着何等的相似。德文的《商鞅变法》，正是以史为鉴来警示世人的一部佳作。该剧借助革新派和守旧派之间的血腥较量，理直气壮地疾呼法治乃惟一的治国之本和强国之道，非此而无它途。严肃的主题立意和深沉的理性思辩，无疑将该剧的社会价值和观赏价值提升到新的境界与层面，成为当时紧贴时代脉搏和顺应时代潮流的优秀新编历史剧目之一。

当然，历史并没有因为商鞅推行了新政而从此走向民主，中国这驾马车的缰辕依旧在封建皇权的捏握之中继续重蹈着覆辙。但商鞅那颗血淋淋的头颅，却唤起更多志士仁人的社会责任感的萌发。尤其公元 3 世纪中叶出现在魏晋时期的一批大知识分子，开始对封建强权体制酿成的险恶与黑暗，生出撕心裂肺般的焦灼和憎恶。德文的历史话剧《广陵散》，正是以当时的"竹林七贤"——稽康、阮籍、向秀、刘伶、阮咸、山涛、王戎一批文人名士的事迹创作而成。这批人，看似全系孤傲愤世、峻急刚烈、生性散淡而难以为世所容之人，实际上这正是他们对封建礼教的轻慢和对官场血腥政治的直接反抗。更能显示其叛逆风骨的是，在当时思想禁锢异常严厉的生存状态下，他们却对哲学、历史和人生价值展开执著探索和深沉思考，这种思考意味着中国历史上第一次人的觉醒。德文由此将这个乱世"文人集团"标立为"人的觉醒和思想解放的代表"。

采用戏剧形式表现古代文人名士以及与之相关的重大历史事件，的确是个艰难的创作命题，因为它不仅蕴寓着较高的文学含量，还必然暗含着深刻的哲理内容。而德文却对这类题材似乎表现出更大的热情和老到的功力，这当然与他具有的较高文化素养和文学修养不无关系。因此，在他的这本集子里，属于这类题材的作品较多，《李岩之死》《玉钗恨》《焉支赋》《长明灯》以及《广陵散》等皆是。这些戏，无论曲词的雅畅、语言的深沉，还是寓意的广远、丰富的理性，都达到较高水准；可唱性、可读性、可演性都非常强烈，读后总给人留下深长的回味和思考。也折射出德文出于外能够古今贯通、客观评判，入于内能够设身处地、感情激荡的驾驭才能。凡此种种，都是他立足于历史真实，又超脱于历史真实所致。这一点很重要，王国维的《人间词话》对此早有论述：

诗人对宇宙人生，须入乎其内，又须出乎其外。入乎其内，故能写之，出乎其外，故能观之。入乎其内，故有生气，出乎其外，故有高致。

这正是德文的一些作品给观众和读者留下深长回味与心灵震颤的原因之一。

另外，我国古代通常以神、妙、能、具四品作为评判一部戏剧作品的标准，而今天我们通常所说的"精品"，则与古代剧论中的所谓"神品""妙品"之说并无二致。因为，无论"神品""妙品"还是"精品"，都要求作品具有一种精神和气势、激情和妙趣。激情贯串全剧，既显示剧作家不凡的才华，更显示着对社会的关切程度和对善与恶的爱憎力量；而一部作品是否妙趣横生，同样既显示着剧家的技巧和功力，也显示着对人生的深刻感悟和对人物心心理的微妙把握。这方面，德文似乎有着一种超常的本事。他平时嗜酒如痴，杯中的雅趣、兴致、苦涩、愉悦以及难以言表的神妙，自然他体味得最深，所以，以酒造趣的创作，他玩得如同游戏般的潇洒。商鞅变法遭诬革职，在家赋闲时手不离金樽，使"信誓"一场散溢着酒的浓郁醉香，使他几乎到了失态的地步。表面看，似在以放纵豪饮表现商鞅官场的失意，实际上却是作者为他再度变法蓄势箸力。这种以酒所构成的跌宕和妙趣，全然就像增强戏趣的一味猛料，使戏剧在庄谐互济中，消懈了剑拔弩张般的沉闷，激活了人物个性和剧场气氛。当然，观众也从这个小小的机趣中，看到了这位政治家真实性格的另一面，也使商鞅的艺术形象显得更加丰满，更加逼真可信。

《钟馗醉酒》更是以酒造戏、以醉成趣的一部绝妙佳作。德文借助酒杯中的深奥哲理，游戏般地把观众引入一场正义与邪恶的较量之中，而且在说笑调侃之间，给人们以许多悠长回味和理性思考。请看：钟馗到人间巡查鬼迹，途中贪杯误入他人圈套，因酒醉错判官司，导致好人蒙冤受屈，恶人逍遥法外，最后他酒醒自责，再度深入明察暗访，终使杀人越货的真罪犯得到应有的惩处。戏中，善恶交错，人鬼混杂，阴阳不辨，妙趣横生。实际上是以情节的荒诞表现生活的真实，也对当前社会不正之风进行嘲讽式的揭示和鞭挞。这类荒诞离奇的戏剧构思，往往在诙谐与笑谈中暗含着重大的思想主题，看似简单，实则不易。特别是故事情节、人物设置、戏剧冲突等，都需要剧作家具备高超的题材驾驭能力，并在不失其生活真实的基础上展开丰满而奇妙的构思，才能获得既在情理之中又在意料之外的艺术妙趣。这种奇想与妙趣本身，就是剧作家的一种非凡创造。

以上琐谈，仅仅是我对李君德文兄这本剧作选集中部分作品的凤毛初识，既未必准，也未必全，更未必数语而能中的，但却是我精诚所至。因为，它毕竟是德文兄毕生心血凝结而成的艺术创作成果，我不敢也不能随意敷衍。当然，还有些我想到了却没有写到，有些我写到了却未必精到，这也是我的水平所致，还望德文和读者体谅。好在该

书出版之后，我深信必然会有许多专家为德文的大作而目击追神，也必然会有许多专家作出更准确的评析，更必然会带动并鼓励一批新人步其厉尘，参与到戏剧创作队伍中来，促成我省戏剧事业更大的发展和繁荣。

是为序！

2003 年 6 月 26 日记于兰州竹韵斋

（原载 《广陵散》）

生活感悟的集结

——《高仲选戏曲选》代序

  高仲选先生是我陌生且又十分熟悉的文友之一。言其陌生，在于我俩迄今无缘谋得一面，或者说兴许在某种场合也曾有过接触，却未能更深交往交谈；言其熟悉，则在于他毕竟是甘肃较有影响的一位业余作家和剧作家。三十多年间，我在多种报刊时不时拜读过他的各类文艺作品，给我印象深刻。因为，他的作品，无论选择怎样的体裁抑或表现怎样的题材，总是有它非常鲜明的乡土气息和质朴的文风个性，尤其他极善于在凡俗琐事的现实生活基础上，提炼出最具典型意义的人事情结和主题立意，通过他敏锐的笔触，诗化的语言，甚至巧妙的构思，酿制成一掬能够使人静心思索和咀嚼回味的历史空间，引领读者去感悟人类最本真也最素朴的灵魂。尽管每部作品的题材容量都不太大，其所选择的体裁又不拘一格，却依然能够从中体验到各种历史情境下人们持有的精神境界，让人读之抑或观之俱能获得心灵的陶冶和思想升华。或许正由于我过早地通过仲选先生的文品对其人品多少有所熟悉和了解，当他两月前突然电话中向我诉述即将出版这本戏曲选集并指名要我为其大著作序时，我除表示由衷的祝贺和满口承诺外，还能再有半点犹疑和推辞的理由么！

  最近出差归来，看到《高仲选戏曲选》清样端端正正摆放在我的案头，也在我认真品读其整个作品的过程中，首先被仲选先生以舞台剧形式极力表现现实生活方面敏锐的艺术感受力，以及善于结构戏剧情节的独到功力所吸引。他所收入的这些戏曲作品，都是特定时代流程背景下的产儿，就是说，仲选先生的整个剧本创作，首先是以他对不同时期现实生活的敏锐艺术感受为发端，这种艺术感受，从严格意义上讲，正是理性思维与形象思维相交相融的艺术思维之必然。由此不难看出，作者对现实、历史、社会、人生等等，始终以一个剧作家的目光时时给予审视和观照，而且作出自己极富个性的深沉思考和价值评判，这可能正是他能够以毕生精力化生活的艺术感受为生动的舞台艺术形象的真正动力源。

  仲选先生长期工作和生活在家乡合水，合水又是陇东革命老区，他对老区人民所独

有的亲和关系以及生活的巨大变迁，不仅有着丰富而广博的亲身体验，更有着超越常人的深厚情结和洞察能力。正因此，以独特的视角返顾当年在战争岁月中鱼水般的军民情谊和老区人民对党的无限热爱与忠诚，便被他标立为首先颂扬的主题之一。秦剧《太白枪声》正是表现这一题材的一出典型佳作。整个故事发生在距今七十多年前的那个苦难岁月，剧中的主人公刘志丹，作为当时陕甘边区武装斗争的领导人，在紧紧依靠陇东山区群众（实则正是作者的家乡合水），同当地也即剧中所言的太白镇民团反动势力展开巧妙斡旋。这是一场正义与邪恶的较量，也是两个对立阶级之间的殊死搏击，同时又是对陇东老区人民传统革命斗争精神的热情讴歌和褒扬。若以语本《孟子·公孙丑下》之"得道者多助，失道者寡助"这两句名言作为那场战争以及该剧戏剧主旨的注释，可谓最恰当不过了。观众正是透过作者编织的复杂戏剧情节，看到以"得道多助"的正义力量赢得那场战争胜利的必然性。加上作品构思精巧，情节惊险离奇，悬念交织丛生，戏剧冲突强烈，颇能引人入胜。故在20世纪70年代末一经搬上舞台，便与当地观众的心声产生强烈共振，获得较好的舞台效果和较大的社会反响。

秧歌剧《赶着毛驴去延安》，又以饱满的热情，讴歌了老区军民响应毛泽东主席"自己动手，丰衣足食"的号召，彻底挫败敌人对边区军民实施经济封锁的阴谋这一重大事件，巧妙设置三位劳模不约而同赶着毛驴同往延安要向毛主席敬献丰收果实，邂逅于道途并各表情怀的一桩故事，以小见大地传递出当年老区人民对党和毛主席无限忠诚和热爱的共同心声。但在编剧手法上则与前剧恰恰相反：没有离奇的情节，没有轰轰闹闹的场面，更没有强烈的戏剧冲突和对立的人物行为，然而，自始至终却充满诱人的抒情。这是作者把表演唱加以戏剧化所使然，旨在使其作品更适宜于农民的观赏口味，甚至使其具有在田间地头、村落庭院演出的活泛空间。特别是当其以陇东地方秧歌剧的形式表现出来时，更增加了作品的亲切感和乡土味。这种视内容题材摄取表现形式的创作方法，不能说不是仲选先生的高明之举。

由于历史的原因，作为陇东革命老区的许多地方，新时期以前还处在贫穷落后的生活状态之中，一些农民甚至还过着衣不蔽体的日子。但老区人民对党忠诚的优良传统，以及不怕困难敢于战胜自然甚至战胜自己的大无畏精神，却给作者留下深沉的回味和思考，仲选先生将其列为热情讴歌的主体，也便成为自然中的事了。当然，越是贫穷，越能凸现人们灵魂深层公与私的心理冲撞；同样，越要富裕，越能检验新旧两种思想的强烈对抗。生活中的这种冲撞与对抗本身，如能巧加合理剪裁和理性提升，便会升华为很有意义的戏剧冲突。仲选先生正是基于这样一种启认，由此创作出一系列表现此类题材的戏曲作品。眉户剧《向阳猪场》，通过刘占财以自家病猪与集体好猪互易，导致队里良种猪娃染疾。而养猪能手陈大妈则以医好刘之病猪，既避免了一场猪疫的大范围蔓延，又根治了刘占财损公利私的思想病蒂；眉户剧《亲戚之间》，则又围绕集体林场橡檬的公卖与私占，在石生海、崔克发以及杨春霞、崔秀琴两对亲戚和"情敌"之间，展开了一场公与私的思想较量。一方维护集体利益，坚持原则，六亲不认；一方却要化公为私，倚老卖老，强词夺理。这种心理胶着本身，意味着小农经济意识在今人观念中的普遍存在，而且新时期以来，又升华为人们新旧两种观念的对抗也即自己战胜自己的社会矛盾已成主流。当然，新的观念毕竟代表着人类进步和不断走向文明的总趋势，因此，新观念必将战胜旧观念，便成了不可逆转的必然定势。尤其改革开放以来，随着我国政治体制的重大变革和经济体制的转型，由此引动人们更加强烈、更加复杂的新旧观念冲突，并在社会变革过程中会以各种行为方式表现出来。仲选先生作为一个基层作家，对于新时期以来陇东老区人民在这场变革中形形色色的剧烈思想冲撞，似乎有着更敏锐的感受，由此引动他创作出反映此类题材的一系列作品。他的秦剧《春回大地》《这事别外传》，陇剧《藏身记》《新来的客人》《收烟季节》，眉户《杀鸡劝妻》，以及小戏曲《访亲家》，小品《三怪经商》《急诊》等等，不仅透过不同视角对持有不同陈旧思想观念的人们努力战胜自己的胆识给予热忱关注，重要的是他还充满自信地写出了新观念必然战胜旧观念这一社会发展的总趋势，结果促成每部作品所描述的人物，各有其独特的行为与行为方式，也各有其不同的鲜活性格与典型话语。因此，他笔下的每个人物，尽管有先进与落后两种新、旧道德观念的强烈冲突，甚至还有作者对其褒扬与批判的鲜明倾向，但落后者并非坏人，甚至依然显得颇为可爱。仲选先生对每个人物思想行为的准确把握，促成他那剧作中的每个人物，都能给观众留下比较深刻的印象，引发人们的回味和思考。

和其他剧作家一样，高仲选在创作中同样力求使自己的每部作品都能够具有"诗史"化风格，亦即充满纵深感的戏剧内涵同诗意盎然的外在表现形式恰到好处地融合在一起，以便使自己的作品尽力达到厚重与灵动兼而有之的独特审美品味。但他作为长期扎根于基层的一位业余乡土作家，当他在倾心关注身边最能引动其创作灵感和思想共鸣的生活形式与具有象征意蕴的事物时，往往又被他最为熟悉的农村生活中的人物行为所感动，结果将其标立为最具象征意蕴的典型，由此自觉不自觉地变成他构思每部剧作的

枢纽，这可能正是他的所有作品都被界定在现代农村题材范围的主要原因之一。这种题材的选择，除作者最为熟悉外，在我看来，似乎还有意味更为深长的一层因由，那就是作者对老区人民水乳交融的深厚情结，造就了他那善于驾驭这类题材的深厚功力，形成他极富哲理思辨和驾轻就熟的构思技巧，以及歌颂家乡人民思想变革和生活变迁等责任感的萌发。其实，这不只是仅仅属于高仲选先生的创作特征，颇大程度上也是大多数农村乡土业余作家共有的作品特性和创作品格。毛泽东同志曾要求文艺工作者在生活中观察体验研究分析一切生动的生活形式和斗争形式，因此，一个作家能否捕捉到生动的生活形式，便成了检验和衡量其艺术感受力的尺码。从这本戏曲选所集结的十多个剧目不难看出，高仲选通过自己的艺术感受在其摄取生动的生活形式方面所表现出来的卓越才华与才能，结果反倒促成他那作品所具有的鲜明艺术个性：即紧跟时代脉搏，讴歌时代新人，按照当地民众审美品味形成自然素朴的语言文风等等。

借此我想特别一谈仲选先生对作品表现形式的选择问题，恐怕同样是他意味深长的理性思考所始然。因为这里集结的所有剧目，都是以陇东人民喜闻乐见的地方戏曲形式表现出来，而且秦腔、陇剧、眉户、秧歌剧甚至小品等不拘一格，折射出仲选先生在为谁写戏这一点上有着非常明确的目的。他把广大农民作为自己作品最基本的受众群，广大农民的审美品味，自然成了他奋力追求的境界和努力达到的目标，由此而又引发了我对有关戏曲作品雅俗问题的一些看法和思考。

我以为一部作品能达到大雅境界当然难能可贵，但要得到大俗也非低俗之举。因为，大雅通常被标立为"阳春白雪"，往往只是面对几人抑或几十人相和便可，故常谓之为"曲高合寡"；而大俗则作为"下里巴人"，却要观照几千人甚至上万人所共有的审美情趣，作家在创作过程中对这种审美品位的把握，往往又谓之"众口难调"；至于一部作品要达到雅俗共赏，则就更为难上加难了！这便使我从中悟出一个道理，所谓雅俗共赏，实则本以俗为基础，雅为提高，无俗何谈其雅，无雅又何来其俗？这恐怕正是欲使一部作品俗中求雅亦即在普及中提高，较之于化雅为俗亦即在提高中普及，往往更会略显顺畅的原因之一。高仲选先生的剧作之所以屡屡搬演于舞台并能够频频获奖，而且又在群众中产生较大影响，恐怕与他选择题材与体裁两方面均立足于"大俗"，亦即写的都是群众所熟悉并喜爱的"俚俗"人物，表现的都是富有戏剧性和人情味的"通俗"故事，所追求的则是最能引动农村观众情绪激荡的"流俗"民间戏曲等不无关系。尤其他对戏剧表现形式不拘一格的选择，无不为自己的作品平添了一层诱人的色彩，使其剧

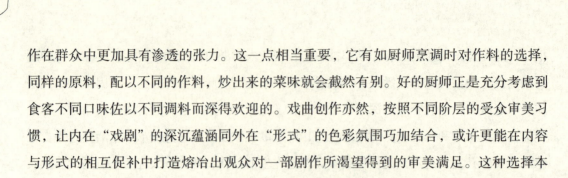

作在群众中更加具有渗透的张力。这一点相当重要，它有如厨师烹调时对作料的选择，同样的原料，配以不同的作料，炒出来的菜味就会截然有别。好的厨师正是充分考虑到食客不同口味佐以不同调料而深得欢迎的。戏曲创作亦然，按照不同阶层的受众审美习惯，让内在"戏剧"的深沉蕴涵同外在"形式"的色彩氛围巧加结合，或许更能在内容与形式的相互促补中打造熔冶出观众对一部剧作所渴望得到的审美满足。这种选择本身，就已赢得成功的一半，然而往往却被一些剧作者所忽视。

在写戏难、出书更难的今天，高仲选将他多年的创作成果，有选择地汇集成册，奉献给广大读者和观众，这对一个身居基层的业余作者来说，同样是一种胆识与毅力的自我挑战。我相信，该书的出版，会给正在艰苦探索中的同行们以有益的启示；同时，更相信，它还会作为仲选先生剧本创作的新起点，激发他更大的创作灵性和热情，今后一定还会有更多更高质量的戏曲作品不断问世，不断献给他所热爱的广大观众和陇东人民。

2006 年 8 月 11 日于兰州竹韵斋
（原载 《高仲选戏曲选》）

秦腔史的缩影

——黄庆诚《李映东与鸿盛社》代序

呈现在读者面前的《李映东与鸿盛社》一书，本是一位对秦腔艺术持有满怀热情的业余作者以坚强的毅力和数年心血凝注而成。它把业已消逝半个世纪而且曾对甘肃秦腔艺术事业发展有过卓著贡献的一个戏曲班社——天水鸿盛社，以及刚刚离开人世不久的该社第三任班主——李映东先生巧妙结合在一起，并以通俗的文笔、浅显的呈述，引领我们重新返顾那段辉煌的历史。在我品读其清样的过程中，仿佛走进早已消失殆尽的当年那个剧场，整个思绪似在场面恢宏、明星云集的连台本戏《东周列国志》的演绎之中神往遨游而激荡不已。

天水鸿盛社本由天水魁盛班箱主赵岁乖和周至艺人李炳南于清光绪二十四年（1898年）所创建。两个班社的联姻，促成了两个班主的结合，这一对夫妻，一个以高超的演技专注于艺术高峰的攀沿，一个则以过人的聪明操持着班社内务的管理。二人的珠联璧合与文武之道，结果熔冶成该社震撼西北秦坛的鼎盛。当时的各路秦腔名流，全都簇拥而至，并从剧目、唱腔、表演、服饰乃至脸谱、舞美等诸多领域，各显其能，刻意求新，最终促使该社成为引领甘肃南路秦腔唱派的新兴旗手。尤其值得一提的是，他们在编写剧目方面，真可谓首创中国戏曲之最，一个极平常的历史故事，取用"套管子"的手法，动辄便能编成五六十本、七八十本的连台本戏并很快上演，甚至往往连续演出一两月、三四月仍不见其尾。而且每本都是白天编排，晚上演出，情节跌宕，引人入胜。《列国》《封神》《三国》《兴汉图》等连台本戏，无一不是他们聪明才智的集中展示。硕果仅存的该社所编《东周列国志》五十二本连台本戏，业以成为中国戏曲史上世所罕见的恢宏巨篇而永载史册。这不仅是秦腔的骄傲，甘肃的骄傲，更是天水人的骄傲。

李映东先生作为鸿盛社的第三任班主，当然是鸿盛社的历史见证者，其本人也便成了一部活的班社史。十多年前，我和他也曾有过一次短暂的接触。当时，我正编撰《中国戏曲志·甘肃卷》的音乐部类，为真正解开甘肃南路秦腔唱派的艺术之谜，专程从兰州赶来访问了他。这是一位谦逊且又文静的老人，然而却思维敏捷，腹笥渊博，他向我

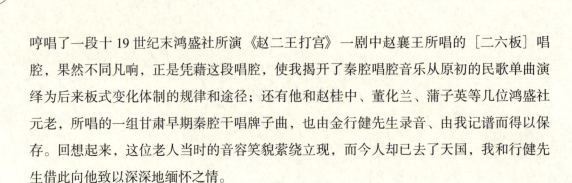

哼唱了一段十19世纪末鸿盛社所演《赵二王打宫》一剧中赵襄王所唱的［二六板］唱腔，果然不同凡响，正是凭藉这段唱腔，使我揭开了秦腔唱腔音乐从原初的民歌单曲演绎为后来板式变化体制的规律和途径；还有他和赵桂中、董化兰、蒲子英等几位鸿盛社元老，所唱的一组甘肃早期秦腔干唱牌子曲，也由金行健先生录音、由我记谱而得以保存。回想起来，这位老人当时的音容笑貌萦绕立现，而今人却已去了天国，我和行健先生借此向他致以深深地缅怀之情。

最后我要说的是这本书的作者黄庆诚先生。也许出于共同的志趣，早在20世纪80年代初始，我便和他有了相交相识，这是一位极其热情且又充满理想的年轻人。他原本是个中医大夫，然而却对秦腔情有独钟，甚至不为过分地说，他对秦腔所持有的情缘，远远甚过对自己本职乃至生命的情缘。更令我折服的是，你若要在天水这块地盘上做一件与秦腔相关的事，无论什么时间、什么地点、什么场合、首先暖人心窝的，便是庆诚先生热情的、主动的参与精神和帮你排忧解难的奔波身影。我不知道他是不是一位出色的秦腔业余演唱家，却知道他是个秦腔文物、剧本、书籍的收藏家和戏曲艺术摄影家。由此我便想到，在他嗜秦腔如命的背后，必然还会隐匿着一种更深层面的文化追求，那就是他把秦腔艺术不仅仅作为一种饭后消遣的娱乐形式，更将秦腔视为民族文化乃至民族精神的一种浓缩与整合。正因此，才便有了《李映东与鸿盛社》这本书的问世。令我最为钦佩的是，庆诚先生将一个班社和一个演员作为整体秦腔史学研究的切入点，然后从班主、剧场、剧目、表演、唱腔、脸谱、演员、特技，乃至演出习俗、管理制度、传闻掌故、图片大事等十多个层面，分门别类地给予剖析研究，这种以小见大的研究方法，不能说不是他过人的高明之举。因为，中国的戏曲史，本来就是以演员为中心、班社为组合、舞台为体现的一部活的动态史，目前出现的任何戏曲史学研究成果，都离不开这三个方面的宏观总结和理性提升。所以说，我们就不应低估了黄庆诚先生所著《李映东与鸿盛社》一书的普及性意义，原因就在于任何一门学科的发展，俱都建立在普及的基础之上，普及的基础越广泛，提高的概率就越大。再从写作的角度讲，欲要为一个业已消亡半个多世纪的戏曲班社写简史，其实也绝非是件简单之举，首先它要求作者对班社的兴盛衰亡要有比较深透的了解，其次还需要作者具有触类旁通的理性思辩能力，只有这样，才能做到取舍准确，拨冗见精；写作起来，才能得心应手，举重若轻。

我认为黄庆诚先生基本做到了这一点：天水鸿盛社组建的过程、组建后的发展、各个阶段的基本面貌、各个时期的主要作品、主要演员等等，都在该书中有所清楚的描

述。尤其对于鸿盛社盛衰兴替的原因，作者也作了简明而具体的分析。这本书，可以说是近代甘肃秦腔历史发展的一个缩影，因此，也是黄庆诚先生对弘扬民族优秀文化所作的一份奉献。

我喜欢这本书，也希望读者同样能够喜欢这本书！

2005 年 10 月 8 日　记于兰州竹韵斋（原载《李映东与鸿盛社》）

陇剧人树起的音乐丰碑

——《陇剧唱腔精选》代序

打开《陇剧唱腔精选》书稿，逐页逐段向下翻检拜读，我的心绪立马被一种历史的记忆和神奇的回往紧紧围裹，就像从陇剧形成的上游，沿着它冲刷、凿空的主干道，顺流而下，缓缓漂浮。尽管我不是"陇剧人"，却是陇剧历史的见证者和宣传者。正是这个缘故，对该书所收入的每一段唱腔，既十分熟悉又知根知底：它们问世出台的全过程，其所经历的艰难与折腾，还有各自得来的风光与荣耀，差不多我都能够如数家珍般地道出个子丑寅卯来。尤其隐匿在每段唱腔背后的曲作者，不同时期登场出彩的演唱者，还有始终坐在乐池里埋首敬业的乐队指挥和演奏员们，全从遥远的记忆深处奔涌而来，一张张熟悉的面孔，竟都变成一幅幅画面，这画面又在瞬息之间化幻成一尊尊巨大雕像，并以电影闪回的形式，从我眼前相继而过：易炎、邸作人、陈明山，早被世人誉为陇剧音乐的开拓者和奠基人，正是他们对陇剧艺术事业所持的无私献身精神，才以恬静的心态和毕生精力，用自己的辛劳为陇剧音乐的不断发展延伸打下了基础；贾忠国、史光武、史英杰、田继宁等，承前启后，继往开来，沿着老一辈陇剧音乐工作者踩踏的足迹，不断探索革新，又在板式丰富化、系统化方面功绩斐然；正当英年的后起之秀杨波、王东民、关来强等，则以全新的思想、现代的品位，不断丰富着陇剧音乐的旋律美和唱腔内涵的戏剧表现力，继续探索，继续拼搏。他们如同老、中、青三结合的一支梯队，前仆后继，坚持不渝，最终促成这一年轻剧种，俨然以正剧、大剧的姿态，在纷呈繁荟的戏曲百花园里，争奇斗妍，飘香绽彩。

陇剧的唱腔，只有通过演唱，才能使作曲家创作的平面曲谱，变成活态的、立体的、流动的音乐韵律甚至感人的音乐形象。于是，我又仿佛看到数代行空于舞台的陇剧表演艺术家们：景乐民、苏琴兰、王素绵、杨连珠、王敬乐、安志诚、毛化民、孙菊兰、彭惠琴、袁冬梅，以及雷通霞、边肖、马勇、窦凤霞、佟红梅等一大批精英翘楚，还有音乐造诣高深的乐队指挥李波、陈文生以及默默守护这片乐土的演奏队员们，那一张张十分熟悉的面孔，也朝我款款而来，各从不同的角度，向我诉说着各自的故事，这

故事又汇成优美的旋律，如同那一领众和的"麻黄"帮腔，激情扬溢，气吞山河，感人心扉。

这些陇剧作曲家、表演艺术家、乐队指挥、演奏员，不论老小，都是陇剧艺术的拓荒者和极具献身精神的重功之臣，也都是与我交谊甚深的朋友和最受我敬重的人。正是有了这三股实力所共同形成的合力，才便有了这本《陇剧唱腔精选》的问世。

《陇剧唱腔精选》虽说只是集近百出陇剧演出剧目精萃唱段之大成，然而我却将它看作成一部流动的、十分完美的陇剧音乐史甚至陇剧发展史。从其开卷第一段唱腔，即《枫洛池》梁冀所唱《数十年帝王梦》到压卷之作《苦乐村官》万喜所唱《三万块扭曲她命运》，总共阑入的这六十余段唱腔，每一段俱都承载并记述着近50年来，陇剧音乐艰难创业的历史印记和发展足迹，尤其还能从中看到，陇剧唱腔音乐从不完善逐渐走向完善、从不系统逐渐走向系统这样一条极清晰的改革发展脉络。

的确，其初当它从陇东道情民间皮影小戏破壳而出时，仅从皮影班底中承袭了花、苦音〔弹板〕、〔飞板〕两大板式，以及一些极不完善且尚在过渡创变中的板头音乐而已，而且还都处在尚未完全脱尽道情说白咏诵的原始遗风。尤其止有上句而无下句的〔大开板〕、〔还阳板〕等，尽管音乐古朴雄健，具有典型的黄土风韵，然而，腔体尚难独用，板式更未成型，显系先天不足。唯有那一领众和的"麻黄"帮唱，却把西洋歌剧所谓"宣叙调"和"咏叹调"两种截然不同的音乐风格天衣无缝地结合在一起，疏密有致，酣畅淋漓。其中领唱部分充满说白情味，节奏自由，唱中兼说，说中兼唱，这种随心所欲得如同调侃般的说白式演唱，竟然令伴奏乐器无法包腔，只能取用唱而不伴、伴而不唱，角色清唱，乐队呼应的处理原则两得其便。结果反倒促成音色、音量之间的强烈对比，并使唱词来得更加清晰。唯有"麻黄"帮唱，却是节奏规整的无字拖腔，一摇三叹，旋律悠扬，催人振奋，扣人心弦。这种"满台吼"的声腔表现，许是有意识地对皮影人作场时有限动作所形成的视觉单调而从听觉方面给予有意的补充和渲染。从而凸现了原生态的陇东道情音乐内涵和陇东高原所特有的音乐风致，也大大加强了皮影唱腔的艺术表现力和音乐感染力。

然而，当它从"五尺亮子"皮影天地一跃跨入真人作场的宽绰舞台，由陇东窑洞孕育生成的那种原生态唱腔音乐程式，立马显现出一种简陋单一、无从应对复杂戏剧场面的穷技与羞涩。正是这种穷技与羞涩，激发了作曲家们继承传统基础上的多元吸收与创作激情，开始对陇东道情的传统唱腔进行整形、雅驯、借移、创腔、造簧、变腔、移调等全方位发展创造，还按照大戏的板腔格局，为陇剧进行了艰巨的新腔创作设计工作，尤其在致力促成唱腔板式化、板式系统化、系统程式化、程式行当化诸方面，真可谓使尽了功夫，硬是为其发展出了花、苦音〔慢板〕、〔二流板〕、〔紧板〕、〔散板〕为主体的一整套全新唱腔板类来，足供演员在舞台上创造角色和表现各种复杂戏剧情节时酌情择用。这是一种完全不同于陇东道情的创腔行为，更是有别于其它古老剧种优胜劣汰基础上的革新发展，而是一种只提取陇东道情原生态中的某种音乐元素（或者说某些音乐韵致）进行全方位设计、铺排、再创作、再发展的一种造腔工程。历经数代陇剧音乐工作者长达半个世纪的辛劳耕耘和不懈努力，最终使其从量的积累到质的飞跃日臻完善，尽管与其它古老剧种相比，其历史不算太长，年龄还十分年轻，但从其声腔体制化、唱腔板式化、音乐戏剧化、风格个性化四个方面所显现出来的成熟与老到，使它不仅能够与大剧种、老剧种相媲美，还独具现代气派和极善表现现代生活之优长，故能行空于舞台，唱响于全国。尤其最近，以其唱腔音乐作为全剧灵魂的《官鹅情歌》，之所以能够在四方之音集麇争宠的激烈较量中，一举跻身于全国十大精品艺术工程行列，便成自然中的事了。

忆往兮，陇剧从初创的起始，就在全国舞台创造过撼人的辉煌，处女作《枫洛池》一经现身，就以独特的陇原风致引人眼球，陇剧这种特有的艺术魅力，当然不只来自剧目本身，颇大程度上更来自唱腔所寓含的那股清丽和充满泥土芳香的音乐气韵。这气韵又是着附在一个个成功剧目中的成功角色塑造之上，再经众多演员的成功演唱所固化才得以保留，并被世人所传唱。正因此，甘肃省陇剧院精挑萃撷的这本《陇剧唱腔精选》，便有了非同寻常的意义：它不只是陇剧诞辰五十年音乐革新发展成就之大成，还是一部真实记述陇剧艰难创业的辉煌史，更是积聚着数代陇剧人勤奋敬业的累累硕果与聚宝盆。我观其内容，激情难耐，回望过去，心潮如涌，故以此小序，借题抒怀，并对该书的出版道以真挚的祝贺。我深信，《陇剧唱腔精选》的行世，对陇剧艺术的弘扬和大范围普及，必将是个有力的推动！

（原载《陇剧唱腔精选》）

母亲的赐予

—— 王君明《金昌俗曲》代序

从我能够记事始，就听惯了母亲细曳着嗓音小声吟唱的优美歌声，这歌声不是别的，正是流行在乡间村舍的各种小曲小调。它有如一具无形的音乐摇篮，将我浸泡其中，直至长大成人。也许正是这种缘故，母亲的歌，不仅成了我永恒的记忆，还作为一种文化基因，深深注入到我的体内，生根、发芽、乃至继续传承……

长大了，开始出入于小学的大门，并和同村的同龄者一道在各种学业中修炼未来。然而，无论在教室还是路途，母亲所唱的那种歌腔，总在我耳边时时回环萦绕，甚至竟然挥之不去抹之不去。很显然，这是从前辈身上得来的文化基因正在体内激活跃动，而且与我同校读书的所有同学，几乎都从母亲那里学得不少这类美妙绝伦的小调歌曲。在这一点上，农村的孩子向来要比城市里的孩子更具天然的优越，因为，诸如此类的小曲小调，似乎在农村表现得更为活跃，原因就在于它能以原生态风貌，同祖辈们的生活、劳动、情感、精神完全扭结成一个不可化解的整体，并促使所有的人全都浸泡在这种歌的海洋里。特别是每当春节来临，再偏僻的村落也都要举办专以演唱小曲小调的社火活动。社火因带有娱乐、酬神、驱邪、祭祖等多重意味而又衍为土风，成为农村节庆庄事中最为隆重的盛举。我们这帮孩子们之所以天天总盼望过年，颇大程度上正是为了能够在这音乐的海洋里得以再度沐浴、徜徉所使然。

我当然知道，小曲不仅赋予母亲甚至母亲的母亲以生活的欢愉和精神的依托，但她却没有想到，小曲对她的赐予，竟会变成她赐予我的一种终生求索目标。打此以后，总感到像有一股无形的力量时刻都在向我提出警示，而且还随着年龄的不断攀升，警示我要以毕生精力去寻索母亲为何将其时时挂在嘴边的真正动力源。这种寻索，是在我小学毕业的前前后后，那时我才刚刚十三四岁，却把母亲所唱的各种家乡小调连曲带词全都记录了下来，不到半年，足足积累了三大本。由于我将其视为母亲最珍贵的赐予，以至时隔近五十年后的今天，依然保存完好。当然，这也是从小我在失衡的文化生态环境中得来的一点收获。其实，尘世间的每一个人，时时都在为自己营造着一种憧憬，希冀于

憧憬能为他带来愉悦和安泰，就像母亲孰喜孰忧总要哼唱小曲一样，再荒芜的群落都会有民歌的滋润。这也是当我长大以后，方知除家乡之外还有更大的世界存在，也因此而知晓这种小调歌腔也不惟我的家乡所独有，它如同阳光、空气和水，真可谓处处无它不得且又处处离它不得的人类生活之必需了。

永昌县文化馆干部王君明先生，似乎有着和我一样的体验与经历，他也受母亲遗传基因的驱动，把自己家乡——金昌地区长期流行的小曲小调、社火曲子、弦乐曲牌，甚至花儿、贤孝、曲子戏，还有民间祭祀、婚丧嫁娶所吹奏的唢呐牌子曲等，无一漏遗地加以搜集整理，前后历时五年，踏遍金昌村村舍舍，走访老艺人和爱好者百余人，征得各类俗曲三百余首，又经细致认真的甄讹勘误和去芜存菁后，汇集成册，取名《金昌俗曲》，付诸出版。君明先生得来的这笔珍贵财富，无疑为我省非物质文化遗产保护工程，再添新的一页。

所谓俗曲，就是曲子或小调，它在隋、唐称"曲子词"或"词曲"，明、清称"时调"或"俗曲"，今称"曲子""小曲"或"小调"。这种歌腔，虽然源出于"胡华合一"的燕乐新声，亦即唐、宋大曲，佛、道法曲以及外来和新创作歌曲，却在继续发展的道路上有了各自的分途："词曲"多系"文人曲"，也就是后来人们所称的散曲"小令"。一部分"小令"历经文人多年修饰雅驯，变成词为主、曲为辅的一种词品格式，而且愈来愈加穷极巧工，细丽精密，尤其词，字数、句法、平仄、韵辙等必须遵循格律，不允许随意游离于原格式之外。结果导致曲赖以词而生，词剥离曲照存；一部分"小令"则散佚于民间，衍为"村坊曲"，也即作为民间歌谣俚曲的"小曲"。这类曲子，大都一曲一词，专曲专用，通常作为单曲随口吟唱，也擅于抒情、写景，故更易于同各地语音结合。但小曲的"专曲专用"，又促成它强烈的词曲依从关系，与之表现出来的便是曲赖以词而存，词脱离曲两亡。实际上这类俗曲不过是完整和无序意义上的一群零歌散调而各自独立并存罢了。此外，还有一部分"小令"通过诸多曲调联套进行长篇叙事而成为"套数"，后世民间所传说唱曲艺和戏曲，正是"套数"进一步发展而得的必然。君明先生收集整理的《金昌俗曲》，显系散曲"小令"逐衍为当地民间"村坊小曲"的一体。

事实上，这类村坊小曲在甘肃境内流行极广，而且其词其曲也大致相仿，只不过各地乡音土风有别而形成各自不同的地域特色和艺术风格罢了。甘肃面积达 45 万平方公里，所占经纬度十分宽阔，其地形由东南直指西北，虽属高原，却持西高东低斜坡之

势，加上过去民族杂处，方言丛生，各地民俗土风自然各有所别。尤其全境习惯性地又被划分为陇东、陇南、陇中、河西四大区域，各区域虽都有俗曲盛传，却受周边诸省文化、地貌及人文环境影响而风格大相径庭。包括金昌在内的河西一线，小曲小调的纷呈繁会，得益于因"错用乡语"而促成音乐旋律的"音随地改"。这类俗曲，皆属当地世代民众口耳相传的口中之"腔"，故又称其为"腔调"。所谓腔调者，即是语调和曲调的结合。演唱时，曲调（旋律）必须依从于字调的抑扬起伏（语音），也即通常人们所言的"依字行腔"。正因此，它的生成，就意味着曲调和语调的合二为一，这也是中国民间俗曲的一大显著特色。金昌俗曲不仅不能回避这一定制，相反表现得更加突出、更加显明。造成这一局面的根源，我认为与该地区独特的历史背景大有关系。单就河西地区而言，古往今来，一直是多民族杂居之地，早在秦汉时期，就有匈奴、鲜卑、羯、氐、羌等游牧民族部落长期在此生活、繁衍、栖息。这些民族，原本都操持着自己的语言与文化习俗，但在长期的民族仇杀与战争掳掠中，为了求得生存，不得不阉割其自己的语言文化，融入汉文化的语言行列。尽管他们的语言文化被逐渐消解直至最后吞噬殆尽，但民族语言文化的固有基因，却在其后裔们的汉语发音中多少有所遗存。故在河西一线，方言相互难以沟通的现象极为普遍，即便同一地区甚至同一县境内，方言也往往阻碍着人们思想的正常交流，结果形成自己的方音系统。金昌的语言虽然也属北方语系，但在语系之内同样土语割据，方音杂生，原因同样在于历史上这里曾是匈奴、月氏等部族的驻牧之地，自不例外地形成自己的方音系统。正因此，当地纷纷不断的小曲演唱，自然因"错用乡语"而导致"音随地改"，由此形成各自不同的行腔"腔口"和演唱风格，类似情况在从东到西的狭长甘肃境内是极普遍的事，各地广传于民间的各类俗曲，也在和不同地域方音的结合中，逐渐地方化而分立"门户"。

正是趋于这种原因，金昌地区所流行的俗曲，虽在总体上运用着同甘肃其他地方相一致的曲调，却在世代传承和演唱过程中，不断加工润色改良，尤其当它进入曲子戏唱腔曲牌领域后，由于这类当地特有民间俗曲作为演唱腔调的补充，如［十杯酒］、［十二寡妇］、［十道河］、［十月怀胎］、［闹书生］、［王哥放羊］、［十二古人］、［十二离情］、［拉骆驼］、［冻冰］、［八扇帷屏］、［张郎拜新年］、［十样景］等而使之更见新意。这些"我所有而他所无"的民歌俗曲，无疑大大增强了金昌曲子戏音乐的地方风格与特色。

在这本书里，君明先生还收录了金昌地区至今普遍盛传不衰的贤孝唱调。贤孝乃至宝卷，不仅是甘肃河西最具特色的民间说唱艺术形式之一，而且还以其厚重的历史文化背景而更具得天独厚。尤其魏晋南北朝时期，甘肃河西一线，不仅成为部族间弱肉强食的用武战场，还成了强者建都立业的集中地。在中国文学艺术史上占有重要地位的"五凉文化"，正是在这一地区产生，"五凉文化"直接导致《西凉乐舞》的问世，西凉乐舞不仅作为魏末周初的"国伎"而存在，也在它继续发展的道路上，又逐衍为"大曲"、"摘遍""小令"等作品，由此促成"倚声填词"的创作方法，这对后来宋元杂剧乃至甘肃民间曲子戏的问世起了关键作用。

王君明先生的家乡永昌，作为河西丝绸古道上的重镇之一，经历过不同朝代、不同民族更叠变迁和各种文化的重重洗礼，其又处于古凉州与古甘州之间，还依历史相因，一度轮属甘、凉二郡治辖，充当着中原通往西域乃至欧亚各国的驿站和关隘，由此导致该地中外商贾云集，各国使臣往复，多种民族杂处，商贸经济繁荣的昌盛局面。特别是中外商贸的繁荣与互动，引发了各种民族文化的重重与叠叠，使其在这片古老土地上，得到积淀和保存，融合和发展。作为民族传统文化一支的民间俗曲，能够在金昌地区世代传承和繁衍，便成情理中的事了。

民间俗曲尽管一度充作人们言情述志、咏事娱心的时尚流行歌曲而极盛一时，却又似一条漫漫无际的历史长河，当它从遥远的过去一直流淌到了今天，沿途饱受河床泥沙冲刷，使它不断有所散佚也不断有所增补。然而，当其流淌到以科技文化为主潮的今天，却受到传统观念变异和多元文化胶着竞妍的胁迫而备受冷落，甚至人们还忘却了它的存在。逼使俗曲这一带着古代民族多重文化信息的艺术载体，置于濒临边缘而苦苦扎挣、呼喊。这种文化失落现象，虽然让人深感揪心，却是人类进步的必然。因为，任何一种民族传统文化，不只有着历史的承续性，同时还有着审美的变异性。承前启后、去旧更新的过程，便是它继承发展的过程。在这个过程中，有的会被时代所淘汰，有的会被时代所发展。时下，国家为此启动的非物质文化遗产保护工程，并以强有力的政策措施确保包括民间俗曲在内的多种民族民间文化艺术得以继续延续，也正是从这一角度提出来的。而王君明先生这位有心人，也不忍母亲的遗赠就此濒临销迹，于是乎，他义无反顾地主动承担起抢救、挖掘、搜集、整理家乡俗曲的重任。正因此，《金昌俗曲》的出版，便有了更深远、更宽泛的意义，那就是：通过君明先生的中介，金昌俗曲真正变成一条永恒不竭的艺术长河，它从远古的过去流来，又向无限的未来流去，甚至还会唤起更多志士仁人责任感的萌发，为这一甘肃民间艺术长河的主干，引来更多经纬如网的

小溪。

因此，我喜欢这本书，也真诚地向读者推荐这本书！

2006 年 10 月 29 日记于兰州竹韵斋

（原载《金昌俗曲》）

三千年历史风云的重现

——《百部秦腔大系》代序

秦腔，植根西北热土，贯盈华夏雄风。古老的中华文明和本土地域特征，铸就它音词雄远、浑高为胜的秦北陇古之风，在广袤苍迈的西北大地上，如同阳光、空气和水，成为人人离它不得、处处无它不得的生活之必需，精神之食粮。尤其在它生成发展的整个过程中，见证过历代王朝的兴盛衰亡、经历过频频复演的宦海沉浮、亲临过无数善恶颠倒的是非成败和人世沧桑，还有政治、军事、刑法、民俗以及爱情纠葛、平民气象、道德伦理、忠孝节义等等，全都定格成记忆贮存中最珍贵的一笔文化财富。多少年来，秦腔正是借助这笔丰厚的文化积淀，在不断完善自身机制的同时，借助高台教化，通过对历史事件的重复演绎，向人们提出各种警示，并将自己引向平民化、民俗化和世俗化的广博天地，使秦腔最终成为能够主宰社会世风和凝聚国人精神的一股强大文化力量。

秦腔记忆贮存的这笔珍贵文化财富，演之于舞台即为可视可听的戏，记之于文字即为可读可念的文。然戏虽可视可听却形象瞬间即逝，踪迹尽消，文虽可吟可读却只能意会，难以视听，二者总难两全。故此，珍贵文化财富常遭时间吞噬而消歇失传。

所幸的是，甘肃百通影视发展有限公司，历经十年磨砺，斥资三百余万元，独辟蹊径，从搜集剧本入手，调动陕、甘、宁等西北五省（区）一百多家专业剧团和四百多位秦腔名家，将其从濒临湮没之窘境，挽救复活，录制成像，制成光碟。概而计之，已有400余本（折）；最近，又针对"农家书屋"之工程，该公司精中选精，按剧目内容，依历史朝代，延揽殷商、两周、战国、秦汉、隋唐、宋元、明清上下三千年之历史变迁，打造制作成《百部秦腔大系》光碟，这一颇具开拓性的创意，观众若能依序逐一品赏，从中既可尽享秦腔艺术之神韵，又可领略中国历史之步履，还可真正了解秦腔文化之厚重。三全其美，各得其所。

中国的历史，原本就是一部胜败定夺天下、缺失法制与公理的历史；中国的文化，原本就是一部君子之道、礼义之道、中庸之道混合杂陈的文化；中国的戏曲，自然就变成高台教化、寓教于乐的醒世工具。中国人精读《论语》《道德经》者少，不看戏者几

乎没有。秦腔剧目之丰富，民间向有"唐八百、宋三千"之说，但实际统计远远超过此数。秦腔正是借重崇神媚神的歌舞演绎，建立起高台教化的传统机制，随时向人们规范着做人的道德准则。正因此，这套《百部秦腔大系》光碟的出版发行，将会随着时间的延续，其历史性、艺术性、资料性、创意性，更会愈加凸现出其价值的珍贵。

2009 年 5 月 30 日于兰州

（原载《百部秦腔大系》）

超逸于真　炼意于美

—— 张菁《秦腔耿派脸谱艺术》代序

　　脸谱，是写在戏曲净行和丑行角色脸上的特殊图形，作为塑造人物形象的程式手段，超逸于物外，炼意于真实，自成谱系，故曰脸谱。

　　戏曲的脸谱程式，建立在装饰美的基础之上，它淡化了真实性摹仿功能，对客观物象经过精神性提炼，达到一定的抽象度，由此为装饰美的构建提供了可能。戏曲的装饰美，尤以脸谱最具典型。它既和客观物象保持着一定距离，同时又和每个观众的人生态度紧紧联系在一起，故而，能够把角色内心的善、恶、美、丑，化炼成为纹饰语言和色块语言，并赋予其极丰的文化含义，让观众在其上场后的第一个照面中，识其忠奸，辨其美丑。所谓"白脸曹操""黑脸包拯""红脸关公"等等，正执此而说。因此，戏曲脸谱，既具超逸意义的美，又具现实意义的真。

　　脸谱在甘肃的发展似乎得天独厚，原因在于甘肃秦腔向以生净戏、烟火戏独擅场胜。尤其过去的年代，河陇各大小戏班，多取封神、列国、两汉、三国等演义小说为题材，编演连台本戏，而且动辄四五十、七八十本不止，借以相互比试演技高低，这些剧目又以斗法之神道、骁勇之武将以及性格暴猛之人为居多，他们大都以净行应工，由此不仅造就诸如三元官、福庆子、陈明德、唐华等一大批花脸精英翘楚，还促成甘肃秦腔脸谱艺术之流派竞妍，呈盛一时，由此又培养出甘肃观众"看架架"的特殊观剧审美嗜好。

　　辛亥革命前后，甘肃秦腔舞台又出现一位技压群雄的净行花面人物——耿忠义。他在继承前人脸谱创造成果基础上，又结合自己的脸型条件与艺术理解，发展并创造出以"瘦而长"为特点的"耿家脸谱"。"耿家脸谱"亦称"兰州脸谱"抑或"兰州流派脸谱"。"耿家脸谱"受世人之推崇，早在 20 世纪 20 年代已成流风所向，并进入市场领域，小吃摊贩、商店字号等均作为广告张贴画，居民厅堂之陈设、节令所贴之门神而广为传用，其社会风靡之广，至今依然作为兰州的一种文化符号而享誉于民间，由此推动了甘肃秦腔脸谱传承和发展。

　　张菁先生本是一位具有五十多年艺龄的专业秦腔演员，先工武生，后改工花脸，自幼深得乃师刘新荣真传，刘新荣之技之艺，又为赵福海亲授，赵福海不仅是耿忠义的磕头弟子，其艺技当由乃师亲授真传而分寸不移。如此推衍，张菁先生当属耿派第四代传人无疑。他所创演的花面，从唱腔到工架，无不秉赋前师风范，尤其所写之脸谱，更具耿派之遗风，但又不为耿派遗风之所阃，而是又在继承耿派基础上，经多方吸收众家脸谱之长，再行发展，反倒形成自己的艺术个性而独领风骚。今天，张菁先生将其所创绘之脸谱，汇集为《秦腔耿派脸谱艺术》一书出版，这对保护耿派脸谱文化遗产，弘扬耿派脸谱艺术成果，无疑是一项有益的贡献。故作此序以颂之！

2009 年 11 月 27 日于兰州

（原载《秦腔耿派脸谱艺术》）

探赜钩沉　缜密考订

——周琪《天山雪传奇校注》代序

对于史著典籍的校注与考释，历来被视为高端学术命题而涉足者甚寡。然而却在偏居西北一隅的甘肃，训诂之学早在西汉蔚然成风。"覃思著述"的敦煌人侯瑾（《后汉书·文苑传·侯瑾传》），"凉州三明"皇甫规、张奂、段颖（《后汉书·皇甫张段传》），便是最早注经勘讹的陇上知名显达，并将河西儒学推向昌盛。遍注群经的汉末大儒郑玄（康成）所注之《论语》，唐传诵者虽很普遍，却在河陇风行极广，以致郑注卷本最终遗存于甘肃。1908 年法国伯希和就从敦煌藏经洞得到一卷《郑注论语》和一些零碎残片，台湾陈金木先生凭此撰就《敦煌唐写本论语郑氏注研究》上、下两册。相反《郑注论语》却在中原寂灭无闻，全然一片空白，学界对此一直深存遗憾。

从汉魏之交到魏晋"五凉"，中原战乱频仍，经籍散佚阙如。而河西"五凉"一直奉行"和稳独尊，礼贤纳士"治国策略，无形使河西变成沉静寡欲知识分子最理想的天堂，中原士庶大量涌入凉土，"中州避难来者日月相继"，"其众散亡凉州者万余人"（《晋书·张轨传》），促成"区区河右，学者埒于中原"。（《周书·王褒庾信传论》）当时凉州硕儒尤多，人才隆盛，仅载于《晋书》的著名儒学大家，就有江琼、程骏、常爽、江宁、江强、段灼、傅玄、傅咸、辛谧、杨柯、索袭、宋纤、郭荷、郭瑀、祁嘉等，他们一个个皆系明究群籍、精通经义、注疏儒经的盖世大家，无形使甘肃文学艺术在两汉基础上又有新的成就。这一时期，甘肃有记载的著述者多达 90 余人，著作 270 余部。其中个人文集 52 部，史志传记 49 部，科技著作 42 部，收集、整理、校注的儒家经典 30 部，译经和宗教书籍 39 部，政书 13 部，诸子 7 部。别的姑且不论，仅精通训诂、校注经籍的甘肃籍鸿儒，就有魏晋安定朝那人(今甘肃平凉西北) 皇甫谧，校注《帝王世纪》10 卷，《高士传》6 卷，《逸士传》1 卷，《列女传》6 卷，《玄晏春秋》3 卷；北凉时，人称"宿读"的敦煌人阚骃秘书考课郎中，就组织文吏 30 多人，对曲籍进行了大规模校注整理，结果"勘定诸子三千余卷"；前凉隐士敦煌效谷（今甘肃敦煌县东）人宋纤，隐居酒泉南山，明究群籍，弟子受业者三千余人。一生少有远操，笃学不倦，

校注《论语》及诗颂数万言；北魏大儒敦煌人刘昞，亦以儒学见称，其后隐居酒泉，不应州郡之命，弟子授业者五百余人。以三史文繁，著就《略记》130篇、84卷、《凉书》10卷、《敦煌实录》20卷、《方言》3卷、《靖恭堂铭》1卷；校注《周易》《韩子》《人物志》《黄石公三略》，并行于世。沮渠蒙逊平酒泉，拜秘书郎，专管注记。此外还有郭荷、郭瑀、祁嘉等等，都是潜心儒学、注经斐然的"河右硕儒"。凡此无不说明，对于史著典籍的校注与考释，从古以来成了倍受甘肃学人精究大义、沉静游思的一大成益热门。这就不难理解《郑注论语》残卷存于《敦煌遗书》而中原荡然寂灭无闻的历史因由了。

抛开儒家经籍校注姑且不论，魏晋周隋之后，我国又经历了"唐诗盛极而衰，宋词代之而兴"的重大文学变革，宋词立足未稳，元曲又成一代国风，于是，唐诗、宋词、元曲作为三朝文学峰巅令人仰止。尽管诗、词、曲的更叠乃是层层递演的一种必然，但我要在此偏执一书的则是元曲，因为它直接促成了杂剧的问世。其实，在"诗——词——曲"更叠演进的同时，还有另一条文化衍进脉系，那就是"乐舞——大曲——说唱"与之举肩并进，文学诗赋与歌舞说唱的同步衍进发展，到了金元时代，文人又受诸宫调之影响，遂将抒情的单曲、小令制作成宫调统属的可叙事之"套曲"，由此确立了以"套数"为核心的北曲杂剧音乐体制，又由脚色装扮成人物在舞台上敷衍唱情唱事，最终将中国戏曲推向"以歌舞演故事"的舞台前沿。不记得是哪位前人曾留下"稗官废而传奇作，传奇作而戏曲继"这样两句话来，其中所言"传奇"者，正指元人所称"以歌舞演故事"之北曲杂剧。

金元时期，甘肃也拥有一批撰写乐府、制作套数，并将套数推向戏曲的伟大实践家，很惋惜，这批最值得大书特书的先驱，却被历史尘埃湮没不彰，目前仅见于史籍并有著作存世者只邓千江一人。

邓千江（生卒年不详），甘肃临洮人，金代大曲词家、音乐家。著有大曲词本《望海潮》等作品，并配以乐曲可供演唱。元人陶宗仪在其所著《南村辍耕录》一书中，对该作给予很高评价："金人大曲，如吴彦高《春草碧》，蔡伯坚《石州慢》，邓千江《望海潮》，可与苏子瞻《百字令》、辛又安《摸鱼儿》相颉颃。"此引当在该书卷二七"燕南芝庵先生唱论"条。邓千江今存词作《望海潮·献张六太尉》《望海潮·上兰州守》两首，虽系散曲，尤可配曲唱事，亦应算作甘肃作家以身试水的杂剧最早之先驱，故在此不可不提。何况明人杨慎《词品》卷五称颂道："金人乐府称邓千江《望海潮》为第一。"

　　杂剧在一定程度上讲就是戏曲。戏曲对后世的影响极其广远。今天各个地方剧种所演剧目，其中相当一部分就来自于元杂剧。如《窦娥冤》《拜月亭》《单刀会》《赵氏孤儿》《火烧绵山》《还魂记》《萧何月下追韩信》《五典坡》《西厢记》《杀狗记》《荆钗记》《琵琶记》等家喻户晓的秦腔名作，都是出自元代戏剧作家关汉卿、纪君祥、张国宾、狄君厚、金仁杰、王实甫等人之手。元代剧作家及其作品之繁荣，实属历史所罕见。仅《录鬼簿》及其《续编》所载者，就达 181 人，作品计 730 余种；明中叶更甚，嘉靖有李开先《南北插科词序》记有 832 名家，1750 余部剧作。

　　如此庞大的杂剧创作队伍和杂剧创作成果，留赠于后世者竟然寥若晨星，以致今天我们所见之元人杂剧，总数不过五十余家，作品不足一百六十余出。尽管如此，诸子学人依然守舍于历史烟海中，探赜索隐，觅踪钩沉，在几乎空白的基础上，确也作出了不小的成就。20 世纪 80 年代末，有兰州大学宁希元教授《元刊杂剧三十种新校》上、下两册出版行世，宁先生由博反约，概括出字音通假和字形简化的通例，反转以简驭繁，独辟蹊径，解决了前人未能解决的问题，更重要者，还为后进撞开了博古通今、知难攻坚的戏文考订学术之门。

　　果不其然，我省戏剧理论后起之秀周琪先生步其宁公后尘，经过数年述作励志，著就《天山雪传奇校注》一书付梓出版，打破我省多年校勘古典戏文的沉寂坚冰，堪称是甘肃戏剧界的一件大事。我之所以言其为大事者，一是明知明清两季，甘肃戏剧创作绝非空白之地，只是长期兵荒马乱，多失于战火之中，故好多作品只见其目，不见其本。如清代甘肃传奇作品《天山雪》等剧如是；二是周琪先生历经多方寻索，始知其不仅完好存世，而今立见天日，作者终得其本，又作缜密考订，这一探赜钩沉作为，不仅为甘肃戏剧史学研究提供了宝贵实物史料，还将我省古籍戏文整理提升到一个全新水平。

　　《天山雪》描写的是明末李自成部攻打甘州，甘肃巡抚林日瑞，总兵官马爌等率众拼死抗击，最后全军覆没的悲壮惨烈战役。这是一部近乎实录性质的现实主义作品，该剧作者正是参与这场战役的甘州总兵官马爌之子马羲瑞。马羲瑞字肇义，号知误道人，甘肃张掖人。康熙十九年（1680 年）曾任安定县教谕。他一生存世作品极少，仅此传奇一部，显系"廉使设荐，吊奠亡魂"寄情之作。清乾隆《甘州府志》和民初《甘宁青史略》都对该剧有所记述，民国初年甘肃镇原人慕寿祺仿蒋瑞藻《小说考证》之例，著就《中国小说考》上、下二卷，书中更明白无误地记述着清代甘肃戏剧作家的三部传奇作

品，即顺治庄浪人柳翘才之《七才子传奇》、康熙张掖人马羲瑞之《天山雪传奇》、陇南人（佚名）之《并蒂花传奇》。但长期以来只见存目不见其本，20世纪80年代，我在参与《中国戏曲志·甘肃卷》编撰工作过程中，三剧的确引起同仁们的高度重视，并在存佚问题上引发过多次探研争论，终因"文献无征"只能以"均未传世"列为"存疑待考"而无奈收笔，由此构成甘肃剧界明清两季"有作家而无作品"的一大憾恨和难解迷踪。

周琪先生是位有心人，他对三剧"均未传世"之断言一直心存疑虑，而且以吴晓玲先生《古本戏剧丛刊》第五集所列目录为鉴，认定《天山雪传奇》剧本并未被历史烟海所吞噬，说不定它就藏身在我们眼皮下，只不过被沉积已久的历史尘埃遮住了我们的双眼，怕是多次有缘相遇却又无缘相识而每每交臂失之罢了。正因为周琪抱定这样一种启认，在诸多前辈学人扶助下，持以沉静寡欲的学者情怀，开始了他漫长的探赜钩沉之路。这真是功夫不负有心人，经过多方寻考，终于将消失三百多年的清代早期甘肃传奇作品《天山雪》，完好无损地捧献在我们面前。

周琪不只为我们捧回了这一弥足珍贵的甘肃古代戏曲文献，更难得者还从史学、文学、戏剧学、音乐学等多学科着眼，对该剧所涉及之人物、曲牌、词格、韵律、典故、方言等诸多方面进行了缜密考释校注。"校"者，勘也，即纠讹勘误之谓。古籍流传，颇多错乱，尤其清代，往往官私刻本、民间抄本并存行世，其间文字繁简异同混珠，虫蛀补缺真伪难辨，凡此都须校勘者一一审订，去伪存真，正本清源，复还原作本来之面目；"注"者，解也。即对通篇古文词章、方音字义、典制掌故、人物事件等等之来历出处，要给读者解释得清清楚楚、明明白白。尤其对于戏曲古本校注者来说，不仅需要博通历史典故，还须精通曲文词赋，不仅精通曲文词赋，更须在方言学、乐律学、戏剧学等多学科领域达到旁见侧出、各相乘除，足见校注古籍戏文难度之高，艰辛之巨了。正因此，校注古籍在我国便成了一种专门之学——"训诂学"。

周琪的年龄正当风华正茂，按常理也正处在追时髦赶潮流的浮躁阶段，孰料当他步入艺术之门，一头扎进故纸堆里，在浩瀚如烟的古典戏剧文化中苦苦修炼着自己的人生价值，甚至还多少呈露出怀铅提椠、裨补辎轩般的犟性，以致做学问、待人事诸多方面散溢出今之少有且又难得的"古"风"古"气。正是有了这种严谨治学作风和真挚处事情怀，才便有了这本《天山雪传奇校注》的问世。

对于古文的考释与校注，总是建立在博通古今、知义知音基础之上，清代精通音韵训诂的乾隆时人段玉裁曾在《广雅疏正序》中言道："治经莫重于得义，得义莫切于得音。"治古典戏文更就端在知音了。特别像《天山雪传奇》这类作品，又是出自一方一地作者"廉使设荐，吊奠亡魂"寄情偶发之作，自然语音歧出、方言异读在所难免。正因此，对于古典戏曲文献的校注，便成了涉猎极广、错综并用的高端学术之举了，倘若一味苛求条条注释完美无瑕，既不现实，又悖于艺术规律，即令遍注群经的郑玄所注《论语》，不是也被后世学人评说有"牵强附会"之嫌么！汉末儒学大师尚且如此，其他训诂大家注释献疑辩解者自不待言。至于周琪的这本《天山雪传奇校注》，很难说通本校注具都无瑕无误，但作者从浩如烟海的历史尘积中不仅使其重见天日，还对全剧一字一句逐加考释，尤其所有校注皆都言有所出，文有所据，何况每条考订读来文理通顺，不染牵强穿凿之嫌，从这个意义上讲，该书的出版，我以为不仅有明辨疏义讹脱舛误之贵，更有钩沉散佚失而复得之功，仅此两点窥其该书，堪称是甘肃古籍整理考释不可多得的重要学术成果，也就丝毫不显过分了。有鉴于此，应作者再三之嘱，要我为他这部大作写个小序，我也愿借大作之边角，一则表达我对作者钻研学问精神之钦佩，二则敬告读者和研究者此书很是值得一读。

以上赘语，姑为之序，云云！

2011 年 10 月 30 日记于兰州竹韵斋
（原载《天山雪传奇校注》）

高山的回响

——尹利宝《高山戏》代序

我去过许多地方，探访过不同地区的戏曲和曲艺，也曾沿着丝绸古道西行，直抵当年《龟兹乐》的故里——库车，寻考过业已消失千年的遥远绝响。所到之处，各地都会有酿制欢乐的不同方式，也都有歌舞繁会、笙磬和鸣的声腔麇集气象。令我惊异的是，惟其秦声系统的乐种、曲种和剧种，却以一种质朴而忧戚的乐语，来传递隐匿最深层的大爱与大恨。这种忧戚，似乎成为甘肃民间戏曲共同把握的音乐心韵，结果反倒促成不同声腔剧种音乐色彩上的大似与大同。

然而，事有意外，一种深深藏匿在甘肃陇南山区的民间小戏，却以它憨直而充满幽默情味的文化品格，打破了秦声剧种"以忧唯美"的一统天下。这个与秦声卓然举对的陇南民间小戏，正是年轻学者尹利宝先生这部《高山戏》著本将要讲述的全部内容。

我对高山戏的认识，是在 20 世纪 70 年代初，当地的戏曲音乐工作者经过加工复创，用它演绎了一出现代题材的戏剧故事，并登上省城大雅之堂。这出戏究竟演述了什么，我倒没大在意，因为它那明快清新得如同蓝天白云般的唱腔音乐，早就夺去我全部的精魂。打此以后，孑然听命于那种音乐的召唤，几度离开喧嚣的城市，几度来到边远的陇南，意欲寻找那个高山的回响，却因当时各种复杂的原因，寻回的依旧是带有"忧戚"情味的大古大乐。直至 2010 年初，我才同真正的高山戏有了相见的机缘。

高山戏真可谓"高山之戏"，我这样说不只因为它的唱腔音乐颇有几分川剧高腔的情味，更在于它的出生地就在偏居武都高山深处的鱼龙乡。该乡有两个地缘紧相毗连的村落，一个叫上尹家，一个叫下尹家。据传，上、下尹家原系同一宗祠，后来分为两系，对峙而居，繁衍生息。这两个村落，世代流传着一种被村民称作"走过场""哟嗬咳""演故事"的民间小戏，由于该村野居大山深处，过去很少有外地之人能够涉足进入，可以说完全处居与世隔绝的封闭状态，即使今天，交通依旧不是十分畅达。特别由下尹家（乡政府所在地）向北进沟去往上尹家，道途至今坎坷崎岖，尽管两村相距不足五里之遥，通行却十分艰难。正是这种封闭的生态环境，恰恰为该村传衍旷久的"走过场"，充当了迄今依然保持原始野生的活态温床。

　　令我回味不尽的是，如此偏僻苍凉甚至遍地充满呻吟的村落，怎么能够生长出如此开朗喜辣且又让人心绪跃动的戏曲音乐来呢？其实，每个人都在为自己营造一种憧憬，也希冀于憧憬能给他带来好运和愉悦。再苍凉的群落也都会有欢乐的滋润，有了这种滋润，生命才便有了活力，生存才便有了动力，也防止了心态沙漠化和精神边缘化。也许这正是《荀子·乐论》所言"夫乐者，乐也，人情之所必不免也，故人不能无乐"之真谛了！

　　问题的奇特之处，在于中国人博大浩瀚的情怀，有时的确达到"我物两忘"的境地。有了好吃的，不是往自己嘴里塞，首先想到的则是佛、菩萨及其各路神祇更需要物质的供养；同样，有了好听的好看的，不是首先自己享乐，而是要给神灵尽可能完美的声色之娱。许多娱神活动，在祭祀与信仰合力驱动下，还会逐渐演绎成一种别具特色的民间小戏。武都的高山戏，正是在这种合力驱动中，不断扩大自身娱神规模，并由祭祀、社火、地摊、小唱，最终登上舞台而成为一种具有戏曲独立品格的典型。

　　也许因为它的生地过于偏僻封闭，长期难于同外界其它新兴艺术展开交流，加上这类演出又带有强烈的酬神祭祀意味，只能在春节作为最隆重的庄事祭典活动大唱特唱，而且还须完全遵照祖先遗传程序不得有半点走样。这就促成了高山戏至今一直保持着原始而粗俗的古朴面目。至于它那充满辛辣与野性的文化品格，与其说是民间群体一年纵情娱乐的唯一宣泄，莫如说是为神灵诞辰创造的全息式恢宏仪礼，只不过因为人们对三教圣人过于虔诚崇拜，最终变成一种人神共娱的理想境界罢了。正因此，每年都由最权威的长老督办操持，而且从头到尾遵从着严格的仪式程序："议事""出灯""过关""圆庄""上庙""走印""踩台""灯官说灯""开门帘""送财""上戏"等等。在如上演出流程中，倒让我看到了地摊社火曲子表演，如何走上舞台，如何又衍为民间小戏这一极为清晰的历史嬗变脉络。其中在上场门欲出不出的"开门帘"，正是由社火秧歌向舞台戏曲过度转化的重要环节，而且作为"正戏"开演之前必须演出的固定程式，成了系结两端最原始的标识。表演者一丑二旦，丑角由社火队"头把式"担任，头戴凉壳子(近似清代花翎官帽)，身披红马褂，挂"吊搭"或"黑满"，左手持毛巾，右手持蒲扇，形象丑怪；两旦则由社火队"头旦""二旦"担任。勒水纱、贴鬓、挽髻，着花袄、系百褶裙，擦脂涂粉，左手持绸帕，右手执折扇。丑角在舞台上场门帘之外夸张揶揄挑逗，欲以引逗二旦上场敷衍；"头旦""二旦"始终在上场门帘之内只露脸不露身。如此一对一答循环往复演唱不止，文武乐队坐分舞台左右"场面"伴奏，最后二旦

终于上场，完成了戏曲行当身份的转换，引出正戏开演。这一独特的演出程序，在我看来，倒不在于演技本身，意义正在于它为我们提供了一个民间社火如何登上舞台衍为戏曲这一可供思考的活态依凭，由此大大提升了高山戏在戏曲史学研究上的学术价值。如若将其视为戏曲原生态的"活化石"，倘从戏曲发生学的角度讲，也就丝毫不为过分了。

我这里还要特别一述的是，本书的作者尹利宝先生，当他还在襁褓中的时候，就吸吮着这一民间小戏的乳汁，在他刚刚立身懂事之时，便开始踩踏着父亲的履迹，成为推动这一剧种向前继续延伸的一员。因为他的父亲尹维新，就是当地声望极高的"戏模子"，同时也是国家级高山戏"非遗"项目代表性传承人。当然，父亲同样有过踩踏着父亲的履迹推动这一剧种向前延伸的那番经历。这种父子之间的轮回与传承，确切地讲，应该是父辈同子辈之间永无尽头的一种情感交合和对话，儿子一旦经历了这种对话，也就明白了自己所该承担的使命。

为了同父亲对话的继续，也为了从辽阔的空间和时间中寻回历史的精魂，年长以后，尹利宝从人生道路的起始点出发，经过漫长跋涉，试图要从这里寻找自己的人生座标，并让那片"蓝天白云"紧紧抓住自己，继续着与父亲的那种对话。利宝先生略胜父辈一筹的是，他并不完全拘泥于演出实践的热情投入，而更倾向以冷静的心态将其提升到理性层面，去思考祖先给他的这份文化遗赠。于是，才便有了这本《高山戏》著作的问世。

《高山戏》全书分列七章，先从寻考追溯历史源头，并从原初生成的地理条件和人文环境入手，引领读者步步深入到"戏台戏班""剧目特色""音乐特点""风格特点""精彩唱段""艺人风采"等各个层面，让人们有条不紊地分加体认，徜徉览胜。每到一处，作者都会以平实的语言给大家侃侃讲述许多相关的故事。由此从遥远讲到现代，由表层讲到深层，纵揽了高山戏从无形到有形、从娱神到娱人、从地摊到舞台、从大山到城市的整个全过程。当您从故事的一端走到故事的另一端时，回首再望望这座"高山"的身影，聆听这座"高山"的回响，心理图像的投影终于形成聚焦而定格：高山戏，一颗保存完好无缺的戏曲"活化石"。

写书是对艰难的一种选择，同时也是对责任感的一种炙试。尽管尹利宝身后还有赵元鹏等一大批领导、专家和热心人鼎力帮扶，但一字一珠还得靠他自己磨杵方可成针。正如作者在"后记"中所说："写书难，写高山戏更难！……作为一名业余的高山戏爱好者，匆忙中写就这本书只有一个目的，那就是'抛砖引玉'，为今后从事高山戏研究

的专家学者们尽可能提供一点素材。倘如此，想也为发源于家乡的这一戏剧文化作了丁点儿贡献，吾愿足矣！"业余爱好，业余写书，难上加难，不言而喻。尹利宝先生明知其难又不畏其难，动力何来？就来自于一为以后的研究者搭桥铺路，二为弘扬家乡戏剧文化尽心尽责。有了这种自觉承担责任的使命和勇气，才便有了知难而不畏难的实践和作为。因此，姑且不论该书在学术含量上的高低深浅，仅就他磨出这部洋洋二十万言大著本身，就已经为高山戏树立起一座嶙峋的丰碑，更何况还作为一部开山之作，必将成为后世之人认知和研究高山戏的起始点而光彩不熄。

这就是该书价值之所在！

2011 年 12 月 14 日记于兰州竹韵斋

（原载《高山戏》）

以气韵求其画　则神似于其间

——《邵灵画册》代序

中国的绘画之道，最讲"气韵"二字。"气"指生命之气，即表现于作品的画面之气和画家本身所生化的宇宙精元之气；"韵"与"和"同义，《广雅》云："异音相从谓之和，同声相应谓之韵。"说明"气韵"概指以画家生命力为依据的上通下和之"气"在绘画作品中合于"和"的规律体现。简言之，就是作品精神风貌与画家精神风采的高度统一与合和。正因此，千百年来，"气韵"一词，不只作为人们解读和品评作品画面形象与生命形态的审美语汇而广加应用，更重要的还充当了把接受者的注意力从评鉴作品精神境界导入品藻画家精神世界的一种心理模式而推复往交。这种颇具"中国特色"的审美接受心理形态，，最终促成"品画也即品人，人品也即画品"的独特绘画理论效应，于是乎，又便有了中国画、人互为因果的整体性学说。

"气韵"对画家来说，无疑是指精神品格的修炼，它包容着画家的人生经验、道德准则、心理定向甚至更为广远而深邃的哲理内涵。画家精神上的"风骨""风采"以及"风范"等等，无一不在自己作品中自然地流露和体现出来，所谓"画从心进"，即指此而言。倘若画家不能把天地宇宙和生命感应化为一种精神感悟，并把这种精神感悟表现于绘画作品之中，不具备空廓广远的心境与虚怀若谷的浩荡情怀，无论技巧再高，也难使其作品表现出超越物态形体的精神效应来的。而我正是借助于这种体认，才有幸步入邵灵先生的绘画艺术王国，并由此真正体悟到"艺术以整体拥抱世界"的思想哲理与深广内涵。

邵灵，字易小，别署苦铁斋，1937 年生于甘肃秦安。这位吸吮着伏羲故里灵秀和陇南文化乳汁成长起来的画家，以崎岖坎坷的人生之路，熔铸成他那既刚毅矫健、又锋芒内敛的双重性格。热情、豪爽而不苟言笑，沉着、练达富思想活力。虽以淡泊自励，却能苦心孤诣地进取，虽以工科涉世，却从生命的起始，对丹青寄寓深重博大的情愫，并以此不断编织着自己未来的梦，经过数十年的艰苦跋涉和磨砺，终于成为西部画坛具有一定实力的专业画家之一。

　　邵灵的画，率意于天真，泼发于灵台，运笔着色之间，不在于"画"而立意于"写"。曾自云："写则画活，活则生动，动则入化，若生机在我，纵横姿肆，意气奋发，神韵乃出。"由此，道出他刻意求新的心境和深谙艺术辩证之真谛，从而兀突出极富个性的画风和神韵，泼洒出浓烈的醉意和天然的情趣。不论是他的花鸟画还是山水画，繁简虚实之间，点化出画家崇尚自然且又超越自然的艺术追求，其笔底波澜，线条轨迹，既有挥洒自如之游刃，又有空灵万方之气概，却笔笔不离法度，步步终有所归，其技法、其运笔、其着色，既有所师，又有所得，其中显系得益于八大、石涛、吴昌硕、齐白石、黄宾虹等大家神韵点化哺育所使然，但他宗师道却不受古囿，图新法又不显癖怪。所谓"外师造化，中得心源"，不正道出了邵灵博而能约、入而能出之气么！

　　当然，如果画家不以毕生的勤奋去苦苦求索，自也难达博采群尖，独树风标的境地。有鉴于此，当我初识邵灵画作，竟被他幅幅清韵意趣惊异不已，继而品之，赏之，评之，每每不忍舍手。然画品如同人品，这位外秀内刚、质朴无华的画家，更给我留下深刻的印象，由此互相往来，执清茶淡水而海阔天空，尽管各自专业不同，所幸志趣个性难得有此契合，即使我纵有门外之言唐突，他非但不予计较，还能谦逊为怀，加勉善待。也许这正是他能够步入成功之路的阶梯，倘若一位画家无此坦荡胸怀和空廓超俗的品德修养，何能变有限的画面为无限的空间，恣意跨越人与自然间的鸿沟，作为抒写浩瀚心境和精神体悟的最佳呈示，又何能以三寸柔毫，纵情形骸？故而，文首我借"气韵"二字，写下对邵灵先生的画及其人的一点印象。亦姑且作为《邵灵画册》之序云！

1997 年 7 月于兰州
（原载《邵灵画册》）

天然成奇趣　淳朴去雕饰

——罗承力绘画小识

画家作画，与其说凭藉笔墨和晕染的基本功力，莫如说全靠其难以言述的心理文化意蕴。因为，前者不过是达到画面造型和凝聚意象的技术性手段，而后者才是使其作品涵容画家学养个性和显化人格精神的本源，这也是我国古今画坛画派林立、各呈妍丽的根基之所在。

罗承力，这位把天府深秀和陇原荒阔融于一身的画家，之所以把西部人文土风，标立为自己终生讴歌的主题，同样是他难以言述的心理文化意蕴所使然。生活中的他，既没有一般文人的忧患超脱，也没有通常艺术家的恣纵旷达，当然，更没有某些攀附政治文人的饰意与矫情。他总是处在一种十分平静的、亲近自然的心态之中，用一种沉默的方式，感受着生活的真实，去尽力发现人与大自然之间美的和谐，并最终熔冶为他以恬静、自然、淳朴和富有牧歌情调取胜的画派画风，向世人展示他最深沉的爱。

山水风情画，是罗承力先生的重要创作题材之一。在这类作品中，他十分重视通过对山川形象的感性描绘，宣泄其激荡胸臆的理性风情，并力求使其作品能够准确体现个性与时代感的一致。《白云深处》可谓是他近年来创作的一幅佳作。

构图上，他巧借影视中景特写手法，"立主脑，减头绪"，置拔地而起的主体山峦于画面中心，作为诱导读者视觉入主画意的总绾，然后通过背景群山叠嶂的衬托，让人们再去自觉感受西部地貌的威重、荒阔之象，和人文土风的剽悍、阳刚之气；同时，他又巧纳天际飘浮的白云，涟漪荡漾的流波，苍翠葱绿的草木，以及牧童引吭于高山流水之间的歌声等；为画面平添几分生机与活力，折射出新时期以来陇上高原一派欣欣向荣的景象。

技法上，画家也有许多别出心裁的独创，尤其着笔，不求其真，而求其似。如画树，就祛除了个字点、介字点等符号化的传统陈法，而是根据树干、枝叶的真实形状加以描绘，使其更接近于直观感觉的真实；再如画山，也未用斧劈皴、披麻皴之类，同样依照西部山峦的轮廓特征来定笔法，以求得画面真实与心灵感受的一致，达到笔墨美与自然美的统一和谐。整个画面线条的勾勒，稚拙而不粗俗，稳健而不停滞。这种笔法，在他的《高原牧场》《家在白云处》等作品中，都有出色的体现。由此形成他出色的画风，难怪他的作品在国内外重大展览中连连获奖。

人物风情画，也是罗承力先生参悟哲理、托物言志的又一个重要领域，而且在他的整个作品中所占比重极大。这类作品，表现最多的，是西部少女与灵牲欢愉对话的主题，然而又通过对生活的广泛涉猎和对题材的化炼与剪裁，赋予作品以多角度、多层次的精神内涵。《哈萨克风情》《饮》《牧栏》《草原柔情》等，尽管同样贯穿着人与自然的和合，却是各有意趣，各有情味。画家正是通过对生活的多侧面的摄取和提炼，不仅构成他色彩斑斓的墨韵变幻世界，还散溢出他对西部这片热土所持有的真挚眷恋和绵绵情愫，同时又直率地表现出天人和谐、回归自然、向往自然的现代人理想。

罗承力先生的画，率真意而去雕饰，寓深情于淳朴。整个画面明亮、净洁，显示出高格调的审美品位和含义极丰的文化意蕴，让观众不禁流连于情趣盎然的西部风情之中，去领悟那神奇且又神往的高原神韵，甚至还会不时听到旷远而悠长的牧歌，从草原尽头翩然飘来，向欣赏者展示出人与大自然相互依存的天然奇趣。

（原载《甘肃广播电视报》1998 年 1 月 18 日）

不拘一格得"天趣"

——李玉福西藏风情山水画品析

中国山水画已传承千年，其绘画理论又得其它艺术之先，历代画人虽在师古上多有突破，但总体构图、运笔用墨等大的关节却是万变不离其宗，因此，如何师古而不泥古，如何在传统表现方法中体现当代人的审美意趣和时代精神，便成了每一位山水画家必须思考的问题。最近，我省文化干部李玉福推出近60幅西藏风情山水画，比较成功地完成了传统与现代创作意识的双向构合，从中可以看出作者师古而不泥古，守格而不拘格的可贵探求精神。

言其师古而不泥古，在于李玉福对笔墨的把握处处可见传统迹象，尤其线条颇具书法韵味，传递出古拙含蓄之意，其构图于稳重中见奇崛。雪山、圣湖、佛寺之间有一种几何关系，因而营造出一种静中寓动的古雅清逸气象。这既是画家对高原雪域独特人文环境的自我体验，亦是他对大音希声、大象无形的东方哲学精神的深切感悟。故而创作思维产生了一种时空穿透力，从古静的气氛中透露出含蓄的热烈，获得了时代感的体现。

言其守格而不拘格，在于李玉福能够巧借传统笔墨技法去营造版画、水粉乃至素描效果，尤其多层次的敷色比较传神地表现出世界屋脊的斑斓多彩与厚重神奇。李玉福不甚注重笔墨工力的展示，造型宁拙不巧，刻画宁平不险，技法宁"生"不"熟"；他的表现重心在于直抒感觉，尤其是寻找自然物象与自我理念的共鸣点，因此，他的画作虽然给人的印象是不怎么"专业"，但却有着稚拙、天真的别番美感，像《古格遗韵》《羌塘八月》《雪域山谷》等作品，皆表现出自然造化与质朴人性的心源感应。

作为儿童文学作家的李玉福，不惑之年方始自学国画，他不图名，不牟利，仅仅为了提升自己的生命意义而寄情于山水。但凡站在这个出发点上的艺术家，往往能无遮无饰地表现个性，因为他们不必媚俗，不必迎合时尚，不必故作高深，作品也就自然获得了"天趣"。

愿李玉福长久地保持这种状态。

（原载《甘肃日报》1999年4月14日8版）

侯向林其人其画

三十多年前，我和侯向林在同一所大学的同一个系里读书。当时我们还年轻，又是刚刚涉足省城的农村学生，自然带着几分纯朴、拘谨的乡土习性，一有机会便聚在一起，热谈家乡民俗风土和少时的顽皮作为。从那时起，"家乡"观念就对我们各自的艺术创作注入了潜在影响：他绘画喜欢摄取陇东风情，我作曲大都采撷甘肃音韵。后来毕业虽再未见面，但每每想起那段校园生活，总会生出一阵惬意。

80年代初，我去庆阳出差，一下车便直奔他的住处。那时，他正和几位基层来客谈得起劲，我的闯入给大家带来了几分惊异与尴尬，但这随即就化为久别重逢的惊喜与欢乐。当时的他，不仅身居地区艺术馆长要职，还顶着"陇东派"画家等诸多头衔。然而，着装打扮却如同当年：对襟棉袄，毛毡靴，满口庆阳官话，和陇东农民无异。

"你这家伙，馆长不像馆长，画家不像画家，难道就不能更新一下？"

"嗨！咱这是在农村，穿着太讲究，农民就会疏远你，再说咱这职业，不是爬山涉水，便是笔墨色彩，干净衣服也得弄脏，不合算！"边说边从抽屉里取出一包"红塔山"撂在我面前，而他却蹲在椅子上，掂一只黄铮铮的水烟管，有滋有味地抽了起来。

"怎么，你抽水烟？"

"这东西好，下去写生，全凭这和农民套近乎，纸烟没劲儿，咱这是在农村……"说罢，又带出一串嘿嘿嘿的憨笑。

我坐在他的对面，望着那张憨态可掬的大脸，猛然想起时下许多年龄不大的画家，十之七八都十分注重以外观形象刻意标示自己的职业身份，他们年纪轻轻，装扮颇多怪异，要么蓄起大胡子、长头发，要么着一身长袖中装，一副道风仙骨，超然于世外的"派"，再就是西装革履，一尘不染，用意还不是向人们煊示自己是个道行甚深的画家么！然而像侯向林多年来一直保持陇东农民淳朴本色的画家，老实说，我还极少见到。我瞅了瞅正蹲在椅子上的他，又瞅了瞅他那黄铮铮的水烟管，只听见"丝——"地一声，呷了好大一阵，嘴里、鼻孔里才冒出两道浓浓的烟来。

"这家伙还真是个地道的陇东乡土画派画家呀！"

于是，我提出要看他的画作，他先是谦逊地推辞，继而便翻箱倒柜地掏出得意之作，顷刻间把个七尺小屋变成了陇东山水风情的缩影。

我一幅幅用心品赏着，他一幅幅耐心解释着，顷刻之间，我的思绪随着一幅幅画面，遨游于陇东山川地貌之间。我很佩服他那奇巧的构图和画面布局。本来，陇东地貌，以塬为主，塬者，沟壑也，顶平坦而边陡峭，山无险峻奇峰，水无瀑布飞泻，俨然一派黄土高原荒阔之象，为这样的地貌作画，总不及"青山隐隐水迢迢""绿杨堤畔问荷花"的江南景观出情出彩。但侯向林却以繁密见胜，又以"空白""虚实"相得益彰而自创新意。比如他的《天趣》《天道》《澄怀》等幅作品，都以空间透视来解决空间意境，源于自然又高于自然，创造出一种与众不同的"自然"新景观，使其作品获得从自然美向艺术美转化的较佳境界。再从画面的整体布局说，无论山峦的前后位置还是主次关系，均以山川起伏得势，并以"空白"虚景实之，或以深秀草木衬之，整个画面突出恬淡、静洁、超逸、雅俗的别番墨趣，赋予画作一种高层次的意境美，也在一定程度上突破了传统规律和章法，从而突出了个性，呈示出新意。

当然，画家进行艺术创作的主要意图，在于通过对山水的描绘来写出他心中的沟壑。这本来是中国画派始终固守不移的"天人合一"哲理精魂，在这个恢宏宇宙观之下，画家则可任其发挥，任其独创，这也是自宋以来中国画派山头如林的根源。但侯向林毕竟是在专业大学深造长达六年的"正牌军"，汪岳云、韩天眷等一代大师的笔墨名教，首先在学承古法上不允许他有半点含糊虚假，功夫得手后才准其开启自己新风。因此，他的运笔运墨，都有传统陈法垫底。比如画山，以线为主，喜用积墨法，由浅而深，层层皴、擦、点、染，最后以干笔浓墨提神，笔走龙蛇之间，把陇东塬、峁、山、川的荒阔神气，天真自然地表现了出来。尽管他也糅进了江南山色的葱郁，却依然能给人以陇东风情的感受。这正是侯向林心中家乡的永恒景象与自我审美理想的重合，也正是他能够摘取"陇东画派"桂冠的原因所在。

山水画作为中国传统艺术的一种，其所传达出的文化意趣和文化品味，理应承载精神文明建设的历史使命，侯向林侧重描绘陇东风情，通过家乡的变化倾吐自己的情思，这正是他成功的基础，力量的源泉。

（原载《兰州日报》1998 年 7 月 23 日 3 版）

宜自然不宜雕斫

——读马负书书画作品有感

偶读清代戏剧家李渔的《闲情偶寄》，检到"宜自然不宜雕斫"这句话来，意思是说，一切文艺作品，都应当把自然美作为最高的理想境界，过分地雕琢繁饰，只能使作品失却生活本真而流于虚假造作。当然，艺术的自然不同于生活的自然，因为，它毕竟升华为一种美的境界了，应该是艺术家在生活感受和审美向度之间平衡而得的一种独立精神和人格建树。因此，它不只包容了艺术家对生活感受的主体把握，同时也体现着艺术家对理想的客体追求。由此我便想到了马负书先生的书画作品。

马负书是我省资质甚深的书画家之一，建国初始就在甘肃报社担任美术编辑，正是在工作与事业共同铺陈的道路上，他为自己营造了终生追求的绚丽憧憬。倘若对他半个世纪的足迹稍加反顾，不难发现这样一条明晰的成长之路：即以插图为启蒙，书法为根本，绘画为典型的全方位跃动而步步逼近艺术堂奥的。因而，使他得到了有如"初发芙蓉"般的自然素朴艺风以及显化人格的坚毅力量。

书法艺术是他终生追求的重要目标之一，主攻"行草"却又"行"而不"草"。之所以这样讲，正在于他的许多"行草"作品，其行笔全都基本建立在楷书的主体形态之上，其点画、结构、布白、章法乃至墨色等等，皆具线条清晰、框架匀称、节奏明快的自然真率之美。尤其运笔线路，虽有撇、勾、挑、捺之变化，甚至处处呈露出自己个性化风格与创造，却在笔墨运行之间，既显圆润飘逸之象，又呈峻拔弋锐之气，或隐或显之中，让人无不感到一股灵感飞动的激情，和同唐楷玄机的某种内在联系。但是，他对笔线的整体性把握，始终置于意识理性控制之内，即使到了任情恣纵的边缘，也是狂而不草，既不简约笔画，也不变形扭曲，依然以端庄丰满，自然真率为本。如《丝路漫记》《鲁迅诗·自嘲》《唐诗》等作品，皆具如上特点。尤其《唐诗选句》《宋词选句》两幅，尽管已到了纵墨驰达的边缘，却依然不去追求外表的躁动和醉抹"墨戏"之趣，从中不难猜度出负书先生崇尚俭朴、正直端方和从不逾距的高尚书风与人文品格。

值得一提的是，近些年来他又热衷于敦煌写经书法的修炼。这种书体，原本就是佛家"诸法无我""诸法无常"宏阔心境以及"虚怀若谷""圆通无碍""不真"而"空"哲理的一种体现。因此，欲要修炼经书，必先修炼本性方可得手。可喜的是，负

书先生以修人修书之道，不仅业已步入经书之门，而且初步形成个人书风。这从他那提锋起笔、中锋行笔、藏锋收尾的整体运笔结构规格中，多少能够体味出几分他个人的创造，因而，他的写经书法在国内外屡屡得奖，便成自然中的事了。

谈到马负书的绘画艺术，令我最为欣赏的还是他那写生人物画作品，原因在于人是以其自身的丰富睿智和情感而超然于其他灵介之上的一种动物，尤其感情的复杂多变，往往构成形神的瞬间游弋，画家捕捉起来总不及其他飞禽走兽形神那样容易得手。个中原因，关键在于人物的外在表情往往掩盖了内心隐秘，画家欲要借助于线条勾勒出人物的心理形态，更就显得难乎其难了。然而马负书的人物画，恰恰使我获得了这样感言上的满足。《陇上山庄农妇》正是我从小最为熟悉的女性形象。她头扎包巾，身背背篓，侧身而过，双睫平视，似在凝神沉思，又似在惬意欢愉，尽管面额留下几道岁月的沧桑，然而却见不到丝毫苦凄和怨悔，眼神里却流露着伟大的母爱。这不禁使我想起了我的母亲，难道我不正是在这种眼神爱抚之中长大成人的么?很显然，负书先生之所以能够准确捕捉到这一母性的内心表情，恐怕与我有着相同的感受。其他如《三月桃花浪》《藏族姑娘》《大夏河畔》《背水图》等等，他都把陇上各族人民作为讴歌的主体，无论对人物心理形态的刻画，还是线条笔法的纯熟老到，都达到了相当高的水准。

马负书的另一类画作就是寓示他人生品格的梅、菊、牡丹。寒梅的傲霜立雪，秋菊的高洁秀美，牡丹的天姿国色，早就成为国人借喻人文精神和画家刻心铭志的重要依托。这类作品如同他本人通世故而不逢迎媚俗的正直品德一样，成为艺术创作中最为闪光的"亮点"，对于这类作品，就不能单以技巧笔法论长短，而只能以独立精神分高下了。这也是他的梅、菊、牡丹颇具超迈成就的根源之所在。

应当特别一提的是，我与负书先生虽系忘年之交的两代挚友，然而崇尚他的作品却有四十余年的远久历史，个中原因就在于我们是同居一村的甘谷乡亲。尽管那时我还很小，而且相知并不相识，但幼时的我也喜欢涂抹丹青，负书先生的形象自然便在我的童心中深深扎根，而且变得高大起来。这些年来，我们这两代挚友又都从事于编辑行当，来往走动便趋频繁，关系也就愈加亲近了起来。我们每聚一起，侃的全是艺道中的话题，虽然专业有别，却又音美相通，耳濡目染之间，我便既熟悉了他的作品，也熟悉了他的人品。今年他已七旬有余，却依旧笔耕不辍，此等励精图治之精神，也许正是他获得书法和绘画线条运动形式成功的原因之所在。

751

(原载《秋实》，甘肃人民美术出版社，1998)

写意写实　求真求新

——赏《董兆俭画集》有感

　　中国的山水画系，虽不乏脱颖于古典形神的写实性作品，却以超然于物外的写意性画作独揽大宗。其视觉造型和笔情墨韵，不求其真但求其深，不求形似但求神似，不求工笔重彩但求水墨层次。这种独特的审美把握，以它深远的文化背景，冶炼成千古不易的法旨，作为后世画人步入堂奥的向导。近年来，画家们更注重从广阔的现实空间吸吮清新的空气，悄然之中促动着对传统陈法的突破和对时代精神的张扬。这一点，在我品赏《董兆俭画集》之后，有了更明确的体认。

　　董兆俭作为我省功力深厚的专业画家之一，其绘画技法自不能超越"师造化"的传统根基。但在美学思维上，明显具有中西融合的迹象。尤其当从大自然中捕捉新鲜生动的景色，并付诸某种形式予以表现时，首先把他对人生的领悟潜入其中，以致从他作品中反映现出来的，不只是传统墨韵的完美呈露，而是强调物象的直观质感和意境的人文立场，以及他与万物同体同心的博大情怀。这种写意写实、求真求新的视觉形式，与他长期贴近生活记录、观察、思考、积累以及躬行勤奋的艺术创作实践脱不了干系。因此，突破传统藩篱，表现万物的人格力量，便成为他的作品最突出的一大显著特色。

　　《董兆俭画集》所收入的作品体裁是多层面的，但山水画却是它内容的主体。言其为山水画者，不过是画家巧纳各种山水景观来铺陈画面，旨在衬托人与大自然的亲和，也不过为他抒发笔墨情趣提供了依凭而已，就其作品讴歌的主题来讲，依然是人、性灵和时代精神。

　　这些山水画，依笔法大致可分为两类，一类是以临古手法所创作的写意山水画，如《山乡风韵》《祁连牧歌》《无限风光》等，都是取用传统写意笔法表现自然生命的典型佳作。其中对山、石、林、木、烟、云、水、雾等景观的刻画，皆具临古的大手笔意味。但临古并不等于复古，而是通过出古入今而更亲近于现实自然，原因在于他把传统水墨山水仅置于烘托主体的辅助性地位，尽管它在画面中十分夺目，却在现代人精神风貌和新时代强烈气息掩映下，古典形神顿被化解成一种全新的视觉形式了。如画山，虽

然贯穿着披麻皴、斧劈皴、乱云皴之类，却又能根据物象的具体结构特征巧加变化，以突出画面造型的地域性同直观感觉的一致性；再如画树，其间也不乏个字点、介字点、勾三角等符号化陈技，却又依其树干、枝叶不同真实形态相糅描绘。

董兆俭的另一类山水画是以写生笔法求实的作品。《花儿满山》《岁月悠悠》《大山深深》等皆属此类。它的共同特点是，加重快速的线描，突出细部的经纬，强调造型的真似。着笔则勾勒法、没骨法、工笔法兼而用之。不难看出，画家所关注的已不再是豪纵四达的笔墨情兴，而是对实景观察精心描绘的具体性和丰富性，以及对全体与辅体关系的把握和意境与真实的双重关照。那古典式的疏简已从画面中销声匿迹，代之而兴的则是构图上的繁、满、厚、重和视觉空间冲破壁障的无限伸延。如江岸山城楼群的重叠，大山深处的淡泊空阔，以及逆光和秋风抚摸下钻天白杨的繁茂挺拔等等，都在线条勾勒和墨彩变化的透视美学中，真实表现出物象间的次第关系和梦幻般的旷邈情怀，其画面的充实之美，与写意水墨的简疏，形成强烈比照和反差。

无论写意写实还是求真求新，画家都把色彩与线条作为传递心灵信息的感情语言。董兆俭原籍虽系天津，自幼却成长于陇上，写生足迹又遍布大江南北，尽管南国深透景观给他的作品赋予湿润繁荫之气，但仍不失其北地山川的浑雄与苍茫，这是他在心目中为陇原热土所铺洒的春天，也是对第二故乡人文环境的别致体验和认知。画面中屡屡出现的河西平顶房舍，身着民族服饰的陇上人民，还有疾驰于高原天籁之间的雄狮般牦牛，以及火红如血阔大磅礴的陇东塬头等，都成为画家表达情思的媒介和心灵远游的载体。正因此，他的作品总给观者一种心灵的震撼和显化人格的一股精神力量，并以它冲动、活泼、奔放的时代气息，把以往山水画所固有的腐古宁静文化气质湮没不彰，在强劲的视觉冲击下，无不让人感受到全新的生命境界，这不能说不是董兆俭心理感受的高度升华和爱欲情愫的绝好呈示。

（原载《甘肃日报》1999 年 1 月 10 日 4 版，
《中国五大画家》转载）

笔端上的人品

——熊庄先生书法小识

书法是中国的专利，他国无有。原因在于中国的汉字是立体性的、空间性的。三千多年前镌刻在甲骨上的最早占卜文字，就已经显示出强烈的书写之美。殷周之后，虽经钟鼎、篆隶、真草多次嬗变，一直没有脱离象形、写意的方块形态，每字都有左右、内外、上下、偏正，其结构全然就像一栋庞伟高大的建筑，给书法者留下任其发挥和创造的活态空间；而作为书写工具的毛笔，又成就了书法的点、画，中国书法自然成了世界独一无二的国中之粹。

外国字则不然，尽管西亚也曾出现过类似于象形的楔形文字，却在传入地中海区域后，最终归于拼音字母的汪洋大海。拼音文字是线性的，平面的，有流畅的横向蠕动，却没有纵向的透视深层，更无点、画、竖、捺，构不成间架空间。日本也有书法，却不过是中国书法的张本，况且起步甚晚，充其量不过二百年历史，虽有前卫、意象、墨象等诸派争胜，但诸派又将书写文字引向抽象的绘画歧途而招致自我消亡。因此，说来道去，书法还是中国的专利。

书法虽说是中国的专利，但不是文人骚客的专利。自古以来，除官吏、文书、秀才等儒士摇笔杆外，市陌商贾、出家僧侣、闺阁红妆甚至还有种地农夫等，练得一手好书法者不见其少，只见其多。书法的大范围普及，反倒消解了书法的专业性，就连王羲之、颜真卿这样一代"书圣"，也不过是业余而为之罢了。但诸派书家所创造的欧、柳、颜、赵四大书体，至今依然是学书者膜拜尊崇的入门临摹范本，即使在创新意识极强的今天，依旧是无法突破的峰巅而难抛撇另开他途。

或许是我生性过于保守，对于书法的欣赏，总习惯于循规蹈矩，用笔讲求出处，而对目前一些急于突破传统技法别造旁枝的现代书体，由于在线的力度和内涵美上经不起持久观赏，尤其有些作品没有可依凭的传统程式，构图过多追求画意与怪癖，反倒损伤了书法的美感，让人生出颇为复杂的情感阻隔而难于接受。然而前不久，好友梁兄胜明拿来一幅书法作品，让我眼前豁然一亮。

　　这幅作品 128 厘米长，34 厘米宽，上书苏东坡所填念奴娇词《赤壁怀古》，楷书横幅二十行，全词共一百字，每行五字，左侧空出一行，题款钤章。整个画面工稳凝重，间架匀称端庄，行距、字距疏密相及，总体上给人以庄重规范，深沉秀美之感。

　　书者的名字很陌生，叫熊庄，经胜明兄介绍，始知是位一生以务农为业的庄稼汉，粗识字，仅小学毕业，但一生喜好书法，练字练了有近四十余年，不为名，不为利，只以耕读为乐，仅此而已。这又让我顿生肃然起敬之情。因为，从这幅书法展卷的一刹那，我便一眼识出是地道的颜体，而且还是老老实实临着颜真卿楷书"大唐西京千福寺多宝塔感应碑文"帖学所得。我之所以说他"老老实实"，就在于行笔的点、横、竖、撇、捺、挑、勾等部位对颜体之要筋掌握谙熟，分寸不移。颜体最突出的结体特点是横细竖粗，在这幅画中熊庄先生基本遵循这一规律，但也不尽然，如"早生华发"之"生"，三横与中腰一竖皆粗的用法反倒增强了稳重之意；特别是颜体的直捺、平捺及勾勒，宛若一把砍瓜切菜的大刀，铺毫行笔，一波三折，待到收笔则由缓转疾，一跃而锋尖毕出，力的张扬真堪谓有削铁劈崖之利，深透纸背之势。看得出来，熊庄先生书中"灰""笑""人""东"以及走之旁的"游""遥""还""想""我"等字之"捺"之"勾"，都在追求着这种效果，起笔虽有藏、露之别，收笔却大刀阔斧，干净利落。还有"国""羽""西""石"等字高折、矮折，其取势外圆内方，转折似强弓硬弩，道法均有章可循，分毫不脱颜帖范本。

　　熊庄先生我虽不曾谋面，但观其书，当识其人，断定是个本分守业、诚实可信甚至性格内向，平时沉默寡语和不大显山露水之人。当然，就这幅作品而论，临帖的认真与执着，跃然于画中字里行间，传统功力的底气也相当充足，只不过取其形者多，把握和理解颜体雍容壮伟和欹侧秀美的风骨神髓还有欠火候，故而画面的整体性、立体性平直了些，尽管如此，熊庄先生依然规规矩矩，丝毫没有别出心裁。这在人心浮躁、不甘寂寞、追逐时髦流风的今天，是难能可贵的。

　　也许这正是我欣赏这幅书法作品的真正之因由。

2011 年 12 月 24 日（专稿）

评著

王正强文论选

他是读者的知心人

——评王正强《秦剧名家声腔选析》

姚昌民

  名家绝唱，人人爱听，然而要想真正听出名堂来，却又不那么容易。近读甘肃省戏曲理论家王正强同志所著《秦剧名家声腔选析》(甘肃人民出版社1989年版)一书，我庆幸自己找到了一个好向导。该书选择了秦腔剧种"四大行当"具有一定代表性的23位名家的30多个广为传唱的唱段进行分析、对比，深入浅出地阐明了名家声腔艺术的独特韵味和深长含义，使读者对往日听得烂熟的唱段逐步产生理性的认识，从而提高自己的戏曲鉴赏水平。它问世于大力弘扬民族优秀文化和振兴戏剧艺术的今天，实在是件难得的大好事。

  在戏剧暂不景气和著作者"出书难"的情况下，作者从两方面妙用心机，巧施笔墨，赢得了多层次读者的广泛欢迎，找到了戏剧圈内外的众多"知音"。一方面，根据秦腔发展的历史与现状，极力让书的思想内容和表述方式符合主要读者群的需求，即与他们的文化素质、审美习惯、生活视野、精神需要等相一致，使他们见了爱看，看了能懂，并且好记、能用。此外，还能从欣赏、研究上为另一部分读者提供方便。再一方面，以新取胜，不落窠臼，新材料、新观点，让读者能从中汲取到其它书所没有的"新养料"。这正是该书倍受读者青睐的原因所在。

  一、对广大观(听)众来说，它是一部提高秦腔声腔艺术鉴赏水平的综合读物

  秦腔发祥于中华民族文化积淀极其深厚的渭河流域，流行于较为闭塞的西北地区，其基本观众是农民、工人和市民。由于种种条件的影响，基本观众中不少人对秦腔偏爱有余而深究不足，最常见的是闻其唱段如痴如醉，道其奥妙不知何云。《选析》从介绍、分析名家优秀唱段入手，引导读者从"听热闹"走向"听门道"，促进他们戏曲艺术鉴赏水平逐步提高。尽管该书论及名家人数不多，但个个名不虚传，观众有口皆碑，且风格、流派多样，形成过程各异。经作者科学、中肯地分析，读者像听行家现场介绍

759

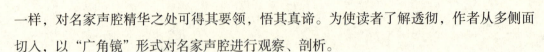

一样，对名家声腔精华之处可得其要领，悟其真谛。为使读者了解透彻，作者从多侧面切入，以"广角镜"形式对名家声腔进行观察、剖析。

一是结合所扮角色的性格特征及发展变化去进行分析，引导读者以剧中人的身份和"身临其境"的姿态去揣摩唱腔；二是通过种种比较对唱腔进行分析，让读者体察出名家与其他演唱者的优异之处。如同行同性演员之间的比较、同行异性演员之间的比较、陕甘两省演员的比较、师兄师弟之间的比较，以及秦腔同京剧、秦腔坤角同歌剧高音女花腔之间的比较等；三是联系名角成长过程及声腔形成的脉络进行分析，使读者能大致看出名家声腔艺术成就的轨迹，从中获得有益的启示。

有以上较为扎实、细致的剖析，读者便可对名家演唱时旋律、节奏、力度、音色、音区、调式、调性和行腔吐字上多彩多姿的处理和变化的缘由有所了解，进而同创作者(唱腔设计)、演唱者(名家)一起，完成声腔艺术的三度创造。像刘毓中在《游龟山·回船》中对〔二六板〕常见装饰音群的有意革除，刘易平在《辕门斩子·见太娘》中依情变腔、随势易调的巧妙处理，李正敏在《河湾洗衣》中"四字刹句"的感情渲染等，皆可从此书中"品"出味来。

二、对戏剧评论界来说，它是正确评介戏曲演员的范例

作者以马克思主义辩证唯物论和历史唯物论的观点去分析每位名家的艺术实践活动，把他们摆在具体的历史环境中去观察和评介，以事实(唱腔)为根据，以效果(创造、影响及贡献)为标尺，给每位名家的声腔艺术成就以公正的评价。作为"名家"，自然有较一般演员更高的群众声誉，但也并非完美无缺。作者实话实讲，既说透名家的成就，又指出他们的不足。如对名须生袁克勤，作者从四个方面详析了袁"古朴、典雅、苍凉、婉约、巧俏、醇厚"的声腔艺术特色，还特别强调了"袁派"唱腔在唱法上异乎他人之处；但又直言不讳地指出袁的"一道汤哭腔"，"既缺乏感情的变化，又缺少细微的区分"，从而导致"戏窄、单一的短处"(见专著第68页)。对苏育民、李可易、何振中、王晓玲的评价也莫不如此。评析名家声腔艺术，既可提炼秦腔前辈的声腔精华，又可为当今秦坛演员树立榜样，作为学习优长、弥补缺陷、继承传统、创造发展的参考。评论界为演员们介绍的名家，应该是全面、真实的艺术楷模，而不应是无从捉摸的偶像。当今影、视、剧评中滥施吹捧名角的现象屡见不鲜，读者早已嗤之以鼻。《选析》作者这种正确的态度和做法是值得搞评论工作的同志学习和倡导的。

三、对学术研究和艺术教育来说，它是内容丰富的资料集和讲用结合的活教材

　　该书以声腔分析为重点、以著名唱段为示范，层层递进地评述了名家的优长劣短，为涉及人、戏、腔的各类专题研究提供了例证和资料，在研究方法上也闯出了新路。比如在客观上结合剧中人物的性格特征和感情变化，分析名家在表达时声腔技巧的运用(专著对何振中饰演金玉奴时表达身世、遭遇的三个层次的分析，对肖若兰饰演姜琴秋时抒发年轻尼姑忧郁悲愤情怀的剖析等皆是)；在主观上根据名家嗓音条件、成长道路、艺术造诣等来分析声腔(如对陈雨农、任哲中、王晓玲等名家的分析皆是)。甚至连名家表演时的一言一笑也同声腔艺术的创造和整体艺术形象的塑造挂上钩来，使读者不致孤零零地就腔"品"腔，而是在完整的艺术表演中去鉴赏声腔(如对靖正恭念白的分析、对景乐民"笑"的分析和对王定秦丑戏"丑"唱神态的分析等)，效果自然就大不一样了。于重点之外，作者笔墨还涉至名角简历、秦坛史料、声乐技巧、"四功"要领、板式规律、秦陇方言、脸谱音韵等诸多方面，为研究梆子腔鼻祖——秦腔的衍变提供了许多来自民间的宝贵资料，谈出了许多精辟的见解。

　　特别值得一提的是该书选析的唱段记谱极为精细准确，实乃迄今为止秦腔唱段中之最完美者。可以说，凡是演唱中出现的音响作者均记于谱上，真可谓包罗万"响"的"纸质录音带"。书中唱段除可读到的曲谱(含汉字所标击乐)、唱词(含喝场、拖腔、无字哼鸣)外，还可看到叫板位置、板路名称、倒板位置、游弦和协饭位置、曲牌名、器乐分奏合奏位置及乐段、人物夹白语句、表演程式及过场动作等。倘按唱段所示要求进行演唱，一个近乎剧场演出的立体音响效果便会复原出来。如《辕门斩子·见太娘》(之二)唱段(见专著第44至54页)，随着武场击出"都儿仓……"板头，文场奏起"苦音尖板"过门，"杨延景"开始了"头帐"的大板唱腔。一句"尖板"过后，杨与焦、孟二将及太娘在"苦音跳门坎"曲牌声中相互问答。随后，在"游弦"乐曲声中，杨看太娘眼色行事："揉膝，看手中帅盔，指盔，恨盔欲摔……跬步……激怒……蹉步倒退"(见专著第47页)，读者看书如同看戏一般，舞台音像，顿浮脑际。其它如靖正恭《吃鱼》唱段、肖若兰《双锦衣》唱段等，都记得无微不至，甚至连读者意想不到的一些内容作者都一一标记上了，正强同志这种严格治学的态度和为读者负责的精神十分令人钦佩。

　　秦腔是黄土地人民的"民族交响乐"，是大西北乡音的重要组成乐章。奔放豪爽、朴实无华历来是大西北乡音的基调，也是黄土地人民性格的写照。《选析》一书从外观到内涵同黄土地人民的性格又是何等相似!朴素的印刷装帧，没有名家序、跋，不尚华丽词藻，不搞新"玄学"……就阅读心理和价值取向而言，与秦腔基本观众极吻合。"为谁写书"是所有作者自始至终不可忽视的问题，正强同志的做法堪称表率，他倾注心血撰写的《选析》之所以受到广大观(听)众、专业和业余剧团演职人员，以及戏曲研究人员和秦腔爱好者的普遍欢迎，其道理便是不言而喻的了。

（原载《当代戏剧》1991年第1期）

秦腔第一部有价值的声腔专著

——评王正强《秦剧名家声腔选析》

范克峻

　　甘肃著名戏曲理论家王正强同志所著《秦剧名家声腔选析》最近出版了，这是研究秦腔声腔的第一部理论专著。他对半个世纪以来的秦腔名家的演唱艺术与创腔技巧，进行了深入地研究和精辟的分析，对于继承、革新秦腔声腔将有一定的指导意义和科学价值。

　　在戏曲不景气的状况下，正强同志能够孜孜不倦地搜集名家唱片、录音，反复观看演出，潜心地研究对比，探索其精微，玩味其神韵，在戏曲声腔的研究领域，终于取得了令人注目的成果。

　　正强同志的研究方法，不是带着固有的理论概念，去套独特奇妙、富丽多彩的声腔。而是以谦谨诚实的态度，奋力地开掘这个艺术宝藏。这里的一切，原来不是教科书中那一点点知识所能概括的，也不是人云亦云的那一套粗疏的理论所能诠释的。它有它的形态，它有它的个性，它有它的神情气韵，它有它的发展变化，它就是它，谁也代替不了它。但是要客观地认识它、研究它，并作出科学的论断，还要从它本身的规律入手，才能巧妙地打开千门万户，瞻拜和结识各种各样的尊神。

　　中国戏曲远非西洋歌剧，不决定于作曲家之手。它有不同的剧种，不同剧种又有不同的固定板式，同一板式在不同的名家唱来又有不同的声腔和韵味，形成各自的流派，各种流派，又有各自的观众层。杰出的表演艺术家，大都根据自身的艺术实践和审美意趣，创作自己的声腔。他不假诸他人之手，他人也无法为之提刀。所以研究戏曲声腔，不能泛泛地只从理论入手，而是应该从各家的实践成果出发。那里有我们意想不到的由多人心血凝结的、富有个性特色、而又千变万化不离其宗的创作硕果。一个名家代表一部分发展史，若干名家发展史的综合，即代表某一时期的声腔发展史。离开名家的艺术成果的具体研讨，只能陷入纸上谈兵，不能给戏曲声腔的革新指引正确的流向，使其循

序渐近，健康发展。

正强同志的这本论著，把近代的秦腔名家几乎全搬动了，对于他们的声腔特点和艺术成就，都做出了较为准确的评价。如陈雨农、党甘亭、李正敏、刘易平、孟遏云、张建民、何振中、刘毓中、田德年、苏育民、王晓玲、肖若兰、任哲中等，一时名贤，各呈风采。正强同志细微而敏锐地对各个名家的某一唱段、某一唱句或某一两个字的行腔运气的奥妙，都作了深入浅出的剖析，使人豁然开朗，从而对秦腔声腔的发展和特征，有了一个从形式到内涵、从感性到理性的比较完整而又合乎逻辑的认识。

例如 30 年代西安易俗社教练、名艺人陈雨农先生，在《断桥》中唱的一段 [滚板] 唱腔，一般人听了都不为意，包括一些旦角演员也不甚感动，但是却感动了这位秦腔的迷醉者。正强同志满含激情地分析了这段唱腔的特殊意境和动人之处。

正强同志在论著中，随着陈雨农先生老一代的旦角名家，又论述了一位承先继后的声腔改革家李正敏(见专著 241 页)，李先生在旦角声腔方面的贡献，具有划时代的意义。究其原因，不能不首先佩服他的功底扎实，以及对秦腔音乐的熟谙。他的改革是准确地运行在秦腔固有风格的轨道上，脚踏实地地吸取着一切有益的营养，丰富和强化母体，培育出具有浓郁的地方色彩而又脍炙人口的唱腔，所以誉为秦腔正宗。正强同志指出：

> 李正敏尤富革新精神，从词到曲可以说里外全新。他的唱腔不仅处处有新声，而且段段都有"险绝"，同样一个 [二六板]，他却能化俗为雅，化平为深，用在不同的戏里，更是各有异趣。……看似不失传统规范，细嚼却又充满奇新。

这真是非常恰切的论断。正强同志从总体着眼，用自己的体察和品味，全面地搜索，从宏观上论证，见前人之未见，云前人之未云，从中撷取出最为绮丽的瑰宝。他一针见血地指出了李先生在 [二六板] 的特殊成就。秦腔的 [二六板] 是最平凡最容易唱的板式，大多数都是沿袭原来呆板而平庸的旋律，一口气唱一二百句，大都是叙事性质。而李正敏先生却把这种最平凡的一板一眼的 [二六板] 升华到一个新的品位上，注入了深切的感情，在旋律上作了巧妙地、移步而不换形的轻微调整，倏地光焰四射，一下子起了质的变化，由叙事性的板式一跃而为抒情性的板式。秦腔《五典坡》中苦命而节烈的王宝钏的感人形象，就是他以这种平静而悲怆的新腔塑造的，成为半个世纪以来西北五省所有青衣演员遵循的典范。《五典坡》的复活以及一跃而为上座率最高的剧目，谁都得承认是李先生的功绩。至今无论谁唱这出戏，还是以李先生为宗师。正如正

强同志指出的：李先生在《五典坡》中最动人的一段唱腔，就是《探窑》中的［二六板］"老娘不必泪纷纷"(见专著 253 页)。正强同志对这段唱腔作了逐句逐字的分析，有深刻的见解和辩证的论述。他精辟地指出：

　　　　李先生在严格遵循传统的基础上，对传统又有大胆地突破，赋予了新声新
　　意，把人物积淤了多年的满腹苦水倾泻无余。

　　正强同志对每一位名家，都不是只从一个窗口去透视，而是严肃地、谨慎地从各个角度求证。他不仅研究和阐释了李正敏先生庄重而哀婉的悲剧唱腔，而且也细心地探索和描述了他的花音唱腔的特殊情调。例如在其《选析》247 页中，列举的《河湾洗衣》的花音唱段：

　　　　　　　　戴草笠，

　　　　　　　　执钓竿，

　　　　　　　　身披蓑衣提鱼篮。

　　　　　　　　面带笑，

　　　　　　　　心儿欢，

　　　　　　　　钓下鱼儿鲜，

　　　　　　　　拦在筐里边。

　　　　　　　　……

也同样做了细致中肯的分析。

　　继李正敏、何振中等男旦之后，秦腔界也出现了坤旦，首届一指的要数孟遏云了。孟遏云的唱腔，同她的名字一样，响遏行云。她有一条天赋的歌喉，唱起来非常酥，成为一代明星。正强同志把她作为秦腔坤旦的代表人物，在声腔上加以精细地评介，对于秦腔女声的革新和发展无疑是有重要意义。孟腔没有嗲声嗲气，也没有靡靡之音，而是秦腔开阔爽朗的本色。正如正强同志所说的："有一丝古朴的色彩。""发声满口腔，放得开，扯得圆。""高、中、低三个音区不仅音色纯美，……还特别讲究鼻音、脑音共鸣，吐字更是珠圆玉润，滴水不漏，高低分明，有腔有调。"

　　正强同志在《选析》345 页中论述的王晓玲女士，是甘肃秦腔界最好的歌唱演员之一。正强同志热情地称赞道：

　　　　王晓玲嗓音之高，已达到令人难以置信的地步，就目前的演出实践来看，
　　她的歌唱音区，可以毫不费劲地跨越三八二十四度甚至还要更宽更高。

这一论述，其实一点也不夸张。晓玲同志九岁登台，于今将近五十年的舞台生涯，她的嗓子一直没有出过问题，而且越唱越好；更值得称道的是她在声腔的运用上，具有惊人的控制力。时而如水流涧底，时而又直冲云霄，变化之大，使人难以想象。正强同志对她的音区转换之妙，作了令人信服的科学论断。

王晓玲女士从小一唱即红，一红之下就红了五十年。她在声腔改革中，敢于大胆设想，敢于纵情驰骋，总体来讲成就是巨大的。但是有些人偏偏捉小疵而过分责难，所以王晓玲女士的声腔艺术一直而未得到充分的肯定和公正的评价。正强同志以她的两类不同的杰作，即《铡美案》《刘备招亲》的苦音、花音唱腔，作了精到的剖析，以具体事实和科学的论据，给王氏在秦腔艺坛上以应有的地位；充分肯定其优点，也不隐讳其缺陷，提出了很有分寸的见解，表现了一个学术研究者正直端方、立论公允的品格。

戏曲中旦角韵声腔总是比较突出，秦腔也是如此。研究者也大都集中在旦角的声腔领域。但是正强同志除旦角声腔之外，对须生、花面也不例外，尤其对秦腔著名表演艺术家刘易平先生的唱腔最为喜爱，而且有较深的研究。刘易平先生是近五十年来秦腔最好的唱工须生，先生的拿手好戏是《辕门斩子》，一生约唱两千多遍，功力当然不浅。正强同志对刘先生《辕门斩子》的研究，比其他对象尤为深切，收获也最丰硕。他从刘腔中概括出"调性对比，似调非调，以情生唱、腔中兼白"几个特征，加以生动的阐释，真是鞭辟入里，头头是道。他不但对该剧长篇大套的唱段进行了独到的分析，而且对那些人们不注意而又奇妙俏皮的点滴之处作了分析，使人们才见识其经纬交织之巧，绘声绘影之妙，例如在"似调非调"中他列举的"招啊招，你先与贤爷、太娘打座来，杨彦景，嗯嗯嗯……"这种由叫板而无形中步入唱腔的特殊转换，即反映了人物掩盖不住的喜悦和调侃情绪，又流露了性格和语言上的幽默感。正强同志揭示出其中的奥妙：

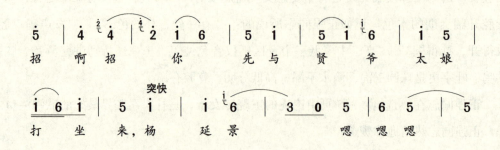

接着他分析道：

这是一个被他大大革新了的〔二六板〕唱腔。在结构上，突破了传统的程式规范，略去了过门，扩充了腔幅，使得字与字、句与句之间相互粘连，整个唱腔虽然旋律性很强，但吐字却一字一板，又让人感到完全就像说出来的一样。这种似腔非腔、似调非调的声腔处理，无疑在刻画杨延景对穆桂英允情而赦免宗保死罪，同时又得到贤爷、太娘对他谅解的如释重负心理是极为恰当的。

这种表面看起来介乎说唱之间的形式，其实有着其感情上的跳动和旋律上的递进。

刘先生的每一句唱腔，不仅行腔吐字奇妙，而且充满着激情，使人明显地感到：别人是按曲度词，而他按词度曲。他可以根据人物感情的变化，自由自在地在严格的板眼中穿来穿去，千变万化，分厘不差。例如他唱：

$$\overset{\frown}{3 \cdot 5} \ 3 \mid \overset{\frown}{3 \cdot 5 \ 3 \ 2 \ 2 \ i \ 6} \mid 5 \ - \ \overset{\vee}{i} \ i \ 6 \mid$$
儿　　问　娘　　　　　　　　　　　昂

$$5 \ \overset{\vee}{i} \ 5 \ \underset{3 \ 2}{} \mid 1 \ - \ (过 \mid 门) \ \dot{i} \ \dot{2} \mid$$
　昂　哎　　　　　　　　　　　进　帐

$$\overset{\frown}{\dot{2} \ \dot{i} \ 6 \ 5} \ - \mid \dot{i} \ - \ \dot{i} \ (\underset{6 \ i \ 5 \ 6}{} \mid \dot{i}) \ 5 \ 5 \ \overset{\frown}{5 \ 3} \mid 2 \ -$$
来　　为　何　　　　烦　恼？

正强同志把这一点，概括为"以情生腔"，并且以生动的事例，加以佐证。分析道：

"儿问娘"的"娘"字，刘易平在原来传统拖腔基础上，使旋律在由高而下的进行趋势中，继续向前蜿蜒低回，直捣低音区极限，同时，又巧妙通过中途换韵、托住胸音，再把字徐徐送入鼻腔，使整个拖腔在鼻音哼鸣中，一直延续到该唱句的最后一音，听来十分深沉凝重并富有神韵，确切地表现出杨延景当时的复杂心理；"为何烦恼"四个字，全部被安排在中、低音区，委婉温柔、亲切敬重，并带有几分小心翼翼之态。刘还把日常生活中子问母安和谨慎探询的语态语势，揉入这优美的唱腔旋律之中，让人听了入情入理，逼真可信。这种声腔创造和行腔处理的艺术手法，在下面"莫非是娘为的你孙儿宗保"一句中，也同样有所运用。

刘易平先生的声腔最鲜豁的特点之一，是形象感特别突出，闻其声如见其人。如《选析》33 页列举的："娘开了天地恩儿才敢起来。哎海哎哎哎哎。"他的特殊心态，就微妙地洒落在落音的哎嗨哎哎哎哎之中，正强同志评述道：

> 不仅把杨延景在太娘面前跪告赔罪、哀求宽恕时的那种神态口吻揭示的惟妙惟肖，而且还把儿子在母亲面前特有的憨稚、敦厚和不时谨慎窥测愠怒神色的表情，点染得至为形象深透。

这一段分析，细微而真切，好像是从演员的心里走了一遍。

花面声腔在秦腔中是最薄弱的环节。正强同志所论述的张建民先生的声腔是有典范价值的。张先生的花面唱腔，在一种排山倒海的气势下，常常显现出一股激荡的清流，有一种特殊的秀气。正强同志描述他：

> 虽然也是直腔直调，但于唱法上揉进了须生腔的味儿，重共鸣，轻喉音，故在旋律上稍见萦曳，发声略显柔韧，实有一种铿锵火炽、刚柔相济的独特醇韵，不落挣破头迹象。

"挣破头"的唱法，是秦腔花面的致命伤，严重地破坏了声腔美，使人听起来就像山洪暴发一样，一片混沌，震耳欲聋。张建民先生一反其病，力求清晰雄健、干脆利落，唱起来颇有清风飒飒、轻雷阵阵之感，听起来使人舒心悦耳。正强同志详尽地分析了张先生的特长，可以说是深中肯綮的。

正强同志的这本书，虽说是声腔选析，却无异是一部秦腔音乐理论著本。音乐问题如果不用音符讲话，很难使人获得具体感受。尤其是戏曲音乐，离开了千姿百态、韵味无穷的声腔，则很难道出其中奥秘。正强同志这种朴素的研究方法和实事求是的论断，是应该大力提倡的。

这本书出版以来，出乎意料地引起很大反响，尤其在秦腔爱好者之中深受欢迎。可见，戏曲园地并不是业已成为寸草不生的荒漠之地，它还渴望着清风细雨的滋润。正强同志的这本著作，至少也浸润了这块稍显干裂的园林！

（初载《戏曲研究》第 32 辑
转载《甘肃戏苑》1989 年第 4 期）

可贵的贡献

——喜读王正强《秦剧名家声腔选析》

曲子贞

每当人们谈及秦腔艺术改革时，常会不约而同地认为：要改革么，首先得从它的音乐着手。这里所谓音乐，不只指唱腔和文武场，也包含演唱发声在内。尤其如何使秦腔更能适合今天人们的欣赏习惯，真正产生美感，也首先谈的是声腔，评一个好演员，大家常爱用"唱做俱佳"四个字，但在这二者之间，往往也先谈的是唱，再谈的才是做。人们学戏，也先是爱学唱。根据这些道理，我觉得王正强同志的《秦剧名家声腔选析》，颇值得爱好秦腔、研究秦腔从事秦腔艺术以及热心秦腔改革的人们认真一读。

王正强在这本书里，较详细地分析了生行刘毓中、刘易平、袁克勤、温警学、周正俗，景乐民、沈和中、苏育民、靖正恭，任哲中；旦行陈雨农、党甘亭、李正敏、何振中、孟遏云、王玉琴、肖若兰、王晓玲；净行田德年、李可易、张建民、刘茂森；丑行王定秦23位演员的声腔艺术创造。当然，秦腔名家远不只这些，但只要把这些名人的声腔创造成果研究透，对于秦腔的声腔艺术，也就差不多心中有数了。

一个戏曲名家的唱腔，我觉得似乎应该具有以下三个条件：一是你的这段唱腔，必须适合你所要表述的剧情，适合你所要表述的那个具体人物当时当地的具体情感，并能做到一开腔，胸中便有真情涌出，字字带情。二是你这段唱腔，不能脱离原有的声腔曲谱太远，或者说，必须要建立在传统的基础之上，因为它是先师多年创造的积累，是群众习惯了的，离得太远，甚至成了"四不像"，那就不为爱好者所接受。三是演员必须根据自身条件，或者说是优势，敢于在传统的基础上，突破传统，认真探索，大胆创造，博采众长(不只是自已的本行当)，走出自己的路子，创出自己的特点。演员的出名不出名，我认为，主要就是从以上三点来的，特别是第三点。过去我们看戏，习惯的说法，多是"看某某某的某某戏去"！比如九龄童，过去人们多是说"起到文化剧社看九龄童的《三对面》去"。所以，有名没名，很大一个因素，就在于你所创造的声腔上。

王正强同志的《秦剧名家声腔选析》这本书，系统地、详尽地分析了这23位名家

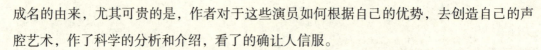

成名的由来，尤其可贵的是，作者对于这些演员如何根据自己的优势，去创造自己的声腔艺术，作了科学的分析和介绍，看了的确让人信服。

在王正强选析的这 23 位名家里，我亲眼看过、听过的就有 18 位，其中生行中我最喜欢刘毓中，正如这本书里说的，论嗓音，他"很难算作上乘"，不洪不亮，不干不脆，但他却能利用自身的"苍劲"音色，使唱腔更加"生活化和情理化"，以此创造出独特的戏曲韵味，并给观众以艺术真实的感动。

旦行里，我最爱听王玉琴的唱。1956 年她随西安尚友社来兰演出，虽然过去 30 多年了，但她那"又沙又甜、沙中带甜"的嗓音，她的"满口腔"，至今好像还响在我的耳朵眼里，尤其她演唱成套大段唱腔，犹如行云流水，着实令人难忘。她为什么能获得那么高的成就，这本书里分析得头头是道。

王正强在这本书里对王晓玲的声腔创造也作了较透彻的分析。老天赋予她那么好的嗓子，"论嗓音之高、之亮、之纯、之美，则可上掩名门、下超同列"。但只知自己有这"天赐的本钱"还不行，重要的还在于能够利用自己的优势，在继承传统的基础上，创造自己特有的声腔。这本书详尽地阐述了她是怎样利用的，又是怎样创造的，取得了怎样的成果。

在老一辈的丑角演员中，我认为王定秦确应算是第一流的了。解放初期，我特别欣赏他那个"尕顶打"(小辫子)，后来不知为什么给割掉了。丑行重要的是"丢丑"，丢丑丢的不俗气，不是"故意搔人的胳肢窝"，而是能在自自然然的动作里，促人以发自内心的笑，那是很不容易的，王定秦就能做到这一点。一般说来，丑行不太着重唱，但王定秦却不论在做上和唱上，哪怕只有几句唱，也都有自己的创造，至于他还根据自己的体验，所总结的表演"圆"与"小"的技巧。即眼神的"狠为三"（狠要三角眼），"喜为圆"（即喜要圆眼），还有动作的"宜小不宜大"等等，王正强同志在他的这本书里，都作了十分详细的分析和科学的总结，是颇值丑行参考的。

"对我国传统文化，不能采取鄙薄、否定的态度，必须采取批判继承的方针，在继承中华民族优秀文化传统的基础上，选择和吸收世界各国的优秀文化，创造出具有时代精神的光辉灿烂的中华民族新文化"。从这个意义上说，王正强《秦剧名家声腔选析》一书的出版，对于我们如何正确处理和认识秦腔这一古老民族传统文化，以此继承和创造具有时代精神的新的秦腔声腔艺术，无疑是一份宝贵的贡献。

（原载《甘肃日报》1989 年 8 月 17 日 4 版）

曲艺理论研究的可喜成果

——王正强《兰州鼓子研究》评介

卜锡文

　　单口坐唱、众人帮腔的兰州鼓子，是我省主要曲艺品种之一。它曲牌丰富，唱腔优美，很得兰州地区群众喜爱。虽名为"鼓子"，但却并不用鼓伴奏，三弦、扬琴、琵琶、二胡、笛子是常用的伴奏乐器。对于这一颇具影响的曲种，我省有不少同志进行过或还在进行着收集、整理和研究。

　　王正强同志的《兰州鼓子研究》，正是一个具有代表性的最新成果。作者在"后记"中说："我作为甘肃人民广播电台的文艺编辑，在组织广播节目的过程中，有机会同许多鼓子老前辈和业余鼓子演唱班子广泛接触，耳濡目染中对它慢慢产生了兴趣……尤其看到这份古老的民族文化遗产，目前正处于衰落的边缘时，一种抢救、整理、学习、研究它的念头油然而生。"这种强烈的责任感激励着作者开展了深入细致的调查和研究，先后走访鼓子老艺人、老听众 200 多位，录制了大量音响资料，经 8 年之久，终于写作、出版了这本 33 万言的专著。书中论述皆以调查资料和有关文献为佐证，所列曲谱均据唱奏录音记录。作者以严谨的态度对兰州鼓子的源流、文词、唱调进行了全面的探讨，资料翔实，持论公允，不论从兰州鼓子的研究看，或从曲艺研究的总体看，都是一本富有新意的理论研究佳作。

　　全书五章。第一章，渊源初探。作者排除了兰州鼓子由宋末赵令畤首创说和源自元曲说，而通过对曲牌、曲本来龙去脉的追溯，提出了自己全新的看法：兰州鼓子是在北京八角鼓和陕西眉户基础上繁衍派生而成，时间大约在清道、咸前后，即 1830 年左右。我认为这个说法较合实际。兰州鼓子脱胎于八角鼓(单弦)和眉户是显而易见的。眉户的形成和在我省的流传可能更早些，八角鼓则是典型的清代曲艺。鼓之为八角，暗含满族八旗团结之意。作为一种说唱艺术，八角鼓肇始于清朝中叶，盛行于满族八旗子弟之中，后随清王朝官兵的移地换防而由京、津播向四方，在全国不少地区都留下了足迹。

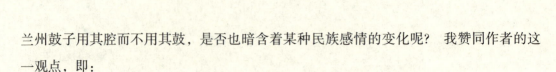

兰州鼓子用其腔而不用其鼓，是否也暗含着某种民族感情的变化呢？ 我赞同作者的这一观点，即：

> 看待一个地方曲种的形成史，首先应注意到曲种本身的历史背景，而不能以其中几个曲牌产生于何代来确定它的历史源头。

这正如一只陶瓷花瓶的历史，不等于其所用之瓷土的历史一样。

二、三、四章，依次对曲本唱词、曲牌音乐的总体规律及鼓子、越调两大腔系，具体曲牌的词曲结构与功能，进行了仔细的分析。兰州鼓子是一种曲牌联缀的说唱形式，一个唱段，头尾大都有特定的腔调(鼓子头、鼓子尾，或越头、越尾)，中间部分选用若干与头尾腔调同一系属的曲牌。其基本规律具有一定的普遍意义，是我们了解曲牌体曲艺的很好实例。

特别可贵的是，作者对兰州鼓子曲本唱词与曲牌音乐的"演进"作了专节论述，也就是有关八角鼓兰州化的研究。如今，作为八角鼓替身的北京单弦和作为八角鼓支系的兰州鼓子是风格迥异的。何故？ 就因为八角鼓在兰州落脚之后，必然要受到当地语言、民歌、戏曲等等的影响而逐渐地方化，这正是兰州鼓子作为一个独立曲科得以形成和确立的根基所在。这方面的研究，本书作者开了个好头，颇有必要继续深入。

在最后一章，作者选载了三个具有代表性的完整曲目：《拷红》《燕青打擂》《悟空探路》，词曲皆备，有助于读者习唱和欣赏。书末所附资料，也为人们了解兰州鼓子的发展和传承谱系等提供了很大的方便。

说唱性曲艺是文学与音乐的综合，此类曲种的研究，自应词曲并重，不宜割裂。唯其如此，方能全面、完整地探求其规律，理解其价值。但以往多是分离研究，且研究说唱音乐者尤少，本书则对兰州鼓子的各个方面进行了整体性研究。综观全书，资料性、理论性都较强，成绩是突出的，对全国牌子类曲艺艺术研究来说，不失其为一本好书，也是值得庆欣的可喜学术成果。

（原载《甘肃日报》1987 年 12 月 17 日 4 版）

一本研究兰州鼓子的好书

——评王正强同志的《兰州鼓子研究》

曲子贞

我把王正强同志写的《兰州鼓子研究》打齐地看了一遍，我觉得这是一本适时的、有一定科学价值和美学价值的好书。

我之所以说这本书好，理由有两个：第一，它是王正强同志经过反复调查、走群众路线，还和唱鼓子的几百名老艺人、老听众打成一片得来的成果，可靠性、可信性、丰富性都比较强；第二，在这个基础上，王正强同志又以新的理论、新的思想、新的观点进行了客观、细致和科学的分析与研究，他没有跟上别人的脚印跑，特别是他还把兰州鼓子和全国同一类型的曲艺进行了综合比较研究之后，才得出了自己的结论和观点，因此，我认为是科学的、可信的，在学术上是有突破的；正因为有了上边这两条，其中许多观点除了和我所掌握的资料不谋而合外，也从理论上使我对兰州鼓子有了更深入、更系统的了解，所以，我说它是一本有一定科学价值和美学价值的好书。

特别是我在读他这本书的过程中，又想起来刚刚解放初期接触兰州鼓子的许多往事。

解放前，没进兰州的时候，也曾听说过，兰州的文艺行道里，有种文艺形式名字叫"兰州鼓子"。当时心想，大概是同京韵大鼓类似的曲艺吧！解放后，在中山林和隍庙（现在的工人俱乐部，那时候，那个地方可热闹啦）的茶座里一接触，觉得它又像又不像，又觉得它有些像八角鼓子。它的音乐好听，声音苍凉（有点像听周信芳京剧的味道），但它的词太文雅，不像是民间的东西，却有点接近封建士大夫的气息；从唱法上去欣赏，拖腔很长，不大好懂。所以，后来没有能经常地注意它，深入地调查研究它，只是出于要团结艺人的原则，想起来抓一下，想不起来又放下了。

1951 年召开西北文学艺术工作者代表大会的时候，兰州文艺工作者协会（当时还没有文化局和文联)就曾推选李海舟同志作为兰州鼓子的代表去参加过。会上，江天和易炎二位同志还专门写了一篇《鼓子词和李海舟——甘肃曲艺代表访问记》。后来省文联成立了，专门为鼓子出了本"内部资料"书。可惜这本书搜集的段子太少，唱腔更少，但它表示了省文联的一番心意。1952 年春节过后，中央文化部为举办"全国第一届民间音乐舞蹈会演"，曾派人来兰州选拔节目，为了发掘兰州鼓子，当时在兰州举办过一次小型的鼓子会演。同年三四月间，又在西安举行了西北五省(区) "民间舞蹈音乐会演"。兰州鼓子曾派邓性庵、芦应魁、米永庆等人组成代表队参加，并在会上演出了 3 个节目：《燕青打擂》(方克宽唱)、《张松献川》(芦应魁唱)、《二流子骂鸡》(姚锡铭唱)。这年 5 月，全国民间音乐舞蹈会演在北京举行，我省曾派邓性庵、王子元等 5 人作为兰州鼓子的代表队前去参加，因会演时间紧，节目太多，兰州鼓子没能演出，但毕竟也是进京了。

1952 年 8 月，省文联曾对鼓子进行过一次较为认真的搜集工作，地点在兰州水北门邓家茶馆，参加者有邸作人、胡延以及西北艺术学院教师许培元等人。后来，许因为开学，回西安去了，只留邸作人同志一人坚持搜集工作。当时西北音协准备为他出版，后来因未整理完毕，半途流产了。这期间的问题，今天想起来，除了对当时的一些老艺人，在生活上缺乏经常性的照顾和适当的安置（仅吸收李海舟参加甘肃农民报的工作，其他人几乎全没安排）外，主要还是对兰州鼓子没有个统筹安排和长远打算。兰州鼓子年复一年地在群众中流传，究竟流传的怎样，没有人去系统地调查过，会演期间热闹一阵子，日后究竟应该怎样，却又没人理了。特别重要的是没有注意发现和培养具有一定文艺理论和美学修养、又对鼓子比较热爱和熟悉的新文艺工作者，遵循鼓子的规律，不断地把它推向前去，这就更加影响兰州鼓子的普及和提高。但是喜爱兰州鼓子的人自己还是努力向上的。他们不仅根据政务院《关于戏曲改革工作的指示》，对老段子进行了一些整理、加工、消毒，同时还创作了许多新段子，其中李海舟创作的最多。

1957 年后半年，兰州市文化局借鉴省上搬陇东道情为舞台戏曲的经验，也设想把兰州鼓子发展为鼓子戏。此后，成立了"兰州鼓子研究小组"，总负责人是成怀学，音乐负责人是李耀先（现为市广播局局长)，老艺人负责人是张国良（已故），另外还有一些有关人员和知名老艺人参加。同年他们便在传统鼓子词本和秦腔剧本二者搀和的基础上排练成第一出鼓子戏《拷红》。先后彩排数次，市文化局负责人作了几次审查，但没有正式公演。

1958 年兰州市戏曲学校成立，便将这一机构及其研究人员移交戏校（仍由成怀学负

责)。同年，市戏校决定设鼓子训练班，并公开招收乐队、演员学员各一班。不久，又排出《一文钱》《镇台念书》《三难新郎》等 4 出鼓子戏。但均作为内部实验研究排练，始终未能正式公开上演。

鼓子戏半途而废的原因有二：一是没有经过反复研究，切实掌握鼓子音乐的特点，赶到真正接触了以后，才发现鼓子作为一个剧种的不足之处，除唱腔比较单调外，它本身还有不少的局限性：既无道白，又不分行当，更无完整的传统剧目。音乐也过分柔绵，而且没有武场的打击乐，虽然采用了一些秦剧的打击乐，但又只能用小三件（勾锣、手锣、铰子），连铙钹也难加入，再加上缺乏研究人员，要深化为舞台戏曲较为棘手。二是后来由于种种原因，新成立的研究鼓子的机构被撤消了，这伙好心人和有心人也东一个西一个地调离了，老艺人也各回各家。至此，鼓子戏也就夭折了，鼓子又回到原来的老样子。省人民出版社在他们这一段工作的基础上出版了一本《兰州鼓子》。它是解放后出的一本比较大些的鼓子书。虽然由于人力物力的限制，人们还不容易见到兰州鼓子的全貌，但有了这本书，也总可以看到鼓子的一个比较清晰的轮廓。原来想在发行以后，能根据群众的要求不断予以修订，可是由于运动的牵连，把它也折腾得不见踪影了。

此后，就是那"十年"了。"十年"里，兰州鼓子也没少受罪，也被折腾的不轻。但群众对那些爱胡折腾的人是有办法对付的，他好像采取的是游击战术：你来了，我走了；你走了，我来了；你白天来，我晚上出来；不能大唱就小唱，不能多唱就少唱；人前不能唱就人后唱，不能大声唱就小声唱。今天谈起这些情况，我们兰州鼓子的好家子和唱家子，还有喜爱它的那些群众，经常表现出胜利的喜悦和从内心发出的爽朗笑声。"十年浩劫"过去了。自从十一届三中全会以后，经过拨乱反正，正本清源，我们的国家已进入"大治之年"。兰州鼓子的情况怎样呢？ 好像还是处于一种无人关照的状态似的，也还没能把它作为专题，作为兰州人民喜爱的一个文艺品种，恭恭敬敬地把它请到百花园里！ 再大一点说，为了正确地继承祖国人民的文化遗产，为了几十万兰州人民的爱好，为了满足几十万人民精神上的需要，为了开创兰州市文艺的新局面，为了创建中国式的社会主义文艺，为了社会主义精神文明的建设，为了让我们子孙后代不骂我们，"就是他们把兰州鼓子给抛弃掉了"，现在确实到了应该认真地抓一抓兰州鼓子的时候了。

就在这个历史关头，省广播电台文艺部的王正强同志，从 1978 年开始，利用工作之余，先后走访了200多位鼓子老艺人、老听众，查阅了现在所能查到的一些历史资料，写出了《兰州鼓子研究》。虽然说他主要是分析、研究兰州鼓子曲牌音乐的艺术特点、结构以及它的表现功能，但他同时对兰州鼓子的历史发展、流派现状、乐队伴奏、演唱要求等方面的情况，也作了概括、细致、深入的论述、论证和介绍，也旗帜鲜明地提出了自己的见解。这么系统、这么全面、这么认真地研究兰州鼓子的书，就我所见的，在兰州鼓子史上，还只有这一本。

过去有人研究过没有？有。解放前就有，解放后也有，但不多。而且这些研究，一来是零零散散，二来只是限于鼓子的某一方面，三来好像大都有些浅尝辄止，动一动就放下了。没有把研究同现实生活紧紧地结合起来，眼睛不是坚定地向前看，好像是为研究而研究，也好像是在欣赏小巧玲珑的古玩似的。特别是旧社会的研究，说句不好听的话，很有点封建士大夫的味道。

对于兰州鼓子的形成、演进以及它发展的历史研究，我非常同意王正强同志的这样一个观点：

> 探求一个地方曲种的历史渊源与形成发展史，既要看到它与某一时代民间说唱艺术和流行曲调的外部联系，更须注意其本身整体结构形式的形成和发展规律，以及历史的、地理的、生活的变化，乃至受某种外来艺术形式等多种因素给它所创造的滋生条件与内部影响。不可以抛开其曲种本身演进发展的艺术规律和历史价值，而去作牵强与不着边际的引申，甚而以为某一曲种历史愈古远愈觉能显示其身价，或者误入把经过历代群众集体创造的智慧结晶，硬是归结于某一历史人物偶然遗兴而造曲的研究歧途……这样的联系和引申，那就将会失之片面，甚至将等于实际上否定了各个曲种由于不同的历史经历所赋予的不同艺术个性，以及其本身真正历史价值的存在。

正强同志显然是运用了马克思主义历史唯物观，来看待和分析兰州鼓子的历史的，有了正确的指导思想，得出的结论当然是正确的、可信的。

兰州鼓子的历史要不要研究？要！"观今宜鉴古，无古不成今"么！但要把研究它的历史的目的明确起来。我总觉得考证它的渊源在哪里，它的老祖宗究竟是哪一个人，甚至好像不追溯到某一人身上就绝不善罢甘休似的，历史可以研究，也应该研究，但总应该有个主次和先后。我觉得应该以研究如何为今天服务为主。这个问题基本解决了，再研究它的历史，研究历史也是为今天服务的。中心我觉得应该研究鼓子的历史同人民

的关系。比如，它是怎样产生的，又是怎样走到人民群众中来的，人民又是怎样的扬弃它、丰富它、发展它的，并从中得出一些规律性的东西，以便今天能更好地继承它、发展它，让它在建设社会主义精神文明中，在人们对美的欣赏中，发挥它应有的作用。也只有做到这一点，才能让兰州鼓子不至于因日渐脱离现实生活而走向泯灭的道路，才能较快地达到"出人出书，走正路"的目的，也才能为它开创新的局面。

我非常赞成正强同志的观点，不要把兰州鼓子的渊源硬往古的方向拉，或是硬往古文人怀里拉，好像越古越文，兰州鼓子的价值就越高似的。我认为，历史上每一文学品类的产生、发展，都离不开一民间、二文人（这里面也很曲折，但总的是离不开这两个方面）。根据我接触的有限材料看，兰州鼓子最早可能是来源于子弟书。子弟书是清乾隆年间，在八旗子弟中兴起的一种鼓曲艺术，它分为东调(讲究慷慨激昂)、西调(讲究风流典雅)。总的来说，它比一般鼓词典雅绮丽，讲究平仄音韵。它本来很不容易为兰州本地群众所接受，但到了兰州以后，又渗入了陕西眉户（这点无论从曲调、唱词都可以清晰地听出来），这样就比较接近当地的人民群众了。就在这个接触过程中，又渗进了不少经堂上诵经的音调，以及兰州本地的方言俚俗小调、小戏，特别是渗进了兰州人自己的感情，自己的地区特点，自己的乡土气息，自己的道德情操，自己的性格……正因为它来源于子弟书，太文雅了，因此百年来，还是陷在一个比较狭窄的圈子里。也正因为它在成长过程中，掺杂了不少本地的土东西，日渐形成兰州所特有的艺术形式，因此，群众中有一部分人才那么喜爱它，并一直流传到今天。

兰州鼓子很值得庆幸，碰上王正强同志这么一位有心人。他用新的思想、新的观点、新的理论，通过踏踏实实地调查研究，为我们写下了这么一本书，一本有科学价值、美学价值的书。

当然，事物总是一分为二的，这本书当然会有它的缺点和不完善的地方，但兰州鼓子总算有了一本比较集中的理论专著。它对文艺界特别是音乐、曲艺界研究兰州鼓子，将起到抛砖引玉的作用。

（原载《风雨世纪行》）

清音沃土来　　花絮喷幽香

——评王正强《兰州鼓子研究》

安　华

近读甘肃人民出版社的王正强同志所著《兰州鼓子研究》一书，感慨万分。兰州鼓子这种民间曲艺形式，如同一朵艳丽小花，千百年来，扎在兰州这块沃土之中，盛开在金城的茶馆酒肆、家庭院落，散发着醉人的芳香。

兰州鼓子的音乐幽静，旋律清雅，和其它曲种一样，既能演唱忠臣、良将、孝子、贤孙，又能表达喜、怒、哀、乐的复杂情绪。扬善斥恶，描绘景物，倾诉衷情，在兰州广大听众中深深地扎了根。

兰州鼓子曲牌众多，在历史上都是口传心授，系统的文字论述，还是一个空白，王正强《兰州鼓子研究》一书的出版，正好填补了这个空白。作者费了一些功夫，访问了一部分老艺人，搜集口头素材，整理修改，分门别类，追根溯源，分析考证。对每首曲子、每种调子，均以民间老艺人的口头演唱曲为基础，深入浅出地进行反复推敲，使词和曲基本恢复了原貌，感到亲切。作者抱着认真负责的态度对体裁、格式、曲牌、平仄、韵辙以及唱词的演进、曲牌的演变均作了详细的论述。同时对音乐旋律和曲式的结构，反复探讨，保留了几位老艺人演唱的韵律特点，可见作者对兰州鼓子的发掘整理作出了贡献，是可喜的。

但是，不能令人满意的是，作者只追求少数老艺人的唱腔，对其他中、老艺人演唱技巧没有深入访问，没有收入，这是一个极大的不足。另外，对于兰州鼓子词的起源，且与作者商榷。

据《历代作家论民间文学》中载，宋代的周密《武林旧事》(卷七)中云：

　　淳熙十年、车驾入官，起居太上，后苑小斯儿打息气，唱道情，太上云：此

　　是张伦所撰道情鼓子词。

从上述这段论述分析，可见鼓子词在宋代就有演唱，并非始于明、清。如此看来，

至今已近千年之久了。除此，《兰州鼓子研究》最大的遗憾是，把民间大量流传的曲子未收进去。我相信将来会有更完整的曲本问世，希望能够成为兰州鼓子词曲全书流传下去。

(原载《甘肃书讯》1988 年 8 月第 1 期)

立论确当的《兰州鼓子研究》

安裕群

兰州鼓子源远流长，艺术创造丰厚。从它的总体到个体，案头到歌场，历史到现状，当今到将来等，都须有所立论。而《兰州鼓子研究》一书的作者王正强先生，在这诸多方面都作出了确当的立论；这里仅以兰州鼓子的形成史为例说明。在作者之前，关于兰州鼓子手的形成史的说法主要是"北宋说"和"元代说"。作者用占有的材料反证了以上各说未能不能成立的基础上，又进行正面论证。第一步是横向比较，找出兰州鼓子的"近亲"关系。在各个曲种中与兰州鼓子堪称"近亲"的有北京八角鼓、陕西眉户和北京岔曲，而兰州当地民歌曲调与兰州鼓子倒毫无瓜葛。作者抓住曲牌与曲本这两条线索，详细列表显示三者与兰州鼓子的相同之处。就曲牌看，鼓子48个曲牌中，与岔曲同名的7个，与八角鼓同名的26个，与陕西眉户同名的16个。就曲本看，鼓子曲本虽然不少，"但近代歌场所见传唱的，却又不过百篇"，而百篇中与北京岔曲、八角鼓相同的86个，与陕西眉户相同的14个。它们之间，"许多曲本文词和所配唱的牌子曲调，竟然达到了难分难辨的程度"；第二步是纵向比较。作者找出兰州鼓子与"迁来"近亲的"长幼"顺序。要确定鼓子的形成史，这一点尤为重要。偏偏文献无征，难以考证。作者索性另辟蹊径，走向实地调查。于是，他采访了数百位鼓子老艺人、老听众和老兰州，获得了第一手材料，从而证明了在兰州，北京八角鼓和陕西眉户存在在先，兰州鼓子出现在后。这些材料还显示出兰州鼓子从八角鼓和眉户中逐步繁衍出来的历程：清道光十年（1830年）以前兰州流行八角鼓和眉户。有林老汉在演唱八角鼓，却"用兰州方音按字行腔"，使原唱调发生裂变，其后，这种"新调"便在当地娱乐场所慢慢传唱了，并始冠以"兰州"二字，被称之为"兰州鼓子词"，即至道光三十年（1850年）前后，由八角鼓牌子曲发展而成的"鼓子腔系"和由眉户牌子曲发展而成的"越调腔系"已经奠定了这一新兴曲种的坚实基础；随之而来的两次重大演唱活动——"一是甘肃布政司、按察司邀约鼓设宴邀约皋兰鼓子唱家举行盛大演唱赛会，结果使它身价大涨，浪靡一时"；二是兰州鼓子随军入京，蜚声京都乐坛。又将它推向鼎盛高潮。这时

的兰州鼓子无疑已"成一个独具地方特色的成熟曲种了"。

作者的这一立论，确实是持之有据，言之有理，也是具有说服力的。

（原载《兰州晚报》1988 年 2 月 26 日 3 版）

包罗万象的秦腔艺术宝库

—— 祝贺王正强《秦腔词典》出版（代序）

陈　光　金行键

　　秦腔是一个历史悠久、影响深远、个性鲜明、家底深厚的剧种，它作为梆子腔系统的重要成员，对我国戏曲发展、衍变有过重要影响。清乾隆年间，秦腔就已流布全国，在当时雅部、花部之争中，各地秦腔艺人汇集京师，称盛梨园，取代京腔，威胁昆弋，致使"六大班伶人失业，争附入'秦班'觅食"，"同时，借助于京都剧坛的影响，对各地秦腔和花部其它声腔剧种的发展，也起到了积极的推动作用"。时至今日，秦腔仍然以其旺盛的生命力，生活在广大人民群众之中，特别是我们的大西北地区，无论三秦大地、陇右高原、昆仑山下、黄河两岸，秦腔和群众的精神联系之密切，可以说超过了任何一种艺术形式。"只要能看群儿的貂蝉，谁稀罕做你的县官""看了余家的打碗，天塌下来莫管""花脸画不过裴家、小日本打不过中华"……群众把唱秦腔、看秦腔，和国家大事、天塌地陷、民族存亡等同起来，可见秦腔在群众心目中的地位。秦腔之所以受到西北广大人民的如此厚爱和眷恋，正是因为秦腔是在继承、融汇、发展、革新西北各民族丰富的文化艺术遗产基础上创造而成，它体现着黄土高原的文化气质、西北地区各族人民的民俗风情，反映着祖国大西北人民的特有性格特征、感情特色和审美情趣。秦腔是西北黄土高原上孕育出的一枝奇葩，不论过去、现在、还是将来，它都会以其特有的芬芳，茁壮地生长在黄土高原广袤的土地上。

　　秦腔的形成若以明代中叶算起(关于秦腔形成年代，说法很多，有形成于秦代说、形成于汉代说、形成于唐代说、形成于金元代说)，至今，也有四百年左右了。在这漫长的岁月里，秦腔在成熟、发展、繁衍、流传过程中，积累了大量的宝贵艺术遗产，形成了众多的艺术派别。陕西秦腔有东路、西路、南路、中路、北路之分，甘肃秦腔则有东路、南路、中路之别，各路秦腔，各有特色、各有传人、各有固定的观众群，它们分别流传下来的数以千计的剧目、唱段、脸谱、服饰以及表演特点，各种特技、身段等等，

不仅极为丰富，而且极具特色。当年，梅兰芳大师在甘肃访问、演出时，看了甘肃秦腔演出后，曾说：

> 秦腔有自己独特的传统，刘金荣先生的《金沙滩》语言不多，用秦腔的亮相和动作把杨继业演的活灵活现。只有秦腔《金沙滩》是这样的演法，有特点、有风格。秦腔与京剧有血缘关系。我看了刘易平先生演的《辕门斩子》，使我感到京剧《辕门斩子》很可能是从秦腔移植过来的。

但，遗憾的是，尽管秦腔艺术特点鲜明、遗产丰富，却由于历史上种种无法克服、避免的主客观原因和条件，致使秦腔的宝贵遗产大量散佚、失传，像甘肃中路秦腔《周仁回府》中，周仁在《悔路》一折中的一百零八种水袖身段（号称"一百零八头"），就只闻传说，而无法一见了。新中国成立后，政府虽然在全国范围内组织了几次大规模的发掘、搜集、整理、研究民族戏曲艺术遗产的活动，也确实发掘了大量的宝贵戏曲艺术遗产。但在历次运动中，特别是"文化大革命"中，这些辛辛苦苦发掘、搜集起来的宝贵资料，被扫荡、焚毁及至殆尽，尤其是不少老艺人身怀的剧目、唱段、表演、绝招特技等等，都因为无法或来不及传授，随着去世而永远带走了。这种损失是根本无法弥补的。因此，当前对秦腔这一艺术宝藏的深入发掘、整理、研究、继承的任务不仅不是无可作为了，相反，却依然是十分繁重、迫切的，就秦腔本身来说，这种发掘继承，甚至和改革出新具有同等的重要意义。

进入 80 年代以来，在改革开放的浪潮冲击下，社会发展日新月异，出现了各种艺术形式激烈竞争，人民的艺术欣赏水平不断提高，欣赏趣味不断变化，而戏曲艺术在这种新的形式面前，呈现出衰退、不景气的现象。对此，戏曲界的领导和同仁们都在想方设法，努力使秦腔继续保持其旺盛的生命力。大家都不愿意使这一对西北人民有长期深远影响的秦腔，变得步履维艰，难以继日，甚至如有些同志所断言的那样，秦腔必将寿终正寝。当然，事情不会发展到这种地步也是可以断言的，但，真的改变当前秦腔的处境，也是不容乐观的，需要扎扎实实、坚持不懈地做许多方面的工作。其中，对秦腔的历史渊源、艺术特色、发展规律等等进行深入的研究，并向群众做普及性的宣传和介绍，则是一件经常在实际工作中被忽视、但却是十分必要的事。其所以必要，不仅体现在继承秦腔优秀传统上，也体现在促进秦腔的革新创造，使其与时代发展相吻合上；不仅体现在满足、巩固老的秦腔观众上，而且也体现在争取、说服新的一代又一代秦腔观众上。因此，从这一意义上说，王正强同志主编的《秦腔辞典》的出版，确是一件非常

重要，非常有意义的事。

王正强同志早年毕业于西北师范大学音乐系，毕业后即投身于戏曲音乐的研究上，在甘肃人民广播电台工作期间，广泛地和新老戏曲工作者交朋友，组织他们演出、演唱、录音，虚心求教，多年不辍。所以，他对西北地区各戏曲剧种音乐，特别是秦腔音乐，有丰富的知识和深刻地研究。近来年，他利用业余时间，在编写《中国戏曲志·甘肃卷》音乐部分的同时，连续出版了《甘肃秦腔唱论》《秦剧名家声腔选析》《秦腔音乐欣赏漫谈》《秦腔音乐概论》《兰州鼓子研究》等多部专著，近 300 万字。仅就在短短的几年里，连续出版这多部专著来看，就足以说明正强同志的工作态度是怎样的勤奋刻苦，治学学风是如何的求实严谨！他在戏曲音乐领域里所取得的研究成果，付出的巨大劳动，令人钦佩，更令人感动！

在《秦腔词典》即将付梓之即，我们衷心希望甘肃戏剧界今后能有更多的戏曲研究成果问世，以促进戏曲事业进一步发展，让戏曲艺术在前进中更加博大精深。在改革开放的新时期，更好地为两个文明建设，为满足广大人民文化娱乐的要求，作出更大的贡献，永远充满活力，永葆青春。

1995 年 3 月 22 日于兰州

（原载《秦腔词典》）

古调新声　尽收其中

——评王正强《秦腔词典》

杨　智

秦腔，作为一个地方戏曲剧种，也能跟《哲学词典》《美学词典》那样，出一部专业工具书吗？　敦煌文艺出版社最近就出版了一部由王正强主编的《秦腔词典》，精装巨著，70 万字，有文有图，上溯源头，下及当代，一册在手，就好比有了一座书面的秦腔博物馆。秦腔工作者、爱好者，戏曲教育工作者、研究者，民俗学、社会科学研究人员以及文化管理干部，尽可以随时浏览翻检，为学习和研究提供了极大的便利。

秦腔，滥觞于甘肃，兴盛于陕西，流布于晋、冀、豫、鲁乃至安徽、湖北。戏曲史家公认，它对许多地方剧种及京剧的发展，均产生过重大影响，至今仍是深受大西北人民普遍喜爱的大剧种。在有文献可证的四百多年间，秦腔在发展、流传、繁衍的过程中，积累了数以千计的剧目，形成了足以表达各种复杂感情的戏曲音乐（唱腔、曲牌、文武场伴奏)，独具特色的表演程式、特技，丰富的舞台美术，还有历代有影响的艺术家、演出习俗、班社流布、报刊专著，等等。总之，各方面都积累了大量的遗产。主编者王正强同志，延揽西北各省对戏曲艺术素有研究的学者参与编纂，把这些宝贵遗产不遗余力地搜罗进去，条分理析，详加解释，融理论性、知识性、民俗性、普及性于一体，一则不因岁月的流逝而湮没失传，再则为我们学习、继承、发扬、革新秦腔提供了丰富的图文资料。

中国戏曲艺术的综合性特征，决定了它最能体现中华民族的民族性，各地方剧种，少数民族剧种，既是本地区、本少数民族的艺术，又是华夏艺术的组成部分。从一切种类的精神文化来看，艺术中的民族特点反映得特别明显和多种多样，充分体现出"民族精神本身"。《秦腔词典》的问世，正是在这方面构筑了一项意义重大而深远的基础工程。

王正强多年来一直致力于戏曲音乐的普及和研究，著作颇丰。现在他又开拓了学术领域，向戏曲史学、美学乃至人类文化学开拓进取。今天，他又为地方戏曲剧种——秦

785

腔首创词典。可以想见，后世之人看《秦腔词典》，一定会像今天的学者重视《录鬼簿》《曲海总目》《剧说》《花部农谭》……那样，其学术研究价值，无论怎样估量和评说，也丝毫不显过分。

（原载《兰州晚报》1996 年 3 月 31 日）

秦腔文化的百科全书

——兼评王正强的《秦腔词典》

刘延寿

秦腔，作为梆子腔系统的一个重要成员，其形成和发育的历史实在悠久。在诸多关于秦腔形成年代的说法中，最早的可以追溯到秦、汉，唐，晚近的也在明代中叶(参见陈光、金行健先生为《秦腔词典》所作"序"中之言)，距今也有四百余年了。作为一种戏剧艺术形式，能有如此强劲的生命力和源远流长的历史，它必定有着深厚的群众基础和文化根基。对秦腔情有独钟的大西北人，能在异地他乡听到一曲秦腔音乐，精神顿感振奋，一股发自内心的热流立刻奔涌上来。这种美的感受，笔者和西北同仁们都曾有过的。记得在60年代初的一天，在北大校园里遇上一位宁夏校友，他兴冲冲地告诉我一个好消息：当晚要在大饭厅上映戏曲影片《火焰驹》，还是秦腔本戏呢！且主要演员有西安易俗社的刘毓中、孟遏云、肖玉玲等。这消息对我们这些西北学子来说，确实不同凡响，也是因为我于50年代末进京求学以来，这是第二次在京观看拍成电影的秦腔，心情怎能不激动呢？ 想必西籍校友那天晚上欣赏影片《火焰驹》的心理感受该有多么舒坦和欣慰啊！

秦腔能够如此激发起人们的乡情，老实说它已远远超越了作为西北地方剧种之一的艺术价值，它实际上早已成为西北地区特有的一种民族古老文化现象——秦腔文化。正如《秦腔词典》的作者王正强先生在"前言"里说的：

> (秦腔)在它生成发展的整个历史过程中，不只以剧目、表演、音乐、舞美、演员、班社及其各种程式技巧和理论建设的丰厚积累完成自身形式的创造，同时还以它博大的文化影响不断向周边诸省辐射渗透……

由上观之，在我们全面评估由戏曲理论家王正强先生主编、新近由敦煌文艺出版社出版的《秦腔词典》时，眼光就不能局限在把秦腔看作仅仅是一个地方剧种，而应当站在把秦腔看作是一种民族文化的高度去认识，去把握，才能真正品评出《秦腔词典》的出版价值和文化价值。

让我们看看《秦腔词典》的内涵吧！它收词 3391 条，内容分为：总类（包括名词、术语、行话、俗语、演出习俗）、剧目(包括传统戏、新编历史剧、现代戏)、表演(包括基本功、程式动作、表演特技)、音乐(包括武场乐器、唱腔音乐程式、器乐曲牌、唱曲牌、开场铜器、板头铜器、动作铜器)、舞美(包括服饰盔帽、化妆、脸谱、道具、布景、效果、光器)、人物(包括剧作家、理论家、作曲家、舞美家、导演、教练、高级讲师、乐师、演员)、团体(包括班社、剧团、学校、机构)，此外还有剧场、书刊等九大门类。这几乎包罗了秦腔文化犹如汪洋大海的知识门类，以及古代、近代和现代无涯无际的秦腔名家、班社、团体、保留剧目等。凭借这一丰富的内涵事实，《秦腔词典》作为秦腔文化的百科全书，是当之无愧的。

秦腔既然是一种戏剧艺术的文化现象，那么秦腔文化所追求的终极目标自然是美的最高境界，而求美又是富有感情的事。因此，当我们评价《秦腔词典》并将它推荐给广大秦腔爱好者和为振兴秦腔献智献策的志士仁人时，自然是融进了我们酷爱秦腔艺术的美好感情的。

因此，《秦腔词典》的出版发行，对广大秦腔专业工作者和爱好者来说，可以说是带来了美的福音。

原载《甘肃日报》1998 年 5 月 10 日）

160 万字《秦腔大辞典》再将问世

——出版部门：要做成一部有分量的传世之作

【本报讯】记者 10 月 10 日获悉，由我省著名戏剧理论家王正强编著的《秦腔大词典》，近日已被列为"十二五"国家重点图书出版规划项目、国家出版基金项目，并被上海辞书出版社正式列入明年重点出版书目。该出版社表示："这是一部很有学术价值的书，我们决定把这样一本辞典做成一部有分量的传世之作。该辞典非常有希望冲击国家的各类多种出版奖项。"

记者 李 超

1995 年 10 月，由我省著名戏剧理论家王正强编著的《秦腔词典》正式出版发行，这部被誉为"秦腔历史博物馆"的词典共发行 2200 余册，很快出售一空。之后，应陕西、新疆、台湾等地的学者强烈呼吁，王正强于 2006 年完成了对《秦腔词典》的修订，使其更具准确性、广泛性，并依据大量的调查考证，将词典由原来的 70 万字增加到 120 万字，包括了总类、剧目、表演、音乐、舞美、人物、团体、剧场、书刊 9 大部类，书名正式更名为《秦腔大辞典》。

目前，经过数年来的进一步扩充完善，《秦腔大辞典》已总计达到了 160 万字，内容中文、图、谱并茂，被戏剧界公认为我国第一部最全面也最权威的地方戏曲剧种专业辞书。作者此次在编写手法上多有创新。

上海辞书出版社有关负责人来信表示："我们认为《秦腔大辞典》是一部很有学术价值的书，王正强老师是这方面的权威，社里要把这样一本辞典做成一部有分量的传世之作，非常有希望冲击国家的各类出版奖项，我们已将该书列入明年的重点工作计划。"

据悉，上海辞书出版社现已与作者正式签定了出版合同，该部辞典将在 24 个月内出版上市，并向国内外发行。

（原载《兰州日报》2011 年 10 月 11 日 8 版）

秦腔音乐研究的优异成果

——王正强《秦腔音乐概论》读后

姚昌民

在举国上下方方面面为弘扬民族传统文化而真抓实干的今天，甘肃省戏曲音乐理论家王正强向读者献出了他的新作——《秦腔音乐概论》（人民音乐出版社 1995 年 4 月出版，以下简称《概论》）。笔者得书后先睹为快，一遍看过尚感兴味未尽，遂接着又看一遍，对自己特别"偏爱"的部分还搬来录音机播放有关磁带对照阅读，把耳、目、心"炒"得炽热，兴味亦达至极致。读毕掩卷沉思，深为该书富于创新的见解、外朴内秀的表述和鞭辟入里的剖析所折服。似乎从中看到了一幅秦腔音乐的全貌图，透视出秦腔音乐的"五脏六腑"，洞察到"脉"跳"血"流的真实动态，领悟到秦腔音乐摄人魂魄的"神韵"，并进而看到在新形势下秦腔音乐发展的趋势和前景。算得上近年来秦腔音乐研究的一项优异成果，具有较高的学术价值和广泛的使用价值。

戏曲是失宠于当代潮流的"冷门"艺术，欲将"冷"中之尤的秦腔写得引人爱看不是件容易的事。《概论》之所以让人爱不释手，与内容方面（包括资料、观点、分析）的全面、系统、新颖、公正，表述方面（包括语言、修辞、文风）的通俗、恰贴、形象、生动有很大关系。

就内容而言，《概论》将重点放在作为秦腔音乐"主体"的唱腔上是十分妥当的。作者以六成以上的篇幅，分腔词关系、板式解析、两大腔系、腔调发展四章详加论述，这对展现秦腔音乐的独特风格，挖掘传统文化和地域条件的影响确实深中肯綮。作者通过唱例，将一组组词格、腔格置于统一构成的具体唱腔中进行"调适"，以校准它们在结构程式、字调声韵、语言特色等诸多方面所共有的同一性、制约性和互补性，促使其达到最为理想的默契，创造出"声腔文字谐和，音响感情相应的最佳艺术境界"①。

首一章"腔词关系"的准确定向，"板式解析"等三章便成了必须触及的"纲"上论题，随之而来的便是作为唱腔"血""肉"的"零部件"（如板式结构、腔体变化，六

大板式的起、行、转、落等)。其间，也会冷不防地与读者(或演员、"戏迷"等)经常碰到的疑难问题"狭路相逢"。这就给作者无形中压上了阐理与解惑的双重重担，可喜的是作者都做出了令人满意的答复，使"主体"部分充实、完备。

在保证"重点"的同时，作者亦兼顾到其它部分和与之有关的内容。尤其醒目的是提出了三点非同一般的见解，显示出该书达到的新的深度。

一是明确提出"念白"也是秦腔音乐的一个组成部分(其它三部分是唱腔音乐、武场锣鼓和弦管曲牌)，并以剧为例，分形式、分用场、分行当详加论述。语言的节奏美、音乐美、韵律美和形式美，是中国戏曲艺术的特征和魅力之源。如果说《秦腔表导演》(王小民、王炎著)和《秦腔艺术论》(张晋元著)两书已给秦腔"念白"下了确切的定义并概括出主要特征的话，《概论》则像摄像机那样把"镜头"拉回到眼前，以"特写"方式对秦腔的"千斤念白"放大观察。这较之早期仅以"吹拉弹唱"为音乐研究对象无疑是前进了一大步。

二是理直气壮地大谈秦腔流派。长期以来，人们谈论秦腔流派时总显得有些勉强，连有些"黄土高坡"人也似乎"底气"不足。可谁都承认：任哲中不同于刘毓中，孟遏云有别于李正敏。即使同属净行，田德年与张建民也迥然各异，这证明秦腔流派是真正存在且长"流"未息的。作者抱着继承优秀传统、总结前辈经验、探索美学价值、促进艺术发展的明确目的，"从研究各个时期的艺术流派入手，从研究各行当代表演员的创腔法则和声乐技巧入手"[2]，选定上个世纪至今140余年间秦腔界涌现的润润子(张老五)等19位流派代表人物，以唱腔为主进行介绍、分析，让读者学有样板，分有尺度，创有格路，对正确认识秦腔流派，积极创造和发展流派提供了有益的借鉴。

三是公开标明产生于甘肃的"西秦腔"与"陕西秦腔"是完全不同的两个剧种。前者为曲牌体，后者为板腔体。前者又较后者古老得多。这一见解的提出，可能会像爆了一枚"氢弹"一样在秦腔界引起震动。作者虽将这一看法以"余韵"为题写于书之尾部，所占篇幅也不多，但"分量"相当重的。正强动此念头，确是"蓄谋已久"了。为拂去家乡剧种肌体外部的千古尘埃，他不隐瞒自己的观点，1988年就在所写的《甘肃秦腔唱论》一书中挑明过"西秦腔"起于甘肃的身世，这次又在考证文献资料和进行多方比较的基础上，以"争鸣"的姿态大胆提出自己的观点。这是做学问者"犟牛"精神所使然，是锲而不舍的顽强毅力的表现。学术研讨，要的是尊重事实、服从真理的素养，喜的是虚心好学、勇攀高峰的气质。有此高尚的德行和豁达的气度，何愁学术研讨不能繁荣？ 所以，从某种意义上讲，情操上的纯洁比成果上的辉煌还要可贵。我想，日后不管为此会引起多么"热闹"的议论，其结果都是对秦腔事业有益的。因为它毕竟不同于株洲和宝鸡争攀"炎帝"始祖、河南和陕西皆称"杜康"产地的用意和目的。文化人终究是"文化人"嘛！

就表述而言，《概论》正文的叙、议、念、唱处处洋溢着黄土地人民质朴淳厚的感情，字里行间渗透着西部文化的神韵。深入浅出的理论引导，提纲挈领的总结归纳，词、曲、表的说明及戏文片断的引用，为读者的理解、消化提供了诸多方便。所以，尽管是一部长篇专著，谈起来却像聊天、听戏一样轻松、舒坦。这与作者对民族传统文化的深厚感情和对人民群众的深透理解有极大关系，也是对读者极端负责的表现。正强同志是正牌大学音乐系的高材生，他若在学术界搞搞"洋务运动"，考究一下"音乐之父"巴赫或贝多芬、施特劳斯、肖邦什么的，是不难取得成就的。再退而言之，去辅导一下"星"族们的演唱，搞几套"MTV"或 CD，恐怕也要实惠得多。可他偏偏又"傻"又"魔"，一头栽进民族戏曲、曲艺的穷"窝"里"折腾"个没完没了，"甘洒心血写秦腔"，累死累活从不悔。除了对民族文化的无限景仰和对父老乡亲的一片爱心还能有别的解释吗？ 细细咀嚼书中那大众化的词语和形象的比喻，你会更加认识到毛泽东同志关于生活"是一切文学艺术取之不尽、用之不竭的唯一源泉"的无比正确性。语言是表述的工具，方式是表述的艺术。正像布瓦洛说的那样：

一句漂亮话之所以漂亮，就在于所说的东西是每个人都想到过的，而所说的方式却是生动的、精妙的、新颖的。

比如他在描写何振中(男旦)"宽圆皆备"的嗓音时，这样写道：

越是高音，越是甜润，就像甜菜中的拔丝山药，拔的越高，丝越细长，不仅袅袅不断，还能显出金色的光彩。③

一缕缕看不见、摸不着的秦声音丝，在作者笔下仿佛成了能发出亮光、弹出响声的"激光琴"之类的实物，何等逼真、传神！ 再如提到某些专业术语时，作者都尽可能地把学名与俗称同时标出，谁看了也会一目了然。像"狗连蛋""踏脚窝""云遮月""断点头""老少配""猛跳崖""看架架"等俗称，在音乐学院的教科书里是见不到的，没有同人民群众（特别是"戏迷""票友"）早已建立的水乳交融的关系"垫底"，也是无法"意会"和"言传"的。秦腔是八千多万大西北人民最喜爱的戏曲艺术，雅俗共赏是城乡观众的普遍要求，有志为秦腔著书立说或搞秦剧创作者应时刻意识到这一

点。

正强同志在观察和表述方面有两大特点。一是用发展的眼光看待事物，以双向的比较鉴别优次；二是抓住特征评人议事，透过表象挖掘本质，以"这一个"不同于"那一个"的明显差异，给读者脑海里打上最清晰的印记。他通过"五路秦腔"的演变，纵论当今秦腔形成的经过；通过甘肃秦腔(也有东、西、南、中四路之分)的分析，横谈甘陕秦腔流派的同异。论刘毓中，突出其生活化、情理化两大特点；论任哲中，强调其"善于通过各种装饰音群的繁用而促成强烈的抒情色彩"④。论孟遏云，点明其"老腔入门""新腔发家"的艺途和"女旦女腔，发自天然"的独特之处。至于不同剧种间、师兄师弟间、同行当间、两大腔系间的比较更是比比皆是。作者对读者的体谅，的确达到了无微不至的地步。《辕门斩子·见太娘》一段唱例，作者曾在1989年出版的《秦剧名家声腔选析》中引用分析过。《概论》将其作为唯一的完整唱腔进行分析时，对谱例部分和分析文字部做了进一步补充、修改、完善。如加上击乐名称，标出板式名称和板头击乐字谱，改后部分［苦音二六板］原1／4记谱为2／4记谱，计出整板唱腔的小节数，连人物的动作表情也一一写明，析文也添进了新的内容。细心的读者也许会发现，书中所有引用的唱句、唱段，都注明了详细出处，读者查证甚为方便。上边提到的那则唱段，作者在副标题上画有"()"、"·"、"◇"、"[]"四种不同的标点符号，使该唱段所在的剧名、场次名，以及剧中人名、行当名一望即知，真可谓仔细到家了。著作者能与读者如此心心相印，成功便是必然的事了。

如何观察和比较，看来似乎只是个方法问题，但要真正掌握好这种方法，则必须以辩证唯物主义和历史唯物主义为指导思想，才能对事物做出合理的分析和准确的判断。正强同志正是这样以科学的态度和正确的方法"躬耕陇亩"，故而能求得真谛。《概论》中某些精辟的见解，是能够经得起检验和推敲的。请看作者在第四章"腔调发展"之末写的一段总结性的论述：

> 我们已从旋律发展的角度，勾勒出秦腔音乐从胚胎、孕育、生成、定型、完善、发展、提高这一构成式运动的全过程，这个漫长的运动过程，也就是顺应时代、自我调整的过程，这是它之所以能够持续存在和不断发展的原因所在，倘没有或者终止了这种调整，将必然导致它的枯竭和消亡。当然，秦腔的音乐作为一个地方戏曲剧种所独有的音乐，其本身必然会有相对形态和绝对形态两种基因并存。相对形态就是它在历史的延续中能够进行再创造、再发展的

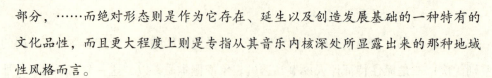

部分，……而绝对形态则是作为它存在、延生以及创造发展基础的一种特有的文化品性，而且更大程度上则是专指从其音乐内核深处所显露出来的那种地域性风格而言。

回顾秦腔走过的脚印和秦腔音符运行的轨迹，再回想一下近十多年来关于秦腔前途命运的热闹议论，对照作者上段论述冷静思之，岂不茅塞顿开了吗？接着，作者又进一步指出：

> 当我们今天谈及它的改革与发展时，无论是继承传统基础上的标新立异，还是突破传统程式基础上的创新发展，抑或在横向借鉴基础上的多元吸收，都是在保持其绝对形态的前提下而言的。因为，越是显示其自身特点的东西，就越有顽强的生命力。反之，只能沉灭于斯，有害于斯，这一点，也早被历史证实。

我以为，这段言近旨远的话，是包括作者在内的许多有识之士和实践者的经验之谈，对今后秦腔乃至整个中国戏曲的创作和研究都具有现实的指导意义。

秦腔作为中国戏曲的老"寿星"之一，"家底"是异常丰厚的，解放后又有了长足的发展。对于秦腔音乐的全部内涵，《概论》不可能全都谈到、谈够，有些必要的内容还可考虑增入。如秦腔的叫板就很有特色，列专门章节论述亦无不可；以现代戏为先声的音乐唱腔改革也摸索出不少规律性的东西；科学发声对戏曲演员更有着密切的关系。凡此等等，窃以为可充当《概论》的待补因素，可帮我减少点读后的遗憾。

正强同志是甘肃戏剧界有名的"拼命三郎"，长年坚持在本职工作和社会活动之外辛勤笔耕，十余年来竟写出七八部专著，为秦腔艺术作出了可贵的贡献，这在全国民族戏曲音乐研究人才中也是不多见的。"人才是最大的财富"，无论自然科学或社会科学皆是一理。我们感谢甘肃人民和戏剧界为秦腔艺术培养出如此优秀的人才，也希望作者及更多的剧界同仁为读者撰写出更多更好的作品。秦腔艺术定会在正确理论的引导下越出"低谷"，走向繁荣。

---

①②③④　分别引自《秦腔音乐概论》第8、349、380、367页。

弘扬民族文化的一朵奇葩

——读王正强的《秦腔音乐概论》

吴　刚

近年来甘肃作家的成熟之作日渐增多，不久前由人民音乐出版社出版的王正强同志的专著《秦腔音乐概论》，称得上是一部引人注目的佳作。它不仅在甘肃戏剧界，而且在秦腔的发源地——八百里秦川的陕西省戏剧界引起强烈反响。

东西文化有其不同的历史渊源和差异，二十年"左"的导向和对内对外文化封闭，使不少人形成一种思维定势：文化虚无，文化工作危险。改革开放的大潮冲击了僵化的思维定势，我国的文化事业得到前所未有的丰富和发展，但在西洋文化特别是西方影视作品的冲击下，不少人又陷入另一种思维定势：忽视甚至漠视民族文化，秦腔便是其中之一，对秦腔理论的研究和探讨更是乏人。王正强同志最可宝贵之处在于：他不为世风所动，一头扎进秦腔音乐这块古老而又年轻的园地，为我们捧出了一本意蕴丰富、见解独特、文字简洁的民族音乐专著《秦腔音乐概论》。它在一定程度上弥补了秦腔音乐的空白，丰富了秦腔音乐理论，是对"秦腔有戏无论"(理论)、"更无音乐理论"偏见的有力纠正，是开在民族文化园地的一朵奇葩。

音乐是戏剧的灵魂，从一定意义上来说没有音乐就没有完整的、真正意义上的戏剧。这本35万字的秦腔音乐专著，不仅对秦腔音乐形成的历史渊源作了科学的客观的探索，为秦腔音乐的正本清源作了卓有成效的贡献，而且对现代秦腔音乐的流派、腔调、板式、腔词关系及唱腔音乐、武场锣鼓、弦管曲调及至念白艺术等都作了联系实际、深入浅出、入情入理的论述，为进一步继承和发展秦腔艺术提供了重要理论依据。难怪这本书一经脱稿，就被人民音乐出版社一眼看中，以高速优质的版本正式出版发行，也难怪有人说"秦腔的源头在陕西，秦腔音乐的理论在兰州"，因为，兰州有王正强这样的秦腔音乐理论家。

秦腔作为西部地区流行最久、影响最大、群众基础最雄厚的艺术形式，有其深厚的

社会历史根源及其存在和发展的历史必然性，不是一两次"西化"的风浪所能吹倒的，所以对秦腔的悲观情绪是无根据的。近年来各地秦剧团重振锣鼓，下乡下厂演出，受到广大工农热烈欢迎的情景就是一个证明。

《秦腔音乐概论》坚持了党的"两为"方向和双百方针，也坚持了古为今用、洋为中用的原则，在继承中创新，在弘扬民族文化中吸取、借鉴外来音乐有生命的东西，所以它是成功的。

王正强是甘肃人民广播电台文艺部副主任、主任编辑，他在繁忙的编辑工作之余，多年来倾心于民族音乐特别是秦腔音乐理论的研究和探讨，已出版多部专著。这部《秦腔音乐概论》则是他研究成果的集大成者。理论来自实践，反过来又指导和影响实践。随着人们对民族优秀文化的重新审视和反思，随着秦腔理论研究和实践的进一步深入和发展，秦腔这一为亿万群众所熟悉和喜闻乐见的剧种，必然变"冷"为"热"，走出低谷，走向又一个新的繁荣和昌盛的制高点。

愿王正强同志在民族音乐的研究中取得新的成果。

（原载《甘肃广播电视报》1996 年 8 月 11 日）

陇原奇葩　芬芳袭人

——读王正强专著《陇剧音乐研究》

郭效文

　　王正强致力于戏曲音乐理论研究迄今不过十余年时间，但由于他频频推出很有学术分量的一系列理论专著，如《兰州鼓子研究》《秦剧名家声腔选析》《秦腔音乐概论》《秦腔词典》等等，使他成为戏曲界、学术界备受关注的焦点人物。最近，他又为读者捧上最新力作《陇剧音乐研究》(人民音乐出版社出版)，再次显示了他的才气学识和旺盛的创作激情。

　　这部专著在总体构架、细节分析乃至多学科类比等多种手法下，以极富审美品位的论述方法，突破同类著作就事论事的老套，出人意料地由巫风歌舞为发端，以全方位、高视角、多学科的综合姿态展开研讨。正如他在书中所写：

　　　　若要真正了解陇剧的音乐，就必须回顾戏曲、道情的源头，并从宗教文
　　化、商业文化、科技文化交合融汇的瀚海里，在现代文明的裹挟冲击中，方可
　　寻觅到生发陇剧艺术的胚芽，以及促成其唱腔音乐结构上、旋法上、声腔体制
　　上共性与个性并存的原因来，才可以真正看到陇剧音乐如何脱胎于原型、升华
　　为新型这一构成式运动的全过程。

　　为了诠释陇剧艺术"虽谓新生，骨血依旧"的深远历史文化背景，他几乎搬动了所有南北道情曲调，并对词曲结构、曲调旋法展开纵横交错的比较研究，让读者从中识其本源，辨其规律，最后方得出结论：

　　　　正由于陇剧音乐乃是道情道歌、道情说唱、道情鼓子词和道情民间皮影小
　　戏的一脉传承和层层裂变，从而决定了板、牌、簧三位合一的独特声腔体制和
　　戏剧化方式。

　　这一论点的首次提出，对于今后陇剧音乐的革新发展，不无深远的指导意义。

　　无论对陇剧音乐的寻根，还是对南北道情的探讨，旨在让读者能够宏观把握其历史

脉络和创变发展规律。但就该书的重点，依然是为陇剧音乐构建理论系统工程，因此，他将议题自然引入这一主体，并从板、牌、簧三个方面，他整理出整型、雅驯、借移、创腔、造簧、变腔、移调七大手法，单就［慢板］的创造变化，就归纳出前扩后缩型、前缩后扩型、首尾对应型、一气呵成型、添眼加花型、引亢衍展型、开合相间型、变化引申型等多种创腔手法类型，并逐条以实例而证之。对于传统陇东道情中从先所没有的［二眼板］以及齐唱、领唱、对唱、重唱、轮唱、合唱等形式，又从传统文明与现代文明接轨的角度，不仅道出它们存生于陇剧艺术中的必然性，还将其标立为陇剧声腔体制中不可或缺的重要成员而纳入程式系统行列。此外，他不但写出了陇剧音乐流动广远的历史文化根系，还写出了陇剧音乐未来的发展姿容；不但写出了陇剧形成的独特人文环境，造就陇剧音乐独特的文化品格，还写出了陇剧音乐独特结构促成的独特戏剧化方式；不但指出了陇剧音乐继承上的"先天不足"，还道出了它在改革发展中的"后天失调"……由此看出王正强作为学术研究者公允端方的学者品格。

陇剧毕竟是一个年轻的新生剧种，作者并一再告诫人们对它理应倍加关心、扶持、爱护，不应该过分求全责备。尤其改革中如何处理好继承与发展的关系，作者将其视为陇剧能否存生于社会的生命基础。就陇剧的理论建设而言，今后也会随着时代的步履愈加深化。

陇剧很庆幸，在它从皮影小戏搬上舞台还不足50年时，却在理论建设上较其它古老地方剧种捷足先登了。使得陇剧工作者50年的发展经验和所遇到的问题，提升到理论的高度得到及时的总结。因此，王正强的这部《陇剧音乐研究》，作为陇剧史上的开山之作，无疑将对今后陇剧的发展和研究，具有一定的指导意义，也会奠定陇剧艺术发展的坚实理论基础。

（原载《甘肃日报》1999 年 6 月 30 日 8 版）

王正强对"西秦腔"有新解

森　林

甘肃秦腔界的人往往称陕西秦腔界是"老大哥",这是敬称,就秦腔的发展势态而言,也说的在理。可在学术界,对甘肃"西秦腔"与陕西秦腔谁老谁大的争论已经很久了,西秦腔究竟是甘肃之腔还是陕西之腔,二者究竟有何关系,也曾争得"糜子红谷子黑",时间长了也就淡了。可是,王正强先生在他新出版的《秦腔音乐概论》著作里,又对"西秦腔"提出了新的见解,明确标示出甘肃西秦腔与陕西秦腔"两者就不是同一回事"。

有词典对"西秦腔"是这样解释的:古代戏曲剧种。明末清初流行于陕西、甘肃一带,清乾隆年间一度在北京盛行,有人认为西秦腔就是秦腔。这种介绍是含混的。王正强在分析了目前所能见到的有关"西秦腔"的早期文献资料后认为,甘肃的西秦腔是历史的真实存在,西秦腔的别称是甘肃调、甘肃腔、琴腔、甘肃梆子腔、陇西梆子腔、北派之秦腔等,也认为甘肃西秦腔与陕西秦腔确有不可分割的血缘关系。他结合明万历、清乾隆年间以西秦腔演出的《钵中莲》《搬场拐妻》等剧目对其声腔具体运用情况进行再分析,认为二者的分野不只暗含于戏文词格体制之中,而且还体现在唱腔音乐旋律之内。甘肃西秦腔为板牌混合体,陕西秦腔为昆乱同台体。西秦腔较之于秦腔还要古老得多。二者皆从西部本土而生,而且又都深受汉唐乐舞化育滋养,自然相互之间有着不可分割的血缘关系,甚至可以说是你中有我、我中有你。王正强还对西秦腔为什么衰微、秦腔为什么一度大展雄风得胜于京都作出令人信服的阐解:这是因为古丝绸之路的冷落。另一条文化流播热线兴起,沿东南海路向中原、西北流进,导致了新兴的陕西秦腔称霸西北,古老的甘肃西秦腔遭到吞噬。板腔体到底比曲牌体更具时代新意。悲剧性的文化失落现象毕竟代表着文化发展中新陈代谢的必然潮流,更何况古老的甘肃文化也需要发达进步,也需要同时代脉搏保持同律跳动。尽管甘肃西秦腔的衰退与陕西秦腔的兴盛均成为历史,但王正强先生对甘肃西秦腔研究的高明见解,在于他整合了前二百年的争论,铺设了后二百年的思考,从这一点来讲,他的研究成果是有永恒的意义的。

(原载《兰州晚报》1996 年 9 月 27 日 5 版)

曾风靡全国的甘肃西秦腔

——我省戏剧专家王正强破译"西秦腔"

李 智

不久前，读了《兰州日报》披露甘肃戏剧专家王正强先生成功破解"西秦腔"(见《兰州日报》2005 年 8 月 31 日肖洁文《西秦腔起源于甘肃》)，近日又读了王正强写的《西秦腔再考》(载《戏曲研究》第 66 辑)一文后，令人欣喜万分。

作者在资料相当分散且缺乏的情况下，耗费了近十年时间，对于中国戏曲史在一百多年来未解之谜西秦腔，尽了很大的努力去搜集和钻研，终于取得成果。在近 1.5 万字的这篇论著中，资料比较丰富，分析和论证比较清晰，探究态度亦很严肃。他对西秦腔的声腔界定及其载体流传，进行了深入的探讨，读后令人茅塞顿开。

关于"西秦腔"，明、清时期，有不少记载，最早见于民国二十二年(1933 年)南京戏剧学院北平分院研究所刊行的《剧学月刊》所载玉霜簃藏明万历年间(1573—1620)传奇抄本《钵中莲》第 14 出《补缸》中，标明用"西秦腔二犯"演唱的一段唱词。清乾隆三十五年(1770 年)钱德苍编辑的戏曲剧本单出选集《缀白裘》第 6 集中，载有西秦腔剧目《搬场拐妻》。清康乾李绿园所著的《歧路灯》中，几次提到"陇西梆子"("陇西梆子"亦称西秦腔)在山东、河南演出的情况。尤其乾隆年间吴太初的《燕兰小谱》提到：

> 蜀伶新出琴腔，即甘肃调，名曰西秦腔；其器不用笛笙，以胡琴为主，月琴副之。工尺咿唔如语，旦色之无歌喉者，每借以藏拙焉。

近代一些戏剧史学家、学者和辞书也都涉及西秦腔。周贻白在《中国戏剧史长编》中云：

> 又当时，有所谓"西秦腔"，一名"琴腔"，亦传至四川……"梆子腔"在当时似为一种流行的声调，其源虽出于陕西、甘肃一带的秦腔、西秦腔。

徐珂在《清稗类抄》中说："……故又称山陕调为秦腔，称甘肃调为西秦腔。"《辞海》中解释是："古代戏曲剧种，明末流行于陕西、甘肃一带。清乾隆年间一度在

北京盛行。"《中国戏曲曲艺词曲》在"甘肃调"的条文中解释为："……清代乾隆年间，甘肃调、琴腔、西秦腔三种名称通用。"

根据以上所述，可知西秦腔有如下特点：1. 古代戏曲剧种。2. 即甘肃调，名曰西秦腔。3. 始于明万历年以前。4. 西秦腔是甘肃产生的剧种，曾流行于全国。西秦腔是甘肃产生的剧种，当代音乐专家杨荫浏在《中国古代音乐史稿》中，作了这样的肯定：

历史上在五胡十六国时期，鲜卑族所建王国疆域占今甘肃西南部，称为西秦 (383—437)。可见"西秦腔"是甘肃人民所创造的，是符合历史事实的。

但是近 100 多年来，却对它诸说不一，争论纷纷，形成六种说法：一说"西秦腔，甘肃调就是秦腔"(见《陕西戏剧》1984 年 11 期孟繁树文)；二说"西秦腔不是秦腔，是一种'吹腔,'(见潘仲甫《清代乾嘉时期京师"秦腔"初探)；三说"陕西秦腔就是西秦腔在陕西的发展，后因增加击梆为板，故俗名梆子腔"(见流沙《西秦腔与秦腔考》)；四说"西秦腔只是一种曲调流行，并未构成板腔体唱腔"(见余从《戏曲声腔剧种研究》)；五说"西秦腔为西府秦腔之前身"(见《陕西省戏剧志》宝鸡市卷)；w 六说"西秦腔子虚乌有"(见《甘肃艺苑》陈剑虹《西秦腔并非子虚乌有》中引文)。在六种观点纷争并存的同时，古老的甘肃西秦腔，迄今仍难有学术定案。

《西秦腔再考》的发表，使国内对"西秦腔"的研究考证，有了一个重要的突破。王正强先生是中国戏曲音乐界的专家，对秦腔声腔研究论著颇丰。在对《西秦腔初考》的基础上，又潜心再考 6 年，终于取得新的成果。他多年曾从事过"西凉大曲"和陇东陇南等地皮影戏腔的考证研究，又在主编《中国戏曲音乐集成·甘肃卷》过程中，收集掌握了不少当年西秦腔形成发展和至今它的后裔依然繁衍生息的第一手详实资料，以及从卷帙浩繁的明清史典中找到西秦腔曾流传全国各地的记载。再一次证实了甘肃是西秦腔的发祥地，本是我国最早形成板腔腔体结构雏形的戏曲腔调，而且早在明万历年以前，以皮影为载体，跨越秦、晋传入华北平原并唱响于北京和河北诸地，再由北京流向全国各地。因是甘肃产生剧种，在全国各地流传过程中产生了各种名称，如又名琴腔、甘肃腔、陇西梆子、甘肃梆子、西腔、西皮、陇东调、咙咚调等，不管怎么称谓，大多离不开"甘肃"二字。

甘肃西秦腔不只是历史的真实存在，而且早在魏长生率陕西秦腔班进京之前(1775年)，西秦腔已在京风靡 200 余年了，且在走向全国过程中，对北京以至诸多地方戏曲的形成发展产生过重要作用和影响。如颜全毅在《清代京剧文学史》中说：

西秦腔由西北一带出现后，流行范围颇为广泛。《钵中莲》是江浙一带作者编剧，都加上了这种声腔。到了清初影响更大，除了在民间演出相当频繁外，连文人作剧，有时也赶时髦把这种时尚声腔加于剧中。

也有专家称，京剧的"吹腔是从西秦腔中逐渐演化形成"。京剧的"西皮调得名和起源，根据我的考证，它是由西秦腔变化而来的"（见王芷章《清代戏曲的两个主要腔调》）。

当年，曾风靡全国，并对好多剧种产生过一定影响的西秦腔已不复存在。但可喜的是王正强先生的考证，使它历史面目重现。尽管"金花王管苍凤头，当楚呷哑和凉州"，昔日的辉煌景象却难消诸史册中。我们也从至今仍然繁衍生息它的后裔中，亦看到在它的故土还表现出不少活力与激情。

（原载《兰州日报》2008 年）

长腔似流水

——记戏曲音乐理论家王正强

李荣珍

　　乡风淳厚的西北高原，不乏音乐之声的鼓荡与回响，古朴豪放的千曲百调，宛如植根于民间沃土的树种，经过历史长河的浸泡和孵化，开始吐露、繁衍、重生、成长，最终结出多种文艺样态的累累硕果。其所寓含的奥秘和摄人魂魄的文化内蕴，唯有血液中流淌着音乐细胞的探索者们，才能体味得到。甘肃就有这样一位深谙西北音乐真谛的学者，他纳百川而归大海，集表象而窥内质，用一部部沾满泥土芳香的戏曲音乐理论专著，将人们带进传统文明的音乐世界，这位学者就是王正强。

　　王正强是一位勤奋耕耘于民族艺术中的戏曲音乐理论家，他作品颇丰，仅专著就出版近十部。其中《兰州鼓子研究》《秦腔音乐概论》《秦剧名家声腔选析》《甘肃秦腔唱论》《秦腔音乐欣赏漫谈》《秦腔词典》等著作，由于大都属于开山之作，一经出版，就引起国内外学术界的深切关注。澳大利亚、美国、法国、日本等一些从事中国艺术学研究的国外学者，对王正强的研究成果发生兴趣，常在信中与之交流切磋。他的专著在八百里秦川更具影响，并赢得"秦腔的源头在陕西，秦腔的音乐理论在甘肃"这一说词。今年年初，王正强还应邀出席"戏曲大观园"工程中美签字仪式，组织者还特意安排他登台"亮相"，与多年来只闻其名而未见其人的陕西剧界同仁见面。

　　王正强的成功，虽有赖于他的资质和天赋，但勤奋与热情更是重要因素。孩提时代，他就开始用充满幻想的笔在报刊发表饱含美好希望的诗歌，尽管最终他没有成为一个诗人，但诗的韵律和诗的深沉，却丰厚了他后来的音乐创作。从那时起，他就十分重视对民间音乐的学习、挖掘和汲取，创作歌曲数百首，其风格既有眉户格调，又有秦腔风韵，更有花儿气息等西部情韵，著名歌唱家李双江、胡松华等都曾演唱过他的作品。

　　但他从不满足已取得的成果，不断向新的领域开拓挺进。70年代末，又把兴趣转向戏曲、曲艺音乐理论研究，并以"犟牛"精神，历时8年，终于推出力作《兰州鼓子研究》，以其全新的观点，系统而深入地论述了兰州鼓子的渊源流变，以及每一曲本、曲

牌的来历和沿革，被评家誉为兰州鼓子研究中"一个具有代表性的最新成果。"

王正强对西北的秦腔更是情有独钟，他的《秦腔音乐概论》颇受国内外读者好评，分获国际学术研讨会和甘肃省敦煌文艺奖一等奖。由他主编的《秦腔词典》，被誉为"秦腔文化的百科全书""一座书面的秦腔博物馆"。如今王正强的案头又摆放着一部数百万字的巨著手稿，这就是由他主编并列为国家艺术科研重点项目的《中国戏曲音乐集成·甘肃卷》。他告诉我们，该书明年将通过终审并出版，目前正昼夜兼程加紧编纂；他在该书中不仅以翔实的资料、精辟的分析，论述了秦腔名家唱派的艺术特点和发声技巧，还将其作为一个剧种盛衰存亡的决定性因素加以论证和肯定。

当我们问及他对秦腔艺术的发展前景怎样估评时，他毫不掩饰地说："从历史发展角度讲，一种旧艺术的衰微和另一种新艺术的产生是相辅相承的，这既是一种继承的关系，同时也是艺术发展的正常规律，不只近百年如此，整个艺术发展史都是如此。"他认为目前所进行的戏曲改革，应该要有具体内容，其中至为关键的，便是提高演员的文化素质，须知他们是唯一掌握戏曲生死存亡权杖的人。

（原载《兰州广播电视报》1998 年 7 月 13 日 2 版）

情有独钟

——王正强及其秦腔理论研究

范克峻

我至今犹不理解正强那么热爱、那么执著、那么投入、那么不知疲倦地研究秦腔音乐的根源。他既非秦腔演员或票友，又非秦腔演奏员，而是一个毕业于西北师范大学音乐系的正牌科班生，却一心扑在秦腔音乐上，几乎是要为它拼命了！好多搞音乐的科班生，对古老的秦腔音乐是不屑一顾的，唯独他却把秦腔音乐当做了自己的生命。

搞艺术的第一要素就是热爱。正强写关于秦腔研究的专著时，一天坚持十七八个小时，写万余字。10年左右的工夫，他已先后出版秦腔专著五六本，计有：《秦剧名家声腔选析》《秦腔音乐概论》《秦腔音乐欣赏漫谈》《甘肃秦腔唱论》以及《兰州鼓子研究》等，最近他又主编了大部头的《秦腔词典》，约70万字，此举填补了秦腔历史上的空白。

这一连串的研究成果，不仅在甘肃、陕西的秦腔界独一无二，在整个西北乃至全国的戏曲音乐界恐怕也没有几个人比得上。而且对他来说，这还是业余为之。

正强对秦腔音乐或许有一种天生的缘分。一开始，就撞开了秦腔音乐的大门，并很快登堂入室。本来艺术创造和艺术研究，都需要一种主、客观的巧妙契合，只有这种契合，才会出现真正的艺术品或真正的理论成果。

我接触和从事秦腔艺术工作，断断续续足有半个世纪左右，自信对秦腔名家的声腔有一些体会。我同正强初始谈论就很投机，他的艺术感受实在令我惊讶而又钦佩，一下就能抓住名家的特征，掌握了他们的心路。他尤其对刘易平、李正敏这两位秦腔界公认的男、女角的唱腔，具有独到的理解和深刻的分析。正强深有体会地说："秦腔的优美唱腔，硬是一代一代的著名演员唱着、改着一点一滴地筛选和积累起来的。琴师同演员几乎合二而一了。李正敏同他的琴师荆生彦水乳交融，才产生了秦腔正宗的'敏腔'。"他说："刘易平先生把唱腔玩活了，想怎么唱就怎么唱，达到了随心所欲而不逾矩的程度。他唱的是从心房里喷出的感情，每一个音符都是感情的细胞。"正强所著的《秦剧名家声腔选析》一书，全面地反映了他对秦腔唱腔艺术的欣赏和研究水平。

他现在拥有的头衔可谓不少：甘肃省戏剧家协会副主席、甘肃省戏曲音乐学会会长、甘肃省振兴秦腔学会会长等。然而，他并没有陶醉在这些光环之中，仍像牛一样耕耘在秦腔音乐的园地里。他经常连顿好饭也吃不上，不是冷馒头，就是一碗没菜的素面条。即使如此，他不改其乐，易其志，因为秦腔音乐是他唯一的精神生命。

（原载《甘肃日报》1994 年 12 月 17 日 7 版）

民族音乐的求索者

——访天水籍作曲家王正强

记者 雪 明 杜 铁 通讯员 赵文斌

欣赏王正强的作品，仿佛阵阵甜美、浓郁的花香直扑肺腑，使人心旷神怡，美不胜收。特别是他那首脍炙人口的男高音独唱曲《歌唱兰州》，以准确的音乐语言和优美动听的旋律，热情地歌颂了甘肃这块美丽的大地，传递出甘肃人民热爱自己家乡的共同心声。无论是坐在奔驰的列车上，还是在盛大的音乐演唱会中，都会听到它激励向上、催人奋发的歌声，这首歌已经成为高扬在陇原大地的时代强音，受到千百万甘肃人民的喜爱。为此，前不久，记者慕名专程前往兰州拜访了这位天水籍作曲家。

"千万别写我，我只是音乐战线上的普通一兵，天水有很多值得宣传的人，他们在全省甚至全国资历深厚、成就非凡的巨人名流啊！"

他说得很诚恳，也很平易近人。初来乍到的拘束，被他坦诚谦逊几句言谈，顿然一扫而光。

王正强今年45岁，出身于甘谷的一个农民家庭，1960年考入兰州艺术学院学习理论作曲，1966年甘肃师大毕业后，当过音乐、戏剧编辑，现任甘肃人民广播电台文艺部副主任。

小学时的王正强就开始发表诗作，上中学时就有当个音乐家的抱负。那时，他跟着社火队一个村一个村地跑，从中吸取营养，渐渐地，开始在全国报刊发表诗文和音乐作品，就已成为一个小有名气的作曲家了。

上大学后，每逢寒暑假，他都自费到各地搜集民歌，直到现在，他每年都要下乡数次。老艺人、演员、敲锣打鼓的都接触，有时就躺在草堆里和饲养员聊天。就是这样，他贪婪地吮吸着大西北古老文化的乳汁，充实和丰富着自己。陇南影子腔、秦安小曲、陇东道情、灵台盏灯头碗碗腔、武都高山戏等甘肃地方剧种，就是他通过广播介绍给省内外广大听众的。全省哪个地区、哪个县，有哪些有成就的老艺人，他都心中有数，甚

至连哪个乡有哪些唱秦腔的"好家"，他都能掰着指头一个县接一个县地从东数说到西。

王正强对演员和观众有着至深的了解，反过来全省的演员和广大观众也没有不知道他的。北京一位学者曾向中国戏曲研究院院长余从先生打问王正强地址，余从先生幽默地说："咳！你还找王正强的地址干嘛？我告诉你吧，只要你踏进甘肃地界，火车一入天水，你随便逮住一个人去问，没有不知道王正强的。"这话虽然有些夸张，却也符合实情。王正强的确受到人们的普遍尊敬。

"对于搞创作的人来说，一分钟都是相当宝贵的。"王正强把自己生活的"发条"始终上得很紧，多年来他很少睡午觉，有时可连干几个通宵，能熬夜，能吃苦，万把字的文章，一夜之间可一气呵成。

他成功了。人们欣喜地注意到：1982年著名歌唱家胡松华在兰州，曾演唱了他谱写的《歌唱兰州》，这首歌在群众中不胫而走。多年来，他发表了歌曲300多首，有的还被中国唱片社灌制成了唱片；他是《中国音乐词典》的撰稿人之一，他的专著《兰州鼓子研究》已由甘肃人民出版社出版；发表论文16篇，戏剧评论70余篇；还为关肃霜、陈素贞、刘毓中等京、豫、秦剧表演艺术家写过评论，很受这些戏曲大家的赏识。最近，他又完成了《中国戏曲志·甘肃卷》音乐分卷的撰稿。

王正强对家乡的感情很深，每次出差路过天水，即使是半夜，他也要拉开车窗帘，注视着从家乡经过方肯入睡。他说："趁着漆黑的夜幕，瞪大双眼注视着家乡的每一条路，每一棵树，都会回忆起童年时一段完整的往事。故土啊！犹如养育自己的母亲，即便是听到一句乡音，也会唤起我悠悠童心的复回，引发我无限的深思与眷恋，这就是人对家乡的最本真也最伟大的情结。"

（原载《天水报》"天水人在外地"开篇专栏 1988年1月11日3版）

歌唱兰州的歌者

——记《歌唱兰州》曲作者王正强

马应昌

"我歌唱兰州，美丽的金城……"无论南来北往的列车，快到兰州时，都会听到这首优美抒情的歌曲。这歌声，让回家的兰州市民倍感亲切；这歌声，让外地来的客人，了解了兰州。

歌唱兰州的人肯定是热爱兰州的人。这个以满腔真挚的感情歌唱兰州的歌者，就是甘肃人民广播电台高级编辑、甘肃省戏剧家协会主席王正强同志。

屈指算来，正强同志在兰州这个黄河之滨的美丽城市里，已经生活了三十多年。这里有他的亲人、他的同事、他的朋友以及他为之奋斗的事业。正是在这座城市里，他由一个初出校门的大学生，成长为一位事业有成的高级编辑，一位受人尊敬的著名戏曲理论家。他在甘肃乃至全国戏曲理论界的建树，是有目共睹的，曾先后出版了《兰州鼓子研究》《秦腔音乐概论》《陇剧音乐概论》《秦腔词典》等多部戏曲理论专著及工具书。他不是文化部门的专业研究人员，也不是大专院校从事戏曲理论教学的老师，他的专业是电台戏曲节目的编辑，研究大多是业余时间进行的，他的勤奋和努力可见一斑。

比起他的那些大部头专著来，作曲似乎他只是偶尔为之。但是，真正熟知正强同志的人，都知道作曲才是他事业有成的起始。60年代到80年代的二十多年间，他所创作的歌曲，可谓是"满天飞"，其作品不仅刊登在全国各地的大小报刊之上，也唱响在辽阔的陇原大地，三百多首音乐作品，如同三百多片欢乐的鲜花，播洒在甘肃上空，装点着人们的生活，滋润着人们的心田，那个时侯，社会给他戴上"作曲家"的桂冠，正是因为他在作曲领域已经有了不平凡的建树。而今，他把自己的笔锋虽然调整到民族戏剧研究领域，但作为一个兰州市民，当张俊彪和李槐子写出一首歌颂兰州的歌词时，他对这座城市的感情一下子化作深情优美的旋律，朴实中蕴含真诚的歌声，让听者为之动情。在西部大开发的热潮中，让人们更多地了解兰州、热爱兰州、建设兰州，就必须大

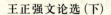

力宣传兰州，因此，我们需要更多像正强同志这样来深情地歌唱兰州的歌者。

（原载《甘肃广播电视报》2001 年 6 月 13 日）

来自实践　回归实践

——王正强戏曲艺术理论琐谈

张力文

　　1987 年以来，在不到 10 年的时间里，王正强已有 7 本学术专著问世，《兰州鼓子研究》《秦腔名家声腔选析》《秦腔音乐概论》《秦腔音乐欣赏漫谈》《甘肃秦腔唱论》《秦腔词典》等一部部专著脱颖而出，成为戏曲、曲艺理论界筚路蓝缕的开山之作，为学术界同仁所瞩目和首肯。

　　理论研究来自于实践，但回归实践尤为重要。后者则是衡量一部学术著作有无价值的最重要的标尺。在《秦腔音乐概论》一书中，王正强对秦腔艺术"戏"与"曲"的辩证关系作了全方位的探讨，在深刻揭示其演变规律后，他认为秦腔艺术的特点是雅俗共赏，通过历代艺术家的努力，赋予秦腔艺术高层次的文化品性。长期以来，这一变化并未引起人们的重视。与其侈谈振兴秦腔，不如提高圈内人的文化素养。王正强的戏曲理论研究恰好满足和适应了这一现实要求，从而表明他的理论研究态度是极为严肃、中肯的。

　　因此，从根本上说，王正强不属于那些与社会隔绝躲进书斋苦思冥想著书立说的学者之列，他的学术研究有着更为深厚的生活基础和宽广的文化背景。西北师大音乐系的四年学习深造，给他打下了较为坚实的理论基础，70 年代初组建的省电台戏曲组以来，为了提供适合播出口径的戏曲、曲艺节目，他经常下乡录音记谱，广泛搜集民歌和民间说唱艺术，积累了非常宝贵也极为丰富的第一手资料：这些流传于民间的具有浓郁生活气息的东西，成为他日后进行理论性思考和研究的依据和出发点，从而使他的学术见解具有一种理论与实践紧密结合的雄健、敏锐、谨严的风格魅力。如对隐身于甘肃民间偶露峥嵘的本土秦腔，王正强敏锐地捕捉到了与陕西秦腔在声腔体制上的明显差异，在经过深入细致的分析论证后，他说：

　　　　从我国戏曲发展的历史程序来看，尽管大都经历了"从乐到诗"，再到

"采诗入乐"，进而"倚声填词"三个阶段，却在出现"曼绰"与"弦索"两种流向以后，也即到了发展声腔体制的阶段时各自分途了。西秦腔(甘肃秦腔)依旧在"套曲"的形式中化炼其最便捷的上下句体的板腔体声腔体制，最终走向板牌合一的模式；而陕西秦腔则从昆腔传统格局中分化了出来，经过创新、净化、凝炼，最终形成"昆乱同台"格局。但甘肃、陕西秦腔皆属同一秦声范围，各自所具有的板式、乱弹尽管个性相异，共性则同，那就是以少盖多、洗炼简洁、易记易唱的音乐语言等优长。

这一点，正是甘、陕秦腔最终走向合和统一的基础，也是导致大古大乐的甘肃西秦腔销声匿迹的根源之所在。

面对这种情况，王正强取达观态度，因为他认为："一种旧艺术的衰微与一种新艺术的产生，既是一种继承关系，也是艺术发展的正常规律。"王正强丝毫没有文化上的地方本位主义的狭隘性，而是以广阔开放的艺术视野，始终坚持了一个学者实事求是、清醒理性、独立创新的艺术精神，这是难能可贵的。由此可以进一步证明王正强学术研究的现实意义，除了对秦腔艺术的本体特征进行深入探讨和研究外，还主要得力于对存留于生活中的许多可触可摸的艺术现象的强烈的主观感受和心灵领悟，从而给戏曲艺术美学注入新的内容和生机。这也是他在学术领域不断有所突破的原因所在。

"音乐是戏曲的灵魂。"在总结近几年来戏曲艺术实践所取得的新成就和新经验时，探索并建立秦腔艺术新的声腔体制和程式动作，以适应复杂多元的现代社会审美需求，从这一点上说，王正强的戏曲理论研究还远未功德圆满，但他也已取得的突出成绩，证明他正朝着这一方向努力。

（原载《兰州日报》1996年9月13日8版）

戏曲音乐学的拓荒牛

——王正强及其戏曲音乐学研究

彭根发

戏曲音乐作为学科建设，作为学科研究是否可行？

王正强的戏曲音乐研究实践及成果已作出了实实在在的回答。

近日，在与友人李槐子的闲聊中，谈起了王正强的戏曲音乐理论研究。他不经意间讲出了一句："王正强搞的是秦腔音乐学。"这句话似一道思想闪电，将王正强的整个学术研究照得通体透亮，也拨亮了我的思维之灯，"戏曲音乐学的拓荒牛"瞬间跳出脑海为题。

戏曲音乐历史厚重，博大精深，材料丰富，群众酷爱，在此基础上何以不能建立学科研而究之呢？从社会音乐学、音乐美学、旋律学、民族音乐学、哲学、民俗学等方面进行多学科、广视角的综合研究，进而建立戏曲音乐学是世纪之交戏曲音乐工作者的历史使命。王正强正是意识到这样的使命感、责任感，从自身的文化底蕴、戏曲音乐感性积累、专业音乐文化的丰厚积淀出发，以舍我其谁的自信，以拓荒牛的"犟牛"精神，向戏曲音乐学的学术高度发起新的、跨世纪的冲击，使他的戏曲音乐理论研究迈入了一个绚丽的新境界。

我省的民族民间音乐、戏曲音乐的研究，似乎到了一个从方法论上予以整体提升的阶段。在每一个门类研究的初始阶段，材料的积累、形态意义上的研究是必须的，也是学科建设的基础工作。但是长期缠绕在这一层面上，不作形而上的研究，不作多方位、高视角、多学科的综合研究，不标新立异，必将造成理论上的滞后，收效甚微。王正强已经悟到这一问题，从《秦腔音乐概论》开始，自觉地从研究的方法论上予以整体提升，赋予时代气息。因而这部专著的文化内蕴、学术分量都较之前几本专著厚重。他欣喜地告诉我：即将出版的《陇剧音乐概论》在这方面做得更好。他认为，我国的戏曲几乎容纳了中国的政治、经济、宗教、哲学、民俗等等。那么，我们研究戏曲音乐难道能

舍弃这些，只进行单线条研究吗？ 戏曲音乐学已经在世纪之交王正强学者的研究实践中呼之欲出了。

我国的戏曲音乐理论家，大多从戏曲团体中诞生，如京剧的刘吉典，扬剧、淮剧的武俊达等。而我们的王正强却是大学音乐系毕业的科班生，当他以极大的热情去掌握第一手戏曲音乐感性材料时；当他将现代音乐理论与戏曲音乐实际较好地结合时；当他将文化内涵、美学思想倾注于戏曲音乐时，作为戏曲音乐拓荒牛的王正强的个体优势，充分发挥出来了。这是那些仅仅熟悉戏曲音乐的演奏员出身的戏曲音乐工作者所不可比拟的。"熟知并非真知"，只有掌握了理论并与实践相结合的人才能探得知识的真谛。这也是"秦腔盛行在陕西，秦腔音乐理论研究在甘肃"的个中由来。

身携 8 部专著，冠有高级编辑、甘肃省戏剧家协会副主席、甘肃戏曲音乐学会会长等职务的王正强，并没有丝毫的懈怠，仍以"拼命三郎"的精神，似拓荒牛般韧性地奋进。有时，我真不理解，他相对小巧的身躯中何以迸发出如此强劲的生活活力？

西部的音乐工作者们，千万别小看了秦腔。从智者王正强的戏曲音乐学研究中，你可以悟到许多、许多。

（原载《兰州晚报》1998 年 12 月 10 日）

王正强的戏曲理论研究及学术成果引人瞩目

——摘自中共甘肃省委《甘肃当代文艺五十年》

新中国成立以来，甘肃的艺术理论研究相对于艺术创作而言显得有些滞后，这种滞后主要是指对我省独有和独特的剧种一直缺少理论的概括和总结，影响了剧种的进一步定型和成熟；对于一些艺术创作领域取得成就和成功的作品也缺少理论探讨，形不成用成功的经验来指导创作的局面。特别在戏剧史、艺术史领域还缺少深入地挖掘和整理，对甘肃优秀的文化艺术遗产缺少理论的驾驭和把握。对甘肃艺术创作中存在的问题也缺少及时的研究和争鸣。新时期以来，由于领导部门的指导和艺术理论工作者的努力，在"敦煌、丝路、多民族"总体思路的影响下，不少研究者将研究领域和视角放到了甘肃地域文化所蕴含的史料文献及历史遗存上。从整个中华民族艺术发展史中进行比照研究并采用考据、校勘、集佚、辨伪的研究手段，力争拨开历史的迷雾，溯源、正本、清流，再现其本来面目，使得我省的艺术理论特别是艺术史论的研究率先取得了突破，产生了一些有影响的艺术史论研究成果，其中最引人瞩目的，便是王正强。

王正强的戏曲音乐理论和史学方面的研究可谓硕果迭出。仅 10 余年的时间，就先后出版这方面的专著 10 余部，并努力构建着"戏曲音乐学"这一新兴的学科。他的《秦剧名家声腔选析》对本世纪以来 23 位声望极高的秦腔演员在声腔艺术上的独到创造，从旋律学、声乐学、演唱心理学以及形象塑造学等诸多领域作出系统分析和理论归纳，不仅揭示出戏曲声腔的发展规律，而且首次为秦腔剧种确立了唱腔流派理论基础，因此，许多人认为该书"是把戏曲声腔这一学术课题往前推进了一步，在微观层面上填补了地方戏曲声腔研究的空白，在多学科的运用上将戏曲声腔提升到系统性、规律性的阶段"。他的《甘肃秦腔唱论》一书，不仅系统探讨了甘肃秦腔的历史发展成因，分析了甘肃秦腔音乐地域风格的形成嬗变，还紧紧围绕古代所佚甘肃"西秦腔"这一争议200 余年的学术悬案，通过大量史料并结合实地调查，明确提出"甘肃西秦腔就是甘肃曲子戏之先声。而且要比板腔体的陕西秦腔古老得多，但二者同受汉唐乐舞化育滋养，其血缘密不可分"。该书还对西秦腔衰落的历史原因作出科学的回答，因此评论界认为

"尽管甘肃西秦腔的衰落已成为历史，但就此引发的高明见解却有着永恒的意义"。

王正强的另一部著作《秦腔音乐概论》，是系统研究秦腔音乐的第一部理论专著。作者从秦腔的源头出发，提出秦腔音乐由曲牌体到板腔体，并正向多元体发展的理论观点，书中还对各个历史时期艺术家们在唱腔音乐方面的发展成就及其艺术规律作出较详尽的分析探讨，使人们对秦腔的艺术特质和今后的改革方向，有了一个从形式到内涵，从感性到理性比较完整而合乎逻辑的认识，该书正是以它丰厚的理论和独特见解，为秦腔这一古老剧种的研究填补了一项空白，也称得上是秦腔音乐研究的一项优异成果，具有较高的学术价值和广泛的使用价值。

他的《陇剧音乐概论》从宗教文化、商业文化、科技文化三个方面，系统探讨了陇剧音乐生成的历史背景和今后的发展方向，明确指出其音乐在戏剧性方面的"先天不足"和发展过程中的"后天失调"，也对近四十年来的改革发展成就，从理论高度作了总结归纳，使陇剧这一新生的甘肃地方剧种不足四十年的发展历史与艺术成果及时得到理论总结。

另外，王正强还为秦腔首创"词典"，主编了《秦腔词典》，这在全国地方剧种中也是绝无仅有的一个创举，这部书站在民族文化的高度，融理论性、知识性、民俗性、普遍性于一体，充分体现民族精神本身，为秦腔艺术构筑了一项意义重大而深远的基础工程，堪称一座书面的秦腔博物馆和秦腔文化的百科全书，其学术价值和历史价值无论怎样估量也不显过分。此外，王正强还出版了《秦腔音乐欣赏漫谈》《兰州鼓子研究》。主编了《中国戏曲音乐集成·甘肃卷》，刊行了《陇上名伶声腔选析》等，并发表《为西秦腔探渊寻踪》《秦腔的字正与腔圆》《科技发展与戏曲改革》《陇剧音乐发展中的几个问题》《现代戏促进了戏曲音乐的革新与发展》《论秦腔的词情与曲情》等各类论文50余篇，均从不同角度探讨了甘肃戏曲的发展轨迹、艺术规律和深沉的文化内涵。

评论界认为，王正强不仅以他丰硕的艺术研究成果创建了戏曲音乐学，还使秦腔剧种的理论建设大大领先于其他地方剧种，而且目前已有学者将他的学术专著列为一项戏曲理论系统工程，并正着手进行研究探讨。

（原载《甘肃文艺五十年》《敦煌·丝路·多民族》）

植根本土成大树

——王正强和他的戏曲理论研究

马自祥

"秦腔剧种在陕西，秦腔理论在甘肃"，这是近年来西北戏曲圈内悄然兴起的两句话。前一句毋庸多说，后一句，正由现任甘肃省戏剧家协会主席王正强的多部戏曲理论专著问世而引发。这些年来，正强先生几乎以一年一部专著的惊人成果，从声腔、史学、理论乃至辞书等诸多领域，连续不断地填补着西北地方戏曲与本土曲艺理论研究的历史空白，还促使秦腔理论建设骤然跃居全国前列。

王正强的《秦腔名家声腔选析》，是西北五省区有史以来系统研究秦腔声腔艺术的第一部理论专著。该书对 20 世纪最具声望的名家名段，通过交叉对比和深刻解剖，阐明各自独特的艺术声韵和深长含义，引导读者从"听热闹"走向"听门道"，提高了人们对秦腔的理性认识和鉴赏水平。尤其他还从创腔手法的运用到声乐技巧的造型，从剧种特色的把握到个性风格的形成，都作出令人信服的精辟分析，这对扶正开拓和理顺秦腔革新发展的艺术思路等，无不具有现实的指导意义和启迪意义。

这本书之所以引起较强的社会反响，关键在于正强先生不是带着固有的理论概念去套名家鲜活的艺术实践，而是以事实(创腔、发声、表情)为根据，效果(审美、影响、贡献)为标尺，特别在叙述上不尚华丽词藻，不搞新"玄学"，很符合秦腔观众的阅读心理和价值取向。这也正是该书一时成为紧俏难求的抢手货，甚至还出现有人能够熟练地背诵全书筋节和不断有手抄本行世的原因所在。

《秦腔音乐概论》是王正强的又一部专业学术著本，他把西部热土传承百世的秦腔艺术，首次给予了系统解析和理论升华。其间还醒目地提出三点独特见解：一是明确提出"念白"是戏曲音乐的一个组成部分；二是理直气壮地为秦腔树立流派；三是公开标明曾产生于甘肃的"西秦腔"与时下广传的"陕西秦腔"本是完全不同的两个剧种或声腔。由此显示出该书在理论上达到的新的深度。更为精到的是，他通过大量例证的具体

分析，深入浅出地指明当前秦腔音乐革新发展中为何产生剧种风格流失的结症和根源，读后不禁让人茅塞顿开，而且从中看到新形势下秦腔音乐的发展趋向与未来前景。正因此，诸多评家撰文称其为"秦腔音乐研究中不可多得的一项优异成果""是对秦腔发展史的一个重要贡献"。

最让人钦佩的是，正强先生以超人的毅力创编出我国有史以来第一部地方戏曲专业工具书——《秦腔词典》。全书分目立科九大部类，洋洋洒洒 70 万言，上溯源头，下及当代，条分缕析，逐目详释，融理论性、历史性、知识性、民俗性、普及性于一体。面对正强先生这一意义重大而影响深远的戏曲研究基础工程，我们不难预见，后世之人看《秦腔词典》，"一定会像今天的学者重视《录鬼簿》《剧说》《曲海总目》《花部农谭》那样，其学术研究价值无论怎样估量也不显过分"。

王正强的《陇剧音乐研究》《甘肃秦腔唱论》以及《兰州鼓子研究》等专著，更被世人视为弘扬甘肃本土文化的开山之作。尤其陇剧，在搬上舞台不足 40 年间，王正强便以本土学者的高度责任感，为它建起理论丰碑，这业已成为全国其他同龄新生剧种为之羡慕的闪光亮点，陇剧自然成为"近水楼台"的受益者。

戏曲艺术必须在继承传统基础上发展革新，要发展革新，理论的探研与引导尤显重要。王正强先生长期以平静的心态独守清贫，专心致志地默默大做西部文章，弘扬本土文化，正说明他为打造甘肃特色文化，已经闯出了一条属于他自己的新路。

（原载《甘肃日报》2002 年 9 月 13 日 6 版）

为黄土地艺坛镌刻碑记的人

———记王正强的精神生活

王振英

一个盛夏的夜晚，天气闷热得难以入睡，信步走出宿舍。

电台大院黑漆漆的，没有星光，没有一丝凉风。

突然，我看见录音科前的篮球场栏杆处有一点星火忽明忽暗。我走到跟前，是王正强坐在栏杆上抽烟。

"振英，坐下聊聊。"

我和正强是同年进电台的。他从山林环抱的漳县中学来，我从弋壁前沿的武威一中来。几年中，匆匆忙忙，身影相逢，像这样坐在一起闲聊还是第一次。

话题刚一展开，正强就切入了他心理的既定方位："哎，憋得人难受。"

我经常听到正强说此类包容他心河内涵的话，他心中总是有把什么东西倾倒出来的感受；我经常见到他风风火火而忘却自己的工作势态，让人感到他的心在大声的喧叫，似乎不获得漂亮的成功，就誓不罢休。

是一种什么力量在支撑着他？

此时此刻，"憋得人难受"这句话，绝不是他对天气闷热的责难，而是那种力量又在心中滚动。天太黑，我看不出正强脸上的表情，但是，我能想象到他目光的深邃、闪亮。

望着朦胧中正强那瘦弱的身躯轮廓，不由得想起和正强初交时的情景。

那是一个初春的夜晚，西凉古都仍在风寒的袭扰之中。我陪中央人民广播电台农村部的记者从景泰县黄河灌区采访赶回武威专署招待所，修改一篇河西水利建设的通讯。定稿之后，已是子夜两点了。走进招待所餐厅去吃夜宵，见餐桌上多放了一副碗筷，地委宣传部的同志说，这是为文艺部的编辑王正强准备的，他正在人民剧院录秦剧团的两个折子戏。听到这个消息，我急忙赶往距招待所不远的人民剧院。

舞台上灯火辉照，剧场内却是静悄悄的。已经唱累了的演员，横倒竖八地躺在地毯上，有的已经打起了鼾声。我在前排坐着的文化局叶局长身旁坐下来，但见正强伏在乐队指挥台的谱架上用笔勾划着。不一会，他用指挥棒敲了敲谱架，躺在地毯上的演员，一听这声音，一骨碌全都爬了起来，正强亲自执棒指挥乐队演奏，浓郁、豪放、朴实的秦腔音乐扬起，振奋了演员，录音机上转动的磁带录下了两个秦腔折子戏精品。

坐在我旁边的叶局长对着我的耳朵悄声说："你瞧瞧，他把演员调教得多顺从！我真服了你们这位王编辑了，连续三个晚上，五次修改唱腔和配器，不到最好的分上，他就不划句号。"接着，叶局长又给我讲了王正强在武威搜集民间曲艺弹唱《凉州贤孝》的故事。《凉州贤孝》是古战场"筝笛相合声沸天，更将新曲入繁弦"的音乐遗产，但它却背负着历史的沉重和苦涩，消失殆尽。正强进山入川，请来了唱"贤孝"的老艺人。叶局长说："王编辑一屁股坐下来四五天不动窝，把全部'贤孝'曲调无一遗漏地采到了。他这般劲头真令人钦佩。"

录音在晨曦中结束了，正强向我走来，依然是精神烁然，只是两眼布满了红丝。

从那时起，我就对正强的那份激情和那个进取劲特别的留意。

每每在正强不能自已地沉入到工作中的时候，我就会体味到他的激情，似乎他的胸中涌动着一颗永不安分的心。正是这个"不安分"孕化出激越的情感，凝聚了他巨大的支撑力。这是个净化了的事业心理和情操，升华了的成就在正强的身后展开，人们品味到的将是他交付给艺术的"第一"。

"兰州鼓子"是我省喜闻乐见的主要曲艺品种，曲牌丰富，唱腔优美。1977年，正强先后走访了老艺人、老听众200多人，录制了大量的"兰州鼓子"唱段，使"兰州鼓子"第一次在甘肃人民广播电台文艺节目中播出；

1978年深秋，正强又赴陇东环县，跋涉于曲子、于钵、河道等山区，集各乡皮影艺人于一起，采录了大量陇东道情，使这一甘肃民间皮影小戏第一次搬上电台广播；

1980年他又到武都山区录制高山戏，又是第一次让听众从广播中领略到这一民间小戏艺术的"川味"特色；

1981年正强又去秦安，录制秦安小曲戏，使这个即将失传的黄土地文化，被请回来，第一次登上大雅之堂，在甘肃人民广播电台文艺节日中播出；

正强又寻踪不舍，在甘肃大地探源，"凉州贤孝""陇南影子腔"等以及甘肃各地州市秦腔剧团的节目，又相继与听众第一次见面；

正强"永不安分"，他说："我的最大乐趣，蕴含在求索的苦思之中。"80年代开始，他就对节目的编辑手法进行了自我剖析和革新。正强经过几个月的构思和编撰，制作了形式独特的戏曲故事《听书品唱说三国》，他用评书的演说将"三国"戏串连起来，在评书演说和戏剧悬念中凝定了情节性，又在情节的叙述中融汇了精彩的"三国"秦腔唱段。这在戏曲广播节目中又是个第一次；继而，正强又把体育比赛的现场解说形式运用于秦腔现场直播之中，台上台下，场内场外结合，又是个第一次；

但是，正强没有满足形式上变幻，又策划举办了"春节秦腔广播大联欢""春节农民秦腔大联欢"，第一次在电台采用主持人形式，把电波两端的广播人和听众紧紧地连在一起，听众的参与，弥补了广播之短，弘扬了广播之长。这些形式在今天看来并不算什么，但在当时都是正强自己的创新成果，并随着多次全国经验交流而被各地广播电台戏曲节目效法广推开来的。

正强还首先想到了"抢救"。岁月在流长，戏曲老艺人在自然生态中丢失了自己的宝贵财富，正强意识到这一点，他倡导录制退离舞台的艺术家的演唱。一组"甘肃秦腔流派唱腔"节目被保留了下来，著名越剧演员尹树春，在他录制完节目的21天后突然去世；著名陇东道情老艺人史学杰录音后不久病故；秦腔老艺人苏永民录音后的第7天便瘫痪在床；还有全国唯一在世的于连泉(筱翠花)的弟子、京剧名旦陈永玲在为他录音后即退出舞台到香港定居。人去声留，这是个不寻常的创意。如今他们的演唱录音已是传世的艺术珍品，正强为戏剧史和广播文艺史书写下光辉的一页。

用功绩来涵盖正强的这些"第一"，很难界定它的尺标，当我巡视甘肃戏剧史的碑记，拓下正强镌刻在碑记上浩瀚的碑文才度量出了他的功与绩来。

全国解放初期，甘肃中部渭河畔的一个小山村磐安镇，和祖国大好河山的每个角落一样，充满着翻身的喜悦，唱啊跳啊，社火闹得惊天动地。在歌舞的乡亲们中，一个还未长成熟的小男孩，在吸吮着黄土地上的高亢、质朴、奔放的艺术，他的心被滋润，也铸就了他对黄土地上戏曲而誓志的驱动力。这个小男孩长大了，他以优异的成绩毕业于甘肃师范大学音乐系。正强成长的缩影就是在黄土地艺术的显影水漂染的。

正强从1978年开始了他对戏曲和曲艺音乐的理论研究。正强说"心里憋得难受"，那是春蚕要吐丝的妊娠。10多年来，他爬山涉水，四处寻歌觅音，埋头书案，寒暑耕耘，写就专著10本、论著40余篇。

1987年，《兰州鼓子研究》出版。洋洋洒洒30万字，分列五章，全面系统而有声

有色地论述了"兰州鼓子"的渊源流变、曲本唱词、曲牌音乐，并辟专章对每一曲谱条分缕析，最后选载了三个具有代表性的完整曲目，词谱周详，可资品唱。《兰州鼓子研究》材料翔实充足，论证有理有据，立论公允确当。但这并不是它的价值所在，它的真正价值在于它是"兰州鼓子"的第一部专著，为兰州鼓子的生存和发展树立的第一块碑记。

正强对戏曲音乐理论的研究，步入到戏曲声腔这个重要的领域。戏曲声腔是戏曲史各个阶段的标志，同时又是各个不同的戏曲剧种的区别所在，在戏曲艺术的各个组成部分中占有重要的地位。正强的戏曲声腔论著颇多，有专著《秦剧名家声腔选析》《甘肃秦腔唱论》《陇上名伶声腔选析》《秦腔音乐欣赏漫谈》《秦腔音乐概论》《陇剧音乐研究》等；有论著《科技文化与秦腔发展》《论秦剧声腔中的关羽形象》《西秦腔考》《秦腔的"字正"与"腔圆"》《陇剧音乐的革新和发展》等。一部中国戏剧史，也是一部戏曲声腔演变史，对声腔和腔体的研究，虽在戏曲进入第一个高潮，即元曲时代，就已有了戏曲声腔的论述，但是，戏曲史的缺憾是这种研究和论述数量短少，且多属于直观性质，无系统状态。正强的介入，把这一研究往前推进了一步，在微观层面上，填补了地方戏声腔研究的空白；在多学科的应用上，将戏曲声腔研究提升到系统性、规律性的阶段，也由此使秦腔剧种的理论建设大大走在其他剧种的前列。

这无疑又是一个"第一"，一个里程碑记。

"西秦腔"是已有的流派界定，陕西秦腔和甘肃"西秦腔"谁老谁大的争论也已经几百年了。在争论淡漠的时候，正强向沉水中丢了一颗巨石。他在探索历史渊源和秦腔音乐中，灼见地提出：甘肃西秦腔为曲牌体，陕西秦腔为板腔体；西秦腔较之于秦腔，还要古老的多。但二者皆从西部本土而生，又同受汉唐乐舞化育滋养，有着不可分割的血缘关系，但它们毕竟是两大截然不同的流派。正强在肯定的论述中，又对"西秦腔"的衰败做了令人信服的阐述：古丝绸之路的冷落，另一条文化传播热线兴起，必然性地导致新兴的陕西秦腔称霸西北，古老的甘肃"西秦腔"被同化吞噬。从音乐上讲，板腔体比曲牌体更有时代新意，文化发展的时代潮流，无情地新陈代谢"西秦腔"的衰退。正强的立论在《"西秦腔"考》上公布于世之后，秦腔的发展史在这里打了个结，有着永恒的意义。

1995年，由正强主编的《秦腔词典》出版了，被称为秦腔文化的百科全书。至此，秦腔作为一种戏剧艺术的文化现象，被正强解剖了，尽收了。它是我国第一部地方剧种

专业知识大词典。秦腔是中国最老的戏曲品种，然而，过去却有"秦腔有戏无论"的说法。一部《秦腔词典》，把这种说法还给了历史。一位朋友对我说："秦腔，作为一个地方剧种，也能跟《哲学辞典》《美学词典》那样，出一本专业工具书，可见秦腔的家底之厚，可见秦腔美的高境界。"正强也以他的一部部专著赢得"秦腔的源头在陕西，而秦腔的理论却在甘肃"这一说词。

正强为黄土地艺坛镌刻的一块块碑记，是秦腔艺术史上一个层面上的里程碑。

一个人做到这一点，容易吗？

（原载 《流动的艺术》）

走近王正强

长 安

去年春节，举家西安省亲，顺道看望我少年时的一位同窗笃友，他在陕西戏剧界，算得上是个响当当的文化名人，至今年逾六旬，文章还经常见诸报刊，我常为能够与他结缘而深感自豪。

几句别离寒暄之后，他突然问我："认识王正强吗？"

此话令我茫然，更不知可否，因为压根我就不知此公为何许人也！

"这人算是把秦腔研究透了，他的书，在陕西戏曲界简直成了抢手货！"看来，友人并不理会我当时的懵懂，转身从书架上抽出几大本书来，摞在我的面前，欣赏而爱惜地拍了拍，不无感慨地又道：

"人人都说秦腔出在咱们陕西，但真正弄懂弄通秦腔的，却叫你们甘省的这位王正强占了鳌头。唉！为什么王正强不在咱陕西，竟出在你们甘肃！"

老同学夸赞中夹杂着几分遗憾，大有惜才如命的口气。一阵慷慨陈词过后，他便缄口不语了。我深知，他除了谈秦腔，再无别的话题可讲。

我瞅着眼前的这一摞书，也顺手拈过来翻了翻，有平装的，也有精装的，印刷都十分考究，而作者都是王正强，其中一本在设计典雅的雪白封面上，突出地印着"秦腔音乐概论"几个鲜红色大字，掂了掂，足足有半斤重，一寸厚，着实称得上是一部专业巨著。

"怎么，这书写得好吗？"我不经意地反问。

"当然好，有理有论，实实在在，令人折服。看得出，作者是个专业城府很深和有着很高艺术个性的人。这样的书，才叫真正的书，咱陕西人打死也写不出来！"老同学停了停又道："可惜我还不认识他，回兰州后你一定要代我向他问好！"

这倒新鲜，名人要我向他不认识的名人问好，听来既有点滑稽，又让人感动。可是，我虽旅居兰州三十余年，要说唱戏的角儿，倒也知道几个，至于写书的作家，老实

说，还不曾识得一人，一则无此胆识，二则也无此缘识，更何况隔行如隔山，也犯不着高攀名家去附庸风雅。然而，我的这位老同学作为一方名流，却对这位他素不相识的作家崇敬到了如此程度，倒也勾起我几分的好奇，心里在想，回到兰州，瞅机会定要会一会这位被名人所仰慕的名人——王正强先生。

事有凑巧，去年秋月，一位戏迷朋友拿来两张戏票，邀我去兰州剧院看李爱琴的《周仁回府》，我作为"老陕"，也的确想过把"秦腔瘾"，自然领情相伴而行。在去剧院的路上，我也突然问那戏迷："有个叫王正强的人，你知不知道？"

"怎么，找他有事？"戏迷朋友不经意地反问。于是我便把我那位陕西剧界名人朋友如何如何讲了出来。他听后，也只淡淡甩来一句：

"这好办，改天我领你去，要么打个电话约他到我家，不就认识了！"

大约是春节过后不久的一天，戏迷朋友突然跑来告诉我："你不是要见王正强吗？我已经约定明天下午，咱们就到他家去。"

有趣的是，我同王正强先生的第一个照面，就充满戏剧性色彩。因为，一年多来，在我想象中的王正强，本该是个胖身躯、高个头、白头发、满脸胡的长者，却怎么站在我面前的，竟会变成一个文质彬彬的年轻人呢？

于是，我试探地问了一句：

"你是王正强吗？"

"是啊！"他一愣。

我瞅瞅他，又瞅瞅戏迷朋友，心里总有些犯嘀咕。

"怎么，难道怀疑我是假冒的不成？"王正强打趣地笑道。

"那……那您今年有四十了吗？"

他听后仰面大笑，"真要再能有个四十岁，那是再好也不过了。很遗憾，我已是年华将尽，半老徐公，知天命而有五的人了！"

"不像，不像。"我连连摇头喃喃自语，凝注着他那颇有学者风度的满脸娃娃相，总抹不平我对他年龄判断上的疑虑。

"不像？怎么不像？ 要知道，时间比秤还公平啊，过一年，加一岁，人人有份，对我也绝不会短斤少两的！"

他的幽默顿时化解了我初次造访的局促，趁他张罗沏茶的空档，我参观了他那宽敞而布置典雅的客厅，在堆满书籍和稿纸的书房里，又看到他的一长溜著作，足足有八九

种之多，可谓著作等身了。书房的一壁，挂着中国文联主席周巍峙给他的一幅题词，起款竟以"学友"相称。至此我才明白，老一辈著名艺术家尚对他如此提携器重，更何况我那位陕西剧界朋友对他持有的仰慕之情了。

我们执杯攀谈于海阔天空之中，陌生感、崇敬感顿化乌有。可我又生出了一个怪异的想法来：像他这样一位受过高等音乐专业教育的洋学生，本该去研究贝多芬、莫扎特才是正道，却怎么偏偏恋上咱这土里土气的秦腔来了呢？王正强先生的回答更令我惊叹不已，他说：

"贝多芬和莫扎特，是两位世界公认的天才音乐家，他们都是以完美无瑕的作品，为自己的民族铺设辉煌的人，同时也是以个人才华的完美展示，为人类的音乐文化树立丰碑的人，他们的作品连同他们本人，的确值得我们去很好地研究。但是这并不意味着我们民族的戏剧文化，与之相形失色。当然，交响乐与中国戏曲，作为两种完全不同的文化形式，不可以等同或者类比，因为，它们本来就是两个不同民族精神内涵的具体体现。就拿我们的秦腔来说，它从无形到有形，都是伴随着我们西北各民族整个发展史而不断向前流动的，尤其它作为一种综合性的艺术形式，几乎包容了数千年中华民族政治、经济、军事、哲学、道德、宗教、民俗土风于一身，才化炼成为这样一种艺术形式。正因为如此，它才被历代西北人民自觉接受和崇尚，甚至全然就像生活中的阳光、空气和水，人人离它不得，又处处无它不得。这恰恰说明，包括秦腔在内的中国戏曲，不仅仅作为一种艺术形式而存在，更作为一种民族精神而光大。难道这样一种伟大的民族艺术形式，不更需要我们去探研、去认识吗？"

正强先生的这番宏论，也许过于博大浩瀚，听来令我似懂非懂，更使我那坐在一旁的戏迷朋友目瞪口呆。的确，我们平时所知的秦腔，不过是舞台上演出的秦腔，至于它所包容的深奥哲理与丰厚文化内涵，也从未去想过。然而，听了他刚才的讲述，我今日弄懂了一点，那就是多少年来，西北民众之所以对秦腔艺术爱之甚深，甚至有人还不惜舍弃半壁家业，像崇敬神灵一样崇尚他心目中的演员，正在于它是民族魂魄和民族精神的集中展示。人不可无食粮，更不可无精神啊，只不过大多数秦腔醉迷者们，把它具体化、形象化罢了，即秦腔就是演员，演员就是秦腔。而正强先生透过现象看本质，着实令人钦佩折服。

"人们经常这样说，"他接着谈道，"秦腔是农民艺术，这当然指它'俗'的一面，而且俗到连小脚老太、放羊娃都能开口演唱。因为，截至到今天，广大的农村，依然还

826

在保留和延续着我们民族古老的传统文明审美。但秦腔还有它'雅'的一面，雅到甚至连学者、教授也对它至今还钻研不透的地步。中国戏曲正是在雅、俗两个层面上的至大至广与至深，构成它生命无限运动的至深至大与至广。也许正是这个缘故，我便始终认为，读懂贝多芬易，而读懂秦腔者难。如果真正读懂了秦腔(或者说中国戏曲)，那么，中国数千年的历史、文化、哲学、宗教、道德、伦理以及各地人文土风等等，必然如同玩股掌于手心之中，你将迎刃而解。"

"可是，你读懂了。"我插话，并借机谈到我那位陕西剧界名人朋友对他的敬慕之情。

"不，我没有读懂，事实上我也不可能读懂。因为，在纷繁缛节的民族文化艺术王国里，我们的戏曲在其文化积淀上根茎太深、吸附量太大，尽管我曾写过一些有关秦腔艺术的书，只不过我看待秦腔的角度有别于他人罢了。比如说，多数人总是从秦腔本体来看待秦腔，而我却从秦腔的外延来观察它、研究它。就像站在月球上来观察和认识地球的道理一样。至于你的那位陕西朋友，我非常相信他对我的这份情谊的真挚程度，但他依然不是对我个人的敬慕，而是对整个秦腔艺术的崇尚，只不过他对秦腔艺术的崇尚，同样具体化、形象化罢了。"

至此，我才真正发现正强先生看问题、谈问题，确有与众不同的角度，让人听了不仅思绪顿然开阔，还能从中得到许多新的启发。同时我还发现，这位城府很深的中年学者，越是兴致所至，越是烟不离口，心里暗自嘀咕："好家伙，他是个绝对称职的一等烟民！"

我那戏迷朋友也插进来，操着标准的兰州话担心地问道：

"可是现在报纸上，天天都对秦腔危机这个词儿喊得很凶，真把人喊得没个主意了，你看咱们的秦腔会不会有什么危机，是不是以后真的就会消亡了呢？"

"就秦腔剧种本身而言，我个人认为根本不存在危机不危机这档子事，起码目前还不至于如此。因为，秦腔依然在舞台上照演不衰，崇尚秦腔的观众依然在农村和城市代代传承，秦腔演员同样新人辈出，尤其在大西北这片土地上，我们不能低估它的能量及其深厚的传统基础，所以，它依然和电影、电视这些科技文化中产生的现代艺术形式，坐享着三分天下，这也是客观存在的事实。但任何一种艺术，总是随着经济的发展而发展的，秦腔也不例外，它同样应该随着时代进步而图变求新，尽快完成从传统文明向现代文明的过渡，这才是它的唯一的求生之道。这种求生的动力，在我看来就是文化。因

为，秦腔本身就是一种高层次的文化，尤其作为具体体现秦腔深层文化内涵的表演者，首先应该知道他们所承担的历史使命。今天的时代，毕竟有别于昨天或前天的那个时代，卫星都上天了，火星也被人类征服了，如果演员依然踏着过去的蹒跚步履而复蹈旧辙，那秦腔艺术必将脱离时代、脱离人民而得到最悲惨的结局，这种文化失落的现象，尽管令人神伤，但在历史上却屡有发生。魏晋时期的'西凉乐'，曾征服了整个中国，但到后来逐渐宫廷化，加上篇制庞大，成为民间无法演奏的鸿篇巨制，渐渐脱离了群众，今天不也消亡了吗？但我坚信，只要抱定古典传统现代化，文化容量多样化，地理格局对应化的民族特性，不仅秦腔不灭，中国戏曲不灭，而且将在未来世界中，还以科技化、现代化的崭新面貌占有自己的一席之地。"

"与君一席话，胜读十年书。"原来不以为意的秦腔，顿时变得高大、深邃了许多。当夜，我躺在床上，久久不能入睡，思考着、玩味着王正强先生白天所说的每一句话。似乎从我走近王正强先生的那一刻起，才真正走近了秦腔……

（原载《时代风》1998 年第 3 期）

大秦腔之子

——记戏曲音乐理论家王正强

李荣珍　杜发莲

　　王正强是一位勤奋耕耘于民族艺术中的戏曲音乐理论家，他的作品颇丰，仅专著就出版近十部，另有学术论文四十余篇和各类文艺评论百余篇，洋洋洒洒数百万言。其中《兰州鼓子研究》《秦剧名家声腔选析》《甘肃秦腔唱论》《秦腔音乐欣赏漫谈》《秦腔音乐概论》《陇剧音乐研究》以及《秦腔词典》等著作，由于皆属开山之作，一经出版，旋即引起国内外学术界的深切关注。澳大利亚、美国、法国、日本等一些从事中国艺术学研究的学者，对王正强的研究成果发生浓厚兴趣，常在信中与之交流切磋，甚至还专程来兰造访；延安时代的老作家曲子贞，很少为戏曲撰写评论，但出于对王正强研究成果的偏爱，不仅连续为其作品写出专论，二人也由此结成忘年之交；他的专著在西北各省更具影响，尤其在八百里秦川，每年总有许多热心读者给他写来热情洋溢的书信，甚至寄来现金让他滋补身体。王正强也由此受到戏曲界、学术界、评论界和广大秦腔爱好者的普遍关心和尊重。

　　爱迪生曾说过："天才是百分之一的灵感，百分之九十九的血汗。"王正强的成功，虽有赖于他的资质和天赋，但勤奋和热情则是更重要的因素。孩提时代，他就开始用充满幻想的笔，在报刊上发表饱含美好希望的诗歌，尽管最终他没有成为一个诗人，但诗的韵律和诗的深沉，却丰厚了他后来的音乐创作。当他以优异的成绩毕业于西北师范大学音乐系以后，就一头扎进民间音乐的汪洋大海之中，觅珍寻宝。正是他十分重视向民间音乐学习、挖掘与汲取，曾创作出富有西部特色的歌曲数百首，其风格既有眉户格调，又有秦腔神韵，更有小调和花儿的乡土气息，著名歌唱家胡松华、李双江等都曾演唱过他的作品。当胡松华在兰州演唱了他谱写的《歌唱兰州》后，这首歌迅速不胫而走，在群众中竞相传唱，一时成为兰州人的骄傲。

　　从 80 年代初始，王正强又把兴趣转向戏曲、曲艺音乐理论研究，并以"孺牛"精神，苦心钻研八年，终于推出力作《兰州鼓子研究》。在这本书里，他以全新的观点，不仅系统而深入地论述了"兰州鼓子"的渊源流变，以及每一曲本、曲牌的来历和沿革，同时也对我国整个牌子类曲艺同样具有开拓性的意义。它作为兰州鼓子有史以来的第一部理论专著，被评论家誉为兰州鼓子研究中"一个具有代表性的最新成果"。著名戏曲音乐家王依群先生看过此书后，也给王正强同志写来热情洋溢的信，称赞这是他"截至目前所见到的各种曲艺著作中最完整、最翔实、最好的一本书"。这部著作的主要章节还被译为日文在东瀛刊行，从而为兰州鼓子这一源远流长的地方曲艺开拓了更为广阔的空间。

王正强对蕴含着西北民众独有气质和精神的秦腔艺术更是情有独钟，并为之付出极大的心血。近十年来，几乎以两年平均一部专著的速度，对秦腔艺术分别从历史学、美学、旋律学、演唱心理学以及唱派、声腔发展学等不同角度，作出分门别类的研究和探讨，从而将悠久、庞大、繁杂、丰富的秦腔文化内涵，纳入理性的规律化、系统化的发展轨道上。王正强的这些著作，不仅大大加强了秦腔艺术的理论建设，也促使秦腔剧种的理论研究目前已大大领先于其他地方剧种。

王正强的《秦腔音乐概论》，是系统研究秦腔音乐的第一本专著，一经出版，就受到国内外学者的关注和广大读者的好评，并分获中国戏曲音乐国际研讨会学术专著二等奖和甘肃敦煌文艺奖一等奖。陕西戏剧界同志撰文称此书是"一幅秦腔音乐的全貌图，透视出秦腔音乐的五脏六腑，洞察到'脉'跳'血'流的真实动态，领悟到秦腔音乐摄人魂魄的'神韵'，并进而看到新形势下秦腔音乐发展的趋势和前景。称得上近年来秦腔音乐研究的一项优异成果，具有较高的学术价值和广泛的使用价值"（见《当代戏剧》1996年第3期）。在这本书里，作者以大量翔实的资料和流畅抒情的文笔，为我们描绘出秦腔从源头出发，一路奔腾而下的澎湃气势和弯弯曲曲的历史进程，使我们看到了鼎盛时期东西南北中五种秦腔争妍斗芳的壮观场面，看到了辛亥革命前后易俗社志士仁人创造新秦腔的历史功绩，更看到了新时期以来广大秦腔音乐工作者为实现秦腔音乐现代化所作的不懈努力和取得的重大成就，从而为我们明确指出了秦腔音乐从曲牌体到板腔体进而再到多元体这一发展规律。《秦腔音乐概论》正是以它丰厚的理论内涵和独特的远见卓识，为秦腔音乐领域填补了空白，打破了过去"秦腔有戏无论，更无音乐理论"（吴刚文，载《甘肃广播电视报》1996年8月11日）的历史偏见。由此，人们对秦腔的特质及其发展有了一个从形式到内涵、从感性到理性的比较完整而又合乎逻辑的认识。

　　值得一提的是，王正强对古代甘肃西秦腔的探讨，可谓排众说纷纭，立独家新解了。长期以来，西秦腔不仅直接影响到秦腔的历史渊源，在一定程度上，对整个中国戏剧史也是一个致乱之源，由此引发陕甘两省乃至全国学者对秦腔发源于甘、于陕而各执一端。王正强则在掌握大量史料和实地调查研究基础上，明确指出"两者根本就不是同一回事"，但"确有不可分割的血缘关系"。他结合明万历、清乾隆年间以西秦腔演出的《钵中莲》《搬场拐妻》等剧目，在对其声腔运用进行分析后认为，二者的分野不只暗含于戏文词格体制之中，而且还体现在唱腔音乐旋律之内。甘肃西秦腔为曲牌体，陕西秦腔为板腔体，前者较后者还要古老得多，但二者皆从西部本土而生，且都同受汉唐乐舞化育滋养，自然相互之间有着不可分割的血缘关系，甚至可以说是你中有我，我中有你。王正强还对西秦腔为什么衰微、秦腔为什么一度大展雄风得胜于京都作出令人信服的阐释。这是因为古丝绸之路的冷落，另一条文化流播热线兴起，沿东南海路向西流进，导致新兴的陕西秦腔称雄西北，古老的甘肃西秦腔遭到吞噬。板腔体到底比曲牌体更具时代新意，悲剧性的文化失落实际上代表着文化发展中新陈代谢的必然潮流，更何况古老的甘肃文化也需要发达进步，也需要同时代脉搏保持同律跳动。尽管"甘肃西秦腔的衰亡与陕西秦腔的兴盛均成为历史，但就此所引发出的高明见解却有着永恒的意义"（森林文，载《兰州晚报》1996 年 9 月 27 日）。正是王正强经过多年的寻踪探研，使争论数百年的这一历史学术悬案，显露出清晰的脉络，这不能不说是他对秦腔发展史乃至中国戏剧史的一个重要贡献。

　　王正强的《秦剧名家声腔选析》一书，也被学术界称为"有史以来研究秦腔唱派和声腔的第一部专著"（范克峻文，载《戏曲研究》第三十一辑）。书中对近六十年来陕、甘秦腔名家各个唱派特点、旋律创作、发声技巧、表演形态以及各自所持的不同美学思想等，均作了恰如其分的描述和分析，从而为我们展示出一幅色彩缤纷的秦腔舞台群英图，使深受西北观众所喜爱的秦腔名家形象更富于立体化、真实化。更为难能可贵的是，王正强还分析了名家艺术上的不足，这比起那些一味"捧角"的评论要客观、科学得多。在这本书里，他还将秦腔的声腔艺术作为剧种盛衰存亡的决定性因素详加论证和肯定。他认为腔体与演唱是构成秦腔声腔艺术的两个方面，腔体的存在与发展，有赖于演员的传承和创造，而演员则必须对腔体要有足够的透悟，才能产生出流派并推动剧种的发展。难怪有人撰文称他的这部著作"是把这一学术课题往前推进了一步，在微观层面上填补了地方戏声腔研究的空白，在多学科的运用上，将戏曲声腔研究提升到系统性、规律性的阶段"(安裕群文，载《西部歌声》)1989年第2期)。这部书出版以后，不仅得到戏曲音乐界的重视，也深受广大秦腔爱好者的喜爱，很快销售一空，并出现"洛阳纸贵"的现象。有些人买不到此书，便借来相互传抄。著名秦腔音乐家杨天基先生，竟能一字不误地背诵该书的大段论文。一部戏曲声腔专著，能得到如此大的社会反响，实属罕见，足见广大读者是相当识"货"的。

更为可贵的是，王正强为秦腔首创"词典"，他作为主编，延揽西北各省学者参与编纂，并站在民族文化的高度，着重体现"民族精神本身"，来构筑这项意义重大而深远的基础工程。《秦腔词典》内容分总类、表演、剧目、音乐、舞美、人物、团体、剧场、书刊九大部类，并以丰富的资料、深厚的内容、通俗的文笔，逐条阐释了秦腔乃至整个梆子声腔剧种的历史渊源流变、各种程式技巧、历代艺人的实践经验和艺术创造成果，以及理论、剧目建设等等，被誉为"秦腔文化的百科全书""一座书面的秦腔博物馆"，称赞"其学术研究价值无论怎样估量也不显过分"（杨智文，载《兰州晚报》1996年3月31日)。

《秦腔词典》的问世，虽然为我国的地方戏曲填补了一项重要空白，也先后收到省内外甚至国外许多读者的热情来信，给予了高度肯定。但王正强并不以此为满足，多次表示其中还有许多不尽人意的的地方，目前他正着手修改、增补，争取在两年之内再为读者献上一部更丰富、更全面、更准确的《秦腔大辞典》，由此表现了一个学术研究者正直端庄、不断进取的崇高品格。

如今，在王正强的案头，又摆放着一部数百万言的巨著手稿，那就是由他主编并列为国家艺术科研重点项目的《中国戏曲音乐集成·甘肃卷》。他告诉我们，该书明年将通过终审并出版发行，目前正昼夜兼程加紧编纂。无疑，这又是他对甘肃戏曲事业的一项重要贡献。

王正强是学术研究界有名的"拼命三郎"，在创作高潮时，废寝忘食，忘我忘人，闭门谢客，不见踪影。熟悉他的朋友也不轻易去打扰他，待一月半载后，与他同时面世的则往往又是一篇篇、一部部力作。然而，这都是他业余而为之。他作为广播电台的一名编辑，又身兼甘肃省戏剧家协会副主席等职，每天又有许多正业和社会事务等待他去做，对此，他都能统筹安排，做到诸事不误。他在学术领域能取得如此重大成就，主要在于他的研究方法不同于一般人。他对戏曲的研究，不是就戏曲而论戏曲，而是将其置于更为广阔的范畴之中，进行"多学科"的类比和思考，视野空间的浩瀚与广博，平时

又十分注意素材的积累，再加上他那清新隽永的文字功力，奠定了他立论新颖且极有说服力的基础。他认为，中国的传统戏曲文化，本是宗教文化和商业文化碰撞结合的产物，但目前它却受到科技文化的严峻威胁与挑战。因为，科学技术愈发达，人们的文化品位就愈高，对精神产品的要求就越挑剔。这正是传统戏曲目前之所以处于低势的真正根源。当我们问及他对秦腔艺术的发展前景怎样评估时，王正强毫不掩饰地说："从历史发展角度讲，一种旧艺术形式的衰微和另一种新艺术形式的产生是相辅相承的，这既是一种继承的关系，同时也是艺术发展的正常规律。今天，我们已经步入了科技高速发展、改革开放不断深入的新时代，那么，作为封建时代和小农经济意识抑制下所产生的戏曲艺术，就应该物竞天择，图变求新，只有尽快完成从传统文明向现代文明的过渡，才是它唯一的求生之道。"对此，王正强还从科技文化和传统文化"接轨"的角度，对戏曲艺术未来的表现形式作出预测，如演出小型化、舞台全息化、舞美激光化、表演多元化、伴奏电脑化、剧种风格对应化等等。对此，他还十分自信地说："我不认为我的这种预见是一种凭空的胡诌。因为，在许多方面已经成为或正在成为目前戏曲舞台中的艺术创造实践，何况高科技已经开始包装我们的生活，宇宙探测器正在向太阳系边缘驶去，如果再不相信天外有天，而依然笃信玉皇大帝的真实存在，那才是真正的迂腐。"但他最终又归结到一点：戏曲的生存与发展，有赖于高素质的文化。因此，目前所进行的戏曲改革，应该要有具体内容，其中至为关键的，便是提高戏曲演员的文化素质，须知他们才是唯一掌握戏曲生死存亡权杖的人。

也许这正是王正强多年研究戏曲艺术的一种参悟和结论，更是他对戏曲事业责任感的一种萌动与疾呼。

（原载《当代戏剧》1998 年第 3 期）

喜读王正强著《甘肃戏剧史》有感

肖媄鹿

　　提起王正强先生和他的戏剧理论研究成果，西北五省及至国内戏剧界人士都不陌生。几十年来，他以大量的工作实践和《秦腔音乐概论》《秦腔词典》《秦腔名家声腔选析》《陇剧音乐研究》等，奠定了自己在戏剧理论特别是西北各剧种研究领域的权威地位，得到了人们的普遍尊重。今天，年届七旬的正强老师又为我们捧出了《甘肃戏剧史》，令我庆幸自己能有这难得的"先睹为快"之荣幸！静下心来细细领略，我发现这个阅读的过程是令人肃然起敬而又精神振奋的过程。在我看来，这部书稿完全可称得起"巨著"二字，这部著作的出版对于甘肃建设文化强省、戏剧大省有着不可低估的重要意义。

　　《甘肃戏剧史》是一部史料翔实丰厚，贯通古今，涵盖了有关甘肃戏剧文化全面历史信息，具有重要保存价值和研究价值的史书。全书分上、下两编 42 个部分，共 159 节，以 7 次导言分别引入，皇皇 90 万言。从纵向看，溯源而上寻考史前，绵延不绝直至当代。上编由华夏人文始祖"伏羲制瑟，河陇得古乐夏声之先"入手，一直写到 21 世纪的 2010 年，其间有久远的历史端倪，有详尽的文献依据，将甘肃大地千百年来的文化基因发生发展的脉络梳理得明晰透彻，将这些历史长河中早期宝贵的文化因子拾遗数珍点点串起，就治史、写史而言，线索庞杂繁多却井井有条、经纬有序，为今人和后人进一步了解甘肃戏剧乃至整个中华民族传统文化，搭建了一座新的平台。从横向看，《甘肃戏剧史》所涉猎、探究与论述的范围极其宽广，如：在历史地域文化方面，上编《先秦篇》中提出了"秦氏族的文化品格"的定位，以《水经注》中对"秦地"的注释为据，首先确定汉代及之前所谓"秦地"是以今天水为中心，辖今陕西西府、陕北及甘肃东南全境的广袤地域，于是有"家本秦也，能为秦声"。在人的精神领域方面，因"白马"东来，"青牛"西去，三教得以合流，正是这些久远得还看不出戏剧胚胎的因子，对后世戏剧的发展投下了最初的光影。在艺术创作方面，我们看到河陇石窟中的乐舞蕴含着多么鲜明的戏剧文化基因，以至于"俨然接近剧本"，而到了明清时期，"河

陇杂曲小调荟萃集麇"，"南北杂曲交荟"，"地摊秧歌向民间小戏嬗变"，都给戏剧注入丰富的营养使其得以滋润壮大，终于迎来了"甘肃戏曲横空出世"。

在下编（1949年—2010年）中，对新中国成立以来的甘肃戏剧作了全面概述，对甘肃戏剧在不同时期内出现的各类作品评介与提到达三百余部之多。其中不仅对《在康布尔草原上》《枫洛池》《向阳川》《西安事变》《丝路花雨》《大梦敦煌》《官鹅情歌》等在全国产生重大影响的剧目进行了剧本创作、音乐唱腔、导演表演，舞美等全方位的分析评论，而且对甘肃全省各地、特别是基层艺术院团创作的大量剧目和编创人员作了真实的介绍，不仅如此，对戏剧艺术两翼之一的理论研究与评论队伍及其所产生的著作、文章全面汇集给予评述，举凡40余人，著作数十部，评论近百篇，对全省剧院团，包括陇东革命老区时期的剧社逐一列出，无一挂漏。内容：有史、有人、有事、有剧，使1949年向后至今的甘肃戏剧概貌了然在目，令人读之难忘。应当说这部著作对甘肃戏剧的绪端、融汇、成形、递进和在历史中渐进的轮廓，做了迄今为止最为完整的论述。

《甘肃戏剧史》中论点的提出和表述，都拥有坚实的理论支持。全书仅参考引文书目就达200余部，若将单篇文章和作者自己汇集的资料共同计入，则达千种之多。全书对于所占有大量资料的准确筛选与运用，对于概念的界定和技术性分门讲述，都是以冷静而敏锐的理性思维，在严谨纯粹的学术研究层面进行，体现了研究者可贵的思想高度、视觉高度和专业理论高度，是一部具有较高参考价值的学术专著。

上编《先秦篇》"寻找甘肃戏剧文化源头"中第二节"伏羲制瑟，河陇得古乐夏声之先"和第三节"太极阴阳，解译甘肃戏曲音乐奥秘"两个命题（也是作者的论点），是在纵观历史的立足点上严肃提出的。从文中对《礼记》《尔雅》等古代文献乃至唐诗宋词中大量线索的举凡例证，到非常具体的中国古代音乐五声之源、五音之分的生化程序及其对秦腔音乐产生的直接影响的层层解析，实际上都贯穿着一条延续不断的缜密思路，最终得出"秦腔音乐阴阳交合的这种举对关系，最终构成该剧种声腔艺术上一大显著特色。这也是甘肃首先生化出秦腔音乐的一大实证"。应当说这一结论的形成因其科学性和完整性而具备了充分的说服力。

上编《明清篇》中"甘肃戏曲横空出世"第四节"甘肃戏曲发展谱系综说"，是学术性极强的论说与丰富明快的书写语言的结合。在概要阐述甘肃戏曲面世后各不同剧种竞争、交流的演变过程的基础上，指出甘肃各地具有特色的民间戏剧艺术水准上有繁简

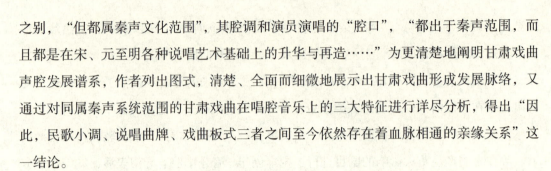

之别，"但都属秦声文化范围"，其腔调和演员演唱的"腔口"，"都出于秦声范围，而且都是在宋、元至明各种说唱艺术基础上的升华与再造……"为更清楚地阐明甘肃戏曲声腔发展谱系，作者列出图式，清楚、全面而细微地展示出甘肃戏曲形成发展脉络，又通过对同属秦声系统范围的甘肃戏曲在唱腔音乐上的三大特征进行详尽分析，得出"因此，民歌小调、说唱曲牌、戏曲板式三者之间至今依然存在着血脉相通的亲缘关系"这一结论。

上编《明清篇》中"甘肃戏剧鼎盛后的消歇"第一节，观点鲜明地提出"甘肃西秦腔挑起花雅大战"，对甘肃在历史上已然筑就"戏剧大省"雄厚基石的事实给予强有力的理论支持。由于这一命题牵涉到整个中国戏曲史的研究与探讨，就更需要翔实饱满的史实依据和科学冷静、有条有理、有力有据的深入分析。《甘肃戏剧史》中的这一节长达20页，2万言之多，从始自清乾隆三十九年（1774年）的"花雅"之争这宗目前学术界依然争论未休的悬案切入，对魏长生本人的毕生经历、三次进京由惨败而至轰动着手分析，及次渐进，探触范围极为宽广和深入。大至中国境内当时所有成形的曲种声腔之特征区别、融合与对立、交流与互补的变化趋势以及引起这种变化的社会政治背景，小至对当时文献中一些概念，包括地名的提法都予以注笔解释，如清徐孝常《梦中缘·序》中"长安"二字所指。更有基于戏剧本身的特殊属性，对当时花、雅二部声腔、伴奏、表演、化妆、情色五大领域的详尽叙述。其中所举凡例均为具体论据，有力地论证了作者的论点。有此前提，作者对学术界之所以对"花雅之争"议论不决致使成为迷宗悬案给予答复："……正是琴腔与秦腔、秦腔与西秦腔名称上过分相近，加之两个剧种又都来自于西北，而且皆属同一秦声系统范围，特别又经魏长生对两种声腔互鉴糅化，使之变成'你中有我，我中有你'的混合新腔体。"这一结论首先澄清了魏长生进京演出时所唱腔调的本体实质，紧接着得出进一步结论："……当时诸文人译述魏长生所唱腔调时，往往出现两名混用、多名杂出、张冠李戴，甚至只言秦腔，不提琴腔或西秦腔的偏执，从而导致后世学者把魏长生所唱'秦腔'视为今日陕西秦腔的同体，直接影响着人们对这段历史的客观启认。"这样的理论观点充满理性而不单薄，论说清晰而不乏鲜活气息，于思辨中产生力量。

《甘肃戏剧史》的出版，将填补甘肃戏剧历史研究和理论研究领域的空白，进而填补中国戏剧历史研究和理论研究领域的空白。全书在上编导言中开宗明义，坦率指出前人包括齐如山先生这样的大家，在考察中国戏剧之源头时，"恰恰漠视了秦人、秦地起

始的西北广袤后方——甘肃……由此促成甘肃戏剧文化厚重而丰富的矿藏资源，至今还是一块无人开掘、无人问津、更无人认知的处女地"。《甘肃戏剧史》的研究内容，意义和目的由此展开。事实上，在目前学术界能够见到的所有戏剧史与理论专著中，尚未有对甘肃戏剧如此全面、系统和专门的研究。成书于 20 世纪 80 年代的《中国戏曲志·甘肃卷》，时间断代也截止于 1985 年。《甘肃戏剧史》整部著作中关于甘肃戏剧的源头及在大的社会文化背景下渐次发展成形，及其在中华民族传统文化格局中的地位与作用所作的研究，关于琴腔、秦腔、西秦腔的研究等，均已形成完整的系统，成为从今向后学术界可信赖的参考坐标。由于全部论述是在严谨缜密、理性思辩的冷静中进行，所以并未出现厚此薄彼偏执一词之处，而是呈现出史学家和理论家俯瞰全局的阔大胸襟。如上编《明清篇》"甘肃戏剧鼎盛后的稍歇"第二节"甘、陕秦腔合璧"中，对 20 世纪初期的秦腔改良运动，对"陕西易俗社"及李桐轩、陈雨农等当时一批具有资产阶级民主主义思想的进步文人和艺术家率先扛起"改造旧戏""移风易俗"两面大旗的历史功绩给予明确充分的肯定，指出今人不能忘记他们的历史功绩，"其理由就在于它以一个'尝试新声'的负载者，充当了旧秦腔向新秦腔转化的中介桥梁"。这种科学的态度与方法贯穿全书，使《甘肃戏剧史》脱离了一局一地只谈自身而难免偏狭的窠臼，跃而成为统观全盘，能够在中国戏剧研究大格局中获得发言权的学术巨著。

《甘肃戏剧史》不但是作者本人多年潜心研究的心血结晶，而且是甘肃戏剧界值得庆贺的重大成果，极有可能成为甘肃建设文化强省、戏剧大省进程中的重量级文化品牌。这部史书的出版，则是甘肃戏剧幸甚至哉！

王正强《甘肃戏剧史》管窥

严森林

我认真拜读了王正强老师的新作《甘肃戏剧史》上编和下编，也随手不停地记录着读书的万般感慨，掩卷深思，浮想联翩，心绪依然在作者描述的每一个细节中萦回旋绕甚至流连忘返。该书本是一部史书，正强老师却能写得如同一部妙趣横生的小说，既引人入胜，又笔底生花，不知不觉之中，让人了解甘肃戏剧的从无形到有形，又从有形到无疆，这的确是功力非凡，实属不易之举。

统观《甘肃戏剧史》，总体感觉是内容非常丰富，条理相当清晰，立论重在事实，思想朴实犀利，修史难中寻奇，文笔酣畅出彩。作者是在用生命撰写这部"史书"的，虽说他用了四个多月的时间完稿的，但是让我看来，他用了自己十几年甚至几十年心血的积累，完成这样一部90余万字的、沉甸甸的《甘肃戏剧史》，这是一部加快甘肃戏剧大省建设进程的长篇学术专著，它的文化的、历史的价值比我们现在的一台戏在全国获大奖的价值要高得多。王正强和《甘肃戏剧史》都将给今天的我们带来巨大的冲击力。

《甘肃戏剧史》从寻考甘肃的戏剧文化源头到甘肃戏曲的横空出世，再到新中国建立后各个不同历史时期所取得的戏剧成果，无可辩驳地呈现出甘肃戏剧的厚重及甘肃戏剧不朽的传统精神，在今天教育和醒示着我们搞这一行的还是搞别的行业的人。现在重经济、重物质、重享受，目光总爱看经济发达的地区，而往往忽视或者丢弃我们自己最有价值的、最持久的文化。《甘肃戏剧史》再一次告诉大家，甘肃戏剧是甘肃经济发展、文化发展的重要资源；也正因为甘肃戏剧文化的厚重，才有了甘肃戏剧的今天，才有了王正强这样处在生活边远地带的戏剧领域中持之以恒、艰苦求索、用生命著书的学者专家，也才有了今天填补空白、横空出世的长篇专著《甘肃戏剧史》。

王正强在该书的"地摊秧歌向民间小戏嬗变"《甘肃戏曲横空出世》《甘肃戏曲在全国的流通》等章节中，再一次阐述了他对"琴腔""秦声""西秦腔"等确凿的历史性发现，再一次旗帜鲜明地提出"中国的戏曲……来源是起于西北"的观点。这个观点是当时的戏剧人、文化人的客观发现，也是王正强经过多少年考证、研究后的一种见解

和论证。我认为这是不能不仔细、不能不认真深入研讨与追索的"一家之说",今天是没有任何必要回避的。正是不人云亦云的、尊重历史印迹的且不为某种功利左右的这种"一家之说",才是学者专家修史的立身之本,才能在经过历史的比对之后赢得当代人、后来人的尊敬,才能在这个厚实的基础上继续推动"戏曲的起源、秦腔的起源"等往往被有的人——不能不议而不能深议的学术论争,走向新境。在这部《甘肃戏剧史》中,王正强基于他多少年的研究成果之积累,进一步肯定"西秦腔"即指"甘肃秦腔"又"早先于陕西秦腔",这是一种建立在大量历史印迹又层层剥茧式的科学研究基础上的学术见解,势必影响着今后若干年地方戏剧乃至中国戏剧的研究与开发,因此,这部"史书"又是甘肃很有学术价值的理论成果。

这部《甘肃戏剧史》还有一个非常鲜明的特色,在其上编洋洋洒洒 40 多万言的文论中,作者仔细区分了"戏"与"曲"之间的血缘关系,从头至尾用"曲"、用"音乐",用只能意会难以言传的曲调音乐来说明戏曲、秦腔最早在甘肃的形态。可以看出作者通过对乐舞、乐曲、说唱、鼓子、河西宝卷、曲子、曲子戏、兰州影、华亭影、道情以及对其许多作品和音乐谱系的仔细研究、对比,着实发挥了作者本人既是新闻界音乐人的才智专长,又是以甘肃剧人理性思维为甘肃戏剧史的立论提供了难见难有的可靠信息数据,这在全国各地的戏剧史研究中,也是很少见到的。提戏不提曲或者提曲不提戏,都缺着一条腿。戏与曲的合二为一,才是戏曲,进一步说,秦地人的语音与声腔的结合才是秦腔。如此论证修史才最具科学性、最有说服力。这也是只有王正强其人才能做到的一种学术创造。倘若我们读者深谙音乐,而且是既懂古典的和又懂现代的戏曲音乐,那么读此《甘肃戏剧史》,便会在音乐交响的氛围中获得许多理趣与欢乐。

王正强修史着笔的文字文采也十分老到,让人读来生动铿锵,极富韵致,少有常见史稿的那种古板艰涩,其中不少篇章更有散文式的笔调,文笔多了几层韵味,这在史书天地也是一种新创。

值得特别提及的是这部《甘肃戏剧史》的下编,作者在《加快甘肃戏剧大省建设》《出精品、出人才、出效益》《宏观指导创作方向,挖掘本省文化资源》等章节中的述说,事实求是,客观公正,有着历史性起起伏伏成成败败的经验总结,而在《2011,"十二五"放眼甘肃戏剧未来》中的展望,完全符合甘肃今天的戏剧现状,有着一般人一时难以看到的甘肃戏剧的"智慧光芒",很鼓舞人心。我想,如果可以的话,还应该补充一些章节,如 1979 年全省戏剧调演、1992 年在庆阳举办的全省新创剧目调演,这

两次全省的戏剧活动很特殊，对甘肃戏剧的生存与发展起到过重要的推动作用。还有中国秦腔艺术节，目前共举办了5届，其中3届就是由甘肃承办的；1988年在兰州成功举办的"首届西北五省区首府市秦腔名家交流演出"活动影响深远，之后年年举办，坚持了10年，在兰州、西安、银川、西宁、乌鲁木齐及整个大西北很受好评，这些都反映出甘肃戏剧的一种底蕴与活力，落掉很可惜。

喜读王正强先生的 《甘肃戏剧史》

梁胜明

认真拜读了王正强先生的《甘肃戏剧史》非常兴奋，热烈祝贺我省第一部完整而厚重的戏剧史问世，它雄辩地论证了甘肃是中国戏剧的发祥地，甘肃无愧于"戏剧大省"的称号！

这部洋洋 90 万言的巨著，我以为全书突出体现着以下几个特点：

一、史料丰富，论据确凿。作者翻阅了大量历史文化典籍，从伏羲女娲的神话传说写起，历数各个朝代与戏剧文化有关的史料，以及甘肃戏剧产生与发展的史实。的确是下了大功夫，花了大气力，像这样的人、这样的书，在当代实为罕见！

二、立论正确，观点新颖。作者运用马克思主义唯物史观和文艺理论，从文化与经济、政治的关系，以及戏剧文化的相对独立性与历史继承性立论，论证了甘肃戏剧产生、发展、衰落、兴盛的历史，正确评述了甘肃戏剧作品的思想与艺术特点。说明了甘肃是中华文化和中国戏剧的发祥地，甘肃戏剧的繁荣和振兴，有着丰厚的历史文化底蕴，许多观点具有原创性。

三、结构谨严，布局恰当。作者以时代为经，以史实为纬，以新中国成立前为上编，新中国成立后为下篇，"上编"分作"先秦篇""汉魏篇""隋唐篇""宋元篇""明清篇""民国篇"等，"下编"又分作"起步""成熟""发展"三个阶段。每篇中又根据内容划分为长短不等的章节，而且每编前有"导言"，后有"小结"。这样的结构布局层次极为分明，条分缕析步步深化，很能引人入胜，因此，是合理的、得当的、科学的。

四、语言精炼，文采斐然。作者的语言精炼优美，富于激情和文采，特别是用散文体的清丽笔调修史缀章，这在学术著作中也是少见的，可以说是正强先生的一大创举。各个章节的小标题也非常诗化，非常精彩。

总之，我认为正强先生的这部《甘肃戏剧史》是占有理论高度和学术深度的巨著，作者运用马克思主义艺术生产与经济发展的平衡与不平衡原理，深入论证了甘肃戏剧产生、发展、衰落与振兴、繁荣、领先的社会原因和历史原因。马克思主义认为，艺术发展在根本上是受经济制约的，但艺术又有自身独特的发展规律，艺术发展同经济发展并不总是同步的，成正比例的，经济上落后的国家和地区可能在艺术上反而领先。甘肃之所以能成为中国文化和中国戏剧的发祥地，与古代甘肃经济发达，特别是隋唐时代曾经"富甲天下"（《资治通鉴》："天下称富庶者无如陇右"）有关。明清以后的衰落直接与经济凋敝、政治腐败有关。而新中国成立后的戏剧振兴、繁荣和领先，又充分证明了恩格斯关于经济落后的国家和地区，在思想文化方面也可"演奏第一提琴"的英明论断。正强先生正是站在马克思主义立场上，把艺术生产与经济发展的平衡与不平衡原理贯穿在全书的始终。特别是作者在总结新中国成立后戏剧振兴的经验时，不只看到了甘肃虽然经济落后不比东南沿海的一面，也看到了建国以来已有相当的经济基础的一面；不只看到了甘肃具有丰富的历史文化底蕴和历届省委、省政府领导重视文艺一面，还特别提出了甘肃拥有一支政治过硬、业务精良，富于艰苦奋斗、开拓创新精神的文艺队伍。凡此无不说明正强先生客观、公正、严谨、成熟的治学修史精神。

他从民族音乐沃土中崛起

——论王正强的音乐创作及其戏曲、曲艺音乐理论研究

安裕群

初识王正强同志，那是6年前的事了。1982年5月间，甘肃天水地区排演一出好戏《万家春》，我也应约参与一些工作，恰遇省电台采录该剧。时值盛夏，白昼酷热，又兼街市嘈杂，干扰难禁，录音工作只得在深夜进行，往往达旦。在录音场上我见到一位干练的年青人，面色黑红，配戴眼镜，忙碌指挥，走动不停；声音发哑，唱奏还做示范；眼珠熬红，奔波不顾劳顿。他对乐曲的深刻理解，对演员和乐队的细心诱导，令我惊异而钦佩。

自那以后，我们交往频频，对他有了更多的了解。原来他是个天资早露的人，1942年王正强同志出生在甘肃中部甘谷县磐安镇一个农民家庭。爷爷和父亲虽然都不识字，但他的诗作却发表在《甘肃文艺》上。殊不知这位小学生忽而一拐弯，又迷上了音乐。正如他自己说的："一夜之间把诗冷淡了。"也许他和音乐更有缘分，从1959年起，开始在省上报刊发表歌曲作品。第二年他考入兰州艺术学院音乐系预科并主修理论作曲(1962年该校并入甘肃师范大学)。他学习勤苦，边学边创作，作品不但经常刊登在本省报刊，还扩大到北京、上海、沈阳、河北等全国各地，前后竟达250余首。

在校学习期间，王正强又利用寒暑假下乡搜集民歌。搜集民歌，本是作曲家的必然，因为音乐艺术的广大宝藏不正是深深蕴蓄在民间音乐的海洋里吗?他爬山涉水，四处寻歌觅音；功夫不负有心人，不几年便积攒了两大册，仅甘谷、武山、酒泉三地搜集到的就不下200首，可谓丰收。在武威搜集民间曲艺"凉州贤孝"时，请到了许多唱贤孝的老艺人，一屁股坐下去四五天不动窝，把全部贤孝曲调无一漏遗地网罗了。王正强对民间音乐的酷爱与挚情，反转又大大滋养了他的音乐创作，使他的歌曲，无不处处散发出一股豪放、明快和朴实、深情的西部情韵。例如他的《我是山村新货郎》，流露出清新爽朗的眉户格调，《扁担剧团进山来》呈现出古朴豪迈的秦腔韵味，而广为传唱的

《歌唱兰州》，却以"花儿"的乡野气息，沁人肺腑而脍炙人口。

这种处处渗透黄土馨香的音乐语言，已成为王正强音乐作品较为稳定成格的独特风格和艺术个性。

一

从 1978 年起，王正强开始了他对戏曲和曲艺音乐的理论研究。10 年来他埋首书案，寒暑耕耘，写就专著 5 本，论著 50 余篇。其中《兰州鼓子研究》(甘肃人民出版社 1987 年出版)是他的曲艺理论力作。洋洋洒洒 33 万言，分列 5 章，全面系统而有声有色地论述了兰州鼓子的渊源流变、曲本唱词、曲牌音乐，辟专章对每一曲牌条分缕析，最后选载了三个具有代表性的完整曲目，词谱周详，可资品唱。

统观全书，无论就材料的翔实充足，论证的有理有据，立论的公允确当，都令人折服。

首先，从材料的翔实充足来看，可以毫不夸张地说，作者占有了有关兰州鼓子十分详尽而准确的资料。人所共知，兰州鼓子是甘肃主要曲种之一，过去，曾有不少同志对它作过收集、整理和研究。但限于种种条件，收集的资料难以全备，尤其是唱腔部分，由于缺少录音设备，只得口传笔录，失之准确者更为难免。所以王正强的研究，虽不能说是起步，好多事却也必须从头着手。其实这也是理之必然，因为一个严肃的研究者，即便是面前摆着前人和同辈收集整理好的材料和研究成果，也须逐一审视、核订、融会、贯通，才能得出属于自己的新的结论。同时，王正强又抓住了社会调查这个关键环节，从这里深挖下去。1978 至 1986 年这 8 年之间，他进行了深入细致的调查了解，先后寻访兰州鼓子老艺人、老听众、老兰州达 200 多位，口问耳听笔录，而且录制了大量磁带。这样，他收集到的资料具有了三个特点：一是广，二是多，三是准。从文献到谈话，从珍本到抄本，从曲牌到曲本，从演唱到伴奏，无一不备，是为"广"；所有文献，所有曲牌，所有曲本，全部涉猎，是为"多"；至于"准"，指的是：不但将文献曲牌曲本一一细加考订，尤其是音响部分，借助于现代的录音设备，演唱者的音嗓气息，伴奏者的吹拉弹拨，抑扬顿挫，开合起落，其细致入微处皆来耳底；经作者翻为乐谱，标上周密的唱奏符号，读者可以按谱寻声，即令是初次接触兰州鼓子的人，也能大致不差地品出这一曲种的独特风味来。

其次，从论证的有理有据来看，可以说言有所出，语有所归，得出的结论富有说服力。试以兰州鼓子的形成史为例。王正强分两步走建立起自己的结论。因为在此以前已

出现两种兰州鼓子起源的学说，即源于北宋末年赵令畤《蝶恋花》的"北宋说"和源于元代散曲的"元代说"。本书作者第一步是反证上述二说的不能成立。然后，作者便正面提出自己的论点。在这里他分别应用横向与纵向的考察办法。"横向考察"：目的在寻找出兰州鼓子的"近亲"。堪称兰州鼓子"近亲"的莫过于北京八角鼓、陕西眉户和北京岔曲了，至于兰州的民歌小曲，倒反同鼓子没有多少瓜葛。作者以曲牌和曲本为线索，列出详表显示上述三者与鼓子"亲缘"之处：先就曲牌论，鼓子48个曲牌中，与岔曲同名者7个，与八角鼓同名者25个，与眉户同名者16个；次就曲本论，近代歌场传唱的鼓子曲本有100篇，在这百篇之中，与北京岔曲和八角鼓相同者86篇，与陕西眉户相同者14篇，其中"许多曲本文词和所配唱的牌子曲，竟然达到了难分难辨的程度"。既明白了鼓子的"近亲"，又须找出他们之间的"长幼"顺序，以便搞清他们谁是源、谁是流：这便是"纵向考察"。要确定兰州鼓子的形成史，这一步尤其要紧。偏偏文献无征，难查难考；这时候，作者的实地调查便起到了决定性的作用。他从200多位鼓子老艺人、老听众、老兰州的口中手中得到的第一手材料，确切地证明了：在兰州，是北京八角鼓、北京岔曲和陕西眉户存在在先，而兰州鼓子出现在后。从这些材料中，作者勾画出了兰州鼓子怎样从八角鼓和眉户繁衍出来的生动历程，那是这样的：清道光十年(1830年)以前，兰州只流行八角鼓和眉户。当时有林老汉者在演唱八角鼓时，"用兰州方言按字行腔"，使原唱调发生了裂变。其后，这种"新调"便在兰州娱乐场所慢慢传唱开来，并且开始冠以"兰州"二字，称为"兰州鼓子词"。到了道光三十年(1850年)，由八角鼓牌子曲发展而成的"鼓子腔系"和由眉户牌子曲发展而成的"越调腔系"已经奠定了这一新兴曲种的坚实基础。随之而来的两次重大演唱活动——"一是当地政府官员设筵邀约鼓子歌手举行盛大演唱赛会，结果使它身价大涨，风靡一时；二是兰州鼓子随军入京，蜚声京都乐坛。"——又将它推向鼎盛的峰巅。到了这时，兰州鼓子无疑已经"自成一个独具地方特色的成熟曲种了"。

上述可见，作者将兰州鼓子的渊源脉络已经清晰明确地勾画了出来。

最后，从立论的公允确当来看，也可以说，书中的众多观点都是态度严谨，持之有故，精到周详的。如对于各个曲种形成的原因，作者这样描述：

> 一个地方曲种的形成，不外乎两种可能：一是由本地区民歌小调综合联缀，先以咏事抒情，再进展为有情节、有人物的叙事体，而逐渐形成一种曲艺形式；二是外地已经成形的曲艺，由于某种原因传到某地，慢慢与当地民

间音乐结合，并受当地方言字调的影响，而逐渐成为一个新的地方曲种。

这是王正强对中国所有曲艺品种成因的规律性的概括。事实上，中国牌子类曲艺虽然多达250种以上，但其形成途径不外两种源头一个归宿：或萌发于本地民歌小调，或衍生于外地曲种，又都要归于当地方言字调，通是如此，概莫能外。

又如作者在论述兰州鼓子尽管源于外来曲种，却又深深植根于本地人民生活之中，他分析道：

> 兰州鼓子虽然不曾吸收当地一首民歌于曲牌唱调之中，但从大量资料来看，它的各个曲牌，无论音乐旋法、调式调性、节奏终止等方面均与当地民歌有着千丝万缕的联系。这当然是在长期"口耳相传"过程中，演唱者将最为熟悉的民歌音调，不断掺揉其中，以适应和满足当地听众欣赏口味和审美情趣的结果，这也正是它能够不断地突破八角鼓、眉户两大外地曲种传统形式的逻辑性与规范性，使之以新的风格和地方特色构成新的形式——兰州鼓子，而为当地听众所自觉接受的原因所在。

这里作者指出了外来曲种蜕变为本地曲种并受到当地听众欢迎的原因，就在于接受本地民歌(当然还有本地戏曲)的影响。作者举出八角鼓曲牌［云苏调］、兰州鼓子曲牌［依儿哟］和兰州民歌《卖丝人》，列谱对照，显示"三个曲调在词式、曲式、调式、节奏、旋律乃至情趣上极相酷似"。指出"《卖丝人》和［云苏调］颇大方面又是那样雷同，因此，当［云苏调］伴随着八角鼓流入该地之后，人们又从自己所熟悉的《卖丝人》曲调中吸收了某些成分，以此形成兼有两者特点的［依儿哟］牌子曲"。与此相类似的情况作者还举出了另外两组，即北京八角鼓［太平年］、兰州鼓子［太平年］和河北乞丐与卖唱者的俗曲《太平年》，以及八角鼓［银纽丝］、眉户［银纽丝］、兰州鼓子［银纽丝］和甘肃民歌《打酸枣》，都显示了兰州鼓子的曲调虽由外地曲种衍生而来，又因本地民歌的影响于是变异的情形，从而有力地支持了作者的上述论点。

总上所述三点，可见作者的《兰州鼓子研究》是一部不可多得的曲艺理论著作，是在兰州鼓子的研究中"一个具有代表性的最新成果"。

二

王正强同志对戏曲声腔的研究，无疑是他艺术研究中另一个卓有成绩的领域。

戏曲声腔是戏曲史各个阶段的标志，同时又是各个不同的戏曲剧种的区别所在，在

戏曲艺术的各个组成部分中占有重要的地位。声腔可以分成两个侧面，一方面是腔体本身，一方面是演唱。明人王骥德说："乐之筐格在曲，而色泽在唱。"就是指这两个方面。

古人对腔体和演唱的研究，开始得并不算晚，在戏曲进入到第一个高潮，即元曲时代，就出现了燕南芝庵撰写的《唱论》，推断是元朝至正(1341—1367)以前的著作。但在那长期停滞的封建时代，和其他艺术研究一样，免不了有很大的局限性。著述数量短少，《唱论》《曲律》《弦索辨讹》《度曲须知》《乐府传声》《螾庐曲谈》《顾曲麈谈》等等，屈指可数。这些文献诚然是可贵的，同时也是不足的。第一，在研究层面上，属于宏观范围、总论性质；第二，在研究思维上，属于直观性质、无系统状态(音韵学较好)；第三，在研究条件上，由于当时科学技术水平低下，无法拥有任何技术性实物或检测仪器，所写文字不免令今天的读者感到意义晦涩、理解困难。从这三点来看，古人的研究成果，远不能满足今人的要求。面对这种情况，可以看出，王正强关于戏曲声腔的研究，是把这一学术课题往前推进了一步，在微观层面上填补了地方戏声腔研究的空白，在多学科的应用上，将戏曲声腔研究提升到系统性、规律性的阶段。他对声腔研究的价值便在于此。

王正强关于戏曲声腔的论著颇丰，其中专著有《秦剧名家声腔选析》《甘肃秦腔唱论》《陇上名伶声腔选析》《秦腔音乐概论》等；论著有《论秦剧声腔中的关羽形象》《刘毓中声腔艺术浅探》《陈(素贞)派唱腔的俏、丽、精、巧》《秦腔二花脸的舞台艺术之美》《漫议秦腔的唱》《秦腔的"字正"与"腔圆"》《陇剧音乐革新的可喜尝试》《现代戏促进了秦腔音乐的革新和发展》等等。现仅就他的声腔研究之集大成的专著《秦剧名家声腔选析》试加论述。

首先，作者分析了戏曲声腔在戏曲艺术各组成部分中的重要地位。这一点，人们以往已有所认识，例如传统戏曲教育中将演员"四法"唱做念打以"唱"列于首位；认为声腔标志着戏曲史各个不同的发展阶段，标志着各个剧种的特色，声腔决定着戏曲的结构形式，决定着它的文学样式，正如何为同志所说"一部中国戏曲史，也是一部戏曲声腔演变史"等等。现在，在王正强的论著中，更从微观的层面上加以论证，他说：

> 戏曲的声腔艺术……不只成了历来人们衡量一个戏曲演员艺术上是否趋于成功的重要标志，更要紧的，则直接决定着一个剧种是否繁荣昌盛乃至能否存生于社会的生命支柱。

作者将声腔作为一个剧种盛衰存亡的决定性因素，这种见地比以往更为深刻。

其次，作者将声腔研究的重心作出两种转移，一是将传统声腔研究中的以腔体为重心转移到以演唱为重心，与此同时，必然也以演员个体为重心了。他说：

> 各个地方剧种真正的艺术魅力，倒不在于武打的招范 (因为各个剧种间动作程式基本上是相通的)和腔儿的多寡(因为中国戏曲腔调的最基本特征就是"以填词"和"一曲多用")，而在于演员能否把本来就很简单的唱腔唱"活"。

王正强正是通过这样高度的概括，极其巧妙地把戏曲声腔从"死"的腔体转移到"活"的演唱重心之上。因为，腔体与演唱这两个侧面，在戏曲声腔中具有各自不同的特质：腔体是相对静止、相对稳定的，演唱则是不断流动、变化多端的；腔体与剧种关联，而演唱与演员个体共存；声腔的活的存在是演唱，是在演员个体身上。王正强声腔研究的重心转移，开辟了声腔研究的新领域，标志着他研究工作的开拓性。

第三，作者将声腔演唱的研究，用科学的方法程序化了。大致分为三个步骤。第一步，文字描述(在这之前是筛选，选定演员与唱例，作为预备工作)，第二步，条分缕析，第三步，鉴赏品评。下面，试分述之。

第一步，维妙维肖地描述。

将演唱形诸笔墨，谈何容易。古人也有对于声乐和器乐的描写，比如白居易描写琵琶曲(《琵琶行》)和高鹗描写王小玉的鼓书(《老残游记》)，好例究竟不多。王正强描述演唱，用了三种笔法，一是直写，二是形容，三是比喻。

1. 直写：使用音乐艺术的概念，加上他自创的新术语，进行直白的陈述。比如讲到刘毓中在《游龟山·会审》一场中扮演田云山《大人官居总督位》一段唱的处理时，作者写道：

> 演唱上，刘毓中……(用)"实声"行腔法。比如，以出音刚直、吐字脆快促使旋律棱角突出(像第一句腔的直起直落)，以鼻音、立音、傲音的并用来强化声音表情的浓度(像"总"字归入鼻窦，"职"字采用假声，"品"字施以立音等等)，同时，还须高扬、低落造成音区对比，描绘出角色呈述申辩的语态语势(像"日"字的拖腔低回，"无仇又无冤"的陡然拔高等等)。

这就是用概念和术语平铺直写。

2. 形容：用描绘的笔法，使用较多的形容词汇，对演唱进行较为生动的描写。讲到沈和中《黄鹤楼》"你不必假意来赔情"一句唱腔时，作者写道：

> 他竟是那样的咬牙切齿，恨气十足。尤其是前三个字，送音低沉，腔速悠悠，音量虽弱而气度不散，每一个字的吐放都相当严实，就好像咬紧牙关从鼻窦中哼出来似的……

这种形容的笔法，使人读来如闻其声。

3. 比喻：直白呈述之不足，故形容之，形容之不足，故比拟之。例如在讲到李正敏与何振中二人的演唱特色时，作者写道：

> 若要论及此二人在声腔艺术上的特点，如果借物比喻，"敏腔"恰似一杯甘冽的香茶，清醇雅正而沁人心脾。"何腔"则像一樽浓烈的陈酒，辛辣火爆而弥满奇香。

这样借物比方，更能激起读者的想象。

作者使用上述三种笔法描述演唱，或单用或杂用，使读者在想象中获得了形象的感受，对演唱能以揣摩、体味，为下面的分析和品评立下了基石。

第二步，条分缕析地解剖。

作者对演唱采取了静止的与运动的两种状态的剖析。在静止的剖析中，对演员音质的亮暗、润燥，音域的宽窄、高低，音色的脆闷、苍嫩，口法的咬字、归韵，气口的换气、偷气，凡此种种都一一细评细订。但是精彩的还在于作者对演唱的动态分析。演唱，本来就是一个运动过程，唱者运气出声，由声得字，以字诉情，所谓气、声、字、情，既是演唱四要素，又是运行的历程。作者十分善于追踪其阶段层次历历剖析。比如在讲到刘茂森的"犟音"发声时写道：

> 首先他在发音冲起之前，先安排了一串类似波音的附加音群……这些附加音群，颇似那跳远健儿起跑之前，前后摇曳身躯的准备动作一样，借以从容不迫地来调度气和声的能量，和预先找好"犟音"的头腔共鸣点，冲上去之后，则又不是以喉音的喊唱拔高，而是以"脑后摘筋"的方法将音丝拉长拽细，再从眉间打出来。

这样便把一声"犟音"从起到落，从头到尾，步步推移，层层变化，节节跟踪，细剖细描，无遗无漏，活龙活现跃然耳旁了。

第三步，妥帖得当的品评。

作者从三个角度对各位名家的演唱加以品评。

1. 从演唱的艺术特性上品评。

戏曲演唱艺术有自己独特的地方，这便是它的戏剧性，亦即性格化。它与其他歌唱艺术的不同之处就在于：歌唱家的演唱只体现本人的感情和性格，而戏曲演员的演唱却要体现剧中人的感情和性格。戏曲演员既要掌握演唱技巧，又要善于刻画人物。他们须有双重的能力。从这里我们便能圆满解释一种乍见似乎不通的现象，为什么有的演员嗓音明明欠佳，竟然也成了名家。比如鼎鼎大名的刘毓中，"他的嗓音就难算作上乘"，只能"专尚'沙音'"；号称"秦腔正宗"的李正敏，嗓子"刚好够用"；名盖陇上的沈和中，嗓音也"稍欠湿润"。他们演唱上的成功，完全在于深切理解性格化这一要求，塑造出鲜明的人物个性，终于突破天然限制屹立艺坛。与此相反的也有那么一种演员，嗓子不错，但不懂性格化，唱什么戏都不是角色而永远是他自己，每逢开口只会卖弄嗓子：艺术家和匠人的分界线就在于此。

王正强在品评演唱的时候首先抓住了这一点。比如在讲到刘毓中《三滴血·路遇》周仁瑞［滚板］唱腔"我叫一声王大嫂"时写道：

> 整个唱腔可以说是悲痛欲绝的哭喊，其声能几乎大大超越了演员嗓音的负荷，然而却激情洋溢，催人泪下。刘毓中完全忘掉了自己，他把全部感情倾注于这悲愤交集的歌声之中，强烈激起人们对这个人物命运的同情，以及对那个昏庸狗官的无比痛恨。

演员化为人物，他的歌唱化为人物的哭喊，作者说刘"当人物感情急剧迸发之时，他宁肯损声而不愿舍情"。他的演唱达到了这么深刻的性格化，怪不得能够动人心魄感人肺腑，臻于艺术的至高境界了。

又如在讲到袁克勤在《金沙滩·舍子》中杨业"君王坐江山是臣创"一段唱时，作者写道：

> 转入［紧二六］以后，随着腔速的催起，突现出一股难以遏止的冲动之情，演唱也由前面的以声带情，变为以情带声，特别是"任意放起恶火浪"处，完全以不加修饰的劣嗓唱法夹杂着几分"沙音"而更显苍凉激越，形象地表达了杨业对朝廷腐败、奸权专横的不满与反抗。

前例是刘毓中的"哭喊"，此例是袁克勤的"不加修饰的劣嗓夹杂沙音"；匠人谁敢？而真正的艺术家却这么做了，其结果突出地体现出了剧中人火山般喷涌的强烈感情，足以惊天地泣鬼神，演唱艺术由此而达极致。

2. 从演唱的艺术个性上品评。

所谓"名家"，必有鲜明的艺术个性，作者引领读者对之一一细加评赏。例如在讲到李正敏时，作者写道：

> 李正敏的嗓音，虽没有王天民那样甜绵，也不及何振中那样纯亮，却娇、媚、脆、水四种音色皆备，故仍不失其为得天独厚。他的音域不宽，高音稍逊，但能避短扬长地独辟出低而宽博、以中音取胜的蹊径。他很擅长于运用气口，当轻则轻，当重则重。李是男旦，自然多以真、假嗓结合来模拟女声"造型"的音色，故在发声上他尽量把自己的声音将细拽长，但秦腔男旦的真假嗓发声与京剧男旦小有区别，相对而言更接近于真嗓。

看来李正敏受到自然条件的一些制约。记得闻一多曾说过他所主张的白话格律诗好比是戴着脚镣跳舞。在某种意义上说，这应是真理。很多好的艺术家却正是在一些制约下(自然的、艺术的)，变阻力为动力，相反相成，用自己独特的办法形成自己与众不同的艺术风格，独树一帜。李正敏正是这样。

作者在讲到任哲中的艺术个性时，这么写道：

> "任家"唱腔，风格独特，个性鲜明，其间既有中路腔的华婉，又有西路腔的朴实，既有小生腔的洒脱，还有花旦腔的骑旎。原因在于他自幼在西府腔中泡大，从艺后又受中路派诸家高师指点提携(如刘毓中、施学义、肖玉和等)，自己又以旦工开蒙，小生应行，加上嗓音条件适合演低凉悲剧，从而形成他那婉约凄楚、酣畅醇厚的独特艺术风格。

在这里，作者一面评鉴任哲中的艺术风格，同时又分析他这一风格形成的原因，使人明白其渊源脉络所在。

3. 从演唱的艺术技巧上来品评。

一是字正腔圆。

戏曲演唱在技巧上与歌唱十分不同，各异其趣。吐字讲究喷口、反切、四声、尖团、收声、归韵、快吐、慢吐、点吐；发声使用大小嗓、云遮月、沙音、炸音、立音、犟音、鼻音、傲音；行腔要求做到"字真、句笃、依腔、贴调"。

现举李正敏为例，作者写道：

> 李正敏一生精通音律和五音尖团，无论吐字、收声、归韵，皆合法度，所以在他嘴里"瞎瞎字"很少，绝无倒字塌腔的流弊。

作者还特意请读者不妨将李的唱腔用关中语音略加朗诵，"便可得知各字的四声调值同所配旋律的起伏，竟是那样珠联璧合"。

上例如果作为正例的话，我想再举一变例，这就是甘肃秦腔流派的吐字归韵。甘肃秦腔的字音是甘是陕，以往颇有争议。人们通常认为甘肃秦腔是以兰州语音入腔，听来有理，实则非也。王正强讲得十分深透，他写道：

> 大凡在甘肃秦腔史上具有继往开来和卓越贡献的名伶高手，绝大部分都是土生土长的甘肃人，他们平时所操持的乡音，不能不给念白染上一层"甘肃味"，与此同时，他们又在极力向关中字调靠拢，这就形成了一种既不同于关中语系，又不同于甘肃乡音的特殊念白"腔口"。

作者进一步分析，这个特殊"腔口"并不全在字调上，更多则在字音字韵上，比如人辰辙与中东辙相混，怀来韵与灰堆韵共用，因此，君与炯、臣与城、英与因、雄与巡、美与卖、块与愧、威与歪不能区分。咬字影响行腔，虽说其旋律仍是秦腔规范，但因戏曲中的腔、词关系，是腔服从于词，所谓"腔随字转"，与陕西流派相比，腔体也就有了许多变异，由此而形成了秦腔的一个特殊流派，即甘肃秦腔流派。

二是声情并茂。

好演员的演唱，其精髓是一个"情"字，所谓"以情生腔，以腔传情"，而做到声情并茂。这里以刘易平《辕门斩子·见太娘》"气得我手捶胸恨气怎消"为例，作者写道：

> 这一句刘易平又是采用鼻音和牙缝挤送字音相结合的方法唱出来的，而且对每一个字的字头都咬得特别死，以显示延景对儿子宗保违犯军令的愤怒，和在太娘面前又不能不强烈克制的情状。但当唱到"怎消"二字时，那强压在心头的一腔恨气，达到再也无法控制的地步，终于随着骤然拔高的立音，以突出旋律棱角的行腔，满宫满调地迸发了出来。

这种迸发，是声的迸发，也是情的迸发。

三是气息营运。

戏曲演唱的气息，要求发自丹田，运气方法，有偷气、取气、换气、歇气、就气等法，统称"气口"，是戏曲演唱的重要技巧。

这里举一个气息营运的例子。如刘易平：

> 运气上他又采用的是暗蓄气、猛喷声的方法，就是说，他的换气不甚明

显，而运气又很有节制，所以在他的演唱中始终让人感觉到气力充沛，很少有前紧后松、前实后虚的流弊。尤其他很善于在节奏非常紧促，腔速非常紧急的诸如"剁板""紧二六"等板式中，借助唱词语法的顿挫规律，以巧妙的偷气使唱腔一气呵成。

作者随即举出"孟伯仓进帐来"四句［欢音紧二六］。句与句首尾紧接，无处换气，"要求演唱者不仅要一气呵成，而且句不能断，劲不能松，气不能懈，声不能虚，对每一个字还要唱得正、咬得准、吐得清、送得真"，可说难乎其难了。但刘凭着他"暗蓄气、猛喷声"的高超技巧，偷气人不知，于是"越唱腔越急，越唱气越壮，以致达到了出神入化，形神毕出的境地"。

四是韵味。

这个词用在戏曲演唱上，是指对艺术家演唱个性亦即特征的形象描述，是上面各种演唱技巧综合、融汇、升华的结果。这结果使演唱获得一种特殊的"味"，不但有别于歌曲的演唱，还有别于其他剧种；不但有别于其他剧种，还有别于同剧种的其他流派；不但有别于同剧种的其他流派，还有别于同流派的其他艺术家。

这里略举数例，比如刘毓中，作者写道：

> 刘的演唱，专尚"沙音"，他的嗓音，就好像书法家的狂草或画家的叉笔，有断有连，嘶嘶拉拉，飞白满篇。听来颇有苍凉古淡、朴实激昂的另番风韵。

又如刘易平，作者说他：

> 刘易平的嗓音可谓得天独厚，高亮、甜润、宽圆、醇厚皆备，而且能刚能柔、能高能低，很有弹性。刚则慷慨激昂，气势雄浑，但又不"挣破头"，柔则俏丽精巧，细致入微，却又不显委靡。特别是高低亢坠，上下翻飞，很是得心应手。

再如靖正恭，作者说他：

> 靖嗓嘹亮脆美，高、宽、圆、润皆备。最为难得的是他那"铃铛"音色，具有一种金属的美，并给人一种童音朗朗之感。这是天分，他人所学莫及。靖用嗓也非常规矩，重喉音、齿音，轻鼻音、脑音。因此无论是唱是念，满碗满勺，字清腔润，较少修饰。

仅举以上三例，便可看到作者形象地描述了三位名家各自在演唱上的艺术特色，亦

即韵味，真是各人各面，各树各帜，因而绚丽多彩，美不胜收。

三

　　至此，我们对王正强在音乐创作和戏曲、曲艺音乐理论研究方面所取得的学术成果，有了一个大致的了解，这位才气四溢和独具见地的我省中年作曲家和戏曲、曲艺音乐理论家，尽管他的创作和研究成绩卓著，但他还有一项"正业"，他作为甘肃人民广播电台的主任编辑和文艺部副主任，还须将更多的精力和时间投进繁杂的编辑工作中去。现在，他是中国音乐家协会、中国戏剧家协会、中国曲艺音乐学会以及中国少数民族音乐学会的会员。但他并不因取得成就而停止对艺术事业的执著追求，相反地更加努力。他说："我距离艺术殿堂的门槛还很遥远，趁现在还年轻抓紧时间多跑一程。"我作为他的朋友和作品的爱好者，也殷切地期待着他今后有更多的新作问世。

一九八八年十月第一稿
一九八九年五月第二稿
（原载《西部音乐》1989 年第 2 期）

一项系统工程

——再论王正强的秦腔音乐理论研究

安裕群

在我的书案上，摆放着正强同志的专著和论文：专著7部(《秦腔名家声腔选析》(1985—1987)、《兰州鼓子研究》(1986)、《甘肃秦腔唱论》(1988)、《秦腔音乐欣赏漫谈》(1990)、《秦腔音乐概论》(1993)、《秦腔词典》(1994)、《陇剧音乐研究》(1996)，论文35篇，堆珠累玉300余万言，委实洋洋大观。

以往不是没有人作过戏曲音乐的理论研究工作。从早在元顺帝时(1341年前)的燕南芝庵撰写戏曲声乐专著《唱论》问世以来，历代曲作家、歌唱家、表演艺术家和戏曲理论家多有戏曲音乐和戏曲演唱理论的卓然建树。但是，费心血如此之多，下功夫如此之大，出成果如此之丰，恐怕有如正强同志者无几。诚如一位在京的文艺老前辈所言：全国研究戏曲理论的人确实不少，但是像王正强那样，十年之内拿出八九本理论专著的，确实不多。

正强同志的戏曲音乐理论研究，就目前已面世的论著来看，首先指向两剧(秦腔、陇剧)一曲(兰州鼓子)。但他钟爱自己的家乡戏秦腔，他的戏曲音理论研究的第一项系统工程是献给剧坛盟主秦腔的。据笔者看来，这项理论系统工程由下列的"四梁四柱"构建而成：

一、群体存在——《秦腔音乐概论》；

二、个体发生——《秦腔名家声腔选析》；

三、群落流布——《甘肃秦腔唱论》；

四、百科指南——《秦腔词典》。

可以看出，这是一项十分完整的对秦腔音乐进行研究的理论系统工程：

——从宏观的层面上审视整个秦腔音乐群体的孕育、发生、成长、定型、繁衍、流变的历程及其生存模式；

——从微观的层面上体察群体中各个个体的个性创造；

——从特定的坐标定位上辨析群体中某一支系的生发和存在方式；

——从散点透视的视角极丰富地提供出秦腔音乐(也包括其他门类)的百科答案。

《秦腔音乐概论》(以下简称《概论》)这是一系统工程的主要支柱，它所展现的是秦腔这个巨大种姓的群体存在。其中合有三大宗系，即唱腔、念白和文武场面，而以唱腔为主干。

笔者试图探觅作者在本书中的理论构建方式，发现作者有三条定向的内在线索潜置书中：一条纵线，一条横线，一条走向线。

先看纵线。这是一条历时性的线。秦腔这个剧种，从无到有，从小到大，从幼嫩到成熟，前进的每一步，作者都提出了答卷。这里的第一个问题，就是秦腔之源的问题。秦腔的源头，不难指出的是她的祖先群体，难就难在确认她的血缘嫡亲。上古祭仪、汉唐乐舞，分明孕育了秦腔，元宋大曲、明清道歌，仿佛更为亲近，加上秦腔到底渊源于甘还是陕，使问题愈益复杂化。专家学者，各执一词，旷日持久，争论不休。但却正如正强同志所说：

> 听其言无不各自成理，细一想却又缺乏如山铁证。热心的秦腔史学家们，前前后后考证了两个世纪，断断续续争论了二百多年，然而对于秦腔剧种竟形成于何时何代，至今仍未能道出令人折服的"子丑寅卯"来。

——《概论》第2页

然而事物的源头，恰恰是研究事物的头一关，这个"子丑寅卯"还非得说一说不可。

正强同志曾经反复探寻秦腔的源头。例如在《西秦腔探源寻踪》《甘肃秦腔唱论》的"引言"、《秦腔音乐概论》的"开篇"和"余韵"等文中，都对此作了细致深入的讨论。读者将会发现，以上诸文的优长之处，在选择声腔为切入点。民国初年，有学者从明代万历年间传奇抄本《钵中莲》中发现有曲牌名称叫做[西秦腔二犯]者和从清乾隆三十年所编《缀白裘》剧本《搬场拐妻》中发现曲牌名称叫做[西秦腔]者。这两个曲牌名称都带"秦腔"二字，与今日秦腔请问有无亲缘之分？作者回答干脆：无。原因：

> 这不只从"西秦腔"所配七字句和长短句混杂兼用的词格体制上看得出来(尽管《补缸》用的是七字句式，但该词体并非秦腔所独有，故不足证)，单从

《搬场拐妻》"西秦腔"名下所附工尺谱来看，也与今日秦腔音乐之调式音阶和旋律骨架音无任何瓜葛，更何况"工尺咿唔如语"的"西秦腔"与"多为杀伐之声"的陕西秦腔在总体艺术风格方面也是相去甚远。

——《概论》第 3 页

作者将《搬场拐妻》中"贴唱场上先［浪调］"和"西秦腔"名下所附工尺谱译为简谱后说：

> 若将其与陕西秦腔板头过门比论，不仅调式与旋律骨架音不相吻合，其旋法特性也相去甚远，但同今日甘肃传统曲艺兰州鼓子前奏过门［老三板］却较相接近。

——《概论》第 500 页

可见，陕西秦腔的源头不是甘肃的西秦腔，"而且两者根本就不是一回事"。（《概论》第 501 页）

那么，秦腔的直系长辈究竟是谁呢?作者提出了"血液肌体说"和"一源二流说"(名称系笔者所拟)。作者写道：

> 陕西秦腔虽然雄踞剧坛，不可一世，但它的肌体中仍流淌着甘、凉大乐的血液。陕西秦腔虽有甘、凉之风，肌体却在秦地熔铸而成。

——《概论》第 502、503 页

这是"血液肌体说"。"一源二流说"则是：

> 西秦腔较之秦腔，还要古老得多。尽管如此，二者皆从西部本土而生，而且又都同受汉唐乐舞化育滋养，自然相互之间有着不可分割的血缘关系，甚至可以说是你中有我，我中有你。……在出现"曼绰"与"弦索"两种流向以后，也即到了发展声腔体制的阶段各自分途了。西秦腔(当时可能不叫此名称)依旧因袭套曲的形式，最终走向"诸宫调"模式的曲牌联缀体制，而陕西秦腔(当时也可能不叫此名称)则从这种传统格局中分化了出来，经过创新、净化、凝炼最终形成了以少盖多的板腔体制。

——《概论》第 501 页

> (甘、陕秦腔)它们后来的这种融合，也就不过是一源二流基础上的双方，
> 在寻求进步与发展过程中美学思维上的一种重新结合与碰撞罢了。

——《甘肃秦腔唱论》第 5 页

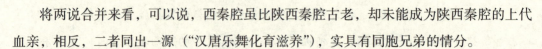

将两说合并来看，可以说，西秦腔虽比陕西秦腔古老，却未能成为陕西秦腔的上代血亲，相反，二者同出一源（"汉唐乐舞化育滋养"），实具有同胞兄弟的情分。

关于秦腔源头的讨论，在现在仅有地上文献资料的情况下，"寻亲活动"再要进一步深入恐怕难乎其难了。

作者的纵线继续引领读者审视秦腔的成长和发展。我们看到 19 世纪后半叶东南西北中五路秦腔争强竞胜尽态极妍的鼎盛景观；我们看到本世纪二三十年代易俗社融合五路秦腔而铸就易俗新腔，而且促使五路秦腔的衰微；我们还看到 50 年代至今的状况。——这一切，笔者在此不用复述了。

作者的纵线于是转向了曲调的发展。任何一种腔体，其初始的唱调，总是简单的、粗略的、浅显的，也是较为平和稳定的，长于叙事，疏于抒情和激情。考察它结构上从一到多，从简到繁，表现力上从单一到多功用，从平和到多层面：这也是纵向的剖析。

板腔体唱调的演变发展自节奏始。作者说：

> 作为戏曲的音乐，在表现形式上是以板式的变化为其结构的基础的，而板式的变化，实际上就是节奏的变化。

——《概论》第 236 页

由此，作者提出了"两极分化"的秦腔唱调的发展模式。并提出"母体板腔"这一概念，指出秦腔唱调的"母体板腔"就是那"节奏平稳、速度中庸、旋律朴直、并具有叙事性质的〔二六板〕：

> 然后在此基础上，以扩展、紧缩的方法分别向快、慢两个方面加工复制，形成一系列子体板类，这就产生出一支节奏变化多样、感情色彩丰富、情趣截然不同的庞大声腔家族，即成套板腔。

——《概论》第 237 页

随之，利用清乐音阶(相当于大调音阶)和燕乐音阶(相当于小调音阶)融入各个板式，于是拥有欢音、苦音两大腔系，再将欢、苦音各个板式行当化，这样一来，板式数量，粗计可达 176 种之多，局部的欢苦交替和节奏变换的板式尚不计入。秦腔唱调果如作者所说是一个"庞大声腔家族"。在此，作者向我们显示了秦腔唱调发展的清晰的轨道。

其次，让我们看横线的贯穿。这里，作者把三大宗系(唱腔、念白、器乐)并列摆开，按照作者拟定的体例逐项详加剖析。比如唱腔板式，作者在开篇即列一大表，网罗秦腔

各种板式，计有 6 大类 44 种，可谓详尽无遗了。先有此一纲领，再分论各种板式，有条不紊。兹再以论述〔慢板〕类这一节为例，作者顺序介绍各种慢板，最后进行〔慢板〕的板式分析，先说过门，次说上句腔，再说下句腔。说过门详述过门三个组成成分，说上句腔详说如何开口(紧开口、慢开口、平开口)，头腔如何扩和缩，四腔(上句腔含四个腔节)怎样加和减，说到上句腔的落音和过门又细讲四种变化。到此，才算把上句腔剖析完毕，然后进入下句腔的论述。仅上句腔的分析就占 11 个页面(第 87 页～第 98 页)，粗计 7700 字，如果把下句腔加上，篇幅达 17 页，字数粗计达 11900 字。固然不是每种板式都拥有同样多的篇幅，比如篇幅很少的一种板路〔滚板〕，但也占了 8 个页面 5600 字。笔者计算字数，是想利用它们说明一个问题，即作者对他所论述的对象，其占有的材料是如何充足，其拥有的知识是如何广博，其剖析的章法是如何细密，其叙写的文字是如何详尽。

第三条线是走向线。走向线是纵向线向未来的延伸。借问秦腔，路在何方？ 十多年前，人们就呼叫秦腔出现危机，吁请社会各界帮助振兴秦腔。对此，正强同志在书中表示不愿作空泛议论，因为说来说去不过观众流失、影视冲击等等老生常谈。但他对新时期以来秦腔改革成绩的回顾与评估，倒是给读者预示了秦腔的走向。

正强同志在这里创用了两个概念："相对形态"和"绝对形态"。他写道：

> (秦腔音乐)其本身必然会有相对形态和绝对形态两种基因并存。相对形态
> 就是它在历史的延续中，能够进行再创造再发展的部分，诸如旋法、曲体以及
> 表现形式和表现手法等等。……绝对形态则是作为它存在、延生以及创造发展
> 基础的一种特有的文化品性，而且更大程度上则是专指其内核深处所显露出来
> 的那种地域性风格而言。

——《概论》第 319 页

这两个概念，可以令我们从事秦腔工作的人眼光为之一亮。反观 50 年代以来的秦腔音乐改革，成绩很大，失败不少。一部分人理解和把握住了两种形态基因的区别，一部分人则没有理解和把握住，那表现就是总在"绝对形态"的头上动土。结果可想而知。这不是一个技术操作的问题，这关乎到文化思潮上对秦腔缺乏认同。

80 年代以来，世界文化思潮出现一个新的趋向，那就是离开了冷战的思维环境，人们得以采用新的价值观重新审视自身、历史和文化，获得了重估和认同的思维方向。这

一点，对今日秦腔音乐(及各方面)来说，十分迫切。众所周知，中国戏曲(包括秦腔)在本世纪头十年代末尾开始，就遭了厄运。五四运动就已把戏曲作为批判和否定的对象，陈独秀、胡适、周作人、傅斯年、钱玄同等人对传统戏曲给予了彻底的否定和猛烈的批判。30年代左翼戏剧运动还提出一项工作任务，叫做"促成旧剧及早崩坏"。30年代以后，才对戏曲宽大了一点，采取了利用和改造的对待方法，直至70年代末。"此一阶段的核心思想是求新求变，自觉或不自觉地用西方戏剧的艺术价值观念来改造戏曲的结构模式"(董健《中国戏剧现代化的艰难历程》，载《文学评论》1998年第1期)，结果未能如愿，戏曲不敢不接纳西方戏剧观念却又无法接纳这些观念，改造者无奈妥协，只好旧瓶装新酒。历史脚步跨入80年代，文化思潮向前进步，对戏曲出现了认同与重估的时代。上引董健同志的文章说：

> 这一阶段的特点是从更加"形而上"的层面上重估与认同古典戏曲的美学价值，表现生活的"写意性"，结构的"开放性"，表演和唱腔的"程式化"，舞台与观众的"直线沟通"等等这些千百年延续的艺术特证，均被从艺术的高度加以总结、重估与认同，得到了充分的肯定。(引同上)

文化思潮终于走到了它应该走到的地步，戏曲艺术终于有望得到它应该得到的正常待遇。

笔者在此想说的是，对秦腔音乐(及各方面)的认同和重估也是迫切的必要的。正强同志的工作走在前列，他的秦腔音乐研究的系统工程正是对秦腔音乐认同和重估的及时雨、雪中炭。

一个好的理论家，慧眼、良知和高深的专业修养，三者不可缺一。如果正强同志对秦腔音乐没有这种极其执着的爱，他的慧眼难开，他的高深的专业修养也将难有用武之地，——然而可贵之处就在于：在正强同志身上，三者皆备。

以上，我们对《概论》作了一次走马观花的巡礼。当然，远远没有把这本好书说深说透。《秦腔名家声腔选析》(以下简称《选析》)在正强同志的系统工程中的定位是"个体发生"。其实，个体发生才是艺术的实际存在。比如，"秦腔音乐"这个抽象物，只存在于理论当中，而它的可听可感的实际存在，便是一件一件物化了的秦腔音乐作品。正强同志的系统工程中，既须有抽象的理论展开，也须有实在的个体体察。这也正是《选析》的不可或缺的原因。

《选析》推出秦腔名家23位，列举完整唱腔33段，从有限的数量中展现秦剧唱腔

艺术创造的无限空间。

在群体存在中，作者探索的是唱调的戏剧化和行当化的轨迹，在个体发生中，作者访求的是唱调的创腔和演唱的个性化的实现。

在此，笔者试从三个方面去译解作者对名家们的品译。这三个方面是情性、风格和资质，每个方面又分成两项相对的类别。

一、情性

情性即演员的情感素质，演员如何体验人物之情，如何浇铸音乐之情，以及如何向观众传递这些情。从情性上，可以将演员分为两类，姑名之为以声传情派和以势传情派。

以声传情派的演员多属歌唱型演员，声嗓本钱十分优长，声乐技巧很是高超。这一点，他们与西洋歌剧的演员相同，但他们又兼有身段和做表的功夫，反较西洋歌剧演员更多一重能耐。他们声嗓的优长，有的达到惊人的程度。比如陇上名伶王晓玲，作者是这样作出评价的：

> 王晓玲嗓声之高，已达到令人难以置信的地步就目前的演出实践来看，她的歌唱音区，可以毫不费劲地跨越三八二十四度甚至还要更高更宽。以秦旦唱腔定调而言，低至小字 F，高达小字三组 be"。倘若再把她唱腔中习惯上甩冲刺音高记入，那将小字三组 be 又高出多度。

——《选析》第 216 页

可以说，王晓玲的声嗓，高遏行云，低绕画梁，声随意走，了无挂碍。又如饮誉三秦名扬西北的刘易平，作者说：

> （他的）嗓音可谓得天独厚，高亮、甜润、宽圆、醇厚皆备，而且能刚能柔、能高能低、很有弹性。刚则慷慨激昂，气势雄浑，但又不"挣破头"，柔则俏丽精巧、细致入微，却又不显委靡。特别是高低亢坠，上下翻飞，很是得心应手。

——《选析》第 31 页

歌唱型的演员借助声嗓的优长，追求以声传情：

> 任哲中以新腔表现各种人物性格，且把声腔与繁复的身段相互辅佐、相互补充，所以，他的唱较之于别人，就更显得声情激人。

——《选析》第 200 页

　　肖若兰讲究声音之美，不喊不挣，力求用声音之美去动人心弦。

——《选析》第 318 页

　　王晓玲善用自己的好声嗓。正如《选析》第 351 页所言 "无论唱什么戏，都非常激情"。

　　以声传情派的演员，明白自己声嗓的优势，善于曲尽其妙地充分释放声情的能量并极力发挥声乐技巧的作用，向观众传递人物之情。

　　气势型的演员则不同。他们有的人声嗓受到局限，或音域稍窄，或音质欠润。但用嗓技巧并不亚于歌唱型演员，只不过取向不同而已。气势型演员着力追求气势，以气势呈现感情，以气势取胜。他们与当代一些崇尚"沙音"的通俗歌曲歌手，其艺术情趣的趋向，可说是"异曲同工"的。比如西北秦坛最为引人注目的的须生明星刘毓中，堪称气势型演员的魁首，他的声嗓难算上乘，又专尚"沙音"，离"美声"有段距离。作者说：

　　　　刘毓中的歌唱，颇大程度上说，往往是通过"以情带声"进而达到"声情并茂"的，甚而当人物感情急剧迸发之时，他宁肯损声而不愿舍情。因此，充沛的感情和澎湃的气势，便成为他歌唱艺术中最为突出的特点之一。

——《选析》第 7 页

　　又如素有"活周瑜""活吕布"盛誉的沈和中，嗓音高亮宽圆，但稍欠湿润，他也是气势型演员。作者说他：

　　　　高亢入云，气势磅礴，唱腔不受阻于节拍板眼的束缚，在极为宽广的音域内上下翻飞和纵横驰骋。曲中上行跳进的音旋，宛如刺天利剑，下行盘绕的拖腔，又好似万丈瀑布的倒泻，给唱腔顿添磅礴的气势。

——《选析》第 148 页

　　由上可见，歌唱型演员和气势型演员，都能够各扬其特长，各逞其优势。歌唱型演唱，一波三折，婉转高妙，沁人肺腑；气势型演唱，喷吐激越，击石穿云，撼人心魄。两派情性不同，所恃各异，艺术创造，皆臻胜境。

　　二、风格

　　演员的品性、气质、经历和艺术修养，都促成他对风格的偏好。他的创腔和演唱，也必定从这个基点上生发出来。这里对艺术风格不拟作一般性的探讨，专对秦腔创腔来说，姑且大别为两派，即奇巧新丽派和朴质浑厚派。

被誉为"秦腔王瑶卿"、易俗社开国元勋之一的陈雨农，可称为奇巧新丽派的代表。那段《战昆阳》里的"莺儿黄"唱段新奇极了。唱词是长短句，十一句唱词，三字者两句，八字者两句，五字者三句，六字者一句，十一字者一句，还有二字者两句，字数之杂，与秦腔传统词格风马牛不相及。

　　然而陈雨农却通过对传统唱腔曲式结构的重新组合编织，兼糅关中小调、眉户、汉调音调于其中，使二者溶解得如同"羚羊挂角、香象渡河"，无一生迹可寻。

——《选析》第 228 页

　　又如与陈雨农同样名噪三秦的党甘亭，也是一位善造巧腔的人物。正强同志说陈、党二人"都能以巧腔取胜"（《选析》第 232 页）。再如在创腔上功绩卓著的李正敏，所创声腔被尊为"敏腔"。作者说："他的唱腔不仅处处有新声，而且段段都有'险绝'。"又说："看似不失传统规范，细嚼且又充满奇新。"（《选析》第 241 页）奇新本来最易突出，偏偏在这里须得细细品味才能捕捉到手，真可谓出神入化不留刀斧痕迹。刘易平也"善于以巧俏多变的险绝手法来设计新腔"（《选析》第 27 页）。兰州名家周正俗，他的唱腔，也甚奇巧。比如《烙碗计》"大雪不住纷纷下"，四句唱竟然一句一个板调；第一句拦头〔苦音〕，第二句〔苦音紧二六〕，第三句〔苦音慢带板〕，第四句〔哭音喝场〕，而且还嵌入了"土汉二簧"的音调，在秦腔中实在罕见。

　　与奇巧新丽派相对的是朴质浑厚派，这派演员的唱腔，其总体艺术特征是平多于奇，谨多于巧，朴多于丽，但他们也不是不求新求巧，而是平中藏奇，谨中藏巧，朴中藏丽。最突出的人物在这方面首推刘毓中，乍一听他的唱调守多于破，细听后花腔也确实无有，而奇新却潜隐其中。作者说他"对唱调旋律的革新，并不一味追求绮丽的花腔"，而是"以秦腔固有的音乐逻辑，在规矩中出奇新，朴实中求深情"（《选析》第 4 页）。因为追求朴质浑厚，追求生活化、性格化，他把关注的焦点聚集到人物之情上，歌唱像说话，歌唱中人物神气活现。又如，作者在评述沈和中时说：

　　沈和中不追求板式结构的繁富变化和唱腔旋律的花哨巧绝，而完全立足于传统唱调基础上的表情达意，使在开掘角色的内涵方面更加准确与精深。

——《选析》第 141 页

　　上文说朴质派不峻拒奇巧而是谨中藏巧，比如王玉琴，多继承少出新，板槽严谨，运腔工稳。但她的《三娘教子》"端一把椅儿坐机前"这句唱，作者评析说：

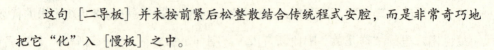

这句〔二导板〕并未按前紧后松整散结合传统程式安腔，而是非常奇巧地把它"化"入〔慢板〕之中。

——《选析》第 306 页

作者不单称许她"奇巧"，而且加上副词"非常奇巧"，巧得令人不觉。再如肖若兰，也不求奇巧，作者说她"并不以板式结构与唱腔旋律的'巧绝'去取悦于观众"（《选析》第 289 页）。但她，还有其他朴质派演员，都拥有广大的观众群，因为朴质和奇巧一样，都具有不可抗拒的艺术魅力。

三、资质

这是指演员的天赋条件，对于演员的艺术创造和艺术成就具有强大的影响力。这里专讲演唱，一条天生的好嗓子，便令人羡慕不已。比如靖正恭，天生好嗓，脆亮圆润，而且有银铃般音色，发出朗朗声音，甜美极了。作者说他"这是天分，他人所学莫及"（《选析》第 190 页）。王晓玲也是天生好嗓，作者说她"是以'天分'而声播秦坛的"（《选析》第 345 页）。天生好嗓的演员，所创唱腔特别发挥嗓音优势，偏尚华丽之腔，喜谱奇绝之调。

与此相对的是资质略欠，勤奋成就的演员。比如刘毓中，资质不太好，嗓音非上乘，艺术成就来他"经过数年的深自淬沥和苦心孤诣"（《选析》第 2 页）。另一位陈雨农，资质也稍欠，他的成功"完全取决于他本人苦学不倦和锲而不舍的进取精神"（《选析》第 226 页）。

以上我们对秦腔唱腔的个性创造，循着《选析》的脉络作了一次匆匆的体察，可以看出，秦腔唱腔的个体发生是多么的绚丽多姿，万芳竞妍，声茂情长，魅力无穷。

《甘肃秦腔唱论》（以下简称《唱论》）在正强同志的系统工程中的定位是群落流布。

"群落"一词，系笔者从植物学中借用。植物因种类之间及种类与生态环境之间的联系而形成群落。所以我借它译解秦腔流派依从地域生态文化环境而生存的状态。

明、清各有四大声腔。当代我国的三百多个剧种，人们把它们划为四大声腔和两大声腔类型，其中梆子腔是个大部落，品种共有 26 种之多。秦腔是梆子腔里的大型剧种，当年北进京畿，南涉汉口，赫赫于世；其后五路秦腔，盛极一时。这里，正强同志只举它的一个流派，即甘肃秦腔，让我们看看这个群落是如何在它拥有的文化生态环境中生发和生存的。

"甘肃派秦腔"，这一提法，在 20 世纪 20 年代已经出现。慧钵在《兰州秦剧二十

年的概述》中说：

1918 年我在兰州中学就读的时期，兰州秦腔三班，分为三派，一是甘肃派，一是陕西派，一是陕甘合组派。

——转引自《中国戏曲志·甘肃卷》第 99 页

甘肃派秦腔有自己完整的组构，从班社到演员，从名家到传人，从剧本到表演，从音乐到装扮，从程式到特技，都有其特具的个性。这里仅就唱腔方面来品赏正强同志的研究成果（正强同志对甘肃派秦腔的表演特色曾辟专节论述［见"选析"第 100～103 页］，兹割爱）。

甘肃派秦腔的唱腔特点，笔者根据作者的评析，归为三点：

一、唱调古拙，旋法简朴

不妨列一简表，将陕甘唱腔比较：

陕　腔

落音选$\underline{5}$、2、1，较为多样。

主导动机变化使用。

音域较宽。

旋律组建多为级进与跳进兼容，呈现活跃态势。

总体艺术特征：委婉、壮伟。

甘　腔

落音只选$\underline{5}$，过多过繁。

主导动机重叠过多。

音域较窄。

旋律组建多为级进，跳进也仅用向下四、五度跳进，呈现平和态势。

总体艺术特征：古拙、平直。

二、民歌格局，痕迹显著

作者所采录的李映东唱段中，衬词繁复不已，但使用极有规律，"隐现着(甘)秦腔唱腔由民歌衍变的原始痕迹"（《唱论》第 10 页）。

三、字音字调，兰州语态

以往有人以为兰州籍秦腔演员以兰州话唱秦腔，作者在《唱论》中对这个误解作了匡正。实际上，他们仍然使用关中语进行演唱。但因为他们生活在兰州语境中，强大的惯性促使他们的关中语不能纯粹，这情形，恰如今日的"广京话""陕京话""京兰话"一样。作者详细列举了兰州字音、字韵、字调和关中语不同之处，又详述了这三者对唱调旋律的影响，特别是字调负有直接的作用，因为戏曲唱调"依字行腔"，调值不同，你以为"倒"我却以为"正"，那旋律旋法自然十分不同了。

甘肃秦腔唱腔的特点：音节短促，发音重浊，格调古拙，唱调平直，今日看来，似有不足之处，但在 19 世纪后半叶，它也曾浩浩泱泱雄踞一方，正如陕西秦腔兵镇五路，甘肃秦腔也曾阵列三方。待到进入 20 世纪，陕甘秦腔忽然态势大变，陕腔五路归一，甘肃腔逐渐失去自己的领地而为陕腔所取代。20 世纪 20 年代以后，甘腔班社锐减，50 年代以后，剧目、人员流失，60 年代经"文革"大扫荡，于今就只残存一些模糊灰淡的痕迹罢了。这一支秦腔群落由兴到盛、由盛到衰，正强同志的"唱论"勾勒了它的身影。

《秦腔词典》在正强同志的系统工程中的定位是秦腔百科指南。仅就《词典》的音乐部分来说，可以说是正强同志秦腔音乐研究结晶的浓缩。它所具有的科学性、完备性、准确性、实用性，自然铸成了它的应有的权威性。这样，《词典》顺理成章地、也是必不可少地成为正强同志系统工程的构建成分。

正强同志出生陇上，自幼耳濡目染，早已经同秦腔结下了此生不解之缘。秦腔的稀世魅力，令他这样地迷恋，这样地陶醉，这样地深知深解，这样地不停挥动他那枝生花之笔为之细描细绘作传作论；短短十年，硕果累累，怪不得一位陕西省前文化系统的领导同志这么说：

> 王正强同志不仅仅是甘肃的王正强，而且是我们西北的王正强。他的研究成果，说他是秦腔理论界的一杆旗，当之无愧！

（原载《甘肃艺苑》2001 年第 1 期）

后　记

　　任何一个作者，一旦将自己的书稿交给出版社编辑之手的那一刻，这书稿也就不再属于自己而属于社会了。编辑以高度的社会责任感及对读者高度负责的精神，对书稿进行认真把关和严格审定，都是带着沉重的压力进行作业，就连一个标点符号也要反复看上几遍才能放心得下。编辑们对每一本书所付出的辛劳和代价，并不比作者差多少。因此，国内外几乎所有的作家，都承认这样一个事实：正是编辑们的潜在教诲和引领，才使自己从不成熟走向成熟、从不成功走向成功的。这方面我也是感同深受，体会多多。

　　我很庆幸，首先，这部书稿的启动遇到了张炳玉老领导的热情参与；其次，当我把书稿交给敦煌文艺出版社时，又遇到该社社长王忠民先生及编辑部主任董宏强先生亲自担纲责任编辑。我之所以庆幸并非因为他们是社长和主任，而深知他俩审稿把关极严。事实也的确如此，编审过程中我们之间的电话几乎变成了热线，凡对书稿中的疑惑之处，即便是个不大重要的专业用语，他俩都要追问个明白才肯放过。作为作者，对他们为拙书出版所付出的辛劳，借此深表由衷的感谢和敬意！

王正强

2014 年 10 月 24 日